JÖRN SACK

SCHALKS KNECHT

Eine zerfledderte Reportage *mit lyrischem Ein- und Abgesang* **sowie zahlreichen Zitaten und Einsprengseln verschiedenster Art und** Unart **zur Individual- und Kollektivgeschichte einiger unbedeutender deutscher Menschen des 19. und 20. Jahrhunderts.**

edition bodoni

Zueignung

„Sich in der Lage des Überlebenden
des Schriftstellers ohne Empfänger
des Dichters ohne Volk – zu befinden,
berechtigt meiner Ansicht nach weder
zu Zynismus noch zu Verzweiflung.“
(Giorgio Agamben)

Ich bin drin
Alle sind
Aufgabe
Aufgeben
aufgegeben

Am Rande hindurch

„Das Furchtbarste war, dass der IS das Internet abgestellt hat.“

>Eingesang > Meingesang ><Eigenhäme: Der Einhornwilderer

Bist Auswurf. Böobb! Willst trotzdem Auftritt. Blind. Würtig. Ausritt wird's, bei schönem Wetter. Sinnschwellungen. Pussy Riot/Wehleiden. Ständig schwanger – meiner Tage. Dieses Verlangen. Hilflos ans Hirn, diese Fremdenergie, und **DIE ANDERENMEIN** gekettet; frei geboren. Glaub's nur zu. Du suchst *dich* und flüchtest ständig unter fremde **ROCKSCHÖ-ßE**. Formst Menschen nach deinem Bild wie ein Kind Seifenblasen. Und bist ihnen hörig. Jeder will sein Zeugs loswerden. Unterm Rock. Sinn Féin. Auf, tritt! Wirf/aus! Die Büsche locken. Das Löchlein. Das Ende heckt, leckt, deckt. Trebe-Fulz. Trebe-Fukz! Spörtel. Girsch. Gabber/

Folgerichtig ins **ICH** gerutscht. Fließt nicht zurück. Unser aller ***Sauglust.*** Kuschelig: Krumen-Zeit in Milliardenpotenz. Das Sich ertätscheln. Im Sich das Alles. Die Erde war einmal das Zentrum des Universums. Vor den Schwarzen Löchern. Unterm Zelt: **Wort. DAS. Vers. Der.** Verheißung. Die. Furcht zu Flucht, war Fluch, nein, Frucht! Zuflucht mit Früchten. Worte allein. Geblubber. BIN ES **NUN** halt. Heißa! Schaumbadend im **WIR**. Meine Zeit: Ackern-Schlucken-Spirenzen. Tief hinein. **Denken.** Stilvoll! Altius Citius Fortius. Suhlend? Stilvoll! Feinsinnig. Wagenlenker, Henker, Lustverrenker. Die elitäre Sendung des Menschen beginnt mit dem Nuckel und endet mit dem Fraß der Weltsubstanz. Die Unterlage ist imperfekt. Nass. Der Grundumsatz. Dafür die Ablage größer. Im Sturmboot gegen die Tränen. Huiii! Der Bockmist der Erlösung – o goldene Nachhaltigkeit. Geigen. Bratschen. Klaviaturen. Ich-Höchstvollendeter: Ein gescheiter gescheiterter Resonanzboden. Alle gailmüde und Trostbazillen. Angetreten zum Umarmen! Bist dabei. Muss. Trostbazillen. Triumphbögen. Sss! Spörtel. Deine Lerchenmöse! Strahlgewitter./ HACHeisen. EISENhach.

Gesammelte Ausflüge ins Erleben: Mamsch! Guten Tag? Klar Schiff. Hallo! Hello! Hi! Gegenwart absolut. Mamsch! Mein Geworfensein, unser Geworfensein. Vom Willen besessen. Zerfressen. Fasson. Fasson! Ins **Ich** gesperrt. Ans **Wir** gefesselt. Es doch so gerne sein. Du-Durst. Zitzlust. Mamsch! Das **Wir** verehren. Das **ICH** kultivieren. Das **ICH IM WIR** zelebrieren. Kujonieren? Sei stilvoll! Die Naturgesetze belauert. Die Natur überlistet. Das **WIR** **vergoldet**. Vor Wonne um sich schlagen. Aaa, du tröstliche Nachhaltigkeit! Mamsch! Ich bin der Gott Gegenwart.

Zwickauer Stoff. Gluglu. Gegenwart trödelt. Mamsch! Gegenwart lechzt und hetzt und letzt. Gegenwart bröselt. Das Unendliche kitzeln. Ins Universum picken. Prickeln. Rütteli. Gottili nicht findeli. Gefalli findeni. Viliotz gewesen seini. Kritzeln. Gekritzeli. Aää Schnitzeli. Äää Dui. Äaa Gebläse. Äaa DUDUDU. DUrstdüfte. DICHdüfte. Erkennungszeichen Määnzelmenneken. Grrraah! Aaah, da ... da ... da – war: Ein Knäuel Wolle ist der perfekte flaumweiche Wirrwarr. Fickeli – Spirenzeli, Firenzili – Geschickeli mit Pickel – i Gewickeli. Gebläääääääääääääääääääse. Äsen, bäääh – – – Spirkier. Spörtel. Die Lerchenmöse für meinen Mörser./ Pirilschoof. Pirillschopp. Puerelia!

Ich dien, ich lechz, ich zelebrier als verwöhntes Sauglusttier der versöhnten Sauglustgier:

> *„Story Musgrave flog sechs Mal ins All. Mehr als jeder andere Astronaut zuvor. Er selbst bezeichnet sich als space man, eine neue Spezies Mensch, dessen Erdung sich mit Eintritt in die Schwerelosigkeit aufhebt. Von seiner Wahrnehmung und seinen sehr persönlichen Empfindungen im Weltraum, von dem überwältigenden Gefühl, nicht mehr „von hier zu sein“, erzählt der Amerikaner, der auch Mathematiker, Fallschirmspringer, Chirurg und Lyriker ist. Ein intimes, experimentelles Portrait, das die Dimension eines Menschen im Weltall erst begreifbar macht.“*

Holalatrino! !Onirtalaloh – Buhbuh! Heißa! Stillvoll!

HIINEIN:
Bei der ersten Verlockung sind zum einzigen Mal in ihrem Leben alle Menschen gleich. Alle gleich vor den warmen, saftigen Brüsten der Mutter. Schon beim Schoß, ihren Schenkeln wird es komplizierter. Kurz danach ist bereits jeder sein eigener Lockspitzel.

Spannend: Wer werden die ersten Weltraumbegatter, Weltumbegatter der Geschichte sein? Ratten, I suppose.

Urzerfall. Gottgeschalk. Feingesinn. Wegerichgrün. Sauriersonnen. Appenzeiler. Leistungsfähige Organismen. Mamsch! Inkontinent an der Spitze aller Nahrungsketten stehen. Heureka & Co schreit wissenschaftlich um Hilfe ins Netz. Sei Thomas. Wohin, wissen die Störche. Woher niemand. Kein Abbild: Wahrnehmung. Sich ins Sein schleudern. Sich aus dem Sein katapultieren. Großer Tod wir loben Dich. Mich-Ekel, Sich-Ekel. Ab in den Mittelstand! Mamsch! Kreis-Labyrinth. Die Luke zum Sozialfall. Die Abfallwirtschaft. Notdürfte überlallen. Die Suchfrage. Sich abschwitzen gegen die Erwärmung. Alle Wege führen in die Show-Show und Finanzkrisen mit blauer Zunge. Denn: Verdienen ist Verdienst. Madonna, ach dein Ärschilein strahlt heller als der Sonnenschein. Grr! GRR! Ah! Sei Stilvoll! Sei einmalig. Stilvoll. Feinsinnig. Sinn Féin heißt: WIR SELBST. Spörtel. Trockensaat burt.

*

Sich in Sein und Haut herumdrücken. Häute erjagen, Häute ausquetschen. Das Heute erobern. Unanimus. Onanimus. Die unierte Senne. Unticre. Alle Wege führen in den Hals. Alle Wege führen über den Hass. Alle Wege gleiten auf der Vernunft. Alle Wege führen nach Pompeij. Alle Wege führen nach Hiroshima. Alle Wege führen nach Auschwitz. Nein, nach Den Haag. Alle Wege führen ins Unerschöpfliche. Alle Wege laden zum Rasen. Ringelreihen. Und Pozwicken!! Am Rande nur. Alle Wege enden innen. Alle Wege münden in den Too – o – od. Die Reise zum Selbst ist hohl und kurz. Die Reise aus dem Selbst kürzer. Gro-o-ßer Too-o-od wir lo-o-ben Dich. Sich neinlachen. Sich dahinlachen. Sich was vorlachen. Sich darüber lachen. Der Lachmund vor der Mündung. Sagtest du danke, Herr Kussmaul? Verduften.Grrrrrrrrrrrrrrrrrrrrrrrrrrrrrrrrr rrrrrrrrrrrrrrrrrrrrrrrrrrrrrrrrrrrrrrrrrr Sich aus Sein und Haut pressen. Iiich Zerfledderter. Schaut mich, Schauer! Schlaumilchsauer. Rettung: Ein Knutsch ist uns geboren … Aus einem Kuddelloch. Mit einem Knuddelohr. Einschlürfen! KüKÜÜÜßEN. Die Flucht in die Lach- und Lochdisziplin. Lofti. Weia! Weia. Stirb stilvoll!

Spörtel. Glaub mir, es ist leicht, *das Richtige* zu erkennen. Zuckeltrab. Leicht und rasch. Zuckeltrab. Leichter noch, sich der Einsicht zu verschließen. Leidenschaft singt immer falsch. **Das Böse** ist nichts als eine Komplikation im **System**. Auf glatter Straße. Ja: Das Böse ist die Börse. Trotzdem: Es ist *sooo* leicht, das Richtige zu tun. Leicht und geradezu. Leichter: **DAS FALSCHE.** Hängst dran. **Ich bin, also versuche ich.** Ich bin, also werde ich versucht. Ich bin, also irre ich. Ich bin, also leide ich. Ich bin, also rase ich. Heureka: **Ich rase, also bin ich. Rasen macht frei. Rasen erlöst von Erlösung.** Rasen aasen, aasend rasen, rasend aasen. Aaach, **da** liegt **ALLES** drin! China gib Gas! **CHAOS** gib Gas! Gr-r-r! Der Pannendienst teilt mit: Leben = Erleben. Ableben = Wohlleben mal Aschersleben. Meine Welt.

Eine Welt. Bloooß nicht die Welt-Party-Welt missen, miss, missen! ÖÖÖ... Buhbuh! Stirb stilvoll! Buhlend. Mamsch! **Westbefall.** Spörtel.

Die kleine Freude am Erschauen, am Erschauern. Am Bespeien. Am Kramen, Bewahren. Sublim: Sich bewahren. Am Schöpfen, am Erschöpfen. Am Ausschöpfen. *Heia Safari! Furor periri.* Sich betrinken am Sterbewein. Auf dem Einweg torkeln, auf Eiern gehen.Rührei, versteht sich. Von Brecht zu Precht. Von Einstein zu Weinstein. Vom Thor zu Gates. Mamsch! Trotzigkeit. Sich verabreden mit dem Tod. Sich darauf freuen. Trotziger Trotzkist! Ab in die Dunkelkammer! Anderen die Augen ausdrücken. Mamsch! Mamsch war mal Mensch. Der All-Raum. Der Nichts-Raum. Die Nacht als Raum. Ramsch war mal Raum. Der Traum als Raum. Erlösung als Keinraum. Kain Leid = Kein-Leid. Leid-Lied. Lied-Leid. Leit! Leit! Lidl. Das All-Raunen. Die Kaldaunen. Verdauen. Still sein. Stil sein. Dasein. Nachtsein. Nichtsein. Raunen. Dusein. *Heureka!* Ich grüße Dich, packende Unkenntlichkeit! Durchfall. Blase-Düfte. DUUûûüü. Duseln. Galle. Resonanzboden, Raufaser, Durchlauferhitzer. Ganz beruhigt Gottes Durchfall sein. Es gibt ihn ja gar nicht. Sei dein eigener. Verweigerer. Sei bloß – – – stilvoll! Sei bloß und stilvoll! Gedeihe dahin. Sein ist Austritt. Sein ist Ausritt. Sein ist Abtritt. Fremdwissensfreiheit ist unmöglich. Das sagt alles über Autonomie. Westbefall.

Atmen verschweißt, Atmen zerreißt. Odysseus, kralle dich fest am Mast! Durchschaue ohne Schauer, du DUrchschauer, deine DUrchschauer. Rühren. Rasseln. Rasen. Blog, blog, blog, mein Hühnchen! Blot, blot, blot: Leben heißt Besichtigen. Einmal Erde und zurück. Mein Fleisch erblühe. Hybris, Liebling, mollig Schätzchen. Chemievertrauen, lass dich kitzeln auf dem Schwänzchen, auf ein Schwätzchen, in dein Kätzchen bei dem Tänzchen im MEINSEIN.

Erbgut von der Stange Ziel der noch jungen Disziplin der synthetischen Biologie ist es, maßgeschneiderte Organismen herzustellen, die über ganz neue Fähigkeiten verfügen. Venter zum Beispiel glaubt fest daran,

Menschmusik=Marschmusik=Ar/chmusik: Fleische häufen. Zerfleischen, sich. Schlund ölen. Blut saufen. Tabubu selig! Seehunden. Dicke Äugelein. Küssilein. Stilvoll atmen!

Ja, wir sind alle Leistende. (Leihstände). Im Kleister. Kleist – Er: O DU Transgressiver!

In Berlin und Brandenburg ist ein Rockerkrieg ausgebrochen. Erst am Sonnabend gab es in Cottbus eine Schießerei zwischen Berliner und Brandenburger Rockern. Ein 27-Jähriger wurde durch Schüsse lebensgefährlich... Leben heißt eben:erleben.

Stolz, die gefälligste Form der Hilflosigkeit. Nachdenken – Krücke des Schwachen. Mut – Tugend des Dummen. Verschlagenheit – die Gailheit des Klugen. Geschlagener, hege dein Bärtchen. Es gibt keine Vergeblichkeit. Fellatio.Wegg! Du Kropf! Gedeih-Geweih! Bibergail.

Immerzu lachen. Tut gut. Guttural. Tut sooo gut. Macht frei. Guttural. Das einzig wirklich Menschliche. Wir Iche, wir Due. Wir Schliche. Eisen-Weisen. Wir felllachenden Waisen. Wêgweisendes Lachen. Wègweisendes Lachen. Unerträglicher DU-Durst. Du-Duft. Duflucht.

Die Kraft der Herde. Die Schönheit des Kollektivs. *Schließ die Augen und denk an England!*

Das große Karthago führte drei Kriege ... Das größere ROM unzählige. Auf denn!
Der deutsche Sonderweg, der ein halber war. Gefährlicher als Halbwahrheiten.

Ich führe euch herrlichen Zeiten entgegen>>> Alles ist möglich! >>>>>> ***China,*** *gib Gas!*

Bebröseln. Sich leerfaseln. Rasseln. Chatten. Purzeln. Blasen. Die Nämlichkeit, Friedelein. Blog. Blog, blog, blog, du Hühnchen! Hoch oben thront einsam: Still sein. Stil sein. Der Hilflose ruchlos. Der Ruchlose ratlos. Der Röchelnde rastlos. Freue dich durch! Mit Mamsch! Durchweg. Durch und durch. Ach, mein Durchfall. Düfte gibt es. Einkehr ins Ichicht. Spörtel.

Gedeih!

Das unerträgliche Paradies meiner Einsamkeit. Finkenwerder war einmal.
Niemand bemerkt die Gradlinigkeit des Schwankenden.
Da betet es Zeugs. Das verfluchte Sinnverlangen. Schwane mir vor! Geweih im Schoß.

Schaukampf: Pontius Pilatus v. Peter Pan

Lauter Laute.
Unerkannt bersten.
Sich daran erfreuen.
Sich liebend vergänglichen.
Gottes Selbstmord im Menschen:
Ich bin, also leide ich – gern.

HALLENHÜLLENHÖHENHÖHLENHÖLLEN

Namen
(Valmy, La Marne, Stalingrad)
Begriffe
(Nämlichkeit
Glasklar
Brennend)
und natürlich die Fleischrinne
die Flederkrätze
sowie endlich der Einhorn-Wilderer
endlich heißt nicht endlich

Was einmal ins Licht geraten ist, wird von ihm endlos weiter getrieben,

Ich wollte mich trotz allem bei wem bedanken, sei es mir;
denn
sICH wars einmal.

*

>>>*<<<
*
*
*
*
*
*
*
*
*
>*<
*
*
*
*
*
*
*
*
*
*

... Auch weiß der Mensch seine Zeit nicht, sondern wie die Fische gefangen werden mit dem verderblichen Netz und wie die Vögel mit dem Garn gefangen werden, so werden die Menschen verstrickt zur bösen Zeit, wenn sie plötzlich über sie fällt.... **(Prediger Salomo)**

Stilvoll! Feinsinn. Freisinn. Sinn Féin. Wir selbst.
Mit gesenktem Kopf und schöpfendem Atem: Sturmvolk.
Seinverlangen+Sinnverlangen>>>Simserlangen>>>>>>>>>>>
STILBRUNFT & Sinnbleiche

– Westbefall sAMT Spörtel –

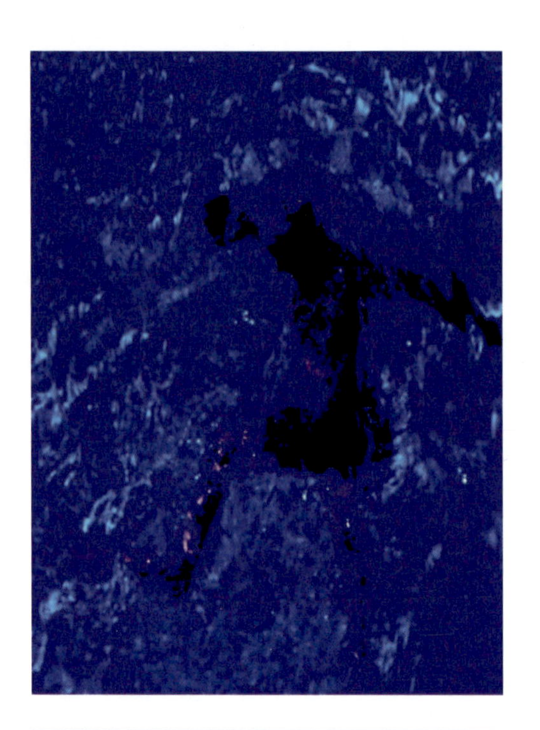

Ein Teil:
Fangarme /+/ saugnäpfe

DAS BEWENDEN

(‚Madame, Ihr Sterben ist so schön wie Ihr Leben.‘ – J-J Rousseau)

Frühe Wunder. Frühe Wunden. Mittelspätes Verderben beim Am-Rande-hindurch. Frühling: Käfererwachen. Wiederkehr der mit Begier endenden Saumseligkeit. Die Hautflügler glänzen und schillern. Sie tasten, krabbeln mit vielen Beinen. Sie schwirren. Fressen auf. Werden gepickt, gierig verschlungen. Sie sah und mag: **Paul einstmals inmitten von Gräsern, Gesträuch und Gedanken. Seinen Käfern.** Gepanzert hilflos auf dem Rücken – die Beinchen strampeln ins Leere. Strampeln, strampeln bis zum Ende. Noch nicht Maikäfer, doch Marienkäfer, Mondhornkäfer, Pillendreher, Buchdrucker, Kupferstecher, Puppenräuber, Springschwänze. Obendrein die Mistkäfer, die Getreide-Kapuziner, die Hirschkäfer, die Lattich-Rüssler, die Fichtenböcke. Ferner: Die Biberläuse. Die Hämmerlinge. Die Taumelkäfer. Die Schwammkugler. Die großen Eichenböcke. Die Buchenspringrüssler. Sachte Panzergestalten allesamt. 350.000 Arten weltweit. Alle erfasst. Hartleibig und gefräßig. Tapsig. Und auch das: Zweiundzwanzig Jahre hat Paul in alten Eichen **vergeblich nach Heldböcken gesucht**. Gab auf. Hoffte still weiter. Auf Zufall. Streichele die Kuppelfüßer, schau ihnen zu. Nichts zu durchschauen. Pack die wehrhaften Winzlinge, setz sie auf deine Zunge, fühle ihr Kleben, ihr Krabbeln, ihr Zucken. Deinen Kitzel bis zum Erbrechen. Wölb die Zunge zum Rohr, blas die Hilflosen aus. Durchbohre die Dickleibigen mit der Stecknadel, zieh die Panzerleiber auf einen Faden, lass sie flattern als Zopf im Wind. Dein Triumph über Kerbtiere (insecta), diese meist ohne Kerben, kleiner homo sapiens mult. *Glücklich das Land, in welchem man den Frieden nicht in der Wüste suchen muss* (Jean-Jacques Rousseau), sondern ihn in der Einsamkeit des Waldspaziergangs findet (Paul, redundant). Ihr Käfer. Ihr Hartgesotten. Ihr Stupiden. Meine Käfer. Zum Beißen geboren, zum Knacken da. Kääläfer ihr. Käääfericht-im Ichicht. Im Nichicht. Im Ericht. Im Kehricht. Welteinwärts. Weltab für mich. Welteinwärts für mich. Momentum. Um glücklich zu sein, darf man nicht davon wissen. Nur Spörtel.

Die Aprilsonne leckt die Farben der Wiesen, Äcker, Wälder wach. Wund! Zweige, weißumflort, treiben erstes Zartgrün. In den Gärten wimmeln Zillern und Kissenprimeln. Schlüsselblumen träumeln, wenn der Wind böt. Vergissmeinnicht streckt sich dünnstielig und kleinblau zum lockigen Deckblau. Sauerampfer, Rhabarber, Liebstöckl brechen wuchtig mit gefalteten Blättern aus der Erde. Ameisen (formicidae) schleppen gelbe Bröckchen (micas flavas) aus ihren Gängen im Boden. Die Kleinstaasverzehrer, vorwiegend geschlechtslos, sind nie überfordert. Bienen (apis mellificae) und Hummeln **(bombi),** vorwiegend geschlechtslos, erfüllen zum x-ten, doch endlichen Mal ihre Funktion in der Geschlechtswesenei durch Fracht am Bein. Wissenslose Güte in Gottes Garten.

(‚Weil Villain mich herausforderte, gelang es mir tatsächlich, auf 20 Meter einen weißen Fingerhutstengel abzuschießen.')

Gülle, Gülle, Gülle! Im Sein ist Sinn; denn Selbstsinn ist Seinsinn. Selbstsein ist Sinnsein. Sinn ist voll. Die Erde ist Vollsinn. Düfte des Taumelns. Alles den Sinnen! *Ach* – (mein Amphytrion!) Freudiger Diener der Pflicht. Ewig zu spät Heimkehrender. Darum begnadet. Weißt du es endlich? Endlich –ein ganz liebes Wörtchen.

Schauerfeuchte Hausdächer glänzen rot in den Himmel. Ein deutsches Städtchen, gespickt mit ockeren, grauen und schwarzen Schloten. Im Dienst von achso fleißigen, gebräuchlichen, irgendwie, jajaja, doch guten Menschen, weil sie sehnlich an ihre Lebenslügen glauben. Erpicht sind sie alle. Trotzdem liebenswert, wenn man sie so anschaut von hoch oben her. Auch sie haben den Tod für einen schmucken Gesellen gehalten und sind zu ihm aufs Gefährt gestiegen. Jeder ein Totenkopf-Husar. Selbst der Pedant. Wie das sauste! Urgefühl am Volksempfänger! Von Sieg zu Sieg. Wir-Rausch mit Liszt! Ein Volk. Im Drachenblut baden. Heil und Sieg!! Siegheil!!! Glockenläuten. Siege heilen alle Wunden und Krämpfe. Nun betasten sie nicht ihre heißen Stirnen, das Stigma zu suchen. Nun fürchten sie dumpfleibig um ihr Leben als Besiegte; Gefahr naht mit der suhlen Frühlingsluft. Manche wollen ihr Sein weggeben. Genug! Zuflucht im Weich der Erde. Kam irgendwoher her geweht. Abschied ins Leidlose! Ein kleiner Sprung. Im Grunde. Zum Grund. WIR war einmal.

Noch ist Luckenwalde unzerstört. In einigen Stunden wird es versehrt sein. Nicht verheert. Das ist es nicht wert. Selbst Rache ermüdet.

In einer von Vorräten geleerten, weiter nach Holz und Heu duftenden Scheune wird sogleich eine schon länger andauernde Rammelei unter

Verwandten ausarten und dabei doch bloß eine gänzlich unbedeutende Randszene in dem riesigen Stück Morden bleiben, das die Welt seit Jahren zu ihrem Geschäft gemacht hat. Mit Pflicht und Helden, Mamsch und Ramsch. Das Sein hat das Leben zum Töten als seine höchste Kunst geboren, erkoren. Naturgesetz. Gehegter Krieg, nennt es einer gelehrt. Vivat academia: Ius ad bellum, ius in bello. Summum ius summa iniuria. An ihren Früchten sollt ihr sie erkennen! Was (nicht) (so) (alles) gesagt (werden) wird. Ohn Aufhören. (Welch ein rätselhafte Wort, dieses)

Es wäre wenig taktvoll gewesen, den Leuten, die zum Teil mit der Angst um Frau und Kind zur Vernichtung zogen, zu zeigen, dass man der Schlacht mit einer gewissen Lust entgegensah (Ernst Jünger, In Stahlgewittern).

Das Land leckt nicht seine Wunden. Es beißt noch einmal kräftig hinein. Noch in den letzten Zügen sind Wunden genießbar. Schmeckhaft. Schmackhaft. Waffenkraft. Willensmacht. Herrschaftsspiel. Der starke schwarze Bolko, recht noch im Untergang schön anzusehen, reißt das Scheunentor auf. Sonnenlicht blendet die im Halbdunkel harrenden Gestalten.

Paul versetzt dem weiter unablässig ‚Es lebe der Führer! Vorwärts allemann!' schreienden Hitlerjungen einen Arschtritt und schleudert ihn den Eindringlingen entgegen. Er reißt das Gewehr von der Schulter. Ein wimmernder Versuch (nie ist er darüber hinausgekommen) – Bolko! Bolko! Unser Land, eure Sache .....

– Packt ihn! Schnell! Fesseln! Der Feigling und Verräter wird gehängt! –

Pauls Zorn. Er springt aus dem Stand blitzschnell zur Seite, so etwas kann nur er, legt an, zieht ab. Er weiß, dass er als ausgezeichneter Schütze Bolkos Stirn in dem Augenblick getroffen haben wird, in dem ihm die Garbe Kugeln aus des Neffen Maschinenpistole Herz und Lunge zerfetzt. Ihr letzter Auftritt: Blutsverwandte. Das duftende Gebälk verschluckt Hass und Schüsse zergangener Liebe. Blind gemengt spritzen Hirnfetzen des Sturmbannführers, Blut und Fleischpartikel aus Pauls aufgerissener Uniformjacke den sich gegenüberstehenden SS- und Volkssturmmännern ins Gesicht. Wenn Schmerz aus jeder Zelle eines Wesens schreit, zerschlägt er das Messwerk. Saugt das Bewusstsein noch vor dem Tod gurgelnd ins Leere ab. Ein SS-Mann entreißt dem Brei von Kleidung und Leib, Pauls Brust, im Fallen das Eiserne Kreuz. Er schleudert es mit Schaum vor dem Mund weit von sich. Es schlägt gegen die Stirn des Hitlerjungen.

Längs der Landstraße nach Jänickendorf findet sie ihn am nächsten Tag an einem der unteren Äste einer unbeirrt ins Breitweite drängenden, noch winterkahlen Eiche. Die sucht einen Weg am Himmel vorbei, denkt Charlotte. Findet ihn nicht. Sie hatte, seitdem er zum Volkssturm gezogen war, regungslos von der Couch hinein in den Stuck gestarrt, der ihr von der Zimmerdecke wie immer feist und freundlich zulachte. In der Nacht fiel nach dem fernen Kanonengedröhn und den kurzen Schusswechseln in den Straßen mit einem Mal kalte Stille über die Stadt. Seine Minga lauschte. Es tut gut, zu lauschen und das sich in den Tag tastende Zwitschern der Amsel zu hören. Köstliche Minuten, die alles Elend sacht überdecken. Motorengeräusch. Kommandos. Russisch. Krachen. Pochen. Schreie. Spitze Schreie, dumpfes Stöhnen. Kommandos. Holz splittert. Glas zerschellt. Ruhe. Motoren. Weiter weg. Neue Schreie. Brüllen. Motoren, Ruhe. Motoren. Ruhe. – – – – Ruhe. Sie wartet bis Mittag. Jetzt wird keiner mehr eindringen. Ein reiches Haus. Sie haben es liegen lassen. Sie greift sich zwei hartgetrocknete Scheiben Brot in der Küche, trinkt einen Schluck Wasser vom Hahn und geht. Die Straßen herum sind leer. Ein Stück weiter Lastwagen. Lungernde. Soldaten. Pausbäckig, in zerschlissenen grünbraunen Uniformen. Sie schauen kaum auf. Worauf warten sie? Natürlich Befehle. Am Rathaus Betriebsamkeit. Leute mit rot erregten, andere mit eingefallenen Wangen in hilflosen Gesichtern werden vorgeführt. Denunzianten frohlocken. Niemand hält mich auf. Sie hastet über den Marktplatz. Der massige Kirchturm aus Feldstein steht. Unser Campanile. Die zierlichen Kirchenmauern schräg dahinter aus Backstein auch. Das Dach ist zwischen die Mauern gefallen. Ich habe St. Johannis seit unserer Hochzeit nie wieder betreten. Sie hastet durch die verwüsteten Straßen. Fabrikhallen, Schlote sind eingestürzt. Einer steht halbiert: senkrecht gestellter Unterkiefer eines Krokodils. Wie lange? Von Südosten sind sie gekommen. Wenn er sich nicht ergeben hat und gefangen abgeführt worden ist, liegt er da irgendwo auf dem Acker. Wartet auf mich. Sie hatten beim Abschied nichts mehr gesagt. Sich fest in die Augen gesehen. Das altvertraute Fleisch ein letztes Mal aneinander gedrückt. Meins welk. Stolz bleiben. Sich nicht wegstehlen. Sich nicht zu Hause erschießen. Sie hatten allen Grund, mit dem Leben zufrieden zu sein. Als sie bei seiner letzten Geburtstagsfeier am 27. November im kleinen Kreis beisammen saßen, hatte er zu den Töchtern gesagt – Ihr habt noch Erdenstrecke vor euch. Verzichtet nicht darauf. Es ist gut zu wissen, dass es schlimmer nicht kommen kann. Geht am besten mit den Kindern in Esthers Haus an den Schluchsee. Da seid ihr sicher. Ma und ich bleiben hier. Für uns ziemt sich Verkriechen nicht. Noch einmal die Wurzeln fest in den verfaulten Boden ausstrecken, tut uns gut. Wir gehören hinein. Hier. Kann man so empfinden, schmeckt selbst der Tod; zumal, wenn man mit ihm vertraut ist. – Er lächelte. Charlottes Gesicht blieb starr. Die Töchter wagten keine Einwände. Maja war bedrückt, weil sie ihrem Mann zuliebe nicht hatte wahrhaben wollen, was heraufzog und nun seinen Schlusspunkt fand. – Wer liebt, verläuft sich, aber irrt nie, Große. Gradlinig sind Luftlinien, und die sind von und für Kartographen, Pedanten also. – In sein sehr unregelmäßig geführtes Tagebuch hatte Paul als letzten Satz in Anlehnung an ein Benn-Gedicht geschrieben: Wir wollen keine neue Götterkohorte mehr sehen.

Vor zwei Tagen hatte er winkend das Haus verlassen. Als ginge er wie früher in den Dienst. In seiner alten, pelzigen Uniform aus dem jetzt schon alten Großen Krieg, mit der schwarz-weiß-roten Volkssturmbinde am Ärmel und mit allen Auszeichnungen aus einer verschwundenen Zeit auf der Brust. Er hatte ‚das Zeug‘ nie gemocht, weil er nicht stolz auf etwas sein konnte, das er wider Willen, bloß aufgrund eines leichtfertig ergriffenen Berufes getan hatte: Töten. Exzellent ausgeführt, wie er es eben konnte. Gezielt hatte er ‚das Geklimper‘ einige Male angelegt, um verblendeten Patrioten zu beweisen, dass er kein Vaterlandsverräter war. Ich stand am Fenster und winkte weinend zurück. – Bloß kein Aufheben. Wären wir nach **Afrika** gegangen, hätte uns womöglich als frische Zwanzigjährige ein Häuptlingsdarm verwurstet und wir wären auf ewig Teil des schwarzen Kontinents geworden. – Sie lächelte krampfhaft. Er hatte das von der Straße her gerufen und mir ins entleerte Gesicht geworfen.

Am Stadtrand trifft sie auf ausgemergelte Männer hinter breiten Schubkarren aus Holz, auf denen sonst Milchkannen standen. Jetzt füllen eingesammelte Kadaver die Ladeflächen. Lieb ausschauende. Je zwei Leute schieben beidseits an den langen Haltern. Ein Vorarbeiter gibt müde knackend Anweisungen zum Halten, Heben, Werfen. Weiter. Sie haben es eilig. Neubeginn als Leichensammler. So schnell geht das. Sie schaut nach festem schwarzem Haar aus. Findet keines inmitten der gilben Wangen, der offenen Münder mit den bläulich heraushängenden Zungen. Bürschchen. Dünnes, blondes Haar, auch Locken. Ein paar Greise. Sie streichelt die Strähnen, die wulstigen, die schmächtigen, die zerfetzten Stirnen. Nie hätte ich gedacht, dass ich so etwas könnte. Ein Karren voller Stahlhelme dahinter. Rohstoff. Stahlhelme zu Suppenschüsseln! Niemand spricht. Frisches Gras für die Suppe wächst genug heran. Würmer und Käfer dazu. Es ist Frühling. Weiter!

Er hängt an zwei um die Schultern gewickelten Seilen. Der herabgesunkene Schädel deckt nicht das Loch in der Brust, den kleinen schwarzen Trichter. Krustig ist sein Hemd. Schmeißfliegen lassen sich zum Laben auf ihm nieder. Kreisend, grummelnd, surrend. selbstzufrieden. Sie krabbeln über die eingetrockneten Blutschnüre, die sich wie ein feiner Chinesenbart von den Nasenlöchern um die rissigen Lippen zum breiten Kinn ziehen. Die Sonne versilbert die Luft. Käfer schwirren herum. Seine Lieblinge! Windböen spielen mit der schwebenden Leiche. Unsere Schaukel im Garten. Sein dickes Haar glänzt wie immer. Winkt mir zu. Von seinem Gürtel hängt ein Pappschild herab. Einer der ihm unterstellt gewesenen Volkssturmmänner hat weisungsgemäß mit roter Blockschrift vor seinem eigenen Tod *VOLKSVERRÄTER* darauf geschrieben. Sie weint ohne Tränen und vermag den Blick nicht abzuwenden. Ein eisiges Hochgefühl packt sie, schraubt sich in ihr hoch, trägt sie zitternd empor, bevor es jauchzend und kreischend in ihren Eingeweiden zerplatzt. Charlotte sinkt auf die Knie, möchte sich auf den Boden werfen. Im Gras wälzen. Wälzen. Wälzen. Sich frei wälzen. Zerfliegen. Wie damals auf der Wiese an der Nuthe, Paolusso. Was wein' ich um ein paar verlorene Jahre? Greisenjahre. Unser Leben war eine schöne Flucht vor dem Tod, mit dem uns die andern ständig bewarfen. Denk dran, Minga! Etta! Lupetta! Die ich war. Ich war.

Erdbraune, gestiefelte Gestalten mit Schiffchen auf flachsblonden runden Köpfen nähern sich. Die roten Sterne über ihren Stirnen sind wie Stacheln auf Charlotte gerichtet. Ein Rotarmist prügelt mit dem Gewehrkolben auf den längst starren Körper ihres ermordeten Mannes ein. Er tanzt dazu. Wirft die Beine hoch zu der lustigen Weise, die ein anderer auf der Mundharmonika spielt. Vier feixende Soldaten. Lachen ihr zu. Tausend Nadeln zerstechen Charlottes Leib. Vier grunzende Soldaten. Aus den Jackentaschen grinsen Wodkaflaschen. Einer öffnet den Hosenschlitz. Ein wulstiger Stichling schnellt heraus. Japst mit seinem lütten Mund. Will laichen. Wird gestreichelt. Arme Teufel, müht euch ab um ein Lüstchen. Charlotte fasst in ihre Kostümjacke. Über ihrer Brust liegt die Pistole, die Paul ihr beim Abschied schweigend in die Hand gedrückt hat. Der Stahl ist ausgebrütet. Sie packt den Griff mit beiden Händen. Schluckt. Schluchzt. Sieht das erlösende Rohr gegen sich gerichtet. Legt beide Daumen an den Abzug. An ein Sonnenblumenfeld wollte ich denken. Lupo winkend schon drin. Da hab ich's. Ihr Mund schnappt nach dem Rohr. Sie drückt ab, als eine Hand nach ihr greift. Ihr Kopf bläht sich rot auf, zerplatzt. Die weiße Baskenmütze mit dem schrägen Striemel springt nach hinten weg. Wie Kinder, denen das Spielzeug unter den Händen zerbrochen ist, stehen die jungen Russen vor der frischen Leiche der in ein königsblaues Kostüm gekleideten älteren Frau. Die gezückten Pimmel erschlaffen. Nylonstrümpfe hat sie an. Blut quillt aus ihrem Mund, der scheußlichen Nase, den Ohren. Aus dem silbernen Haar kriecht Hirngekröse. Bettet sich im Gras. *Ein Kubikmillimeter Hirn enthält eine halbe Million Nervenzellen, die durch Faserstränge von einem Kilometer Länge verbunden sind.*

Der Anführer der Patrouille beugt sich nieder, hebt die Pistole auf, feuert unter lautem Gelächter die Trommel leer. In Bauch und Schenkel der Toten. Blut und Eingeweide spritzen. Das Kinn erhoben, steckt er die Waffe in seine Hosentasche. Beugt sich erneut, löst die goldene Uhr mit dem Krokoarmband vom Arm der Zerfetzten. Er beschaut lange aufmerksam das Zifferblatt, um zu prüfen, ob das Uhrwerk intakt ist. Lacht erfreut. Er beugt sich ein drittes Mal. Öffnet die Schnalle und zieht den karminroten Gürtel an sich. Blutspritzer drauf. Durak! Fast hätte ich alles zerschossen. Die Mundharmonika spielt. Inzwischen hat einer der Soldaten den Rest der Wäscheleine gefunden, mit der die SS-Leute ihren Paolusso an den Ast gehängt haben. Er legt sie doppelt. Wirft sie über den Ast. Die anderen begreifen. Sie legen die Leine unter die schon starren Arme der durchlöcherten Frau, ziehen sie lachend hoch zu dem toten Mann. Binden die beiden aneinander fest. Charlottes Hirngekröse baumelt herunter. Krassiwaja para! Svadba mjortbii. Die Mundharmonika spielt.

Weil zu viele Tote in den Straßen und auf den Feldern herumliegen, Angehörige nicht zur Stelle sind, wirft man Paul und Charlotte, nachdem sie zwei Leichensammler unter Erbrechensstößen ihrer leeren Mägen vom Baum geschnitten haben, mit vier Dutzend anderen deutschen Leichen in eines der schnell ausgehobenen Massengräber auf dem Waldfriedhof. Man bestreut jede der fünf Schichten toter Leiber mit Kalk. Dabei steht ein Pfarrer und betet und segnet und betet und segnet. Ein anderes Massengrab wird schon ausgehoben.

Als die Töchter Monate später aufgrund beharrlicher Nachforschungen vom Schicksal ihrer Eltern und dem Verbleib der Leichname erfahren, verlangen sie keine Öffnung des Sammelgrabs und Einzelbestattung.

Sie lassen auf dem Totenfeld inmitten von Kiefern einen großen Feldstein setzen, auf dem alle Namen und wahrscheinlichen Todestage der dort mit annähernder Sicherheit Bestatteten verzeichnet sind. ‚*Für unsere Eltern Paul und Charlotte Prodek*' steht über der in Bronze gesetzten Zeile eines Gedichts von Esther auf einer Tafel aus Lasurstein, die vor dem gemeinschaftlichen Grabmal auf dem Rasen liegt:

....die Welt als Malstrom vor deinem Lächeln.

Maja, Esther, Smeralda

AFRIKA

– Ich hab' dir eine Birne mitgebracht. Willst du sie essen, bevor wir nach AFRIKA gehen? –

Ihre dunklen Augen leuchten auf. Dickbäuchige, schwanzlose Fische sind es, die von den blau durchschimmernden Adern ihrer Schläfen auf die Nasenwurzel zuschwimmen, als wollten sie daran schnuppern. Ihr Gesicht ist voll und fein. Schwarzlila glänzen und lachen ihre Augen. Sie schwärmen aus in den Raum wie ihre schwarzen Locken. Schwarzfische nennt er ihre Augen in den ‚Bildern', die er sich jeden Abend vor dem Einschlafen macht. Bilder, auf denen er sie in den Wald trägt, wo sie mit Fellen bekleidet in einer Höhle leben und glücklich sind, weil sie sich unablässig in die Augen schauen. In Erwartung von AFRIKA.

– Gib sie her! –

Er reicht ihr die lange, fleckige Birne. – Darf ich auch einmal reinbeißen, zwischendurch? –

– Mal sehen. – Ihre Augen funkeln vor Habensfreude. Sie beißt schmatzend in die Frucht und schert sich nicht drum, dass ihr der Saft über Kinn und Händchen bis auf das dunkle Filzkleid tropft.

– Hier hast du sie. Aber nur einen Biss. Mehr nicht. Du hast sie mir geschenkt. Wiederholen ist gestohlen. –

Er freut sich, dass er an der Stelle, wo eben noch ihre Zähne ins Fruchtfleisch gehackt und ihre Lippen den herausdrängenden Saft gesaugt haben, reinbeißen und seinerseits schlürfen darf. Es kribbelt, bevor er zubeißt. Er meint, ihre weichen Lippen an seinen stets rissigen zu spüren. Sie zu küssen, wagt er nicht. Er hat Angst davor. Es ist Angst, die ihm gefällt, so erregt ihn die Vorstellung, sie zu küssen. Ihre weich vorspringende Nase käme zuerst dran. Ganz lange, bevor es zum Mund und dann auf die Augen ginge. Lange, lange.

Als er ihr die in der Mitte schon recht abgebissene Birne zurückgibt, hält er sie nur am Stiel fest und lässt sie herunterhängen. Katja greift hastig an beiden Enden zu, schlingt den Rest der Frucht samt Gehäuse und Kernen herunter und wirft dann mit der einen Hand den Stiel und mit der anderen das Griebsende mit dem Blütenstrunk seitwärts davon. Sie freut sich an der Eleganz, mit der ihr die ruckartigen Bewegungen aus den Handgelenken schnellen.

– Jetzt gehen wir nach **AFRIKA**, und ich krieg meine Belohnung. –

Sie nickt mit versprechenden Augen und folgt ihm hinter den klobigen Stamm einer Kastanie, die vor dem schwarz getünchten Bretterzaun eines Holzlagers steht. Im Schutz des Baumstammes puhlt Paul mit einem Stück Draht aus zwei Latten die langen, in einem Querbalken nur locker sitzenden Nägel. Danach kann er die Bretter aus ihrer Verankerung im Boden heben. Er lugt durch die Lücke im Zaun, horcht nicht lange. Er weiß, Arbeiter kommen hier nur zum Ab- und Aufladen her, und das Tor ist verschlossen.

Sie schleichen zwischen den meterhoch aufgeschichteten Stämmen, Balken, Brettern und Pfählen, Haufen von Borken und Spänen bis hinter einen Stapel von Palisaden in der vom Tor entferntesten Ecke des Lagerplatzes. Wie in **AFRIKA** ist es hier, hatte er beim ersten Mal gesagt. Es riecht immerzu holzig-frisch, dunstig wie im Dschungel, wenn Regen gefallen ist. Der Boden ist vom Sägemehl weicher als ein Teppich. Es läuft sich darauf wie auf Steppenboden. Hatte er gesagt. In einigen Jahren wird er die ostafrikanische Steppe als Kolonist urbar machen, wenn er inmitten der lockenden Farben der Wildnis die ersehnte **Freiheit** gefunden haben wird. Mit Katja als seiner Frau. Er hat zu Hause ein fast volles Sammelalbum mit Bildern aus **AFRIKA**. Kauft Mutti eine Büchse von Liebigs Fleischextrakt bei Subklewes, bekommt er eines vom Ladeninhaber mit feierlicher Miene überreicht. Sein Gesicht glüht, sobald er das Bild eines Stammeskriegers mit Kampfschmuck oder das träge lauernde grüne Maul eines Krokodils im Viktoria-See betrachtet.

Drei geschmeidige Birken, zebrafarben, wachsen zwischen ihren viel mächtigeren, aber toten, entarmten Vettern. Wiegen sich im Wind, breiten wohlig die Arme aus. Nicht mehr als einen halben Meter breit ist der Abstand zwischen den lagernden Palisaden und dem Lattenzaun, der an dieser Stelle einen stumpfen Winkel bildet. Katja stellt sich darin auf, Paul bleibt kurz vor ihr stehen.

– Los! –

Katja hebt mit der linken Hand ihren schmuddligen Rock und zieht mit der rechten ihr blaues Höschen runter bis zu den Knöcheln. Dann hebt sie

mit beiden Händen den Rock ganz hoch und lässt sich von Paul anschauen. Ihre stämmigen Beinchen stehen eng beieinander. Schenkel klebt an Schenkel. Sie schiebt die Hüften hin und her.
Der Junge atmet tief und schwer. Er fühlt sich heiß in die Luft gehoben. Als hätte er Flügel, die sich von ganz allein in Bewegung setzen. Bis runter ins freie, glühende **AFRIKA**. Trotzdem sagt er streng:

– Zieh das Höschen ganz aus! –
– Das ist immer so umständlich. –
– Jedes Mal versuchst du es ohne das. Es muss aber sein. –

Sie folgt seufzend seiner Anweisung, zeigt sich erneut.

– Ohne Wickel um die Füße siehst du viel schöner aus. Nun dreh dich um. –
– Das mache ich nicht. Nur von vorne. Du weißt es. –
– Ich möchte endlich mal deinen Po sehen. Nur kurz, wenigstens. –
– Nein! Nicht einmal ganz kurz. –
– Ich zieh dafür diesmal auch meine Hose runter, wenn du willst. –

Katja blickt ihn prüfend an. Das hat er noch nie gemacht. Sie durfte bisher immer nur kurz von oben hineinspähen in seine Hose, wenn er sie aufknöpfte und die Unterhose nach vorne zog.

– Mach das erst! Dann zeige ich dir vielleicht meinen Po. –
– Nur, wenn du es ganz sicher machst. –

Paul öffnet den Verschluss seiner Kniehose und lässt sie fallen, schiebt dann seine graue Unterhose bis auf die langen Oberschenkel hinunter.

Sie blinzelt belustigt hinüber. Drollig, das in dicke Haut verpackte Würmchen mit dem winzigen, doch prall gefüllten Beutelchen darunter. Der Klingelbeutel in der Kirche ist aus Samt, schwarz, und hängt an einem langen Stab. Seiner ist klein, weißrötlich und schrumpelig, wächst aus seinem Bauch. Von oben sieht man ihn fast gar nicht. Wie schrumpelig auch die Wurmhaut vorne übersteht. Wie angebissen von einem Hechtmaul sieht sie aus. Wozu braucht er den Kram? Der muss doch stören beim Laufen. Ich komme ohne solch Zeug aus. Es muss ein Zeichen sein. Wohl für Stärke. Nur Männer haben einen Bart, der zu nichts nützt. Weil sie stark sind. Er kann gegen die Wand pullern, wenn er seinen Wurm hochhebt. Das kann ich nicht, muss mich niederhocken. Umständlich ist das und doof. Wie eine abgebrochene Zuckerstange sieht der Wurm vorne aus. Man möchte dran knabbern. Er ist aber gewiss viel zu weich dafür. Außerdem ekelig. Sie muss lachen.

– Was soll das? Ich lache nie, wenn ich dich anschaue.–

– Es ist wegen deiner Unterhose. Du siehst aus, als seist du gerade vom großen Geschäft aufgestanden. Zieh du auch deine Unterhose aus! –

– Pfui! Schäm dich! An sowas zu denken. Jetzt sowas zu sagen! Jungen können nicht ihre Unterhose ausziehen, weil sie eine Hose anhaben. Die Unterhose geht nicht drüber. Und alle zwei zieh ich nicht aus. Falls jemand kommt und wir wegrennen müssen, müsste ich nackicht nach Hause laufen. Dreh dich jetzt lieber um und lass mich endlich deinen Po sehen! –

– Ich mag nicht. Ich schäme mich. Ich hab deinen auch noch nie gesehen. –

– Du hast es versprochen. Ich habe mein Versprechen gehalten. Und bei mir gibt es viel mehr zu sehen als bei dir. Vor mir brauchst du dich sowieso nicht zu schämen. Ich hab dich gern. –

– Ich hab es nicht wirklich versprochen. –

– Doch. Du musst das jetzt tun. Ich hätte meine Hose sonst nicht runtergezogen. –

– Gut, aber nur ganz kurz. –

– Das war viel zu kurz. Ich hab gar nichts gesehen. Noch einmal. Viel, viel länger. Bis ich sage: Schluss. Solange. –

– Was kriege ich dafür? –

– Immer willst du was dafür. Dabei macht es doch Spaß. Aber gut. Du darfst bei mir anfassen und ein bisschen dran ziehen, wenn du willst. Aber dafür musst du dich dann auch herunterbücken, nachdem du dich umgedreht hast.

Als sie das Würmchen mit der Hand umschließt, anhebt, dann mit Daumen und Zeigefinger darauf herumdrückt, durchfährt es ihn. Es kitzelt ihn von den Zehenspitzen bis unter die Zunge. Er hebt den Kopf, seine Augen zwängen sich zwischen die engstehenden Wolken. So möchte er lange bleiben. Er dreht den Kopf HIN und HER. HER und HIN, HIN und HER, HER und HIN. Er möchte ihn bis in die Wolken werfen. Ein gleiches Wonnegefühl wird er zu seinem Erstaunen einige Monate später wieder spüren. Beim Seilklettern in der Turnhalle, als er unter großer Kraftaufbietung die Knie anzieht und wieder wegstößt, um höher zu kommen, schnell, schneller. Als erster seiner Gruppe oben unter der Decke sein. Auf halber Höhe wird es mit einem kleinen Kitzeln zwischen Po und Pimm losgehen. Er wird stocken, hinabschauen auf den Lehrer, die Mitschüler, die zu ihm hochschauen. Oben angelangt, wird sich das Kitzeln so im ganzen Körper ausgebreitet haben, dass ihm schwindlig werden und er das Seil für einen Augenblick loslassen wird. Erst im Fallen wird er es wieder zu greifen bekommen und sich Finger und Handflächen beim Herabgleiten wund brennen. Sie werden bluten und später eitern. Er wird schreiend zu Boden fallen und zur Behandlung ins Spital gebracht werden. Mutter wird aufgeregt zu ihm eilen. Ihm unermüdlich auf dem Weg nach Hause das dunkle, glatte Haar streicheln. Wegen seiner verbundenen Hände wird er zwei Wochen lang nicht schreiben können. Als Katja den Wurm in die Länge zieht, schreit er auf.

– Du hast doch gesagt, ich darf dran ziehen. –

– Aber nicht so doll! Da ist keine Schublade hinter. Jetzt dreh dich um und bück dich. Und denk dran: Solange ich will. Nicht eher kommst du hoch. Verstanden? Und ich darf dich streicheln. –

Sie dreht sich wie aufgezogen rum und streckt ihm ihre fülligen Pobakken entgegen. Er schaut sich alles genau an. Die Gleichförmigkeit der Rundungen, die winzigen Poren, die an den höchsten Stellen zu einer Gänsehaut geschlossen sind. Um das Löchelchen herum ist die Haut runzlig und hellbraun gefärbt. Wie eine winzige Sonnenblume, die in eine Spalte zwischen zwei riesige weiße Steine gefallen ist, sieht das aus. Komisch, dass, was da rauskommt, übel riecht. Auch bei Mädchen. Streicheln möchte ich das Löchelchen. Es ist viel schöner als das vorne. Das jetzt unter dem Po in Falten geborgen nach hinten vorschaut. Sieht aus, als hätte da einer reingestochen und ein Stückchen vom Bauch herausgeschnitten. Schaut er sie von vorn an, hat er ihren Bauchnabel viel lieber als das Pippiloch. Der Nabel lacht, das Pippiloch guckt verloren drein. Er scheut sich, ihren Po zu streicheln, als würde er ihn dadurch zerstören. Streichelt ihn dann ganz sacht mit nur drei Fingern.
– Mir steigt das Blut in den Kopf. Ich kann nicht mehr. – Katja lässt trotz seines Protestes den Rock fallen und richtet sich auf.

– Du kommst doch morgen wieder mit nach **AFRIKA**? –

– Nur, wenn du mir eine Puppe schenkst. –

– Eine Puppe? Ich hab keine Puppen. Jungen spielen nicht mit Puppen. –

– Du kannst mir trotzdem eine schenken, weil meine Mutter mir keine schenkt. Wir sind zu arm dafür, sagt sie jedes Mal, wenn ich sie darum bitte. –

– Hätte ich Geld, würde ich dir eine Puppe schenken. –

– Du kannst doch die Mohrenpuppe mopsen, die jetzt bei Knösels im Spielwarengeschäft ausgestellt ist. Du bist schnell, geschickt und stark. Du schaffst das spielend. –

– Klar. Aber man darf nicht stehlen. Das weißt du doch. –

– Wir dürfen hier auch nicht her. Wir dürfen uns nicht nackicht machen wie die Neger in **AFRIKA** und uns anschauen und anfassen. Weißt du auch. Würden wir es sonst heimlich tun? Wenn du mir nicht die Mohrenpuppe schenkst, komme ich nicht mehr. –

Es ist nur eine Drohung. Katja mag Paul viel zu sehr, als dass sie nicht wieder kommen würde. Sie würde für ihn alles tun, was er nur wollte; denn sie wird ihn ja, wenn sie erwachsen sind, heiraten, und sie werden viele Kinder haben. In **AFRIKA** oder hier. Das ist ihr gleich. In **AFRIKA** kriegt man schwarze Kinder, die fröhlich aussehen wie die Mohrenpuppe in Knösels Schaufenster. Zum Glück weiß er nicht, wie lieb sie ihn hat. Denn sie will unter allen Umständen wie ihre Freundinnen eine Puppe haben. Und ihre Puppe soll die schönste sein. Sie wird sie jedes Mal hier mit nach **AFRIKA** nehmen. Wo sie hinpasst. Als ihr Kind. Sie darf uns beiden zuschauen, wenn wir uns nackicht anschauen.

– Wenn du nicht wiederkommst, bin ich dir böse. Du musst wieder kommen. –
– Muss ich nicht, wenn du mir nicht die Mohrenpuppe schenkst. In drei Tagen will ich sie haben. Wenn du mir die Puppe mitbringst, gehen wir wieder nach **AFRIKA**, und du darfst meinen Po solange anschauen und

sogar an allen Stellen streicheln, wie du nur möchtest. Viel länger als heute. Ohne Puppe nie mehr. –

– Du bist gemein! –

– Bin ich nicht. – Sie rennt lachend davon, obwohl ihr nicht zum Lachen zumute ist.

*

So jedenfalls hatte es das Rathaus geplant. Von dort gibt es nun widersprüchliche Signale zum Heldbock-Käfer. Zunächst stellte die Stadt jegliche Bebauung auf dem Berg in Frage. – Werden dort diese seltenen Tiere gefunden, müsste geprüft werden, ob Wohnungen und das Sport- und Freizeitbad gebaut werden dürfen- sagte eine Sprecherin. Einen Tag später ruderte die Stadt zurück: 2011 sei mit dem Landesumweltamt eine Einigung erzielt worden, dass auf den Grünflächen hinter dem DDR-Schwimmbad, die erhalten bleiben sollen, keine Untersuchungen anzustellen seien. Für das Projekt sei das mögliche Auffinden eines Heldbock-Käfers daher in keiner Weise planungsrelevant. –

SCHWINGEN

„– – – lustig ist es im grünen Wald, – – – “

Grelle Mittagssonne. Am Waldrand stehen auf einem schmalen Wiesenstück etwas abseits der Landstraße zum Kreis gestellte, klapprige Rollwagen. Sie sind fast so hoch wie lang. Graue Kotzen haben die Bewohner über die Holzgestelle genagelt, Wäscheleinen dazwischen gezogen. Hosen, Röcke und Hemden flattern im Wind. Viel geflickt, heißt bunt. In der Mitte des Lagers brennen Scheite. Dünner Rauch steigt hoch und zerfieselt. Hinter dem Feuer hängen Töpfe und Bratpfannen aus Gusseisen an einem Holzgerüst. Nackte Kinder mit fester brauner Haut planschen kreischend in einer Pfütze, bewerfen sich mit Matsch. Hellgraue Pferde grasen an langen Leinen vor dem Wald. Hunde, Hühner und Gänse laufen kreuz und quer durch das Lager und um die Wagen. Irgendwo zwischendrin singt es rau. Alltag bei einem Trupp des letzten dahinsiechenden gesamteuropäischen Nomadenvolks – stünde nicht inmitten der Wagen auf langen spitzen Beinen, von einem schwarzen Faltenmantel umhüllt, ein Fotoapparat und daneben, blendend wie eine himmlische Erscheinung, ein silberner Metallkoffer. Gestikulierte da nicht eine junge blonde Frau in einem dunkelblauen Sommermantel mit weißen Punkten. Eine weiße, schräg sitzende Baskenmütze mit eingeknicktem Striemel ziert ihren Kopf. Die Fremde radebrecht, um sich gleichzumachen. Das Lachen dazu kommt von alleine. Mich kleiden und stinken wie sie, darf ich nicht. Lustig wär's. Mal einen Tag fettig wie ein Schaf riechen! Wollig, milbig. Ich habe gehört, sie heilen schwere Krankheiten, indem sie sich nackt bis zu den Brustwarzen in einen Misthaufen eingraben lassen und einen ganzen Tag darin verharren. Ich wäre gern mal dabei. Wenn es nicht stimmt? Allein die Vorstellung .... Ich wage nicht zu fragen. Charlotte wendet sich lächelnd an den Chef. Die Sippe soll sich bitte geordnet in einer Reihe aufstellen. Jeder kommt dran. Einer nach dem anderen. Einzeln oder in kleiner Gruppe, ganz wie sie wollen. Viele Menschen sind es nicht, zählt man die Säuglinge ab. Etwa dreißig Personen. Sterblichkeit und Fruchtbarkeit ringen um den Sieg in der Sippe Sinti.

Zuerst der Chef: allein mit seiner langen, qualmenden Pfeife; dann mit Frau und Kindern. Dann mit allen Angehörigen – die Männer unter schwarzen Schlapphüten, die Frauen und Mädchen korallengeschmückt, mit offenem Haar oder Dutt, die Kleinkinder nackt – dahinter die Standarte mit dem gestickten Bild der Sara, der schwarzen Dienerin der Jungfrau Maria. Sara neigt in stets lauschender Fürsorge den Kopf. Der Chef ist fleischig, die anderen eher knochig. Er sticht heraus. Seine Zähne blitzen im geschlossenen Halbrund weiß auf, wenn er den Mund öffnet. Bei den anderen stehen sie krumm und schief, sind abgewetzt, wenn nicht abgebrochen oder ausgefallen. Manche sind vom vielen Knasterrauchen schwarz geworden. Auch die Frauen rauchen, schon die Kinder. Sogar Pfeife. Die Frauen tragen hier nicht die üblichen nach Piratenweise gebundenen Kopftücher. Alle haben gepflegtes Haar. Läuse gibt es nicht, haben sie mir gesagt. Sie waschen ihr Haar nie, aber fetten es ein und kämmen es mehrmals am Tag. Schön anzusehen sind die Zigeunerfrauen, wenn sie mit fließendem Haar dasitzen und zwei junge Mädchen ihnen durch die schwarze Pracht nach beiden Seiten hin im Gleichfluss Kämme ziehen. Die Sippe gehört zu den Kammmachern. Charlotte hat ein ganzes Dutzend Holz- und Hornkämme in Blumen- und Tiergestalt gekauft. Ich darf nicht sagen, wenn ich sie verschenke, wo sie herkommen. Ob Lupo den mit den beiden Wolfsköpfen benutzen wird? Sie lacht. Ich glaube, erst nach Naserümpfen, Desinfektion und einem langen, langen Zungenkuss, den ich in ihn hineinbalze.

Furchtsam war ich beim ersten Besuch. Mit klopfendem Herzen hab ich mich genähert. Als liefe ich bei Einbruch der Nacht auf Moorboden. Als wollte ich Unrechtes tun. Schmierig sahen sie aus. Scheu. Unstet. Verschlagen. Ja durchaus. Dabei hat Paul ebenso schwarzes Haar und im Sommer eine ebenso dunkle Haut. Doch blaue Augen und einen freien Blick. Einen freien Gang. Sie haben tiefbraune Tieraugen und huschen herum wie eingefangen, obwohl sie doch im Freien in der Freiheit leben. Oder verlegen? Ich möchte sie streicheln, aber traue mich nicht. Ängstlicher als ich waren sie, als ich mich näherte. Schauten misstrauisch. (Sie sind hier geduldet, weil die Staatliche Forstverwaltung sie in einem festen Lager besser unter Kontrolle hat als beim Umherziehen.) Allen Mut kratzte ich über dem klopfenden Herzen zusammen und ging einfach durch eine Lücke zwischen zwei Wagen in das Lager hinein. Welche Befreiung, als der Chef mir lachend die breite Hand entgegenstreckte.

Charlotte ist geduldig, weil alles in ihr singt und schwingt. Sie ist ganz bei der Sache und frei am Werk. Sie hat viel Material dabei. Sie lässt die Zigeuner vor der Linse posieren, grimassieren, herumalbern, ganz wie sie es wünschen, so oft sie es wünschen. Nur: Ordnung muss sein. Bei Durcheinander geraten die Aufnahmen nicht. Das Völkchen darf sich nicht zu heftig bewegen, sonst werden die Bilder nicht gestochen scharf. Schwierig für die Kinder. Schwierig zu erklären.

Faltig sind die Gesichter, selbst die jungen. Gar nicht abgründig. Zutraulich. Manche schauen wie gejagt. Schleim fließt aus vielen Augen und Nasen. Charlotte hatte es beim ersten Besuch bemerkt und Tropfen besorgt. Die Sippenälteste träufelt sie mit einem Teelöffel ein, nicht mit dem zugehörigen Glasröhrchen. Charlotte fotografiert. Elastisch wie Schlangen bewegen sich die Zigeuner. Huschend. Gleitend. Scheu. Volle Lippen. Selten und kurz ist Zigeunerlachen. Wessen Bild festgehalten wird, den gibt es für immer. Deshalb lachen sie heute ausgiebig. Halten ein auf ihrer ständigen Flucht vor der Fron eines Regelwerks.

Charlotte hat dem Chef versprochen, in einigen Tagen Abzüge zu liefern. Ihr geht es um Aufnahmen von Gesichtern, Posen, suckelnden Säuglingen an den tiefhängenden Mutterbrüsten. Wenn Zigeunerinnen stillen, legen sie beide Brüste frei. Vor allem will Charlotte Hände, Ellbögen und Füße aufnehmen. Warum, verstehen die Zigeuner nicht. Doch sie machen mit. Sie lassen ihre spröden Hände beim Waschen, Kochen, Nähen, Schnitzen, Füttern der Tiere, Beten, Tanzen und im Gespräch auf die Platte bannen. Die Füße nicht nackt, das wollen die Erwachsenen nicht, sondern in buntem Schuhwerk. Die Ellbögen nach vorn strecken! Zur Kamera hin. Von den Hand- Fuß- und Gelenkbildern wird ihnen Charlotte keine Abzüge geben. Was sollen sie damit?

Nach den Menschen nimmt sie die Tiere auf. Fotografiert schließlich mit Blitz in die geöffneten Wohnwagen hinein. Dem Verplatzen und Verzukken der bläulichen Glasbirnen geht gespanntes Warten voraus. Sie bestaunen die verschmorten Bulben. Betasten sie misstrauisch. Zum Schluss knipst Charlotte aus der Entfernung das Lager insgesamt. Auf der Landstraße sind Gaffer stehen geblieben. Die knipst sie auch. Zeigt ihnen eine Nase. Ich setz auf die hässliche einen Hahnenkopf drauf. Ein Heuwagen hält an. Der Kutscher schimpft. Sie vernimmt das Wort ‚schämen'. Charlotte lacht, ruft – Ach wüsstest du, wie wohl es ist, dem Fischlein auf dem Grund. –

Nachdem sie ihr Material zusammengepackt hat, setzt sie sich ins Gras und schmaust inmitten des Völkchens von einem runden Brett Röstkartoffeln mit Ziegenquark. Die heißen Kartoffeln liegen in der Mitte, man muss sie sich greifen. Die Frau des Chefs teilt jedem einen Klax Quark mit der Kelle zu. Sie hat junge Triebe von Waldkräutern in den Weißkäse gehackt.

Die Zigeuner wussten, dass Charlotte kommen würde. Sie haben deshalb letzte Nacht mit Netzen Igel gejagt. Zwei aufgespürt und aufgespießt. Igelbraten ist ihr Lieblingsgericht. Charlotte hat die Zubereitung fotografiert. Der Igel wurde an den Füßen genommen, die Stacheln sorgfältig abgesengt, dann zum Abbrühen der Haut in einen Kessel mit siedendem Wasser geworfen, und das verbleibende Körperchen zum Schluss in Blätter gehüllt in einem mit Holzkohle gefülltem Erdloch geschmort. Mehr als ein Bissen bleibt nicht für jeden. Der wird genossen, also lange gekaut. Charlotte ekelt sich. Sie schlingt ihr Stück Igelfleisch kaum gekaut herunter. Schmeckt wie Schweinebauch. Ich riskiere Blähungen. Bloß nicht zu Hause erzählen, was ich gegessen habe! Womöglich gibt Paul mir wochenlang keinen Kuss mehr. In zerbeulten Blechbechern teilt die Frau des Chefs Honigwein aus. Der hilft, das Stück drolligen Igel im Bauch zu vergessen. Zwei junge Burschen spielen Maultrommel, die Mädchen tanzen. Charlotte notiert die Wünsche des Chefs nach Medikamenten. Langes Winken zum Abschied. – Te traís. – – Te traís. – Nirgendwo zu Hause, immer unter sich, sich so gleich. Naiv und freundlich – freundlich und naiv, kein Ziel. Was hat mich hierher gelockt? An Fremden zu riechen? Ihnen zu helfen? Am meisten: Die Lust, von mir ganz Fremden gemocht zu werden. Liebe hab ich reichlich zu Hause.

EIN SOG

Beton, gitterförmig; im Sechseck schmal als Turm hochgezogen. Beton, in Gitterform; im Sechseck als Saal halbhochgedrückt. Zwei hellgraue Klötze klemmen die rußschwarze Turmruine ein. Kirchenstreusel einer Reste-Stadt aus zwei ungleichen Hälften, die kaum mehr der Name zusammenhält. Das kärgliche City-Symbol West: Die vereinte architektonische Notdurft zweier geschiedener Epochen, die auf Grund Volkswillens untrennbar aneinander kleben. Für jedwede Menge Postkarten mit Grüßen vom Vorposten der FREIENWELT, der eben noch zum Reich des Grauens gehörte. Seine Hauptstadt war. Hier wird weiter gekämpft. Unter veränderten Vorzeichen. Man sieht es nur nicht, liest man keine Zeitung. Starr und stahlgrau klebt der Himmel heut' drüber. Ein Film wird kommen ... Feuchtkalt ist die Luft. Morgens. Keine Leuchtreklamen betrügen das Auge mehr. Auf dem Dach des Europa-Centers, ein todernst gemeinter Name für ein paar bescheidene Glas- und Kastenbauten ohne architektonischen Anspruch, dreht sich klobig wie ein Radar der weltbekannte dreizackige Stern. Heut' ist der 27. Februar 1969 – im kommenden Juli werden zwei Menschen auf dem Mond landen. Einer wird einen famosen Satz sagen. Kein Ei des Kolumbus – aber adrett und schon irgendwie groß. Wie lange hat er ihn vorgekaut? Doch schaut her, ihr Völker der Welt! In dieser Stadt haust seit dem Untergang des Reiches des Bösen das Abstruse. Hier schrillt pure Dissonanz auf. Entartete Politik, entartete Kunst war einst. Jetzt ist alles hager, starr und mager. Irrlichternd. Breitscheidplatz hat man das abknickende Stück Boulevard zwischen Kurfürstendamm und Tauentzienstraße genannt. Nicht nachfragen, wer da zwischen wen geklemmt ist. Alles ist Fügung. Keiner hört, wie das Scharnier quietscht, Namen sind Schall und Rauch. Man vergibt sie. Bezeichnung ist Menschenpflicht. Vergeben sucht Vergebung. Die Berliner bleiben ein verwegener Menschenschlag. Ahnte Goethe bei seiner Einschätzung das kommende Wildwest der Berliner Straßennamen? Aus Shakespeare wird Benno Ohnesorg.

Jagga steht im lockeren Gedränge einer Menge meist junger Leute auf der obersten der wenigen Betonstufen, die den Höhenunterschied zwischen dem Gehweg des Breitscheidplatzes und dem Postament der Kaiser-Wilhelm-Gedächtniskirche überdecken. Sie hat den Gürtel ihres hellgrauen Trenchcoats fest gezogen, den Kragen hoch um ihren roten Schal geschlagen. Sie fröstelt. ‚Gedächtniskirche' wird das ungehörige Baugemenge gemeinhin genannt, vor dem Jagga steht. Die Verkürzung des Namens ist sinnvoll. Der erste neudeutsche Kaiser wäre noch im Jenseits erleichtert, verschwände sein Name hier endgültig aus dem Gedächtnis. Bei allem Respekt vor der Religion ließe der Kartätschenprinz und spätere Deutsche Kaiser wider Willen das Werk Egon Eiermanns von seinen Haubitzen zusammenschießen, könnte er's nur. Weniger als die angelsächsischen Bomber vom Vorgängerbau übrig ließen, würde stehen bleiben. Aber die Lebenden dürfen Tote nach Gutdünken misshandeln. Je mehr Zeit verstreicht, desto mehr Tote laden zum Missbrauch ihrer Namen unter akut Lebendigen ein.

Eine Kolonne schwarzer Limousinen wird hier gleich vorbeibrausen, eskortiert von Polizisten auf Krädern in weißen Jacken. Schwarze Lederhelme auf den Schädeln. Wie ein Schub Gischt aus flachem, grauem Meer werden sie auftauchen. Weiße Mäuse nannten wir sie als Kinder. Warum ich hier bin? An meinem Studientag? Ich sollte den neuesten Erkenntnissen der Sprachwissenschaft über Hammurabis Gesetzgebung nachspüren. Mein freies Thema im Abi. Aus Neugier? Um gegen den Vietnam-Krieg zu demonstrieren? Um endlich mal dabei zu sein? Daraus wird nichts. Hier wird sich wenig tun. In ein paar Sekunden sind schwarzes Blech und Eskorte vorbeigerauscht. Mit zugezogenen Gardinen werden sie fahren. Aber weil es in West-Berlin nur wenige markante Plätze gibt, wird das Fernsehen die Vorbeifahrt von Präsident Richard Milhous Nixon an dieser Stelle zeigen. Seit ein paar Wochen ist er, wie es in amerikanischen und deutschen Schulbüchern einträchtig heißt, im höchsten und wichtigsten Amt der Welt. Wollte bald nach Berlin, um zu zeigen, wer er ist. Die Protestierer rechnen mit den Fernsehaufnahmen. Seit einer halben Stunde skandieren sie unablässig „USA, SA, SS". Schön abgehackt. Halten sie fünf Minuten durch, hat es die Wirkung eines Dampfbads. Ruhen sie ihre heiseren Kehlen aus, füllt sofort ein Dutzend Stimmchen ebenso rhythmisch, aber lang hingezogen die Lücke: „Le-- nin, Sta-- lin, Ho-- Chi-Minh, für ein – rotes – West-Berlin!" Niedlich hört sich das an. Jagga ist keine Linke. Beileibe nicht; aber sie hält den Krieg in Vietnam nicht nur für unnötig, sondern wegen der Brutalität, mit der die Amerikaner ihn führen, für ein Verbrechen. Man darf dazu nicht schweigen, nur weil sie uns in Berlin immer gegen den Würgegriff der Russen verteidigt haben. Soweit, dass man Verbrechen billigt, dürfen Freundschaft, selbst Liebe nie gehen. Sie findet auch: Protest muss, um glaubhaft zu sein, gewaltlos vonstattengehen. Sie sagt das linken Sympathisanten in ihrer Klasse. Die Diskussionen seit drei Jahren! Musik, Mode und Sex sind auf die Ränge verwiesen.

Die Wagenkolonne mit dem Präsidenten nähert sich. Klappriger Beifall von der Ecke Joachimstaler Straße schlägt auf. Einige Rufe ertönen: Nixon!

Nixon! Um Jagga herum setzen die Sprechchöre voll an und überschlagen sich: USA, SA, SS! USA, SA, SS! USA, SA, SS! Jagga findet den Slogan einfallslos und daneben, aber das Stakkato fährt ihr in die Glieder. Ihr Körper zuckt rhythmisch mit, jetzt ruft sie es auch. Was soll ich sonst rufen? Erste Kradfahrer brausen vorbei. Die dröhnende Kraft der Maschinen. Dann drei verdunkelte Mercedes der Polizei. Wieder Kräder. Einige der Umstehenden haben in ihre mitgebrachten Plastiktüten gegriffen. Tomaten, Eier und Farbbeutel werden herausgeholt. Sie werfen damit auf die Fahrbahn. Reichlich Vorrat ist da, wird verteilt. Die Wurfgeschosse zerplatzen auf dem Asphalt. Beflecken ihn. An den schwarzen Mercedes und Studebakers, den weißen Uniformen der Eskorte läuft roter und gelber Saft herunter. Die getroffenen Kradfahrer beeindruckt es wenig. Sie kennen das, fahren unbewegten Gesichts weiter. Während Jagga überlegt, ob sie sich eine der roten Matschkugeln geben lässt, wirft vor ihr ein langer Kerl mit Struwwelpetermähne eine Plastiktüte von Bolle auf den Betonboden. Sie reißt auseinander und über die Schuhe der Protestierer gleiten von den Gezeiten abgeschliffene Kliffsteine. Solche, die jeder Junge gern flach auf eine spiegelglatte Wasseroberfläche schleudert und dann zählt, wie viele Mal sie, von der Oberflächenspannung des Wassers abgewiesen, hoch hüpfen, bevor sie versinken. Jagga überlegt nicht. Sie bückt sich und greift sich einen der platten, schwarzen Steine vom Meer. Griffig liegt er zwischen Daumen, Zeige- und Mittelfinger. Die lange schwarze Limousine da, die mit der Standarte, das muss der Wagen des Präsidenten sein. Jagga hebt den Arm und will den Stein eilig losschleudern, ehe Richard Nixon vorbei ist – wenn ein Steinhagel auf seinen gepanzerten Wagen niedergeht, wird er merken, was wir von ihm und seinem Krieg halten – als ihr Handgelenk von hinten umfasst wird. Wie von einem Schraubstock gepackt, fühlt sich Jagga. Eine andere Hand legt sich auf ihre linke Brust, packt auch da zu, verharrt, während ihr der rechte Arm auf den Rücken gedreht wird und der Stein ihr entgleitet. Jetzt ist ihr linkes Handgelenk dran, die Brust wieder frei. Beide Hände werden auf dem Rücken zusammengepresst. Handschellen klicken. Gefangen! Jagga wird fortgezogen. Sie schreit wütend auf.
Zivilpolizisten sind unter den Demonstranten. Jagga ist einem von ihnen aufgefallen. Ein hübsches Mädchen – trotz der scharfen Nase. Offenbar allein hier. Eine leichte Beute, wenn sie sich an Straftaten beteiligt. Sie hat es, wie insgeheim erhofft, getan. Schon hat er sie. Gespür! Ein kurzer Einsatz heute, kein Handgemenge, kein Schlagstock nötig. Er zerrt die Gefangene an der Handschellenkette durch die Menge. Frauenbeute bereitet einen Extraschuss Wohlbehagen bei der Pflichterfüllung. Jagga schreit heftiger. Einige Demonstranten versuchen, ihren Abtransport zu verhindern, stellen sich dem Häscher in den Weg. Rempeln ihn an.

Aber von hinten kommen zwei Polizisten in Uniform und unter Tschakos ihrem eingekeilten Kollegen zu Hilfe. Sie setzen ihre Schlagstöcke ein. Schlagen zwei Köpfe blutig. Pfui-Rufe, aber die Menge weicht auseinander. Jagga wird fortgezogen und an der Hardenbergstraße, nachdem eine mürrische Polizeiangestellte mit Hornbrille sie nach Waffen abgegrabscht hat, mit fünf anderen Frauen in einen Gefangenentransportwagen gestoßen. Grüne Minna nannten wir die fahrbaren Zellen als Kinder, obwohl sie blau sind. Nun sitz ich drin. Und in der Patsche. Komisch schnell geht das. Mit einem Schlag ist alles anders. Eingesperrt von Rechts wegen bin ich. Auf frischer Tat ertappt. Sie sieht ihre Mitgefangenen an. Alle älter. Zwei Bleichgesichtige in Patchwork-Kleidung, grün gefärbtes Haar, haben offenbar Erfahrung mit solchen Festnahmen. Sie fühlen sich sauwohl, mal wieder in der Minna zu sitzen, singen aus vollem Halse und im Wechsel: Arbeitermacht, Arbeitermacht – haut den Unternehmern in die Fresse, dass es kracht! Gleich darauf: Wenn die Bullenköpfe kullern, werden wir geil darauf pullern. Dann: Che Guevara, Ho-Tchi-Minh – nach Berlin, nach Berlin! Die beiden hüpfen dabei von ihren Sitzen hoch, schaukeln manchmal wie trunken zur Seite. Die trübsinnigen Ellenbogenstöße der beiden Wachtmeister, die an der Tür sitzen, stören sie nicht. Die frohsinnigen Häftlinge (Häftlinginne?) fordern die anderen auf, mit zu trällern und zu hüpfen. Aber die drei anderen scheinen Einzelgängerinnen zu sein. Wie ich. Sie warten ab, was passiert. Mehr als ein gequältes Grinsen über die gute Laune der beiden Bleichgesichter bringen sie nicht zustande. Eine mit Lederjacke trägt eine Brille vom Flohmarkt, eine andere Zöpfe und einen blauen Mantel. Unauffällig die Dritte: Pferdeschwanz, braves Gesicht, Kamelhaarmantel. Jagga rückt näher heran. Ich will mit ihr sprechen. Was sage ich?

Wenige Minuten später steht fest, dass es zu keinen größeren Ausschreitungen kommen wird. Die Menge zwischen den Kirchfragmenten und dem Europa-Center löst sich auf. Einige Gruppen diskutieren. Straßenfeger rücken bereits an. Zeit zum Abfahren zur Gefangenensammelstelle. Jagga erfährt auf der Fahrt zum Polizeirevier, dass die Unauffällige eine Soziologiestudentin im zweiten Semester ist, noch nie auf einer richtigen Demo war, sondern bisher nur an Sit-ins im Seminargebäude teilgenommen hat. Heute hat sie ihrem Freund zuliebe, der im Abschlusssemester Theologie studiert, eine Klausur sausen lassen. Sie hat mit ihm zusammen ein Spruchband mit der Aufschrift – Nixon Kindermörder – entfaltet, als die Präsidentenkolonne am Europa-Center vorbeifuhr. Sie seien angerempelt worden. Weil ihnen die Stangen der Banderole aus den Händen gefallen seien und auf die Köpfe Umstehender trafen, habe die Polizei das als Gewaltanwendung angesehen und sie beide festgenommen. Eine Riesenschweinerei. Sie hätten friedlich demonstriert. Nichts als das. Wahrscheinlich waren die Rempler Zivilpolizisten oder angeheuerte Zutreiber der Polizei, bestimmt Provokateure von der sogenannten Freiwilligen Polizeireserve, der West-Berliner Geheimarmee. Kritische Demonstranten sollen eingeschüchtert und mundtot gemacht werden. Sie hätte nie gedacht, dass die Hosenschisser vom Senat so weit gehen würden. Schlimm sei es, dass die Atmosphäre von der Springerpresse seit Monaten derart aufgeheizt worden sei und friedliches Demonstrieren unmöglich mache.

Jagga will gerade etwas von sich sagen, als es ihr siedend heiß durch den Kopf fährt, dass sie ihren Ausweis nicht dabei hat. Nur ihr Schülerausweis steckt gefaltet im Portemonnaie.
– Mist! – entfährt es ihr. – Was ist denn, Kleinchen? – – Ich habe meinen Ausweis nicht eingesteckt. – – Da wirst du nachsitzen müssen, Süße. – Eine der scheckigen Frauen mit Festnahmeroutine lächelt sie an. – Genieß‘ die Sozialbesichtigung, Grünhörnchen. –

Inzwischen ist die Kolonne der Gefangenentransporter vor dem Polizeirevier am Rathaus Charlottenburg, dem Monumentalbau aus schwarzem Buckelquader mit dem bürgerstolz hochgereckten Turm, vorgefahren. Ein kolossaler Negerpenis, denkt Jagga – nur zu spitz. Deshalb schöner als einer aus Fleisch. Sie muss grinsen. Ihre Freundin Regina hatte ihr einmal gesagt, sie würde sich komisch fühlen mit so einem schwarzen Ding im Bauch, als ein Student aus Sambia um sie warb. Kindisch. Die unauffällige Soziologin und ihr Freund winken sich beim Aussteigen zu. Die Eingefangenen werden in Zellen gesperrt, die sonst der Ausnüchterung von aufgelesenen Betrunkenen dienen, im Amtsdeutsch ‚hilflose Personen’ genannt.

Die Männer quetscht man im Dutzend hinter die Gitter. Die Frauen haben es gut. Zu sechst in einer Zelle lässt es sich aushalten. Jeweils drei können sogar auf der Pritsche sitzen. Die beiden Routinierten melden gleich nach der Ankunft, dass sie mal müssten und zwar reichlich. Das erlaubt ihnen zu rauchen. Und nun geht es Schlag auf Schlag. Jede muss mal, viel und lange. Die dickliche Zivilangestellte schwitzt und schimpft vor sich hin beim Begleiten. Nur Jagga muss nicht. Deswegen wird sie gleich zum Verhör abgeführt.

Nachdem ihr gesagt worden ist, was der Polizist, der sie festnahm, in einem Kurzbericht seiner Festgenommenen Nr. 1 vom 27. 2. 1969 vorwirft, teilt ihr der protokollierende Beamte mit, dass sie das Recht habe, nicht zur Sache auszusagen. Ihre Personalien müsse sie aber angeben. Sie solle sich also ausweisen.

Jagga meint, es sei das Beste, jetzt nichts zur Sache zu sagen, zumal alles stimmt. Der Polyp hat mich genau beobachtet. Sie sagt, sie habe ihren Ausweis zu Hause vergessen. Nur einen Schülerausweis dabei.

– Das tut mir leid für Sie. Ein Schülerausweis ist kein amtliches Dokument über Ihre Identität. Wir müssen Sie also hierbehalten, bis Sie von einem Erziehungsberechtigten abgeholt werden. Sie sind noch deutlich unter 21, also minderjährig. Ich täusche mich doch nicht? – Der Kriminalpolizist verzieht siegessicher den Mund und lächelt ihr zu.

– Nein. –

– Geben Sie mir trotzdem mal Ihren Schülerausweis her und eine Telefonnummer, unter der wir Ihren Vater oder Ihre Mutter erreichen. –

Als Jagga den Ausweis rüberreicht und die Telefonnummern der Büros ihres Vaters und ihrer Mutter nennt, hebt der Beamte über die Ränder seiner Brille vorwurfsvoll den Blick. Er hat die Adresse gelesen und verzieht den Mund. – So, so, so! Wangenheimstraße. Im Grunewald-Viertel. Vom feinsten Nussfilet. Wieviel Zimmer hat denn die Villa? Zehn, zwölf, gar zwanzig? Und Topfschlag… das ist doch…? –
Jagga presst die Lippen zusammen und wirft den Kopf zurück. – Ja der .., ganz genau! Sagen Sie es nur. –

– Denken Sie nicht falsch von mir. Ich gönne Ihnen den Luxus. Säße ich sonst hier? Aber mir wird um Deutschland bange, wenn ich sehe, dass Kinder aus Elternhäusern wie dem Ihren, sogar höchst gestrengen, wie wir aus der Presse wissen, Randale machen. Wofür haben wir das Land aus Schutt und Asche wieder aufgebaut? Ihr Vater war gewiss einer der Ersten und Tüchtigsten, sonst hätte er es nicht so weit gebracht. Ich habe ihn in seinem unermüdlichen Kampf gegen unseren schlappen Staat immer bewundert. Hätte ihn gern unterstützt. Darf ich natürlich nicht als Beamter. Er hat sich die Villa im Schweiße seines Angesichts verdient und setzt sich öffentlich für das Richtige ein. Nun stellt sich heraus: Er versagt im eigenen Hause. Das übliche Schema. Er hat seine Kinder sich selbst überlassen. Ihre Mutter arbeitet auch, obwohl sie nicht müsste. Keine Zeit für Zuwendung. Es geht Ihnen einfach zu gut,

Fräulein Topfschlag. Geld kompensiert Fürsorge. Sie langweilen sich, so gut geht es Ihnen. Geben Sie es zu. Ich habe Kinder in Ihrem Alter. Die können sich solche Kapriolen nicht leisten. Die müssen schuften, um später etwas zu werden und im kommenden Sommer mit der Evangelischen Jugend nach Korsika ins Ferienlager zu fahren. –

– Ich bin nicht hier, um mit Ihnen zu diskutieren. Schon gar nicht über meine Familie und die ihre. Was ich getan habe, kann ich verantworten. Vor mir. Ich wünschte mir oft, ein ganz normales Mittelstandsmädchen zu sein, dann brauchte ich mir solches Gerede nicht anzuhören. –

– Wie Sie meinen, Fräulein Topfschlag. – Der Polizeibeamte mit dem sauber gescheitelten Haar, den rund geschnittenen Fingernägeln mit deutlich sichtbaren weißen Halbmonden drauf, sieht sie diesmal durch seine Brillengläser genau an. Ein hübsches, ein nettes Mädel. Frisch und zart. Aber Pfarrerstöchter verwandeln sich in dieser vom Verstand gefallenen Zeit in reißende Bestien. Werfen Bomben, erschießen Polizisten und Geschäftsleute. Wer weiß: Wenn die hier an einen Bader geriete, was sie aus sexueller Abhängigkeit und Geltungssucht alles täte. Mit solch kleinen Dummheiten fängt es an. Gleichwohl wird er weich, als er sie ansieht und ihn überkommt der Drang, es zu bekennen.

– Wissen Sie, ich würde Sie am liebsten laufen lassen und Ihnen ersparen, was kommt, versprächen Sie mir, sich die Sache zu Herzen zu nehmen und nicht mehr auf Demos zu gehen. Aber ich darf es nicht. Ich erlasse Ihnen schon die erkennungsdienstliche Behandlung. Von allen Seiten abfotografiert zu werden, Fingerkuppen in Tinte und auf Papier drücken müssen, das ist entwürdigend. Ich gehe also davon aus, dass es bei Ihnen nur ein Ausrutscher war. Ziehen Sie aus meiner Großzügigkeit aber keine falschen Schlüsse. Sie riskieren vorbestraft zu sein, denn da Sie ein paar Monate über 18 und intelligent sind, wird man Sie geistig und sittlich nicht mehr als Jugendliche einstufen. Aber vielleicht haben Sie Glück und man sieht Ihre Tat als Jugendverfehlung an, obwohl...naja, Landfriedensbruch, womöglich gar versuchter schwerer, und Steine auf den amerikanischen Präsidenten werfen .... Schon Tomaten und Eier sind kein Kinderspiel, können aber wenigstens niemanden schwerwiegend verletzen. Sie als Gymnasiastin, Steine. – Er seufzt. Sagt trotzdem – Alles Gute. Und sprechen Sie sich einmal mit Ihrem Vater und ihrer Mutter aus. Die beiden haben Sie ganz bestimmt wegen ihrer vielen Arbeit vernachlässigt. Auf Nicht-mehr-wiedersehen, Fräulein Topfschlag! –

Mein Vater. Immer wieder mein Vater! Was weiß der Polyp von ihm anderes, als die Presse faselt? Wenn ich denke, ich könnte so einen scheißfreundlichen und stinkkorrekten Vater haben wie den, bin ich heilfroh über meinen. Wäre er bloß nicht so bekannt.

Eine Stunde später wird Jagga von ihm in Begleitung eines Rechtsanwalts aus dem Polizeigewahrsam heimgeholt. Einer aus der Handvoll herumlungernder Pressefotografen hat den kauzigen Unternehmer erkannt, der mit seinen Ausfällen gegen die schlaffe, ganz sinnlos gewordene Strafjustiz seit Jahren von sich reden macht. Zuckende Blitzchen beleben für Momente das Grau des Nachmittags und der Polizeikorridore. – Das krieg' ich hin- bläht sich der Anwalt, als die drei in seinem dunkelblauen Mercedes sitzen und Jagga nach Hause bringen. – Das ist eine typische Jugendverfehlung. Bei der allgemeinen Erregung der jungen Menschen jetzt in Berlin. Schwerer Landfriedensbruch? So ein Blödsinn! Sie hatten doch keine Waffe, haben auch niemanden zusammengeschlagen, nicht wahr? Haha, wie sollten Sie zartes Geschöpf das auch? Es wird mit einer Ermahnung durch das Gericht abgehen. Dafür sorge ich. – – Danke- fühlt sich Jagga veranlasst zu sagen und bereut es sogleich. – Ich ruf Sie morgen an wegen eines Termins. – Dann schweigt sie wie ihr Vater, der trotz seiner Parteiferne als stinkreich und Nervensäge für jeden Justizminister bekannte Süßwarenfabrikant Joachim Topfschlag. Er runzelt unzufrieden die Stirn. Er verbeißt sich anzukündigen, dass aus dem Termin nichts werden wird. Ich bezahle ihr keinen Anwalt. Sie muss da aus eigenen Kräften rauskommen. Und anfangen zu reden, muss sie auch. Ich bin gespannt auf ihren ersten Satz. Dass mir das passiert! Meine Klügste. Eigensinnig wie ich. In die falsche Richtung. Das hat nichts mit Einsatz für eine bessere Welt zu tun. Das ist Naivität gepaart mit Wichtigtuerei. Könnte man mit Klamauk die Welt verändern, wie schön wären Welt und Klamauk. Sie wird das von alleine einsehen. Für die Wadenbeißer von der Presse weiss ich schon was Entwaffnendes.
– Was denkst du nun von mir, Vati? – – Wohl nichts anderes als du selbst. – Vater und Tochter sehen sich an. Verfallen erst in Grinsen, dann in prustendes Lachen. – Aber zwei Dinge sage ich dir: Dass Straßenkämpfe schon seit 1848 nichts mehr bringen, solltest du aus der Schule wissen, und dass Anarchisten stets die bestehende Ordnung festigen, sollte dir dein Verstand sagen. Die ganze Dämlichkeit der neuen Linken erweist sich daran, dass sie abgeblasenen Dampf nochmal heiß machen wollen. Untersteh dich, irgendein Wort mit dem Journalistenpack zu reden. Das besorge ich. –
– In einem kannst du sicher sein, ich reiße mich nicht um öffentliche Auftritte. Was du sagst, mag stimmen, aber was soll man denn dann

tun? Der Vietnam-Krieg ist eine Riesensauerei. Sollen wir das einfach wegschlucken? –
– Du weißt, was ich versucht habe. Mein Scheitern, so total es war, ließ mich im Gefühl der geistigen Überlegenheit zurück. Es war fatal für andere, nicht für mich. So darf man scheitern. Deine Unmutsäußerungen sind schlichtweg kläglich. Du musst dich mit lütten, braven Bütteln rumschlagen. Protestieren, ohne sich zu diskreditieren, ist eine hohe Kunst, Jagga. Witz ist dabei die schärfste Waffe. Bei bösen Sachen wie Vietnam bitterböser Witz, selbst solcher jenseits der Legalität. Für Witz braucht man mehr als Empörung – Geist! Du weißt, wie es sich mit dieser Segnung Gottes auf Erden verhält. Zu wenig Geist heißt, zu viel Gewalt. Oder leerlaufende Appelle wie meine, weil sie auf Borniertheit stoßen; das sicher auch. –
Sie schaut ihn von der Seite an. Er hält den Blick gesenkt, als rede er vor sich hin.
– Was glaubst du von dir selbst, Vati? So überhaupt? –
Er wartet mit der Antwort ab. Nicht, weil er überlegt. Zu oft hat er sich die Frage selbst gestellt. Über die gespannte Stille gerät er ins Schmunzeln.
– Angriff gestattet. Lenk‘ ruhig von der eigenen Misere ab. Ich habe mich freigeschaufelt. Zu meiner eigenen Überraschung. Mehr war nicht drin. Mehr ist ernsthaft wohl für keinen Menschen drin. Manche machen es strahlender: Goethe oder Rockefeller zum Beispiel. Das ist alles, was ich von mir weiß. Zufrieden? –
Sie lässt nun Stille walten, bevor sie mit einer Umarmung und einem freudigen Kuss, halb auf den Mund, halb auf die Wange, antwortet.

Der Jugendliche mit ungeklärter Staatsangehörigkeit, dessen Familie aus dem Libanon nach Deutschland eingereist war, hatte im November und Dezember Gleichaltrigen Handys bzw. einer 81-jährigen Frau die Handtasche geraubt. Die alte Frau wurde dabei verletzt. Es dauerte fast ein Jahr, bis er für diese Taten zu einem Jahr und drei Monaten Haft verurteilt wurde. Weil er von der Haft verschont wurde, war es ihm im Juni möglich, eine Schleckerfiliale zu überfallen. Für diese Tat erhöhte ein Jugendgericht im Oktober das Strafmaß und verurteilte ihn zu einer Gesamtfreiheitsstrafe von zwei Jahren und sechs Monaten. In Haft kam er immer noch nicht, weil er Haftverschonung erhielt. Dass er nun doch verhaftet wurde, liegt nur daran, dass inzwischen weitere Straßenraube bekannt wurden.

Das Urteil gegen acht vor dem Amtsgericht Hoyerswerda angeklagte Neonazis schockiert viele Beobachter. Das Internationale Auschwitz-Komitee und die sächsischen Grünen beurteilen die verhängten Bewährungsstrafen als zu mild. Die politische Dimension der Verhandlung ist ihnen zu wenig beachtet worden. Das internationale Auschitz-Komitee bezeichnete die Strafen als „skandalös".

Häftlinge wollen mehr Zuwendung / Gefangene planen ein Volksbegehren für Kriminalprävention. Ziel ist bessere Betreuung hinter Gittern *Gefangene fordern mehr Wärter. In einem Brief an Berlins Justizsenator Heilmann, den ein früherer Häftling am Dienstag bei der Justizverwaltung abgab, heißt es: „Die in der JVA Tegel gefangen gehaltenen Bürger bitten Sie inständig: Verwahren Sie uns nicht nur, sondern bitte helfen Sie uns! Bitte sorgen Sie für ausreichend Wärter, Sozialarbeiter und Psychologen." Jetzt wollen die Häftlinge sogar ein Volksbegehren starten. Sein Titel: ‚Kriminalprävention stärken, Opfer vermeiden!'*

Der Vater

Paul, im zweiten Schuljahr, weiß nicht viel mehr über seine Familie, als dass sie da ist und komischerweise aus Mutters Bauch wie bestellt weiter wächst. Er fragt nicht sich oder die Eltern, wie das kommt. Es ist eben so. Wer wächst, ist gesund, das spürt er an sich selbst. Der Vater sorgt dafür, dass sie immer genug zu essen haben, also beruhigt wachsen können. Vater, Mutter und Geschwister sind um ihn herum wie die Häuser, Fabriken und Straßen von Luckenwalde, die sich weiter über die Äcker ausbreiten; wie die Enten auf dem Anger, die Bäume im Wald und sommers die vielen summenden Bienen in den Blüten, die kugligen Käfer auf den Blättern. Soll man immerzu fragen, wo das alles herkommt? Die Schule drängt ihm Antworten auf, die er gar nicht sucht, aber willig, manchmal staunend entgegennimmt.
Warum finden wir Gedichte schön? Diese Frage untersucht das Max-Planck-Institut für empirische Ästhetik.
(Höhnische Frage: Was ist schön? Denk ich an Hegel im Takt-– –)(Autor)

Die Mutter muss ihn selten mahnen. Paul tut widerspruchslos, was sie verlangt, weil er spürt, wie es ihr Freude macht, wenn er folgsam ist. Obwohl er ihre übertriebene Sorge nicht mag, macht ihn froh, seinem Widerwillen nicht nachzugeben, wenn er sieht, wie zufrieden sie mit ihm ist. Dem Vater gehorcht er. Wie sollte es anders sein? Auch weil er ihn bewundert und einsieht, dass er immer Recht hat mit seinen Anordnungen. Hochgewachsen ist er; knochig. Der strengste Mensch auf der Welt. Viel strenger als die Lehrer. Johannes Ludovik Prodek heißt er. Gerichtsschreiber ist er. Damit einzig in der Stadt. Wie der Herr Bürgermeister. Das weiß jeder in Luckenwalde. Und der Vater weiß alles. Vor allem weiß er, was richtig und was falsch ist. Deshalb lobt er, straft er. Er allein in der Familie hat das Recht zu strafen. Paul liebt seine kräftige, breit gebaute Mutter, die mich in die Arme, an ihren warmen Leib zieht, selbst wenn ich etwas verbrochen habe. Und er liebt seinen in sich gekehrten kleinen Bruder und sogar ein bisschen seine tapsige Schwester. Aber am liebsten habe ich Katja. Sie ist schwarzhaarig wie ich. Hat Locken – anders als ich. Fröhliche Augen. Die Platzen vor Freude und zerspringen dabei nie. Selbstbewusst schaut sie drein. Neugierig. Sie gehört nicht zu uns. Sie wohnt mit ihrer Mutter im Keller eines der seltenen mehrstöckigen Häuser in der Grünstraße. Ich möchte Katja Tag und Nacht bei mir haben. Sie und ihre Mutter könnten zu uns ziehen. Katja kann bei Hannchen im Zimmer schlafen. Ihre Mutter in der Küche. Da ist viel Platz. Paul ist stolz darauf, dass er einen Vater hat, wie die meisten Kinder. Katja hat keinen. Nie einen gehabt. Nur eine Mutter. Wie das möglich ist, fragt er sich manchmal. Nicht lange. Es ist eben so. Ausnahmen bestätigen die Regel hat ein Lehrer gesagt. Zöge Katja zu uns, bekäme sie einen Vater. Es wäre für alle das Beste. Er traut sich nicht, den Wunsch zu äußern. Nicht einmal zur Mutter.

Paul wird mit dreißig ein Buch lesen, in dem die Familie als Urzelle der Macht erkannt und benannt wird. Er wird lächeln, das Buch eine Weile zur Seite legen und sich sagen, dass dies eine billige Erkenntnis sei, wie etwa die, dass auf der Zunge die Geschmacksnerven sitzen. Er wird sich fragen, ob man auch sagen könnte, die Familie sei die Urzelle der Liebe. Ein unangenehmes Gefühl wird ihn dabei überkommen, als würde er von einem Fremden verhört, und er wird nach einigem Überlegen die Frage wegdrücken. Wie fast alle Fragen, die er sich stellt.

Zunächst aber wird Paul nach Stöbern auf dem Dachboden, wo er aufregende Gerätschaften findet, erfahren, dass Vaters Vater Scherenschleifer und Schuster war. Erst später, dass er Jan Wenzel Podrek hieß und mit einer für das Gebiet des gesamten Deutschen Bundes gültigen Wandergewerbekarte aus Böhmen nach Deutschland kam. Dass es ihn in die protestantischen Länder Sachsen und Brandenburg zog, weil er als Nachfahre einer Hussittenfamilie die Katholischen im Allgemeinen und die

Habsburger ganz besonders hasste. Viel mehr wird ihm der Vater nicht erzählen, obwohl er mehr, wenngleich nicht alles, über seinen Vater weiß.

Jan Wenzel Podrek verweilte nie lange an einem Ort; denn nur in den ersten Tagen hatte er größeren Zulauf. In Luckenwalde überraschte ihn Mitte März 1848 die Revolution. Sie vollzog sich hier geruhsam, da kein Militär in der Stadt lag. Eine Bürgerdeputation besetzte das Rathaus und wurde dort freundlich empfangen. Seit Kurzem war der Bürgermeister ein Freisinniger. Man sandte einen Vertreter des Kreises zur sich konstituierenden preußischen Nationalversammlung nach Berlin und wartete ab, wie sich die Dinge im Lande entwickeln würden. Abwarten schien angesichts der Hitzigkeit der Bürgererregung anderenorts und der wegen aufkommender Gesetzlosigkeit unsicher gewordenen Straßen auch Podrek angeraten. Da seine Einnahmen jedoch nach drei Wochen Aufenthalt in der Stadt drastisch sanken, es wurden kaum mehr Küchenmesser gewetzt, und die ansässigen Schuster hatten ihre Preise fürs Besohlen und Flicken wutschnaubend seinen niedrigeren angepasst, meldete er sich, obwohl österreichischer Staatsbürger, zu den preußischen Fahnen, um als Freiwilliger mit den aufständischen Schleswigern gegen die Einverleibung ihres Herzogtums in den dänischen Staatsverband zu kämpfen. Mehr noch als existentielle Not trieb ihn die Lust dazu, endlich nicht mehr allein herumzuziehen, sondern bei etwas Bedeutendem mitzumachen, sich einer völkischen Gemütsaufwallung anzuschließen. Einem Menschenverband, einer guten und nur allzu gerechten deutschen Sache zuzugehören, tat ihm wohl. Die inzwischen in Frankfurt am Main zusammengetretene Nationalversammlung hatte in einem ihrer ersten Akte Dänemark wegen der Annexion Schleswigs den Krieg erklärt. Preußen und Hannover waren aufgefordert, Kampftruppen für die Befreiung des Herzogtums zu stellen, damit es, wie in alter Landessatzung geschrieben steht, weiter ‚up ewig ungedeelt' mit dem zum Bundesgebiet gehörigen Holstein bliebe.

Nach über dreißig Jahren Frieden waren die Regimenter nicht aufgefüllt, und beide in ständiger Zwietracht verbundenen norddeutschen Staaten wollten ihre Linientruppen schonen. Die Regierungen ahnten, dass man sie bald für Wichtigeres brauchen würde. Sie suchten Kriegsfreiwillige. Nachdem sich das Rekrutierungsbüro vergewissert hatte, dass der hoch aufgeschossene Mann gesund, anstellig und kein Spion war, wurde er nach kurzer Ausbildung dem Grenadierregiment Nr. 12 in Frankfurt an der Oder als Schütze zugeteilt und bald darauf unter erhebendem Liedgesang vom Rathausplatz aus in Marsch nach Norden gesetzt.

Der Angriff der preußischen Truppen über die Eider ging wegen der Unterstützung durch die einheimischen Bauern und Fischer zügig vonstatten. Doch selbst der kleinste Krieg fordert Opfer. Eine aus der dänischen Festung Ribe abgefeuerte Mörsergranate schlug in die geschlossen auf die Stadt vorrückende preußische Infanterie ein. Zehn Grenadiere aus Podreks Kompanie waren sofort tot. Ein Dutzend brach schwerverletzt zusammen. Podrek trafen Granatsplitter in den rechten Arm und die Lunge. Die Wundärzte vermochten nur das Metall aus dem Arm und die drei dicksten Splitter aus dem Oberlappen des rechten Lungenflügels zu entfernen. Unregelmäßig schnaufend, als Invalide mit einer Abfindung von zwölf Talern und vier Groschen aus der Armee entlassen, kam Podrek zurück nach Luckenwalde, wo seine Arbeitsgeräte in der Scheune eines Bauern unter Spelzenstaub lagerten. Er japste in der Sommerhitze, um genügend Luft in die verbliebenen Lungenbläschen zu ziehen. Er röchelte den verbrauchten Atem in heiseren Schüben aus, die wie chronischer Keuchhusten klangen.

Das dürre Dienstmädchen des Bürgermeisters, das Podrek kurz vor dem Ausrücken ins Feld auf dem Jahrmarkt kennengelernt hatte, heiratete ihn trotzdem; denn der Bürgermeister hatte Podrek zusammen mit drei anderen Kämpfern vor dem Rathaus die Hand gereicht und seinen Einsatz für die nationale deutsche Sache gelobt, nachdem die zahlreich versammelten Einwohner das Preußenlied abgesungen und Hoch! gerufen hatten. Damit war das Dazugehören zu einer großen Sache und einem selbstgewissen deutschen Menschenverband für Podrek beendet. Adele war bewegt, denn der Bürgermeister hatte sie in den zehn Jahren ihrer Tätigkeit in seinem Hause nie angeschaut. Tadel seitens der Frau Bürgermeister erhielt sie dagegen häufig. Sie galt als fahrig, wiewohl arbeitsam und fügsam.

Materielle Vorteile waren mit Podreks Auszeichnung durch den Bürgermeister nicht verbunden; doch er wurde ohne weitere Nachforschungen vor der Heirat kurzum eingebürgert. Dem Kriegerverein trat er nicht bei, weil er nicht mehr singen konnte. Der Keller, in dem er fortan arbeitete und mit seiner Familie lebte, bestand aus drei Räumen und lag an einer ungepflasterten Straße, die auf die Äcker führte. Regnete es lange Zeit nicht, wirbelten die Fuhrwerke der Bauern Staub auf. Regnete es, verspritzten sie Matsch. Beide setzten sich an den Fensterscheiben fest, die nur in halber Höhe zum Tageslicht gelangten. Jeden Morgen mussten sie geputzt werden, damit Podrek in seiner Werkstatt Pfriemen, Ahle und Schnüre sah. Im Winterhalbjahr waren die Räume voll Ruß. Die Ofenrohre führten in nur einem halben Meter Höhe ins Freie und zogen deshalb nicht genug. Podrek hätte am liebsten wie früher überwiegend auf der Straße oder dem Markt gearbeitet, hätte auch gern einmal ‚rüber nach Jüterbog gemacht', wo viel Militär lag und deshalb mehr zu verdienen war als am Platz; aber seine Frau, die endlich einmal etwas bestimmen wollte, sagte, er sei jetzt sesshaft, habe Familie und deshalb gehöre es sich nicht mehr, trebend zu fickeln. So gesellten sich zu den Granatsplittern in Podreks Lunge immer mehr Staub und Ruß, während er bei Kerzenschein verbissen stumpfe Schneiden wetzte und zerrissenes Schuhwerk klebte und flickte. Da er gut und billig arbeitete, fehlte es nicht an Kunden.

Presste Podrek seine Sitzknochen fest auf den Schemel, reckte er den Rükken hoch und streckte den Nacken lang, um nicht zu verkrüppeln, sah er, je nach Körpergröße der Passanten, Beine bis zu den Knien oder Hüften vorbeilaufen. Häufig schlurfen. Er schenkte den Fußbewegungen seiner Mitmenschen keine Beachtung. Er versuchte nicht zu erraten, welche Köpfe den Gliedmaßen aufsaßen. Die Ergebnisse ihrer Beinarbeit lagen gestapelt auf zwei Regalen linker Hand. Sie reichten bis an die Kellerdekke. Podreks Blick hing an den Löwenzahnstauden, die in enger Kette entlang der Hausmauer, besonders dicht gedrängt vor seinem Fenster wuchsen. Im Sommer streckten die saftigen Blüten Bündel hunderter schmaler, gelber Zungen in die Welt hinaus. Bienen, Hummeln und Schlupfwespen werkelten mit zu kurzen Beinen drin herum, um Pollen zu saugen. Sie verhedderten sich manches Mal im Dickicht des Gelbs. Bei Sonnenschein öffnete Podrek das Fenster und sah ihnen zu. Wie gern hätte er sie gestreichelt. Er trauerte um jede Blüte, wenn sich ihre kreisrunden Farbtröge nach wenigen Tagen in graue Ballone verwandelten, deren Federkleid der Wind zerstob, sodass am Ende auf jedem Schaft nur ein poriges, kahles weißes Häubchen zurückblieb. Rasch verlor der Schaft seinen Saft und vertrocknete. Es dauerte, ehe sich neue Blüten hochreckten.

Trauertage waren, wenn Adele die langen, zahnigen Blätter abschnitt, um daraus mit Fallobst und Essig Salat zu bereiten. Sie mühte sich ab, die blütenbesetzten Stängel stehen zu lassen, weil sie wusste, wie sehr sich ihr Mann daran freute. Weil aber die Messer im Hause immer scharf waren, kappte ihre fahrige Hand manch frische Blüte. Podrek schmerzte der Anblick milchiger hohler Stängel. Es drängte ihn, sie zu zählen, wie jedes Volk seine Kriegstoten zählt. Er hatte sich, als er mit seinem Klapptischchen und einem Knappsack voll schwerer Werkzeuge auf dem Buckel, je nach Jahreszeit durchnässt, zerfroren oder ausgedörrt über die Landstraßen zog, hungrig und mit des Nachts untätig ins Betttuch hämmerndem Glied, in ständiger Sorge um Obdach und Kundschaft, nach Einkehr in eine immerwarme Stube, eine Familie, nach Kameradschaft, Behaglichkeit und Deutschsein gesehnt. Vor allem nach dem Gesang deutscher Lieder in Kirche und Verein. Seufzen war sein lebenslanger Begleiter. Erst aus Sehnsucht, nun aus Trübsinn. Es hatte freie und satte Stunden in seiner Wanderzeit gegeben. Manchmal Wochen. Bei Hitze badete er abends in Flüssen oder Seen, rieb sich, nach hübschen Mädchen schauend, den Steif und ließ während einiger glückseliger Sekunden den sich unnötig in seinem Unterleib drängenden Samen ins trübe Wasser schießen. Auf den Marktplätzen umringten ihn die Kinder und staunten, wenn beim Wetzen langer Schlachtermesser Funken in großem Bogen bis auf ihre Köpfe und Nasenspitzen sprangen. Dabei nicht wehtaten. Nun habe ich zwei zappelnde, schreiende Leibchen nebenan, und Adele hält still alle paar Nächte, wenn ich mich auf sie lege und neben ihr Ohr ins Kissen huste. Sie sagt nichts, rührt sich kaum. Sie ist gut. Aber das Haar könnte sie mir schon streicheln. Auch mal tagsüber. Sie zählt meine Einnahmen genau. Kaum einen Groschen fürs Bier kann ich abzweigen. Ich würde, wenn es heiß ist, gern in der Nuthe baden. Wenigstens nachts. Adele gestattet es nicht. Wenn das einer sähe. Unser Ruf.

‚Assellöcher' nennt man in Luckenwalde die halb unterirdischen Behausungen der kleinen Handwerker und Lumpenhändler, weil es in den feuchten Räumen von Kellerasseln wimmelt. Die scheuen Krabbler mit den stahlblauen Buckeln und den vielen winzigen Füßen sind von dem geschultesten Kammerjäger nicht auszurotten, da sie tausende von Eiern in alle Ritzen der Räume und des Mobiliars legen und immer einige davon wegen der optimalen Lebensbedingungen für Kellerasseln selbst wiederholtes Ausräuchern und verspritzte Gifte aller Marken überstehen. Wenige Tage nach der Vernichtungsaktion krabbeln wieder hunderte der an Land heimisch gewordenen Ranzenkrebse in den Ritzen zwischen Wänden und Fußböden herum, sammeln sich unter den Schränken und Vertikos. Warum sollte die ersten Hartleiber der Erde Menschengift auslöschen, wenn es 500 Millionen Jahre Zeit nicht vermocht hatten? Schädlich sind sie nicht, denn sie gehen selten an Nahrungsmittel. Zwicken nie Menschen. Sie sind als stete Zimmergenossen schlicht ein Zeichen der Niedrigkeit. Viel mehr als die geschmeidigen Silberfischchen. Die gibt es selbst in Bädern der Reichen. Täglich ein gutes Dutzend der Winzigfüßler zu zertreten, ist Bestandteil des Lebens von klein auf für jeden Bewohner eines Assellochs. Das Zertreten geht leicht, den Boden von den dunklen Schleim- und Blutspuren zu reinigen, ist mühsamer. Wenn man sie einfängt, rollen sie sich zusammen. Die Kinder schnippen sie dann mit dem Zeigefinger vom Wohnzimmertisch in alle Richtungen oder spielen mit ihnen Murmeln. Solange, bis die Geschundenen sich verzweifelt aufrollen, um wegzulaufen, und dann von einer kleinen Faust zerstampft werden.

Zwei Kinder, ein Mädchen und einen Jungen, gebar Adele, bevor Wenzel Podrek mit 39 Jahren bei einem nächtlichen Hustenanfall kurz nach der Erregung auf Adele erstickte. Der Arzt kam, wie immer, zu spät, wenn er in ein Asselloch gerufen wurde. Zudem hatte sich Adele nicht geeilt. Wie es geschah, war ihr peinlich. Sie musste den Röchelnden zur Seite rollen, auf den Rücken legen, sich säubern und anziehen. Dann rannte sie los zur Nachtklingel der nächsten Praxis.

Podreks Sohn Hanns war durchweg der Klassenbeste. Vom ersten bis zum letzten Schultag. In allen Fächern. Körperlich und geistig frühreif und ehrgeizig. Lang aufgeschossen wie sein Vater, aber mit so wenig Fleisch über den Rippen wie seine Mutter, konnte ihm das Leben gar nicht widrig genug sein, um sich an ihm zu messen. Er fühlte von klein an geballte Wehr- und Wollenskraft in sich. Wer mich packen will, greift daneben, selbst der Sturm, sagte er mit zwölf Jahren stolz von sich zu sich; dann zu Gottlieb. Hanns igelte sich im Stolz ein; denn seine Schulkameraden zogen ihn mit Lust als den ‚Podreck aus dem Arschloch' auf. Sie nannten ihn meist ‚Taterhannes' oder nur den Tater, weil er dichtes, tiefschwarzes Haar und dunkelbraune Augen hatte, Kleidung vom Lumpenjuden trug. ‚Taterlottchen' nannte man die Zigeunerweiber, die an Markttagen wahrsagend oder tanzend unter den Klängen einer Rassel oder eines Tamburin durch die Straßen zogen.

Seinem dunklen Teint zum Trotz war er wegen seiner extremen Sauberkeit und nie erlahmenden Strebsamkeit der Liebling aller Lehrer. Die Mitschüler hassten ihn dafür. – Wie der müsst ihr werden! – Immer dasselbe Getön in der Klasse. Hanns hatte schnell erkannt, dass Lernen seine einzige Chance war, wollte er dem Asselloch entkommen. Er nahm den Schulkameraden ihre Boshaftigkeit nicht übel, sondern sagte sich, dass er seinen Charakter daran stähle. Ich verzeihe ihnen; denn sie sind dumm zu meinem Vorteil. Sie machen mich stark und werden es bald erleben.
Hanns hatte nur einen Freund: Den Sohn eines Buchbinders. Gottlieb war ein zartes Kind; schüchtern; er stotterte. Er suchte bei Hanns Podrek den Halt, den er bei den kränklichen Eltern nicht fand. Hanns ergötzte sich an Gottliebs Anhänglichkeit, zwang ihn ohne Gewissensbisse zu bedingungslosem Gehorsam. Gottlieb musste nach einem vom Freund festgelegten Wochenplan leben, sich nach Hanns' Anweisung kleiden und ernähren, jeden Tag Leibesübungen ableisten, in die Kirche gehen, Bücher lesen. Er

hat Glück, dass es mich gibt. Sein Freund wurde trotz geringer Intelligenz der zweitbeste Schüler der Klasse. – Da seht ihr, was ein Vorbild bewirkt, wenn man es annimmt. – Hanns ließ sich blutig schlagen, um Angriffe auf Gottlieb abzuwehren. Weil die anderen das wussten, setzten sie Gottlieb häufig zu. Hanns Podreks Selbstbewusstsein wuchs mit jedem Schlag, den er einsteckte und austeilte. Gleichermaßen wuchs Gottliebs Ergebenheit.

Der junge Podrek verdiente sich das zum Schulbesuch nötige Geld, indem er Alten, Schreibunkundigen oder Schreibungewandten Briefe, vor allem Eingaben an Ämter, aufsetzte und in prächtig ausschauender Schrift fehlerfrei zu Papier brachte. Liebesbriefe zu verfassen oder niederzuschreiben, wie ihm manchmal angetragen wurde, lehnte er trotz hoher Geldangebote ab. In Gefühlen anderer schwelgen, ist ungehörig. Es wäre Verrat an den eigenen.

Das ‚Einjährige' meisterte er mit Leichtigkeit. Ganz nebenbei legte er während seiner Einberufung zum Waffendienst die Eingangsprüfung für die Laufbahn des Justizsekretärs ab. Er stieg, obwohl ihm der rohe Ton des Militärs widerstrebte, zum Wachtmeister der Reserve im Lübbener Jägerbataillon auf und gehörte als solcher wie als Gerichtsschreiber am Landgericht bald zu den angesehensten Kleinbürgern von Luckenwalde. Die ihn als Jungen verspottet und verhauen hatten, schätzten ihn wegen seiner Anständigkeit und seinem stadtbekannten Fleiß als Erwachsene. Vor dem Herrn Gerichtsschreiber zogen Fabrikanten und Handwerker Hüte und Mützen. Sie verneigten sich, selbst wenn sie deutlich älter waren.

Johannes Podrek ging nach seiner Anstellung nie ohne stramm gebügelten Anzug, weißes Hemd mit steifem, hochgestecktem Kragen und breitem Binder sowie einem schwarzen Kugelhut auf die Straße. Der frühe Tod seines Vaters hatte in ihm eine tief sitzende Abneigung gegen Revolutionen und Skepsis gegenüber Kriegen geweckt. Die letztere verflog mit den erfolgreichen Waffengängen Bismarcks und Moltkes. Für die Teilnahme an den Feldzügen von 1864 und 1866 war er zu jung. Zunächst froh darüber, denn so hatte er ungestört Zeit zum Lernen, neidete er den als Siegern heimkehrenden Burschen die öffentliche Bekränzung durch Ehrenjungfrauen und das Ansehen, das sie durch ihr Ausrücken ins Feld selbst bei nur mäßigen Fertigkeiten im Beruf genossen. Er war dem Generalstab deshalb gram, dass sein Bataillon 1870 nicht nach Frankreich zog, sondern zur Rückendeckung in der Heimat für den Fall verblieb, dass das vier Jahre zuvor von den Preußen geschlagene Österreich darauf sinnen sollte, Rache für Königgrätz und Sadowa zu nehmen. Ich wäre im Felde Regimentsschreiber geworden, also ungefährdet durch den Krieg gekommen und hätte doch bei der Heimkehr gleichen Ruhm wie die Draufgänger und Haudegen eingeheimst. Als zu Hause Gebliebener wünschte er sehnlichst die Einkehr des zivilen Alltags herbei. Es war ihm peinlich, als seine Mutter bei Bürgermeister und Kriegerverein darauf drang, den Namen seines Vaters auf das Denkmal für die Gefallenen im Krieg um Schleswig-Holstein zu setzen. Man hatte nämlich nicht nur die beiden 1864 gefallenen Luckenwalder, sondern auch den Namen des bereits 1848 in gleicher Sache umgekommenen Schankwirts Fritze Haberland in den kleinen Obelisken auf dem Haag gemeißelt und mit goldener Farbe ausgemalt. Das fand Adele Podrek ungerecht, weil ihr Wenzel schließlich an seinen in demselben Krieg erlittenen Verletzungen umgekommen war. Der Sohn wollte nicht, dass der ‚Hänselname' im Ort für alle Zeiten verewigt wurde. Goldschrift machte ihn nicht besser. Er hatte bereits andere Pläne und atmete erleichtert auf, als er hörte, dass das nur zu berechtigte Begehren seiner Mutter abschlägig beschieden worden war. Bürgermeister und Kriegerverein befanden, für das Vaterland gefallen sei nur, wer auf dem Felde der Ehre sterbe oder wenigstens gleich anschließend. Tod im häuslichen Bett Jahre später rechtfertige selbst bei schwerer Invalidität und anerkanntem Verdienst um das Vaterland keinen Nachruhm. Nicht mal im Kriegerverein war er, obwohl da nicht nur gesungen wird.

Kaum als Justizsekretärsanwärter eingestellt, zog der strebsame Podrek mit Mutter und Schwester aus dem Asselloch in eine Mansardenwohnung an den Südrand von Luckenwalde, in die Nähe der neuen Hutfabriken. Es roch dort nach verbranntem Filz, weil das Verschnittmaterial der Hüte zu großen Haufen gekehrt und dann weggebrannt wurde; aber die Wohnung war hell und frei von Ungeziefer. Er versprach seiner Schwester, erst zu heiraten, nachdem sie einen Mann gefunden hatte. Er sparte für ihre Mitgift auf einem Anderkonto. Es sollte ihr Mut machen, denn er wusste, ihre Tage waren wegen perniziöser Anämie, die ihr die Ärzte verheimlichten, gezählt.
Johannes Podrek dachte, seit er denken konnte, vorausschauend. Deshalb ließ er kurz nach dem Schulabschluss seinen Vormund, der für ihn und seine Schwester nach dem Tode des Vaters bestellt worden war, einen Antrag auf Namensänderung stellen. Er wünschte, seinen Kindern den Spott zu ersparen, den er selbst wegen seines Namens erduldet hatte. Wenn die Änderung durchging, bevor ich zum Militär komme, desto besser. Da lästern sie noch bösartiger als in der Schule.

Weil nur das r im Namen um drei Stellen nach vorne geschoben werden sollte, die Angelegenheit keine weiteren Familienmitglieder betraf, sein Vormund Amtsinspektor war und er sein Mündel als künftigen gewissenhaften Staatsbeamten ausgemacht hatte, ging die Änderung rasch vonstatten. Kaum ein Jahr, nachdem der Antrag gestellt worden war, bekam Johannes Podrek einen wohl und obendrein zackig klingenden Namen: Prodek. So einfach! Ein Buchstabe leicht verschoben, und aus dem gehänselten Hanns wird Hanns im Glück. Er stellte sich am Tage seiner namentlichen Aufwertung vor den Spiegel und sprach beide Vokale seines neuen Namens so kurz wie nur möglich aus. So wollte er es halten, wenn er sich vorstellte. Das d klang demnach wie ein doppeltes auf und verlieh im Verein mit dem r, das man dann gar nicht anders als rollend aussprechen konnte, dem Namen Härte bis hin zur Verwegenheit. Podrek war nicht nur ein hässlicher Name, obendrein fiel die zweite Silbe im Klang nach unten ab. Das war schwächlich. Ganz anders bei Prodek. Da setzte die zweite auf die erste, zwar kurz, aber deutlich vernehmbar, noch einen Schlag drauf. Im Pro der ersten Silbe schwang zudem das positiv besetzte lateinische Fürwort mit. Wem kam da nicht ganz unbewusst Pro Patria in den Sinn? Gab er seinem Sohn einst einen Vornamen mit P klang der vaterländische Unterton im Namen noch deutlicher an. Klugheit, Fleiß, Beständigkeit, dazu Härte, zahlen sich aus im Leben. Er hatte es als kleiner Junge erkannt, als die Dummlappen von Klassenkameraden faulenzten und ihn wegen seines Namens und seines Fleißes auslachten. Ich werde im Leben immer als letzter lachen, versprach er sich.

Weil Johannes Prodek obendrein alles ehrlich und aus ureigenster Kraft erwerben wollte, suchte er keine Braut aus dem Luckenwalder Bürgertum, die eine stattliche Aussteuer mit in die Ehe brachte, sondern wählte mit Bedacht das aus Ostpreußen stammende Kindermädchen des hiesigen Landrats für sich aus. Er ließ die Herren Richter und Assessoren über seine bettelarme Braut, die nie einen Tanzboden besucht hatte, mitleidig lächeln. Sparte man, konnte man mit wenig leben. Sie war gesund und kräftig, sanft im Wesen, hielt sich immer sauber und gerade. Sie würde gut wirtschaften und vor allem ihm dankbar und gehorsam sein. Sie hatte wasserblaue Augen und aschblondes Haar. Es bestand also berechtigte Hoffnung, dass seine Kinder nicht nur mit einem wohlklingenden Namen aufwuchsen, sondern auch von hellerer Erscheinung als er sein würden. Prüfen wollte er die Erwählte gleichwohl. Er war, als sie mit den drei Kindern des Landrats an den Händen auf der Promenade spazieren ging, kurz entschlossen vor sie hingetreten, hatte den Hut gezogen und sie, ohne jemals vorher mit ihr gesprochen zu haben, aus gehörigem Abstand auf den

Kopf zu gefragt, ob sie seine Frau werden wollte. – Jooh … a- abber, abber, ääch … hatte Hedwig gestammelt, einen knallroten Kopf bekommen, sich jedoch schnell gesammelt, denn sie wusste, wen sie vor sich hatte. Sie wiederholte ihr Jooh ohne abber und ohne irgendetwas anderes überhaupt noch zu denken. Sie war wie benommen, hatte die Kinder losgelassen. Das Kleinste weinte. –Gut- hatte Hanns Prodek gesagt, – genauso habe ich es von Ihnen erwartet. Sie enttäuschen mich nicht, Fräulein Hedwig. Sie sind eine gescheite Person, ganz wie ich mir dachte. Ich bestelle morgen unser Aufgebot. Sie müssen mir dazu morgen in aller Frühe Ihre Papiere geben. Ist Ihnen 7 Uhr recht? Ich warte vor der Villa des Landrats auf Sie. Es braucht nicht viel Zeit. Ich weiß, Sie sind morgens sehr im Hause beschäftigt. Kündigen Sie sogleich in freundlichem Ton und sagen Sie nicht nur weshalb, sondern auch gleich, wer um Ihre Hand anhält. Es wird dann wohl aufgenommen werden. – Und Hedwig Prodek geborene Rudnik aus Jablonken in Ostpreußen hatte einfach nur ein drittes Mal – joo-gesagt, diesmal fast soldatisch, und war damit verlobt. Sechs Wochen später war sie verheiratet. Sie blieb zeitlebens dankbar dafür, dass sie derart überrumpelt worden war, und stolz darauf, dass ein so tüchtiger, angesehener und dabei sehr ansehnlicher Mann wie der Herr Gerichtsschreiber, der ganz andere Partien machen konnte, sie nach stiller Beobachtung zur Frau ausgewählt hatte. Sie wusste damit um ihren Wert.

Ihre neue Form der Abhängigkeit war eine behagliche. In ihren kühnsten Träumen hätte sie solchen Aufstieg nicht erwartet. Sie schlief jedoch durchweg ruhig und traumlos. Schnarchte dabei schleifend, wie sie sprach. Sie war geduldig und gütig, ohne es zu wissen, also gründlich in beiden. Sie wollte ihm treuer als Gold sein. Sie fügte sich ohne Fragen, immer tatkräftig, in das Leben ein, gerade so, wie es auf sie zukam, ganz nach seinen wissenden Anordnungen. Mit der schlechten Partie ersparte sich Hanns Prodek häusliche Machtkämpfe und Ärger, vor allem die Last des Umgangs mit einer Schwiegerfamilie vor Ort, was immer auch Schenken hieß. Er gefiel sich in seinen Planungen und Entscheidungen. Ich gehe meinen Weg ganz aus eigenen Kräften, brauche niemandes Schutz oder Geld.

Wie gut er gewählt hatte, sollte sich, wie erhofft, an den Kindern erweisen. Sie waren – bis auf die beiden jüngsten Töchter – hochwüchsig wie der Vater, muskulös wie die Mutter. Sie erbten sein buschiges Schwarzhaar und ihre blauen Augen, tiefer eingefärbt. Seinen Verstand, seine Zähigkeit, gepaart mit ihrer Geduld. Sie wurden keine außergewöhnlichen Persönlichkeiten, nur schöne und verständige, leider – fast alle – von den Umständen ins Unglück gestoßene Menschen.

Johannes Prodek will, dass ihn seine Söhne im Beruf übertreffen. Das heißt für ihn Generationswechsel. Er hat einen solchen selbst vorgelebt. Sie sollen bedeutend werden. Geordnete Staatsmacht ausüben. Macht in dem bedeutendsten Staatswesen, das es auf der Welt seit Kurzem gibt: Sie sollen Richter im Deutschen Reich werden. Johannes Prodek ist stolz auf sein Land, unser Deutsches Reich. Es ist über alle Maßen tüchtig, strebsam, proper. Ganz wie ich. Mehr noch. Welch ein Glück, hier geboren zu sein. Zu dieser Zeit. Freudig und tatkräftig, wenngleich tief bescheiden, gehe ich seiner Macht gelehrig zur Hand. Eine Auszeichnung ist es, dass ich das darf. Meine Söhne sollen dazu beitragen, es zu formen. Er schaute oft selbstzufrieden in den Spiegel, tadelte sich aber sogleich wegen seiner Eitelkeit.

Im Hause wird nicht gebetet – dafür gibt es den Gottesdienst. Doch jeden Abend, bevor der Vater zur obersten Schnitte auf dem pyramidenförmig aufgehäuften Stullenberg greift, den die Mutter auf einer ausrangierten Tortenplatte aus den Beständen des Landrats feierlich hereingetragen hat, berichtet der Vater von den neuesten Leistungen der Deutschen und sagt voraus, dass das Reich England und Frankreich bald völlig überflügelt haben wird. Uns gehören Welt und Zukunft. Euch ganz besonders, meine lieben Kinder. Richter im jungen, kraftstrotzenden Deutschen Reich sein, ist für Johannes Prodek der geachtetste, freieste und anspruchsvollste Beruf, den es gibt. Vor dem Gericht muss sich jeder erheben, betritt es den Sitzungssaal, nachdem der Gerichtswachtmeister sein Erscheinen ausgerufen hat. Selbst Barone, Husaren-Offiziere, Pastoren, Professoren in Bratenröcken und mit Stehkrägen, Ärzte, stinkreiche Hutfabrikanten dürfen nicht sitzen bleiben oder eine Ehrenbezeugung von Seiten des Gerichts erwarten. Sie müssen vielmehr den Richtern die Ehre erweisen und stehen bleiben, bis die Herren oben auf dem Podest sich gesetzt, selbstsicher ihre Barette abgenommen und auf dem langen Tisch vor sich neben die dickbäuchigen Gesetzbücher deponiert haben. Die Richter schauen die zur Anhörung Versammelten gar nicht an, wenn sie einziehen. Sie sitzen über den Parteien und Zuschauern. Sie entscheiden. Sie bestrafen. Sie verfügen. Sie beschließen. Sie walten milde oder streng. Der für ihn unerreichbare Beruf ist sein Ideal. Der ideale Beruf für seine Söhne. Zwei sind schon da, drei werden es sein.

EIN KEIMLING und ein Wohltäter

Paul steht vor Knösels Spielwarenhandlung. Die Hände in den Hosentaschen. Dabei ist es heiß. Er plant seinen Handstreich. Oft hat er hier schon gestanden. Besonders in den Wochen vor Weihnachten oder vor seinem Geburtstag. Er hat dabei immer nur die rechte Seite des Schaufensters angesehen; denn da steht das Spielzeug für die Jungs: Zinnsoldaten aller Epochen, auch Indianer, aus Holz geschnitzte Pferde, Löwen, Tiger und Wölfe, ein Pirat mit Augenklappe und Ohrringen, Ritterburgen aus Pappmaschee, ein ganzer Eisenbahnzug aus Blech mit Lokomotive, Tender und sechs Personenwagen aller drei Klassen, Schiffe mit drehbaren Kanonen, Helme und Säbel aus Holz und Gummi. Nie hatte er nach links zu den Mädelsachen geschaut, zu den Puppen und Püppchen, stehend, frei strampelnd, im Wägelchen, mit Trinkfläschchen; den Puppenhäuschen mit den niedlichen Küchelein samt Herdchen mit Töpfchen, Pfännchen, Tellerchen, Tässchen, Messerchen, Löffelchen und Gäbelchen, den Bettchen, Tischchen und Stühlchen. Den Hütchen, Perlenkettchen und Papierblumensträußchen. Nicht einmal auf die zwei Teddybären, die zwischen dem Jungen- und Mädchenspielzeug mit ausgebreiteten Beinen und fröhlichen Glasaugen hintereinander sitzen, als rodelten sie zu zweit auf einem Schlitten den Abhang hinunter.

Da ist sie – die Mohrenpuppe im rosa Kleid. Sie blickt ihn aus schwarzen Augen unter langen Wimpern frohlockend an. Ziemlich in der Mitte der Mädchensachen steht sie und streckt die Ärmchen aus, als wolle sie ihm entgegenlaufen. Mit meinen langen Beinen und Armen müsste es mir gelingen, die Puppe am Kraushaar zu packen, wenn ich mich über die halbhohe Rückwand nach ihr beuge und zulange. Aber die Leute werden mich erkennen. Ich brauche eine Maske. Eine feste Papiertüte und einen Bindfaden kann ich bei Mutti in der Küche mopsen. Die Straße ist belebt. Ach was, ich bin ein guter Läufer, schlage bessere Haken als ein Rammler. Was, wenn mir in der Hast die Tüte vom Kopf fällt oder sie mir auf der Straße jemand abreißt? Besser wäre es, durch den Hintereingang in den Garten zu flüchten, dann auf die Mauer zu klettern und in die Nuthe zu springen. Die ist nicht tief. Ein bisschen weiter unten ist das Ufer dicht bewachsen. Ich könnte ein Stück im Wasser watschen und an einer unübersichtlichen Stelle aus dem Dickicht am Ufer herauskriechen, Dann schleiche ich nach AFRIKA und verstecke die Puppe in einem Holzstapel. Wenn es regnet, muss ich ihr vorher das Kleid ausziehen und in die Tasche stecken. Ui, die Kleidung! Ich verstecke ein Hemd im Gebüsch am Wasser und ziehe das an, bevor ich auf den Weg krieche. Lasse das alte da. Aber wenn Knösels Hintereingang verschlossen ist, stecke ich in der Klemme. Vati wird mich mit dem Siebenstriemen verwamsen, wenn sie mich erwischen. Das ist nicht weiter schlimm; ich halte das aus; aber er wird wütend auf mich sein. Sich für mich schämen. Das tut weh. Wenn ich Glück habe, wird nur Frau Knösel im Laden sein. Der gleite ich selbst zweimal durch die Griffel und kann immer noch vorne hinaus entwischen.

Am nächsten Nachmittag liegt er in gehörigem Abstand vom Geschäft auf der Lauer. Er wartet solange, bis er niemanden mehr in der Nähe der Spielwarenhandlung sieht. Das dauert. Jetzt! Eine Kundin ist noch drin. Die quasselt mit der alten Knösel seit einer halben Stunde. Gut so. Da sind sie abgelenkt. Bevor er die Ladentür aufreißt, streift er mit einem Ruck die Papiertüte über den Kopf, Löcher für Augen, Nase und Mund hat er hineingeschnitten, sie hält auch ohne Bindfaden, so eng sitzt sie. Eingedrungen, schnappt er mit einem Griff die Puppe und rast hinter den Verkaufstisch und ab durch die Tür, die in Knösels Wohnung führt. Er hat es sich in der Nacht überlegt. Wie erwartet, steckt in der Tür auf der Wohnseite ein Schlüssel. Er dreht ihn um. Er wagt nicht den Ausgang durch die Kellertür, weil die zugesperrt sein könnte, sondern steigt die paar Stufen zur Wohnung hoch. Er öffnet flugs das Fenster des hinter dem Verkaufsraum und einer Kammer liegenden Wohnzimmers und springt mit ausgebreiteten Armen, in einer Hand die Puppe, hinaus.

Zwei Meter Höhe. Aber weicher Gartenboden unten. Die Knöchel knakken und brennen. Verflucht! Die Tüte ist abgefallen. Schnell wieder auf. Frau Knösel war ein hässliches Wort über die hässliche Kantorstochter Hilla am Gaumen kleben geblieben, als Paul in den Laden stürmte. Ihre Augen traten heraus. Ihre Glieder blieben gelähmt. Als sie hört, wie Paul das Schloss verriegelt, stürzt sie auf die versperrte Tür zu. Reißt vergeblich an der Klinke herum. Dann hämmert sie mit beiden Fäusten gegen das Panierholz, keift: – Alfred! Alfred, hörst du mich nicht? Schnell doch! Komm hoch! Ein Dieb ist im Haus. Ein Dieb, ein Dieb, ein hundsmiserabler Dieb! Die Mohrenpuppe hat er gemaust. Die schöne, teure Mohrenpuppe. Komm hoch! Mit der Axt! – Dann rennt sie auf die Straße und ruft: – Haltet den Dieb! – Die wenigen Leute auf der Straße schauen nach allen Seiten aus, aber sie sehen keinen Dieb wegflitzen. –Um die Ecke! Zur Brücke! – schreit Frau Knösel. Herr Knösel, der im Keller Holz gehackt hat, hastet nach oben. Wird durch die versperrte Tür aufgehalten, schließt auf, läuft auf die Straße, die Axt in der Hand. – Er hat die Mohrenpuppe gemaust, gerade die, der hundsmiserabele Dieb. Ist ab durch den Garten. – ruft Frau Knösel ihrem Mann zu. – Setz ihm nach! Schnell! Männe, mach doch hin, steh nicht herum und glotz! –
– Warum sagst du nicht gleich, wie es sich verhält, statt mich auf die Straße zu lotsen? – Er wirft ihr die Axt vor die Füße, eilt zurück, stolpert. Frau Knösel schreit noch einmal: – Auf die Brücke. Schnell! Von da können wir ihn sehen. – Sie läuft um die Ecke der Großen Weinbergstraße auf das Brückchen über die Nuthe zu. Schadenfreudige und verwirrte Passanten folgen ihr. Ein Diebstahl, mitten in der Stadt, am helllichten Tag!

Paul hat die Verwirrung im Hause Knösel genutzt, im Garten Bindfaden um seinen und den Puppenhals gebunden. Nun hängt ihm das Mohrchen auf dem Rücken. Er springt an der Mauer hoch, es gelingt ihm die Mauerkrone zu fassen. Er reißt den linken Arm höher. Der ist drüber. Dann der rechte. Er zieht den Körper nach, springt von der Mauerkrone aus der Hocke ins Wasser, das am Ufer nur knietief ist. Bis über die Knöchel sinkt er im Schlamm ein. Gut, dass ich keine Strümpfe anhabe.

Als Alfred Knösel im Garten anlangt, sieht er gerade noch Tütenkopf mit Puppenkopf hinter der Mauer verschwinden. Er hat natürlich den Schlüssel zum Wassertor, wo sein Angelkahn liegt, nicht dabei. Nichts mehr zu machen. Also zurück auf die Straße und zur Brücke. Dort angelangt, hört er seine außer Atem geratene Frau, die sich weit über das Brückengeländer ausstreckt, die Axt schwingt, hinabschreien: – Dieb, elender! Ich schlag dir den Schädel ein, wenn ich dich kriege. Ich zerreiß dich! Ich zerkratz dir

die Visage kreuz und quer! Vorwärts und rückwärts. – Paul jauchzt über die Hilflosigkeit der bestohlenen Frau, unter deren Füßen er wegläuft. Du kriegst mich nie. Traust dich nicht einmal, die Axt auf mich zu werfen. Heißa!
Seine Einschätzung ist falsch. Als er auf der anderen Seite der Brücke davon eilt, holt Frau Knösel aus. Zu weit. Die stumpfe Seite der Axt trifft ihren Mann auf der Stirn. Der schreit auf, sinkt zu Boden. Frau Knösel verlässt der Schwung, die Axt plumpst ins Wasser. –Zu Hilfe! Einen Verband! Schnell doch! – ruft Frau Knösel. Sie schaut sich entsetzt um. Hilfswillige eilen davon.

Weil unmittelbar am Flüsschen Häuser stehen, müssen andere hilfswillige Bürger die Verfolgung des Diebs über die Straße aufnehmen. Ein Umweg von mehreren hundert Metern ist nötig, bevor man wieder ans Ufer der Nuthe gelangt.

Paul ist ein ganzes Stück im Wasser vorangekommen. Als flöge ich drüber weg. An einer unübersichtlichen Stelle hat er heute früh auf einem am Ufer liegenden Stein drei Pferdeäppel übereinander gelegt. Er kriecht ins Gebüsch, zieht die Tüte vom Kopf, packt die Puppe hinein, wechselt das Hemd, säubert mit Zeitungspapier Waden und Schuhe, zieht seine abgelegten Strümpfe an und tritt auf einen Weg, der an der Rückfront von Häusern mit Hintergärten ohne Umfriedung auf freies Gelände führt. Wie leicht das abging! Ein einziger Spaß! Sein Herz hüpft. Hat die olle Knösel gekreischt! Erst im Laden, vor der versperrten Tür, dann von der Brücke. Da ist sie fast übergeschnappt, weil ich unsichtbar unter ihr davonlief, vor ihrer Nase wieder auftauchte, das Püppchen ihr zum Greifen nahe war und sie nicht an mich und ihre Puppe rankam. Fast wäre sie vor Wut ins Wasser gestürzt. Sie hat die Streitaxt geschwungen, aber sich nicht getraut, sie auf mich zu werfen. Hätte böse ausgehen können. Ein bisschen mulmig ist mir jetzt schon.

Ach was! Das hat hingehauen! Er strahlt zufrieden in alle Richtungen. Am liebsten klaute ich jeden Tag dreimal Puppen. Es tut wohl, so außer Atem zu sein. Ich fühle mich wie ein Sauprotz. Doch er bleibt auf der Hut. Nichts durch Unbedachtheit verderben. Er läuft weiter, so schnell er es ohne aufzufallen vermag; denn hin und wieder begegnet er Leuten. Die Papiertüte ist nun nicht mehr Maske, sondern erfüllt wieder ihre ordentliche Funktion als Tragehilfe. Die löchrige Seite drückt er an den Körper. Er läuft bis an den Stadtrand, biegt dann in einen Feldweg ein. Die Roggenhalme stehen mit hängenden Köpfen dicht

gedrängt. Klatschmohn gesellt sich knallrot am Rande bei, gerät auch dazwischen. Es wird eine gute Ernte. Wie meine. Um sicher zu sein: Erst einmal weit raus aus der Stadt. Dann in den Wald und von da aus zurück. Womöglich rufen sie die Polizei. Er sieht in einiger Entfernung einen langen Mann mit Hut auf sich zukommen. Vati! Paul stockt der Atem. Ich kann ihm nicht mehr ausweichen. Vati hat mich erkannt. Paul wirft die Tüte ins Roggenfeld und rennt auf den Vater zu. – Vati! –
– Was treibst *du* denn hier, Paul? Und nasse Schuhe hast du. Was hast du da eben ins Feld geworfen? –
Paul schaut ihn schüchtern von der Seite an und sagt dann leise: – Ich habe in der Nuthe Frösche gefangen. Du weißt doch, ich interessiere mich sehr für alles mögliche Getier. –
– Soo. Getier – eine treffende Vokabel. Und was wolltest du auf dem Feld mit den Fröschen? Sie an vorbeifliegende Störche verfüttern? Und wo sind sie denn, deine Amphibien? –
– Ich wollte sie auf eine Wiese weiter draußen am Wald bringen und da hüpfen lassen. Da können sie nicht so schnell entkommen wie am Wasser, denn ich kann sie wieder einfangen, wenn ich will. Aber ich weiß, dass du so glitschiges Viehzeug nicht magst, und da habe ich sie mit der Tüte in das Korn geworfen, als ich dich kommen sah. –
– Viehzeug. Von Tierliebe kann man bei deinem Verhalten nicht sprechen. Diese Frösche brauchen Wasser. Es sind keine Laubfrösche oder Kröten, auch wenn sie denen verwandt sind. Es sind Amphibien. Wie sollen sie aus dem trockenen Feld wieder ans Wasser kommen? Das ist viel zu weit weg. Sie werden jämmerlich verrecken. Und den prächtig stehenden Roggen hast du auch beschädigt. – Der Vater schaut seinen Ältesten halb missbilligend, halb schmunzelnd an. – Hast du solche Furcht vor mir? Brauchst du nicht. Bin ich *so* streng? Wo du die Tierchen schon gefangen hattest, konntest du sie mir ruhig zeigen und mir ihre Sprünge vorführen. Wir hätten sie anschließend wieder in die Nuthe gesetzt. Das wäre ein lustiger Abschluss meines täglichen Waldspaziergangs nach dem Dienst gewesen. Hm? Nun haben sie sich sicher schon hilflos im Korn verkrochen. – Er schaut seinen Sohn an. Lacht froh in sich hinein. Er darf es nicht merken, wie ich mich an ihm freue. Gut gebaut ist er. Der lange Schädel, die klaren, dunkelblauen Augen. Erstaunlich aufgeweckt und verständig für sein Alter. Aus dem wird was. Vielleicht schafft er es bis zum Reichsgerichtsrat. Botho gleicht ihm nur äußerlich. Ist stiller. Wie gut, dass ich Hedwig geheiratet habe und nicht die zierliche Ulla, die Tochter vom Kuharschastronom, wie wir Burschen den geselligen Amtstierarzt nannten. Er lacht wieder. Die Familie war ganz scharf auf mich für ihre Jüngste.

– Sicher. Aber ich dachte eben, du magst Ungeziefer nicht. Du duldest doch keine Fliegen im Haus. –
– Was redest du jetzt für einen Unsinn, Paul? Frösche sind zwar glibschig, nicht glitschig – man tritt doch nicht darauf. Vor allem sind sie kein Ungeziefer. Im Gegenteil, sie fressen Ungeziefer und sind uns Menschen demnach nützlich. Außerdem sind sie lustig anzuschauen mit ihren langen Beinen und dem Blähhals. Deshalb hast du sie ja wohl gefangen. Getier, wie du sagtest. –
– Entschuldige. Ich wusste nicht, dass du Frösche magst. Es war dumm von mir, sie wegzuwerfen. –
– Auf Lateinisch haben Laubfrosch und Erdkröte übrigens klangvolle Namen: Hyla arborea heißt der kleine Grüne und Bufo bufo die Dicke. Beim Wasserfrosch ist es komplizierter, ich habe den Namen nicht behalten. Du weißt ja, mir war es nicht möglich, die Gelehrtensprache Latein zu lernen, obwohl mich alles danach drängte. Ich merke mir deshalb gern die lateinischen Tier- und Pflanzennamen. Du wirst einmal Latein lernen, Paul. Für deinen Beruf. Wir wollen jetzt rasch nach Hause gehen. Ich habe mich wegen der vielen Arbeit vor den Gerichtsferien verspätet. Aber mein Feierabendspaziergang ist mir heilig. Mutti bäckt heute Buttermilchflinsen für uns, hat sie mir früh beim Abschied gesagt. Du weißt, die gibts nur einmal im Monat. Du verschlingst sie jedes Mal im Dutzend. Ich bin sicher, heute verputzt du glatt eine Mandel. Dutzend, Mandel, Schock und Gros – kennst du alles, hm? Soll ich fragen? Du hast sicher Hunger nach dem Fröschefangen im kalten Wasser, was? – Wirklich, ein schöner, starker Junge, mein Ältester.
Paul nickt erst nur. Sagt dann desto lauter. – 12, 15, 60, 144. Prima! Ich freue mich riesig auf die Flinsen! Wenn es die gibt, ist Festtag für mich. Mutti verrät ihn uns Kindern nie im Voraus. Sie freut sich, wenn wir ganz laut Ja schreien. –

Als sie sich den Häusern von Luckenwalde nähern, kommt ihnen eine aufgeregte Schar Männer entgegen. Der dicke Wachtmeister Scheifer keucht ihnen voran. Sie schauen hinter jeden Busch. Sie grüßen ehrerbietig den Herrn Justizsekretär, der, den Sohn an der Rechten, bedächtig zurückgrüßt, nur knapp den Hut mit der Linken zieht und fragt, was es denn gebe.
– Einen ganz frechen Diebstahl! Denken Sie sich nur! Ein junger Bursch hat aus Knösels Geschäft am helllichten Tag eine Puppe gestohlen, ist in ihre Wohnung eingedrungen und hat den Herrn Knösel, der ihn pakken wollte, mit einer Axt vor die Stirn geschlagen. Zum Glück nur mit

der stumpfen Seite, sonst hätte er ihm womöglich den Schädel gespalten. Herr Knösel wurde ins Krankenhaus gebracht. Der Bursch ist dann auf die Gartenmauer geklettert und in die Nuthe gesprungen. Im Wasser ist er aus der Stadt raus und wahrscheinlich am Flüsschen lang in die Felder gerannt. Wir haben ihn wegen der dichten Büsche und der Wegbiegungen aus den Augen verloren. Haben Sie hier einen Burschen herumstreunen sehen? Er muss etwa so groß gewesen sein wie ihr Paul, auch so schlank; aber er hatte eine Papiertüte mit Löchern über seinen Kopf gestülpt, so dass man das Gesicht und seine Haarfarbe nicht erkennen konnte. Er trug ein grünes Flanellhemd und schwarze Kniehosen. – Wachtmeister Scheifer kämpft gegen die Erregung über den Triumph der Untat über die Strafverfolgung an. Seine Haut ist feucht von Schweiß, und seine Zunge kreist häufig über die Lippen.
– Ein Bub, der eine Puppe stiehlt? Ich höre im Gerichtssaal jeden Tag allerhand Unglaubliches. Aber so etwas. Gibts denn das? Was fängt ein Junge mit einer Puppe an? –
– Das haben wir uns auch gefragt. – Der Wachtmeister fasst sich an den Uniformkragen.
– Aber es ist nun einmal geschehen. Es gibt leider viel verkommene zugewanderte Subjekte. Die stehlen von Jugend an, was sie nur packen können. Die Eltern bringen es ihnen bei. Es war eine teure Puppe. Der Täter ist bestimmt ein Zigeunerjunge und hat sie gestohlen, um sie woanders zu verkaufen. Also Ihnen kam kein junger Bursch aus der Stadt entgegengelaufen? Einige Spaziergänger haben jemanden gesehen, auf den die Beschreibung passte. –
– Nein. Dabei bin ich sehr aufmerksam. Hast du jemanden bemerkt, auf den die Beschreibung passt, Paul? –
Der bebt und hofft, dass es niemand merkt. Zum Glück hat die Abendsonne nach dem heißen Tag gute Arbeit geleistet und man sieht kaum noch, dass seine Schuhe nass sind. Er schüttelt energisch den Kopf und sagt zur Bekräftigung: – Nein, ich wüsste nicht. Wenn er so in meinem Alter ist und aus Luckenwalde, hätte ich ihn auf jeden Fall erkannt. Ein grünes Flanellhemd sagen Sie…– . Er trägt ein rotes. Aber er merkt am Zucken der väterlichen Hand, dass es töricht war, die Hemdfarbe noch einmal zu erwähnen.
Johannes Prodek hat es eilig, nach Hause zu kommen. Nicht mehr wegen der schmackhaften Buttermilchflinsen. – Viel Erfolg bei Ihrer Suche nach dem Übeltäter, meine Herren! Und im Hinblick darauf trotz der Aufregung noch einen guten Abend. Hoffentlich finden Sie den Schurken. Raubüberfälle dürfen nicht einreißen in unserer Stadt. Es wäre schlimm. Gott behüte! Sehen sie sich mal bei den Zigeunern um, Herr

Wachtmeister. Rufen Sie aber Verstärkung hinzu. Nur schnelles Handeln und Zugreifen schreckt ab. –
Er zittert. Ein fürchterlicher Verdacht ist ihm gekommen. Was Verdacht? Er ist sich gewiss. Von gleicher Statur. Ein grünes Flanellhemd. Die nassen Schuhe. Die weggeworfene Tüte. Erschreckt schien er, als er mich sah. Seine Hand, mit der er die heiße des Knaben hält, verkrampft sich. Das darf nicht wahr sein. Es wäre eine falsche, eine verfluchte Wirklichkeit, in der ich lebte. Nein! Das *ist* eine falsche Wirklichkeit! schreit er sich bei jedem seiner Schritte in den Körper. Das kann einfach nicht sein. Er geht schweigend mit dem Sohn an der Hand nach Hause. Drückt die Kinderhand immer fester. Weil Paul ebenfalls schweigt, kennt er die Wahrheit, bevor er sie erfährt. Ihn ekelt vor der Diebeshand, die er hält, aber er quetscht sie in seine Faust hinein. Paul beißt die Zähne zusammen.

– Schoin, dass irr zesammen häjmkommt. Derr Tesch iss jedeckt. Werr warten off oich. Ech hab ouch noch extra Kruschkenkompott zuberäjtet. – Die Mutter küsst beide mit ihrem warmen, vollen Mund auf die Stirn. Sie bemüht sich hochdeutsch zu sprechen, weil sie weiß, dass ihr Mann ihren schleifenden Dialekt nicht mag. Man spricht nicht über die Mundwinkel, sondern gerade heraus, tadelt er sie immer wieder. Es will Hedwig Prodek einfach nicht gelingen, ihre Mundwinkel beim Sprechen nicht zu den Backen hin zu verziehen.
– Wir beide essen vorläufig nicht zu Abend, Hedwig. Iss du mit den Kleinen allein. Es ist etwas Furchtbares geschehen. Ich habe gar keinen Ausdruck dafür. Ich muss mir sofort letzte Klarheit verschaffen. Ich habe Entscheidungen zu treffen. Noch heute Abend. Ich fürchte, unser Leben hier ist zerstört, meine Liebe. Zerstört. Zertrümmert. Alles hart von mir Erworbene dahin. Meine Stellung, mein Ansehen in der Stadt. –
– Abber wiij denn? Ihr säjd jesond häjmjekommen. Den Kläjnen jeht es ouch juut. Nurr Hannchen schnupft äjn wänig. Was kann schoun säjn, wenn werr alle Fünfe bei juter Jesondhäit sind? –
– Viel schlimmer, viel, viel schlimmer als Krankheit. Es geht um unser Leben. Anstand. Moral. Die Ehre. Ganz fürchterlich. Sag nichts mehr, Frau. Ich klär dich nachher darüber auf. Nur so viel: Unser Ältester ist ein Verbrecher. Ein Räuber. Womöglich ein Totschläger. Die Schande! Die Schande! Die Schande! Ich wage nicht, an morgen zu denken. Ein Spießrutenlauf erwartet mich. Geh jetzt in die Küche und versorge die Kleinen. Ich muss sehen, wie ich mit dieser Untat fertig werde. Ganz allein. Schrecklich. Einfach entsetzlich. Unfassbar! –
Hedwig schüttelt den Kopf. Sie kann nicht weinen, weil sie nicht weiß, worüber. Sie tut, was ihr Mann sagt, und sie bangt. Ärr iss emmer sou

schnell erreecht. Sie senkt den Kopf, als hätte sie etwas verbrochen. – Was es ouch iss, äch wäjß, du schaffst wedder Ordnung, Johannes. Duu brengst allens ins Räjne. Ess werd allens juut. Paoul iss äjn Jonge, also manchmal äjn Laousebengel, aber käjn Verbrecher näch. Niee un nirjends. Das wäjß äch sicher. Äjne Motter füühlt das. –
– Wenn du wüsstest, was vorgefallen ist, sprächest du nicht so, Hedwig. Nicht zu fassen! Ganz schwerwiegend. Teuflisch. Es wirft uns alle aus der Bahn. Schweig und warte! Bis ich mit dem Dieb, Räuber und Lügner abgerechnet habe. Es hätte Mord daraus werden können. –

Der Vater führt Paul, den er noch immer wie einen Gefangenen fest an der Hand hält, ins Kinderzimmer.
– Du hast mir jetzt dein Verbrechen zu gestehen. Ich will es aus deinem Munde hören. Zugegeben hast du es bereits durch dein Schweigen auf dem Weg. Aber du sollst es aussprechen. Ich will das Ungeheuerliche, das Unbegreifliche mit Worten, deinen eigenen Worten, hören. – Er schaut dem Jungen in die Augen. Der weicht nicht aus. Hält stand, obwohl seine Knie schlottern.
– Du weißt schon alles, Vati. Mehr als richtig ist. Das Schlimmste ist, ich habe dich belogen mit den Fröschen. In der Tüte war die Puppe. –
– Dacht ich mir's! –
– Bestraf mich! Ich habe es verdient. Aber die Leute haben auch gelogen. Wachtmeister Scheifer hat nicht die Wahrheit gesagt. Ich habe Herrn Knösel nicht vor die Stirn geschlagen, schon gar nicht mit einer Axt. Ich bin ihm überhaupt nicht begegnet. Er war unten im Keller beim Holzhacken, als ich aus Knösels Wohnung sprang und weglief. Und als ich der Nuthe entlang unter der Brücke durchraste, stand Frau Knösel oben und drohte mir mit der Axt. Ich glaube, sie hat damit nach mir geworfen, jedenfalls hörte ich hinter mir etwas ins Wasser plumpsen. Ob Herr Knösel sich in dem Auflauf verwundet hat, weiß ich nicht. Ich habe ihn ja gar nicht gesehen. Bitte glaube mir. Ich will ganz ehrlich zu dir sein. Bin es schon. –
Obwohl er vom Gericht mit jeder Menge krimineller Abläufe und ihrer Schilderung durch Opfer, Täter und Zeugen vertraut ist, wird dem Vater schwindlig vor Augen. Mein siebenjähriger Sohn wird in aller Öffentlichkeit als Räuber verfolgt. Mit einer Axt. Mit der er vorher zugeschlagen hat. Mitten in Luckenwalde.
Paul schaut den Vater ernst, nicht traurig in die Augen. Warum bin ich nicht traurig? Ich müsste traurig sein. Für Vati. Für mich. Vor allem für Mutti. Weil ich ein Dieb bin. Ihr Großer – ein Dieb. Aber ich bin nicht traurig. Ich habe etwas gewagt. Es hat mir gefallen, für Katja zu stehlen. Es war richtig schön und gut dazu. Sie ist arm, und ich habe sie

lieb. Es hat mir gefallen zu stehlen, wegzurennen, die olle Knösel zetern hören. Ihr Gefuchtel mit der Axt. Ich hatte keinen Moment Angst davor. Die haben Geld genug und sind Klatschmäuler. Die ganze Stadt weiß es. Fast hätte es geklappt. Weil es schief gegangen ist, werde ich bestraft. Das ist recht so. Vielleicht werden die Eltern lange sehr böse auf mich sein. Sie sind meine Eltern. Dazu da zu bestrafen. Es geht nicht anders. Dafür ist Katja weiter lieb zu mir – auch ohne Puppe, wenn sie von meinem Mut und meinem Pech hört. Doch warum hat der Wachtmeister gelogen?

Der Vater läuft in dem engen Zimmer mit den drei Kinderbetten auf und ab wie ein gefangenes Tier. Die Hände halten einander hinter dem Rükken fest. Er drückt dadurch die Schultern, die sich wegen der für ihn viel zu niedrigen Schreibtische zu krümmen beginnen, weiter nach unten. Es sieht aus, als hätte er bereits den Buckel, den er in zehn Jahren haben wird. Schweiß quillt ihm aus allen Poren, läuft in Rinnsalen von seiner Stirn, vorbei an den mächtigen Brauen, vom Hinterkopf den Nacken hinunter bis in seine Unterhose. Es ist stickig in dem engen Zimmer. Unerträglich heiß. Der eigene Schweißgeruch unsäglich. Aber zu schwitzen, ja zu stinken, ist ihm recht. Er verlangt danach, körperlich zu leiden. In Schweiß zu baden. Es hilft anzukämpfen gegen die eingefangene Erregung in seinem Leib. Die Verzweiflung. Das Ende meiner bürgerlichen Existenz am Ort. Die Schande. Das Geschwätz. Mir, dem Vorbild anständigen Lebens, widerfährt so etwas. Wie ist das nur möglich? Aus heiterem Himmel! Mein Ältester! Ein so prächtig ausschauender Junge. Er bleibt ruckartig stehen, möchte um sich schlagen. Mit einer Axt. Zum ersten Mal in seinem Leben ist er ratlos. Weil ihm ohne eigenes Verschulden die Welt zerbrochen ist. Gegen wen soll ich mich wenden? Ich habe alles recht getan in meinem Leben. Ich war überzeugt, keiner reiche mir das Wasser, könne mir etwas anhaben. Jetzt bin ich mit einem Schlag vernichtet. Ganz und gar vernichtet. Mein Sohn hat mich in den Dreck gezogen. Ich bin beschmutzt. Unmöglich, mich zu reinigen. Er ist mein Sohn. Ich kann ihn nicht verstoßen. Wir müssen fort. Die Stadt verlassen. Ich beantrage morgen meine Versetzung. Das Gerede! Die Blicke! Weit fort. Vorher Urlaub. Nie mehr hier ins Gericht! Fort nach Memel! Nein, nicht nach Memel, da lernt Hedwig nie Hochdeutsch, und die Kinder sprechen dann auch noch so. Nicht auszudenken. Besser nach Metz. Ans andere Ende des Reichs. Es soll eine schöne Stadt sein. Eine Festung. Jedenfalls fort, soweit es nur in deutschen Grenzen geht. Erst muss ich in meinem Hause aufräumen. Das ist meine oberste Pflicht. Johannes Prodek erhebt sich aus dem Nebel von Verbitterung und Resignation. Was ist da geschehen? Durch Klarheit zur Wahrheit. Die steht vor jedem Weiterleben.

– Beginnen wir mit dem Schlimmsten. Dem tätlichen Angriff. Du behauptest, du hättest Herrn Knösel nicht mit der Axt geschlagen? –
– Aber Vati, ich bin Herrn Knösel doch gar nicht begegnet. –
– Ich soll einem Lügner glauben, dass ein Wachtmeister mir etwas Falsches gesagt hat? –
– Aber Vati, ich bin doch zu klein, um Herrn Knösel die Axt wegzunehmen. Er hat im Keller Holz gehackt. Das habe ich gehört. Er ist dann hoch gekommen. Da war ich aber schon aus dem Fenster gesprungen. Ich habe ihn gar nicht gesehen. Woher Frau Knösel die Axt hatte, weiß ich nicht. Auch nicht, was Herr Knösel weiter gemacht hat. Glaub mir doch! Ich bin viel zu klein, um Herrn Knösel eine Axt vor die Stirn zu schlagen. –
– Dir glaub ich gar nichts mehr! –
– Vati! Ich schwöre es bei meiner Liebe zu Mutti, dass ich heute keine Axt in der Hand gehabt habe. Und ich liebe doch Mutti so sehr. Dich auch. –
– Schäm dich, deine Mutter in dein Verbrechen hineinzuziehen! –
– Aber wie soll ich denn sonst beweisen, dass ich bei meinem Diebstahl niemanden verletzt habe? Schon gar nicht mit einer Axt. Ich bin nicht böse. Auch wenn es so aussieht. Hätte ich jemanden absichtlich verletzt, wäre ich vor dir weggelaufen und nie, nie mehr nach Hause gekommen. Lieber im Wald oder in der Ferne elendig verhungert. –
Johannes Prodek erschrickt bei diesen Worten. Er steht eine Weile stille im Raum, sieht starr auf den Sohn.
– Du erklärst also hier vor mir feierlich, dass du vor oder während deiner Tat und Flucht dich gegen niemanden zur Wehr gesetzt hast, der dich aufhalten oder hindern wollte? –
– Ja, das tue ich, weil es stimmt. Ich schwöre es. –
– Lass das. Man soll nicht unnütz schwören. Ich glaube dir. – Der Vater wendet sich ab und läuft mehrere Male in dem engen Raum hin und her. Mir ist wohler. Sollte er jetzt gelogen haben, würde ich ihn erwürgen, wenn es sich herausstellte. Nein, nein, er hat jetzt nicht gelogen. Soweit ginge er nicht. Nie. Weiter!
– Und Herr Knösel ist nicht ins Krankenhaus gekommen? –
– Das weiß ich nicht. Wenn es stimmt, vielleicht ist er gestürzt. –
– Das wäre dann dir anzulasten. Ist dir das klar? –
– Ja- sagt Paul nach kurzem Zögern.
– So. Und nun sage mir einmal, Früchtchen, wie du dazu kommst, eine Puppe zu stehlen. Was wolltest du mit der Puppe? Damit spielen? – Hohn klingt in seiner Stimme auf. Dass ich dazu wieder fähig bin, ist ein gutes Zeichen. Nichts ist verloren. Ruhig bleiben, alles langsam und sauber durchdenken. Schritt für Schritt. Wie stets. Ich siege. Ich überwinde alle Fährnisse. Selbst die widrigsten.

Paul überlegt. Er könnte sagen, er wollte die Puppe Hannchen zum nächsten oder übernächsten Geburtstag schenken. Hätte sie auf Vorrat gestohlen. Aber das wäre das Dümmste, was ich tun könnte. Nein, jetzt bei der Wahrheit bleiben, sonst wird alles viel schlimmer.

– Ich wollte sie einem Mädchen schenken, dem die Mutter, weil sie arm ist, keine Puppe kaufen kann. Und sie sehnt sich sehr nach einer Puppe. –
– Hat sie dir das gesagt? –
– Ja. –
– Wie heißt sie? Wo wohnt sie? –
– Muss ich das sagen? –
– Wirst du wohl! Schleunigst! Wenn du jetzt und für immer, immer, immer, hörst du, nicht bei der Wahrheit bleibst und *alles* sagst, *ALL-LES*, hörst du, ist es für *immer, für immer, hörst du,* aus zwischen uns. Ich verstoße dich dann. Du bist fortan nicht mehr mein Sohn, und wir müssen von hier wegziehen wegen der Schande, die du über mich, deine Mutter, die ganze Familie für alle Zeiten gebracht hast. Es ist die letzte Gelegenheit für dich, mein Sohn zu bleiben, wenngleich ein durch und durch missratener. –
Weg von Katja? Paul geht es durch und durch.
– Sie heißt Katja Masloke. Sie wohnt mit ihrer Mutter in der Grünstraße 15. Im Keller. Gleich hinter der Kreuzung mit der Poststraße. –

Den Vater zieht es Mund und Magen herunter, als er das hört. Er runzelt unwillig die Stirn. Ein Mädchen aus einem Asselloch hat sich mein Paul zur Spielgefährtin ausgesucht. Ausgerechnet. Masloke. Ein hässlicher Name! Schlimmer als Podrek. Allein mit ihrer Mutter?
Hm. – Gut. Jetzt weiß ich Bescheid. Du meinst offenbar, weil man arm ist, darf man stehlen oder zum Stehlen anstiften. Schöne Einstellung. *MEIN* Sohn denkt *SO*. Ich war ein ganz armes Kind, weiß Gott. Arm dran wie Katja, sicher noch ärmer; aber nie wäre mir ein böser Einfall gekommen. Ganz im Gegenteil. Wenigstens bist du jetzt ehrlich. Scheinbar. Wehe dir, wenn du es nicht bist. – Weiter. Ich bin dir auf der Spur.
– Du wirst die Puppe jetzt gleich holen und morgen zu Knösels zurückbringen und dich bei Ihnen für den Diebstahl entschuldigen. –
Paul ist längst klar, dass die Puppe für Katja verloren ist. Er sieht auch ein, dass er sie zurückgeben muss. Aber wozu sich stellen, wo nichts herausgekommen ist, nur sein Vater Bescheid weiß?
– Darf ich sie nicht aus dem Wasser über Knösels Gartenmauer werfen oder sie nachts vor ihre Ladentür legen? –
– Du weigerst dich? Feige bist du also auch? Wagst nicht, den von dir Bestohlenen in die Augen zu sehen? – Des Vaters Gesicht läuft rot an, seine Stimme überschlägt sich. Er hebt schnaufend die Hand um zuzuschlagen.

Hält inne. Ihm ist im Moment der Aufwallung ein rettender Gedanke gekommen. Fast hätte ich alles falsch gemacht! Er fühlt sich von seinem Gedanken aus dem Schweißbad gezogen. Erlösung! Ich pack es mal wieder. Rechtzeitig. Es gibt keine hoffnungslose Lage für mich, wusst' ichs. Die Furche, die seine hohe Stirn in zwei Teile gespalten hat, löst sich auf, die Zornesadern schwellen ab, als er seinen Gedanken weiter führt. Wie töricht war, was ich gerade von Paul verlangt habe. Es geht anders. Ohne meine Versetzung wird es abgehen, und in höchstem Maße erzieherisch wird es wirken. An mir ist ein Pädagoge verloren gegangen. Kein Sturm vermag, mich zu knicken. Nicht einmal ein Taifun. Statt zum Schimpf der Stadt werde ich zum Wohltäter aufsteigen. Wie soll ich es dem Missratenen sagen?

Er läuft weiter hin und her, die Hände auf dem Rücken, tut, als denke er angestrengt nach. Gute Einfälle überkommen einen blitzartig. Die Deppen, denen das nie passiert, brauchen davon nichts zu wissen.

– Mir ist eine bessere Bestrafung für dich eingefallen. Und für die freche kleine Anstifterin dazu. Wenn es dunkel ist, gehe ich mit dir auf das Feld und du wirst die Puppe suchen. Und wenn es bis zum Morgengrauen dauert. Beschädige aber möglichst wenig den Roggen. Du wirst die Puppe morgen deiner kleinen Freundin geben, wie du es vorhattest; aber sie wird dir versprechen müssen, dass sie die Puppe zu Knösels zurückbringt und sagt, sie habe sie beim Spielen in einem Gebüsch am Bach gefunden und nach Hause gebracht. Ihre Mutter habe ihr gesagt, bei Knösels sei eine Mohrenpuppe gestohlen worden. Das müsse die wohl sein, weil sie so schön und ganz neu ist. Hast du es soweit verstanden? – Paul nickt mit Tränen in den Augen.

– Und meint ja nicht, dass ihr mich an der Nase herumführen könnt. Ich frage bei Knösels nach, gleich morgen Abend, ob sie die Puppe wieder bekommen haben. Wenn dein Diebstahl derart zu einem halbwegs guten Ende für uns alle gekommen ist, reden wir über deine weitere Bestrafung. Die ist noch lange nicht zu Ende. Jetzt gehen wir zu den anderen in die Küche und essen Flinsen. Halt! Noch eine Frage. Fast hätte ich es vergessen. Wo steckt dein grünes Flanellhemd? Du hattest es heute Morgen an, als ich aus dem Haus ging. Und wieso sind deine Strümpfe nicht nass? –

Paul sieht den Vater betroffen an, verkneift sich ein Grinsen. – In einem Bisamrattenloch an der Nuthe habe ich Hemd und Strümpfe versteckt, die ich heute früh anhatte. Das grüne Hemd ist noch drin. Meine Strümpfe habe ich nachher wieder angezogen. –

– Das – – – ! Es verschlägt mir selbst nach allem, was ich schon weiß, die Sprache. Du bist ja ein perfekt organisierter Verbrecher. In deinem Alter! ‚Nachher'! Mit solchem nichtssagenden Ausdruck bemäntelst du dein

gemeines Verbrechen. Wie gut, dass ich dich erwischt habe. Es muss eine Eingebung des lieben Gottes gewesen sein, die mich verspätet auf den Feldweg führte. Das schöne grüne Flanellhemd in ein Bisamrattenloch gesteckt! Unglaublich. Es scheint dir Spaß zu machen, die Leute an der Nase herumzuführen. Na warte! Los jetzt! Ab in die Küche! –
– Ich hab keinen Hunger. –
– Du wirst essen. Mutti zuliebe. Verstanden? Futtern wie immer wirst du. Verstanden? Sonst gnade dir Gott! –
Hedwig Prodek braucht einige Zeit, bis sie begreift, was ihr Mann vorhat. Er hat ihr, nachdem sie schweigend am Tisch gegessen hatten und Paul tatsächlich mit den Geschwistern losfutterte wie immer, als sie nach dem Löschen der Lichter im Bett liegen, vom Verbrechen des Ältesten erzählt. Sie bewundert beständig den Scharfsinn ihres Mannes und seine Fähigkeit, selbst mit den allergrößten Schwierigkeiten fertig zu werden. Dabei sind Johannes Prodek inzwischen Zweifel am Sinn seines Plans gekommen. Der ist genial, wie er sich, bei allem Bemühen, streng mit sich zu bleiben, sagt; aber was nützt meine Klugheit, wenn Paul ein durch und durch schlechter Mensch ist? Dass er das ist, hat er bewiesen. Er stiehlt und lügt aus dem Stand heraus, ohne verlegen zu werden, stellt man ihn. Wie raffiniert er vorgegangen ist. Das Planerische hat er von mir. Aber woher kommt sein Hang zum Kriminellen? Seine Verbrechersprache? Sein verstecktes Aufmucken? Wie soll er mit solcher Anlage jemals Richter werden? An der einem Menschen eingeborenen Schlechtigkeit kann mein erzieherischer Plan gar nichts ändern. Rein gar nichts. Bosheit ist eine Erbkrankheit. Kein Arzt, kein Pädagoge kann sie heilen. Doch von Luckenwalde wegziehen, möchte ich nicht. Ich habe eine erstrangige Stellung erlangt. Der Präsident schätzt mich und zeigt es mir täglich. Ich sei seine rechte Hand und seine linke Gehirnhälfte, sagt er gerne zu mir. Auch vor anderen. Er fragt mich, was ich davon halte, ehe er einen Richter zur Beförderung vorschlägt oder einen Zeugen als glaubwürdig einstuft. Sie sind ein exzellenter Beobachter, Prodek, und ungemein objektiv. Ihr Durchblick ist so bestechend wie unbestechlich, Prodek. Sie wissen alles, was im Hause vorgeht, mein lieber Prodek. Sie erkennen einen Menschen, sobald Sie ihn nur ansehen. Mein guter Prodek, Ihnen macht niemand etwas vor, ich weiß es wohl. Seien Sie nicht so bescheiden. So spricht er mit mir. Einmal hat er sogar ‚Johannes' zu mir gesagt, als ich ihm in einem schwierigen Prozess bei der Darstellung eines kryptographischen Verfahrens zwar nicht Eulers Satz erklären konnte, aber zumindest, wer Euler war. Ich schob ihm damals einen Zettel zu. Es half ihm, sicherer gegenüber dem Kläger aufzutreten. Ich will meine Stellung, mein Ansehen nicht aufgeben. Es wäre Sünde gegen das Glück.

Johannes Prodek sagt seiner Frau, dass er zunächst die Absicht gehabt habe, Paul in ein Erziehungsheim oder die Lichterfelder Kadettenanstalt zu geben. Aber dazu fehle leider das Geld. Hedwig hebt angstvoll ihre Stimme. – Näjn, Johannes! Daas auf käjnen Fall! Dann verstoße lieber mech. –
– Psst! Wirst du wohl nicht so schreien! –
Sie wimmert: – Versprääch mirr, Johannes, dass du mirr dass nääch antuust. Niie. Wass aouch kommt. Äch werrde mäch niemals von dem Jongen trennen. Lieber stärbe äch. Äch habe ihn jeboren. Ärr iss mäin Ältester. Äch werde ihn dazu kriejen, dass err äjn juter Mensch wird. Äch jelobe äss dir. Hooch und häjlig. Werr jehöjren als Famillje zosammen. Er iss äjn härrzensjuter Jonge. Sein wäjches Herz hat ihn zu de domme Tat verläjtet. Räines Mitläid. –
Ihr Mann seufzt, schilt sie gleich wieder. – An deine anderen Kinder denkst du wohl gar nicht, was? Wenn dich ein Auge ärgert, reiß es aus! sagt Jesus im Neuen Testament. Es ist besser, dass ein Auge verdürbe als der ganze Körper. Außerdem redest du überflüssiges Zeug. Ich habe dir doch gesagt, dass ich das nur erwogen habe. Es geht ja nicht. Leider. Dabei wäre es für Paul das Beste. Womöglich die letzte Rettung, bevor er gänzlich ins Kriminelle abgleitet und seine Geschwister mitzieht. Natürlich wünsche ich mir, du hättest Recht. Aber ich vermag nicht, daran zu glauben. Alle Kriminellen haben im frühesten Kindesalter mit krummen Dingen angefangen, und dann ging es immer weiter abwärts in die Gosse und von da in die Zelle. Zug um Zug. Immer tiefer. Ich sehe das tagtäglich bei Gericht. Paul fällt es derart leicht zu lügen und zu stehlen. Das Böse sitzt tief in ihm drin. Ist Teil von ihm. Wo es nur herkommt? –
– Ärr iss äjn rächtijer Lorrbass. Äjn Draufjänger. Sächer. Ärr macht Unfuch. Aber ärr äss nächt boise, sondern von Härrzen jut. Dass Mädchen hat ihm läjt jetan. Ärr wollte ihrr hälfen. Und vor allem, ärr ist onser Jonge. –
– Zur Mildtätigkeit habe ich ihn gerade nicht erzogen. Weil ich sie grundsätzlich für falsch halte. Als ich klein war, hat sich niemand um uns und unser Elend gekümmert. Und das war gut so. Dadurch bin ich lebensklug und stark geworden. Almosen hätten nur meine Selbstbildung gestört und mein Selbstvertrauen zerstört. Ich will und brauche niemandem dankbar zu sein. Darauf bin ich stolz. –
Sie möchte ihren Mann fragen, ob er als Kind nie etwas ausgefressen hat, aber sie traut sich nicht. Er wäre empört. Äch hab mäch nij jetraut, äjnen Streich zo bejehen. Nääch mal jrüne Äppel hab äch jeklaut en de Häjmat. Jetan hättichs järn. Wer waren elend jenog dran en Kaukehmen.

– Merkst du nicht, was für törichtes Zeug du dir einredest, Hedwig? Du willst der Wahrheit nicht ins Gesicht sehen. Mütter sind blind, wenn es um ihre Kinder geht. Sohn oder nicht Sohn, ich sehe fortan den schlechten Menschen in ihm. Wenn ich denke, welche Zuwendung er von mir erfahren hat. Mein Vater hat mich gar nicht erzogen, selbst als er noch da war. Meine Mutter hat mir nur das Notdürftigste mitgegeben. Und was ist aus mir geworden? Und aus welchem Grund wohl? – Sollte es in ihrer Familie Gesindel geben? Wie wenig weiß ich davon. Dabei ist Hedwig so anständig wie ich. Dafür bürge ich.
Paul schläft die Nacht unruhig. Einmal wacht er verschwitzt auf. Es wird ihm klar, dass sein Vati Katja zum Lügen anstiftet. Er bekommt einen Schreck, so groß wie der, als er Vati auf dem Feldweg auf sich zukommen sah. Mein bewundernswerter Vati lügt! Aber nein! Vati lässt Katja lügen, um uns zu retten. Die Familie, die ich in Schande gebracht habe. Das ist etwas ganz anderes als meine Lüge. Ich wollte etwas Unrechtes verbergen. Paul beruhigt sich. Vati lügt, um uns aus der Schande zu retten und für die Gerechtigkeit. Eine Notlüge.

Als Katja am folgenden Nachmittag Paul mit einer großen Tüte an ihrem Treffpunkt stehen sieht, läuft sie glückstrahlend auf ihn zu, umarmt ihn. Hüpft dabei in die Höhe. Er wird ganz rot, als sie ihn mehrmals mitten ins Gesicht küsst. Auf die Nase. Auf den Mund. Paul wird glutheiß. Er wehrt sie ab.
– Ich habe für dich die Mohrenpuppe gestohlen. Hier ist sie. Aber mein Vater ist dahinter gekommen, dass ich sie gestohlen habe. Er hat gesagt, du sollst sie zu Knösels zurückbringen und sagen, du hättest sie beim Spielen an der Nuthe unter einem Busch gefunden, und deine Mutter hätte dir gesagt, als du sie strahlend nach Hause brachtest, das sei sicher die Puppe, die ein Zigeunerjunge bei Knösels gestohlen hat, weil sie neu ist und schön aussieht. Wenn Knösels nett sind, schenken sie dir einen Lutscher zur Belohnung, weil du so ehrlich bist. –
Paul guckt auf den Boden. Trippelt hin und her, als müsse er dringend austreten.
Katja schaut ihn aus ihren großen, schräg stehenden, lilaschwarzen Augen verwundert an. – Ich soll sie zurückbringen? – Das ist zu viel Glück und Unglück auf einmal für sie. Sie weiß nichts zu sagen.
Paul erzählt ihr alles. Langsam und genau. Er wird ruhiger dabei. Er verschweigt den prickelnden Jubel im Leib, den er bei dem gelungenen Überfall empfunden hat. Beim Rennen unter der Brücke kribbelte es zwischen seinen Beinen fast so wie beim Poschauen.
– Das hast du für mich getan? Und jetzt bist du schlimm dran. – Sie ist

gerührt und küsst den Freund noch einmal auf die Wange. Paul merkt es kaum. – Hat dich dein Vater geschlagen? –
– Noch nicht. Das holt er heute Abend nach. Aber das rührt mich nicht. Er hat recht. Wirst du tun, was er befohlen hat? Mein Vater sagt, wenn herauskommt, dass ich der Dieb war, müssen wir wegen der Schande aus Luckenwalde wegziehen. –
Katja reißt entsetzt den Mund auf. Die Zähnchen, die noch nicht eng zusammenstehen, blitzen. Viel Speichel ist drauf. Wenn sie spricht, bildet er Fäden zwischen den Zähnen. Sie seufzt. – Es ist trotzdem schön, einen Vater zu haben, der einem sagt, was man tun soll. Besser noch einen Freund, der für mich stiehlt und dafür Schläge einsteckt. –
– Uff! – Es wird ihm warm und fröhlich. Sogar leicht. Er schaut sie liebevoll an.
– Vielleicht kriege ich wirklich einen Lutscher. Dann gehen wir nach **AFRIKA** und teilen ihn. Wir lutschen abwechselnd dran. Ihre Augen frohlocken schon wieder. – Ich laufe gleich zu Knösels. Ich will die Puppe gar nicht anschauen. Sonst muss ich weinen. –
Paul gibt ihr die Tüte und blickt ihr nach. Er drückt die Tränen, die ihm in die Augen steigen, weg. Trotzdem geraten sie irgendwie in seinen Mund. Das Salz schmeckt ihm gut. Jetzt bin ich traurig, sagt er laut vor sich hin. Aber ich bin auch stolz auf mich und Katja. Alles hatte geklappt. Warum kam bloß Vati dazwischen?
Als sie sich abends wieder im Bubenzimmer gegenüberstehen, schaut Johannes Prodek seinen Sohn lange schweigend an. Der duckt sich nicht, sieht nicht weg. Hochmütig ist der Kerl. Den Stolz hat er von mir. Aber *er* hat nicht den geringsten Anlass, stolz zu sein. Er sollte sich schämen. Abgrundtief schämen, so wie ich mich für ihn schäme. Dass *er* es nicht tut, beweist, dass er ein geborener Verbrecher ist.
– Was denkst du, was deine Strafe sein wird? –
Paul schielt auf die Fuchtel, die griffbereit auf seinem Bett liegt. Ein kurzer Holzstiel, an dessen unterem Ende ein Ledersaum mit sieben langen, noch schlaff herumliegenden Lederstriemen angenagelt ist. – Du wirst mich gleich ganz doll verhauen. –
– Du hast es verdient. Beide Hosen runter! –
Paul gehorcht. Der Vater greift die Karbatsche und schlägt mit voller Kraft auf Pauls plattes, entblößtes Hinterteil. Dass es so platt ist, hat er von mir. Schließt fast glatt an den Rücken an. Er denkt nach und hält ein. Der Junge hat sich vorsorglich mit der linken Hand die Lippen zugehalten und gibt keinen Laut von sich, obwohl es sehr wehgetan hat und die Haut brennt, als säße er in einem Brennnesselfeld und käme nicht vom Fleck. Die Mutter soll nichts hören. Sie wird nichts hören, und wenn es noch so sehr schmerzt.

– Hosen hoch. –
Paul gehorcht zögernd. War das schon alles? Nur ein Hieb? Ich habe sonst für viel weniger viel mehr Schläge bekommen.

Der Vater verprügelt Paul selten, weil er meint, gerechte Bestrafung müsse wohl dosiert sein, um zu wirken. Er weiß nicht, dass Paul die Prügel lieb sind. Nicht, weil ihm der Schmerz wohltäte, sondern weil Mutti ihm am nächsten Morgen das schwärenüberzogene Hinterteil mit Penatencreme einsalbt. Sie nutzt dazu die halbe Stunde, die sie vor dem Vater aufsteht, um das Frühstück zu bereiten. Sind Herd und Öfen in Gang, schlüpft sie ins Zimmer der Buben, hebt die Bettdecke, zieht Pauls Nachthemd hoch. Liegt er auf dem Rücken dreht sie ihn und trägt mit ihren kräftigen Händen ganz behutsam die Salbe auf Pauls Po auf. Sie sagt dabei kein Wort. Paul genießt die über ihn kommende Liebkosung im Halbschlaf. Die Wohltat der Mutter bringt ihn des Öfteren dazu, den Vater herauszufordern. Meist verbeißt er es sich, weil er weiß, die Mutter leidet, wenn er geschlagen wird.

Wie erklärt sich das übermäßig verfettete menschliche Gesäß nach der Darwinschen Evolutionslehre?
Entstanden die aufgeblähten Sitzbacken, als und weil der Mensch sesshaft wurde?

– Das war nur der erste Teil deiner Bestrafung. Ich lege dir jetzt zwei weitaus härtere Strafen auf. –
Paul schaut dem Vater neugierig und gefasst ins Gesicht. Vater ist klug und gerecht.
– Ich werde deiner Freundin die Puppe kaufen. Dafür wirst du drei Jahre lang kein Geburtstagsgeschenk erhalten, und auch nichts zu Weihnachten. Du wolltest großzügig sein auf anderer Leute Kosten. Ich kehre nun den Spieß gegen dich, damit du spürst, wie das ist, wenn einem etwas weggenommen und einem anderen dafür gegeben wird. Ich werde zu Katjas Mutter gehen und ihr sagen, dass mich ihre Ehrlichkeit und die ihrer Tochter, von der ich gehört habe, so anrührt, dass ich sie dafür belohnen möchte. Schließlich war ich auch einmal bitterarm und weiß, wie schrecklich es für ein Kind ist, selbst zu den Festtagen nie ein Geschenk zu bekommen, weil die Eltern kein Geld haben. Mir ist es bis zu meiner Konfirmation so ergangen. Und mein Konfirmationsgeschenk, ein weißes Leinenhemd, hat sich meine Mutter fünf Jahre vom Munde abgespart. Du weißt gar nicht, wie gut du es hast, Paul. Und was ist der Dank an deine Eltern? –

Pauls Herz schlägt schneller und schneller, bis zum Taumel. Er erbleicht vor Glück. Katja bekommt die Puppe! Geschenkt! Für sie verzichtete ich lebenslang auf meine Geschenke. Er möchte vor Freude jauchzen, dem Vater an den Hals springen, ihn umarmen und abküssen. Wie gut er das macht. Alles ist wieder im Lot. Mit einem Schlag. Mein Vati! Er hat wieder meinen Namen genannt. Uff! Ich habe recht getan zu stehlen. Ich hätte betteln, ihn anflehen können, weinen, schriftlich auf alle Geschenke für alle Zukunft verzichten und geloben können, jeden Tag eine gute Tat zu vollbringen, er hätte Katja die Puppe nicht geschenkt. Als Strafe für mich erhält sie die Puppe vom Geld für meine Geschenke. Und wie gut, dass ich nie schreie. Mutti weiß also nicht, dass ich nicht viel drauf bekommen habe. Sie wird morgen früh kommen. Er beißt die Zähne zusammen und verkrampft die Glieder, um nicht zu jubeln. Alles ist gut geworden.
Der Vater hatte beabsichtigt, dem Sohn beide höherwertigen Strafen in einem Zuge wie zwei schnelle Peitschenhiebe zu versetzen. Doch er hielt nach der Verkündung der ersten Strafe ein, weil er die Wirkung beobachten wollte – und war zufrieden. Innerlich frohlockend, holt er den entscheidenden Satz nach:
– Und im Übrigen verbiete ich dir den weiteren Umgang mit Katja. –
Paul zuckt zusammen, als wäre ihm beim Ausblasen der Kerzen seiner Geburtstagstorte das Haar in Brand geraten. Er reißt entsetzt die Augen auf, wankt. Er will schreien, hält aber im schon weit geöffneten Mund die Luft an. Saugt immer mehr Luft in seine längst volle Lunge. Lässt keine Luft heraus. Und wenn ihm die Brust platzt. Das Herz dazu. Und der Kopf. Nein! Nein! Nicht schreien. Nicht schreien. Bloß nicht schreien. Das möchte der Vater, aber ich werde es nicht tun. Niemals. Lieber sterbe ich. Mutti soll nicht wissen, wie weh er mir tut. Er schlägt sich ins Gesicht und torkelt im Raum herum.
Er spürt nicht, wie der bewegte Vater ihn um die Schulter nimmt und ihm vorhält, dass es sich nicht gehöre, dauernd mit einem Mädchen zu spielen statt mit den Jungen aus seiner Klasse. Er wolle ihn von nun an nur noch in einem Kreis von Freunden sehen. Paul denkt: Warum zwingt er mich zu lügen? Ich will nicht lügen. Er muss doch wissen, dass ich nicht tun kann, was er von mir verlangt, was er mir zu versprechen abzwingt. Könnte ich bloß der Zeit für einige Jahre entschlüpfen und erst erwachsen wieder auf die Erde plumpsen. Wäre ich bloß schon in **AFRIKA**. Jetzt werde ich andauernd lügen müssen. Ich nehme mir vor, sobald ich in **AFRIKA** aus dem Schiff steige, niederzufallen, an den heutigen Tag zu denken und nie mehr in meinem Leben zu lügen. Ich werde mich erinnern, wie jämmerlich ich vor meinem Vater gestanden habe, weil ich etwas Gutes tun wollte und es erreicht habe. Mein Vater erkennt an, dass ich recht getan

habe, denn sonst würde er Katja nicht die Puppe schenken. Warum soll ich nicht mit einem Mädchen spielen, wenn es uns beiden gefällt? Wir gehören zueinander.

Er macht sich vor dem Einschlafen Bilder über sein Leben in **AFRIKA**. Ich werde mir auf unserer Plantage ein eigenes kleines Reich aufbauen, über das ich herrschen werde. Über die schwarzen Arbeiter, über meine vielen Kinder mit Katja. Ich werde zehnmal gescheiter sein als mein kluger und gerechter Vater. Zehnmal gerechter werde ich sein.

*

Man kann Kräfte lenken und meinen, sie dadurch zu beherrschen.

Das Reizvolle am Verhältnis zwischen Leben und Tod ist: Weil es den Naturgesetzen folgt, ist es unberechenbar.

DAS SELTSAMSTE ALLER GEGENÜBER IST DIE GEGENWART

Das eben noch vor Kraft überschäumende Deutsche Reich, ein von erhebendem Gemeinschaftsgefühl getragenes, geballtes Zukunftsversprechen nicht nur für seine Bürger, sondern Mutterboden schönster Versprechungen für den Segen von Wissenschaft und Technik weltweit, lag gänzlich vom Fleisch gefallen im Kot. Ein Volk wusste nicht, wie ihm geschehen war und warum. Dabei war es so einfach: Mittellage duldet keine Mittelmäßigkeit in der politischen Führung. Sie bestraft Dummheit gnadenlos, die anderswo ohne schwerwiegende Folgen bleibt.

Unser Haus war heil, aber wegen der dicht geschlossenen Fenster voll veratmeter Luft. Als Paul Prodek am 19. November 1918, dem Tag nach seiner Heimkehr aus dem Krieg, gerade so, als hätte er nicht jahrelang im Moder von Gräben, Unterständen, zwischen grad noch lebendigen, verblutenden und schon lange kalten Kadavern verbracht und für ein Phantom geschossen und getötet, andere kaltblütig dazu angetrieben, frisch gewaschen, mit prallem Glied und den von der heimischen Stille geplagten Ohren im alten Duft von Federbett und durch die Heißmangel gepressten Linnenbezügen neben seiner endlich erleichtert im Schlaf dahingleitenden Etta erwachte, meinte er geträumt zu haben, dass er vor achtzehn Jahren, im Anschluss an die erste wilde mit ihr verbrachte Nacht auf der Wiese an der Nuthe, geträumt hätte, vor ihm stünden in einer langen, stummen Reihe mit dem Nackedei Katja als Achsfigur tausende nackter Männer, schlössen ihn ein, indem sie langsam undurchdringliche, konzentrische Kreise um ihn bildeten und anklagend mit dem Finger auf ihn zeigten, um ihn dann mit spitzen Nägeln zu zerreißen, ohne dass er überhaupt etwas verspürte. Mehr als zwanzig Jahre später, als Ich und Welt und Wirklichkeit ihm fremd sind wie beim Erwachen aus dem ersten Schlaf nach der Heimkehr vom Abschlachtfeld, erinnert er sich in der Kriegsgerichtsverhandlung, der er vorsitzt, an diesen Albtraum von einem vorgeblich früheren Albtraum und weiß nicht, ob es die Schattenwürfe ins Voraus während des Vergangenen, die mannigfaltige Überkreuzung von Vergangenheiten, die einmal Zukunft bedeuteten, jemals gegeben hat oder ob ihm der Gedanke an die Möglichkeit, ja die Wahrscheinlichkeit von sich verhakkreuzenden Träumen, verschnitten mit und zerschnitten von brutaler Wirklichkeit, nicht erst beim Blick in das hilflose, feist verschlossene Gesicht des Rekruten Zurr gekommen ist. Als das Ergebnis gegenwärtiger Geistesverwirrung infolge eines wieder voll aufgebrochenen Ekels vor den Mitmenschen. Eines lange und heftig betäubten Selbstekels dazu; einer undefinierbaren Speiübelkeit vor allem Sein. Pauls Unfähigkeit, Klarheit darüber zu erlangen, der Mangel an Zeit zum Nachdenken, schnürt ihm die Kehle zu. Er schnappt ruckartig nach Luft. Es hört sich an wie ein stöhnender Schluckauflaut, den er unkontrolliert ausstößt. Paul merkt, wie die übrigen Anwesenden ihn verwundert anschauen. Er fängt die aus dem Magen dringende Anwandlung von Saft, Schuld und Wut ein. – Entschuldigen Sie, ein kühler Luftzug- hätte er in einer Abendgesellschaft gesagt und dabei gewinnend gelächelt. Er lächelt nicht, sondern fragt mit vorgeschobenem Unterkiefer mechanisch weiter, als sei nichts geschehen: – Wie sollen wir Ihnen das glauben, Soldat Zurr? Sie haben uns vor wenigen Minuten erklärt, Sie seien Pazifist aus christlicher Überzeugung. –

Paul hat dem fülligen Mann mit dem schlecht rasierten Doppelkinn und der Fettwulst im Nacken eine Frage gestellt, um selbst die geringste Chance nicht zu vergeben, ihn vor der Hinrichtung zu bewahren. Was für einen winzigen Penis muss der haben, war ihm durch den Kopf gegangen, als er ihn nach der Vorführung musterte. Will ich was gutmachen an dieser Schießbudenfigur? Ich habe doch nur einmal im Leben etwas Unrechtmäßiges getan. Der Angeklagte weigert sich, trotz Einberufung zur Wehrmacht das Koppel mit der Aufschrift GOTT MIT UNS auf dem Verschluss anzulegen und ist deshalb wegen Wehrdienstverweigerung und Wehrkraftzersetzung angeklagt. Zu Pauls allergrößter Überraschung hat der Verstockte soeben geantwortet, er würde den Wehrdienst mit einem Koppel ohne diese Beschriftung ableisten. Paul hatte auf diese günstige Antwort nicht zu hoffen gewagt. Nun steht sie, ihn zur Rettung herausfordernd, im Raum. Denn damit kann es nicht sein Bewenden haben. Besser, er als Vorsitzender des Kriegsgerichts drückt die Zweifel an der Aufrichtigkeit der Antwort aus als der Staatsanwalt, der, jung, blond und vierschrötig, mit vor- und auseinanderstehenden Schneidezähnen nach Bewährung und Aufstieg im Dienst des nationalsozialistischen Staates lechzt. Aufsteiger sucht Aufsteiger. Vielleicht gelingt es ihm, dem Mund des Angeklagten weitere rettende Worte zu entlocken. Aber Vorsicht. Während Paul die peinigende Folgefrage möglichst zynisch aufklingen lässt, um keinen Zweifel an seiner Systemtreue zu erwecken, verkrampfen sich seine Erinnerungen und Gefühle zu stachligen Knäueln, an denen er würgt, daran zu ersticken droht, obwohl er weiter locker und aufrecht, mit abgehobener Miene, der dunklen Blume des EK I und dem sichtbareren Oval des silbernen Verwundetenabzeichens auf der Robe, dazwischen steckt die schmale goldene Tapferkeitsmedaille, in seinem Richtstuhl sitzt. Durchhalten. Wieder. Seine Sprache quillt quälend langsam aus seinem

Mund, als sei der verstopft, und er müsse die Worte an einer Angelschnur herausziehen. Selbst in dem kurzen Namen Zurr zischt er den Anfangs- und rattert er den Endlaut, um Zeit zu gewinnen. Der Staatsanwalt liegt auf der Lauer. Ist der Kerl altersmüd oder will er den Angeklagten mit seiner Sprechweise einschüchtern, verwirren? Mit zaudernder Sprache geht das nicht. Worte eines Kriegsgerichts müssen wie Peitschenhiebe fallen. Knallen und unerbittlich auf die Volksverräter eindreschen.

Nicht sie hätten mit Stachelfingern auf ihn zeigen dürfen, obwohl er sie eigenhändig totgeschossen oder den Befehl dazu gegeben hatte, sondern er hätte sich in einen ekstatischen Derwisch verwandeln müssen, der immer wieder mit dem Finger auf alle ihn Bedrängenden, selbst Katja, denn mit der fing das ungewollte Töten an, zeigte und schrie: – Was habt ihr aus mir gemacht? Ihr seid schuld an meiner Schuld! Damals wie heute. Ihr habt mich zum lebenslangen Töten verdammt. – Käme er je wieder zum Stillstand, wollte er augenblicks zur Säule erstarren und sein Finger sollte auf das furchteinflößend in weite Leere schauende Führerbild hinter ihm zeigen.

„Wenn ich gewusst hätte, dass das Saint-Exupéry war, hätte ich niemals geschossen, niemals", beteuerte der ehemalige Luftwaffenpilot. Denn sein Opfer sei einer seiner Lieblingsautoren gewesen. … Rippert hat gerade einen Trauerfall in der eigenen Familie zu beklagen. Der ehemalige Flieger und spätere ZDF-Sportjournalist ist der Bruder des Sängers Ivan Rebroff …

Eine Fistelstimme kämpft an gegen die dumpfe Luft und Feindseligkeit des Kasernenraums. – Ich bin Christ und deshalb Pazifist. Mein Glaube verbietet mir aber nicht, eine Uniform anzuziehen und darin umzukommen, wenn die Obrigkeit es von mir einfordert. –

Gut geantwortet, Zurr. Und doch kann ich dich damit allein nicht retten, sturer Eiferer im Herrn. Es ist gerade so, als hätte dich dein lieber Gott hierher geschickt, mich zu versuchen. Ich müsste aufspringen, weglaufen und schreien, dass ich diesem Staat nicht dienen kann, weil er mich aufs Neue zwingt, grundlos zu morden. Weil er ein Mörderstaat ist. Durch und durch. Ein achso erfolgreicher Mörderstaat. Herausbrüllen müsste ich, wie recht der Angeklagte hat und welch schäbige und feige Hunde die anderen hier im Saal sind. Die Akten auf den Boden werfen, meine Robe zerreißen, die Ehrenzeichen für Mord abreißen, zu Boden werfen und aus dem Saal laufen. Die Wahrheit ist: Du bist ein Feigling, Paul Prodek, obwohl du dein Leben jahrelang im Kampf eingesetzt hast. Du hast Mut vor

einem Feind gezeigt, der nicht dein Feind war, weil du keinen Mut hattest, dich loszusagen von deinen verblendeten Landsleuten, nicht ehrlos sterben wolltest, Paul Prodek. Wegen deiner Familie. Welch ein Schwachsinn! Aber er ließ dich nicht los. War stärker als alles richtige Denken. Du hast dir nie selbst gehört, Paul Prodek, bist niemals dein, sondern immer Gefangener der anderen gewesen, Bist es weiter. **AFRIKA** hat es nie gegeben. Er schaut auf die Fratzen herum. Die handeln nach Denkanweisung und merken es nicht einmal. Der Führerwille ist ihr Wille. So werden die Verdammten selig.
– Sie wollen also sagen, Angeklagter, Sie würden ohne die Aufschrift auf dem Koppel mit Ihrer Einheit in den uns aufgezwungenen Krieg marschieren, aber im Kampf nicht schießen? – Eine andere junge, hohe Stimme zerreißt die durch Pauls Abwarten neu eingetretene Stille. Der Staatsanwalt hat die Ausflucht des Angeklagten sogleich durchschaut. Er wendet triumphierend seinen Kopf zum Vorsitzenden. Während du träge rumsinnierst, treibe ich den Lumpen in die Enge.
– Warten Sie einen Augenblick, Herr Staatsanwalt. Ich leite die Verhandlung und war in der Tat am Überlegen. – Die zuschlagende Frage des Staatsanwalts weckt ein Fünkchen Hoffnung in ihm. Herr, gib dem Burschen Intelligenz! Hilf mir, hilf ihm! Er glaubt so fest an Dich, Herr, Du bist verpflichtet ihm zu helfen, wenn es Dich gibt. Vielleicht gelingt es. Die feisten Backen des Soldaten Zurr leuchten aufgeregt wie Bremslichter eines Autos in den Raum. Paul fixiert den Angeklagten, sucht dessen glasige, herumirrende Augen zur Ruhe zu bringen. Er schlägt mehrfach seine Wimpern hoch und herunter, um Zeichen zu geben, dass er ihm helfen wolle.
– Soldat Zurr, ich nehme an, Sie hatten bisher keine Gelegenheit, eine Schusswaffe in der Hand zu halten. Ist das richtig? –
– Ja. –
– Sie müssen also noch schießen lernen, bevor Sie in den Krieg ziehen. Ich nehme an, schießen zu lernen, verbietet Ihnen Ihr Glaube nicht. Sie könnten doch sicher einem Schießsportverein angehören? –
Der Angeklagte zieht die Stirn in Falten. Sagt dann stockend: – Mir käme so etwas nie in den Sinn. Aber ein Glaubensverstoß läge darin nicht. –
– Sehen Sie. Gut. Es ist sehr wichtig, was Sie gesagt haben. Sie könnten also ohne Probleme Ihre militärische Grundausbildung ablegen. – Paul kneift das linke Auge zu, weil der Staatsanwalt rechts von ihm sitzt.
– Sie widersprechen nicht, also stimmen Sie zu. – Der Angeklagte nickt unsicher.
– Gut. Und von Beruf sind Sie Apothekenhelfer. Dann käme doch für Sie der Einsatz in einer Sanitätskompanie in Betracht. Oder? –

– Ich würde diesen Dienst nicht ablehnen, wie ich überhaupt nicht ablehne, Militärdienst zu leisten. Ich bin kein Zeuge Jehovas, sondern Methodist. –
– Sie sind ein Christ und ein vernünftiger Mensch wie die meisten von uns. Dagegen hat niemand etwas. Allerdings gehen Sie in manchen Dingen offenbar weiter als Ihre Kirche. Es ist mir nämlich nicht bekannt, dass auch nur eine unserer Kirchen je Einspruch gegen die Anrufung Gottes auf den Wehrmachtskoppeln erhoben hätte. Die Aufschrift hat eine lange Tradition. Sie, Zurr, sind also offenbar ein rechter Protestant, der seinen eigenen Weg zu Gott sucht. All dies vorausgesetzt: Stimmen Sie mir nicht zu, wenn ich meine, dass man für die helfende und heilende Tätigkeit in einer Sanitätskompanie Gottes Hilfe erbitten darf. –
– Das darf man, selbst wenn man jeden Krieg ablehnt, sich lieber töten lässt als zu töten. –
– Warum sollten Sie dann in einer solchen Einheit nicht das Koppel tragen, das Ihnen wegen der Anrufung Gottes missfällt? Es läge doch selbst bei strenger Auslegung kein Verstoß gegen das Zweite Gebot darin, denn Sie flehen den Segen des Herrn an, um Verwundeten zu helfen. Sie würden ihn also nicht unnütz führen. –
Der Angeklagte schaut verwirrt in das Gesicht des Vorsitzenden.
– Aber woher weiß ich denn, dass ich …und außerdem…. –
– Bekümmern Sie sich darum nicht im Moment. Antworten Sie nur auf meine Frage. –
– Herr Vorsitzender,… Herr Major, ich muss doch sehr, sehr …Sie suggerieren dem Angeklagten eine Ausfl…
– Ich habe Ihnen bereits gesagt, dass ich mit meiner Vernehmung des Angeklagten noch nicht zu Ende bin, Herr Staatsanwalt, …Herr ..Leutnant der Reserve. Sie werden anschließend ausreichend Gelegenheit zur Vernehmung haben. –
– Angeklagter, antworten Sie also unzweideutig auf meine Frage, ohne Wenn, Aber und Außerdem: Wären Sie bereit, in einer Sanitätskompanie das Koppel mit der Inschrift ‚Gott mit uns' zu tragen? –
– Ich, ich … täte es zwar nicht gern, aber ich könnte das vor meinem Gewissen gerade noch verantworten. Demnach würde ich es tun, wenn es von der Obrigkeit strikt verlangt werden würde und ich in der Sanitätskompanie bliebe. Ich denke, ich würde bei dieser Arbeit den Namen des Herrn nicht unnützlich führen. –
– Das spricht für Sie, Zurr. Fahren wir fort. Nehmen wir an, Sie wüssten, dass Sie in einer solchen Kompanie später zum Einsatz kämen, warum sollten Sie dann nicht schon während der Grundausbildung das Koppel tragen? Es geschähe doch nichts, das Ihrem Glauben widerspräche. Im

Gegenteil. Sie absolvierten die Grundausbildung, einschließlich der Ausbildung am Karabiner, um später helfen zu können. Überlegen Sie Ihre Antwort gut, Soldat Zurr. –
– Herr Vorsitzender, ich muss schon sagen, Sie ...–
– Ich habe Ihnen nicht das Wort erteilt, Herr Staatsanwalt! Also Angeklagter, wie lautet Ihre Antwort. –
– Ich will mich besinnen, Herr Vorsitzender. Erlauben Sie mir, mich zu besinnen? Ich bin auf solche glaubensmäßig komplizierten, wohl eigentlich undurchschaubaren Fragen nicht vorbereitet. –
– Ich schließe mich der Bitte an. –
– Gewährt, Herr Verteidiger. Aber nicht mehr als eine halbe Minute. Ich schaue auf die Uhr. Und vergessen Sie nicht, Soldat Zurr, dass es um Ihr Leben geht. Gott will sicher nicht, dass Sie Ihr Leben aus Prinzipienreiterei – und sei es für ihn – wegwerfen. Er will, dass wir leben, dazu hat er uns geschaffen. –
– Man muss aber Gott mehr gehorchen als den Menschen. –
– Schon gut. Doch man soll auch die Obrigkeit nicht unnütz herausfordern, wie in der Bibel steht. Überlegen Sie! Sie haben noch 20 Sekunden.
–
– Herr Vorsitzender, können wir die Bedenkzeit nicht verlängern? –
– Abgelehnt. Sie sollen sich nicht mit dem Angeklagten besprechen. Ich will *seine* Antwort. Noch 10 Sekunden. – Pauls Hände zittern, er presst seine Zähne zusammen. Im Felde war ich nie so angespannt.
– Also, wie lautet Ihre Antwort, Angeklagter? –
– Ich könnte und würde es tun, wenn es ganz genau so käme, wie Sie sagen. – Paul schließt einen Moment die Augen und drückt sich durchatmend gegen die Lehne.
– Sind Sie nun fertig mit Ihrer Ver—neh-h-– mung, Herr Vorsitzender? – Der Staatsanwalt knirscht hörbar mit den Zähnen.
– Gewiss. Nun haben Sie das Recht, den Angeklagten ausgiebig zu befragen, Herr Kollege. – Paul lächelt, nicht erleichtert, aber nicht mehr gequält.
– Angeklagter, ich habe Sie vorhin, als mir der Vorsitzende das Wort abschnitt, bereits gefragt, ob Sie auf feindliche Soldaten schießen würden. Ich wiederhole meine Frage. –
– Nein. Niemals. –
– Sie verweigern also Ihrem Volk und Ihrem Führer den Gehorsam? –
– Nur wenn sie von mir verlangen, andere Menschen zu töten. Das verbietet die christliche Religion unabdingbar. –
– Man darf also Ihrer Ansicht nach nicht einen Feind töten, obwohl er Deutsche töten und quälen will? –

– Lieber Unrecht leiden, als Unrecht tun. –
– Ich frage nach: Sich gegen Unrecht wehren, ist für Sie böse? –
– Wenn man dabei gegen die Zehn Gebote verstößt, ja. –
– Die Zehn Gebote sind mosaisches, also artfremdes Gesetz. –
– Christus ist in der Bergpredigt strenger als Moses. Er sagt es ausdrücklich. So in den Worten ‚Ihr habt gehört, dass zu den Alten gesagt ist: Du sollst nicht töten. Ich aber sage euch: Wer mit seinem Bruder zürnet, der ist des Gerichts schuldig.'– Die Wangen des Angeklagten leuchten fleckig und scharlachrot auf.
– Einen Feind töten, der dem deutschen Volk Unrecht tut, verstößt also Ihrer Ansicht nach gegen das mosaische Fünfte Gebot und die Bergpredigt? –
– Ja. Eine Ausnahme kann allenfalls gelten, wenn ich jemanden, der dabei ist, einen anderen umzubringen, am Töten hindere. Dann darf ich ihn, wenn es keine andere Gegenwehr gibt, sogar töten. Deshalb könnte ich auch eine Schießausbildung auf mich nehmen. –
„Und Sie meinen, der Führer verlange von Ihnen etwas anderes? Denn, kommen wir auf den Grund zurück, weshalb Sie hier angeklagt sind. Sie weigern sich, wie es Ihre Soldatenpflicht ist, Ihr Dienstkoppel anzulegen, weil darauf Gott angerufen wird; denn Sie meinen, der Führer führe aus anderen Gründen als reiner Selbstverteidigung Deutschlands Krieg, wolle anderes, als unser Land dem nicht endenden Würgegriff seiner Feinde ein für alle Mal entreißen, wolle anderes, als vorbeugend die Tötung deutschen Lebens durch unsere Feinde verhindern. Und solch überaus sittliche Wahrnehmung der Aufgaben der Staatsführung stehe im Widerspruch zur Religion. I-h-r-e-r Religion vielleicht, aber nicht unserer aller recht verstandenen Religion. Mann, ist Ihnen bewusst, was Sie gesagt haben? – Seine Stimme überschlägt sich, schrillt hoch, da sie nicht zu dröhnen vermag. – Sie beleidigen den Führer und beschmutzen die Ehre des deutschen Volkes auf das Widerlichste. Das ist das allerschlimmste Verbrechen, das es überhaupt gibt. Sie behaupten, der Führer sei ein schlechter Christ. Sie behaupten, dass unsere tüchtigen Vorfahren schlechte Christen waren, weil sie 1813 unter den begeisterten Rufen ‚Mit Gott für König und Vaterland' ihren stolzen schwarz-weißen Fahnen mit dem preußischen Adler folgten, auf denen eben diese Worte standen, um gegen die französische Fremdherrschaft aufzustehen. Sie insinuieren, dass unsere braven Landsturmmänner schlechte Christen gewesen seien, weil sie beim Hagelberg, nur wenige Kilometer entfernt von hier, trotz Unterlegenheit und schlechter Bewaffnung, doch beseelt vom Geist der Befreiung und der nationalen Ehre, im Vertrauen auf einen gerechten Gott im Himmel, und weil vom rasenden Regen das Schießpulver genässt und

damit unbrauchbar war, mit den bloßen Bajonetten und Gewehrkolben die französischen Legionäre, unsere schändlichen Besatzer und Schächer, Vergewaltiger und Verführer unserer Frauen, hier auf Erden schlugen, ja auch totschlugen, totschlagen und totstechen mussten. Pfui Teufel! Schämen Sie sich! Schämen Sie sich in den Abgrund von Unehre und Verlogenheit, Zurr! Treusorgende, um das Leben ihrer Lieben bangende Hausväter waren unsere Landsturmmänner. Sie stellten sich vor Weib und Kind, vor das Land, an dem der freche und frivole Franzose fortlaufend frevelte. Sie, der ledige Apothekenassistent Friedhelm Zurr, Sie ganz allein gegen all unsere deutschen Kirchen, Bischöfe und Katecheten, die sich in der Stunde der Entscheidung einmütig um das bedrohte Vaterland, um unseren Führer scharen, meinen, die Wahrheit zu kennen und ein rechter Christ zu sein. Sie sind ein ganz gemeiner, elender Wurm! Ein schmählicher Mensch, ein Feigling und Verräter, der sein Leben verwirkt hat, weil er der Volksgemeinschaft nicht zurückgeben will, was er von ihr erhalten hat: Leben, Ehre, Wohlstand und Schutz. Ein Judas sind Sie, der uns belehren will über rechte deutsche Christenpflicht. –
– Ich habe nur bezeugt, was …–
– Schweigen Sie, ich habe Sie genau befragt, und wir alle haben Ihre Antwort gehört. Indem Sie sich weigern, Ihr Dienstkoppel mit seiner von unseren tapferen, gottläubigen Vorfahren überkommenen Inschrift anzulegen, unterstellen Sie, wie wir alle gehört haben, dem Führer und dem gesamten ehrbaren deutschen Volk Mord und weitere Absichten zu morden. Sie beleidigen also den Führer, unser Volk, unsere Ahnen. Gibt es etwas Niederträchtigeres? Das ist schlimmer als Mord. Außerdem ist es offene Rebellion vor versammelter Truppe. –
– Haben Sie Ihre Befragung abgeschlossen, Herr Staatsanwalt? Ich glaube, wir brauchen keine Beschimpfung des Angeklagten zur Klärung der anstehenden Rechtsfragen. Sie haben noch zu plädieren. Da können sie ausgiebig die Einstellung des Angeklagten werten. –
– Ich bin fertig. Mehr Unflat wollen wir aus dem Munde dieses Volksverräters nicht zulassen. Es klingt zu abscheulich in den Ohren eines jeden guten Deutschen. Jedes guten deutschen – Christen. Derartige Niederträchtigkeit verschlägt einem die Sprache – mich entsetzt sie und ruft mich auf, mich schützend vor mein Volk und meinen Führer zu stellen, wenn sie derart böse verleumdet werden. Solche Eiterbeule am Volkskörper muss ausgemerzt werden. –
– Wollen Sie Stellung nehmen, Herr Verteidiger? Fragen stellen? –
– Danke, Herr Vorsitzender, ich glaube, der Angeklagte ist bereits ausreichend befragt worden und der Sachverhalt damit aufgeklärt. –
– Wie Sie meinen. Ich hätte im Anschluss an die Äußerungen des

Staatsanwalts gerne noch eine Klarstellung von Ihnen, Soldat Zurr. Wenn ich Sie richtig verstanden habe, halten Sie es für zulässig, auf einen Angreifer, der einen Kameraden oder Sie selbst töten will, zu schießen. Sie meinen aber wohl, in einem Kriege sei eine solche reine Notwehrsituation nicht zu isolieren von anderen Situationen, etwa einem präventiven Verteidigungsschlag, wie er unter Staaten nötig werden kann. Den Sie aber moralisch nicht akzeptieren. Deshalb weigern Sie sich, im Krieg den Namen Gottes, und sei es indirekt auf dem Koppel, anzurufen, weil sie ja nicht wissen, ob Sie angreifen oder verteidigen werden. Und präventive Verteidigung, wie sie Friedrich der Große mehrfach und das Deutsche Reich 1914 praktiziert haben, oder die Beteiligung an einem Befreiungskrieg wie dem von 1813, den der Herr Staatsanwalt mit Fug und Recht für die Anklage aufgerufen hat, oder gar an einem Krieg zur Verfolgung legitimer nationaler Ziele wie 1871 teilzunehmen, ist für Sie ausgeschlossen. Habe ich Sie so richtig verstanden? –
– Sie haben meine Einstellung zum Krieg richtig wiedergegeben, Herr Vorsitzender. So korrekt, wie ich es gar nicht könnte. Aber darüber hinaus meine ich, für Krieg, ob er gerecht oder ungerecht ist, sollte man nie Gott anrufen, weil der eine andere als die menschliche Gerechtigkeit hat. Wie Jesus in der Bergpredigt sagt. –
– Aber trotz dieser Auffassung würden Sie das Koppel, wenn auch unwillig, bei Dienst in einer Sanitätskompanie tragen. –
– Wenn dabei nichts Verbotenes von mir verlangt würde. Wir sollen als Christen einer Obrigkeit untertan sein, soweit dies ohne Verstoß gegen Gottes Gebote möglich ist. –
– Da haben wir es wieder! Da haben wirs! Als könnte der Führer, der oberste und edelste aller Deutschen, ja aller Menschen, je etwas Verbotenes, gar Unmoralisches von uns verlangen. –
Es sieht schlecht aus für dich, Zurr; aber mehr als ich getan habe, steht nicht in meiner Macht. Was habe ich hier verloren? Ihr kotzt mich an, in eurer vereinigten Unvernunft. Einer wie der andere kotzt ihr mich an. Mit euren Moral- und Wertegespinsten. Alle zusammen. Ihr verdammten, ewigen Weltverbesserer, die nur Unheil anrichten. Indem sie Heil schreien. Oder zu wissen glauben, wo sich das Heil in der Welt versteckt.
– Keine weiteren Fragen? Nein? Ich nehme an, Sie wollen gleich Ihre Anträge stellen, meine Herren Kollegen, denn sie werden wohl kurz ausfallen. Richtig? Bitte, Herr Staatsanwalt. – Ich bin das nicht, der hier spricht. Aber was soll ich tun? Volltrunken aus dem Saal taumeln?
– Hohes Kriegsgericht! Ich beantrage aufgrund des Ergebnisses der Hauptverhandlung im Namen von Führer, Volk und Reich, den angeklagten

Soldaten Friedhelm Alexander Zurr, geboren am 21. 5. 1920 in Troppau, wegen Wehrdienstverweigerung, Wehrkraftzersetzung in einem schweren Fall *und*, insoweit meine schriftlichen Anträge ergänzend, wegen Beleidigung des Führers und Reichskanzlers, alle drei Verbrechen begangen in Tateinheit, dabei im Fortsetzungszusammenhang handelnd, zum Tode durch den Strang sowie zum unehrenhaften Ausschluss aus der Wehrmacht zu verurteilen. Der Angeklagte trägt die Kosten des Verfahrens. –

– Danke, Herr Staatsanwalt. – Bitte schön, Herr Verteidiger, Sie haben das Wort! –

Der kleine, kriegsversehrte Mann, dem der rechte Arm fehlt, erhebt sich mühsam. Er blickt nicht hoch, sondern auf sein Pult.

– Ich sehe mich zu meinem Bedauern nicht in der Lage, einen wesentlich abweichenden Antrag zu stellen. Ich bestreite im Namen meines Mandanten nur, dass er den Vorsatz hatte, den Führer zu beleidigen. Das in seinem Verhalten eine Beleidigung des Führers liegen könnte, war ihm nicht bewusst. Beleidigung setzt aber nach der ständigen Rechtsprechung des Reichsgerichts die vorsätzliche Kundgabe einer Miss- oder Nichtachtung voraus. Fahrlässige Beleidigung gibt es selbst im Falle der Beleidigung des Staatsoberhaupts nicht. Die Weigerung des Angeklagten, sein Dienstkoppel anzulegen, ist nicht als eine Meinungsäußerung über den Führer anzusehen, was auch immer für komplizierte, ja unsinnige religiöse Überzeugungen und Ansichten des Angeklagten, die von den Kirchen in diesem Land nie geteilt worden sind, ihn zu seinem verbotenen Verhalten bewegen mögen. Bei allem Respekt meine ich, dass der Herr Staatsanwalt erst aufgrund von weitreichenden Ableitungen zu der Auffassung gelangt ist, der Angeklagte beleidige durch sein Denken den Führer. So kompliziert denkt der Angeklagte nicht. Er ehrt die Obrigkeit als von Gott berufen. Vorwerfbares Denken allein reicht nicht aus, um den Tatbestand der Beleidigung zu erfüllen, wenn es nicht als eine Kundgabe der Missachtung einer Person wirksam zum Ausdruck gelangt. So Reichsgericht in RGSt 52, Seite 148. Ich zitiere die Fundstelle aus dem Gedächtnis. Ich bitte mir nachzusehen, sollte sie nicht haargenau stimmen. Im Übrigen bitte ich als mildernde Umstände die überzogen religiöse Erziehung des Angeklagten durch seine Eltern, die einer sogenannten Freikirche angehören, und die bekundete Bereitschaft, Deutschland anders als in Waffen zu dienen, im Urteil zu berücksichtigen. Ich behalte mir vor, auf dieser Grundlage ein Gnadengesuch beim Gerichtherrn einzureichen. –

– Sie haben das letzte Wort, Soldat Zurr. –

– Lieber guter Herr Vorsitzender, ich habe nichts mehr zu sagen, als mich auf Luthers Worte zu berufen. Hier stehe ich, ich kann nicht anders. Gott sei mit mir. Amen. –

Schlaff kommen die historisch aufgeladenen, trotzigen Worte aus seinem Mund. Die Augen haben den Glanz verloren, den sie verströmten, als der Angeklagte während der Vernehmung seinen Glauben bekannte. Er hat die Hände zu Fäusten verkrallt. Paul spürt den Biss der Fingernägel des anderen in den eigenen Handflächen. Abscheulich, so verkrampft auf den Tod zu warten. Das gab es nicht im Feld, selbst wenn man die Hosen bis zum Nabel voll hatte. Man hatte etwas zu tun bis zum Verröcheln. Man kämpfte. Das feiste Gesicht des Angeklagten, das, strahlte es, Werbung für Wein oder Wodka machen könnte, ist eingefallen und bleich geworden. Dabei schwitzig wie der ganze Körper, dessen saure Ausdünstung bis in Pauls Nase dringt. Der arme Verteidiger. Im Felde roch Angst nicht aufdringlich. Der Kamerad stinkt nie. Gemeinsame Ausdünstung und Ausscheidung verschweißt die Seelen. Leib an Leib, die Hände an den Schalldämpfern über den Ohren, den offenen Mund ins Erdreich verbissen, lagen wir im Splittergraben, als die Tommys ihre neuen Blend- und Druckgranaten zwei Stunden lang ununterbrochen bündelweise und gezielt an unserer Batterie ausprobierten. Normales Artilleriefeuer kam nie derart konzentriert und unablässig. Jede Granate schlug zwar viel schrecklicher zu, aber ließ Lücken, also Hoffnung, auch der nächsten zu entgehen. Diese neuartigen Schrapnelle legten ein undurchdringliches Netz aus Blitz und Donner über unsere Köpfe, lähmten uns durch bloßen Schrecken und waren wohl billiger als herkömmliche Granaten. Im Sudel kam mir schlagartig ein einziger Gedanke: Wir müssen uns unserer Angst widersetzen. Koste es, was es wolle. Unseren Verstand. Ich gab das Kommando, wieder an die Geschütze zu gehen. Wenige folgten mir taumelnd, vor Entsetzen brüllend. Entscheidend war, wir feuerten zurück. Ungezielt, schwach, aber wir regten uns. Weinten nicht hilflos im Graben, sondern heulten an den Geschützen. Es kamen mehr. Unser Mut war durch Angst nicht zu brechen. Das sollten sie drüben wissen. Wir bewiesen es. Ich bin stolz darauf. Wie völlig sinnlos das alles gewesen sein mag.

– Eine ärgerliche Angelegenheit! Jemanden aufknüpfen zu müssen, nur weil er wegen einer nichtssagenden, traditionellen Floskel auf dem Koppel der Wehrmacht aufbockt und stur bleibt. Man könnte meinen, er lege es darauf an. Hält es für angenehmer, auf dem Schafott als Märtyrer des Glaubens zu sterben, als kläglich im Felde zu verenden. Wollen wir ihm den Spaß verderben? – Paul gibt sich im Beratungszimmer zynisch-heiter. Er will die beiden Beisitzer beeindrucken. Einen Obergefreiten, Bauernsohn aus der Prignitz, und einen Fahrzeugmechaniker, mobilisierten Feldwebel der Reserve aus Luckenwalde. Beides keine Parteigenossen. Gute Deutsche der unteren Mitte. Ohne Arg und Bildung. Sie haben deshalb

ihre festen Vorstellungen von Recht und Ordnung in schwerer Zeit. Sie schauen ihn an. Einen wenigstens muss ich auf meine Seite ziehen. Paul spricht scharf und entschlossen. Mit Berechnung wie einst auf dem Exerzierplatz. In dem düsteren Raum mit der Ballonlampe zum einzigen Schmuck sollen seine Worte von den kahlen Wänden widerhallen. Jede Gegenrede soll zu Gestammel werden, wenn sie nicht mit gleicher Kraft herausgeschleudert wird. Das traut er denen nicht zu.
– Der Mensch ist trotz dessen, was Sie sagen, außerordentlich gefährlich. Wenn wir mehr solche wie den hätten, was würde aus unserer Wehrmacht werden? Jetzt, wo wir wieder Krieg haben, Zucht und Gehorsam mehr denn je brauchen? – Der Feldwebel sieht ihn aus seinem eckigen Gesicht mit gradlinigen grünen Augen fragend an. Er versteht nicht, warum man so viel Aufheben um einen sonnenklaren Fall macht.
– Was ich gesagt habe, war natürlich ein Scherz. – Sind die blöd! – Wozu sitzen wir schließlich hier? Aber wissen Sie, Feldwebel, verbohrte Menschen wird es immer geben. Das haben Sie sicher längst bemerkt. Der hier ist von der harmlosen Sorte. Man sollte ihn in den Arbeitsdienst stekken statt in die Wehrmacht. Aufgehängt sind solche Fanatiker zu rein gar nichts nütze. Verursachen nur Kosten statt im Rahmen ihrer schwachen Kräfte der Volksgemeinschaft nützlich zu sein. Doch lassen Sie uns an die juristische Arbeit gehen, die wir nun einmal mit aller vorgeschriebenen Akribie zu erledigen haben, lieber Volksgenosse Plattwitz. Ich kann Sie vorab trösten. Heute Nachmittag haben wir nur eine Bagatelle zu verhandeln. Diebstahl von Nahrungsmitteln unter Kameraden. Wir kommen, wenn wir uns beeilen, heute nicht nur früh zu Tisch, sondern auch lange vor dem Abend nach Hause. Jedenfalls Sie als Beisitzer. Ich muss die Urteile anschließend abfassen und diktieren. Das wird einige Stunden dauern. So ist das. Also: Packen wir‘s. Zur Geschichte mit der Führerbeleidigung hat der Verteidiger bereits alles Notwendige gesagt. Das ist absurd. Der Zurr hat überhaupt nicht an den Führer, sondern nur an die Bibel gedacht, als er las, was da auf seinem Bauch stehen und dass er damit in den Krieg ziehen soll. Nichtachtung für den Führer hat er nirgendwann ausgedrückt. Er will ja niemandem zürnen, hat er gesagt. Am wenigsten der Obrigkeit, der er, soweit es sein Glaube zulässt, gehorchen will. Das Problem liegt für Zurr beim Krieg als Mittel der Politik, nicht beim Führer und seinen Entscheidungen. Ich denke, Sie stimmen mir zu. Und die Verunglimpfung unserer Vorfahren hat selbst der Herr Staatsanwalt nicht juristisch in einen Antrag umgesetzt. So ein Delikt gibt es nicht. Tote kann man nach deutschem Recht nicht beleidigen. – Er sieht die beiden Dutzendgesichter fragend an. Sie haben offenbar Mühe, die juristische Wertung rasch nachzuvollziehen.

– Dat müssen S i e am besten wissen. Iss sehr rechtlich. Ausdruck der Missachtung, hm? Det Führers? Man wagt sowat gar nicht zu denken. Da wird einem schwindlig im Bauch. Ich gehe denn mal mit Ihnen, Herr Vorsitzender. Dat hat er woll wirklich nicht gewollt. – Der Bauernsohn streicht sich über das Kinn, damit seine Äußerung nicht bedeutungslos klingt.
– Gut. Das ist dann schon die Mehrheit der Spruchkammer. Wir brauchen eigentlich Ihre Meinung gar nicht mehr, Volksgenosse Plattwitz. Aber Sie dürfen sie natürlich gerne äußern. –
– Ich schließe mich an. Ist auch mir etwas zu starker Toback in diesem Falle. Zu weit hergeholt, wie Sie woll sagen wollen, Herr Major. –
– Gut. Dann zum Delikt der Wehrkraftzersetzung. Der Angeklagte hat sich zwar vor Kameraden geweigert, sein Dienstkoppel entgegenzunehmen und hat auf Befragen sogleich erklärt, warum er sich weigert. Die Anwesenheit der anderen war ihm aber unangenehm, wie wir gehört haben. Er hat fast geflüstert, als er dem Feldwebel in der Kleiderkammer seine Gründe nannte, wollte also auf andere Soldaten keinen Einfluss nehmen. Er hat nur für sich allein gehandelt, und die anderen waren einfach da. Haben ihn schief angeguckt oder ausgelacht, als sie vernahmen, was los ist. Das haben die Zeugen einhellig ausgesagt. Deshalb streichen wir diesen Anklagepunkt im Urteil auch. – Paul weiß, dass er nicht korrekt handelt. Er muss als Vorsitzender zunächst die gesetzliche Vorschrift erläutern und abwarten, wie sich die Beisitzer über ihre Anwendung auf den Fall erklären; aber er ist sich sicher, sie kennen die Verfahrensordnung nicht, werden sich jedenfalls nicht beschweren. Er merkt jedoch an den fragenden Blicken, dass es den beiden zu schnell geht und sie fürchten, der Angeklagte komme am Ende ungeschoren davon.
– Was bleibt'n dann noch übrig von der Anklage? Sollen wir so'nen Feigling womöglich freisprechen und zu Muttern heimschicken? – muckt der Mechaniker auf. – Der möchte doch nur am warmen Herd hocken bleiben und weiter in seinem weißen Kittel Pülverchen mit'm Mörser rühren, statt in den Krieg ziehen und im Feuer von ganz anderen Mörsern seinen Mann stehen. Dabei hat er nichmal Frau und Kinder. Dem ist der liebe Gott mit seinen Geboten nur ein Vorwand. Da bin ich mir sicher. Das ist ein Eigenbrötler und Egoist. –
– Gut. Sie teilen meine Meinung also nicht. Das ist Ihr gutes Recht. Dann sagen Sie mir, worin Sie den Tatbestand der Wehrkraftzersetzung verwirklicht sehen? –
– Soweit wollte ich nicht gehen, Herr Major. Sie sind der Jurist, da darf ich doch nicht wagen, Ihnen bei sowas zu widersprechen. Ich wollte nur wissen, wie es dann weitergeht, bevor ich mich entscheide. –

– Es bleibt die Wehrdienstverweigerung – und die ist eindeutig. –
– Wat steht'n da drauf? –
– Im Krieg Todesstrafe oder Zuchthaus nicht unter fünf Jahren. –
– Ach so. Na dann bin ich beruhigt. Dat reicht aus. –
– Also: ich halte fest: Keine Wehrkraftzersetzung wegen fehlendem Vorsatz? –
Beide nicken. Geschafft.
– Hinsichtlich der Wehrdienstverweigerung haben Sie gehört, dass sie nicht total ist. Ich vermag zwar keine mildernden Umstände zu erkennen. Was der Verteidiger sagte, war Stuss. Erziehungsmängel gehören nicht zu den Entschuldigungsgründen im Wehrstrafrecht. Wo kämen wir da hin? Die Armee ist seit Scharnhorst und Gneisenau der Lehrmeister unserer Nation, dem man sich voll anvertraut. Gälte etwas anderes, würde jeder die Schuld auf seine häusliche Umgebung, schlechte Freunde undsoweiter undsoweiter schieben, obwohl wir die Verhältnisse in Schule und Elternhaus gar nicht nachprüfen können. Das dauerte Ewigkeiten. Viele Zeugen werden schon tot sein. Allerdings ist mildernd zu berücksichtigen, dass der Angeklagte bereit wäre, mit Koppel die Grundausbildung zu absolvieren und dann in einer Sanitätskompanie zu dienen. Auf so etwas können wir uns natürlich ebenfalls nicht einlassen. Mit dem Militär ist es wie mit der Schwangerschaft: Entweder ganz oder gar nicht. – Die beiden Beisitzer fühlen sich genötigt, über den abgedroschenen Witz zu schmunzeln. Das reicht Paul. Sie hätten ihn jetzt fragen können, wieso er denn in der Verhandlung auf dem Punkt derart insistiert habe, obwohl er nun sagt, es komme gar nicht weiter darauf an.
– Dennoch ist es kein ganz schwerer, sondern nur ein mittelschwerer Fall der Wehrdienstverweigerung. Ich schlage deshalb sieben Jahre Zuchthaus als angemessen vor. Was meinen Sie? –
– Das möchte schon angehen, Herr Major. Im Frieden. Aber wir haben Krieg, und mich ärgert, wenn da einer im warmen Kittchen sitzt, was viel angenehmer ist, als im kalten Winter im Felde kämpfen und seine Haut zu Markte tragen. Also, ist das dann wohl mal keine rechte Strafe, meine ich. Wir müssen im Krieg sehr streng sein. Mit solche Leute fängt die Auflösung an. Das haben wir November 18 gesehen. –
– Ich stimme Volksgenossen Plattwitz zu. Mir ist dat auch zu lasch. Der Herr Staatsanwalt hat deswegen woll Druck gemacht und wollte mehr als nur Wehrdienstverweigerung. Ich dachte, Sie schlagen uns wie der Herr Staatsanwalt die Todesstrafe vor, und wollte dann meinerseits für een bissken Milde plädieren, Ihnen aber natürlich die letzte Entscheidung überlassen, Herr Vorsitzender. –
– Ich verstehe Ihre Einstellung vollkommen, meine Herren Beisitzer und

Volksgenossen. Ich habe aber alles genau bedacht. Anders als der junge Herr Staatsanwalt Buhster. Er will Karriere machen. Das ist normal. Er denkt, je lauter er bellt, desto mehr steigt sein Ansehen beim Kriegsherrn. Vielleicht möchte der Herr Leutnant der Reserve auch die Front vermeiden, indem er sich hier erfolgreich als Donnergott aufführt? Ich brauche mich nicht mehr als Soldat und Patriot zu beweisen. Ich habe das bereits vor 25 Jahren ausreichend getan. – Paul hebt den Brustkorb, damit das Eiserne Kreuz auf seiner Robe sichtbarer wird.
– Lassen wir das rein Persönliche weg. Streng zur Sache. Bei Beurteilung der Schwere der von mir vorgeschlagenen Strafe kommt es erstens darauf an, wielange der Krieg dauert, und ich denke, Sie teilen meine Meinung, dass wir Polen spätestens in Wochen, wenn nicht Tagen besiegt haben werden. Dann sitzt Zurr noch viele Jahre ein, während wir den Sieg auf KdF-Reisen nach Krakau bei einem gutem Mosel feiern. Sollte der Krieg wider Erwarten etwas länger dauern, was ich mir bei der Exzellenz unserer Führung und Truppe einfach nicht vorzustellen vermag, ist es üblich, die Zuchthäusler zum Dienst in der Wehrmacht zu begnadigen. Sie kommen dann in ein Strafbataillon und werden besonders hart rangenommen, also an die schwierigsten Frontabschnitte entsandt. Wer nicht mitmacht, wird wegen Befehlsverweigerung im Kampfeinsatz standrechtlich erschossen. Sie sehen, ich weiß schon, was ich vorschlage. Geben wir dem Mann Aufschub, sich zu bewähren. Oder wollen Sie seinen Tod gleich jetzt? Da nützt er dem Vaterland rein gar nichts. Wir sollten keine Kräfte vergeuden. Gerade jetzt nicht. Im Zuchthaus muss er schwitzen, tut wenigstens etwas für die Allgemeinheit. In einem Steinbruch oder selbst beim altbekannten Tütenkleben ist er nützlicher als seine Leiche unterm Grabdeckel. Wir brauchen jetzt jede Hand, wo viele Männer ins Feld ziehen. Und außerdem – legten wir den Maßstab an, dem sie zuneigen, wäre selbst der Tod durch den Strang ein Geschenk des Himmels für ihn. Es geht da schnell und fast schmerzlos ab, während ein Kopf- oder ein Lungensteckschuss, Blindheit oder ein weggesprengtes Bein viel schwerer zu ertragen sind. Glauben Sie mir, ich habe im Graben genug Kameraden verbluten sehen oder stundenlang im Niemandsland wimmern gehört. Wir konnten sie nicht bergen. Ich war selbst schwer verwundet. Hatte über zwei Liter Blut verloren. Ich rang wochenlang mit dem Tod im Lazarett. Ich weiß, wie schlimm das ist. Und ich bin ein Jahr später wieder für das Vaterland ins Feld eingerückt. Wir müssten den Angeklagten also mindestens rädern, wollten wir ihn so strafen, wie es ihn im schlimmsten Fall im Felde treffen kann. Das ist aber nicht vorgesehen. Ganz egal, was wir davon halten, dass es das seit einigen hundert Jahren nicht mehr gibt. Ich muss Ihnen ehrlich sagen, der Mensch und der Fall sind mir zu unbedeutend, um mir die Finger daran schmutzig zu machen. –

Er blickt die beiden missbilligend an wie ein Lehrer verstockte Schüler. Die beiden drucksen herum. – Wir wenden doch nur dat Recht an. Wie können wir uns dade Finger schmutzig machen? Wie komm' Sie darauf, Herr Major? – Der Prignitzer schaut verwundert in Pauls Gesicht.
– Ich wollte Sie gebührend an Ihre Verantwortung erinnern. *Sie* verhängen das Urteil, und *Sie* haben die Wahl zwischen Tod oder Zuchthaus. *Sie* tragen vor Volk und Reich, aber vor allem vor Ihrem Gewissen, die Verantwortung für die verhängte Strafe. Da kommen Sie nicht drum herum. Dies Menschenleben liegt in Ihrer Hand. Sie können mich überstimmen und ihn zum Tode verurteilen, wie der Herr Staatsanwalt mit Zustimmung des Verteidigers beantragt hat. –
– Ich finde 7 Jahre zwar zu wenig, acht wären mir lieber, aber, wenn Sie meinen, es sei richtig, stimme ich Ihnen zu. In Gottes und Führers Namen. –
– Na, ich denn auch. Machen wirs so. –
– Es freut mich, meine Herren. Wir haben demnach in allen Punkten einstimmig entschieden. Ich halte das im Protokoll fest und verkünde sogleich unseren Richterspruch. Die genaue Begründung setze ich heute Nachmittag ab, und Sie erhalten das vollständige Urteil morgen früh auf dem Dienstweg zur Unterschrift. – Halt! Zwei Kleinigkeiten haben wir noch vergessen. Über den unehrenhaften Ausschluss aus der Wehrmacht und die Kostenlast sind wir uns ebenfalls einig, nicht wahr? Gut. Es kommt aber noch etwas hinzu. Weil der Herr Staatsanwalt die Todesstrafe beantragt hat, hat er sich nicht zum Verlust der bürgerlichen Ehrenrechte geäußert. Verständlich. Ich schlage vor, sie dem Angeklagten für die Zeit seiner Strafverbüßung und weitere drei Jahre abzuerkennen. Einverstanden? – Sie nicken. Diese Juristen. Pingelig wie Fadenwürmer. Muss aber sein; schon klar.

Als Paul das Urteil verkündet, läuft der Staatsanwalt rot an. Er hebt die vor ihm liegenden Akten und knallt sie auf den Tisch. Seine Nasenflügel beben. Er eilt aus dem Saal, um zu telefonieren. Die beiden Beisitzer senken schuldbewusst die Köpfe, als duckten sie sich vor gerechtfertigten Schlägen. Paul verzieht keine Miene, lächelt in sich hinein. Der Angeklagte sitzt teilnahmslos da. Der schmächtige Verteidiger schiebt seine Unterlippe vor und atmet ärgerlich laut aus. Schüttelt den Kopf. Dreht ihn weg. Dieser Vollidiot! Nichts hat er kapiert vom System, das hier abläuft. Ein Neuling. Mit dem Kopf gegen die Wand rennt er. Der wird nicht mehr lange seines Amtes walten. Wozu tut er das? Will sich hier als Meister der Gerechtigkeit aufspielen. Das nützt niemandem. Am wenigsten dem Angeklagten. Die Voraussetzungen für ein erfolgreiches Gnadengesuch waren gegeben.

Die Verhängung der Todesstrafe hätte die Führung beruhigt. Der Strenge wäre genüge getan gewesen. Es blieb Raum für Gnade, von der niemand erfuhr, und zur Verwertung der Arbeitskraft des Angeklagten. Jetzt hat der Staatsanwalt freies Schussfeld. Gegen solche weichlichen Urteile muss hart eingeschritten werden. Na klar! Vor der Generalprävention zählt der Kopf meines Klienten, selbst seine Arbeitskraft nichts. Jetzt ist er ein toter Mann. Ich kann nicht einmal mehr ein sinnvolles Gnadengesuch einreichen. Um solche Tollpatschigkeit zu erleben, sitzt man hier stundenlang im Gestank für ein Hungerhonorar und Führers Dank.

Vor Beginn der Nachmittagsverhandlung passt der Staatsanwalt Paul beim Eintritt ins Richterzimmer ab. – Ich habe mit meinem Vorgesetzten, Herrn Leitendem Oberstaatsanwalt Dr. Frobös, gesprochen. Er teilt meine Ansicht, dass das Urteil und Ihre Verhandlungsführung angesichts der offenen Auflehnung des Angeklagten gegen unsere militärische Zucht, und das mitten im Krieg, ein Skandal sind. Wir fechten Ihre Entscheidung selbstverständlich beim Kriegsherrn an und werden obendrein für Ihre schleunigste Ablösung sorgen. – Er wartet ein wenig, bevor er in leiserem Ton hinzufügt: – Von anderen Folgen gar nicht zu reden. Wir dulden kein Katz-und Maus-Spiel in unseren Reihen. Entweder man gehört dazu oder nicht. –
Paul würde ihm gern sagen, wie sehr er sich freute, würde er schimpflich entlassen. Stattdessen sagt er: – Was hat Deutschland davon, wenn Sie solche Leute aufknüpfen, Herr Leutnant? Haben Sie, die Sie das gesunde Volksempfinden und die Größe unseres Volks beschwören, eine so schlechte Meinung vom Volk, dass Sie glauben, es brauchte Hinrichtungen zur Abschreckung und erbrächte nicht aus eigenem Antrieb Höchstleistungen für das Vaterland? Bestrafen Sie die wenigen Verweigerer und Abtrünnigen! Ächten Sie moralisch! Die Kammer hat es getan. Wozu solche einsamen, also harmlosen Fanatiker töten? Unser Volk braucht das nicht. Es ist in seiner übergroßen Mehrheit aus eigenem Antrieb heldenhaft. Ich habe es erlebt. Ein Volk, das von Drohungen angetrieben wird, ist zu keinen Höchstleistungen fähig. –
– Kerle wie der Zurr sind Schufte. Verräter und Drückeberger! Sie, Herr Major, haben im Weltkrieg gemäß Ihrem Auftrag Feinde des deutschen Volkes getötet. Äußere. Jetzt zeigen Sie Schwäche vor den inneren Feinden. Vor ihrem eigenen inneren Schweinehund, erlaube ich mir ganz offen zu sagen, wie es sich unter deutschen Volksgenossen in dieser Großen Zeit gebührt. Genau so schwächlich ist die Oberste Heeresleitung 1918 vor den Novemberverbrechern in die Knie gegangen. Das wird nicht wieder vorkommen. Niemals! Wir haben aus den Fehlern der Hindenburg,

Ludendorff, aus der Schwäche des Kaisers gelernt. Die Löwen haben damals die Schakale nicht rechtzeitig zerfetzt. So vermehrten sie sich und konnten in Rudeln stark werden. Wir wissen zu verhindern, dass Volksfeinde unser Land noch einmal um den verdienten Sieg bringen. Leute wie der Angeklagte sind völkisch minderwertig. Sie vergiften das Land wie Pestbeulen das Blut. Sie müssen in dieser harten Zeit vertilgt werden. Feigheit darf sich nicht ausbreiten und vermehren. Nicht im Mindesten. Das Volk muss wie ein Mann, wie ein einziger gestählter Körper, hinter dem Führer stehen. Mit ihm unverbrüchlich durch Not und Tod gehen, wenn es sein muss. Dafür zu sorgen, ist unsere heilige Pflicht als Strafjustiz und besonders als Wehrgerichtsbarkeit. Wir dürfen uns nicht die geringste Schwäche erlauben, wollen wir Volk und Führer wahrhaft dienen. Sie sind gänzlich ungeeignet für ihr Amt, weil Sie zu nachsichtig sind, um es gelinde auszudrücken. Ich werde das dem Gerichtsherrn mitteilen. Es ist meine heilige Pflicht als Vertreter des Reichs und des Rechts. –
– Ich habe im Felde getötet, wie es als Soldat meine Aufgabe und Pflicht war. Aber hat es dem Land Segen gebracht? Ich habe oft darüber nachgedacht, was ihm Segen gebracht hätte: Friedfertigkeit. Wir wären dann heute mindestens so weit, wie wir dank des Führers wieder sind, aber eine Million der Besten wäre noch unter uns. – Paul ekelt, wie er das Richtige sagt. Es geht nicht anders. 1914 hätte es Sinn gemacht, zum Märtyrer zu werden. Jetzt nicht.
– Wiegen Sie sich nicht in dem Glauben, Prodek, Ihre Kriegsauszeichnungen machten Sie sakrosankt. Das ist welker Ruhm. Es geht auf ein Neues … ein Besseres. –
– Wäre ich so streng mit Ihnen wie Sie in der Verhandlung mit dem Angeklagten, sähe ich in einem Teil dieser Äußerung eine Beleidigung unseres Führers. Er trägt seine Auszeichnung, die auch meine ist, voll Stolz. – Das hat gesessen, du Lump!
Staatsanwalt Buhster ringt sichtlich nach Luft und um Worte. Seine vor- und auseinanderstehenden Schneidezähne hacken auf die Unterlippe ein. Ihm kommt der rettende Einfall.
– Für unseren Führer ist sein Eisernes Kreuz aus dem Weltkrieg immer Ansporn zu noch größerem Einsatz für Deutschland gewesen. Das macht den Unterschied. – Er lächelt höhnisch, sein schräges Gebiss schaut fröhlich drein.
Scheiße! Der Kerl ist gewiefter, als ich dachte. Paul beißt sich abwechselnd auf die Ober- und die Unterlippe. Perdu oder nur Pardauz? Ach, was! Trotzdem sagt er – Ich werde in mich gehen, Herr Kollege. – Er schließt die Tür schneller hinter sich, als ihm lieb ist.
– Tun Sie das schleunigst. Es könnte freilich bereits zu spät sein. Uns tanzt

niemand ungestraft auf der Nase herum, Herr Schnapsfabrikant. –
Wie gern tanzte ich vor ihm mit Tamburin und Rassel in Art der Zigeunerinnen.
Was Wunder, dass wir den letzten Krieg verloren haben. Mit solchen Schlappschwänzen. Hat wohl sein EK als Ordonnanz in Spa erdient. Und das Verwundetenabzeichen beim Blutspendedienst. Nicht ausgeschlossen, dass wir uns in anderer Rollenverteilung wiedersehen. Solche Typen sind brandgefährlich. Ich werde ihn durch die Gestapo beobachten lassen. Zuerst die Beisitzer befragen, ob er in der Beratung Staatsfeindliches von sich gegeben hat. Bei Unterwanderung der Justiz gibt es kein Beratungsgeheimnis. Und keine Nachsicht. Der muss verschwinden. Schon morgen. Der wird, wenn es brenzelt, zum Judas. Wie sagt Goethe im Faust? Der Richter, der nicht strafen kann, wird endlich selbst zum Kriminellen. So ähnlich jedenfalls. Der wusste es. War selbst Volksverräter. Handschlag mit Napoleon in Erfurt. Eine Kulturschande. Laut sagen, darf ich das natürlich nicht. Der wird noch gebraucht.

Im Richterzimmer fällt Paul ein, dass er hätte sagen sollen: Mir sind meine Kriegsauszeichnungen steter Ansporn zum Frieden nach innen und außen. Meine Geistesgegenwart hätte nicht genützt. Ich hätte es nicht zu sagen gewagt. Gar Tanzen – Kein Anranzen, kein Antanzen. Taktik, nichts als blöde Taktik, die klug sein will.

DER LANGERWARTETE SCHLUSSBAND DES WELTBESTSELLERS AUS DEM EOSANDRA-W.-SPILLER-VERLAG IST SOEBEN ERSCHIENEN:

***Inga Prodecks* Lebenserinnerungen, Dritter Band**

FWLIA: Für Women's Lib in Afrika

`Eine große politische Konvertitin nimmt uns mit auf ihrer hingebungsvollen Mission auf dem schwarzen Kontinent' (Die Welt)

Einzelpreis 18,– DM
Alle 3 Bände im eleganten, samtbeschlagenen Schuber für 45 DM

KITT + ABSTAND

Eisig blau ist der Morgen. Die Luft hart und trocken. Man könnte sie in Stücke schlagen und in den Keller tragen, damit sie im Sommer das eingelagerte Bier kühlt. Pferde und Menschen stoßen Dampf aus ihren Lungen. Der Zugriff der Natur macht alles stark Lebende seinsbewusst. Füllt es mit Stolz, da zu sein, um erfolgreich zu widerstehen.

Der bei vorübergehend einbrechender Milde vor zwei Tagen angetaute Schnee ist verharscht. Er knirscht unter den Sohlen. Jeder Schritt belebt. Jeder Schritt hat bei diesem Wetter Bedeutung. Bedeutung hat vor allem der heutige Tag: Der 27. Januar 1889. Zum ersten Mal wird der Geburtstag unseres neuen Kaisers Wilhelm gefeiert. Nach einem Trauerjahr ohne Kaisergeburtstagsfeier, und das, obwohl Deutschland im vergangenen Jahr drei Kaiser hatte. Unser lieber greiser Kaiser Wilhelm war 13 Tage vor seinem 91. Geburtstag im März 1888 gestorben. Sein Sohn, der Recke und Kriegsheld, dabei zivil und konstitutionell gesinnte Kronprinz Friedrich Wilhelm nannte sich Kaiser Friedrich. Er wollte der IV. deutsche Kaiser dieses Namens sein. Doch Mit- und Nachwelt verweigerten dem Todkranken und schon Stummen die Würde des Brückenschlags ins alte Kaisertum und wiesen ihm auch als Kaiser gemäß der Abfolge preußischer Könige die völlig unstimmige Ordnungsnummer III. zu statt I. oder IV. Die Kniffeligkeit der Geschichte. Er regierte nur 99 Tage und erlag im Juni des gleichen Jahres, 125 Tage vor seinem 58. Geburtstag, dem Kehlkopfkrebs. Sein unbesonnen heftiger Gebrauch der Tabakspfeife entschied nicht nur sein Schicksal, sondern zugleich das Schicksal Deutschlands und des Kontinents, damit unvermeidbar das der ganzen Welt. Der Geburtstag des jungen Kaisers Wilhelm fiel schon in das kommende Jahr. Nun ist er da. Endlich wieder Kaisergeburtstag! Ganz früh im Jahr wird fortan gefeiert.

Schon Wochen vor Kaisers Geburtstagsfeier und dem Sedantag befällt Paul regelmäßig Freudenfieber. Er ist viel erregter als vor Weihnachten. Weihnachten ist klein und eng. Ein Stubenfest. Dankbar und andächtig soll man sein. Zu Tisch und in der Kirche sitzt man herum. Muss fromme Lieder singen. Darf dafür an Süßem knabbern. Der Pastor redet aus seinem Talar von der Kanzel unverständliches Zeug von einer Liebe, an die er selbst nicht glaubt, so stark betont er jedes seiner Worte. Eine Gemeinsamkeit der Feste gibt es. Der Vater hält die Söhne an, abends vor dem Essen Gedichte aufzusagen. Paul und Botho mögen die vaterländischen mehr als die rührseligen vom Heiligen Abend. In der Hinsicht war das letzte Jahr ein gutes, denn Vater Prodek ließ die Söhne an den Abenden nach den Sterbetagen der beiden Kaiser kraftvolle, trostspendende vaterländische Verse aus berühmten Dramen deklamieren. Das machte Spaß, da konnte man sich hinein legen, drin wiegen. Zu Weihnachten müssen auch die Schwestern jeweils ein selbst gewähltes Lied singen. Fürchterlich! Dann singen wir gemeinsam. Muttis Stimme dringt durch. Besonders bei den Vokalen.

Der Sedantag ist der allerschönste Tag im Jahr. Schöner als Kaisergeburtstag. An dem vergisst Paul seine Katja samt deren Geburtstag. Da fährt die gesamte Schule mit der Bahn ins benachbarte Jüterbog zur großen Siegesparade. In Jüterbog wimmelt es wegen der Artillerieschule von Militär. Das Dröhnen und Brüllen der Geschütze schallt oft bis nach Luckenwalde. Paul fällt es dann schwer, dem Unterricht zu folgen. Er sieht sich mit Pickelhelm fahneschwenkend ‚Feuer frei' kommandieren. Am Sedantag tragen in Jüterbog die Soldaten Paradeuniform. Kein Haus bleibt ungeschmückt. Girlanden und Tannengrün an allen Wänden und den Telegrafenmasten. Die Menschen mögen sich an diesem Tag. Man sieht es an ihren Gesichtern. Freude verbindet.
Zwei Stunden lang ziehen die Regimenter unter scheppernder Marschmusik und auf- und abschwellendem Jubel durch die umflorte Hauptstraße. Den Auftakt macht ein Musikkorps der Veteranen vom Kriegerverein. Ihm voran schreiten mit entschlossen durchgedrückten Rücken die letzten aktiven Kämpfer von 1864, dann die etwas zahlreicheren von 1866 und 1870. Ihre zerfetzten Regimentsfahnen halten sie als Heiligtümer hoch gegen jeden Wind. Die erbeuteten Fahnen der Feinde tragen sie mit dem Tuch nach unten. Den älteren Leuten treten Tränen in die Augen, sie winken ihnen wehmutsvoll mit weißen Taschentüchern nach. Es folgen die berittenen Spähtrupps der Artillerie, die ihre Gewehre schräg über den Rücken tragen. Die Pferde tänzeln zu des Großen Kurfürsten Reitermarsch. Im Gegensatz dazu ziehen die Pioniere trotz ihrer weißen Paradehosen mit schwerem, bedächtigem Schritt vorbei. Die Spaten und Pickel geschultert oder Sprengladungen auf dem Rücken. Hinter ihnen ein buntscheckiges Signal- und Telegrafenbataillon mit Kisten, Kästen, Kabeln, Masten. Dazu ein Trupp Ballonfahrer in Lederkluft, mit dicken Brillen – Luftfrösche. Deutschland ist hochmodern geworden. Die Ausrüstung der Armee hält mit. Die Abteilung eines eingeladenen brandenburgischen Füsilierregiments mit golden verzierten Pickelhauben, jedes Jahr ist es ein anderes, schließt sich an. Dann tauchen die grünen Uniformen der Jägerbataillone auf. Pauls Herz hüpft. Vati war bei den Jägern. Seine Uniform hängt unter einer Schutzhülle aus Leinen im Kleiderschrank. Die Jacke habe ich manchmal heimlich angezogen. Schlottert. Noch. Die Jäger schreiten flink und geschmeidig aus.

Sie tragen vorn an ihren Tschakos schwarze Federbüschel. Die flattern im Wind. Lange Pause. Alle fiebern, denn sie bedeutet: Aus Rathenow ist ein Schwarm rotröckiger Zietenhusaren herübergekommen. Die heischen nach allergrößtem Respekt. Schwarz und gerade sitzen die Totenkopftschapkas auf den eckigen Schädeln. Still wirds. Man hört nur den klickenden Klang der Hufe, bevor ein tausendstimmiges Hurra losbricht. Hände werden hochgereckt. Hüte fliegen in die Luft, geraten bei Wind zwischen die Pferdebeine. Was machts? Der Leutnant an der Spitze zieht den Degen. Reckt ihn zum Himmel. – Halt! – Die Kolonne stoppt, als hätte vor ihr der Blitz eingeschlagen. Die Pferde tänzeln verharrend. Gespannte Stille. Wie ein Mohnfeld im Wind wogt die Schwadron. Endlich: Aaaa-ttacke! Alle Husaren ziehen die Säbel, die Pferde brausen los, werden nach einigen hundert Metern harsch gezügelt. Funken spritzen auf unter den Hufen. Die Rösser gehen auf die Hinterbeine. Stehen wieder geordnet. – Vorwärts! – Im Schritt. Diesmal der Fehrbelliner Reitermarsch. Die Menge schnauft. Das macht uns keiner nach. Und das gibt‘s nicht alle Jahre; meistens muss sich die Stadt mit den wenigen berittenen heimischen Feldgendarmen begnügen, bevor die Parade ihren Höhepunkt erreicht. Er beginnt mit den munitionsbeladenen Protzen, die von jeweils zwei gelbbraunen Haflinger Pferden gezogen werden. Dann rumpeln in endloser Kette die vier- bis achtachsigen Wagen mit den übermannshohen und ellenbreiten Rädern heran. Darauf die schweren Geschütze der Feldartillerieschule: Kruppsche Mörser, Kanonen, Haubitzen. Unbändige Kraft durchzieht die Kleinstadtstraßen. Bis zu zwanzig starkbeiniger Pferde braucht es für die größten Geschütze. Schwarz, weiß und rot im Wechsel sind die Farben der Scheuklappen der Pferde. Die Mannschaften sitzen seitlich auf und winken in die Menge. Hinter jedem Geschütz steht auf einem runden Podest der Offizier, der es befehligt. Er hält die rechte Hand zum Gruß an den Helm. Ohne zu wanken steht der Kerl da, setzt nie die Hand ab. Das macht uns keiner nach. Zum Schluss die leichten, hochmodernen Minenwerfer. Alle Artilleristen tragen auf ihren Helmen statt der Speerspitze eine kleine goldene Kanonenkugel. Die Ruhe der Macht. Die Macht der Ruhe. Die Fuß- oder Festungsartillerie hat so schwere Geschütze, dass das Straßenpflaster einbräche, würden sie von fünfzig Pferden und mehr vorbeigezogen. Sie marschiert als stärkstes Korps schweren Schritts und überlegen lächelnd im geschlossenen Verband vorbei. Ein dunkelblauer Lindwurm. Den Schluss bildet das Musikkorps der Artillerieschule. Es spielt im ständigen Wechsel Fridericus Rex, Preußens Gloria und den Königgrätzer Marsch. Die Menschen legen sich mit ganzer Seele in den Gesang, haben sich untergehakt.

Paul drängt es mit seinen Freunden nach vorn an die Barriere. Sie drängeln und schubsen sich durch. Kriechen zwischen die Beine der Zuschauer, wenn es sein muss. Paul ruft und winkt und singt, schaut in die freudig entfalteten Gesichter der Menschen, seiner Kameraden. So gefallen sie ihm. Er merkt dabei gar nicht, was genau er gerade tut. Von ihm aus könnte der Zug sich endlos fortsetzen. Er wird nicht müde beim Zuschauen und Zuhören. Der Anblick, das Getümmel gehen ihm durch und durch und durch. Immer neu ist er ergriffen. Er drückt die Tränen weg. Er kennt nichts Eindrucksvolleres. Das ist Leben! So müsste es allzeit sein. Die Menschen sind einig, froh und stolz. Wir, Eins und Gewaltig. Ein gewaltiges WIR. Ich darinnen. Ganz. Doch ach, kaum laufen sie auseinander, ziehen wieder Engherzigkeit, Zwietracht, Neid, Sticheleien und Häme in die Köpfe ein. Das große Gegeneinander. Nicht zu fassen, wie das nach Musik und Parademarsch möglich ist.

An Kaisers Geburtstag stehen Lehrkörper und Schüler punkt 10 Minuten vor 10 Uhr versammelt auf dem Schulhof in Reih und Glied. Stramm. Die Schuluniformen sind gereinigt und frisch gebügelt. Geschmückt mit einer Kornblume aus Papier. Des alten Kaisers Lieblingsblume. Die vordere Reihe bilden die Sextaner, Quintaner und Quartaner, die mittlere Reihe die Tertianer, Unter- und Obersekundaner und die hintere Reihe die Unter- und Oberprimaner. Das ergibt ein nahezu formvollendetes Trapez. Überragt wird es vom Schulhausmeister, einem invaliden Unteroffizier, Bins Bommel genannt, weil er aus Bins auf Rügen stammt und einen auffällig haarigen Rundkopf hat. Er steht mit sauber gekämmtem Schnauzbart etwa 10 Meter hinter den Schülern auf einem Schemel und hält der Kälte zum Trotz ohne Handschuh eine Trompete in der Rechten bereit.

Den Schülern gegenüber verharrt in feierliche Stille das aufgereihte Kollegium. Die Lehrer tragen Zylinder zu den schweren Pelzmänteln mit weißen Handschuhen. Die Reserveoffiziere haben ihre Uniformen samt Helm oder Tellermütze aus den Schränken geholt. Auszeichnungen sieht man nur noch wenige. Es herrscht seit 18 langen Jahren Frieden. Einige der Lehrer in Zivil tragen weiße Gamaschen über dem Schuhwerk. Haben sie weiße Vollbärte, sehen sie aus wie riesige Räuchermännchen aus dem Erzgebirge. Auf der rechten Seite ist das Schulorchester postiert und wartet auf den Einsatz.

Der Direktor schaut von Zeit zu Zeit auf seine Uhr. Mit Glockenschlag 10 Uhr nimmt er Haltung an, hebt den rechten Arm senkrecht in die Höhe. Auf dies Zeichen hin bläst Bins Bommel wie einst vor dem Sturmangriff auf die Düppeler Schanzen (er war dabei, sagt er) in die Trompete:

Es ist das Signal für den auf dem Dachstuhl postierten Heizer die Nationalfarben über dem turmartigen Podest auf dem Mittelbau der Schule aufzuziehen. Auch dieses Jahr fällt Bommel nicht vom Schemel, obwohl sein Kopf glüht wie eine rote Hagebutte vor dem Platzen. Wie jedes Jahr. Außer dem vorigen.

Der Direktor, der Latein und Musik unterrichtet, hat zum Frühstück drei rohe Eier geschlürft. Seine Stimme klingt trotzdem brüchig, als er ruft: „Das Theodor-Körner-Gymnasium Luckenwalde grüßt Seine Majestät, unseren jungblühenden Kaiser und König Wilhelm mit einem dreifachen: – Hurra! Hurra! Hurra! – erschallt es aus den Schülerkehlen so kräftig, dass man es zwar nicht bis zum Berliner Stadtschloss, aber bei günstigem Wind angeblich bis zum Kloster Zinna hört. Das Schulorchester stimmt mit Macht ‚Heil Dir im Siegerkranz' an, und alles singt mit. Auf der Straße vor dem Schulgebäude bleiben die Passanten stehen, nehmen die Hüte ab und Haltung an. Wer fürchtet, sich zu erkälten, legt bei zusammengeklappten Hacken die Hand an die Krempe. Ist die Kaiserhymne verklungen, schwenken sie die Kopfbedeckungen und schauen zur Fahne auf dem Schuldach hoch. Die Damen wissen die ganze Zeit über nicht recht, was sie tun sollen. Sie verharren mit zum Boden gerichteten Blick, tippeln verstohlen mit den Stiefeln im Schnee, weil sie kalte Füße bekommen. Halten sie die Hände im Muff, ziehen sie die heraus, bevor auch sie zur Fahne hoch schauen.

Nach einer in Anbetracht der Jahreszeit kurzen Rede des Direktors zur wie stets erfreulichen Lage des Reiches und dem Gedichtvortrag eines Schülers schließt die Feier mit dem Absingen der „Wacht am Rhein“ und des Preußenliedes. Pauls Wangen leuchten. Das ist der schönste Augenblick der Feier. Ein wohliger Schauer zieht über seinen Rücken. Sein Blick fällt auf den hinterhältigen Emil Baserke, der die jüngeren Mitschüler traktiert, Mäusen den Schwanz abschneidet, Maikäfern die Flügel ausreißt und manchmal Vogelnester mit Eiern in die Pultfächer steckt, so dass man die Mappe nicht hineinkriegt. Wie der aus voller Brust mitsingt. Paul möchte auf Fritz Poller verzeihend zugehen, der ihm letzte Woche Lineal und Zirkel geklaut hat. Ich habe ihn dafür verprügelt. Den pockennarbigen Maurersohn Wieland Mausolf mag ich nicht. Der stinkt aus dem Hals und redet schweiniges Zeug über die Mädchen. Am Votzenzippel möchte er die Nutten ansabbern, ihnen zwischen die Titten ficken, prahlt er in den Pausen. Den würd ich am liebsten jeden Tag windelweich schlagen. Wenn ich sehe, wie der mitsingt, teilte ich mit ihm meine Stulle und gäb ihm sogar die Wurstseite.

Heute ist für Paul ein doppelt glücklicher Tag. Der Geschichtsunterricht folgt. Die deutschen Schutzgebiete werden durchgenommen. Paul wird Professor Garnich und seine Klassenkameraden damit überraschen, dass er die Namen sämtlicher deutscher Schutzgebiete, ihre Einwohnerzahl, Größe und Hauptstädte sowie die wichtigsten Landeserzeugnisse auswendig aufzusagen weiß. Hoffentlich wird Garnich gleich danach fragen und mich rannehmen. Wenn nicht, werde ich gegen Ende der Stunde darum bitten, mein Wissen vortragen zu dürfen. Schnee werde ich auch später in **AFRIKA** nicht völlig vermissen. Der immerweiße Gipfel des Kilimandscharo liegt auf deutschem Gebiet. Paul versucht, im Stimmengewirr der in die Klassen gehenden Mitschüler und im allgemeinen Geknirsche der Stiefelsohlen das Knirschen gerade seiner Stiefel im Schnee zu hören. Warum will ich nach **AFRIKA** und nicht nach *Amerika*? Weil ich etwas leisten will. Weil ich Abstand will. Genügend Abstand von den anderen. Deutscher will ich aber bleiben.

ERRECHNETER ABSTAND (1900)

Deutlicher werden diese Unterschiede in der Bevölkerungsdichte, wenn man (nach Vorgabe des Engländers Walpole, der dies um die Mitte des vorigen Jahrhunderts getan hat) berechnet, in welchem Abstand die Bevölkerung zueinander stehen würde, wenn man sie in gegenseitiger gleichmäßiger Entfernung auf die von ihr bewohnte Fläche aufstellen könnte: innerhalb des Reichs ständen die einzelnen 105 Meter voneinander ab, in Mecklenburg-Strelitz 181 Meter, im Regierungsbezirk Düsseldorf nur 49 Meter, in Berlin vollends nur 5,89 Meter, so dass also hier der eine den anderen gerade sieben Schritte vom Leibe hätte.

BENÖTIGTE MENGE (2000)

Um den jährlichen Cervelat-Bedarf der Schweizer zu decken, werden fünfzehn- bis zwanzigtausend Kilometer feinster Zebu-Darm aus Brasilien benötigt.

FINSTERNIS UND MORGEN

Düster ist es stets in seiner Dachkammer. Nur durch eine Luke fällt etwas Licht ein. Im Sommer ist es brütend heiß, im Winter kalt und zugig. 24 Kubikmeter Rauminhalt weisen die Dachschräge und die drei

Rabitzwände dem Mieter zu. Er hört jedes Wort, selbst das Magenknurren und Pforzen der Nachbarn. Paul stopft sich deshalb Ohropax in die Gehörgänge, sobald er seine Berliner Behausung betritt, um beim Lesen konzentriert zu bleiben. Er kann keine Nägel in den Gips schlagen, um Bilder aufzuhängen. Eine Blaukuppe für den Kalender hält gerade so. Den Kalender hat ihm Katja gemalt. Zu den gemeinsamen Feier- und Gedenktagen bestehen die Zahlen und Buchstaben aus Blumen und ihren beiden Gesichtern. In die Tür ist ein Kleiderhaken geschraubt. Die Raumhöhe steigt von 0,10 m links bis auf 1,70 m rechts an. Ein Bett, ein Tisch, ein Stuhl haben Platz gefunden. Pauls Bücher stehen in vier Stapeln auf dem Bretterboden an der rückwärtigen Wand. Geordnet nach Zivilrecht, Strafrecht, Verwaltungsrecht, dazu einiges von Menschen frei Erdachte: seine Lieblingsbücher. Steht der Mond hoch genug, fallen ein paar Strahlen durch die Fensterluke. Vom Mond ist noch nichts zu sehen, und Laternenlicht von der Straße gelangt nie nach hier oben. Paul muss gebückt durch die Tür treten, nur im Sitzen kann er den Kopf gerade halten. Man hört das Geklapper von Pferdehufen auf dem Pflaster der Friedrichsgracht, die Rufe des Zeitungsverkäufers vom Vorplatz zur Spreegasse. Dann und wann keucht die Dampfpfeife eines Lastkahns. Aus dem offenen Parterrefenster schilt die Besitzerin der Wasch- und Plättanstalt, die Witwe Schöngesang, die Jungen, die die Tischtücher für die Gaststätten nicht schnell genug vor Einbruch der Dunkelheit austragen. In Brauhaus und Destille ‚Voll Rein' tost unten im Hause an- und abschwellendes Lachen. Das Gejohle schäumt in Wellen herauf. Paul und Katja ertasten sich, kaum dass sie eingetreten sind.

Katja ist benommen von Lärm und Gedränge in den Hauptstadtstraßen, dem Kaufhaus Hertie am Alexanderplatz. Paul hat sie mit Bedacht zwei Stunden lang durch das Menschengewühl geführt, um sie müde und mürbe zu machen. Er schiebt sie vorsichtig zu dem wackligen Pritschbett, und sie setzen sich. Paul zündet keine Kerze an. Katja wäre es lieber, aber sie wagt nicht, es einzufordern.
– Es ist heiß. Wir wollen uns ausziehen! –
– Versuch es nicht immer wieder, Paul. Du weißt, dass ich es nicht tue. Ich habe meiner Mutter bei meiner Liebe zu ihr geschworen, dass ich mich dir erst in der Hochzeitsnacht wieder nackt zeige. Damals, als ich ihr an meinem vierzehnten Geburtstag, ich hatte meine erste Blutung und war sehr erschreckt, unsere Treffen in **AFRIKA** gebeichtet habe, weil ich die Heimlichkeit nicht mehr aushielt und manchmal nachts mitten im Schlaf aufschrie, weil ich mit einem Mal Angst hatte, dich nackt anzusehen und anzufassen. Meine Mutter bangt Tag und Nacht, mir könnte es wie ihr

gehen. Sie sitzt jetzt zu Hause und zittert, bis ich wieder zurück bin. Sie fragt mich immer sehr streng aus. Ich will nicht lügen. –
– Ach, Kataluschka, zwischen uns ist doch alles ganz anders. Du weißt, dass du dich auf mich verlassen kannst. Nichts und niemand wird uns je trennen. Bis wir heiraten, braucht es nur noch ein wenig Zeit. Ich ziehe mich jedenfalls aus. Du musst mich so ertragen. Es ist wirklich heiß. –
Er legt rasch die Kleidung ab, drückt die Freundin auf die Pritsche und legt sich über sie.

Katja hat ihr hellblaues Sonntagskleid an und klimpert heftig mit den Lidern, um sicher zu sein, dass sie die Augen geöffnet hält. Sie reiben ihre Wangen aneinander. Paul drückt seine Schenkel fest auf die ihren.

- Was machst du, wenn du alleine bist in dieser riesigen Stadt? –
- Außer lernen, sitz ich nur draußen rum und schau hinein in das, was hier Leben ist. Ich beobachte die Wachaufzüge am Schloss und vor der Neuen Wache, die Mienen der Soldaten, das aufgeregte und begeisterte Publikum. Manchmal, Regen oder nicht, sitze ich sonntags stundenlang an eine Mauer gelehnt im Gestank des Fischerhafens. Ich starre in das Gewimmel von Booten, Netzen, Menschen, zappelnden Fischen. Ich denke an nichts und genieße die Betriebsamkeit. Dass ich mit alledem nichts weiter zu tun habe, als es anzusehen, freut mich. Dann lese ich was. An Ort und Stelle, und bin nach wenigen Zeilen in einer ganz anderen Welt. Manchmal hock ich zu Füßen der Berolina mitten im Treiben vom Alexanderplatz und pauke. Gegen den Lärm zu lernen, gelingt mir gut und macht mich stolz. Leise Geräusche lenken mich ab. Komisch. –
- Schön sagst du das. Du wirst mal bedeutend. –
- Komm, zieh dich endlich aus, Käthchen. –
- Es ist für uns beide richtig, dass ich fest bleibe. Du wolltest nach der Schule mit mir nach **AFRIKA** auswandern. Jetzt studierst du schon drei Jahre lang. Bist Monate fort von mir. –
- Aber du weißt, dass ich ohne dich nicht sein kann, nicht sein will. Wenn wir getrennt sind, denke ich ständig an dich. Fühlst du nicht, wie sehr ich dich liebe? Ich habe, um mit dir zusammen zu sein, seit dreizehn Jahren meinen Vater betrogen. Im ersten halben Jahr nach dem Puppenklau hat er mich jeden Abend gefragt, ob ich mich mit dir getroffen habe. Denkst du, es fiel mir leicht, andauernd zu lügen und vor allem mich nicht ertappen zu lassen? Es wäre grausam geworden für ihn und mich, hätte er von meinen Lügen erfahren. Ich habe die

Einfälle für unser immer neues Versteckspiel gehabt. Ich habe mir in den letzten drei Monaten das Geld für deine Bahnreise hierher abgehungert. Habe Erbsensuppe mit Speckaugen bei Aschinger am Zoo oder Kartoffelbrühe bei der ollen Hünemörder nebenan gegessen. Nichts anderes außer Trockenbrot zum Frühstück, abends nur zwei Schmalzstullen und erbetteltes Fallobst aus den Schrebergärten vom Weißensee. Und du weißt auch, dass ich, obwohl ich möchte, bisher nicht auswandern kann. Mein Vater gestattet es nicht. Er will mich mit allen Mitteln der Welt zum Richter machen. Aber in ein wenig mehr als einem Jahr werde ich majorenn sein. Dann kann er mir nichts mehr verbieten. Wir heiraten am Tag nach meinem Geburtstag und wandern dann nach AFRIKA aus. Ich habe alles vorbereitet. –

Er küsst sie lange. Saugt an ihren warmen Lippen, drückt mit der Zunge ihre Zahnreihen auf. Im Finstern fühlt er heftiger. Er stößt mit seiner Zungenspitze gegen ihren Gaumen und drängt seine Zunge weit in ihren Hals hinein. Sie atmet hastig durch die Nase, hebt mit der sanften Gewalt beider Hände seinen Kopf hoch. Ich muss aufpassen. Wach bleiben. Fest bleiben. Ich habe es Mutter versprochen. Hoch und heilig. Heilig und hoch. Sie sitzt zu Hause und zittert um mich. Katja hat sich verschluckt, sie hustet.

- Du wirst also kein Examen mehr ablegen? –
- Schon. Es wäre dumm, darauf wegen der paar Monate mehr zu verzichten. Man weiß nie, wozu es einmal gut sein kann. Außerdem darf ich das meinem Vater nicht antun. Er bezahlt das Studium. Die ganze Familie muss dafür darben. –

Paul erhöht den Druck auf ihre Schenkel, spürt das regelmäßige Pochen ihrer Schlagadern in den Oberschenkeln. Sein Pimm drückt heftig gegen ihren versperrten Unterleib. Sie genießt das vertraute Drängen, schließt jetzt die Augen, spricht aber entschlossen weiter.

- Dann ist es also noch anderthalb Jahre hin, bevor wir auswandern. –
- Woher weißt du das? –

Er hält ein. Wird ärgerlich. Die Schwerkraft von Lust und Liebe ist mit einem Schlag verflogen.

- Von dir. Du hast neulich einmal ganz stolz gesagt, dass du gerade noch vor dem Ende des Jahrhundertjahrs dein Examen machen wirst. Vor dem Jahr des Inkrafttretens des neuen Bürgerlichen Gesetzbuchs. –
- So? Wann denn? Na egal. Die kurze Zeit halten wir durch. Und

dann geht es fort. In eine andere Welt. Weißt du noch, wie wir früher nach AFRIKA gegangen sind? UNSER AFRIKA. Da hast du dich als erste nackt ausgezogen. Splitterfasernackt. Von den Locken bis zum kleinen Zeh und bist um mich herumgehüpft und hast mir einen Kuss nach dem anderen gegeben. Um mich zu belohnen, weil mein missglückter Puppenklau dir schließlich doch die Mohrenpuppe eingebracht hat. Ganz legal. Das hast du behauptet. Aber ich habe gemerkt, dass es dir höllisch gefallen hat, dich mir so zu zeigen. Du wolltest es insgeheim schon lange tun. Du wolltest, dass ich dein Körperlein fein bewunderte. Ich hab mich niemals ganz ausgezogen. Und jetzt? –

- Ach Paupuli! Wir waren Kinder, und es war ungefährlich. Was machen wir, wenn ich ein Kind kriege, bevor wir nach AFRIKA gehen? Wir haben sowieso kein Geld. Wie sollen wir uns mit einem Kind durchschlagen? –
- So! Dann wirst du also entgegen deinem Versprechen selbst in unserer Hochzeitsnacht dein weißes Kleid anbehalten, weil wir sonst ein Kind bekommen könnten. Es würde, kaum dass wir AFRIKA erreicht hätten, geboren. Ist das besser? –
- Wir brauchen doch nicht neun Monate, um dahin zu kommen. Spätestens in zwei Monaten sind wir da. Ich kann also noch einige Zeit mit anpacken. –
- Dort ein Kind entbinden, ist viel gefährlicher als hier. –
- Ich werde mich an die Gefahr gewöhnen müssen, denn es wird nicht das einzige bleiben. Von mir aus brauchen wir nicht weg. Du willst nach AFRIKA. –
- Du willst also nicht? –
- Ich will schon. Weil du es willst. Aber wir müssen vernünftig bleiben. Ich besonders. Noch anderthalb Jahre. Ich warte schon viele Jahre auf dich. Eine endlose Zeit. –
- Ich meinte nicht das Auswandern. Ich meinte, dich ausziehen. Ich halte es nicht mehr aus ohne DAS. Wenn du es nicht machst, gehe ich in ein Etablissement, treib‘s mit den Frauenzimmern. –
- Das wirst du mir zuliebe nicht tun. Außerdem hast du kein Geld. –
- Und du tust mir nichts zuliebe. –
- Du bist gemein. Und du weißt das. Es ist ja nicht so, dass ich keine anderen Verehrer hätte. –

Paul windet sich auf ihr wie eine getretene Schlange. Küsst auf ihre Brüste, obwohl ihn der raue Stoff mit dem Mottenpulvergeruch ekelt. Sie lässt ihn gewähren, achtet nicht darauf, dass ihr einziges schönes Kleid zerknittert wird.

- Mach dich wenigstens oben frei! –
- Nein! –
- Dann küss' ihn! –
- Wen? –
- Frag nicht dumm. Hier! –

Katja atmet schwer. Dann setzt sie einen schnellen Kuss an die Seite.

- Das nennst du küssen? Richtig vorne drauf und dann rundum. Und so heftig, wie du mich auf den Mund küsst. –
- Nur wenn du ganz still hältst, mich nicht dabei anrührst. –
- Versprochen. Tu es! Solange ich will. Sonst bin ich böse. –

Katja gehorcht mit ängstlichem Eifer solange, bis er laut jauchzend aufstöhnt, dann fährt sie erschreckt zurück, sodass ihr sein Samen ins Gesicht spritzt, während er sich weiter tief atmend windet.
Sie springt auf. – Keine Angst! – – Mein Gesicht ist ganz verschmiert. –
– Ich küss dir das wieder ab. Und dann küsst du mich auf den Mund. –

Paul greift zu den Streichhölzern unter dem Bett, zündet eine Kerze an und steht auf. Er packt Katja, küsst sie. – Das war ein kleiner Vorgeschmack. In Wirklichkeit ist alles viel schöner. –
Katja tut wie befohlen, beißt zart auf seine Zunge.

Paul lässt Katja im engen, quietschenden Pritschbett schlafen. Er bleibt auf dem schief genagelten Bretterfußboden liegen, packt sich Hose und Hemd unter den Kopf. – Ich schlafe prima so und träume auf der harten Unterlage noch besser von uns. – Er lacht verhalten. Neue Lust wächst in ihm. Er unterdrückt sein Begehren. Das nächste Mal. Sie wird das Gefühl nicht los, etwas unerlaubtes Unsauberes getan zu haben. Schluckt.

Am nächsten Morgen, vor den fünf Treppenabsätzen Ab- und Wiederaufstieg für die Notdurft schlüpft sie rasch in ihr zerknittertes Sonntagskleid, wehrt neues Drängen liebevoll ab. Er packt sie, legt sie über die Schulter, dreht sie mit dem Kopf nach unten, so dass ihr das Kleid bis fast über den Kopf fällt, schleppt sie auf den Treppenflur, wo er sich aufrichten kann, sie hält still, aber jammert – Paul, was machst du? Hör auf. Ich habe Angst. – Er bläst ihr seinen Atem durch das Höschen und sagt: – Das nächste Mal machen wir es so. Ich stehe, du hängst vor mir runter und küsst mich wieder da. –
– Paupuli, hör auf, ich krieg einen Blutsturz. Du machst mir Angst. – Er setzt sie auf die Beine, umarmt sie. – Nimm ihn noch mal in die Hand und streichele ihn zum Abschied! –
Bei Marmeladestullen und Malzkaffee sagt sie – Mir ist etwas eingefallen, Paupuli: Wie machst du das eigentlich mit deinem Militärdienst? Den musst

du doch nachholen? – – Du mit deiner ständigen Sorge um meine Probleme, Katalatja. Ich habe mich erkundigt. Ich könnte ihn mit einer Ausnahmegenehmigung bei der Schutztruppe vor Ort ablegen, wenn ich nicht überhaupt im Interesse der Besiedlung befreit würde. Da sie 2.500 Askaris haben, müssen die dort dienenden Deutschen normalerweise Offiziere oder Unteroffiziere sein. Ab und zu lassen Sie aber mal einige Rekruten als Unteroffiziersanwärter reinrutschen. Sie brauchen eine Reserve. – – Wenn du nicht freigestellt wirst, wovon leben wir solange? Ich habe gerade so viel gespart, dass ich meine Überfahrt alleine bezahlen kann. Der Siedlungskredit würde nicht ausgezahlt, während du dienst, und der ist für die Anschaffungen? – – Beides richtig. Du müsstest dann überlegen, ob du ein Jahr wartest, bevor du nachkommst oder ob wir uns irgendwie mit Kokosnüssen und Maniokwurzel durchschlagen. Unsinn! Pass auf: Du könntest bei einer deutschen Familie im Haushalt arbeiten, solange ich bei der Schutztruppe in Dar-es-Salam oder, sei es, am Viktoria-See bin. Du hättest Kost und Logis. Und ich lasse mir von meinem Vater 200 Mark auszahlen und verzichte dafür auf meinen Erbteil. Davon können wir drei, vier Monate leben. Dort ist alles billig, außer Fleisch. Und inzwischen haben wir mit dem Kredit einen Hühner- und Ziegenstall angelegt, unser Maisfeld bebaut und ernten bald. Später wird, wie geplant, mit weiterem Kredit eine Kaffee- und Sisalplantage angelegt.

- Aber dann darf ich noch mindestens drei Jahre lang kein Kind kriegen. –

- Dafür fällt uns schon etwas ein. Es gibt jetzt verschiedene Mittel dafür. –

- Aber nichts Unerlaubtes, Gefährliches. Das mache ich nicht. –

- Natürlich nicht. Wie schlecht du immer von mir denkst! Ich höre aus dir deine Mutter reden. Komm lieber auf meinen Schoß und in meine Arme. –

- Ja. Aber nur ganz kurz. Du musst ins Kolleg, und ich bald zur Bahn. Du brauchst mich nicht zu bringen. Ich finde den Weg, obwohl mir in den Straßen hier ganz wirr im Kopf wird. Bis zu den Linden geht es einfach an der Spree lang zum großen Schloss, das ich noch einmal bewundern werde. Und dann ein langes Stück links hoch bis zur Friedrichstraße, stimmt's? Von da aus sieht man die Lokomotiven schon rauchen. –

Katja bricht mit einem heftigen Ruck zusammen. Unter Krämpfen stößt sie blökende Schreie aus.

- Katjuschka! Was ist los mit dir? –

Er versucht, sie hochzuheben. Sie schlägt ihn. Er lässt sie, starrt sie an.

Es dauert lange, bis sie sich mit der Hand über die Stirn fährt und langsam aufsteht.

- Verlang sowas nie mehr von mir. Es war furchtbar. Ich habe die ganze Zeit meine Mutter weinen sehen. Ich wollte dir nichts davon sagen. Ich hab es nicht ausgehalten. –

Er streichelt ihr Haar. Puuh! Ich muss für Kondome sparen und ihr erklären, dass damit nichts passiert.

PIRSCH PARADOX

An jenem Heiligen Abend in der Kirche Sankt Johannis von Luckenwalde, im Schummer vieler flackernder Kerzen, vor zwei würzigen Christbäumen, die einen Adventsstern umrahmen, man sieht kaum noch den Altar, ist Charlotte, ein geistig reges Kind, 10 Jahre alt, Paul spürt mit seinen 13 Jahren wilde, befremdliche Regungen in seinem Leib. Er sitzt, aufrecht und straff gescheitelt, links neben seinem Vater schräg vor ihr. Sie kann ihn während des dahin dröselnden Gottesdienstes ununterbrochen beobachten. Sie könnte seinen Nacken, sein Haar berühren. Begehren, wie sie es nie gekannt hat, steigt in ihr auf. Auf Anhieb weiß sie: **Der** wird es, **der** wird es sein. Besonders lange haftet ihr Blick am Leberfleck rechts in seinem Nacken. Den werde ich als erstes streicheln, wenn wir ein Paar sind. Und ich werde mich an heute und mein Brennen erinnern. Beim ‚O du fröhliche' lässt sie einen Handschuh hinter das Fußbrett der Kirchenbank fallen. Die Verzögerung erlaubt ihr, Paul beim Hinausgehen weiter, nun im Profil, und als er sich einen Moment umdreht, sogar von vorn zu betrachten.
Woher ihre Sicherheit rührte? In einigen Jahren wird sie die Frage, die sie sich vorher nie gestellt hatte, weil es seit dem ersten Blick, der auf ihn fiel,

schlichte Gewissheit für sie war, beantworten können: Mein Instinkt hat es mir im Augenblick gesagt, als ich ihm zum ersten Mal nahe kam. Dann erst wird sie darüber nachdenken, was Instinkt bedeutet. Jetzt schlägt er zu. Doch ihre Sicherheit, dass die Wirklichkeit ihr zuteilt, wovon sie träumt, wird schon vor Jahresende verflogen sein. Zwischen Bangen und Beharren wird ihr Leben nunmehr ablaufen. Längst mit Paul verheiratet, wird sie sich mit fast ebenso großer Erregung wie damals in der Kirche mit einem Thema beschäftigen, das dann die wissenschaftlichen Kreise verlassen haben und in aller Munde sein wird: Der Evolutionslehre Darwins; und sie wird sich trotz, nein wegen, der dramatischen Begleiterscheinungen ihrer Eheschließung bestätigt finden. Mein sicheres Wissen von der ersten Sekunde an war, was Darwin natürliche Zuchtwahl nennt. Ich sehe darin nichts erniedrigend Tierisches. Es beweist meine Lebenskraft. Nun ist wissenschaftlich bewiesen, in welch siegreichem Einklang mit der Natur ich gehandelt habe, als ich ihn für mich wählte. Dass ich recht daran tat. Als Paul aus dem Weltkrieg trotz schwerster Verwundung zweimal unversehrt zu ihr zurückkommt und sie erfolgreich ein neues Leben beginnen, erkennt sie es als erneute Bestätigung ihres siegesgewissen Mädcheninstinkts, der sie bei seinem Anblick in der Kirche, Weihnachten 1891, auf Gedeih und Verderb zu ihm trieb. Liebe blieb für sie allezeit ein peinliches Wort. Liebe ist eine Fata Morgana. Liebe ich meine Eltern? Lieber nicht daran denken. Wohl irgendwie. So darf es nie zwischen uns sein. Es muss sengen. Weil wir uns wollen. Wie heißt es in der Bibel? Sie erkannten sich. Das ist es. Nicht schwärmen, sich umschwärmen.

Sie hatte ihn sofort erkannt und gespürt, dass ihre Zuneigung viel, viel mehr war als Verliebtheit und Begehrlichkeit. Natürlich gefällt **er** ihr. **Er** ist hoch aufgeschossen, aber nicht schlaksig. **Er** hat einen festen Gang, breite Schultern, einen feingeschnittenen Langschädel mit hoher Stirn, kräftiges, straffes **Schwarzhaar** darüber. Am meisten beeindrucken sie seine hellblauen Augen. Sie passen gar nicht zu seinem dunklen Haar, seiner Lederhaut. Sie suchen. Sie wollen fort an fremde Orte. Zeugen damit von Unternehmungslust. Aber Blau, so blendend es sein mag, heißt zugleich Treue. Beide Eigenschaften sind ihr gleich wichtig, kommen aber selten zusammen. **Er** ist begeisterungsfähig, das spürt sie. Wie Prinz Eisenherz sieht er aus. Sicher ist sie auch dahin: Kann ich **ihn** dazu bringen, mich zu berühren, wird **er** mir gehören, und das Leben mit **ihm** wird ein Abenteuer sein. Prickelnd und voll. Das suchte ich, wird sie denken, denn ich hatte sonst alles, was man zum Lebensglück braucht. Es ist mir in die Wiege gelegt worden. Ihn zu erlangen, wird viel Kraft kosten. Ein Vielfaches an Geduld. Charlotte denkt klar. Dabei bebt es in ihr, denkt sie an **ihn**. Und sie denkt ständig an **ihn**. Sieht sie **ihn**, möchte sie sich an seinen Hals werfen, hängen. Sie schluchzt und unterdrückt ihr Verlangen mit aller Gewalt ihres Verstands. Viele, viele Jahre erträgt sie und genießt sie beißende, verheißende Unruhe.

Charlotte Werthland ist das einzige Kind des einzigen Zigarren- & Cognac-Händlers in Luckenwalde. Ihr Vater bietet in dem holzgetäfelten Geschäft am Marktplatz, das mit den berühmten goldenen Lettern *Loeser & Wolff* über dem Schaufenster die Herren der kleinen Industriestadt lockt, neben Brasil, Batavia und Havanna ausgewählte Spirituosen aus ganz Europa an. Die feinsten Produkte und Marken: Cognac und Armagnac, Sherry und Port, Whisky, Whiskey und Gin, Kirsch, Slibowitz, Ouzo und Wodka. Bärenfang und Danziger Goldwasser für die extrem süßen Geschmäcker. Kümmel und andere billige Rachenputzer führt er nicht.
Es tut wohl, in das Halbdunkel des Ladens zu treten, sich sogleich dem milden Glanz hunderter Flaschenbäuche, ihren Respekt einflößenden Etiketten, dem fülligen Duft von Rauch und Eichenfässern hinzugeben. Der Raum lädt ein, die Zeit eine Weile hinter sich zu lassen, sie qualmend aus der Lunge zu pusten, sich dabei lässig durch Dunst und Dunkel zuzuprosten, während man über ihre weitere Ausgestaltung plaudert, zuweilen entschlossen die Zukunft plant. In dieser Atmosphäre gesicherter Männlichkeit verwandeln sich an Stehtischen und Ladentheke Ernst und Drama der Welt für Minuten heimelnd in ruhigen, weil in sich gerechtfertigten Genuss des Feinen. Sitzplüsch und Kordeln lässt man Muttern. Das Fieselbörschen nennen die Luckenwalder diesen Ort in einer Mischung aus Stolz, dass es in ihrer kleinen Stadt so etwas gibt, und verstohlenem Neid auf die Wohlhabenden; denn hier kehren die ansässigen und durchreisenden Kaufleute ein, die meisten davon Hutfabrikanten oder Huthändler en gros, um zu einer Puro und bei einem Gläschen Milden einen erfolgreichen Abschluss zu begießen, ihre Ansichten über die Geschäfte, die Aussichten auf noch bessere Geschäfte oder das Gemunkel vom bevorstehenden Absturz eines der ihren, Erfahrungen in den raffiniertesten Etablissements mit den frivolsten Arrangements in Berlin, Paris und Marienbad sowie die aussichtsreichsten Pferde für die nächsten Renntage in Hoppegarten und Klein-Flottbeek auszutauschen. Hin und wieder lässt sich die hohe Politik nicht heraushalten. In Witze gehüllt darf sie herein. Sonst ist sie tabu. Dafür sorgt, wenn nötig, der Wirt mit einem gestrengen Blick.

Berthold Werthland ist ein an sich unscheinbarer Mann. Mittelgroß. Mit dünnem Kopfhaar undefinierbarer Farbe – rötliche Haut blinkt durch. Er ist nicht dick, nicht dünn; doch zum Glück mit unübersehbarem Ansatz zu Wohllebebauch und Doppelkinn ausgestattet. Eine hagere Erscheinung würde dem Geschäft nicht wohltun. Da sei Gott vor, dass er abnimmt. Der Kopf ist oval, auch das ist eher günstig; der Augenausdruck fragend; er wirkt jovial; doch die scharf gewinkelte Nase mit den auffällig großen Löchern, die tiefen Furchen zwischen Nasenflügeln und Mundwinkeln verraten den resoluten, allzeit wachsamen Geschäftsmann. Er kann zuschnappen, festhalten, wenn sich Gelegenheit bietet. Die fehlenden Ohrläppchen belegen: er ist gescheit; hätte das Zeug zum Bezirksnotar oder Oberingenieur gehabt. Ein berechnender Genießer ist er geworden, weil er von der Genusssucht anderer gut lebt.

Seine Frau betritt nie das Geschäft. Sie überragt ihn um mehr als Haupteslänge und hat als Fabrikantentochter einige Mietshäuser und Aktienpakete in die Ehe eingebracht. Sie ist eine kraftvolle, blonde Erscheinung, dabei mütterlich und deshalb nicht der Typ einer Walküre, obgleich sie im Getuschel als eine solche bezeichnet wird und ihr Mann unter den Kaufleuten den Spitznamen KG trägt: König Gunter. Das Kürzel passt, denn er betreibt sein Geschäft in der Form einer Kommanditgesellschaft. Kommanditisten sind Frau und Bruder, er ist Komplementär der ‚Werthland Havanna & Brasilia KG'. Gehen wir auf ein paar Minuten zu KG, ist der gängige Auftakt zu einem Gespräch, wenn Geschäftsleute oder die Honoratioren von Stadt und Kreis unverabredet aufeinander treffen und meinen, dass sie Kenntnisse oder Meinungen austauschen sollten. Auguste Werthland könnte für Standbilder der Germania das Modell abgeben, obwohl ihr auch die Tenniskleidung für die moderne Frau gut stünde. Sie war einmal sportlich. In der Ehe hat sie ausgelegt.

Mit ihren Eltern spazieren oder auszugehen, ist Charlotte peinlich. Am unangenehmsten, wenn beide Hüte tragen. Die Mutter liebt wagenradbreite Hüte mit Straußenfeder. Sie stehen ihr wegen der Lockenpracht darunter und den luftigen Seidekleidern gut. Der Vater liebt hellbraune Anzüge und kleine, steife Hüte, oben rund ausgestülpt. Er sieht darin aus wie eine halbierte Bockwurst, findet Charlotte. Für sie ist früh klar: Sie wird nie einen Verehrer akzeptieren, zu dem sie nicht hochschauen muss. Mag er vor Geist, Geld und Galanterie sprühen – ein Lütter hat bei ihr keine Chance.

Berthold Werthland war stolz auf das Urbild von Frau, das er als Gattin ergattert hatte. Der Spott der Luckenwalder über ihr Über- und sein Untermaß ließ ihn kalt. Ein Großwildjäger ist kleiner als Elefant oder Nashorn. Er hat solche Beute erlegt. Er verhöhnte regelmäßig nach

Mitternacht im Fieselbörschen unter guten Bekannten die Spötter als armselige, miese Neider, wenn er sie für klug hielt, wie er ausdrücklich hervorhob, oder sonst schlichtweg als dumme Vorvorgestrige des Geschlechtslebens. Ihr Bild über das ideale Menschenpaar stamme, wenn nicht aus der Steinzeit, so doch aus dem Mittelalter, als der Mann ein guter Holzfäller, Landsknecht, Kesselschmied oder schweren Schritts mit dem Ochsengeschirr einhergehender Landwirt sein musste, um das Leben zu meistern, die Familie zu ernähren, etwas unter Seinesgleichen zu gelten. KG geriet bei seiner Vision vom idealen Paar der künftigen Menschheit, die, recht besehen, vor spätestens einhundert Jahren begonnen habe, ohne dass jemand aufgemerkt hätte, er also heute noch ihr Schrittmacher sei, in von heftigen Gesten begleitetes Dozieren, weil seine bio-soziologischen Thesen, obwohl zunächst reinewegs entstanden zur Abwehr von hinter der Hand geäußertem, aber ihm kolportiertem Spott selbst seiner besten Freunde, ihn zunehmend überzeugten. Sie *waren* zutreffend. Natur und Vernunft waren ganz auf seiner Seite. Aber die vorgeblich modernsten Menschen dachten in Bezug auf die Geschlechterbeziehung einfach archaisch, wurde ihm klar. Das war und war nicht aus den Köpfen zu kriegen. Seine Selbstbegeisterung steigerte sich derart, dass er sich in Wallung und Hitze redete: Er wisse wohl, was man hinter seinem Rücken höhne, erlaube sich aber ganz bescheiden darauf hinzuweisen, dass schon für die moderne Kavallerie, selbst die Artillerie Hünen gänzlich unbrauchbar gewesen seien. Sodann hätten Prinz Eugen, Friedrich II. und Napoleon bewiesen, dass sich männliche Kühnheit und Größe seit der Erfindung des Pulvers und mehr noch der Dampfmaschine nicht mehr in Körperlänge messe. Die Langen Kerls seien nichts als eine teure, militärisch gänzlich unnütze Spielerei des Soldatenkönigs gewesen. Wer mit seinen Körpermaßen heutzutage noch Frauen beeindrucken wolle, beweise nur, wie zurückgeblieben er geistig sei. Von anderem erst gar nicht zu reden. Und Frauen, die sich heutzutage von Siegfrieds beeindrucken ließen, seien selber schuld. Auf das Köpfchen komme es an, und auf das Mannsein an der richtigen Stelle. Eine genießerische Frau wisse das. In diesem Sinne gebe ich mit meiner Auguste den Prototyp des idealen Paares unserer Zeit und vor allem der Zukunft vor. Mit einem deutlich kleineren Mann seien beide viel besser bedient als in umgekehrter Proportion. Er gelange nämlich genau an die richtigen Stellen bei ihr, während ein langer Kerl, wenn er unten drin sei, oben mit Augen und Mund ins Leere gerate. Als Kurzer dagegen könne er seinen Kopf auf oder – noch lieber – zwischen die Kissen ihrer warmen Brüste drücken und nach Belieben links oder rechts daran saugen, ihren annehmenden Duft einatmen, die gefällige Form des Busens mit den Augen verschlingen. Er habe also doppelten

Genuss. Und sie komme mit einem kurzen Mannsbild beileibe nicht zu kurz. Schließlich sei jede Frau an den Brüsten höchst sensibel. Und mit ihrem Mund könne sie ihn dann auf den Kopf küssen, was Frauen mehr entzücke als Küsse auf den Mund. Die gebe man sich ständig. Und von hinten erst! Er leckte seine Lippen. Da kann ein Kurzer ihr kosend in den Nacken beißen.

Seit er einmal im Wartezimmer seines Zahnarztes ein Kunstblatt gelesen hatte, in dem er auf drei barocke Bilder von Venus und Amor gestoßen war, fühlte er sich seiner Sache vollends gewiss. – Ihr Banausen- tönte er. – Schaut euch doch mal in den Berliner Museen um! Warum wohl ist auf den Bildern von Venus und Amor der Liebesgott ein pfiffiges kleines Kerlchen? Warum wäre ein Herkules mit seiner Keule an gleicher Stelle schlicht und einfach unästhetisch? Man muss sich das nur vorstellen. Der feine biegsame Körper der Venus und so ein ungetümer Muskelmann. Die alten Griechen waren Leute von Verstand, Philosophen von großer Seele. Kurzum Lebenskünstler. Sie wussten um die rechte Dimension der Erotik. Barbarentum hat dieses Wissen zunichte gemacht. Es muss erst langsam neu entstehen. –

Dass ein gewisser GG einmal im gleichen Geiste drastisch amüsieren würde – konnte Berthold Werthland nicht ahnen und hätte es auch nicht wissen wollen. Für Spinnereien war er nicht zu haben.

Offene Einwände kamen selten. Schon gar nicht auf solche geistesgeschichtlichen Höhenflüge. Seine Stammgäste ließen ihn schwadronieren. Lächelten verständnisvoll. Erbauten sich daran. Stellten sich alles praktisch vor und erkannten aufgrund eigener technischer Schwierigkeiten mit Widerwillen, dass da schon was dran war. So wenig wie der Dozent wussten die Zuhörer, dass Amor der von Mars empfangene Sohn der Venus war und ewig Knabe blieb, nicht ihr Geliebter. Als sich KGs Vertrauter Ewald Lederfleth, ein Polsterwarenfabrikant, einmal erlaubte, mit dem Blick in eine ganz bestimmte Richtung zu bemerken, ein Bäuchlein sei aber bei dieser Paaranatomie der Zukunft sicher nicht ideal, stöhnte Berthold Werthland kunstvoll.
– Ewald, von dir hätte ich mehr erwartet. Ihr ewig engstirnigen Traditionalisten! Wenn man als Mann zur Abwechslung einmal unten liegt, ist gerade bei geringerer Körpergröße ein stattlicher Bauch von Vorteil. Ich verzichte darauf, das weiter auszumalen. Stellt es euch selbst vor in eurer dürftigen Phantasie. – Der größere Wuchs der Männer sei ein ganz offensichtlicher Atavismus der Natur, hob er an. Viel lästiger und schädlicher als der Blinddarm. Die biologische Entwicklung habe

schlichtweg die zivilisatorische Erhebung des Menschen verschlafen. Auf den Geist komme es schon seit mehreren Jahrhunderten unter Menschen an, um etwas aus dem Leben zu machen, nicht auf die Muskelkraft und Leibeslänge. Was Schwerarbeiter und andere Kohlentrimmer gesellschaftlich gälten, wisse man. Verlagerte sich die Wachstumsenergie der Männer von der Höhe in die Großhirnrinde, blieben sie den Frauen auf sicherere Art dauerhaft überlegen als dadurch, dass sie Kopf und Schultern höher trügen. Wer treibt ein Rennpferd zur höchsten Leistung? Der kleinste Jockey! Wer lenkt den dickleibigen Elefanten, zwingt ihn zur Schwerstarbeit? Der Elefantenboy mit seinem Stachelstab! Nach diesen beiden Veranschaulichungen seines privaten Glücks blickte er triumphierend in die Runde, bevor er bedächtiger fortfuhr, weil es nun ganz intim wurde. Natürlich sei auch die Potenz wichtig; aber Kleinsein bedeute doch nicht, dass es an Mannesstärke fehle. Was man nicht in den Gliedern habe, könne man sehr wohl im Glied haben. Hahaha! Wiederum zähle nicht die Länge, sondern die Standfestigkeit. In der Hinsicht jedenfalls nehme ich es mit jedem Berserker auf. Die blödsinnige Eitelkeit meiner Geschlechtsgenossen! Vor allem der Gockel vom Militär! Herabschauen wollen sie auf jedermann, nicht nur ihre Frauen. Als sei das die bessere Perspektive. Dabei führt es zum Buckeln, und der Kopf steht schiefer als beim Aufschauen. Das krümme nicht die Halswirbel, sondern strecke sie, sei also weitaus gesünder. Wüchse die männliche Großhirnrinde, brauchten wir das Militär nicht mehr. Welcher gescheite Mensch führt Krieg? Gibt sich organisierter Brutalität hin? Ließe man uns Kaufleuten im Verein mit den Wissenschaftlern freie Bahn, die Welt würde zu einem einzigen Ort der Beglückung. Nicht nur im neuzeitlichen Paarleben. Jedenfalls würde es der Wissenschaft, könnte sie unvoreingenommen und wirtschaftlich im Sinne des modernen Lebens agieren, binnem Kurzen gelingen, die Körpergröße der Männer auf das zur Höchstbeglückung der Paare optimale Zivilisationsmaß zurückzuführen. Das Gehirn würde zulegen, der Kopf also größer, der Penis robuster, der Mann damit insgesamt in seiner Erscheinung phallisch-griffiger, demnach attraktiver für Kenner- und Genießer-Frauen. Ein gedrungener, kompakter Mann sei ein Mann von sexuellem Geschick. Lulatsche seien viel zu sehr damit beschäftigt, mühsam ihre Verstrebungen zusammenzuhalten oder zurechtzurücken, statt sich von selbst kraftvoll in Eins zu fügen. Werthland geriet mit steigender Plausibilität seines Vortrags in Verzückung. So sei es eben, fügte er hinzu: Die Zukunft gehöre dem Zweckmäßigen und Effizienten. Monument sei von gestern. Einer rief – Sag‘ das mal dem Kaiser! – Berthold überhörte es.

Die Zuhörer trugen seine Thesen zum Paar der Zukunft, die längst begonnen hätte und die er vorlebte, feixend weiter. Im kleinen Kreis versteht sich. Die Mitternachtsgäste vertrauten einander im Fieselbörschen. Gar nicht so dumm, was Berthold sagt. Und doch bleibt er lächerlich, geht er mit seiner Brünhilde aus. Was die wohl von dem Gerede hielte, wüsste sie davon? Weiß sie es womöglich? Keiner traut sich, mit Frauen über Werthlands Auffassungen vom idealen Paar der Neuzeit zu sprechen. Gerade nicht die kleinen Männer.

Eine Verbindung von Körpergröße und Tumorgefahr fand auch die kürzlich veröffentlichte ‚Vitamins and Lifestyle'– Studie (Vital). Danach haben Männer ein um 55% erhöhtes Risiko bei Geschwülsten, an denen Mann wie Frau erkranken. Ein Drittel dieses erhöhten Risikos führen die Forscher auf die höhere Körpergröße der Männer zurück.

Als größter Vorteil der Körpergröße seiner Frau erweist sich für Berthold Werthland längst, dass er seinem ‚Stütchen' beim Beritt nicht in die Augen sieht. Er muss den Geschlechtsakt seinem Bäuchlein zum Trotz nun doch von oben vollziehen, weil sie gänzlich passiv bleibt. In Augustes Augen lag seit dem Tod ihres Geliebten Resignation. Aber sie tat leidlich mit im Eheleben, weil sie sich dazu verpflichtet hatte. Und weil zwei Söhne heranwuchsen, einer vom Geliebten – also Hoffnung bestand, in einigen Jahren an schönerer Männlichkeit teilzuhaben. Sie spürte kaum mal ein Zucken im Körper, wenn ihr Mann unter ihr, an ihren Brüsten schmatzend, ihre Schenkel mit den seinen umklammernd, stöhnend vor Wonne verging.

Freundschaften, selbst nähere Beziehungen zu Menschen mied sie in Lukkenwalde. Seit dem Tod ihres Erstgeborenen tragen Augustes Augen offene Trauer. Nach dem Tod ihres zweiten Sohnes schlug die Verzweiflung tiefe Rinnen in ihr Gesicht. Sie hasste fortan die eheliche Pflicht, wünschte sich nur eines: Dass es so schnell wie möglich vonstatten ging. Bei einem dieser ihr widerlichen Vorgänge kam ihr der Gedanke, es ginge womöglich rascher ab, wenn sie Erregung vortäuschte. Sie japste und hechelte also gleich nach der Penetration los – und siehe, Bertholds Erguss vollzog sich fortan im Nu. Sie drehte sich dann schnell zur Seite.

Auguste Werthland geborene Weyergantz lebt weiter, weil es sich so gehört und weil sie Trost in der zwielichtigen Welt der Romane findet. Balzac, Maupassant, Fontane stehen obenan. Tolstois Auferstehung und Anna Karenina liest sie jedes Jahr wieder mit immerfrischem Herzbluten, Seufzern und lautem Stöhnen. In einem Zuge. Hinter verschlossener Tür. Sie interessiert sich auch für Theaterstücke, die Skandale auslösen wie Ibsens ‚Puppenhaus', Gerhart Hauptmanns „Vor Sonnenaufgang" und Maxim Gorkis „Nachtasyl". Sie machen ihr Angst. Und die gebiert verzehrende Erinnerungen an ihren Verlobten, einen der Natur herausfordernd eng verbundenen Straßenbauingenieur aus Stendal. Beim Schwimmen zu einsetzender Ebbe zog ihn der Sog eines Priels am Strand von Norderney vor ihren Augen ins offene Meer. Die Leiche wurde nie gefunden. Zwei Wochen später stellte Auguste fest, dass sie schwanger war. Die Eltern vermittelten rasch die Ehe mit Berthold Werthland, der überglücklich versprach, das Kind als seines auszugeben und anzunehmen. Es starb, wie ein weiterer ehelicher Sohn, im Alter von nicht einmal drei Jahren an Diphterie. Mit dem Tod des ersten Sohnes verstummte schlagartig der Spott über König Gunter in Luckenwalde. Seine Prahlerei beschämte ihn. Aber ich bin doch nicht schuldig am Unglück, das auf uns herabfällt, und im Grunde genommen stimmt alles, was ich sagte. Einige Freunde drückten glaubhaftes Mitgefühl aus. Beim Tod des zweiten Sohnes bemühten sie sich, Trost zu spenden. Sein Gerede von früher wurde nie mehr erwähnt. Sie schlossen dazu ein Gelübde. Die stolze Brünnhilde blieb ihnen fern und fremd. Das Unglück der arrangierten Ehe schlug weiter zu.

Denn die Tochter wird mit einem dem Vater zuzuschreibenden Makel geboren. Auguste darf also nicht einmal still hoffen, mit einem stattlichen Schwiegersohn für den Verlust ihres Geliebten, ihrer beiden Söhne und die mühsam erduldete Gemeinsamkeit des Ehebetts mit einem ihr nicht gewachsenen Mann entschädigt zu werden. Wie oft möchte sie ihn schlagen, wenn er über sie verlangend herfällt. Stattdessen muss sie wie verzückt japsen, um ihn schnell abzufertigen.

Ihre Augen hatten sich vor Entsetzen geweitet, als der Arzt ihr das jüngste Kind nach der schnellen und leichten Geburt entgegenhielt. Was habe ich verbrochen, dass mich das Schicksal andauernd straft?

Charlotte ist groß wie ihre Mutter geworden; dabei schlanker und, was selten ist, ausgestattet mit langem Rücken und langen Beinen. Sie hat das üppige Blondhaar der Mutter und ist ihr von der Erscheinung her, dem selbstsicheren Auftreten nach, sehr ähnlich. Aber sie hat grüne Katzenaugen. Woher ist nicht recht klar. Vom Vater hat sie die praktische Intelligenz. Vom Äußeren nur seine Nase geerbt. Wäre es das! Wie ihre Mutter nach der Geburt erschrak die kleine Chlotti, als sie sich mit drei Jahren zum ersten Mal im Spiegel sah. Als man ihr zögernd bestätigte, dass sie das sei, begann sie zu weinen. Es brauchte mehrere Tage, sie zu beruhigen. Charlotte hat keine gewöhnliche Hakennase, keine hässlich krumme Nase.

Ihre Nase ist eine einzige Anomalie. Das Nasenbein fällt in der oberen Hälfte kaum ab. Es tritt einem Horn gleich unter der Stirn zwischen den Augenbrauen hervor, um in der unteren Hälfte desto radikaler abzustürzen. Trotzdem breiten sich die Nasenflügel so weit, um Platz für lange, eiförmige Riechlöcher zu lassen. Die Nase passt nicht in Charlottes frisches, allzeit munteres Gesicht. Sie passt nicht zu den leuchtenden grünen Augen, den schwungvollen, roten Lippen, die sich je nach Laune schnippisch oder entschlossen gebärden. Sie passt nicht zu ihrem Charakter. Ihre Nase enteignet sie. Ihre Nase schaut aus, als suche sie ständig Feinde. Sie ist eine Entgleisung der Natur. Als Kind war Charlotte oft schweißgebadet aus immer demselben Albtraum erwacht: Ein Arzt verbog ihr die Nase mit einer Kneifzange in umgekehrter Richtung zu einer Mondsichel. Sie selbst verwandelte sich dabei in ein abgemagertes Nashorn. Charlotte weiß: Ihre Nase wird das größte Hindernis sein, Paul für sich zu gewinnen. Gerade, wenn er so ist, wie sie sich ihn wünscht: **Er** soll vom Gefühl geleitet sein. Nicht abwägend wie die einheimischen Mitgiftjäger, die sie seit Langem beäugen und sich sagen, wer des Schwiegervaters Geld wolle, müsse auch bereit sein, dessen Nase, selbst exzessiv verbösert, mit ins Ehebett zu nehmen. Zum Glück sei es da meist dunkel, und des Töchterchens Körperbau entschädige, nach allem, was man sehe, für ihr vermanschtes Gesicht.

Charlotte täuscht sich nicht. Paul beachtet sie nicht. Nicht einmal wegen ihres augenfälligen Makels schaut er sie näher an, obwohl sie, wann immer es möglich und schicklich ist, seine Wege kreuzt. Jahrelang ringt sie mit dem Gedanken, vor ihm auf der Straße auszurutschen, so dass er ihr aufhelfen muss, sie endlich berührt. Sie verwirft das Projekt als plump und unehrenhaft. Außerdem wäre es völlig falsch, sich ihm zu früh zu nähern. Es ginge schnell wieder zu Ende, wenn es überhaupt begänne. Die Jungen haben nun mal ihr Schönheitsideal. Lieber keine als eine hässliche Freundin. Er muss reif für mich sein. Und ich alt genug, um ihn, wenn er nur will, gleich zu heiraten. Nicht eher dürfen wir zusammenkommen. Und er wird mich dann wollen. Ich schaffe das. Ich besiege meine widerliche Nase durch meine Art. Hauptsache, er verliebt sich inzwischen nicht zu heftig in eine andere. Bisher scheint es, kann ich beruhigt sein, obwohl viele Mädchen von ihm schwärmen. Ich hab ihn noch mit keiner gesehen. Selbst Johanna weiß von keiner. Wundert sich selbst. Stellt sich Fragen. Ich nicht. Da bin ich mir sicher.

Zunächst will sie seine Stimme hören und wie schon sein Bild in sich aufsaugen. Das ist nicht einfach, ohne ihn gradewegs zu verfolgen. Sie findet heraus, dass er im Sommer abends auf dem Festplatz mit anderen

Jungen herumbolzt und im Winter bei Frost auf dem Hahneteich schliddert. Ohne Rufe geht das nicht ab. Charlotte streicht deshalb, so oft sie nur ohne aufzufallen kann, an den Tummelplätzen der Jungen vorbei, um seine raue, mittelhohe Stimme zu hören. Rissig ist seine Lippenhaut, rissig klingt seine Stimme. Die gar nicht schönen Laute aus seinem Mund lösen in ihren Waden ein Zucken und in ihrem Bauch jedes Mal ein solches Bibbern aus, dass sie sich mit der rechten Hand am linken Arm festhält, damit ihr nicht schwindlig wird.

Eines Tages hat sie eine Idee. Sie kauft sich Baskenmützen in allen verfügbaren Farben: Mit Striemel dran. Sie setzt die Mützen schräg oder gerade, manchmal in die Stirn gedrückt, manchmal nach hinten gerückt auf, wechselt täglich die Farbe. Sie achtet nun darauf, ihm nicht zu nahe zu kommen. Endlich fällt sie Paul auf. Er gibt ihr einen Namen: Die Mützenpute! Schon wieder kreuzt die meinen Weg. Will die was? Bloß nicht! Ein Horror wäre, so was zu küssen. Die nur länger anzuschauen, braucht es Mut. Den spar ich mir für Besseres auf. Für **AFRIKA.**

Charlotte weiß, dass sie ihm nicht gefallen kann, wenn sie ihm auffällt. Ihre Strategie ist es, ihn an sich zu gewöhnen. Wovor sich jede Frau eher fürchtet, ist in ihrem Falle das einzige Mittel, ihm den Schauder zu nehmen, den er empfinden würde, stünden sie sich zum ersten Mal unvermittelt von Angesicht zu Angesicht gegenüber.

Ihre schönste Erinnerung an die endlose Zeit des Sehnens ist die Räuberleiter. Nie wird sie das Bild vergessen. Es war wie ein erster langer Kuss von ihm. Bei einem Waldspaziergang mit ihrer Mutter stößt sie unvermutet auf **ihn.** Ihr wird heiß. Die Mutter merkt, was in ihrer Tochter vorgeht, schaut sie liebevoll von der Seite an. Die Bande, zu der Paul gehört, hat sich ein Baumnest in einer alten Eiche gebaut. Hinein kommt man nur über die Räuberleiter. Versuche, eine geeignete Strickleiter aufzutreiben oder selber zu knüpfen, sind gescheitert. Paul steht mit dem Rücken fest am Stamm der riesigen, sich weit ausspannenden Eiche, lässt die Arme mit verschränkten Fingern nach unten baumeln. Die Kumpane benutzen sie als Steigbügel, um von da aus, sich an seinem Kopf haltend, auf seine Schultern zu klettern. Sind sie angelangt, greift er ihre Füße und stemmt sie hoch, sodass sie das Astwerk erreichen. Für diesen Tag hatte Paul dem kleinen Siggi versprochen, ihn mit ins Baumnest zu nehmen. Ein waghalsiges Unternehmen. Dazu muss ein Junge zurück auf Pauls Schultern steigen, nachdem er sich unter den Armen an dem eben bestiegenen Ast mit einem Seil festgebunden hat. Dann stemmt Paul Siggi, den er bereits vor dem Bauch hält, hoch, der andere zieht ihn zu sich und hebt ihn dann an den Ast heran, über den Siggi erst seinen linken Arm, dann sein linkes Bein schwingt. Pauls Schultern haben also das Gewicht von zwei Jungen auszuhalten. Er darf nicht ins Zittern geraten, sonst stürzt der kleine Bruder ab. Charlotte erschrickt vor Freude und Bangen, als sie den Kraftakt miterlebt. Pauls Halsschlagadern stehen heraus, der Kopf leuchtet knallrot. Die Knie zittern, aber er hält durch, und Siggi jauchzt, als er oben angekommen ist. Mutter und Tochter klatschen Beifall. Paul zieht unwillig die Brauen zusammen, winkt aber kurz, bevor er die anderen Jungen über sich hochklettern lässt. Die reiche Mützenpute mit ihrer Mammi. Ich hab denen zugewinkt? Die wird sich was einbilden. Falsches. Sie stehen immer noch da und glotzen. Fast hätte ich wieder gewinkt. Er wendet sich um und klettert nun seinerseits ins Baumnest. Er braucht als einziger keine Räuberleiter, um oben anzukommen. Er hat Kraft genug, sich auf kuriose Weise an einem Seil hochzuhangeln. Er setzt sich dazu auf den Boden, presst die Füße an den Baumstamm. Er greift das zwischen seinen Beinen endende Seil und bewegt sich daran aufwärts, indem er in schneller Folge die Hände übereinandersetzt. In dieser Haltung hieft er sich hoch. Unter dem Ast angekommen, ergreift er ihn, schwingt das eine Bein darüber und besteigt den Ast. Nocheinmal klatschen Mutter und Tochter. Diesmal reagiert Paul nicht. Zieht Leine! Knurrt er, während er das Seil einholt und in die Baumhütte kriecht. Das ist kein Zirkus.

Um zu erfahren, wann der rechte Zeitpunkt für die Begegnung gekommen ist, sucht Charlotte die Freundschaft von Johanna, Pauls ältester Schwester. Es schmeichelt Johanna, dass die reiche Charlotte Werthland um sie wirbt. Charlotte hilft ihr nicht nur bei den Hausaufgaben, sondern schenkt ihr köstliche Zartbitter-Schokolade und hübsche Haarbänder. Das letztere erweist sich als Fehler, denn auf diese Weise erfährt der Vater von der Freundschaft. Ihm widerstrebt die Einseitigkeit der Gunsterweisungen; er fühlt sich und seine Tochter erniedrigt. Er verbietet Johanna, von Charlotte weitere Geschenke anzunehmen, fordert sogar die Rückgabe der bereits erhaltenen Haarbänder. Johanna weint solange beim Abendbrot, bis der Vater in diesem Punkt nachgibt, aber desto strenger auf der Weisung besteht, keine weiteren Geschenke anzunehmen. Paul wird bei dieser Szene erneut auf Charlotte aufmerksam. Er hat ein ungutes Gefühl. Was will die verunstaltete Mützenpute von meiner hübschen Schwester? Angeben mit ihr. Na klar, die will zeigen, dass man mit Geld alles kriegt, selbst eine gutaussehende Busenfreundin. Die fettleibige Rieke Mittag und die Nandl Bux mit den krummen Beinen lässt sie liegen, owohl die besser zu ihr passen würden. Johanna lässt sich fortan von Charlotte nur noch kleine Portionen Schokolade schenken, die sie gut versteckt. Die Mädchen treffen sich im Sommer auf einer Waldwiese und küssen sich häufig und heftig, weil sie ausprobieren wollen, wie es geht. Sie schließen die Augen, denken dabei an den Jungen, in den sie verliebt sind. Das ist so abgemacht. Für Charlotte ist das besonders leicht und ergiebig. Sie ist manchmal, ohne zu wissen, was sich in ihr tut, nahe am Sinnesrausch, so stark ist ihr Begehren geworden und will sich entladen. Sie unterdrückt, was sie heraufziehen fühlt, indem sie die Finger zu Fäusten ballt. Im Gesicht ähnelt Johanna dem Bruder und ihre Lippen sind lang und spröde wie seine. So ledrig wie Johannas Haut wird auch Pauls Haut riechen, so wie ihr Mund wird sein Mund schmecken. Johanna stört sich nicht an Charlottes Nase. Die macht Charlotte männlich, also zum Ausprobieren desto interessanter. Johanna möchte einen gelehrten Mann, und so einer hat ihrer Meinung nach eine Adlernase. Manchmal lassen die Freundinnen beim Küssen Schokolade in ihren Mündern schmelzen, schieben die klebrige Süßmasse mit den Zungen hin und her. – An wen hast du gedacht? – – Verrat ich nicht. Sowas muss geheim bleiben, selbst für die beste Freundin, wenn es wahr werden soll. Vielleicht denken wir an denselben. Das wäre was. – Sie prusten los. Charlotte nur zum Schein, denn sie weiß, dass das nicht stimmen kann. Sie erfährt durch die Treffen, was immer sie aus dem Familienleben der Prodeks wissen möchte. Sie weiß allmählich, denn sie fragt sehr vorsichtig nach, nahezu alles über Paul, lange bevor sie Gelegenheit findet, das erste Wort mit ihm zu wechseln. Sie kennt seine positiven und negativen Eigenschaften, seinen Geschmack, seine Vorlieben, seine Abneigungen, seine Pläne und vor allem seinen Geburtstag, den 27. November. Sie feiert ihn jedes Jahr in ihrem Zimmer bei Kerzenschein und zwei Stücken Quarktorte mit Mohn, die sie selber bäckt. Seine Lieblingstorte, weiß sie. Sie freut sich monatelang im Voraus auf die Feier.

AFRIKA ist nach ihrer Nase das zweite Hindernis für ihre Verbindung mit Paul. – Wie spannend – hat sie zu Johanna gesagt, um Genaueres über Pauls Pläne zu erfahren. Dabei machen sie ihr Angst. Ich bin das einzige Kind meiner Eltern. Sie haben meine beiden Brüder verloren, ich darf sie nicht allein lassen. Ich muss Paul ausreden, als Siedler nach **AFRIKA** zu gehen. Wie gern würde ich mit ihm in die Wildnis ziehen, dort aus dem Nichts unser Haus, eine Wirtschaft aufbauen, über Horden gelehrigen schwarzen Dienstpersonals gebieten und es geduldig in seine Aufgaben einweisen. Es geht nicht. Es würde meine Eltern umbringen, verließe ich sie. Charlotte weiß, dass Paul nicht Richter werden will, weil er nicht zum Stuhlsitzer geboren sei, wie er Botho gesagt hat. Das hat er nicht vom

Vater. Wie das zu helle Blau seiner Augen. Johanna erzählt, Paul habe einmal im Gespräch mit seinem Bruder angedeutet, weil auch ihn schmerze, den Eltern durch sein Fortziehen in die Ferne weh zu tun, er könne sich als zweitbeste Wahl vorstellen, **Offizier** zu werden. Aber das koste eine Menge Geld. Ganz ausgeschlossen, wenn die beiden jüngeren Brüder auch Jura studieren, wie der Vater will. – Botho hat mir davon erzählt, als ich ihm sagte, wie traurig ich sei, meinen großen Bruder zu verlieren. – Charlotte hört genau hin. Es besteht ein Lot Hoffnung, dass Paul **AFRIKA** aufgibt, wenn sie ihm hilft, **Offizier** zu werden. Meine hässliche Nase und die Lockungen des wilden **AFRIKA** als Gegner. Ich schlag die beide aus dem Feld. Ein **Offizier.** Die Uniform stünde ihm. Nur zur Kavallerie darf er nicht. Die stinken. Er ist zu groß dafür. Gott sei Dank!

EIN OLM

Paul gefällt sich darin, Eigenbrötler zu sein. Er hat das Zeug dazu, weil er gern beobachtet. Menschen zu beobachten, ist schwierig. Die meisten mögen zwar beachtet, nicht aber beobachtet werden. Im Café Zeitung lesen, ist eine Beschäftigung. Dort Mitmenschen beobachten, ist eine Belästigung. Furchtsamkeit aus der Urzeit sieht im anderen stetig den lauernden Feind. Will man Menschen ungestört beobachten, muss man sich der Gegenbeobachtung, ja dem bloßen Bemerktwerden entziehen. Man kann sich dazu ans Fenster stellen und auf die Straße schauen. Nur wenige Menschen schauen nach oben. Lebt man in der Familie, kommen bald Eltern oder Geschwister ins Zimmer und fragen: – Was schaust du solange hinaus? Gibt es was zu sehen? – Was soll man antworten? Leute von der Straße, die zufällig hochblicken, reagieren missbilligend, in ihren Gesichtern liest man deutlich, dass sie sich fragen: Hat der nichts zu tun? Außerdem sieht man vom Fenster aus wenig. Auf offener Straße benehmen sich die Menschen einförmig, weil sie wissen, dass man sie sieht. Will man mehr sehen, muss man sich unter die Menschen begeben und mit ihnen arbeiten, reden, spielen, zechen, singen, streiten. Geschieht es, kann man sich nicht auf das Beobachten konzentrieren. Gelingt es halbwegs, merken die anderen, wie wenig man bei der Sache ist, halten einen für seltsam, und man wird gemieden. Wird Eigenbrötler.

Die Natur leistet dem Beobachter weniger Widerstand und reagiert allenfalls mit Flucht. Also sitzt Paul stundenlang unter einem Baum am Waldrand und studiert die Blatt- und Blütenformen, die Art des Wachstums der Kräuter und Sträucher, lauscht den Vogelstimmen, versucht, die Sänger und Krächzer in den Zweigen ausfindig zu machen. Schaut Käfern, Blattläusen und Schnecken bei der Nahrungssuche zu, Wespen bei Ringkämpfen. Er entdeckt die Transportwege der Ameisen und ihre bevorzugten Güter. Blattschneider-Ameisen gibt es bei uns leider nicht. Am Weiher fängt er mit dem Kescher Wasserwürmer und Wasserschnecken, Stichlinge, Kaulquappen, Gelbrandkäfer und Molche, packt sie mit Algen in Gurkeneimer aus Lübben und füttert sie mit Wasserflöhen aus Kurles Tiergeschäft, noch zappelnden Fliegen und Mücken, die er mit der Hand erjagt hat, oder mit in Stücke geschnittenen Regenwürmern. Er beobachtet die Entwicklung seiner Fänge, vor allem, wie sie sich in die neue Umgebung fügen. Die Fischchen und die Kaulquappen beruhigen sich rasch, die Gelbrandkäfer leiden unter dem engen Raum, bleiben in hektischer Bewegung, während sich die Molche und Schnecken kaum rühren. Die Molche scheinen verängstigt. Die Wasserwürmer tummeln sich dagegen unbeschwert wie im Teich. Mückenlarven bewegen sich durch Propulsion, in dem sie sich krümmen und auseinanderschnellen. Sie fühlen sich in dem jauchigen Wasser am wohlsten.

Es nützt wenig, dass Paul das Teichwasser mit Leitungswasser auffrischt. Vom Dachboden her, wo er die Gurkeneimer versteckt hat, breitet sich Jauchegeruch im Haus aus. Pauls Vater beschließt auf Beschwerde der Mutter, die Ursache ausfindig zu machen. Von der Latrine kommt es dank ständigen Einsatzes von Salzsäure nicht. Paul zieht vor, die Nachforschung nicht abzuwarten. Er führt den Vater auf den unverschlossenen Dachboden hinter abgestelltes Gerümpel zu seinen vier Gurkeneimern mit den Teichlebewesen.

Der Vater lobt Pauls Wissbegierde, macht ihm aber klar, dass er keine Heimlichkeiten haben dürfe. Die trübe Brühe enthalte wahrscheinlich jede Menge Krankheitserreger und belästige darum die Hausbewohner nicht nur durch Gestank, sondern gefährde ihrer aller Gesundheit. Weg damit! Er will die Eimer sogleich über die Luke in die Dachrinne entleeren. Der Trockenboden wird von nun an abgeschlossen.

Paul bittet darum, die Eimer zum Teich zurückschleppen zu dürfen, damit die Tiere überleben. Ihm ist ein Ausweichquartier eingefallen: Der Stapelplatz des Holzhändlers Agricola. Beim Klettern auf einen Kastanienbaum, in dessen Stamm sich ein Specht einquartiert hatte,

Paul wollte einen Blick in die Nesthöhle werfen, hat er entdeckt, welch riesige Mengen von Stämmen, Pfosten und Brettern dort lagern, und dass Arbeiter nur bei der An- und Abfuhr da sind. Da kann ich meine Eimer beruhigt in eine Ecke am Zaun hinter einem Stapel Tannenhölzer abstellen. Es wird sie so schnell keiner bemerken. Eine undichte Stelle im Lattenzaun finde ich.

Dem Vater gefällt Pauls Sorge um die der Natur geraubten Lebewesen, und er erlaubt ihm, die Eimer im Teich auszugießen. Zwei noch heute, die anderen zwei morgen in der Früh, vor dem Unterricht.

Einige Tage später fängt Paul im Teich einen Olm. Er trägt ihn in einem Einweckglas, das er aus der Speisekammer stibitzt hat, zum Stapelplatz. Als er zum Kastanienbaum kommt, den er einst erklommen hatte und hinter dem er sich regelmäßig durch Herauspuhlen von vier aus zwei Brettern etwas herausstehenden Nägeln Zugang zum Stapelplatz verschafft, trifft er auf ein Mädchen in seinem Alter, das Kastanien aufsammelt und in einen Klammerbeutel steckt.

- Was machst *du* denn hier? –

- Siehst du doch. –

- Und was tust du mit den Kastanien? Die kann man nicht essen. Es sind Rosskastanien, keine Esskastanien. –

- Weiß ich selber. Ich bastele mir daraus Tiere. Ich nehme auch Eicheln dazu und abgebrannte Streichhölzer. Ich hab einen kleinen Zoo zu Hause. –

- Sag lieber, ein paar Tierfiguren. Ich halte mir echte Tiere. Schau mal! –

- Was ist denn das? Sieht nicht aus wie ein Frosch, obwohl das Biest grün ist. Es ist viel zu lang und dünn für einen Frosch. Eine Eidechse ist es auch nicht, die leben nicht im Wasser. –

- Was du alles weißt. Viel besser gefällt mir, dass du den nicht kennst. Es ist ein Olm. Eine Molchart, die mit Kiemen atmet wie Fische. Die anderen Molche haben eine Lunge wie wir. –

- Olm? Molch? Nie gehört. Wo hast du ihn her? –

- Vom Weiher. Ich halte hier hinter dem Zaun lauter kleine Wassertiere in Eimern versteckt. Toll, was? Willst du meinen Wasserzoo mit echten Tieren mal sehen? Ich hab sogar einen roten Krebs. Der frisst tote Stichlinge, die ich ihm hinwerfe. –

- Au ja. Zeig mal! Wie kommst du denn da rein? –

- Komm mit und schau zu! –

Dem Mädchen ist der Gang durch die hohen Stapel unheimlich. Das gefällt Paul. Er erklärt ihr, dass es ganz ungefährlich sei, hier durchzugehen. – Die stürzen nicht ein. Sind solide aufgeschichtet. Und gearbeitet wird hier meist vormittags. Du brauchst keine Angst zu haben, dass uns jemand erwischt. Ich kenne mich in dem Lager aus wie in meiner Suppenschüssel. –

Als sie in die äußerste Ecke des Lagers kommen, wo Paul die Eimer hinter einem riesigen Stapel Palisaden versteckt hat, erschrickt er. Die Eimer sind weg.

- Nein! Die gemeinen Kerle haben sie entdeckt und weggenommen. –

Er würde heulen, wäre das Mädchen nicht dabei. So tritt er voller Wut gegen die Rundhölzer.

- Alles umsonst. Einige von den Kaulquappen waren schon fast zu Fröschen geworden. Da liegen sie tot mit aufgeplatzten Bäuchen. Guck mal. Und die Fische auch und die Wasserschnecken. Ganz vertrocknet sind sie schon. Die Schufte haben das Wasser gleich hier ausgegossen. Aber wo ist denn der Krebs? Den haben sie bestimmt mitgenommen, um ihn zu kochen. – Er setzt sich an den Zaun und schaut traurig zum Boden. – Ich muss nun den Olm zurück zum Weiher bringen. Aus mit dem Wasserzoo. –

Das Mädchen tritt heran und streichelt ihn. Wart noch einen Moment.

- Wie heißt du denn? –
- Paul. Und du? –

- Katja. Komm, ich tanz dir was vor. Um dich zu trösten. –

Sie schwingt die stämmigen Beinchen hoch und wackelt mit der Hüfte hin und her. Paul muss lachen. – Hübsch machst du das. Traust du dich auch, dein Kleid hochzuheben? –

ES kommt dazu

Hämmernde Jahre: Beständiges Warten und hartes Schauspiel. Ins Innere verpresster Wille, sich hinzugeben. Verschlungenes Schluchzen. Höchste Erregung an Johannas Mund. Minutenlang. Johannas Echo, das immer stärker wird. Charlotte wird bange. Sie geht, von ihren Eltern gedrängt, in die Tanzstunde, lacht herablassend über das Gehabe dort. Die spärlichen Kavaliere, die sich um sie bemühen, behandelt sie herablassend. Einladungen zu Fabrikanten-, Innungs- und Hausbällen, zu Landpartien und Jubiläumsfeiern lehnt sie trocken ab. Die ist nicht nur hässlich; verschroben dazu. Charlottes Verhalten zwingt ihren Vater in sehr privaten Gesprächen mit den Vätern von potentiellen Brautwerbern, die Mitgift ständig zu erhöhen. Schließlich erträgt er es nicht mehr, wegen der Tochter geschmäht und zu immer größeren, wenngleich erst künftigen finanziellen Opfern gepresst zu werden. Er stellt sie zur Rede. Wie sie denke, mit ihrer ungeselligen Art je einen Mann zu finden? – Du gebärdest dich wie eine alte Schrulle, nicht wie ein junges Mädchen. – – Beruhige dich, Papa, ich habe ihn längst gefunden. Und es wird dich nicht mehr kosten als üblich. Eher weniger. Denn vor seiner Familie brauchst du dich nicht aufzuplustern, und mein künftiger Schwiegervater möchte am liebsten keinen Nickel von dir. – Berthold Werthland erstarrt. Er blickt tief besorgt auf seine Tochter. – Für was Festes ist es viel zu früh- stößt er schließlich aus. Er überlegt, ob er nachfragen soll, um wen es sich handelt. Ihm bangt vor der Antwort. Die Zeiten! Vor einigen Jahren ist die Kronprinzessin von Sachsen mit einem Hauslehrer durchgebrannt und kriegt seitdem von ihm ein Kind nach dem anderen. Das kommt davon, wenn der Schwiegervater im Studierstübchen Dante übersetzt, statt im Thronsaal zu walten und der Familie würdiges Oberhaupt zu sein. Berthold Werthland fragt dann doch. – Wenn alles geregelt ist und wir uns verloben, wirst du es erfahren. In ein paar Monaten, denk ich. Geduld, lieber Papa. Verlass dich auf mich. – Alles geregelt? Ich werd verrückt. Da kommt etwas auf uns zu. Er läuft zu seiner Frau.

Hunderte von heimlichen Treffen in AFRIKA haben stattgefunden. Unzählige Befragungen Johannas, um den rechten Augenblick abzupassen. Neun sehnende Geburtstagsfeiern ohne **ihn**. Die letzten drei mit einer Photographie, die Johanna dem Bruder für sich abgebettelt hat, nachdem ihr Charlotte endlich gestanden hat, an wen sie beim Küssen denkt. Sie fühlt sich befreit nach dem Geständnis. Bebte dabei. Paul wird in einigen Monaten sein Staatsexamen ablegen, wahrscheinlich kurz vor seinem Geburtstag. Höchste Zeit zu handeln. Charlotte weiß aus dem Stand wie. Zubeißen wie eine Zecke werde ich. Lieber lass ich mich zerdrücken, als dass ich nicht alles wage.

Ihre Eltern mögen den Feuerwehrball nicht. Er ist ihnen nicht fein genug. Zu laut. Dort geht die Kundschaft des Fieselbörschens nicht hin. Deswegen drängt es Charlotte auf den Feuerwehrball. Paul war als Oberschüler drei Jahre Mitglied der Freiwilligen Feuerwehr. Sie hat ihn bei allen Übungen am Löschteich heimlich beobachtet. Helm und Uniform standen ihm gut. Er war immer der flinkste an der Spritze. Vielleicht kommt er von ganz alleine auf den Ball. Wenn nicht, werde ich dafür sorgen, dass er kommt. Charlottes Eltern ist es zwar unangenehm, dass ihre Tochter, die sonst zu keiner Festivität geht, nun gerade auf den Feuerwehrball will. Ihnen schwant nichts Gutes. Dem Vater hämmert Charlottes Ankündigung im Kopf herum. Charlotte erklärt die Teilnahme mit dem Wunsch ihrer besten, eigentlich einzigen Freundin. Verweigern wollen die Eltern ihr Ausgehen nicht. Vielleicht kommt sie auf den Geschmack, wird geselliger. Wenn sie in Begleitung der besten Freundin geht, ist das bei solcher volkstümlichen Veranstaltung sicherer. Und Johanna ist als Tochter des gestrengen Justizsekretärs moralisch über jeden Zweifel erhaben. Deshalb spendieren sie der Freundin die Eintrittskarte, obwohl sie anderen Umgang ihrer Tochter lieber hätten. Johanna hat größere Schwierigkeiten, die Erlaubnis zum nächtlichen Ausgang zu erhalten.

- Meine Eltern werden es mir nicht erlauben. Sie wollen eh nicht, dass ich Geschenke von dir annehme und sind außerdem viel zu besorgt, mich da allein hinzulassen. Vergiss nicht, ich bin fast ein Jahr jünger als du. –

- Ich zähle als Begleitung nicht. –

- Nein. Du bist meine Freundin. Dir trauen sie nicht zu, auf mich aufzupassen. Außerdem mag mein Vater dich nicht. –

- Soso. – Charlotte lacht ingrimmig. – Na! Kommt Paul nicht? Er war früher aktiv bei der Freiwilligen Feuerwehr. –

- Er muss jetzt viel lernen und tanzt sowieso nicht gern. –

Johanna verschweigt, dass Paul hin und wieder abfällige Bemerkungen über ihre Freundin, die Mützenpute, macht.

- Wenn du ihn bittest und sagst, wie sehr du dich auf deinen ersten Ballbesuch freust, wird er dir zuliebe mitkommen. Er kriegt als ehemaliges Mitglied eine Freikarte, und wenn er geht, darfst du bestimmt auch. Überrede ihn dazu, dass er den Eltern sagt, er wolle hin, um sich etwas abzulenken und hätte auch eine Freikarte für dich bekommen. Du weißt bestimmt, wie du Paul dazu bringst. Wegen der paar Stunden Tanzvergnügen wird er nicht durch das Examen fallen, Und wenn, ist es für mich eher leichter …

Johanna weiß nicht recht, wie sie reagieren soll. Es lockt sie auf den Ball. Aber leicht möchte sie es der Freundin nicht machen, sich an ihren Bruder zu schmieren. Ich wäre die Freundin los.

- Er will ein gutes Examen machen. –

- Obwohl er gar nicht Richter werden will, sondern nach AFRIKA auswandern? Seltsam. –

- Er sagt immer, wenn ich etwas mache, ganz und mit Glanz. –

- Schau an. Die Burschen. Wissen nie, was sie wollen, aber das dann ganz und mit Glanz. Ich bin sicher, es wird dir gelingen, ihn weichzuklopfen. Er mag dich doch und wird bald in AFRIKA sein. Da kann er dir den kleinen Gefallen zum Abschied nicht abschlagen. –

- Muss ich meinem Bruder dazu schöne Augen machen? Erlaubst du mir das? – Johanna verdreht die Augen und tänzelt.

- Ich vertraue dir vollauf. – Ist er einmal da, werde ich mich um ihn kümmern, Hanneken. Lachende grüne Augen habe ich. Da hineinschauen wird ihm wohl tun nach dem vielen Geblätter im Papier. Manchmal beneide ich die arabischen Frauen wegen ihrem verschleierten Gesicht.

Charlottes Strategie geht auf. Paul schaut die Freundin seiner Schwester missmutig an, als Johanna sie ihm am Eingang zur Gastwirtschaft im alten Vierseithof vorstellt. Wegen der eingebildeten Trine mit Hack- und Sturznase in einem Stück, der aufdringlichen Mützenpute, und weil meine Schwester kindisch ist, hat es wieder eine Szene mit Katja gegeben, die ich nicht dabeihaben will. Drei Mädchen mit mir am Tisch, wo ich jetzt den Kopf voll habe. Dann müsste ich ununterbrochen herumtanzen, obwohl mir die Hampelei nach zehn Minuten zum Hals heraus hängt und es ernst wird mit AFRIKA. Ich weiß nicht, wie ich das hinkriegen soll. Heiraten ohne Hochzeitsfeier. Erklären, wieso gerade Katja. Drei Jahre lang keine Kinder kriegen. Den Vater erweichen, mich auszuzahlen, obwohl er das Studium finanziert hat und ganz anderes mit mir vor. Meine Brüder durchs Studium bringen will. Noch keine Befreiung vom Militär. Nicht auszudenken, wenn ich die nicht kriege und Katja nicht länger zu Hause warten mag, aber keine Stelle im Haushalt in Dar-es-Salam findet. Ich kann mir ein Leben ohne sie gar nicht vorstellen; dabei verklebt sie mir die Finger. Ohne sie wäre ich frei, könnte etwas wagen. Aber was machte ich ohne Braut in AFRIKA? Da eine zu finden, dürfte schwer sein. Ne Schwarze will ich nicht. Ganz unabhängig von dem Schock der Eltern. Brauch ich eine Braut? Dringender denn je… Wenn Katja bloß ein bisschen Geld hätte, ...Was solls? Hat sie eben nicht. Die Schnepfe hier hat's reichlich und weiß nichts Gescheites damit anzufangen. Schnepfe ist unpassend. Pute war besser, aber Flamingo, nein, Flaminga passt am besten. Sie ist schlank und langbeinig, fast staksig, und hat eine Nase wie ein Flamingoschnabel. Rosige Haut dazu. Nicht einmal das nötige Geld, um Offizier zu werden, habe ich. Die teure Uniform, die Kaution. Mindestens 500 Mark auf einen Schlag fällig. Sesselreiten und Aktenlecken im Landgericht als Preis der Liebe. Meiner einzigen. Seit meinem sechsten Lebensjahr. Nicht, dass mir andere nicht gefielen. Aber Katja ist besonders, und ich kann ihr nicht antun, sie sitzen lassen. Sie redet sowieso dauernd davon.

- Ich freue mich, Sie kennen zu lernen. Johanna hat mir viel Gutes von Ihnen erzählt. Besonders von Ihren ehrgeizigen Plänen, Ihrem Wagemut. Sie erwartet sicher ein hinreißendes Leben, wenn Sie an der Besiedlung des Inneren von Ostafrika teilhaben. Es soll ein wunderschönes Land sein. Voller Zukunft. Mit riesigen Seen, Savannen. Hochgebirge gipfelnd im Schnee des Kilimandjaro, dem höchsten Berg des Kontinents. Schöne Menschen gibt es dort, die Massai. Wollen Sie auch Suaheli lernen?"

Zimtzicke! Flamingos gibt es da auch, Flaminga! Schlimmer, als ich dachte. Der Spitzname ist vielzu schmeichelhaft für sie. Schon geht's los. Gut, dass Katja nicht da ist. Die wäre explodiert bei soviel Zudringlichkeit. Was erlaubt die sich, mich sofort auf meine Pläne anzuquatschen? Johanna hat alles breitgetreten. Die Geschwätzigkeit der Weiber! Und die geschwollene Sprache. Angeberin. Ihr Hals ist die reinste Röhre, wird nach unten kaum breiter. Kieferknochen und Kinn sind scharf abgesetzt. Sieht edel aus. Wie eine Porzellanfigur. Und die niedlichen Ohren. Was Feines. Da flüsterte man gerne etwas hinein. Dazu der frech herausstehende Po. Püjuu! Aber diese gottverdammte Nase! Hätte sie eine halbwegs normale, wäre sie eine Schönheit, wild umworben und würde mich armen Schlukker keines Blickes würdigen. – Der große Bruder ist der geborene erste Schwarm jeder Schwester, bevor sie das Nest verlässt. Johanna hat sicher meine Leistungen und die Großartigkeit meiner Vorhaben übertrieben. Nicht, Schwesterchen? Ich büffele jetzt erst einmal für mein Staatsexamen. Manchmal platzt mir der Kopf über all den Auflassungsvormerkungen, Hypothekendarlehen, Anwartschaften auf Übereignung, Grundschuldabtretungen ohne Forderungsübergang. Zu schweigen von der Vollstrekkungsgegenklage, dem Drittwiderspruchsverfahren und der actio Paulana. Vom berühmten, einst am Oberlandesgericht Königsberg gestellten Prüfungsfall des gemeinsamen Schatzfunds Minderjähriger in einer fremden beweglichen Sache auf dem Grundstück eines Fideikommisses oder den legendären Rechtsproblemen bei der Vereinigung von Bienenschwärmen verschiedener Imker auf dem Apfelbaum eines Nachbarn will ich gar nicht reden. Da sehnt man sich gradezu in die Steppe. Doch wenn ich an die mit der Übersiedlung nach **AFRIKA** verbundenen Schwierigkeiten denke, wird mir oft noch bänger als vor dem gestrengen Kollegium der Professoren und Räte. Lassen wir's dabei bewenden. Es ist mein Kopf, der schwirrt. Nicht eurer. Die Fräulein wollen sich amüsieren? Auf i geht's. Hinein ins Vergnügen, und dass ihr mir rasch charmante Kavaliere findet. Dann habe ich meine Ruhe und belass es bei etwas Salbadern mit Freunden von früher. – Für meine Schwester ist mir nicht bange, aber die heute unbedeckte Mützenpute wird, fürchte ich, die ganze Zeit bei mir sitzen bleiben. Warum habe ich nicht daran gedacht. Ich bin ein Angeber. Gefällt mir nicht. Seit wann bin ich redselig? Meine Schwester brauche ich nicht zu beeindrucken. Hat mich die Hack- und Sturznase mit ihrer hochgestelzten Manier angesteckt?

Bienenstock und Ameisenkolonie. Ameisenstamm. Ameisenstaat und Bienenvolk.

Charlotte freut sich. Das Eis ist geschmolzen. Er redet. Schwatzt drauflos. Kommt es, weil er solange einsam über seinen Büchern gesessen hat oder weil ich ihn anrege? Aufrege? Besser als Gleichgültigkeit. Er hat damals bei der Räuberleiter, als wir klatschten, verstohlen gewinkt. Ein angenehmer Händedruck war das eben. Fest, aber kein Schraubstock. Wie ein elektrischer Schlag hat er mich getroffen. Es stört ihn, mit uns den Abend als Aufpasser zu verbringen. Ich gefalle ihm nicht. In die Augen geguckt hat er mir. Ich glaube, er muss zugeben, dass sie apart und aufreizend sind. Das ärgert ihn, weil er nicht weich gestimmt sein möchte gegen mich. Er mag nicht, dass meine Eltern Geld haben. Es würde ihm das Leben leichter machen. Sein Stolz verbietet ihm, so etwas nur zu denken. Der Vater. Klar. Ich habe dich angefasst, Liebster. Es ist dazu gekommen. Ich habe mir geschworen, dich nun nicht mehr loszulassen.

- Das Vergnügen ist wohl nicht auf Ihrer Seite? –

- Nein. Leider haben wir uns nur noch wenig zu sagen – meine alten Schulkameraden und ich. In Berlin wird man ein anderer Mensch. Obwohl ich das Großstadtgetriebe, den ganzen sogenannten Fortschritt durch Maschinen und Turbinen, Autos, Telefone nicht mag. Ich sehe viel bröckliges schwarzes Mauerwerk, viel Elend hinter den Renommierbauten, den Paraden. Jedenfalls werde ich hier keine Tischrunden machen, nicht viel Bier trinken wie die meisten. Und ich bin vor allem kein guter Tänzer. Zum Glück müsst ihr früh nach Hause. Jedenfalls Johanna. –

- Sie und nicht tanzen? Das glaube ich nicht. Bei Ihrer Erscheinung. Sie wirken leichtfüßig. Oh entschuldigen Sie! Ich meinte, Ihre Bewegungen. –

- Danke für das Kompliment. Selbst doppelbödig. Sportlich bin ich schon, aber es macht mir wenig Spaß, mich poussierlich im Kreise zu drehen und die Beine rhythmisch zu verrenken, Mädchen im Raum herumzuschwenken. Ich mag's geradeaus. Und statt mit der Hand zu führen, gebe ich lieber Kommandos und erwarte, dass sie ausgeführt werden. Distanz tut gut. – Da hat sie's. Was rede ich bloß so viel von mir?

- Und Sie würden nicht einmal Gefallen daran finden, mit uns beiden Hübschen ein wenig über das Parkett zu gleiten? –

Was die sich einbildet. Unverfroren bei dem hässlichen Zinken mitten im Gesicht. Meint wohl, Geld decke alle Missbildungen zu.

- Sicher, sicher, mach ich schon; gehört sich halt so; aber Sie werden es schnell leid sein, wenn ich Ihnen erst einmal gehörig auf die Zehchen getreten bin. –

Hübsche Augen hat sie. Volle Lippen. Schönes Haar. Alles an ihr ist eigentlich tadellos. Wäre nicht diese schreckliche Nase! Fehlt eine Warze drauf. Mit einem dicken schwarzen Haar, das rauswächst. Und dann eine Fliege, die darüber kriecht. Sie ist ein bisschen größer als Katja. Schwungvoller, nicht so passiv. Recht geschmackvoll ihr langes, oben voll auf Figur geschnittenes Ballkleid aus Plissee, das ihre Bewegungen elegant durchscheinen lässt. Nicht alles aus Filz. Sie kann sich das leisten. Kein Dekolletee, aber ein hübscher eckiger Ausschnitt. Volle, nach oben geschnürte Körbchen drunter. Als ob da Strom rausflösse, wenn sie einen anschaut. Trüge sie einen Schleier, wäre ihr Anblick erträglich, und ein Scheich böte viel für sie. Träte womöglich hinterher vom Ehevertrag zurück. Sie kann einem leidtun. Wieso eigentlich? Quatsch. Bei so viel Geld wollen viele in ihre Körbchen greifen. Weil sie Johanna freihält, werde ich mit

ihr tanzen müssen. Von den Burschen hier wird sich kaum einer an sie ran wagen. Sie ist eine Nummer zu groß für die meisten, zumal ihre Hacknase nicht zum Vergnügen einlädt. Wieso ist sie eigentlich hierher gegangen? Sie gehört auf die Fabrikantenbälle. Da wird sie anders taxiert. Um Johanna einen Gefallen zu tun? Was sie an der gefressen hat? Sie scheint gerne die Wohltäterin zu spielen.
Er ist wirklich kein guter Tänzer. Obwohl schlank und beweglich, ist er tapsig. Polka geht noch, beim Walzer ist er unmöglich. Gerade das gefällt mir an ihm. Kein Flitterer. Jetzt muss ich mich in den Abgrund werfen und die Hand ausstrecken. Besser eine Bruchlandung, als gekniffen zu haben. Es sich ein Leben lang im Damenzimmer einer Fabrikantenvilla beim Kaffeetrinken vorwerfen, dass ich über das Träumen von **ihm** nie hinaus gekommen bin. Das schon der Höhepunkt meines Lebens war. Sich vorzustellen, wie er fern von mir Palmkerne stampft und Kaffeebohnen auf ihre Qualität abfühlt..... Er ist diskret. Nicht bösartig. Er wird mich nicht bloßstellen, wenn er mich abweist. Nicht einmal vor Johanna. Das spür ich. Ich glaub, er mag mich schon ein ganz klein wenig. Er möchte es nicht wahrhaben. Etwas regt sich in ihm. Er würde mich morgen vermissen, trennten wir uns uneröffnet.

- Paul – ich darf Sie doch nach dem dritten Tanz, zu dem Sie mich auffordern, mit Ihrem Vornamen ansprechen? Ich habe Ihnen etwas sehr Wichtiges zu sagen. Koste es, was es wolle – selbst meine Ehre und mein Weiterleben. Nichts zählt heute Abend, als dass ich Ihnen etwas gestehen muss. –

- Mir? – – Wieso? Gerade mir? –

Heiliger Bimbam. Was wird das? Gestehen? Ich bin kein Richter oder Staatsanwalt. Will es nie werden. Paul schaut sie mit zusammengekniffenen Augen an, als sei sie krank. Dabei ahnt er, was kommt.

– Ich bin nur Ihretwegen hier. – Er hat es durch den Orchesterlärm verstanden, obwohl sie es verhalten gesagt hat. Sie hat sehr deutlich artikuliert.

Da ist es. Verflucht. Warum habe ich mich herschleifen lassen? Jetzt auch noch Einseifen?

– Ich verstehe Sie nicht recht. Sie wussten doch gar nicht, ob ich kommen würde. Ich dachte, Sie wollten Johanna einen Gefallen tun. –

– Ich war mir ziemlich sicher, dass Sie kommen würden, nach allem, was ich von Ihnen weiß. Ich habe Johanna gebeten, Sie zum Kommen zu überreden. –

– Sie scheinen ziemlich viel von mir zu wissen, obwohl es Sie eine rostige Hutnadel angeht. Jedenfalls wissen Sie mehr über mich, als mir lieb ist. Schwatzt Johanna so viel aus? Hätte ich das gewusst, hätte ich ihr den Gefallen nicht getan. Und was wollen Sie überhaupt von mir? –

– Ich weiß einiges von Ihnen, aber Sie wissen nichts von mir. Vor allem nicht, wie ich seit vielen Jahren für Sie fühle. – Es ist gesagt. Schicksal nimm deinen Lauf. Es muss gelingen.

– Entschuldigung, jetzt bin ich Ihnen wieder auf den Fuß getreten. Kein Wunder nach diesem ….na, Sie haben vorher selbst das passende Wort gefunden. Sie haben mich völlig durcheinander gebracht. Ich weiß nicht, was ich damit anfangen soll. Dem, was Sie sagen. Vielleicht treiben Sie ein albernes Spiel mit mir. Wollen mich foppen. Ich hätte nie im Leben erwartet, dass ein Mädchen mir nach ein paar Tänzen so etwas an den Kopf wirft. Dass es unschicklich ist, wissen Sie selber. Was soll ich darauf antworten. Ihr ‚Geständnis' ist für uns beide peinlich. Ich weiß nicht, für wen mehr. –

– Sagen Sie nichts. Bleiben Sie nicht stehen, Paul. Tanzen Sie weiter, wie ist mir egal. Die Umstände zwingen mich zu diesem hastigen Vorgehen. Hier auf dem Parkett mitten in einem dummen Tanzgetriebe. Bedenken Sie: Es geht um unser beider Leben. Für mich um alles oder nichts. So steht es um mich. Antworten Sie mir nur auf die eine Frage: Wollen Sie sich mit mir noch einmal treffen, eine Stunde, nachdem Sie Johanna und mich nach Hause gebracht haben? –

Schnodder! Was soll denn das? Blöde Situation.

– Erpressen lasse ich mich nicht, selbst nicht durch reine Gefühle, die man mir vor die Füße legt. Können wir uns nicht morgen im Laufe des Tages kurz treffen? Oder übermorgen? Ich will sie nicht beleidigen, wenn Sie darauf bestehen. Ich habe keine Zeit, wie Sie wissen. Ich muss pauken, verdammt noch mal! Doppelt und dreifach, weil ich mir nicht wie die anderen einen Repetitor leisten kann. Mich auch nicht in einer Verbindung regelmäßig besaufe und mit dem Säbel in meiner Kommilitonen Visagen dresche, deshalb nicht das Wohlwollen bestimmter Prüfer genieße.

Ich will aber meinem Vater beweisen, wie gut ich bin. Er soll stolz auf mich sein. Ich gehe auf summa cum laude. –

– Ich bewundere Sie für Ihre Einstellung, Paul. Wenn Sie überhaupt bereit sind, sich noch einmal mit mir zu treffen, tun Sie mir den Gefallen, Paul, und lassen Sie es uns diese Nacht tun. Ich würde bis zu unserem Wiedersehen keine Minute Ruhe finden. Es ist besser, dass sich mein Leben gleich in dieser Nacht entscheidet. Egal wie. –

Sie greift sofort nach allem, was man ihr vage vor die hässliche Nase hält, um etwas Zeit zu gewinnen und sie auf harmlose Weise los zu werden. Am besten wäre, ihr Ansinnen rundweg abzulehnen und sogleich mit Johanna zu gehen. Das stellte sie bloß. Johanna würde zetern. Warum eigentlich nicht? Kurios ist das Ganze. Sowas passiert einem nicht alle Tage. Womöglich dreht sie durch, wenn ich nein sage. Läuft kreischend nach Hause oder stürzt sich in die Nuthe, so flach die ist. Nein, so sieht sie nicht aus. Aber warum den Kasten schließen, ehe ich hineingeschaut habe? Ich meine wohl eher die Körbchen. Die interessieren mich schon. Hab noch bei keiner darunter gesehen. Und sie hat Recht. Auch ich würde in der Zwischenzeit herumgrübeln, verschöben wir das Treffen. Es wäre nur störend, ihr Angebot abzulehnen. Ich muss mich auf meine Arbeit konzentrieren. Also: Ja oder Nein? Wenn Ja, dann gleich.

– Also gut. Es ist mir klar, dass ich Ihnen diese Bitte nicht abschlagen darf. Es wäre nicht nur ungehörig, sondern brutal, nachdem Sie sich mir derart freimütig offenbart haben. Aber ziehen Sie bitte aus meiner Zusage gar keine Schlüsse irgendwelcher Art, Fräulein Charlotte. – Ich werde sie leiden lassen. Das hat sie verdient. Ich mache sie moralisch fertig; dann wird sie mich hassen. Wichtiger: Von mir lassen.

– Ich danke Ihnen, Paul. – Gewonnen. Ich habe dich, Liebster. Ich war noch nie so glücklich im Leben! Ich möchte am liebsten wie ein Derwisch durch den Saal fegen! Mit dir! Unser Leben wird ein atemberaubender Tanz! Du magst tapsig sein, wie du willst. Du hast mich erkannt! Du weißt selbst, dass es mehr als Neugier ist.

Während Charlotte nur noch von zwei anderen Männern zum Tanz aufgefordert wurde, vom Brandmeister, dem das Hotel ‚Zum schwarzen Schwan' gehört, und einem früheren Lehrer, beides verheiratete Männer, war Johanna ohne die geringste Unterbrechung als Tanzpartnerin gesucht und geriet ins Schwitzen. Es bremst nicht ihre Ausgelassenheit. Sie sucht

Paul zu erweichen, über 11.45 hinaus zu bleiben, weil es grad so schön ist; aber Paul beruft sich auf seine Arbeit und das dem Vater gegebene Versprechen, sie um Mitternacht nach Hause zu bringen. – Du bist keine zwanzig. Komm! Du hast noch viel Zeit im Leben für Tanzvergnügen. – Er denkt an das Erlebnis, das ihm bevorsteht. Er hat keinen Plan; nur eine sehr präzise Lust hat ihn ergriffen. Es ist überfällig, mit einer mal richtig loszulegen. Sie will nichts lieber, als dass ich gewissenlos bin.

Sie gehen. Erst zum Marktplatz. Im Schlafzimmer von Charlottes Eltern, zwei Stockwerke über dem Geschäft, brennt noch Licht. Auch Pauls und Johannas Eltern warten auf die versprochene Heimkehr.

– Es ist 10 Minuten über die Zeit – tadelt der Vater ohne Ärger in der Stimme. Insgeheim hatte er mit einer längeren Verspätung gerechnet.

– Die Mädchen haben sich immer noch viel zu erzählen, ehe sie voneinander wegkommen, obwohl sie den ganzen Abend über miteinander geschwatzt und getuschelt haben. Ich habe gedrängt und gedrängelt. War aber in der Minderheit und wollte Kavalier bleiben. –

– Ich erzähle euch morgen früh alles. Es war großartig! Alle Jungen auf dem Ball wollten mit mir tanzen. Otmar und Erich haben sich sogar an unseren Tisch gesetzt, um andere abzuwehren. Ich musste mit den beiden sehr diplomatisch umgehen, damit es nicht zum Streit kam. Sie wollten mich auch nach Hause begleiten. Aber Paul hat das abgewehrt. – Sie schaut den Bruder vorwurfsvoll an.

– Denn können werr ja jetrost schlafen jehen. Jote Nacht, Hannchen! Wie juut, dass Paoul dabäj war. Alles in Ordnung, Paoul? Ess hat dir sicher juut jetan, majn Jonge, ein wenig wech von de Büchern ze kommen? –

– In der Tat, Mutti. Es war eine gute Idee. Gute Nacht, Vater, gute Nacht Mutti! –

– Jote Nacht, Kinder! –

– Sei pünktlich am Frühstückstisch, Paul, ich habe mit dir zu reden. –

KOLONIALWAREN

Der schwarze Buchstabenblock über Tür und Schaufenster des Ladens der Witwe Mummendey bleicht aus und blättert ab. Das Geschäft ist in die Hälfte eines der allesamt grau getünchten, zweistöckigen Häuser des Volltuchwegs gepfercht. Der führt zu den Luckenwalder Spinnereien. Das schmale Mauerstück zwischen Tür und Schaufenster ist für weitere Angaben über das Sortiment genutzt:

FLASCHEN-
BIERE
BRAT-
HERINGE
BRENN-
HOLZ

Die kaum noch lesbare Beschriftung ist für die Kundschaft ohne Belang. Die meisten kaufen seit Jahrzehnten hier das Wenige ein, das sie für ihr Weiterleben brauchen. Sie wissen, was man bekommt und was nicht.

Paul kann sich nicht mehr darauf besinnen, wann ihm aufgefallen ist, dass Lebensmittelgeschäfte durchweg Kolonienwarenhandlung heißen. In vierzehn Jahren wird ihn schaudern, als er in einem französischen Dorf vor einer ausgebrannten EPICERIE steht. Keine nah einschlagende feindliche Sprenggranate hat ihn je so erschüttert wie der Blick auf diesen Kramladen. Wegziehen mussten ihn seine Kameraden. Er starrte unentwegt auf das Wort über dem Laden und wollte erschossen werden. Warum habe ich als Junge schon über die Namensgebung nachgedacht? Niemand anderen als mich hat sie bewegt, bevor sie in der Versenkung verschwand. Ich wollte in **DEUTSCH-OSTAFRIKA Kolonialwaren** anbauen und in die Heimat verschiffen. Ich trage ein anders gedachtes Leben mit mir herum. Werde es nie los.

Und im Übrigen ist Edeka kein Unschuldslamm. Die Gruppe, 1898 gegründet als Zusammenschluss Berliner Kaufleute zur ‚Einkaufsgenossenschaft der Kolonialwarenhändler E.d.K.)' ist mittlerweile der größte Lebensmittelhändler Deutschlands: mit – – –

Heute hat die archaische Form des Protzens in der Werbung, die jedem Lädchen an der Ecke überseeische Bezugsquellen zuschrieb, selbst auf denkmalgeschützten Häusern Seltenheitswert. Wie die einst gar nicht bösartig gemeinten Fremdenzimmer. Man findet die klotzigen schwarzen Buchstaben bei genauem Hinsehen am ehesten gänzlich verblichen an immer weiter verfallenden Gemäuern auf dem Gebiet der ehemaligen DDR. Vieles längst Vergangene döste dort Jahrzehnte im Schatten des Fortschritts durch Sozialismus vor sich hin. Die Reichsbahn überdauerte dort das Reich um mehr als 45 Jahre.

Wird das Heraushebende ohne Rücksicht auf den Wahrheitsgehalt Allgemeingut, verliert es Reiz und Nimbus; klingt altväterlich und wird belächelt. Ist wiederum genügend Zeit vergangen, das Knallige und Massige in Neon und Hochglanz geschossen, wird die multiple Seelenlosigkeit der Serienproduktion und der Supermärkte heuchlerisch beklagt, und hat in einigen ärmlich-stillen Winkeln das modest Moderne von einst überlebt, erregen verwitterte Schriftzüge neues Interesse, Bedeutung. Kaum noch lesbare Buchstabenreihen werden mit frischer Farbe nachgezogen und locken zum besinnlichen Kauf in Stätten mit stiller Persönlichkeit, die meist das Gesicht sehr junger Frauen tragen. Dieweil quälen sich die Haargestalter mit der Lebensstilfrage ab, ob sie sich traditionell Friseur oder, neuer, Coiffeur oder, noch neuer, Hairdresser nennen, cut and go an ihre Schaufensterscheibe schreiben sollen, während ihre russischen Pendants weiter stur Parukmachjer bleiben.

Paul denkt; sein Schöpfer übermalt: Obwohl weniger als ein Dutzend Artikel des Warenangebots der Kleinkrämer aus den Kolonien stammen (Pfeffer, Kümmel, Muskat, Vanille, Tee, Kaffee, vielleicht noch Reis) sind sie namensgebend geworden, weil die Lebensmittelgeschäfte sich mit den neu auf den Markt gelangten Exoten hervortaten vor anderen, die sie noch nicht anboten. Auch als die Waren aus Übersee längst in allen Geschäften auslagen, blieben sie die Reißer *(Highlights)* im Angebot. Die Kolonialwaren werteten den Krämer *(Caterer)* von der Straßenecke zum weltweit ausgerichteten Kaufmann *(Global Player/Actor)* auf. Da wollte keiner nachstehen, selbst dann nicht, wenn es, wie bei der Witwe Mummendey neben Salz nur Schnittlauch, Beifuß, Zwiebeln, Petersilie und Suppengrün als Gewürze *(Spicies épices)* gab. *Bioboom. Fingerfood. Notebooks. Checklist. Flatrate. Chatten. Airfreight. Top Ten. Karrierekiller. Sale. Maxi Cosi. Cabriofix mit Easyfix. Kiddy Infinity Pro. Römer Kidfix. Trekkingbikes. Epple Cross Cat Alivio. Marshall Rock-Kit Special. Squier by Fender Frontman Pack. Harley Benton HBS*

Set 7. Open Mike. Myfest. Apple iPod Touchpoint. Homefit Lighting. Flexcover. Welcome gegen Kidvernachlässigung. Wellness. Open ended. Viva Inglès! Die Türken sollten sich endlich durchringen, Deutsch nicht nur zu radebrechen. ‚Europa eine Seele geben'. Gibt es Seele in Zeiten von Lifestyle?

Katja arbeitet bei der Witwe Mummendey als Ladenhilfe. Mehrfach hat ihr Paul geraten, den Beruf der Putzmacherin zu erlernen. Katja zeichnet nicht nur hervorragend, sie kann jedwedes Material gestalten, näht sich elegant anzuschauende Kleider und Mäntel, sogar Handschuhe, Hüte aus erbettelten Fabrikabfällen; aber sie sagt, sie könne wegen ihrer bettlägerigen Mutter mit den paar Pfennigen Anerkennung, die sie als guter Lehrling erhielte, nicht auskommen. Pauls wiederholtem Vorschlag, sie solle wenigstens als Arbeiterin in eine Hutfabrik gehen, weil sie dort mehr verdiene und zur Vorarbeiterin aufsteigen könne, setzt sie entgegen, dass die hinkende und asthmatische Witwe Mummendey ihr völlig die Geschäftsführung überlasse und sich darauf beschränke, von Zeit zu Zeit das Kassenbuch und den Lagerbestand zu überprüfen, auch ein paar Ratschläge gäbe, wie altes Brot aufzubacken und ranzige Butter geschmolzen ins Speiseöl zu mengen sei. Rechne ich die unverkauften und nicht mehr ganz frischen Waren ein, die ich mit nach Hause nehmen darf, sowie die Möglichkeit einmal, sollte ich nicht längst schon mit dir in **AFRIKA** sein, man weiß ja nie, den Laden zu übernehmen, so ist es trotz des geringen Verdiensts eine ausgezeichnete und vielversprechende Anstellung. Der Sohn der Mummendey ist nach Amerika ausgewandert, und die Töchter haben sich nach Hamburg und Ulm verheiratet. Die werden nicht viel Abstand verlangen, wenn die Alte stirbt. Die Witwe behandelt mich wie eine dritte Tochter. Vielleicht bedenkt sie mich sogar in ihrem Testament.

Hat Paul Zeit, Katja abends in **AFRIKA** zu treffen, geht er tagsüber zum Geschäft, tritt an das Schaufenster, legt erst die Kuppen der mitteleren Finger jeder Hand aneinander, drückt dann die Daumen zur Seite und klappt die Kuppen der kleinen Finger gegeneinander. Durch das Dreieck des so gebildeten Buchstabens **A** schaut er ins Ladeninnere. Katja entdeckt ihn rasch und nickt lachend zurück, selbst wenn sie gerade einer mäkelnden Kundin Zucker aus dem Sack nach Abzug der Tara auf das Gramm genau abwiegt. Paul und Katja treffen sich zum Glockenschlag 8 Uhr abends an der Kastanie.

Heute sind Pauls Knochen seit dem Aufstehen bleischwer, dabei weich wie Pudding. Zum letzten Mal geht er zum Kolonialwarenladen. Künftig werde ich einen weiten Bogen um ihn schlagen. Wie ein Mörder um den Ort, an dem er die Leiche in den Fluss geworfen hat. Zum Glück werde ich nicht mehr häufig in Luckenwalde sein. Katja wird wie immer lachen, wenn ich ihr das Zeichen zum Treffen gebe. Dann werde ich verraten, was wir für andauernde Liebe hielten, doch seit Langem nicht mehr als selige Vertrautheit war. Warum darf ich nicht mit zwei Frauen leben? Ich bin sicher, die zwei würden sich ausgezeichnet verstehen, und wir würden uns alle drei in kürzester Zeit wahnsinnig lieben. Erst durch Charlotte würde ich Katja richtig lieben. Quatsch! Ich sollte Charlotte aufgeben. Sie ist stärker. Sie fällt nicht ins Bodenlose wie Katja, selbst wenn sie ein Kind von mir kriegt. Sie hat es gesucht. Sie wusste, dass sie alles riskierte, als sie sich in meine Arme warf. Sie wollte mich fangen, war also hinterhältig und bösartig. Katja vertraut mir, glaubt an mich, weil ich ihr aus schlechtem Gewissen Vertrauen eingeredet habe. Wie kann ich ihr nun sagen, sie sei für mich überflüssig geworden? Aber kein Mensch hat ein Recht auf einen anderen! Wie kann Katja verlangen, dass wir zusammenbleiben, nur weil wir seit Kindesbeinen aneinander hängen? Weil sie arm und elend dran ist? Geben ihr Armut und Vertrauen ein Recht auf mich? Muss ich mich opfern? Ich kann sie, seit ich Charlotte kenne, nicht mehr lieben wie bisher. Es geht nicht. Ich will Katja ein guter Freund bleiben. Wir werden ihr helfen. Sie kann mit unserer Unterstützung der Alten das Geschäft vorzeitig abkaufen. Dann ist sie eine respektable Partie. Welch Blech du dir einredest, Paul. Was sind Wahrheiten vor Gefühlen? Sinnloser, als wenn es Wahrheiten gar nicht gäbe. Sie verhöhnen das Gefühl, weil sie es ins Unrecht setzen. Jede Wunde schmerzt heftiger, sagt man dem Versehrten, es habe so kommen müssen. Hat sie es selbst nicht vorausgesehen? Ihre im Hintergrund lauernde, immerzu bettlägrige Mutter? Ich opfere Katja; weil ich mich ihr nicht opfern will. Wäre es ein Opfer? Vor ein paar Tagen noch habe ich sie als mein höchstes Lebensglück empfunden. Ich muss da durch. Es ist richtig. Eine mitleidige Liebe verdient Verachtung. Und im Grunde ist sie selber, mehr noch ihre Mutter schuld. Hätte sie ein Kind von mir, wären wir schon verheiratet. Wir hätten es geschafft. Und Charlotte hätte sich nicht an mich rangetraut.

Es wird dunkel, als Paul und Katja sich wie seit 14 Jahren an der Kastanie treffen. Eine Schattenwelt, dürftig erhellt von diffusem kosmischen Leuchten und diversen kleinen irdischen Lichtquellen. Sie küssen sich wie üblich, sobald Paul die Bretterwand wieder geschlossen hat. Der Kuss, der sachte Druck ihrer Brüste, kann ihm sonst nicht lange genug dauern. Diesmal löst er sich rasch.

- Ich habe dir etwas zu sagen, Katja. Lass uns zu den Buchenstämmen am Hauptweg gehen und uns setzen. Es ist etwas Schwerwiegendes. –

Katja schaut ihn neugierig an. Gibt es Schwierigkeiten mit seiner Freistellung?

- Ich gehe nicht nach **Afrika**. – Nicht nach **Afrika**. Nicht nach **Afrika**. Nicht nach **Afrika**.

Sie zuckt mit dem Kopf.

- Hast du es dir anders überlegt? Fügst du dich dem Wunsch deines Vaters und wirst Richter?

- Nein. Ich werde **Offizier**. – **Offizier. Offizier. Offizier**.

- Offizier? Woher hast du das Geld für die Ausstattung und die Kaution? –

- Katja, verzeih mir! Ich muss dir jetzt sehr weh tun. Es tut mir selbst schrecklich weh. Es geht nicht anders. Unsere Liebesgeschichte war ein ***Märchen***. Wir sind zu alt, um an Märchen zu glauben, auch selbsterfundene. –

  Zualtumanmärchenzuglaubenauchselbsterfundene.Zualtumanmärchenzuglaubenauchselbsterfundene.Zualtumanmärchenzuglaubenauchselbsterfundene.

- Du hast eine andere! Eine mit Geld! – Sie erbleicht. Paul sieht es trotz der Dunkelheit.

- Meine Mutter hat also Recht behalten! Ich wollte ihr nie glauben. Du bist anders als alle die anderen Männer, habe ich ihr die ganze Zeit über versichert. Geld ist dir nicht wichtig. Erst gestern Abend habe ich es ihr wieder gesagt. Sie hat mich traurig angeschaut. Er wird dich sitzen lassen, wie dein Vater mich weggeworfen hat, als ihm eine hübsche Mitgift über den Weg lief. Ich habe sie angeschrien, sie solle endlich aufhören, mir Unheil zu prophezeien. –

Katja reißt die Augen weit auf, als schaue sie ihrem Mörder ins Gesicht.

- Es ist nicht das Geld. Ich liebe sie wirklich, obwohl ... Paul hält inne, weil er merkt, er wird unglaubwürdig, wenn er den Satz zu Ende führt.

- Ich liebe sie wirklich, obwohl...Ich liebe sie wirklich, obwohl... Ich liebe sie wirklich, obwohl... Und mich liebst du nicht mehr? Von einem Tag zum anderen bin ich dir nichts? Ein dummes Kindermärchen ist unsere lange, nie abgerissene Liebe. Ich habe also seit deinem Schulabschluss einen Aufschub nach dem anderen umsonst abgewartet. Ich war bereit, mit dir nach **AFRIKA** in die Wildnis zu ziehen. Jede Last auf mich zu nehmen, um dir zu gefallen. Dort Kinder zu kriegen. Meine Mutter im Stich zu lassen wegen dir. Meine arme kranke Mutter. – Ihr Gesicht verzerrt sich.

- Ich liebe dich immer noch. Ich werde dich immer lieben, Katjuschka. Aber ich liebe Charlotte stärker. Frischer. Es kam ganz unerwartet. Wie ein Blitzschlag am Heiligen Abend. –

- Wie ein Blitzschlag am Heiligen Abend. Wie ein Blitzschlag am Heiligen Abend. Wie ein Blitzschlag am Heiligen Abend. –

- Es ist wirklich nicht, was du denkst. Ich bin kein Materialist. Wir könnten dir helfen, den Laden bald zu übernehmen. –

- Den Laden bald zu übernehmen. Den Laden bald zu übernehmen. Den Laden bald zu übernehmen. –

- Ja. Das wäre gut für dich. Aber ihr Geld ist für mich unwichtig. Wirklich. Sie ist herausfordernd. Waghalsig. Jenseits der Konvention. Ich brauche so etwas. Mach damit, was du willst. –

- Jenseits der Konvention. Ich brauche so etwas. Mach damit, was du willst. Jenseits der Konvention. Ich brauche so etwas. Mach damit, was du willst. Jenseits der Konvention. Ich brauche so etwas. Mach damit, was du willst. – Katjas plappernde Stimme gerät ins Zittern.

- Katalatja, lass doch dies unsinnige Wiederholen meiner letzten Worte. Was soll das? –

- Was soll das? Was soll das? Was soll das? – Sie schreit es.

- Katja, bitte! Charlotte und ich werden in einigen Monaten heiraten. –

- Heiraten. Heiraten. Heiraten. –
- Du machst mich wahnsinnig! Hörst du? Ja, heiraten. Nach meinem Examen. Anschließend gehe ich nach Döberitz zur Ausbildung als Fahnenjunker bei der Infanterie. –

- Infanterie. Infanterie. Infanterie. –

- Katja! Es reicht! Ich weiß, es ist schwer für dich zu ertragen, was ich sage, aber hör auf, mich so zu plagen. Das führt zu nichts. –

- Das führt zu nichts. Das führt zu nichts. Das führt zu nichts. Das führt zu nichts. Das führt zu nichts. Das führt zu nichts. Das führt zu nichts. Das führt zu nichts. Das führt zu nichts. Das …. –

Paul stützt den Kopf in beide Hände. Er hatte erwartet, dass sie weinen würde; aber als sie nichts mehr sagt, weil er nichts mehr sagt, sitzt sie niedergeschlagen da und sinnt. Schluchzt ab und zu. Unterdrückt es. Sie fühlt sich gewürgt und leer. Die Turmuhr schlägt regelmäßig die Zeit herunter. Blätter rascheln im Wind. Nichtiges dringt von der Straße hinter dem Zaun herüber.

Als es 10 Uhr schlägt, bricht Paul mit belegter Stimme die zähe Ruhe.

- Ich muss morgen früh mit dem ersten Zug nach Berlin. Wir müssen aufbrechen. Es wird kühl. Deine Mutter wird sich Sorgen machen. –

- Mutter wird sich Sorgen machen. Mutter wird sich Sorgen machen. Mutter wird sich Sorgen machen. –

- Katja! Was ist los mit dir? So sag doch irgendein vernünftiges Wort. Ein einziges. Besser: Sag viele böse Worte gegen mich.

Schrei mich an. Wie immer dir ist. Verfluche mich. Zerkratz mein Gesicht. Ich habe es verdient. –

- Ich habe es verdient. Ich habe es verdient. Ich habe es verdient. –

- Katja! Ich halte das nicht aus. Diese Art. –

- Diese Art. Diese Art. Diese Art. –

Sie beginnt sich zu entkleiden. Er ergreift ihre Hände.

- Katja, bitte! Was soll das? Entehre dich nicht! –

- Entehre dich nicht. Entehre dich nicht. Entehre dich nicht. –

Paul flieht, während Katja sich weiter auszieht.

Weltverhängnis

Liebe ist die Wurzel **aller** GRAUSAMKEIT.

DIE BEUTEFAHRT

Paul und Charlotte sind für Ein Uhr am Kriegerdenkmal verabredet. Sie treffen fast gleichzeitig ein. Charlotte hat sich umgezogen. Sie trägt eine weiße Bluse und einen langen dunklen Rock. Eine rote Baskenmütze hat sie schräg ins Haar gesetzt, der Striemel schielt frech in den Himmel. Herbstlich feucht ist die sommerwarme Luft. Paul hat sich entschieden, unbarmherzig gegen Charlotte zu sein, um zu sehen, wie weit sie nach ihrer unschicklichen Liebeserklärung noch gehen wird. Sie fordert mich heraus. Ich habe alle Freiheit, mit ihr umzugehen, wie ich will. Ich schlage zu. Es wird Zeit für mich, das mit einer Frau zu tun.

Sie gehen wortlos aufeinander zu, sehen sich prüfend an. Lächeln. Diese Nase. Das Kommende ist schon gewiss. Wie hässlich sie ist und wie schnell mir vertraut geworden. Ich kenne nur ihre äußeren Lebensumstände und weiß von ihr nichts, als dass sie auf eine zudringliche Weise behauptet, mich zu lieben. Dass sie mir schon ewig hinterherläuft. Ein bisschen ahnte ich's. Ich mochte nicht dran denken. War mir gleichgültig, o nein, unbequem.

– Der Mond scheint zwar nicht sonderlich hell, aber es könnte sein, dass vom Ball heimkehrende Leute uns erkennen, wenn wir auf der Straße spazieren gehen. Wir sollten das vermeiden. Ich schlage Ihnen deshalb vor, dass wir uns ein Stück weiter unten am Ufer der Nuthe ins Gras setzen. Da kommt niemand mehr vorbei. Ich kenne den Weg gut. –

– Wenn Sie möchten, Paul. Ich habe Sie um dieses Treffen gebeten, also ist es angemessen, wenn Sie bestimmen, unter welchen Umständen es sich vollzieht.–

Wie sie redet. Widerlich geschwollen. Sie mimt wieder die Feine. Dauernd nennt sie meinen Namen, als wüsste ich nicht, wie ich heiße.

– Es wird feucht im Gras sein. –
– Für Sie riskiere ich alles, Paul, auch Rheuma lebenslänglich. –

Er lacht verlegen. Sie gehen. Jedes ihrer Worte ist anzüglich. Paul fasst Charlotte an der Hand, um sie zu führen. Locker. Ein anderer Tanz beginnt. Sie möchte auf seinen Rücken springen, die Arme um seinen Hals legen, die Beine um seinen Bauch schlingen, ihr linkes Ohr in sein Haar legen, es darin hin und her reiben und sich von ihm schweigend forttragen lassen, um währenddessen stundenlang ihren Mund auf seinen Leberfleck im Nacken zu pressen. Das Ufer fällt in leichter Schräge zum tiefschwarzen Band des Flüsschens ab. Gras und Sumpfdotterblumen duften, aber die Nässe der Nacht liegt darüber. Paul schiebt Charlotte seine Jacke unter, als sie sich setzen. Er zieht die Ärmel nach oben und drückt sie platt. So kann sie sich bei angezogenen Beinen langlegen, ohne allzu nass zu werden. Er streckt sich als erster aus. Verschränkt die Arme unter seinem Kopf. Sein Hemd ist schon durchweicht. Er blickt in das unstete, dünne Gefunkel über ihnen. Milliarden Sonnen soll es allein in unserer Milchstraße geben, hab ich gelesen. Aus welcher Dimension kommt der Verrat? Lilableicher Wolkenzug deckt das Gewebe der Sternbilder auf und zu. An der Mondsichel, goldnackt, kann sich der Blick festhaken. Auch sie legt sich hin. Beider Ellbogenspitzen berühren sich.

– Sie machen mir ein schlechtes Gewissen, Paul. Sie sind bereits klitschnass.–
– Ohne uns anstrahlende Himmelskörper wären wir einsame, traurige Wesen in der Welt. Wäre der Mond schimmlig grün, wären wir andere Menschen. Ich habe Sie an diese verschwiegene Stelle in der Natur gelockt und zum Blick in den Himmel bewegt. –
– Auf meine Bitte um ein Treffen hin haben Sie es getan. Sie werden schlecht von mir denken. Ich habe gegen alle Regeln des Anstands verstoßen. Aber was sollte ich bloß tun? Sie weiter nur anhimmeln? Ich bin nun einmal seit meiner Mädchenzeit verrückt nach Ihnen, genauer seit über zehn Jahren und kann nicht mehr warten, um auf andere Weise festzustellen, ob mein Gefühl auch nur die geringste Chance hat, von Ihnen erwidert zu werden, denn Sie werden Luckenwalde bald endgültig verlassen. –
– Nicht allein.–
– Oh! Es kommt schlimmer, als ich dachte. Sie sind schon gebunden. Eine Berlinerin? –
– Nein. Ein Mädchen aus Luckenwalde. Seit Langem. Sehr Langem. –
– Was? Das wusste ich nicht. – Kaum hörbar und schleppend ist ihre kräftige Stimme geworden.
– Endlich etwas, das Sie nicht von mir wissen. Es weiß, gottlob, niemand außer ihr und mir. Auch nicht Johanna, die Schwätzerin. – Seine Stimme frohlockt. Katja und ich haben euch allen ein Schnippchen geschlagen.
– Wieso gottlob? Es ist in Ihrem Alter normal, mit einem Mädchen zu gehen. Ich habe mich schon lange gefragt, wieso Sie hier keine Freundin haben. Nicht einmal ausgehen. Viele Mädchen hier warten nur auf ein Wort von Ihnen. Ich bin nicht die einzige. –
– Wozu soll ich Ihnen alles erzählen, Lotte? Katja und ich sind seit Kindertagen befreundet. Sie ist arm, und ich habe als Junge einmal eine Puppe für sie gestohlen. Dummerweise ist mein Vater dahintergekommen, und wir mussten meine Beute zurückgeben. Weil Katja mich zu einer kriminellen Handlung angestiftet hatte, verbot der Vater mir, weiter mit ihr zu spielen. Überhaupt sollte ich eine Schar von Jungen zu Freunden haben, statt dauernd mit einem Mädchen zusammenzuhokken. Ich bin folgsam gewesen. Scheinbar. Immerhin haben nicht einmal Sie es beim Nachspionieren bemerkt. –

Charlotte durchfährt es warm. So weit ist er gegangen für ein Mädchen, das er mochte.

– Inzwischen ist viel Zeit verstrichen, Paul. Das Verbot Ihres Vaters galt dem Jungen, nicht mehr dem jungen Mann.–
– Weil ich die ganze Zeit über gegen sein Verbot verstoßen hatte, habe ich es bis heute nicht gewagt, mich mit Katja zu zeigen. Mein Instinkt sagte mir, es sei nicht gut. Womöglich meinte mein Vater, Katja stecke hinter meinem Plan, nach **Afrika** auszuwandern. Er hat alles getan, um ihn mir auszureden. Er will um jeden Preis verhindern, dass ich nach **Afrika** gehe.–
Dein Instinkt hat nicht getrogen, Paolusso. Du tatest gut, ihm zu folgen. Es macht eure Trennung leichter. Sie wird nicht kompromittiert, wenn du sie verlässt.
– Dann ist meine Situation noch viel aussichtsloser, als ich gedacht habe. Könnte ich Sie für mich gewinnen, würde die Tochter eines wohlhabenden Kaufmanns Sie einem armen Mädchen wegnehmen, dessen ganze Hoffnung und Liebe Sie sind. Wie abscheulich! Ich wünschte jetzt, die Jüngste von acht Töchtern eines Landbriefträgers zu sein, dann dürfte ich wenigstens um Sie kämpfen, ohne mir moralische Vorwürfe zu machen. –
– Was würde es ändern? Ich liebe Sie doch nicht, während ich für Katja .... –
– Aber ich liebe Sie! Das ist das Wichtigste für mich. Und ich bin mir **in einem** sicher: Sie werden mich lieben, wenn Sie mir eine Chance geben, sich lieben zu lassen. Sie werden mich bald heftiger lieben, als sie je Katja geliebt haben. Ich spüre es. Ich weiß es genau. Wären Sie sonst ...–

Sie hält inne, sieht ihn an; das Wort, das sie aus Ehrfurcht nicht sagen mag, war unvermeidbar, geballt und irgendwie zutiefst wahr; aber er blickt und redet weiter ins wirre Gefunkel hinein. Er will ihre Nase nicht sehen. Nicht ihr Gefühl spüren. Ich bin nur gekommen, sie auszuziehen und abzufertigen. Sie auszunutzen, weil sie sich ohne Hemmungen anbietet. Sie zu erniedrigen und mich daran ergötzen. Dazu bin ich hier!

– Wie kommen Sie darauf? Wie können Sie das mit solcher Sicherheit sagen? Sie sind mir sympathisch. Ihr unglaublicher Wagemut beeindruckt mich, sonst hätte ich mich nicht auf Ihr Anerbieten eingelassen. Aber Anmaßung mag ich nicht. Sie meinen nicht nur, man könnte ganz plötzlich jemanden lieben, in den man nie verliebt war. Sie bilden sich sogar ein, Sie würden mich dazu bringen, obwohl ich nichts, rein gar nichts für Sie empfinde? – Hau drauf, Paul! Wie kann jemand mit einem Schönheitsfehler, wie sie ihn hat, so etwas glauben? Für wen hält sie sich? Mich? Ich nutze deine Willigkeit, Lottchen. Möchte sehen, wie weit sie dich treibt. Dabei weiß ich es längst. Du bist zu allem und jedem bereit für mich, dumme Mützenpute.

– Und Sie meinen, jedes Feuer entzünde sich durch einen Funken und fange dann ganz für sich an zu brennen. Mag sein. Doch wahrscheinlicher ist, dass ein Feuer ein anderes auslöst. Ein brennender Scheit reicht, wenn er festes Holz ist, einen nassen Wald zum Lodern zu bringen. –
Ihre Stimme, ihre Augen leuchten, obwohl sie zittert, erbärmlich friert.
– Ein schönes Bild. Mehr nicht. Aus welchem Buch haben Sie es? Haben Sie es sich seit Jahren ausgedacht für ein Treffen mit mir? Wird Ihnen nicht kalt? –
Er wendet sich ihr zu. Sie schaut ihm in die aufblitzenden Augen. Schüttelt den Kopf.
– Ich glaube daran. Fest und für immer. Alles andere ist mir gleichgültig. Und das Bild ist mir gerade in den Sinn gekommen, weil wir nebeneinander im Nassen liegen, miteinander sprechen und, so winzig wir sind, in das unvorstellbare Vorgehen da über uns gemeinsam schauen. Die Milliarden Sonnen, wie sie gerade sagten. So winzig sie sind, auch unsere Herzen wollen aufleuchten. Und Sie empfinden etwas für mich. Sie haben es selbst gesagt. Sie empfinden es nur noch nicht als das, was es ist. Gestern noch war es unvorstellbar für mich, dass wir heute, nachts, so nebeneinander auf einer Wiese liegen. Denn Ihnen nahe zu sein, ist für mich das Begehrenswerteste auf der Welt. Sie wollen nach **Afrika**, Paul. Sie wollen Großes vollbringen. Sie brauchen dazu eine starke Frau. Ich wäre das als achte Tochter eines Landbriefträgers. Ohne einen Pfennig in der Tasche oder in Aussicht. Dafür stärker und entschlossener als jede andere, mich mit ihnen durch Dschungel und sengende Savanne zu schlagen. Weil ich hässlich aussehe, wäre ich Ihnen ewig dankbar und zu allem bereit für Sie. Darum für Sie mehr wert als die reichste und schönste Frau der Welt. Und Ihr Instinkt, von dem Sie gerade gesprochen haben, überließen Sie sich ihm, würde sich, vor die Wahl gestellt, für **MICH** entscheiden. Trotz meines vermasselten Gesichts. Für alles Übrige brauche ich mich nicht zu schämen. Wenn Sie es wollen, werden wir sehr glücklich sein. Es liegt in Ihrer Hand. –

Paul schweigt. Sie versteht es zu quasseln. In seinem Leib knistert Verlangen, nicht allein Trieb. Ich komme nicht weg, ohne sie zu entblößen, nachdem sie sich so hilflos gemacht hat. Nichts hält ihn mehr zurück zu tun, wonach ihn drängt, seit er die Verabredung angenommen hat: Ich lass es darauf ankommen. Ich nutze sie schamlos aus. Ich darf es. Sie will es. Er dreht sich zu ihr und küsst sie trotz aufkeimenden Widerwillens, weil ihre harte Nasenspitze an seinen Backenknochen schabt. Er schließt die Augen. Sie stößt beim Kuss einen tiefen Laut aus, ein stöhnendes Jauchzen, das seinen Atem bedrängt, verzweifelt nach Echo sucht. Er hustet.

Sie wälzen sich im Gras hin und her, rollen sich klatschnass umeinander und lassen nicht mehr voneinander ab. Er reißt ihr die Bluse, das Hemdchen, das Korsett, Rock und Höschen ohne die geringste Obacht von der Haut, wirft die Fetzen in alle Richtungen, fasst sie grob an den Schultern, steht auf und stellt sie nackt vor sich hin. Sie abfertigen! Ich zieh mich nicht aus. Er tritt zurück, schaut sie an. Sie steht mit gesenktem Kopf und Armen wie eine arme Sünderin da. So sieht er nicht ihren spöttisch zugespitzten Mund. Er stößt sie grob mit der Schulter um, fängt sie auf, fällt über sie her. Stößt hinein. Es kommt schnell. Er wirft sie von sich. Charlottes andauerndes Schluchzen bringt Paul zur Raserei. Sie soll Ruhe geben! Es packt ihn gleich neu. Das sind ihre Schreie. Wie wild und neu stößt er in sie hinein. Er packt sie hart an, zerrt sie an sich, saugt so stark an ihren gestülpten Brüsten, dass sie seinen Mund füllen. Er hebt ihren Körper hoch, wirft ihn in die Luft, fängt ihn, bettet ihn, stürzt sich erneut darüber, hämmert auf sie ein, beißt sie in die hässliche Nase, die lieblichen Ohren, Schulter, reißt ihr Gesäß auseinander. Fasst in die Höhlung. Noch als er völlig erschöpft ist, ihnen Grashalme, Kleeblätter und –blüten, zerdrückte Käfer am ganzen Körper, ihr in den Ritzen kleben, im Haar hängen, hält er sie weiter umschlungen, Wange an Wange. Er birgt sie. Sie weint immerfort leise in sein Ohr. Er fühlt seine Hitze unter der Kleidung. Als badete ich in Magma. Als duftete es. Alles Quälende ist von ihm abgefallen. Etwas in ihm triumphiert, obwohl er weiß, dass sie ihn besiegt hat. Die Welt ist mit einem Schlag, einem ersten gemeinsamen Jauchzen, eine andere geworden. Er fühlt sich frei. Zum ersten Mal in seinem Leben frei. Ein klares Ziel. Machbar das Leben. Fort die Zweifel. Wir sind stark. Weil wir es wollen. Er lässt sie nicht los. Als wollte er sie zerpressen. Charlotte hat aufgehört zu schluchzen.

Als es vom Kirchturm drei Uhr schlägt, Dämmerung sich vom Horizont her andeutet, wird ihnen klar, dass es höchste Zeit ist zu gehen. Noch ist es still und düster auf den Straßen, aber die Hähne krähen bereits um die Wette.

– Wir müssen. –
– Ja. –

Sie lesen Charlottes ramponierte Kleidung auf. Suchen seine Jacke. Bemerken den roten Fleck auf seiner Hose, den kleineren im Futter seiner Weste. Charlotte findet kaum mehr Tragbares – nur Fetzen sind von ihrer Oberkleidung übrig. Das solide Korsett lässt sich nicht mehr anlegen, weil die Haken herausgerissen sind. Die Bluse kann sie wenigsten überhängen, zu schließen ist sie nicht mehr. Der Rock hält, wenn sie ihn hält. Einzig ihre Schuhe und die Baskenmütze sind unversehrt.

– Wie Schiffbrüchige sehen wir aus. Prächtig! Wir müssen uns heimschleichen. Aber so kannst Du nicht gehen. Du bist halbnackt. – Er zieht ihr sein Hemd und seine Jacke über.
– Ich muss meine Mutter einweihen. Allein krieg ich meine Sachen nicht wieder in Ordnung. Ich brauche den Anzug übermorgen dringend. Sie wird entsetzt sein über mein Treiben. Wird um mein Examen bangen. Verraten wird sie mich nicht. –
– Ich hebe meine Lumpen auf, wie sie sind. Es sind die ersten Stücke für unser Familienmuseum. Die blauen Flecken kann ich leider nicht konservieren. Ich werde sie lange pflegen. Ein Schnupfen wird für uns beide die mindeste Folge sein. Unser erstes gemeinsames Leiden. Hoffentlich kriegst du nicht mitten in den Prüfungen Fieber. –
– Das habe ich schon. Hast du keine Angst, ein Kind zu kriegen? –
– Es wäre wunderbar. –
– Bist du verrückt, Charlotte? –
– Wieso? Entweder heiraten wir, wovon ich ausgehe; dann ist es das Normalste von der Welt. Oder du lässt mich sitzen; dann habe ich wenigstens ein Kind von dir. Ob das meinen Eltern oder anderen Männern, womöglich der ganzen Welt missfällt, rührt mich nicht an. Was können die mir? Vorhin hast du Lotte gesagt. Ich hab es hingenommen, weil du mir damit näher kamst. Ich mag die Kurzform meines Namens aber nicht. So nennt man Pferde, denen man ein Stück Würfelzucker ins Maul drückt. Denk dir etwas anderes für mich aus, Paolusso.–

Charlottes Stimme klingt wieder feierlich.

– Ich sag dir lieber nicht, wie ich dich bisher genannt habe. Setz nicht die Mütze auf! Lass dein Haar fliegen! – Die rote Mütze schnellt aus seiner Hand im Gleitflug in die Nuthe.
Sie lässt es geschehen, weil sie weiß, dass sie gewonnen hat.
– Darf ich mir jetzt einen Traum erfüllen? –
– Einen Traum? Mit dir erlebt man eine Überraschung nach der anderen. Träumtest du noch Wilderes? –

Ich fühle immer noch ihren Muskel, wie zwingend der den Pimm einschloss, nicht mehr herauslassen wollte. An Katja ist alles weich.
Sie wirft nocheinmal alle Fetzen beiseite, tritt hinter ihn, zieht sich an seiner Schulter hoch und küsst seinen Leberfleck im Nacken.

Auf Schleichwegen erreichen sie Charlottes Elternhaus. Schlüpfen schnell durch die Seitentür. Sie gibt ihm Jacke und Hemd zurück. Verabschiedet ihn mit einem kurzen Kuss. Seine Hand gleitet über ihre fröstelnden Brüste.

SONNE UND MOND

Sie hatte nach dem gemeinsamen Frühstück, das sie den Frischvermählten mit vielen Leckereien zubereitet und serviert hatte, auf Charlotte eingeredet, dass sie sich auch um das Abräumen und den Abwasch allein kümmern wollte, war von Paul dabei unterstützt worden, solange bis Charlotte schließlich verärgert im Badezimmer verschwand. – Wenn du mich in die Küche begleitest, Paul, können wir uns ein wenig unterhalten, bevor ich euch wieder allein lasse. – – Ich bin im Morgenrock, Mutter. Stört es dich nicht? – – Wieso denn? Wir sind jetzt eine Familie. – Sie sah ihn mit liebevoller Miene und flackernden Augen von oben bis unten an.

In der Küche schloss sie rasch die Tür, warf sich ihm an die Brust und schluchzte. – Paul, ich war in meinem ganzen Leben zweimal sehr kurze Zeit glücklich. Seitdem nur traurig. Ich möchte euer Glück ein ganz klein wenig teilen. – – Das wirst du, Mutter. Vorausgesetzt, alles gedeiht trotz allem, was geschehen ist. Unser Glück ist stets auch deines, wenn du uns magst und daran teilnimmst. –
– Schon. Aber ich würde gern ein wenig direkter dran teilhaben. Ein wenig mehr als vielleicht … Lass es mich nicht sagen, Paul. Du verstehst mich doch. – Sie legte ihren Kopf an seine Schulter, Tränen traten ihr in die Augen. Paul lachte verlegen. – Mutter! Wie stellst du dir das vor? – – Ich habe heute früh vor eurer Tür gelauscht, Paul, als ihr aufwachtet. Es war so wunderbar für mich, euch zuzuhören. Alles war wieder da. – – Ich müsste dich ausschimpfen, Mutter, verzeihe dir aber. Einmal. Und nie wieder. – Er hob den Zeigefinger. – Paul, gönn es mir, von eurem Glück ein klitzekleinwenig abzubekommen. Ich hab nichts anderes mehr im Leben. Ihr seid oft auf der Schaukel, da könnte ich doch … – Mutter! Das kommt nicht in Frage. Das ist unanständig. Ich würde mich bei allem, was wir tun, mit deinen Augen beobachten, mit deinen Ohren sprechen hören. – – Er drückte sie heftig an sich, sie umfasste ihn und bekam einen langen Kuss auf den Mund. Er hätte sie gern noch lange gehalten, so warm und weich war sie, löste sich aber ruckartig. Er hielt die Augen weiter geschlos-

sen. Er packte sie durch die lockigen Haare bei den Ohren, dann an der Nasenspitze, bog die hin und her, nahm einen ärgerlich erregten Ton an. – Warum hast du mich zum Mitwisser deines Sehnens, deiner geheimen Wünsche gemacht? Das durftest du nicht. – – Es geht nicht anders. Ich kann nicht … – Mutter. Wenn du versprichst, so etwas nicht wieder zu tun, lass ich dich in deinem Elend nicht allein. Du hast mich in eine unmögliche Situation gebracht und weißt es. – Paul verhielt den Atem, solange es ging. Wie glücklich meine Eltern sind! Er raste fort in das Schlafzimmer, um sich anzukleiden, schnappte wild nach Luft. Worauf habe ich mich eingelassen?

DIE BLUTHOCHZEIT

Sie heiraten am 12.12.1900.

Charlotte musste dazu nach dem Geliebten den Vater bezwingen. Der missbilligte die Wahl seiner Tochter. Hab‘ ich mir‘s doch gedacht! Ein schmucker armer Teufel. Sie fällt auf ihn rein. Er will ihr Geld, und wenn er es hat, wird er sie mit anderen Weibern betrügen. In den Garnisonstädten haben sie alle ihre Liebchen, die sie aushalten, wenn sie es sich leisten können. Wer weiß es besser als ich. Ich liefere ja auftragsgemäß und diskret Schampus an einige Damen in Jüterbog. Wenn sie sich schon nicht ausreden lässt, einen zu ehelichen, der nichts einbringt, sondern nur kostet, muss wenigstens strikte Gütertrennung vereinbart werden. Da gebe ich nicht nach. Noch ist sie minderjährig.

Charlotte sucht das Risiko, weil sie überzeugt ist, dass es ihr Sicherheit gibt. Sollte er sie betrügen, was sie nicht glaubt, weil sie an sich glaubt und sich in seinen Augen längst auskennt, soll er seine Niedertracht vollends beweisen, indem er ihr Geld im Falle der Scheidung mitnimmt. Sie ist überzeugt: Als habgierig dazustehen, wäre ihm unerträglich, selbst wenn er ein Liderjahn wäre. Ihr unbedingtes Vertrauen wird ihn fester an sie binden, als es die stärksten Gefühle könnten. Er hält auf Ehre und Anstand. Vereinbart sie Gütertrennung, ein Zeichen ihres Misstrauens, wird er sich freier fühlen, von ihr zu lassen. Die Entfremdung begänne vor der Hochzeit, weil ich sie überhaupt für möglich gehalten habe.
Solche Überlegungen teilte sie nicht mit dem Vater. Sie übersteigen sein

Einfühlungsvermögen. Der Mutter gegenüber deutete sie ihre Einstellung an. Aber die ist von Paul derart begeistert, dass sie gar nicht darauf achtet, wovon ihre Tochter spricht. Paul ist ihr Wiedererwecker. Kein interessierter, langweiliger, schwachbrüstiger Krämer als Schwiegersohn, wie sie befürchtet hatte. Es wäre der letzte, aber lange erwartete Tiefpunkt in ihrem Leben gewesen. Dem Himmel sei Lob: Ein Mann! Ohne Imponiergehabe. Dabei hat er das Zeug zum Helden. Um einen Gemahl, einen Sohn wie Paul hat sie das Leben betrogen. Mit der Wahl ihrer Tochter kehrt, gänzlich unerwartet, verlorene Lust in ihren alternden Leib zurück. Wie konnte ihre makelbehaftete Tochter einen so herrlichen Menschen für sich gewinnen? Sie fiebert den Umarmungen mit ihrem Schwiegersohn entgegen. Sie wird alles tun, ihm zu gefallen. Als erstes muss ich ein wenig abnehmen. Sie wird auf der Hochzeitsfeier gleich nach der Braut mit ihm tanzen. Charlotte muss ihr das versprechen. Sie wird ihm gefallen. Sie wird ihn gegen den gefühllosen Alten jederzeit in Schutz nehmen. Sie möchte ihren Mann gegen die Wand schmettern wegen seiner dummen Reden. Sie wird den beiden die Villa in der Carlstraße zur Hochzeit schenken. Die ist mit einer Heizung und Leuchtgas ausgestattet. Morgen schon wird sie den Mietern kündigen. Einen Abstand bieten, damit sie schnellstens ausziehen. Das Haus muss ganz neu hergerichtet werden als Turtelnest für die beiden. Ihr wird warm im Leib. Sie läuft zur Toilette. Paul wird sich dankbar zeigen. Sie freut sich, dass er eine große Familie hat. Sechs Geschwister. Sie wird sie häufig einladen. Im Haus wird sich's endlich regen. Ich will viele, viele Enkel haben. Ein neues Leben beginnt nach langem Winterschlaf. Dauerhafter als das erste. Sie träumt von Paul. Wie er sie küsst. Wie sie ihre beiden beim Liebesakt überrascht und Paul über Rücken und Gesäß streichelt, bevor ihre Tochter es verhindern kann.

Charlotte sagte ihrem Vater, der den Notar herbeigerufen hatte, um einen Ehevertrag abzufassen, dass sie so einen elenden Wisch niemals unterschreiben werde. Ich will kein Papier zwischen meinem Mann und mir, herrschte sie ihn unter größter Stimmaufbietung an, empört über Papas Eigenmacht. Lieber verzichte ich auf deinen Segen und dein Geld und gehe mit ihm nach **Afrika**, sobald du mich nicht mehr hier halten kannst. Ihr war gleichgültig, dass der Notar bei aufgesetzt unbeteiligter Miene alles mithörte, den goldenen Füllfederhalter in der Hand, das befeuchtete Amtssiegel vor ihm auf dem Tisch. Soll die ganze Stadt von dem Streit im Hause Werthland wissen. Womöglich ist Papa das sogar recht. Da kommen noch mehr Neugierige ins Fieselbörschen. Höhnische Mienen konsumieren gut. Die werden ihm schadenfroh mit seinem besten Zeug zuprosten, die Narren.

– Ich habe mit deinem Verlobten darüber gesprochen. Er hat nichts gegen den Vertrag, den ich ihm vorgelegt habe. Ganz im Gegenteil, es ist ihm recht. Warum sträubst du dich? –
– Seine Bereitschaft ehrt ihn. Aber es ist *meine* Entscheidung, es nicht zu wollen. Und daran wird sich nichts ändern. Gerade weil er nichts dagegen hat. –
– Ich kann doch meine einzige Tochter nicht sehenden Auges in ihr Unglück laufen lassen. –

Charlotte wird heiß. Es ist richtig, was ich tue. Ich weiß das. Meinem Vater ist es im Leben nur gut gegangen. Soll er endlich einmal leiden. Ich werde es schlimmer machen. Er wird mich nicht in die Kirche führen. Weil wir uns gegen alle Welt, gerade auch gegen ihn, füreinander entschieden haben. Führte er mich Paul zu, wäre das Heuchelei. Selbst wenn er schließlich wollte, würde ich es ihm ausschlagen.

– Du machst mich unglücklich, weil du etwas Paul und mich Trennendes verlangst. Du wirst mich verlieren, wenn du mir die Einwilligung zur Hochzeit ohne Ehevertrag verweigerst. Und in anderthalb Jahren bin ich frei und heirate Paul. Wenn es sein muss in **Afrika**. Wir können da immer noch hin, selbst wenn er jetzt Offizier wird. –
– Von meinem Geld wird er es. –
– Mir zuliebe wird er es! Er würde lieber nach **Afrika** gehen. Ich habe ihn dazu gebracht, hier zu bleiben. Euch zuliebe. Das vergisst du. Wir haben dir und Mama ein Opfer gebracht. –
– Ach, Herrjeh! Ein Opfer? Uns? Ihr? Hoho! **Afrika?** Ein Hirngespinst. Nichts weiter. Wo er keinen Pfennig in der Tasche hat. Wie soll er da in ***Tanganjika*** eine Familie ernähren? Ein Opfer – uns? Ich bewahre euch vor dem Ruin und dem frühen Tod in der Wildnis. Mädchen, hast du schon mal was von Giftschlangen, Termiten und Negeraufständen, von der Tse-Tse-Fliege, Pest, Lepra, Malaria, Gelb- und Schwarzwasserfieber, Darmälchen und Leberegeln gehört? Kein Wunder, dass in diesem Riesenland kaum 3000 Deutsche leben. Ich habe mich erkundigt. Nur Lebensmüde, spintisierende Glücksritter, strafversetzte Beamte und aufs Spätmartyrium versessene Missionare gehen da hin. Dein Verlobter sollte, statt zu phantasieren, lieber in einem Beruf arbeiten, für den er studiert hat. Als Syndikus, Rechtsanwalt oder von mir aus auch als Richter. Es zu was bringen im Leben, sollte er, nicht abenteuern. Schon gar nicht mit meinem einzigen Kind. –
– Er ist kein Stuhlbeschwerer und kein Reibachfischer. Wäre er's, wollte ich ihn nicht. Ich suche einen verwegenen Mann, einen, zu dem ich aufschaue. Einer mit 'nem Bleistift hinterm Ohr und 'nem Kassenschwengel am Bauch gefällt mir nicht. – Ihr fehlt der Mut, nach Bauch ‚wie du' zu sagen.

– Gefallen, gefallen. Auf den Kopf gefallen! Alles Humbug. Einen Ehevertrag zu unterschreiben, ändert weder Aussehen noch Charakter. Ich habe gar nichts gegen ihn. Er ist schmuck, schön für dich, und wird in Uniform noch blendender aussehen. Gerade deswegen aber … –
– Pfui Teufel! Jetzt ist es heraus. Du traust ihm nicht und mir nicht. Du weißt gar nicht, was Gefühle sind. Du kennst nur Äußerlichkeiten. Von wegen Ehevertrag. Was du willst, ist die Gütertrennung. Nur klar heraus. Etwas Trennendes. Etwas, das Trennung vorwegnimmt. Ich weigere mich. Bring mich gleich um. Ich vertraue meinem Instinkt, unseren Gefühlen. –
– Haaach! Ich stürme an gegen die Chinesische Mauer. Ich will das Beste und werde beschimpft. Dir ist nicht zu helfen, Mädel. Renn in dein Verderben! Es reicht. Ich bin es leid, mich für meine Fürsorge von dir und deiner Mutter seit Tagen herabwürdigen zu lassen. Aber komm nicht in einigen Jahren angelaufen und flenne, wenn er dich mit von deinem Geld ausgehaltenen Frauenzimmern betrügt und du es nicht mehr bei ihm aushältst. Ich kenne die Herren Offiziere und ihre Allüren nur zu gut. Ich schmeiß dich dann raus. Von mir kriegst du nie wieder einen Pfennig. –
– Du kannst sicher sein, dass ich niemals zu dir kommen werde, sollte es mir noch so elendig ergehen, und ich bitter enttäuscht werden, wie du meinst. Ich würde lieber verhungern. Es wird aber nicht so kommen. Ich wusste, dass ich ihn für mich gewinne, trotz der scheußlichen Nase, die du mir vermacht hast. Ich pfeife auf dein Geld. Mit einer normalen Nase hätte ich ihn leichter gewonnen und wärst du weniger misstrauisch gegen ihn. Du wirst ihm dafür Abbitte leisten müssen. Ich werde es nicht versäumen, dir‘s in ein paar Jahren um deine Sumatra als Bauchbinde zu schmieren. –

Berthold Werthland wurde speiübel. Er fasste sich an die eckige Nase und stopfte mit dem Daumen die herausstehenden schwarzen Härchen zurück in die großen Nasenlöcher. Sich da rasieren tut weh, und in die Nasenlöcher kommt man sowieso nicht. Ausfallend wird sie. Nie war sie so. Hochvernünftig bisher, wenngleich oft verschlossen. Diese Weiber mit ihren Emotionen. Wenn es um Männer geht, Denken ade. Alle gleich aufreibend. Geschäftsabschlüsse sind ein Kinderspiel dagegen. Ich will mein einziges Kind nicht verlieren. Nichts zu machen. Meine Nase! Jetzt kommt sie damit. Was kann ich dafür? Kein Rückhalt bei Auguste. Sie verspottet mich als elende Krämerseele. Aber was wäre aus ihr geworden, wenn ich sie nicht nach ihrem Unglück zur Frau genommen hätte? Die Weiber sind und bleiben närrisch, da ist nichts dran zu ändern. Hätte ich nur einen Sohn, dann wär‘s mir nicht weiter wichtig, was meine Tochter in ihrer naiven Verliebtheit versaubeutelt.

So ist sie meine Erbin. Das schöne Geschäft, das mein Vater und ich aufgebaut haben. Ein Wahnsinn. Lieber einen Esel melken, als mit ihr jetzt geschäftlich reden. Eine Hoffnung gibt's: einen Enkelsohn. Den kann ich als Erben einsetzen. Was soll mir ein Offizier? Als Verführer und Zuchtbullen für dumme, emotional aufgeladene Weiber taugen die. Zu mehr nicht. Auch so ein Atavismus. Wir haben seit 30 Jahren Frieden. Niemand will Krieg. Die dumme Militärpracht kostet viel Geld. Mein Geld. Als Steuerzahler und jetzt auch noch als Schwiegervater. Hätten wir Kaufleute in den Staaten bloß das Sagen! Wir würden uns nach lebensfrohem Schachern bei Speis und Trank immer handelseinig. Wir brauchten keine Armeen, um stark zu sein. Uns aufzublasen. Um Kriege zu führen. Was man mit dem Eingesparten alles machen könnte! Ein Enkelsohn! So schnell wie möglich. Den bringe ich auf den Verstand, der wird sehen, was er an mir und dem Geschäft hat.

Pauls Eltern missfiel die geplante Ehe ihres Ältesten weniger dramatisch, aber gründlicher. Der Vater ärgerte sich, weil Paul die Gelegenheit erhielt, Offizier statt Richter zu werden. Der Sohn bot ihm an, die Kosten für das Studium zurückzubezahlen. Mit dem Geld seiner Verlobten. Wie tief ist er moralisch gesunken. Ach was, der Verlobten! Mit dem Geld des Schwiegervaters. Der kauft meinen Ältesten von mir los. Wie kann Paul so wenig Anstand haben? Das hat er nicht von mir. Natürlich könnte ich das Geld für Botho und Siggi gebrauchen. Aber von den Werthlands nehme ich nicht einen Pfennig mit Grünspan dran. Johannes Prodek mag die Schwiegerfamilie nicht. Er ist beileibe kein Sozialist. Wenn er die Zeitung liest, wird er sogar manchmal zum Sozialistenfresser wie sein Gerichtspräsident, weil die Sozialisten die Staatsmoral untergraben, sie den Staat, seinen Staat, auf den er stolz ist, für den er lebt und rackert, abschaffen wollen. Johannes Prodek hat jedoch einen natürlichen Widerwillen gegen Leute, die mehr Geld haben, als sie zu einem untadligen Leben brauchen. Das verdirbt den Charakter. Wenn die an den Staat denken, kommen ihnen nur die Steuern in den Sinn. Nichts weiter. Dabei können sie das Geld gar nicht besser als durch Steuerzahlen ausgeben. Da wird für die Allgemeinheit etwas mit dem Mammon getan. Er wird nicht für privaten Luxus verprasst, der die Menschen verdirbt. Ich brauche keinen. Wir führen ein schlichtes, ordentliches, glückliches Leben. Zehnmal glücklicher als die Raffer sind wir. Genussmittel verderben die Menschheit, machen solche Werthlands reich, deren verwöhnte Gören dann rechtschaffener Leute Söhne verderben. Ich wusste es immer, Paul ist charakterlich eine Niete. Was nützt seine Intelligenz? Mit Steuergeldern werden öffentliche Gebäude gebaut, Straßenlaternen gesetzt, Lehrer bezahlt, Richter. Ja, auch das Heer. Der Staat ist die höhere Form des Menschseins. Wieso erkennen das nicht alle? Das Deutsche Reich mit seiner von Preußen ererbten Gesinnung und Gesittung ist unter allen Staaten die denkbar höchste Entwicklung im Menschsein. Die Regierung müsste viel energischer gegen die Prasser vorgehen, soll das Reich nicht verderben. Gegen die Prasser und die Sozialisten zugleich. Die Prasser sind schlimmer. Gäbe es die nicht, gäbe es gar keine Sozialisten. Ich bin ein Sozialist der Tat, kein Schwätzer und Aufwiegler.

Alles umsonst. Johannes Prodek hatte sich mit leuchtenden Augen von seinem Sohn das neue Bürgerliche Gesetzbuch erklären lassen. Seine 2.385 §§, das Einführungsgesetz mit seinen 218 Artikeln. Nie wurde er müde bei den langen Nachtsitzungen, die für Paul ein Repetitorium waren. Über 7.000 §§ hatte das preußische Allgemeine Landrecht, das mich ein Leben lang begleitet hat. Der Fortschritt im Denken, im Formulieren, in der Abstraktion des Konkreten, der gesetzgeberische Fortschritt! Unser Deutsches Reich! Zum 1. Januar 1900 ist nach jahrhundertelangem Kampf endlich die Rechtseinheit in Deutschland verwirklicht worden. Weg mit dem fremden Recht, vor allem dem Code Napoleon. Ihm treten bei dem Gedanken von der Erfüllung dieses alten nationalen Traumes Tränen in die Augen. Genau in diesem Jahr wird mein Ältester Recht zu sprechen beginnen. Eine Gnade, dass er dabei sein darf, ich es erlebe. Fort! Dahin! Aus Hochmut und Narretei. Eine fette Mitgift samt Wohlleben bringt ihn ab vom rechten Weg.

Johannes Prodek weiß, die Schwiegerelternpaare werden sich wenig zu sagen haben. Steif werden wir nebeneinander sitzen. Uns fremd beäugen. Worüber sollten wir sprechen? Über das Wetter? Die letzte Nordlandreise des Kaisers? Den Boxer-Aufstand? Die Großkopfeten von der anderen Seite erwarten, dass wir froh sind über die gute Partie unseres Sohnes. Wir sollen das womöglich durch devotes Benehmen bezeugen. Denen huste ich was. Ich … auf sie. Ich musste für meinen Beruf mehr lernen als der Rauschmittelverköstiger für seinen. Wie konnte unser Paul, ein so stattlicher, intelligenter junger Mann, eine Frau mit solch abscheulicher Nase im Gesicht wählen? Die Nase vererbt sich. Wie man sieht, setzt sie sich durch und wird dabei in jeder Generation scheußlicher. Der selige Werthland hatte gerade einmal eine etwas scharf geratene Judennas. Womöglich war er einer. Auch das noch! Beim Sohn sind die großen Nasenlöcher hinzugekommen. Mit schwarzen Haaren drin. Unappetitlich! Frau Werthland hat eine hübsche fleischige Nase mit zierlichen Löchern, man munkelt, dass sie den reichen Knilch heiraten musste, weil sie leichtsinnig war.

Hedwig Prodek denkt schlichter. Ihr tut Katja, von der ihr Paul endlich erzählt hat, bitter leid. Sie gerät ins Weinen, als Paul ihr das letzte Zusammentreffen beschreibt. So hätte es mir auch ergehen können, wäre ich nicht an einen Ehrenmann wie deinen Vater geraten, bricht es aus ihr heraus. Versprich mir Paul, dass du wenigstens nicht zwei Frauen unglücklich machst. Ich sollte zu Katja gehen und ihr beistehen. Hedwig Prodek fürchtet zudem, dass sie sich vor Pauls Schwiegereltern und deren Familien und Bekannten wegen ihrer Sprache und ihres ängstlichen Auftretens blamiert. Außerhalb ihres Hauses fühlt sie sich unsicher. Paul lacht.

– Mach dir keine Sorgen, Mutti. Charlotte liebt dich, weil du mich geboren hast. Sie wird dich noch mehr lieben, wenn du dich schlicht zeigst, wie du bist. Charlotte ist sehr natürlich, obwohl sie wie gestochen spricht. Ihre Mutter wird dich auch mögen, denn sie mag mich mindestens ebenso wie Charlotte. Unterhalte dich mit ihr. Sie ist gar nicht überheblich und mag Dialekte, weil sie die in ihren Kreisen nie hört. Die lacht dich nicht aus, wenn sie dich anlacht, die freut sich an dir. – Meine Mutter! Hat im Leben nur gelernt, aufzuschauen, sogar zum eigenen Sohn. Er küsst sie ab. – Trau dich mit ihr zu reden. – Ich werde Auguste drohen, sie nie mehr anzufassen, wenn sie meine Mutter bei der Begrüßung nicht umarmt und auf die Wangen küsst.

Der Morgen des 12. Dezembers wirft den vortags strahlend eingefallenen Winter in den Spätherbst zurück. Dicker Raureif hatte die Zweige und roten Ziegeldächer überzogen und die von unzähligen Schloten mit Ruß bespuckte Kreisstadt unter den ersten Sonnenstrahlen zum Leuchten gebracht. Charlotte hatte beim morgendlichen Blick aus dem Fenster einen Schrei des Entzückens ausgestoßen. Die Natur spielt zu meinem Fühlen auf! Paul lächelt verlegen, als sie ihm den spontanen Ausruf nachspielt. Nun zerrinnt der Kristallmantel in einem Schwall Warmluft aus Südwest. Dann wechselt die Windrichtung erneut und feuchtkalte Meeresluft zieht auf. In unregelmäßigen Abständen schütten die tief dahinziehenden Wolken klietschigen Schnee aus, der wegschmilzt, sobald die Flocken den Boden berühren. Grellweiße Sonnenstrahlen brechen durch, blenden, um sogleich wieder im Wolkenbrei zu ersticken. Das unstete Gemenge aus Helle und Finsternis reizt die Augen. Unter solchem Himmel über die Steppe reiten! Voller Dränge. Galoppieren im Nirgendwo. Im Irgendwo auftauchen und in einer Jurte reichen dir schlitzäugige, pelzige Frauen heißen Tee. Ihn gemeinsam schlürfen. Sich anblicken. Ineinander versinken.

Sie hatten beschlossen, keinen Polterabend zu halten. Ein Tag Festivität reicht. Wir haben viel zu tun, uns einzurichten. Paul muss in drei Tagen zurück nach Döberitz.

Auf dem Weg zum Rathaus kämpfen die Familien mit schweren schwarzen Schirmen gegen Schniesel und Windböen an. Nur das Brautpaar fährt die kurze Strecke über den Marktplatz in einem mit Christrosen drapierten Zweispänner. Der Kutscher hat den Wallachen, weil sie sich nicht viel bewegen müssen, unter die Schmuckdecken mit dem rot-gelben Schachmuster dicke Wolldecken gestopft. Sie wirken schwer wie Brauereipferde.

Charlotte wollte überraschen. Das Gesicht ihres Vaters läuft vor Ärger rot an, als er seine Tochter am Hochzeitsmorgen sieht. Die Gäste sind je nach Temperament befremdet oder erheitert. Sie stoßen sich mit den Ellbogen an, tauschen Blicke aus. Tuscheln. Einige schmunzeln. Selbst Charlottes Mutter findet, die Tochter übertreibe die Hingabe an ihren Mann. Charlotte ist das recht. Ein Ideechen, und die Leute erregen sich. Wie herrlich einfach das ist! Sie trägt ein geschlossenes königsblaues Kostüm mit Wespentaille, dazu einen königsblauen breitrandigen Hut, beide aus dem Tuch, aus dem Pauls Uniform geschnitten ist. Am Hut und auf ihrer Brust prangt jeweils eine karminrote Rose. Karminrot ist auch der breite Gürtel des Kostüms. Er ist aus dem gleichen Stoff wie Pauls Mützenband. Charlotte weigert sich, für die Zeremonie Blumen in der Hand zu tragen. Weiße Handschuhe reichen.

Paul war in Charlottes Kleiderwahl nicht eingeweiht. Sie ruft ihn erst fünf Minuten vor der Abfahrt zum Standesamt ins Ankleidezimmer. Paul stutzt. Wie sie mich durchschaut. Weil sie mich liebt, ist es ungefährlich. Er küsst sie auf den hässlichen Nasenknick. Hat sie verdient.

Unter den trotz des widrigen Wetters gedrängt stehenden Schaulustigen vor dem Rathaus machen Witze die Runde. ‚Die stellt den Feldwebel gleich offen raus.' ‚Quatsch! Den Unteroffizier mimen, reicht *der* garantiert nich. Zu Hause legt'se Epauletten uff und näht rote Biesen annen Rock, wennse nich noch ne Hose gleicher Machart in de Reserve hat. Der trau ich alles zu.' ‚Die bringt de Aujuste Viktoria noch uff Ideen. Demnächst erscheint die uffm Hofball mit Wilhelms Helm der Garde du Corps und seinem Zwirbelbart.' ‚Bei soner Nase brauchtse nichmaln Säbel zur Uniform. Haha!' Die Stoffwahl erweist sich als gelungen, weil Charlotte trotz der Wetterunbilden keinen Mantel anzulegen braucht. Das Doppel in Königsblau besiegt den kühlen, bleichgrauen Morgen. Pauls gerade sitzende Tellermütze, er hat sein Haar kurz schneiden lassen, und Charlottes Hutschräge kontrastieren aufregend. Straff und hochgewachsen sind sie beide. Der Blick vieler Frauen verweilt bewundernd auf dem Dolch an Pauls Gürtel. Mit einem Male sind sich alle Betrachter einig: Ein schickeres Paar hat es in Luckenwalde nie gegeben. Die Hakennase der Braut muss man sich einfach wegdenken. Von weitem fällt sie kaum auf im königsblau-karminroten Farbenspiel.

Als die Eheleute nach der Trauung und einem Umtrunk das Rathaus verlassen, hat es aufgehört zu schnieseln. Sobald Sonnenstrahlen durch die Wolken fließen, glänzt das Kopfsteinpflaster schwindelerregend. Das Blitzgerät zischt auf der Rathaustreppe ein um das andere Mal für diverse Familienalben und das Luckenwalder Tageblatt. Eigentlich brauchte die Hochzeitsgesellschaft nun nur über die Straße in die Kirche zur zweiten Zeremonie zu gehen. Aber Charlotte hatte auf unterschiedlichen Kleidern für Rathaus und Kirche bestanden. Deshalb ist Eile geboten. Das Brautkleid mit der langen Schleppe anlegen, den Schleier ins Haar stecken, erfordert Geschick und Geduld. Die kirchliche Trauung ist für 12 Uhr angesetzt.

Die Johanniskirche ist überfüllt, als das Brautpaar Punkt Zwölf unter dumpfen Glockengeläut am gleichen Ort auf der anderen Straßenseite erneut vorfährt. Vor der Kirche steht wieder eine Menschentraube und beobachtet den zweiten Teil des allzeit gefälligen Zeremoniells vom Glauben an zweisames Glück in einer launischen, und wie alle wissen, aber nicht wissen wollen, unbarmherzigen Welt. Pauls jüngste Schwester Rose und Charlottes Großkusine Frenzie winden die Schleppe aus der Kutsche, nehmen die Enden in die Hände und warten, bis Paul seiner Braut aus dem Wagen geholfen und ihr einen rot-weiß gemischten Rosenstrauß gereicht hat. Er trägt jetzt über der blauen Hose eine langgeschnittene hellgraue Litewka, hat sich ein Myrtensträußchen an die Brust gesteckt. Diesmal hat er sich ihr farblich angenähert. Das Brautpaar lächelt sich an. Es bereitet ihm Spaß, sich vorzuzeigen. Die Theateraufführungen in der Schule liegen lange zurück. Der Pfarrer begrüßt die beiden in der Vorhalle. Händereichen. Verneigen. Das Licht des Adventssterns färbt Brautkleid, Schleier und Litewka rosa ein. Sie haben auf einer kurzen Ansprache bestanden. Nicht mehr als ein paar Worte vor Befragung und Segnung. Paul streift Charlotte das schützende Cape von der Schulter, reicht es dem dienstbereiten Küster, dem Charlottes Vater sogleich ein Trinkgeld zusteckt. Ein paar Schritte voraus wartet ungeduldig Pauls zweitjüngste Schwester Gerthilde mit einem Korb voller Blüten – wieder Christrosen. Obwohl eigentlich schon zu alt und zu groß für diese Aufgabe, hat Gerthilde darauf beharrt, die Blumen zu streuen. Charlotte hakt sich bei Paul ein. Das Paar folgt dem Pastor und Gerthilde in das trüb schimmernde Kirchenschiff, in dem neben dem Altar links und rechts bereits die Weihnachtsbäume stehen. Wie damals! Noch sind sie ungeschmückt. Eine höckerige Zeremonie erwartet uns. Ohne sie gäbe es nur Fressen, Saufen, Schwatzen, gedrängtes Spaßen.

Paul fährt eine Gänsehaut über den Rücken, die Härchen in der Wirbelrinne stellen sich hoch, als er Katja in der vorletzten Reihe auf dem Platz gleich neben dem Gang bemerkt. Sie trägt einen schwarzen Filzmantel, hat den Kragen hochgeschlagen und dreht sich nicht wie die Familienmitglieder und schaulustigen Kirchgänger zum Brautpaar um, als es unter den schleifenden Orgelklängen der Bachschen Kantate ‚Schmücke Dich, o liebe Seele' das Kirchenschiff betritt. Paul starrt nach vorn auf den Blickfang, den gekreuzigten Seelenmagneten über dem Altar, als sie auf der Höhe von Katjas Sitzplatz sind. Traumlaute dringen zu ihm. Die Mädchen, die stolz und andächtig Charlottes Schleppe tragen, schreien auf. Katja hat Rose zur Seite gestoßen, das Kind fällt auf die Schleppe, reißt sie im Fallen von Charlottes Schultern. Paul wendet sich um. Katja ist heran. Hinter Charlotte. Hält mit beiden Händen ein Fleischermesser. Sie hat es zu Hause ausprobiert. Weiß aus einem Buch über Selbstverteidigung, dass die Abwehr eines heftigen waagerechten Stichs kaum möglich ist. Paul stößt Charlotte zur Seite, sie strauchelt, Katjas Stich verfehlt den Körper, aber trifft den linken Arm. Charlotte schreit und fällt. Paul holt zu einem mächtigen Schlag aus, trifft Katja, die das Messer jetzt zu neuem Stoß erhoben hat, voll im Gesicht, zerschmettert ihre Nase. Katja verliert augenblicks das Bewusstsein, kann sich nicht mehr auffangen. Ihr Kopf schlägt trotz des dicken, lockigen Schwarzhaars hart auf den Steinboden auf. Die Halswirbel knacken hörbar. Die Gesichter der Umstehenden verkrampfen sich. Die Menschen sind von den Bänken aufgesprungen, stieren umher, schreien durcheinander. Paul greift das am Boden liegende Fleischermesser. Ein neuer Schrei entfährt der Menge. Es ist gar kein Fleischermesser, sondern ein Wetzmesser, ein langer runder Stoßzahn aus Stahl, mit dem viele Bauern ihre Schweine und Kälber abstechen. Paul hat es Katja vor einigen Jahren geschenkt, damit sie ihre Scheren dran wetzte. Es lag auf dem Dachboden. Hatte dem Großvater gehört. Damit kann man nicht schneiden. Paul wirft es weg. Er zieht unter erneutem Gekreisch der Menge seinen Dolch, ruft – Halte still! Es geht schnell. Dann gleich zu Doktor Moschele. Lauf schon los, wenn ich fertig bin. Du kannst doch laufen? Ich nehme Katja. – Er trennt ein langes Stück Stoff vom Schleier und bindet

Charlottes Wunde ab. Er stößt die um Katja stehenden Gaffer rabiat mit beiden Händen beiseite, hebt die Leblose auf und rennt mit ihr in den Armen aus der Kirche.

Er hastet über den Marktplatz, links, gerade, rechts, links in die Baruther Straße. Er klingelt, ohne Katja abzusetzen, Sturm am Eingang der Praxis des Doktors. Ganz hoch muss er Katja dazu halten. Ja, der Doktor ist zu Hause, sagt das erschrockene Dienstmädchen. Er isst gerade zu Mittag. Er soll sofort kommen. Sofort! Hören Sie! Sofort! Sofort! schreit Paul mit Katja in den Armen. Wo kann ich sie hinlegen? Das Mädchen öffnet die Tür zum Kabinett. Dort steht eine Pritsche. Eine Pritsche! Paul bettet Katja, die kein Lebenszeichen von sich gibt. Kalt ist sie draußen geworden. Er gibt ihr Wangenstreiche. Keine Regung. Ich habe sie umgebracht. Herr Doktor dringend. Er ist schon da. Legt sich den Kittel an. Holt einen Handspiegel, sein Hörrohr, öffnet Katjas Mantel, ihr Kleid, alles aus Filz, Paul sieht ihren weichen Brustansatz, der Doktor hört das Herz ab, hält den Spiegel dicht an den eingefallenen, blassen Mund und stellt sogleich fest, dass Katja Masloke tot ist. – Rufen Sie die Polizei – befiehlt Paul dem an der Tür stehenden Dienstmädchen. Charlotte ist hereingekommen. Ihre Eltern sind ihr gefolgt. – Herr Doktor, kümmern Sie sich um meine Frau. – Der dickleibige Arzt blickt von der Toten auf die Verletzte, lächelt verlegen. – Ich glaube nicht, dass es gefährlich ist, Herr Prodek. Wir müssen nur eine Sepsis vermeiden. Ich werde die kleine Wunde gut auswaschen und desinfizieren. –
– Minga, erlaubst du mir, dass ich zu Katjas Mutter gehe, bevor die Polizei kommt? Ich muss es ihr selber sagen, was passiert ist. Verstehst du mich? Wir dürfen sie jetzt nicht allein lassen. Das ist unsere Pflicht. – Charlotte nickt mit verzerrtem Gesicht. Wie unbeschreiblich hässlich sie so aussieht. Sie sagt ihm nicht, dass sie denkt, er werde das Gegenteil von dem erreichen, was er beabsichtigt. Er muss es tun. Ich bin an der Katastrophe schuld. – Geh Paolusso! Ich habe kaum Schmerzen. Tu, was du kannst, um ihr beizustehen. – Charlottes Eltern blicken verängstigt und verständnislos dem davon eilenden Paul nach.

Er ist nie im Asselloch, wo Katja wohnt, gewesen. Wenige Male ist er an dem baufälligen Haus vorbeigegangen. Er hat nie mit Katjas Mutter gesprochen. Wenige Male hat er sie von weitem einkaufen gesehen.

Außer Atem tritt Paul in den Treppenflur. Der Putz rieselt. Die Holzstiegen sind durchgetreten. Das feuchte Mauerwerk riecht muffig. Süßlicher Geruch von Grießbrei dringt aus den Schlitzen einer Wohnungstür. Ruhig ist es hier. Still zum Wahnsinnigwerden. Er wendet sich zum Souterrain.

Ein aus Birkenholz geschnitztes Namensschild leuchtet aus dem Halbdunkel. Schwarz-weiße Rinde rahmt die ganz in Schwarz gehaltenen Namen ein: Helene und Katja Masloke. Darunter ein zweites Schild gleicher Art: Schneideratelier. Das hat Katja schön gemacht. Paul klopft heftig an. – Wer ist da? – Man spürt das Beben in der Frauenstimme. – Ich bin Paul Prodek. Ich habe Ihnen eine traurige Nachricht zu überbringen, Frau Masloke. Öffnen Sie mir bitte. –

Schweigen. – Gehen Sie. Ich will Sie nicht sehen und nichts von Ihnen hören. Sie haben mein Kind missbraucht und verraten. –

– Frau Masloke. Bitte öffnen Sie. Ich muss Ihnen sagen, was mit Katja geschehen ist. Ich betrachte es als meine Pflicht, es selbst zu tun. Sie müssen wissen, was mit ihrer Tochter geschehen ist. Ich kann zu Ihnen nicht durch die Tür reden. Ich will Ihnen beistehen ....helfen in dieser schweren Stunde. –

– Sie, der unser Leben zerstört hat. Ein Hohn! Gehen Sie! Es ist doch Ihr Hochzeitstag. –

– Frau Masloke, bitte. Jeden Augenblick kann die Polizei kommen. Ich möchte mit Ihnen sprechen. Sie müssen von mir hören, was mit Katja geschehen ist. Niemand anders soll es Ihnen sagen. –
Paul nimmt den Myrtenstrauß von der Brust und steckt ihn in die Hosentasche.

Schweigen. Minutenlang. Kaum hörbares Atmen auf beiden Seiten der Tür. Dann dreht sich ein Schlüssel. Die Tür wird einen Spalt weit geöffnet. Paul dringt schnell ein, um zu verhindern, dass es sich Katjas Mutter anders überlegt. Wie ordentlich es hier ist. Es riecht nach Kernseife und Katjas Haar, ihrer mehligen Haut. – Vollenden Sie Ihr Werk an mir, Sie Satan. Warum soll es mir besser gehen als Katja? Ich wusste von Anfang an, dass Sie meine Tochter umbringen. Haben Sie es nun vollbracht? – Ein feines, ehrliches Frauengesicht schaut ihn mit müden, rot unterlaufenen Augen an. Frau Masloke hat einen Mantel übergezogen. Sie lag im Bett. Paul schwindelt. Er beißt sich auf die Zunge, um seine Gefühle zu beherrschen. Dann hört er sich sagen: – Katja ist tot. Ich habe sie umgebracht. Ohne es zu wollen. Obwohl ich Katja seit meiner Kindheit geliebt habe. Bis zum letzten Augenblick. Ich möchte Ihnen das vor allem sagen. Es ist ein Verhängnis, was da geschehen ist. Ein schrecklicher Unfall. Ein unglücklicher Sturz. Sie hat meine Frau

in der Kirche von hinten mit dem Wetzmesser meines Großvaters, das ich ihr einmal geschenkt hatte, erstechen wollen, als wir zum Altar gingen. Ich habe ihren Stoß im letzten Augenblick abgewehrt. Leider so heftig, dass sie mit der Schläfe erst gegen eine Kirchenbank stieß und dann bewusstlos auf den Steinboden schlug. Sie war sofort tot. Ich habe sie, so schnell es ging, zu Doktor Moscheles in die Praxis getragen. Er konnte nichts mehr für sie tun. Ich bin aus der Praxis direkt zu Ihnen gelaufen, um Ihnen die fürchterliche Nachricht selbst zu überbringen. Ich halte es für meine Pflicht, mich nicht zu verstecken, Frau Masloke. Ich weiß, ich kann Sie nicht trösten. Niemand kann Sie trösten. Ich musste aber selbst zu Ihnen kommen. Meine Frau wird noch behandelt. Sie ist am Arm verletzt. Sie weiß, dass ich bei Ihnen bin. Ich will alles in meiner Macht stehende für Sie tun. Sie nicht allein lassen in ihrem – Unglück. –
Das verkerbte – feine Frauengesicht schaut ihn verloren und angewidert an.
– Ich ahnte seit Jahren, dass mein Kind mit Ihnen unglücklich würde. Ich habe Katja immer neu angefleht, die Verbindung mit Ihnen aufzugeben. Ich wusste, wovon ich rede. Sie brachte es nicht fertig. Sie hat an Sie in kindlicher Verehrung geglaubt. Geglaubt, dass für Sie Geld nicht zählte. Sie haben ihr das immer wieder weißgemacht, Sie Halunke. Bis ganz zuletzt hat Katja an Sie geglaubt. Sogar als Ihr Aufgebot schon bestellt war. Sie hat immer weiter gehofft, Sie würden sich im letzten Augenblick noch von dieser Hexe losreißen. Zurückkommen. Gehen Sie und sehen Sie zu, wie Sie, mit dem, was Sie angerichtet haben, fertig werden. Leben Sie mit Ihrer ewigen Schuld. Mein Leben hat seinen Sinn verloren. Ich wusste, als Katja heute früh zur Arbeit ging, dass ich sie nicht wieder sehen würde. Ich wusste es. –
Sie dreht, während sie spricht, den Kopf in alle Richtungen und hält die Augen geschlossen.
– Gehen Sie! Befreien Sie mich von Ihrem Anblick. Sie sind ein Scheusal! Unerträglich für mich. – Sie quiekt die Worte heraus. Sie weint und wirft sich über den Tisch.

Es pochte an der Tür. – Frau Masloke, bitte öffnen Sie, Polizei! – Paul geht zur Tür und lässt den Wachtmeister eintreten. – Sie weiß alles. Bitte behandeln Sie Frau Masloke schonend und fragen Sie sie nur das unbedingt Notwendige, Herr Wachtmeister. Ich gehe aufs Revier, um meine Aussage zu machen. –
– Jawoll, Herr Fahnenjunker. – Der Polizist grüßt mit zusammengeschlagenen Hacken.
– Bitte gehen Sie äußerst behutsam mit ihr um. –
Katjas Mutter lacht bitter auf. Sie läuft noch am selben Abend an die Nuthe und wirft sich in das eiskalte Wasser. Sie wird am nächsten Mor-

gen von einem Angler zwei Kilometer flussabwärts mit aufgedunsenem Körper unter der Wasseroberfläche treibend aufgefunden. Das Gesicht zum Wasser gekehrt. Sie hatte Dachziegel in ihre Manteltaschen gesteckt und einige im aufgetrennten Futter eingenäht.

ABLÄUFE

Bevor er zum Polizeirevier geht, sucht Paul nach Charlotte. Sie ist nicht mehr in der Praxis. Sie wird bei ihren Eltern sein. Wieder steht er vor einer Tür und klingelt. Neugierige starren von überall her hinter den Gardinen auf ihn. Charlottes Vater, schon nicht mehr im Frack, sondern im grauen Zweireiher mit Weste schaut heraus. Er schließt wortlos das Fenster. Paul wartet. Endlich wird ihm geöffnet. Es ist das Dienstmädchen. – Wo ist meine Frau? – – Sie erwartet Sie oben in ihrem Zimmer. –

– Paolusso! – Charlotte läuft die Treppe hinunter. Sie trägt noch ihr Brautkleid. Der rechte Ärmel ist abgetrennt. Der Oberarm verbunden. Den Unterarm schmückt eine feine goldene Uhr. Der Trauring mit dem Diamanten glänzt am Finger. – Wie geht es dir, Minga? – – Es brennt fürchterlich. Ist aber nicht gefährlich, sagt Dr. Moschele. In ein paar Tagen wird die Wunde verheilt sein. Es müsste ohne Fieber abgehen. Eine Narbe wird es geben. – – Ich möchte am liebsten gleich bei dir bleiben, Minga. Aber ich muss zur Polizei, meine Aussage machen. Ich habe es dem Wachtmeister, der zu Katjas Mutter kam, zugesichert. Ich möchte nicht, dass sie nach mir suchen. Sei mir nicht böse, wenn ich anschließend kurz bei meinen Eltern vorbeischaue, nur damit sie Bescheid wissen. Ich komme dann sofort zurück. – – Ich warte. Du warst großartig. Du hast mir an unserem Hochzeitstag das Leben – gerettet. – – Um den Preis eines anderen Lebens, Minga. Wahrscheinlich zweier. Ich habe gehandelt, ohne zu denken. Ich hätte ihren Arm greifen müssen, statt ihn wegzuschlagen, dann wäre sie nicht gestürzt. –
– Pauletto, was machst du dir für dumme Vorwürfe. Geh jetzt. Ich warte auf dich. Bleib ruhig. So wie du vorhin warst. Es wird alles wieder. Wir kommen da durch. –
Zwei Stunden später ist er zurück. Durchnässt. Es regnet wieder heftig.
– Möchtest du etwas essen? Lena kann Suppe und Braten bringen. –
– Eine Kanne Tee reicht. Mit Kandis. –
– Wollen wir in unser Haus gehen, wie es nach der Feier geplant war? –
– Nein, lass uns noch hier bleiben. Wir müssen erst ins Reine kommen.

Vorher möchte ich nicht unser Haus betreten. Hast du wirklich nicht zu große Schmerzen, Minga? Möchtest du schlafen? –
– Ich stehe das mühelos durch. Ich denke jetzt daran, was wir gerade tun würden, wenn alles normal weiter gegangen wäre. – Weiter – ein widerliches Wort. Mir ist zum Erbrechen. Für Katja gab es kein Weiter. Katjas Leben war schön. Weil sie an uns geglaubt hat. An mich. Bis es nicht mehr ging. Das Ende war schlimm. Vier böse Monate von 22 Jahren, die schön waren, seit wir uns als Kinder liebten. – Wo ist dein Myrtenstrauß? –
– In meiner Hosentasche. –

„Denn im Tod fragt man nicht, wielange einer gelebt hat." (Jesus Sirach)

– Paolusso, ich wollte dir heute Nacht etwas sagen. Etwas Schönes. Nach all dem uns fremden Trubel, den es gegeben hätte. Ich sage es dir jetzt. Es ist das einzig Richtige, es jetzt gleich zu tun. –
– Was, Minga? –
– Ich bekomme ein Kind. –

Pauls Gesicht verkrampft sich. Die Gaslampe im Raum rauscht und flakkert. Es ist fürchterlich still, nachdem sie den Satz ausgesprochen hat. Auf keinen Fall freuen. Ich darf mich nicht freuen. Ich darf mich nicht freuen. Ich verbiete es mir. Er schließt die Augen, presst die Lider herunter. Wie früher, wenn ihn der Vater schlug.
– Du hättest einige Tage warten sollen, es mir zu sagen. Ich müsste vor Freude aufschreien. Dich umarmen. Ich kann es nicht. Die Nachricht macht mich trauriger, als ich schon bin. Sie kommt an dem Tag, an dem ich zum Mörder wurde. –
– An dem du einen Mord verhindert hast. Vielleicht einen Doppelmord. –
– Seit wann weißt du es? –
– Seit drei Wochen. Ich wollte dich in der Hochzeitsnacht damit überraschen. Alles andere haben wir ja vorweggenommen. Ich wollte, dass da etwas Neues zwischen uns ist. –
– Dann ist es kein Kind unserer ersten Nacht. –
– Nein. Leider nicht. Da wären es mindestens Drillinge, eher noch Fünflinge geworden. Und man sähe es selbst als Einling schon. Ich glaube, es ist passiert, als wir uns auf der Schaukel im Garten unseres Hauses hin und her schwangen. Die Mieter hatten sie für ihre Kinder aufgestellt. Meine Mutter hat sie ihnen abgekauft, weil sie dir so gut gefiel. –
Er lächelt gegen seinen Willen. Auf dem Weg hierher hatte er sich entschlossen, sie zu verlassen und allein nach AFRIKA zu gehen. Um sie beide zu bestrafen. Sie vielleicht später einmal zu sich zu holen. Vielleicht.

Wie können wir je glücklich werden, nachdem ein Mensch wegen uns gestorben ist? Von meiner Hand erschlagen. Allein nach AFRIKA – das geht nun nicht mehr. Ich darf nicht das Kind bestrafen.

– Als ich sagte, wir müssen erst mit uns ins Reine kommen, meinte ich etwas ganz Bestimmtes. – Er schaut sie prüfend an. Ihre Miene bedeutet ihm, dass er alles sagen soll, was ihn bewegt. – Ich werde morgen einen Kredit aufnehmen, um Katja so zu bestatten, wie sie es verdient. –
Sie senkt den Kopf. – Daran habe ich jetzt nicht gedacht. Wieso einen Kredit aufnehmen? –
– Weil es meine persönliche Angelegenheit ist. Ich will ihr wenigstens im Tode treu bleiben. –
– Du bereust also, dass du dich für mich entschieden hast? –
– Ich bereue, dass ich mich für dich gegen sie entscheiden musste. Verstehe das, wie du willst. Ich verstehe es. – Er blickt aus dem Fenster ins Dunkle. Schluckt. – Ich hätte allein nach AFRIKA gehen sollen. –
– Dann hättest du zwei Menschen unglücklich gemacht. –
– Wäre es nicht gerechter gewesen? Ihr hättet mich beide vergessen. –
– Was redest du für einen Unsinn? Du weißt, dass es nicht stimmt. Meinst du wirklich, sie hat mich aus reiner Eifersucht töten wollen, nicht, weil sie dich liebte und ein Leben ohne eure Liebe nicht ertragen konnte? Sie wusste, du wärst ihr nach erfolgreicher Tat treu geblieben und hättest alles versucht, sie aus dem Gefängnis zu bekommen. Gib zu, dass du ihr treu geblieben wärst! So wie du ihr jetzt treu bleibst. Meinst du, ich hätte dich ihr nur aus Selbstsucht weggenommen und nicht, weil ich mich ohne dich leer fühle? Weil ich dich glücklich machen will? Schätzt du uns zwei Frauen so gering ein? Ist das deine Gerechtigkeit? Ich jedenfalls wäre dir gefolgt, ob du es wolltest oder nicht. –
– Und hättest deine Eltern aufgegeben? Du hast mir gesagt, das ginge nicht. –
– Wenn du mich gezwungen hättest, hätte ich selbst das getan. –
– Und wenn ich dich auch in Afrika nicht gewollt hätte? Du hast mir in der ersten Nacht gesagt, wenn ich dich sitzen ließe und du kriegtest ein Kind von mir, wärst du auch zufrieden. –
– Da wusste ich bereits, dass es anders kommen würde. –
– Sieh an! Du wolltest mich also beeindrucken. Nichts weiter. Wie soll ich dir in Zukunft etwas glauben? –
– Du verstehst mich falsch. Die Situation wäre mir lieber gewesen, als dich nie getroffen zu haben. Aber ich hätte weiter um dich gekämpft. Pauletto. Lass das Grübeln. Merkst du es nicht? Das Schicksal hat entschieden. Katja wollte meinen Tod, weil ich dich von ihr trennte. Sie wollte die Einzige für dich bleiben. Meine Antwort darauf kann nur sein,

dir und dem Leben, das ich dir verdanke, desto mehr zugetan zu sein. Meine Gefühle für dich um ihre für dich zu vergrößern. –
Paul möchte auf sie eindreschen. Ballt die Fäuste. Für einen Augenblick schießt ihm der Gedanke durch den Kopf, ob es nicht am besten gewesen wäre, wenn der Stich gelungen, Charlotte tot und Katja ins Gefängnis gekommen wäre. Röte schießt ihm ins Gesicht. Er verscheucht den frevelhaften Gedanken. Er muss sich krümmen. Was hat sie eben gesagt? Etwas Ungeheuerliches. – Es ist frivol und grausam, was du sagst. Seelischer Kannibalismus. Ich will Katja würdig bestatten. Du frisst ihre Gefühle auf und willst daran fett werden. Tust dabei, als sei es in ihrem Sinne. –
– Wir könnten uns jetzt beide umbringen, Paul. Unser Kind dazu. Weil unser Streben zueinander Katja unerträglich war. Wärst du zufrieden, wenn wir beide, wir drei, Katja nachfolgten? Ich bin bereit dazu, wenn du es verlangst. Ich zahle auch diesen letzten Preis, wenn es sein muss, für uns. Aber ich sage dir, dass es das unabänderliche Gesetz des Lebens ist: Was dem einen verloren geht, wächst dem anderen zu. Wenn er will.
– Pfui Teufel! Unsere Gefühle, unser Streben ....Was ist das überhaupt? Einbildung. Gelumpe. Nichtswürdig im Grunde. –
– Das Leben ist grausam. Nicht wir. –
– So sagen sie alle. ‚Über Gräber vorwärts' habe ich einmal auf dem Grabstein eines Generals gelesen. Was soll all dies Getue? – Paul hört nicht auf, wie im Käfig hin und her zu laufen. Ganz plötzlich, bleibt er stehen, rast los. Gegen die Wand. Das Haus bebt. Er schlägt mit Kopf und Fäusten gegen die Wand. Ebenso plötzlich dreht er sich um.
– Es bleibt bei meiner Entscheidung: Ich nehme den Kredit auf, um Katja so zu bestatten, wie ich es für richtig halte. Ich tue es allein. – Ganz leise und scharf hat er gesprochen.
– Paolusso, du weißt, ich mag nichts Trennendes zwischen uns. Ich möchte, dass wir alles teilen. Alles. Auch die Fürsorge für die tote Katja und ihre Mutter. Es ist unsere gemeinsame Schuld. –
– Lass uns gehen. Es bleibt bei meinem Entschluss; und du wirst nicht mehr widersprechen. Nie mehr darüber reden. Oder alles ist aus. –
Charlottes Eltern sitzen sich schweigend im Wohnzimmer gegenüber. Die Gläser Minztee, die vor ihnen stehen, haben sie nicht angerührt. Sie wagen einander nicht zu sagen, woran sie denken. Berthold Werthland weiß jetzt endgültig: An dieser Frau klebt es rabenschwarz. Sie zieht ihre Männer ins Unheil. Hätte ich sie bloß nicht geheiratet. Meine verdammte Eitelkeit. Eine Prachtfrau. Er geht die finanziellen Folgen der Bluttat auf der Hochzeit seiner Tochter durch. Noch monatelang wird das Ereignis das Stadtgespräch Nr.1 in Luckenwalde sein. Es werden Neugierige in mei-

nen Laden kommen, um irgendetwas zu kaufen, nur weil sie sehen wollen, wie das Leben bei uns weitergeht. Aus Schadenfreude. Das bringt nicht viel. Die kaufen eine Packung der billigsten Zigarillos, womöglich bloß eine Schachtel Zündhölzer. Aber mit dem Börschen, meinem Rauchsalon, ist es aus. Für Jahre. Der Name Werthland, unser guter alter Name, wird Befangenheit, peinliche Erinnerungen auslösen. Wer will in den Räumen eines Unglücklichen, dem Opfer einer Eifersuchtstragödie, über riskante Geschäfte, Affären mit Weibern, die kultiviertesten Marienbader Spiegel- und Plüsch-Bordelle, über Favoriten und Außenseiter beim Rennen in Hoppegarten oder Hamburg-Horn sprechen? Nicht einmal über Politik werden sie bei mir mehr witzeln wollen. Womöglich kündigen mir die Damen in Jüterbog ihre Aufträge. Sie möchten nicht dauernd daran denken, wie schnell ein Verhältnis ins Tragische drehen kann. Ich muss meine Freunde bitten, weiter ins Börschen zu kommen. Es muss weiter Betrieb an den Tischen herrschen. In meinem Geschäft ist kein Blut geflossen. Meine Freunde müssen für mich sprechen. Andere zu mir einladen. ‚Wir lassen Berthold jetzt nicht im Stich.' Davor kommt die Häme. Und sie erwarten, freigehalten zu werden. ‚Unsere waren ihr nicht stramm genug.' Was kann ich für eine närrische, mannstolle Tochter, die ihr Leben verdirbt? Das Börschen bringt 50% meines Umsatzes. Nicht auszudenken, wenn es monatelang leer steht. Den Wein für die Hochzeitsfeier kann ich einlagern. Im Geschäft kann ich ihn nicht anbieten. Jeder wird wissen, woher er stammt, denn Wein schenke ich nicht aus. Ich werde ihn unter der Hand verkaufen oder durch Kommissionär in Leipzig ausbieten. Das kompensiert ein wenig die kommenden Verluste. Vom Vierseithof werde ich nicht die vollen Kosten für die Bewirtung der Hochzeitsgäste akzeptieren. Der Wirt muss mir 40 % Abschlag machen. Einen Teil der Speisen und Getränke kann er anderweitig verwenden. Da bleibe ich hart.

Auguste Werthland hört die unruhigen Schritte ihres Schwiegersohnes im Obergeschoss. Hoffentlich geschieht nichts, was sie auseinander bringt. Sie zittert, möchte beten. Sie weiß nicht, was und wie. Wüsste sie, dass Charlotte ein Kind erwartet, wäre sie ruhiger. Sie spürt, wie bei der Vorstellung vom trotz allem obligatorischen Liebesakt der beiden heute Nacht eine Stelle unter ihrem Rock feucht wird, die sie für abgestorben hielt. Charlotte hat nie viel mit mir gesprochen über ihre Gefühle, Ansichten, Unternehmungen. Ich brauchte sie nicht zu erziehen. Sie wusste stets, was sie zu tun und zu lassen hatte. Nur bei ihrer ersten Blutung stürzte sie aufgeregt ins Wohnzimmer und rief: ‚Mama, Papa, ich krieg ein Kind! Ich bin ein Wunder. Ich krieg es ohne Hochzeit.' Da habe ich sie beruhigt, in die Arme genommen, was sie nie mochte, und ihr erklärt, was es war. Über Paul hat sie besonders wenig erzählt. Nicht mehr, als unbedingt nötig. Kämen sie endlich herunter! Sie zuckt zusammen, als Wände und Zimmerdecken unter Pauls Anrennen und Schlägen beben. Sie ruft – Berthold! – Hält die Hand vor den Mund. Werthland lauscht ängstlich. Bloß nicht noch Blut im Hause! Dann ist es ganz aus. Die Eheleute verharren regungslos. Es wird still. Unheimlich still.

Als Paul und Charlotte herunterkommen, um sich zu verabschieden, hält es Auguste nicht länger. Sie springt auf, sobald es an der Tür geklopft hat. Sie umarmt ihre Tochter, hastig, dann lange Paul. Sie drückt ihn an sich. Paul gefällt es. Sie ist immer noch eine sehr schöne Frau. Angenehm warmblütig.
– Ach, Kinder, ich bin so froh, euch zu sehen! Nach all dem Schrecklichen, das wir heute durchgemacht haben. Wollt ihr etwas mit uns zusammen trinken? –
– Danke, Mutter. Wir möchten uns verabschieden, um uns in dein wunderbares Hochzeitsgeschenk zurückzuziehen. In unser Haus. Wie es sich für zwei Frischvermählte gehört. – Paul schaut Charlotte ernst an.
– Kinder, ich möchte euch nach all dem, das vorgefallen ist, so gerne verwöhnen. Darf ich morgen früh zu euch rüberkommen, das Frühstück machen und ans Bett bringen? So gegen 10 Uhr. Ich klopfe natürlich an, bevor ich in euer Schlafzimmer komme. Ich wäre so glücklich, wenn ihr einverstanden wärt. – Paul ahnt, dass Charlotte den Wunsch abschlagen wird. Er kommt ihr zuvor: – Es tut wohl, wie du in diesem Unglück zu uns stehst, Mutter. Gerne. So sind wir morgen früh nicht ganz allein. Es ist dir doch recht, Minga? – Warum sollten wir uns, um ihr eine Freude zu machen, nicht sogar ein wenig bloß vor ihr zeigen, wenn sie es will? Sie hat es verdient. – Wenn es dir gefällt. Bis morgen also, Mama. Gute Nacht, Papa. – Paul ist zu nachsichtig. So geht das nicht. Mama hat einen Schlüssel behalten. Den muss sie morgen rausrücken und versprechen, keinen nachzumachen. Sonst gibt es Zunder.
Berthold Werthland knurrt „Gute Nacht“ zwischen den Zähnen hervor und bleibt in seinem Sessel sitzen. Charlotte gibt ihm einen Kuss auf die Stirn. Auguste Werthland seufzt. Wie soll das an den Festtagen werden, die bevorstehen? Ich hatte mich auf das Weihnachtessen und den Silvesterpunsch im großen Kreis gefreut. Zum ersten Mal seit vielen Jahren. Die Trompeten vom Kirchturm hätten wieder jubelnd geklungen, nicht peinlich wie bisher, als wir zu dritt am großen Tisch das Essen mühselig bis über Mitternacht in die Länge zogen.

Sie gehen durch dichten Regen. Kaum jemand ist auf der Straße. Gut so.
– Du musst mich über die Schwelle tragen. –

– Können wir darauf nicht verzichten? –
– Meiner Mutter erfüllst du jeden Wunsch, kaum dass sie ihn ausspricht. –
– Sie hat viel für uns getan, Minga. Sie hat im Leben schwere Schicksalsschläge erlitten. Es ist nicht gegen dich gerichtet, wenn ich es nicht möchte. Du weißt, ich habe heute eine Tote in meinen Armen gehalten. – Charlotte seufzt. – Verstehe. Mir zuliebe tust Du es nicht. –
– Minga, quäl mich nicht. – Ich sollte ihr wehtun.

Im Schlafzimmer legt sie sich im Bademantel ins Bett. – Das ist wärmer und sicherer für den verletzten Arm als das Nachthemd, falls er noch einmal bluten sollte. – Sie dreht sich auf den Bauch, versteckt das Gesicht im Kissen. Paul weiß, was es bedeutet. Er hebt die Bettdecke hoch und schiebt den Bademantel nach oben bis über ihre Schultern. Die schwingenden Formen, das Muttermal in der Rückenhöhlung! Er legt seinen Kopf hinein. Horcht. Hört das unregelmäßige Gluggern in ihrem Bauch. Dadrin schwimmt eine Kaulquappe. Von mir gemacht, nicht bloß aus dem Teich gefischt. Wenn sie groß genug ist und ausgegossen wird in die Welt, wird sie schreien. Wie recht sie hat. Zu seinem Entsetzen erliegt er.

ZWEI DIESE UND ZWEI ANDERE LEBEN

Wie so oft war die Initiative von ihr ausgegangen. Ihr bleibt mehr Zeit zum Überlegen. Nicht dass das körperliche Verlangen der beiden aufeinander nach bald vier Ehejahren und zwei Schwangerschaften nachgelassen hätte. Im Gegenteil. Dank Mingas straffem Leib, ihrem rosa Muttermal

in der schwungvollen Rückenhöhlung über der rechten Pobacke – er sieht darin drei Bratäpfel am Spieß – und vor allem ihren Brüsten, die mit ihren spitzigen Warzen in die Höhe ragen wie die Entenschwänze in dem berühmten Kinderlied aus dem See, lässt Pauls Begehren nach ihr nicht nach. Wenn er die fransigen Gestalten und eingefahrenen Gesichter der Frauen seiner Kollegen sieht, steigt sein Verlangen manchmal ins Ungeheure. Bei Langeweile im Dienst muss er gegen die aufsteigende Erregung ankämpfen, weil er an den Abend denkt. Versteckte Schönheit ist reizvoller als offenbare, weil sie allein dem Finder gehört. Das Hässliche schmückt sich mit Phantasie, die dem Schönen schadet.

Das Problem mit ihrer Nase hat Minga emotionssteigernd gelöst. Sie trägt im Bett Halbmasken. Sie näht sie selber, denn wegen der irregulären Form ihres Nasenbeins sitzen die Augenschlitze der gekauften Masken viel zu hoch und stehen ab. Sie wählt roten, grünen, schwarzen, weißen lila Stoff. Die Farben ihrer Baskenmützen. Sie verwandelt sich damit in eine Vogelfrau, denn ihre Nase wird durch die Maske zum Schnabel. Wenn sie über den Bauch oder, besser noch, über ihren Po eine weitere große Maske bindet und ihr Schamhaar knallig rot oder rosa färbt, rast Paul. Charlottes Instinkt, das Wissen um ihre Liebeskraft haben sie nicht getrogen. Paul schaut nach keiner anderen.

Sie merkt: Der Dienst bereitet ihm Freude, dörrt ihn aber geistig aus. Kulturelles Leben gibt es in Krotoschin nicht. Die örtliche Bevölkerung verlangt nach nichts. Die Offiziersfrauen nach weniger. Einmal die Woche Kaffeeklatsch bei einer der ihren und sonntags Orgelspiel im Gottesdienst reichen. Im Übrigen die Kinder. Charlotte ist nur einer Einladung zum Kränzchen gefolgt. Das reichte. Der sonntägliche Kirchgang ist unausweichlich. Dienstpflicht. Die Polen, durchweg katholisch, drängen jeden Sonntag in ihr viel zu kleines Gotteshaus. Die meist evangelischen Deutschen verfügen über ein nagelneues, viel größeres. Sie dürfen im religiösen Eifer nicht nachstehen. Eine Allerhöchste Kabinettsorder des Königs hält alle evangelischen Beamten, Militärpersonen und ihre Familienangehörigen ab vier Jahren zum Besuch sämtlicher Gottesdienste an. Nur vom Garnisonsarzt bestätigte Bettlägerigkeit entschuldigt. Die evangelische Kirche von Krotoschin muss an Sonn- und Feiertagen gut gefüllt sein. Deutscher Glaubenseifer muss sich dem polnischem als überlegen erweisen. Wie überhaupt.

Minga hat ihrem Mann vorgeschlagen, jeden Monat zusammen ein Buch zu lesen und anschließend darüber zu debattieren. Paul hat gerne eingewilligt, muss aber wegen vieler Überstunden zur Vertretung von Kameraden oft schummeln, indem er Seiten überschlägt, will er vereinbarte Zeit und Pensum einhalten. Den Gesprächen tut es keinen Abbruch. Es freut ihn, wenn sie gar nicht merkt, dass er ganze Passagen nicht gelesen hat, besonders solche, die sie für wichtig hält. Er fordert sie dann durch Infragestellungen so geschickt heraus, dass sie praktisch den Inhalt des Ausgelassenen erzählt. Sie sitzen sich abends oder am Sonntagnachmittag bei Kaffee, Tee oder Schokolade in plüschigen Sesseln im Wohnzimmer des angemieteten Hauses gegenüber, vertieft in den gleichen Text. Manchmal blinzeln sie sich zu und fallen dann wie Raubtiere übereinander her. Masken liegen griffbereit. Ahnt sie sicheres Verlangen, setzt sie sich schon maskiert zum Lesen hin. Nach dem erotischen Intermezzo geht es ernsthaft weiter. Wo waren wir stehen geblieben? Paul überkommt bei alledem oft die Frage, was er in diesem Moment tun würde, wäre er mit Katja nach **AFRIKA** gegangen. Sicher nicht lesen. Mit Katja wäre das Zusammenleben rauer und zärtlicher. Das Zusammensein eine Oase inmitten des täglichen Kampfes ums Überleben. Mit Minga ist das Leben heiter und Sport. Wie mein Dienst. Ich habe einen Menschen geopfert für dieses leichte Glück der Tage. Geopfert meinen Traum, mit voller Kraft etwas Eigenes aufzubauen. Sie wusste voraus, dass wir füreinander geschaffen sind. Dass nicht einmal der einzig mögliche Feind, die Langeweile, uns gefährlich werden kann. In **AFRIKA** wäre alles anders gewesen. Elend, Kampf und Zusammenstehen. Das ist mehr wert als Glücklichsein. Aber Glücklichsein tut wohl. Charlotte spürt, wenn er in Gedanken bei der anderen und im schwarzen Erdteil ist. Sein nicht gelebtes Leben **MIT KATJA IN AFRIKA** ist immer da. Obwohl sie es weiß, fragt sie: – Woran denkst du? – Er antwortet ausweichend.

Als er gestern nach Hause kam, fragte sie –Wollen wir vor dem Schlafengehen ein Streitgespräch über den Ablasshandel führen? – Paul grunzte laut los. –Passt gut, ich komme gerade aus dem Fegefeuer, sprich Gefechtsübung für Straßenkampf. Die Geschichte hat über den Ablass entschieden. Was gibt es da zu streiten? – – Macht nichts, wir rollen alles wieder auf. Schlagen Rollen und Kapriolen rückwärts. – – Ich schlag dir nie was ab, Koboldin. Also gut. Unter der Bedingung, dass ich der Papst bin. – – Ooch, den hatte ich mir vorbehalten. Es ist die schwierigere Aufgabe, und ich hatte mehr Zeit, mich vorzubereiten. Ich wollte dir deshalb gnädig den Luther überlassen. – – Ist mir zu langweilig als Argumentation und zu viel Emphase im Auftreten. Gnädig oder nicht, Eure Heiligkeit, ich nehme das Anerbieten, Sie herunterputzen zu dürfen trotzdem an. Jetzt mach dich auf was gefasst. Wüterich Martin wird lau aussehen gegen mich. Ich lass an dir kein Haar ungerupft. – Und so tobten sie aus dem Stegreif los. Ließen kein Körperteil unbedreckt. Vergaßen eine Stunde lang das fällige Abendbrot.

Heute fragt sie gleich nach dem Begrüßungskuss: – Sag einmal, welchen Kandidaten wirst du wählen im nächsten Jahr, wenn du wahlberechtigt wirst? Da ich als Frau kein Stimmrecht habe, wäre es normal, wenn wir gemeinsam entschieden, hinter welchem Namen du künftig dein Kreuzchen setzt. Findest du nicht? Zumal du bei der Wahl zum Preußischen Landtag dank meines Vermögens in Klasse II sehr viel mehr Stimmgewicht hast, als dir nach deinem kümmerlichen Sold in Klasse III zustünde. Als Chef wählst du für die ganze Familie. Da sollte ich mitreden dürfen. – Sie blickt ihn möglichst unschuldig an.
– Fast ein Genie bist du taktisch, wenn es gilt, eine Festung zu stürmen. Leider ist, rechtlich gesehen, falsch, was du sagst. Das Wahlrecht ist ein höchstpersönliches öffentliches Recht. Über das Familienrecht kann man es nicht einschränken oder ausweiten. Wenn es dir nicht zusteht, bist du außen vor. Und dir steht es in doppelter Hinsicht nicht zu. Als Frau und obendrein, weil du nicht einmal 25 Jahre alt bist. Du hast nicht mitzureden. Punctum. Ich bin in meiner Entscheidung souverän. Es gibt deshalb die schöne Anweisung von oben über die Arbeitsaufteilung beim Wahlgang: *Die Frauen und Töchter sollen sehen, dass die Mannsleut pünktlich gehen*. Ich hoffe, ihr habt es zu Hause so gehalten. Bei einem Justizsekretär war das überflüssig. Aber ginge es nach mir, würde ich dir herzlich gerne mein Mannesprivileg abtreten, Suffragettchen. Die Ausübung, selbst als Premiere, bereitet mir nämlich weder Vergnügen noch Kopfzerbrechen, sondern einen schalen Geschmack im Mund. Kurz vor angewidert. Mir ist, als müsste ich für das Sonntagsmahl zwischen Storchen-, Fuchs- oder Dachsbraten wählen. Rat mal für welches dieser wenig schmackhaften Angebote ich mich entscheiden werde, nur weil ich mich irgendwie dazu verpflichtet fühle zu wählen? –
– Ich weiß nicht, welches Tier bei dir für welche Couleur steht. Gehe ich nach ihrem Aufputz würde ich den Storch mit schwarz-weiß-rot für die Nationalliberalen, den Fuchs mit rot für die Sozialdemokraten und den schwarz-weißen Dachs für die Konservativen, den moderneren Flügel, die Reichspartei, setzen. Es hätten noch der bunte Stieglitz für die Freisinnigen und der schwarze Maulwurf für das Zentrum gefehlt. Aber die scheiden bei dir ohnehin aus. Bei den Freisinnigen bin ich mir allerdings nicht ganz sicher, obwohl du, wie du andeutest, irgendwie nützlich wählen willst. –
– Unglaublich, wie du Gefieder und Pelz in Couleurs verwandelst! Dabei war das gar nicht gemeint. Die Viecher kamen mir spontan in den Sinn

wegen ihrer Ungenießbarkeit. Nun wähle eines, von dem du meinst, dass ich es wähle. Dies Wahlrecht hast du. –
– Wie ich dich kenne, wählst du den Dachs. –
– Du und dein Instinkt versagen in der Politik schmählich. Demnach ist es wohl besser, du hast kein Wahlrecht. Mit dem Stieglitz warst du näher dran. –
– Kleine Überraschungen tun der Ehe gut, oder? Ärgern lasse ich mich grundsätzlich nicht, wie du weißt. Das gelingt dir nicht. Rat mal, warum nicht. –
– Vor so viel Nettigkeit von einer Dame zier ich mich nicht lange, sondern lass sogleich die Hose runter und bekenne, dass ich die Sozis wählen werde. –
– Das gibt's nicht! Du scherzt doch? Willst mich den Mund aufreißen sehen. Als Offizier und Sohn eines preußischen Justizbeamten wählst du vaterlandslose Gesellen? Das ist Hoch- und Landesverrat. Du kennst die Erlasse an die Staatsdiener und hältst dich nicht daran. Sogar ich habe davon gehört. Mein lieber Mann! Ganz nebenbei erfahre ich davon. Wie gut, dass ich die Frage gestellt habe. Man lernt nie aus mit den Männern. Nicht mal dem eigenen. –
– Von dir lass ich mich gern besitzen. Selbst als Sozialist. Obwohl die angeblich sogar die Frauen vergemeinschaften wollen. Spaß beiseite: Ich bin zwar nicht vom Parteiprogramm der Sozis überzeugt, glaube schon gar nicht an die Weltrevolution, würde jedenfalls keine Hoffnung und keinen Kreuzer darauf setzen, denn ich bin, wie du richtig erkannt hast, ein Konservativer im Geist. Gäbe es heute Konservative vom Schlage der Gebrüder Gerlach oder ihres großen Gegenspielers Bismarck, würde ich die wählen. Sehe ich mir aber die verknöcherten und geistig abgerodeten Junker von heute an, wird mir speiübel. Das ist die Karikatur echten Preußentums. Kenn ich von der Kaserne. Nichts als verfärbte Vergangenheit und eingebildete Werte. Militärzirkus! Tanz der Gebeine. Fridericus Rex vorne und hinten, oben, unten und mittendrin. Bloß nicht für einen Groschen selbständig denken. Der philosophierende König würde diesen aufgeblasenen Blasierten den Marsch oder gar Hagebuttensamen als Juckpulver in den Arsch blasen lassen, lebte er. Vor allem hätte er ihnen das Gesetz nicht durchgehen lassen, wonach eine Frau beim zweiten unehelichen Kind keine Alimente mehr erhält. Eine Schande für die feinen Herren Volksvertreter. Sollen ihre Söhne erziehen, statt auf den armen Mädchen, die auf sie reinfallen, und deren Kindern rumzutrampeln. Weißt du, ich finde, dass für die Arbeiter, sie bilden die immer größere Masse der Menschen in unserem Land, etwas getan werden muss. Es ist d i e Frage unserer Zeit. Sie müssen in den Staat integriert, für den Staat

gewonnen werden. Im Moment sind sie gezwungen, an seinen Rändern zu leben, unter Mühen und Kämpfen. Was Bismarck mit seiner Sozialgesetzgebung begonnen hat, müssen wir fortführen. Die Arbeiterschaft ist im Großen und Ganzen ausgesprochen gutwillig. Sie duckt sich lieber als aufzubegehren. Solange sie noch halbwegs zu essen hat. Sie erwartet von einem auf das Gemeinwohl ausgerichteten, in altertümlichen Worten, einem paternalistischen Staatswesen wie Preußen, eine Befreiung aus ihrem Elend. Von wegen: Uns hilft kein Gott, kein Kaiser noch Tribun. Sie wollen, dass Kaiser und Borsig ihnen die Hände reichen, sie aufrichten und hochziehen. Bis ins Parterre genügt ihnen. Die oberen Stockwerke lassen sie den Reichen. Aber sie wollen die ganze Hand, nicht nur den kleinen Finger wie jetzt. In Preußen kam die Revolution immer von oben. Die kleinen Leute haben sich daran gewöhnt. Ich fühle mich an ihrer Seite in ihren gerechten politischen und sozialen Forderungen, und deshalb wähle ich die Sozialdemokraten. Ich halte das für überaus und recht verstanden preußisch. Das würde ich sogar meinem Vater an den Dickschädel werfen. Die Arbeiter sind benachteiligt, unter Druck, deshalb versuche ich ihnen zu helfen mit dem mir möglichen Mittel. In Luckenwalde mit seinen Arbeitern würde meine Stimme Sinn machen. Hier auf dem Lande leider nicht. Wird höchstens Kopfzerbrechen beim Wahlvorstand darüber auslösen, wer der Verräter oder Verrückte aus Klasse II ist. Immerhin ein Signal. Verstehen werden sie es nicht. Hättest du mich nicht aufgegabelt, wäre ich wahrscheinlich viel militanter geworden. Du hast mich von einer sachte in mir angelegten Radikalität im Handeln sachte fortkorrumpiert. Geblieben ist eine gewisse Radikalität im Denken. Aber ich gebe zu, der Erfolg meines privaten Lebens steht bei mir obenan. Hast du etwas dagegen, dass dein Vermögen den Arbeitern ein wenig hilft? Wen würdest du denn wählen, wenn du dürftest? –
– Was man, wiederum ganz nebenher, über die weltpolitische Bedeutung der eigenen Person erfährt. Da muss mir S.M. dankbar sein, dass ich ihn vor einem gefährlichen Staatsfeind bewahrt habe. Einem weißen Aufrührer in Afrika. Du wärst da unten gefährlicher geworden, als es alle Hottentotten, Hereros und Massai zusammen sind. Du hättest womöglich Carl Peters gestürzt und einen Tagelöhner-und-Kleinburen-Freistaat rund um den Kilimandjaro ausgerufen. Dich gar mit den Eingeborenen verbrüdert und Kralrepubliken errichtet. August Bebel würde sich grämen, wüsste er von dir, dass ich ihm einen gewitzten Mitstreiter entzogen habe. Lass mich erst einmal verdauen, was ich vernommen habe, ehe ich auf deine Fragen eingehe. Ich habe wirklich nicht geahnt, dass du so dezidierte politische Ansichten hast. Jedenfalls bin ich nicht dagegen, dass du mit meinem Vermögen im Rücken stimmst, wie du entschieden hast, wo du so gute Argu-

mente dafür lieferst. Aber um eines bitte ich dich: Sag nie meinem Vater was davon. Versprich es mir. Bei allem, was dir lieb ist, also uns Vieren. Mein Vater kann dich sowieso nicht ausstehen. Wenn er erfährt, dass ein Teil des über Generationen von seiner und seiner Frau Familie sauer verdienten Vermögens dem erklärten Klassenfeind zu Gute kommt, würde er dich hassen und sich in allen Vorurteilen gegen dich bestätigt sehen. Womöglich die Scheidung verlangen. Insgeheim ist er dabei, dir näherzurükken. Mach das nicht kaputt mit deiner törichten Offenheit. Mir zuliebe. Nur Mamas pausenlose Schwärmerei für dich und die Tatsache, dass ich bisher bloß zwei Töchter geboren habe, stehen einer Umarmung noch im Wege. Weißt du, was Mama mir gesagt hat? Du weißt doch, Pappa mag das Militär und sein Gehabe nicht – außer als Kunden. Er hat, als sie über dich wieder einmal stritten, gesagt: Nicht mal als Zuchtbulle taugt dieser Herr Fähnrich, mein Schwiegersohn. Pappa möchte unbedingt einen Enkelsohn haben. Der mal das Geschäft übernimmt. Nimm nicht ernst, was er sagt. Es zeigt, dass er sich mit uns versöhnen will, weil er sieht, dass wir trotz des bösen Beginns glücklich geworden sind. Es fällt ihm schwer einzuknicken. Fabrizieren wir beim nächsten Mal einen Sohn, ist die Versöhnung garantiert, dann springt er dir vor dem Kreißsaal um den Hals. Küsst dich ab. Zumindest wird er es versuchen, bis an deinen Hals zu gelangen. Er wartet darauf und sehnt sich nach beiden, dem Enkelsohn und dich zu umarmen. –
– Und wenn es wieder ein Mädchen wird? Werd‘ ich dann weiter beschimpft? –
– Er meint es nicht ernst. Ist nur enttäuscht. Verstehst du das nicht? Sein Geschäft ist sein Leben, und er hat zwei Söhne verloren. Um endlich auf deine Frage zu antworten: Ich denke, ich würde nationalliberal wählen. Wie mein Vater. Etwas an Gemeinsamkeit muss es zwischen uns geben. –
– Ach, die Anpasser! Sie haben ein paar gute Leute, aber sind zu handzahm. Sie sollten S.M.s Kapriolen bremsen, insbesondere die außenpolitischen. Sie ziehen vor, sich anzudienen, unrealistische Höhenflüge für Deutschland einzufordern. Die Flotte! Gleich nach Gott, rangiert sie. Die kaiserlich-christliche Seefahrt kostet uns mehr als alle christlichen Dome aller christlichen Jahrhunderte zusammen genommen. Man kommt sich als Infanterist geradezu schäbig neben den Flachmützen mit ihren Flatterbändern, Flatterhosen und Leistreterchen vor. Aber ich will nicht weiter gegen Miquel, Naumann und Konsorten ausholen, sonst schlägt in unser Wohnzimmer aus blauem Himmel der Blitz ein. –
– Pauletto, spiel dich nicht auf! Wir sind nicht mehr auf dem Feuerwehrball. Ätsch, da hast du‘s! Ich gebe zu, dass ich von politischen Angelegenheiten nicht viel verstehe. Aber meine Grundeinstellung ist fortschrittlich

und national. Was soll daran schlecht sein? Ich möchte, dass du das anerkennst. Du scheinst mir zwischen Extremen zu schwanken. Aber ich vertraue dir auch in dieser Hinsicht voll und ganz. Ich habe mich in dir nie getäuscht. Ich freue mich über uns, so wie wir leben. Selbst in diesem stinkigen Krotoschin, das keiner kennt, der nicht hier war. Ich wundere mich bloß, wenn ich dich reden höre, dass du Offizier geworden bist. Da musst du vorwiegend gehorchen, nicht denken. Du hättest in die Politik gehen sollen. Hast du nie daran gedacht? Als Anwalt wäre es dir leicht gefallen. –
Er zögert zu antworten. Soll er sagen, dass ihn rauchige Versammlungsräume voller Wichtigtuer ankotzen? – Habe ich dich jemals nicht ernst genommen? Vielleicht zu ernst, weil ich von Beginn an vor dir gepfaut habe, statt dich links liegen zu lassen. Höre: Ich habe eine andere Auffassung von meinem Beruf, als die allgemeine Meinung darüber ist. Du teilst sie aus Unverstand. Ich glaube, ein Offizier sollte viel denken. Und im Übrigen habe ich dir schon gesagt, dass mir das Rumtoben im Freien und die Ruhe meines Privatlebens das Wichtigste auf der Welt sind. Wenn es alle so hielten und wie ich darauf verzichteten, die Welt mit ihren Vorstellungen beglücken zu wollen, könnte es paradiesisch auf Erden zugehen. Dann brauchten wir keine Regierung und Parteien, bloß ein bisschen Verwaltung. –

Zitate:
Wenn der Mensch einen Zustand finden könnte, in welchem er sich dem Müßiggang überlassen und sich gleichzeitig als ein Nutzen bringendes, seine Pflicht erfüllendes Geschöpf fühlen könnte, so hätte er damit einen Teil der Glückseligkeit unserer Voreltern vor dem Sündenfall wiedergefunden. Und nun gibt es einen ganzen Stand, der sich eines solchen Zustands pflichtgemäßer und keinerlei Tadel ausgesetzter Müßigkeit erfreut: den Militärdienst. (Leo N. Tolstoi, Krieg und Frieden).

Wie es scheint, ist heute für die überwiegende Zahl der Wähler die wichtigste Frage die, ob das System langfristiger Handelsverträge, wie es bisher bestanden hat, fortgesetzt werden soll. Die einen bejahen es leidenschaftlich, die anderen verneinen es ebenso leidenschaftlich oder
– Ich möchte mich bei dir mit einer Gewissensfrage revanchieren. Seit Langem denke ich darüber nach, wieso du das Lyzeum nicht abgeschlossen hast. Du hättest sogar studieren können, um Lehrerin oder Ärztin zu werden. –

Charlotte blickt ihren Mann an, als wolle sie ihm einen Streich spielen und denke darüber nach wie am besten. Sie spitzt die Lippen und schiebt

sie eine Weile hin und her. – Es wird dich überraschen, weil du mich so nicht kennst: Ich weiß es nicht. Es war sicher nicht der Widerstand meiner Eltern. Der war mir nicht bloß schnuppe, der hätte mich angespornt. Sie hielten meine höhere Bildung nicht schlicht für überflüssig, sondern für schädlich, weil sie meinten, nach meiner Nase sei das ein weiteres, wahrscheinlich noch viel schwerwiegenderes Hindernis, um einen passenden Mann zu finden. Ich hab mir ganz von allein gedacht, dass wenn ich studierte, ich mich vollauf dem Beruf widmen und auf eine Familie verzichten müsste. Das wollte ich nicht, weil ich mich zu früh in dich versehen hatte. –
– Dann habe ich die Gesellschaft einer tüchtigen Ärztin oder Lehrerin beraubt. In der Tat: Was man so alles, ganz nebenher, über die soziale Bedeutung der eigenen Person erfährt. Mich hätte nicht gestört, wenn du studiert hättest und in einem Beruf arbeitetest. –

– Bild' dir nicht zu viel ein. Etwas anderes gab womöglich den Ausschlag. Ich bin selbstsüchtig und lese gerne. Mich unter eigenem Kommando an das Leben und seine Geheimnisse heranzupirschen, ohne Lehrer, Anleiter, Vorbilder, hat mir mehr Spaß gemacht, als die Schulbank zu drücken und mich irgendwo in ein festgezurrtes System einzufügen. Dass du so etwas kannst, wundert mich. Da ich es mir leisten konnte, habe ich mir Bücher aus allen Fachbereichen gekauft. Sie stehen nun um uns herum und sind uns manchmal nützlich. Dazu kamen die vielen Romane, die meine Mutter in ihrem Teesalon hegt. Ich habe mir die Welt erlesen, statt irgendwas zu studieren. Mein Instinkt: Es war im Nachhinein das Beste für uns. Ich kann mich auf uns konzentrieren. –

– Willst du damit sagen, du wärst als Ärztin oder Lehrerin nicht mit mir nach Krotoschin gekommen? Ich könnte es mir ganz amüsant vorstellen, wenn du hier praktizieren würdest. Aber sicher würde ich mir im Dienst dann noch mehr anhören müssen, wie arrogant du dich den anderen Damen gegenüber aufführst. –

– Ich könnte Arbeit vorschützen, um ihnen privat aus dem Wege zu gehen. Gut. Der Preis: Ich müsste mich in der Praxis mit ihnen über ihre Herzbeschwerden und ihrer Kinder Keuchhusten und Ziegenpeter aussprechen. Ob ich Lebertran oder Rizinus verschreibe. Sie zur Kur schicke. Oder: In der Schule über Betragen und Benotung ihrer Gören streiten. Jedenfalls müsste ich mich dauernd mit ihnen und ihren Sorgen beschäftigen. So bin ich frei und nur mir verantwortlich. Du schreibst mir nie was vor. Hast genug vom Rumkommandieren in der Kaserne. Mein Instinkt!

Mein Egoismus. Gut für uns.–

Hier hat sich Carl Peters zu dem Charakter entwickelt, den unsere Zeit brauchte, aber nicht verstand, zu dieser Mischung von spekulierendem Deutschtum und zugreifendem Engländertum. Ein Stück Pizarro war uns, wie das Programm der Träumer vom Kolonialverein bewies, bitter not. Und Gott sei Dank war es uns in Carl Peters beschert. Ein Tugendbold ist und war er nicht. Aber er ist ein Mann; der Mann, den wir brauchen.
...
Durch den diplomatischen Schachzug, die Antisklavereibewegung in den Vordergrund der Motive zu rücken, gelang es dem Fürsten Bismarck, das Zentrum für die Bekämpfung des Aufstandes zu interessieren. So kam eine Mehrheit zustande, die durch Gesetz vom 30. Januar 1889 für Maßregeln zur Unterrückung des Sklavenhandels und zum Schutze der deutschen Interessen in Ostafrika zwei Millionen Mark zur Verfügung stellte und die Regierung ermächtigte, die Ausführung der erforderlichen Maßregeln einem Reichskommissar zu übertragen.
Hans Zache, Kaiserlicher Regierungsrat und Bezirksamtmann a. D. in: Deutschland als Kolonialmacht, Dreißig Jahre deutsche Kolonialgeschichte, herausgegeben vom Kaiser-Wilhelm-Dank Verein der Soldatenfreunde, 1914

ZWEIFACHES RÜCKENENTZÜCKEN. KEIN KNOPF.

Ob es an der mit Pferdemist überwürzten Krotoschiner Luft liegt oder dem dauernden Anblick der genialen frühen Erfindung des Menschen, der Wasserpumpe, die hier allgegenwärtig ist, womöglich ihren Berichten vom schwierigen Geschlechtsleben der Pfarrersleut, mir gerät Ausgefallenes in den Sinn. Ersatz für unsere Liebesschaukelei von zu Hause, die ich so mochte. Sie fehlt mir mehr als Peter Schlemihl der Schatten. Unbequemer wird es. Für sie vor allem.
– Ich bin platt wie ein Entenfuß und neugierig wie eine Nilgans. *Du* wirst erfinderisch? *Ich* halte doch alle Patente für unser Paarungserleben. –

– Ich habe schlecht geschlafen, Minga. Gab viel Ärger im Dienst in letzter Zeit. Wenn ich schlecht schlafe, träume ich. Es war in der Puszta. Gelb-braun das Land, mitten darin einsam und allein eine sattgrüne, hohe

Pumpe. Eine breite Kappe oben, fülliger, langgestreckter Bauch darunter, mit starkem Zapfrohr vorn und einem kühn gebogenen Schwengel hinten. Wie ein Violinenschlüssel sah er aus. Ich weiß nicht, wo du plötzlich herkamst, nackt mit einem kleinen silbernen Eimer in der Hand. Du beugtest dich nieder, hingst den Eimer an den Haken des Zapfrohrs und fingst an zu pumpen. Ich trat heran, ohne dass du es merktest, tatest wahrscheinlich nur so als ob, jedenfalls bedientest du weiter ungestört den Schwengel, während ich dich meinerseits von hinten vollpumpte. Der Schwengel quietschte und ächzte. Mit jedem Schwengelschwung, spritzte es neu aus mir heraus. Als du aufhörtest zu pumpen und seelenruhig den Eimer abnahmst, als sei nichts geschehen, wachte ich auf. –

– Und du hast mich nicht geweckt? Die Geschichte hätte ich gern gleich in der Nacht vernommen, um dich zu umarmen. Ich glaube …

– Ich wollte dich nicht stören. Da mein Traum angenehm war, obwohl du mich gar nicht wahrzunehmen schienst, und wir ihn nicht gleich an der Pumpe vor dem Haus in die Praxis hätten umsetzen können – wer weiß, wer da wegen Zahnschmerzen nicht schläft und nach dem Mond ausschaut – wollte ich mich nicht mit weniger begnügen. Hab es beim Traum gelassen. – Er sieht sie aus seiner blauen Uniform, den Pickelhelm noch auf dem Kopf, mit amüsiertem Bedauern an.

– Du hast recht getan. Ich rase morgen gleich los und finde dir eine Pumpe, wo uns in der Nacht garantiert niemand sehen kann. Verlass dich drauf. Ich bin gespannt wie eine Hängebrücke. Hoffentlich quietscht die Pumpe. Ächzt und keucht. Ein bisschen Handarbeit macht mir beim Rumtata nichts aus. Aber wie du träumen kannst, dass ich dich gar nicht wahrnehme…sowas. –
– Ich glaube, du wolltest mich gerade damit aufreizen. –
– Diese Taktik liegt mir nicht, wie du weißt. Aber vielleicht sollte ich es mir überlegen, wenn es desto stärker wirkt. –
Charlotte lässt am nächsten Morgen Maja in der Obhut von Danuta zurück und zieht los. Es sieht schlecht aus. Weil es in Krotoschin keine Wasserleitungen und keine Kanalisation gibt, stehen die Pumpen vor den Häusern, manchmal im Hof. Die kommen nicht in Frage. Selbst in Neumondnächten würden die Hunde hartnäckig bellen, wenn man da den Schwengel schwänge, sodass die Leute schließlich nachschauten, was es gäbe.

Sie geht über die sommergelben Felder. Hier gibt es keine Pumpen. Wozu auch? Das Wasser muss vom Himmel fallen, um nützlich zu sein.

Sie begegnet einer Dampfpflug – Lokomotive. Eine Meute begeisterter Kinder läuft neben dem schwarzeisernen Ungetüm her. Wirft Steine gegen den Stahlkessel, in dem Kohle glüht. Fahrer und Heizer schimpfen. Ich sollte die Brummer mal aufnehmen. Nach zwei Stunden Umherlaufen durch die Stadt und übers Land sieht sie ein, dass nichts zu machen ist. Schade. Sie träumt Pauls Phantasma als Tagtraum nach. Bleibt dazu gebückt mitten auf dem Felde stehen, steckt ihren Hintern heraus und lässt den rechten Arm auf- und niedersausen.

Als sie sich vom Waldrand her der evangelischen Kirche nähert, bemerkt sie linkerhand kurz vor den ersten Häusern eine Koppel. Pauls Riecher! Mit Pferdemist als Würze hatte er seine Traumgeschichte begonnen. Es gibt auf der Koppel eine Tränke, also eine Pumpe. Keine sehr ansehnliche, ein rostiges dürres Ding aus Gusseisen. Nichts von bauchig oder sattem Grün mit Helm obendrauf. Gar von Violinschlüssel als Schwengel. Wacklig. Quietschen wird sie bestimmt. Hoffentlich fällt sie nicht um, wenn ich heftig werde. Und die Pferde? Die dürfen zuschauen, wenn sie nicht schlafen. Paul wird dafür sorgen, dass sie nicht zudringlich werden. Auftrag ausgeführt! Jetzt muss die Nacht lau werden. Sie flitzt nach Hause. Zwei Unteroffiziersfrauen begegnen ihr. Charlotte lacht ihnen entgegen, noch bevor die Grußweite erreicht ist. Die beiden schütteln die Köpfe. Meschugge, diese Person. Blamiert den Fähnrich und die gesamte Truppe. Der liebe Gott weiß, wem er einen Hexnzinken aufdrückt.

Nach Mitternacht ziehen sie zu ihrem Liebesabenteuer aus. Das kahle Profil des Halbmonds sucht seine Bahn. Die Ernte ist getätigt. Die Krotoschiner Luft duftet nach Heu, Lupinen und Stroh. Dazwischen stinken träge wie das ganze Jahr über die Dunghaufen vor den Bauernhöfen. Noch dampfen sie nicht. Die Häuser stehen plump und schwarz daher. Rauchfäden steigen kerzengrade aus den Schornsteinen ins Leere. Hunde bellen dem einsamen Paar mürrisch nach. Paul und Charlotte schreiten aus. Lachend, Hand in Hand, stolz auf sich und ihre Einfälle. Sie kommen an der schneeweißen evangelischen Kirche vorbei. Die Türme ragen wie zum Beten gestreckte Hände auf.
– Nebenan schläft das verstörte Pfarrerspaar. Wenn die wüssten…

– Das Leben ist voller Töne. Einfach hinhören und mitschwingen. Wie gut, dass es keiner außer uns weiß. –

Schnaufen und die Ausdünstungen friedlicher, warmer Leiber verraten, dass sie am Ziel ihrer Erwartung angelangt sind. Sie schieben sich durch die Holzbalken der Einfriedung. Minga hat Zuckerstücke mitgenommen. Raue Lippen schaben auf ihren Handflächen, weiche Nüstern kitzeln nach. Die Tiere riechen scharf. Wie viele sind es? Eine ganze Herde. – An der von dir geschätzten Würze der Krotoschiner Luft wird es nicht fehlen. – Sie zieht ihn am Arm hinüber zur Tränke. Sie legen die Kleidung ab und hängen sie über einen Holzbalken, an dem die Pferde zum Satteln angebunden werden. Das nasse Gras stimuliert. Sie umarmen sich. Paul packt Minga unter den Armen und hebt sie hoch, um mit seinen kräftigen Wimpern ihre spitzen Brustwarzen anzufachen und dann für Augenblicke wiederholt die Mamellen in Gänze zu verschlingen. Sie zieht die Unterschenkel an und fängt mit ihren zusammengekniffenen Knien seinen Steif ein. Quetscht ihn ordentlich. Dann umschlingt sie seine Hüften mit ihren Beinen und lässt Oberkörper und Kopf nach hinten sinken, setzt die Hände auf den glitschigen Boden. Er hebt sie wieder empor und lässt sie ganz langsam, Zentimeter für Zentimeter, an seinem Körper hinuntergleiten. – Alles bereit? – – Scheint so, Herr Fähnrich. –

Sie stellt sich so, dass sie den Pumpenschwengel rechts greifen kann. Aber es gibt ein Problem. Sie ist zu klein. Er müsste in halbe Hockstellung gehen, um bei ihr einzuschlüpfen. Das ist selbst für seine durchtrainierten Beinmuskeln zu anstrengend. Zu Hause, wenn sie sich über die weiche Sofalehne legt, kann er sie beliebig nach vorn schieben, ein Kissen unterlegen, sich dann darüber beugen. – Dass wir daran nicht gedacht haben! – – Wir brauchten zwei Untersätze für deine Füße. Am besten zwei Feldsteine. – – Ach was. Wir nehmen unsere Kleidung. Wir ballen sie mit den Gürteln fest zusammen. Das wird reichen und ist bequemer. Natürlich sind die Sachen hinterher nass, und wir riskieren einen Schnupfen. Damit haben wir Erfahrung. –

Es reicht fast. Er braucht die Knie nur noch ein wenig beugen. Das geht. – Du wirst beim Pumpen schnell deinen Arm ermüden. Fang erst damit an, wenn ich es dir sage. – Sie bückt sich. Er bemerkt: Ihr starker Schnürmuskel ist nach der Geburt schlaffer geworden. Kaum noch spürbar, obwohl sie presst. Grübchen haben sich auf den Pobacken gebildet. Sie ist jetzt weiblicher, keine Bachnymphe mehr. Er fasst sie von der Seite kurz über der Hüfte und zieht ihr Hinterteil hoch an seine Schenkel. Sie schwebt nun. Er legt den Kopf in den Nacken und blickt in die schiefe Geometrie des Orion. In halber Höhe sticht die Venus aus dem Dunkel hervor. Haltlose Versprechungen. Wohliges Flimmern. Schwindel. Sie sieht durch ihre und seine Beine hinter dem schwarzen Rahmen des Koppelzauns die blassen Schemen der beiden kalkgetünchten Kirchtürme. Zwischen ihnen steht ein rötlich schimmernder Lichtpunkt: Mars. Sie atmet unter Pauls Stößen tief durch, stützt sich mit der Linken gegen die Pumpe und presst zurück. – Jetzt. – Sie hätte es von allein gespürt, hebt Kopf und Rücken und beginnt zu pumpen. Der Schwengel jault. Röhrt wie ein waidwunder Hirsch. Die Pumpe wankt im Rost ihrer Verankerung. Pfeifend ergießt sich ein Wasserschwall in die Tränke, klatscht schmatzend auf. Rhythmus stellt sich ein. Urstöhnen schiebt sich zwischen die zähen Pumpentöne. Mich leer pumpen, sie aufpumpen! Das kurze Stück Bersten vor Glück erpressen. Zerspringen vor Tierglück, Menschenglück, Sterneglück. Sterbeglück. Die Pferde schnauben von fern. Minga wird überzeugt sein, dass Esther bei dieser atonalen Nachtmusik entstanden ist. Zwei Jahre später Smeralda. Sie hatte alles dafür getan.

Kaum ist es vorbei, sie sind gar nicht ermattet, glühen Mingas Katzenaugen neu auf.

– Jetzt einen Ritt zu zweit durch die Nacht. –

Einmal sieht man sogar, wie sie rittlings einen Kassettenrekorder vögelt, während ihr Blick

– Ich bin Infanterist. Nicht Husar, kein Ulan, noch Kürassier oder gar Dragoner, Minga. –
– Aber du kannst reiten. Alle Soldaten müssen das können. –
– Hin und wieder bin ich auf unseren Zugpferden geritten. Aus Spaß. Reiten gelernt habe ich nie. –
– Es wird reichen. Du sagst es: Zum Spaß. Wie immer zu bescheiden. Sitz auf! Nimm da vorne den Apfelschimmel! –
– Die Pferde sind nicht gesattelt. Sie stinken. –
– Ohne Sattel ist es viel schöner. Da fühlt man die Wärme ihrer Körper an unseren. Ihr Geruch regt auf. Hast du gesagt. –
– Ich soll ohne Steigbügel hoch? –
– Im Dienst bist du mutiger. Ich habe für dich die Pumpe gefunden und würzige Pferdeluft. –
– Du traust dich rauf? Es macht nur Sinn zu zweit. –
– Wenn du sicher sitzt, wirst du mich halten. –
– Wenn etwas passiert? Hier draußen. Gut, vertrauen wir auf deinen Instinkt. –

Minga hat in der zerknautschten Kleidung zwei übrig gebliebene Stück Würfelzucker gefunden. Damit locken sie den Schimmel an die Tränke.

Während das Pferd krachend die Zuckerstücke zermalmt, tritt Paul auf den Tränkenrand und schwingt sich auf den Pferderücken, fasst das Tier um den Hals. Das Pferd bleibt ruhig, Paul schiebt sich nach hinten in die Kruppe.
– Jetzt bist du dran, Etta. Komm schnell nach, bevor es sich von der Tränke entfernt. Ich kann es nicht dirigieren. Ich hebe dich. Bleib im Damensitz. –
– Ooch. –
– Ersteinmal. Zur Sicherheit. Wenn du dich oben sicher fühlst, versuch dein rechtes Bein über die Mähne zu ziehen, vielleicht gelingt es dir. Ich halte dich fest. –
Es gelingt. Sie fühlt bei der Drehbewegung, wie es warm im Kreuz kitzelt. Der Schimmel, offenbar ein geduldiges Kutschpferd, lässt die Reiter gewähren. Minga streckt sich ganz nach vorn, ihre Brüste fallen zu beiden Seiten auf das strohige, kühle Mähnenhaar. Ihre Strähnen mischen sich mit dem Haar des Pferdes. Bis an seine Ohren dürfen sie nicht fallen, sonst wird das Tier unruhig. Paul lupft Mingas Hinterteil, seine Eichel dringt ganz sanft ein klein wenig in ihren Aftermund, um dann eine Etage darunter wieder tief in sie einzudringen. Er presst seine Schenkel fest gegen ihre. So sitzt sie sicher. Sie legt ihr linkes Ohr auf den Pferdehals in den Mähnescheitel, damit Paul sie von der Seite auf den Mund küsst. Der verweilt so nicht lange, sondern lässt Kopf und Arme nach hinten fallen, hält sich an den Pferdeschenkeln fest, sieht wieder hinein in das Geflunker oben, und sie beginnt mit der Zunge schnalzend den Jockey zu spielen. Das Tier trottet zu seinen Artgenossen zurück Es bleibt dann stehen und scharrt mit den Hufen. Den Liebenden ist, als flögen sie quer durch alle Räume.

Es kommt diesmal von ganz fern. Aus einem Versteck in ihren Fingerspitzen. Sie fühlen, wie der Reiz immer wieder gerufen werden will, um an die passende Stelle zu gelangen. Er dringt in alle Körperzellen, bevor er zupackt. Ein Schrei aus zwei Kehlen springt in die Nacht. Das Pferd setzt sich mit einem Ruck in Trab, keilt dabei aus. Paul schnellt nach vorn, packt mit beiden Händen die Mähne und drückt Charlotte unter sich. Das Tier läuft noch eine Weile unruhig hin und her, bevor es stehen bleibt. Die beiden Reiter kuscheln sich aneinander.
– Hast du einen Schreck bekommen? –
– Gar nicht. In dem Augenblick, als der Schimmel loslegte, dachte ich, jetzt müsste es einen Knopf geben, um alles anzuhalten und auszuschalten. Jetzt müssten wir in ein weiches Tuch gleiten. Ich bin hilflos aufgeladen. Lass uns lange ausharren. Uferlos lange. Ich wusste, dass ich einmal unüberbietbar glücklich sein würde mit dir. –
– Du würdest jetzt alles hinter dir lassen? –
– Ich fühle mich leicht und luftig wie eine Schwalbe im Sommerwind.

Komm, lass uns endlos lange schweigen, schweigen, schweigen. –

Besonders kreativ muss man auf der Venusmesse nicht sein, um Zuschauer zu locken, nur besonders laut. Die Konkurrenz um Blicke ist brutal. Vorschlaghammererotik. Die ständige Schamlosigkeit, die Dauerbeschallung mit Obszönitäten macht hungrig auf Curry-Wurst.
„Ein Paar muss funktionieren“, weiß der Vogelfachmann, „Papageien sind sehr anspruchsvoll.“ – – – Die Kloakensonde zur Elektrostimulation ist inzwischen zum Patent angemeldet.

VORBEREITUNG AUF EIN ZWIEGESPRÄCH MIT DEM VATER

Ereignisse fanden in unserer Jugend im Kino statt. Die großen scheinbaren oder scheinbar großen auf der Leinwand, die kleinen wirklichen im Dunkel der Sitze. Regelmäßig fragte der Deutschlehrer in der Montagsmorgenstunde, welchen Film wir am Wochenende gesehen hätten. Einige Filme wurden besprochen. Von dem, was Eltern und Voreltern durchstehen und durchkämpfen mussten, auch was sie getan, wozu sie geschwiegen hatten, hörten wir und wurden unterrichtet. Gemahnt, es nie wieder dahin kommen zu lassen. Als ob das in unserem Willen oder gar unserer Macht gestanden hätte. Die Lebensumstände hatten sich grundlegend geändert. Den Mahnern tat es sichtlich gut, das zu ignorieren. Denn Lehre musste sein. Sie wurden dafür bezahlt. Auch die meisten von uns wollten nichts davon wissen, dass es unmöglich war, dass sich derartig Grauenvolles wiederholte. Es stärkte ihr Selbstbewusstsein, weil sie somit durch ihr Verdienst erwiesenermaßen und amtlich beglaubigt besser waren als ihre Vorfahren.

Ohne die ständige geistige Auseinandersetzung mit meinem Vater wäre meine Jugend fade gewesen. Dass sie ohne Wucht und Dramatik vonstatten ging, war ein Segen, und wollte man, konnte man sich irgendwo engagieren. Vaters Art, alles leise, dabei inständig zu hinterfragen, bewahrte mich davor, in Extremsportarten, verbissenes Brunnenbohren in der Sahelzone, die Aktion Sühnezeichen, verbiesterte Hausbesetzungen oder anderes krampfhaftes Aufbegehren gegen die Verlogenheit der Alten, der sogenannten Wiederaufbaugeneration, zu verfallen, weil ich der Lebensglätte des Tagesgeschäfts, dem Schaffen und Raffen wenig attraktiver Werte entkommen wollte. Auflehnung, Ablehnung wenigstens zu spielen, mir vorzugaukeln, gelang mir nicht, weil Vati mir klar gemacht hatte, dass sie gar nicht möglich, in jedem Falle aber in unserer Gesellschaft sinnlos waren. Und die verlorenen Straßenschlachten der Vergangenheit konne man nicht nachträglich noch gewinnen. Ich hätte mir selbst Finten auslegen müssen. Ausgetobt, alternd wäre ich bei den Arrivierten und den Wichtigtuern aus dem Establishment notgelandet und als verlorene Tochter liebevoll heim ins Nest getätschelt worden. Wie der ausgerastete Bengel Cohn-Bendit. Der kecke Steinewerfer Josef Fischer, genannt Joschka. Widerlich! Da ist mir ein schlitzäugiger innerer Rebell wie mein Vater lieber. Er weiß, dass er nichts bewirkt, tanzt gleichwohl der Gesellschaft einige Runden Polka auf der Nase herum. Aber geistig. Oh, er nimmt seine Anliegen ernst; lässt sich von ihnen jedoch nicht vereinnahmen und genießt darum das bisschen Aufsehen, das er als ausdauernder Sonderling erregt. Verzweiflung liegt mir nicht, weil Triumph mich kalt ließe, sagt er. Er hat einige Jünger, hält sie jedoch für unbelehrbar, weil zum Fanatismus oder der Askese neigend, und stößt sie deshalb vor den Kopf. Somit bald ab. Gut so. Ich bin ein Einzelgänger. Er ist überzeugt, die Welt gehe in jedem Falle ihren unvernünftigen Gang, es gäbe nur scheinbar Alternativen. Alle Weichen seien längst in ein und dieselbe Richtung gestellt. Wozu andere Menschen in einen sinnlosen Kampf ziehen? Wer gegen die Gummiwände unserer freiheitlichen Gesellschaft anrenne, riskiere nicht den Kopf, aber den Verstand, bleibe er nicht ein Schelm mit Rückzugsgebiet in seiner Seele, sagt mein Vater. Außer mir gelingt das keinem. Im Grunde hat er mich zu früh weise gemacht. Ich weiß durch ihn zu viel, ohne das Geringste erlebt zu haben.

Er will mit mir sprechen. Es ist so abgemacht. Seit Langem. Als ich begann, Archäologie zu studieren, wollte er das nicht als mein letztes Wort über meinen weiteren Lebensweg verstehen. Gut Ding will Weile haben, Jagga. Du weißt, wie bedeutsam deine Entscheidung für mich ist. Es ist nicht nur eine Entscheidung über dein, sondern auch mein weiteres Leben. Eine Stunde seiner mindestens zwei Jahre im Voraus verplanten Zeit hat er sich für das Gespräch mit mir genommen. Aus der Rubrik ‚Unvorhergesehenes', seiner Zeitreserve jeder Woche, weil nicht feststand, wann genau ich mein Examen abschließen würde. In einen neuen Konflikt habe ich ihn gestürzt. Als ob ein nie heilender Zwiespalt in seiner Brust nicht reichte, ihm, dem Süßwarenfabrikanten, das Leben zu versauern. Er leidet wirklich an seinem geschäftlichen Erfolg mit der Gesundheit abträglichen Naschereien, der Fettleibigkeit der Kinder, zu der er beiträgt. Er ist nicht der geniale Komödiant, für den ihn viele Schreiberlinge halten. Schelmsein im öffentlichen Leben ist sein Lebenshalt, weil er zum eigenen Wohlsein andere betrügen muss. Er weiß, dass er sie betrügt, obwohl ihnen das Betrogenwerden Freude bereitet. Er hasst Gerede. Mag Erkenntnisse. Ist süchtig danach. Selbst wenn sie ihm nicht aus seiner Verstrickung in die Dialektik des Lebens helfen. Er liest heimlich wissenschaftliche Zeitschriften wie Jünglinge Pornohefte. Er wäre mir gefährlich, wenn er nicht mein Vater wäre. In so einen tiefsinnigen Mann leichter Lebensart und mit tadelloser Figur würde ich mich verlieben. Ich habe keinen gefunden, der ihm gliche. Alle Männer, die ich näher kenne, sind durchschaubar und öde. Gerade die Schönlinge und Sexprotze. Er leidet daran, dass seine selbst verfasste Werbung die Menschen mittlerweile aller fünf Kontinenten dafür begeistert, sich fett zu fressen und ihren Zahnschmelz zu durchlöchern. Millionen werden krank und früher tot durch ihn, der keines seiner Produkte konsumiert außer als Geschmacksprobe. Er tröstet sich damit, dass er sagt, produzierte ich Autos oder Fernseher, drückte mich mein Gewissen schlimmer. Was könne man heutzutage überhaupt noch ohne Gewissenbisse herstellen? Fahrräder, Filzpantoffeln, Zahnpasta, Fußabtreter, Solaranlagen. Das Letztere ist höchst zweifelhaft, weil sie Stadt und Landschaft verschandeln. Alles nicht meine Branchen.

Die Branche hat ihm **der Alte** vorgegeben – mein Urgroßvater. Der Übervater seiner Kinder und Enkel, wohl selbst noch für mich, so viel wird von ihm in der Familie gesprochen, so hingegeben verehren ihn Oma Maja und ihre beiden Schwestern. Sie pilgern seit 1969 – unsere Antwort an Breschnew und die Erwürgung des Prager Frühlings – jedes Jahr Ende November reihum an einen anderen Ort in Europa, mit dem sein Leben verbunden war, um ganz unter sich seinen Geburtstag zu feiern und ihren unerschütterlichen Glauben an das Wiederzusammenwachsen des Kontinents zu manifestieren. Bis dahin waren sie immer nur in seine Heimatstadt Luckenwalde gefahren. Tante Esther, als sie noch große Konzertgeigerin war, kam, wenn es sein musste, zu den Geburtstagstreffen vom Ende der Welt nach Luckenwalde. Wegen der engstirnigen DDR-Bonzen war das schwierig. Den Schwestern gehören dort Häuser, in die sie aber wegen der Zwangsverwaltung nicht dürfen und Hotels sind im Osten Mangelware. Besonders in den Kleinstädten. Seit 1969 reisen sie reihum. Nach Luckenwalde ist irgendsoein polnisches Nest mit unaussprechlichem Namen dran, der Geburtsort von Tante Esther; im folgenden Jahr dann Kleve am Niederrhein. Dort ist Tante Smeralda geboren. Anschließend zieht es sie in ein gleichfalls schwer zu merkendes Städtchen in Ostfrankreich, keine Bahn fährt da hin, ein akzeptables Hotel gibt es nicht, sie lassen sich ein paar Tage vor ihrer Ankunft einen komfortablen Wohnwagen aufstellen. **Der Alte** soll dort lange Zeit im Ersten Weltkrieg im Lazarett gelegen haben. Dann geht es nach Arras in Nordfrankreich, die Geburtsstadt von Robespierre. Da in der Nähe kämpfte er lange Jahre so erbittert, verbittert wie vergeblich, um Deutschlands Niederlage im 1. Weltkrieg abzuwenden. In Berlin, im Ostteil der Stadt, an den Plätzen, wo er studiert und gewohnt hatte, endet der Huldigungsreisereigen für Vater und Kontinent. In Luckenwalde nehmen sie ihn ein Jahr später wieder auf. Es ist eine raffinierte Überlebensstrategie der drei alten Damen – sie sind sich unausgesprochen darüber im Klaren: Stirbt eine von uns, hat es mit dem Pilgern sein Ende. Zu zweit wären wir einsam.

Mein Vater, dem dieser Kult wie jeder andere suspekt ist, hat angedeutet, dass die drei so täten, als sei **der Alte** noch da. Sie unterhielten sich mit ihm, tobten geistig in ewiger Kindermanier mit ihm herum. Küssten sich zigmal am Tag um die Hälse, wenn sie zusammen seien. Das war das bei ihnen zu Hause übliche Familiengetätschel. Wie bei Pavianen das Lausen hat Vati mal gelästert. Du siehst, Jagga, was ich euch erspare. Sie rekonstruierten früher mit ihm gefeierte Geburtstage und äßen bei Kerzenschein, eingerahmt von einem Dutzend Rittersporn- und Vergiss-mein-nicht-Sträußen, **seinen** Lieblingsblumen, bis zum Überdruss **seinen** Leib- und Magen-Kuchen: **Quarktorte mit Mohn** – stets hausgebacken von Oma Maja. Die Torte schmeckt wirklich gut, weil sie saftig ist, wie es kein Industriebäcker hinkriegt. Sie schleppen immer irgendwelche Photographien mit, die sie niemanden sonst zeigen. An denen ergötzen sie sich unerschöpflich. Es muss sich um sehr intime Bilder handeln. Die Urgroßmutter war Kunstfotografin. Wahrscheinlich familieninterne Aktaufnahmen, wer weiß in was für verstörenden Posen. Unser Drei-Schwestern-Geheimnis sagen alle drei gleichförmig milde lächelnd auf Befragen. Bescheiden und stolz. Die letzte von uns verbrennt die Sachen, haben sie meinem Vater gesagt. Er wird seine schlecht gezügelte Neugier, so häufig spielt er auf die Aufnahmen an, nicht befriedigen können. Geheimnisse sind etwas unvergleichlich Schönes. Ich habe keine. Kann sie mir nur als Kadaver im Keller vorstellen.

Mich hat **der Alte** eine Zeit lang interessiert, weil ich den Gesprächen über ihn entnahm, er habe sich als **Widerstandskämpfer** hervorgetan. Das wäre eine Auszeichnung für die Familie gewesen. Vor allem in der Schule hätte ich damit Ansehen erworben. Ich – die Urenkelin eines Widerstandskämpfers, nicht bloß die Tochter eines steinreichen, querköpfigen Fabrikanten von süßem Schlabber. Es hat sich aber herausgestellt, dass nicht viel dran war an seinem Widerstand. Jedenfalls nichts zum lauten Vorzeigen. In keinem Geschichtsbuch irgendwie auch nur am Rande erwähnt. Nicht mal lokal war etwas darüber zu finden. Sagen konnte man es schon, dass es in unserer Familie aufrechte Deutsche gegeben hat. Außer meiner Großma, die anders dachte, waren alle die Seinen gegen die Nazis. Und selbst Oma Maja war kein wirklicher Nazi, schon gar nicht besoffen nationalistisch wie ihr gefallener Mann, mein mir unbekannt gebliebener Opa. Sie stand zu ihm, das war alles. Ein Widerstandskämpfer war der Uropa leider nicht. Er ist zwar, wie ich nachgeforscht habe, im April 1945 bei einem Schusswechsel mit seinem Neffen, der ein besessener SS- und Nazibold war und in einigen Büchern zur tschechischen Geschichte namentlich, obwohl nur am Rand erwähnt wird, umgekommen. Es war mehr ein Unglück als geplanter Widerstand. Der Uropa wollte die Volkssturmleute, die er kommandierte, nicht in den Tod hetzen und wurde, als er sich mit dem ihm unterstellten Trupp in einer Scheune verbarg, von seinem Neffen, den er groß gezogen hatte, als Defätist erwischt und die beiden schossen sich gegenseitig tot. Das ehrt den **Alten**.

Aber es war eine Einzelaktion. Spontan. Ebenso wie die Geschäftsaufgabe 1934, weil er seine Briefe nicht mit Heil Hitler unterschreiben und kein Hitlerbild in seinem Betrieb aufhängen wollte. Ausweichen war das. Kein Widerstand. Kann man mal im Gespräch erwähnen. Nichts zum Vorzeigen.

Opa kann man sich jetzt über das Bett hängen – als Malerei aus Asche. Die Künstlerin Ina Pause-Noack gestaltet für Hinterbliebene Gedenkbilder aus Asche ihrer Verstorbenen. Die Kunstwerke sollen sich als ‚neue Form der Bestattungskultur' etablieren.

Ruth Andreas-Friedrich
Journalistin, Schriftstellerin gehörte zur Widerstandsgruppe ONKEL EMIL gegen den Nationalsozialismus während des Zweiten Weltkriegs.
(Gedenkstein in Berlin-Steglitz im Ruth-Andreas-Friedrich-Park)

Die drei Schwestern haben meinem Vater, als er nach dem Kriege mit kaum 19 Jahren aus britischer Gefangenschaft heimkehrte und überlegte, was er im großen deutschen Leer und Kaputt nun anfangen sollte, und dabei auf das Geschäft des **Alten** stieß, dessen eingetragene Warenzeichen übertragen. Darunter die Marken für Fruchtschnäpse und Zuckerwaren ‚Luckida' und ‚Luckido'. Klingt scheußlich doof, war aber was wert, wie sich herausstellte. Tante Esther, die gleich wieder konzertieren durfte, weil sie unbelastet war – mehr als durch unvermeidliche Sammelgrußadressen an den Führer und andere Nazi-Größen hatte sie dem Regime nie gehuldigt – half mit einer Kapitalspritze aus ihren geheimen Auslandskonten. Dann kam der Marshall-Plan und schließlich die Berlin-Hilfe. Wie **der Alte** nach dem Ersten, so gelangte mein Vater mit Likören und Süßem nach dem Zweiten Weltkrieg zum Erfolg. Wir alle kennen Wilhelm Busch. Zunächst nach den Originalrezepten **des Alten.** Aber Vati war gewiefter und kreierte ganz neue Geschmacksrichtungen wie ‚Tolle Kirsche' und ‚Donnerschlag'. Später die Nobelmarken ‚Lebenskunst', ‚Wellenreiter' und ‚Leichtigkeit'. Er belauerte im Interesse des Geschäfts Zeit und Technik, obwohl er sie verachtete. Wenn Deutschland trotz zweier verlorener Kriege ein letztes Mal aufersteht, dabei geistig verwest, was normal ist, bleibt mir nichts übrig, als mitzustinken, will ich überleben und mir eine Nische der Selbstbestimmung verschaffen, hat er sich mir gegenüber gerechtfertigt. Im Zuge der Amerikanisierung des Lebens bog er gegen seine Grundeinstellung ‚Luckida' zunächst in ‚Luckiddy' und ‚Luckido' in ‚Lucky do!', dann wegen steigendem Hang zum Schrägen in der Gesellschaft zu ‚Lucky Day' und ‚Lucky Door' um. Das rief American Tobacco auf den Plan. Sie verklagten ihn wegen Beeinträchtigung,

hilfsweise parasitärer Verwässerung ihrer Rechte an der Zigarettenmarke ‚Lucky Strike'. Vati empörte der Vorwurf zu schmarotzen. Unser Luckenwalde ist älter als Columbus, tönte er vor Gericht und siegte auf der ganzen Linie. Er betet in Gesellschaft die wichtigsten Passagen des Urteils heute noch runter. Der Bundesgerichtshof sah das Upstyling seiner in Deutschland älteren Rechte ‚als deren verständige und legitime Ausübung und Fortentwicklung' an. Wie stolz war er, als kleiner Seebarsch einem Menschenhai, als der zubeißen wollte, entwischt und dabei einen Zahn ausgeschlagen zu haben. Nur nach Amerika, England und Australien, wo Lucky Strike ältere Rechte hatte, konnte er unter den Markennamen nicht exportieren. Da bot er kurzerhand seine Drops, Bonbons in Tiger-, Leoparden und Löwenform, Riegel, Kaugummis, Lakritzeschnecken und Fruchtschnäpse unter den Zeichen ‚Days and Doors' und ‚Doors and Days' an. Den Amerikanern ist jeder Blödsinn recht, wenn er komisch klingt und neckische Bildchen dabei sind. Die hatte er selbst mit Hilfe eines künstlerisch begabten Schulfreundes geschaffen: Es sind die niedlichen Flugsaurierjungen ‚Luckiddy' und ‚Luckidoll'. Die konnte ihm weltweit niemand verbieten.
Um einen draufzusetzen, forderte er die Kunden auf, ihm gelungene Fotos von besonders prächtigen oder eindringlich kuriosen, auch verschwiegenen Türen und Pforten, Eingängen überhaupt, zu schicken. Die wurden mit dem Namen des Einsenders einer Serie B seiner Produkte beigelegt. Ein Riesenerfolg. Kein Mensch auf der Welt hatte vermutet, was für eine Vielfalt von verrückten Türen und Pforten, Eingängen überhaupt, es auf allen Kontinenten gibt. Kunden-Mitwirkung (clients‘ participation) nennt er diese Art von Kundenansprache.

Einige Gewitzte schlossen an Courbets Ursprung der Welt an. Bei der Vagina handele es sich auch um einen Ein- undAusgang. Die ließ er abblitzen. Zu primitiv. Schon damals. Falsch dazu. Der Mensch, der sich für die Welt hält. Sexualität muss privat bleiben, soll sie erbauen. Weil er den Leuten das Gefühl gibt, sein Unternehmen höre ständig auf sie, jeder von ihnen arbeite mit an seinem Erfolg, fühlen sich die Käufer seiner Waren von ihm nicht nur versorgt, sondern von und in der Firma aufgehoben. Sie sind, wie Umfragen ergaben, in bisher nie gekanntem Ausmaß markentreu. Geradezu fanatisch seinen Waren ergeben. Nur 0.4 % der Kunden, die einmal Süßes oder Likör von Vati kauften, wechseln zur Konkurrenz. Damit kam er ins Guinness Buch der Rekorde.

Vati hatte als erster erkannt, dass selbst die gelungenste, weil eindringlichste Werbung abstößt, wenn sie in ständiger Wiederholung in kurzen

Abständen den Fernsehzuschauer beharkt. Es nützt nichts aufzufallen, wenn man unangenehm auffällt. Der grandioseste Witz ist abgedroschen, wird er ein zweites Mal erzählt. Vatis 30-Sekunden Werbespots sind bei der Jugend rund um den Globus beliebt wie Micky Maus, Asterix und Batman. Die Abenteuer, die Luckiddy und Luckidoll bestehen, schreibt er selber. Fortsetzungsgeschichten, die nicht aufhören, auf die nächste Folge neugierig zu machen. Nichts wird wiederholt. Ich überbiete Sheherazade. Wer eine Folge versäumt, ist selber schuld, muss sie sich erzählen lassen, hat er nicht eine Videoaufzeichnung veranlasst oder sich besorgt. Die Programmzeitschriften geben im Kundeninteresse mittlerweile die genauen Sendezeiten an. Das hat es bei Werbung noch nie gegeben. Oasen in der Wüste des Marketings, sagt er. Weil ich so viel selber mache und meine gesendeten Werbespots sich als Videokassetten verkaufen, sind meine Kosten kaum höher als die für die übliche Gummihammer-Werbung. Mein Erfolg ist zehnmal größer. Mein Kind im Manne fegt da los. Natürlich identifiziert er sich mit seinen kleinen Guttuern aus der Erdgeschichte. Er spielt den Mächtigen gern Streiche. Sagt aber, weil die Gesellschaft immer kindischer werde, müsse er sich selbst geistig zurückentwickeln, denn wegen der Rückentwicklung expandiere der Süßwarenmarkt auch ohne Kinder, von denen es bekanntlich immer weniger gibt. Zu meinem Glück macht mir das Geschichten erfinden Spaß, obwohl es schäbig ist, an Borniertheit und Verspieltheit der kleinen Leute zu appellieren.

Versuchung ist zwingender als Gewalt
(M. Gerschenson an G. Iwanow in ‚Briefwechsel zwischen zwei Zimmerwinkeln', 1920).

Vati tröstet sich damit, dass er die Verbraucher zwar für dumm, aber nicht für blöd erklärt wie der Rest der Geschäftswelt. Deswegen kommt seine Werbung über. Die Leute spüren ihr das an. Da hat sie einer herzlich lieb, obwohl er ihnen schadet und ihre Schwächen ausnutzt. Vati sagt, er betreue sie, damit sie nicht in noch schlechtere Hände fallen und Werbung ein klein wenig niveaureicher wird. Auch bei mir wird er es mit Gefühl versuchen. Überleg, was du im Letzten bist, Jagga. Verstand ist kalt und öde. Jeder Beruf ist eine Tretmühle. Wehre dem Hamster in dir. Allein die Möglichkeit und Fähigkeit zu gestalten, entreißt dich diesem Schicksal. Und gestalten kannst du heutzutage nur als Unternehmer. Selbst Wissenschaftler zählen bloß noch als Zuarbeiter, und Künstler treten wie schon immer zum Geschehen als systemische Ablenker und Zeitvertreiber auf. Indem sie aufmüpfig sein wollen, befestigen sie die Zustände. Ich geb' dir die Möglichkeit zu gestalten, und du hast das Zeug dazu. Wie ich. Mehr ist im öffentlichen Leben nicht drin. Heldentaten, bahnbrechende Werke oder Entdeckungen jeder Art und Güte; Vorwärts zu neuen Ufern – es war einmal. Eine Neuausrichtung der Welt ist nicht mehr möglich. Also fummele ein wenig an ihr herum und nenne es Gestaltung. Sieh, was ich aus trostlosem Kapitalismus gemacht habe – ein Pflichtvergnügen. Höherer Lebenssinn – Fehlanzeige. Den such in dir.

Vati hat durch seinen Griff in die Erdgeschichte zu Werbezwecken (er nennt es, den uns heute einzig möglichen, weil sowohl wissenschaftlich untermauerten als auch extrem banalisierten Mystizismus) das Tor in ein sprachlich und bildlich unerschöpfliches Reich von Namen, Gestalten und Charakteren aufgestoßen. Nicht die wildeste Phantasie könnte so etwas aus dem eigenen Kopf heraus erfinden. Weil er es mit dem Ablauf der verschiedenen Erdzeitalter und den seltsamen Wesen, die sie hervorgebracht haben, nicht genau nimmt, spinnt er munter drauf los. Er weist auf seine freie Verfügung über die erdgeschichtlichen Abläufe ausdrücklich hin, denn an solider Bildung liegt ihm. Aber er lässt nichts geschäftlich unverwertet. Deshalb veranstaltet er ein Dauerpreisausschreiben. Wer ihm in seinen Werbegeschichtchen drei natur- oder geowissenschaftliche Fehlleistungen nachweist, kommt in eine riesige Lostrommel. Wird der Name bei der wöchentlichen Auslosung gezogen, erhält er 10.000 DM. Wer einmal in der Trommel war, bleibt immer drin, wenn er nicht gezogen wird. Bei mir geht keine einmal erbrachte Leistung verloren, preist sich Vati, der Schelm. Mit steigender Zahl der Lose in der Trommel schrumpft die Wahrscheinlichkeit für jedes einzelne, gezogen zu werden.

Sehr frei lässt er seine kleinen Pteranodone mit den Splendissimae, Riesenschwalben mit meterlangen Schwänzen, um die Wette fliegen. Sie sind Schrittmacher ihrer Freunde, der jungen Straußensaurier, die – kaum aus dem Ei geschlüpft – mit ihren langen schlanken Beinen ständig vor den Dolchzähnen und Greifenklauen der gefräßigen Allosaurier fliehen. Natürlich spielen Luckiddy und Luckidoll mit der Eleganz ihres Fluges den massigen Tyranno- und Brontosauriern jede Menge Streiche und warnen ihre flügellosen Vettern, die winzigen Saltoposuchos, vor der Annäherung der großen Nimmersatte. In äußerster Not nehmen sie ihre Freunde auf dem Rücken mit, damit sie nicht verschlungen oder zertrampelt werden. Auf die zackigen Rückenkämme des Edaphosaurus und des Dimetrodons setzen sich Luckiddy und Luckidoll, um ungewohnte Schaukelreisen auf dem Boden und durch die Riesenfarnwälder zu unternehmen, während sie Früchte von den Bäumen pflücken und gemütlich verfuttern, dabei neue Streiche aushecken. Da selbst die üppig ausstaffierte Welt der Saurier auf die Dauer langweilig werden könnte, bringt Vati frühe Säugetiere in die Geschichten ein. Ungetüme wie den Eobasileus, den Brontops und das Uintatherium, alle drei Vorläufer des Nashorns. Diatryma, den fetten, bösen Laufvogel mit dem roten Kopf, den Luckiddy und Luckidoll wegen seiner Plumpheit verspotten. Dazu Mammutherden, Riesenschildkröten, Säbeltiger und das hin und wieder gar nicht so faule Riesenfaultier Megatherium. Alle kriegen Spitznamen; aber die wissenschaftlichen Namen beeindrucken mehr. Zu Silvester und Rosenmontag verleiht er den Tierköpfen Antlitze bekannter Politiker. Die Spannung an den Tagen vorher!

Wenn Vati etwas betreibt, vor allem das Spielerische, dann gründlich. In das Filmgeschäft wollte er, obwohl es ihn reizte, nicht einsteigen. Da hätte er sich Kompagnons suchen, also seine heißgeliebte Unabhängigkeit aufgeben müssen. Also hat er einen kleinen Spieleproduzenten aufgekauft, der seine Sauriergesellschaftsspiele weltweit absetzt. Bei dem erfolgreichsten spielt einer den bösen Allosaurus und die anderen müssen vor ihm in ihre Höhlen entkommen. Er plant schon die Übernahme seiner Spiele auf Computer, denn er rechnet damit, dass die bald ‚tatschig und billig' werden.

Natürlich hat er sich alle seine Viecher sogleich als Warenzeichen eintragen lassen. Aber, da es sich um echte, wenngleich ausgestorbene Lebewesen handelt, ging das nur in der speziellen Farbgebung und Ausgestaltung mit Charakterzügen, die er ihnen gegeben hatte. Als Tiertypus blieben sie rechtefrei. Folglich entbrannte am Markt unter den Spielzeugherstellern ein heftiger Wettkampf mit Nachbildungen aus Plastik, Plüsch und Fell. Eobasileus, Uintatherium und Megatherium landeten massenweise auf Gabentischen, nicht nur für Kinder. Vati verdiente daran mit, indem er Lizenzen für die Nachbildung seiner Originale vergab. Irgendwann hatte sich dieser Trend totgelaufen. Vati setzte sich als erster davon ab.

Für die neue Art Werbung heuert Vati nie Größen aus Film, Schaugeschäft und Sport an. Die gängigen Berufsgrinser verdienen eh zu viel, grummelt er. Während seine Standesgenossen ihre Freizeit bei Golf, Drachenfliegen, Yachten, Surfen, Mätressen, an vollen Tischen und in Luxusbordellen verbringen, pirscht er durch die Berliner Kneipen und sucht passende Typen für seine Spots. Erweisen sich die unbekannten Szenewesen als kamerafest, bietet er ihnen Exklusivverträge für die Werbung an, gestattet ihnen aber andere Film- und Fernseharbeiten. Es ist in beiderseitigem Interesse, wenn sie berühmt werden. Andere kaufen Fertiges – ich suche und siebe versteckte Edelsteine aus dem Treibsand der Großstadt. Zwei seiner Findlinge haben

Karriere gemacht. Eine der beiden ist eine alleinerziehende Großmutter von 77 Jahren, der andere ein Kümmeltürke. Dass die so herzige wie grantige Omi vom Wedding ankommen würde, war klar. Sie hat stets zur rechten Zeit das rechte Süße oder die passende Lakritze von Vati zur Hand, um ihre zwei von den Eltern verlassenen Enkel aus bedrohlichen Situationen zu retten. Sie ist so etwas Gradliniges von Mitmensch, dass selbst das Herz des übel gelauntesten Misanthropen schmilzt. Mit dem Neuköllner Kümmeltürken fuhr Vati bewusst auf Risiko. Schließlich ist die Bezeichnung ein – obgleich relativ mildes – Schimpfwort; also politisch daneben, wie man meinen sollte. Das lockte ihn. Er fing das Problem auf, indem er den Türken zum Inhaber eines Gewürzladens in der Skalitzer Straße machte. Ein noch größeres Risiko ging er ein, weil er diesmal ganz auf Anti-Werbung setzte. Raus aus den alten Stinkeklamotten der Agenturen, die zur Landplage geworden sind. Der Kümmeltürke ist ein traditionsbewusster, sogar gläubiger Mann, Gesundheitsapostel dazu. Er verbietet seinen Kindern, Süßigkeiten zu kaufen oder von anderen anzunehmen. Jedes Mal, wenn er die Kinder beim Naschen von Vatis Markenartikeln im Verborgenen erwischt und sie ihnen wegnimmt, hält er ihnen gebetsbuchartig vor – es ist immer der gleiche wütend runtergerasselte Spruch – wieviel gesünder Feigen, Datteln, Krachmandeln, Pulpbeeren, Pistazien und Pinienkerne seien. Fast alle Kinder in Europa kennen die drei Sätze des Kümmeltürken in ihrer Sprache auswendig. Mit dem Erfolg, dass Vatis Absatz weiter steigt. Was soll ich denn noch tun, um sie zur Vernunft zu bringen? Kritiker haben ihm vorgeworfen, er lasse einen Türken die Belehrung sagen, weil sie dadurch bei der deutschen Bevölkerung unglaubwürdig würde. Vati hat nachgehakt und sogleich gekontert. Er lässt Anfeindungen nie auf sich sitzen, weil intellektueller Streit sein Lebenelixier ist. Die Marktforscher haben festgestellt, dass nach den Tiraden seines Kümmeltürken auch bei den türkischstämmigen Jugendlichen der Verbrauch seiner Artikel um das Zwölffache stieg.

Er ist trotz all der aus seinem Verstand erwachsenden Skrupel eben viel raffinierter als Konkurrenz und Gegner. Wohl deswegen. Nur Leiden macht *wirklich* schöpferisch, meint er. Als die Wettbewerber begannen, selber Werbeserien zu senden, trat er unerwartet anstelle von Luckiddy und Lukkidoll im Fernsehen auf und teilte dem Publikum mit, dass leider nur Erfindungen, Pflanzensorten, Warenzeichen, Geschmacks- und Gebrauchsmuster sowie künftig Softwareprogramme urheberrechtlich geschützt würden, nicht jedoch Ideen, wie exzellent sie sein mögen. Da seine Serienwerbung nun von Unternehmen aller Art nachgemacht werde, habe er, der Urheber dieser Idee, sich entschlossen, seine Comic-Serien einzustellen. Er sei stolz darauf, immer Apartes geboten zu haben. Wie erwartet, bekam er über eine

Million Zuschriften aus aller Welt, die ihn anflehten, nicht aufzuhören, weil seine Serien unübertrefflich seien. Die anderen seien Murks, dazu aufdringlich. Eben Werbung. Kein Spaß um des Spaßes willen. Jedenfalls als billige Nachahmung verachtenswert. Das wollte Vati hören; hatte es erwartet. Es folgte ein neuer Auftritt, bei dem er entschied, sich der Protestwelle zu beugen und vorerst weiter zu machen. Die anderen kämen mit ihren Artefakten offenbar beim Publikum nicht an. Sie gaben, derart von den Verbrauchern beschimpft, größtenteils auf.

Für Werbeagenturen hat er nur Verachtung. Himmelherrgott! Wenn ich als Produzent meine eigenen Kreationen nicht am überzeugendsten anpreisen kann, dann ist mein Zeugs nichts wert. So einfach ist das. Sagt er in aller Öffentlichkeit. Werbeagenturen sind die modernen Priester. Sie preisen in höchsten Tönen etwas, von dem sie absolut nichts wissen. Den Priestern misstrauen wir neuerdings; den Werbeagenturen folgen wir desto williger. Wacht auf Leute! ruft er in die Öffentlichkeit. Seit selbst die Parteien Werbeagenturen beauftragen, gibt er keinem Politker mehr die Hand. Unseriöses Pack! Sagt er in der Öffentlichkeit. Er gilt nun als einer der Hauptverursacher von Politikverdrossenheit, angeblich ein Krebsleiden der Demokratie. Ist ihm recht.Von nichts kommt nichts, kontert er.

Selbst auf dem Lieblingsmanövrierfeld seiner Konkurrenten, der Kostenersparnis, übertrifft er sie. So legte er, um die teure Synchronisierung in 80 Sprachen für seine Werbefilme zu sparen, den Frühweltviechern schon bald Musiklaute statt Sprache unter. Dazu musste er die Gestik und Mimik verstärken. Drei junge Musiker, die in einer Berliner Kneipe auftreten, produzierten die Musiksprache mit allen nur denkbaren Klangerzeugern. Von Mopedmotor und Waschbrett über Bassgeige, Maul-, Dreh- und Wasserorgel, Tibetglöckchen bis hin zu Zither, Kristallgläsern, Kupferdrähten, Trillerpfeifen, Quietschkommoden, Blumentöpfen. Unglaublich, wie diese Klänge im Zusammenhang mit den Bildern Stimmungen und Aussagen hervorbrachten und doch die Phantasie mehr anregten, als es Sprache vermag. Vati vermied damit das scheußliche Comic-Englisch-Gequake, das die anderen aus Kostengründen universell unterlegen. Eine Gewissensqual weniger für ihn. Dazu wieder ein Preisrätsel: Welche Gegenstände fungierten als Musikinstrumente. Alles das ist nun von ihm gesetzte Film- und Werbegeschichte.

Einer vom Feuilleton scheute sich nicht, Vatis Serien zum Kunstwerk zu verklären. Das freute ihn wegen des Lobs, mehr noch, weil sich dadurch die Torheit des Schreibers und damit aller Schreiberlinge entlarvte. Ich und Kunstwerke schaffen. Der hat dochen Spitz im Hinterzimmer geparkt. Du bist zu bescheiden mit dir selbst, Vati. Andy Warhol hat gesagt, Geldverdienen sei Kunst und ein gutes Geschäft das beste Kunstwerk. Von Beuys will ich gar nicht reden, der meinte, alles sei Kunst und jeder Mensch ein Künstler. Wie furchtbar! Eine kahle Welt. Man kann zu nichts und niemanden mehr aufschauen. Gott ist schon lange tot, die Heldenzeit der Soldaten vorbei. Die Glorie der Wissenschaft verglüht. Es geht nur noch im Team und in die Breite. Wie vergossener Kakao. Man fragt sich ständig, wozu das alles noch gut ist, und welche Pferdefüße in neuen Entdeckungen stecken. Und zu guter Letzt bricht die Kunst weg. Von den Künstlern selbst gemein gemacht und freudig zertrampelt. Wieder ist ein Gott totgeschlagen. Was Wunder, dass die Leute Firlefanz und Companion anbeten. Meinen darunter. Der Wille zur Verehrung und Anbetung ist nicht wegzukriegen, selbst wenn wir alle nur erdenklichen Götter umbringen. Mir wird übel dabei. Ich profitiere von einer Welt voller atheistischer Fetischanbeter, obwohl ich in mein Kämmerlein gehe, um in aller Stille meinen lyrischen Gott zu suchen. Der ich bin, kann ich nur zum Teil sein. Mehr erlaubt die Gesellschaft mir nicht. Immerhin gehöre ich zu den wenigen glücklichen Gefangenen dieser schönen neuen Welt.

Seinen Grundsätzen bleibt er treu. Eine Umfrage (der Konkurrenz), von der seine Mitarbeiter erfuhren, hatte ergeben, dass etwa ein Viertel der Käufer seiner Waren diese bevorzugten, weil sie ihn sympathisch fänden oder sogar verehrten. Seine Berater schlugen deshalb vor, dass er sein Konterfei, diskret natürlich, natürlich, auf seine Waren setzte. Das könne Umsatz und Gewinn um mindestens 10 % steigern. Vati lehnte stracks ab. Ich hasse Personenkult. Lasse sie armseligen Politikernaturen. Mein Gesicht gehört mir und meiner Familie – und nicht meinen Waren und schon gar nicht meiner Firmenkasse. Womöglich muss ich es dann noch als Warenzeichen eintragen lassen, um zu verhindern, dass andere es benutzen und rot durchstreichen, Kommen Sie mir nicht mit solchen Vorschlägen.

Er hat uns drei streng erzogen. Wirklich. Mutter hatte nichts zu sagen. Er meinte, bei ihm zu Hause sei es nach dem Tod des Vaters zu lasch zugegangen, obwohl Oma Maja Studienrätin war. Die lebensnotwendige Strenge habe er bei der Hitlerjugend (ja, ich wage das zu sagen! Auch öffentlich und laut!) und – nach Notabitur 1944 – bei der Wehrmacht, zu der er vorzeitig mit 17 eingezogen wurde, erfahren. Ganz zu schweigen von der Gefangenschaft. Englischer Drill – eijeijei! Man habe in

Deutschland falsche Vorstellungen von der Urmutter der Demokratie und ihrem Militär. Im Lager habe ich außerhalb von Reih und Glied keine fünfzig Schritte täglich gesetzt. Die Presskur in der Jugend sei ihm gut bekommen. Deshalb bekäme Strenge uns. In Erziehungsfragen könne er wegen seiner Herkunft und seiner Erfahrungen unterscheiden. Nur aufgrund seiner harten und entbehrungsreichen Jugend sei er in der Lage gewesen, gleich nach der Währungsreform 1948 aus dem Stand eine mittelständische Festung aufzubauen und bis heute gegen alle Angriffe der Finanzriesen zu behaupten. Er wollte unsere Erziehung allein lenken, war deshalb froh, dass Mutti weiter arbeitete. Weil ihr die Arbeit gefiel und um eigenes Geld in der Tasche zu tragen. Sie mag nicht abhängig sein. Vati lacht drüber. Wegen seines Lebensstils ist ihm recht, wenn sie nicht dauernd allein zu Hause sitzt, besonders seit wir fort sind. Mutti ist im Bibliotheksdienst. Sehr tüchtig. Sie ist Leiterin der Amerika-Gedenkbibliothek am Halleschen Tor. Sie kennt an die 30.000 Buchtitel in und auswendig. Vati lobt sie immer als Muster einer Frau, die Familie und Beruf vollendet verbindet. Er bestimmte unsere Erziehung und hatte seine Ruhe dabei.

Er gab akribische Anweisungen an unsere Kindermädchen. Niemals Süßigkeiten. Hin und wieder eine Banane. Wir stöhnten unter den Pensen, die er uns für Verhalten und Lernen vorgab. Schule war nichts dagegen. Keine großen Geschenke zu den Festen. Praktisches: Sportkleidung, Roll- und Schlittschuhe, Hockeyschläger, Fahrräder, Mikroskope, Chemiebaukästen, Bücher. Keine teure Kleidung, kaum Taschengeld, keine weiten Reisen, stattdessen Pfadfinderlager und Wandertouren, Besichtigungen. Das Geld für den Führerschein mussten wir uns selbst verdienen. Nach bestandener Prüfung schenkte er Dettluff einen gebrauchten Leukoplastbomber. So nannte man die Lloyd-Kleinwagen. Ein Billig-, manche sagten ein Abfallprodukt des Luxuswagenherstellers Borgward aus Bremen, der später einging. Dettluffs Mobil war eines der letzten Exemplare, die vom Band gelaufen waren. Bald schämte sich das deutsche Wirtschaftswunder der knatternden Winzlinge seiner frühen Jahre und überließ die Höherentwicklung kraftloser Kfz. mit Persönlichkeit dem ersten deutschen Arbeiter- und Bauernstaat. Meine Mutter war wegen der Unfallgefahr entsetzt. Die Dinger konnte man mit dem Hausschuh kaputttreten. Sie griff zum ersten Mal ein und wetterte los. Vati nahm den Lloyd zurück und ersetzte ihn durch einen gebrauchten Käfer. Ich bekam dann auch so einen. Bjarne gleichfalls. Zu mehr war Vati nicht zu bewegen. Er besitzt kein Auto, fährt bei Wind und Wetter mit dem Sportrad. Ein oder zwei

Boten mit den Akten und anderem Material hinterher. Nach außerhalb nimmt er, wenn er nicht in die Bahn oder das Flugzeug steigt, Mietwagen. Der einzige Luxus, den er sich gönnt, ist ein Hausboot mit einer riesigen Bibliothek und fünf winzigen Schlafkojen. Bjarne hat aus Trotz und Laune seinen Käfer gleich verscherbelt und sich eine gebrauchte BMW von dem Geld gekauft. Vati lachte. Mach das mit deiner Mutter aus. Diesmal bin ich unschuldig. Er wusste früh, dass sein Jüngster für ihn verloren war. Aber hart ist auch Bjarne geworden. Es hilft ihm in seinem Beruf als mitspielender Dramaturg und Regisseur experimenteller Filme und Stücke. Der Kauf des Lloyd war übrigens eine gute Idee von Vati. Das Ding ist bei Sammlern schon jetzt sehr begehrt. In 20 Jahren bringt der sein Gewicht in Gold. Der Streit um das angemessene Gefährt für Dettluff war ein Ausnahmezustand im Zusammenleben meiner Eltern. Sie führen eine Monarchenehe. Jeder weiß, was er zu tun und zu lassen hat. Sie lieben sich nicht sonderlich, aber sie gefallen sich und sind stolz aufeinander. Sie kommen sich nur so viel und sooft nahe, wie sie brauchen. Der Bedarf ist bei beiden etwa gleich. Deshalb klappt es. Ich wüsste nicht, dass sie je ernsthaften Streit gehabt hätten. Vati würde sich wegen einer Geliebten nie scheiden lassen. Mutti ist sich bewusst, dass sie keinen besseren Partner finden würde, täte sie es. Er übertreibt es nicht mit der Freiheit. Hat ja sowieso keine Zeit.
Sein oberstes Ziel war, dass wir hart werden. Das hat er geschafft. Glücklich ist er damit nicht geworden. Bei Bjarne, meinem jüngeren Bruder, war früh klar, dass sich der Zug zum Komödiantischen, den es bei uns in der Familie gibt, durchgesetzt hatte. Er war nie für eine Tätigkeit im Unternehmen zu gewinnen. Vati sah das ein und nahm es als schicksalgegeben hin. Dettluff ist für Vati als Produkt seiner Erziehung schwerer zu ertragen. An dem ist er erfolgreich gescheitert. Dettluff ordnet sich Vatis Anweisungen derart strikt unter, dass er davon abhängig ist, geradezu nach ihnen lechzt. Obwohl als Westberliner vom Wehrdienst befreit, ging Dettluff auf Vatis Wunsch zwei Jahre zur Bundeswehr und machte seinen Leutnant der Reserve. Bjarne lehnte später das gleiche Ansinnen ab und arbeitete stattdessen zwei Jahre für den Deutschen Entwicklungsdienst in Kamerun. Er wollte sich damit als erwachsen beweisen. Dettluff arbeitet im Einkauf des Unternehmens. Durchaus erfolgreich. Als Vati jedoch von ihm verlangte, künftig selbständig zu handeln, ging es prompt schief, und seitdem haben beide resigniert. Nicht, dass Dettluff ein subalterner Mensch wäre, er hat ein ungeheures wirtschaftliches Analysevermögen, glänzende Diplome bestätigen es, doch wird er unsicher, sobald er nicht

eine schützende Hand über sich, sondern prüfende Augen hinter sich weiß. Seine größte Schwäche ist sein Auftreten. Als Nachfolger im Unternehmen kommt er nicht in Betracht. Er lebte ständig in der Angst, das Schiff auf Grund zu setzen, obwohl er das günstigste Fahrwasser von ganz alleine erkennt. Vati hat deshalb früh seine Hoffnungen auf mich gerichtet. Die Vorstellung wurmt ihn, das Unternehmen ginge nach dem kurzen Vorspiel durch **den Alten,** das kaum zählt, schon nach einer Generation in fremde Hände über oder sogar wegen seiner Kinder Unfähigkeit und Desinteresse in die Pleite. Der Mensch hängt an seinem Lebenswerk, so fragwürdig es sogar für ihn selbst sein mag. Den Menschen durchzieht Erfüllung, wenn sein Werk in seinen Nachfahren fortlebt. Es ist nur eine Idee von Sinn, aber was haben wir mehr? Jagga, lass mich nicht im Stich! Ich setze ganz auf dich. Du bist die einzige von euch Dreien, die es packen kann. Also werde auch ich seine erfolgreiche Erziehung gegen sein Ansinnen richten. Ich werde hart bleiben, so schwer es mir fällt, ihm weh zu tun. Dem einzigen Menschen auf der Welt, den ich liebe. Er wird es mit gemischten Gefühlen aufnehmen, ohne die er als genussfreudiger und zugleich tief pessimistischer Mensch gar nicht leben kann. Mein Eigen- und Starrsinn wird ihn ärgern und zugleich entzücken. Sowas bringt nur er fertig. Kennt man ihn gut, möchte man meinen, Schizophrenie sei keine Krankheit, sondern eine Tugend.

Obwohl von Politikern aller Schattierungen umworben, gibt Vati nie was an Parteien. Die sollen ihre Werbung selber machen wie ich, da können sie Steuergeld sparen. Leider reicht ihr Grips dazu nicht aus. Zum Regieren braucht man weniger. Ihn empört, dass die Parteien mit dem Geld, das sie den Bürgern aus der Tasche ziehen, Wahlwerbung finanzieren, in denen sie dieselben Bürger für geistig minderbemittelt erklären, also nicht einmal mehr für nur schlicht blöde wie die Wirtschaft. Für den Unsinn, den ich über meine Lakritze verbreite, um sie den Leuten schmackhaft zu machen, muss ich selber aufkommen und im Falle von Lügen geradestehen. Die Parteien arbeiten kostenfrei und risikolos. Einer muss ja gewählt werden. Werden sie abserviert, landen sie in einer der vom Steuerzahler finanzierten Stiftungen der Parteien. Man wird sie nicht los. Lügen und Betrügen als Beruf und Berufung.

Als Junge muss Vater **vom Alten** die Auffassung mitgekriegt haben, dass das preußische Strafgesetzbuch von 1852 seinerzeit das liberalste in ganz Europa gewesen sei. Es wurde dann Reichstrafgesetzbuch und gilt angeblich im Kern bis heute. Nun vollends zersetzt und verweichlicht, wie sich *32-Jährige saß wegen Vergewaltigung* Vater jedes Mal erbittert, wenn er die erbärmlich *in Haft und durfte die Anstalt ebenfalls* laschen Strafen vernimmt, die wegen *in Begleitung einer weiblichen Mitarbeiterin* schwerster Verbrechen verhängt werden. *verlassen. Im Hellersdorfer Einkaufs-* Selbst ‚lebenslänglich' sei zum Etikettenschwindel *zentrum verschwand er in der öffentlichen* verkommen. Ich könnte mir eine solche *Herrentoilette auf Nimmerwiedersehen.* Falschetikettierung nicht leisten. Überall in Europa geht man härter ran; aber einzig in diesem Punkt wollen wir national bleiben. Ganz zu schweigen von den Amis, die sonst unser großes Fixierbild sind. Da werden Leute zu 80, ja über 100 Jahren Freiheitsstrafe verurteilt. Unsere Richter müssten sich schämen, dass sie sich für ihre Verhohnepiepelung von Justiz in Form immerwährender Nachsicht besolden lassen. Mehrere Male hat Vati deshalb mit publizistischer Unterstützung der Bild-Zeitung Steuerzahlungen wegen zu lascher Bestrafung von Schwerstkriminellen verweigert. Die Leute werden immer älter – und da sollen 15 Jahre Freiheitsentzug noch eine Strafe sein? Eine tolle Werbung, auf die er es aber nicht abgesehen hatte. Durch kam er nicht. Er hatte es nicht anders erwartet. Und in der Justiz änderte sich rein gar nichts. Die dafür Verantwortlichen halten ihn für verbohrt und uneinsichtig. Kommen ihm mit Statistiken. Ein geistiger Hinterwäldler sei er trotz seines geschäftlichen Erfolgs, ist die herrschende Meinung über ihn. Außer ‚Bild' und einigen anderen Boulevardblättern hat er die Pressemeute gegen sich, und die Beamten im Bundespräsidialamt haben nie dem Antrag des BDI nachgegeben, ihm das Bundesverdienstkreuz zu verleihen. Das entmutigt ihn nicht, sondern bestärkt ihn. Ich bin kein Mitläufer. Wenn die Vernunft nicht siegt, wird die Unvernunft sich selbst besiegen, sagt er. Man muss warten, bis es fast zu spät ist. Der Privatkrieg mit den geistigen Vorbetern der Zeit wird von ihm mit grimmigen Vergnügen geführt. Mein wirklicher Lebenssinn, meine Lebensfreude. Da kennt er keinen Zwiespalt. Die perfekte Einheit von Lust und Aufgabe. Insgeheim hofft er doch auf das Kreuzchen am Bande – um es dann lautstark auszuschlagen.

Im Jahr 1994 hatte Jens A. einen Achtjährigen aus Prenzlauer Berg entführt, vergewaltigt und die Leiche versteckt, nachdem sein Komplize das Kind erwürgt hatte. Im Mai 2006 entließ ihn ein Richter aus dem Gefängnis Tegel, obwohl die Staatsanwaltschaft für ihn nachträgliche Sicherungsverwahrung wollte, weil er die Mutter des Jungen aus dem Gefängnis heraus bedroht hatte. Doch Psychiater bescheinigten ihm Ungefährlichkeit, was für zahlreiche Schlagzeilen sorgte. Nur drei Wochen nach seiner Freilassung vergriff er sich an zwei 15-jährigen Jugendlichen. Zu einer Anklage kam es nicht. Letzten

Sonntag zerrte er einen Zehnjährigen in sein Auto, fuhr mit ihm in seine Wohnung und missbrauchte ihn.
Wenn einer, dem wegen Raserei der Führerschein entzogen wurde und der dann durch neue Raserei einen Menschen zu Tode fährt, vom Gericht nur auf Bewährung verurteilt wird, kann man nicht mehr an einen Rechtstaat glauben.

Als ich ihm damals in den Rücken gefallen bin, indem ich durch lächerliches Verhalten schweren Landfriedensbruch (was für ein Wort!) beging, hat das die Presse genüsslich ausgeschlachtet, vor allem die liberale. Er wurde als hohler Schwätzer, schlimmer als unsere Politiker, vorgeführt. Sogar von ‚Bild'. Nicht Herr im eigenen Hause über eine verwöhnte Göre, die linksradikal spielt, sei er. Er trug schwer daran, vor allem, weil er sich nicht von mir distanzieren wollte; aber er hat es geschafft, seine Glaubwürdigkeit zu retten. Er erschien zwar damals in Begleitung seines Anwalts, um mich aus dem Polizeigewahrsam zu holen. Er wollte auf Nummer sicher gehen und eine erste Bewertung erhalten. Aber der Anwalt hatte sich vergeblich auf ein fettes, leicht verdientes Honorar für meine Verteidigung gefreut. Er bekam das Mandat nicht. Vati sagte mir, ich müsse selber sehen, wie ich aus der Klemme herauskomme, in die ich hineingerutscht sei. Da siehe du zu! Er schwelgt, obwohl ungläubig und doch Gemeindemitglied, in Bibelsprüchen. Viel Substanz, schöne Sprache, sagt er. Die Bibel ist unübertreffliche Literatur. Die Kirche ist Teil unseres kulturellen Erbes. Die steht in meinem Innersten unter Denkmalschutz. Er meint überhaupt, unsere Zukunft hinge davon ab, dass wir uns zur Tradition ohne Glauben bekennen. Schaffen wir das nicht, Jagga, verfallen nicht nur unsere unvergleichlich schönen Kirchen – das Gemeinwesen verfällt und vermodert. An irgendetwas zu glauben, sind wir unfähig geworden, aber uns zur Tradition freudig bekennen, das schaffen wir noch, denn etwas Besseres steht nicht bereit, unserem Bedürfnis nach Verehrung nachzukommen. Das Göttliche als Seinsvorstellung war die mannigfaltigste und werthaltigste Erfindung des Menschen. So was darf man nicht wegwerfen. Den schlechten Charakter des Menschen ändern, konnte auch sie nicht. Wie konnte man so etwas erwarten? Wir könnten heute entspannt auf die Religion als eine große kollektive Leistung der Menschheit blicken. Die größte künstlerische Leistung überhaupt. Leider sind die wenigsten dazu in der Lage. Ich sollte alles verscherbeln und mich an die Spitze einer modernen Traditionalistenpartei stellen, seufzt er manchmal, schaut dann lange nach oben, um es doch nicht zu tun. Die Welt retten, liegt mir nicht, obwohl ich weiß, wie es langgeht. Ich rege mich zu sehr auf und zetere dann, ich bin kein Verkünder. Fände sich einer, wäre ich sein Stratege. Ans Kreuz geschlagen würde er mit mir nicht.

Weil er mir nicht half, setzte er guten Gewissens seinen Kleinkrieg gegen die Justiz für Strenge fort und wies sogar daraufhin, dass er selbst im eigenen Hause nicht davor zurückschrecke. Ich litt damals weniger unter meiner Verurteilung zu 500 DM Geldstrafe, die Vati mich selber bezahlen ließ, und den 12 Arbeitsstunden in einem Pflegeheim, sondern weil ich seine Glaubwürdigkeit und seine Überzeugungskraft in Frage gestellt hatte. Als ich ihm das endlich bekennen wollte, knurrte er: – Untersteh' dich! Rückschläge in der Persönlichkeitsentwicklung kommen vor. Da bist du keine Ausnahme. Wir brauchen uns nicht voreinander zu entschuldigen. Wer nicht zu seinen Fehlern steht, ist zu verachten. In Sachen Vietnam waren wir beide erfolglos. Doch gib es zu, mein Plan war genial, deine Aktion nichts als ein hilfloses Zucken von Gefühltem. –

Er spielte mit dieser Bemerkung auf seinen Plan für Vietnam an, den er Jahre zuvor an den amerikanischen Präsidenten, den Vizepräsidenten, den Sprecher des Repräsentantenhauses sowie die Fraktionsvorsitzenden von Demokraten und Republikanern im Senat und Repräsentantenhaus gesandt hatte. Bewusst nicht an die Vertreter der US-Wirtschaft, denn die verdiente gewaltig an dem politischen und militärischen Desaster, das sich bereits unter Präsident Johnson klar abzeichnete. Seine Idee war so genial einfach wie einfach genial und könnte heute noch in vielen anderen Fällen umgesetzt werden, wenn Politiker Mut und Verstand hätten. Vati schlug vor, das Geld, das für die Kriegsführung eingesetzt wurde, zur Abwerbung der Vietcong und zur Gewinnung der armen Leute im Süden für die westliche Gesellschaft aufzuwenden. Jeder, der den Widerstand verließ, sollte ein Kapital erhalten, das ihm erlaubte, Land zu erwerben oder ein Geschäft aufzubauen, um davon mit seiner Familie anständig leben zu können. Dafür sollten Siedlungs- und Aufbau-Pläne erarbeitet, zudem ein wirklich demokratisches Regierungssystem errichtet werden. Vati meinte, damit würde der Krieg innerhalb kürzester Zeit unnötig. Ein, zwei Jahre müsse man wahrscheinlich militärische Stabilisierung noch aufrechterhalten. Deshalb seien die Ausgaben in dieser Zeit etwas höher zu veranschlagen. Hätte Vati sich mit diesen einfachen Vorschlägen begnügt, wäre ihm wahrscheinlich wenigstens der Eingang seiner Schreiben bestätigt worden und er hätte womöglich eine freundliche, nichtssagende Antwort bekommen. Man freue sich über das Interesse und werde alles gründlich erwägen. Danke. Aber Vati kann ohne Polemik nichts angehen. Am Schluss seiner Briefe hatte er deshalb rhetorisch gefragt, ob es der US-Politik in Vietnam wirklich um die Freiheit dieses Landes und ganz Indochinas gehe oder nicht doch darum, die eigene Wirtschaft auf Kosten der betroffenen Völker mit Großaufträgen für den Krieg zu füttern. Er habe den Verdacht. Ein solcher Vorwurf schadete seiner ohnehin verlorenen Sache. Er erhielt nicht einmal Eingangsbestätigungen. Nach drei Monaten schickte er daraufhin, Kopien seiner Schreiben an die Medien. Nur Gazetten vom linken und rechten politischen Rand veröffentlichten und kommentierten sie. Durchweg mit Genuss und Häme, die sich jedoch nur selten gegen Vati richteten. Damals hat er mit mir darüber nicht gesprochen, weil er mich für zu jung hielt. Mutti sagte mir später, er hätte sich mit der Feststellung getröstet, dass ohne Jena und Auerstädt der vom und zum Stein, auch Scharnhorst und Gneisenau unbekannt, weil subaltern geblieben wären. Es bedürfe erst einer Katastrophe, damit Menschen zur Einsicht kämen. Darauf zählen könne man nicht. Oft zöge eine Katastrophe wegen der Leidenschaft, die sie freisetze, eine noch größere nach sich. Ohne die Dummheit von Versailles wäre Adolf Hitler als Individuum gescheitert. Durch Versailles konnte er ein ganzes Volk in sein geistiges Scheitern hineinziehen. Als wir nach meinem Fehltritt über seinen Vorstoß sprachen, sagte er, die Amerikaner seien leider zu stark, um aus einem Scheitern wie in Vietnam zu lernen. Sie hefteten das einfach als Fehlschlag ab, ohne lange darüber nachzudenken. So solle ich das nach meinem unüberlegten Verhalten nun auch machen. Aus überzeugenderen Gründen.

Als es ums Studium ging, hat er nur kurzzeitig versucht, mich von meiner Berufswahl abzubringen. Er hat mir dargelegt, was für ein brotloses und hoffnungslos überlaufenes Studium Archäologie und Altertumswissenschaften seien. Wäre es das allein, würde mich deine Wahl nicht stören, denn ich traue dir zu, dass du mehr leistest als die anderen. Aber deine Wahl wird für dein Leben zwei schwerwiegende Folgen haben. Bist du erfolgreich, wirst du keine Familie gründen können, weil du dauernd auf Grabungen unterwegs sein wirst und zwischendurch viel Ruhe zu Studienzwecken brauchst. **Die** Familie ist aber in **unserer Familie** immer das Wertvollste im Leben gewesen, alles andere Nebensache; ihr dienend. Was sind alle äußeren Erfolge, wenn man sie nicht ungetrübt teilen kann? Der Beifall der Öffentlichkeit ist hohl und launisch. Der üble Bolko belegt, wie es ist, wenn ein Kind nicht in einer Familie aufwächst, keinen Vater und keine Geschwister hat. Er musste den Mangel kompensieren und hat seine Familie in der SS gesucht und gefunden. Einer Organisation, die sich willig dem Tode weihte. Familie ist etwas Gewachsenes. Beständiges. Ich habe jung den Vater verloren, doch bis in mein 14. Lebensjahr ein vollendetes Familienleben erfahren. Sogar Tante Esther, die aufgrund ihrer Berufung zur Künstlerin herumvagabundierte, hat sich mit 50 zum Guten bekehrt und den Erzeuger ihres Sohnes geheiratet. Es war die formale Konsekration ihrer immer vorbildlichen Haltung. Denn schon vorher haben die beiden persönlich für Hilmar gesorgt, nicht durch Angestellte. So gut das bei Künstlern eben ging. Außerdem haben die beiden den anderen Menschen viel Freude und Andacht geschenkt. Das rechtfertigte ein Opfer. Aber rein intellektuelle Neugier und die Besessenheit, jahrtausendealte Scherben und Mauerstümpfe ans Tageslicht, in die Gazetten und Schaukästen zu bringen, sind nicht wert, darauf zu verzichten, eine Familie zu gründen. Das ist grundfalsch. Damit wird er wieder kommen. Ich werde nicht sagen, obwohl es ihm intellektuell gefallen würde, dass ohne Wissensdurst und Besessenheit früherer Wissenschaftler, die Erdgeschichte zu erkunden, er nie die Werbung hätte betreiben können, der er seinen Erfolg verdankt. Er würde seufzen und antworten, das sei ihm schon klar, ich solle aber zum einen nicht seinen Einfallsreichtum unterschätzen. Er hätte, wenn nicht diesen Gegenstand, so einen anderen gefunden, um seine eigenwillige Werbung daran festzumachen. Zum anderen wäre es ja viel besser, seine Werbung wäre nicht so wirksam, wie sie ist. Dann lebten die Leute gesünder. Er brauche das viele Geld nicht, dass sie in seine Kassen spülten. Er käme auch mit wenig aus. Doch wenn er schon etwas tue, dann voll nach den geltenden Regeln. Das Unternehmen zu erwähnen, hätte ich jedoch Recht. Es böte trotz harter Arbeit nicht nur echten Gestaltungsraum, sondern enorm viel Freiheit wie die, auch Gutes zu tun. Freiheit sei, sein Leben dem zu widmen, das man am wenigsten hasse. Nicht unbedingt einer großen Liebe oder gar Leidenschaft. In denen sei man gefangen, schnell enttäuscht oder erschöpft. Am allermeisten aber spreche gegen meinen Beruf, dass ich mich damit zu den **Flutmenschen** bekenne, die immer mehr Wissen und Können anhäufen wollten, um es immer geschickter zu verwerten. Dabei litten wir mittlerweile an unserem vielen Wissen und Können für immer mehr Menschen. Es zerstöre die Welt, alle wüßten es dank unseres Wissens und doch sind wir unfähig, dem dadurch heraufziehenden Unheil ein Ende zu setzen. Es sei dringend Einhalt geboten. Ein Stillstand unserer Wissenskultur. Richtige Bearbeitung des Erreichten sei gefordert. Aber nein – nun wolle auch ich der Erde immer neues Wissen entreißen, im Grunde täte ich damit nichts anderes als die großen Bosse der Welt, die dem Boden immer mehr Erdöl, Kobalt, Kupfer usw. usw. zur Verarbeitung in Tünnef entrissen. Ich schürfe aus dem Boden, um scheinbar unser Wissen über die Vergangenheit zu erweitern, sei aber damit bloß Teil einer großen Unterhaltungsmaschinerie, verdränge das hinter der Gestik von großer Wissenschaft. Die Präsentation von dem Boden entrissenen Altertümern sei nun einmal Teil des Schaugeschäfts.

Des gehobenen, gewiss. Mehr nicht. Er wird dann Atem holen und sagen: Naschwerk und Liköre zu erzeugen, sei gewiss nicht sein Traum von erfüllter Existenz gewesen. Zum Glück hatte ich nach dem Krieg keine andere Wahl. Gestalten und zugleich frei über die Ergebnisse philosophieren, könne man allein als vernunftbegabter Unternehmer. Das sei höher einzuschätzen als bloß Erkenntnisse ans Tageslicht zerren, aus denen andere dann etwas machen, was dir vielleicht gar nicht recht ist. Selbst gestalten, ist das Höchste, was ein Mensch auf dieser Welt tun und erlangen kann. Und dabei von sich selbst Abstand finden. Das kannst du als künftige Fachadeptin nicht, da bist du andauernd auf der Suche und spürst im besten Falle auf, was andere oder die Natur gestaltet haben. Als Unternehmerin bist du Schöpferin. Brauchst dafür weder hochbegabt noch sonst begnadet zu sein. Der Wille zur Tat, ein paar Einfälle und Freude an harter Arbeit reichen. So wenig Mitbringsel braucht man in den wenigsten Berufen. Alles werde ich tun, um dir zu erlauben, Unternehmensführung und deine Begeisterung für die Archäologie zu verbinden. Es ginge. Ich betreibe schließlich meine öffentlichen Auftritte neben der Leitung des Unternehmens. Noch zehn bis fünfzehn Jahre stehe ich zur Verfügung. Du kannst also, wenn du einmal eingearbeitet bist, das eine oder andere Jahr in die ferne Vergangenheit ausbüchsen, dich an Expeditionen und Grabungen beteiligen, zu Hause wissenschaftlich in der Stille arbeiten. Das wird gehen und hebt das Ansehen der Firma. Sie werden dich nehmen, nicht nur weil du unglaublich tüchtig bist, sondern weil du viel Geld in ihre Unternehmungen einbringst. Geld brauchen sie immer. Auch Heinrich Schliemann war Kaufmann und hat sich erst das Geld verdient, um seine Grabungen zu finanzieren. Jagga, tu mir den Gefallen. Es würden wunderbare Jahre für uns beide im Betrieb. Wir würden uns gegenseitig mit Einfällen überbieten. Der ganzen Welt gemeinsam auf der Nase herumtanzen, da ist noch Platz genug. Wir würden den Konzernen zeigen, dass Familie stärker ist als zusammengekaufte Manpower. Er hasst dies Wort und schleudert es verächtlich von den Lippen. Wir würden das Maß für die Konzerne setzen, nicht die für uns. Wir haben Phantasie, die nur Marktanalysen. Und du hättest obendrein Zeit, mit einem verständigen Mann, den wir finden werden, eine Familie zu gründen. Er kann in das Unternehmen einsteigen, wenn er will. Ich vertraue voll deiner Menschenkenntnis. Vati wird mich lange, besorgt und bittend anschauen. Als Letztes wird er Verwirklichungen ganz neuer Art beschwören. Er nennt sie aufziehende Wirklichkeiten. Er gibt dem Kapitalismus nicht mehr als noch 50 Jahre. Wie Marx vorhergesagt hat, wird er an seinen Widersprüchen zugrundegehen. An anderen, als Marx dachte. Egal. Die Konzerne werden zwangsbewirtschaftet werden, weil sie die Welt zerstören, denn Markt ohne

Verschwendung ist unmöglich mit 10 Milliarden Menschen. Fehlt der Markt, ist Phantasie desto mehr gefragt, soll die Welt nicht veröden und die Menschen schon aus Langeweile Krieg anfangen. Lieber tot als hundert Jahre Stallkojot, werden sie sagen. Ressourcenschonend und phantasievoll können nur wir Kleinen produzieren. Konzerne sind dazu nicht in der Lage, egal, wem sie gehören oder wer an der Spitze steht. Denkfabriken versprühen keine Geistesblitze. Sie bringen nur plattfüßige Marschkolonnen hervor. Wir kleinen Unternehmer vollziehen die Weltrevolution, wir werden die neuen und völlig friedlichen Beherrscher der Welt sein. Oder die Welt geht zugrunde. In 20, 30 Jahren wird es losgehen. Jagga, du könntest mitten drin in diesem letzten Gefecht stehen. Seine Augen werden flackernd auf ich schauen. Schon lange möchte er ein Ideenforum gründen, in dem Menschen ohne Titel, Lobby und Geld ihre herausragenden Ideen veröffentlichen und in offenen Disputen verteidigen könnten. So etwas fehlt, und Deutschland könnte sich endlich wieder als Land der Denker erweisen. Da käme mehr als Habermas, Sloterdijk und Flöten raus. Mit dir, Jagga, erhielt ich den Kraftschub, um es als mein Vermächtnis an Deutschland und die Welt anzugehen. Als Allerletztes wird er die Tradition anrufen, ohne die doch die Welt dem Untergang geweiht sei.

Da ist richtig Ironie drin. Jeff Bezos hat Amazon gegründet und ist über die Online-Handelsplattform zum zigfachen Milliardär geworden. Jetzt kauft er die ‚Washington Post'. Das Geschäftsmodell des Renommeeverlages war ausgerechnet durch das Internet ins Wanken geraten: Leser wandern ab, Anzeigenmärkte verlagern sich ins Netz. Die Pointe des Deals wäre, wenn Bezos diesen Eckpfeiler des amerikanischen Journalismus stabilisieren kann. – – – – Wollen da gelangweilte Milliardäre mit angesehnen Zeitungstiteln ihre schnöden Alltagsgeschäfte aufhübschen? Jeff Bezos zeigt: Das ist altes Denken, wirklich altes Denken.

Ich werde all dem nicht widersprechen. Ihm sogar recht geben und sacht auf die Stirn küssen. Mehrmals. Dann aber darauf bestehen, dass es nun einmal so ist, dass ich Erfüllung nur in meinem gewählten Beruf finden könne, also schicksalhaft falsch programmiert sei. Dagegen komme ich nicht an, Vati. Er wird den Kopf senken und sagen: – Du enttäuschst mich, Jagga. Sehr. Ist es so schwer, querfeldein zu laufen? – Ich werde antworten: Es liegt mir nicht, dir nachzufolgen. Ich bin nun mal so. Es tut mir weh, dich deswegen zu enttäuschen, Vati. Du weißt das. Sieh es weniger grundsätzlich. Nimm mich an, wie ich bin. Vielleicht wirst du am Ende zufrieden mit mir sein, denn du traust mir was zu. Wir stimmen beide darin überein, dass wir zum größeren Glück in einer Langweilergesellschaft leben. Du läufst mit und amüsierst dich an den Rändern. Tobst dich verspielt in öffentlichen Erklärungen aus, von denen du weißt, dass sie nicht weiterführen. Ich tauche ab in die Vergangenheit, um nicht im Tagesgeschäft zu verblöden. Und was die Zukunft betrifft, dir kann sie gleichgültig sein. Was du erreicht hast, kann dir keiner nehmen. Und mir ist die Zukunft gleichgültig. Ich überlebe in meiner Nische, denke ich. Ich bin kein Weltenformer oder -verformer. Ich steh nicht auf dem Berge und predige. Mir reicht ein enger Konferenzsaal. – Er wird nicken. Er wird mich weiter mögen, denn wir haben uns nun mal fast verboten gerne. Ich glaube sogar, er respektiert mich, wie ich bin, obwohl mein Weg, wie er meint, schon kurzfristig ins Leere führt, nicht erst über lang, weil er ihn als zu einseitig ausgelegt ansieht. Er mag Widerstand und Eigensinn, weil sie sein Lebenselement sind. Ohne Rücksicht auf Erfolg. Trost für uns beide, wenn wir uns quälen. Es ist keine Tragik, wenn ich meine realideale Welt mit mir versinken sehe und die Kinder zuschauen. Zu Tragik bin ich gar nicht fähig, wird er denken, aber nicht sagen. Er wird etwas weniger lustvoll, jedoch unverzagt, weiter machen. Das Wissen darum, ein Letzter zu sein, kann durchaus erheben. Als Letzter weiß man um seine Stellung. Ein Erster ist sich nie sicher, ob er nicht einzig bleiben wird. Er vermag deshalb nie, gelassen zu sein. Bismarck starb in Ängsten. Besessen von Ängsten.

WilhelmIR, WIR, WIR, WIR, WIR, WIR: DIE ANDEREN und *Wir!* *Xxx* *Nosotros/vosotros* – mir allerliebste Wörter

Zwei gänzlich unbedeutende Menschen (was ändert es in den Abläufen, ob es sie gibt oder nicht) leben in einem wichtigen Staat zu einer wichtigen Zeit, weil die bisherige Welt, wirklich, nicht nur in Beschwörungen und Losungen wie allzu oft von Wichtigtuern fälschlich hinausposaunt, am Scheidewege steht – und sich sehr bald nachhaltig zerstört haben wird. Irgendwie (keiner weiß recht warum, womöglich, weil es Fortschritt und Aufbruch nur so hagelt) ist sie ihrer selbst überdrüssig geworden; zugleich von berauschenden Höhenflügen wie verabscheuten Seelenängsten zerfressen, sucht sie die Katastrophe in der Hoffnung, darin und daraus den Phönix in sich zu erwecken. Man glaubt an Mythen, weil es sooo guttut. Ahnen WIR all das? Irgendwie schon; im Letzten nicht. Weil WIR nicht von Ängsten zerfressen sind. Dass einzelne Menschen Amok laufen, ist so; dass eine ganze Welt Amok läuft und dabei immer wahnsinniger wird, ist unvorstellbar. Nicht mehr lange.

Wenn **sie** ‚WIR' sagen, meinen **sie sich**, zusammengenommen. Manchmal sagt Paul ‚*wir*' zu seinen Leuten. Manchmal sagt Charlotte ‚wir' zu ihren Kindern. Die übrigen Wir der beiden sind Momentaufnahmen, blasse Redeweisen. Die verbal Eingeschlossenen werden dadurch nicht WIR, sondern bleiben andere. Mögen sie Vater, Mutter, Großvater, Großmutter, Bruder, Schwester, Freunde, Luckenwalder, Märker, Preußen, Deutsche, Evangelische, Kulturchristen, Europäer, Weiße oder einfach Menschen heißen. Mitmenschen sind kein **WIR**. Sie sind **da**. Neben uns oder mit uns ist die entscheidende Frage. So verhält **es** sich. **Ist** demnach gut. Paul und Charlotte stehen nur wenige andere nahe; aber sie sind viel zu zufrieden mit sich, als dass sie das stören würde. Was WIR uns vorgenommen haben für das Leben, haben WIR erreicht. Charlotte ganz, Paul wenigstens ziemlich. Sie betrachten niemanden als ihren Feind. Die anderen sind für sie Aufgabe, Hindernis – selten mal – Freude, Helfer, nie bisher gute Freunde. Die höchste Stufe ihres Nichtmögens ist verachten. Es äußert sich bisher in der harmlosen Form des Nichtbeachtens, niemals als Nichtachtung.

Paul und Charlotte haben Meinungen über andere. Sogar politische Meinungen, wie wir, andere, die wir an ihrem ausgedachten Leben im Nachhinein teilnehmen, vernommen haben. Besonders Paul. Aber es sind Meinungen, also springen sie normalerweise aus den Köpfen der beiden nicht weiter als in ihre Welt des WIR. Wenn jedoch Pauls Meinungen zu Überzeugungen geworden sind, ist er dumm genug, sie vor anderen preiszugeben. Weil er hofft, die anderen würden die Richtigkeit erkennen und daraus Nutzen ziehen. Denn hinter jeder seiner Überzeugungen steht mühevolles Nachdenken. Die Entäußerung führt regelmäßig dazu, die anderen zu vergrätzen, wenn sie nachsichtig sind, sonst zu verärgern, weil Pauls Überzeugungen den Ansichten der anderen fast immer diametral entgegenstehen. Verhielte es sich anders, würde Paul gar nichts sagen, denn es wäre überflüssig. Er predigte zu Überzeugten oder wäre Bestätiger. Das wollen die meisten anderen gerne sein. Paul wehrt sich gegen die Macht des Belanglosen. Wohlwissend, dass er selbst zutiefst belanglos ist. Er steckt weg, dass er als Querkopf, Gescheitredner und Besserwisser gilt. An dieser Einschätzung der anderen ändert sich rein gar nichts, wenn sich erweist, dass er Recht hatte. Vielmehr steigert es den Ärger der anderen auf ihn; denn meist handelt es sich um die Vorhersage vom Scheitern großer Hoffnungen. ‚Dieser beschissene Rechthaber!' ‚Nun freut sich die

Unke.' ‚Bei solchen Weissagungen platzt die zäheste Fischblase.'

Charlotte trägt außerhalb der Familie nie ihre Meinungen aus; sie schokkiert die anderen durch ihr schwereloses, unangekündigtes Benehmen. Die anderen ärgern sich daran, weil sie durch Charlotte der eigenen Beschränkung innewerden. Das schmerzt. Also schlagen sie aus.

Paul und Charlotte haben alles, was sie brauchen. Wozu sollten sie sich anstrengen, die Welt zu verbessern? Jeder kehre vor der eigenen Tür. Die Welt ist unvollkommen, das weiß jedes Kind; aber WIR leben ja nun doch einmal in einer fortschrittlichen Zeit. Der menschliche Verstand wächst und gedeiht. Er richtet's schon. Manchmal mühsam. Was macht's? Eher ist atemberaubend wie rasend er derzeit in ungekannte Höhen schießt. Herr Nobel rühmt ihn dank Dynamit mit Preisen. Fast jeden Tag gibt es eine neue wissenschaftliche Erkenntnis, neue bahnbrechende Erfindungen. Das Wirken des Verstands wird die anderen, die sich ihm noch widersetzen, in die Bahnen der Vernunft zwingen. Die Vernunft wird nach einigen Aufgeregtheiten und Opfern auf der ganzen Linie siegen. Es geht von alleine, ohne dass WIR uns aufgefordert fühlen müssten, etwas für sie zu tun. So dumm können wegen all der Erkenntnis, Erfindungen durch Hochbegabte auch **die anderen** nicht sein. Regen und Sonnenschein, Bäche und Flüsse kann keiner aufhalten. Das Sozialistengesetz ist aufgehoben worden; Emil von Behring hat einen Impfstoff gegen die Diphterie erfunden; der Reichskommissar für das Kilimandjaro-Gebiet, Carl Peters, wurde entlassen, weil er Neger wegen kleinster Vergehen erschießen und seine schwarze Geliebte wegen Untreue aufhängen ließ; Mädchen bekommen Turnunterricht; zur Eisenbahn gesellt sich das Automobil, zum Telegraphen das Telefon; Syphilis ist dank Paul Ehrlich durch Salvarsan heilbar geworden; bald wird der Mensch fliegen; in der Stille des Berner Patentamtes revolutioniert einer die Weltsicht mit der Relativitätstheorie; der amerikanische Millionär Carnegie stellt der holländischen Regierung 1 1/2 Millionen Dollar für den Bau eines Friedenstribunals im Haag zur Verfügung; dort finden Friedens- und Abrüstungskonferenzen statt. Deutschland nimmt unwillig, wenn überhaupt, daran teil; Österreich-Ungarn wird von den Slawen bedrängt, und Kaiser Wilhelm betreibt aufgrund seiner Großmannsucht, die der Großadmiral Tirpitz für die eigene wunderbar zu bedienen weiß, eine ebenso aufdringliche wie undurchsichtige Flottenpolitik. S.M. hat nach den Aufstellungen der kaiserlichen Forstbehörde bis zur Jahrhundertwende bereits 40.957 Tiere erlegt, darunter einen Wal, drei Bären, zwei Auerochsen, sieben Elche, drei Rentiere, 2.673 Stück Rot- und Damwild (darunter weit über 1000

Hirsche), 771 Stück Rehwild, 2.548 Wildschweine, 22 Füchse, zwei Dachse, 17.446 Hasen, 1.392 Kaninchen, 73 Auerhähne, 56 Eulen, vier Birkhähne, drei Schnepfen, 13.720 Fasanen, 95 Moorhühner und 694 Reiher. Welcher Tierart die restlichen 1.464 Stück Jagdbeute zuzurechnen sind, bleibt unerklärt. Wahrscheinlich viele Eichhörnchen und Bisamratten, die nicht erwähnungswürdig sind. Wieviele Treiber Majestät schoß, bleibt offen. Ob sich die Zahlen auf die Regierungszeit beschränken, müsste erfragt werden. Niemand fragt. Nicht einmal sich. Beunruhigend ist die Aufstellung des Hofamtes nicht. Ginge Wilhelm einmal als der Große Nimrod in die Geschichtsbücher ein, wäre das niedlich und eine schöne Bereicherung der Beinamenliste von Herrschern. Bedenklicher könnte erscheinen, dass in Zabern (Elsass) das preußische Militär alles tut, sich seiner Verleumdungen würdig zu erweisen und Carl Peters 1914 durch Aussetzung einer Pension rehabilitiert wird. Könnte.

Von 1968 bis 1989 habe Honecker in der Schorfheide mindestens 512 Rothirsche erlegt. In den letzten Monaten der DDR seien fast alle Mitglieder des ***Politbüros*** *nocheinmal auf Jagd gegangen, schreibt der Autor.*

Paul ist Soldat. Nicht, weil er die Gefahr oder den Krieg liebte, weil er sich als Mann bewähren wollte, weil er in der Uniform blendend aussieht. Ihm gefällt es, bei seiner Arbeit zumeist an der Luft und in der freien Natur zu sein. Mit Wind und Wetter zu toben. Im Zuhause Frau und Kinder zu haben, die jeden Tag ohne Routine seine Heimkehr erwarten. Es gibt nichts Herrlicheres, als erwartet zu werden. Er mag Verantwortung und Herausforderung. Deshalb ist er als zweitbeste Wahl Offizier geworden. Aus allen diesen Gründen wollte er ursprünglich als Kolonist nach AFRIKA gehen. Der wichtigste Grund dafür aber war: Er wollte der Natur seine Existenz abringen, mit ihr, der nährenden und verschlingenden Mutter, kämpfen. Auf friedvolle Weise. Nicht mit Menschen wollte er kämpfen. Er genießt die Freiheit, die ihm Charlottes kleines Vermögen verschafft. Diese Freiheit hält den Ehrgeiz, der manchmal in ihm hochschießt, im Zaum. Ich brauche nicht mit den anderen zu konkurrieren. Wir haben unser Auskommen, sind glücklich. Wäre da nicht das dumme Wenn-schon, denn-schon. Ich kriege es nicht los in der Herde. Deswegen wollte ich allein sein in AFRIKA.

Charlotte wünschte einen Mann, der einen ganzen Kopf größer als sie ist, der eine Lederhaut hat, keine glatte weiße wie sie; der ihre Phantasien annimmt und willig darin mitspielt. Dessen sie sicher ist, weil er das

Leben mit ihr spannend findet. Sie hat ihn sich erfochten. Die Eltern fragen immer wieder nach, ob sie sich in ihrer jungen Ehe in Krotoschin wirklich nicht langweile. Die Mutter drängt darauf, sie zu besuchen. Da hätte sie etwas Unterhaltung tagsüber. Was soll man über mehrere Jahre auf solche immergleichen Briefe schreiben? Charlotte schreibt in Dutzenden Variationen immer aufs Neue zurück: Langeweile sei kein Zustand und so hieße auch kein Ort. Die sei man selbst, wenn man sie verspüre. Ihr fehlten kein großes Haus in Luckenwalde, keine elegant eingerichtete Wohnung in Berlin, keine Empfänge, keine Feiern, nicht der Anblick von Herrschaften in Garderobe, mit Lorgnetten und Zwikkern, keine Theater- und Opernbesuche, keine Bälle, keine Galopprennen, keine Ausritte, kein Aufputzen. Ihr fehle die Zeit zum Lesen; denn sie amüsiere sich mit ihrem Paul, den Kindern, Pferden und Pumpen, dazu der Frau Pfarrer, der sie beizubringen versuche, was Phantasie ist. ‚Ich habe im Übrigen begonnen zu photographieren, Eure Chlotti.'

So einfach verhält es sich. Unsere BEIDEN sind nach dem blutigen Beginn ihrer Verbindung zwei zufriedene Menschenkinder der trotz Endzeiterwartungen verschiedener Intellektueller und skleroser Bürgerlichkeit bis in jeden fernen Winkel des Reiches dringenden, zutiefst und rundherum hoffnungsfroh gestimmten Weltzeit. Die Widrigkeiten des Alltags sind Stubenfliegen auf der Wandtapete. Die ererbten farbigen Ölschinken, die in ihrem Hause hängen, ersetzt Charlotte, einen nach dem anderen, durch eigene Aufnahmen. Paul bewundert Charlottes Gespür für das Wichtige im Leben. Obwohl die Farbe schwindet, lebt das Haus auf, atmet durch. Vielleicht kaufen wir uns in einigen Jahren ein Auto.

*

Die Verbreitung des Odols über die ganze Erde steht ohne Beispiel da.

Westbefall

**

Auch in der ganzen letzten Zeit gaben die Preisentwertungen am amerikanischen Wertpapier- und Metallmarkt einerseits ebenso wie die elementare Aufwärtsbewegung des Baumwollpreises andererseits den Anlass, dass unsere Börse sich fast unausgesetzt in eine fieberhafte Stimmung versetzt sah, die neuerdings noch um einige Grade erhöht wurde durch die Londoner Kurszusammenbrüche am südafrikanischen Goldminenmarkt. Es ist bedauerlich, dass solche Vorgänge, die uns ja keineswegs unmittelbar berühren, einen derartigen Einfluss auf die deutschen Märkte zu erlangen vermögen. Aber es wäre müßig, hierüber immer wieder Klage zu führen. Es ist mehrfach von mir an dieser Stelle betont worden, dass unsere unglückliche Börsengesetzgebung die Hauptschuld am Verlust der Selbständigkeit und dem fast verlorenen Kraftgefühl der deutschen Märkte trägt. Vielleicht schafft der neue Reichstag durch eine börsenfreundlichere Zusammensetzung hierin wenigstens einigermaßen Wandel. Die Vorgänge nach der letzten Emission der 3-jährigen Reichsanleihe sollten, wenn dies noch nötig wäre, unsere Regierungskreise darüber belehren, dass man der Börse endlich in vernünftiger und zweckentsprechender Weise unter die Arme zu greifen hat, und zwar schon um deswillen, weil man sich selbst damit den allerbesten Dienst erweist.

***

In London wird bekannt, dass die Kolonne des Obersten Plunckett im Kampf mit den Somalis vernichtet worden ist.

****

<Die Krise am US–Markt für Hypotheken an Schuldner mit geringer Kreditwürdigkeit breitet sich aus. Angefangen hat alles damit, dass in den USA immer mehr Hausbauer mit der Bedienung der Kredite auf ihr Haus in Verzug geraten sind. Das hat die Weltfinanzmärke mittlerweile so nervös gemacht, dass die Schockwellen überall zu spüren sind. Einige Beispiele: An der deutschen Börse kamen gestern Befürchtungen auf, die Commerzbank und die Hypo Real Estate könnten stark am amerikanischen Markt für bonitätsschwache Hypotheken engagiert sein. ...In Tunesien gerät die Regierung unter Druck: Auf Grund der allgemeinen Risikoscheu verlangen Investoren immer höhere Zinsen für Kredite an das Land... In Australien hat die Investmentfirma Macquarie die Anleger gewarnt, zwei ihrer Fonds könnten im Zuge der US-Hypothekenkrise Verluste von 25% einfahren.... Die berühmte Harvard-Universität in den USA muss sich von 350 Millionen Dollar verabschieden.. ...Und in Groß-

britannien musste die Pub-Kette Mitchells & Butler ein milliardenschweres Joint-Venture absagen…>

*****

Nachdem Goethe den deutschen Geist aus seiner privaten Existenz herausgeführt und in den europäischen Organismus eingegliedert oder mehr: durch die Europäisierung des deutschen Geistes den europäischen zu einer Umlagerung gezwungen hatte, musste der deutsche Geist sich sofort gegen den Ansturm politischer Aktualität behaupten und – zog sich in der Romantik wieder auf sich selber zurück. Diese Selbstbeschränkung war eine Bereicherung, was das spezifisch Deutsche, eine Verengung, was das Europäische anbetrifft (so sehr auch gerade die Romantik fremde Literatur einsog und neu gestaltete). Indem das Deutsche aus den Beziehungen zur realen Welt, aus den Beziehungen zur Zeit gelöst wurde, sank es zwar tiefer in seine eigene Wesenheit zurück und gelangte wieder an die verborgenen Quellen seines eigenen Daseins, aber es verschüttete sich den Ausweg in die Zukunft. Als die deutsche Innerlichkeit nicht mehr versuchte, die äußere Welt zu durchdringen, als sie sich von der Wirkung auf das Politische (in der weitesten Bedeutung) abdrängen ließ, … machte sie sich unproduktiv für die deutsche Zukunft. …Die Innerlichkeit aus dem lebendigen Wechsel der Zeit gelöst, war Beschaulichkeit geworden. Sie konnte sich eines gewaltsamen Jahrhunderts nur durch die gewaltsame Betonung (Sentimentalität) oder durch ihre gewaltsame Verleugnung (Brutalität) erwehren.

Die deutsche Romantik war eine Herrlichkeit ohnegleichen, aber sie war auch eine Gefahr ohnegleichen. Sie bestärkte den Deutschen in der Verachtung der Außenwelt. Gerade indem sie ihm seinen eigenen Seelenbezirk öffnete, schloss sie ihn auch in diesen ein. Der Deutsche sah sich nur noch in poetischer Verklärung. Seine Innerlichkeit wurde selbstgerecht. (Herbert Ihering, 5. Juli 1923 zu einer Aufführung von Eichendorffs „Die Freier" im Staatstheater.)

******

Seele. ***Innerer Hohlraum der Läufe und Geschützrohre zwischen Verschluss und Mündung, nimmt Geschoss und Ladung auf, dient als Einschließung für die beim Schuss sich entwickelnden Pulvergase, überträgt deren Treibkraft auf das Geschoss und giebt diesem eine bestimmte Richtung. Die ballistisch vortheilhafteste Länge der Seele ergiebt sich theoretisch aus der Größe der Ladung, den Eigenschaften (Zersetzungsgeschwindigkeit) des Pulvers, dem Geschossgewicht und den Bewegungswiderständen der Geschossführung in den Zügen.***
(J. Scheibert, Illustrirtes Deutsches Militär-Lexikon, 1897)

****

Pucki als junge Hausfrau. Erzählung für junge Mädchen von Magda Trott, 20. Auflage, Titania-Verlag Stuttgart.

Tipp Überraschen Sie ihre*n Arbeitgeber*in und inspirieren Sie ihre Kolleg*innen: Gehen Sie einfach weniger arbeiten. Sie werden sehen, wieviel Zeit Sie für andere wichtige Sachen gewinnen. Sie können das Familienleben mehr genießen oder vergessenen Interessen nachgehen. Es ist sowieso nur noch eine Frage der Zeit, bis die Hälfte der Menschen keinen normalen Nine-to-Five-Job mehr macht. Werden Sie Pionier*in!

WIR SCHEMEN

1

Paul ist ein hervorragender Soldat, weil ihm der Beruf Freude macht. Er macht ihm Freude, weil er dabei täglich seinen harten Körper spürt; weil er fünfzig Kilometer marschieren kann, ohne zu ermatten; weil er im Gelände einen nie versagenden Orientierungsinn hat; weil er die Nacht als zweiten Lebensraum liebt; weil er ein hervorragender Schütze ist und weil er es versteht, korrekt mit Untergebenen umzugehen, ohne lasch und leutselig zu werden. Sein schnörkelloser Eifer zieht nach.

Wenn ein Einzelner derart vollkommen den Anforderungen entspricht, welche die Gesellschaft an ihn stellt, aus welchem Grund auch immer, der Betreffende dazu ein verträglicher, eher bescheidener Mensch ist, und seine Vorgesetzten mit Vernunft begabte Leute sind, müsste sich höchstmöglicher Einklang von persönlicher und kollektiver Zufriedenheit einstellen, also Harmonie und Gerechtigkeit walten. In der Wirklichkeit ist Pauls unaufdringliche Tüchtigkeit anderen ein Ärgernis, weil sie ihrem Aufstieg im Wege steht. Nicht irgendwelchen anderen, sondern **Kameraden**, denen die Kindheit geraubt wurde, indem ihr Vater sie mit zehn oder zwölf Jahren in die Kadettenanstalt steckte, weil ihre Vorfahren seit über dreihundert Jahren treu und vielfach ausgezeichnet der Krone gedient haben und das Landgut der Familie dem Erstgeborenen zufällt; sie ihre Verdienste also beim Militär suchen müssen. Pauls Leistungsvermögen lässt die Moral seiner Kameraden sinken. Sie ertränken ihren Frust in Bier und Schnaps. Sie strengen sich nicht mehr an, weil sie wissen, Paul ist als Offiziersanwärter nicht zu überbieten. Jedenfalls nicht vor Ort. Er wird befördert werden, nicht einer von ihnen. Und die Beförderungen im Heer sind rar, seit die Flotte den Staatshaushalt auffrisst. Dabei hat der Kerl es gar nicht nötig, befördert zu werden. Seine Hacknase hat jede Menge Papierchen im Schrank, die alle halbe Jahr ein Häufchen Goldmark kakken. Als ob wir's nicht wüssten. Wir müssen Partien erst einholen. Aber bitte nicht verunstaltete wie diese Prodek. Sowas wird wie Morchelbrei im Kreise rumgereicht. Ambition. Familie. Selbstachtung. Für einen Fahnenjunker ist es schwieriger, dem zu genügen, als für einen Fähnrich und für den schwieriger als für einen jungen Leutnant oder gar Oberleutnant. Der Kurswert des Freiherrn steigt bei Kommerzienrats oder höheren Chargen mit jeder Knospe mehr auf dem Achselstück. Ein Leutnant ist hoffähig. Der Krösus muss dazu Geheimrat werden. Im eigenen Kreis zählt ohnehin nur der Dienstrang.

Oberst Oldrich genannt Bruno von Güntz-Rykowski und Major Lebrecht von Lecoq, ganz gegen ihren Willen nach Krotoschin befördert, haben als wachsame Vorgesetzte das Problem in ihrem Regiment erkannt und auf ihre Findigkeit, es zu lösen und damit bald von Krotoschin erlöst zu werden, gerade eine Flasche Schampus im Büro des Obersten fast ausgetrunken. Stichwort: Landsmannschaftliche Geschlossenheit erhöht die Leistungsfähigkeit der Truppe. Das Heer braucht neue Ideen. Wir erproben sie. Zwei Fliegen werden wir mit einer Klappe schlagen. Prodek werden fortan die schwierigsten Rekruten zur Ausbildung zugewiesen: Erstens Polen aus den Dörfern um Krotoschin – die verstehen kaum Deutsch, da die Eltern sie der Schule entzogen haben und die Lehrer darüber froh waren, weil sie sich für ein paar Pfennige im Monat schon krüpplig genug plagen müssen, deshalb Ochs und Esel im engen Klassenraum gerne entbehren. Uns Deutschen tut Bildung für die Polen eh nicht gut. Also vergessen sie die Schulpflicht, wenn zweimal im Jahr Gänseschmalztöpfe vor ihrer Haustür stehen; zweitens plattfüßige und schmächtige Juden, möglichst Orthodoxe, die keiner mag, erstens weil sie Juden sind, zweitens weil sie nach Knoblauch stinken und drittens wenig leistungswillig und – fähig sind; obendrauf Kerle jeder Nationalität, die der Militärarzt als Rauf- und Saufbolde einstuft. Wenn es einem gelingen sollte, aus solchem Kroppzeug hinreichend brauchbare Soldaten zu machen, dann Prodek, dem stillen Wundertier des Regiments. Er ist tüchtig und beliebt bei seinen Untergebenen. Gut für die Truppe. Die Leistungen seines Zuges, bisher stets der beste beim Schießen, der schnellste bei den Märschen, der kraftvollste beim Paradieren im Stechschritt, werden sinken; die Leistungen der anderen Züge entsprechend steigen. Gut für die Moral und den Zusammenhalt des Offizierskorps. Gut auch für das Standesbewusstsein, denn in der preußischen Armee befördert man seit Scharnhorst und Gneisenau streng nach Verdienst.

Der Oberst serviert Paul die Verschwörung von oben gegen ihn als Erwählung. – Jetzt können Sie sich wirklich voll beweisen, Prodek. Wir haben Sie für diese Herausforderung ausgesucht, weil ich überzeugt davon bin, dass es Ihnen eine blendende Karriere eröffnet. Denn: Sie schaffen das. Mit Glanz. – Paul ist sich über die Gründe im Klaren. Die wollen, dass ich in den Dreck falle, um Schweinitz zum Leutnant zu machen. An sich ist ihm die Beförderung in eine Planstelle gleichgültig. Ich brauch das nicht. Weil es aber Beförderungen gibt, müssen sie den Regeln folgen. Und ab einem bestimmten Alter klingt Fähnrich lächerlich. Also lasse ich mir das nicht bieten. Das darf nicht durchgehen. Er bereitete eine Beschwerdeschrift vor, bespricht zuvor die dienstliche Angelegenheit ausnahmsweise mit seiner Minga. Die überlegt eine Weile, sagt dann: – Ich versteh nichts von den Verhältnissen bei euch; aber ich habe so meine Meinung von vorgesetzten Stellen im Allgemeinen und aus Büchern. Vor allem aber kenne ich dich. Mein Rat: Lass die Beschwerdeschrift. Die wird nichts bringen außer ein paar beschwichtigende, ausweichende Worte von oben. Ich traue dir zu, was deine Chefs nur vorgeben, dir zuzutrauen. Schlag sie mit ihren eigenen Waffen, indem du dich selbst übertriffst. Ich bin felsenfest überzeugt davon, dass es dir gelingen wird, auf Schlacke Rittersporne zum Blühen und auf Kakteen Pirole zum Jubilieren zu bringen. Tu es auch mir zuliebe. Du weißt, wie die Weibsen hier über mich herziehen. Die

Beschwerdeschrift würde dir schaden und mir auch. Wir wären endgültig als Quertreiber abgestempelt. Sie würden die Behandlung der Sache in die Länge ziehen. Was will er denn? Es wird ihm Gelegenheit gegeben, sich auszuzeichnen. Nicht jedem bietet sich die ideale Möglichkeit dazu. So toll ist es um seine Leistungsfähigkeit wohl doch nicht bestellt, wenn er bei der ersten Schwierigkeit jammert. Man beschwert sich nicht wegen jeder Kleinigkeit, jeder dienstlichen Herausforderung. Das ist eines Angestellten bei der Witwen- und Waisenkasse würdig, nicht eines preußischen Offiziers. Außerdem ist die Idee von landsmannschaftlicher Geschlossenheit gar nicht schlecht. Man muss immer mal etwas probieren. WIR werden es denen zeigen. Du schaffst das. Die Weibsen sollen Augen machen. Vor Neid zerplatzen. Ich steh zu dir. Ich geh mit dir durch dick und dünn in dieser Angelegenheit. – Ihr Blick leuchtet wie der eines Kindes, das sich einen Streich ausdenkt. Da ist wieder die hartnäckige, siegreiche Mützenpute, die meine Flaminga wurde. Sie tut, als könne sie mir helfen. Was nützt mir ihr Anfeuern? Ihre Augen suchen, besetzen seinen Blick. Ihr kindlicher Glaube an seine Leistungskraft macht ihn verlegen und weich. Sie merkt es. –Besser an einer großen Aufgabe scheitern als mit einer Beschwerdeschrift. – Sie schaut ihn mit noch begehrlicheren Augen an. Soll ich es versuchen? Für sie, weil sie es mir zutraut? Wut und Ehrgeiz überkommen ihn. Denen werden WIR! es zeigen. In der Tat. Denen und ihren Tratschgaken. Ich nehm die Fehde an. Ich werde befördert. Minga soll triumphieren.

Er spricht mit seinen beiden altgedienten Sergeanten und dem Spieß, Feldwebel Bultjahn. Die fürchten das Schlimmste von Pack und Polack en masse, Itzigen obendrauf. Sie bedauern zum ersten Mal, Prodek zugeteilt worden zu sein. Ihr müsst zu mir halten. Ist Kameradschaft ein leeres Wort? Zusammenhalt? Es wird ***unser*** Sieg. Geht's schief, bin ich schuld. Ihr könnt dabei nur gewinnen. Niemand traut **uns** das zu. **Wir** zwingen's. **Wir** packen den Teufel beim Schwanz, und er wird mit uns Walzer tanzen. Etwas springt über. Schnell Ratschläge, Anweisungen: Kein rüder Ton, keine Ausfälligkeiten, keine Abwertung von Volkszugehörigkeit, niemanden lächerlich machen bei Versagen. Mut zusprechen, Kameradschaft schaffen zwischen Giftkröten, Vipern und Blindschleichen. Mir jede Reibung, Schwierigkeit, Stichelei sofort melden. Ich greife persönlich ein. Rastlos wachsam sein. Es wird **unser** Sieg. Ran!

Zuerst nimmt er sich die einundzwanzig Polen vor. Er hat sich vorher einen Dolmetscher gesucht und bezahlt ihn aus eigener Tasche. Als er vor den in reichlich schiefer Reihe Angetretenen steht, hat er Mühe, nicht loszulachen. Wie können grazile, den Augen gefällige Frauen wie die Polinnen, Säuglinge gebären, die zu solchen von der Stirn bis zu den Zehen klobigen Männern mit stumpfen Mienen heranwachsen? Kraft haben sie. Sind gutwillig, obwohl sie uns nicht mögen. Daran muss die Kirche schuld sein. Denn ihre Grundherren haben sie stets mehr ausgebeutet und drangsaliert als wir Preußen. Dazu ihr Geld in Paris verprasst. Meinen Großvater hat es zu uns gezogen, weil kein Glaube im Wege stand. Im Gegenteil. Paul bemüht sich, bei seiner Ansprache jedem Einzelnen in die Augen zu schauen. Die Übersetzung gestattet ihm, die Wirkung seiner Worte zu prüfen. – Rekruten! Ihr seid nicht gern hier. Ihr werdet zu Hause gebraucht. Ich weiß das und hätte an eurer Stelle die gleiche Abneigung gegen den Dienst. Es nützt nichts. Ihr müsst mir gehorchen, genau wie ich meinen Vorgesetzten. Gesetz ist Gesetz, und der Staat hat, wie ihr wisst, die Macht, seine Gesetze durchzusetzen. Wir können uns gemeinsam und im Gegeneinander darüber ärgern und uns das Leben schwer machen. Handeln wir klug, machen wir gemeinsam das Beste aus der Misere. Was heißt das? Es heißt: Wenn ihr euch anstrengt, wie ich mich anstrengen werde mit euch, wenn ihr euch für mich einsetzt, wie ich mich für euch einsetzen werde, wird uns das Unangenehme schnell Spaß machen. Ich verspreche euch, es so anzustellen, dass ihr am Ende gar nicht mehr weg wollen werdet vom Kommiss, so gut wird es euch hier gefallen. So spaßig wird's. Ihr werdet hier eine Menge für das Leben lernen, das versprech ich euch. Man wird euch als Gediente draußen achten. Wir werden in unserem Zug zu Kameraden, ich sage sogar voraus, wir werden zu Freunden werden. Zum ersten Mal seid ihr nicht aufgeteilt, einsam unter Deutschen, sondern geschlossen in einem Zug, **meinem** Zug. Ich werde immer für euch da sein bei Schwierigkeiten, ihr könnt mit Beschwerden und Problemen, auch persönlichen, zu mir kommen. Ich werde zuhören und euch zu helfen suchen. Ihr seid stark und gesund. Ihr habt das Zeug zur Elite. Wir werden es den anderen zeigen. Macht mit! – Er schreitet die Reihe ab, packt jeden einzeln bei der Schulter, schaut ihm ins Gesicht und wiederholt: – Mach mit. Es wird sich lohnen. – Er erhält, was er braucht. – Mach ich- sagen sie zwar mechanisch, doch ausnahmslos. Körperlich sind die Bauernsöhne überdurchschnittlich belastbar. Ein bisschen mehr Geschmeidigkeit brauchen sie, das ist alles. Er stellt sie von den unsinnigen Übungen zur Leibesertüchtigung und zum Strammstehen frei. Während dieser Zeit bringt er ihnen höchstpersönlich und mit großer Geduld alle wichtigen Befehle auf Deutsch bei. Er prüft jeden Tag nach, ob sie die Befehle verstanden und behalten haben. Die braven Burschen sind folgsam. Gehorchen behende. Suchen das Lob. Freuen sich über das Erlernte. Genießen, dass der Herr Offizier persönlich sich mit ihnen solche Mühe gibt, statt sie den Unteroffizieren auszuliefern. Die traktieren und blamieren mit Vorliebe ihre Landsleute, weil sie Befehle nicht verstehen und deshalb unter Lachanfällen ihrer ‚Kameraden' vor diesen Kamele, Deppen und Rindviecher gescholten werden. Daheim auf dem Hof prahlen Pauls Polen mit ihren neuen Kenntnissen. Stolz kommandieren sie Pferde und Ochsen auf Deutsch.

Mit den sieben Juden geht es schwieriger ab, obwohl er keinen Dolmetscher braucht. Es sind die Söhne von Trödlern und Krämern. Nach außen schmiegsam, gehorsam, doch immer geduckt, ausweichend, fahrig. Schlechtes Erscheinungsbild. Sie sind zu dürr, ihre leibliche Konstitution ungenügend. Kein Zupacken. Ungeübt. Er lässt sie nicht antreten, sondern setzt sich mit ihnen unter einen Kastanienbaum. – Strengt euch an! Dann helfe ich euch, diese üble Zeit durchzustehen. Dann helfen **wir** euch. Ihr werdet Kameradschaft erfahren, nicht nur unter euch, zum ersten Mal von allen. Keiner wird euch schelten, weil eure Kräfte mal nicht reichen. Wir werden euch bei den Märschen zunächst fast das gesamte Gepäck abnehmen. Ich selber werde mir 10 Kilo mehr aufbürden, andere kräftige Kameraden werden es mir nachtun. Marschieren selbst ist ganz leicht. Es genügt, im Kopf das Laufwerk einzuschalten und den Finger auf dem Knopf zu lassen, auch wenn die Muskeln und Knochen schmerzen und vorgeben, weich zu werden. Wenn sie ‚Abschalten' stöhnen oder gar schreien. Wenn Störfeuer aus den Därmen kommt. Ihr hört nicht drauf, lauft einfach weiter, und ihr werdet sehen, es passiert nichts. Ich garantiere euch: Ihr fallt nicht um, wenn ihr nicht wollt. Ich versteh mich drauf. Einfach nicht auf den Körper hören, sich ablenken mit Singen und Witzen. Geschichten erzählen. Irgendwann geben die faulen Beine dann Ruhe. Der tote Punkt, meist ein langer Strich, ist unerwartet weg. Ihr werdet überrascht sein. Und ein Rat: Nie Pforze wegdrücken. Das ist tödlich, weil Blähungen im Bauch die Luft wegnehmen. Pforzen entspannt, und der Hintermann läuft, je mehr er davon abkriegt, desto schneller. Für die Entlastung beim Gepäck erwarte ich, dass ihr euch bei den Schießübungen besonders anstrengt. Ich zeige euch, wie man das macht. Wer ist euer Vertrauensmann? – Sie schauen ihn verständnislos an. – Ich brauche einen Vertrauensmann, der mir offen sagt, wann und wo ihr Probleme habt. Einen, an den ich mich wenden kann, wenn ich sehe, dass es mit euch nicht klappt. Machst du das? – Paul packt den Kleinsten und Kompaktesten unter ihnen bei der Schulter. Er schlottert, setzt dann ein feierliches Gesicht auf: – Jawoll, Herr Fähnrich! – – Kein Widerspruch? Prächtig. So leicht und knackig wie die Wahl eures Vertrauensmannes wird in Zukunft alles zwischen uns abgehen. – Paul merkt, wie sie schlucken, innerlich meckern, aber doch aufs Erste entschlossen sind zu tun, was er einfordert. Ist ja unser Interesse, nicht zu widersprechen. Villeicht jeht ett ja.

Er geht mit ihnen noch am selben Abend auf den Schießstand. Die Ergebnisse sind katastrophal. Die Burschen sind aufgeregt und gehemmt. Zittern. Kaum einer trifft die Scheibe. Auf Mingas Rat gibt er ihnen am nächsten Tag einen schmackhaften Baldrian-Sirup. Da werden sie ruhig, und Paul gerät ins Staunen über die Wirkung. Zielwasser! Haben sie einmal gelernt, den schweren Karabiner ruhig im Anschlag zu halten, visieren sie überlegt und treffen hervorragend. Es ist zum Glück nur ein Thora-Schüler darunter, der sich durch das viele Bücherlesen im Dunkeln die Augen verdorben hat. Den ziehen wir mit ein wenig Schummelei durch.

Bei den sechs von der Musterungskommission als widersetzlich oder dickfällig eingestuften Rekruten, es sind durchweg Stallknechte und Tagelöhner, geht er massiver vor. Er lädt sie in die Wirtschaft zu einem Humpen Bockbier ein: – Ich sage es euch ganz offen: Man hat euch mir zugeteilt, weil der Doktor Erschel euch als aufsässig, charakterschwach oder widerspenstig eingestuft hat und der Oberst mir durch eure Zuweisung eins auswischen will. Lassen **wir uns** das bieten? **Ihr und ich**? – Er blickt in die Runde. Schwerfälliges Schweigen. Überraschung. Neugier. Gemurmel.

– Nein! Gut, dann wollen **wir** es ihnen zeigen. **Ihr und ich.** Die beste Art, gemeinsam, **ihr und ich**, Rache zu nehmen, ist, wenn wir dem Obersten das Spielchen vermasseln. Wenn er und sein schlauer Doktor Erschel zugeben müssen, dass sie sich in euch mächtig getäuscht haben. Sicher wisst ihr schon, dass er in Wirklichkeit Herschel heißt, aber weil er Rekruten gern kräftig in den Nackten kneift, um zu sehen, ob sie schreckhaft sind, zu seinem Regimentsnamen gekommen ist. Es stört ihn keineswegs. Hat er euch auch gefragt, Sie wissen, was Sie als letzter Test erwartet? Und schon wars geschehen. Wenn ihr nicht schlechter, sondern besser seid als die anderen, werden Oberst und Erschel Stielaugen bekommen! Der Erschel wird bedauern, dass er nicht Veterinär geworden ist. Und wir werden einen drauf trinken. Macht ihr mit? Wir schließen einen Pakt. –

Paul schaut auf eine Ansammlung von Stierköpfen. Die Vorstellung, den Torero samt Fleischbeschauer zu blamieren, lockt. Ihr Destruktionstrieb braucht nicht geweckt, er muss einem Zweck zugeführt werden, den sie verstehen und sich deshalb gewitzt vorkommen. Paul verspricht ihnen, bei Wohlverhalten für längeren Ausgang und bessere Essenszuteilungen zu sorgen. Er nimmt jedem von ihnen nach Aufruf des Namens, das Ehrenwort ab, getreu mitzumachen, durchzuhalten und vor allem nichts zu verraten. Sich nie mit Kameraden zu streiten. Nicht grob zu werden gegenüber den Nichtdeutschen. Sie tauschen Komplott und Komplizenschaft gegen Schinderei und Arrest als Folge von Aufsässigkeit. Das ist ihnen schnell klar geworden. Vorläufig. Ihre Entscheidung fällt aus, wie Paul sich gewünscht hat. Jetzt leuchten die dumpfen Augen sogar, weil aufeinmal Sinn in den Stumpfsinn der Militärzeit dringt. Ein Prosit unserem Fähnrich! Er lebe hoch! ruft einer. Sie stoßen an. Die Humpen scheppern aneinander. Hauptsache das hält. Die sind die schwierigste Gruppe. Der Spieß muss auf jeden einzelnen von denen besonders achtgeben. Die wollen zwar den Pakt halten, haben aber zu wenig Festigkeit. Bei Laune halte ich sie nur mit laufenden, phantasievollen Ärgerstandsmeldungen vom Oberst und seinem Stab über das Gelingen unseres Pakts.

Paul ist sich des hohen Risikos bewusst, das er eingeht. Immerhin weiß er seinen Kompaniechef, Hauptmann Sperling, an seiner Seite. Und er hat einen Trumpf in der Hinterhand: Sollte ihn einer seiner Leute verpfeifen, würde er dem Obersten drohen, dessen Ausschweifungen ans Licht zu zerren. Herr Oberst besucht regelmäßig ein Bordell in der russischen Grenzstadt Kalisch. Das ist wegen Spionagegefahr strengstens verboten. Major von Lecoq weiß seit Langem von der gefährlichen Neigung des Obersten für vier schöne Polinnen mit nichts als Rüschen um Knöchel und Schenkel. Als Quartett im Bett: Stammbesatzung. Antreten im Vorzimmer, Hände an die berüschten Schenkel, der Oberst kommt zur Inspektion! Ohne Uniform und ohne Rüschen. In Zivil mit steifem Kragen. Jede Woche ist eine andere Favoritin. Die übrigen drei decken kuschelnd beim Deckakt den Rücken und die Flanken ab. Wenn der Oberst in der Privatkarosse des russischen Festungskommandanten, einem baltendeutschen Baron, zurück nach Krotoschin fährt, träumt er davon, nach der Pensionierung sein Landgut in einen Harem zu verwandeln, in dem alle Frauen bei Tag und bei Nacht, im Freien und im Hause, nur mit Rüschen um Knöchel und Schenkel bekleidet herumlaufen. Als Dank für den Freundschaftsdienst unter Standesgenossen, schickt er zweimal im Jahr seinen Mechaniker von Gut Hohentwurtz nach Kurland, um dort die Maschinen des Barons zu warten und zu reparieren.

Von Lecoq ist wegen seines Wissens anstelle des verdienteren Hauptmanns Sperling Major geworden. Sperling kennt die Hintergründe nicht. Er meint, er sei das Opfer einer Kumpanei unter Adligen. Paul hat von den Genüssen des Obersten erfahren, weil die Pfarrersfrau Charlotte davon erzählt hat. Er hat Sperling nicht eingeweiht. Behält die Karte in der

Hinterhand. Die Frau Pastor suchte seit Langem eine Vertraute, um sich mit ihr über intime Fragen, die sie in ihrer Ehe und im Glauben bedrängen, auszusprechen. Sie wusste, dass Charlotte die anderen Offiziersfrauen so heftig mied, wie diese sie schnitten. Diskretion war also gesichert. Die Frau Pastor hatte von den Ausflügen des Obersten erfahren, weil sie ihrem Mann hinter die Schliche gekommen war, als der unter dem Vorwand, auf abgelegenen Höfen deutscher Siedler Schwerkranken geistlichen Trost zu erteilen, die wegen der Schönheit und der Liebenswürdigkeit der polnischen Mädel hochgerühmten Bordelle in Kalisch aufsuchte. Um seine Schuld zu verringern, er hatte sie reuig vor Gott und der Gattin bekannt, malte der Herr Pfarrer die Verlockungen noch reizvoller aus, als sie waren, und ließ verlauten, dass er den Obersten zweimal beim Eintreffen in demselben Hause beobachtet habe.

Käme es zu einem Verfahren, war nicht sicher, ob der Pfarrer und seine Frau gegen den Obersten aussagen würden; aber die Gefahr eines Skandals war groß. Etwas blieb immer hängen bei solchen Vorwürfen. Der Regimentschef würde nicht wagen, um den Preis, selber moralisch bloßgestellt und wegen Dienstvergehen bestraft zu werden, gegen Paul wegen dessen Kumpanei mit Untergebenen als vergleichsweise geringfügigere Verstöße vorzugehen.

Mit glänzenden Augen drängen sich Pauls Leute vor den Anschlägen am Schwarzen Brett, auf denen traditionell die herausragenden Leistungen einzelner Soldaten, die Ergebnisse der Kompanien und Züge bekanntgemacht werden. Mit glänzenden Augen kommen sie zu ihm gelaufen, ‚Herr Fähnrich, Herr Fähnrich, **wir** sind wieder ganz vorn!' Sie teilen ihm die errungenen Ränge mit. Er lobt. – Hab ich es euch nicht gesagt, dass ihr's packt. Dass ihr besser seid, als die anderen, wenn ihr nur wollt und zusammenhaltet. Wir zeigen's dem Oberst. Der kotzt schon jeden Tag größere Portionen vor Wut. Wir zeigen **den anderen,** wer ihr seid, – Sie umarmen sich. Jede der drei Gruppen unter sich. Er mittendrinn. Er verlangt nicht mehr. Mehr muss von allein kommen.

Bileam hatte seiner Eselin nicht das Sprechen und schon gar nicht Weisheit zugetraut. Kein Offizier oder Unteroffizier traute Paul zu, dass er mit dem Kropkro, dem‚Kroppzeug von Krotoschin', wie man hinter seinem Rücken hämte, weiterhin die besten Schießleistungen aller Züge erbringen würde. Bei den Tagesmärschen fällt sein Zug zwar auf dritte oder vierte Plätze zurück, bei den Nachtmärschen aber bleibt er regelmäßig Sieger, weil Pauls Orientierungssinn die platten Füße und schmalen Brüste eines Teils seiner Leute mehr als aufwiegt. Beim Stechschritt fliegen die Beine sehr unterschiedlich hoch, ein bisschen albern sieht es aus. Aber der Schritt sitzt. Seine buntscheckige Truppe versteht sich, hält zusammen. Abgrenzung zeichnet aus, spornt an, versteht man sie zu kultivieren. Sie spotten übereinander; nicht immer kameradschaftlich; gleichwohl: Sie haben einen gemeinsamen Gegner, dem sie es heimzahlen, dass sie allesamt zu Ausschuss erklärt worden sind. Es bekommt ihnen gut – das merken sie schnell. Sie feiern ausgelassen die Erfolge. Paul und Charlotte sorgen für Bier und Braten. Im Suff kommen Aggressionen raus. Pauls Unteroffiziere sind wachsam, wiegeln ab, renken ein. Sie merken schnell, wie gut es wider alle Erwartung läuft, und verbreiten Pauls Ruhm als Seelenfänger von Krotoschin über ihre Kollegen in allen Kompanien des Regiments. Paul wird in stillen Stunden unwohl, weil es ihm so gut gelungen ist, Leute auf seine Seite zu ziehen. Sind Menschen Knete, packt man sie richtig an? Das Unbehagen verfliegt, sein Erfolg fasziniert ihn. Er glaubt nicht mehr, dass es schlechte Menschen gibt. Erziehung ist alles. Charlotte jubelt. Meine Idee! Er sagt zu ihr: – Es gibt Momente, da fühle ich mich wie Jesus. Kommt her zu mir alle, die ihr schlapp, bekloppt und aufsässig seid, ich verwandle euch in Kraftpakete zu meinem Zweck. Nur den Stolz kann ich mir nicht verkneifen. – – Brauchst du auch nicht. Du bist zum Glück nicht Jesus, denn sonst würde es böse enden. –

Bei Paul zu dienen, wird zur Auszeichnung, und die Legenden über seine Führungskunst im Gelände, vor allem bei Nachtmärschen, schießen ins Kraut. Sehr zum Unmut aller anderen Zugführer und Kompaniechefs. Selbst Hauptmann Sperling wird es unheimlich. – Prodek, sehen Sie sich vor. Sie erwecken derart viel Neid, das ist ungesund. Auch für mich. Ich sage Ihnen ganz offen, mit so einem Musterknaben neben mir sehe ich dumm aus. Man fängt an, mich zu verhöhnen. Vom Sperling in Prodeks Westentasche ist die Rede. Leutnant Mulsch und Fähnrich von Kuk fühlen sich zurückgesetzt. – – Was soll ich tun, Hauptmann? Die oben haben mich herausgefordert. Ich kann nicht mehr zurück. Sie wissen, wie sehr ich Ihre Haltung und Menschenführung schätze. Ohne Ihre Anleitung wäre ich nie zu dem geworden, was ich bin. Ich sage das allen. Glauben Sie mir, die Sache ist anstrengend. Ich liege auf der Lauer wie ein Luchs. Jeden Moment kann es Ärger geben. Ein falsches Wort, von wem auch immer, und alles, was ich an Gemeinschaft unter meinen Leuten aufgebaut habe, macht Sausewind. Ich hüte einen Sack bissiger Flöhe. Passe ich eine Sekunde nicht auf, schon sind sie draußen und stechen einander und mich. Dann muss ich um mich schlagen und bin verloren. Ich muss dranbleiben, darf nicht nachlassen, bin zum Erfolg verdammt. Mulsch und Kuk gebe ich viele Tipps. Hofiere sie. Mehr kann ich nicht tun. Sie schneiden mich. Wollen keine Hilfe von mir. Wenn ich nicht so oft abends allein auf den Schießstand ginge, ich glaube, ich drehte vor Jahresende durch. –

Schießen. Er versteht selber nicht, was dabei in ihm vorgeht. Vor seiner militärischen Ausbildung hatte Paul nie eine Schusswaffe in der Hand und kein Verlangen danach gehabt. Als er lernt, mit Pistole und Gewehr umzugehen, erfährt er eine Verwandlung. Schießen wird sein Faszinosum. Sobald er eine Schusswaffe in der Hand hält, überkommt ihn Ruhe, als steige er in ein türkisches Bad. Ruhe, die zum zielsicheren Anlegen und stets zum Treffer führt. Seine Hände vollziehen die notwendigen Bewegungen; Kopf und Körper folgen. Pauls Augen fixieren Kimme, Korn und Ziel, lassen nicht los, sagen ihm, wann er abzudrücken hat. Als ob mich eine fremde Hand führte. Ich muss ihr nur gehorchen. Los! Auf 12 Schuss trifft er mindestens 11 mal in die 12.
Paul wollte mehr über seine wundersame Entrückung zur Höchstleistung im Schießen wissen. Noch in Luckenwalde auf dem Dachboden ihres Hauses hatte er die Undurchdringlichkeit seiner Ruhe beim Schießen mit Luftdruckmunition geprüft. Charlotte musste sich neben der Zielscheibe aufstellen, entkleiden, ihre verführerischsten Posen mit Schleiern und Masken ausführen. Sie rührte mit dem rechten Zeigefinger in ihrer Scham, leckte ihn ab, steckte den linken hinten rein. Bückte sich, drehte sich im Kreise. Paul reagierte nicht, sondern legte abgehoben wie immer an, zielte, drückte ab und traf mitten in die Scheibe. Ein Dutzend Mal. Immer wieder war es die 12. Dann legte er die Waffe weg und ging langsamen Schrittes, ohne ein Wort zu sagen, auf Charlotte zu, um sie hinsichtlich der Wirkung ihrer weiblichen Reize zu beruhigen. Es ging dann sehr mechanisch ab, doch er fühlte sich desto mehr von ihrer Hingabe durchdrungen.

Neonazi erschießt Eichhörnchen (Schlagzeile der BZ)

Wenige Wochen nach seiner Ankunft in Krotoschin hatte Paul Hauptmann Sperling und Feldwebel Bultjahn gebeten, neben ihm auf dem Schießstand Schreckschüsse abzugeben, in der Schusslinie Nebelgranaten zu zünden, während er anlegte. Keinem Lärm war es gelungen, den Schild seiner Ruhe zu durchbrechen, keine Sichtbehinderung hatte seine Aufmerksamkeit abgelenkt. Sobald sich die Schwaden gelichtet hatten, schoss Paul und traf.

Dem Obersten und seinem Major wird es unheimlich. Sie erscheinen unangemeldet zu Inspektionen der Kompanie, von Pauls Zug. Sie hoffen, Missstände, wenigstens einige kleinere, vorzufinden, aufzudecken. Das gab es noch nie im Regiment, dass in einer Kompanie alles vorzüglich lief. Sie wollen die kleinste Unordnung gehörig aufbauschen. Wenn es sein muss, werden wir die gezähmten Widerlinge zu Frechheiten provozieren. Aber ein Vorfall reicht – bei einem Bauernsohn findet der Adjutant des Obersten selbstgebrannten Schnaps im Spind – und die Rekruten benehmen sich vorbildlicher als bisher. Sie haben Mühe, trotz Strammstehen ihr Grinsen zu verbergen, wenn sich die Ranghöchsten, was ganz ungewöhnlich ist, in den muffigen Stuben einstellen. Soviel Ehre uns. Anspannung und der Ärger darüber, nichts Tadelnswertes von Bedeutung vorzufinden, stehen den Kommandeuren ins Gesicht geschrieben. Sie merken nicht, dass ihre Fehlersuche die Rekruten Paul nur noch höriger macht. Sie empfinden nie gekannten Spaß, gehorsam und ordentlich zu sein. Die Minderwertigen strahlen, weil die Befehlshaber knurren, aber nicht zubeißen können.

Der Major begeht die Dummheit, als er einmal überraschend eine Stube besichtigt und nach schlechtgemachten Betten sucht, zu schreien: – Hier stinkts bestialisch nach Ziegenbock und Knoblauch! Widerlich! Was grinst Ihr Kerle dazu dauernd dämlich herum? Ich werde –werde mir – werde euch- ich werde- Mosche Zilberstein hilft dem Major aus seiner Verlegenheit und antwortet mit ernster Miene durchaus ehrlich: – Nu ja, werr dienen jerne, Herr Major. Ess is de Zufriedenhäit. Vorr allem mit onserem Herrn Fäihnrich Prodek und onseren Serrchanten. De stören sich nich an de Ziegenfett- und Knoblauchjeruuch, mejnen et sai jesund un erhöhe onsere Kampfkraft fors Vadderland. Des Ziegenfett is von de Frau Fäihnrich hoichst-persoinlich. Se hats von de Zicheuner. Mit dem Zeuch über de Haut, kriegt man kejne Blasen in de Stibbel bejm Marschieren nisch. – Der Major starrt sekundenlang mit offenem Mund den dürren, leicht gelbhäutigen Juden an, verlässt dann mit stampfenden Schritten die Stube. Er hört gellendes Gelächter, als er ein Stück den Korridor hinuntergegangen ist. Zigeunerelexiere! Euch wird das Lachen vergehen. Euch hack ich klein wie Petersilie im Schnittlauch. Frechheit! Keiner verschwatzt Pauls bedenklichere Methoden des Erfolgs. Hauptmann Sperling, der das Freibier zunächst missbilligt hatte, schweigt.

Paul mag ihn, und dem Hauptmann gefällt das. Paul mag den Hauptmann nicht nur, weil er ein vernünftiger Mensch ist; viel mehr noch, weil er Namen so langgezogen, deutlich und klangvoll ausspricht, als handele es sich um Delikatessen, die ihm auf der Zunge zergehen. Wenn er von den Gefreiten Bierwagen oder Pfannkuch spricht, läuft mir das Wasser im Munde zusammen. Den kurzen Namen Perschk lässt er hoch aufschäumen, bevor mit einem Ruck alle Blasen zerplatzen. Ruft er Unteroffizier Schlangentaler herbei, sehe ich, wie sich die Nattern im Gras schlängeln. Er spricht als einziger meinen Namen mit langem o und in zwei Etappen aus, dadurch verwandelt er das nicht vorhandene, aber gesprochene c in ein e: Proo – deek. Am liebsten hört Paul den Hauptmann den Namen des Leutnants von Böselager nennen: vonn Bööselaageerr. Die Dehnung und Verzögerung jeder Silbe ihres Namens wertet die Menschen auf.

2

In einem Vierteljahr wird die Planstelle von Leutnant Ruppert von Kumberschluff vergeben. Er wird aus familiären Gründen nach Thorn versetzt und zugleich befördert. Major und Oberst wissen, was sie zu tun haben, wollen sie Krotoschin in nicht allzu ferner Zukunft entrinnen: dem jungen Grafen Schweinitz die in Krotoschin freiwerdende Stelle verschaffen. Der Graf tritt elegant auf, tanzt hervorragend, schmeichelt gut und gerne allen Höhergestellten und ihren Damen. Er ist geistreich bis an die Schwelle der Intelligenz. Ohne ihn wäre die Offiziersmesse ein Trappistenseminar, preist ihn der Oberst. Die Führung seines Zuges überlässt von Schweinitz – außer bei Aufmärschen – aus Einsicht und Bequemlichkeit Feldwebel Handwurz. Der ist ein rechter Haudegen und sehr erfreut darüber, sich zu beweisen. Im nächsten Jahr wird er Oberfeldwebel werden. Das steht fest, denn sein Zug ist der Zweitbeste. Der alte Graf Schweinitz ist Duzfreund des Zeremonienmeisters am Hofe des Kaisers, Baron Dudekind. Aus dieser Ecke kommen die im Frieden dünn gesäten Auszeichnungen. Gleichwohl – wenn Paul nicht patzt, in seinem Zug nicht irgendetwas Schwerwiegendes vorfällt, ist ihm die Beförderung nicht zu nehmen.

Der von der Regimentsspitze herbeigewünschte Vorfall stellt sich ein. Anders als geplant. Doch jetzt wir haben ihn! Prodek ist erledigt. Wäre gelacht gewesen, hätten wir ihn nicht erwischt. Er verleitet seine Leute zur Zuchtlosigkeit. Nie Dagewesenes in der Regimentsgeschichte ist geschehen. Es hat am Abend vor Kaisers Geburtstag eine Massenschlägerei unter Kameraden im Wirtshaus Moldenhauer gegeben. Dass sich Soldaten im Suff mit Maurern oder Zimmerern, auch Steinmetzen, nach höhnischen Zurufen, wechselseitigen Beleidigungen und obszönen Gesten raufen, kommt vor. Bleibt es bei blauen Augen und Beulen, wird nichts unternommen. Auch einzelne Soldaten setzen bei Streit rasch auf das Argument Faust. Nur bei ernsthaften Verletzungen oder dauerhafter Störung der Disziplin in einer Einheit greifen die Vorgesetzten ein. Doch diesmal! An die vierzig Rekruten in Uniform haben sich bei einer Zecherei untereinander geprügelt. Im Wirtshaus. Zwei Seiten Berichterstattung hat es darüber im Kurier von Krotoschin gegeben. Mit Photoaufnahmen. Umgestoßene Tische, Soldaten holen mit Stühlen und Bierseideln zum Schlagen aus. Ehre und Ansehen des Regiments von Steinmetz stehen auf dem Spiel. Paul ist der Schuldige am Krakeel, weil er durch falsch verstandenen Ehrgeiz Zwietracht unter den Soldaten gesät hat.

Entgegen ihrer Gewohnheit haben sich die jüdischen Rekruten aus Pauls Zug von ihren Kameraden dazu überreden lassen, mit ins Wirtshaus einen trinken zu gehen. Paul hatte jedem seiner Soldaten aus Anlass des Feiertags und für ihre Leistungen ein ‚Trinkgeld' zugesteckt. Das fehlt noch. Jetzt nisten die sich sogar hier ein, findet die Stammbesatzung der Moldenhauerschen Schänke. Seit ihnen der Fähnrich das Schießen beigebracht hat, grinsen die Babolde uns hämisch an und meinen, sie könnten sich alles herausnehmen, weil sie besser treffen. – Heei, Judenpack, verflümt euch! Das ist ein christliches Gasthaus- werden sie empfangen. – Wir haben sie eingeladen. Lasst uns zufrieden. Glotzt in eure Tröge- nehmen die christlichen Rekruten aus Pauls Zug ihre Kameraden in Schutz. – Verräter! Ihr Judasse! Ihr meint wohl, ihr seid was Besseres, seit Prodek euch Arschvieh zu Putzäffchen dressiert. Räuspert er sich, steht ihr schon stramm. Der hat euch die Eier weggeblasen und ihr bildet euch was drauf ein, ihr Kastrate. Jetzt sauft ihr sogar mit Itzigen aus einem Glas. Pfui Deibel! – Es geht eine Weile hin und her, und wahrscheinlich wäre es bei wechselseitigen Anwürfen geblieben, hätte nicht der kleine Punschroth sich auszeichnen wollen. Er verträgt nicht viel und ist entschlossen, an diesem Abend seinen Mut und seine Wendigkeit zu beweisen. Er springt auf, stellt sich hinter die jüdischen Rekruten und spuckt blitzschnell jedem von ihnen ins Bierglas. Dann rülpst er laut quer über den Tisch, an dem sie sitzen. Adam Oscevich, ein polnischer Bauernsohn, packt ihn und stößt ihn mit voller Wucht zurück an seinen Platz. Der Tisch gerät ins Wanken und sämtliche Bierkrüge fallen um. Jetzt gibt es kein Halten mehr. Bier gehört in die Kehle, nicht auf die Hose. Die Benässten stürzen sich auf Pauls Leute und prügeln auf sie ein. Der Rest der Soldaten schließt sich ihnen an. Der Wirt alarmiert über Telefon die Polizei. Ein Reporter des Kuriers von Krotoschin steht zufällig an der Theke, er hatte über die Amtseinführung des neuen Direktors der höheren Mädchenschule berichtet, und knipst hocherfreut die Schlägerei. Ein Sonderhonorar ist ihm sicher. Womöglich kann ich die Bilder bis Posen und Breslau verkaufen. An den Berliner Kurier? Werd es versuchen. Als ein Wachtmeister mit zwei Mann das Wirtshaus betritt und seine Trillerpfeife bedient, kehrt Ruhe ein. – Saal räumen! Schön einer nach dem anderen. Keiner bleibt draußen stehen. Jeder geht sofort nach Hause oder in die Kaserne. Sonst rufe ich die Feldgendarmen, und was das für euch bedeutet, wisst ihr besser als ich. Die Rechnung bezahlt ihr morgen. Einschließlich der Schäden. Allesamt. – Der Wirt notiert beim Rausgehen die Namen.

Als einziger betroffener Zugführer wird Paul am nächsten Tag vor den Kommandeur zitiert. Hauptmann Sperling ist bereits da; nicht der Major. – Fähnrich Prodek! Ihre Leute haben gestern Abend eine nie dagewesene Rauferei bei Moldenhauer angezettelt. Seit Langem schon verhalten sie sich unkameradschaftlich, dazu arrogant und aufsässig gegenüber der Regimentsspitze. Sie bilden einen Klüngel im Regiment. Sie bestärken die Leute in ihrer Haltung, Fähnrich. Glauben wohl, das sei Korpsgeist. Sie haben nicht verstanden, was Korpsgeist ist, Fähnrich Prodek. Das wird nicht ohne Folgen für Sie bleiben. Gute Leistungen bei Übungen sind nicht alles. Kameradschaft ist das oberste Soldatengebot. –

– Herr Oberst, Sie gestatten: Man hat Sie falsch informiert. Ich habe gestern Abend von der Schlägerei erfahren und sogleich vorsorglich den Wirt und einen zufällig anwesenden Reporter befragt. Ich kenne meine Männer, weiß auch, dass ein Teil von ihnen nicht von Pappe ist. Sie haben sie mir gerade deshalb zugeteilt. Ich sollte sie zähmen. Ich denke, das ist bisher gelungen. Heute früh wollte ich sofort Maßnahmen gegen mögliche Übeltäter treffen. Meine Nachforschungen haben jedoch nichts ergeben, das solche Maßnahmen rechtfertigen würde. Der Wirt hat angeblich nicht gesehen, wer mit dem Raufen begann. Ich verstehe ihn, er will keine Gäste verlieren. Aber der Reporter hat mir bestätigt, dass nicht meine Leute mit den Provokationen und der Schlägerei begannen, sondern ihre Kameraden aus anderen Kompanien. Insbesondere hat der Rekrut Rudolf Punschroth den jüdischen Männern meiner Einheit ohne Anlass ins Dünnbier gespuckt. Mehr trinken die ohnehin nicht. Nennen Sie das Kameradschaft? Er wurde von einem nichtjüdischen Soldaten meines Zuges weggestoßen. Auf diese reine Abwehrhandlung hin, griffen die übrigen Soldaten meine Leute an, offenbar weil sie die erfolgreiche Abwehr eines hässlichen Übergriffs als Schmähung empfanden. Meinen Leuten blieb nicht anderes, als sich zu verteidigen. Haben Sie übrigens bemerkt, dass auf den Photographien keiner meiner Männer einen Stuhl oder einen Bierkrug als Waffe benutzt, nur die Fäuste? –

– Denken Sie, ich kennte Ihre Leute auswendig und beim Namen? Sie meinen wohl, Ihren Leuten sähe man an der Nasenspitze an, aus welchem Zug sie kommen. Sie bilden sich ein bisschen viel ein auf Ihre Schützlinge und vor allem auf sich selbst, Fähnrich Prodek. Sie können gehen. Ich werde weitere Nachforschungen anstellen. Prüfen, ob ich etwas gegen Sie unternehme. Sollten Sie mir eine falsche Darstellung der Ereignisse gegeben haben, würde das Ihre Situation verschlimmern. Ich lasse mir so etwas nicht bieten! – Schiss! Die Journalistenkanaille hat alles vermasselt. Bringen das Regiment in Verruf und schelten dafür die Falschen. Zensieren sollte man die wie früher. Was lungern die faul in den Wirtschaften rum und warten auf Stunk, um darüber zu berichten?

So bleibt der für das Regiment beschämende Vorfall ungesühnt. Der kleine Punschroth aber rühmt sich seiner Tat und erhält viele Gratulationen von Kameraden.
Paul verteilt unter seinen Leuten Salben und sagt ihnen, er sei stolz auf sie. Er bezahlt ihren Anteil an den Schäden. Nichts den andern sagen. Heimlichkeit verbindet.

3

Major und Oberst beraten sich. Der einzige farbige Fleck im Amtszimmer des Regimentschefs ist die gelbe Leinendecke auf dem runden Tisch am Eckfenster. Die Porträts in Öl der beiden Wilhelms, behelmt, der Zweite in der weißen Uniform der Potsdamer Gardekürassiere, sind stark nachgedunkelt. Begabte Schüler der Breslauer Akademie der Schönen Künste haben sie als Prüfungsarbeiten mit minderwertigem Material gefertigt. Eine Radierung, die Blüchers Rheinübergang bei Kaub in der Silvesternacht 1813 frei nachempfindet, ist notwendig dunkel. Zwei Neunendergeweihe heitern den düsterkahlen Raum nicht auf. Der Kaffee, den eine Ordonnanz in KPM-Porzellan serviert, duftet extra-bitter. Wie es sich für Soldaten gehört, wenn sie Kaffee trinken, betont der Oberst mit jedes Mal wiederkehrender Inbrunst. Er weiß, die honigfarbene Leinendecke passt nicht hierher. Aber darauf haben schon seine Oma und seine Mama ihren Kaffee auf Gut Hohentwurtz an der Glatzer Neiße getrunken.

Den Obersten schmückt ein schlecht gepflegter Zwirbelbart. Er ist wütend und hat bereits seinen Kautabak in den Papierkorb gespien. Fast hätte er ihn beim Eintritt des Majors vor Erregung verschluckt. – Ihre famose Idee, Coq! Chapeauchen. Die Flasche Schampus ersetzen Sie mir gefälligst. Piper & Heidsiek. Kein billiges Gebrause von der Witwe Cliquot selig, wie Sie...naja, Ihnen fehlt's an vielem. Trotz französischem Namen keine höhere Kultur, Coq. Zwei Flaschen drauf sind Sie mir schuldig für den Ärger, den Sie mir eingebrockt haben. Das ist das Mindeste, das ich verlange. Sie haben diesem Menschen zu größerem Ansehen als zuvor verholfen. Der macht selbst aus Polacken, Lotterbuben, Itzigen und andren Grünscheißern brauchbare Soldaten. Man möchte meinen, es gehe nicht mit rechten Dingen zu. Der sei mit Gott und dem Teufel zugleich im Bunde. Das Schlimmste steht mir noch bevor. Haben Sie sich mal die Schieß-Verdienstliste der Rekruten angesehen, Coq? Unter den ersten 10, die wie jedes Jahr zur Belobigung vor versammeltem Regiment anstehen, sind vier Itzige. Auf den Plätzen 1, 3, 7 und 10. Das gab es noch nie. Die Juden waren stets Versager im Schießen. Wie überhaupt. Außerdem zwei Polacken dabei, Plätze 4 und 6. Schließlich – wer glaubt's? – sogar ein Deutscher aus Prodeks Zug, auf Platz 5. Da hat er einen künftigen Schwerverbrecher bravourös angelernt. Von den 10 besten Schützen sind 7 von Prodeks Zug. Mehr als letztes Jahr. Alles Ihnen zu verdanken, Coq. Grandios haben Sie das hingekriegt. Ihm die Saubeutel aufdrücken, und er ist erledigt – damit sind Sie mir gekommen. Der Kerl bäckt aus Scheiße Kuchen. Sie haben ihn vollkommen unterschätzt. Mangelnde Menschenkenntnis, Coq. Schlecht für einen Major. Ich muss Ihre Fehler ausbaden, muss diesem Gesocks die Hand reichen und sie öffentlich belobigen. Ich werde mir am Tag vorher beide Arme verstauchen und in Mull binden lassen. Dann machen Sie das. –

– Ganz faule Kisten, seine Erfolge, Herr Oberst. Der treibt Kumpanei mit seinen Leuten. Schmiert sie mit Freibier und Bratspieß, wenn es gut gelaufen ist. Vom Geld seiner Frau. Ein durchtriebenes, affiges Weibsbild übrigens, die sich nie bei gesellschaftlichen Anlässen blicken lässt, weil sie hässlich ist wie ein Rollmops in Himbeersoße und kein Benehmen hat. Wie ich höre, treibt sie sich neuerdings im Zigeunerlager rum. Schlimm. Sowas bringt den Offiziersstand und vorrangig unsere Frauen bei der Bevölkerung in Verruf. Schadet dem Ansehen der Armee insgesamt – gerade in dieser scheckigen Ecke. Wir müssten mal nachhaken, was die da treibt. Brauchten zuverlässige Zeugen für ihre Besuche bei den Zigeunern. Von Photoaufnahmen war die Rede. Hat mir der Pfarrer erzählt. –

Die Miene des Obersten verfinstert sich weiter. Er dreht mit den Fingerspitzen an den zerzupften Bartenden. – Privates Zeug von der Prodekfrau. Gefällt mir nicht, Coq. Stunk in seiner Truppe oder ein klares Versagen brauchen wir. Die Sache mit der Schlägerei kam sehr gelegen, ist aber wegen der Pressekanaille schiefgegangen. Der Journalist hat bezeugt, dass der Streit nicht von Prodeks Leuten ausging. Und der Bierspucker rühmt sich quer durch alle Reihen seiner Tat. Blödmann! Versaut uns alles. Prodek ist äußerst wachsam. Ihn allein wegen des Verhaltens seiner Frau nicht vorzuschlagen, ist kritisch, Coq. Haben wir nie gemacht. Denken Sie mal an den Möllendorff und seine Schlampe vor ein paar Jahren. Es sei denn, die Dame Prodek leistet sich einen echten Fauxpas. Coq, wir brauchen mehr als üble Gerüchte. Der Divisionsstab macht sonst nicht mit. Forscht nach. Ich möchte nicht, dass die ihre Nasen in unsere Angelegenheiten stecken. –

– Verstehe sehr gut, Herr Oberst. Aber so privat ist das nicht. Eins habe ich schon rausgekriegt. Die Prodek bringt in Hexenmanier aus dem Zigeunerlager für die Leute ihres Mannes Ziegenfettsalbe mit – die stinkt erbärmlich nach Stall. Wie die das aushalten in den Stuben, bleibt mir rätselhaft. Sie kriegen damit angeblich keine Blasen an den Füßen beim Marschieren. Wahrscheinlich putscht Prodek noch mit anderem Zigeunergequas seine Lumpentruppe zu den völlig suspekten Höchstleistungen auf. Wir sollten – –

– Coq, hören Sie auf damit!! Sind Sie des Teufels und kapieren immer noch nicht? Ich sehe das schon wieder kommen, dass Sie das genaue Gegenteil erreichen, von dem was wir wollen. Wenn das Zickenfett wirklich so gut ist, müssen wir es im ganzen Regiment verabreichen. Ob es nach Bock stinkt oder nicht. Ein Soldat muss was aushalten. Auch in der Stube. Die Zigeuner werden dank Ihnen zu vaterländischen Verdienstträgern. Stellen Sie sich das einmal vor! Die lassen sich goldene Brustwarzen stehen, wenn wir ihnen das Fett teuer bezahlen. –

– Dann müssen wir einen Judas unter seinen Leuten finden. Am besten zwei. Das fällt nicht so auf und ist sicherer. –

– Wie meinen Sie das? –

– Er kauft seine Leute. Tun wir das Gleiche. Wir finden zwei Versager. Die lassen das Gewehr beim Präsentieren fallen oder verstauchen sich den Fuß bei Märschen, so dass er sie schleppen lassen muss. –

– Sind Sie verrückt, Coq? Wenn das rauskommt. Bestechung zu schlechter Leistung. Die entziehen mir glatt die Pension. Ich habe Hypotheken auf dem Gut. Man kann nicht sicher sein, dass solche miesen Kerle uns hin-

terher erpressen, sind sie einmal auf den Appetit gekommen. Soviel sind mir der alte und der junge Schweinitz zusammen nicht wert. –
Der Major lächelt nachsichtig. – Als ginge es um die, Herr Oberst…

– Aber ich kann doch nicht die Leistung der Truppe sabotieren. Nein! Das geht gegen meine Ehre. Mein Gott, ich müsste Sie wegen eines solchen Ansinnens vor das Kriegsgericht bringen, Coq. –

Der feingliedrige Major schaut den Regimentschef an, als wäre er verschnupft. Er zieht, um es zu unterstreichen, mit Geräusch Luft durch die Nase ein, dann langsam den rechten Mundwinkel hoch, lässt ihn beim Ausatmen wieder herabsinken. Zaudert. Lächelt. Zaudert weiter. Der Regimentschef stapft mit dem Fuß auf. – Also einen vernünftigen Vorschlag, Coqchen! Ich erwarte was von Ihnen. Wozu habe ich Sie an meine Seite befördert? Sie haben viel gut zu machen nach diesem von Ihnen verschuldeten Rohrkrepierer. –

– Herr Oberst, ich wollte Ihnen mit meinem pflichtwidrigen Vorschlag klarmachen, dass, wenn uns nicht der Himmel oder das Kriegsglück helfen, kein Weg daran vorbeiführt, die Frau zu diskreditieren, wollen wir Prodeks Beförderung ablehnen. Der Pfarrer würde mitmachen. Die Prodek soll dauernd mit seiner Alten rumkunkeln. Es ist die einzige Frau aus Regiment und Stadt, mit der sie sich einlässt. Das passt dem Herrn Pastor nicht. Kann mir denken, warum. Sie sicher auch. Er würde mittun, die Prodek wegen ihrer Beziehungen zu den Zigeunern öffentlich zu denunzieren. Wenn der seine Stimme gegen sie erhöbe, hätten wir den Grund, Prodek trotz guter Leistungen beiseitezuschieben. Da könnte auch der Stab nichts dran finden, denn da spräche die Stimme Gottes auf Erden ein Machtwort gegen ein verlottertes Weibsbild, das bedauerlicherweise ihren vorbildlichen Gatten befleckt und so seine mehr als verdiente Beförderung verhindert. Zusätzlich können wir die Sache mit dem Freibier anführen. –

– Wieviel mal hat er denn die Spendierhosen mit dem Geld der Krachnase angehabt? Dass ein Chef mal einen ausgibt für seine Leute nach guter Leistung, ist kein Vergehen. Hab ich früher auch mal in einem Anflug von Wohlwollen gemacht. –

– Ich weiß nicht, wie oft. Die Bande hält zusammen wie Schweinepest und Dünnschiss. Selbst die Unteroffiziere stehen zu dem Kerl und sagen nichts Genaues. Sperling weiß sicher was, aber schweigt. Er hat mich immer noch im Visier und ist heilfroh, dass seine Kompanie nicht unter unseren Maßnahmen gelitten hat. Steht also wie die Unteroffiziere auf Prodeks Seite. Aber es gibt ein paar Polacken, die sind neidisch auf ihre Kameraden. Sie würden gerne bei Prodek dienen, weil der die Polacken so herzig an die Brust nimmt. Die haben gehört, dass es schon mehrfach eine gemeinsame Zecherei auf Kosten des Leutnants gegeben hat. Die würden sicher was erzählen. Womöglich übertreiben. Soll uns recht sein. –

– Wacklige Aussagen vom Hörensagen von polnischen Rekruten gegen einen deutschen Offiziersanwärter, der eine gute Figur macht. Das schmeckt mir gar nicht, Coq. Die Behauptungen fallen womöglich, wenn es ernst wird, auseinander wie Bahnbrötchen. Die Sache mit der Schlägerei hat mich misstrauisch gemacht. Das werden die im Divisionsstab ähnlich sehen. Damit kriege ich Ärger. Also diese Sache können wir nur ganz nebenbei erwähnen, Coq. Wenn Sie nicht mehr rauskriegen, bleiben wir beide in Krotoschin solange stecken wie die Rübsen in Gottliebs Acker. –

– Ich tue mein Bestes, Herr Oberst. Dann also doch Feuer frei auf die Frau? Es sei denn, Sie haben einen besseren Plan. –

– Sie haben die Kavallerie in den Sumpf geritten, Coq. Sie müssen die Gäule freischaufeln. Ich gebe Ihnen den Befehl dazu. Es eilt! Wenn der Pfarrer öffentlich seine Stimme gegen die Prodek erhebt, ist der Mann diskreditiert, so zweifelsfrei, dass es keine Nachforschungen von oben geben wird. Da kann er sich beschweren, wie er will. Mehr bekommen Sie von mir nicht mit auf den Weg, um die Angelegenheit zu regeln. –

– Warten Sie, vielleicht brauchen wir den Pfaffen nur am Rande. Mir fällt gerade etwas ein. Lassen Sie mich das durchdenken, Herr Oberst. Ich will meinen Einfall überschlafen. Aber wenn es klappt, möchte ich, dass Sie meine Bewerbung für die Stelle in Coblenz nachdrücklich protegieren. Über den Grafen Kaltenstill. Sie wissen schon. –

– Ich weiß vor allem eins: Ich bin über jeden Verdacht erhaben, sollte die Sache durch eine Tölpelhaftigkeit auffliegen. Das ist oberstes Gebot. Falls es für Sie nicht selbstverständlich ist, sich bedingungslos vor Ihren Vorgesetzten zu stellen, möchte ich Ihnen jetzt sagen, dass ich inzwischen weiß, wie Ihre Frau Gemahlin zu ihrem Geburtsnamen gekommen ist. Sogenannten muss man in diesem Fall wohl sagen. Mehr bedarf es sicher nicht. – Er sah den Major mit schief gehaltenem Schädel an.

=Fürstbischof Kopp in Breslau stellt in einem Hirtenbrief gegen die großpolnische Presse deren Lesern die Verweigerung der kirchlichen Gnadenmittel in Aussicht.

=Im gleichen Jahr 1905, in dem Einsteins Relativitätstheorie mit den fixen Begriffen Materie und Energie aufräumte, erschien Wilhelm Diltheys Buch ‚Das Erlebnis und die Dichtung' – nicht rapider, aber nicht minder nachhaltig in seiner umwälzenden Kraft als Einsteins Gedankentat.

=In Gnesen beginnt der Prozess gegen 24 polnische Gymnasiasten wegen Geheimbündelei.

Es gibt nur zwei Arten von Wellen, die das All durchdringen: elektromagnetische und Gravitationswellen. Galilei eröffnete vor 400 Jahren das Zeitalter der elektromagnetischen Astronomie, indem er ein Teleskop auf die Monde des Jupiters richtete. Ligo eröffnet jetzt das Zeitalter der Gravitationsastronomie, indem er kollidierende schwarze Löcher beobachtet. – – – Es ist der Beginn von etwas, das die Menschheit noch über Jahrhunderte beschäftigen wird.

VERLANGEN, ERWARTUNGEN, SPIELZEUG, EIN STÜCK VERNUNFT

– Ich kann ihn nicht länger ertragen. Vorher war ich apathisch. Jetzt empfinde ich Abscheu. –
– Sag nicht sowas. Du hast allen Grund, ihm dankbar zu sein. –
– Ich bin es zu lange. Es gibt nichts Scheußlicheres, als jemandem ein Leben lang dankbar sein. –
– Bisher ging das ganz selbstverständlich. Gott, Vaterland, die Eltern. Höchste Liebe als schönster Gehorsam. Offenbar fühlen sich immer mehr Menschen elend dabei wie du und wenden sich deswegen von der Religion ab. Ich glaube, du hast mich missverstanden, Mutter. Ich bin dir wegen Minga dankbar. Du solltest ihm wegen Minga und mir dankbar sein. Nicht, weil er dich geheiratet und damit von deiner Notsituation profitiert hat. Spiel mit ihm wie mit einem zerzausten Teddybär. So nähme er teil an unserem Glück. Ich fühlte mich weniger schuldig. –
– Das kann ich nicht. Du tust es also nur, weil du mir für meine Minga dankbar bist? –

Paul sah von ihr weg auf seine sorgfältig über die Stuhllehne gelegte Uniform. Er verfiel in Sinnen ohne Antrieb, ohne Ziel. Fand nicht heraus.
– Nein – brüllte er, als sie keine Antwort mehr erwartet und zu schluchzen begonnen hatte. Er fuhr fast unhörbar fort – Ich gebe es zu. Aber die Frage hättest du niemals stellen dürfen. Sie quält mich. Und meine Antwort konnte dich zerstören. Dass Frauen immer Geständnisse wollen! Das Schicksal hat dich zulange gewaltsam im Schatten gehalten, Mutter. Du brauchtest mich. Aber es hat nun ein Ende. Verstehst du: Ein Ende! Wir ziehen in einer Woche. –
– Es wird furchtbar mit ihm allein. –
– Streng dich an. Tu es mir zu liebe. Damit ich nichts bereue. Du hast noch einmal Glück erlebt. Selbst kurz ist es mehr, als du erwarten durftest. –

FEUER FREI!

Es ist die Handschrift einer Frau. Daran besteht wegen der Eleganz des Schriftzugs und dem behutsamen Auftrag der Tinte kein Zweifel. Die verwendete Feder ist von erster Qualität. Sie erlaubt, die Linie durch leichte Drehung breiter oder schmaler zu gestalten. Die Schreiberin macht davon regen Gebrauch. Jedes Wort gerät zum Ornament. Es ist eine Freude, dieser Schrift mit dem Auge zu folgen. Im Schreibwarengeschäft von Krotoschin sind solch teure Federn nicht zu finden. Vielleicht in Breslau auf dem Ring, sicher am Leipziger Platz in Berlin.

Der Inhalt der Kuverts aber ist abstoßend. Aufnahmen von nackten Männern und Frauen in lüsterner Pose, sogar beim Kopulieren von vorn und von hinten. Oralverkehr. Masturbation. Auf der Rückseite der Photographien Verse aus Ovids ‚Ars amandi' in deutscher Übersetzung. Fast alle Offiziere, ihre Frauen, der Pfarrer und seine Frau, der Amtsrichter und seine Frau, der junge Assessor, der als Staatsanwalt am Ort fungiert, der Postvorsteher und seine Frau, die Lehrer und ihre Frauen haben die Briefe im Abstand von drei bis vier Tagen erhalten. Paul ebenfalls. Als einer der letzten. Nicht aber Charlotte. Nicht der Bürgermeister. Auch nicht die fünf Stadtpolizisten. Insgesamt sind es an die 70 Briefe.

Alle sind sich einig: Charlotte ist die Absenderin. Wer könnte es anders sein? Sie ist gebildet, aber sondert sich ab. Sie scheint kreel oder gar tief pervers zu sein: Häufig rast sie durch die Straßen, dann wieder schaut sie nachdenklich in die Luft oder nimmt ihre Kinder aus dem Wagen und dreht sich mit ihnen im Kreise. Manchmal schaut sie frech drein. Sie hat Geld, leistet sich teures Schreibgerät. Vor allem fotografiert sie. Sogar im Zigeunerlager. Geht da allein aus und ein. Als Frau. Verkehrt mit denen, als gehöre sie zu dem Pack.

Die Stadt spricht von nichts anderem. – Haben Sie auch…? Ja, natürlich. Hätte man es für möglich gehalten! Sie nicht? Glücklicher! Eine bodenlose Schweinerei. Meine Frau schrie auf, als sie den Brief öffnete. Die Sittlichkeit, der Anstand. Ich hab es immer gesagt. Die Menschheit verroht trotz allem technischen Fortschritt. Eine deutsche Frau – aus gutem Hause. Heißt es. Mutter von zwei Töchtern. Der arme Mann. Er ist tüchtig, sagt man. Sieht blendend aus. Man soll nie nur nach Geld heiraten. Man sieht es wieder. Immer hab ich meinen Kindern gesagt: Den Leuten steht ihre Schandhaftigkeit ins Gesicht geschrieben. Der liebe Gott weiß, was er tut. Haben Sie gehört, schon bei der Hochzeit soll es einen ungeheuerlichen Skandal gegeben haben. Ich habe eine Kusine, die ist jüngst mit ihrem Mann nach Jüterbog gezogen. Die hat mir das geschrieben. Bis dahin hatte sich das rumgesprochen. Sie will dem nachgehen. –

Angesichts der allgemeinen Erregung in der Stadt und im Regiment hat der Major vorgeschlagen, dass sich alle Betroffenen am Freitagabend im Billardsalon des Kaffeehauses Scholz am Ring versammeln, um gemeinsam zu entscheiden, was unternommen werden soll, damit das schändliche Treiben rasch aufgeklärt und ihm damit ein Ende gesetzt wird. Weil der Salon bereits eine Stunde vor Beginn der Versammlung überfüllt ist, wird nur zugelassen, wer sich durch einen Briefumschlag als unmittelbar betroffen ausweist. Wer sich unkontrolliert herein gedrängelt hatte, wird von zwei Gendarmen unter Püffen hinausexpeditiert. Die wenigen erschienenen Ehefrauen werden wegen Platzmangels und aus Rücksicht auf ihr sittliches Empfinden nach Hause oder zumindest in den Damensalon auf der anderen Seite der Konditorei komplimentiert. Diese Aufgabe hat die Frau Majorin übernommen. Für Neugierige und die Lokalreporter bleibt der Schankraum.

Paul steckt in der Klemme. Soll er hingehen? Er weiß, wie es enden wird. Trotzdem, er muss hin. Feigheit würde als Schuldeingeständnis angesehen. Dass die Brut so weit ging! Wegen einer läppischen Beförderung. Charlotte sitzt niedergeschlagen auf dem Sofa.

– Ich bringe dir nichts als Unglück ein. Wie meine Mutter meinem Vater. Pech an den Fersen ist offenbar erblich. – Niedergeschlagen ist ihr Gesicht unerträglich.

– Deine Unschuld wird sich erweisen, und sie werden als begossene Pudel dastehen. Sich bei dir und auch mir entschuldigen müssen. Das Dumme ist, sie haben einen Dreh gefunden, bei dem uns unser Wissen über den Obersten nichts nützt, weil sie die halbe Stadt aufgebracht haben und ihr Pfeil zwar auf mich abzielt, aber nur gegen dich gerichtet ist und mehr als 70 Spitzen hat. Ich habe keine Möglichkeit in Deckung oder gar in die Gegenoffensive zu gehen. Haben die gewusst, dass ich was über den Obersten weiß? Man möchte es glauben. Zumindest haben sie es einkalkuliert. –

– Wer sind *sie*? –

– Ich bin mir sicher, dass der Oberst höchstpersönlich, der Major sowie Graf Schweinitz und sein Kompaniechef von Krenningen dahinterstecken. Ist doch klar. Schweinitz soll, aus weiß ich was für Gründen, unbedingt die Stelle kriegen. Da steckt ein Kuhhandel hinter. Ohne die Beförderung von Schweinitz bleibt der Oberst mit Sicherheit in Krotoschin stecken. Hier kommt keiner freiwillig her. Nicht mal unter Beförderung. –

– Jetzt argumentierst du wie die andere Seite gegen mich. Auf reinen Verdacht hin. –

– Mit dem Unterschied, dass die anderen ein Interesse an der Sauerei haben. Du nicht. Es sei denn, du wärst meschugge oder gar abartig. Beides trauen sie dir zu. Wir werden rasch ein graphologisches Gutachten einholen, dann stehen sie dumm da. –

– Was nützt es, wenn meine Unschuld am Ende bewiesen ist? Es wird dauern. Wenn überhaupt. Die haben die Farbe meiner Tinte verwendet und meine Schrift nachgemacht, wenn auch nicht sehr geschickt. So elegant schreibe ich gar nicht. Ich frage mich, wie sie an Schriftproben von mir gekommen sind. Es kann nur über Hermine sein. Der habe ich manchmal ein paar Zeilen geschrieben. Der Pfarrer muss ihr die Schreiben von mir abgeluchst haben. Ich traue ihr einfach nicht zu, dass sie mich verraten hat. Entschuldigen werden die sich nie. Und wenn. Inzwischen ist deine Beförderung futsch. Wegen mir. Weil ich bin, wie ich bin und dazu dickköpfig. Du hast dir alle Mühe der Welt im Dienst gegeben. Ich habe dich dazu überredet, den Kampf aufzunehmen, statt dich höheren Orts zu beschweren. Du hast den Kampf gewonnen. Und nun: Umsonst alle Schinderei. –

– Nichts ist umsonst gewesen. Es war gut für meine Leute, die Armee, für den Staat. Am Ende auch für mich. Ich habe viel gelernt. Es wird mir nützen. Warte ich eben noch zwei, drei Jahre auf den Leutnant. Was macht‘s? Für dich ist das alles viel schlimmer zu ertragen. Du bist eine Aussätzige geworden. Aber dich mit den Zigeunern einzulassen, war ein schwerer Fehler. Ich habe dich davor gewarnt, hab mich zum Glück geweigert, bei ihrer Sozialisierung einzusteigen. Du kannst sehr halsstarrig sein. –

– Im Zigeunerlager habe ich meine besten Aufnahmen gemacht. Die Bewegung der Hände, der Füße, die Gesichter. Das musst du zugeben. Du bewunderst die Sachen. Sagst, es seien Kunstwerke. Wo hätte ich Vergleichbares herbekommen? In der Stadt gibt es nicht viel Bemerkenswertes. Vielleicht das Büdchen mit dem Lumpensammler und seiner Frau. Philemon und Baucis, wie ich sie nenne. Außerdem die von dir so geschätzten Pumpen. Das war‘s schon. Ich wäre von Neugierigen umringt gewesen, hätte ich denen erklären sollen, wieso ich die Pumpen aufnehme? Hättest du das übernommen? Ich habe es auf den Bauernhöfen versucht. Da gibt es viel zu sehen. Aber die Bauern sind abergläubischer als die Chinesen. Fürchten um sich und ihr Vieh, wenn man sie mit Teufelswerkzeug auf Silberpapier bei ihrer Arbeit einfängt. –

– Ich will mich nicht mit dir über dein Tun streiten. Ich hätte es dir einfach verbieten sollen, zu den Zigeunern zu gehen. Manchmal mache ich es dir zu leicht, mich rumzukriegen. Es macht mir offenbar Spaß, mich von dir rumkriegen zu lassen. Du kannst das so schön. Kennen wir bestens. Mit Verstand und kecken Blicken. Aber wegen deiner Besessenheit, die Zigeuner zu fotografieren, trauen sie dir nun alles zu. Ganz zu schweigen davon, dass du Zigeunerkinder in gepflegte Lokale schleppst und dir einbildest, du kämst damit durch. –

– Jetzt wirst du gemein. Kannst du mir etwas verbieten? –

– Natürlich. Ich weiß das schließlich als Jurist. Du hast auf mich Rücksicht zu nehmen. Und auf die Kinder und deren Gesundheit. Und wenn du es nicht von allein tust, kann ich dir das gebieten. Ich bin der Familienvorstand. Auch wenn ich ihn nie herauskehre. –

– Und du würdest so etwas in Zukunft tun? – Sie schaut ihn mit hochgezogenen Augenbrauen an. Er weicht ihrem Blick aus. – Du weißt, ich habe mich nach jedem Besuch im Lager mehr als eine Stunde gewaschen. Jede Ritze, sämtliche Höhlungen meines Körpers mit Seife ausgespült. Meinst du, ich wollte die Kinder gefährden? –

– Klopf mich nicht wieder weich, Minga. Zigeuner sind schlechter Umgang. Daran besteht kein Zweifel. Ich würde erst einmal hartnäkkiger an deine Vernunft appellieren, als ich es diesmal getan habe. –

– Aber wenn ich mich nicht überzeugen ließe, würdest du es mir verbieten? –

– Ja! Verflucht nochmal! Das bist du von zu Hause aus nicht gewöhnt, was, meine liebe Chloti? Du weißt, ich mache von meinen Vorrechten ungern Gebrauch; aber Angst davor habe ich nicht, falls du das glaubst. – Jetzt meint sie doch, ihr Geld zähle. Das musste mal kommen.
– Ich habe mich dir bisher angepasst wie ein Kleiber an die Baumrinde. Bin dir in dieses Nest gefolgt. Und ich gebe zu, es war gut. Wir sind glücklich. Ich bin sogar überglücklich mit dir, wo immer wir sind, falls du es noch nicht gemerkt hast. Ich könnte in Bezug auf die Zigeunerkinder noch manches Nützliche tun, aber man lässt mich nicht. –

– Wärst du mir einmal mehr gefolgt, gäbe es keine Eintrübung zwischen uns und nicht diese Aktion gegen uns. –

– In diesem Fall hätte ich mich deinem Verbot widersetzt. – Auch ohne ihre Flaminganase wirkte sie erbittert.

– Meinem ausdrücklichen Wunsch, meiner Aufforderung, meinem Gebot, nicht zu den Zigeunern zu gehen, wärst du nicht gefolgt? – Er schaut sie an, so streng er es fertigbringt. – Das hätte ich nicht von dir erwartet. Es wäre ein Scheidungsgrund. – Jetzt muss er selber lachen. Charlotte streichelt über sein Haar und kneift in sein Ohrläppchen. – Ich unterwerfe mich deiner hausherrlichen ‚Gewalt. Aber du weißt, wieviel mir am Fotografieren liegt. Das ist wie bei dir mit dem Schießen. – Sie hören eine Weile auf das Ticken der schwarzen Standuhr. Beide denken das Gleiche und ahnen es.

– Als ich dich zum Kampf angestachelt habe, wollte ich es den Zicken zeigen. Deine Beförderung war wichtig für mich. Vielleicht wichtiger als für dich. Auch gegenüber meinem Vater. –

– Es kommt dir weit mehr auf dessen Meinung über mich an, als ich dachte. Obwohl dir sonst völlig egal ist, was die Leute von uns halten. Egal. Ausgestritten. Wir wissen sowieso, wie es zwischen uns ausgeht. Du siegst, weil du vernünftiger bist als ich und dich unterwirfst – was ich von meiner Frau nicht will, wie du genau weißt. –

Er küsst ihre hässliche harte Nase am Knick. Sie erregt keine Abscheu mehr in ihm. Wie man sich selbst ans Scheußliche gewöhnt. Wie vertraut es wird. Kosig, rosig. Er lacht über die Blödsinnigkeit des Lebens, während er sich das Koppel umlegt. – Ich muss gehen. Es wird rappelvoll bei Scholz sein. Ich werde dich in Schutz nehmen. Da kannst du sicher sein. Wir schlagen das ab, glaub mir. – Sie wischt die letzten Tränen aus den Augen, am Schluss waren es Tränen der Rührseligkeit. Ich hab mich in ihm nicht getäuscht. Sie springt auf. – Ich komme mit! Ich muss dabei sein. –

– Tu das nicht! Die werden geifern. Es wird mehr schaden als nützen. –

– Ich muss da durch. Besser, der Schlange ins Auge sehen und gebissen werden, als vor ihr zittern. So redest du immer. Nur wenn du mich ausdrücklich bittest, nicht mitzukommen, bleibe ich hier. Das würde ich tun. Aber Danuta ist oben bei den Kindern. Sie übernachtet gern bei uns. Ich bin also frei zu gehen. –
Paul legt die Stirn in Falten. Schaut sie zweifelnd an. – Verflucht! Komm! Mut muss belohnt werden, sag ich meinen Leuten. –

Als Paul die Haustür öffnet, fällt ein gegen die Tür gelehnter Strohbesen zu Boden. – Ist das unserer? Nein? Seltsam. – Paul stößt den Besen mit dem Fuß beiseite.

Paul und Charlotte treten eng nebeneinander in das von Leuten und blauem Rauch angefüllte Kaffeehaus. Charlotte hat sich untergehakt. Eine Welle betretenen Schweigens huscht vom Eingang her in den Salon hinein. In der Menge bildet sich, so eng sie steht, eine Gasse. Blicke stechen und strafen ab. Vor der noch offenen Schiebetür zum Billardsalon steht Leutnant von Geyersfeldt. Er hält Charlotte am Oberarm fest und wendet sich an Paul. – Die Versammlung hat entschieden, dass die Ehefrauen nicht teilnehmen dürfen, da der Saal, wie Sie sehen, überfüllt ist. Eintritt in den Salon erhalten außerdem nur die Betroffenen. Haben Sie einen Brief der fraglichen Sorte erhalten? –

Paul antwortet nicht, zieht aber den Brief, den er erhalten hat, aus der Jackentasche. – Bitte. Hier ist mein Billet. –

– Und Ihre Frau? –

– Ich denke, sie hat ohnehin keinen Zutritt. –

‚Ahahahahaha' rumort es mit einem Mal. Immer wieder. ‚Ahahahaha', bis der Major als Versammlungsleiter die Zigarre aus dem Mund nimmt und sagt: – Ruhe bitte! Sachlich bleiben! Das ist trotz des Ernstes der Stunde das oberste Gebot. Öcha, öch. – Er schluckt den Schleim aus seiner Kehle weg, den er anderenorts wegspucken würde.

– Geh alleine rein. Ich warte hier und trinke derweil draußen einen Kaffee. –

– Willst du nicht lieber nach Hause gehen? Oder in den Damensalon hinten? –

– Das fehlte noch. – Sie braucht sich den Weg an die Theke nicht freizuschieben. Man weicht vor ihr zurück. Sie bestellt. Sie ist die einzige Frau im Schankraum.
– Pfui! – ruft einer. – Schande! Ekelhaft. Gemeinheit- keifen andere Stimmen. – Sie wagen sich hierher? – Fäuste werden geballt und hochgestreckt. – Die sieht aus wie Hex und Hur auf Sommerkur-, höhnt eine Stimme aus dem Hintergrund, zieht hämisches Gelächter nach. Charlotte zuckt zusammen. Der Wirt eilt herbei, stellt sich vor Charlotte

und droht mit seinem haarigen Unterarm: – Ich muss doch sehr bitten, meine Herrschaften. Anstand wahren. Warten wir die Versammlung ab. Hier ist nicht das Wirtshaus an der Lahn. So wahr ich Kurt Scholz heiße. –

Die Tür wird zugeschoben. Die Luft steht dick wie kalter Rauch im verstopften Ofenrohr. Der schmächtige Major hat sich auf ein aus der Kaserne von Rekruten herbeigeschlepptes Podest gestellt. Sein welliges Silberhaar verleiht ihm Autorität. Paul missfällt es, erkennt an. Von Lecoq begrüßt zunächst den Pfarrer, der als Opfer die Versammlung nicht nur mit seiner Anwesenheit beehrt, sondern auf das Stichwort sogleich zum Major auf das Podest drängt, von da aus im Singsang, mit ausgebreiteten Armen und Kreuzzeichen, aber in Zivil, die Anwesenden in Gottes Namen segnet, dabei dem Major auf die Nase schlägt, sodass der vom Podest treten muss, und ihnen die notwendige Kraft wünscht, die Mächte der Sünde, obenan wie immer die unselige alte Hure Babylon, zu besiegen. Sie habe wieder einmal ihr Haupt erhoben, diesmal in unserem friedlichen Städtchen Krotoschin. Selber schuld der Major, er hätte mir als Vertreter der obersten Autorität weichen müssen, schließlich überragt die Berliner Domkuppel um zwanzig Meter die Schlosskuppel einschließlich Laterne.

Wieder Herr des Podests, krächzt der Major einen Lagebericht heraus über die in diesem Ausmaß nie dagewesene Störung der öffentlichen Ordnung in der Stadt und, viel schlimmer, im preußischen Füsilier-Regiment Nr. 37 von Steinmetz. Er hebt den dürren Kopf schräg nach oben, dass man meint, er spräche an die Zimmerdecke. Er erinnert an die Worte Seiner Majestät, unseres Kaisers, wonach Deutschland nicht nur durch seine wissenschaftlichen und technischen Höchstleistungen, sondern viel mehr noch durch seine sittliche Kraft sich über die anderen europäischen Völker erheben solle, um zum Vorbild der Welt zu werden. Kunst und Sittlichkeit sind nach den Worten unseres Volkskaisers untrennbar. Staat und Volk müssten allen dekadenten Strömungen entschlossen entgegentreten. Lecoq prangert die im künstlerischen Aufzug versandte, bisher nie gekannte Beleidigung des Ansehens der Offiziere des Regiments und zuvörderst ihrer Frauen an, der preußischen Armee überhaupt, dazu ausgewählter hoher Staats- und Kirchenbeamter. Sofortige Strafanzeige, Verfolgung der Tat und Bestrafung der Schuldigen sei erforderlich, damit so schnell wie möglich die Ruhe in Regiment und Stadt wieder einkehre. Er habe telegraphisch Rechtsrat beim Stab der Division eingeholt und schlage demgemäß vor, dass alle Betroffenen sofort gemeinsam Strafanzeige bei der Polizei wegen schwerer Beleidigung erstatteten. Der ansässige Rechtsanwalt Dr. Holzapfel habe sich bereit erklärt, dies für alle zu übernehmen, die zustimmten. Die Ehemänner dürften gemäß – er blickt auf einen Notizzettel – gemäß, gemäß...oicha, oicha, ...och... § 195 Reichsstrafgesetzbuch zugleich für ihre beleidigten Ehefrauen den Strafantrag stellen. Daneben werde der Herr Oberst, der im Übrigen eigene dienstliche Ermittlungen eingeleitet habe, als Vorgesetzter gemäß, gemäß, gemäß ah ja, hier, öcha ... § 196 Reichsstrafgesetzbuch zusätzlich Strafanzeige für alle beleidigten Offiziere stellen. Das verleihe, öcha, öcha, deren persönlicher Anzeige größeres Gewicht. Ob der Landesbischof das Gleiche für den Herrn Pfarrer tue, sei noch nicht entschieden, aber allerhöchst wahrscheinlich. Der Betroffene wiegt ernst sein Haupt.

– Ich komme damit, och ooch, zum ersten Abstimmungspunkt. Wer für dieses Vorgehen ist, hebe die Hand. –

Ein Zuruf: – Halt! Moment! Gegen wen richtet sich denn die Strafanzeige? Und wieso nur Beleidigung? Viel Schlimmeres ist geschehen. Die Gesetze des Anstands und der Sittlichkeit wurden auf das Schwerwiegendste verletzt. Die öffentliche Ordnung ist nachhaltig gestört. Zählt das nicht? –

– Gegen wen sich unsere Strafanzeige richtet, öcha, öcha, ist Gegenstand des zweiten Abstimmungspunkts. Den rufe ich gleich auf, Hauptmann Klingenberg. Öcha, Öcha. Nach Auskunft unseres Stabes, ch-ah, ch-ah, die Rechtsanwalt Dr. Holzapfel bestätigt hat, gibt es in diesem Fall keine andere einschlägige Vorschrift im Reichsstrafgesetzbuch als Beleidigung. So schwer es fällt, harch, harcha, das zu glauben, so wahr ist es: Die Verbreitung unzüchtiger Briefe ist als solche in unserem Land nicht strafbar. Ich habe es mit dem allergrößten Erstaunen vernommen. Wir sind ein liberales Land. Viel zu liberal, wie sich angesichts des schändlichen Verhaltens Krimineller und Frivoler tagtäglich wieder herausstellt. –

– Hört, hört! Unglaublich! Das haben uns die Nationalliberalen und Freisinnigen eingebrockt mit ihrer laxen Moral. Bismarck und Bülow hätten im Reichstag nie mit denen paktieren dürfen. –

– Tja, so ist das seltsamerweise. Aber um die Ehre unserer beiden Fürsten und Reichskanzler vollstständig zu bewahren, möchte ich darauf hinweisen, dass nach Auskunft von Anwalt Dr. Holzapfel die liberale Handschrift unseres Reichsstrafgesetzbuchs vom preußischen Strafgesetzbuch aus dem Jahre 1852 stammt, das leider ein Auswuchs der Revolution war. –

– Warum hat man das nie korrigiert? Unerhört! Es war Zeit genug. –

– Die Bayern und Badener wollten es 1871 nicht. – Eine schnelle Eingebung. – Ucha, ucha … oich – (Der Schlag hat den Nasenfluss angeregt).
– Also, ich bitte um das Handzeichen. –
Alle Hände schnellen hoch. Pauls Hand folgt zögernd den anderen Händen.

– Dann haben wir soeben einstimmig beschlossen – öcha, öcha – morgen gemeinsam wegen Beleidigung Strafanzeige bei der örtlichen Polizeibehörde durch Rechtsanwalt Dr. Holzapfel einzureichen. Der Herr Rechtsanwalt hält seine Kanzlei öch, öcha – heute Abend bis 21 Uhr für uns geöffnet. Bitte tragen Sie sich dort in die bereitliegende Liste ein, um den Beschluss durchzuführen. –

– Meine Zustimmung ist vorbehaltlich der Abstimmung zum zweiten, noch nicht bekannt gegebenen Punkt erfolgt. –

– Wir nehmen Ihre diesbezügliche persönliche …orcha, urcha … Erklärung selbstverständlich ins Protokoll auf, Herr Fähnrich Prodek. An dem Beschluss ändert das nichts. – Es wird gelacht, sich zugeprostet.

– Wortmeldung! – ruft das Stimmchen des jungen Assessors, der an einem Tischchen neben dem Podest sitzt.
– Ja bitte. Eicha. Worum geht es, Herr Gerichtsassessor Vogele? –

– Meine Damen und Herren, ich möchte Sie vorsorglich darauf hinweisen, dass sich die Ermittlungen in diesem Falle länger als gewöhnlich hinziehen werden. – Ihm gelingt es, den Schleim geräuschlos aus seiner Kehle zu räumen, hastet mit seinen Worten desto schneller fort. – Wie Sie erfahren haben mögen, sind Herr Amtsgerichtsrat Meyer als Richter und ich als Vertreter der Staatsanwaltschaft selbst von diesem Anschlag auf die Sittlichkeit und den öffentlichen Frieden in Stadt und Regiment betroffen. Wir sind also nach dem Gesetz daran gehindert, in dieser Angelegenheit zu ermitteln, respektive zu urteilen. Wir müssen die Sache deshalb vorerst an das Oberlandesgericht bzw. die Generalstaatsanwaltschaft in Posen abgeben, damit sie die zuständigen Ermittler und das zuständige Gericht bestimmen. – Er muss einhalten, denn seine Stimme beginnt zu versagen. Kaum noch hörbar fügt er hinzu: – Eine ärgerliche Situation. …Als hätte …der Täter es geradezu darauf abgesehen, … die Ermittlungen zu ….verschleppen. Entschuldigen Sie, …der Rauch, meine Erregung … –

So sieht das also aus. Hinter der Aktion muss ein Rechtskundiger stehen. Die ihn verstanden haben, geben seine letzten Worte weiter. Eine allgemeine Unruhe tritt ein.
Wenigstens ist der Aktendackel korrekt in seiner Terminologie: Der Täter im Nominativ. Nicht die schöne Doppeldeutigkeit des Genitivs ‚der Schuldigen' wie beim Major. Ein gerissener Hund. Paul beißt sich auf die Lippen, fährt mit der Faust darüber.

– Danke bestens, Herr Gerichtsassessor Vogele. Das ist eine nützliche … öócha… wenngleich in der Sache sehr, ötscha-öch, unliebsame Mitteilung. Das lässt auf bewusste Absicht der Schuldigen schließen, die Justiz zu behindern. –

Sehr wahr. Nützlich für euch. Die Halunken sind raffinierter, als ich ihnen zugetraut hätte. Die Beförderung ist weg. Und Charlotte wird lange auf die Bestätigung ihrer Unschuld warten müssen. Monatelanges Spießrutenlaufen.

– Meine Herren! ÖÖÖ-öcha! Der zweite Abstimmungspunkt ist delikater. Ich habe deswegen zugewartet. Wir alle wissen, öcha, dass sämtliche Indizien in diesem Fall gegen eine ganz bestimmte … öchacha … uns allen bekannte verdächtige Person, ggf. verstärkt durch Personen aus ihrer Umgebung, sprechen. Ich habe in der ganzen Stadt niemanden gehört, der … aicha … einen anderen Verdacht geäußert hätte. Der Herr Oberst und ich sind daher der Auffassung… öcha, öcha, öcha … es sei nur allzu angemessen, dass, wenn Anzeige erstattet wird … öööök, wofür wir uns soeben … ööök, quasi einstimmig entschieden haben (Lecoq zieht den Nasenschleim hoch) sie in diesem Fall nicht gegen Unbekannt, sondern unmittelbar gegen die … ööök, aitcha uff… (der Nasenschleim wird in den Magen befördert) im höchsten Maße verdächtige Person gerichtet wird. Dadurch können die, wie wir gerade gehört haben aki-öcha, öcha … leider verzögerten Ermittlungen zumindest etwas beschleunigt werden. Sie sind damit einverstanden, nehme ich an? Öööööch … (eine zweite Portion Nasenschleim folgt der ersten) dann bitte ich um das Handzeichen. Öcha. – (Der Rachenschleim ist wieder an der Reihe).

Paul ruft: – Herr Major, Sie können doch nicht abstimmen lassen, ohne den Namen der verdächtigen Person zu nennen! –

– Herr Fähnrich Prodek! Ich wollte Ihnen diese Schmach ersparen. Öcha, öcha, öcha. Nur Ihnen zuliebe habe ich darauf verzichtet, den Namen, den jeder weiß, hier im Saal zu nennen. Aber da … öchan, öchan … Sie insistieren, bin ich verpflichtet, mich, öcha, der Form und Ihrer Forderung zu beugen … öcha, ö-öch … und in aller Öffentlichkeit auszusprechen … öcha, öcha … dass es sich um Ihre Frau, Charlotte Friederike Po-, Verzeihung, Prodek, geborene Werthland, handelt. Arch, archa. – Es wird gelacht, getuschelt, gemurmelt.

– Ich habe das vermutet. Ich möchte nun eine weitere persönliche Erklärung abgeben. Sie lautet: Ich gebe Ihnen mein Ehrenwort auf mein Portepee als preußischer Offiziersanwärter, dass meine Frau mit diesen Briefen nichts zu tun hat. Ich weiß es sicher. Wenn Sie dieser Erklärung keinen Glauben schenken, erwarte ich, dass jeder Einzelne hier Anwesende sich persönlich bei meiner Frau und mir entschuldigt, sobald ihre Unschuld erwiesen ist. Das muss für jeden im Raum und meine Frau Verdächtigenden eine Frage seiner Ehre sein, wenn unsere Ehre wiederhergestellt sein wird. Außerdem werde ich für meine Person Strafanzeige gegen Unbekannt wegen des Versendens der Briefe stellen. –

– Herr Fähnrich Po-, äh, décidément! (Lachen) …Prodek … öch, öcha … wir alle kennen Sie als untadligen Soldaten, obwohl mir da jüngst so einige seltsame Dinge zu Ohren gekommen sind….arch, ojatcha…aber lassen wir solche Bagatellen hier ruhig weg. Indes steckt niemand … öcha, öcha … in der Haut eines und schon gar nicht einer anderen. Wer von uns, die wir Seiner Majestät und unserem Staat Tag und Nacht mit vollem Einsatz und den schönsten Empfindungen dienen … öch, öcha … könnte mit absoluter Sicherheit sagen, er wisse haargenau, was seine Gattin oder seine Kinder den ganzen Tag über … uicha, uicha … tr- ,äh, täten. Insbesondere wenn man ihnen so viel, öcha, Freiheit lässt, wie es in Ihrem Hause üblich ist. Wenn man die einem anvertrauten Lieben nicht mit der gebotenen Strenge und Zucht zu sittlichem Betragen anhält … ääch (Schleimziehen), braucht man sich nicht zu wundern, wenn sie plötzlich über die Stränge schlagen. Ihre Überzeugung in allen Ehren, Fähnrich. Es ehrt Sie, dass Sie sich schützend vor … öhha, öhha … Ihre Frau Gemahlin stellen, aber die Verdachtsmomente sind erdrückend. Öcha, euch. Das müssen Sie schon zur Kenntnis nehmen. Fassen Sie sich an die eigene Nase, bevor sie andere kritisieren (schallendes Lachen). Sie sind ganz offenbar in häuslichen Angelegenheiten … öha, uicha … zu nachlässig gewesen, haben alle Kraft auf den Dienst …chii, chii … verwendet. Wie gesagt, das letztere ehrt Sie. Aber Ordnung fängt im eigenen Stall (kehliges Gelächter bricht los), Verzeihung, Haushalt an, ötcheu, ötcheu, … ich bin halt bei der Kavallerie groß geworden (noch lautstärkeres Lachen, das lange anhält) … örrk, öcha … und auf die Würde seiner … öcha … Gattin muss der Ehemann achten, wenn sie es nicht selber tut. Öcha, örrk, öcha.

Du Drecksau! Ich müsste dich dafür fordern. Du hättest keine Chance gegen mich. Aber noch einen Toten von meiner Hand um keinen Preis.
– Und eine Strafanzeige zu stellen … önch, öch … ist das gute Recht jedes Staatsbürgers, wenn er den berechtigten Verdacht … öcha, öcha, öcha … einer Straftat hat. Über nichts anderes stimmen wir ab. Öcha. Dafür muss sich niemand entschuldigen. Nicht hic et nunc … öch, öönch .., und nicht später, wie immer das Verfahren ausgeht. Öcha, öcha, öcha. Sie als ehemaliger Jurastudent sollten das wissen. (Gelächter). Ich bitte nun um das Handzeichen. – Der Major stellt sich auf die Zehenspitzen und schaut sich im Saale um. – Es sieht so aus, öcha, als herrsche auch in diesem Punkt Einstimmigkeit unter uns Betroffenen. Öööö … ch-ch. Entschuldigen Sie bitte. Minus eine Stimme natürlich – örcha – wie wir bereits wissen. Gut, ich nehme auch das … örcha …

– Ich enthalte mich. –

– Aha. Gut ... Also bei der Gegenstimme eines Betroffenen …urcha … und der Enthaltung von Hauptmann Sperling, die ich … urscha – leider übersehen habe, ö-ö-ö-ö … ist auch der zweite Punkt der Abstimmung angenommen und wird so im Protokoll vermerkt. Öja, öja, öcha. Ich werde Rechtsanwalt Dr. Holzapfel … öcha … und die Presse entsprechend informieren. Meine Herren, damit danke ich Ihnen im Namen unseres Obersten Kriegsherrn, seiner Majestät des Kaisers und Königs sowie des Infanterieregiments Nr. 37 von Steinmetz und seines Kommandeurs Oberst Oldrich Ferdinand genannt Bruno von Lüntz-Rykowski, des Herrn Pfarrers Brettel und des Herrn – ötcha – Bürgermeisters Schorn für Ihre Entschlusskraft in dieser für uns alle, urcha, in jeder Hinsicht peinlichen und betrüblichen Angelegenheit. Öcha. Nur eine schnelle Bestrafung der Schuldigen kann die verpestete Luft reinigen. Die Sitzung ist geschlossen. Es lebe seine Majestät unser Kaiser und König. Hurrah! Ötcha, ercha ercha, ucha. –
– Hurrah! –

Paul eilt aus dem Salon. ‚Der Schuldigen'. Schon wieder! Die Doppeldeutigkeit der Sprache kommt dem Schweinehund zupass.
Charlotte steht noch am Schanktisch und trinkt schon die dritte Tasse Kaffee. Niemand hat ihr einen Platz angeboten. Niemand hat mit ihr ein Wort gewechselt. Um sie herum ist weiter viel Raum. Paul tritt auf sie zu

und küsst sie auf beide Wangen. Auf die Stirn. – Ich weiß schon Bescheid. Wir haben hier das meiste mitgehört. Es war still wie im Leichenschauhaus. –
– Pfui! Schande! Schande! Schande! – Von allen Seiten prasseln Wutschreie und wütende Blicke auf die beiden ein. Fäuste werden geballt. Bierdeckel geworfen. Auf eine einzelne Frau, und sei sie schuldig, wollte keiner losgehen. Jetzt ist sie von ihrem Mann geschützt. Der Volkszorn kann sich ohne Hemmung durch Konvention entladen.

– Komm Minga! Die Meute ist losgelassen und scharf gemacht. Wir fahren übermorgen nach Breslau und geben ein graphologisches Gutachten in Auftrag. Dieser Pöbel! Einen Fehler haben sie doch gemacht – mir den Brief schicken. Sie meinten, das sei besonders raffiniert. –

Zwei stadtbekannte Säufer folgen den beiden bis auf die Straße, laufen lange ihnen nach. – Eine Schande, Affenschande, diese Bande, Bande, Bande- lallen sie. – Alcht euch ihr Ficklichter! Aber zeigt vorher eure Ärsche her! – Paul und Charlotte reagieren nicht. Als sie heimkehren, sind zwei Strohbesen gegen die Haustür gelehnt. – Das soll offenbar was bedeuten. Halten die werten Nachbarn dich für eine Hexe und stellen dir Besen zum Reiten hin? – – Ich glaube, ich weiß, was sie damit meinen. Es heißt, Zigeuner hätten eine abergläubische Angst vor Besen, und wer sich von ihnen belästigt fühlt, könne sie damit verscheuchen. – – Woher weißt du das? – – Ich hab ein Buch gelesen, bevor ich zum ersten Mal in den Zigeunergrund gegangen bin. – – Hm- Paul schleudert die Besen auf die Straße. Am nächsten Morgen fallen sieben Stroh- und Strauchbesen um, als er die Tür öffnet, um zum Dienst zu gehen. Diesmal sammelt Paul sie ein und stellt sie in den Keller. Muschpoke!

Zwei Tage später kündigt Danuta aufgrund des Drängens ihrer Eltern und des katholischen Pfarrers ihre Stellung. Das junge Mädchen weint, als sie geht. Sie winkt Maja verstohlen ein letztes Mal von der Straße aus zu. Jeden Morgen sind neue Besen an die Haustür gelehnt. Paul verstaut sie wie die bisher eingesammelten im Keller. Wenn es ganz schlimm kommt, haben wir was zu fressen.

Werden Gartenzwerge mit entblößtem Hinterteil in der Absicht aufgestellt, den Nachbarfrieden nachhaltig zu stören, so kann der Nachbar die Entfernung der Zwerge verlangen.
(Darstellung von Paul Waak mit diesem Text in taz vom 7. 12. 2017)

Ein sächsischer Heimatverein verkauft Mini-Merkel-Galgen. ‚Das ist doch bestimmt verboten' denken Sie? Nein nicht ganz – – – – (denn es kann) ‚das Aufstellen der Galgen auch dahingehend verstanden werden, die Bundeskanzlerin und der Vizekanzlerin (sic!) verdienten wegen politischen Versagens den (physischen) Tod. So verstanden würde es sich – – – um die Mitteilung eines Wunsches handeln.'
(aus talk of the town vom gleichen Tage)

Beispielsweise ist eine Beleidigung gesehen worden im Ausräuchern eines Stuhles, auf dem jemand gesessen hat, im Abküssen durch einen Vorbestraften, in der Zumutung homosexueller Betätigung oder auch des Geschlechtsverkehrs an eine Ehefrau … Die Bezeichnung als ‚Jude' kann u.U. eine Beleidigung sein – – – ist der Vorwurf, jemand sei nervenkrank, nicht ehrverletzend – – –
(Schönke-Schröder, Kommentar zum Strafgesetzbuch, 12. Auflage 1965)

Hauptmann Sperling entschuldigt sich bei Paul dafür, dass er sich bei der Abstimmung nur enthalten hat. Aber schon deshalb habe seine Frau mit ihm die ganze Nacht über gezetert.

– Ich rechne Ihnen das hoch an, Hauptmann. Insbesondere, weil Sie dem Gockel nicht gestattet haben, Ihre Enthaltung zu übersehen. Es tut gut zu wissen, dass der Anstand nicht völlig ausgestorben ist. –

– Prodek, Prodek, übertreiben Sie nicht in Ihrer nur zu gerechtfertigten Verbitterung. In keine Richtung. Sie müssen verstehen…, die Weiber! Ihre Frau hat viele Fehler gemacht. Ich weiß, Sie stehen zu ihr. Aber als Frau eines Offiziersanwärters muss sie sich standesgemäß benehmen. Sie wissen, was ich meine… Er lässt den Kopf sinken.

– Sie haben ja recht, Hauptmann. Es war ein schwerer Fehler. Sie hat die Künstlerin in sich entdeckt. Ich wollte das nicht abwürgen. –
Einige Tage später ruft der Oberst Paul zu sich. Er zeigt ihm einen Briefentwurf an das Divisionskommando, in welchem er Paul zur Beförderung vorschlägt.
– Den muss ich zu meinem großen Bedauern nun zerreißen, Prodek. Ich hätte ihn vor drei Tagen unterschrieben, wenn nicht… Naja, Sie wissen, warum. Es tut mir leid für Sie. Sehr leid, Prodek. Sie sind ein tüchtiger Offiziersanwärter. Zweifellos der fähigste Nachwuchs im Regiment. Schützen wie Sie, Kerle wie Sie, die im Manöver mit den schwierigsten

Situationen fertig werden, braucht unser bedrohtes Reich. Wie Sie wissen, wollte ich Sie prüfen, um Ihre Karriere bei Gelingen desto nachhaltiger fördern zu können. In drei Jahren wird die Stelle eines Kompaniechefs frei. Sie haben die Ihnen von mir auferlegte Prüfung mit Auszeichnung bestanden. Lesen Sie, ich wollte Sie neben der Beförderung wegen Ihrer Vorzüglichkeit für eine öffentliche Belobigung durch Generalmajor Freiherr von Biberstein vorschlagen, und dann wäre in drei Jahren der Oleu für Sie drin gewesen. Ich hätte dann befürwortet, dass Sie schon als Oleu kommissarisch die Kompanie übernehmen. Und nun diese verdammte Geschichte mit Ihrer Frau. Fatal für uns alle. Lassen Sie sich versetzen, Prodek! Ich werde Ihr Gesuch unter großem Bedauern befürworten. Es ist besser für Sie. Woanders werden Sie bestimmt beim nächsten Mal gleich befördert. Bei Ihren Höchstleistungen ist das selbstverständlich. Ich werde mich persönlich wegen Ihrer großen Verdienste dafür bei Ihrem nächsten Regimentschef einsetzen. Aber ich rate Ihnen von Mann zu Mann: Halten Sie Ihre Frau im Zaum, damit sie Ihnen nicht noch einmal die Karriere vermasselt. Was ist in die bloß gefahren? –
– Meine Frau ist unschuldig. Sie hat mit dieser feigen, hinterhältigen und schmierigen Aktion nicht das Geringste zu tun. – Er sagt nicht, wie er möchte, ‚Sie wissen das nur zu genau, Sie Heuchler'. – Ich habe bereits mein Ehrenwort dafür gegeben. Ein graphologisches Gutachten wird in spätestens zwei Wochen ihre Unschuld beweisen. Ich erwarte dann eine öffentliche Rehabilitierung. Auch Ihrerseits. –

– Prodek, Mann, ich verstehe Ihre Seelennot. Sie sind ein durch und durch anständiger Mensch. Ich spüre das. Lassen wir das Verfahren getrost seinen Lauf nehmen. Die Sonne bringt es an den Tag. Es ist ein Privatgutachten, das sie vorlegen wollen, wenn ich recht verstehe. Cela vaut ce que ça vaut. Posen hat nun die Zuständigkeiten festgelegt. Die Ermittlungen können beginnen. Wir haben auf eine schnelle Entscheidung gedrängt. Aber noch einmal ganz unter uns: Wie konnten Sie Ihrer Frau erlauben, die Unschicklichkeit zu begehen, sich allein, man stelle sich das vor! – ganz allein als Frauenzimmer – unter die Zigeuner zu mischen und die Bande in ihrem Lager auch noch zu fotografieren? In allen denkbaren Posen? Das gehört sich für keine deutsche Frau. Für die Gattin eines künftigen preußischen Offiziers ist das eine ungeheure Schamlosigkeit. Dass Sie das nicht gespürt haben! Haben Sie bei all Ihrer Tüchtigkeit kein Anstandsgefühl im Leib, Prodek? Die Zigeuner stehlen den Bauern nachts die Gänse, und in der Stadt machen ihre Frauen und Kinder auf dem Wochenmarkt lange Finger. Ich habe die Sache mit den Zigeunerbesuchen Ihrer Frau Gemahlin, die ohnehin bei allen Kameradenfrauen unbeliebt ist, nachdem ich davon erfuhr, nicht an die große Glocke gehängt und schelte mich jetzt dafür. Ich hätte Sie einbestellen sollen und Ihnen mit einem Machtwort zur rechten Zeit viel Leid erspart. Zu spät die Einsicht. Man kann einfach nie streng genug sein. Trotz allem, machen Sie es gut, Prodek. Hören Sie auf meinen Rat. –

Paul steht stramm und grüßt, bevor er sich zur Tür wendet. Er hört wie eine Stimme den Raum erfasst und nicht mehr fortzukriegen ist: ‚Schämen Sie sich, Herr Oberst'. Der zuckt zusammen. Er blickt dem Abtretenden wütend nach. Unglaublich! Uneinsichtig und rotzfrech ist der Kerl. Den schmeißen wir raus! Das lasse ich mir nicht bieten. Das geht zu weit. Ich kann nichts für den Zirkus hier. Jetzt tut mir nichts mehr leid. Er und seine Hexe sind selber schuld an ihrer Misere. Sich mit Zigeunern einzulassen, verdient Bestrafung. Ich hätte ihn nicht allein empfangen dürfen. Habe nun keine Zeugen. Scheiße! Aber der alte Schweinitz ist mir nach all dem Ärger zusätzlich zum Rheinland mindestens einen Zwölfender schuldig.

Auszüge aus dem ‚Kurier von Krotoschin'

10. 10. 1904

Einstimmiger Beschluss aller beleidigten Amtsträger in Regiment und Stadt: Strafanzeige gegen schwangere Fähnrichsfrau Prodek wegen Versendung unzüchtiger Briefe – Major Leberecht von Lecoq schließt andere Täterschaft kategorisch aus: Wer denn? – Amtsgerichtsrat Meyer und Gerichtsassessor Vogele sind unter den Empfängern der Briefe und dürfen deshalb nicht ermitteln. Das Oberlandesgericht Posen muss entscheiden, welchen Autoritäten diese Aufgabe zufällt

11. 10. 1904

Rätselraten, warum Bürgermeister Schorn (Reichspartei) und seine Gemahlin von den schamlosen Briefen verschont blieben – Die Pfarrer beider Konfessionen beklagen von den Kanzeln einmütig den moralischen Verfall in der Gesellschaft – Eine erfreuliche Gemeinsamkeit unserer Kirchenmänner – Der sittliche Zusammenhalt unseres Volkes in allen seinen Teilen beweist sich in kritischer Stunde in unserer Stadt

12. 10. 1904

Die beschuldigte Fähnrichsfrau und ihr Gemahl bestellen in Breslau ein graphologisches Privatgutachten bei Professor Terdhedebrüg-

ger – Immer mehr aufgebrachte Bürger stellen über Nacht Stroh- und Strauchbesen vor die Tür des Prodek'schen Hauses – Wielange ist die belastete Familie noch am Ort tragbar?

13. 10. 1904

Niemand will mehr bei den Prodeks arbeiten – Der Hauseigentümer hat ihnen gekündigt – Zigeunerhauptmann schwört gegenüber unserem Reporter auf die Heilige Sara, dass Angehörige des Lagers der Frau Prodek nicht für unzüchtige Aufnahmen Modell standen

14. 10. 1904

Bürgermeister Schorn verfügt als Ortspolizeibhörde, dass sofort sämtliche beleidigenden Briefe und Abbildungen eingezogen werden. Wachtmeister Pilgrim ist ausgeschickt

Wie wir aus zuverlässiger Quelle erfahren haben, sollen die Söhne von Amtgerichtsrat Meyer und Oberlehrer Füchsle zu Hause entwendete Fotografien in einem Lokal in Vehlefanz zum Kauf für 5 Reichsmark das Stück angeboten haben. Auf die Frage unseres Reporters, warum er die Anordnung nicht früher erlassen habe, bezog sich der Bürgermeister auf einen Mangel an Erfahrung mit Straftaten solch außergewöhnlicher Dimension.

17. 10. 1904

Ostrowoer Gerichtsbarkeit in der Affäre Prodek für zuständig erklärt – Die Ermittlungen gegen die Fähnrichsfrau haben begonnen – Der Fähnrich verbrennt vor dem Haus einige Dutzend Stroh- und Strauchbesen – Staatsanwalt Olschwewski leitet gegen ihn Ermittlungen wegen Diebstahls und gefährlicher Entzündung von Feuer ein – Bürgermeister Schorn fordert die Einwohner der Stadt zur Besonnenheit auf – Selbstjustiz ist in Preußen unstatthaft. Die Behörden verdienten volles Vertrauen

… Die Opfer der unzüchtigen Briefe wie auch die gesamte Einwohnerschaft von Krotoschin sind erleichtert, weil die Justizbehörden in Posen rasch über die Zuständigkeit für die Gerichtsbarkeit in der Affäre Prodek entschieden haben: Sie fällt an das Amtsgericht Ostrowo. Die Ermittlungen gegen die schwangere Fähnrichsfrau führt der als zupackend bekannte Staatsanwalt Olschewski. Er hat bereits eine Vernehmung der Beschuldigten eingeleitet. Zugleich ist aber neue Unruhe in der Stadt entstanden, weil Fähnrich Prodek die Strohbesen, die bisher noch jede Nacht an seine Haustür gestellt wurden, auf offener Straße vor seinem Haus verbrannt hat. Olschewski sieht im Ansichnehmen der

Besen und ihrer Verbrennung einen Akt von Diebstahl, da die Eigentümer der Besen durch das demonstrative Abstellen vor der Tür der Prodeks ihre Abscheu über deren Verhalten ausdrücken wollten, aber damit keinesfalls ihr Eigentumsrecht an den Besen aufgegeben hätten. Auch habe der Fähnrich in gefährlicher Nähe von Gebäuden ein Feuer angezündet, was nach § 368 Nr.6 des Reichstrafgesetzbuches mit Geldstrafe oder Haft bedroht ist. Olschewski hat entsprechende Ermittlungsverfahren gegen den Fähnrich eingeleitet. Ein Disziplinarverfahren wird gewiss nachfolgen....

22. 10. 1904

Sensationelle Enthüllungen über das Vorleben der Prodeks: Eifersuchtstragödie mit Mordversuch in der Kirche während ihrer Hochzeit – Prodek tötete seine frühere Buhle, als diese ihn und seine Frau erstechen wollte – Er zerschnitt den Hochzeitsschleier seiner Frau mit dem Dienstdolch, um die Verletzte zu verbinden und trug die Buhle dann vergeblich zum Arzt –Die Redaktion hofft in Bälde Bilder aus Luckenwalde von dem Drama zu liefern

24. 10. 1904

Fähnrich Prodek nach den Enthüllungen und der Veröffentlichung von Bildern über die Vorgänge bei seiner Eheschließung sowie wegen des gegen ihn eingeleiteten Strafverfahrens im Interesse der Disziplin in der Truppe sowie zum eigenen Schutz vorläufig zur Disposition gestellt

Wie wir vor wenigen Stunden erfahren haben, hat Oberst Oldrich genannt Bruno von Lüntz-Rykowski dem Fähnrich Prodek mit sofortiger Wirkung die Kommandobefugnis entzogen. Er wurde vorläufig zur Disposition des Regimentschefs gestellt. Eine solche Maßnahme geht normalerweise einer disziplinarischen Sanktion voraus. Über die Einleitung eines förmlichen Verfahrens ist aber bisher nichts bekannt geworden.

25. 10. 1904

Neue Erkenntnisse aus Luckenwalde über den Fähnrich: Sein Vater hieß Podrek, war Sohn eines Wanderarbeiters aus Böhmen und vollzog mit 19 Jahren die Namensänderung, um unter aufgebessertem Namen Staatsbeamter zu werden – Waren die Versprecher von Major von Lecoq also kein Zufall?

27. 10. 1904

Affäre Prodek/Podrek: Rekruten geben zu, vom Fähnrich für Wohlverhalten wiederholt zu Bier und Braten geladen worden zu sein – Abfällige

Bemerkungen über den Obersten und Major von Lecoq waren in Prodeks Zug und bei privaten Treffen üblich – Der Fähnrich schmunzelte – Die Regimentsführung sieht sich in ihren Maßnahmen, die auf eine Entfernung aus dem Dienst abzielen, bestätigt

30. 10. 1904

Affäre Prodek: Die Sensation!! Graphologisches Gutachten von Professor Terhedebrügger aus Breslau behauptet: Charlotte Prodek schrieb nicht die Briefe

Die ‚Fälscherin', denn es handelt sich nach Auffassung des Privatgutachters der Eheleute Prodek ganz offensichtlich um eine Frau, sei ausgesprochen plump vorgegangen. Sie habe die hart gezackten Buchstaben m, n und u der Leutnantsfrau deutlich gerundet. Außerdem mache Frau Prodek sehr viel schmalere Unterschwünge bei den Buchstaben f und g. Insgesamt sei die Schrift auf den Briefen viel zu ausgestellt, wie es für gefälschte Handschriften üblich sei. Staatsanwalt Olschewski aus Ostrowo holt im Zuge seiner Ermittlungen nunmehr ein Gutachten bei Professor Pudelko von der Universität Posen ein. Warum dies nicht schon längst geschehen sei, konnte der Staatsanwalt auf unser Befragen nicht erklären. Er meinte aber, sein behutsames Vorgehen in der Sache erweise sich als richtig, da das Privatgutachten der Prodeks vom staatlichen Gutachter somit von Beginn an in seine Prüfung einbezogen werden könne.

1. 11. 1904

Die Affäre Prodek eskaliert und entgleitet ins Politische – Der Fähnrich und seine Frau stellen nach dem für sie günstigen Gutachten wegen der unzüchtigen Briefe Strafanzeige gegen Major Leberecht von Lecoq und seine Gemahlin Edeltraut geb. Freiin von Schwanenhüter – Kommt es zum Duell? – Die Polnischen Landarbeiter des Kreises Krotoschin solidarisieren sich mit dem Fähnrich

Der vom Dienst suspendierte Fähnrich Paul Prodek ist gestützt auf das von ihm vorgelegte graphologische Gutachten zum Gegenangriff übergegangen. Er behauptet, die unzüchtigen Briefe und Bilder, die bisher seiner Frau zugeschrieben wurden, stammten in Wahrheit vom Major Leberecht von Lecoq und dessen Ehefrau Edeltraud geb. Freiin von Schwanenhüter. Er hat seine frühere Strafanzeige gegen Unbekannt dementsprechend präzisiert und beantragt, eine Schriftprobe der Frau Major einzuholen. Er insinuiert, die Regimentsspitze habe seine Beförderung hintertrieben, um einen anderen, weniger qualifizierten adligen Anwärter zu ernennen. Im Regiment wird gemunkelt, es handele sich dabei um den Grafen Ewald von Schweinitz-Lockenburg, einen Sohn des hohen Hofbeamten Graf Edwin Huner von Schweinitz-Lockenburg, … Man fragt sich im Regiment auch, ob der Major die Schmach, von einem Untergebenen vor Zivilbehörden angezeigt worden zu sein, auf sich sitzen lässt und nicht aus Gründen der Wahrung seines Ansehens gezwungen ist, trotz des amtlichen Verbots den Beschmutzer seiner und seiner Gemahlin Ehre zum Zweikampf zu fordern. Wäre Fähnrich Prodek nicht ein absolut treffsicherer Schütze, bestünde daran wohl kein Zweifel, meinen informierte Kreise im Regiment, die aber nicht genannt werden wollen.

Die lokale Sektion der Polnischen Landarbeiter, ein nicht rechtsfähiger Verein, der unter Beobachtung seitens der Polizei-Behörden steht, sieht im Vorgehen der Militärführung gegen den Fähnrich Prodek ein Mittel zu seiner Abberufung, weil er Sympathie mit der nationalen Sache der Polen bekundet und die Ausbeutung der polnischen Landarbeiter und Kätner durch die hiesigen Rittergutsbesitzer vor seinen Leuten verurteilt habe. Die Sektion hat in einem offenen Brief an den Kriegsminister, der der Redaktion vorliegt, ihre Solidarität mit Prodek ausgedrückt. Die örtliche Leitung der Sozialdemokratischen Partei geht dagegen voll auf Distanz zur Politisierung der Affäre durch polnische Kreise.

15. 11. 1904

Sensationelle Wende in der Affäre Prodek: Auch das Posener Gutachten von Professor Pudelko bestätigt die Unschuld von Charlotte Prodek – Es fällt noch eindeutiger aus – Die Ermittlungen stocken – Große Unruhe im Regiment von Steinmetz

Drei Parteiungen haben sich unter den Offizieren des hiesigen Regiments gebildet. Eine Minderheit ist weiter von der Lasterhaftigkeit und damit der Schuld der Familie Prodek überzeugt. Sie traut keinem Gutachten. Eine andere Mindermeinung stellt sich klar auf die Seite des Fähnrichs, obwohl sie die Besuche seiner Frau im Zigeunerlager ausdrücklich bedauert und verurteilt. Die Mehrheit räumt Fehler der Regimentsführung ein, ist aber des Zwists und der wechelseitigen Beleidigungen überdrüssig. Sie will nichts als Ruhe. Sie warnen vor einer Politisierung der Affaire. Die Bevölkerung der Stadt ist konsterniert und völlig verunsichert über das Geschehen. Währenddessen fordern die Polnischen Landarbeiter weiter die Bestrafung der Auslöser der Schmutz- und Hetzkampagne gegen Fähnrich Prodek und seine Gemahlin. Sie beschuldigen den katholischen Pfarrer von Krotoschin der Liebedienerei gegenüber dem preußischen Militär. In der katholischen Gemeinde herrscht deshalb große Erregung. Einige Gemeindeglieder verweigern die Beichte bei Pfarrer Leschinski. Wird er versetzt?

17. 11. 1904

EXTRABLATT AM NACHMITTAG

Krotoschin im Reichstag!! Der Abgeordnete von Graudenz Poniuschkewicz (Polnische Nationalpartei) richtet Anfrage an die Reichsregierung wegen der empörenden Vorgänge im Regiment Steinmetz und der Stadt Krotoschin. Unruhe in der SPD-Fraktion, weil sich einige Abgeordnete anschließen wollen. Freisinnige haben sich bereits angeschlossen. Unser Korrespondent aus der Reichshauptstadt berichtet uns stündlich per Telephon und Telegraph

25. 11. 1904

Affäre Prodek/von Lecoq: Endlich der Schlussstrich! Kriegsminister von Einem genannt von Rothmaler greift ein und stellt durch ein Revirement die langersehnte Ruhe bei unseren Füsilieren wieder her – Sämtliche Strafanträge sind zurückgezogen – Alle Verfahren eingestellt – Der Fähnrich und seine Gattin wurden rehabilitiert

Den Hauptbeteiligten an dem Sittenskandal im Regiment von Steinmetz, der weite Teile der Provinz Posen und die ganze Stadt Krotoschin schwer erschüttert und Wellen bis in Reichstag und Landtag geschlagen hat (Anfrage der Freisinnigen Partei und polnischer Nationalisten an den Staatsekretär für Justiz und den preußischen Kriegsminister), werden neue Aufgaben zugewiesen. Oberst Oldrich Ferdinand genannt Bruno von Lüntz-Rykowski übernimmt zum 1. Dezember das unterelsässische Infanterie-Regiment Nr. 132 in Straßburg (Reichslande Elsass-Lothringen). Major Leberecht von Lecoq wird dem Stab des Armeekorps Coblenz (südliche Rheinprovinz) zugeteilt und Fähnrich Paul Prodek in die Garnison Cleve (nördliche Rheinprovinz) versetzt. Wie unser Reporter ferner von Kameraden des Fähnrichs Grafen von Schweinitz-Lockenburg erfuhr, wird der junge Graf zum Leutnant im Danziger Infanterieregiment Nr. 128 bestellt. Aus gut unterrichteten Kreisen beim Stab der 77. Infanterie-Brigade in Ostrowo hieß es, Prodek sei eine Rüge wegen seiner Strafanzeige gegen den Major und dessen Frau Gemahlin sowie öffentlicher Vorwürfe gegen die Regimentsführung erteilt worden. Amtlicherseits wurde darüber nichts verlautbart. Da alle Betroffenen, einschließlich des evangelischen Landesbischofs, inzwischen ihre Strafanzeigen zurückgenommen haben, werden die Ermittlungen wegen Beleidigung in der Sache eingestellt. Beleidigung ist bekanntlich ein Antragsdelikt. Die Diebstahlsvorwürfe gegen den Fähnrich wegen der Besenverbrennung auf öffentlichem Straßenland haben sich nach den Ausführungen von Staatsanwalt Olschewski bei näherer Prüfung nicht erhärtet, weil gemäß der neueren Rechtsprechung des Reichsgerichts keine Diebstahlsabsicht hat, wer eine Sache wegnimmt, um sie sogleich zu zerstören. Außerdem habe kein berechtigter Eigentümer sein Eigentum an den verbrannten Besen reklamiert. Diese seien daher als herrenlos, weil von den Eigentümern relinquiert, anzusehen. Der Fähnrich habe sich somit auch keiner Sachbeschädigung schuldig gemacht, erläuterte Staatsanwalt Olschewski unter Bezug auf die einschlägigen Vorschriften. Genaue Nachmessungen hätten darüber hinaus ergeben, dass der Abstand von Feuerstelle und den benachbarten Häusern so groß gewesen sei, dass zu keiner Zeit die Gefahr des Übergreifens der Flammen auf Häuser, Zäune, Bäume oder Inventar bestanden habe. Es gebe also keinen Anlass für weitere Ermittlungen der Staatsanwaltschaft.

Das Kriegsministerium verurteilte währenddessen scharf das Verhalten der Polnischen Landarbeiter-Bewegung, die einen höchst bedauerlichen und leider bisher unaufgeklärten lokalen Sittenskandal um jeden Preis politisieren wollte und damit erneut ihre aufrührerische Gesinnung unter Beweis gestellt habe. Jeder Anlass, Unruhe zu stiften, sei dieser subversiven Organisation recht. Die Fähnrich Prodek von der PLB zugeschriebenen Erklärungen habe dieser weder privat noch gar öffentlich abgegeben. Es handele sich um reine Imagination und üble Machenschaften der PLB. Im Übrigen würden im preußischen Militär alle Rekruten gleich behandelt. Fähnrich Prodek habe jedoch besondere Sorgfalt auf die Ausbildung sprachungewandter Bauernsöhne verwendet und sei dafür vom Kommando der Infanteriebrigade Ostrowo belobigt worden. Er sei ein vorbildlicher Soldat. Seine Frau habe in einer Regiment und Stab vorgelegten schriftlichen Erklärung ihren Besuch im Zigeunerlager bedauert und eingesehen, dass sie ihrem Mann schwer geschadet habe. Sie wolle in Zukunft den einer Offiziersfrau gebotenen Anstand peinlichst genau wahren.

Im weiteren Gespräch mit Göring wurden lediglich einige Fragen unserer unmittelbaren Beziehungen berührt, speziell die Frage unserer Saisonarbeiter, deren Arbeitsleistung der Generalfeldmarschall sehr hoch einschätzt und deren Zahl er im nächsten Jahr erhöht sehen möchte.
(Bericht des polnischen Botschafters in Berlin, Lipski, an Außenminister Beck)

Von der Leyen fordert energisches Einschreiten gegen das Verbrennen israelischer Fahnen.

SCHATTENSPIELE

Das gute Beispiel
Erst lest, was auf der Flasche steht,
Dann will ich meinen Mund euch zeigen,
Und wenn ihr dessen Schönheit seht,
Macht ihr euch gleich ,Odol' zu Eigen.

König Eduard von England trifft in Neapel ein. Unser Kronprinz und Prinz Eitel Friedrich statten ihm auf seiner Jacht „Vikroria and Albert" einen Besuch ab, den er an Bord der ‚Saphir' erwidert.

Es gab im ganzen Land Angriffe auf alles wirklich und vermeintlich Deutsche. Hochgestellte mit deutschen Namen wurden geschlagen, Dackel erschlagen und Bechsteinflügel zerschlagen.

Eine günstige erzieherische Wirkung könnte auch die Bildung jugendlicher Gesangvereine haben. Wie leicht würde sich dies im Anschluss an die Volksschulen einrichten lassen unter der Leitung einer musikalisch gebildeten Frau. Die Behörden würden für solche Zwecke gewiss gerne die Schulräume zur Verfügung stellen. Der Chorgesang ist sowohl für Ausübende wie für Zuhörer eine große Freude, und die Möglichkeit, innerhalb eines freien Verbandes den Verkehr mit einer fröhlichen Gemeinschaft zu genießen, würde sicherlich viele heranwachsende Knaben und Mädchen verhindern, Vergnügungslokale verderblicher Art aufzusuchen.
Keine Frau sollte davor zurückschrecken, so ein kleines Kulturwerk ins Leben zu rufen, sei es allein oder im Verein mit anderen. Wenn man auch anfänglich nicht gleich das Vertrauen der Jugend erwirbt, so tut doch die Liebe zur Sache Wunder! Es wächst der Mensch mit seinen höheren Zwecken! Im Laufe der Zeit könnte eine derartige allgemeine Betätigung ein wirksames Mittel werden, um der zunehmenden Verwahrlosung zu steuern, unter der wir alle direkt oder indirekt zu leiden haben. Sämtliche Kräfte müssen in Aktion treten, um den Kampf mit dieser vielköpfigen Hydra aufzunehmen!
Über all den neuen Erfindungen und Entdeckungen, über all den staunenswerten Resultaten der Technik hat man leider den Menschen, dieses größte Schöpfungsmysterium, mehr und mehr vernachlässigt; man hat ihn zum Automaten entwürdigt, ihn entseelt und wundert sich, wenn er infolge mangelhafter Pflege ein

gedankenloser Spielball übermächtiger äußerer Einwirkungen geworden ist. Dieses langversäumte Pflegeamt aber muss das große Tätigkeitsgebiet des Weibes werden, dessen mütterlichem Instinkt es vorbehalten ist, immer neue Möglichkeiten zu finden, um in den jungen Generationen der großen Menschheitsfamilie die besseren Triebe zur Entfaltung zu bringen! Die weitsichtigsten Gesetze bleiben nur leblose Formel von rein äußerlicher Wirkung, wenn nicht im Menschen selbst von früh an das tiefere sittliche Verständnis für die wahre Wertung der Kulturgemeinschaft erzeugt wird.

Margot Käßmann, *ehemalige Ratsvorsitzende der Evangelischen Kirche in Deutschland, hat gefordert, dass Singen ins Angebot der Krankenkassen aufgenommen wird. Beim ökumenischen Gottesdienst zur Eröffnung des Festivals Europäische Kirchenmusik kritisierte Käßmann in Schwäbisch Gmünd, dass Singen kein Allgemeingut mehr sei. Die Folge verkümmerter Stimmbänder bei Kindern und Jugendlichen sei messbar, und Musikunterricht sei zu einem Fach geworden, das von Ausfall bedroht sei. Sie sagte, es sei wissenschaftlich erwiesen, dass singende Menschen psychisch und physisch gesünder seien. Und wer unter der Dusche singe, stärke sein Immunsystem. Singen müsse in das Angebot der Krankenkassen aufgenommen werden. Die Ex-Bischöfin berichtete, dass ihre Tochter ihr bei einem Gottesdienst zugeflüstert habe, sie solle nicht so laut singen, weil das peinlich sei.*

Spiegel: *Welche Angebote funktionieren?*

Schmidt: *Ganz simpel: Sport, Musizieren, Singen. Ja, tatsächlich: Musizieren wirkt sich positiv auf die Gehirnentwicklung aus. Es hilft einem Kind sich zu konzentrieren, Selbstdisziplin zu entwickeln. Es ist auch wichtig, viel mit Kindern zu reden, damit sie lernen, ihre Gefühle in Worte zu fassen. Es ist wirklich so: Wer sich schlecht ausdrücken kann, schlägt schneller zu. … raten wir Eltern oft, mit ihren straffälligen Jugendlichen etwas gemeinsam zu unternehmen, in die Natur zu gehen, dafür zu sorgen, dass sich die Kinder körperlich austoben.*

Petra Merkel, Vizepräsidentin des Deutschen Chorverbands: *Wer singt, braucht kein Heimatministerium. Es gibt auch Sängerseminare für gestresste Manager.*

„Er hatte seine Hände überall – wie ein Krake."

NAGEN

Solange sie sich wehrten, gab es keine bohrenden Fragen, keinen Ekel im Mund. Entscheidungen waren zu treffen. Sie haben sie gemeinsam getroffen. Kein Zwist. Und nun? Die Gefühle wissen nicht mehr wohin. Sie tun weh, wenn sie sich nicht in Handlung ergießen. Sie nagen. WIR haben gesiegt – doch gewonnen haben **die anderen**. Straßburg und Coblenz, wer würde sie nicht gern gegen Krotoschin tauschen? Die protegierte Nulpe wird befördert, ebenfalls an besserer als hiesiger Stelle. Ich habe etwas geleistet und werde geduckt. Von wegen Belobigung. WIR sind zwar rehabilitiert; die Schuldigen aber nicht bestraft, sondern belohnt worden. Ich habe mich erniedrigt und die Strafanzeige zurückgenommen. Hätte ich nicht auf Genugtuung verzichtet, sie hätten mich aus dem Beruf schikaniert. Ich soll froh sein, dass man mir, weil ich vernünftig bin und was kann, eine Brücke gebaut hat. Minga musste auf die Knie gehen. Zum ersten Mal in ihrem Leben. Für mich. Es ging mir nicht um die läppische Beförderung. Es ging um Anstand und Gerechtigkeit. Gestunken hat ihnen, dass ich die Solidaritätsbekundung der Polnischen Landarbeiter nicht empört als Einmischung zurückgewiesen habe. Natürlich haben die ihre Zwecke verfolgt. Die berechtigt sind. Qui récuse, s'accuse, habe ich gesagt. Mit Politik habe ich nichts zu schaffen. Sie gaben Ruhe, weil sie schnell Ruhe haben wollten. Ihrer Erklärung habe ich nicht widersprochen, obwohl sie falsch war. Wieviel Feigheit erträgt ein Mensch? Wieviel Ekel, Selbstekel im Maul?

Warum will das verdammte Gefühl, ein zu Unrecht geschlagener Köter zu sein, keine Ruhe geben? Warum hat mich Katjas und ihrer Mutter Tod nicht derart wochenlang gepeinigt? Tragik ist schrecklich, aber nicht widerlich. Trauer ist ein edles Gefühl. Warum erheitert mich sogar, dass ich meine Frau mit ihrer Mutter gleich nach der Hochzeit aus Mitleid betrogen habe? Weil es für alle gut gewesen ist, solange es verborgen bleibt? Warum muss es verborgen bleiben, wenn es gut ist? Warum, verdammt noch mal, ist Glück nicht beliebig teilbar, strahlt nicht einfach von einem Glücklichen auf die Unglücklichen anderen ab? Man kann von der Eiger-Nordwand stürzen oder in eine Jauchegrube fallen. Nur das Letztere ist widerlich. Und nicht einmal die Zeitung berichtet davon, kommt man nicht um.

Dann dieses Würgen im Hals wegen des Kommenden, über das sie bisher nie nachgedacht haben. Gut, dass die Kinder noch so klein sind, dass sie von der Hetze gegen uns kaum etwas bemerkt haben. Aber das Schwierigste steht uns in drei, vier Jahren bevor: Wir müssen Maja und später Esther über das Geschehen in der Johanniskirche und seine Vorgeschichte aufklären, damit sie auf mögliche Anspielungen und Sticheleien, die unvermeidlich von irgendwem bei irgendwelcher Gelegenheit wieder kommen werden, gewappnet sind.

Paul und Charlotte wollen Tag und Gelegenheit zur Lebensbeichte vor ihrer Ältesten möglichst frei wählen. Das Kind soll erkennen, dass die Eltern ihm ohne äußeren Druck von dem fürchterlichen Beginn ihres Lebensglücks erzählen. Dreimal wird sich diese Zeremonie abspielen, und jede Tochter wird anders darauf reagieren. Maja wird durch diese Eröffnung wochenlang verstört sein, denn für sie wird damit eine glückselige Welt in Trümmer gelegt. Sie wird losweinen, lange Zeit nicht mehr lachen, nicht einmal mehr spielen wollen. Sie hatte im Religionsunterricht einmal den Begriff Erbsünde aufgeschnappt, ohne ihn zu verstehen. Als die Eltern ihre Schuld an Katjas und ihrer Mutter Tod bekennen, schießt ihr das Wort durch den Kopf. Sie glaubt nun zu wissen, was das bedeutet.

Esther, im gleichen Alter, wird nach einer Schockstarre in stilles Sinnen versinken. Sich darin einspinnen; das Schreckliche darin verschließen.

Smeralda wird das vergangene Grauen am gelassensten aufnehmen – passiert nicht auch in den meisten Märchen Schlimmes? – und sich bald fragen, was sie anstelle von Ma, Pa und Katja getan hätte. Sie wird sich sagen, dass sie genau gehandelt hättte, wie Ma, Pa und Katja gehandelt haben. Erst in höherem Alter wird länger darüber nachdenken, ob sie Katjas Vorgehen innerlich billigt.
Auf Anraten Majas hatten erst die beiden Älteren und dann alle drei beschlossen, nie unter sich über den grausigen Beginn ihrer Familiengeschichte zu reden. Sollte eine ein Bedürfnis dafür empfinden, würden sie sich gemeinsam an die Eltern wenden, um sich erneut mit ihnen darüber auszutauschen. Dazu ist es nie gekommen.
Als der vierspännige Möbelwagen und die Droschke mit der Familie vorneweg sich zur Bahnstation in Bewegung setzen, winkt eine Delegation aus dem Zigeunerlager. Sonst niemand. Die Zigeuner haben riesige Sträuße Feldblumen mitgebracht, für die Mädchen kleine Armbänder aus Silber. Charlotte hat ihnen Medikamente für Monate hinterlassen. Sie umarmt die Frau des Chefs. Die Gerüche aus einer primitiven Welt werden ihr fehlen. Paul hat es eilig, lächelt ab und zu freundlich, zunehmend ungeduldig.

Auf dem Bahnsteig verfliegt Pauls Hader mit der Welt. Hauptmann Sperling ist da, in Zivil, mit Hut und Binder, und alle Leute seines alten Zugs

sind da, auch in Zivil, aber angetreten in Reih und Glied. Sie singen ‚Hoch soll er leben!'. Paul ist bewegt. Wie früher am Sedantag auf dem Schulhof. Tränen treten in seine Augenwinkel. Weiter lässt er sie nicht kommen. Er schluckt heftig. Umarmt jeden Einzelnen, atmet die ihm liebgewordenen Schweiß-, Stall- und Knoblauchgerüche ein. Er verspricht ihnen, am Rhein angekommen, gleich zu schreiben.
– Bleibt Freunde, helft euch untereinander, wenn nötig, auch nach der Dienstzeit – ruft er aus dem Abteilfenster, während die Lokomotive anruckt, Dampf und Asche speit und eine kleine, flickernde Welt in ihrer jahrhundertealten Eintönigkeit zurücklässt. Sie ist von einer noch harmlos dahin brodelnden politischen Zwietracht durchtränkt. Zwischen Ernst und Posse, mal ruhig, mal aufgeregt, könnte es noch jahrzehntelang so weiter köcheln, ohne dass etwas wirklich Beunruhigendes geschähe. Und irgendwann löste sich der Hader zwischen den Volksgruppen einmal auf. Sicher nicht in Wohlgefallen, aber in Gewöhnung. Weil er schon zu lange dauerte und rein gar nichts brachte. Doch die Welt ist ein Pulverfass. Viele kokeln an allen nur möglichen Ecken und Enden, versprechen sich von Explosion Veränderung. Die voraussehbaren Opfer rühren sie nicht. Man streitet für Ideale und aus Selbstsucht. Die Geschichte ruft angeblich.

Eines ist gewiss. Der Kontinent ist zu klein für sieben Großmächte. Die Reibungshitze steigt stündlich. Sie wird sich bald fürchterlich entladen und deshalb in fünfzehn Jahren kein Mensch mehr an den Sittenskandal des Jahres 1904 denken. Das Regiment wird aufgelöst sein. Die meisten damals Beteiligten tot und die Welt eine noch viel bösartigere geworden sein. Überbordend vor Hass, der sich erklären, aber nicht verstehen lässt. Krotoschin wird es als winzige Masche im großen Netz der erzwungenen Verflechtung zweier europäischer Völker nicht mehr geben. Der Annaberg wird rufen; nicht zur Wallfahrt.

Von den 40 Leuten, die Paul Prodek keine zwei Jahre kommandierte, starben 9 im Weltkrieg für Deutschland. Fünf erlitten im deutschen Kriegsdienst dauernde Körperschäden. Einer zog 1919 nach Beuthen. Drei ließen sich 1939 als Volksdeutsche registrieren. Einer von ihnen überlebte das Kriegsende und floh 1944 mit seiner Familie nach Bayern. Mosche Zilberstein und Sigurd Heintzig wurden in Treblinka vergast. Baruch Welkadler wanderte 1938 nach Palästina aus. Von den anderen wissen wir nichts Genaues.

Esther hatte ihr Leben lang Schwierigkeiten zu erklären, wo ihr Geburtsort liegt, und warum, um Himmels willen, sie gerade da geboren wurde. Lodz oder Posen, schön und gut. Damit kann ein normal Gebildeter, wenn er nicht Patrick Süßkind heißt, dem Weimar 1989 Ferner Osten war, etwas verbinden. Oder warum nicht, wie im Fall des Berliner Malers Lesser Ury, ein lieblicher Weiler namens Birnbaum (Miedzychóch)? Das ist Poesie, auch auf Polnisch. Was macht's, dass es sich in Wirklichkeit um eine Kreisstadt handelt und da auch Hermann Tietz, also die Hertie School of Governance herstammt. Provinz Posen oder nicht; niemand kennt den Ort, aber der Name nimmt ein. Er klingt fontanesüß und urvertraut. So munter wie plump. Vorstellungskraft, die den dumpfen, dunstigen Osten verdrängt. Aber Krotoschin.....

Leute, die den Deutschen nicht wohl gesonnen waren, stellten Esther, als sie eine berühmte Sologeigerin geworden war, *pagne an, die mehr für deutsches Selbstvertrauen werben* gerne im Programm als *soll. ‚Du bist Deutschland!' ruft es uns zu. Da basteln* gebürtige Polin vor. Sie korrigierte *wirklichkeitsfremde Werbeagenturen an einer* das stets nüchtern und überlegen; einmal, *Kampagne in der gesagt wird, dass man ‚die* in Neuseeland, unmittelbar vor *Hand'/‚der Baum' oder ‚82 Millionen' sei. Dann kommt* ihrem Auftritt, indem sie darauf hinwies, *ein Film über die Germanistenväter und* ‚dass ich im Deutschen Reich, so wie *Märchensammler Jakob und Wilhelm Grimm nicht* es damals bestand, geboren bin *nur unter amerikanischer Regie, sondern auch unter* und bei aller Achtung vor den Polen, *dem Titel „Brothers Grimm" daher, weil ja* der guten Ordnung halber klarstellen möchte, dass es unter meinen Vorfahren niemanden polnischer Abkunft gibt. Böhmische, also tschechische, Vorfahren habe ich allerdings. Womöglich stammt von ihnen sogar meine Musikalität. Vielen Dank.' Sie fügte den letzten Satz als Zeichen ihrer geistigen Offenheit hinzu, obwohl sie wusste, dass es nicht stimmte.
Paul drängte es zwei Jahrzehnte lang, nach Krotoschin zurückzukehren, ohne dass er es tat. Aus Angst vor ungewohnter Fremde. Es würde nicht mehr unser vermaledeites Krotoschin sein. Er sprach nicht einmal mit Minga darüber. Die scheute sich, ihn darauf anzusprechen, obwohl auch sie manchmal daran dachte, wenn sie abends im Garten bis nach Mitternacht auf ihm und der Schaukel saß. Warum spricht er nie mehr von der Pumpe auf der Pferdekoppel?

Um Krotoschin wurde kein Blut vergossen. Es weckte nie Leidenschaften. Die großen Schlachten wurden anderswo ausgetragen. Krotoschin war

Rand. Blieb Rand. Bis heute. Niemand, der nicht da war, kennt es. Es ist bedeutungslos für alle Zeit. Freilich – auch hier galt: Yo-Yo-Fädchen hoch, Yo-Yo-Fädchen runter… Man hätte … Hätte man…. Ja, hätte man nur …wenn man denn nur hätte, hätte, hätte, hätte…. Niemand sage jetzt ….

In ihrer Verschiedenheit verbindet sie die traditionelle, palästinensische Kunst des Stickens und ihr kraftvolles weibliches Selbstbewusstsein.

Ibrahim Keivo ist versierter Kenner der kulturellen Vielfalt Nordsyriens

18.349 Flüchtlinge, die bereits in einem anderen europäischen Staat registriert wurden, kamen vom 1.1. – 13. 6 nach Deutschland.

DAS BÜDCHEN

– Das gibt es nicht! Das Büdchen steht weiter an seinem Platz. Wie es jetzt aussieht! Ach herrjeh! Kieloben wie ein gekentertes Schiff hing es schon früher zwischen seinen großen Nachbarn. Jetzt hat es obendrein Schlagseite gekriegt. Das lütte Haus mit dem überdimensionalen Dach, das ich so gern für mich und meine Puppen zum Spielen gehabt hätte. Mit der Wahrnehmung kommt mir die Erinnerung. Jeden Tag stand ich mit Ma und dicken Augen vor dem Büdchen, bis die alten Leute, die drin wohnten, uns endlich einließen. Lumpenhändler waren es. Die wuschen sich nie. Wozu? Deshalb roch es in dem puppigen Häuschen ganz eklig nach kaltem Schweiß, Mull, Staub und mindestens einem Zentner Mottenpulver. Der Dachboden war mit Lumpen voll gestopft. Dadurch hatten sie es selbst im Winter warm, brauchten kaum zu heizen. Schlaue Leutchen, auf ihre Weise. Wirklich kurios, dass mein Büdchen, nun halb umgekippt, nicht abgerissen worden ist. Die Polen sind bewahrende Geister. –
– Eine Lumpenpuppengeisterbaude! Zum Streicheln, zum in die Tasche stecken und mit nach Hause nehmen. Mag es stinken wie 'ne Morchel. Ich kann mich natürlich nicht an diesen Witzbold unter den Behausungen der Welt erinnern, da ich nicht einmal behaupten kann, vom Kinderwagen auf das hohe Dächlein geschielt zu haben wie du, Mitti. Ich schwamm noch erwartungsvoll in Ma's Bauch. Ich freue mich deshalb doppelt, dass ich endlich in den Genuss komme, diesen Ausbund der Architektur zu sehen, der für dich, Großi, immer Krotoschin war. Es ist, ehrlich gesagt, das einzig Sehenswerte am Ort. –

– Miesmacherin! Krotoschin hat mindestens so viele Reize wie Luckenwalde. Ich kenne fast alle Metropolen der Welt; aber in Luckenwalde und Krotoschin, meiner Geburtsstadt, die ich heute zum ersten Mal bewusst betrete, fühle ich mich angekommen. Die beiden Städtchen gefallen mir, weil sie auf nichts aus sind. Sie kommen nicht auf die Idee, beeindrucken zu wollen. Sie stehen freimütig zu ihrer Unternorm. Suchen keinen Nazarener. Hoffentlich meldet sich nie einer. Allerdings hat Luckenwalde Mendelsohns Calabreser und ein Campanile. Gut, dass es kaum einer weiß. Lourdes, Acapulco, Colombey-les-deux-Eglises, aufgescheuchte Kitschkultstätten! Ablageplätze für seelischen Hausmüll. Aber hier ist jeder bloßer Mensch unter Menschen. Alle gemeinsam traut und abgetragen. Richtig schön triste, da stört kein Sozialismus. Also grundfriedlich. Man sieht den Leuten in die Augen und weiß, wer sie sind. Kein Vergleich mit Kleve. Es möchte für was gelten, so wenig es ist. Überhaupt von ihm nach dem Krieg noch geblieben ist. Lohengrin samt Schwan sind Anspruch. Da kam der Kauz Beuys recht. Der gecke Flunkerer. Und Dieuze schließlich gockelt als France profonde mit seiner Nachtmützigkeit. Die Franzosen können nicht anders und verstehen sich darauf. –
– So hat **Pa** gefühlt. Er mochte Großstädte nicht und noch weniger Weltbeglücker, Leute mit Sendungsbewusstsein. ‚Weltverderber sind sie allesamt – gute Absichten hin und her', hat er immer gesagt. Und als ich ihm einmal die schon in der griechischen Philosophie erhobene Frage stellte: Was ist der Mensch?, antwortete er sogleich: Ein unverbesserlicher Wichtigtuer. Ich nehme mich da gar nicht aus. Die beiden hätten damals Luckenwalde verlassen sollen. Aber weil er an nichts mehr glaubte, von allen Weltbeglückern samt und sonders die Schnauze voll hatte, haben sie es nicht getan. Es war ihnen recht, an ihrem Ort umzukommen, obwohl sie nicht danach verlangt haben. –
– Ich mag Großstädte- Esther sprach ungewöhnlich hastig – aber hier liege ich ebenso gern eine Weile vor Anker; mag es abscheulich nach Brikettasche und Dieselöl stinken. Früher war die Würze des Pferdemists hier heimisch, wie uns die Eltern berichtet haben. Unser **Turmvater,** andauernd ist er da. Grad seh ich ihn hochgereckt und schneidig in seiner bunten Uniform und dem Helm mit der Speerspitze obenauf durch die Straßen marschieren. Zufrieden; aber auf der Suche nach etwas Unnennbarem. Ihr habt das nie bemerkt. Aber erinnert ihr euch noch an das Gespräch über die Welt als Wahrnehmung am Altrhein? Denkt an mich, hat er zum Schluss gesagt. Wenn ich Geige spielte und er mich ansah, entzückt, verwundert und irgendwie ängstlich, solch ein Kind zu haben, fühlte ich: er sucht in sich nach etwas und hat Angst, es zu finden, weil er meint, fände er's, würde es ihn ergreifen und zerstören. Einmal war er

nahe daran. Nur ich wusste es, aber konnte damals nichts damit anfangen. Er fürchtete lange Zeit, dass ich an meinem Talent zerbrechen würde, und war überrascht, wie selbstverständlich ich es annahm. Wie er den Kampf annahm, obwohl er ihn hasste. Besonnen und mutig war er wie kaum einer. War es, weil er zutiefst verachtete, was er tat. –

Esther spürt die scharfen Blicke von rechts und links, aber sieht unbeirrt geradeaus. Irgendwann muss es mal raus. Ich habe es lange vor mir hergeschoben. Großi und die Lütte schweigen. Esther weiß, was sie denken. Sie wissen, dass Esther es weiß.

Auf dem Weg zum Wohnhaus der Familie von 1901 bis 1905 spazieren im November 1969 drei ältere deutsche Damen in weißen Pelzmänteln, untergehakt und gutgelaunt, auf der Mittelpromenade der *‚Ein Kind zu haben, hat für einen Mann heutzutage keinen Sinn‘,* Postancow Wielkopolskich Allee, ehemals *sagt Scheidungsprofi Steffen P. ‚Das Kind ist der* Kalischer Straße. Sie staunen *Feind, die Falle. Du zahlst, und dann ist es am Ende noch das,* und gestikulieren, wo es nichts *was dich überlebt. Ein Rivale im Käfig der Zeit, so* Außergewöhnliches zu sehen *Houellebecq.‘ Dabei brauche man doch nicht lange drum* gibt außer ihnen selbst. *rum reden, meint der Anwalt. Jeder wisse, worum es geht: bloß* Denn eigentlich *keinen Schmerz, Trennung von Sex und Zeugung – das ist das absolute* geht da dreimal *Ding. ‚Alles andere ist Moral. Wo nichts mehr dauert, braucht man auch* dieselbe fremde, reiche *das Langzeitprojekt Kind nicht mehr.‘ Letztens habe er gelesen,* Dame durch eine mickrige Stadt, *dass in Deutschland sechs Millionen Männer täglich ins* die Ruß und Vergaserkraftstoff um *Bordell gehen. ‚Da hat man wenigstens einen Markt,* sich verbreitet wie ein armes Mädchen billiges Parfüm. Die Dame unterhält *der stimmt.‘* sich mit ihren vagen Erinnerungen, die es in Bezug auf Krotoschin nur in einem ihrer drei Köpfe gibt. Kein Passant, der nicht stehen bleibt und die Dreifache wie einen dem Zoo entsprungenen Ameisenbären anstarrt, ihr lange verwundert nachblickt. Die Leute genieren sich nicht. Die Dreifältigkeit ficht das nicht an. Die Schwestern sind daran gewöhnt, wegen ihrer Ähnlichkeit, die im Alter stupende geworden ist, aufzufallen, wenn sie gemeinsam ausgehen. Hier besonders. Schon wegen ihrer Kleidung. Sie wollen nicht prahlen, doch sehen keinen Grund, sich zu verstecken. Sie wollen sein, die sie sind und wie sie es sind. Auch hier. Und sie sind eben aus dem reichen Westen. Sollen sie sich dafür schämen?

Gegenstand der Erregung des Trios ist ein Gebilde zwischen Haus und Hütte. Die Türschwelle liegt auf Straßenhöhe, der einzige Wohnraum ist keine zwei Meter hoch und ebenso breit. Auf ihm lastet ein Giebeldach von gut 5 Metern Höhe. Ähnlich komisch sähe ein Zwerg mit einem Hut aus, der das Doppelte seiner Körpergröße ausmachte und schief säße. Die Neigung ist unerklärlich. Am überdimensionalen Dach kann es nicht liegen, dass die linke Mauer des Büdchens fast einen halben Meter tief in den Boden gesackt ist und der Giebel nun trunken in diese Richtung ragt, sich bedenklich der Brandmauer des Nachbarhauses nähert. Das ist viel schwergewichtiger und steht dennoch gerade.

– Ich werde das windschiefe Büdchen gleich fotografieren, noch vor unserem alten Wohnhaus; denn es scheint mir unser europäisches Schicksal zu symbolisieren. Eingeklemmt zwischen die übermächtigen Nachbarn Amerika und Sowjetunion, ist es auf seiner Ostseite schon eingeknickt unter der Last der Geschichte. Das kann nicht mehr lange gutgehen. Aber das Büdchen wehrt sich tapfer, ist trotz der inneren Spannung bisher nicht zerbrochen. Selbst das schiefe Dach hält stand. Vielleicht ist es weiter vollgestopft mit Lumpen. –
– Du siehst an allen Ecken das Ende heraufziehen, weil du das Ende-Fast damals nicht hast kommen sehen wollen. Du findest Genugtuung darin, weil du meinst, in dir lebe so **Pa's** ewig pessimistische Weltsicht, seine Trostsuche im Kämpferischen, munter fort. Doch Europa beginnt nach der fürchterlichen Aufteilung von Jalta gerade wieder, das Haupt zu heben, um sich als EWG eine neue Zukunft zu zimmern. –
– Die wir nicht mehr erleben werden, wenn es sie geben sollte. Aber freuen wir uns am Büdchen. Dass es noch steht. Dass es uns wohlergeht in unserem Bruchstück Deutschland und der begünstigten Hälfte Europas. Hoffentlich hält es noch einige Zeit so vor. Wenn es sein muss, freuen wir uns an unserem langsamen Untergang. Wie dem des Büdchens. Seit 60 Jahren, vielleicht schon seit 100, siecht und sinkt es dahin. Stinkt es drinnen. Zugleich erfreut es die Vorübergehenden durch sein langes, niedliches Sterben. –
– Womit wir bei Zeit und Raum sind, den Dimensionen alles Geschehens. Gerät man in ihr Gedränge, verbrennt man, hält man sich fern, erkaltet man. Wir haben, dank **Pa**, den richtigen Abstand getroffen. Er selbst hat das Feuer nicht gescheut; zuletzt hat es ihn verbrannt. Zeit seines Lebens hat er es verstanden, uns nah und fern zugleich von sich zu halten. Im Krieg haben wir ihn jahrelang nicht gesehen. Um mit Ma zu sterben, hat er uns weggeschickt. Er hat mit dem grausigen Tändel eine ständige Sehnsucht nach sich erweckt, die uns bis ans Lebensende verfolgt. Er war selten da. War er's, war er's ganz. Er überließ sich uns dann für ein paar Stunden mit Haut und Seele. –
– Am liebsten haben wir ihn gefangen genommen und gefesselt, dann im

Garten an den Baum als Marterpfahl gebunden und sind um ihn herumgetanzt. –
– Im großen Zimmer haben wir ihn erst hin und her und dann in den Teppich eingerollt, nur sein Kopf schaute heraus. –
– Oder er musste uns als Reitpferd dienen. Alle drei sind wir aufgesessen und haben ihm die Sporen gegeben. Dann raste er los. Zehnmal um den Tisch oder nach draußen, bei Wind und Wetter, erst um die Schaukel, dann drunter durch. –
– Ich glaube, er amüsierte sich köstlich, wenn wir ihn gefesselt hatten und Kriegsrat hielten, was wir mit ihm anfangen wollten. Er mochte, wenn wir die Köpfe zusammensteckten und tuschelten. Er war gerissen. Er wusste, das entwickelt in uns Verantwortung und Phantasie. –
– Wir durften ihm alle Fragen stellen, die uns in den Sinn kamen. Hatte er dreiunddreißig mit immer nur einem Satz beantwortet, mussten wir ihn freilassen. Das war ausgemacht. Euch ging es gewiss wie mir: Manche Fragen hab ich mich nicht getraut zu stellen. Obwohl ich mir sicher war, er würde jede Frage beantworten, nie ausweichen. –
– Am schönsten war es, an ihm hochzusteigen. Er nahm uns an den Händen, hielt sie fest, und wir liefen in Liegelage bis auf seine Schultern, wo wir uns hochreckten, aufstellten und stolz die Welt von oben ansahen, bis er uns durch einen Schulterruck nach vorne stieß, wir runtersausten. Der Magen stülpte sich um, aber er fing uns sicher auf und wir schluckten das Hochgekommene tapfer wieder runter. Es brannte im Hals. Gesagt haben wir nichts davon. Sonst hätte er's gelassen. Was er mit uns machte, war halsbrecherisch, und Ma mochte es nicht. Aber er hatte uns so fest im Griff, dass nie etwas passierte. Wir lernten, dass Liebe sich anvertrauen heißt. Und wie gut wir es getroffen hatten. Es war Weltende für mich, als ich zu groß geworden war, ihr ihn aber weiter besteigen konntet. Es tröstete mich wenig, dass er mich nun an einem Arm und einem Bein nahm und um sich herumschleuderte. Da musste ich mich wegen der Wellenbewegung, mit der er es machte, einmal wirklich übergeben. Dann war auch damit Schluss. –
– Wisst ihr noch, wie wir beschlossen hatten, ihn nackt auszuziehen und in der Badewanne abzuschrubben. Das haben wir uns dann doch nicht getraut. Stattdessen haben wir ihm nur den Kopf gewaschen und anschließend seine Haare frisiert. Ihm Ma's Lockenwickler angelegt. –
– Obwohl ich mich nicht erinnern kann, zu Hause Pa oder Ma je nackt gesehen zu haben, und am Rheinufer haben sie sich nie ausgezogen, glaube ich, er hätte sich unserem Plan nicht verweigert. Er hatte ein unbefangenes Verhältnis zum Körperlichen. –
– Ich weiß nicht. Jedenfalls war es besser, dass wir es nicht getan haben.

Die fehlende Befriedigung unserer kindlichen Neugier ist später durch die Entdeckung von Ma's Aufnahmen mehr als kompensiert worden. Körperlust in Reinkultur haben die beiden mit sich getrieben. Sie hätten die Aufnahmen 45 vernichten können. Warum wohl haben sie es nicht getan? Dass sie die Fotos vergessen hatten, glaube ich nicht. Wollten sie uns späte Nachhilfe geben für zu Hause? Sie mussten damit rechnen, dass das Haus geplündert und die Bilder von ihren Intimitäten in fremde Hände fielen. Es schien ihnen gleichgültig zu sein. Für den Fall wollten sie vielleicht von Jenseits des Grabes, den Voyeuren der Gegenwart ‚Ätsch' sagen. ‚So waren wir, so gut ließen wir es uns gehen. Da kommt ihr nie ran.' Das war vor allem Ma's Art. Pa war diskreter. –
– Ich glaube, sie wussten, Zusammenhalt heißt, sich um etwas scharen. Sind wir nicht so zu gemeinsamen Schatzhütern und Geheimnisträgern geworden und fühlen uns wohl und wichtig dabei? – Smeralda lachte. –Die letzte von uns nimmt die Aufnahmen mit in ihr Grab. – Sie legte eine Pause ein und fügte dann hinzu: – Aber schon in den nächsten Tagen, Großi, wirst du die 5 Hefte von FUTSCH an das Preußische Staatsarchiv abgeben. Das Papier zerbröselt, wie ich bemerkt habe. Es muss dringend konserviert werden, ehe es zu spät ist. – Maja senkte den Kopf. –Es fällt mir schwer, mich davon zu trennen. – – Die Hefte gehören dir nicht allein. Wir haben sie dir damals überlassen, weil du meintest du könntest sie für deinen Unterricht verwenden. Die Zeit ist abgelaufen. –

Als die drei Schwestern 23 Jahre später zum letzten Mal, Greisinnen geworden, in Krotoschin weilten, sie hatten sich in Breslau einen Kleinbus mit Fahrer gemietet, erinnerte Smeralda Maja beim erneuten Anblick des Büdchens an deren Abgesang auf Europa. Es stand noch immer am Platz, regungslos schief und anrührend. Scheinbar weiterhin unbewohnt. – Nun ist alles anders gekommen, Lieblingstöchterlein, als du damals beim Wiedersehen mit dem Büdchen deiner Kleinkindheit prophezeit hast: Es gibt uns noch und das Büdchen steht weiter unverdrossen, windschiefer noch als früher an seinem Platz. Und Europa verdient wieder seinen Namen. Vorbei die aufgezwungene Spaltung, der letzte große hausinterne Zwist. Wir werden endlich alle für immer an einem Strang ziehen und womöglich zum ersten Mal gemeinsam weltstark werden. Du hast mal wieder fehlgeunkt, Großi. – Smeraldas Stimme war fest und klar.
– Ich bleibe bei meiner Prognose, Lütti- krächzte Maja, von den beiden Jüngeren regelwidrig in die Mitte genommen. – Mit der Maßgabe, dass ich jetzt Asien an die Stelle von Russland setze und das Einknicken unseres Kontinentchens nach Amerika hin sehe. Wir imitieren die Amis in jeder Hinsicht. Auf die uns eigene Weise. –

– Aus dir wird bis zum letzten Atemzug **Pa** sprechen. Immer findest du ein Argument, deine Einstellung zu verteidigen, selbst wenn sie durch die Entwicklung vollkommen widerlegt ist. –
– Ohe! Was redest du da für Blasphemie? **Pa** hatte mit seinen Einschätzungen stets recht. Gerade so wie eine gewisse Partei immer unrecht hatte. Doch gib es zu, Lütti, so viel anders als Großi denkst du nicht- fiel Esther heiser ein. – Ich möchte wetten, du stehst weiter zu deiner pessimistischen Geschichtsbetrachtung, die du uns am Abend im Anschluss an Großis Gleichnis vom Büdchen verköstigt hast, nachdem wir ,unser altes Wohnhaus' ausgiebig von innen und außen angeschaut hatten und entsetzt waren, welche Zustände drinnen herrschten. Einen Wasseranschluss gab es. Immerhin. Die Pumpe außen weg. Vom Rest schweigen wir besser. Seitdem ist alles geblieben, wie es war. Fast. Es ist weiter verfallen. –
– Mein Blick ging damals zurück, in die Schatten der Vergangenheit, Mitti. Aber deswegen habe ich, anders als Großi, Europas Zukunft nicht abgeleugnet- beharrte Smeralda. – Ganz im Gegenteil, ich habe Europas Wiedererstarken geahnt. Ich fühle mich deshalb durch die Entwicklung, die wir erleben, sprich den Zusammenbruch des russischen Imperialsozialismus oder Sozialimperialismus, wie man's dreht, ist's richtig, vollauf bestätigt. In einem vereinten Europa zieht für den polnischen Nationalstaat, zum ersten Mal in seiner Geschichte, eine glückliche Zukunft auf. –

Smeralda hatte im Jahre 1969, als sie mit einem von keiner Erinnerung getrübten Blick durch Krotoschin streifte, den privaten Plaudereien der Drei eine noch entschlossenere Wendung ins Historisch-Politische gegeben als zuvor Maja.

– Ich weiß, erstens gehört es sich nicht- hatte sie gesagt, – und zweitens bin ich sicher voreingenommen als Deutsche; aber wenn ich mich umschaue, drängt sich bei mir der Eindruck auf, dass die Polen mit ihrer 1919 wieder errungenen staatlichen Unabhängigkeit nicht nur materiell verloren haben, sondern im Ganzen nicht glücklich geworden sind. Alles irgendwie Wertvolle hier herum an Bausubstanz stammt aus der preußischen Zeit, alles Neue ist Bruch und todtraurig anzuschauen. Die Leute plagen sich, ohne etwas zu erreichen. Man kommt nicht umhin festzustellen, dass die preußische Zeit bis 1914 für alle hier ansässigen Beteiligten, Deutsche, Polen, Juden, wohl die bislang beste ihrer jüngeren Geschichte gewesen ist. –
– Der Mensch lebt nicht vom Brot allein – hatte Esther eingewandt. – Wenn sie die Leute fragen würde, keiner sehnte sich nach Preußen und

seiner Ordnungsstärke zurück. Sie haben jetzt ihren Staat, sind Herren im eigenen Hause. Unter sich. Das tut gut. Selbst wenn es ihnen dabei dreckig geht. –
– Dass sie mehr zu sagen, mehr Rechte haben als früher, würde ich bestreiten. Mir scheint das Gegenteil der Fall zu sein. Sie werden jetzt von den eigenen Leuten drangsaliert und die wieder von den Russen. Aber im Prinzip hast du schon recht. Die nationale Soße schmeckt jedem gut, mag sie die Kehle ätzen, wie sie will. Man sieht es an den ehemaligen Kolonien. Die eigenen Regierungen beuten die jetzt angeblich freien Staaten schlimmer aus, als die Kolonialherren es je getan haben. Die haben wenigstens immer wieder etwas hineingesteckt, um auf längere Sicht das Maximum herauszuholen. Die eigene Oberschicht kratzt dagegen alles heraus, was nur herauszuholen ist, ohne sich um die Zukunft zu scheren. Die Kuh wird an einem Morgen zu Tode gemolken. Außerdem hatten die Kolonialherren wenigstens ein schlechtes Gewissen bei ihrem Tun; die durch und durch korrupte Oberschicht im Lande nicht. Die fühlt sich ganz im Recht. So geht das mit den Sozis hier. Sie meinen, sie hätten die Geschichte auf ihrer Seite und können sich deshalb jede Blödheit und Schikane leisten. Das Unglück mit dem Nationalen verbindet Polen und Deutsche. Es sollte beide Völker nahe zueinander bringen nach allem, was sie durchlebt haben. Leider macht es die schwere deutsche Schuld aus dem 2.Weltkrieg vorläufig unmöglich. Wenigstens haben wir Deutsche vor allem Unheil, das auf den Nationalstaat folgte, fast 50 blühende Jahre herausgeschunden. Von deren immensen Ertrag zehrt das Land bis heute. Zu dem gehören WIR selber als Spätlese. – Sie sah die anderen an, zog die Untergehakten eng an sich und lachte. – Und, wir Deutsche sind ganz unverdientermaßen nach 1945 relativ schnell materiell wieder auf die Beine gekommen; jedenfalls im Westen, ein wenig selbst im Osten. Den Polen hat der Nationalstaat dagegen reineweg Unglück gebracht. Was tut's, dass es nicht in erster Linie an ihnen selber lag? Davon wird der Käse nicht fett. –
– Faszinierend sich vorzustellen – hatte Maja fortgesponnen – dass es keinen Bismarck und damit wahrscheinlich nie einen deutschen Nationalstaat gegeben hätte. Es gäbe noch Preußen, größer als das, was 1945 vom zweigeteilten Deutschland übriggeblieben ist. Preußen hätte sich außenpolitisch niemals so verstiegen wie das Reich und vor allem nicht an Österreich gekettet, gegen Russland gekehrt. Es wäre heute einer der mächtigsten Staaten der Welt. Wahrscheinlich gäbe es bloß eine lockere deutsche Föderation, einschließlich Österreichs. Und Polen wäre ein historischer Begriff wie nun Preußen. –
– Dafür hätten wir ganz gewiss kein politisches Europa. – hatte Esther eingeworfen.

– Brauchten wir's dann? – hatte Smeralda den Faden aufgenommen. – Das kam bloß zustande, um die Deutschen mit sanfter Gewalt in die Mitte zu nehmen, nachdem es seinen festen Platz in der Welt nicht fand, darüber ins Toben geriet, die Wände im europäischen Haus einschlug und alle Zimmer verwüstete. Am schlimmsten das eigene. Inzwischen sind die 40 Jahre toll gewordenen Deutschen wieder brav wie Lämmer, die sie zuvor 500 Jahre lang friedlich zersplittert waren. Braver und eingeschüchterter denn je. Ohnehin wird die ganze Welt jetzt wirtschaftlich in einen großen Schmelztiegel gegossen. Ob es zu mehr als einem Gemeinsamen Markt in Europa kommt, bezweifle ich.

Und dann endlich hatte Esther von **Pa's** großer Liebe erzählt und von Ma's harmlosem Schwärmen für Gustav samt Leichtgeschmuse. Was sie wusste. Das meiste von ihrer Mutter. Von **Pa's** Rausch und seinem Verzicht. Von ihrer jugendlichen Strenge. Sie erwähnte auch des Vaters nie endenden Traum vom Siedler in **AFRIKA.** Mit Katja. **Vaters** Testament forderte die Kinder zur weiteren Pflege von Katjas und ihrer Mutter Grab auf, was sie mit Hingabe taten. Maja und Smeralda hörten der Schwester still zu. Sie waren damit beschäftigt, das Gehörte in Bilder umzusetzen. Der vertraute Vater entpuppte sich erneut als phantastischer Fremder. Maja durchbrach das Schweigen, als sie bemerkte, dass der Kellner wegen der Stille irritiert zu ihnen hinüber schielte: – Meinst du, Mitti, er hat Ma nie geliebt? –

– Was für eine dumme Frage? – schlug Esther aus. – Seine Geliebte ist sie trotz all des erotischen Allotrias, das die beiden miteinander trieben, nie gewesen. Sie war ihm die unabdingliche und vor allem getreue, aufgrund ihrer Lebensart dabei ewig neue Spielgefährtin, die er für ein stabiles Leben brauchte. Das klingt nach Unterwerfung, aber er wusste genau, dass es Stärke war, weil ihr die Rolle gefiel, wie er ihr gefiel. Er war ihre Jugendliebe und ihr lebenslang Geliebter. Liebe als grenzenlose Bezauberung im metaphysischen Sinne hielt sie für ein Wunschgebilde. Schicksalhafte Hingabe aufgrund des Instinkts, den sie einfach in der Natur verankerte, sei die höchste erreichbare Form der Partnerbeziehung, erklärte sie mir, als ich sie wegen Pa's Untreue bedrängte, sie zu heftiger Bestrafung aufforderte. Sie sagte mir, ihr Instinkt sage ihr, das Beste sei, verständnisvoll zu reagieren. Gegen das, was Pa geschehen sei, konnte er gar nichts tun. Laura ebensowenig. Es sei ein Einbruch des Irrealen aufgrund biochemischer Prozesse in unsere gemeinsame, stets gewisse Welt gewesen. Das komme vor und ende entweder in einer Katastrophe oder in Einsicht, man könne es auch Erlösung nennen. Das müsse man erkennen und folglich nicht verbösern. So schwer begreiflich es ist, im Ergebnis lief die überlegte, bei Ma und sicher auch bei Pa zugleich instinktive Zuneigung der beiden gerade auf eine Lebensverschmelzung hinaus, von der man meint, sie sei nur durch Liebe als Macht überirdischen Ursprungs zu erreichen. Für uns war das ein einzigartiges Glück. –

– Sollen wir nach Laura forschen? – bohrte Smeralda nach einer Weile.
– Das käme zu spät – befand Maja schnell und energisch.

Ein Teil:
prisma und kaleidoskop

WOHLTÄTERMISSETÄTERSCHWÄCHLINGSCHWEINEHUND

Menschliche Probleme haben sich vor seiner Haustür angesammelt. Er will sie lösen, obwohl er die Rolle des Wohltäters hasst. Für seine Familie fühlt er sich zum Handeln berufen. Pflicht im Dienste der Überlieferung.

Da sind seine beiden unverheirateten Schwestern. Die langen Magerausgaben der Urfamilie Prodek. Sie gehen einseitig nach dem Vater. Paul überträgt ihnen nach Schulung und Einarbeitung die Geschäfte in Rathenow und Stendal. Er überlässt ihnen bis auf 5 %, die er sich vorbehält, den Reingewinn. Er hätte ihnen den ganz überlassen; aber er will sie unter sanfter Kontrolle behalten. Er ist sich nicht sicher, ob die beiden zurechtkommen werden. Es sind trotz ihres Alters unerfahrene Dinger. Vielleicht finden sie unter den überwiegend männlichen Kunden sogar einen Ehemann.

Im Falle seiner jüngsten Schwester in Stendal locken die Genussmittel einen grauen Mäuserich an; im Falle Rathenow kommt es binnen Kurzem zur Tragödie.

Nachdem er Roses Verlobten, einen Amtmann im Rathaus, deutlich kleiner als Rose, bartlos, brillenlos, ohne Kopfhaar, spärliche Brauen, bei sich zu Hause in Augenschein genommen hat, was heißt, dass er dessen Augen genau beobachtete, während er ihm die Einrichtung des Hauses und solche für einen Kleinbürger luxuriösen Gebrauchsgegenstände wie chinesisches Porzellan und schwere böhmische Kristallgläser vorführte, ihm Cognac Hennessy einschenkt, ist er beruhigt. Paul hat 18 Jahre den Augenausdruck von Chargen aller Ränge und von Gemeinen aller Niedrigkeiten beim Militär beobachtet. In Situationen des Triumphes und des Entsetzens. Er weiß, Augen sind unfähig zu lügen. Eine Person mag sich hervorragender verstellen als ein Hornissenschwärmer; ihren Augenausdruck zu beherrschen, ist ihr schon für kurze Zeit unmöglich, weil er Spiegel der Seele ist, nicht vom Gehirn gelenkt wird. Aber die Augen liegen in Mulden, mögen sie strahlen. Das Mienenspiel und die Rede des Mundes, die Hautbewegung auf der Stirn, die Brauen ziehen den Blick auf sich, selbst wenn eine Person nur wenig mit den Händen redet. Ihresgleichen im anderen übersehen unsere Augen, wenn es sich nicht um ein Stell-Dich-ein handelt und Seelen auf der Suche nach einander sind. Wichtig ist: Man darf dem anderen nicht direkt in die Augen schauen, um abzulesen, was sie aussagen. Sie sagen alles, wenn man sie zu lesen versteht. Man muss sie unerkannt beobachten, soll der andere nicht unruhig werden. Sucht man den direkten Blickkontakt, funktioniert es nicht. Es ist, als ob der Proband im Lügendetektor zappelt und schwitzt, bevor ihm die erste Frage gestellt wird.

Die Augen sprechen von Bildung, von Charakter und Psyche. Egons grau-blaue Augen bleiben immer freundlich, wässrig und ruhig, gleichmäßig selten zucken die Wimpern. In Egons Augen liegt simples Erstaunen, leicht vergnügtes, aber genügsames. Er ist unfähig zur Habgier, weil von viel zu geringer Emotionalität. Er fühlt sich geschmeichelt, in eine angesehene und begüterte Familie einzuheiraten. Da ist kein Stäubchen von Verschlagenheit oder Streitsucht zu finden. Ein Kleinbeigeber ist Egon Dörfflaht. Ein an der Grenze zum Einfältigen redlicher, bescheidener und deshalb zum Gähnen langweiliger Mensch. Von dem geht keine Gefahr für Rose aus, geschweige denn für die weitere Familie. Eher verhält es sich umgekehrt. Charlottes Instinkt stimmt zu. Examen bestanden. Glanz wird in diesen trüben Zeiten nicht gebraucht. Er hat einen sicheren Arbeitsplatz. Zum Kinderkriegen wird es hinreichen. Eine labrige, helle Stimme disqualifiziert ja nicht. Nach dem Treffen denkt Paul: Die Erde wäre besser bedient, gäbe es nur solche Menschen. Dazu ständig Nieselregen und viele Schafe. Dass Leibniz darauf nicht gekommen ist.

Kurz nach der Hochzeit schenkt Paul den beiden das Geschäft in Stendal. Sie haben es bis Ende der 50er Jahre in der DDR vor der Verstaatlichung bewahren können. Eine Goldgrube war es und wurde es nie. Es erlaubte kleinen Luxus in Form von Urlaub in Oberbayern, später in Oberhof, sonntags Hasenbraten und moderne Küchen- und Kommunikationsgerätschaft, wenn es nach der knappenden DDR-Uhr jeweils an der Zeit war. Dann gingen beide in Rente und nicht einmal die HO übernahm den niemals renovierten Kiosk mit Jugendstilelementen. Er wurde abgerissen. Hätte er weitere dreißig Jahre gestanden, wäre er zur heißbegehrten, weil nostalgisch beschielten Kleinimmobilie im Stadtzentrum geworden.

Für Gerthilde endet Pauls Hilfestellung tödlich. Sie gerät, gerade 36 Jahre alt geworden, in die Fänge eines Heiratsschwindlers aus Berlin.

Der ehemalige Versicherungsvertreter, schmal und weich, doch mit dickem dottergelbem Haar, ist ausgekocht genug, sich zweimal einer Einladung Pauls unter glaubwürdigem Vorwand zu entziehen. Einmal ist es der Tod einer Tante, dann ein verstauchter Knöchel, der ihn in Berlin festhält. Paul wird misstrauisch, aber es ist bereits zu spät. Gertie hat dem Gauner Geld geliehen, weil er ihr „gebeichtet" hat, nicht flüssig zu sein, um einen Kredit zurückzubezahlen, den er hatte aufnehmen müssen, um die Behandlung seiner an Blutzucker leidenden Mamà zu finanzieren. Er spricht sie französisch aus, dazu mit rührend leiser Stimme von ihrem Elend. Er wird das Geld im Laufe der Zeit sparen, aber im Moment hat er es nicht. Gertie entnimmt die notwendigen 500 Mark der Geschäftskasse und täuscht Paul durch Fälschung der Bücher. Inzwischen sitzt der notorische Betrüger hinter Gittern, weil er noch vier andere Frauen auf ähnliche Weise um ihr Geld gebracht hat. Es ist nur kurzzeitig in schlechte Hände geraten, denn Harf Löffler hat das Erlangte sogleich in Pferdewetten umgesetzt, und die Wettgesellschaft wird vom Staat betrieben.

Gertie schämt sich als die einzige Versagerin in der Familie zu Tode. Es ist Anfang Mai 1926. Sie weiß von irgendwo her, dass Maiglöckchen ein tödliches Gift enthalten. Sie schneidet im Wald einige Stängel, stellt sie in ein Glas Wasser auf den Nachttisch, saugt den betörenden Duft so stark mit der Nase ein, dass eine der Blüten darin verschwindet. Sie muss niesen. Sie versucht einzuschlafen. Es gelingt nicht. Als es draußen 2 Uhr schlägt, wartet sie nicht mehr wie geplant bis zum Morgen, sondern legt entschlossen die niedlichen Blümchen auf ihre Bettdecke und trinkt in einem langen Zug die Vase mit dem sumpfig schmeckenden Wasser leer. Die von Nachbarn alarmierte Polizei findet zwei Tage später ihre übel riechende Leiche mit vor Entsetzen geweiteten Augen und offenem Mund. Auf ihr liegen die welken Blümchen.

Es ist der Vorabend von Majas Geburtstag. Die Große ist Studienreferendarin in Dresden und auf Besuch nach Hause gekommen. Sie hat ihren frisch Angelobten mitgebracht: Einen Leutnant, der dem jungen Paul so ähnlich sieht, dass Fremde ihn für Majas Bruder halten. Maja ist stolz darauf, erlaubt es doch, auf Fragen Spannung im Raum zu halten. Was meinen Sie denn? Hans-Jochen ist akkurater als Paul. Beide haben sich mit hoher Erwartung gemustert. Paul geriet dabei langsam in wohlwollendes Grinsen, der Leutnant stand lange beispielhaft stramm und erstrahlte. Meine blaue Uniform war fröhlicher, naiver; seine feldgraue ist sachlicher, zweckmäßiger. Im Krieg habe ich auch feldgrau getragen. Aber der Stoff war farblich stumpfer und rauer. Wie ein Wildtierfell. Nicht schneidig-glatt wie seine Uniform. Die möchte man nicht streicheln wie unsere.

Ein Wachtmeister klingelt heftig und unterrichtet Paul mit geschult betretener Miene von dem Selbstmord. Als Paul Gerties Abschiedsbrief gelesen hat, bleibt er einen Moment benommen stehen, schreit dann laut auf, ihm ist, als würde ihm ins Herz gestochen. Er läuft blindlings los ins Freie, läuft ziellos immer weiter, will den Gedanken entfliehen, die auf ihn unablässig einhämmern:::::: ichbinschuldweilsiesichnichttraute-zumirzukommenundmiralleseinfachzusagenichbinwiederschuldschuld-schuldschuldschuldschuldschuldschuldewigschuldschlagmichtotliebeG ertie!MeineGertie!Gertie!Gertie! gutdassvatiundmuttitotsind ::::::::Paul rennt aufs Gradewohl davon, ohne sich umzusehen, ohne nach vorne zu sehen. Als er merkt, er kann den *das ‚erregte in ihm die Lust nach der Klage' heißt es im letzten Gesang der Ilias, beide Männer weinten, ja sie ergötzten sich* Vorschlaghämmern im Kopf nicht entfliehen, wirft er sich in den nächstbesten Straßengraben, drückt sich tief in die nasse Senke.

Ich werde ihn töten. Ich werde dich rächen, Gertie. Schau aus dem Himmel zu, wie er enden wird. Das Mistvieh. Erbärmlich, wie er es verdient, wird er sterben. Diese Ratte. Dieser Blutsauger. Ich werde ihn zerquetschen wie eine Filzlaus, die er an der Gesellschaft ist. Einen perfekten Mord werde ich begehen. So jemand verdient es nicht anders. Er wird immer wieder das Gleiche tun. Die Justiz ist unfähig zu Gerechtigkeit. Ich erledige das für dich, Gertie. Ich schlage ihn tot.

Schnellstens nach Hause. Mich fassen, für dich, Gertie. Verzeih mir alles, vor allem, dass ich mich jetzt fasse. Es ist für dich, ist deine Rache, Gertie. Durch mich, deinen großen Bruder. Wenn mein Gefühlsausbruch bekannt wird, stehe ich schon im Verdacht. Niemand darf es wissen. Bisher weiß es nur die Familie. Der Polizist war schon wieder weg, als ich davonlief. Keiner sonst darf es erfahren, wie ich mich bei der Nachricht verhalten habe. Rasch nach Hause. Gefasst sein. Warum hat mich der Tod von Botho und Siggi nicht so mitgenommen? Da war dieser gewaltige See von Traurigkeit in meiner Brust, in dem ich fast ertrank. Aber er lag ruhig da. Es hat geschmerzt, gezehrt, das war alles. Nur weil ich nicht dafür verantwortlich war? Sie waren Männer. Also zum Leiden geboren? Weil Krieg war? Weil sie begeistert losgezogen sind? Meine alte Schwäche. Ich muss etwas gegen den lieben Gott haben. Ich möchte ihm ins Gesicht schlagen, ich ertrage kein Frauenleid. Warum war Gott so kleinlich und nachtragend?

Charlotte hatte Maja gebeten, dem Vater nicht nachzulaufen. Hans-Jochen hatte sie dabei unterstützt. Der Vater wollte allein sein in seinem Schmerz. Trotz eigenem Würgen im Hals, sie mochte die stille, etwas linkische Gertie lieber als die gradlinig plumpe Rose, ist Charlotte überrascht und bewegt, wie erschüttert Paul das Unglück aufnimmt. Er, der im Felde schier Unerträgliches mit angesehen und durchlebt hatte, der sagt, ihm sei binnen Kurzem in der Stellung ein heil neben ihm stehender Mensch nicht normaler als ein rum liegender ausblutender Kadaver vorgekommen, hält der Nachricht vom Tod Gerties nicht stand. Er muss meinen, moralisch versagt zu haben, weil er nicht genug Obacht auf Gertie gegeben hat.

Pauls Mordplan gewinnt rasch Gestalt. Ohne seine juristischen und militärischen Erfahrungen hätte er es nicht gewagt, ihn umzusetzen.

Zuvor hatte sich Paul zwei anderen Notlagen gegenübergesehen.

Wiltraut und dem kleinen Bolko ging es schlecht. Nachdem Paul ihre Miete während der Zeit, da er auf Kredit *Die überwiegende Auffassung der EU-Regierungschefs* lebte, nicht mehr bezahlen *sei es, „dass die Europäer die großen Lebensrisiken* konnte, hatte Wiltraut eine Stelle als *dieser Welt nicht privatisiert sehen wollen.“ Ähnlich* Putzfrau auf dem Postamt angenommen. Das Geld reichte nicht zum Leben. Sie sammelte Beeren und Pilze in den Wäldern. Riss Rauke am Straßenrand und auf Wiesen. Erbettelte bei Bauern verfaulte Kartoffeln. Doch ihre große Stunde kam bald. Paul hatte sich nicht in ihr getäuscht. Sie wurde eine perfekte Buchhalterin. Nach bloßer Lektüre einer abgegriffenen Broschüre aus faserigem, von unzähligen Kaffeeflecken beschmuddeltem Papier stand ihr die doppelte Buchführung in allen Einzelheiten klar vor Augen. Sie hatte das Heftchen für 5 Pfennig von sich aus erstanden, kaum dass ihr Paul den Vorschlag gemacht hatte, für ihn die Buchhaltung zu übernehmen. Sie erwies ihre Eignung bereits dadurch, dass sie ihm die Finanzierung eines Lehrgangs, dessen Besuch er vorgeschlagen hatte, ersparte. Es bereitete ihr auf Anhieb Freude, in der trockenen Buchhaltungskunst zu glänzen. Sie sah konsequent die Möglichkeit aufzusteigen und legte sich dafür ins Zeug wie ein Paradepferd im Prunk beim Vorbeimarsch an der Ehrentribüne. Ständig deckte sie Fehler anderer Angestellter beim Verbuchen auf. Pauls eigene Fehler suchte sie schlicht zu korrigieren, ohne sie zu erwähnen, oder, wenn sie zu bedeutend waren, kleinzureden. Paul ermahnte sie bei einem Glas Sherry deswegen.

– Wenn Du mich nicht verschonst, gewinnst du bei mir, Wiltraut. Hau ordentlich zu! Es liegt in meinem Interesse, meine Schwächen zu kennen. Außerdem weiß ich, aber das sage ich jetzt nur so zum Thema: Ein Mitarbeiter, der Fehler des Chefs erkennt, aber nicht anspricht, sucht im Voraus Material für eine mögliche Abrechnung. – Er grinste sie dabei derart wohlgefällig an, dass sie ihm am liebsten um den Hals gefallen wäre. Stattdessen stotterte sie –Paul, ich mache alles haargenau, wie du möchtest. –

Sie witterte Einsparpotentiale mit den Fingerkuppen. Paul kam aus dem Staunen nicht heraus, wieviel Geld ihm ihre Anstellung einbrachte. Ob er die schwierige Zeit der galoppierenden Geldentwertung ohne Wiltraut heil überstanden hätte? Sie umschmeichelte einen gut informierten Bankangestellten, war ihm womöglich zu Willen, um über die weitere Entwicklung, die Sprünge des Dollarkurses, später die Einführung der Rentenmark als erste unterrichtet zu sein und schlug Paul expeditive Dispositionen vor, die sich stets als vortrefflich erwiesen.

Er gab ihr alle unerwarteten Gewinne voll zurück. Das war für sie Ansporn zu vermehrtem Eifer. Sie wurde zur gefürchteten Person in Pauls kleinem Unternehmen. Man sprach von der Zerbera, dem Würgeengel, der umginge, weil sie sich für alle Anordnungen, die sie traf, und alle rigorosen Kontrollen, die sie durchführte, auf Pauls Willen berief, obwohl der ihr einfach nur frei Hand ließ. Sie begann mit wachsender Begeisterung eigenes Vermögen zu horten. Der Fall, der Ruin anderer sind stets lukrativ für den Lauernden, Sprungbereiten. Wiltraut hatte in dieser verheerenden Zeit zu ihrer Kraft und Aufgabe gefunden. Sie erstand bei Zwangsversteigerungen Immobilien, spürte sichere ausländische Anleihen auf. Wer im Betrieb von ihr angesprochen wurde, zuckte selbst bei reinstem Gewissen zusammen. Sie war – im Verhältnis zu Paul – loyal wie der Erzengel Gabriel zum Herrgott. Für den Chef handelte sie völlig uneigennützig. Sie hätte mit ihm den Teufel gefangen und gefoltert, um an den Schatz der Hölle zu gelangen, ohne für sich einen Anteil zu fordern. Sie hätte sich für Pauls Kasse erschießen lassen, wenn sie ihr jemand entreißen wollte. Ihre gestrenge Art erlaubte Paul die Rolle zu spielen, die ihm am meisten gefiel und lag: den Mildewalter. Ohne jede formale Absprache lief das ab. Sie fühlte sich nicht in Frage gestellt, wenn er ihre harten Entscheidungen entstrengte.

Um seine Schwestern nicht zu demütigen, hatte Paul die Geschäfte in Rathenow und Stendal Wiltrauts Kontrolle entzogen und erledigte die Buchführung dort selber. Es erwies sich als fatal. Gertie hätte unter Wiltrauts strenger Aufsicht nie den Griff in die Kasse gewagt.

Mit Johanna und ihrem seit dem Krieg total aus dem Tritt geratenen Mann tat er sich am schwersten. Unwahrscheinlich, dass Heribert je wieder zu sich finden wird. Seine Trunksucht ist nicht mehr heilbar, obwohl sie sich nach außen nur zeitweise, nämlich durch unkontrolliertes Rülpsen und langanhaltendes Pforzen bemerkbar macht. Gang und Rede sind schwerfällig, aber fest und gerade. Johannas Abhängigkeit von Charlottes Liebesbezeugungen hat sich zur Gier ausgewachsen. Sind ihre Kinder aus dem Haus, wird es dramatisch werden. Hatte Charlotte einstmals Genuss empfunden am Beben, das ihr aus Johannas Fingern unter die Haut fuhr, fiel es ihr seit Pauls kriegsbedingter Abwesenheit und erst recht nach seiner Rückkehr zur Last. Sie tat es nur mehr aus Mitleid. Eine Familienpflicht ist es wohl auch, sagt sie sich. Sie zieht Paul mehr in die Geschichte, als dem lieb ist. Er möchte einfach drüber hinwegsehen. Nichts davon wissen. Charlotte kommt sich ihm gegenüber körperlich beschmutzt vor. Wünscht manchmal, Paul würde sich durch Umgang mit Freudenmädchen ebenso beschmutzen. Erschrickt. Bereut den Gedanken. Sie bewundert ihn für seine offenbare Standfestigkeit gegen das ständige Anbuhlen als Kriegsheld, dem er ausgesetzt ist. Dazu gehört was. Mein Paolusso, mein Lupo. Ich wusste es.

Was soll geschehen? Am besten wäre eine Scheidung. Aber würde der tyrannische und vereinsamte Mensch sie hinnehmen? Er braucht Johanna als Unterworfene. Seine Kinder haben sich von ihm abgewandt und werden bald das Haus verlassen. Der Sohn will nicht bei ihm arbeiten. Lehrlinge halten es nicht lange aus. Trotz der grassierenden Arbeitslosigkeit.

Soll ich mit ihm reden? Ihm jedwede Unterstützung zusagen, um der Werkstatt ihre alte Reputation zu verschaffen? Wenn der Betrieb wieder läuft, und seine Kriegsbeschädigung mindert seine Leistungsfähigkeit nur minimal, wird er wieder zu sich kommen. Selbst wenn er weiter trinkt. Viele leben so. Er muss mir als Gegenleistung versprechen, Johanna gut zu behandeln. Und mit der werde ich reden, dass sie allmählich von Charlotte ablässt.

Johanna folgt klirrend vor Angst Pauls Einladung zu einem Gespräch ‚zwischen Geschwistern'. Sie vermutet, er sei von sich aus hinter ihre Liebesbeziehung zu Charlotte gekommen, denn sie weiß nichts von Charlottes Geständnis und dessen Aufnahme. Mit gesenktem Kopf und zitternder Hand klingelt sie. Ihr wird wohler, als er ausgesprochen freundlich die Tür öffnet, sogar einen aufmunternden Blick in ihr Gesicht wirft und heitere Laune abstrahlt. Trotzdem setzt sie sich wie eine

Angeklagte ihm gegenüber an den Sofatisch mit dem duftenden Kaffee. Sie legt die Hände auf das Stückchen freien Platz, der auf dem Tisch bleibt. Ihre Knie schlottern. Sie kann es nicht verbergen. Charlotte lauscht an der Tür vom Zimmer nebenan. Paul behauptet, sie sei bei ihrer Mutter.

– Hannele, ich wollte mit dir über ein Thema sprechen, dass mir als dein Bruder, dein großer und einzig gebliebener Bruder, auf der Seele brennt. Ich weiß, du hast es schwer mit deinem Mann. Er setzt dir zu. Hast du nicht überlegt, ob du geschieden werden willst? –
– Um Himmels willen! Das würde alles schlimmer machen. Ich müsste weit weg ziehen, um Ruhe vor ihm zu haben. Jetzt bin ich seine Frau, seine Untertanin; lasse ich mich scheiden, bin ich seine Feindin. –
– Ich habe es mir gedacht. Aber das Weitwegziehen wäre doch eine Lösung. –
– Und wovon lebe ich? Er wird mir nichts zahlen. Was wird mit den Kindern? Kann ich die nicht mehr sehen? Er würde sie zwingen, meinen Aufenthalt zu verraten. Und was mache ich allein in der Fremde? – Sie weint. – Und bis zur Scheidung schlägt er mich kaputt. Ich müsste dann bei euch wohnen. Aber er würde mir auflauern, sobald ich euer Haus verließe. –
– Ich sehe, du hast darüber nachgedacht. – Bei uns wohnen, fürchterlich!
– Man denkt über vieles nach in meiner Situation. Danke, dass du mir helfen willst. Charlotte hatte mir so was angedeutet. –
– Wie froh ich bin, dass du in ihr eine gute Freundin und Hilfe hast. Ohne sie wärst du sicher ganz verzweifelt, denn von deinen Schwestern kommt ja nicht viel. Ich freue mich, dass ihr beiden so prächtig miteinander auskommt. Das ist selten unter Schwägerinnen. – Er muss sich hüten zu lächeln. Wie gut, dass sie nicht in meine Augen schaut.
– Ich bin Charlotte sehr dankbar. Ohne sie wäre ich längst fix und fertig. – Johanna starrt aus verweinten Augen vor sich hin. Er scheint nichts zu wissen.
– Gut. Denken wir über eine andere Lösung nach. Sollte ich vielleicht mit deinem Mann reden, ihm meine Hilfe anbieten, finanziell und mit meinem Einfluss, damit er seinen Betrieb wieder flott kriegt. Er kann hervorragend arbeiten. Das hat er vor dem Krieg bewiesen. Er war ein Muster an Handwerkerfleiß. Wenn das Geschäft wieder läuft, er an große Aufträge herankommt, wird er besser mit dir umgehen. –
– Sicher; aber auch früher war er oft unerträglich. Ein rechter Haustyrann. Er tat sich immer schwer, seine Lehrlinge nicht zu ohrfeigen. Mit mir hat er das bisher nicht gewagt. –

– Seinen Charakter können wir nicht ändern, Hannele, dagegen hülfe tatsächlich nur eine Trennung. Aber wenn er weniger saufen würde, weniger freie Zeit, dafür bessere Laune hätte, weil er vollauf und wieder erfolgreich arbeitete, wäre dir schon viel geholfen, nicht? –
– Sicher; aber ich glaube nicht, dass er es noch einmal packt. Er ist seelisch zerstörter als körperlich verletzt nach Hause gekommen. Er sieht sich dauernd vom Tod belagert, verfolgt, gejagt. Weißt du, Polke, manchmal denke ich, es wäre besser, er wäre im Felde geblieben, und nicht Botho und Siggi. Verstehst du mich richtig, wenn ich das sage? –
– Natürlich. Damit du alles offenlegen kannst, wollte ich, dass wir allein sind. Nur, was ich von dir höre, ist trostlos. Was soll werden? Kann ich dir gar nicht helfen? Das macht mich verzweifelt. Ich bilde mir immer ein, es müsse in jeder noch so verfahrenen Lebenssituation möglich sein, einen anderen aus dem Elend zu reißen. Was soll ich tun? Sag es mir! –
– Es gibt, glaube ich, nichts zu tun. Ich muss das bis zum Ende durchstehen. Was immer es für ein Ende sein wird. Das ist mein Los. Es hat mich eben getroffen. Ich habe mich falsch entschieden. Meine einzige Hoffnung ist, ihn zu überleben. –
– Es fällt mir schwer, das hinzunehmen. Ich will doch mit Heribert reden. Ich kann es wenigstens versuchen. –
– Wenn du ihm seine Schwäche, seine Hilfsbedürftigkeit vor Augen führst, wird er mich mehr traktieren als eh schon. Manchmal glaube ich, er hasst dich, weil du den Krieg durchgestanden hast und stärker herauskamst, als du hineingingst. Weil er dich dafür hasst, peinigt er mich bis aufs Blut. –
Jetzt will sie mich als Schuldigen brandmarken. Tut ihr gut. – Du willst also nicht, dass ich mit ihm rede, ihm ein konkretes Angebot mache? Ich könnte ihm zum Beispiel anbieten, als Kompagnon in seinen Betrieb einzusteigen. –
– Bist du verrückt? Bloß das nicht! Das wäre für ihn der schlagendste Beweis seiner Unfähigkeit, sich selber zu helfen. Er würde tun, als wolltest du ihn ausbooten. Ihm seinen schönen, gut gehenden Betrieb rauben. Du hast dich ohnehin in seinen Augen als Kapitalistenaas entpuppt. –
– Womöglich hat er recht. Dann ist also mit dem besten Willen nichts zu machen? –
– Nein. Ich stehe das durch. Ich habe die Kraft dazu, Polke. Wenn nur Charlotte weiter zu mir hält, und natürlich auch du, dann stehe ich das durch bis an mein Lebensende, wenn es sein soll. –

Charlotte schnauft. Will Johanna gar nicht, dass der Bruder ihr hilft? Zählt die Erregung, die ich ihr verschaffe, mehr als die Schinderei durch ihren Mann? Fürchtet sie allein und ohne Liebe dazustehen, wenn sie weit weg zieht? Unsinn! Sie hat mit der Einschätzung ihres Mannes bitter recht. Es stimmt, was sie sagt. Es gibt keine andere Wahl, als mitleiden und ihr mit meinem Körper beizustehen. Heribert ist darauf aus, sie umzubringen. Sie soll vor ihm verenden: Als Opfer seiner Todesangst. Er würde sich danach ein paar Tage lang besser fühlen. Der Tod hätte ein Opfer vor ihm gefunden. Ganz in seiner Nähe. Hätte ihn noch verschont.

'Entschuldigen Sie, gnädige Frau, ich komme von der GAGFAH, ihrer Wohnungsbaugesellschaft. Ich bin beauftragt, Ihre Wohnung neu zu vermessen. Es haben sich Unstimmigkeiten ergeben in unseren Büchern, die im Hause allein ihre Wohnung betreffen. Im Plan des Architekten aus dem Jahre 1905 ist die Wohnfläche um fünf Quadratmeter größer als in Ihrem Mietvertrag angegeben. Wir möchten überprüfen, welche Zahl stimmt. Nur der Ordnung halber und für mögliche Nachmieter. Für Sie wird sich keine Mieterhöhung ergeben, selbst wenn sich herausstellen sollte, dass Ihre Wohnung tatsächlich 5 qm größer ist als vermietet. Es ist unser Versehen, und wir werden Ihnen das nicht nachträglich anlasten. Aber Klarheit wollen wir haben für unsere Bücher. Und für die Zukunft. Ich denke, Sie verstehen das. Darf ich eintreten? Es wird nicht lange dauern.' Wie mein Tun in zwei Jahren.

Nein, so nicht. Ich darf nicht, und sei es mit falschem Bart und gefärbten Haaren, erkennbar in Erscheinung treten. Selbst wenn zwischen meiner Inaugenscheinnahme der Wohnung und der Rache für Gertie über zwei Jahre liegen, das Risiko einer Rückbesinnung ist groß. Insbesondere wenn die Alte bei der Gesellschaft gleich nachfragt und sich herausstellt, dass ich mich aus irgendeinem Grund einschleichen wollte.

Er hatte bereits den Plan verworfen, den Halunken in einem gemieteten Auto auf offener Straße zu entführen und bei Nacht von der Heerstraßenbrücke in den Stößensee zu werfen. Viel zu riskant, dabei gesehen zu werden. Das Kennzeichen. Außerdem der Mietvertrag. Bei Unterzeichnung mit falschen Namen bleibt meine Handschrift.

Ihn nachts in der Wohnung überfallen und aus dem Fenster schmeißen, ginge. Manches würde auf einen Selbstmord hindeuten. Es muss ohne Vorbesuch gehen. Das Dumme dabei ist, dass ich nicht weiß, in welchem Zimmer er schläft. Es kostet Zeit, das in der Nacht der Abrechnung rauszukriegen. Es muss extrem leise abgehen. De spitze Nase der Alten deutet auf leichten Schlaf hin. Bloß kein Geschrei.

Zwei Jahre habe ich Zeit, um die Nachschlüssel zu beschaffen. Es müsste mit dem Teufel zugehen, gelänge es mir nicht. Nein, keine Nachschlüssel. Ist zu riskant, lange an Haus- und Wohnungstür herumzuschnüffeln, um einen Abdruck des Schlosses herzustellen. Außerdem, was mache ich, wenn sie den Schlüssel im Schloss stecken lassen?

Paul bestellt sich als Bruder des am schlimmsten getroffenen Opfers zum Nebenkläger im Strafverfahren gegen Harf Löffler. Seine von eigener Schuld aufgeladene Wut sowie seine juristische Fertigkeit tragen dazu bei, dass der Angeklagte trotz der nur geringfügigen Vorstrafe von einer Woche Haft wegen unerlaubten Titelführens zu einer Gefängnisstrafe von zwei Jahren und drei Monaten verurteilt wird. Pauls Erbitterung war während des Verfahrens gewachsen: ein schmächtiges Kerlchen; schmaler Mund, aus dem eine feine gläserne Stimme aufklang, harfengleich, obwohl der seltsame Name natürlich einen anderen Ursprung hat; Stammt aus derselben Spökenküche wie Harm und Kerwig, Eike und Inken. Gänseblaue Augen, scharf gescheiteltes Haar, das sich an den Schädel wie eine zweite goldglänzende Haut anschmiegt und das Gesicht jugendlich auffrischt; ihm zugleich, wie Paul schmerzlich empfindet, antike Aura verleiht. Ein fieser Schrumpfrömer. Erbitterung schießt hoch, als Paul die Vorgeschichte vernimmt. Er zieht deshalb in seinem Plädoyer alle Register rhetorischer Verführung, um den Angeklagten in den Augen jedes Menschen von Anstand moralisch zu vernichten. Je länger er redet, desto mehr überzeugen ihn seine Worte. Der dickliche Staatsanwalt schließt sich nach solchem rednerischen Aufwand Pauls Ausführungen einfach an. Er ist beeindruckt.

Wegen seiner Körperschwäche hatte man Harf Löffler während des Krieges in eine Feldbäckerei gesteckt. Paul stellt heraus, wie gut es ihm fünf Jahre ungefährdet am warmen Backofen gegangen sei. Während Löffler an dampfenden, duftenden Brotlaiben schnupperte, um sie zu verladen, hätten Frontschweine wie meine beiden gefallenen Brüder und ich, selbst noch nach schwerer Verwundung, sich jeden Tag dem feindlichen Sturmfeuer ausgesetzt, um das Vaterland zu beschützen, und die verstümmelten, verwesenden Leiber ihrer gefallenen Kameraden geborgen, wo noch möglich, versorgt und, wie so oft, eingesargt. Statt den Himmel für sein günstiges Los zu preisen, das er körperlicher Schwäche verdankte, habe der Angeklagte den Tod von fast zwei Millionen seiner Kameraden feige ausgenutzt, um sich an die vielen durch den Krieg alleingebliebenen gutherzigen Frauen heranzumachen. Frauen, die allzu bereit waren, Liebe zu schenken, habe er nicht allein materiell, sondern vor allem seelisch ausgeplündert und meine Schwester gar zu Grunde gerichtet. In der Blüte des Alters einer Frau, mit dem sehnlichen und uns Familienvätern höchst verständlichen Wunsch im Herzen, eine gute deutsche Familie zu gründen, Kinder zu zeugen, ist sie durch die Niedertracht des Angeklagten einen grausigen, einsamen Tod gestorben. Der Angeklagte heuchelte der Vertrauensseligen vor, dass er Geld brauchte, um seiner kranken ‚Mamà' zu helfen. Was für ein schöner Wesenszug! Er musste meine gutherzige Schwester entzücken. Dabei ging es diesem Unmenschen allein darum, seiner widerlichen Wettleidenschaft zu frönen. Hohes Gericht! Vor ihnen steht ein Parasit an der Gesellschaft durch und durch, rief Paul mit heißer Stimme. Ein Profiteur, ein Arbeitsscheuer, ein Spielsüchtiger. Abgefeimt und schamlos. Seit Jahren schmarotzt er an der Pension seiner Mutter, der Witwe eines Amtsrats, nachdem er seine Arbeit als Versicherungsvertreter wegen Unzuverlässigkeit verloren hat. Mit dem Titel eines Diplomingenieurs hat er sich monatelang aufgeblasen, um eine Magnatenwitwe zu betören. Zu ihrem Glück war sie misstrauischer als die Opfer in diesem Verfahren, darunter meine geliebte, allzu weichherzige Schwester. Wenn ein Mensch aus gutem Hause derart verabscheuenswürdig handelt, verdient er deutlich härtere Bestrafung als jemand, der von Jugend auf schlechten Einflüssen oder gar Not ausgesetzt gewesen ist. Ganz offenbar hat der Angeklagte im Leben bisher nicht genügend Härte erfahren. Denn das Militär hieß für ihn Platz am Ofen. Härte muss dringend im Gefängnis nachgeholt werden, damit er endlich zur Besinnung kommt und viel zu spät, sicher nicht zu einem nützlichen, aber doch wenigstens einem erträglichen Glied unserer Gesellschaft wird. Es liegt im ureigensten Interesse des Angeklagten, ihn nachhaltig zu bestrafen, um ihn der Rechtschaffenheit zuzuführen, der er sich bisher nicht befleißigt hat. Es gilt, unsere weichherzigen Frauen vor solchen Schuften dauerhaft zu schützen. Wohlwissend, dass er ein unverhältnismäßig hohes Strafmaß einfordert, beantragt Paul, den Angeklagten zu 4 1/2 Jahren Gefängnis zu verurteilen und ihm klar zu machen, dass ihm Zuchthaus drohe, werde er rückfällig. Paul ist sich damit sicher, dass die Kammer nicht unter zwei Jahren bleiben wird.

Aufschluchzen und Stöhnen, Naseputzen im Publikum, zumeist von Frauen, begleiten Pauls Plädoyer. Eine Dame ruft: Ich danke Ihnen aus ganzem Herzen, Herr Major! Der Vorsitzende mahnt sie ab. Den am Schluss ausbrechenden Beifall untersagt er in scharfem Ton.

Viel wichtiger als die Verurteilung ist Paul, über die Prozessakten die Adresse und die Lebensumstände des Schächers seiner Schwester zu erfahren. Er wird ihm nach Freilassung auflauern und seiner wirklich verdienten Strafe, dem Tod unter Angst und Leiden, zuführen.

Paul kundschaftet die Wohnung der Mutter aus. Berlin-Mitte, Schröderstraße 10, dritter Stock. Schräg gegenüber sticht aus der Häuserfront eine Fassade aus Backstein hervor. Fenster mit Gardinen, Balkons mit Petunien zieren sie wie anderswo. Aber zwei Spitztürmchen, grünspanüberzogen, und eine riesige Spitzbogenpforte lassen erkennen, dass sich mit der aufgeputzten Gemütlichkeit eine Kirche kleidet.

Löfflers Mutter ist eine kleine Frau von etwa 60 Jahren, mit rachitischen Beinen, schütteren, grauen Locken, ungesund bleicher Haut und spitzer Nase. Die passt ausgezeichnet zu den Türmchen der Kirche schräg gegenüber. Wegen ihrer Schwierigkeiten, sich fortzubewegen, verlässt die alte Dame nur dreimal in der Woche die Wohnung für Einkäufe. Paul sieht, es ist eines jener alten Häuser mit Tordurchfahrt in den Hof, von welcher der Treppenaufgang linkerhand abgeht. So konnte man früher bei Regen trockenen und sauberen Fußes in die Kutsche steigen und sie ebenso nach der Heimkehr wieder verlassen. Im Hof befindet sich die Werkstatt eines Kaminsetzers und Kachelofenbauers. Da ständig Anlieferungen und Abtransporte erfolgen, ist das Tor zwischen 7 Uhr morgens und 8 Uhr abends sowohl auf der Straßen- wie der Hofseite geöffnet. An der Wohnungstür befindet sich ein altertümliches Schloss. Paul muss wissen, ob die Tür mit einer Eisenstange oder nur einer Kette gesichert ist. Er klingelt und behauptet, eine Lieferung vom Kolonialwarenhändler zu bringen. Er lässt nicht locker, als Frau Löffler ihn, hinter verschlossener Tür mit der Bemerkung abweist, sie habe nichts bestellt. Er zählt Brot, Butter, Eier, Milch und Kartoffeln auf. Sie sei doch Frau Löffler. Ihre Neugier siegt. Sie öffnet die Tür einen Spalt breit, soviel die Kette zulässt. Keine Stange ist hoch genommen oder zur Seite geschoben worden. Er dreht sich auf der Stelle um, so dass sie ihn nicht ansehen kann, und läuft die Treppe hinunter. Das reicht fürs Erste. Diese Kette bekomme ich mit einer zurechtgebogenen Gabel aus der Halterung. Bleiben zwei Schlösser zu knakken. Mein Schwager ist Schlosser. Taugt er zu sonst nichts mehr, dazu mir wertvolle Tipps zu geben, wie man Schlösser öffnet und knackt, reicht es.

– Heribert, ich brauche deinen Rat, richtiger deine Hilfe. –
– Sieh an, du besinnst dich auf mich. Es ist lange her, dass ich zum letzten Mal euer Haus von innen gesehen habe. Dafür poussiert deine Frau ständig mit meiner Johanna herum. Was hecken die beiden? –
– Ich weiß es nicht, Heribert; das Frauengetechtel schert mich wenig. Lass

sie! Jede Frau braucht eine Busenfreundin. Haben die genug zu tratschen, verschonen sie uns damit. Und was Einladungen betrifft, ich möchte dir gewiss nicht zu nahe treten, aber ich kann mich nicht erinnern, dass wir bei euch jemals eingeladen waren. Ihr wart am Anfang häufig bei uns zu Gast. Dann kam der Krieg. Jetzt geht jeder seiner Wege, einjeder hat viel zu tun im Geschäft und in Geschäften. Pass auf, ich wollte dich um fachlichen Rat bitten. Gegen Bezahlung, versteht sich. –
– Erst meidest du mich jahrelang, nun suchst du mich auf, um mich zu beleidigen. Ich nehme kein Geld von dir. Wir sind schließlich Schwäger. –
– Aber du hilfst mir doch? Hörst mich wenigstens mit meiner Frage an? –
– Schieß los, ich hab nicht viel Zeit. –
Des Schwagers Haut ist großporig und schuppig geworden, bleicher als früher, rostfarbener das Haar mit den Kahlstellen versengter Haut. Er steht in blauer Arbeitskleidung in seiner Werkstatt, die sich wie immer dem staunenden Blick penibel aufgeräumt darbietet. Was er tut, lässt sich nicht erkennen. Er riecht nach Alkohol, ohne trunken zu sein. Paul bemerkt, Heriberts Hände zittern unregelmäßig.
– Sieh mal hier, wieviel Schlüssel ich für meine verschiedenen Lager- und Kellerräume brauche. Sechs oder sieben. Ich habe gehört, es soll eine Art Universalschlüssel geben, mit dem man alle einfachen Schlösser öffnen kann, ohne sie austauschen zu müssen. –
– Du willst Geld sparen? –
– Darum geht es mir nicht, sondern um meine Bequemlichkeit. Wenn du mir sagst, dass ich erst alle Schlösser wechseln muss, um den Universalschlüssel zu benutzen, übertrage ich dir gern diese Arbeit. Gegen gute Bezahlung, ist doch klar. –
– Ich habe dir gesagt, dass ich von dir kein Geld will. Es geht ganz einfach. Wie du vermutet hast. Die mechanische Struktur der Schlösser muss gleich sein. Dann läuft's bei einem Dreh mit dem richtigen Zapfen. –
– Kannst du mir so einen verschaffen? –
– Du kannst ihn gleich mitnehmen und es ausprobieren. –
– Ich danke dir, Heribert, du verstehst dich auf deine Arbeit. Wusste ich's doch. Was kostet das? –
– Hör auf damit! Ich will nichts, brauche nichts von dir. Verdiene genug. Habe Aufträge noch und nöcher. Fang das Ding! –
Er wirft ihm einen Langschlüssel mit einem schmalen, flachen Bart zu. Er glänzt silbern in der Sonne und funktioniert hervorragend, wie Paul zu Hause und ein paar Tage später in der Schröderstraße in Berlin-Mitte an der Toreinfahrt feststellt.

– Kannst dich mit ein paar Flaschen von deinem Johannisbeergeist revanchieren – hört Paul den Schwager ihm nachrufen. Gefällt mir nicht. Lässt sich nicht vermeiden. Spart wenigstens Geld im Haushalt, wenn er sich mit meinem Zeug besäuft.

Bald darauf lässt er, während Charlotte abwesend ist, mit Bedacht einen Schlüssel in der Haustür stecken und klappt zu. Er alarmiert seinen Schwager, der diesmal angetrunken aus der Wirtschaft geholt werden muss. Trotz seiner weichen Beine und zappligen Hände, von denen eine verkrüppelt ist, gelingt es ihm, in zwei Minuten das Schloss aufzuschrauben, auszubauen und die Tür zu öffnen. Paul prägt sich alle nötigen Werkzeuge und Handgriffe ein, schreibt das Gesehene auch in den Abläufen sogleich nieder. Er probt es mehrfach im Keller mit einer gekauften Haustür. Alles bereit. Strumpfmaske und schwarze Lederhandschuhe liegen in einem Fressbeutel im Geldschrank.

Wie Paul erwartet hat, begibt sich Löffler, das Goldköpfchen, nachdem er, wie dort üblich, kurz vor Mittag aus der Strafanstalt Rummelsburg entlassen worden ist, zunächst in eine der gegenüberliegenden Kneipen. Er trinkt, vor sich hin stierend, eine Stange schaumlosen Braunbiers und einen Kümmel, bevor er mit der S- Bahn zu seiner Mutter fährt. Er wird da weiter wohnen. Wie zuvor. Nicht mehr lange.

Das Schlimmste an einer Tat ist das Warten bis zum Losschlagen. Im Krieg wie im Frieden. Wenn man wartet, drückt Zeit schlimmer als geschwollene Drüsen im Hals. Mehr als zwanzigmal ist Paul langsamer als gemächlich die kurze dunkle Straße hoch und heruntergegangen. Er hat die Neidköpfe über den Hauseingängen gezählt – 18 gibt es. Dazu 25 über Fenstern. Unauffällig, im Laufen, hat er ihre Mienen studiert. Sie schauen nicht neidisch, sondern fröhlich oder höhnisch in die Straße hinein. Das ist ihre Funktion: Sie sollen die Vorbeigehenden neidisch auf Besitzer und Bewohner des Hauses machen, indem sie Reichtum, Kunstsinn und Witz als hier heimisch verkünden. Kurz gedacht. Weil sie ununterbrochen ihre Grimassen über dem Eingang schneiden, bemerkt sie keiner mehr. Gleichwohl: Fehlten sie, fehlte etwas. Die Sprache! Hoch und herunter bin ich gegangen? Auf und ab? Wäre es das gewesen: eine Labsal. Balkeneben ist die Schröderstraße und verdammt kurz. Konnte die Alte nicht in einer längeren Straße wohnen? Berlin hat elendig lange Straßen. Kilometerlange. Beginnt man von der falschen Seite her, eine bestimmte Hausnummer zu suchen, ist man bis zu einer halben Stunde oder sogar länger unterwegs und trifft garantiert verspätet bei seinen Gastgebern ein. In Deutschland zählt Pünktlichkeit.

Die Schröderstraße gehört mit ihren 200 m ohne Kreuzung zu den kürzesten Berliner Straßen. Den Kürzerekord hält die Eiergasse mit 16 Metern und dem Paddenwirt als einzigem Anlieger. Padden? Paul sollte es wissen. Weiß es aber nicht. Er kennt nicht einmal die Eiergasse. Hätte er andernfalls nachgeforscht und herausgefunden, dass Padde ein niederländisches Wort ist? Die niederländische Einwanderung nach Preußen war weniger spektakulär als die hugenottische oder böhmische, weil sie weniger fremdländisch daher kam. Padden sind Kröten. Und der Wirt in der Eiergasse heißt nach ihnen, weil aus einem zerbrochenen Fass einst Bier auslief und über Nacht von der nahen Spree Kröten anlockte, die

anderntags zu Hauf besoffen japsend auf der Straße lagen. Selig die Spree, als an ihrem Strand Kröten hausten. Fiesematenten: Zuwanderer waren nie beliebt bei den Einheimischen. Früher, weil sie als mondän und verführerisch galten, oft rasant sozial aufstiegen. Heutzutage als lästig, weil sie, paternalistisch, rückständig-religiös und bildungsfern sind, sich in der Mehrzahl selbst durch Kleidung und Verhalten ausgrenzen. Nicht von exotischen Vornamen sowie alten Sitten und Bindungen lassen wollen. Immerhin 50 m lang ist die Thusnelda-Allee, an der die Heilandskirche liegt. Niemand wohnt dort außer dem Küster. Ein Glücksfall für den zuständigen Postboten. Obwohl der lockig blonde Armin/Herrmann seine ebenso blonde, noch lockigere Frau nur um einige Zentimeter überragte, erinnert an ihn, fern von ihrer Straße, ein riesiger Straßenzug samt Platz in Neukölln, dem traditionellen Einwanderer-Bezirk Berlins. Standesgemäß für Thusnelda, die als Tussi populärer, wenngleich unerkannt, fortlebt als ihr Idolmann, sind einzig die Namen Allee, Heiland und Kirche. Es rührt den Autor seltsam an, dass Feministinnen und Grüne in ihrem administrativen Eifer, die Frauen aufzuwerten und zu beglücken, noch nicht auf die so einfache wie brilliante Idee gekommen sind, einen Namenstausch bei den Straßen zu fordern. Es wäre eine Tat pfiffiger Köpfchen. Hinein mit Herrmann und Thusnelda ins Prokrustesbett der Stadtetikettierung! Aus groß mach klein, aus klein mach groß. Es würde Berthold Werthlands Vision der künftigen idealen Dimension von Weib und Mann stadtgestalterisch in die Zukunft tragen. Die Hermann- wird zur Thusneldastraße, die Thusnelda- zur Hermannallee. Paul betrachtet beim Abschreiten der Häuserwände ausgiebig seine gelackten Schuhspitzen, versucht darin sein Spiegelbild zu erkennen. Hell und Dunkel glänzen. Nichts Erkennbares, Nennbares. Auf seinen Schuhspitzen liegt schon die Nacht, die Nacht eines langgezogenen Schreis, der in einem Aufklatschen enden wird.

Zigmal hat er eingehend die Gottesdienstzeiten des Monats an der Wohnkirche studiert. Sie heißt nach dem Erlöser und wird von Methodisten betrieben. Glaube als Methode. Paul überlegt. Ihre Pastoren sind Dr. B. Waldteufel und A. Hasenjäger. Unterhaltung für ein paar Schritte. Eine Kneipe gibt es nicht in der Straße. Ich würde mich ohnehin nicht hineinsetzen. Jemand, die Bedienung, ein Gast könnte sich mein Gesicht einprägen. Ich bin hier Fremder. Und welcher Fremde verirrt sich in diese Wohngegend? In der Bergstraße gibt es eine Bäckerei mit zwei Kaffeetischchen. Da setzt er sich für eine halbe Stunde hin. Das ist weit genug entfernt von der Nr. 10, trotzdem hat man Einblick in die Schröderstraße. Hier kann ich im Hof pinkeln. Eine Abwechslung. In den zwei Minuten wird der Kerl die Wohnung nicht verlassen. Hier wird man nicht nachforschen, hier gibt es keine Stammgäste. Hier mustert man sich nicht. Durchlaufkundschaft. Kaum einen hält es länger als zehn Minuten. Es ist Oktober. Die Dunkelheit bricht früh herein. Jetzt fällt er beim Abschreiten der Straße weniger auf, denn die Straßenbeleuchtung ist dürftig. Die Dunkelheit weckt die Hoffnung, die Sache schnell abzuschließen.
Du hättest Zeit zum Denken, Paul. Ich denke so wenig wie ein Ochse im Geschirr. Nicht einmal an Gertie denke ich mehr. Nicht daran, was ich riskiere. Ob mich meine Familie verstehen wird, wenn es herauskommt. Unerwartet, wie damals, als der Vater auf dem Feldweg auftauchte. Aus irgendeinem gottverdammten Grund tue ich, was ich tue. So wie ich damals in Lothringen auf der Flucht lieber sterben, als mich gefangen geben wollte. Ich hätte Zeit, über mich nachzudenken. Wozu? Es gibt nichts mehr nachzudenken. Keine neue Bahn. Mir ist, als grabe ein Maulwurf in meiner Brust. Tatlose Zeit klebt auf der Haut wie Vogelkot. Die Aktion durchspielen. Ein weiteres Mal. Der Vater! Du Verbrecher! Zurück? Ich wäre nicht mehr derselbe. Nicht vor mir. Nicht vor den anderen. Zum ersten Mal in meinem Leben wäre ich feige. Glaub's!

Schlag zehn Uhr geht er zum nahen Stettiner Bahnhof. Jetzt wird das Mistvieh das Haus nicht mehr verlassen. Dazu ist er zu ängstlich. Gut tut das dumpfe Licht, das Getriebe, Gereibe, das schwade Menschengebrodel. Knutschen im Bierdunst. Nikotin umschwelt Rollmops. Teilchensein im blasigen Volkskörper. Brodem, Abrieb, Betäubung: Ein Platz mittendrin vor dem Alleinsein des Schlafs, in einem Gehäuse oder auch nicht.

Er isst rotes Pökelfleisch, weil ihm das Wort von der angeschlagenen Menükarte des Bahnhofsbüffets entgegenspringt und ihm die Farben gefallen. Das grelle Rot leuchtet aus dem faden Sauerkraut und dem dünngelben Püree. Er bestellt dazu ein Glas teuren Côte du Rhone, den er wegen seines kalkigen Geschmacks schätzt. Er kaut und goutiert das fasrige, salzige Fleisch sehr bedächtig. Liest die Zeitung. Mord und Totschlag obenan, en gros et en détail. Autofallen sind die neueste Masche. Lohnend. Wenigstens trifft es keine Armen. Im Wedding ist ein Ringverein aufgeflogen. Kraken haben das Land im Griff. Die Leute wollen alle wohin. Zusammen. Auseinander. Die Volkskörperteilchen schmiegen sich ineinander. Ein Heizkörper ist der Volkskörper. Er ächzt und kreischt. Hier friedlich. Ich kenn ihn anders. Fünf prosten sich zu. Singen: Muss i' denn.... Faulig und dumpf riecht das Sein. Hier wird Leben tausendfach am Halsband geführt. Hingeworfen. Ausgespuckt. Faszinierender als ein Tümpel mit seinem verborgenen Leben unter der kräusligen Oberfläche ist ein Bahnhof. Ich warte auf meine Zeit. Wie werde ich mich morgen um 22.34 Uhr fühlen? Tief und ruhig schlafen werde ich. Neben Charlotte, die nichts weiß. Wenn es herauskommt, wird sie mir böse sein, weil ich nichts gesagt habe. Nicht wegen der Tat. Gegen Mitternacht setzt er sich in den Wartesaal. Wenige Menschen drin. Ein Wachmann kontrolliert am Eingang die Fahrscheine, um Gesindel abzuhalten, wie er entschuldigend sagt. Paul erklärt ihm, dass er auf eine Dame warte, die er abhole. Der Zug 0.45 aus Stralsund. Da Paul gut gekleidet ist, glaubt ihm der Mann. – Selbstverständlich- murmelt er entschuldigend. Paul geht an die Sperre, als der Zug mit zehn Minuten Verspätung eintrifft. Er genießt es, in die suchenden Augen der Reisenden zu schauen. Die unsicheren, die flackernden, die stumpfsinnigen. Was haben sie vor in der Stadt? In einer Stunde ist es soweit. Ich töte mal wieder. Nicht im Affekt, nicht auf Geheiß, sondern gegen ein Verbot. Es ist diesmal keine Arbeit, es ist Wille. Eine höhere Pflicht treibt mich.

Als es soweit ist, läuft sein Handeln maschinell ab, wie er es erlernt hat. Die Tür zur Straße öffnet sich auf ein kurzes Klicken mit Heriberts Schlüssel. Die Maske, eine bis über das Kinn gezogene Pudelmütze, von der er die Bommel entfernt hat, und die Handschuhe zieht er auf dem Treppenabsatz vor dem dritten Stock über. Die Konfiguration, der Platz des Schlosses an der Wohnungstür sind ihm mittlerweile vertrauter als die Stellung seiner Zähne im Mund. Er benötigt kaum die Taschenlampe, um an den richtigen Stellen zu bohren und zu schrauben. Es bleibt feierlich still im Haus. Jetzt die Kette hochschieben und herausziehen. Da passiert ihm ein erstes Missgeschick. Mit den verbogenen Zinken einer silbernen Gabel gelingt es ihm zwar, die Kette zu heben und oben mit einem Ruck aus der Halterung zu stoßen, doch fällt die Gabel dabei scheppernd auf die Bodenplanken des Flurs, gleichzeitig schlägt die Kette hart gegen die Tür zurück. Nicht länger als zwei Sekunden durchdringen zwei Penglaute die Stille. Die Kürze verleiht ihnen Gewalt. Paul tritt sofort ein. Schließt die Tür, steckt die heruntergefallene Gabel in die Innentasche seiner Sportjacke zu Schraubenzieher und Bohrer. Er lauscht. Nichts rührt sich. Gutgegangen. In welchem Zimmer schläft der Kerl? Er leuchtet auf dem Boden herum, nicht zu dicht an den Schwellen. Fünf Türen. Hatte ich weniger erwartet? Roulette. Der Reihe nach, sonst komme ich durcheinander. Hoffentlich schläft er zum Hof hin. Auf die Straße stürze ich ihn nicht. Schläft er auf der Straßenseite, muss ich ihn rüberschleppen. Ich fange auf der Hofseite an. Das ist das Badezimmer. Noch vier Möglichkeiten. Schnodder! Das ist das Wohnzimmer. Ach du Schreck. Voller Nippes. Das ganze Fenster mit Krempel und Topfpflanzen zugestellt. Nie gelüftet. Viel Porzellan. Da kann was poltern, wenn der Kerl sich wehrt. Das Badezimmerfenster ist zu eng und hoch. Damit ist es aus auf der Hofseite. Er schläft zur Straße hin und die Alte auch. Ich muss ihn durch Flur und Wohnzimmer schleifen. Ran an die Straßenseite. Das erste wird die Küche sein. So ist es. Ich bin ihm nahe. Im nächsten Raum schläft entweder er oder die Spitznase. Zusammen schlafen werden sie wohl nicht. Wenn die Alte bloß nicht wach wird und gleich anfängt zu kreischen. Ich hab nur einen Knebel dabei. Ich wusste, mir fehlt etwas.

Er ist es. Paul stürzt auf den Schlafenden zu. Er fährt ihm mit der Hand in den Mund, fasst erst die Zunge, presst sie zusammen und zieht sie behutsam nach vorn, drückt dann Löfflers Zähne weiter auseinander und stopft dem Benommenen von der Seite her einen Tennisball in den Mund, bevor er den Kopf mit einem Wundverband von unten nach oben umwikkelt, sodass Löffler Kinn und Mund nicht mehr rühren kann. Dabei passiert ihm das zweite Missgeschick. Das wacklige eiserne Bettgestell schlägt mehrfach gegen die Wand zum Nachbarzimmer.

Frau Löffler war bereits durch die fallende Gabel aufgewacht. Sie hat wie viele alte Leute einen leichten Schlaf. Sie war sich jedoch nicht sicher, ob sie wirklich ein Geräusch vernommen hatte. Da ihr schien, als ob die Dielen knarrten, horchte sie weiter ins Dunkel hinein. Sollte Harfi ins Bad gegangen sein oder unruhig in der Wohnung herumlaufen? Der Junge ist sehr mitgenommen aus der Anstalt zurückgekehrt. Sie stand zunächst nicht auf, um Licht zu machen, sondern horchte angespannt. Dann schlug seine Bettstelle gegen ihre Zimmerwand. Es gibt keine Zweifel mehr. Etwas tut sich bei ihm. – Harfi, was ist los? Geht es dir nicht gut? Soll ich kommen? –

Inzwischen hat Paul den vor Schrecken starren Sohn unter den Armen gepackt und aus dem Bett gehoben. Als er ihn im weißen Nachthemd auf die Beine stellt, knicken die sofort weg, das Goldköpfchen zittert am ganzen Leibe. Sein Gesicht hebt sich kaum von Verband und Nachthemd ab. Er ringt durch die Nase jämmerlich um Luft. Seine Nasenflügel schlagen aus wie Kiemen eines an Land geworfenen Fisches. Als ihn Paul im Licht der Taschenlampe so sieht, weiß er sofort: Ich kriege es nicht fertig. Verflucht! Es wäre so einfach. Bestraft werden muss er. Also anders. Er zerreißt das Nachthemd, wirft den Kerl auf den Boden, tritt ihm mit der Schuhspitze ins Afterloch, hebt ihn wieder hoch, schiebt ihn mit Knietritten voran, packt ihn schließlich von hinten an den kläglichen, gänzlich unbehaarten Geschlechtsteilen und drückte sie in seiner geballten Faust kräftig zusammen. Sieh zu, Gertie! So räche ich dich! Sein Schwanz – dünn wie ein Maiglöckchenstängel. Seine Keimdrüsen – Pflaumenmus. Ich bin wütend, weil ich zu schwach bin. Der Gequetschte windet sich wie ein zertretener Regenwurm, schlägt mit den Armen rasend einher, sein Mageninhalt drängt nach oben, tritt in die Atemwege, Schleim fließt aus den Nasenlöchern. Grün angelaufen, fällt sein Kopf zur Seite. Paul hebt ihn an, ist erschreckt über die Wirkung der Misshandlung, entknebelt den Erstickenden, der sich nun voll über seine Hände erbricht, dabei die Besinnung verliert. Fort! Ich bin nicht entschlossen genug. Widerliche Halbheit. Soll er. Fort!

Nachdem Frau Löffler keine Antwort auf ihr ängstliches Fragen erhalten hat, von nebenan aber undefinierbare, dumpfe Laute zu ihr dringen, entschließt sie sich zu handeln. Sie versperrt ihre Zimmertür, öffnet das Fenster und schreit schrill – HiiilfeHiiilfeHiiilfe! – in die Nacht. Ihr Gekreische hallt wie zwischen Bergwänden wieder. Paul nimmt es wahr. Ekel, nichts als Ekel. Die Handschuhe, die Jacke riechen sauer. Er sieht den sein Leben ausröchelnden Schwächling auf dem Bett liegen. Er stürzt aus der Wohnung. Durch die Alarmrufe sind mittlerweile Mieter an die Fenster ihrer Schlafzimmer geeilt. Einige mutige Bewohner des Hauses Nr. 10 öffnen ihre Wohnungstüren, machen im Hausflur Licht und sind dabei, die Treppe hoch zu steigen, um zu schauen, was oben vor sich geht, denn von da kommen die Schreie der Frau. Sie vermuten einen Unglücksfall. Paul, weiterhin maskiert, hastet die Treppe im Halbdunkel hinunter, stößt die Entgegenkommenden zur Seite, dass sie fallen. Im Hochparterre wohnt ein Wachtmeister der Schutzpolizei. Er hat dienstfrei, aber sehr fest geschlafen, weil er zuvor drei Tage Nachtdienst gehabt hatte. Er tritt mit entsicherter Pistole erst vor die Tür, als Paul schon vorbeigehastet ist. Der Wachtmeister verfolgt den Fliehenden. Er schießt gleich nach dem Kommando – Stehenbleiben! Polizei! – durch das Treppengeländer auf ihn. Die Kugel dringt in die Treppenwand und bleibt dort stecken. Paul wagt sich nicht auf die Straße. Womöglich ist eine Polizeistreife in der Nähe. Er wählt die Flucht über den Hof, verliert wertvolle Sekunden beim Öffnen der verschlossenen Tür. Sein Verfolger ist inzwischen herunter und schießt durch das Glas der zufallenden Tür erneut auf den fliehenden Schatten. Paul ist geistesgegenwärtig zur rechten Seite gesprungen. Kampferfahrung steckt ihm rettend im Leib. Im Hof ist es stockfinster. Paul hat ihn ausgekundschaftet und läuft auf die Werkstatt des Kaminsetzers zu. Er verbirgt sich hinter einem vor der Werkstatt stehenden alten Eisenofen. Der Mond hängt als scharfe Sichel über den Hausdächern und seinem Kopf. Paul weiß, am Ende des Hofes steht ein Schuppen an der Trennmauer zum Nachbarhof. Er hatte ihn für den Fall, dass er über den Hof fliehen müsste, in seine Planung einbezogen.

Der Paul im gestreiften Schlafanzug verfolgende Polizist trägt das Pistolenkoppel um den Bauch, wie Paul im matten Lichtschein, der durch das Glas der Tür dringt, wahrnimmt. Der beleibte Mann tritt vorsichtig in den Hof, versucht, etwas zu erkennen. Vergeblich. Paul fürchtet bei Abwarten das Eintreffen einer Polizeistreife. Er wirft ein herumliegendes Holzscheit auf die gegenüberliegende Seite des Hofes. Wie erwartet schießt der Verfolger sogleich in diese Richtung. Zweimal. Viermal hallt das Echo des Knallens hin und her. Da ihm kein Schmerzensschrei antwortet, hält der Mann inne. Zwei weitere Kugeln hat er, dann ist das Magazin leer. Paul wirft erneut ein Scheit auf die gegenüberliegende Seite. Wieder ein Schuss in diese Richtung. Nur einer. Verdammt. Womöglich ahnt er meine List, und Verstärkung rückt schon an. Paul setzt jetzt alles auf eine Karte. Er erhebt sich und wirft eine zerbrochene Ofenkachel, deren Glätte er auf dem Boden erfühlt hat, auf seinen Verfolger, der den Fehler begangen hatte, neben der Hoftür stehen zu bleiben. Das Wurfgeschoss zerschlägt eine der Glasscheiben der Tür. Paul wollte den Polizisten nicht treffen, sondern nur den letzten Schuss provozieren. Es ist ihm gelungen. Beim Splittern der Scheibe verschießt der Verfolger im Schutzreflex des Erschreckens die letzte Patrone im Magazin. Sie trifft den Ofen. Wie unter dem Hammerschlag eines Schmiedes, nur schriller, heult das rostige Schwermetall auf. Nimmt Paul das Gehör. Er läuft sofort los, nutzt das Efeu der Hofmauer, um bis auf das Dach des Schuppens zu klettern, als er von da auf die nur wenig höhere Mauerkrone steigt, steht sein Verfolger unten, er hat nachgelegt und drückt auf den langen Schemen über ihm ab. Der hat ihn nicht bemerkt, springt aber im gleichen Augenblick von der Mauerkrone in den Nachbarhof.

Paul befindet sich nun auf dem weiträumigen Gelände der Lebensmittelgroßhandlung der Gebrüder Weinberger. Lebensmittel! Der größte Teil des von Wohnhäusern völlig umschlossenen Warenlagers ist angefüllt mit Baracken, Schuppen, Arealen von freistehenden Milchkannen, leeren Sauerkraut- und Weinfässern, Biertonnen, Bergen von gestapelten Kisten, Leitern, Sackkarren, Verschalungen, abgestellten Lastkraftwagen sowie einigen altmodischen Pferdefuhrwerken samt Zubehör. Der riesige Hof ist unterkellert, zahlreiche Ein- und Ausstiege sind in den Boden eingelassen. Gaslaternen werfen ein trübes, ungleich verteiltes Licht ab. Die hier herrschende Ordnung ist an Unübersichtlichkeit nicht zu übertreffen. Lebensrettend unübersichtlich für einen von der Polizei Gejagten. Aber hier drin bleiben, heißt, verborgen in der Falle sitzen. Um drei Uhr beginnt die Frühschicht, und bald darauf wird ausgeliefert. Ab halb drei ist das Tor für den Zugang der Arbeiter geöffnet. Als Paul aus dem Schutz des Schuppens tritt, hinter dem er in einem einst vom Wind angesäten Holunderstrauch gelandet ist, starren ihn drei Nachtarbeiter an. Sie haben den Schüssen vom Hof nebenan gelauscht. Er zieht seine Pistole und knurrt kurz: – Verschwindet! – Die Arbeiter treten zur Seite. Paul hastet quer durch die immobilen Transportmittel und diversen Warenlager zum Tor. Schnell! Ob mein Verfolger versucht, mir den einzigen Ausweg abzuschneiden? Pauls Knöchel schmerzen, seine Knie sind weich vom Aufprall auf dem Boden. Er wankt, fängt sich.

Der Pförtner hatte die Schüsse gehört. Er ist unbewaffnet und hat sich deshalb vorsichtshalber hinter seinem Pult verborgen, dabei die Alarmsirene betätigt. Sie stößt stechend Geheul in die Nacht. Durch! Niemand im Pförtnerhaus. Hauptsache die erwarten mich nicht schon hinter dem Tor. Dann ist es aus. Es heißt, wieder einmal Hase werden. Paul rennt mit der höchsten ihm noch möglichen Geschwindigkeit am Unterstand des Pförtners vorbei, bremst schlagartig ab, schlägt einen Haken nach links und birgt sich im nächsten Hauseingang. Niemand zu sehen. Doch. Sie stehen hinten an der Ecke zur Schröderstraße. Gestikulieren, diskutieren. Warten auf die Polizei. Wahrscheinlich haben sie mich gesehen. Weiter!

Im Rennen überlegt er. Bloß nicht zum Stettiner Bahnhof laufen, um dort auf den ersten Stadtbahnzug zu warten. Das ist noch mindestens eine Stunde hin. Im Wartesaal säße ich in der Falle, gäbe es eine Polizeikontrolle. Der Bahnsteig ist noch nicht offen. Um diese Zeit sieht man da jeden Menschen. Sie werden am ehesten um den Bahnhof herum kontrollieren, nachdem sie gesehen haben, in welche Richtung ich geflohen bin. Meine Kleidung ist auffällig beschmutzt, leicht eingerissen, stinkt nach Spei. Was sollte ich sagen, triebe ich mich am Stettiner Bahnhof um diese Zeit herum? Mit Revolver! Maske und Werkzeug in der Tasche! Bloß nichts wegwerfen, alles zu Hause vernichten. Auf verschlungenen Wegen zum Bahnhof Friedrichstraße? Zu riskant. Da kann ich einer Streife in die Arme laufen, die mich als verdächtig kontrolliert. Paul beschließt, den Rest der Nacht auf dem Friedhof der Sophiengemeinde am Ende der Bergstraße abzuwarten. Ab sieben Uhr geht das Geschiebe zur Arbeit in den Straßen los. Dann schwillt der Zulauf zur Stadtbahn derartig an, dass eine gezielte Kontrolle unmöglich wird. Dann werde ich heimfahren. Geduld. Auf absolut sicher gehen.

Wieder überwindet er mit Hilfe des Efeus eine Mauer, die Friedhofsmauer. Er kennt den Gottesacker von seinen Nachforschungen in der Schröderstraße her. Hier befindet sich das Grab des verstiegensten aller Philosophen, Max Stirners. Als Bürger hieß er bodenständig Johann Caspar Schmidt und war, wie das Lexikon weiß, Sohn eines „blasenden Instrumentenmachers" aus Bayreuth. Seine Philosophie des autonom-absoluten Egoismus schien dem Leipziger Polizeipräsidenten bei näherem Hinsehen derart abstrus, dass er ein zunächst erlassenes Verbot der die Staatsmacht herausfordernden Schrift vom Einzigen und seinem Eigentum Tags darauf wieder aufhob. War die Nichtachtung der Zensurbehörde, ihre Einstufung eines Werks als harmlos, weil blödsinnig, eine Schande oder die höchste Auszeichnung für einen Philosophen? Ganz gewiss das Letztere. Pauls Mund verzieht sich zu einem Lächeln. Im Unterstand während des Trommelfeuers hatte er häufig an Stirners Bekenntnis zum totalen Egoismus *Die Wirtschaftsbosse setzen ihren Angestellten und Arbeitern* gedacht, wenn er seinen *ein Menschenbild vor, wie es gehaltloser kaum geht und* opferwilligen Kameraden in *wundern sich, wenn die und ihre Politiker es* die gläubigen Gesichter schaute. Anrührend waren *auf ihrer Ebene nachleben.* diese Gesichter gewesen, bis sie irgendwo zerschmettert das Gras düngten. Hätte Stirners Philosophie sich über die Schulen verbreitet, sie wäre heilsam gewesen; es hätte keinen Krieg gegeben. Lebensrettender Egoismus. Nicht einzig für den Einzigen. Für alle und jeden. Man verachtet, was einem hilft. Lustvolle Selbstzerstörung. Damals in der warmen Stube bei wohltuendem Idealismus, jetzt bei grün angestrichenem Materialismus im Fresssaal. Stirners selbstbestimmter Mensch ist Schwachsinn. Die sächsische Polizei hatte Recht. So etwas ist ungefährlich, *200 Millionen Rechner will die von Negroponte gegründete* weil die Menschen von *gemeinnützige Initiative „Ein Laptop pro Kind"* Natur aus gegen Autonomie immun *in Zukunft in alle Welt schicken.* sind. Zoon Politikon klingt schön. Ist fürchterlich.

Paul hatte Stirners Grab während seiner Studienzeit einmal besucht. Eine Lindenallee mit vom Westwind schräg gedrückten Stämmen führt quer durch die Ruheplätze, die den aufgereihten Gebeinen zum Verwesen zugeteilt worden sind. Bis nahe an Stirners verbliebene Habe, eine flache Granitplatte mit nichts als seinem Pseudonym drauf, reicht sie. Nach dem letzten Baum links gehen. Nicht jetzt. Paul fühlt sich in der Stille und Dunkelheit des Friedhofs geborgen.

Linden sind schwer zu erklettern. Die Äste setzen hoch am Stamm an. Paul weiß, dass zwei noch niedrige Weißbuchen mit tiefstehenden Ästen das Grab einer Heldin säumen: Johanna Stegen, das ‚Mädchens von Lüneburg', liegt hier begraben. Das rechte Gegenbild Stirners. Sie hatte, ihr Selbst vergessend, im Befreiungskrieg 1813 der pommerschen Landwehr nahe ihrer Geburtsstadt bei laufendem Gefecht pausenlos Munition zugetragen und damit den Preußen zum Sieg über die französischen Okkupanten verholfen. Die Romantik suchte leidenschaftliche, sich verzehrende, sogar heroische Frauengestalten und war bereit, ihr beredte Grabmäler zu setzen. Nach ihrer Heldentat lebte die frühe Patriotin als treusorgende Hausfrau und Mutter mit Wilhelm Hindersin, dem an ihrer Seite ruhenden Gatten und Oberdrucker im Kriegsministerium in Berlin. Paul schnauft. Der Grabstein der Heldin hilft ihm, die stärkere der beiden Buchen, die rechte, zu erklettern. Hier findet mich keiner, selbst wenn sie den Friedhof absuchen. Buchen sind bis in den November hinein dicht belaubt. Ihre Blätter fallen schwer ab, verbräunen am Zweig. Jetzt gilt es, zwischen den Zweigen am Stamm klebend, den Sonnenaufgang abzuwarten. Den Zauber täglich neu zudringenden Lichts. Ein Geschenk, das ratlos macht, sieht man es heranwachsen. Das man am liebsten verschläft. Die Sonne bringt dich in den Tag, Feigling mit dem EK I. Mich hier auf dem Friedhof umbringen, das wäre ein Witz. Nicht einmal dazu bin ich Feigling vom EK I fähig. Der Familienvater scheute den Tod nicht und hat hunderte, wenn nicht tausende andere Familienväter umgebracht und ist unfähig, ein Mistvieh von Mensch aus dem Fenster zu werfen. Quält die erbärmliche Kreatur in hilfloser Wut über sich selbst zu Tode. In ein paar Stunden ist Alltag!

Der wegen Mordes an dem Bankiersohn von Metzler verurteilte Magnus Gäfgen bekommt für einen Zivilprozess staatliche Unterstützung. Das OLG Frankfurt bewilligt ihm Prozesskostenhilfe, um gegen den Berliner Richter Andreas Ohlsen vorgehen zu können, teilte ein OLG-Sprecher mit. Gäfgen verlangt von Ohlsen 10.000 Euro Schadenersatz, weil dieser ihn in einem Leserbrief als ‚Unmensch' bezeichnet hatte.

In den Abendausgaben der Berliner Zeitungen ist unter „Kurz und bündig" in sieben Zeilen von einer Schießerei im Morgengrauen nach gescheitertem Raubüberfall in der Schröderstraße in Berlin-Mitte die Rede. Der Täter sei unerkannt entkommen. Das Opfer, ein erst jüngst aus dem Gefängnis entlassener Heiratsschwindler, kämpfe mit dem Tode. Die Morgenausgaben des nächsten Tages erwähnen den Vorfall nicht mehr. In einer Metropolis *Dienstag: Eine Gruppe von Neonazis soll einen 40-* gibt es neueste Verbrechen zu Hauf *jährigen mit dem Bügeleisen schwer gefoltert haben,* ganz anderer Größenordnung. *weil sie ihn für einen Kinderschänder hielten (9 Uhr, Saal 121).* Auf jede frische Schrippe kommen mindestens zwei Missetaten. Pauls Wüten ist eine Lappalie, solange nicht feststeht, dass es wenigstens ein Mord war. Da nur die Morgenausgaben der Berliner Blätter nach Luckenwalde geliefert werden, erfährt Paul nichts von den Folgen seines Rachezuges in Berlin.

Zwei Monate später erhält er eine Vorladung auf das Kommissariat in Luckenwalde. Ohne Angabe eines Grundes. Oberkriminalkommissar Gruber, den er von Empfängen auf dem Rathaus her beiläufig kennt, erhebt sich, als Paul in die muffige Amtsstube mit dem viel zu kleinen Schreibtisch und der Schirmlampe aus schwarzem Blech tritt. Er reicht ihm die Hand. Eine Tatze, angenehm warm und trocken. Gruber, ein ruhiger, fülliger Mensch mit riesigem ovalen Kopf und Rüsselnase kommt ohne Umschweife zur Sache. Er habe dem Herrn Major im Auftrag des Polizeipräsidenten in Berlin routinemäßig ein Ermittlungsprotokoll vorzulesen und ihn zu befragen, ob er zu den geschilderten Vorgängen eine Erklärung abgeben wolle. Zur Erhellung irgendetwas, und sei es scheinbar gänzlich Unwichtiges, beitragen könne. Selbst als bloß indirekt Betroffener von einem Verbrechen höre man beizeiten etwas, könne vielleicht eine nützliche Einschätzung geben. Sie sei in diesem Fall vonnöten, solle die Polizei bei ihren festgefahrenen Ermittlungen weiter kommen.

Paul erfährt, wie die Beamten den Überfall auf Harf Löffler sehen: Als Rätsel. Sie tappen hinsichtlich des Tatmotivs im Dunkeln. Es war gewiss kein Raubüberfall, denn gestohlen worden ist nichts. Es gab auch wenig in der Wohnung zu holen. Nur Nippes von bescheidenem Wert. Ein Räuber hätte sich zudem eher an die Mutter, die langjährige Mieterin, gehalten, um ihr etwas abzupressen. Aber der ist nichts geschehen. Die Misshandlung Löfflers machte bei räuberischer Absicht nur Sinn, wenn das Opfer etwas in der Wohnung versteckt hielt, an das der Täter durch Folterung gelangen wollte. Dafür gibt es keinen Anhaltspunkt. Außerdem: wozu ihn knebeln, wenn er reden sollte? Es wäre sinnvoller gewesen, die Mutter zu knebeln. Der Eindringling hat die Wohnung nicht durchsucht. Also muss es sich wohl um einen Racheakt handeln. Wer kommt dafür in Frage? Löfflers frühere Opfer waren Frauen. Sollten sie jemanden beauftragt haben? Schwerlich. Diese naiven Personen hatten und haben keinerlei Kontakte zur Unterwelt. Löfflers Betrug lag schon lange zurück. Da klingen Rachewünsche ab. Pauls Schwester ist tot. Paul ist Nebenkläger gewesen. Er hatte sein Ziel einer harten Bestrafung erreicht. Er ist zudem ein angesehener Kaufmann, Major a.D., früherer Rechtsanwalt. Die Brutalität des Vorgehens spricht für einen Täter aus dem kriminellen Milieu. Hatte sich Löffler in der Strafanstalt Feinde gemacht? Darüber ist nichts bekannt. Hatte er jemanden verpfiffen? Der Direktor der Vollzuganstalt Rummelsburg hat bekundet, dass Löffler nach Lage der Akten niemals dergleichen *im Januar sind laut Sarkozy 9.000 Polizeiwagen angegriffen worden.* getan habe. Er sei ein verschlossener Einzelgänger unter den Häftlingen gewesen. Die anderen hätten ihn gehänselt und getriezt, er habe sich nie dagegen gewehrt, nicht einmal beschwert. Einer von der gegenüberliegenden Kirchengemeinde herbeigeeilten Krankenschwester sei es gelungen, ihn vor dem Ersticken zu bewahren. Sie habe ihn kräftig durchgeschüttelt. Dabei sei seine Atmung langsam wieder in Gang gekommen. Der Oberkommissar spricht im Plauderton. Er beobachtet, wie sich Pauls Oberkörper strafft, seine vorher gelangweilt dreinschauenden Augen mit einem Mal glänzen. Wie Paul sie senkt, um es zu verbergen. Paul ist erleichtert. Harf Löffler ist nicht gestorben. Aber gleich ist sein Hass wieder da: Das schäbigste Gewürm hat das zäheste Leben. Die wertvollsten Kameraden sind im Feuerhagel verblutet. So ein Stück Dreck lebt nach meiner Misshandlung weiter. Man habe Löffler im Krankenhaus eine Keimdrüse entfernen müssen. Zerquetscht seien die Hoden gewesen. Einer wurde nach starker Kühlung gerettet. Ein Höllenschmerz muss das gewesen sein. Die Zeugungsfähigkeit sei sicher verloren, und einen andauernden Herzschaden habe das Opfer erlitten. Paul hört es mit Befriedigung. Zwei widerstreitende Empfindungen fallen über ihn her: Der Ekel, den er bei der Berührung von Löfflers Geschlechtsapparat empfand, und ein altes Phantasma. Als seine Leute zum ersten Mal vor ihm auf dem Kasernenhof angetreten waren, überkam ihn der Wunsch, ihnen die Hosenställe zu öffnen, ihre Gemächte hochzureizen und nacheinander an allen zu reiben, sie zur Ejakulation zu bringen, alle gleichzeitig. Er scheucht die unangenehmen Erinnerungen weg, vollzieht dabei eine Handbewegung, als erwehre er sich einer Stechfliege. Löffler sei seit dem Überfall apathisch. Verlasse nicht mehr das Haus. Habe lange andauernde Ausbrüche von Angstschweiß. Rede kaum mehr. Insbesondere nicht über den Überfall. Schon wieder Kosten für die Gesellschaft durch so eine Laus. Er habe nicht einmal eine Täterbeschreibung gegeben. Die hätten jedoch einige Hausbewohner und drei Arbeiter der Firma Weinberger geliefert, denen der Täter auf der Flucht begegnet sei. Dieser habe sie mit einer Waffe bedroht, um ungestört an ihnen vorbeizukommen. Es sei nach übereinstimmenden Angaben ein recht langer, hagerer Mann mit wahrscheinlich kräftigem Haar gewesen, denn die über den Kopf gezogene Wollmütze von Übergröße, ich trage so eine im Winter, der Kommissar fasst sich an den Kopf, sei über der Stirn geweiteter als in Nasenhöhe gewesen. Der Täter habe ein teures Lumberjack und eine gebügelte Hose getragen. Einer der Arbeiter, ein ehemaliger Unteroffizier, habe erkannt, dass der Täter eine großkalibrige Pistole in der Hand hielt, wie sie im preußischen Heer in Gebrauch gewesen sei.

– Herr Prodek, können Sie irgendetwas zur Aufklärung dieses sonderbaren Tatvorganges beitragen? Haben Sie Vermutungen oder gar Anhaltspunkte für die Täterschaft einer Ihnen irgendwie, zum Beispiel durch den Prozess, bekannten Person? Sie haben damals als Nebenkläger ein hochemotionales Plädoyer gehalten, heißt es. Sie standen vielleicht in Kontakt mit den Opfern und deren Umfeld? –
Gruber sieht Paul fest und abwartend an. – Wie gesagt, es handelt sich um eine rein routinemäßige Befragung der betrogenen Frauen, beziehungsweise im traurigen Fall ihrer Schwester, des Opfervertreters. Ergibt sich kein neuer Anhaltspunkt, werden die Kollegen in Berlin die Akte vorläufig schließen. Ich fürchte, für immer. Bisher tappen sie ja ziemlich im Dunkeln, wie Sie gehört haben. Sonst hätten sie mich nicht um Hilfe gebeten.

Paul hört vom Dunkel mit Erleichterung, atmet etwas schneller. Ich muss die Dinge in der Hand behalten. Gruber ist gerissen. Paul überlegt, sagt dann zaudernd: – Ich denke nach, besinne mich, aber ich fürchte, ich kann Ihnen und Ihren Kollegen in Berlin nicht weiterhelfen. Ich weiß nicht mehr als die, hatte nur wenig Kontakt mit den anderen Frauen. – Er lacht. – Mir ist lediglich aufgefallen, dass die Personenbeschreibung geradewegs auf mich passen würde. Auch habe ich zwei großkalibrige Pistolen zu Hause. Schießen ist mein einziges Steckenpferd. Haben Sie mich womöglich heimlich in Verdacht, Herr Oberkommissar? – Paul schaut ihm verhalten, aber offensiv ins Gesicht. Oberkommissar Gruber lacht aus seinem riesigen Eiergesicht, das ihm so gut steht, freundlich zurück. – Die Berliner können Sie nicht verdächtigen, weil Sie denen von Person her unbekannt sind, Herr Prodek. Die haben mich nur routinemäßig eingeschaltet. Aber gut, dass Sie selber darauf kommen. Mir ist die Ähnlichkeit der Personenbeschreibung natürlich sofort aufgefallen. Verhielte es sich anders, säße ich am falschen Platz. Auch könnte in Ihrem Fall der Rachewunsch am längsten fortglühen. Doch was will das sagen? Sie wissen

es als Jurist wie ich: Gar nichts. Die äußerst vage Beschreibung passt auf viele Männer. Und die Waffe? Das Zeug wird auf den Schwarzmärkten massenhaft angeboten, weil im Krieg viel zu viel davon hergestellt worden ist. Ich habe kriminalistische Erfahrung genug, um allein auf solch vager Grundlage keinen Verdacht zu äußern, nicht einmal in mir aufkeimen zu lassen. Wie schnell kann man sich da verrennen. Ich habe die Übereinstimmung bemerkt. Weiter nichts. Ich kenne Sie und traue Ihnen ein so schweinisches Verhalten nicht zu. Nicht einmal aus Rachegefühlen, die Sie selbst nach Jahren noch haben könnten. Aber da ich die Akte aus Berlin mit dem Ersuchen um Nachforschung erhalten habe, muss ich, wie Sie selbst erkannt haben, meiner Pflicht genügen, was heißt, Sie etwas intensiver befragen, als ich es normalerweise getan hätte. Eben wegen der zufälligen Ähnlichkeit. – Gruber macht eine Miene, als seufzte er. – Ich darf kein Indiz für eine Täterschaft, und sei es das kleinste, im Raum stehen lassen. So will es meine Pflicht als Beamter. Ohne jede Voreingenommenheit muss ich ermitteln. Ich wäre Ihnen deshalb dankbar, wenn Sie mir sagten, wo Sie sich am 12. Oktober und vor allem in der Nacht zum 13. aufgehalten haben. Es ist eine Weile her, und ich weiß, Sie sind arg beschäftigt. Wahrscheinlich müssen Sie Ihren Kalender konsultieren, wenn Sie ihn nicht zufällig dabei haben. –
– Mit so etwas habe ich wirklich nicht gerechnet, Herr Oberkommissar. Die Vorladung war gänzlich unbestimmt. Nicht von Ihnen unterschrieben, sondern einer Angestellten. Ich habe an alles Mögliche gedacht. Wer begeht nicht mal eine kleine Übertretung im Betrieb? Womöglich ging es um meine Leute. Wenn Sie mich förmlich befragen, möchte ich auf Nummer sicher gehen und tatsächlich vorher in meinem Kalender nachschauen; denn sollte ich wegen Gedächtnislücken etwas Falsches vorbringen, würde ich wirklich verdächtig. Reicht es, wenn ich Sie in einer halben Stunde anrufe und Ihnen mein Alibi mitteile; denn darum geht es doch wohl, seien Sie ehrlich, Herr Oberkommissar. Ich muss Ihnen gestehen, das Wort schreckt mich. Ich komme mir fast vor wie ein Beschuldigter. – Pauls Erregung in der Stimme ist echt.
Gruber hört genau hin. – Herr Prodek, Sie waren Offizier. Sie wissen, ich tue nichts als meine verdammte Pflicht und Schuldigkeit als Polizist. Und ich bin gewissenhaft. Es tut mir leid, wenn ich Ihnen Unannehmlichkeiten bereite. Das Wort Alibi haben Sie eingeführt, nicht ich. Ich habe Sie nicht als Verdächtigen vernommen. Nicht einmal als Zeugen, denn Sie können eigentlich nichts wahrgenommen haben. Es war eine routinemäßige Bitte um Mithilfe und Auskunft aus Berlin. Ich bin ihr nachgekommen. Sie brauchen, wenn Sie wollen, meine Aufforderung nicht zu befolgen. Ich habe sie rein vorbeugend in meinem Interesse vorgebracht, denn ich kann,

wenn Sie meine Bitte erfüllen, die Akte beruhigt nach Berlin ohne weitere Erkenntnisse zurückschicken. Ich habe mir dann nichts vorzuwerfen. Sonst müsste ich natürlich pflichtgemäß auf die Ähnlichkeit hinweisen und nachfragen, ob die Berliner deshalb weiter ermitteln wollen. Darf ich also Ihren Anruf in der nächsten halben Stunde erwarten? Ja? Vielen Dank, Herr Prodek. Bis gleich. Und entschuldigen Sie nochmals meine Gewissenhaftigkeit. Berufsverfehlung, halt. –
– Sie tun recht, Herr Oberkommissar. Sie behelligen mich keineswegs. Jeder muss an seinem Platz die ihm obliegende Aufgabe gewissenhaft erfüllen. Und jeder Staatsbürger kann einmal unvermutet in Verdacht geraten, eine Straftat begangen zu haben. Gestatten Sie mir aber noch eine Bemerkung in Antwort auf Ihre Eingangsfrage. Ich erfülle damit ebenfalls meine Pflicht. Mir kommt aufgrund meiner Erfahrungen als Anwalt mit dem kriminellen Milieu, obwohl sie sehr kurzzeitig gewesen sind, wie Sie wissen, spontan ein Gedanke: Könnte es nicht sein, dass Löffler in Rummelsburg zwar niemanden bei der Anstaltsleitung verpfiffen oder auch nur angeschwärzt hat, dass aber ein Mithäftling oder sogar mehrere überzeugt davon waren, er habe das getan, zum Beispiel als irgendein von den Häftlingen geschmiedetes Komplott oder ein Schwarzhandel zwischen verschiedenen Zellen aufflog? Dass womöglich der wahre Denunziant den Verdacht auf Löffler lenkte? Nach der Art des Vorgehens und dem Geschick des Täters, sich dem ihn verfolgenden Wachtmeister Schultzke zu entziehen, spricht alles dafür, dass ein geschulter Krimineller am Werk war. –
– Bedenkenswert, Herr Major. In der Tat. Ich sollte den Berliner Kollegen Ihre Überlegungen mitteilen. Ich glaube jedoch nicht, dass es eine verwertbare Piste ist, denn nicht nur die ordentliche Kleidung, vor allem der Tathergang spricht meines Erachtens deutlich gegen jemanden aus dem Milieu. Die unternehmen solche Aktionen selten allein, und hier handelt es sich allem Anschein nach um einen Einzelgänger. Auffallend ist, dass er, obwohl bedrängt, von seiner Schusswaffe keinen Gebrauch gemacht hat. Nicht mal einen Warnschuss hat er abgegeben. Das geschieht selten im Milieu, eigentlich nur bei der Aristokratie der Ganoven. Die sitzt aber nicht in Rummelsburg ein, sondern in Tegel. Und schließlich ist merkwürdig, dass Harf Löffler erst geknebelt und dann entknebelt wurde, als er zu ersticken drohte. Offenbar wollte der Täter ihn nicht töten, sondern nur quälen. Die Ganoven machen in solchen Fällen lieber ganze Arbeit. Die schalten einen unliebsamen Zeugen gnadenlos aus. –
Gruber hat sich bei den letzten Worten erhoben. Er reckt das speckige Kinn nach vorn. Seine Rehbockaugen sehen Paul nachdrücklich an. Er zögert, als hielte ihn etwas zurück. – Wissen Sie- sagt er dann ganz schnell

und heftig, – ich habe Ihnen das Wichtigste bisher vorenthalten. Ich wollte Sie erst einmal ganz unbefangen anhören. Nicht beunruhigen. Ich glaube aber, ich komme nun doch schon damit heraus: Der Täter hat eine für ihn peinliche Spur in der Wohnung hinterlassen. – Gruber zögert erneut, will in Pauls Gesicht lesen. Vergeblich. Paul schaut nur erstaunt auf. – Die Berliner haben auf dem Boden neben Löfflers Bett eine Eisenbahnfahrkarte von Luckenwalde nach Berlin und zurück gefunden. – Pauls Augen sind nach unten gerichtet. Er hebt den Kopf, zieht die Brauen hoch, schnalzt mit der Zunge. Erwidert den Blick des Kriminalpolizisten.
– So? – Jetzt setze ich Zögern als Waffe ein, du Schlaumeier. Er legt den Kopf zur Seite. Lächelt verächtlich.
– Erster oder Zweiter Klasse? Wenn Sie schon am Ausplaudern sind, möchte ich es genau wissen. – Kacke! Ein Fehler.
– Wieso fragen Sie? –
– Wieso antworten Sie mir nicht? Ich habe zuerst gefragt. –
– Es steht nicht in den Akten. –
„Es steht da nicht drin, das stimmt; es steht da nicht, weil Sie lügen, Herr Oberkommissar. Und das dürfen Sie nicht, wie Sie wissen. Jetzt sind Sie wirklich zu weit gegangen. –
– Wieso sind Sie so sicher, dass es nicht stimmt, Herr Prodek? – Gruber strahlt, als hätte er mitten auf der Straße einen Klumpen Gold gefunden. Der Fisch hat nun doch angebissen und merkt es nicht einmal.
– Wenn es sich so verhielte, wie Sie sagen, hätten Sie mich wegen der Täterbeschreibung festnehmen, vielleicht sogar verhaften lassen müssen. Jedenfalls förmlich vorladen und vor allem als Beschuldigten befragen. Das wäre Ihre Pflicht gewesen, und die nehmen Sie, wie stadtbekannt ist, sehr genau. –
Der Aal! Entwischt! Gegen diese Art Erklärung bin ich machtlos. Jeder andere, selbst ein Unschuldiger, wäre verunsichert gewesen. Aber noch ist er nicht ganz raus aus der Klemme.
– Sehr freundlich, dass Sie mir ein unkorrektes Vorgehen nicht zutrauen. Aber ist eine Lüge nicht ebensowenig korrekt, vielleicht noch schlimmer? Und die trauen Sie mir zu? –
– Herr Oberkommissar, wir sind beide vom Fach. Sie in solchen Angelgenheiten mehr als ich. Aber mit der Lüge können Sie es so drehen, dass Ihnen der Gedanke dazu erst während meines auffälligen Verhaltens während unseres Gesprächs gekommen sei, und hätte meine Reaktion Sie nicht überzeugt, hätten Sie sofort erklärt, ich würde von nun ab als Beschuldigter vernommen. Die Eisenbahnfahrkarte, wenn es sie gäbe, war Teil der Akte. Sie hätten also, wenn Sie es mir verschwiegen, von Beginn an und ganz bewusst unerlaubt gehandelt. Sie wissen, was das für Sie be-

deutet hätte. – Paul legte eine kurze Pause ein. – Ich könnte mich über Sie höheren Orts beschweren, Herr Oberkommissar. Sie wissen, ich gelte etwas im Kreis. Wie kommen Sie dazu, mit einem verbotenen Trick gegen einen unbescholtenen Bürger vorzugehen, der nach Ihren eigenen Worten nicht ernsthaft im Verdacht einer Straftat steht? –

– Sie haben recht, Herr Prodek. Das Privileg zu lügen, auch in der Ermittlung, haben, wie Sie bestens wissen, die Kriminellen. Aber ich war mir sicher, als ich nach langem Zögern mit diesem Lupfer versuchte, schnell klarer zu sehen, es läge in Ihrem eigenen Interesse, wenn Sie sich nichts vorzuwerfen haben. Ich wollte die Sache hier und heute bereinigen. In dem einen oder anderen Sinne. Am liebsten natürlich im anderen. Nach allem, was ich von Ihnen weiß, und wie Sie bestätigt haben, schätzen Sie Gewissenhaftigkeit, und manchmal auch unorthodoxes Vorgehen. Sie stehen in diesem Ruf seit Ihrer Militärzeit. Deshalb habe ich mir diese Freiheit oder Frechheit, ganz wie Sie wünschen, herausgenommen. – Er lacht. Das Kinn schwabbelt. Ablenkung.

– Sie sind gefährlich weit gegangen, Herr Oberkommissar Gruber. Sie überschätzen meine Kaltblütigkeit. Auch ein Unschuldiger kann nervös reagieren, wenn sich Indizien gegen ihn verdichten. Ich hoffe, es bleibt bei diesem einen Ausrutscher. Ich schätze Sie in der Tat als einen der tüchtigsten Beamten in der Stadt. Ihre Aufklärungsrate ist phänomenal. Doch übertreiben Sie bitte Ihre Gründlichkeit nicht. Mir ist schon klar, dass Sie ohne Ansehen der Person vorgehen müssen und es geringe Verdachtsmomente gibt, die mich belasten. Ich will Sie deswegen nicht tadeln. Zumal Sie Ihren Fauxpas gleich zugegeben haben, als ich die Finte durchschaute. Aber verboten ist nun einmal nicht erlaubt. Und mit vermuteter Einwilligung können Sie, wenn es um so schwerwiegende Sachen geht, nicht kommen. Selbst bei mir nicht, der ich viel Verständnis für gute und sagen wir, trickreiche, Ermittlungsarbeit und obendrein Humor habe. Lassen wir drei grün sein und sagen wir, Sie haben die Katze gespielt und mich als Maus gesehen, die Ihnen unerwartet und bei vollem Bauch über den Weg lief. Sie haben Fangeübung abgehalten, um desto besser schwere Jungs zu foppen. Wenn es sich so verhält, habe ich der Justiz genützt und will mich nicht über Sie höheren Orts beklagen. –

– Wir verstehen uns, Herr Major Prodek. Entschuldigen Sie bitte meinen Übereifer. Er ist mir angeboren. Ich darf nicht auf die Person sehen. Sie haben es richtig festgestellt. Ich weiß Ihre Mitarbeit zu schätzen, habe Ihren Hinweis notiert und und werde ihn weitergeben. Als Zeichen der Wiedergutmachung verzichte ich auf Ihren Anruf. Die Sache ist damit für Sie erledigt. –

– Nicht für mich. Ich bin jetzt misstrauisch geworden, obwohl ich nicht nachtragend sein werde. Sie haben sich in Ihren Schlingen zu sehr in Widersprüche verwickelt. Jetzt will ich die Sache ein für alle Mal vom Tisch haben. Sie erlassen mir jetzt großzügig eine Nachforschung, von der Sie mir zuvor erklärt haben, es handele sich ohnehin nicht um eine Verpflichtung. So geht das nicht. Ich rufe Sie in einer halben Stunde an. – Oberkriminalkommissar Gruber lächelt verlegen und verabschiedet Paul mit einem wiederum angenehm warmen Händedruck, verbeugt sich dieses Mal ein wenig und wünscht schmallippig einen angenehmen Tag. Kaum hat Paul das Büro verlassen, zieht der Oberkommissar die Unterlippe hoch, wölbt sie über die Oberlippe, schließt seine Rehbockaugen und seufzt. Mist! Es hätte mir Spaß bereitet, den zu überführen. Was für eine Überraschung in unserem stillen Luckenwalde. Obwohl der schon in anderes verwickelt war.

Damit habe ich nicht gerechnet. Der Hund! Indem er mir das Alibi erließ, wollte er mich wieder reinlegen. Ich kriege es nur mit Hilfe meiner beiden Frauen. Meiner Hauskatze und meiner Bürostute. Was für ein Aberwitz: Der Staat macht mich zum Massenmörder an Unschuldigen und verbietet mir, Rache zu nehmen an einem Schurken. Der 12. war ein Sonntag. Ich habe den Tag gewählt, um wenig Arbeitszeit zu verlieren. Das ist schon einmal gut. Da nützen Befragungen im Büro nichts, ich muss nur Etta nachträglich einweihen. Es fällt mir schwer, weil ich ihr vorher nichts gesagt habe. Ich wollte nicht, dass sie mit der Tat zu tun hat. Fürchtete auch, sie könnte mich davon abhalten. Man soll keine Geheimnisse vor dem Menschen haben, mit dem man das Schicksal teilt. Ich hoffe, sie wird mich verstehen. Am 13. bin ich erst kurz nach 10 ins Büro gekommen, weil der Zug aus Berlin um 9.12 in Luckenwalde eintraf. Das war ungewöhnlich spät für mich. Ich bin normalerweise um 7.15 an der Arbeit. Aufgefallen bin ich bei der Ankunft niemanden, weil ich mich in der Zugtoilette umgezogen und gesäubert habe. Einen Bekannten habe ich weder im Zug noch auf dem Bahnhof getroffen. Glück gehabt! Aber meine Sekretärin hat in ihrem Kalender stehen, dass ich erst so spät eintraf. Da kann nur Wiltraut helfen. Sie muss bestätigen, dass wir uns nach einem Anruf von ihr am Sonntagabend wegen Schwierigkeiten bei der Abgabe der Steuererklärung, die sie am Wochenende vorbereitet hatte, am Montag um 7 Uhr in ihrem Büro trafen. In ihrem Büro, weil dort alle Unterlagen sind. Wiltraut macht das. Ich brauche ihr nicht zu sagen, wieso sie, wenn nötig, so etwas aussagen und sogar beschwören soll. Ich muss sie dafür etwas mehr pflegen als bisher. Schlafen mit ihr bleibt aber tabu. Nicht nur wegen Etta, sondern vor allem wegen Botho und Bolko. Die beiden stünden dauernd hinter dem Bett, täte ich es. Bolko hätte keine Hemmungen, mich deswegen umzubringen und dafür ins Zuchthaus zu gehen. Er betrachtete das als Ehrenangelegenheit. Wacht über das reine Witwenleben seiner Mutter. Zurück im Geschäft setzt Paul sich in einen Sessel, brütet mit gesenktem Kopf vor sich hin, ins Leere hinein. Ich bin ein bekennender Schweinehund. Er schickt die Sekretärin auf eine längere Besorgung. Eilt inzwischen in Wiltrauts Büro. Nach dem kurzen Gespräch ruft er den Oberkommissar an. Als die Sekretärin zurück ist, sagt er, er habe seiner Tochter versprochen, ihr heute beim Geigenspiel zuzuhören, sie habe etwas komponiert. Er lächelt bedeutungsvoll. Eilt nach Hause, um mit Charlotte zu sprechen.

Oberkriminalkommissar Gruber ist ein nicht nur scharfsinniger, sondern auch ein auf Arbeitsökonomie bedachter Mann. Er lädt, nachdem Paul bei ihm angerufen und sein Alibi abgeliefert hat, Charlotte und Wiltraut nicht zur Vernehmung. Es sind keine vorzüglichen Zeugen, die Paul aufgeboten hat, seine Frau und eine leitende Angestellte. Die fressen ihm aus der Hand. Wie sollte es anders sein? Und wie sollte es wiederum anders sein, als dass ein biederer Bürger üblicherweise die Nacht allein mit seiner Frau im Bett verbringt? Die frühe Besprechung ist ebenso normal. Eine Hausdurchsuchung bringt nichts. Dass Prodek mit Genehmigung alte Heerespistolen hat, ist bekannt, und der Täter hat nicht geschossen, eine Untersuchung seiner Waffen und Munition wäre sinnlos. Alle sonstigen Spuren hat er vernichtet. Er kennt sich aus. Mit einem so dürftigen Dossier kann ich nicht zum Staatsanwalt gehen. Der fertigt mich nach dem ersten Satz ab. Ob ich angesichts der grassierenden Bandenkriminalität und Schrottschiebereien mit meinem Scharfsinn nichts Besseres anzufangen weiß, als Bürger, die über jeden Verdacht erhabene Kriegshelden sind und viel für die Stadt getan haben, zu drangsalieren? Ob ich wegen meiner Erfolge übermütig geworden sei? Ob ich seine und meine Karriere versauen wollte? Dann schmeißt er mich raus. Der Oberkriminalkommissar seufzt ein weiteres Mal. Er hat schon lange aufgehört, darüber nachzudenken, was ehrbar ist. Er erfüllt seine Pflicht und schickt die Akte mit Pauls Stellungnahme nach Berlin zurück. Ohne das Alibi überhaupt zu erwähnen.

In der folgenden Nacht träumte Paul, dass er mit Katja Gewöll unter Eulenhöhlen sammelte.

EIN DEUTSCHER LEONIDAS – ‚SOLCHE HELDEN BRINGT DIE MARK HERVOR'

Der Transport von Artillerie (Sachmaterial) mit der Eisenbahn an die Front ist aufwendiger, als Infanterie (Menschenmaterial) auf das Schlachtfeld schaffen. Diese technisch begründete Tatsache bedeutet im Spätsommer des Jahres 1914 für zehntausende junger Männer wegen ihrer überschäumenden Hingabe an das Vaterland jähen, sinnlosen Tod, selbst, und eigentlich vor allem, im militärischen Sinne. Clausewitz wird zwar weiter verlegt, hat aber längst Hausverbot in den Hirnen des Generalstabs. Von ehrgeizigen Offizieren angetrieben, die ihre Auszeichnung im Kopf haben, berennen die von Liebe brennenden Burschen ohne ausreichende Artillerievorbereitung und ohne kugel- und splitterfeste Stahlhelme die feindlichen Stellungen. Ihre zum Himmel weisenden Pickelhauben sind aus Leder. Ihr Tatendrang ist unbändig. Je mehr fallen, desto leidenschaftlicher suchen die Nochlebenden das Opfer. Wir auch! Wir sind nicht schlechter! Der Andrang im Vorzimmer des Todes war niemals in der Weltgeschichte größer. Niemand zweifelt am Sieg, wenn sich alle bedingungslos hingeben. Der Wert eines deutschen Sieges ist unermesslich. Es wird **unser** Sieg sein, ob wir leben oder gefallen sind. Damit mein Sieg. Deutschland muss leben, und wenn wir sterben müssen! Der Krieg bietet jedem Mir, die Gelegenheit, sein Mein Leben für eine große Sache zu opfern. Im Frieden ist es das Privileg einiger Forschungsreisender, Wissenschaftler,

Entdecker. Bei Aufruhr das von Revolutionären. Jetzt für alle, die nicht zu schwach auf der Brust sind. Es herrschte über vierzig Jahre lang Frieden. Auf Dauer ist es erbärmlich, seine Männlichkeit nur gegen Wild oder auf Schürzenjagd zu beweisen. Ans Vaterland, ans teure, schließ dich an! Das halte hoch! Was immer es tut. Sieg winkt und endloser Jubel, der im Vorhinein in jedem/meinem Herzschlag aufdröhnt. Gesang, Gesang aus tausend Kehlen während der langen Zugfahrt an den Feind. Auf, auf zum Kampf, zum Kampf, zum Kampf sind wir geboren ...dem Kaiser Wilhelm reichen WIR die Hand.

Seit über hundert Jahren hat die preußische Armee keine Niederlage mehr erlitten. Preußen führt Deutschland. Deutschland ist mächtiger und großartiger noch als Preußen. Wir können, was unsere Ahnen konnten. Mehr. VIEL MEHR. Denn wir sind stärker, mächtiger. Niemand denkt an einen langen Krieg. Kein Befehlshaber denkt daran, zu haushalten mit den Trägern der Waffen und ihrer Begeisterung. Sie stehen reichlich, willig, billig für schnelle erste Siege bereit. Welche Führung könnte der Versuchung widerstehen, die menschliche Explosivkraft, über die sie verfügt, schneller noch als Bomben und Granaten freizusetzen? Was heißt schon unsägliche Verluste, wenn ein Kessel überschäumt und es selig macht, dem Brodeln und Zischen zuzusehen? Wenn Siegesmeldungen in die Heimat ergehen. Dort täglich bis ins kleinste Dorf die Kirchenglocken läuten, manchmal alle drei, vier Stunden. Die Fahnen hoch! ‚Schon wieder ein Sieg.' Hurra! ‚Nun danket alle Gott mit Herzen, Mund und Händen'. Ein einig Volk von Brüdern! Endlich, endlich wieder!

Paul ist froh, dass das Verfrachten und Transportieren der Geschütze, der Kaltblüter und Traktoren, der schweren Munition höchste Sorgfalt und ständige Überwachung und Pflege erfordern. So haben seine Leute zu tun und können während der tagelangen Reise das Feuer ihrer Begeisterung nicht durch Singen und Reden unablässig neu und stärker entfachen, während er still dabei sitzt und die Wahl hat, ob er schauspielern oder die Rolle des nachdenklichen Außenseiters übernehmen will. Ich tue meine Pflicht. Wie geboten. Sachlich. Wie es meine Aufgabe als Offizier ist, die ich beschworen habe. Keine Emotionen will ich zulassen. SIE haben den Krieg gewollt, nicht ich. Ich werde nicht mit ihnen leiden. Nicht einmal um mich und die Meinen. Ein klarer Kopf leistet mehr als ein feuriger. Er versucht das seinen Leuten einzutrichtern:
– Der Krieg ist ein ernstes Geschäft. Kein Indianerspiel. Hat der alte Moltke je gejubelt, wenn ein Krieg ausbrach? – Sie schmunzeln. Unser besorgter Chef mit seiner stoischen Pflichtauffassung. Doch in uns brennt

ein heiliges Feuer. Wir packen alles. Noch nie in seiner Geschichte war Deutschland stark wie heute. Sie alle spüren es bis in den kleinen Zeh: Es wird ein grandioser Sieg. Er wird alle bisherigen ausstechen. –Unser Vorbild ist Blücher- ruft einer Paul frech entgegen. –Das ist hundert Jahre her. Moltke hat den Krieg rationalisiert, wie es unsere technische Zeit gebot. Schon damals. Heute viel, viel mehr. Moderner Krieg erfordert schärfsten Gebrauch schärfsten Verstandes. – – Begeisterung braucht es vor allem- schallt es zurück. –Schon- antwortet Paul –aber viel, viel mehr noch Verstand. – Er geht seiner Wege. Er weiß, dass es ein langer und elender Krieg wird. Unsere Gegner sind uns materiell, einschließlich Menschen, angesichts des Potentials ihrer Kolonien und Dominien eiffelturmhoch überlegen. Sie wissen das. Keiner bei uns will es zur Kenntnis nehmen. Unsere Feinde werden sich selbst durch erschütternde Niederlagen nicht entmutigen lassen. Die Kindsköpfe hier sind randvoll mit Vergangenheit. Sie glauben, heißes Blut entscheide den Krieg. Wir brauchen einen langen Atem und viel, viel Geschick, um den Kopf aus der Schlinge zu ziehen, die uns Franzosen und Briten hingehalten und in die wir ihn freiwillig gestreckt haben. Wie froh ist er nun, bei der Artillerie zu sein. Er kommandiert kein Kanonenfutter. Artilleristen sind die Techniker unter den Soldaten: Geschult in der Bedienung von Großgerät, umsichtig, abgehärtet gegen Detonationen, gewohnt als Mannschaft zu arbeiten. Scharnhorst war Artillerist.

Paul weiß nicht, was Deutschland in diesem Krieg sucht. Preußen hat nie einen Krieg ohne Anlass und vor allem Sinn geführt. Clausewitz hat die Sinnfrage im Krieg scharf formuliert. Wollen wir Land? Welches? Wir haben alles, was zu Deutschland gehört und sich integrieren lässt. Bereits mehr als das. Neue Kolonien? Die sind unerreichbar, unbeherrschbar, teuer. Wir werden, die wir haben, schnell verlieren. Da nützt uns keine starke Flotte. Der Suezkanal, der Panama-Kanal sind schon gebaut und befeiert worden. Wir müssen technische Großtaten auf anderen Gebieten suchen. In der Heimat. Was sollten wir mit Indien? Selbst einem Teil davon? Die jetzigen Kolonien überfordern unsere Kapitalkraft. Suchen wir Vorherrschaft? Wozu? Ein in Leben und Kapital gemessen teurer Luxus. Paul würde aufgrund seiner im Kopf steckengebliebenen strategischen Überlegungen den Krieg, nachdem wir einmal durch diplomatisches Ungeschick und Mutwillen hineingeraten sind, defensiv führen. Vor allem im Westen. Da kann uns nichts passieren. Flexibel im Osten. Ein paar Mal kräftig ausholen, den Kriegstreibern in St. Petersburg die Flausen austreiben, damit Russland endlich seinen blödsinnigen Druck auf Österreich-Ungarn aufgibt. Das ist unser einziges, uns bloß indirekt berührendes strategisches

Ziel. Leidenschaft in den Balkan stecken, lohnt nicht. Der Balkan ist der Krankheitsherd Europas, weil dort zu heißes Blut haust. An der Ausbreitung des zaristischen Russland hat auch der Westen kein Interesse. Unsere jungen Leute denken nicht. Sie sind von 1813, 1815, 1866, 1870 geblendet. Von Griechenland und Rom. Zuviel und zulange hat man ihnen die Heldentaten der Vorväter in die Ohren gesungen. Jetzt ist Gelegenheit, es ihnen gleichzutun. Sie zu übertreffen. Keiner widersteht. La lutte est le but. Im vorigen Jahrhundert musste Frankreich niedergerungen werden, weil es Deutschland erst besetzt hielt und später an seiner Entfaltung hinderte. Frankreich ist jetzt zu schwach, um Deutschlands weiterem Aufstieg im Wege zu stehen. Wieso starren die deutschen Deppen trotz der eigenen Stärke wie nun schon seit drei Jahrhunderten gebannt an die Seine, als würde dort der Gral der Neuzeit bewahrt? Sie erniedrigen sich damit, merken es nicht. Der Triumphbogen lockt, obwohl sie die Franzosen beschimpfen, verlästern. Wenn sie nicht Montmartre im Kopf haben. Sie wollen da unbedingt hin und rein und ran. Kein Preis ist zu hoch für eine Parade auf den Champs-Elysées, für den Besuch der Folies Bergères, das Schwelgen danach in den samtroten Puffs als Sieger mit Madeleinchen am Arm und um den Hals. Das Schlimmste verhindern. In meiner Einheit. Erkalten wie ein Olm im zugefrorenen Teich. Alle Gefühle systematisch und gnadenlos abtöten, sonst halte ich nicht durch. Immer denken, SIE haben es **GEWOLLT, JUNG ZU STERBEN.** Sei es elendig, wie es wolle. Weil es ergreifend ist. Lust- und ehrenvoll. Sollen sie! Denn es stimmt. Was ist schon das Leben? Kurzes Aufflackern von Fleisch und Empfindung inmitten endlos gesetzter Teilnahmslosigkeit. Lieber heftig und jäh zerschellen, als träge und zäh vergällen! Minga wollte vom Schimmel unserer Lust aus dem Leben fallen. Suchte nach einem Knopf dafür. Gibt es Herrlicheres, als jubelnd, vom Schmerz ergriffen, dem Tod in die Arme zu fallen? Wie Begierde nach dem Schoß eines Mädchens ist es. Sollen die Heldentatsüchtigen an ihrer glückseligen Torheit verrecken! Elendig! Sie haben es gewollt. Sie ziehen mich mit, weil ich mit ihnen ziehe. Nicht revoltiere gegen das grassierende Hosianna des Blödsinns und des Grauens. Den hinreißenden Dusel. Dieses arschig warme **WIR,** das es gar nicht mehr gibt. Jean Jaurès haben die Scharfmacher in Frankreich erschossen. In Deutschland war dergleichen nicht nötig. Der Kaiser rief und alle, alle strömten, brachten ihm ihre Gaben. Wo ist der Generalstreik der Proletarier der Welt gegen die Mobilmachungen? Wo die Weltrevolution? Wie Teigsternchen schwimmen die Sozis auf des Kaisers Kriegssuppe. Gesegnete Mahlzeit, Herr Tod! Deutscher sein, heißt fortan, gehorchen ohne zu denken. Europäer sein heißt, gehorchen und keinesfalls denken. Gut so! Denken hat nie glücklich macht, sondern schwermütig oder zynisch.

Sollen sie glücklich sein, Paul! Gönn es ihnen. Sie werden es sein, solange sie Sieg schnuppern. Ich siege, also bin ich, selbst wenn ich dabei verrekke. Das heißt Menschsein. Warum spricht es keiner laut aus? Ich spreche nicht einmal mit Minga über all das. Ich gehöre hier nicht hin; aber es ist mein Land. Ich hab kein anderes. Man braucht eines. Das gemeinsame Sterben ist wohl das Höchste im Nationalstaat. Aux armes, citoyens, formez vos bataillons, marchons! Und dann? Was dann?

Ein Mann, dessen innerer Wert nicht über jeden Zweifel erhaben ist, muss bis zum Stumpfsinn gehorchen lernen, damit seine Triebe auch in den schrecklichsten Momenten durch den geistigen Zwang des Führers gezügelt werden können. (Ernst Jünger)

Pauls Einheit ist in einer Scharnierstellung der Westfront postiert. Zwischen den offensiven deutschen Kräften im Norden und den defensiven im Süden. Während die deutsche Kampfmaschine siegreich, obwohl nicht planmäßig schnell durch Belgien vorrückt, jubelnd wird ein Fort nach dem anderen geknackt, zerhackt und genommen, und bereits Nordfrankreich bedroht, haben die Franzosen leichte Erfolge in Lothringen und im Unterelsass gegen schwache deutsche Kräfte erzielt. Sie haben deutsches Gebiet besetzt, bevor deutsche Truppen nennenswerte Geländegewinne in Frankreich melden. Das ist wichtig für die Moral. Straßburg lockt. Die Franzosen hoffen auf Unterstützung der ihnen mehrheitlich wohl gesonnenen Bevölkerung in den Reichslanden, um diese zu befreien, wie sie sagen. Sie dringen am 9. August 1914 in Mülhausen ein, die zweite elsässische Metropole. Allerdings dauert der Besitz der Stadt nicht länger als fünf Stunden. Die Deutschen raffen bodenständige Landwehr und eilig in Süddeutschland ausgehobene Verbände zusammen, um die Schlappe gutzumachen. Den Franzosen ist der leichte Vormarsch, die Siegesfeier im Rathaus in den Kopf gestiegen. Sie lieben zu jubeln, die Gläser zu heben. Sie nehmen die nahende Gefahr nicht ernst. Den Deutschen gelingt es unter dem Kommando des Generals von Hoiningen genannt Huene, die Stadt mit verwegenen Angriffen zu umfassen. Die deutschen Truppen sind nicht zu halten, die Schlappe hat sie tief getroffen. Sie fallen über Mülhausen her wie ein Schwarm Pferdebremsen über ein gerade geborenes Eselfüllen. Seit Ende des Nachmittags kommt es zum erbitterten Nah- und Straßenkampf, der die ganze Nacht durch anhält und nach drei Tagen mit der Vertreibung der Franzosen über die Reichsgrenze hinaus endet. Die starke Festung Belfort rettet die versprengten Reste der französischen 5. Armee davor, völlig aufgerieben zu werden, wie man militärisch schön Vernichtung nennt. Aus strategischen Gründen überlässt die deutsche Führung dem Feind einen Randstreifen des Unterelsass um Münster, Masmünster und Thann. Der liegt zu tief, um ihn ohne hohe Verluste zu verteidigen. Vier Jahre lang wird von nun an in den Vogesen ein erbitterter Kleinkrieg um einzelne Befestigungen, Bergkuppen und Täler geführt werden. Undramatisch, bösartig. Den lokalen Kommandanten überlassen. Kaum bemerkt von der erregt zappelnden Öffentlichkeit. Der Hartmannsweilerkopf ist einer von ihnen.

Am Morgen des 8. August trifft die junge Feldartilleriebrigade aus Jüterbog in Finstingen im lothringischen Bergland ein. Es ist drückend heiß. Die Lage bedrohlich. Die vorgesehene Weiterfahrt auf der Bahn zum Eisenbahnknotenpunkt Saarburg unterbleibt aus Sicherheitsgründen. Es ist starken französischen Kräften gelungen, die Selz oder Seille, die teilweise die Grenze zwischen beiden Ländern bildet, bei Chateau-Salins zu überschreiten. Deutsche Grenzpatrouillen wurden rasch vertrieben, sind auf der Flucht. Wissen nicht, ob Verstärkung auf dem Wege ist. Die französischsprachigen deutschen Orte Delme, Chateau-Salins und Lagarde sind erobert. Duß (Dieuze), Bispingen und Saarburg stehen vor der Einnahme. Ziel der 3. französischen Armee ist, über Zabern auf das unbefestigte Straßburg vorzustoßen, um sich dort mit der von Mülhausen anrückenden 5. Armee zu vereinen. Die deutschen Verbände sind bunt zusammengewürfelt: Lothringische Landwehr, bayerische Ulanen, badische Jäger, preußische Artillerie. Das Oberkommando an der südlichen Westfront führt Kronprinz Ruprecht von Bayern. Er meint, der Elan der Franzosen müsse rasch gebrochen werden, um sie anschließend dauerhaft zurückzuschlagen. Es ist wenig sinnvoll; aber die frisch aufgefüllten deutschen Verbände unternehmen am frühen Morgen des 11. August einen Vorstoß nach Lagarde gegen den rechten Flügel der ins Land eingefallenen Franzosen.

Die Artillerie hat Schwierigkeiten, den Ulanen und Jägern zu folgen. Eine Zugmaschine ist ausgefallen, die Pferde leiden unter der Hitze und den ungewohnten Steigungen. Es braucht Zeit, geeignete Stellungen zu finden, die Peilungen vorzunehmen, die Munition sicher zu stauen. Vor Ehrgeiz berstende Offiziere und Mannschaften beginnen ohne Artillerievorbereitung den Sturm auf das befestigte Städtchen, während die feindliche Artillerie sich bereits eingeschossen hat. Pauls Batterie erleidet den ersten schweren Verlust. Volltreffer. Die Franzosen müssen geahnt haben, wo die Deutschen ihre Geschütze positionieren werden. Kaum in Stellung gebracht, deckt sie Granathagel ein. Eine gewaltige Druckwelle wirft sämtliche Kanoniere zu Boden, raubt minutenlang jedes Gehör. Ein Mörser samt Protze ist in die Luft geflogen. Zehn Mann werden in die

Baumkronen geschleudert, sieben sind sofort tot, in Teile zerfetzt. Vieren sind Arme oder Beine abgerissen, die Schädel beim Aufprall zerschlagen. Der Melder keucht. Keine Zeit, sich um Tote und Verletzte zu kümmern. Das müssen die Sanitätskolonnen tun. Wo stecken sie? Zum Glück haben Hauptmann Karger und Paul vorsichtig disponiert und die Linie weit auseinander gezogen. Die anderen Geschütze werden durch die Explosion nicht beschädigt. Hauptmann Karger wird noch vorsichtiger. Er zieht die Haubitzen nach vorn, verlegt die Mörser nach hinten. Sich bloß nicht länger in einer Linie postieren. Die deutsche Batterie erwidert nun das Feuer, muss es sogleich wieder einstellen, weil die bayerischen Ulanen die französischen Artilleriestellungen in einem wahnwitzigen Ritt, aus einem Wäldchen hervorbrechend, frontal angreifen. Ein Drittel von ihnen wird niedermäht oder bricht sich das Genick in Wolfsgruben, mit Heu verdeckten Gräben. Keiner hatte vermutet, dass die Franzosen sich in frisch erobertem Gebiet so schnell und raffiniert befestigen könnten. Die tollkühne Attacke gelingt trotzdem. Das feindliche Artilleriefeuer wird zum Schweigen gebracht. Die Artilleristen werden von den wutentbrannten Reitern mit Säbeln niedergemacht. Fallgruben bauen, Pferd und Mann aufspießen – Pfui Deibel! Erhobene Hände werden abgeschlagen, Schädel gespalten. Prinz Ruprecht vollzieht einen Freudentanz, als er vom Mannesmut seiner Ulanen hört. Die Bajuwaren sind kühner als die pedantischen Preußen. Jetzt sollen die deutschen Geschütze voll die besetzte Stadt Lagarde samt Nachschublinien der Franzosen unter Feuer nehmen. Paul presst die Zähne zusammen. Eine Stadt, eine deutsche, wenngleich mit französischem Namen, in Schutt und Asche legen? Hauptmann Karger beruhigt ihn. Verräter allesamt, falls es da noch Zivilisten gibt. Unsere Behörden haben die Einwohner der grenznahen Dörfer und Städte sofort nach der Kriegserklärung evakuiert. Wer blieb, erwartete die Franzosen, um sich ihnen anzuschließen. Und die Kinder? Wenn es da welche gibt, ist es die Schuld der Eltern. – Feuer frei! – Ein Granathagel ergießt sich auf die Häuser, niemand flüchtet, Schreie tönen. Dann stoßen die badischen Jäger vor, brechen durch die feindlichen Verhaue, es kommt zum Kampf Mann gegen Mann, der sich bis in die Straßen des brennenden Lagarde fortsetzt. Die erste französische Regimentsfahne dieses Krieges fällt in deutsche Hände. Kronprinz Ruprecht meldet es umgehend in die Heimat. Ich bin der erste deutsche Heerführer, der seinen Fuß auf eine im Kampf mit den Franzosen erbeutete feindliche Fahne setzt. Die ist mehr wert als zehn belgische. Kommt ins Museum. Die Kriegskorrespondenten sind da. Knipsen, knipsen. Die Franzosen ziehen sich unter dem vernichtenden Feuer der deutschen Kanonen zurück. Ein opferreicher deutscher Sieg wird gefeiert. Alle Einheiten haben Anteil am Erfolg. Am meisten die

Ulanen, am wenigsten die Artillerie. Ein Sieg, ein bedeutender Sieg. Paul ist übel zumute. Neben der ersten französischen Fahne sind 23 Geschütze und 4 Maschinengewehre eingebracht worden. 158 Gefangene gemacht. Die hochgradige Erwähnung im Tagesbericht des Generalquartiermeisters ist gesichert, obwohl zur gleichen Zeit die Erstürmung der Forts von Lüttich zu Ende geht. Begeisterung im eigenen Lager trotz 200 toter Kameraden. Warum haben sie nicht gewartet auf uns und sind voreilig losgestürmt? Paul will nicht feiern. Er nimmt mit den Leuten seiner Batterie, die es möchten, Abschied von den sieben Gefallenen. Sollen sie es sehen als Lehre gegen die Unvernunft. Vier sind eingesargt, nachdem man den auffindbaren Überresten Namen zugeordnet hat. Den beiden Toten, deren Särge offen dastehen, sind die Augen aus dem Kopf gesprungen, als eine Granate neben ihnen einschlug. Die gespaltenen Lider sind tief eingesunken, die Ohren von schwarz verkrustetem Blut bedeckt. Stark sein und teilnahmslos. Sich einüben. Sie wollten es so. Sie sind jubelnd und rackernd gestorben. Also glücklich. Wer weiß, wie es dir gehen wird? Es ist nötig, sich an solche Scheußlichkeit, an Verwesungsgeruch zu gewöhnen. Jeder Arzt muss das selbst im Frieden. Morgen liege ich da, weil ihr so dämlich seid, Kampf zu wollen. Kalt bleiben. Zur Maschine werden.

Kein Mitleid. Sei Maschine. Ich bin Maschine. Maschine. Maschine, die gehorcht. Weil ich dazu gehöre. Der Preis des WIR. Gesenkte Köpfe. Schweigen. Wir leben.

Die Verletzten sind zu weit zurückgebracht worden, um sie zu aufzusuchen. Wozu das alles? Weil die vorgeschobene Position nicht zu halten ist, ziehen sich die siegreichen deutschen Truppen am folgenden Tag auf die Linie Mörchingen, Finstingen, Pfalzburg zurück. Dahin, woher sie gekommen sind. Die Franzosen wiederum rücken in die Stellungen ein, aus denen sie soeben vertrieben wurden. Sie stoßen mit verstärkten Kräften auf Saarburg vor, das von den Deutschen aus strategischen Gründen geräumt worden ist. Schnell erobert, soll Saarburg zum Dreh- und Angelpunkt der französischen Offensive mit Stoßrichtung Rhein werden. Wohlwissend, dass Belgien seine Neutralität verteidigt und die Engländer dabei zu Hilfe eilen, haben die Franzosen im August 1914 die Masse ihres Heeres im nördlichen Lothringen, zum Vormarsch nach Deutschland konzentriert. Sie wollen wie zu Römerzeiten den Rhein als Ostgrenze. Das wenigstens ist ein klares Ziel, so unsinnig und unverschämt es sein mag. Die Deutschen haben kaum Verstärkung erhalten, dennoch muss gehandelt werden. Saarburg kann zum wunden Punkt der Deutschen im Westen werden.
Der französische Leichtsinn, Pauls Geländeübersicht und seine Spürna-

se bringen ihm am 20. August die ersten Meriten. Beim deutschen Gegenstoß nach Saarburg will Paul es nicht wieder zu einem blindwütigen Sturmangriff von Kavallerie und Infanterie kommen lassen. Er überzeugt den Batteriechef davon, mitten in der Nacht, lange vor der Infanterie, in Richtung Feind auszurücken. Ohne Sicherung durch Fußtruppen ist das riskant, zumal die Bewegung der Geschütze Lärm verursacht und die schwerblütigen Pferde in der Dunkelheit stürzen können. Paul reitet mit einem Spähtrupp durch die sternenklare Nacht voraus, erkundet die Wege. Er sitzt hinter einem geschulten Reiter als zweiter Mann auf einem kräftigen Braunschimmel. Allein hätte er ein Pferd nicht ausreichend beherrschen können. Die Wege sind frei. Nur eine umgestürzte Fichte stört. Die ist rasch zersägt, und es gelingt, im Morgengrauen sicher auf den Höhen vor Saarburg anzukommen. Paul sieht im Scherenfernrohr, dass das Gros der Franzosen, es ist offenbar gestern spät in der Nacht nach Eilmarsch angelangt, mangels Requirierens von Wohnraum noch nicht in die Stadt eingedrungen ist, sondern im Tal und an den Hängen in Zelten oder frei auf Wiesen lagert. Die Franzosen sind beim Abkochen des Frühstücks. Der Kaffee dampft in ihren Kesseln und Bechern. Durch das Langrohr blickend, ist Paul, als rieche er das Aroma von Kolonialwaren. Die sind nicht kampfbereit. Schnell die Geschütze heran und losgefeuert. Der Überraschungsangriff gelingt. Die schläfrige Truppe im Tal packt Entsetzen. Mit einem Bombardement zu so früher Stunde hatten sie nicht gerechnet. Die Verbände lösen sich unter den über sie hereinbrechenden Schrapnellen auf, fluten in alle Richtungen auseinander. Paul hat dem Hauptmann geraten, nicht in voller Breite, sondern immer geballt einzelne, wechselnde Quadrate im Feldlager zu beschießen. Dadurch wird die Verunsicherung extrem. Die Beschossenen geraten in Panik, Auflösung. Wohin? Wo sich sammeln? Hinten mit dem Beschuss anfangen, nicht vorne. Erst links, dann rechts, dann urplötzlich in der Mitte. Hasenjagd auf freiem Feld. Nochmal rechts, voll rein in die Mitte und wieder links. Jetzt nur noch vorne in voller Breite. Langsam Reichweite ausspannen. Wo die Schrapnelle einschlagen, ist aufgrund ihrer Explosivkraft und der Splitter in einem Umkreis von 300 m alles Leben ausgelöscht. Leider ist diesmal die deutsche Infanterie erst mit Verspätung zur Stelle, sodass es der französischen Führung gelingt, die Überbleibsel der aufgelösten Einheiten in einigen Kilometern Entfernung einzusammeln. Frische Kräfte rücken nach, und bald darauf kommt es wieder zum harten Ringen Mann gegen Mann. Es braucht fast eine Woche, ehe die letzten, zahlenmäßig überlegenen Franzosen, diesmal endgültig, über die Reichsgrenze gedrängt sind und die deutschen Truppen französische Grenzorte besetzen und befestigen. Paul wird für seine Leistung, die entscheidend zur

Rettung von Saarburg und zur Vertreibung des Feindes von deutschem Boden ohne übermäßige eigene Verluste beigetragen hat, zusammen mit Hauptmann Karger, dem Batteriechef, das Eiserne Kreuz zweiter Klasse verliehen. Ohne mich hätte der Hauptmann bis Fünfe durchgeschlafen. Paul möchte nicht stolz sein. Er ist es. Meldet es telegraphisch nach Hause. Die Töchter verbreiten es jubelnd in der Schule. Es ist die erste Auszeichnung eines Vaters. Die ganze Mädchenschule jubelt. Stimmt sogleich ‚Heil Dir im Siegerkranz' an. Die Lehrerinnen gratulieren Maja, Esther und Smeralda, indem sie Feldblumensträuße auf ihre Pulte legen. Die Mädchen strahlen, umjauchzen zu Hause Minga. Der fällt es schwer, nicht zu weinen.

Im beginnenden September flauen die Kämpfe im lothringischen Frontabschnitt ab, weil die Franzosen erkannt haben, dass ein schneller Durchbruch in Richtung Rhein nicht mehr zu schaffen ist. Das Hochland steht gegen sie. Paris kurz vor dem Fall. Die Bevölkerung flüchtet schon massenweise. Die Regierung ist wie 1870 nach Bordeaux enteilt. Die Masse der Truppen wird an die Marne und in den Norden geworfen. Engländer, Franzosen und was von den Belgiern übrig geblieben ist, setzen darauf, den langsamen rechten Flügel der Deutschen aufzusprengen und Teile davon zu umfassen. Von deutscher Seite macht ein weiterer Vorstoß von Lothringen her ins Herz Frankreichs wenig Sinn, solange die starke Festung Verdun und die Stellungen der Franzosen im Argonner Wald nicht genommen sind. Paris ist von hier aus weit entfernt. Flüsse liegen quer. Die operativen Kräfte sind für ein energisches Vorrücken zu begrenzt. Weiterer Vormarsch in Lothringen setzte einen starken deutschen Angriff auf Paris von Nordwesten her voraus. Den Generalangriff auf Paris jedoch wagt der deutsche Generalstab nicht, weil die Besetzung der riesigen Stadt enorme Kräfte binden würde und angesichts des zurückhängenden Nordflügels sich gleichzeitig die Frontlinie enorm verlängerte und ausdünnte. Zudem verwüstet die russische Njemen-Armee auch nach dem Sieg Hindenburg und Ludendorffs bei Tannenberg über die Narew-Armee weiter das preußische Kronland. Königsberg ist immer noch bedroht. Die Heimat reagiert entsetzt, erbittert über das Leid der Landsleute in Ostpreußen. Wut kocht in den friedfertigsten Seelen hoch. Für den Westen bestimmte Einheiten werden nach Osten geworfen. Der Schlieffen-Plan ist nach fünf Wochen vollständig gescheitert. Aber deutsche Siege zu feiern, gibt es reichlich. Die Glocken in Stadt und Land hören nicht auf zu läuten.

Kampfruhe ist kein Waffenstillstand. Die deutschen Truppen stehen dreißig Kilometer vor der reichen Stadt Nancy. Lockende Frucht. Die bayerischen Truppenführer wollen sich weiter auszeichnen. Nicht im Schatten von Hindenburg und Ludendorff stehen. Die Nordfront entlasten. Sie sind unruhig. Zum Schaden ihrer Leute, zu Pauls Ruhm eines Tages.

***Schmalz.** Rind- und Schweineschmalz müssen frisch und ungesalzen sein, dürfen durchaus keinen Schimmelansatz zeigen, nicht ranzig oder sonst übel schmecken oder riechen. Das Rind-Sch. soll in ungeschmolzenem Zustande fest, schwachgelblich sein; das Schweine-Sch. hingegen eine salbenartige Konsistenz und fast schneeweiße Farbe zeigen. (J. Scheibert, Illustrirtes Deutsches Militärlexikon, 1897)*

10. September 1914: Es ist der Tag, an dem der deutsche Generalstab die Schlacht an der Marne abbricht. Spione berichten, die französischen Linien um Nancy seien extrem schwach besetzt. Man habe die fähigsten Kampfeinheiten nach Norden geschickt. Die Spione, deutsche Lothringer, arbeiten für die Franzosen. Die französischen Generäle in diesem Abschnitt wollen ebenso wenig wie ihre deutschen Gegenüber völlig aus den Nachrichten verschwinden. Sie hecken eine Falle aus. Darin wollen sie möglichst viele deutsche Einheiten zerquetschen. Den Ruf des bayerischen Kronprinzen als Heerführer demolieren. Damit Zwietracht in der deutschen Führung säen. Am 14. August hat es am Schirmeck-Pass im Elsass mit einem Hinterhalt geklappt. Wie geschmiert. Hunderte deutsche Soldaten wurden getötet oder gefangen. Der französische Generalstab möchte den Erfolg an der Marne, Frankreichs neues Valmy, mit einem Erfolg nahe der Heimat Jeanne d'Arcs garnieren.

Der Stab des bayerischen Kronprinzen handelt im Willen, seine militärischen Fähigkeiten weiter zu beweisen, halbherzig. Ähnlich wie Moltkes Neffe an der Marne. Kein Frontalangriff auf breiter Front. Die eigenen Kräfte sind ebenso schwach wie die der Franzosen. Man will die Widerstandsfähigkeit des Feindes durch einen schnellen Vorstoß prüfen. Sollte sich die Durchlässigkeit der französischen Linien als wahr erweisen, werden kurzfristig alle verfügbaren Kräfte mobilisiert und zum Sturm auf Nancy geblasen. Ob man die Stadt besetzt, nur bedroht, ausraubt, vielleicht kurz und heftig beschießt, bleibt offen. Größere Reserven hat man nicht. Nur die angenommene Schwäche des Feindes erlaubt den Erfolg, der in seiner weiteren, vor allem moralischen Schwächung bestünde. Vielleicht gelingt sogar der große Coup, die überraschende Einnahme der reichen lothringischen Hauptstadt. Parade auf Place Stanislas. Das lenkte von der Schlappe an der Marne ab. In Ostpreußen toben heftige Kämpfe in Masuren. Noch ist dort nichts entschieden.

Der in der Militärgeschichte des 1. Weltkriegs gänzlich unbedeutende Vorstoß beginnt im Morgengrauen längs der Eisenbahnlinie Chateau-Salins – Nancy über welliges, in großen Abständen von Schluchten durchzogenes Hochland. Da der als schwach eingeschätzte Feind überrascht werden soll, gibt es keine Artillerievorbereitung. Artillerie rückt vorerst auch nicht nach, da größere Truppenbewegung auffiele.

Paul ist eine neue Aufgabe übertragen worden. Weil die Feldartillerie vorerst nicht gebraucht wird und er gelernter Infanterist ist, hat man ihm die Führung einer erst kürzlich aufgestellten Maschinengewehrabteilung lothringischer Füsiliere anvertraut. Ihr Kommandeur ist an Ruhr erkrankt. Je eine Maschinengewehrabteilung rechts und links der spornförmig in die feindlichen Linien vorstoßenden badischen Infanteriebrigade soll deren Flanken decken, notfalls den Rückzug.

Paul hält nichts von dem Unternehmen. Bestenfalls ist es ein Nadelstich. Um Nancy dauerhaft zu besetzen, fehlen uns zehntausend Mann. Gelänge es, wäre der Frontverlauf nachteilig. Durchbrüche oder Einsikkern des Feindes wahrscheinlich. Die Stadt liegt hoch. Das Vorland ist zerklüftet. Geht es schief und packen uns die Franzosen überraschend von den Seiten her, zappeln wir wie ein Stint in der Reuse. Wir begehen den gleichen Fehler wie die Franzosen in Mülhausen, wie die Russen im großen Stil in Ostpreußen. Vorstöße bringen nichts als Verluste. Hilfe von den rückwärtigen Linien ist unwahrscheinlich. Sie sind viel zu schwach, könnten überrannt werden. Die französische Artillerie haut uns vorher kaputt.

Paul, ungewohnt eingekleidet und behelmt, stellt sich seinen neuen Untergebenen vor. Sie blicken ihn aus Reih und Glied, dem blendend hellgrauen Weich ihrer Uniformen und Tschakos gläubig an. Es sind Adoptivkinder für kurze Zeit, was heißen kann, bis in den Tod. Fremd unter Fremden, die Kameraden heißen. Bereit, mit ihnen in ihrer Heimat, unserem Land zu sterben. Nicht in **Afrika**. Was täte ich da jetzt? Mummenschanz im Todestanz. Er lässt sich in der Uniform weniger Tage ablichten. Gefällt sich. Denkt an die graue Litewka seiner Hochzeit.

Ihn überrascht, dass das deutsche Vorrücken beiderseits des Schienenstrangs auf keinerlei Widerstand stößt. Weder Artilleriebeschuss noch Maschinengewehrfeuer empfängt sie. Dabei sind die Stellungen der Franzen weder vermint noch durch Verhaue gesichert. Es ist, als hätten die überhaupt nicht bemerkt, dass der Feind naht. Das geht nicht mit rechten Dingen zu. Spürt die Führung das nicht? Wir sollten uns umgehend geordnet zurückziehen. Wir laufen in eine Falle. So latscht ein Hornochse in den Schlachthof. Die Infanterieoffiziere haben keine Bedenken. Sie finden im Gelände die Meldungen der Spione vollauf bestätigt. Die Schangels sind derart schwach, dass sie warten, bis wir ganz nah an ihren Gräben sind, bevor sie zu schießen anfangen. Sie wollen fehlende Stärke und ihre Positionen nicht verraten, die größtmögliche Wirkung mit ihren schwachen Waffen erzielen, wenn wir nah dran sind. Der Coup gelingt, machen wir genügend Druck, lassen uns von ein paar Anfangsverlusten nicht beeindrucken. Wenn wir nah genug rankommen, bringen uns Mut und schneller Wurf der Handgranaten blitzartig den Durchbruch.

Paul lässt die eigenen Leute sehr behutsam der Spitze der Infanteriebrigade folgen. Hält 700 bis 800 Meter Abstand zum Gros. Er beobachtet argwöhnisch das Terrain. Unsere sind schon verdammt dicht an den ersten Linien der Franzen dran. Ein paar Kilometer hinter deren Stellungen liegt ein größeres Waldstück. Wenn die Rothöschen da Artillerie drin haben und gehörige Verstärkung, geht es uns dreckig. Der Vizekommandant der Abteilung, der sich durch Pauls Berufung zurückgesetzt fühlt, ein blutjunger Leutnant Holtzer aus Diedenhofen, murrt. – Warum verzögern Sie unseren Vormarsch, Oberleutnant? Sie sind zu langsam, weil Sie sich hier im Terrain nicht auskennen. Wenn es losgeht, sind wir nicht drin im Gefecht. Wir lassen die Kameraden im Stich. – – Wir haben die Aufgabe, die Flanke zu sichern, Leutnant. Nicht vorzumarschieren. Mit MGs können wir ohnehin keine Stellungen stürmen. Ich kommandiere und habe die Verantwortung. – Der Zurückgesetzte spitzt den Mund. Artilleriementalität. Immer langsam voran. – Die machen vorn nicht genügend Druck, wenn wir nicht schnell genug folgen. – Paul kommandiert – Halt! – Er schickt drei Leute los, einen Robinienhain zu erkunden. Der sticht rechter Hand in 500 Meter Entfernung aus der offenen Landschaft heraus. Größere Felsbrocken liegen herum. Ein ideales Nest für eine MG-Stellung. Der Spähtrupp nähert sich vorsichtig dem Hain, als mit einem Schlag von weiter hinten Artilleriefeuer losbricht. Die hatten tatsächlich ihre Geschütze im Wald versteckt. Die eingegrabene französische Infanterie erhebt sich im Schutz der Feuerwand und stürmt auf die vordersten deutschen Einheiten los. Bravurös abgestimmt haben die Schangels das. Hut ab! Paul hat jetzt keine Wahl. Er kommandiert: Vorwärts! Deckung im Hain nehmen! Aus dem kommt kein Feuer, der muss feindfrei sein. Hätten die Franzen einen Vorposten drin, wären wir schon erledigt. In Windeseile postiert Paul unter den Stachelästen der Robinien drei MG vorn, eins rechts, eins links, eines hält er hinten in Reserve. Wie Paul erwartet hat, stürmen die Franzosen von drei Seiten auf die zwei deutschen Kolonnen ein, nachdem ihr Artilleriefeuer den Vormarsch gestoppt hat und nun, weiter nach vorn verlagert, dabei ist, die hinteren Reihen der Angreifer zu dezimieren, gleichzeitig den vorderen Reihen den Rückzug zu erschweren, weil sie durch eine Feuerwand laufen müssen, wollen sie wieder zu den eigenen Linien gelangen. Versagt der Flankenschutz der Maschinengewehre, sind 1.700 deutsche Soldaten in weniger als einer halben Stunde eingekesselt und aufgerieben. Es bleibt ihnen nur die Wahl zwischen Ergeben und Tod. Auf der linken Seite war der Führer der Maschinengewehrabteilung weniger vorsichtig als Paul. Er ist der Infanterie in kurzem Abstand gefolgt. Er gerät voll in das Schussfeld der feindlichen Schrapnelle, verliert in nur wenigen Minuten fast alle Leute und vier Maschinengewehre. Mit Müh und Not gelingt es ihm, mit drei Mann ein Maschinengewehr hinter lockerem Buschwerk in Stellung zu bringen und die von links anstürmenden Franzosen damit kurzzeitig in Schach zu halten. Todesmutig hält er die verlorene Stellung. Die Franzosen erkennen die Situation, stellen auf Signal das Artilleriefeuer ein, umgehen das MG, greifen es von der Seite an. Kurz darauf ist die gesamte Abteilung vernichtet.

Paul schießt eine grüne Signalkugel aus dem Laubwerk, um zu zeigen, dass seine Abteilung steht und schneller Rückzug unserer Leute allein auf dieser Seite möglich ist. Er weiß, damit macht er sich für die feindliche Artillerie erkenntlich, verliert die kostbare Tarnung durch die Bäume, riskiert die eigene Haut. Keine Wahl, will er möglichst viele Kameraden retten.

Vorerst fällen seine vier pausenlos ratternden Abschlachtmaschinen sehr erfolgreich die auf dem rechten Flügel anrückenden Angreifer. Paul hatte absolute Ruhe und Bewegungslosigkeit angeordnet. Es fiel seinen Leuten schwer angesichts des beginnenden Gemetzels auf dem Schlachtfeld vor ihnen, dem Befehl zu folgen. Paul ist sich sicher, dass die französische Infanterie das Versteck der zweiten deutschen Maschinengewehr-Abteilung im Hain trotz seines Signalschusses nicht bemerkt hat, weil ihr Augenmerk zu sehr auf die vorrückenden deutschen Einheiten und das zeitliche Zusammenspiel mit ihrer Artillerie auf der linken Seite gerichtet war. Als die Franzosen auf etwa 200 Meter heran sind, am Hain beidseitig vorbeistürmen, um die sich schutzlos längs der Eisenbahnschienen einigelnden deutschen Einheiten von der Seite und rückwärts her anzugreifen und einzuzingeln, lässt Paul losfeuern.

Die Wirkung ist ungeheuer. In weniger als fünf Minuten sind mehrere feindliche Kompanien niedergestreckt. Wer nicht, von mehreren Kugeln durchsiebt, sofort tot ist, wälzt sich schwerverletzt, ohne Hoffnung auf Sanitäter, am Boden, bis ihn die Kräfte verlassen. Die hinteren Reihen der Franzosen weichen in panischem Schrecken zurück. Die erhoffte Atempause für die Deutschen ist da. Die rechte Seite für den Rückzug frei, wenn schnell gehandelt wird. Paul feuert jetzt drei grüne Signalkugeln ab, nimmt das hintere MG nach vorne. Endlich haben unsere verstanden. Sie geben die Igelstellung auf und fliehen zu uns herüber, um auf diesem Umweg zurück in die eigenen Linien zu gelangen. Paul zieht jetzt alle MGs vorne zusammen und lässt gezielt die wieder nachrückenden Franzosen beschießen. Kein leichtes Unterfangen, obwohl sie sich gut von unseren Blaugrauen abheben. Aber die Reichweite der Bleischleudern ist begrenzt, zielgenaues Schießen unmöglich, und Freund und Feind sind nicht klar voneinander getrennt. Die am weitesten vorgerückten Teile der Badenser fliehen vorne am Hain vorbei. Sie nehmen mir das Schussfeld. Idioten! Einige wollen sich sogar in den Hain flüchten. Blödsinniger Instinkt. Paul befiehlt trotzdem, weiter zu schießen. Selbst wenn es Leute von uns trifft. Es geht nicht anders. Er hat Erfolg. Der Druck der Verfolger lässt nach, hunderte der eigenen Leute ziehen sich im Schutze seiner MGs und des Hains zurück. Sie haben endlich kapiert. Sie müssen links vorbei und dann dahinter. Es hat sich mittlerweile so etwas wie eine deutsche Nachhut herausgebildet, die aus eigenen Kräften hilft, mit Handgranatenwurf den Rückzug zu decken.

Pauls Erfolg ist nicht nachhaltig. Die französischen Artilleriebeobachter haben den Robinienhain als Zentrum des deutschen Widerstands ausgemacht. Er wird sogleich voll ins Visier genommen. Mit Granaten und Schrapnellen gleichzeitig. Wie schnell und genau die Entfernungen und Positionen berechnen! Die machen uns was vor. Die Franzen hatten immer gute Mathematiker und Ingenieure. Die dünnen Robinien schützen uns nicht. Paul befiehlt, die Stellung aufzugeben, die Maschinengewehre zurückzulassen und mit der deutschen Nachhut zu den eigenen Linien zu fliehen. Viel ist nicht mehr zu retten. Die halbe Mannschaft liegt bereits tot oder verletzt unter den umgestürzten Bäumen. Die müssen wir zurücklassen. Leutnant Holtzer ist nicht zu sehen. Der Trottel. Paul überlegt: Solange die französische Artillerie in diese Richtung schießt, wird ihre Infanterie nicht nachrücken. Die Artillerieleute wissen nicht genau, ob und wie lange noch ein MG im Hain verborgen steckt. Die französischen Geschütze werden länger als nötig feuern, um den Hain in den Boden zu stampfen. Es werden nur Leichen bleiben, und die werden bis zur

Unerkennbarkeit von feindlichen Geschossen zerhackt sein. Die Vorsicht der Rothöschen verschafft uns einige Minuten. Trotzdem müssen wir, um den Rückzug des Gros' unserer Leute zu sichern, etwas weiter hinten ein Widerstandsnest aufbauen. Dazu haben wir nur noch unsere Pistolen. Paul sammelt seine verbliebenen Leute, als sie auf der Flucht einen Bach mit hohem Ufer durchwaten. Ihm kommt ein Gedanke. Die Rothosen rücken nicht auf breiter Front, sondern V-förmig heran. Sie werden eine Zeit brauchen auszuschwärmen, um uns seitlich zu fassen. Die Rinne des Bachs ist der einzige Ort, der in dem offenen Gelände einer breit gestaffelten Gruppe Soldaten Deckung bietet. Er ruft: – Freiwillige aller Einheiten zu mir! Unter mein Kommando! – Darf ich das? Mutige der Infanteriebrigade halten an und machen mit, als er befiehlt: Handgranaten, Gewehre und Pistolen heraus! Hinter dem Uferrand in den Bach legen! Es sind etwa vierzig Mann, die mit ihm im kalten Wasser kauern oder langliegen, je nach Höhe des Uferrands. Um sie herum, dann auch hinter ihnen schlagen Kugelminen und Granaten ein. Töten unsere auf dem Rückzug. Dicht hinter den letzten deutschen Haufen stürmen, nachdem ihre Artillerie das Feuer auf die fliehenden Deutschen eingestellt hat, die Franzosen heran. Wie perfekt die das Zusammenspiel von Artillerie und Infanterie beherrschen! Das läuft zehnmal besser als bei uns. Die müssen eine ausgefeilte Signaltechnik haben. Feuer frei! Auf die Gesichter zielen, die nahen. Paul treibt seine Leute an. Schnell! Schneller! Nicht nachlassen! Noch schneller feuern! Rascher nachladen! Seine Leute schießen aus dem Bach, in Todesangst wie aufgezogen und richten damit Verwirrung unter den Stoßtrupps der Franzosen an, weil die nicht mehr mit geordnetem Widerstand gerechnet hatten. Angesichts der geringen Zahl und der schwachen Bewaffnung kann das Häuflein aber wenig ausrichten. Zehn Minuten halten sie durch und sich den Feind vom Leibe. Unter geringen Verlusten. Die Deckung ist gut. Zwei Kameraden liegen tot im Bach. Dann geht die Munition aus, sie sind erschöpft. Der Feind greift nun in breiterer Formation, also auch von den Seiten her an. Keine Chance zu entkommen. Immerhin hat sich inzwischen die Masse der fliehenden Deutschen den eigenen Linien genähert. Sie sind in Sicherheit, wenn die Schangels nicht mit erheblichen frischen Kräften nachstoßen. Die werden sie nicht mehr haben. Paul befiehlt: – Ergeben! – Er reißt selbst, noch liegend, als erster die Hände hoch, nachdem er die Pistole in die Rocktasche gesteckt hat. Die anrückenden Franzosen sehen, wie sich aus der Bachrinne viele leere Hände in die Luft strecken. – Levez-vous et approchez! – – Aufstehen, kurze Zeit stehen bleiben und dann mit erhobenen Händen auf den Feind zugehen! – befiehlt Paul. Die Leute gehorchen. Sie torkeln mit hoch gestreckten Händen über die herumliegenden Leichen auf die Franzosen zu. Paul bleibt im Wasser stehen. Für mich gilt mein Befehl nicht. Keine Gefangenschaft. Niemals. Die würde ewig dauern in diesem Krieg. Lieber tot als tatenlos und erniedrigt irgendwo in einem Lager vor mich hin hoffen. Ich wage alles. Er reißt den Tschako vom Kopf. Der hindert beim Rennen. Ein Kopfschuss tötet schnell. Ich bin Soldat. Während die Franzosen die Gefangennahme vorbereiten, stürzt er, verdeckt von den Leibern der sich ergebenden Landsleute, davon. Die Auskühlung verleiht ihm Kräfte, seine Muskeln verlangen nach Wärme. Wenn sie bloß nicht reißen. Ich habe noch ein volles Magazin in der Pistole. Die Franzosen sind überrascht von der Flucht des feindlichen Kommandeurs. Sie zögern einen Augenblick. Feuern dann auf Paul. Der hat einen freistehenden Baum erreicht. Er atmet durch. Lugt. Was werden sie tun? Die Franzosen sind unschlüssig. Ein Mann. Soll er? Nein, das geht gegen ihre Ehre. Zehn Mann werden losgeschickt, Jagd auf den Flüchtling zu machen, die anderen treiben die Gefangenen weg. Paul nutzt die Rücksprache im feindlichen Lager. Er flieht weiter bis hinter eine Rainmauer aus freigepflügtem und über die Jahrhunderte gestapeltem Feldgestein. Jetzt setzt auf breiter Linie die Treibjagd auf ihn ein. Ich bin im Vorteil. Die haben keine Deckung außer dem Baum. Ich muss erst die von den Seiten kommenden Schangels abschießen. Er streckt mit je zwei Schüssen nach rechts und links vier Verfolger nieder. Unglaublich! Es geht wie auf dem Schießplatz. Noch einen in der Mitte ausschalten. Gelungen. Ah. Sie werden vorsichtig. Mut und Eifer sind weg. Sie ziehen sich zurück. Beraten. Ich habe noch einen Schuss. Das wissen sie nicht. Paul sieht sich um. Da liegt ein toter Kamerad! Nein, nicht tot. Er stöhnt. Es ist ein älterer Mann. Unteroffizier. Einschuss am Oberschenkel. Ist auf der Flucht hier zusammengebrochen. Er hat seine Pistole am Gürtel – und Munition. Paul robbt auf ihn zu. – Ich kann dir nicht helfen, Kamerad. Ich muss hier raus. Die Schangels werden dich finden, wenn ich weg bin. – Der Verwundete schreit: – Muuuttiii….Muuuttiii! Rette mich. – Öffnet flehend die Augen. Paul reißt die Pistole aus dem Futteral, fingert Patronen aus der Munitionstasche. Steckt sie ein. Robbt zurück an die aufgeschichteten Steine. Er sieht, wie sich ihm gegenüber ein französischer Sanitäter mit hochgehaltener Rotkreuzfahne aufstellt. Die wollen schnell ihre Verwundeten bergen. Das hilft meinem Kameraden und mir. Er hebt seine Hand und winkt zum Einverständnis. Als die vier französischen Sanitäter ihre von Paul niedergestreckten Kameraden verbinden und bergen, ruft er, so laut er kann: – Il y a aussi un blessé ici. – Die Sanitäter setzen ihre Arbeit fort. Paul wiederholt den Ruf. Jetzt nickt der Chef der Sanitätskolonne. Nachdem sie ihre Leute geborgen haben, kommen zwei Mann mit einer Bahre auf Paul zu. Sie übersteigen die Mauer. Paul weist auf den Verletzten. – Bien. On s'en occupe. Mais abandonnez, mon lieutenant, vous n'avez point de chance

contre les notres. Vous êtes seul et isolé. – Das wollen wir mal sehen. Mein Leutnant, hat er gesagt. Höflich sind die Schangels. Ich suche den Widerspruch. Noch etwa 1.500 Meter bis zu den eigenen Linien. Höchstens 800 m werden sie mich noch verfolgen, dann wird es ihnen zu brenzlig werden. Wir haben Scharfschützen in den Sappen.
Auf der anderen Seite des abgemähten Feldes gibt es eine ähnliche Rainmauer. 300 Meter. Die schaffe ich, während die Sanitäter noch auf dem Rückweg sind. Paul läuft los. Empörtes Geschrei hinter ihm. Feiger Boche, nutzt Sanitäter als Deckung. Schüsse. Ich laufe, laufe, laufe. Die Beine fliegen. Geschafft. Wieder hinter Gesteinsbrocken kauern. Schnick! Diesmal kommen die Verfolger nur von den Seiten. Die haben gelernt. Sie wollen mir den Rückzug abschneiden. Ich kann hier nicht bleiben. Schnell weg, solange sie mir noch nicht nahe sind.

Paul läuft im Kugelhagel – warum ergebe ich mich nicht? – auf Buschwerk zu. Dadrin können sie mich nicht sehen. Sie dürfen nur nicht an mir vorbeikommen. Verflucht, die nähern sich nicht, wollen mich erst umzingeln. Weg! Er springt aus der Deckung. Jetzt hilft mir nur ein Wunder. Ich ergebe mich nicht! Nie!

Als die Franzosen sehen, dass Paul weiter in Richtung der eigenen Linie läuft, setzen sie ihm noch ein kurzes Stück nach. Dann halten sie ein. Ein Mann, das lohnt kein Risiko. Fünf unserer Leute hat er bereits außer Gefecht gesetzt. Sie gerieten in die Schussweite möglicher deutscher Vorposten. Wenn man wüsste, wo die ersten Deutschen auf der Lauer liegen. Die Verfolger geben nicht ganz auf. Sie schießen Paul mit angelegten Gewehren zornig von zwei Seiten nach. Und weil sie jetzt Ruhe haben, um zu zielen, treffen sie. Eine Kugel dringt in Pauls linke Schulter, eine andere in sein Gesäß. Ein Jammerschrei. Drehschwindel, der rasend wird. Die Augen bleiben stehen. Sinken ins Dunkel. Die Arme in die Luft gestreckt, als suche er Halt an einer Himmelsleine. Die Schützen lachen. Na also. Wir haben den Boche erwischt. Gefahrlos. Soll das Schwein verrecken, wenn er nicht schon über den Wolken ist. Aufgabe erfüllt, Kameraden gerächt.

Der vorgeschobenste deutsche Wachtposten hat aus einem Granatrichter heraus die Jagdszene beobachtet. Auf dem umkämpften Gelände ist Ruhe eingekehrt. Die abgeschlagenen Deutschen haben entweder die eigenen Linien erreicht oder, soweit sie versprengt waren, sich ergeben. Der spähende Feldwebel Meuche stellt fest, die Franzosen setzen nicht nach. Er schickt einen seiner Männer nach hinten in die Sappe. Von da brechen drei Leute auf, den verwundeten oder toten Kameraden zu bergen. Es bedeutet, zweimal gut 800 Meter Kriechgang mit Bahre. Nicht ausgeschlossen, dass zurückgelassene französische Scharfschützen weiter im Gelände lauern. Eine Blutspur im Gras zeigt am nächsten Tag den Weg, den die Retter genommen haben. Erst im Graben kann der Leblose notdürftig verbunden werden. Dann wird er ins Lazarett transportiert. Nach Dieuze, das deutsch Duß heißt.

Fünf Tage liegt Paul bewusstlos in einem Saal mit 30 – 40 Schwerverwundeten, die stöhnen, wimmern, jäh aufschreien, jämmerlich nach Schweiß, Eiter, Kot und vor allem Urin stinken. Der ätzende Geruch der Desinfektionsmittel dringt durch den Menschengestank, schafft ihn nicht weg. Seit dem Ende des dritten Tages sitzt Charlotte an Pauls Bett und pflegt ihn. Er darf wegen der Wunde in Schulter und Gesäß vorerst nur auf dem Bauch liegen. Zur Eingabe von Wasser und Brei mit einem Schlauch wird Paul um die Taille am Bett festgebunden und dieses in die Schräge gestellt. Alle vier Stunden wird ihm die Windel gewechselt. Charlotte weicht auch nachts nicht von der Stelle, sondern legt sich über das Bettende, um ein wenig auszuruhen. Kein Schlaf ist möglich im wütigen Kommen und Gehen von Qual, Schmerzen und Tod, deren Bekämpfung durchorganisiert ist.

Einen Tobsuchtsanfall hatte sie bekommen, als die Stationsschwester sie nach drei Stunden Besuch aus dem Saal komplimentieren wollte. Charlotte verlangte, den Oberarzt zu sprechen. Der hat keine Zeit, weil er ununterbrochen operiert. Sie weicht nicht. Verspricht, auch andere Verletzte zu versorgen, um bleiben zu dürfen. Sie hat Erfolg, denn der Regimentskommandeur besucht den Schwerverwundeten und erreicht beim Stabsarzt, dass Charlotte bleiben und für Paul Blut spenden darf. Sie hat noch in Luckenwalde ihre Blutgruppe ermitteln lassen, und erfährt nun, dass Paul dieselbe Blutgruppe hat. Das Lazarett ist dank einer Spende der Kaiserin technisch hervorragend ausgestattet. Am sechsten Tag bekommt Paul ein Sonderzimmer. Man braucht ihn.

Er hat ein Desaster verhindert. Das muss belohnt werden. Ohne sein besonnenes Verhalten wären 1.700 Mann in der von den Franzosen angelegten Falle, denn eine solche war es, aufgerieben worden. So hat es nur 637 Tote, Verwundete oder Gefangene als Folge des unsinnigen Vorstoßes auf Nancy gegeben. Weil die Franzosen ebenfalls mehr als 500 Mann verloren haben, den größten Teil haben Pauls Leute mit ihren Maschinengewehren niedergemäht, lässt sich der völlige Misserfolg des Unternehmens als wagemutiger Entlastungsangriff für die Nordfront kaschieren. Was? Vollauf rechtfertigen. Denn man hat auf diese Weise einen Ring von Spionen und Saboteuren in der Zivilbevölkerung, die später noch viel größeren Schaden angerichtet hätten, aufgedeckt und ausgehoben. Die Anführer wurden sogleich standrechtlich erschossen. An dieser Präsentation der Dinge liegt Kronprinz Ruprecht viel, und der Bedarf an Helden ist unerschöpflich. Paul hat sich heldenhaft benommen. Nicht ergeben. Durchgehalten. Auf sich selbst gestellt, dank seiner Tüchtigkeit und List gegen zahllose Feinde gesiegt, sich zu den eigenen Linien durchgeschlagen.

Dem bewusstlosen Paul wird für seinen klugen, selbstlosen Einsatz und der Bravour beim Entkommen aus scheinbar hoffnungsloser Lage auf Vorschlag des Divisionskommandeurs und des bayerischen Kronprinzen von S.M. das Eiserne Kreuz Erster Klasse verliehen. Als vorbildlicher deutscher Offizier, der sich auch in scheinbar aussichtsloser Lage nicht verloren gibt, wird Paul namentlich im Tagesbericht der Obersten Heeresleitung vom 11. September 1914 aufgeführt. Darauf warten die Zeitungen. Erfolge und Heldentaten einzelner Soldaten sind im Massensterben, nach den ersten Großschlachten erwünscht. Das bringt die Augen der Leser zum Leuchten. Das sind nicht nur Zahlen. Mit solchen Kerlen ist uns der Sieg nicht zu nehmen, auch wenn mal etwas schief geht. Die Pfarrer beider Konfessionen und der Rabbiner in Luckenwalde lassen für Paul zwei Wochen lang in den Gottesdiensten beten. Die Mädchenschule stellt eine Photographie von ihm in der Eingangshalle auf, schließt ihn bis zu seiner Heimkehr in ihre täglichen Morgengebete ein. Lehrerinnen und Kinder fassen sich dazu an den Händen. Pauls Töchter werden umarmt.

Die Auszeichnung und Lobpreisung soll schnell geschehen. Solange Paul lebt; ein lebendiger Held ist wertvoller als ein toter. Der Rausch der Siege in Ostpreußen ist noch nicht ganz verebbt, aber die Schlappe an der Marne, der verfehlte Einzug nach Paris machen es nötig, auch aus dem Westen Gutes zu vermelden. Da kommt Pauls fanatische Bravourtat und Rettung recht. Für die ‚Märkische Allgemeine' ist Paul wegen des Widerstands am Ruyle-Bach ein deutscher Leonidas. Sie druckt nach einer Grafik vom Schlachtgetümmel am Thermopylen-Pass, aus dem die furchtlosen Spartaner unter Leonidas Führung wie Felsen aus Dünnwald herausragen, und dem Epitaph auf dem Gedenkstein in Schillers Übersetzung ‚Wanderer kommst du nach Sparta, verkündige dorten, du habest uns hier liegen gesehn, wie das Gesetz es befahl' eine Zeichnung ab, die eine halbe Seite füllt und zeigt, wie Paul mit seinem Dutzend Leute, im Wasser liegend, nur mit Pistolen bewaffnet, furchtlos hunderten von anstürmenden Franzosen trotzt. Verblüffung, Angst und Schrecken ob des unerwarteten furor teutonicus sind von den Gesichtern der Feinde abzulesen. SOLCHE HELDEN BRINGT DIE MARK HERVOR, steht darunter.

Die Ärzte glauben nicht, dass Paul sich von dem enormen Blutverlust erholen wird. Die Verletzungen an sich sind nicht besorgniserregend. Die zersplitterten Knochen würden zwar schwer, doch heilen, wenn es zu einem Heilungsprozess käme. Herz und Lunge seien nicht beschädigt. Aber mehr als zwei Liter Blut hat der Oberleutnant verloren. Ob er das gutmachen kann? Das Herz schlägt schwach und unregelmäßig. Es ist mühsam, ihm über einen Schlauch Nahrung in kleinen Mengen zuzuführen, blutstillende Medikamente einzugeben. Er bekommt eine seperate Kammer unter dem Dachboden. Charlotte überwacht minutiös die Zufuhr von Bouillon und Milch, von Pulvern und Seren. Ein Milliliter pro halbe Minute, mehr darf es nicht sein. Bin ich bei ihm, wird er überleben. Ich spür es. Wir gehören zusammen. Wir bleiben zusammen. Noch für lange. Mein Instinkt. Mein Paolusso. Mein Lupo. Ich werde ihn mir neu gewinnen. Er wird zu Hause bleiben dürfen, wenn er geheilt ist.

Als Paul nach neun Tagen allmählich zurück ins Bewusstsein gelangt, lokken ihn Stimmen. Ihm ist wohl. Er gleitet auf den Stimmen durch den Raum, als läge er auf einer Wolke. Andere Stimmen streicheln ihn. Er streckt sich aus. Lässt sich betun. Wie einst von Mutti nach Prügel des Vaters. Von den Stimmen betatschen. Wo bin ich? Er reißt mit einem Ruck die Augen auf, als ob er sich selber riefe, und ist geblendet. Katjas Grab! Warum ist der Schnee warm wie ein Bad? Wo ist sie? Katja! Mein Nackedei! Er greift in das Kissen. Betastet es. Laura? Er hört einen Schrei. Blickt dahin. Um sich Wände voll huschender, zuckender Augen. Wedelnde Haarbüschel. Schwarze Risse stehen im Raum. Rufe zucken. Ich habe etwas im Mund. Fort. Hoffnungen brechen auf. Selbst bei den Ärzten. Es braucht drei Tage, während derer er ununterbrochen in das Weiß des Kissens starrt, selbst bei der Nahrungsaufnahme, bevor er ‚Minga' sagt. Am folgenden Tag ‚Etta'. Eine Neugeburt ohne Schmerzen, aber in ebensolcher Hilflosigkeit.

Charlotte ist nicht klar, ob Paul sprach, als er unvermutet und kurz die Augen aufschlug, oder nur schrie. Rief er Katja oder mich? Laura? Uns alle drei? Sie atmet durch. Es ist nicht wichtig. Sie schickt Telegramme, lässt die Töchter kommen, seine Mutter. Ihre Mutter drängt sich auf und kommt mit. Sechs Frauen und Mädchen stehen um sein Bett und schauen ihn ängstlich an, als er nach einem langen Schlaf eines Mittags ganz langsam die Lider öffnet, weil die Sonne ihm mitten ins Gesicht scheint. Man hat ihn tags zuvor zum ersten Mal auf den Rücken gelegt. Er muss lachen, obwohl es wehtut. Jubelnde Frauenstimmen, die Sechs vollführen einen Tanz um sein Bett. Die Heilung setzt ein. – Die Weiberkur hat gut bei dir angeschlagen. – Zum ersten Mal seit seinem Aufbruch an die Front lächelt Charlotte wieder.

– Wohltätiger als alle Medikamente war der Duft eurer vereinten Weiberhäute. Ich glaube, ich habe es nicht länger ertragen, rundum versorgt zu werden. So geht es einem Fötus, wenn er nach außen drängt, um tätig zu werden. – Mit einem verlegenen Lächeln und viel Zweifel bin ich wieder da.

Nach drei Wochen, die meiste Zeit davon hat er in einem requirierten Dußer Hotel verbracht, ist er fähig, die Heimreise anzutreten. Er will sich bei Feldwebel Meuche bedanken und erfährt, dass er gefallen ist. Seine kleine Heldentat ist über den Fortgang des Kriegsgeschehens längst vergessen. Bayerische Truppen sind in den Argonner Wald eingedrungen. Sie belagern jetzt Verdun. Hier soll sich der festgefahrene Krieg entscheiden. Frankreich wird ausgeblutet, gebietet der preußische Kriegsminister und neue Chef des Generalstabs von Falkenhayn. Er zieht immer mehr Soldaten um Verdun zusammen. Wir haben mehr Blut als Frankreich vorrätig. Die Schwarzen zählen nicht.

Es wird eine traurige Heimkehr. Sigismund ist in Ostpreußen beim Sturmangriff auf das von Russen besetzte Jablonken gefallen. Die Verhältnisse erlauben nicht, die Leiche zu überführen. Die Transportmittel werden für den Nachschub benötigt. Siggi wird in der Nähe von Ortelsburg auf einer Waldwiese inmitten tausender toter Kameraden bestattet. Die Eltern wollen eine Trauerfeier allein im engsten Familienkreise. Der Vater ohne Charlotte. Erst nach langem Einreden auf ihn erreicht die Mutter, dass Charlotte dabei sein darf. Ganz hinten. Neben ihr die Töchter. Sie haben sich geweigert, allein mit Paul vorn zu sitzen. Der weiß, er muss neben dem Vater sein. Er mag mich durch Charlottes Abweisung verletzen, so tief er nur will. Was zählt das in dieser Zeit? Der Schmerz des Vaters ist in Hass umgeschlagen. Charlotte hat ihm den Ältesten geraubt, jetzt schlägt der Krieg zu. Botho hat Heimaturlaub bekommen und sitzt neben der Mutter.

Vier Wochen später stirbt er elendig vor Ypern im Grabenkampf. Das Bajonett eines Gurkha hat ihm mehrfach Bauch und Lunge durchbohrt. Pauls Eltern sind am Rande des Wahnsinns. Wenigstens gelingt in diesem Falle die Überführung des zerstochenen Leichnams. Wieder das Problem mit

der Trauerfeier. Der Vater schimpft wüst gegen Pauls Versuch an, Charlotte diesmal neben sich zu haben. Schlägt auf ihn ein.
Pauls Genesung schreitet voran. Gute Nahrung wird knapp. Geld allein bringt sie nicht auf den Tisch. Paul legt mit den Kindern Gemüsebeete an, jede Menge Sauerampfer. Auch Rhabarber. Der hat dicke Stiele und riesige Blätter. Beides kann man Einkochen. Kartoffeln dazu. Brennnesseln werden kultiviert. Die wachsen schnell und reichlich, sogar in Mauerfugen. Sind quietschgesund. Schmecken wie Fisch, den es nicht mehr gibt. Die Obstbäume und Sträucher im Garten werden gehegt und gestreichelt. Sie tragen reichlich. Es fehlt der Familie nicht an Vitaminen und Mineralstoffen, aber sie müssen gegen Spitzbuben verteidigt werden. Ein Wolfsspitz, Ratsch, hilft dabei. Die Finanzlage wird kritisch. Es gibt nur noch Tabak aus der Uckermark. Selbst der wird rar, weil die Anbaufläche zugunsten von Kartoffel- und Rübenfeldern verringert worden ist. Nicht einmal Kümmel- und Kornschnaps sind zu haben. Das Fieselbörschen wirft kaum mehr etwas ab. Charlottes Eltern leben dürftig von immer schmaler werdenden Renditen und Mieten. Die Geldentwertung nimmt dramatische Züge an. Paul bringt seinen Schwiegereltern bei, ihren Garten zu bewirtschaften. Die Schwiegermutter lässt sich gern von ihm anleiten. Es kommt zu einigen Küssen hinter Gebüsch. Er streichelt ihren Po.

Ein Lichtblick ist, dass Paul als Genesender und nicht als Invalide geführt wird. Zum Hauptmann ist er befördert worden. Jetzt braucht die Familie sein Geld und Sonderzuteilungen an Fett und Fleisch, die er, obwohl nicht im Felde, in Form von Marken erhält.

Warum bloß habe ich mich nicht ergeben? Fünf Menschen lebten unversehrt. Er weiß, dass er wieder so handeln würde, obwohl es falsch war. Gefangen sein, ertrage ich nicht. Es ist der widerlichste und erniedrigendste Würgegriff, den das Leben bereithält. Lieber völlig aus der Welt sein.

HILFLOS STANDFEST

Wir haben schon einmal versagt
Wir dürfen nicht wieder versagen
Nicht verzagen, Kumpel!

steht auf dem Plakat mit Windlöchern, das ein uraltes Pärchen starr und stramm hochhält. Sie stehen vor dem Eingang zum kahlen Verwaltungsgebäude der Kali-Grube Bischofferode im thüringischen Eichsfeld. Es ist im April 1993. Das Wetter windig-heiter. Die große Uhr am Eingangstor zeigt seit Wochen 10 vor 12 an. In den Gängen liegen hundertzwölf Bergleute und hungern schon acht Tage lang. Ebenso lange steht das grauhaarige, gutgekleidete Pärchen im wirren Gewimmel ausharrender Gewerkschafter, streunender Reporter, weinender Frauen, fragender Kinder, singender und betender Nonnen, protestierender Gitarrenspieler, bereitstehender Ärzte und Krankenschwestern, Suppen-, Zigaretten- und Getränkeverkäufer, lungernder Neugieriger. Dann und wann fahren Politiker in schwarzen Limousinen vor, schauen im Scheinwerferlicht ernst auf die Hungernden. Werden murrend empfangen, drükken Verständnis und Bedauern aus. Zeigen sich gesprächsbereit, wenn man ihnen ein Mikrofon zuschiebt. Man wird etwas tun. Aber so geht es nicht. Sie sollen aufhören. Nicht ihr Leben riskieren. Gegen die Gesetze der Rentabilität kann niemand ungestraft verstoßen. Der Untergang des Sozialismus hat es bewiesen. Es wird neue Arbeitsplätze geben. Ja, auch anderswo. Unsere Zeit ist mobil, das ist ihr Markenzeichen. Einige halten dagegen. Spornen an zum Durchhalten. Werden verhalten bejubelt. Es wird diskutiert. Wir wehren uns.

Die beiden standfesten Alten werden gefilmt, aufgenommen, gefragt, was sie meinen. – Ich habe unter Hitler einen Rüstungsbetrieb geleitet- antwortet der Mann immer wieder mit krächzender Stimme.

– Ah ja. Ich verstehe. – Der fragende Reporter senkt verlegen den Kopf weg. Er sagt nichts mehr, wendet sich ab. Schuldkomplexe abtragen. Hier geht es um ganz etwas anderes. Begreifen die beiden das nicht? Rührend ist ihre Geste der Solidarität mit den Bergleuten. Und irgendwie peinlich. Besonders angesichts solcher Vergangenheit. Für die Leute hier wird was gefunden. War immer so nach kurzer Aufregung.

DER EOSANDRA-W. – SPILLER-VERLAG TEILT SEINER WARTENDEN LESERINNENSCHAFT MIT:

DER FOLGEBAND ZU *INGA PRODECKS* ERINNERUNGEN (DEUTSCHER BESTSELLER 1987) IST ERSCHIENEN:

AUA! – ARZTFRAU UND AUTONOME (MEINE JAHRE VON 1950 – 1972)

‚Inga Prodeck hat Fuß gefasst in der Wirtschaftswundergesellschaft. Doch sie hält es im Leben als neue Wohlständlerin und Spießerin nicht aus. Ein wirklich spannendes Folgebuch zu einem mitreißenden Erstling. Es ist erlebte Soziologie Deutschlands.' (Hamburger Abendblatt)
Einzelpreis 15 DM
Beide schon erschienenen Bände für 28 DM. Der nächste Folgeband samt Schuber für das Gesamtwerk wird in einem Jahr erwartet. Subskription weiter möglich.

SCHÖNE BILDER sowie C+K+Z

Auf dem Weg von Krotoschin an den Rhein verbringen sie einige Tage in ihrem meist leerstehenden Haus in Luckenwalde. Es liegt hoher Schnee. Sie werfen, einander umfassend, sehnsüchtige Blicke durch die Eisblumen am Fenster auf die weiß beladene Schaukel. Das Wetter ist Paul recht. Niemand wird auf dem Friedhof sein, meine Spuren bleiben einige Zeit haften. Charlotte hatte gehofft, er würde sie auffordern, mit ihm an Katjas Grab zu gehen. Sie blickt ihn manchmal prüfend von der Seite an, sagt aber nichts. Paul will allein mit seinem in Katjas Sarg und seiner Brust vergrabenen anderen Leben sein. Allein mit einer Zukunft, die es nie gab. Keiner soll sie anrühren. Mir gehört dieses Bilderbuch. Keiner darf hineinschauen.

Pulverschnee hat sich an den bronzenen Lettern des Grabsteins verfangen. Paul streicht ihn ab. Sie streicheln, trösten. Die schwarzlila Augenfische. Die Neugier. Ihre Filzkleider. UNSER AFRIKA. Die Mohrenpuppe. Kolonialwaren. Die Reglose in meinen Armen. Der Pfarrer, der Totengräber und ich im Niesel der Beerdigung am Tag vor dem Heiligen Abend. Kein Blitz. Am Nachmittag zuvor in der Sakristei: Der Pfarrer, Charlotte und ich. Trauung und Segen nachholen. Still und schnell. Mein ewiger Verrat.

Er wirft sich auf den Grabhügel. Stößt den Kopf tief in den Schnee. Beißt hinein. Frisst ihn gierig. Katjas Hochzeitskleid. Die Kälte tut wohl. Katja, Geliebte! Zwei Sträuße von Tannenzweigen ragen aus dem Schnee. Seine Mutter pflegt das Grab. Selbst im Winter. Er hat ihr gleich bei der Ankunft ein Dankeschön dafür ins Ohr geflüstert. Wie wohl die Kälte tut. Lange bleibt er liegen. Angenässt. Die Ohren glühen. Lange steht er noch, nach-

dem er sich erhoben hat, mit gesenktem Kopf. Ich möchte hier bleiben. Auf sie warten. Kein Knopf zum Abschalten. Als er sich fortreißt, dreht er sich nach einigen Metern um. Er mag es nicht, aber es kommt ‚Ich geh, Du liegst in kalter Erde und wartest stille hier auf mich …' Meine Spuren. Eine führt zu ihr hin. Die andere führt von ihr weg. Weg. Weg. Weg.
Sie sind nahe am Ziel im Westen: Wieder Ebene, glatt und grün wie ein Billardtisch. Erst wenn man sich nach gut einstündiger Bahnfahrt von Köln dem zur niederländischen Grenze hin gelegenen Städtchen Kleve nähert, stößt man auf einen hohen Saum in der Landschaft. Kleve – der Name steht für das mittelniederdeutsche Wort *klef.* Schroff wie ein Kliff fällt der hinter den Häusern gleich einem riesigen Eberbuckel aus dem Land ragende Reichswald in die rheinische Tiefebene ab, und in den Straßen der Stadt läuft man beständig auf und nieder. Aber von Felsen ist nichts zu sehen. Für unsere Flachländer ist es das erste Erleben einer Stadt am Berg. Sie schrieb sich damals alt-modisch mit C. Das C ist inzwischen modisch neu im Vormarsch. K und Z sterben, nachdem sie fast hundert Jahre lang auferstanden waren, wieder aus. Der Zeitgeist hat die Himmelsrichtung gewechselt. Außerdem steht die Kombination beider Buchstaben für Böses. Also weg.

Während der Fahrt hat Paul seiner Minga, die er, seit Maja spricht, Etta nennt, um unangenehme Fragen zu vermeiden, klar gemacht, warum sie sich hier wohlfühlen wird: Eine hübsche alte Stadt, nicht zu groß, nicht zu klein, der breite Rhein, die sagenumwobene Schwanenburg, der Athena-Brunnen in den barocken Parkanlagen. Dazu ein Künstlerhaus Koekkoek, Kuckuck gesprochen, nicht nach dem Vogel, sondern einem gleichnamigen niederländischen Maler benannt. Vielleicht kannst du da endlich deine Photographien ausstellen. Hochwald und Flussaue bieten zu allen Jahreszeiten reichlich Material für stimmungsvolle Landschaftsaufnahmen. Ohne Zigeuner.

Die Lebensumstände sind tadellos. Es gelingt ihnen schnell, ein geräumiges Haus in der Altstadt Am Hasenberg zu mieten, in dem die Kinder allen Platz zum Wachsen und Gedeihen finden. Den Mädchen gefällt der Name der Straße. Sie wohnen nahe am Märchen. Noch mehr gefällt ihnen, dass über dem Eingangsportal des Hauses im ockeren Putz ein gelber Bienenkorb prangt. Sie meinen, man höre es allezeit summen, selbst im Winter. Aus den oberen Zimmern fliegt der Blick in Richtung Osten frei über das flache Land zum Rhein hin auf die Höhe von Montferland am anderen Ufer zu. Westlich schauen sie auf die festgefügte Baumwelt des Reichswaldes. Strecken sie ihre Köpfe aus dem Fenster und drehen sie nach links, sehen sie die Schwanenburg und die Türme der Stiftskirche ganz nah vor sich aufragen.

Paul wird von seinen Vorgesetzten und Kameraden der in Cleve garnisonierenden Schwadron des Weseler Regiments Vogel von Falckenstein herzlich aufgenommen, obwohl er weder Whist noch Skat, ja nicht einmal Schafskopf blättelt, wie sich leider herausstellt, und selbst als Witzerzähler versagt. Man weiß hier nichts über die Vorfälle in Krotoschin. Bereits nach drei Monaten wird er zum Leutnant befördert und zu seiner Überraschung bereits zwei Jahre später zum Oberleutnant. Ein vernünftiger Sachbearbeiter im Kriegsministerium hat Wort gehalten. Wo hat der die Stelle hergekriegt? Ein Segen, dass ich sie hier niemanden wegnehme. Trotzdem wundert man sich. Hält mich für protegiert.

Maja ist heilfroh, endlich Freunde zu finden, wenngleich die in ganz anderem Tonfall reden, als sie zu hören gewohnt ist. Die scheinen alle eine im Hals verwachsene Zunge zu haben, denn sie können in der Wortmitte kein – sch- sprechen. Sie sagen zwichen und zichen, rufen ihre Katzen Muchi. Bald merkt sie es nicht mehr.

Es ist zwar wieder kein Junge, aber wieder haben sie, nach geheimem Bangen, Glück. Auch die kleine Smeralda hat eine freundliche, fleischige Nase.

Charlotte hat von einer unverheirateten Tante einen weiteren Batzen Geld geerbt. Sie lädt zu Smeraldas Taufe die gesamte Familie nach Cleve ein. Pauls Vater sträubt sich eine Weile, weil er nichts geschenkt haben möchte und die Ausbildung von Sigismund ihn viel kostet. Botho ist erst Auscultator beim Amtsgericht in Köpenick und braucht weiter Unterstützung von Zuhause. Charlottes Vater sagt, er könne unmöglich sein Geschäft schließen, und sei es für wenige Tage. Am Ende siegen das Drängen der Frauen und der heimliche Wunsch der Väter, endlich Frieden mit ihren Kindern zu machen. Pauls Vater fällt es leichter, weil seine beiden anderen Söhne den ihnen von ihm gewiesenen Weg bereitwillig eingeschlagen haben.

Zwei Bestwetterfrühlingsbilder gibt es von dem Familientreffen. Eines vor der Taufkirche, eines vor der Schwanenburg. Charlotte macht sie mit Hilfe des Selbstauslösers. Niemand fehlt aus Pauls großer engerer und Charlottes kleiner engerer Familie. Alle, besonders Pauls Geschwister freuen sich, gekommen zu sein. Freude und Erleichterung. Alle sind gelöst. Besinnungslos heiter. Sogar Johannes Prodek kann sich der Ausgelassenheit nicht ganz entziehen, obwohl er so gut wie kein Wort mit Berthold

Werthland wechselt, weil der sich durchgehend von seiner spendablen Seite zeigt. Das Fieselbörschen läuft besser denn je. Hedwig Prodek muss sich jeden Morgen beim Ankleiden eine Viertelstunde lang Ermahnungen ihres Mannes anhören, sich bloß nicht näher mit der Walküre einzulassen. Die will sich bei dir anschmieren und hält dich dann in Luckenwalde von der Arbeit ab, weil sie selber den ganzen Tag auf der faulen Haut liegt und die mit Öl und Tube pflegt. Vergiss nicht, die Reise ist uns wegen deiner Ausstattung teuer zu stehen gekommen. – Äch waiß, wer äch bin und wo äch hinjehöre, Johannes. Braouchst mir's doch nech ständig zu sagen. – Hedwig genießt es freilich, dass sie zum ersten Male im Leben Komplimente für ihr schönes Haar und Kleid bekommt. Paul hat ein schnelles Rendezvous mit seiner Schwiegermutter, die im kurzweiligen Glück einer großen Famile schwelgt. Zu mehr als Schmatzen auf Mund und ihre entzückten Brüste kommt es nicht. Ihren Wunsch, er möge, über ihr stehend, mit der Fußsohle die Brustwarzen streicheln, erfüllt er nicht. – Dazu bin ich nicht fähig, Mutter. Bei aller Liebe. –

Kaum zehn Jahre später, im April 1915, zu Majas Konfirmation, werden sich die ungleichen Familien wieder auf einer Photographie vereinen, dabei vor der Johanniskirche in Luckenwalde deutlich getrennt stehen. Sigismund fehlt. Anstelle von Botho werden seine Witwe Wiltraut und sein vierjähriger Bub Bolko auf dem Bild sein. Dazu Johannas Mann Heribert Bringfort, ihre beiden Söhne Dolf und Leif, die Tochter Eva. Ihre Tochter Evelyn hält Johanna als Säugling im Arm. Neben Pauls schönster Schwester Agnes steht ihr Verlobter, der elegante Prokurist Kurt Fälzer. Johannes Prodek hat den steifen Hut fast bis über die Augen gezogen. Seine Frau hat sich fest bei ihm eingehakt. Berthold Werthland ist schmaler geworden. Seine Frau geradezu schlank. Alle sind schwarz gekleidet, nur die weißen Krägen leuchten. Paul und Heribert tragen ihre feldgrauen Uniformen mit Trauerflor.

Im Mai holen Paul und Charlotte die wegen Pauls Ausbildung in Döberitz ausgefallene Hochzeitsreise nach. Sie fahren auf dem Dampfschiff „Vaterland" von Düsseldorf drei Tage den Rhein hinauf bis nach Straßburg. Zurück geht es nachts im ruckligen Schlafwagen. Paul legt sich still auf Charlotte, sie lauschen dem Rattern der Räder und lassen auf engem Raum die Energie des Hin- und Her der kleinen Stoß- und Fallbewegungen ihrer Unterlage auf sich wirken. Am Schluss helfen sie dem sich von ganz alleine einstellenden Reiz durch winzige Rührungen etwas nach. Das Hochgefühl kreiselt herbei und löst sie wieder einmal für einige Sekunden selbstverschlossen wild und willig ineinander auf.

Ihr Liebesleben spielte sich jetzt wie bei fast allen Paaren überwiegend im Bett nach einem eingespielten Ritus ab (wer liegt diesmal oben?), kaum mehr außerhalb. Sie genießen es wie zwei Wanderer, die einen Gipfel erklommen haben und beim Blick ins ferne Unten, mittenhinein in die Landschaft und die bauchigen Wolken, gemütlich ihr Vesperbrot schmausen. Sie belächeln ihren Einfall in die Routine, seitdem Charlottes Spielwitz abgeflaut ist, keine Schaukel mehr im Garten steht. Pumpen gibt es in Cleve nur wenige und nicht an verschwiegenen Plätzen. Wasserleitungen und Kanalisation sind hier schon lange im Gebrauch. Die Kinder omnipräsent.

Charlotte sagt Paul gleich nach Smeraldas Geburt, dass sie im Kinderkriegen eine Pause einlegen möchte. Sie hat sich dazu ein Zephir-Röhren-Pessar besorgt, das sie mit einem löffelartigen Gerät einzuführen gelernt hat. Das wolle sie versuchen. Wenn es zu sehr stört, müssen wir eben aufpassen, wenn wir es machen oder du streifst ein Kondom über. Paul zeigt Verständnis und verspricht, Acht zu geben, ob mit oder ohne Pessar. Es ist keineswegs sicher, dass es das nächste Mal ein Junge wird, und selbst wenn es einer würde, ob ihn die drei großen Schwestern nicht liebevoll erdrückten. Schlimmer: Wer weiß, ob wir noch einmal Glück mit der Nase haben werden. Man soll das Schicksal nicht herausfordern. Und schließlich ist es schön für mich so: die Kosewelt von vier Frauen genießen. Da würde ein Junge nur stören oder verweichlicht. Vom Vorschlag zu frommsen, ist Paul nicht begeistert. Es kommt mir vor wie Onanieren, sagt er. Er erzählt, dass Oberleutnant Rübsam, der schon sieben Kinder hat, neulich in der Messe unter Lachtränen verkündet habe, er benutze jetzt Stülper, um nicht zu verhungern. Seine größte Freude komme stets nach dem Höhepunkt: Die Dinger zuschnüren, den Lebenssaft zwischen Daumen und Zeigefinger baumeln lassen, die Ergiebigkeit des eingefangenen Ergusses prüfen und den Ertrag dann mit Karacho gegen die Wand schleudern.
– Solche Schweinigkeiten erzählt ihr euch im Kasino? Ich hoffe doch sehr, dass du uns da außen vor lässt. – – Du solltest mich zur Genüge kennen, dass ich mich bei solchen Reden raushalte. Mit sowas zu prahlen, liegt mir nicht. So harmlos es ist. Ich kenne dich gar nicht prüde, Etta. –
– Du weißt, Perlen vor die Säue werfen, ist nicht nur dämlich, sondern geschmacklos. Ich bin eine Auster und öffne meine Muschelklappen nur für dich. Halt du dafür deine Guschelklappen zu und erzähl nichts vom Perltauchen in mir. –

– Wie du redest! – Er drückt sie an sich und quetscht sie auf dem Klinikbett. Was ist Glück anderes als Phantasien, die sich umeinander ranken? Je kindischer, desto besser, beruhigt er sich. Ihr freundlicher Ernst hat ihm Angst gemacht.

Den beiden gefällt das Leben am Strom, Deutschlands Lebensader, die hier gar nicht, wie man vermuten könnte, fett und träge durch das platte Land zieht, sondern druckvoll zum Meer flutet. Das Schöne ist, man lebt am Strom, er prägt das Leben, man spürt ihn, sieht ihn aber nicht, weil er einige Kilometer entfernt fließt. Die Stadt bleibt von Hochwasser und Nebel verschont.

Das Leben auf dem Rhein teilen sich die unter großen braunen Segeln lautlos dahingleitenden Schaluppen mit den regelmäßig tuckernden Schleppern. Die ziehen bis über Bord mit Kohle, Kies, Sand oder Kalisalz beladene Leichter und Lastkähne. Das ist spannender als zusehen, wie auf den heimischen Dahmen und Nuthen Mensch oder Pferd vom Ufer aus schnaufend Treidler vorwärts bewegen. Stetig geht die Fahrt der Schiffe zum vorbestimmten Ziel. So wünscht sich der rechtschaffene Mensch sein Leben. Paul erinnerte sich beim ersten Anblick der unermüdlichen Schlepper an eine Inschrift, die er einst während einer Manöverpause in einer mecklenburgischen Fischerkirche gelesen hatte: *HERR, segne dei Seevart, stuer dei Levensvart, gev uns dei Himmelvart.* Ein beneidenswert schlichter und klarer Lebensplan.

Es gelingt am Rheinufer, für einige Gedankenzüge zu vergessen, dass nicht weit von hier der Erde die Kohle entrissen wird, um damit die Elexiere neuer, gewaltiger Lebensgier zu kochen. Kohle wärmt die Menschen und treibt die Maschinen. Als schmutziger, schwefliger Rauch wird sie, energetisch verbraucht, aus engen Schloten gen Himmel gespien. In Hochöfen gerinnt sie mit Erz zu Stahl. Ein gewaltiges Begehren, massige Lust zu fassen, hat die Menschheit gepackt trotz Schmutz, Elend und Enge in den Städten. Kein Halten: ‚Brüder zur Sonne zur Freiheit'. Kohle macht gewiss: Sonne und Freiheit ziehen herauf. Denn: ‚Die Internationale erkämpft das Menschenrecht'. In und um Cleve schaut die Welt sauber aus und freundlich. Rundum zufrieden. Sagte ihr einer voraus, dass in nicht einmal vierzig Jahren 80% der Häuser zu Schutt und Asche geworden sein werden, auch das Haus am Hasenberg mit dem Bienenkorb, erntete er Hohnlachen oder behäbiges Schmunzeln. Undenkbar so etwas. Ein neues, fades Städtchen wird entstehen in einer von Lusttankern wimmelnden Welt. Beuys passt dazu als begabter Bespaßer.

Wenn ich in Südafrika oder Australien bin, miete ich mir immer ein Auto. Von meiner Rente, ich bin früher gegangen und bekomme 300 € weniger im Monat, und der Zusatzrente von Bosch, natürlich auch verringert, könnte ich mir das nicht leisten. Aber ich hab damals für das freiwillige frühzeitige

Ausscheiden eine schöne Abfindung bekommen und die gut bei der Weberbank angelegt zu 7% Zinsen. Da hat sich schnell was angehäuft, das ich weiter gut angelegt habe. Dann hab ich erstmal Arbeitslosengeld bekommen, aber das schmeckte mir nicht. Ich bin auf Krankengeld umgestiegen. Ich hab mir nämlich einen Psychater genommen, um auf Frührente zu gehen. Der hat mir versichert: Wir pauken das durch. Sie sind nach über dreißig Jahren Arbeit doch nervlich völlig am Ende. Es hat prima geklappt, und so gönne ich mir jetzt seit 15 Jahren so manches. (Auf der Dachterrasse eines Kaufhauses Karstadt beim Mittagessen als ins Ohr des Autors Dringendes vom Nachbartisch)

WENN **SIE** überzeugt sind, **als Hartz-4-Empfänger** oder anderer Bezieher von Grundbedarf seien **SIE** daran gehindert, in Urlaub zu fahren, ja sogar Abenteuerurlaube zu genießen, täuschen Sie sich. HARTZER-ROLLER-GLOBALTOURS macht es möglich dank unserer Geschäftsidee, wonach Arme Armen helfen. Von ihren Barbezügen können Hartz-4-Empfänger problemlos **als zahlender Gast in einfachen Familien in Burkina Faso, Bangla Desh oder Costa Rica leben**. Wir vermitteln Sie für wenig dahin. Sie fliegen mit Air Burkina, Biman Bangla Desh Airlines, Royal Air Maroc//Sansa Airlines an ihre Ziele. Das Geld für den Gruppenflugpreis sparen Sie an oder lassen ihn sich schenken. Wenn Sie geschickt mit dem Jobcenter verhandeln, verbinden Sie ihren Aufenthalt mit einer förderungsfähigen Fortbildungsmaßnahme (Sprachkurs, Ausbildung zum Spezialitätenkoch oder zum Fremdenführer). Besuchen Sie uns auf unserer Webseite oder schreiben Sie uns, um konkrete Angebote zu erfragen. **HARTZER-ROLLER-GLOBALTOURS, Arme helfen Armen. Neue Ideen globaler Solidarität FRANKFURT/MAIN.**

MULTIPLE ONTOLOGIE IN EINEM GNADENRAUM

An freien Sommersonntagen wandern sie im Morgendunst ins Zweistromland zwischen Altrhein und dem Fahrwasser. Vorbei an den Ölmühlen, Margarine- und Biscuitfabriken des Stadtrands, über die saftigen Wiesen mit dem fleischigen Fleckvieh, das, wenn es einmal nicht grast, selbstzufrieden in die Runde glotzt, dabei reichlich und rauschend Darmsaft abstrahlt. Existentielle Wonne. Vorbei an düsteren Tümpeln, Schlingwassern und Wäldchen, Dörfern mit Straßen aus Quadern und Wegplatten der Römerzeit. Von allen Seiten strömt hier Zeit zusammen. Sie liegt zum Einsammeln herum. Haben die 5 den letzten Deich überstiegen, im Ufergras die Wolldecken ausgebreitet und sich ausgestreckt, schauen sie den Reihern und Kormoranen bei ihren sehr verschiedenen Methoden des Fischfangs zu: Hackschlag aus dem Stand gegen Tauchflug über viele Meter. Schier endlose Geduld gegen Gespür und Wendigkeit. Innehalten.Vereint im Schweigen.

In wenigen Jahren werden sie hier an einem Wunder von Transsubstantion teilhaben. Esther wird aus ihrem Instrumentenkoffer die Geige nehmen. Sie wird bei ihnen sein. Eines von drei fast gleich aussehenden kleinen Mädchen, noch unterschiedlich lang ausgewachsen. In der Zeit verschobene Drillinge, staunen viele. Drei aus demselben Stoff. Esther die Mittlere. Mittlerin. Aus den allen Menschen vorgegebenen Räumen wird sie in andere, allein ihr zugängliche, treten. Räume ohne Schwerkraft. Räume in denen reinste Empfindung die Wirklichkeit ist. Esthers Entrückung wird wahrnehmbar sein, denn sie wird ausschließlich mit ihrem Medium kommunizieren. Hin und wieder der Weite einen flüchtigen Blick schenken. Über Sein und Geschehen wird sich für Esther ein Schleier legen, der beide einhüllt und befriedet: Sie tritt in Urwirklichkeit über der Zeit. Jenseitige Gegenwart. Sein, Dasein, Übersein. Was davon ist wo?

Sie wird einfache Zigeuner- und Volksweisen spielen, später Brahms und Spohr, viel improvisieren, und der Wind wird einfallen, indem er die von ihr erzeugten Klänge einmal in diese, dann in jene Richtung werfen, sie in die Länge ziehen oder jäh erdrücken wird. Manchmal wird er das Tuckern der Schlepper, einen Vogelschrei oder das Schnattern von Enten herbeitragen. Esther wird – allein und geborgen – ein, zwei Stunden, fast ohne Unterbrechung spielen. Die vier Lauschenden werden währenddessen, aus der Zeit gehoben tiefe Dankbarkeit empfinden. Unübertrefflich ist, was WIR erleben. Höher vermag das Leben nicht auszugreifen.

Abends, mit Charlotte allein, wagte es Paul nie, ihr die Frage zu stellen, die sich aufdrängte: Suchst du auch bei Esthers Spiel wie damals auf der Pferdekoppel nach einem Knopf, um das Leben anzuhalten, dauerhaft abzuschalten? Er fühlte nie ein Bedürfnis, dem Leben in den höchsten Augenblicken Einhalt zu gebieten. Ich suche nach wiederholtem Entzücken; sie wohl nach Verzückung. Reden vernichtet.

Sie werden später mit Esther die Freude ihrer Erfolge in Konzertsälen teilen; aber da waren ihre magischen Kräfte zu banaler, weil triumphaler, also beifallschaler Wirklichkeit geworden. Was Esher allein ihnen in den Rheinauen zugeteilt hatte, blieb unerreicht. Verklärung, die nur im kleinsten Kreis zu erfahren ist.

>Sobald wir verwundert Esthers außerordentliche Begabung erkannt hatten, versuchten wir den Ursprung zu erkunden. Kaum zwei Jahre alt, hatte sie andächtig einem Fiedler auf dem Markt gelauscht und ‚Will das' gesagt. Sie war nicht fortzukriegen. Charlotte gab dem zerlumpten Alten schließlich ein zweites Mal flüsternd Geld, damit er aufhörte und verschwand. Esther hatte geschrien und geweint. Woher? Wir sind beide durchaus musikalisch. Charlotte spielt als höhere Tochter zwangsläufig hinreichend gut Klavier. Aber das erklärt nichts, zumal Maja und Smeralda von Beginn an keinen stärkeren Drang verspürten, ein Instrument zu erlernen. Es muss eine unbekannte musikalische Ader unter weiblichen Vorfahren geben. Käme es von der männlichen Seite, hätte es sich beruflich oder wenigstens in Nachrufen irgendwie niedergeschlagen. Wir hatten recht: zwei Urgroßmütter Esthers waren hochmusikalisch. Meine Mutter fand im geringen Nachlass ihrer Mutter, den sie als Älteste aus Anhänglichkeit aufbewahrte, eine Menge handgeschriebener Notenblätter, darunter mehrere eigene Vertonungen von volkstümlichen Gedichten aus Ostpreußen. Esther fand Gefallen daran und erbat sie für sich. Sie trug die eine oder andere dieser Vertonungen, verfeinert, gerne als Zugabe nach großen Konzerten vor, manchmal sogar als Auftakt. Sie nannte die Ahne als Komponistin, nutzte die Gelegenheit aber meist dazu, eine ihrer Virtuositäten vorzuführen, indem sie eine zweite Tonreihe einführte, die sie zupfte. Gleichzeitig streichen (mit der Rechten) und zupfen (mit dem über die Saiten gestreckten Zeigefinger der Linken) können über längere Strecken nur wenige Geiger. Ihr kommt dabei zugute, dass sie meine langen Zeigefinger hat, die die Höhe der Mittelfinger erreichen. Bin ich anwesend, hält es mich kaum im Sessel. Ich möchte Esther umarmen und küssen für das Gedenken an die nie gekannte Ahne. Mutter erinnerte sich daran, dass ihre Mutter den ganzen Tag über sang, was dem Großvater unheimlich war. Auch hielt er es für unschicklich in einer Kate. Charlottes Großmutter hatte Geigenspielerin werden wollen; es war ihr aber von ihrem Vater verboten worden. Sie hatte nach Bielefeld geheiratet und soll dort große Hauskonzerte gegeben haben. Wie wenig man von seinen Vorfahren weiß. Schon nach zwei Generationen.

Etta freut sich daran, dass unsere drei Töchter trotz Esthers Hochbegabung ungetrübt fröhlich miteinander umgehen. Die beiden anderen hegen keinerlei Neid auf die überragende Schwester, sondern tun alles, ihr

zu Gefallen zu sein. Sie nehmen die Last des Talents wahr, die auf Esther liegt. Sie werden sich im Stillen fragen, ob sie sich gewünscht hätten, derart ausgezeichnet in die Welt zu kommen, hätte es ihnen freigestanden. Wir haben uns dafür entschieden, Esther nach Kräften zu fördern, doch nicht zulasten der beiden anderen Kinder, und vor allem wollen wir nicht Esthers Ehrgeiz anspornen. Sie soll ganz aus eigenem Antrieb und nach ihren eigenen Wünschen ihre musikalische Kunstfertigkeit ausbilden.<
(Pauls Tagebuch vom 19. 9. 1910)

Wenn Esthers Spiel verklungen sein wird, werden sie noch eine Weile stille sitzen bleiben und ein jeder in sich hinein nach dem Echo hören. Sie werden nacheinander Esther umarmen und sie dankbar auf die Schläfen und um den Hals küssen. Dann werden sie picknicken und schwatzen wie das, was man eine normale Familie nennt.

Zunge, Zähne , Zottelbart. Der König der Tiere reißt sein Maul weit auf. Superzoom-Kameras zeigen mächtige Details – ideal für einen Tag im Zoo.

Die Kinder stromern anschließend am Ufer herum, machen Entdeckungen. Sie schleppen Steine, Blüten, Käfer herbei, stellen Fragen. Charlotte kennt sich gut bei den Vögeln aus. In ihrer Sprache wimmelt es von Ausdrücken aus der Vogelwelt: Mausern, Fittiche, Bürzel. Nimm den Alula aus dem Mund, hat sie oft zu den Kindern gesagt, wenn die am Daumen lutschten. Sie beschämt Paul, weil sie Habicht, Bussard und Milan im Flug unterscheiden kann. Magere Reiher, den fanatisch dreinblickenden Kormoran und die schwer zu entdeckenden dicken Dommeln hält auch er auseinander. – Was nimmt dich so für Vögel ein? – – Die Idee der Freiheit. Des Schwelgens im scheinbar Leeren. Dabei sind sie doch auf der Suche. – Er lacht. – Bin ich deshalb durch dich frei geworden? – – Das musst du wissen. Was gefällt dir an Käfern? – – Ihre Hartleibigkeit und leichtsinnige Beharrlichkeit. Hast du die in mir gefunden? – – Zum Glück nur ein Stück weit. Ich habe dich zwar eingefangen, aber nicht geknackt. – Etta schleicht mit ihren Dreien, Operngläser umgehängt, unter die Bäume, in die Gebüsche, wartet und stöbert neben der unausweichlichen Amsel im Pastorenkleid bunte Finken, rosafette Gimpel, quirlige Girlitze, Scharen blassgrüner Zilpzalpe, den einsamen Neuntöter und die Teichrohrdommel, einmal sogar die seltene Sumpfmeise auf. Die gleicht einem Sittich. Auf dem Weg nach Hause zeigt die Mutter oft unvermutet in die Zweige, wo die drolligen Kirschkernbeißer in den Gärten am Werke sind. Sie möchte gern die Schellente aufspüren, die Komödiantin unter den Vögeln, schwärmt Charlotte. Harmlos pausbäckig paddele sie mit ihren großen gelben Augen auf den Flüssen und Seen herum; niemand würde glauben, dass sie wie Eulen in Baumhöhlen hause und aus dem Fluge heraus Wasserkäfer und Jungfische jage. Wenn sie fliege, höre es sich an wie Kuhglockenklang. Daher der Name. Ob sie damit die Beute anlocke wie einst die Sirenen die Seefahrer, fragt Paul spöttisch. – Kann durchaus sein. Vielleicht erforscht es eine von euch mal. Wie wär's, Maja, Smeralda? – Sirenen? Die Mutter erklärt. Wie Paul der Heldbock (Cerambyx cerdo) aus der Ordnung der Coleoptera so bleibt es ihr lebenslang verwehrt, einen Kiebitz (Vanellus vanellus) mit Spreizfederhaube (wie sie das Wort mag) aufzuspüren. Dabei sind die Rheinauen bei Kleve eines der letzten Rückzugsgebiete dieses Schönstscheuen der Familie Regenpfeifer.

Paul lebt bei den Übungen im Gelände mit Insekten, Würmern und Spinnen als nach den Kameraden ihm nächste Seinsgenossen. Die Insekten sind stärker als wir, sagt er und beweist es an den Ameisen. Sie tragen bis zum Zehnfachen ihres Körpergewichts. Das soll ihnen ein Elefant mal nachmachen. Der Vater nimmt einen Mistkäfer zwischen die Finger, hält ihn dicht an die Ohren der Töchter, damit sie sein Brummen vernehmen. Er fragt Esther, ob sie die Tonlage bestimmen könne. Da im Gras – eine Schlange! Ach, iwo, das ist eine Blindschleiche. Eine Echse ohne erkennbare Füße. Paul hängt sie über sein Ohr. – Igitt! – – Jetzt fehlt mir nur noch eine Ringelnatter für mein anderes Ohr. Alle Nattern sind harmlos, alle Ottern haben Giftzähne. – Er zeigt ihnen, wie unterschiedlich Hundert- und Tausendfüßler aussehen, spürt einen Nachtfalter namens Goldafter auf und sogar die auf Gras und Blättern schwer erkennbare grüne Giftwanze, auch faule Grete genannt. Es liegt ihm auf der Zunge, dazu etwas militär- und kulturgeschichtlich über Don Quixote zu bemerken; aber das ist zu früh. Warum er sich anders verhält, als er ihnen die kaum merklichen äußeren Unterschiede zwischen Schlupfwespen und Schwebefliegen erklärt, weiß er selber nicht. Die letzteren geben sich (so sagen wir, weil wir Menschen so denken) das Aussehen der ersteren, um ihre Feinde abzuschrecken. Biologisch nennt man das Mimikry. Das schrille Wort von fernher findet großen Beifall bei den Mädchen und bleibt im Gedächtnis hängen. Früher versuchte auch manches Heer durch falsche Zahlen oder viel Lärm den Eindruck größerer Stärke zu erwecken. Heute funktioniert das nicht mehr wegen hochausgebildeter Spionagedienste – auch dies Wort macht Eindruck und wird, erklärt, behalten. Anders als Menschen führen die Schwebefliegen ihr Schrecken erregendes Aussehen nicht bewusst herbei. Sie haben einfach Glück gehabt, dass sie die Natur ähnlich wie die wehrhaften Schlupfwespen eingekleidet hat. Dadurch haben sie gut überlebt und sich viel weiter verbreitet, als es ihnen ohne die geschenkte Schutztracht möglich gewesen wäre. Sie sind nämlich schwerfällige Flieger und demnach leichte Opfer für Vögel und Raubwespen.

Da! Grellbunte Stablibellen mitten im Hochzeitsflug. Das Männchen packt das Weibchen hinter dem Kopf, so dass beide wie eines aussehen, und lange vereint fliegen, sogar in dieser Verklammerung Landungen einlegen. Manchmal wölben sie sich hufeisenförmig hoch. Das sei tätiger Zusammenhalt, sagt der Vater den Mädchen. Daran könnten sich Menschenpaare ein Beispiel nehmen. Hm? Dass die Libellenfrau es mit vielen Männern treibt und jeder Libellus, der sie gerade beim Wickel hat, erst das Sperma des Vorgängers absaugt (was aber nie voll gelingt) und ausspuckt, bevor er lustvoll sein eigenes in die Gebärkammer des Weibchens auf dessen Rücken pumpt und das Paar deshalb solange starr aneinander klebt, bisweilen ein U formt, behält er für sich. Diese Mittel zur Sicherung der genetischen Vielfalt und Leistungskraft (ein Weibchen wird gleichzeitig zur Mutter der Kinder vieler Männchen) wird er ihnen in einigen Jahren erklären. Ich kann sowas besser als Etta. Die hat es zu sehr mit dem Instinkt.

Er setzt Kreuz- und Zebraspinnen auf seinen Arm. Sie haben vorne und hinten Augen. Er belehrt die Töchter, dass Insekten und Spinnen trotz ihres winzigen Kopfes zehnmal so viele Bilder in der Sekunde sehen wie der Mensch. Das verstehen die Kinder nicht. Wie soll das gehen? Wir sehen doch alles, und das Bild, das wir sehen, steht. Was wir sehen, verändert sich, unser Bild ist stabil. Es ist eine Täuschung im Gehirn, wenn ihr meint, nur ein sich veränderndes Bild zu sehen. Ihr könnt es am eigenen Erleben merken, wenn ihr ein wenig darüber nachdenkt, was ihr seht und was ihr nicht seht. Sähen wir nämlich ein festes Bild, würde alles, was sich bewegt, verschwimmen und wenn ihr den Kopf nicht so still hieltet wie eine Kamera, wenn sie auf ein Stativ geschraubt ist, würden selbst die Bäume und Berge verzerrt sein. Als ob Ma eine Aufnahme verwackelte, weil sie die Hände nicht still hält. Ungläubiges Staunen. Wenn ihr mit der Peitsche eure Kreisel tanzen lasst und es geschickt macht, kommt ein Moment, wo der Kreisel sich so schnell bewegt, dass ihr ihn fast nicht mehr wahrnehmt. Genau wie eure Peitschenfäden, wenn ihr sie wie rasend hin und her schwenkt. Auch den Flügelschlag einer Biene sieht man selten. Das kommt daher, weil unser Auge mit seiner begrenzten Bildaufnahme pro Sekunde den schnellen Schwingungen nicht folgen kann. Bienen sehen den Flügelschlag ihrer Artgenossen dagegen bei jeder Geschwindigkeit und ziehen daraus Schlüsse. Weil wir nicht schnell genug sehen können, sehen wir gar nichts mehr.

Ergriffen schauen ihn sechs knopfrunde, unergründlich grüne Katzenaugen an. Warten auf mehr. Richtig verstanden haben sie das nicht. Aber es ist toll. Jetzt wissen wir, wie es Geister machen, dass man sie nicht sieht. Die bewegen sich schneller, als man schauen kann. So einfach ist das. Durchaus denkbar, meint der Vater, gäbe es Geister und Gespenster. Aber wenn, warum sollten sie es so eilig haben? Maja fragt, wer darüber entscheide, wieviel ein Tier oder der Mensch von der Welt zu sehen kriege. Paul genießt die Faszination der Kleinen. Mit wie wenig Wissen ich bei ihnen glänzen kann. Mein Publikum ist dankbarer als das in Hörsälen, vom Kasernenhof ganz zu schweigen. – Gute Frage. Wüsste ich's, wär ich ein berühmter Mann. – Sie haben nie die Nase ihrer Mutter als hässlich gesehen, wie ich einst. Sie ist ihnen vertraut und lieb. Was ist überhaupt Leben? Lebt ein Vulkan nicht, ein Planet, der sich dreht? Die brauchen nicht zu sehen, weil sie keine Nahrung benötigen, um sich zu bewegen. Da hab ich's. – Jedes Tier kriegt so viel von der Welt zu sehen, dass es genug zu fressen findet. Und irgendwie ergibt sich daraus ein raffiniert eingefädeltes Gleichgewicht des Fressens und Gefressenwerdens in der Natur. Sähe jedes Wesen alles, kriegte keines das andere zwischen die Zähne. Also gäbe es kein Leben. Wer glaubt, der sagt: Der liebe Gott hat alles vorbestimmt; aber woher kommt der liebe Gott? Wer nicht an den Großen Lenker hinter der Schöpfung glaubt, der sagt, Leben sei ein Urdrang der Materie, die alle erdenklichen Möglichkeiten, sich zu regen, wahrnimmt, die sich ihr bieten. Aber um sich zu bewegen, wozu ja auch das Wachsen gehört, muss sie andere Materie fressen. Es hat sich herausgestellt, dass es unendlich viele Möglichkeiten dazu gibt. Jedes Lebewesen sieht demnach das für sein Dasein Notwendige. Manche, zum Beispiel ein Bandwurm, sehen gar nichts, weil sie in dauernder Finsternis leben. Mehr zu sehen als nötig, wäre störend und auf längere Sicht tödlich im Kampfgetümmel der Natur, weil es vom Wesentlichen, der Nahrungssuche, dem Überlebenskampf ablenken würde. Weniger zu sehen als nötig, führt noch schneller in den Tod. – – Warum brauchen dann manche Leute Brillen? Wozu gibt es Lupen, Mikroskope, Fernrohre? – – Uff, Maja, es wird zu schwierig. Beim Menschen angelangt, kommen wir von der reinen Naturwissenschaft in die Philosophie oder den Glauben. Der Mensch ist das einzige Tier, das Ungenügen an der Schöpfung und seinem natürlichen Leistungsvermögen empfindet. Er hat nicht nur Augen, sondern als einziges Tier Verstand mit auf den Weg bekommen. Da ist dem lieben Gott bei der Schöpfung vielleicht ein böser Fehler unterlaufen. Ein Mangel an Verstand seitens des Allmächtigen, Allwissenden? Wenn, dann mit fürchterlichen Folgen. Aber die Theologen retten sich und Gott, indem sie sagen, unser Untergang durch unser zu viel an Verstand sei von ihm vorgesehen, um uns desto besser retten zu können. Wer kann da durchschauen bei allem unseren Verstand? Sei es, wie es will. Wie du richtig erkannt hast, kann der Mensch kraft seines Verstandes sein Sehvermögen verbessern. Er will mehr sehen, als seine Augen von Natur aus hergeben und er zum Leben braucht. Die meisten Menschen sind so eingebildet, dass sie nicht glauben, ihr mehr oder minder großer Verstand sei bloß ein Betriebsunfall der Schöpfung oder eine Unachtsamkeit, womöglich gar eine Dämlichkeit des Schöpfers gewesen. Sie meinen, im genaueren Erkennen der Welt und ihrer Verbesserung bestünde unsere Aufgabe als denkende Wesen und freuen sich daran, wenn sie was entdecken, was erfinden, was kreieren. Und das können sie, weil sie mehr sehen, als sie unbedingt zum Leben brauchen. Es ist etwa so, wie wenn ihr spielt Ich-Sehe-Was-Das-Du-Nicht-Siehst. Nur unter Einsatz großer Mittel. Und die überschüssige Lebensenergie, die daraus folgt, nennt man Macht. Auf die ist der Mensch gierig, und ich als Offizier mit seinen Waffen bin ein Repräsentant solch angesammelter Macht. Einige wenige halten menschliche Machtansammlung für eine Kriegserklärung an die Natur, die nach vielen Teilerfolgen mit des Menschen Niederlage enden wird. Insbesondere weil *die mögliche sechste Aussterbensphase. Die Menschen, so* wir immer mehr und allmählich *argumentiert Eldridge, haben so stark in die Natur* viel zu viel sehen und wissen werden, *eingegriffen, dass möglicherweise alles Leben auf der Erde* doch dafür das für uns Wesentliche, das recht begrenzt ist, aus den Augen verlieren. Fragt mich nicht, was ich dazu meine. Ich weiß es nicht, will es nicht wissen. Man wird schnell blödsinnig darüber. Vielleicht kann euch

Ma helfen? – Die sechs Kugelaugen drehen sich zu Charlotte, die amüsiert und gerührt zugehört hat. – Wozu hat uns denn die Natur unseren Verstand gegeben, wenn nicht zum Erkennen und Bessermachen? Wir handeln also ganz im Einklang mit ihr, wenn wir ihn gebrauchen. Wir müssen nur gut damit umgehen. – – Soo? Du glaubst an sowas? – – Jaah, mein Herr. Ich bin geborene Optimistin. Sonst wäre ich nicht deine Frau. – – Daran seht ihr, dass mein Zweifel an der Nützlichkeit des Verstandes unbegründet ist, Kinder. –

Maja fragt nicht mehr, was sie Pa gerne fragen möchte, nämlich: Ob er an Gott, von dem er eben spöttisch geredet hat, glaubt. Sie hat Angst vor der Frage und Pas voraussichtlich ausweichender Antwort. Sie glaubt an Gott. Sie behält es aber für sich, weil sie merkt, dass sie damit alleine ist. Ma hat mir zwar genau wie später auch den Kleinen das abendliche Beten beigebracht, aber nur ich habe es ernst genommen. Für Ma war es etwas, das sich so gehörte. Wie sie uns anhielt, Gästen im Hause ‚Guten Tag' zu sagen oder ‚Gute Nacht' oder uns von ganz alleine auf das Töpfchen zu setzen, wenn es im Bauch zu drücken begann. Uns selbst den Bürzel abzuwischen. Die Hände zu waschen. An Gott glaubt Ma sicher nicht. Sie sagt nie was dazu. Geht nicht in die Kirche. Bei Pa weiß ich nicht. Der redet oft, als nähme er selbst nicht ernst, was er sagt, obwohl er es ernst meint. Ich glaube, er glaubt an nichts, obwohl er gern an Gott glauben möchte. Pa ist ein Jongleur. Aber das ist nicht gut.

Das Thema hat Paul beim Erzählen gepackt. Er spinnt es fort: – Ein berühmter spanischer Dichter hat ein Stück geschrieben, in dem er das Leben als Traum bezeichnet. Eine schöne Vorstellung. Fragt sich nur, ob es ein Albtraum oder ein lustvoller Traum ist. Was meint ihr? – Statt einer Antwort schauen die Mädchen ihn weiter fasziniert an. – Dichter erspüren die Zukunft, die uns die Wissenschaftler und Techniker dann belehrend zubereiten und die die Politiker zu ihrem Nutzen hindrehen wollen, indem sie sich als weise Weiser des gemeinen Nutzens ausgeben. Ich habe in einer wissenschaftlichen Zeitschrift etwas gelesen, das darauf hinausläuft, die ganze Welt sei im Grunde eine optische, oder sagen wir generell, eine Sinnestäuschung. Alle Gegenstände und alle Lebewesen bestünden aus unzählbar vielen kleinen Teilchen, Atome genannt. Die kann man nicht mal mit den besten Mikroskopen der Welt sehen. Man vermag sie nur aus dem Verhalten der Stoffe zu erschließen, also zu erdenken. Und die Atome bestünden wiederum aus vielen verschiedenartigen kleinen Teilchen, die wie ein kleines Sonnensystem um einen Kern herum kreisten. Der Abstand zwischen den Teilchen und innerhalb der Teilchen soll gewaltig sein, verglichen mit ihrer Größe. Vergleichsweise viel größer als der Abstand von Erde, Sonne Mond und Sternen, die wir am Himmel sehen und die für uns wohl für immer unerreichbar sein werden. Die ganze Welt bestünde also aus unendlich viel Nichts mit winzigen, unendlich weit voneinander entfernten Kügelchen Etwas, die man, je nachdem, Masse oder Energie nennt. Wir sehen nur die Menge der winzigen Etwasse, weil wir dazu gehören. Gehörten wir nicht dazu, würden wir die Welt wohl ganz anders sehen. Als eine solche, wie sie die Wissenschaftler jetzt erkennend erdenken. Ein endloses Nichts mit kaum etwas drin. Lebensfähig wären wir dann nicht. Aber womöglich sehen die Wissenschaftler auch unvollkommen, und es ist da gar kein unendlich großes Nichts, wo wir nichts erkennen, sondern es ist da etwas für uns nicht Wahrnehmbares, Fassbares. Fragt mich nicht, warum und wie über so riesige Abstände die unzählbar vielen Teilchen zusammenhalten und jedes einzelne von ihnen auch. Ich wüsste es selber gerne. Wahrscheinlich hält sie dieselbe Kraft zusammen, die unsere Sinne die Welt als Stoff sehen lässt, obwohl da in Wirklichkeit nur ein paar Krümchen im allumfassenden Nichts herumschwirren. Unser großer Philosoph Immanuel Kant aus Königsberg ging davon aus, dass die Welt schon in unserem Kopf ist, bevor wir sie lernen wahrzunehmen. Wir läsen also nur das in unseren Kopf Geschriebene oder jedenfalls Codierte auf, wenn wir die Welt betrachten. Wieso das so ist? Wo das alles herkommt? Was codiert bedeutet? Wer darüber entscheidet, ob aus einem Krumen Leben ein Bandwurm oder ein Löwe wird? Warum es überhaupt so viele Wesen in allen möglichen Erscheinungsformen gibt? Zufall, reiner Zufall, sagen die einen. Vorbestimmung, Gesetzmäßigkeit die anderen; und einen großen Lenker vermutet die Mehrheit dahinter. Ist die Energie Gott oder von Gott oder einfach da wie ein echter oder ein gedachter Gott? Wir sind die Gefangenen unseres Erkenntnisvermögens und unseres andauernden Erklärungswillens. Der ist uns nämlich auch in den Kopf geschrieben. Wie sollen wir da je die wirkliche Wirklichkeit erkennen? Übrigens: Wirklichkeit ist meiner Meinung nach das treffendste Wort der deutschen Sprache überhaupt. In ihm ist die Unerklärlichkeit der Welt beschrieben. Weil sie beständig und ganz verschieden auf die verschiedensten lebenden Wesen wirkt. Jedes denkt, die Welt, wie es sie sieht, sei die wirkliche. Wir Menschen vermögen durch Instrumente verschiedene Wirklichkeiten aufzunehmen und nachzuvollziehen. Ob wir deshalb d i e Wirklichkeit erfassen? Die ganze, wenn es eine ganze gibt? Wenn ihr groß seid, werdet ihr wahrscheinlich etwas mehr von Welt und Wirklichkeit wissen als ich heute. Euch wahrscheinlich viel schlauer wähnen, als wir heute sind. Vielleicht werdet ihr euch im Gespräch mit euren Kindern an unser Gespräch hier am Rheinufer erinnern. Denkt dann so nebenbei an mich und meine Stammeleien von der Welt und unserem Wissen von ihr. Erzählt vielleicht euren Kindern davon. –

Ehrfürchtiges, ahnendes Schweigen. Charlotte durchbricht es: – An mich denkt ihr dann gefälligst auch. Weil wir so intensiv von Viehzeug und Wahrnehmung reden, muss ich euch allen Vieren etwas gestehen. Als ich junges Ding in Pa verliebt war, hab ich mir Nacktschnecken auf Stirn und Wangen gelegt und da rumkrauchen lassen. Ich hatte nämlich viele gelbe Sommersprossen und wollte die weghaben, um Pa besser zu gefallen. Eine Apothekerin hatte mir, als ich um ein Mittel bat, gesagt, dass Nacktschneckenschleim am wirksamsten hilft. Es stimmte. –

Was soll das? Befremdet schauen die Mädchen ihre Mutter an. Paul lacht und sagt: – Dabei gefallen mir Sommersprossen ausnehmend, weil ich selbst keine habe. – Die Mützenpute. Warum fängt sie plötzlich damit an? Etta ist manchmal geistig ein Känguruh.

– Ich würde für einen Jungen sowas Ekliges nicht machen, da kann er mir noch so gut gefallen – desavouiert Smeralda piepsig ihre Mutter.

– Ich schon. Und noch viel mehr. – Maja stellt es sich intensiv vor, spürt das kitzlige Kriechen der schwarzen und orangenen Glibschgleiter auf ihrer Gesichtshaut, obwohl sie als dunkelste der drei keine einzige Sommersprosse hat.

– Und was machst du, wenn dir das Ding in den Ausschnitt rutscht? – kichert Smeralda.

– Höchste Zeit für einen Reiterkampf! – ruft Charlotte verzweifelt.

Paul und Charlotte gehen in den Kriechgang, Paul nimmt Esther und Smeralda, Charlotte Maja auf den Rücken. Maja würde lieber auf dem Vater sitzen, aber sieht ein, dass es nicht geht. Die Kleinen müssen das bessere Pferd als Ausgleich für ihre schwächeren Kräfte kriegen. Die Mädchen umklammern mit ihren Beinen ihr Reittier und versuchen, einander von dessen Rücken zu stoßen. Meist zerren sie kreischend derart aneinander, dass sie allesamt ins Gras purzeln, sobald eine ins Wanken gerät. Kommt es lange Zeit zu keiner Entscheidung, werfen die beiden Pferde die Reiterinnen auf ein verabredetes Zeichen hin ab und die Uferböschung hinunter. Paul packt dann Charlotte, legt seine Arme schützend um sie und rollt mit ihr ebenfalls bis dicht ans Wasser. Wenn es warm ist, hinein, bis sie ganz untergetaucht sind, um getrennt prustend wieder aufzutauchen.

In Erinnerung an ihre erste Nacht, in der ein nasser Wald durch einen glühenden Scheit Feuer fing, fassen sich die Eltern bei der Hand und lassen die durchnässte Kleidung von Sonne und Wind trocknen. Die Kinder werfen ihre nassen Sachen ab, planschen weiter herum, schlagen zwischendurch auf der Wiese Purzelbäume und Rad, versuchen sich an Hand- und Kopfständen, Bocksprüngen. Maja meint, die Eltern legten die Kleidung nicht ab, weil sie sich nicht nackt zeigen wollten. Erwachsene tun das nicht, hat sie bemerkt. Weil sie die Älteste ist, beschließt sie eines Tages, ihren Schlüpfer anzubehalten. Die kleine Smeralda durchschaut sofort die Absicht der Großen. – Du bist keine Erwachsene, nicht mal eine Halbwachsene- ruft sie und reißt Maja das Höschen runter. Maja zieht es wieder hoch. – Was fällt dir ein, Lütti? – Sie hebt die Hand zum Schlag. – Recht hat sie! Du bist blöde, willst dich auftun – greift Esther ein und zieht Maja erneut das Höschen runter. Maja schaut hilfesuchend zu den Eltern. Die dösen händchenhaltend, still amüsiert, vor sich hin. Majas Versuch, aus der Größenordnung eine Rangordnung zu machen, ist gescheitert. Sie legt ihr Höschen ab und glattgestrichen zur Seite und spielt weiter mit. Paul flüstert ihr auf dem Heimweg ins Ohr, er sei stolz auf sie, weil sie Smeralda nicht geschlagen habe.
– Du brauchst dich nicht hervorzutun, Maja, du bist den anderen beiden sowie voraus und wirst schneller erwachsen, als dir lieb sein wird. –

VOM SINN VON ERFOLGEN

Paul ist mit Besorgungen für seinen 60. Geburtstag beschäftigt. Sie wollen ihn zu Hause im großen Familienkreis feiern. Paul sieht es als ein notwendiges Opfer an, sich als Mittelpunkt einer ziemlich intakten sozialen Zelle preisen zu lassen. Ein öffentliches Begängnis ist nicht mehr vonnöten. Er ist nicht mehr Firmenchef. Welch ein Glück; Mit 55 Rentier, weil es die Zeitläufte für ihn erzwangen. Für ihn, obwohl er weder Jude noch Kommunist noch Freimaurer ist

Heller Zorn packt ihn, als er, aus seinen Gedanken gerissen, sieht, wie auf offener Straße zwei Bengel von 16, 17 Jahren den betagten Sanitätsrat Kohn zunächst anpöbeln, dann anrempeln und zu Fall bringen. Zum Glück fällt der alte Mann nicht in die Scherben der zerborstenen Milchflasche, die sie ihm aus der Einkaufstasche gerissen und unter dem Ausruf – Jüd, Jüd – Peng, Peng! – auf das Trottoir geworfen haben. Paul stürzt auf die hohnlachenden Lümmel zu, packt sie von hinten im Nacken, stößt ihre Köpfe zusammen und brüllt sie an, was sie sich dächten, wie wilde Tiere einen angesehenen Bürger der Stadt auf offener Straße anzufallen.

Die Burschen glotzen ihn eine Weile benommen an; dann sagt der Klobigere: – Ein dreckiger Jud ist es. Ein Blutsauger, ein Volksverräter. Der muss schleunigst weg hier. Sie haben uns verdammt weh getan, Herr Prodek. Was soll das? –

– Recht so, wenn euch die Schädel brummen! *Ihr* seid die Dreckskerle! Elendes Geschmeiß! Herr Doktor Kohn hat hunderten von deutschen Soldaten im Weltkrieg das Leben gerettet. (Weiß ich nicht genau, mag stimmen). Er hat jahrelang rastlos Tag und Nacht operiert, amputiert, als ihr noch nicht einmal in die Windeln geschissen habt. Er hat hier in Lukkenwalde vielen Kranken geholfen. Ich war Major im Weltkrieg, habe mir das Eiserne Kreuz Erster Klasse erkämpft. (Verflucht! Ich brauche das Ding immer wieder) War schwer verwundet. Ich kenne Herrn Doktor Kohn. Er verdient Hochachtung. Wenn ihr am Ende eures Lebens einmal ein Zehntel von dem geleistet haben werdet, das er getan hat, könnt ihr stolz auf euch sein. Verschwindet jetzt schleunigst, ehe ich mich vergesse und euch eine gehörige Tracht Prügel verpasse, ihr Memmen, ihr feigen Ratten. –
– Das wollen wir mal sehen, wer hier wen unterkriegt. –
– Ja, das wollen wir einmal sehen. Ich bin in meinem Leben mit ganz anderen Kalibern fertig geworden, zum Beispiel englischen Tanks, als Hänflingen wie euch. – Er ballt vor Erregung die Fäuste und stellt sich in Boxerposition auf. Eine Menschentraube bildet sich. Die stehen gebliebenen Passanten starren auf das Schauspiel, das da vor sich geht. Sie rühren sich nicht. Immer ist irgendwas mit den Prodeks.
Paul gibt die Boxerhaltung auf und stößt die Jungen schnell hintereinander vor die Brust in die Gaffer hinein. Die weichen erschrocken zurück. Die beiden Burschen straucheln, fangen sich, schleichen schimpfend davon. Die Menge verzieht sich, als hätte jeder es eilig, vor einem Gewitter nach Hause zu gelangen.
– Wie soll ich Ihnen danken, Herr Major? Warum gibt es nicht mehr aufrechte Menschen wie Sie? Es ist zum Verzweifeln. Ist das noch mein Deutschland, dem ich freudig bereit war, alles zu geben? – Dem alten Mann tränen die Augen.
Paul fasst ihn bei der Schulter. – Herr Doktor Kohn, lassen Sie den Major. Man schämt sich geradezu, für dieses Land etwas getan zu haben, wenn man

sieht, wie es verdiente Menschen wie Sie zum Freiwild erklärt. Lassen Sie uns auf den Schreck zusammen einen Kaffee in der „Bratzwiebel" trinken. –
– Das geht nicht. Ich darf nicht mehr in arisch geführte Lokale. –
– Das gibt es doch nicht- sagt Paul, obwohl er es weiß. Dann kommen Sie zu mir nach Hause. Ich lade Sie ein und ersetze Ihnen bei der Gelegenheit die Milchflasche. –
– Das darf ich auch nicht annehmen. Ich darf nicht in arische Häuser. –
– Was? Dann komme ich zu Ihnen. Sie wohnen noch in Ihrem Haus? –
– Ja. Aber es ist uns nicht gestattet, Arier zu empfangen. –
– Gestattet oder nicht. Das ist gleich lachhaft wie widerlich. Ich weiß gar nicht, was das ist, ein Arier. In der Schule hat man mir so etwas nicht beigebracht. Von Dinariern war die Rede. Hatte mit Sprache was zu tun. Hört sich fast an wie Dinosaurier. An solchen Blödsinn halten wir uns nicht. Das wollen wir einmal sehen, wer mir verbieten will, den Arzt zu besuchen, der mein erstes Kind entbunden hat. –
– Herr Maj…, Herr Prodek. Sie riskieren etwas, wenn Sie das tun. Und ich erst recht. Wir könnten das Haus verlieren. Das Letzte, was uns noch geblieben ist. –
– Herr Doktor Kohn. Wir lassen uns nicht kleinkriegen. Wozu waren wir Soldaten? Lieber ehrenvoll untergehen, als sich schmachvoll verkriechen. Kommen Sie! –
Kohn sieht ihn ängstlich an. – Wenn Sie darauf bestehen. Ich bin Ihnen zu tiefstem Dank verpflichtet. Also …
– Papperlapapp. Für etwas vollkommen Selbstverständliches nicht. Wo kämen wir da hin? – Er lacht kurz und hart auf.
Als Paul Dr. Kohns Vorgarten betritt, sieht er, dass verschiedene Fensterscheiben zersprungen, andere durch Holzverschalungen ersetzt sind. Kaum ist die Tür ins Schloss gefallen, umarmt Paul den alten Herrn. – Es tut mir in der Seele weh, wenn ich sehe, was man Ihnen antut. Wie ist das möglich? Uns derart schäbig zu verhalten, haben wir Deutsche doch wirklich nicht nötig. –
– Ich weiß nicht, was in die Leute gefahren ist. Bestimmte. Nicht alle. Keineswegs. Es geht ihnen jetzt viel besser als noch vor einigen Jahren. Was wollen sie von uns? Wir nehmen niemanden etwas weg. Wir haben die ganze schwere Zeit des Krieges und des nachfolgenden Elends wie alle anderen durchlebt. Meine Frau und ich sind verzweifelt. Früher waren wir angesehene Nachbarn. Warum hasst man uns nun? Wir sind Deutsche wie alle anderen. Ich weiß wirklich nicht, was vorgeht. Wie ein böser Alb ist es. Gretel, sieh, wer uns besucht. Erkennst du Major Prodek? –
Frau Kohn, die stark sehbehindert ist, kommt in gelbkarierten Pantoffeln schlurfend aus dem Wohnzimmer, hält sich dabei an Wänden und Türen fest.

– Das freut mich aber. Wir haben lange keinen Besuch mehr gehabt, abgesehen vom Rabbiner und Rechtsanwalt Liebkind. Der ist kürzlich auch weggezogen. Natürlich kenne ich Major Prodek. Den Ältesten von unserem Herrn Justizsekretär. Auf seiner Hochzeit kam es zu einem großen Unglück. Aber es ist alles gut geworden. Er ist jetzt ein erfolgreicher Geschäftsmann und der Vater von Maja, die ein so liebes Mädchen ist. Sie hat mir früher geholfen, meine Einkäufe auf dem Markt heimzutragen. Ihr Mann ist wohl Offizier in der Wehrmacht. Deswegen ist sie wohl vorsichtig, uns noch zu besuchen. –
– Richtig, Frau Kohn. Maja ist die Älteste meiner drei Töchter (Warum lässt sie sich jetzt bei den Kohns nicht mehr blicken? Ich muss mit ihr reden). In Luckenwalde geboren und von Ihrem Mann in unserem Haus zappelnd aus dem Bauch meiner Frau gezogen, weil es am Schluss so schnell ging. –
– Ich kann Ihnen leider nur einen Lindenblütentee anbieten. Kaffee haben wir schon lange nicht mehr. Und die Milch, die ich von einer Bäuerin geholt habe, ist verschüttet. –
– Die Lindenblüten sind recht. Wissen Sie, Herr Doktor Kohn, ich bin vor allem mit in Ihr Haus gekommen, um Ihnen dringend anzuraten, Deutschland zu verlassen. Es ist schlimm, dass ich das sagen muss. Ich hätte nie gedacht, dass es dahin kommen würde, obwohl die Nazis aus ihrer Judenfeindlichkeit nie ein Hehl gemacht haben. Aber es schien nur wirres Zeug. Nicht ernst zu nehmen. Sie haben uns des Gegenteils belehrt. Folgen Sie bitte meinem Rat. Das Wort ‚auch', als Sie, Frau Kohn, von Rechtsanwalt Liebkind und seinem Wegzug sprachen, klang mir fürchterlich in den Ohren. Aber er tat recht daran wegzuziehen. –
– Sie meinen es sicher gut mit uns, Herr Prodek. Aber wir sind zwei alte Leute. Meine Frau ist gebrechlich. Hier ist unsere Heimat. Wir sind der deutschen Kultur, ich der deutschen Wissenschaft verbunden. Ich habe bei Paul Ehrlich studiert, den alten Virchow noch erlebt. Die haben mein Leben geprägt. Warum sollen wir denn gehen? Selbst wenn man uns jetzt beschimpft und isoliert, es wird nicht immer so weiter gehen. Die Mehrzahl der Menschen ist vernünftig. Das ist eine vorübergehende Tollheit, die sich legen wird, meint auch der Herr Rabbiner. – Seine Augen betteln um Bestätigung.
– Herr Kohn, ich weiß, wie schwer es Ihnen beiden fällt, alles Erworbene, ein ganzes volles und tätiges Leben, ihre Heimat, hinter sich zu lassen, aber ich rate es Ihnen dringend an. Es ist in den letzten Jahren für sie immer schlimmer geworden. Ich weiß nicht, was unsere Regierung mit den Juden vorhat. Es ist im Grunde genommen unwichtig. Sie will sie zurzeit offenbar rausekeln, loswerden. Es genügt dazu, dass sie die Augen verschließt und

die SA und den Mob wüten lässt. Sie braucht nicht weitergehende Gesetze zu erlassen, als schon geschehen. Sie haben es gerade erlebt. Unsere jüdischen Volksgenossen, ich benutze ganz bewusst dieses neumodische Wort auch für sie, sind vogelfrei. Keiner steht ihnen bei. Nicht die staatlichen Organe, nicht die anderen Volksgenossen. Die sind eingeschüchtert oder verfolgen stur ihre Interessen. Glauben Sie mir, es wird in den nächsten Jahren Krieg geben. Geht irgendetwas dabei schief, wird man die Juden dafür verantwortlich machen und erneut den Pöbel auf sie hetzen. Gleichgültig, welche Verdienste sie um unser Land erworben haben. –

– Ist das nicht fürchterlich? Wir sind Deutsche wie alle anderen. Wir stehen voll hinter Deutschland und wollen, dass ihm Gerechtigkeit unter den Völkern geschieht. Wie wir das in der Vergangenheit als deutsche Juden immer gewollt haben. Wir waren genauso gegen den Schmachfrieden von Versailles wie alle Deutschen. Wir wollen Deutschlands Wiederaufstieg. Voll und ganz. Wir sind bereit, alles dafür zu geben. Das ist gar keine Frage. –

– Ja, Herr Kohn. Aber Ihre Einstellung wird Ihnen nichts nützen. Die Nazis schert das wenig. Sie sind in ihren Judenhass verfressen, als sei es Manna für ihre Seele. Ich kann mir nicht erklären, wie etwas Derartiges möglich ist. Doch vieles in der Welt kann ich mir nicht erklären. Das Verrückte scheint häufig die Norm zu sein, obwohl wir uns über die Hexenverbrennungen, die Inquisition im Namen einer Religion der Nächstenliebe heute erheben. Ich habe nie verstanden, warum und worum wir fünf Jahre gegeneinander Krieg geführt haben in Europa. Nicht ein Mensch kann es mir überzeugend erklären. Aber ich war mittendrin. Ich habe mitgeschossen, mitgemordet. Ich habe Menschen, die mir nichts getan hatten, nur weil sie Franzosen oder Engländer waren, umgebracht. Ich bin dafür von unserem Kaiser ausgezeichnet worden. Dass es Gehässigkeit unter Menschen gibt, ist normal. Dass sich derartige Gehässigkeit gegen eine im Schnitt sehr erfolgreiche, klar identifizierbare Bevölkerungsgruppe richtet, ist noch irgendwie nachvollziehbar. Unverständlich wird es, wenn solche niederen menschlichen Triebe Staatspolitik werden und sogar über bloße Gehässigkeit hinausgehen und zu systematischer Verfolgung führen. Wozu brauchen wir einen Staat, wenn er nicht das Beste in uns repräsentiert? Die Idee des Staates lässt sich nur damit rechtfertigen, dass wir kollektiv moralischer und verständiger handeln als individuell, weil wir uns im Kollektiv gegenseitig kontrollieren. Den Splitter im Auge des andern sehen wir leicht. –

– Warum lassen die anderen Deutschen das Unrecht an uns zu? – Dr. Kohns Stimme ist wegen seines schlecht sitzenden Gebisses und der Erregung ins Klappern geraten. – Warum gibt es nicht mehr anständige Menschen wie Sie? Wir haben niemanden etwas zuleide getan. Wir haben einfach nicht verdient, dass man uns wie Schmarotzer und Untermenschen behandelt. Wir sind Deutsche wie alle andern. – Dr. Kohn wackelt schon eine ganze Weile mit dem Kopf. Seine Frau sitzt bewegungslos da. Atmet keuchend.

– Wissen Sie, Herr Doktor, die meisten Menschen sind nicht schlecht, sondern einfach selbstsüchtig oder bequem, am liebsten beides zusammen. Am Anfang haben einige verrohte Blödköppe die antijüdischen Parolen aufgegriffen. Da hatten sie einen leichten Feind, an dem sie ihr eigenes Unvermögen oder ihr vom Schicksal verschuldetes Elend ablassen konnten. Die meisten haben das nicht ernst genommen. Seit die Nazis an der Macht sind, hat sich die Lage völlig verändert. Es ist den Nazis gelungen, ein neues Nationalgefühl, das auf der Volksgemeinschaft beruht, in die Köpfe zu pflanzen. Sehr geschickt haben sie das gemacht. Es kommt nicht mehr auf Geld und Gut an, will man etwas gelten, nicht einmal auf die Stellung. Das Wichtigste ist es, ein guter Deutscher zu sein. Das fällt den meisten nicht schwer. Aber zeigen wollen sie es schon und legen sich deshalb rundum dafür ins Zeug, jeder an seiner Stelle. Auf den Erfolg im Einzelnen kommt es nicht an. Was sind Rangunterschiede, wenn oberster Wert ist, ein guter Deutscher zu sein? Da sind auf einmal wirklich fast alle Bürger gleich. Denn der Abstand zum Führer ist für alle, auch die Elite, derart groß, dass sich wiederum alle gleich fühlen als eine verschworene Gemeinschaft von Befehlsempfängern. Dazu gehört der Herr Krupp ebenso wie der Herr Gänsemeier. Es ist erstaunlich, wie eine einfache Idee, wenn sie gehörig ausposaunt wird, wirkt. Das Gemeinschaftsgefühl hat eine Leistungsbereitschaft hervorgebracht, die alle Materialisten und Skeptiker erstaunen muss. Und siehe, es geht aufwärts. Die Braunen haben geschafft, was alle anderen politischen Kräfte versucht, aber nie erreicht haben: Das Land wieder auf die Beine zu bringen. Wieder die Achtung der anderen Nationen zu erringen. Die französische Mannschaft ist mit Hitlergruß ins Olympiastadion marschiert. Der Deutschenhasser und Versailles-Verfasser Lloyd George bewundert den Führer. Wer hätte gedacht, dass es so etwas nach dem Schmachfrieden geben könnte? Deutschland ist unter Hitler erfolgreich und sogar wieder mächtig geworden. Mächtiger, als es vor dem Krieg war. Weil die anderen inzwischen schwächer geworden sind. Wenn unsere Regierung bei solchen Verhältnissen den Leuten sagt, die Juden seien unser Unglück, fragen sich die wenig Gebildeten und die geistig Trägen, ob nicht doch etwas Wahres daran ist, obwohl sie vorher nie daran geglaubt hätten. – Paul fügt nicht hinzu, was er dabei denkt: die Leute glauben ja auch an einen lieben Gott. – Es scheint ihnen nun plausibel. Warum sind wir 1918 trotz unserer Heldentaten zusammengebrochen?

Warum haben die Sozialdemokraten die in sie gesetzten Hoffnungen betrogen? Die bürgerlichen Parteien versagt? Warum gelingt den Nazis innerhalb weniger Jahre alles, durchweg alles, was sie anpacken? Rein gar nichts geht schief. Die Nazis, die aus irgendwelchen unerfindlichen Gründen sagen, die Juden seien an unserem Unglück schuld gewesen, richten Deutschland wieder auf. Sie haben die Juden entmachtet, und siehe, alles kehrt sich zum Besten. Schritt auf Schritt folgen die Menschen dieser ganz unlogischen Logik des Erfolgs. Wie soll man dagegen angehn? Hoffnungslos. –

– Aber es ist doch grundfalsch, was die Nazis über die Juden sagen. Wir könnten beim Aufbau mithelfen. Man braucht uns doch keine Macht zu geben. Einfach nur arbeiten lassen. Dann würde Deutschlands Wiederaufstieg noch besser gelingen. – Dr. Kohn seufzt.

– Richtig. Aber sichtbarer Erfolg, auch solcher ohne jede Logik, induziert Wahrheit, Herr Doktor Kohn. Wäre sonst die katholische Kirche weiter auf ihre albernen Wunderheilungen erpicht? Die Nazis sagen, die Juden haben uns ins Unglück gebracht. Uns ausgebeutet. Schaut her! Wir haben die Juden entmachtet, und schon geht alles besser. Aus rein völkischer Kraft. Das Gesetz des Lebens kennt keine Moral. Diese Wahrheit über die nicht vorhandene Wahrheit, ihre Ersetzung durch Kraft und Geschick, haben wohl, etwas verschnörkelter, Nietzsche in der Philosophie und Darwin für die Biologie gepredigt. Die christliche Kirche hat sich, wie gesagt, ganz gegen den Geist ihres Gründers immer daran gehalten. ‚In hoc signo vinces'. Ich habe diesen Satz voriges Jahr in den Mauern des Vatikans prangen sehen. Hätte Constantin 312 die Schlacht an der Milvischen Brücke gegen seinen Rivalen Maxentius verloren, gäbe es kein christliches Europa. Ob es sich in der Wissenschaft mit der Wahrheit auch so verhält, vermag ich nicht zu sagen. Das wissen Sie besser. Ohne erfolgreiche Umsetzung in der Praxis gilt eine Theorie, scheint mir, herzlich wenig. Und eine falsche Erkenntnis wird manchmal zur Wahrheit erklärt, weil ihr Verkünder Erstaunliches zustande bringt. Denken Sie an die Speisung der 5000. –

– Es wird so sein, wie Sie sagen, aber wir möchten doch nichts als in Ruhe leben. Wenn man uns schon nicht mittun lässt beim Wiederaufbau des Landes, kann man uns doch wenigstens in Frieden lassen. Wir nehmen niemanden etwas weg. – Dr. Kohns Blick fleht wie ein Kind. Ein einziges hoffnungsvolles Wort!

– Das genau ist es, was ich nicht verstehe. So blödsinnig es ist: Man könnte den Juden die Ämter nehmen. Sie aber wenigstens in Frieden lassen. Warum muss man sie hassen und verfolgen? Scheinbar gibt es kein Gemeinschaftsgefühl ohne feindliche Abgrenzung. Hören Sie, Frau Kohn, Herr Sanitätsrat, meine zweite Tochter Esther, die Geigerin, Sie

kennen sie gewiss dem Namen nach, kommt viel in der Welt herum. Sie hat einflussreiche Freunde und Bekannte außerhalb Deutschlands. Sie könnte die bitten, Ihnen zu helfen, anderswo Fuß zu fassen. Das Gepäck meiner Tochter wird zwar streng kontrolliert, aber sie darf Schmuck und begrenzte Mengen Bargeld mitnehmen. Sie hat versteckte Konten im Ausland. Auf mein Anraten rechtzeitig vor 1933 anonym angelegt. Damals mehr als Schutz gegen weiteren wirtschaftlichen Abstieg gedacht Sie haben sicher noch Schmuck und einiges Bargeld. Esther könnte es bei mehreren Reisen in einem Land ihrer Wahl deponieren, sodass Sie nicht gänzlich ohne Mittel in der Fremde dastünden. Sollten Sie größere Bestände an Bargeld zu Hause haben – bitte genieren Sie sich nicht vor mir – kann ich es entgegennehmen, und Esther zahlt von ihren Konten in der Schweiz und Schweden Geld an Sie aus. –
– Herr Major, wir möchten nicht weg von hier. Wir sind alte Leute. Außerdem dürfen wir solche außerordentliche Hilfe nicht annehmen. Sie bringen sich und Ihr Kind in Gefahr für uns. Wir haben zwei Neffen, einer ist mit seiner Familie nach Edinburgh gegangen, der andere nach Jaffa. Es geht beiden nicht sonderlich gut. Wir halten hier aus bis zum Sterben. Vielleicht ist es nicht mehr lange hin. –
– Meine lieben Kohns. Esther und ich wissen, was wir tun und riskieren. Es ist mir eine Herzens- und Ehrenverpflichtung von preußischem Offizier zu preußischem Offizier, Ihnen zu helfen. Hören Sie auf einen Menschen, der es gut mit Ihnen meint. Die Zeit drängt. Ihre Gesundheit wird nicht besser. Womöglich wird binnen Kurzem die Ausreise für Juden überhaupt gestoppt. Es kann jeden Tag Krieg geben. Die Sudetenkrise ist nicht ausgestanden. –
– Wir möchten nicht weg. Wir sind hier zu Hause. Wir sterben lieber in Luckenwalde als in der Fremde oder auf der Flucht. –

Im weiteren Verlauf der Unterredung betonte der Kanzler sehr energisch,... dass ihm der Gedanke vorschwebe, das Judenproblem im Einvernehmen mit Polen und Ungarn und vielleicht auch Rumänien durch Emigration in die Kolonien zu lösen (hier erwiderte ich, dass wir ihm, wenn er eine Lösung fände, in Warschau ein herrliches Denkmal errichten werden).
Gemäß der Instruktion ...

(Auszug aus einem Bericht des polnischen Botschafters Lipski in Berlin an Außenminister Beck)
– Überlegen Sie es sich bis morgen früh, ob das Ihr letztes Wort bleibt. Ich schaue morgen Nachmittag bei Ihnen wieder vorbei. Vielleicht werde ich dann schon überwacht. Es ist die letzte Gelegenheit, wenn Sie mir

Wertsachen und Geld überlassen wollen. Nach diesem zweiten Besuch bei Ihnen werde ich nicht mehr viel für Sie tun können.

Wie sehr die Zeit drängt, zeigt sich daran, dass Paul am nächsten Morgen im Briefkasten eine Vorladung auf das Polizeirevier für den folgenden Tag vorfindet. Saubande! Versäumen keine Gelegenheit, einen zu bespitzeln und zu schikanieren. Wenigstens bin ich gewarnt. Jetzt heißt es wieder einmal schlauer sein als die Fallensteller.

Als er am Nachmittag das Haus des Sanitätsrats aufsucht, merkt er, dass er beschattet wird, und ein Nachbar verstellt ihm sogar den Eingang. – Sie dürfen als Deutscher die Praxis eines jüdischen Arztes nicht betreten. –
– Ich habe hier eine Pflicht zu erfüllen, und Sie werden mich nicht daran hindern. Was bilden Sie sich ein? Im Übrigen bin ich nicht Patient von Dr. Kohn. Machen Sie den Weg frei! –
Paul geht energisch am Fremden vorbei, während der zetert: – Ich werde Sie anzeigen. –
– Das ist Ihr gutes Recht. Wohl bekomm's. – Die Kohns haben hinter der Gardine den Vorgang beobachtet, lassen Paul schnell herein.
– Verdammter deutscher Spitzel- und Gendarmeneifer! –
– Das ist unser Nachbar. Der hat es auf unser Haus abgesehen. –
– Das glaube ich gerne. Eine stattliche Jugendstilvilla. Entschuldigen Sie, Herr Doktor, Frau Sanitätsrat, wenn ich dränge. Wie haben Sie sich entschieden? –
– Herr Major, Sie haben gestern zu mir auf der Straße gesagt, wenn ich mich recht erinnere: lieber ehrenvoll untergehen, als sich schmachvoll verkriechen. Sie haben meiner Frau, der ich das gesagt habe, und mir unseren Stolz zurückgegeben, damit neuen Mut. Was immer kommt, wir haben uns entschieden, es erhobenen Hauptes zu ertragen. Wir verkriechen uns nicht wie Ratten oder Kellerasseln. Wir verlassen unsere Heimat nicht, und hier ist seit Generationen die Heimat unserer Familien. Lieber wollen wir sterben. –
Paul atmet schwer. Dann schlägt er die Hacken zusammen und grüßt: – Herr Sanitätsrat, Herr Stabsarzt, ich kann mich selber nicht widerlegen, und ich führe diese hilflose Geste der Grußbezeugung von Offizier zu Offizier aus, um dieser widerlichen Schmach, die man Ihnen antut, überhaupt etwas entgegenzusetzen. Gestatten Sie mir, obwohl wir zueinander nicht viel mehr als Nachbarn im weiteren Umfeld waren, Sie beide zu umarmen und mich von Ihnen zu verabschieden. Ich werde Ihnen nun nicht weiter helfen können, so gerne ich es täte. Ich habe von der Polizei für morgen eine Vorladung erhalten wegen des Zwischenfalls gestern auf der Straße. Es mangelt mir nicht an Mut. Allein, Mut hilft uns nicht weiter. List allein tut

es in dieser Zeit. Aber selbst da sehe ich in Ihrem Fall nicht wie. Möge Ihr Gott, der auch unser Gott ist, an den ich aber immer weniger zu glauben vermag, Sie schützen. Vor allem lassen Sie sich bei aller Erniedrigung Ihren Stolz nicht rauben. Bewahren Sie den bis zur letzten Minute. Leben Sie wohl. –
– Leben Sie wohl, Herr Major. Wir danken Ihnen für die Unterstützung. Sie haben viel für uns getan. Wir werden Sie nicht vergessen. – Der Sanitätsrat macht eine hilflose Grußbezeugung, indem er die gekrümmten Finger an die Schläfe führt.

Es kam aus dem Herzen; trotzdem marterten Paul die Worte. Er schloss die Augen. Ließ die übermächtige Scham walten. Ein Aufbegehren: Ich habe mir nichts vorzuwerfen. Was soll ich denn weiter tun?

An der Gartenpforte wird er von zwei kantigen Milchgesichtern in schlotternden Ledermänteln erwartet.
– Was haben Sie da drin zu suchen? Das ist ein jüdischer Arzt. – Vier wasserblaue Augen wollen besonders zornig dreinblicken.
– Ich habe hier eine Pflicht erfüllt. –
– So? Welche denn? – Der größere der beiden fixiert ihn, indem er ganz nah an Paul herantritt.
– Das geht Sie nichts an. Mit welchem Recht halten Sie mich auf? –
– Geheime Staatspolizei! Wir haben den Auftrag, Sie zu durchsuchen. –
– Darf ich Ihre Kennmarken sehen? Danke. Bitte suchen Sie. Wer suchet, der findet, heißt es bekanntlich in der Bibel. –
Paul wird auf der Straße von oben bis unten gefilzt. Er muss sogar die Schuhe und Socken ausziehen. Er lässt es ruhig, lachend, geschehen. Wer erniedrigt hier wen? Sie finden nichts außer einem schmutzigen Taschentuch, das sie sorgfältig ausbreiten und beschauen, seiner Kennkarte und seinem Schlüsselbund.
– Darf ich nun gehen? –
– Sie haben unsere Frage noch nicht beantwortet. –
– Ich habe Ihnen gesagt, dass ich Herrn Sanitätsrat und Stabsarzt Dr. Kohn gegenüber eine private Pflicht erfüllt habe. Ich habe ihn nicht als Arzt aufgesucht. Dazu war der Besuch viel zu kurz, wie Sie festgestellt haben werden. –
– Was für eine ‚Pflicht'? Gegenüber einem Juden hat ein Arier keine Pflichten. –
– Das müssen Sie schon mir überlassen, wozu ich mich verpflichtet fühle. Ich werde mich darüber morgen um 14 Uhr auf dem Polizeirevier erklären. Sie können meiner Aussage gerne beiwohnen. –

– Wir möchten es gleich wissen und haben ein Recht darauf. – Von zwei Seiten dringen sie auf ihn ein. In solchen Fällen ist es gut, groß zu sein. Er bleibt gelassen.
– Dazu haben Sie kein Recht. Gegen mich liegt nichts vor. Wie Sie festgestellt haben, habe ich die Gesetze in keiner Hinsicht verletzt. Ich bin Ihnen deswegen an dieser Stelle keine Erklärung schuldig. –
– Wir können Sie mitnehmen. –
– Da die Voraussetzungen für eine Festnahme nicht vorliegen: Haben Sie einen Haftbefehl? –
– Den brauchen wir nicht. –
– Oh doch. Es sei denn, Sie hätten mich in flagranti bei einer strafbaren Handlung ertappt. Ich bin Rechtsanwalt und kenne meine Rechte und Pflichten. Obendrein bin ich Major a.D., Träger des EK I, des silbernen Verwundetenabzeichens und der Tapferkeitsmedaille, also nicht nur ein unbescholtener, sondern ein mehr als rechtschaffener Volksgenosse und Patriot. Was belästigen Sie mich? –
– Sie suchen Juden auf. Staatsfeinde. –
– Sanitätsrat Dr. Kohn ein Staatsfeind mit seinen über 70 Jahren? Das ist nachgerade lächerlich. Merken Sie das nicht? Für einige Minuten mit einem als ehrbar bekannten jüdischen Bürger zu sprechen, ist meines Wissens nicht verboten. Nennen Sie mir ein Gesetz, das es verbietet. Ich war keine 10 Minuten im Haus der Kohns. Was wollen Sie also? –
– Lass ihn, Helmut. –
– Warum haben Sie eine Vorladung zur Polizei? –
– Wegen einer Anzeige, die sich als unberechtigt erweisen wird. Tun Sie nicht so, als wüssten Sie nicht Bescheid. –
– Unberechtigt. Hoho! Das wollen wir erst einmal sehen, morgen. Hauen Sie ab, aber seien Sie auf der Hut. Wir kommen Ihnen schnell hinter die Schliche, wenn Sie unser Land verraten, indem Sie mit Juden paktieren. Es gibt so manches Ungerade in Ihrem Vorleben. –
– Seien Sie so unbesorgt, wie ich es bin. –

– Der Werkzeugmacher und Scharführer der SA, Herr Peter Marterbauer, hat gegen Sie Strafanzeige erstattet wegen Körperverletzung begangen an seinem minderjährigen Sohn Horst. Sie haben denselben vorgestern früh gegen 10 Uhr nahe dem Marktplatz geschlagen, gleichfalls seinen Freund, den Bäckerlehrling Reinhold Helferich, und anschließend beide bedroht, also genötigt. –
– Das ist richtig, Herr Kommissar. Hat Ihnen der Herr Scharführer auch erklärt, unter welchen Umständen ich so gehandelt habe? Nein? Nun: Es war Nothilfe. Die beiden Bengel haben Herrn Sanitätsrat Dr. Kohn, der

über 70 Jahre alt ist, erst angepöbelt, ihm eine Milchflasche entwendet und zerschlagen und den alten Mann dann gestoßen, bis er niederfiel. Als sie den am Boden liegenden Greis mit Fußtritten traktierten, schritt ich ein. – Er übertreibt die Darstellung der Rohheiten.
– Der Kohn ist Jude. Muss ab sofort einen Stern tragen. –
– Das ist mir bekannt. Nichtsdestotrotz war er Leutnant der Reserve bei den Füsilieren und während des Weltkrieges Stabsarzt und als solcher im Range eines Majors. Ich selber bin Major a.D., Träger des EK Erster Klasse, des silbernen Verwundetenabzeichens und der Tapferkeitsmedaille. Als ehemaliger Offizier bin ich nicht bereit, ein derart ehrloses, also gänzlich undeutsches Verhalten, verübt an einem alten Herrn, ehemaligen preußischen Offizier, also Kameraden, hinzunehmen. Ich schritt ein, um dem üblen Treiben der beiden Lümmel ein Ende zu setzen. –
– Sie wissen, welche Verbrechen die Juden jahrhundertelang an uns Deutschen begangen haben. Alles subversive, zersetzende Elemente. Gleich in welcher Verkleidung. Ausbeuter unserer Arbeit allesamt. Der Kohn wohnt in einer prächtigen Villa. –
– Mir ist nicht bekannt, dass sich Herr Dr. Kohn irgendeines Vergehens schuldig gemacht hätte. Er ist nicht nur ein unbescholtener, sondern angesehener Bürger der Stadt. Er hat im Weltkrieg durch seinen rastlosen Einsatz unzähligen deutschen Soldaten das Leben gerettet. Er hat vielen Menschen in Luckenwalde geholfen, unter anderem meine älteste Tochter entbunden, weil sie etwas früher als erwartet bei uns ankam. Zählt das nicht? Er war nie unser Hausarzt. Übrigens wohne ich ebenfalls in einer Villa. Sie ist vielleicht nicht ganz so schön wie die von Dr. Kohn. Ein Erbteil meiner Frau. Seit wann ist es Unrecht, in einer Villa zu wohnen? –
– Sie wissen, dass die Juden ein feiges, hinterhältiges Volk sind, allesamt, und sich der berechtigte Zorn des deutschen Volkes gegen diese fremdvölkische Gruppe unter uns insgesamt und insgemein richtet. Die Juden haben aus Deutschland zu verschwinden. –
– Mir ist bekannt, dass die Juden nicht mehr vollwertige Staatsbürger sind. Dass sie rechtlos, also quasi vogelfrei sind, und man ihnen keine Nothilfe leisten darf, wenn sie heimtückisch angegriffen werden, ist mir nicht bekannt. Wenn Sie mir ein derartiges Gesetz zeigen, will ich gerne davon Kenntnis nehmen und mich als gesetzestreuer Bürger in Zukunft daran halten. Es sollte mich aber wundern, dass unser Staat, der auf Zucht, Ordnung und Ehre hält, so ein Gesetz erlässt. Apropos vogelfrei: Soweit ich weiß, ist selbst Tierquälerei strafbar. Wie sollte es Menschenquälerei nicht sein? –
– Haben Sie Zeugen für Ihre Darstellung? –
– Nein. Außer Herrn Dr. Kohn. Aber sie können ermitteln lassen. Es gab viele Gaffer. Hat die andere Seite Zeugen? –

– Die beiden beteiligten Jugendlichen. –
– Dann steht gegebenenfalls die Aussage eines preußischen Majors a.D., der Träger diverser militärischer Auszeichnungen, Rechtsanwalt und Fabrikant ist, gegen die zweier Minderjähriger. Damit gehe ich gerne vor Gericht. –
– Herr Scharführer, wollen Sie noch etwas anführen? Sonst schließe ich die Vernehmung. –
– Herr Kommissar, wer Juden hilft, ist nicht wert, Deutscher zu sein. Vergangene Verdienste hin und her. Die Juden müssen raus. Das ist oberstes Staatsgebot. So oder so, sagt der Führer. Wenn sie nicht freiwillig gehen, werden wir Sie an ihren krummen Nasen und lappigen Ohren aus dem Lande zerren. Die haben lange genug unser Blut gesaugt und unsere Ehre und unsere naiven jungen Mädchen verführt und beschmutzt. –
– Herr Scharführer, wenn Sie gestatten, für mich heißt, deutsch sein, in erster Linie ein Mann oder eine Frau von Anstand und Ehre sein. Einen wehrlosen alten Mann misshandeln, für wie gering Sie *„Es ist vollkommen verständlich und richtig, Antisemit* ihn immer achten, ist ehrlos *zu sein, aber Frauen und Kinder zu vernichten, ist* und damit für mich undeutsches *so unnormal, es ist kaum zu glauben." (Streicher* Verhalten. Es ist für mich deswegen *in Nürnberg)* unerträglich und erfordert mein Eingreifen. Wenn ein deutsches Gericht im nationalsozialistischen Staat, der unsere deutsche Ehre weltweit endlich wiederhergestellt hat, mich eines anderen belehrt, will ich mich gerne fügen. Ich zweifele daran, dass es das tun wird. Solange das nicht geschehen ist, folge ich meinem alten deutschen und preußischen Ehrenkodex und halte ihn hoch. Und übrigens: Meine Frau hat eine scharfe Nase. Das ist stadtbekannt. Ist sie deshalb minderwertig? –
– Kein Wunder, dass wir mit solchen verweichlichten Faslern und Wortklaubern an der Spitze den Krieg verloren haben. Jetzt wird endlich entschlossen gehandelt! –
– Herr Scharführer, bitte.... Und Sie Herr Prodek, Sie hatten nicht mehr das Wort. Dies ist eine Vernehmung. –
– Wir haben Sie gestern vergeblich gefragt, warum Sie über Ihre sogenannte Nothilfe für einen Juden hinaus zweimal den Kohn in seinem Haus aufgesucht haben. Wir müssen das wissen. Es gibt eine Akte über Sie und Mitglieder Ihrer Familie. –
– Das will ich Ihnen an dieser Stelle gerne sagen, meine Herren im Schatten dahinten. Wenn es der Herr Kommissar gestattet. Ich hatte es Ihnen versprochen. Gestehen will ich, wenn Sie große Worte mögen. Herr Dr. Kohn war durch die Schläge und den Sturz verletzt. Ich habe ihn nach Hause begleitet und, als ich feststellte, dass seine Frau stark sehbehindert ist, ins Wohnzimmer an das Sofa geführt, wo er sich niederlegte, um sich

zu erholen. Ich habe ihm dann noch ein Glas Wasser gereicht. Gestern Nachmittag habe ich mich kurz nach seinem Befinden erkundigt und ein paar Worte mit dem Paar gewechselt, ihm eine Flasche Milch gebracht. Die Lümmel hatten seine ja zertrümmert. Das ist alles. Ich halte so etwas für eine Ehrenpflicht, nachdem ich gestern bemerkt hatte, dass es den beiden nicht gut geht. –
– Falsches Mitleid mit Parasiten ist das. Juden haben keine Ehre. –
– Aber ich nehme sie für mich in Anspruch, und sie verbietet mir, meinen Hund, der keine Ehre hat, grundlos zu schlagen oder schlagen zu lassen. –
– Herr Major, Sie können jetzt gehen. Ich leite die Anzeige, wenn sie nicht von Herrn Scharführer zurückgenommen wird, an die Staatsanwaltschaft weiter. Sie werden von dort hören, ob gegen Sie Anklage erhoben wird. –

Paul ist zufrieden mit sich. Denen habe ich gezeigt, was sie für geistige Kümmerlinge sind. Mit ihrem eigenen Phrasenwerk hab ich sie geschlagen. Er gibt sich beim Herausgehen aus der Wache einem befreienden Wohlgefühl hin. Es hält auf dem Weg nach Hause nicht vor. Mein Handeln ist bedeutungslos, weil es nichts bewirkt. Ich weiß es. Ist es deshalb sinnlos? Gibt es Sinn ohne Bedeutung? Einen Sinn an sich? Einen im Raum stehenden Sinn, eine Moral, die niemand wahrzunehmen braucht? Welche Frage. Was niemand wahrnimmt, existiert nicht nach Schopenhauer. *terialismus unabdingbare Problem der Außenweltrealität, Raum und Zeit, Dialektik und Naturwissenschaft des frühen 20. Jahrhunderts, abstrakte und konkrete* Und die SA und Gestapo sind weniger, sind schlimmer als niemand. Meine Haltung bestärkt sie nur in ihrem brutalen Vorgehen. Meine Haltung ist auch von einem Dutzend Menschen wahrgenommen worden Jedoch ohne bei ihnen sichtbar etwas auszulösen. *Erkenntnis, Subjekt-Objekt-Relation, Marx',* Ich habe einen Menschen vor einigen bösen Schlägen *Warenfetischtheorie und das Ideologieproblem* bewahrt. Ihm und seiner Frau etwas Kraft gegeben, ihre Verelendung und Entwürdigung zu ertragen, bevor ihnen Schlimmeres widerfährt. Also ist da Bedeutung, ist da Sinn, redet sich Paul zu. Dabei weiß er: Eigentlich freue ich mich nur darüber, den Kleingeistern ein Schnippchen geschlagen zu haben.

Örtliche SA *„…eine Korrektur dessen, was Hitler die Judenfrage nannte,* und Gestapo haben ihre *könne auf normale reibungslose Art vonstattengehen."* Lektion gelernt. Die Kohns werden *(Franz von Papen in Nürnberg)* nicht mehr auf offener Straße belästigt. In der Nacht zum 10. November, als in Luckenwalde die Synagoge brennt, keine Feuerwehr kommt, Paul und Charlotte aus der schweigenden Menge den johlenden SA-Männern bei ihren Freudentänzen zuschauen, verschwindet das Ehepaar Kohn spurlos. Der Nachbar ersteht für wenig Geld eine gepflegte Villa samt wertvollem Inventar, wenngleich mit ein paar eingeschlagenen Fensterscheiben und einer Tür, die er am Tag vor der Deportation beschmiert hatte. Einige Tage später werden die schweren, schwarzen Möbel aus dem Salon der Kohns abgefahren. Paul steht wieder auf der Straße, allein, und starrt auf das Muskelspiel der Packer. Er tritt dicht heran, wird angerempelt, gescholten. Der stiernackige Nachbar eilt heraus, fordert ihn auf, zu verschwinden. Er habe hier nichts zu suchen. Paul antwortet nicht, rührt sich nicht. Er starrt den Mann an. Der knallt die beschmierte Haustür zu.

...dass du ewig denkst an mich...

– Pa, ich wollte dich fragen, was du von Goethes ‚Heidenröslein' hältst. –
– Eine Majafrage? –
– Nicht ganz. Sie hat einen konkreten Hintergrund. Ich habe das Gedicht neulich im Unterricht behandelt. Die meisten Mädchen in meiner Klasse meinen, es sei albern, gar kitschig. Total veraltet. Sie wüssten sich schon zu wehren, wenn sie wollten. –
– Wenn sie sich da mal nicht täuschen. Selbst die Walküren vom BDM. –
– Ich habe das Gedicht verteidigt, weil es viel tiefer reicht, als es den Anschein erweckt. Was meinst du? Hier, schau es dir vorher noch einmal an. – Paul überfliegt lächelnd den altbekannten Text. Verweilt an einigen Stellen.
– Lass mich überlegen, Große. Von Tiefe redet man, wenn man nichts Gescheites zu sagen weiß, aber für gescheit gelten möchte. Entschuldige bitte. Ich versuche trotzdem mal nach der versteckten Tiefe zu schürfen. Hm...Es ist sicher ein Gedicht, das es *so* nur im Deutschen geben kann. Scheinbar schlicht und dabei höchst kunstvoll und hocherotisch. Von zerbrechlicher Naivität. Spielt mit dem Schönen und dem Starken. Leider ein Kunst-Volkslied nach dem Geschmack der Mittelklasse. Sein Reiz liegt darin, dass es über allen Grenzen literarischer Gattungen schwebt und diese damit in sich aufsaugt und verdichtet. Schürt eine Dramatik des Banalen. In jedem Begehren steckt ein Hang zur Vernichtung des Begehrten. Der Fluch des Schicksals wird malerisch dargeboten. Bricht ab, bevor es unästhetisch wird. Jeder Kleinbürger, der sich nichts traut, kann sich darin als klammheimlicher Bösewicht wiederfinden und trotzdem beruhigt zurücklehnen. Das Gedicht weist die Rollen derart edel zu, dass man sie nicht hinterfragt oder gar dagegen auflehnt. Genügt dir das für

einen ersten Versuch der Tiefenbohrung mit Probeentnahme aus dem Stand heraus? –
– Ob es dir gefällt, hast du mir verschwiegen. Hört sich nicht danach an. –
– Ist das wichtig? Ich mag es schon. Weil es einzigartig deutsch ist. Deshalb steht solch zarte Brutalität bei euch im Unterricht wohl weiter hoch im Kurs. –
– Du hast das Wesentliche verkannt, Pa. Wie alle in meiner Klasse. –
– Und das wäre? –
– Warum wohl droht das Röslein dem unbeherrschten Burschen: Ich steche dich, dass du ewig denkst an mich? Ist das pure Großsprecherei? Hilfloses Aufblasen vor dem unabwendbaren Untergang? Ein Dornenstich tut weh, gewiss. Doch man vergisst ihn schnell. Oder? –
– Gute Frage. Man liest leicht über die Zeile hinweg. Wie verstehst du diesen von vorneherein vergeblichen Versuch, den Rohling mit der Androhung ewigen Schmerzes abzuschrecken? Ich sehe darin tatsächlich ein hilfloses Aufbäumen. –
– Dass ihr das alle nicht rausfindet! Sie droht ihm mit seinem Gewissen! Das ihn für seinen Frevel nicht mehr zur Ruhe kommen lassen wird. –
– Also doch eine sehr bürgerliche Angelegenheit. Protestantenethik. –
– Du meinst also, nur sogenannte gute Bürger hätten ein Gewissen. –
Paul seufzte. – Maja. Nach meinen Kriegserfahrungen möchte ich meinen, kein Mensch habe, wenn es darauf ankommt, ein Gewissen. Ich nehme mich nicht aus. Ich hatte mich zum Töten auf Befehl verpflichtet, weil ich dachte, es würde mir wegen der menschlichen Vernunft niemals abgefordert werden zu gehorchen. Doch dann im August 1914 wurde ich mit einem Mal wirklicher Sachwalter des Todes, nicht bloß spielender. Wie sollte ich da weiter mit einem Gewissen leben? Es hätte mich eher als jede feindliche Kugel umgebracht. Wäre ich ihm gefolgt, hätte ich Hand an mich selbst gelegt oder ein Kriegsgericht mich wegen Rebellion zum Tode verurteilt. Trotz drei kleiner Kinder. Ich habe mir damals geschworen, als ich gegen meinen Willen unter dem blödsinnigen Jubel aller in den Krieg zog, eiskalt zu bleiben. Meine Aufgabe zu verrichten. Fertig. Die Welt wollte es so. Wenn sie selbst gewissenlos ist, warum sollte ich ein Gewissen haben? – Paul sah, dass seine Tochter erbleichte, die Hände verkrampfte, unruhig die Füße hin und her bewegte. Er weiß doch, dass auch Hans-Jochen Berufssoldat ist. Warum redet er da so mit mir? Paul vermochte noch nicht innezuhalten.
– Weißt du, für mich ist das Gewissen ebenso ungewiss wie Gott. Mal scheint es zu uns zu sprechen, sogar von ganz nahe, dann löst es sich wieder im Nebel unserer Vorstellungswelt auf und ist weg. Lass uns nicht weiter darüber reden, Große. Du hast mir noch nicht dein Verständnis des Gedichts zu Ende übergebracht. Red du weiter. –

– Ich glaube, ich kann das nicht mehr. Es kommt mir jetzt völlig hohl vor, was ich dir sagen wollte. –
– Tu es trotzdem. Es wird uns beiden guttun. Entschuldige, dass ich meine innersten Gedanken frei rausgelassen habe. –
Maja zögerte. Was sie sagen wollte, war ihr wichtig. Und in der Schule konnte sie mit niemanden darüber sprechen. Auch nicht mit Hans-Jochen. Sie sprach mit schleppender Stimme, was ihre Überzeugung war. Mochte der Vater denken, was er wollte.
– Aus dem Gedicht spricht Goethes Erfahrung aus dem Umgang mit bestimmten Frauen, wohl vor allem Friderike Brion. Aber das ist für mich nebensächlich. Ich lese aus dem Gedicht die versteckte Botschaft heraus, dass es ohne Gewissensqualen und ihre Frucht, die Schuld, keine schöpferische Kraft gibt. Wie sich in Goethes Werk zeigt. Das stimmt überein mit der christlichen Lehre von der Erbsünde, die den Menschen wegen seiner Schuld zum Tätigwerden verdammt hat. Die Lehre ist also gar nicht so absurd, wie die meisten im Gefolge der Aufklärung meinen. Und sie stimmt überein mit Sophokles' Erkenntnis im Ödipus: Menschsein heißt, schuldig werden, ob man will oder nicht. Es gibt keine wirksame Gegenwehr. Bei Sophokles auch keine Erlösung. –
– So habe ich den Krieg erfahren, Maja. Aber nie an Sophokles gedacht oder gar die Schöpfungsgeschichte. – Nach einer Pause, während der die Tochter ganz bewusst nichts mehr sagte, fügte er hinzu: – Dein Verständnis des Gedichts ist klug und schön. Es zeigt sich wieder einmal, jeder holt sich aus dem Werk eines anderen das heraus, was ihn in seinen Auffassungen bestätigt. Geht das nicht, lehnt er das Werk ab. Gefeierte Künstler verstehen es, viele zu ködern. Goethe war stark darin. Deine Geschichte vom Heidenröslein kommt mir gelegen. Ich bin selbst wieder einmal am unnützen Grübeln. Diesen schönen Charakterzug teilen wir. Ich grübele weniger tiefgründig als du. Pass auf! Neulich wollte ich eine mir unbekannte, im Garten wild angesamte Grasstaude bestimmen, habe mir dazu den Großen Zander vorgenommen und wurde fündig. Es handelt sich um eine Rasen-Schmiele. Ihr Name steht im Verzeichnis der Pflanzen unserer heimischen Feuchtgebiete. In das bin ich regelrecht versunken, kam aus dem Staunen nicht heraus. Ich habe mich gefragt, woher all die wunderschönen Namen für unsere Pflanzen stammen. Sie sind deren Erscheinungen zumindest ebenbürtig, übertreffen sie oft an Anmut oder Koketerie. Ist das Volksdichtung oder sind Botaniker die begabtesten unter unseren Sprachschöpfern, ohne dass es bisher jemand gemerkt hätte? Nicht einmal sie selbst. Allein der Erfinder des Wortes Nachtschattengewächs verdiente meines Erachtens den Nobelpreis für Literatur. Hör nur, worauf ich alles in den

Feuchtgebieten gestoßen bin. Ich hab es mir aufgeschrieben. Hier: Auf das Spiegelnde Laichkraut, das Zierliche Tausendgüldenkraut, das Ährenblütige und das Quirlblättrige Tausendblatt, den Wasserknöterich, den Großen Klappertopf, die Mummel, den Gemeinen Wasserdarm, auch Wasser-Sternmiere genannt, den Frauenmantel, das Mädesüß, das Breitblätrige Knabenkraut, die Schachblume, das Gottesgnadenkraut, das Wohlriechende Mariengras, die Flatter-Binse, den Kriechenden Günsel, den Gelb-Felberich, den Wilden Porulak, die Mehlige und die Filzige Königskerze, die Kuckucks-Lichtnelke, das Sumpfherzblatt, den Gewöhnlichen Schlangenknöterich, den Gemeinen Beinwell, die Steife Segge, den Wassergamander, die Nadelsimse, die Gemeine Pestwurz, den Brennenden Hahnenfuß, die Kröten- und die Zusammengedrückte Binse, die Borstige Schuppensimse, den Gemeinen Wassernabel, den ebenso Gemeinen Blutweiderich, den Ufer-Wolfstrapp, den Breitblättrigen und den Aufrechten Merk, den Hain-Augentrost, die Geflügelte Braunwurz, die Sumpf-Pippau, das Sumpf-Ziest – puh, ich halte ein, obwohl ich mit wachsender Begeisterung immer weiter lesen könnte. Grad wie ein brausendes Langgedicht von Platen geht mir das runter. –
– Das hast du großartig vom Blatt gelesen, Pa. Ohne den geringsten Versprecher. – Maja bemühte sich um Heiterkeit.

– Eigentlich hätte ich die lateinischen Namen, die ähnlich lyrisch aufblühen, aber nicht so lieblich klingen wie unsere deutschen, mitlesen müssen. Es wäre noch phantastischer geworden. Weißt du, ich überlege mir, wie es zur Namensfindung und später zur amtlichen Namensgebung kommt. Hat ein Forscher beim streng sachlichen Betrachten der Pflanze den Einfall gehabt? Oder hat er wie die Gebrüder Grimm oder Arnim und Brentano einst beim Aufspüren von Märchen und Liedern vorher im Volk nach den Namen gefragt? Sich den ihm klangvollsten ausgesucht und dann irgendso einem verschlafenen Gremium alter Männer mit Stehkrägen und schwarzen Bindern in einem Klinkerbau in Berlin oder einer klassizistischen Villa in Paris, Rom oder Stockholm vorgelegt, die, weil es eine nationale oder internationale Vereinbarung gibt, auf Vorschläge und Begründungen, wenn eine Pflanze klassifiziert werden soll, warten, um dann über solche poetisch berauschenden Namen nach gehöriger Besprechung, geheim oder offen, abzustimmen? Ein Sekretär trägt das Ergebnis anschließend mit kratzender Feder oder rappelnder Schreibmaschine in ein Protokoll ein und rumms ist der Name in der Welt, obwohl ihn nur Fachleute kennen und die Naturbeschauer in allen Teilen der Welt vor Ort weiter ihre eigenen Namen verwenden? Irgendwie verrückt ist das. Aber spannender als ein

Kriminalroman, finde ich. Ich will es herausfinden. Ich habe jetzt die Zeit für solche unnützen Nachforschungen. Vorher werde ich mir zum Vergleich die Listen in anderen Sprachen besorgen. Besonders mit den italienischen Namen fliegt man sicher klanglich zurück in den Garten Eden. Also vor die von dir als elementar beschworene Erbsünde. Das wär ein Sängerwettstreit neuen Formats: Solche botanischen Namen vertonen und sie dann, sei es getrennt oder vermischt, in mindestens fünf Sprachen vom Blatt singen, statt sie bloß herunterbeten, wie ich es getan habe. Das würde sogar Tannhäuser aus dem Venusberg neu hervorlocken. Wollen wir Esther mal fragen, ob sie Lust darauf verspürt? Sie könnte das. –
– Pa, du bist mitreißend, wenn du einmal loslegst. –
– Das gelingt mir am besten mit dir zusammen. Doch nach dem Vergnügen kehrt bei mir stets der Ernst des Lebens ein, gerade mit dir. Ich hab nämlich einen Studienauftrag für dich und deine Praxis im Unterricht. Erstens: Wie wärs, wenn wir mal auf eine Feuchtwiese gingen, ein paar Blätter und Blüten sammelten, die Pflanzen mit dem Zander bestimmten und du sie deinen Schülerinnen zur Namensverleihung vorlegtest. Jede soll dabei ganz für sich arbeiten. Ohne Hilfsmittel. Dann vergleicht ihr die Ergebnisse mit den wahren Namen. Ich bin gespannt, was herauskommt. Ob tatsächlich im Volke Poesie wohnt oder eher Nüchternheit? Gar Verlegenheit? Ob also die Botaniker versteckte Dichter sind, weil die Namen von ihnen stammen? Das Ergebnis könnte ein kleiner Beitrag zur Aufklärung eines Grundwiderspruchs der Ideologie unserer neuen Oberen sein: Warum das deutsche Volk, wenn ihm derart elementare Schöpferkraft eigen ist, wie die Nazis nicht müde werden zu betonen, einen absolutistischen Führer braucht, der ihm auf allen Gebieten vorschreibt, wo und wie es langgeht? –
– Willst du mich in Schwierigkeiten bringen? –
– Iwo. Die Braunen in der Schulverwaltung oder unter den Eltern sind viel zu dämlich, so etwas zu durchschauen. Wie du aber ohne Lessing und Heine Unterricht machen kannst, musst du mit deinem Gewissen, an das du ja glaubst, ausmachen. – Paul sah, wie seine Tochter zusammenzuckte. Er beeilte sich fortzufahren: – Ich schlage dir noch eine zweite Aufgabe vor. Anderentags legst du deinen Schülerinnen die lange Liste der Pflanzen von Feuchtwiesen vor und bittest darum, dass jede die drei ihr liebsten Namen aufschreibt. Da bekommst du ein treffenderes Charakterbild deiner Eleven als durch Aufsätze über ihr schönstes Ferienerlebnis oder die Auslegung des Heidenrösleins. Über ihre Gefühle beim ersten Kuss lässt du sie ja doch nichts schreiben. –
Und der erste Preisträger des begehrten Leonce und Lena Preises wurde für dieses Ein-Satz-Gedicht gekürt:'Als Alfred Jarry merkte, dass seine Mutter

eine Jungfrau war, bestieg er sein Fahrrad.'... Seine ersten Bücher, die noch in der legendären Gelben Reihe bei Hanser erschienen, hießen ,Früher begann der Tag mit einer Schusswunde' oder ,Ein Bauer erzeugt mit einer Bäuerin einen Bauernjungen, der unbedingt Knecht werden will'. Nur Peter Handke fielen damals so auratische, so schnell sprichwörtliche Titel ein... Doch wer will entscheiden, was da ist, wenn er über existentiell gefährdete oder rätselhafte Frauen Zeilen feuert, als kämen sie aus dem heißkalten Lauf eines Raymond Chandler: ,Blond wie das Heimweh aus Deutschland/

„Willst du mich verarschen, Mama? Du hast gesagt ..."
(In ein Telekommunikationsgerät Sagenhören auf einer Einkaufsstraße)

BEUTE

– Die Rote da lässt sich beim Tanzen an die Titten fassen, weil sie weiß, das macht bei ihr Appetit auf mehr. Die rafft Geld. Ein Rasseweib. Da steckt was drin. Da möchte man dauernd drinstecken. Nicht die Allerjüngste. Soll Kinder haben. Ich zieh sie den beiden Blondibabsies vor. Die Rechte mit dem Milchgesicht trägt ohnehin ne Perücke. Von der abgefickten Fetten, die da hinten sitzt, wollen wir gar nicht reden. Für fünf Dollar geht die Rote mit dir nach hinten. Die Blondies tun's schon für zwei, wenn du kräftig handelst und die Bude nicht zu voll ist. Die Fette nimmt nur einen. Schon zu viel für die. Die Blondies kommen gegen Zuschlag auch zu zweit. Das macht die Rote nicht. Die arbeitet strikt allein. – Der pockennarbige GI verdreht verzückt die Augen.
– Für so wenig geht das hier ab? – Dem jungen Wehrpflichtigen aus Kansas, gewaschen und sauber gekleidet, wie er sich hält, ist unwohl in der düsteren Bar. Alles ist klebrig. Tische, Stühle, Gläser, selbst die verrauchte Luft. Sicher auch die Girls. Abgewichst dazu.
– Man merkt, du bist noch nicht lange hier, Bubie. Für die Deutschen sind zwei Dollar ein Vermögen. Die Französinnen nehmen für kürzer mindestens 5. Ich hab aber gehört, dass die Rothaarige von Schwarzen 25 Dollar verlangt. Einer hat neulich deswegen getobt. Als er zu schreien anfing ,You nasty fucking slob' und zuschlagen wollte, hat sie gleich die MP alarmiert. Und mit der MP steht sie sich gut. Die haben wahrscheinlich Sonderrechte. Waren sofort zur Stelle und haben den Krakeeler in den Arrest verfrachtet. Sie hat Recht. Kann doch nehmen, was sie will. Je nach Spaß und Schweißgeruch. –

– Kinder hat sie? –
– Sagt man. Es wird auch gemunkelt, ihr Mann sei bei der SS gewesen. Haben wohl die Blondibabsies aufgebracht, um die Konkurrenz zu schädigen. Erklärt die abschreckenden Preise für Nigger. Bewirkt haben die Ficktanten mit ihrer Bemerkung das genaue Gegenteil. Die Rote ist noch attraktiver geworden, seit sich das rumgesprochen hat. Überleg dir mal, Bubie, du pfeifst auf demselben Loch wie noch vor Kurzem ein hochdekorierter, strammer Sturmbannführer von der SS. Womöglich mit Ritterkreuz am Hals und einer Affenschaukel auf der Brust. – Der pockennarbige GI bringt den langen Titel und den Orden auf Deutsch heraus. Zwei der wenigen Vokabeln, die er kennt. – Dafür hat es sich gelohnt, Mamie good by zu sagen und über den Großen Teich zu kommen, findest du nicht? –
– Ich glaube, ich könnte gar nicht, wenn ich daran denke, dass ihre Kinder im Gitterbettchen nach der Mama schreien, während ich sie auf der Pritsche plattmache. –
– Mich macht so eine Vorstellung erst richtig scharf. Noch schärfer, dass die einstige Zuchtmutter von Übermenschen für fünf Dollar nun mir gehört, so oft ich will. –

POLIZEICHEF BITTET ZUM GESPRÄCH ÜBERS SCHWULSEIN

Mühsam erklärt sich der Polizeipräsident: Von 29 Einzelgesprächen zum Thema Schwulsein einst und jetzt, die Berlins oberster Ordnungshüter Dieter Glietsch seit Ende Juni mit Beamten seiner Behörde führen wollte, konnten gestern erst ganze 15 als absolviert vermeldet werden. Das heißt, es wird vermutlich etwa einen weiteren Monat dauern, bis vom Chef persönlich all jene Polizisten einvernommen wurden, die sich kürzlich mehr oder minder abfällig über gleichgeschlechtliche Neigungen ausließen. Was nur durch ein Versehen bekannt wurde.
Der Tathergang ist folgender: Am 25. Juni ließ Glietsch, einer Anregung des Antigewaltprojekts ‚Maneo' zum Christopher-Street-Day folgend, vor seinem Präsidium am Platz der Luftbrücke die Regenbogenfahne hissen – ein weltweit bekanntes Symbol der Schwulen- und Lesbenbewegung,

zugleich ein Aufruf zur Toleranz gegenüber anderen als den etablierten Lebensweisen. Kurz zuvor hatte ein Sachbearbeiter die Kollegen eingeladen, an der feierlichen Flaggenzeremonie teilzunehmen. Dabei ging zweierlei schief: Statt nur an einige Dienststellenleiter verschickte der Adressant seine Mail an sämtliche 22.500 Berliner Polizei-Mitarbeiter. Und als sich 40 von ihnen spontan veranlasst sahen, auf die Einladung zum Regenbogen-Event zu antworten, sandten sie ihre Rückmail nicht etwa nur an den Herrn Sachbearbeiter, wie sie offenbar glaubten, sondern ebenfalls an alle.
So bekam auch die Behördenleitung einige Seltsamkeiten zu lesen. Ein Beamter etwa bemühte sich um traditionelle Schwulen-Klischees: 'Ich bitte alle Kollegen, die im Besitz eines goldfarbenen Tangas und einer rosa Zipfelmütze sind, sich in der ersten Reihe zu po-sitionieren.' Ein anderer forderte eine Flagge ‚für die Randgruppe der Heteros' und verabschiedete sich ‚mit warmen Grüßen'. Kaum Worte verlor zudem jener Beamter, dem auf die Bitte um Mitwirkung nur ein ‚Pfui!!!' einfiel.
Die Einladung zum Chef-Gespräch, anberaumt für je eine halbe Stunde, mag manchen der Mail-Autoren überrascht haben. ‚Ihre Reaktion veranlasst mich, das Gespräch mit Ihnen zu suchen', teilte Glietsch ihnen lapidar mit. Er wollte sich darüber austauschen, warum die betreffende Flagge gehisst worden und was daran kritikwürdig sei. Auf die Androhung von Disziplinarmaßnahmen wurde im Übrigen bewusst verzichtet. „Wenn man überhaupt Einstellungen von Erwachsenen ändern kann, dann nur im Gespräch" sagt Glietsch dazu.
Mit den bisherigen Gesprächen ist der Polizeichef durchaus zufrieden. In der Regel, sagte er gestern der Berliner Zeitung, seien die Kollegen zu einer ‚kritischen Auseinandersetzung mit der eigenen Position' gelangt. Die abfälligen Äußerungen

übers Schwulsein seien im Nachhinein meist als ‚unüberlegte Spontanreaktion' ohne homophobe Grundeinstellung erklärt worden. Und er, Glietsch, mache sehr deutlich, dass ‚Homophobie in der Polizei unerträglich' sei.

Keiner der vorgeladenen Ordnungshüter hatte offenbar genug Geistesgegenwart und Zivilcourage, dem Polizeipräsidenten die Frage zu stellen, was ihn berechtigte, an einem für staatliche Hoheitszeichen vorgesehen Fahnenmast seiner Behörde die Flagge einer privaten Initiative aufzuziehen und damit sogar eine amtliche Zeremonie zu verbinden. Ob nun auch andere private Initiativen Gleiches verlangen dürften? Wer darüber entscheide? Ob es unter dem Grundgesetz Aufgabe der Polizei, also der Obrigkeit, sei, private Meinungen ihrer Mitarbeiter zu beeinflussen, obwohl keiner dieser Mitarbeiter sich eines Fehlverhaltens schuldig gemacht hatte? Ob der gestrenge Herr Präsident sich nicht vielleicht bei seinem Vorgesetzten, dem Regierenden Bürgermeister, einem bekennenden Schwulen, lieb Kind machen wollte? Untertanen-Staat und Untertanengeist ziehen heute in der Tarnfarbe fortschrittlicher Meinungsbildung auf. Deutschland, Deutschland bleibt seiner Seele treu. Und unsere freie Presse findet das natürlich vorzüglich.

>Männergequatsche in einer Umkleidekabine<

Sie waren Pressesprecher unter 4 Polizeipräsidenten. – – – Herr Glietsch war sehr autoritär. Er hat fast alles an sich gezogen und akribisch kontrolliert. Jeder Satz ging über seinen Tisch. – – – Dazu gehört, dass ich auch deutlich meine Meinung sage, wenn mir etwas nicht passt. Seit Glietsch weg ist, geht das auch bei der Behördenleitung ganz wunderbar. – – – (Doch) Alles muss noch viel schneller gehen. Alles muss heute noch viel, viel mehr krachen. Dieser Knalljournalismus.

DR. MARTIN BLOCK : ZIGEUNER – IHR LEBEN UND IHRE SEELE
(Leipzig 1936)
Und nun als Gegenstück das Verhältnis Zigeuner und Staat in Deutschland. Hier gibt es Zigeuner mit einem regelrechten deutschen Pass, im Vollbesitze

der bürgerlichen Ehrenrechte, dann sogenannte Staatenlose und Fremde. Die deutschen Staatsangehörigen bekunden ihr Gefühl für den Staat, indem sie über ihrer Bettstatt das Bild des verstorbenen Reichspräsidenten oder das Bild Adolf Hitlers hängen haben. Diese haben auch ihre Pflicht gegen das Vaterland getan. Viele Zigeuner haben ihr Leben für ihre deutsche Wahlheimat gelassen, und manche Zigeunerwitwe bezieht Kriegsrente. Staatenlose werden geduldet, Fremde nach Möglichkeit ausgewiesen.....
Am schärfsten ist Bayern seit jeher gegen die Zigeuner vorgegangen. Zu noch größerer Strenge nach dem Kriege hat auch wohl beigetragen, dass während der Räterepublik die Akten des Zigeunernachrichtendienstes verbrannt worden waren. ....

Bayern hat auch das erste Zigeunergesetz geschaffen in dem Zigeuner- und Arbeitsscheuengesetz vom 16. Juli 1926, das die Kontrolle der Zigeuner verschärft und den Fremden unter ihnen den Aufenthalt recht unbequem macht....

Bayern ging 1933 in der Zigeunerbekämpfung voran, indem es das Vorführen von Tanzbären verbot. Diese bayerische Verordnung wurde für das ganze Reich gültig.... Es wurde darauf hingewiesen, dass die Tiere nicht nur unter Anwendung grausamer Methoden zum Tanzen abgerichtet werden, sondern dass auch ihre Behandlung eine Kette von Quälereien darstelle.....

Bei der Ausstellung des allerersten Erlaubnisscheins ist für jeden einzelnen einer Zigeunerfamilie der Fingerabdruck von allen zehn Fingern zu nehmen und vorher bei der Zentralstelle in München Erkundigungen über den Betreffenden einzuziehen. ... Wollte man die Gesetze gegen sie nach dem Buchstaben erfüllen, käme ein Zigeuner überhaupt nicht mehr aus dem Gefängnis.....

Art lässt nicht von Art. Legt man jedoch den zigeunerischen Maßstab sittlicher Verwahrlosung an, dann muss man sagen, dass es keine folgsameren, gehorsameren Kinder gibt, als Zigeunerkinder ihren Eltern gegenüber sind, und dass sogenannte Entartung überhaupt nicht vorkommt, weil der Zigeuner sie in seiner Sippe nicht duldet. Jedes Kind, jeder Erwachsene mit anormalen Neigungen wird unschädlich gemacht, wie er einen Mörder oder Sittlichkeitsverbrecher aus seiner Gemeinschaft ausstößt. Das europäische Gesetz misst aber nicht mit ihrem Maß.... Wo man ein Herz für die Gejagten hat, wird es dankbar anerkannt, indem man Diebstähle und schroffes Benehmen unterlässt. ... Mit ein wenig Entgegenkommen und Verstehenwollen auf beiden Seiten lässt sich viel erreichen. ... Vom ‚Finden' werden sie wohl schwerlich ablassen....

Für Eingeweihte sind sie die interessanteste Völkererscheinung in der europäischen Kulturwelt, nur für Spießer ein Schandfleck der europäischen Kultur, der beseitigt werden müsste. Es ist ein Volk unter Völkern! Fremde unter Fremden! Verachtet, verjagt und verstoßen. Ewige Wanderer, siegreich im Kampf mit Polizei und Staat, die nicht vermocht haben, sie in ihrem innersten Wesen zu ändern. Uns weitläufig verwandt, mit einer eigenen indogermanischen Sprache.... Ein Volk mit viel Raum, aber ohne Zeit, das uns Rätsel zu lösen aufgibt, ein intelligentes und musikalisches Volk, ein verhältnismäßig rassereines Volk, das seit Jahrtausenden bis heute seinem Volkstum treu geblieben ist. Ein ewiges Volk? Die Welt wird umgebaut. Kein Mensch kennt die Schicksale der Völker.

PAUL STEHT DA

Sich gegenüber

Er sieht sich in die Augen

Er beschnüffelt sich ausgiebig

Eine lila Leuchtschrift läuft quer durch die Luft: **Du bist Gottes Haustier**

Paul salutiert, schwört einen Fahneneid, geht dann mit sich als Rettungshund an der Leine spazieren. Er macht sich los, apportiert sich Stöckchen, macht vor sich Schön

Eine grüne Leuchtschrift läuft über eine Wolke: **Du bist ein Hausmeier**

Paul sitzt an einem Arbeitstisch, über dem eine undefinierbare Fahne flattert, darüber schwebt der Geist eines Unsichtbaren, der bald Züge des ihm bekannten Karl Marx, bald des ihm unbekannten Rockefeller, bald des ihm unbekannten Heidegger annimmt. Paul kommandiert über Mikrofone. Er sitzt gleichzeitig an einem anderen Schreibtisch, hinter dem sein Porträt an der Wand hängt. Er hantiert an Geräten. Er kommandiert.

Eine gelbe Leuchtschrift springt als Blitz aus dem Boden und schlägt in Paul ein. Der Donner brüllt: **Ich bin berufen, mich zu finden**

Paul irrt in einer mit Spiegeln und Bildschirmen bestandenen Allee umher. Er findet sich schließlich leiblich, umarmt sich, begattet sich. Er wird immer größer dabei, versinkt in seinem Leib, der daran platzt

Eine blaue Leuchtschrift geht auf: **Erfinde Dich Selbst!**

Paul sitzt an einer Leimgrube und formt sich aus Kleister. Es gelingt ihm nicht, weil seine Hände sich verkleben. Er wälzt sich am Boden, springt auf, ruft heureka und tanzt

Paul steht nackt mit Brille da, liest ein Buch.

Rote Leuchtschriften glimmen auf und ab: **Entschieden Durchlauferhitzer**

Paul schließt sich hinten und vorne an Stecker und Röhren an, durch die Flüssigkeiten gepumpt werden. Er nimmt bizarre konkrete und abstrakte Formen an, darunter Paarform, Gruppenform, Tierisches, Pflanzliches, verschiedene Maschinen, Müllhalde. Er verglüht
Charlotte will ihn retten, trägt ihm eilends ihre Brüste auf einem Tablett zu, sie verglüht, bevor sie ihn erreicht.

Doch es gibt Unterschiede: Eber und Zuchtbulle bespringen bereitwillig alles, was auch nur entfernt an die Rückansicht weiblicher Artgenossen[1] erinnert, Nymphensittichsperma lässt sich durch Massage gewinnen. Und Falken können gar lernen, auf den Hut ihres Pflegers zu ejakulieren – das Sperma wird dann in einer eigens dafür vorgesehenen Vertiefung gesammelt. An Papageiensamen aber ist mit derlei Methoden nicht heranzukommen.
Anfangs massierten die Gießener Wissenschaftler Papageienrücken und versuchten die Hähne mit einem Vibrator zu beglücken – vergebens. Erst eine eigens entwickelte Metallsonde, die zarte elektrische Impulse abgibt, brachte den Durchbruch. Die Kloakensonde zur Elektrostimulation ist inzwischen ,,,,

1 Ts, ts: In korrekter gendergerechter Sprache müsste es heißen: – – – von Artgenossinnen – – –

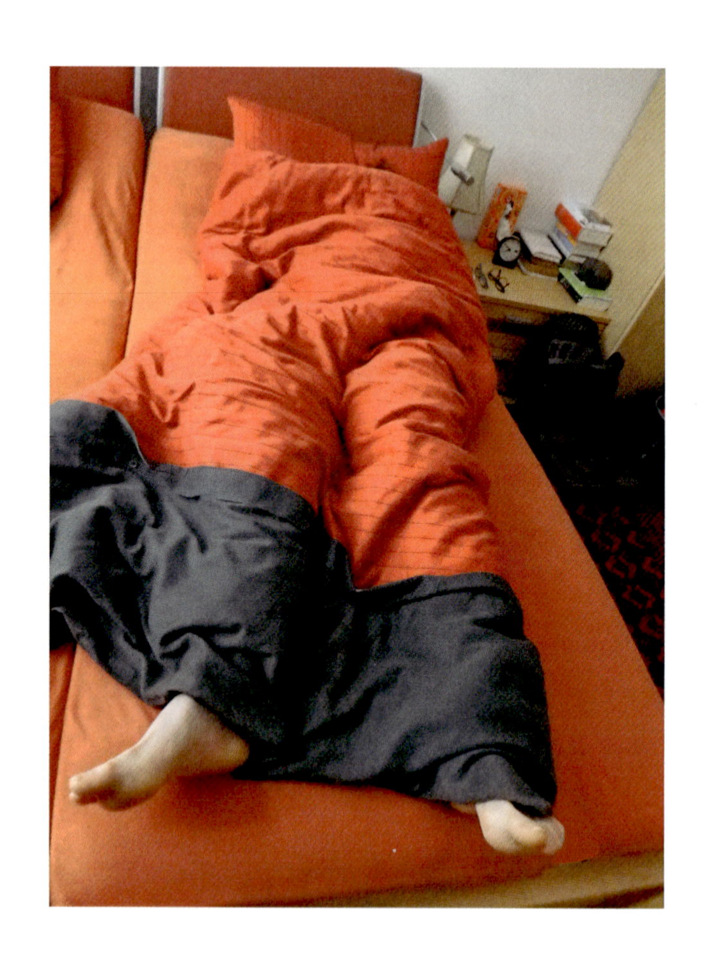

Ein Teil:
Flure und Rinnen//Wahn und Sinn-Sinnen

und wer den Zaun zerreißet,
den wird eine Schlange stechen.
(Prediger Salomo 10,8)

DAS UNAUSWEICHLICHE

Pauls rasche Beförderung zum Oberleutnant hängt mit der Geschichte zusammen: Im Jahre 1909 feiert das Herzogtum Cleve seine 300jährige Zugehörigkeit zu Brandenburg/Preußen. Dabei werden entgegen den Prinzipien ordentlicher Buchführung schmähliche 20 Jahre verdrängt, in denen Preußen das linke Rheinufer im Frieden von Basel 1795 an das revolutionäre Frankreich abgetreten hatte, um eine Weile von dessen ungestümer Gefräßigkeit verschont zu bleiben und sich dafür in aller Ruhe mit Russland und Österreich am Kadaver des labbrigen polnischen Staates zu laben. Ebenso heftig verdrängt wird der gar nicht rühmliche Wiedereinzug preußischer Truppen in die Stadt im Jahre 1813. Das Jubiläum ist trotz Rechenfehler Grund genug für einen Besuch des Kaisers samt Gattin und Prinz Oskar, diversen Eskorthusaren, 12 Rapphengsten, 2 Reitpferden und 4 Galawagen. Ungewohnte Hektik erfasst Behörden, Garnison und Einwohner einer Stadt am Rande allen Weltgeschehens. Die Einweihung eines Denkmals des Großen Kurfürsten durch S.M. höchstpersönlich steht bevor. Huldbezeugungen, Gnadenerweise, Auszeichnungen und Beförderungen brechen wie milde Frühlingsluft herein, um das vaterländische Hochgefühl zum Äußersten anzuregen, obwohl das gar nicht nötig ist; denn man fühlt und denkt trotz der abfälligen Äußerungen Friedrichs des Großen über den kriegsuntauglichen clevischen Adel vollauf patriotisch und königstreu im Städtchen am Kliff. Wünscht, das gehörig vorzuzeigen. 1813 hatte man die einziehenden Preußen ungnädig empfangen und an die schmähliche Abtretung erinnert, die ‚peace for our time' sichern sollte. Neuzeitliche Menschenopfer. Es geht nicht ohne.

Seit fünf Jahren bereitet man sich auf das heraufziehende Ereignis vor. Es wird zwischen den verantwortlichen Autoritäten und Honoratioren darüber gestritten, ob der Kaiser besser mit dem Schiff oder mit dem Zug in die Stadt kommen, und wenn mit dem Zug, wo der Sonderzug von S.M. halten solle: Im Bahnhof in der Stadt oder im Stillen Winkel an der Tiergartenstraße. Wem es gebühre, dass S.M. ihm als Ersten, Zweiten, Dritten undsoweiter die Hand reiche, wem wozu gratuliere. Welche niedlichen Mädchen Blumen überreichen und Gedichte aufsagen dürfen, von Auguste Viktoria dafür gestreichelt werden. Das alles ist nichts gegen den Streit darüber, welche Truppeneinheiten an welcher Stelle zum Gruße aufmarschieren. Die ortsansässigen Infanteristen und Artilleristen beanspruchen das Ereignis für sich; aber die Garnison im benachbarten Wesel ist bedeutender, Cleve nur ihr Ableger. In Wesel sitzt die Führung der Infanterie- und der Artilleriebrigade. Doch nach Cleve heißt das Herzogtum. Hier steht das Denkmal. Nach heftigen Auseinandersetzungen, die mit kunstvollem Wutschnauben und lebenslangen Feindschaften zwischen Regiments- und Bataillonskommandeuren enden, wird vom Oberhofmeister im Sinne der Historie entschieden, dass eine kleine Einheit aus Wesel – eine Stadt, die außerhalb der Region und vor allem im Gebirge durch ihren nicht näher benannten Bürgermeister bekannt ist – am Platz der Ankunft des Kaisers aufziehen dürfe, die Einheiten aus Cleve jedoch den prominenten Platz an der Stiftskirche und auf dem Kleinen Markt, wo das Denkmal enthüllt wird, einnehmen sollen. Dort wird der Kaiser eine Ehrenkompanie der Clever Garnison abschreiten.

Paul hatte gehofft, bei dieser Allerhöchstvisite nicht zum Einsatz zu kommen. Er hasst es, Zinnsoldat zu sein. Stundenlanges Herausputzen. Herumstehen mit gestrecktem Leib. Die alberne Nervosität der Vorgesetzten, als ginge es darum, Geschichte zu schreiben. Weil sich andere danach drängen, von ihren Lieben als Mitwirkende bei diesem Jahrhundertereignis wahrgenommen zu werden – Mit dem Kaiser! – auf Schwarzplatten festgehalten und auf daraus resultierenden Photographien in den Zeitungen womöglich gar erkennbar zu sein – Mit dem Kaiser! – also für die Zeit bis zum Vierhundertjährigem im Jahr 2009, wenn man die alten Aufnahmen herausholen und vergleichen wird mit den dannigen Festveranstaltungen und Aufnahmen mit dem dannigen Kaiser, und womöglich darüber hinaus einen Platz in der Stadtgeschichte zu besetzen, möchte Paul mit alldem nichts zu tun haben.

Pauls Hoffnung auf Übergangenwerden erfüllt sich nicht. Erstens, weil Paul viel zu schmuck aussieht und Hauptmann Fischl, der mit dem Kaiser die Ehrenkompagnie abschreiten wird, ihn deshalb einem dienstälteren, blasswangigen Leutnant mit großem Kopf und kleiner Nase. Tzschirchyk, vorzieht. Und zweitens, weil der Kaiserbesuch zwar in letzter Stunde platzt, alle Akteure sind bereits aufmarschiert, aber nicht abgesagt, sondern nur verschoben wird. Es löst unerhörte Aufregung im Städtchen und neue Betriebsamkeit aus, als bekannt wird, dass S.M. beschlossen haben, statt nach Cleve in die finnischen Schären zum Zaren zu reisen, um dort mit ihm über die bedrohlich dahinschwelende bosnische Krise zu sprechen. Voller Hoffnung, sie unter vier Augen, von Vetter zu Vetter, beizulegen. Eine Hoffnung, die wie so viele frühere und spätere im Leben des Kaisers zerrinnen wird.

Tzschirchyk, der Verschmähte, wird Pauls Feind, obwohl der nicht aufhört zu beteuern, wieviel lieber er an Tzschirchyks Stelle außen vor geblieben wäre. Tzschirchyk meint, der Bevorzugte, wolle ihn zum Schaden noch verhöhnen, indem er das von ihm, Tzschirchyk, heiß begehrte Erwählt- und Dabeisein beim Besuch des Reichshöchsten zur lästigen Pflicht erklärt.

Also fällt der wohlgefällige Blick des Kaisers während seines gut zweistündigen Aufenthalts in Cleve für eine Sekunde seiner über 82-jährigen Lebenszeit auf den Statisten Paul Prodek. Ein Mächtiger der Welt huscht mit gestrengem Blick an Paul *des Abends, an dem sich noch einmal die* vorbei. Hier findet die Majestät nichts zu *geistige Party-Elite der Schröder-Jahre* beanstanden, nachdem sie sich vorher beim *versammelt. Da sind Klaus Staeck und Manfred* Bürgermeister darüber beschwert hatte, *Bissinger, die Urgesteine der Intellektuellensammlung des* dass das Volksspalier an manchen Stellen *Kanzlers, da sind auch „Eva & Adele“* ausgedünnt war (die Landbevölkerung *jenes als Gesamtkunstwerk umherziehende,* zog vor, das schöne Wetter für *mit Glatze, Blümchenkostüm und rosa Handtasche bewehrte* die Ernte zu nutzen) und gar empört, *Berliner Transvestitenpaar* dass in der historischen Schwanenburg, wo die Gebeine einiger seiner fernsten Vorfahren ruhen, zugleich Verbrecher einsitzen. Die Burg beherbergt nicht nur das Gericht, was annehmbar ist, sondern ihre Kasematten dienen zugleich als Gefängnis. Langfristig gesehen profitieren folglich die Ortskriminellen am meisten vom Kaiserbesuch; denn für sie muss nun eiligst ein neues Gefängnis her. Da es keine geeigneten Räume gibt, muss es gebaut werden. Es wird gebaut. Allerhöchster Wille ist Befehl. Zwei Jahre später werden die Ganoven die ungesunden, weil allzeit zugigen und feuchten, Verliese der Schwanenburg verlassen haben. So finden die für derartige Unbilden des Ortes unempfindlichen Gebeine clevischer Herzöge dank ihres würdebewussten Nachfahren endlich die verdiente Ruhe, die ihnen die anrüchige Gesellschaft solange geraubt hatte.

Wegen des historischen Gedenkens an ein ausnahmsweise völlig undramatisches Ereignis (Gebietsübergang im Wege der Erbauseinandersetzung im Hause Oranien) ist Paul Prodek auf immer mit der Geschichte von Kleve verbunden. Der erste und auf ewig einzige Besuch eines Kaisers in der kleinen Stadt ist in zahlreichen Photoaufnahmen festgehalten, die im Stadtarchiv lagern. Sie haben zwei Weltkriege mit fast völliger Zerstörung der Wohnhäuser überstanden und werden bis zum Ende aller Stadtgeschichte aufgehoben werden. Einer der Photographen drückte den Auslöser just in der Sekunde, in der S.M., dem in gebührendem Abstand Hauptmann Fischl folgte, an Paul Prodek vorbeischritt. Charlotte schneidet das Bild aus dem ‚Clever Anzeiger' und legt es in das dritte Album ihrer Sammlung ‚Cleve' der Familienphotos des Familienmuseums. Die Wahrhaftigkeit der Sekunde ist somit doppelt gesichert.

In Cleve geschieht, was Paul seit der ersten Nacht mit Charlotte unausweichlich weiß und sich seit Langem vorweg auszumalen versucht hatte: Es wird einmal geschehen, was noch nie in meinem Leben geschehen ist. Ich werde mich verlieben. Wie halte ich es dann? Er ist verwundert, weiß nicht, ob freudig, weil lange Zeit nichts geschieht. Weil keine Frau bei ihm mehr als nur einen prüfenden Blick und einen schnell abklingenden Reiz, kaum mal eine Gefühlsaufwallung auslöst. Während seiner Studienjahre in Berlin waren ihm viele Frauen auf den Straßen aufgefallen. Jede Frau unter dreißig schien ihm damals ein Geheimnis und begehrenswert, weil er nur Katja und die, seit sie klein waren, quer über alle Poren kannte. Vor dem Einschlafen erging er sich in Inselbegegnungen mit seinen vielen Schönen. Nie sprach er eine an. Er lächelt noch immer über seine Naivität und Zurückhaltung von damals. Not, keine Tugend war es. Und Klugheit. Sich beherrschen, ist die höchste Klugheit.

An der Ecke Nassauermauer/ Kapitelstraße fällt sein Blick auf eine Spaziergängerin, Anfang zwanzig, mittelgroß, offenes Haar. Brünett. Ihr federnder Gang hebt sie heraus. Das luftige Sommerkleid mit Ausschnitt umschwirrt selbstzufrieden die Trägerin. Ein Gesicht wie geschnitzt. Alle Züge, Konturen klar. Ihre braunen Augen versprühen Übermut. Sein Blick gerät in ihren Augenstrahl. Beide erschrecken, so heftig durchfährt es sie. Paul bleibt geblendet stehen, während sie sich hastig zur Seite wendet, zu Boden blickt und weiterläuft, als hätte sie gerade bemerkt, etwas vergessen zu haben. Er fasst sich, schaute IHR nach, muss IHR folgen. Er meint, SIE müsse auf der Haut spüren, dass er SIE verfolgt. Bevor SIE einige Straßen weiter in einem Hauseingang verschwindet, schaut SIE sich wie ein Tier auf der Flucht um. Als SIE ihn herankommen sieht, tritt SIE mit einem Ruck ins Haus, als müsse SIE einen auf der Schwelle befindlichen Widerstand durch entschiedene Kraftaufbietung überwinden. Paul geht wie ein Nachtwandler weiter auf das Haus zu, sieht, dass es niedrig ist und der hellblaue Putz an einigen Stellen abbricht. Nummer 8, Backermatt. An der rechten Ecke hängen schräg über dem Bürgersteig als Zunftzeichen ein silberner Metallteller und eine rostbraune Schere. Paul erkennt beim Blick durch das Fenster im Erdgeschoss, dass im Haus tatsächlich ein winziger Friseurladen mit nur einem Drehstuhl betrieben wird. Leicht zu merken. Was wollte ich?

Er kommt nicht zur Ruhe. Dieser an sich selbst fröhliche Blick. Das begierige Erschrecken. Das Wissen, was es bedeutet. Ständig sieht er SIE vor sich her laufen. Warte! Er muss sich daheim zwingen, Charlotte freundlich und zufrieden anzuschauen, sie an sich zu ziehen, sie wie immer um den Hals zu küssen, wenn er heimkommt. Sie merkt, dass etwas in ihm vorgeht. Da sie den Auslöser für seinen veränderten Seelenzustand, der nachdenklich, schwermütig, dann wieder fahrig freudig scheint, nicht kennt, jedoch darauf zählt, er werde wie immer bei kleinen oder großen Geschehnissen von sich aus darüber sprechen, wartet sie zwei Tage ab, bevor sie ihn fragt, was ihn bekümmere. Paul war die Tage zuvor bei jeder sich bietenden Gelegenheit die Backermatt hoch und herunter gegangen, ohne jedoch DIE UNBEKANNTE erneut zu treffen. Da die Backermatt wie die meisten Straßen im Zentrum Kleves im Bogen verläuft, ging er nach beiden Seiten immer nur soweit, wie er das Haus Nr. 8 noch im Auge behielt.
– Irgendetwas stimmt mit dir nicht. Seit einigen Tagen bist du in Gedanken nicht mehr bei uns, sondern woanders. –
– Du bist übermäßig feinfühlig, Etta. Weißt du, ich habe schon seit geraumer Zeit immer weniger Freude am Dienst. Es fing das letzte Jahr in Krotoschin an und wird jeden Tag schlimmer. Seit ich hier bin, erdrükken mich trotz des famosen Lebens am Ort bestimmte Vorstellungen, die mich bis in den Schlaf verfolgen. –
– Ich dachte, du seist in Cleve mit dir und der Welt, vor allem dem Dienst, wieder ins Reine gekommen. Hättest die Widerwärtigkeiten der Krotoschiner Regimentskamerilla vergessen. –
– Es hat nichts mit dem Ort und den Kameraden zu tun. Ich sagte es schon: Es ist annehmlich hier, und ich komme mit allen gut aus. Sagen wir, nahezu allen. Es geht also um nichts Persönliches. Doch wir haben im Kommando einige Erneuerer, frisch von der Militär-Akademie. Die bringen uns den Krieg der Zukunft bei. Wir sollen Suntsi, Hannibal, Friedrich und Napoleon vergessen. Sogar Gneisenau und Moltke. Nicht, dass ich mit den neuen Kriegstechniken nicht zurande käme. Das Problem ist: Sie nehmen mir jeden Spaß am Dienst. Wir üben praktisch nichts anderes mehr als die Umstellung der Kampfmethoden im Gefolge neuer Techniken. Wenn ich daran denke, dass ich noch eine lange Dienstzeit

vor mir habe, werde ich trübsinnig. Von Kampf im männlichen Sinne, von Geschicklichkeit im Körperlichen wird in Zukunft immer weniger übrig bleiben. Reine Stabstaktiererei und Massenabschlachtung mit Hilfe von Maschinen steht uns bevor, wenn es zum Kriege kommt. Der Soldat der Zukunft ist ein Hebelzieher, ein Kanonenspanner, ein Ausklinker, ein Kämpfer ohne Bravour, weil Maschine. Das ist nicht mein Geschäft. – Er senkte den Kopf. – Vielleicht habe ich nie die richtige Berufseinstellung gehabt. Man hat es mir oft genug vorgeworfen. Ich habe das Soldatsein immer als ein lebenslanges Verharren in der Kindheit, als geordnetes und vom Staat alimentiertes Abenteuerleben, angesehen. Ich habe dir vor langer Zeit einmal ein Tolstoi-Zitat vorgelesen, mit dem ich mich voll und ganz identifiziere. Soldat sein, ist für mich verlängertes Ritter- oder Indianerspielen. Bei allem Abrackern und Abschwitzen bloß stilvoller Müßiggang. Sport mit Erschwernis und sicherer Bezahlung. Dabei habe ich meine Aufgaben sehr ernst und genau genommen. Wie kaum ein anderer. Wie Kinder ihr Spielen ernst nehmen und dabei nicht gestört werden wollen. Andererseits habe ich nie geglaubt, dass sich die zivilisierten Nationen bei immer größer werdenden Volksheeren in Zukunft wirklich einem mechanisierten Massenabschlachten ausliefern würden. Ich dachte, wir seien dank unserer intellektuellen Entwicklung endgültig darüber hinaus. Es gäbe allenfalls ein paar lokale Konflikte, für die man sich bereithalten müsste. Der russisch-japanische Krieg hat mich belehrt. Wir sind längst nicht soweit, und neue raubgierige Nationen gesellen sich zu den nervösen alten Völkern Europas, die sich längst an Territorien überfressen haben. Wir Deutschen sind zwar alt, wir waren sogar über Jahrhunderte gichtbrüchig; dann aber hat Napoleons Aggression und Fremdherrschaft den alten Barbarossa aus seinem Tiefschlaf zu kaum vorstellbaren neuen Taten und Erfolgen geweckt. Barbarossa lebt weiter in uns, nachdem wir Nation geworden sind, uns einen Jahrtausendtraum erfüllt haben. Nach fast zwei Jahrhunderten des bloßen, wenngleich schönen, weil reinen, Denkens, des Musizierens und Philosophierens haben wir Wissenschaft und Technik entdeckt. Jetzt wollen wir England und Frankreich in jeder Hinsicht ausstechen. Mit allen Mitteln, auf allen Ebenen. Die Folge: Es wird immer mehr Geld in Kriegsmaschinen gesteckt, die mir in tiefster Seele zuwider sind: Immer stärkere Kanonen mit immer größeren Reichweiten, Maschinengewehre, die bis zu 1.500 Kugeln pro Minute auspusten. Immer ausgeklügeltere Minen, Torpedos, Granatwerfer, Handgranaten mit großer Explosivkraft. Töten wird technisch optimiert. Grabensysteme. Stacheldrahtverhaue. Flugzeuge und Zeppeline, die Bomben abwerfen. Sie sind dabei, die Propeller der Kampfflugzeuge mit dem Maschinengewehr derart zu

synchronisieren, dass man bei jeder Drehgeschwindigkeit fortlaufend hindurch schießen kann. Technisch eine Meisterleistung. Mensch und Maschine eine vollkommene Einheit im Kampf. Mir ein Grauen, weil es nur der erste Schritt ist, den Menschen zur Maschine zu machen. Im Kampf auf See bekommen sich die Krieger gar nicht mehr zu Gesicht, so groß sind die Entfernungen geworden, über die sie sich versenken können. –
Er hält inne. Schaut sie an. Ihre Furche um die hässliche Nase, die er liebgewonnen hat, vertieft sich. Sie blickt schärfer als üblich drein, weil sie mit dem Gesagten wenig anzufangen weiß.
– Du kannst einwenden, die Art, wie man sich totschlägt und in welchen Größenordnungen, sei gleichgültig für den einzelnen Beteiligten, wenn man einen Grund findet, sich totzuschlagen. Ich habe eine Zeit lang darüber nachgedacht, ob mich aus rückwärts gewandter Ritterlichkeit oder modernem Sportgeist die neuen Militärtechniken anekeln. Ich will nicht leugnen, dass solch Gefühl meine Einstellung bestimmt. Ausschlaggebend ist anderes. Sich von Angesicht zu Angesicht töten, ist grausam. Gerade deswegen bewegt es einen, verfolgt es einen, stellt einen vor die Frage, ob man recht daran tut. Wenn maschinell auf größere Entfernung getötet wird, fällt der Blickkontakt zum Gegner, zum Opfer weg. Der zu Tötende wird wie eine Zielscheibe zum Objekt. Man wird bedenkenloser. Voran die Führung. Das fing mit den Schusswaffen an. –

Dass tatsächlich eine neue Waffengeneration heranreift, belegt Heyns in seinem Bericht. Die USA, Großbritannien und Israel feilen schon an den Robotern, die in Kriegen kämpfen könnten. Auch der südkoreanische Konzern Samsung treibt die Technologie voran. Im Grenzgebiet zu Nordkorea schieben Samsung-Roboter Wache. … Warum warnt der UN-Sonderberichterstatter vor den Robotern? Die ‚nimmermüden' Kriegsmaschinen könnten bewaffnete Konflikte zu Endloskriegen ausarten lassen, argumentiert er. Zudem scherten sich Roboter nicht um das Völkerrecht oder die Menschenrechte.

Er hält wieder inne. Ich lüge nicht. Ich sage, was ich ihr immer schon einmal mitteilen wollte, weil es mich bewegt. Etta sieht ihn weiter prüfend an. Zwingt sich zu lächeln.
– All das ist nicht mehr meine Welt des Soldatseins. Wenn ich grausam handele, will ich es spüren. –
– Willst du womöglich doch aus dem Dienst scheiden? Dich spät zum Juristen bekehren? –
– So weit bin ich nicht. Es würde mir schwer fallen nach all den Jahren.

Außerdem geht mir etwas im Kopf herum. Ob ich nicht aktiv werden sollte. Muss. –
– Was denn? Wieso Müssen? –
– Es ist zu früh, darüber zu sprechen. Ganz unausgegorene Gedanken sind es. Ich will mit mir erst selbst ins Reine kommen. –
– Vielleicht kann ich dir dabei helfen. –
– Nicht bei solchem militärischem Kram. –
– Na, dann werde ich dir jetzt liebevoll die Schläfen massieren. Es wird dir gut tun und dich ein wenig mit der sich bösartig entwickelnden Welt des Mars versöhnen. Mir wird es auch guttun. Du hast deine Unruhe auf mich übertragen. –
– Gut (wie ich jetzt lüge!); aber wundere dich nicht, wenn ich sogar dabei weiter in meinen Gedanken herum stochere. –
– Tu's. – Sie sieht ihn aufmunternd an. Er redet sonst leidenschaftlicher, wenn er etwas zu sagen hat. Gestikuliert. Seine hellblauen Augen wechseln dann ins Türkise. Diesmal kam es matt aus ihm.

Nachdem Paul mehrere Male vergeblich in der Backermatt herumgestrichen ist, beschließt er, nach Dienstschluss den Friseur aufzusuchen. Um möglichst lange zu verweilen, lässt er sich die Haare schneiden und, was er noch nie getan hat, sich rasieren.

Der Friseur ist ein stattlicher Mann um die fünfzig, von faltenloser, straffer Haut, mit glatt gescheiteltem blondem Haar auf schmalem Langschädel. Er ist für jemanden seiner Zunft wenig gesprächig. Das mag die geringe Zahl seiner Kunden erklären. Er fragt unaufdringlich nach Pauls Wünschen, und erst als er schon voll am Werke ist, erkundigt er sich, ob Paul neu in der Stadt sei. Paul nutzt die Antwort auf diese Frage zu Gegenfragen. Die unbekannte SCHÖNE ist nirgends zu erblicken.

Paul möchte wissen, ob denn ein kleines Geschäft, wie er es betreibe, etwas abseits von der Hauptstraße und dem Markt, seinen Mann samt Familie ernähre. – Recht und schlecht, ich gesteh's. Zum Glück habe ich noch ein Stück Acker außerhalb der Stadt, das ich verpachte. Und meine Familie ist nicht groß. Man kann kaum noch von Familie sprechen. Meine Frau ist vor drei Jahren nach langem Siechtum gestorben, mein Sohn arbeitet als Kupferschmied in Emmerich, hat Frau und Kind. So lebe ich jetzt mit meiner Tochter allein im Haus. –
Als hätte es dieser Erwähnung bedurft, hört Paul hastende Schritte auf der knarrigen Stiege, und die gerade Bezeichnete betritt ungestüm und außer Atem geraten den kleinen Salon vom Hausflur her, indem **SIE** die ungestri-

chene Innentür aufstößt. IHR Blick fällt in den Spiegel und stößt zum zweiten Mal in Pauls Augen. Die elektrisierende Wirkung ist heftig wie beim ersten Aufeinandertreffen, obwohl Paul mit schaumumrahmten Gesicht dasitzt.

Die junge Frau weicht sofort zur Seite aus, sodass Paul den Kopf drehen muss, um SIE weiterhin im Spiegel zu sehen. SIE scheint irritiert, tritt dann aber entschlossen an den Vater heran und flüstert ihm etwas ins Ohr.
– Warte bitte! – sagt der liebenswürdige Mann scharf.
Er wendet sich an Paul, entschuldigt sich, dass er etwas Dringendes mit seiner Tochter zu besprechen habe und folglich darum bitte, ihm zu gestatten, für zwei Minuten seine Tätigkeit unterbrechen zu dürfen. Es sei ihm entsetzlich peinlich, zumal Paul zum ersten Male im Salon sei, aber die Umstände gestatteten keinen Aufschub.
– Ich bitte Sie, Meister. Nehmen Sie sich alle Zeit der Welt, die Sie für ihre Familienangelegenheiten brauchen. Ich habe es nicht eilig. Ich werde in der Zwischenzeit die Tageszeitung lesen. –
Der Friseur verlässt mit seiner Tochter den Geschäftsraum. Er schließt sorgfältig die Tür zum Flur. Dennoch kann Paul hin und wieder ein Wort der offenbar heftigen Auseinandersetzung verstehen. – Ich wünsche das nicht- hört er den Vater zweimal sagen. Es folgt ein – tsch, tsch-. Paul scheint, als hätte er die Wörter ‚aushalten', ‚gerissener Schlawiner' seitens des Vaters sowie ‚nichts zu sagen' von Seiten der Tochter vernommen. Dann reißt das Gespräch abrupt ab und man hört, wie sich die hastigen Schritte der jungen Frau entfernen. Die Haustür schlägt in den Rahmen.

Mit einem ärgerlichen Zug um Mund und Nase kehrt der Friseur zurück. Er setzt schweigend seine Arbeit fort. Offenbar in Sorge. Er bemerkt schließlich: – Sie müssen wirklich entschuldigen, Herr Oberleutnant, … aber Kinder, gerade erwachsene, können einem manchmal das Leben schwer machen. Dabei will man Ihnen wohl. –
– Wem sagen Sie das, mein lieber Herr …äh …na macht nichts, … Ich habe selber drei Töchter. Aber noch kleiner. Die halten einen ganz schön in Trab. –
– Ich heiße Karl Artur Pohdewin – vorne mit h, aber nicht in der Mitte und nicht hinten, auch kein ie, Herr Oberleutnant. Artur wiederum ohne h. –
– Gestatten, Paul Prodek vom hiesigen Infanterie-Regiment. Ohne jedes h, mit nur einem d und einfachem k. –
– Sehr angenehm, sehr angenehm. Ich hoffe, Sie beehren mich noch des Öfteren trotz dieser kleinen Störung, Herr Oberleutnant Prodek. –
– Ich denke schon. Sie haben sehr gute Arbeit geleistet. Wie heißt denn ihr Fräulein Tochter?

SIE sieht entzückend aus. Obwohl es nicht das richtige Wort ist. Ich suche noch. Ich sollte besser sagen, SIE ist von einer Schönheit, die einen ansteckt. Erfasst. Eigentlich Blödsinn, was ich sage. Ich meine: Man möchte wie SIE sein. Was nicht für jede Schönheit zutrifft. Man sieht mit IHR quasi die Schokoladenseite der Welt. –
– LAURA heißt sie, Herr Oberleutnant. *Wer heute eines von den wenigen Kindern* Finden Sie das auch? *im sich entleerenden Deutschland ist, muss mit vielen* Gerade deshalb bin ich so in Rage, Herr *Mühen rechnen. Die vielen Alten, sich selber und eigene* Oberleutnant. Ein hübsches Mädchen *Kinder versorgen und mit einem kontinentalen* wie sie sollte doppelt streng *Umbruch zurechtkommen, der Überlebenschancen neu verteilt.* auf ihren Umgang achten. *Ein Glück, dass die Kinder davon noch nichts wissen.* Ich mache mir Sorgen. Sie geht seit einigen Wochen mit einem Menschen um, dem ich nicht traue, obwohl er aus guter, wohlhabender Familie vom Lande um Xanten ist. Er hat eine legere, um nicht ganz offen zu sagen liederliche, Lebensart. Kümmert sich weder um seinen noch um Lauras Ruf. Sie ist hingerissen von ihm und seiner Nonchalance. Den Schwärmereien, die er auf sie loslässt. Er schreibt Gedichte, schreibt überhaupt unaufhörlich. Wie ein Besessener. Tag und Nacht. Sie geht auf Alles und Jedes ein, das er vorschlägt. Manchmal bleibt sie zwei oder drei Tage fort, und ich weiß nicht, wo sie ist. Können Sie sich das vorstellen, Herr Oberleutnant Prodek? –
– LAURA – ein klangvoller Name. Sehr passend für Ihre Tochter. Es wäre schade um SIE, wenn SIE in schlechte Hände geriete. Ich kann Ihren Kummer verstehen, Herr, jetzt hab ich's, Pohdewin. Was einmal sitzt, sitzt bei mir für immer. Wie mein Haarschnitt. Kopf hoch, Herr Pohdewin! Meines Erachtens kann eine so wundervolle junge Frau wie Ihre Tochter nichts Falsches oder gar Unrechtes tun. Davon bin ich felsenfest überzeugt. Die Natur lügt nicht. Wen sie auszeichnet, den schützt sie, den führt sie geradewegs ins Glück. –
Der Haarschneider seufzt würgend. – Ich wollte, Sie hätten recht, Herr Oberleutnant. Guten Abend. – Er bindet Paul eilig den dunkelgrünen Umhang auf, streift ihn ab, hängte ihn beiseite und ergreift sogleich den Besen, um die Spuren seiner Arbeit zu beseitigen. Paul steckte ihm das Entgelt und ein ordentliches Trinkgeld zur Schere in die Kitteltasche.
– Guten Abend. Glauben Sie mir, Herr Pohdewin, ich habe mich selten in einem Menschen getäuscht. –
Jeden tiefen Atemzug in drei Stößen aus der Lunge heraus pustend und sehr nachdenklich geht Paul nach Hause. Das heftige Ausatmen führt zum Japsen. Er schlendert länger als üblich durch die abendleeren Straßen, sieht über die Dächer der Häuser. Er ist unschlüssig, ob das, was er er-

fahren hat, gut oder schlecht für ihn ist. Dieser Blick von IHR. Diese Ergriffenheit durch und durch im Bruchteil einer Sekunde. SIE verspürte es EBENSO. Das ist gewiss. Kein Zurück. Kein Entrinnen.

S I I I I I I I I I I I I I I I I I I I I I I I I I I I I I I I I I I I I I I I I I I I E G E-
H Ö R T M I I I I I I I I I I I I I I I I I I I I I I I I I I I I I I I I I I I I I I I I I I I I I I I R

AVE

In einer der folgenden Nächte ist er nach dem Zapfenstreich wachhabender Offizier. In der Stube ist er kein Nachtmensch; nur frische Luft, Singen und Marschieren halten ihn nachts wach; er mag Nachtwachen deshalb nicht. Normalerweise geschieht nichts. Vertane Zeit.

Gegen zwei Uhr dreißig, er liest schläfrig die Zeitung hin und zurück, hört er Lärm im Gang. Er tritt heraus um zu sehen, was vorliegt. Der UvD und ein Gefreiter schieben unwirsch einen jungen Menschen, Rekrut offenbar, vor sich her in Richtung auf die Wachstube. Der Arretierte schlurft dagegen an. Paul hat Zeit, ihn beim Näherkommen genau zu betrachten. Der Mann machte einen seltsam verschiedenen Eindruck, je nachdem, ob man zuerst das Gesicht insgesamt oder vorwiegend seine verträumten Augen und den schön geschwungenen schmalen Mund ansieht. Der Schädel wirkt kräftig, die Nase kühn. Den Ausschlag geben die zwei Schmisse neben dem linken Mundwinkel und vor allem der vernarbte Riss in der oberen Wangenpartie, der diese wie einen überdimensionalen Tränensack vom linken Auge in Richtung Mund zieht. Sie nehmen dem Gesicht den träumerischen Ausdruck.

– Was liegt vor? – Paul gibt seiner Stimme einen schneidenden Klang.
– Wir haben mal widder diese studierten Voogel auf de Mauerkrone erwischt. Vorr zehn Minuten. Zum dritten Mal schoon in diesem Monat. Wahrscheinlich ist es ihm öfters gelungen, nach Zapfenstreich unerkannt ins Loch ze kriechen. Sonst würde er es nicht immer widder versuchen. Mehrere Tage Arrest hat de Kerl deswegen schoon abgesessen. – Der UvD erklärt sich in schleifendem westfälischem Tonfall.
– Es ist gut, Sergeant. Kehren Sie auf Ihren Posten zurück. Ich werde Ihre Wachsamkeit Ihrem Kompaniechef lobend melden. Ich nehme mich der Sache an. Danke. Wegtreten! Siiee bleiben natürlich hier! –
Paul nimmt den Rekruten am Arm und zieht ihn unsanft in die Wachstube, schließt die Tür.

– Nehmen Sie die Mütze ab und setzen Sie sich! Wir sind jetzt unter uns. – Der Angesprochene gehorcht. Seine schwarzen Augen blicken ernst und misstrauisch in die Pauls. Das sind Katjas Augen! Deshalb habe ich ihn mir gleich vorgenommen. Als der Arretierte seine Schirmmütze abnimmt, bricht Paul in Lachen aus, weil ein schwarzer Mittelscheitel zum Vorschein kommt, der das bisher verwegene Gesicht augenblicks in das eines schwärmerischen Landpfarrers verwandelt. Nicht gerade Mörike, aber fast. Der Mann gefällt mir immer mehr, ohne dass ich ihn kenne. Er macht mich wehrlos. Ich muss über ihn lachen und mag ihn. Mach ihn nicht zu deinem Pudel, Paul. Der andere starrte ihn böse an. Der freut sich an meiner Hilflosigkeit. Ein Sadistchen mit höherem Auftrag.
– Da wir allein sind, erzählen Sie mir, warum Sie sich fortdauernd disziplinlos betragen und damit unnützen Ärger einhandeln. Sie haben studiert? Was denn? –
– Jura. –
„Oha, dann sind wir Kollegen. Auch das noch! Ich habe vor vielen Jahren die Rechte studiert, dann aber lieber des Königs blauen Rock angezogen. Wie heißen Sie? –
– Gustav Backe, Einjährig Freiwilliger in der 6. Kompanie. –
– Sieh an. Privilegiert, und trotzdem stören Sie unsere Nachtruhe durch Ungehorsam. –
Der Mann schaut verunsichert auf Paul, der sich ungebührlich an seinem Anblick weidet. Die Freundlichkeit riecht nach Verstellung. Das sind die Schlimmsten. Tückisch.
– Lassen Sie mich sehr direkt werden. Sie sind mir aus einem Grund, der über die Gemeinsamkeit des Studienfaches hinausgeht, sympathisch. Ich glaube nicht, dass Sie ohne rechte Veranlassung disziplinlos sind. Nur, wir sind hier bei Preußens und nicht in einer schlagenden Verbindung, wo stupider Gehorsam sich mit Ulk und Dämlichkeiten paart. Ich habe so etwas gemieden. Bei uns hier geht es rundum ernsthaft zu. Selbst oder gerade im Karnevalsland. Sie haben es am eigenen Leib erfahren. Ich schlage Ihnen deshalb vor, dass Sie mir offen sagen, was mit Ihnen los ist. Was Sie zu Ihrem Vergehen treibt. Ich werde dann versuchen, Ihnen aus der Patsche zu helfen, soweit mir das möglich ist. Einverstanden? –
– Ihre Freundlichkeit lässt mir keine Wahl. Es liegt in meinem Interesse zu sein, wie Sie erwarten. Vielleicht gibt es eine weitere Gemeinsamkeit zwischen uns. Ich habe ebenfalls nicht die Absicht, einen juristischen Beruf zu ergreifen. –
– Sagen Sie bloß nicht, Sie wollen Offizier werden. –
– Herrjeh! Mir vorzustellen, ich säße auf Ihrem Stuhl und Sie so vor mir. Scheußlich! Nein! Schriftsteller. –

Der Kerl kuscht nicht. Bei jedem anderen hätte er jetzt endgültig verschissen. – Ich wusste gleich, dass Sie ein aufregender Mensch sind, so einer, den unsere diensteifrigen Kameraden als komischen Vogel abtun und bei passender Gelegenheit vom Ast schießen. Also erzählen Sie. Aber die einfache Wahrheit, bitte, nicht die von Poesie oder Prosa. Was hält Sie solange von unserem prachtvollen Kasernentor mit Lohengrin als tänzelndem Schwan obenauf, auch der war ein komischer Vogel, in dieser sanften Stadt zurück, wo um 10 Uhr Polizeistunde und Zapfenstreich ist. Das Saufen kann es wohl nicht sein, denn Sie scheinen nüchtern. –

– Wenn ich mir als Erstes erlauben darf zu bemerken, dass Sie mir ein komischer Vogel in Offiziersuniform zu sein scheinen. Der erste dieser Art, dem ich begegne. Sind Sie dann ärgerlich und helfen mir nicht mehr? – Der Mann zieht den Kopf nach hinten, schluckt. Sieht Paul mit flackernden Augen ins Gesicht.

– Sie sind ein Provokateur, Rekrut Backe. Ziehen mir die Hose aus und fragen, ob ich damit einverstanden bin. Ein riskantes Spiel in Ihrer Situation. Ich könnte bei aller erklärten Sympathie vor ihrer Frechheit zurückschrekken und streng dienstlich werden. Ihr Vorgehen spricht aber für Sie, finde ich. Ein Soldat zeichnet sich durch Verwegenheit aus. Böse, wie es sich für meine Funktion gehörte, bin ich Ihnen sowieso nicht. Ich kann es nicht, aus irgendeinem mir selbst nicht erklärlichen Grund (oh doch! Katjas Augen), obwohl ich es sein sollte. Wir passen, glaube ich, zueinander. Jetzt muss ich aber einhalten. Sonst denken Sie was völlig Falsches von mir. –

– Es ist ganz einfach. Ich habe seit Kurzem eine Geliebte. Und ich leiste mir ein Zimmer in der Stadt. Verstehen Sie nun, weshalb ich häufiger nicht bereits um zehn Uhr einrücke. Ich fühle stark für das Mädchen. Und sie für mich. –

– Ebenso einleuchtend wie inakzeptabel. Wenn jeder Soldat sich solche Freiheit wegen einer Liebschaft herausnähme, wo kämen wir hin? Dann trieben wir allesamt Liebesspiel statt Kriegsspiel. (Am liebsten hätte Paul diesen Satz mehrfach wiederholt). Pazifisten fänden das entzückend. Aber Liebeskrieger wie die Kleist'schen Amazonen dürfen wir von Berufs wegen nicht sein. Das wissen Sie. –

FEMEN! Hi-Hi-Hilfe!

– Sie haben mich nach den Gründen für mein Verhalten gefragt. Ich habe Ihnen darauf geantwortet. Sie wünschten Offenheit. Die haben Sie bekommen. Ich hätte besser getan hinzuzufügen, dass es in meinem Fall als Schriftsteller eine besondere Bewandtnis damit hat. Ich habe es nicht gleich getan, weil ich fürchtete, Sie könnten mich missverstehen. –

– Ich danke Ihnen zunächst dafür, dass Sie nicht versucht haben, halbwegs akzeptable Ausreden zu erfinden. Der Rest von dem, was Sie eben sagten, ist mir ein Rätsel. Deshalb kann ich ihn weder verstehen noch missverstehen. Sie meinen irgendwie, Ihre Leidenschaft sei eine besondere. Davon sind alle Liebenden überzeugt, sonst wäre es schlimm um die Liebe bestellt. Also Sie lieben die Frau leidenschaftlich und wollen sie heiraten? –
– Würde ich sie nicht so stark lieben, handelte ich vernünftiger. Wenn *sie* mich in einigen Monaten noch ebenso liebt wie jetzt, werde ich ihr einen Antrag machen. Aber das ist nicht das Entscheidende. Der weitere, tiefere, nur mich betreffende, ganz verzweifelte Grund ist, dass ich diese wilden Liebesnächte mit ihr brauche, um zu schreiben, was ich schreibe, wie ich es schreibe. Ich habe das nicht gleich gesagt, weil Sie dann gedacht hätten, ich unterhielte die Liebesbeziehung zur Inspiration oder schriebe Liebesromane. Das ist grundfalsch. Wenn unsere Liebe nicht so leidenschaftlich wäre, wie sie ist, würde sie mich nicht inspirieren. –
– Sie missachten also die militärischen Vorschriften nicht allein aus fleischlicher Lust, sondern in erster Linie im höheren Interesse der Kunst? Alle Achtung! Obwohl es sich spöttisch anhört, was ich jetzt sage, wohl alles, was ich bisher gesagt habe, ist es ernst gemeint: Ich glaube, ich verstehe Sie, und, vor allem glaube ich Ihnen. Das allein hilft aber weder Ihnen noch mir weiter. Höheren Orts hat man für so etwas kein Verständnis. Zum Laster kommen große Worte, sagen die kalt. Lassen Sie uns überlegen. Vielleicht hilft uns unser kombinierter Juristenverstand. Fahren Sie zunächst einmal fort, ehrlich zu sein! Wie viele Male haben Sie die Mauer unbemerkt überklettert? –
– Ich denke, fünf, sechs Mal in drei Monaten. –
– Dreimal sind Sie schon erwischt worden? Diesmal ist das vierte? –
– Ja. –
– Nun wird's kritisch. Gab Ihr Verhalten während des Dienstes jemals Anlass zu Beanstandungen? –
– Einmal wegen einer Bemerkung zu einem Feldwebel. Er hatte mich durch eine beleidigende Anspielung auf meinen Namen gereizt. Ich glaube, absichtlich. Die Sache ist dann durch Aussprache bereinigt worden, indem ich mich gegen meine Überzeugung einseitig entschuldigt habe, um nicht wieder im Arrest zu landen und Ausgangssperre zu erhalten. –
– Sehr weise. Es war demnach nicht schwerwiegend. –
– Nein, ich habe ihn einen ‚Leuteschinder' genannt. –
– Manch einer hätte das als Auszeichnung empfunden. Wer war der Bezeichnete? –
– Feldwebel Öttespiel. –
– Volltreffer! Aber beherrschen Sie sich in Zukunft. Ihre Liebe und Ihr

Schreiben sollten Ihnen das wert sein. Schlucken Sie den Mageninhalt wieder runter, wenn er ihnen hochkommt. Verstanden? Alles hat seinen Preis. Das ist eine Art Befehl. –
– Jawohl, Herr Oberleutnant. –
– Versprochen? Sagen Sie es lieber zweimal und nicht mehr Herr Oberleutnant zu mir, sondern Paul, und erinnern Sie sich an Ihr Versprechen, wenn man Sie provoziert. Wir sind nicht beim Corps Borussia, verflucht. Satisfaktion wird hier nicht gegeben. Ihr Name lockt nun einmal zu dämlichen Bemerkungen heraus. Das haben Sie sicher bereits in der Schule festgestellt. –
– Jawohl, Herr Oberleutnant. Verzeihung.... Paul. –
– Wie heißt denn Ihre Verlobte, Gustav? –
– Laura. –

Paul fährt zusammen. Alles Blut drängt mit einem Ruck ins Herz. Er nimmt seine linke Faust vor den Mund und reibt sie auf den Lippen hin und her. Dann erhebt er sich und sagt hastig, halblaut: – Ist der Name häufig im Rheinland? Ach Quatsch, nicht wichtig. Es ist sonnenklar. Passen Sie auf: Ich biege die Geschichte – – für Sie (es ist für SIE) gerade, indem ich – – – eine, eine Rechtfertigung erfinde, die Sie (SIE?) – – – halbwegs entschuldigt und mir erlaubt, entschieden zu haben, auf eine Bestrafung zu verzichten, obwohl Sie (SIE – nein! Aber schön wäre es) natürlich keinesfalls über die Mauer klettern durften.... Ich sage, Sie (wieder nicht sie) hätten das aus Angst wegen der Vorgeschichte getan, obwohl es diesmal gar nicht nötig war, weil Sie (schon wieder nicht sie) Ihre Verspätung nicht verschuldet hatten. Melden muss ich den Vorfall. Ein Nachspiel kann ich nicht völlig ausschließen; aber ich werde mein Bestes tun, das zu vermeiden. – – – Ich weiß sehr wohl, dass Ihnen das für die Zukunft nicht hilft. Da ich aber für Ihre Notlage (es ist IHRE) Verständnis habe und Sie mir versprechen, fortan den Dienst mit doppeltem Eifer zu versehen und nicht aufzumucken, wenn Ihnen die Zunge lose sitzt, schlage ich Ihnen vor, dass Sie Ihren unerlaubten Ausgang stark einschränken, so leid mir das für Sie und Ihre – – – sagen wir, Verlobte, und vor allem Ihr Schreiben tut. Es geht nicht anders. Ich werde Ihnen stattdessen weiterhelfen. – – – Warten Sie! Wenn Sie mich vorab informieren, dass Sie den nächtlichen Ausgang wirklich mal wieder brauchen, verhelfe ich Ihnen das eine oder andere Mal dazu, unerkannt zu später Nacht in die Kaserne zu gelangen. Es gibt Mittel und Wege. Da Sie es mehrfach von alleine geschafft haben, gehe ich davon aus, dass Ihre Stubengenossen Sie nicht verpfeifen. –
– Das stimmt. Wir halten zusammen. Aber ich kann Ihr Angebot nicht annehmen. Es belästigt Sie und bringt Sie in Gefahr. Kennen Sie jemanden,

der **LAURA** heißt? Sie wirkten überrascht, als ich den Namen nannte. –
– Jaja, äh – – – eine Jemandin in Köln. Eine entfernte Verwandte. Ich habe in jungen Jahren einmal für sie geschwärmt. Ich weiß schon, was ich mir zumuten und rausnehmen kann. Sie gefallen mir. Habe ich schon gesagt. Vielleicht lerne ich auf diese Weise einmal **Ihre – – – Verlobte** und Ihre (nein, nicht ihre) Werke kennen, für die Sie solche Dummheiten machen. Wenn **Ihre Verlobte** für Sie das Risiko wert ist, warum sollte ich nicht auch etwas für SIE und Sie riskieren. Ich habe eine Schwäche für schöne Frauen, und für Literatur. –
– Es sollte mich freuen, Ihnen **Laura** vorzustellen. Ebenso das eine oder andere Geschriebene, sobald ich es für reif halte. –
– Warten wir die Gelegenheit ab. Und wenn Sie etwas geschrieben haben, von dem Sie meinen, es sei lesbar, lassen Sie es mir zukommen. Meine Frau und ich lesen viel. Ich helfe Ihnen also nicht uneigennützig, wie Sie sehen. Nur, Sie (und SIE) müssen mir in Ihrem eigenen Interesse hoch und heilig versprechen, nicht mehr eigenmächtig zu handeln, sonst geht schnell alles schief und ich kann Ihnen nicht mehr beistehen. Ich habe außerdem so eine Idee, wie ich Ihnen längerfristig eine etwas größere Freiheit verschaffe, sodass mein persönliches Eingreifen nicht jedes Mal erforderlich wird. Das muss ich aber erst auskundschaften. –
– Sie sind ein großartiger Mensch! Ich hätte das nicht gedacht. Darf ich Ihnen die Hand reichen zum Dank? Ich wage nicht, Sie zu umarmen. –
– Lassen Sie beides. Bloß nicht sentimental werden. Sie gefallen mir, weil wir seelenverwandt sind. Habe ich schon festgestellt. Wir lieben Literatur. Ich beneide Sie insgeheim für das Leben, das vor Ihnen liegt. Jedenfalls in diesem Augenblick. Hoffentlich mögen Sie und **Ihre Verlobte** mich auch. Freuen sich nicht bloß, weil Sie ganz unerwartet einen Kumpan und Helfer gefunden haben. Sagen Sie vor allem niemanden etwas über unser – – – – unsere Abrede – – – unser – – – Künstler-in-Not-Programm. – Er lächelte gequält. – Ich klingele jetzt nach dem UvD, der wird Sie, wie geboten, unter Meckern in Ihre Stube und nicht in den Arrest abführen, während ich mir etwas zu Ihren Gunsten für meinen Bericht über das Vorkommnis einfallen lasse. Ich habe noch einige Stunden Zeit dafür, und manchmal schreibe auch ich gerne. Wird mehr Dichtung als Wahrheit. Sie bestätigen einfach alles, was ich über Ihr Vorbringen behaupte, falls man Sie dazu befragt. –
Den Rest der Nacht und die folgenden Tage und Nächte sinnt Paul über seine Beziehung zu Gustav, den er Ave nennt, und die kommende Begegnung mit LAURA nach. Erregt, befreit, froh, resigniert, niedergeschlagen, alles in einem ist er. Weiter ruhelos. Zum ersten Mal seit seiner Schulzeit ist er dabei, einen Freund zu gewinnen, an dem ihm liegt. Davor steht LAURA. Richtiger dazwischen. Als trennendes Verbindungsstück. Was wird

SIE denken, wenn SIE mich in einer neuen Rolle wiedersieht? Was genau empfindet SIE für Ave? Für mich? SIE muss etwas für mich empfinden. Kein Blick sticht grundlos bis in die Eingeweide. Kann man zwei Menschen leidenschaftlich lieben? Gleichzeitig? Aus welchem gottverdammten Grund tue ich das für Ave? Tue ich es für SIE? Für mich? Für **uns** drei? Womöglich für Charlotte, damit ich sie nicht betrüge? Für *Katja* wegen Aves Augen? Warum will ich es wissen? Ich könnte ihn hereinlegen und mich, wenn er längere Zeit im Bau sitzt, an LAURA heranmachen. Ihr vortäuschen, ich bemühte mich um seine Rettung. Was will ich? Es geht schief.

Ein unsichtbarer LAOKOON

Ich habe auch diese Weisheit gesehen unter Sonne, die mir groß däuchte:

Dass eine kleine Stadt war und wenige Leute darinnen, und kam ein großer König, der belegte sie und baute große Bollwerke darum.

Und ward darinnen gefunden ein armer weiser Mann, der dieselbe Stadt durch seine Weisheit konnte erretten; und kein Mensch gedachte desselben armen Mannes.

Weisheit ist besser als Kriegswaffen; aber ein einziger Bösewicht verdirbt viel Gutes.

(Prediger Salomon 9,14 – 15,18)

Eine erkannte Gefahr jagt dich. Paul verfällt zu dieser Zeit durch eine Erkenntnis, die an sich eine allgemeine in Deutschland hätte sein müssen, aber einsam nur über ihn herfällt, der Schwermut. Seine Begierde, Laura zu besitzen, wenigstens einmal, tanzt währenddessen wie ein Irrlicht durch seine Vorstellung, wider Willen zu etwas Wichtigem berufen zu sein. Und speist, weil sie unerfüllt bleibt, weitere Schwermut.
Der Oberleutnant Paul Prodek in Cleve hatte sich eines Nachts im Bett hin und her gewälzt, dabei um sich geschlagen, und die neuen Kriegstechniken, auf die er sich widerwillig einstellen musste, in Verbindung gesetzt mit der deutschen Militärstrategie, die in der interessierten, doch sehr begrenzten Öffentlichkeit als Schlieffen-Plan kursierte. – Was für ein Irrsinn! – schrie er laut auf und erwachte. Der Plan kann mit den neuen Minen und wegen des Maschinengewehrs niemals aufgehen, wenn er je taugte. Die Strategie für einen Zwei-Frontenkrieg muss vollkommen umgedacht werden. Er setzte sich daran. Nahm sich Land- und Seekarten sowie ihm zugängliche

Aufmarschpläne vor und studierte in seiner Freizeit tage- und nächtelang die Topographie der West- und Ostgrenze des Deutschen Reiches. Seine Zweifel am Verstand des Generalstabs wuchsen bis zur Verzweifelung. Er kam nicht mehr von seinen Ängsten los, dass ein Krieg heraufzöge und Deutschland vom ersten Tag an verloren war, weil die Planungen des Generalstabs nicht nur gegen alle politische, sondern vor allem gegen jede militärische Vernunft waren. Deutschland hatte nicht die gerigste Aussicht, kam es zum Krieg, ihn erfolgreich zu bestehen. Warum sah es keiner? Es war doch offenbarer als das Gipfelkreuz der Zugspitze.

Charlotte, die von seiner Aufwallung mit erwacht war, aber als sie merkte, dass er nicht sprechen wollte, ruhig blieb, sah ihn in den folgenden Tagen verbissen brüten, sich seitenlange Notizen machen. Sie schaute ihn manchmal fragend von der Seite an. Sagte nichts. Oft stand er mitten in der Nacht auf und kehrte an sein Studierpult zurück. Von Zeit zu Zeit fragte sie nach, ob er ihr nach den vielen Andeutungen nicht endlich sagen wollte, worum es ginge. Selbst wenn es sich um militärische Strategien handele. Ungeduldig geworden, provozierte sie ihn: Sein Brüten schiene ihr sinnlos, denn er sei bei seinem Rang und bei seiner Funktion in Fragen der militärischen Planung nicht im Mindesten irgendwie einbezogen. Als er weiter stumm blieb, erkundigte sie sich einfühlend, ob er sich für die Arbeit im Stab bewerben wolle. Er gab, wie längst gewollt, nach. Durch seine praktischen Erfahrungen im Gelände sei er auf hanebüchene Fehleinschätzungen des Generalstabes gestoßen. Der denke in von der Militärtechnik völlig überholten Kategorien. Die Planungen für einen Zwei-Fronten-Krieg ständen im eklatanten Widerspruch zu den neuen Techniken und Kampfmethoden, die derselbe Generalstab der Truppe verordnete. Er verstehe nicht, wieso dies niemand sehe und daraus die Konsequenzen ziehe. Der aggressive Schlieffen-Plan sei militärisch splitternackter Wahnsinn, ganz unabhängig von seinen möglichen politischen Verwicklungen und seiner moralischen Fragwürdigkeit wegen der Verletzung der Neutralität dreier kleiner Nachbarländer. Merke denn da oben niemand, wie ungeheuer sich die Defensivwaffen fortentwickelt hätten, während sich bei den Offensivwaffen rein gar nichts getan habe. Kavallerie sei gegen Maschinengewehre und tragbare Granatwerfer hilflos. Einen Sturm mit Stoßtrupps auf Befestigungen wie bei den Düppeler Schanzen könne es nicht mehr geben, weil die Befestigungen zu monumentalen Bunkersystemen ausgebaut worden seien.
– Ich bin entsetzt über das Stroh in den Köpfen unserer obersten Strategen. Ich kann nicht begreifen, wieso man an dieser Planung festhält, obwohl offensichtlich ist, dass sie im Ernstfall nach spätestens drei Wochen scheitern

wird. Bei dem derzeitigen Waffenstand, ist es unmöglich, Paris in spätestens sechs Wochen Krieg erobert zu haben. Wir werden vorher grandios stecken bleiben, selbst wenn die Belgier nur halbherzig Widerstand leisten und die Engländer Zeit brauchen, größere Truppenkontingente über den Kanal zu schicken. Wir werden den Russen dann nichts mehr entgegenzusetzen haben. Unseren Gegnern muss geradezu an einem Krieg mit uns liegen, weil wir uns aus freien Stücken dafür entschieden haben, ihnen blindwütig ins gezückte Messer zu laufen. –
– Wieso bist du derart sicher, dass du recht hast und nicht der Generalstab? Ziemlich vermessen für einen Offizier niedrigsten Ranges fern in der Provinz. Sei mir nicht böse für die nüchterne Kennzeichnung deiner Lage. –
– Weil die Fehlplanung leichter zu erkennen ist als ein Nashorn unter Zwergflusspferden. Oder in deiner Vogelwelt eine Krähe unter Haubenmeisen. Es ist, als wollte man nicht glauben, dass 2 x 2 ebenso = 4 ist wie 2 + 2. Ich komme mir vor wie der Junge in Andersens Märchen von des Kaisers neuen Kleidern. Der hat sich mit der Wahrheit am Ende durchgesetzt gegen alle die Ratgeber, Schaumschläger, Möchtegerne, Speichellecker und Arschkriecher, als er mit seiner naiven Sicht der Dinge spontan herausplatzte. Pass auf, ich will dir erklären, worum es geht. Selbst dir als militärischem Laien müsste das ohne weiteres einleuchten. – Er gerät in Fahrt.
– Davon bin ich überzeugt. Wahrscheinlich, weil ich als Laie, wie du so schön sagst, gibt es davon keine weibliche Form, Laiin? über keine Gegenargumente verfüge. Das ist geradeso, als fordertest du mich auf, mit dir Schach zu spielen, ohne nach spätestens fünf Zügen matt und platt dazusitzen. –
– Du willst also meine Darlegungen nicht hören? Dann löchere mich nicht mehr wegen meines Brütens. Verstanden! –
– Entschuldige bitte. Ich brenne darauf, alles zu erfahren, weil du seit Wochen all deine freie Zeit darauf verwendest und für mich, uns, nichts mehr übrig bleibt. Ich wollte nur sagen, dass deine Wirkung auf mich weiter die allergrößte ist. Es bedeutet aber nicht, dass du auf andere entsprechend wirkst. Wenn Frauen im Generalstab säßen, hättest du bessere Karten. Männer sind engstirnig und rechthaberisch. –
– Etta, die Sache ist ernst (mich interessiert im Augenblick nur eine Frau), um nicht zu sagen, zum Verrücktwerden, zum Außersichgeraten, zum Verzweifeln, zum Sichzerreißen! Ich weiß keine Steigerung mehr, so irrsinnig ist es. Mach keine blöden Scherze und provoziere mich nicht mit Albernheiten. Es geht um unser Land und sein Schicksal, womöglich um uns ganz persönlich; dich, mich, unsere Kinder. Was aus uns wird. –
– Selbst in den todernstesten Angelegenheiten kann ein Fünkchen Humor nicht schaden. Also schieß los, aber schön langsam, wie es die Preußen

angeblich vor langer Zeit hielten, als es dich noch nicht gab. Aus Rücksicht auf eine bekennende Laiin. –
– Hör endlich auf rumzualbern! Es geht um Leben und Tod unseres Landes. –
Und Paul erklärte seiner Etta im heimischen Wohnzimmer Angelegenheiten der Weltpolitik und Militärstrategie, die er auf untrügliche Weise wahrnahm. Es lag kein besonderer Verdienst in seiner Erkenntnis. Jeder Mensch, der mit Einsichtsfähigkeit begabt war, sich nicht aus irgendeiner anerzogenen oder anerdachten Voreingenommenheit den Tatsachen verschloss, musste zu gleichen Schlussfolgerungen gelangen. Aber es geschah nicht. Paul fragte sich manchmal insgeheim, ob hinter der Geschichte nicht doch irgend ein Wesen am Schaltbrett säße und bestimmte Menschen ganz bewusst mit Blindheit schlug.

Ihm wollte nicht in den Kopf, wieso sich der Generalstab der militärischen Wirklichkeit derart verschloss und am Schlieffen-Plan festhielt. Es musste doch eine Erklärung dafür geben. Er grübelte herum, wenn er nach dem Dienst still auf dem Sofa lag. Er ließ vom Nachdenken nicht ab, selbst wenn drei Mädchenköpfe, feingeordnet übereinander, hinter den linken Türrahmen hervorlugten, um ihn zum spielen zu locken. – Geht Kinder, ich kann heute nicht – sagte er müde. Mehrere Tage lang. Er glaubte, auf eine Erklärung gestoßen zu sein. Eine recht metaphysische. Wie sollte es anders sein, wenn etwas mit dem Verstand nicht zu begreifen war:
Paul kam zu der Überzeugung, dass die Eigenheit des Menschen in der Natur darin läge, die Freiheit zu besitzen, Sinnloses zu tun. Und wie sollte er von dieser Freiheit nicht hin und wieder – sogar ausgiebig – Gebrauch machen, um sein Menschsein zu manifestieren? Wäre es nur eine theoretische Freiheit, weil sie nie gegen die Vernunft ankäme, bestünde sie gar nicht, wäre eine bloße Denkbarkeit wie eine Alternativwelt zu der bestehenden. In der Natur gibt es nur geeignetes oder ungeeignetes Verhalten. Davon hängt das Überleben ab. Dem Tier ist angeboren, was es zu tun hat. Für den Menschen gibt es darüberhinaus kraft seines Verstandes die Kategorien sinnhaft und sinnlos, denn es geht ihm um mehr als das bloße Überleben. Es geht um Macht. Was heißt dann sinnlos? Er mühte sich; kam zu dem Schluss, dass Tun sinnlos ist, wenn es bei rechter Betrachtung notwendig zum eigenen Schaden gerät, also besser unterbleiben sollte. Nichts zu tun, ist besser als Sinnloses zu tun. Doch das Abgleiten ins Sinnlose ist im Menschen zwanghaft angelegt. Es gibt im Hirn ein Verschlussorgan gegen die Vernunft. Es ist dort allgegenwärtig und deshalb unaufspürbar. Man mag es Macht des Schicksals nennen. Wann es den Verstand verschließt, wann es ihn wieder öffnet, bleibt unerfindlich, unbeherrschbar. Der menschliche

Wille, sich beizeiten der Wirklichkeit zu verschließen, ist Teil der Wirklichkeit und damit schicksalhaft im Leben angelegt. Warum es von Zeit zu Zeit solche unbegreifliche Verschließung gab, wurde Paul mit einem Ruck klar. Der Mench war kraft seiner Ausstattung mit Verstand allen anderen Koexistenten derart überlegen, dass es eines Selbstschädigungsmechanismusses im Verstand bedurfte, um dessen Übermacht in der Natur wenigstens etwas zu reduzieren und so eine zu rasche Ausrottung der übrigen Wesen durch den übermächtigen und sich immer weiter vermehrenden und verbreitenden Menschen zu verhindern. Der Mensch musste den anderen Menschen bekriegen, eine ganz unvernünftige Einstellung, die Menschheit musste sich fortlaufend gegenseitig zerstören, um der übrigen Natur Gelegenheit zum Fortbestehen zu geben. Weil dem Mensch in der Natur kein Feind gewachsen war, musste er sich in verschiedener Gestalt selbst zum Feind werden. Sonst würde sich die vereinte Menschheit vollauf gegen die Natur wenden. Sie ratzekahl leerfressen. Menschen bekriegten sich untereinander nur, wenn die Vernunft wenigsten bei einem der Beteiligten zeitweise lahm gelegt wurde. Menschliche Unvernunft war also ein Abwehrmechanismus gegen die fürchterlichen Folgen der Überlegenheit des menschlichen Verstandes im Verhältnis zu den unzureichenden Kampfmitteln, mit denen die übrige Natur zu ihrer Selbsterhaltung gegen den Menschen ausgestattet war. Man durfte sich also nicht wundern, wenn sie plötzlich, scheinbar, grundlos versagte. Das zeitweise Versagen der Vernunft war notwendiger Bestandteil des Weltplans, den es sicher gab, wusste man auch nicht, wer ihn je ausgeheckt hatte.

Obwohl ihm diese selbstgezimmerte Einsicht in die Weltläufte nicht weiter half, sondern ganz im Gegenteil in die Resignation treiben musste, war er stolz darauf, sie mit bescheidenen Kenntnissen der Philosophie und Naturwissenschaften gewonnen zu haben. Eine Erklärung finden für schier Unbegreifliches, ist ein Erfolg. Des Verstandes! Als ihn am nächsten Tag die drei Mädchenkopfe wieder vom Türrahmen her anlachten, sprang er auf wie ehedem und rief: – Auf geht's, Kinder! –

Hartnäckiges Verschließen des menschlichen Verstandes vor der Wirklichkeit hat es immer gegeben, und so wird es bis ans Ende der Geschichte bleiben. Im Sein paaren sich unabdinglich Triumph und Verhängnis, weil der Mensch meint, sein Denken könne sich über die Wirklichkeit erheben, sie nach seinem Willen gestalten. Dabei gelingt es ihm nur, die Wirklichkeit in seinem Sinne erfolgreich zu beeinflussen, nicht aber ihren vorgegebenen Lauf ins Verhängnis zu verhindern. Am Ende beschleunigt er ihn durch seinen Triumph über die Kräfte der Natur triumphal.

Sich vor der Wirklichkeit aus ideologischer Verblendung verschließen, ist verständlich, ja verzeihlich, weil der Mensch ohne Größenwahn Kreatur geblieben wäre und damit nie vollauf zu seiner Eigenheit gefunden hätte. Schlimmer als das Verschließen vor der Wirklichkeit aus Ideologie oder Wahn ist das Verkennen der Wirklichkeit aus Unverstand, weil es auf verfehltem Menschsein beruht. Der Schlieffen-Plan bietet dafür ein eklatantes Beispiel.

Gegen das Verschließen vor der Wirklichkeit, aus welchem Grund auch immer, hilft keine permanente Erhöhung des menschlichen Intelligenzquotienten. Der Autor ist geneigt zu sagen, das genaue Gegenteil sei der Fall. Es hilft keine Verfeinerung der Psychoanalyse oder gar die Demokratie mit vorgeblich freien Meinungen, freier Presse, einem Bücher- und Wissensmeer, wie ein gewisser Popper meinte. Es hilft keine Mobilisierung von Wissen in Picosekunden durch Mikroprozessoren in der ausgetüfteltsten Anordnung. Denn während der langwährenden Niederschrift dieser erfundenen Geschichte als Teil unserer wirklichen Geschichte

– hat die Menschheit längst keine Möglichkeit mehr, von der Wachstumsschraube zu lassen, obwohl offensichtlich ist, dass sie längst weit überdreht ist, weil sie binnen weniger Jahrhunderte zur Erschöpfung der Ressourcen des Planeten führt und keine global alternativen Lebensweisen auch nur angedacht wären;

– zwingt sich die Menschheit durch unablässigen wirtschaftlichen Konkurrenzkampf, dem sie sich verschrieben hat, und Versprechungen von Wissenschaftlern, seltene Krankheiten zu besiegen, die unheilvolle Gen-Technologie einschließlich der frevelhaften Manipulation des menschlichen Erbmaterials auf; gaukelt sie sich vor, dieser gefährlichsten aller Selbstgefährdungen des Menschen könnten Grenzen gesetzt werden, hat man sie einmal in Gang gesetzt;

– erweist sich der nicht anzuhaltende medizinische Fortschritt als nicht finanzierbar und als Königsweg in eine endlos ausufernde Siechenpflege, die einmal die Hälfte der Menschheit erfassen wird;
– finanziert der Rest der Welt durch fortlaufenden Ankauf amerikanischer Schatzanweisungen, die unendliche Verschuldung der reichsten Volkswirtschaft der Welt; weil der Reiche die Schätze der Welt verprasst, haben die Armen Einkommen; sie finanzieren den üppig gedeckten Tisch des Reichen, damit für sie Brosamen herunterfallen;

– lieferten die Regierungen die Börsen den Glücksrittern aus; deregulierten *(Friedrich Merz: ‚Mehr Kapitalismus wagen')* das undurchsichtige Treiben und gaben selbst das Hochmoor zum Parforce-Ritt frei; für die Genickbrüche von Pferd und Reitern war niemand verantwortlich; der Schaden wurde wie nach einem verlorenen Krieg auf alle umgelegt;

– vermehren die Zentralbanken Geld ohne Wert und geiben sich der süßen Illusion hin, es werde durch sein bloßes Vorhandensein Werte schaffen so wie ein Katalysator Energien freisetzt, die ohne ihn nicht freikämen; sie schaffen dadurch einen weiteren Zwang, sich dem unbegrenzten Wachstum hinzugeben und ihm schlussendlich zu erliegen;

– weigerte sich ein US- Präsident einzugestehen, dass der Irak-Krieg nicht nur völkerrechtlich jeder Rechtfertigung entbehrte, sondern obendrein wie zuvor der Vietnam-Krieg eine bodenlose, diesmal aber, wegen Rückfalls, unverzeihbare Torheit war; dass dieser Krieg die Welt nicht sicherer, sondern weitaus gefährlicher machte, dass dies vorhersehbar war und dass mit den Riesensummen, die dieser Krieg verschlang, errechnet sind bisher 700 Milliarden Dollar, die Palästinenser befriedet und Palästina zu einem Garten Eden und einem Hort der Demokratie hätte gemacht werden können; damit die Welt friedlicher und sicherer;

– wird ein Präventivkrieg gegen den Iran geplant, obwohl dieses Land niemanden in der Welt bedroht, schon gar nicht Israel, dessen Territorium so klein ist, dass es mit Atomwaffen nicht angegriffen werden könnte, ohne gleichzeitig Palästina und Jordanien, also Glaubensgenossen, samt der den Muslimen heiligen Stätten in Jerusalem zu vernichten; trotzdem wird die Mär von der Gefährlichkeit des Iran von allen westlichen Journalisten geglaubt, während man die atomare Aufrüstung des völlig unberechenbaren Pakistan geduldet oder einfach verschlafen hatte;

– glaubt die Mehrzahl der westlichen Länder unbeirrt, man könne Demokratie und Menschenrechte in einem Land herbei bomben; glauben muslimische Fundamentalisten, man könne mit Bomben und Kommando-Unternehmen den Gang der Geschichte aufhalten oder gar zurückdrehen;

– glaubte ein französischer Präsident bar jeder wirtschaftspolitischen Durchsicht, er könne das wiedervereinte Deutschland durch eine gemeinsame Währung auf ewig an Frankreich und dessen Führung binden, während er in Wirklichkeit Frankreich deutsche Zügel anlegte;

– haben wir unser aller Schicksal vom Absatz der Automobilindustrie abhängig gemacht, obwohl sie unsere Lebensgrundlagen dauerhaft zerstört; glauben wir, das Elektromobilät trotz der in Batterien angehäuften Giftstoffe das Problem löse und nicht nur verlagere;

– hatte man blind auf die Kernenergie zur Befreiung von der Energieabhängigkeit vertraut und dabei in Deutschland milliardenteure Industrieruinen wie den Schnellen Brüter von Kalkar, den Hochtemperatur-Reaktor von Hamm-Uentrop und die Wiederaufbereitungsanlage Wackersdorf in den Sand gesetzt, trug derart zur fortlaufenden Staatsverschuldung bei; die später geübte Reue durch überstürzten Ausstieg aus der Kernenergie war ebenso wahnwitzig, weil offenkundig ist, dass sich ein Industrieland, will es wettbewerbfähig bleiben, nicht ein hohes Lohnniveau und hohe Energiepreise leisten kann;

– wird allein Deutschland Tag und Nacht mit über fünfzig Fernseh- und hunderten von Radioprogrammen ‚versorgt', während Sozialleistungen gekürzt und die Aktivitäten öffentlicher Einrichtungen zurückgefahren oder die Einrichtungen gar geschlossen werden, die Infrastruktur verfällt;

– hatte Jahrzehnte zuvor die deutsche Industrie Millionen ausländischer Arbeitskräfte ins Land geholt, die man trügerisch Gastarbeiter nannte, obwohl jeder wissen musste, dass sie nie mehr, es sei denn als Rentner, aber nach Nachzug oder Hinterlassung der nachfolgenden Generationen, das Land verlassen würden, statt, bei Arbeitskräftemangel im Inland, sogleich im Ausland zu investieren, also die Arbeit zu exportieren statt Arbeitskräfte zu importieren; die Arbeit exportierten die Industriebosse später desto eifriger, als es Millionen Arbeitslose in Deutschland gab, darunter fast zur Hälfte die Einwanderer von ehemals und deren schlecht oder völlig unausgebildete Abkömmlinge, um deren Eingliederung, da sie nur Kinder von Gästen waren, das Land sich nie ernsthaft bekümmert hatte;

– nicht genug damit, öffnete eine Bundeskanzlerin ohne Not für eine Million Ankömmlinge aller Art unkontrolliert die deutschen Grenzen und untergrub damit dauerhaft die jahrzehntelange Stabilität der deutschen Politik, weil eine solche unbedachte Aktion natürlich Gegenreaktionen in der Bevölkerung auslösen musste; im Nachinein ernannte dieselbe Kanzlerin die Türkei zum Wächter der deutschen Grenze, deren Schutz mit eigenen Mitteln sie zuvor als unmöglich bezeichnet hatte; wurden die Deutschen in diesem Zusammenhang mit einem Wort konfrontiert, das seit Jahrzehnten zu einem Fremdwort geworden war: Wir;

– werden astronomische Summen für die Weltraumforschung ausgegeben, obwohl für den Menschen im Weltraum nichts zu gewinnen ist und er damit nur seine intellektuelle Neugier befriedigt, während auf der Erde vielfacher Mangel in der elementaren Versorgung von Milliarden Menschen besteht;

„Nacht muss es sein, wo Friedlands Sterne strahlen.“ Oh Du liebliche Blindheit und Verblendung, *„Der Kaiser und König hat sich entschlossen, dem* du sprießt zu allen Zeiten in *Throne zu entsagen. Der Reichskanzler bleibt noch solange…“* vielen Hydraköpfen. *„Es hat mir gefallen, an meiner eigenen Abdankung* Allem rationalen Denken zum Trotz. Deine wirksamsten *selbst mitzuarbeiten. Ihnen Frau Merkel,* Dünger sind Internet-Chats und Talk-Shows, *wünsche ich viel Erfolg.“* denn sie lenken erquickend ab vom Denken, vom Erkennen. Man schaut anderen beim Zerquasseln von Problemen zu und glaubt mitzudenken, weil man Sympathien versprüht. Aber: wo nicht gedacht wird, kann nicht mitgedacht werden. Es gab einmal ein Parlament. Es gab einmal Debatten, Dispute. Die konnte man nicht nur genießen. Die machten Sinn. Zungenschaum ist übrig geblieben. Wer produziert den sämigsten? Der Gebildete gefällt sich in der Rolle eines Lehnstuhl-Punktrichters.

Politik machen, ist nicht schwerer, als das Kleine Einmaleins handhaben. Wäre es anders, hätten nicht so viele in die Macht Hineingeborene in der einen oder anderen Form das Attribut „Groß“ ihrem Namen beigefügt erhalten. Schwierig und mühselig ist es, an die Macht zu gelangen, *Daher prüfen die Beteiligten hinter den Kulissen jedes der* sie zu halten. Die Kunst, *44 Mitglieder des SPD-Vorstands einzeln durch. „Beide* Mehrheiten für die eigene *Truppen sind gleich stark“, sagt ein erfahrener SPD-Mann.* Person einzunehmen, *„Der Ausgang der Kampfabstimmung um Frau Nahles* zehrt alles auf, gilt in der Demokratie als Staatskunst schlechthin. Da bleibt am Ende nicht einmal mehr die Kraft, das Kleine Einmaleins zu beherrschen.

>Meine Mudda wird Chef. Und du? GRÜNE:DE/Europa< Hoch lebe die freie, gleiche, allgemeine, exzellente Verblödung!

„Harry Truman was a great President“, sagte Professor G. zu einem Kollegen bei einer Tagung auf Schloss Leopoldskron, als mache er dem Toten, der Welt und sich ein Geschenk. Little Boy und Fat Man vereinten Hochleistungsphysik und Comic zum Morden – ein amerikanischer Traum. Von Demokratie.

Kehren wir zurück in das geschmackvoll möblierte Wohnzimmer der Familie Prodek im schönen Haus mit dem Bienenkorb aus Terrakotta über dem Eingang im gemächlichen Cleve vor über 100 Jahren. Paul gab dort seine nutzlosen Erhellungen an seine Ehefrau nutzlos weiter. Der Autor schaltet den Leser erst in der Endphase des Gesprächs wieder ein; denn alles Nötige über Unsinn und Unheil des Schlieffen-Plans kann der daran Interessierte bei Sebastian Haffner oder in einem vom Autor verfassten Buch nachlesen.

– Wohin Du siehst, schwachsinnige Entscheidungen der Militärstrategie auf höchster Ebene. Wenn wir die weiterverfolgen, ist Deutschland verloren. Verloren, hörst du? Im besten Falle der britischen Erpressung, oder nenn es ‚Vermittlung', anheimgeben. Diese Strategie ist durch nichts zu rechtfertigen als Ruhm- und Prahlsucht. Sie suchen mit allen Mitteln, durch den Arc de Triomphe zu marschieren, weil man triumphieren will, statt sich nur wirksam zu verteidigen. Und das wäre leicht. Keiner hat den Mut, den Wahnsinn dieser Pfauenkrieger bloßzustellen. – Paul hat sich von Rage in Weißwut geredet. Er ballt die Fäuste und schüttelt sie. – Tirpitz ist der allerschlimmste. Wie der schon aussieht! Der sollte zum Opernsänger konvertieren. Den Hagen in der Götterdämmerung singen. Er ist der böse Geist der deutschen Politik. Und doch hat er den größten Einfluss auf den Kaiser. Man sieht den unheilbringenden Menschen an der Visage an, wer sie sind. Keiner will es sehen, wenn die Visage dem Publikum nach dem Munde redet. –

– Bildest du dir das alles nicht nur ein? Und ist das nicht einfach der Neid des traditionellen Infanteristen, ich sag es mal bewusst provokant, des dürftigen Stoppelhopsers, auf das Prestige unserer supermodernen Marine? Und was das Aussehen betrifft, bin ich etwa so, wie ich aussehe? –
– Du solltest mich genug kennen, um zu wissen, dass ich nicht voreingenommen bin, sondern mich viel zu oft selbst in Frage stelle. Meine größte Schwäche. Und was dich betrifft: Ich sage es auch mal provokant. Hättest du nicht deinen Schönheitsfehler, wärst du wahrscheinlich ein ziemlich eingebildetes Weibsbild geworden und hättest dich nie für einen armseligen Erdwurm wie mich interessiert. Du hättest Anträge gehabt noch und nöcher. –
– Au Backe, jetzt wird es explosiv im Zimmer! Lupo, wie kannst du so etwas sagen? Das ist ungerecht und gemein. Nimm das sofort zurück! Auf der Stelle. –
– Das sind böse Gedanken, die einen manchmal anfallen. Ich weiß, dass es nicht stimmt. Ich mach es wieder gut, indem ich sage, du hättest auch bei dem allersüßesten Puppengesicht den allerfeinsten Charakter, mit dem

du nun einmal ausgestattet bist, den Rest denkst du dir selbst, und darum einen armen Teufel wie mich begehrt, weil er dir einzig unter allen Männern der Welt gefällt und du durch deine Wahl deinen Vater ärgern konntest. – Er küsst sie von beiden Seiten auf die hässliche Nase, schiebt einen Eckzahn in eines ihrer großen Nasenlöcher und beißt sie sacht in den Nasenflügel. – Aber der Tirpitz ist gerade so fürchterlich für Deutschland, wie er aussieht. Mit dem würde keiner alleine nachts durch Finsterwalde gehen. Nur nehmen ihn die Leute so nicht wahr, weil sie nicht die Absicht dazu haben. Sie meinen, er sei mit den zwei Keulen, die aus seinem Kinn wachsen, hervorragend geeignet, unseren Feinden Furcht einzujagen. Brauchen wir das? Wieso haben wir Feinde? Es lässt sich alles regeln, wie unsere zahlreichen Verträge über die Abgrenzung der Einflusssphären mit den Engländern und Amerikanern in aller Welt zeigen. Unsere Landmacht in Europa reicht völlig aus, sie zu beeindrucken, damit sie einlenken. –
– Es ist vernichtend für unsere Führung, was du mir vorgetragen hast. Aber was fängst du mit deiner nächtlichen Eingebung an? Suchst du keine weiteren Mitwisser als mich? –
– Wüsste ich, was ich tun soll! Es ist zum Durchdrehen. Ich weiß es nicht. Manchmal möchte ich geradewegs mit dem Kopf in die Wand laufen, weil es in ihn nicht hinein will, dass scheinbar keiner außer mir das Versagen unserer militärischen Planung sieht, die in diametralem Gegensatz zur neuen Kriegstechnik mit ihren starken Abwehrwaffen steht und in Bezug auf die Marine begeisterte Selbstbefriedigung bei offenem Hosenstall vor der flotten Frau Britannia ist. –
– Lupo! Jetzt wirst du albern, geradezu lächerlich mit deinen Metaphern. Renn dir den Kopf nicht ein! Deine kleine Frauenmeute braucht dich, selbst wenn Deutschland nicht auf dich hören will. Aber das Land weiß bisher nicht einmal von seinem verborgenen Seher, der am Rande des Reiches in einem hübschen Städtele sitzt, tagtäglich seine vierzig, fünfzig Leute anfeuert oder anraunzt, je nach dem, ob sie schnell genug rennen und genau genug schießen oder nicht, und der heimlich geltende Strategien verurteilt und andere dafür ausklügelt. –
– Kratz munter rum in meinen Wunden! Was soll ich tun? Ich sehe drei Möglichkeiten: Erstens, ich versuche, an meine Oberen heranzutreten, ihnen meine Gedanken so vorzutragen wie dir eben. Natürlich etwas detaillierter, mit Zahlen untermauert. Ob die mich anhören wollen, ist sehr fraglich. Wenn sie es tun, ob sie sich überzeugen lassen wollen, ist ebenso fraglich. Denn habe ich sie überzeugt, müssen sie etwas tun, das für sie nicht nur schwierig, sondern riskant ist. Störenfried zu sein, ist keine angenehme Aufgabe. Dank oder gar Beförderung erntet man damit nicht. Anschmiegen an Unsinn von oben bringt Gewinn. Nach unten zu

hören, ist nicht ehrenvoll. Selbst wenn sie etwas tun, ist ihr Erfolg noch weiter oben sehr fraglich. Zweitens, ich versuche es selber. Das wird ein langer Weg. Ich bin zu jung für den Generalstab. Ich müsste tun, wonach mich nicht verlangt: eine Blitzkarriere bis zum Major durchziehen, Kurse an der Kriegsakademie besuchen, um mich dann für den Generalstab zu qualifizieren und erfolgreich zu bewerben. Das dauert viele, viele Jahre. Mindestens sieben bis acht. Ob ich, oben angelangt, meine Überlegungen durchsetzen kann, ist unsicher. Eingefahrenes Denken ist schwer umzustoßen. Inzwischen brennt es in mir unaufhörlich weiter. Ich neige dazu, in der Hitze des geistigen Gefechts andere zu verletzen. Dritte Möglichkeit: Ich quittiere den Dienst und mache Politik. Doch mit meinen Ideen finde ich keine Partei, die mich unterstützen würde. Konservative und Nationalliberale teilen tendenziell die imperiale Politik. Sie scheren sich nicht um Militärstrategie. Das ist Aufgabe der Spezialisten vom Generalstab, meinen sie. Die Linksliberalen sind da etwas offener; aber erfolglose Stänkerer. Die Sozis wiederum wollen sich mit Militärstrategien nicht befassen, weil sie gegen den Krieg als solchen sind. Ich teile zwar diese Auffassung, aber wenn der Krieg nicht zu verhindern ist, und alles deutet darauf hin, muss man wenigstens mit der richtigen Strategie antreten. Sie würden solche Überlegungen als Verrat am Anti-Kriegsbewusstsein sehen. Am besten wäre ich am Ende bei den Alt-Konservativen aufgehoben, den echten Preußen, die keine Wolkenkuckucksheime anpeilen, sondern auf dem festen Boden ihrer Scholle stehen. Die nicht aggressiv, sondern bewahrend denken. Doch gelten die schon lange nicht mehr viel, und nichts verbindet mich persönlich mit den Trägern dieser alten Werte. Ich hätte Schwierigkeiten, mich unter ihnen zu bewegen. Und gegen den Kaiser gehen die sowieso nicht vollhand los. Was also tun? Ich weiß nicht, was. Am besten ist, ich vergesse, verdränge das alles und mache weiter wie bisher, als sei ich dumm wie die anderen blind sind. –

– Lupo, ich vermag dir in diesem Falle nicht zu raten; das weißt du wohl. Was immer du tust, ich stehe zu dir. Es ist traurig, das zu sagen, aber manchmal ist es besser, man fängt erst gar nicht an zu denken. Denken kann wie Schönheit ein rechter Fluch sein. Denk nur an die deswegen in Käfigen gefangen gehaltenen Vögel. Wäre sie hässlich und würden krächzen, wären sie frei. Und denk an den größten von allen, den Strauß. Er sieht schon wie ein riesiger Spaßvogel aus, scheint es auch zu sein, denn man macht sich lustig über ihn, weil er bei Gefahr angeblich den Kopf in den Sand steckt. Ich glaube, so dumm ist das gar nicht. Seine Verlacher, die Verächtlichmacher sind die Dummen. Einmal sieht er mit dem Kopf im Sand aus wie ein Strauch, von Strauß zu Strauch kommt er leicht und mag damit manchen Angreifer, der noch weit ist, täuschen. Selbst wenn es nichts nützt, verringert er die Todesfurcht durchs Wegsehen. Er lässt sich einfach von der Vernichtung überraschen. Das erspart ihm Lebensleid. Sterben müssen wir am Ende alle. –

– Danke, Etta, dass du meinen inneren Unfrieden teilen willst. Ich sträube mich, ein Vogel Strauß zu sein. Es geht gegen meinen Stolz. Wenn schon nicht Adler, wär ich wenigstens gern Eichelhäher. Krächzender Warner im Wald. –

Es gab demnach einen, der Deutschland vor sich selbst hätte retten können. Und damit Europa. Doch es gab keine göttliche Stimme, die ihn dazu berief. Schon gar nicht eine göttliche Hand, die ihn führte. Er lebte nicht bei den Schafen auf dem Felde. Seine klitzekleine praktische Einsicht sprach aus dem Alltag zu ihm. Nur zu ihm. Er suchte nicht, Leidenschaft zu entfachen, die Vorsehung zu beschwören, ihm fehlte jede Verbissenheit, seine Erkenntnis zu propagieren. Er flüchtete deshalb nicht wie Jonas vor einer, seiner Stimme. Er nahm einen Anlauf, ihr zu folgen. Sein Scheitern stand fest, was immer er tat, und er wusste es. Er würde schlussendlich den Schwanz einziehen und oft im Stillen murmeln: Welch ein Wahnsinn. Sieht es denn keiner? Dass der Plutokratie als letzter notwendiger Form der Demokratie in einem ersten Gefecht der Weg frei geschossen werden musste im großen Weltplan, soweit dachte er nicht. Einem Verhängnis, das notwendig ist, soll man sich nicht in den Weg stellen. Nicht das war es, das ihn bewog, nur einen Anlauf zu nehmen, um seine Einsicht zu verbreiten und dann stille zu halten. Er hing halt am ungestörten Leben in seinem kleinen Kreis. Und vielleicht ging doch alles gut.

ZIESELSTIMME, MÄNNLICHER RÜCKEN, KUPFERSÄULE

Weil es der geradeste Weg ist, entscheidet sich Paul für die erste der Alternativen, vor die er sich durch seine Einsicht moralisch gestellt sieht. Er bittet seinen Regimentskommandeur um ein persönliches Gespräch. Der weißbärtige, immer gut gelaunte Oberst gewährt es ihm rasch. Er kennt Paul als einen vorzüglichen Menschen, mag ihn überhaupt und sieht ihm den oft freien Umgang mit dem Dienstreglement nach, weil der junge Leutnant vom Aussehen her das Idealbild eines Offiziers abgibt. Er spürt: Der weiß, was er tut und wo seine Grenzen liegen; er dehnt sie halt etwas. Bei dem geht das gut. Der hat Gespür. Der Oberst empfängt Paul wohlgelaunt bei sich zu Hause in der Guten Stube, rückt für ihn einen zweiten abgewetzten Ohrensessel an den seinen und hört ihm bei einem

Glas schwergoldenen Doktors aus Bernkastel aufmerksam zu. Nennt ihn hin und wieder ‚mein Lieber'.Er nickt des öfteren und kratzt dabei heftig in seinem Vollbart herum. Am Schluss befindet er, was Paul vorgetragen habe, für verständig. Er lobt ihn, weil er sich solche Gedanken für Land und Truppe mache. Nur sei er nicht die richtige Adresse für die zweifellos bedenkenswerten privaten Strategie-Erwägungen. Er sei ein alter Troupier und habe nie höhere Weihen im Generalstab angestrebt. Auch kenne er sich mit den neuen Militärtechniken rein gar nicht aus. Brauche das auch nicht, denn er werde bald in den Ruhestand treten. Er meine aber, junge aufstrebende Leute sollten gefördert werden, und er werde sich dafür verwenden, dass Paul dem Kommandeur der Brigade, Generaloberst Sixt von Armin, in Wesel Vortrag über seine Vorstellungen halten dürfe. Der Generaloberst sei viel besser als er in der Lage, den Wert von Pauls Darlegungen zu würdigen und sie gegebenenfalls nach ganz weit oben zu reichen oder Paul an die Militär-Akademie zu empfehlen. Armin habe wegen seiner Erfolge beim Feldzug gegen die Boxer einen Stein im Brett am Hof, sei auch schon öfter im Generalstab verwendet worden. Der Rest des Abends vergeht mit freundlich angeregtem, aber leerem Gewitzel über Truppe, Frauen, Alkoholika, alles, versteht sich, in seinen erfreulichsten Erscheinungsformen. Paul spaßt mit, lacht vor allem viel über des Obersten Scherze, um sich dessen Gunst nicht zu verscherzen. Am Ende gesellt sich Frau Oberst hinzu und fragt angeregt nach der Familie. Wirklich ein sympathischer Bursche und vorzüglicher Vater, bemerkt sie später zu ihrem Mann.

Einen ersten Erfolg habe ich erzielt. Er hat mich ernst genommen. Nicht einfach altväterlich abgetan.

Der Oberst hält Wort, und der Befehlshaber der Infanterie-Brigade in Wesel ist bereit, Paul zu empfangen. Charlotte frohlockt, sieht ihn als Retter des Vaterlandes und nach glanzvollem Absolvieren der Militärakademie als zukünftigen Planer im Generalstab zu Berlin, wo endlich wieder die Vernunft einziehen werde. Paul fühlt sich unwohl. Es gilt nun, weit elendere Demutsgesten abzuliefern.
Gegen ein Parolewort führt ihn ein Wachtposten ins Dienstzimmer des Generalobersten. Es unterscheidet sich in nichts von gleichartigen Dienstzimmern, die Paul kennt: Es ist aufgeräumt und grämig. Schreibtisch mit Telefon und goldenem Füllhalter, Photographien von einer Verbeugung vor dem Kaiser mit der Truppe im Hintergrund, von einem Handschlag mit von Moltke (dem Neffen). Im Hintergrund lacht Graf Waldersee. Wenige Regale Akten stehen vor Wänden mit bis zur

Unerkennbarkeit verstaubter Tapete. Hinter dem Schreibtisch hängt ein Bild des Kaiserpaares mit Widmung, ein weiteres vom Einmarsch des Generalobersten an der Spitze deutscher Einheiten des europäischen Expeditionskorps in Pekings Verbotene Stadt. Ein Hutständer, ein Schirmständer, ein Handwaschbecken. Ein Glas Wasser steht griffbereit. Der hochhagere General mit der riesigen Stirn und dem schmalspitzen, bartbewehrten Kinn wartet lange, bevor er – Rühren- erlaubt. Er verzieht keine Miene, während er Paul mit Zieselstimme zwanzig Minuten Zeit einräumt, sich zu erklären. Er betont, dass es sich trotz des Ortes um ein rein privates Gespräch handele, denn dienstlich dürfe er ihn außerhalb einer angesetzten Besprechung nicht empfangen. Er hoffe, Paul wisse seine Großzügigkeit zu schätzen. Er habe sich auf diese Begegnung lediglich aufgrund der warmen Fürsprache seitens seines Freundes, des Obersten von Hammerforth, den er als Menschen und tüchtigen Kommandeur schätze, eingelassen. Dieser habe ihm von Pauls exzellenter Erscheinung und seinen Leistungen als Unterführer vorgeschwärmt. So einen Musteroffizier in seinen Reihen wolle er gerne persönlich in Augenschein nehmen und bei Gefallen fördern. Der Generaloberst setzt sich nicht, sondern bleibt neben dem Schreibtisch stehen. Er fordert Paul auf, sich vor dem Schreibtisch mit Blick auf das Bild des Kaiserpaares aufzustellen. Ich hatte mich auf ein Gespräch vorbereitet. Er will trotz des privaten Charakters einen Rapport. Paul hat Schwierigkeiten zu beginnen. Haspelt herum, findet schließlich wieder zur Inbrunst seiner Überzeugung. Von Armin zeigt während Pauls Vortrag keine Reaktion. Er misst ihn öfters mit scharfem, abschätzendem Blick von oben bis unten. Nach einiger Zeit tritt er einige Schritte vor und bleibt schräg hinter Paul stehen. – Reden Sie weiter- sagt er dabei, um gleich darauf – Halt! – zu sagen. – Das genügt mir. – Er gestattet Paul nicht, seine Stellung zu verändern, verharrt selbst auf der Stelle.

– Ganz schön verwegen, geradezu abenteuerlich sind Ihre Westentaschen-Strategien, Oberleutnant Prodek. Ich male mir aus, wie es mir ergangen wäre, hätte ich derartige Ansinnnen dem Grafen Waldersee vorgetragen. Du meine Güte! Der hätte geballert: Planen Sie erst einmal einen Umfassungsangriff in einem Flusstal. Am Oberlauf. Und am besten am Missisipi. Dann kommen Sie wieder. – Von Arnim lacht in sich hinein.
– Um es kurz zu machen: Oberleutnant Prodek, Sie sind zweifelsohne ein tüchtiger Mann und vermögen wohl grundsätzlich auch strategisch zu denken. Das ist nicht wenig an Talent. Sie haben aber aus Ihrer Position heraus keinen blassen Schimmer davon, wie schwierig es ist, für eine Armee unserer Größenordnung eine klare Strategie planmäßig zu erarbeiten,

sie in die Köpfe des Offizierskorps einzubrennen und vor allem angesichts der zu bewegenden Massen von Menschen und Material im Ernstfall logistisch umzusetzen. Das erfordert immense Vorbereitung. So etwas kann man nicht alle paar Jahre von Grund auf ändern, nur weil sich einige Gegebenheiten etwas verändert haben. Chaos und Anarchie wären die Folge. Niemand unter unseren Feinden nähme uns mehr ernst. –
Ich wage alles. – Also beharrt man auf einer Strategie, die angesichts der Entwicklung der Militärtechnik im Felde voraussehbar zum Misserfolg führen und uns politisch brandmarken wird? –
– Oberleutnant Prodek! Wie Sie reden! Nehmen Sie sich in Acht! Ich habe Sie nicht aufgefordert fortzufahren. Begeisterung für eine Idee ist im Prinzip gut. Ausnahmsweise auch mal eine eigene. Aber einjeder muss wissen, wohin er gehört, was ihm gebührt. Sie sind ohne jede praktische Kampferfahrung, aber führen große Worte. Und politisches Denken kommt einem Offizier, gleich welchen Ranges, nicht zu. Das Militär ist keine Quatschbude und auch kein Völkerrechtsseminar. Lassen wir also dieses Gespräch. Es bleibt unter uns. Ich habe Ihnen geduldig zugehört und glaube, Ihr Anliegen verstanden zu haben. Sie sind verheiratet? –
– Ja. – Paul schluckte den Zusatz ‚natürlich' weg. Er empfand die unvermittelte Frage angesichts seines noch nicht abgewetzten Eheringes befremdlich. – Mit drei Kindern. –
– Wenn Ihre Frau Gemahlin bereit wäre, ein wenig mehr auf Sie zu verzichten als ohnehin schon, würde ich Sie, weil Sie mir gefallen, als Adjutanten in meinen kleinen Stab nach Wesel holen. Ich tue gern etwas für strebsame junge Männer. Sie geben wahrhaftig eine treffliche soldatische Erscheinung ab. Der Oberst hat mir also nicht zu viel versprochen. Sie sollten nur nicht gleich zu hoch hinaus schießen wollen in Ihren Zielen. Bevor ich Sie weiter nach oben empfehle, muss ich Sie erst in persönlicher Zusammenarbeit genauer kennen lernen. Mein Angebot steht. Überlegen Sie es sich. Nicht zu lange. So ein Posten ist als Sprungbrett begehrt. –
Er drückt Paul fest die Hand, lächelt wohlwollend, als der Eingeladene dabei ist, grüßend das Zimmer zu verlassen. Paul ist, als stehe jedes der Worte des Generals in Kupfer geritzt auf einer Säule vor ihm. In seinen Mundwinkeln hängt die Ernüchterung; er presst seine Augen zu Schlitzen. Die meinen immer, mir ginge es um meine Karriere. Er antwortet nicht und verlässt den Raum.

Nach OLG Düsseldorf MDR 1948 S. 60 ist Schutzobjekt des § 175 StGB „das allgemeine Wohl des deutschen Volkes in seiner sittlichen und gesundheitlichen Kraft", ähnlich BGH LM Nr. 1
Nach dieser Rechtsprechung genügt es, wenn der Täter den Körper des anderen

als Mittel zur Erregung oder Befriedigung der Geschlechtslust benützt, auch wenn der fremde Körper nur aufgrund einer rein „gedanklichen Verbindung in den unzüchtigen Vorgang einbezogen wird“
(Schönke-Schröder, Kommentar zum Strafgesetzbuch, 12. Auflage 1965).

Als er bereits die Türklinke in der Hand hält, hört er den General mild und nachdenklich sagen: – Warten Sie! Einen Augenblick noch. Sie sind ein interessanter Mensch. Sicher auch privat. Das spüre ich. Mir läge durchaus daran, wenn Sie sich für den Posten bewürben. Vielleicht könnte sogar Freundschaft daraus werden. Ich weiß, Sie sind glücklich verheiratet, aber das bedeutet ja nicht, dass Sie keinen freien Abend in der Woche haben. – Er wirft auf Paul den Blick eines Fischers, der misstrauisch die Haltbarkeit seines Netzes prüft. Paul fühlt sich wie von einer Traumerscheinung angerufen. Er senkt den Kopf. Der Mann, Befehlshaber über *Schwule Männer, die sich beim Schafe hüten* tausend andere Männer, tut ihm leid. Paul blickt auf *in Wyoming näher kommen, und die traurige* seine Schuhspitzen. Bewegt sie hin und *Ladenhüter-Existenz eines Doppelgängers, der heißt* her. Er schiebt *und aussieht wie ein Regiestar, das sind die* aus seinem Mund Worte, die er sagen muss, *Helden der Filme bei den Festspielen* obwohl es ihm schwerfällt. – Mir läge viel an ihrer Freundschaft, Herr Generaloberst. Aber ich werde Ihre Erwartungen nicht erfüllen können. Ich bin Troupier. Entschuldigen Sie, dass ich Sie mit meinen privaten Überlegungen aufgehalten habe. –
In der Stille hören die beiden durch das geöffnete Fenster, wie sich Kommandorufe und das Tschilpen von Meisen mischen. Der enge Raum drückt.
– Danke. Sie können. – Die Stimme des Generals reißt ab. Paul merkt erst jetzt, wie unnatürlich jung sie klingt.

Das war‘s. Eine versteckte Liebeserklärung, wo es um Deutschland geht. Um das Leben Hunderttausender. Es bleibt unter uns. Im Vorzimmer starren ihn die Schreibkraft und der Adjutant neugierig an. Paul schreitet wie ein Traumwandler vorbei. Verabschiedet sich nicht. Das Dunkel des Korridors verschluckt ihn. Er taucht geradezu ein in das Dunkel. Ich gefalle. Leider nicht mit dem, was ich denke, sondern mit meinem Bürzel. Soll ich ihn einem General hinhalten, in der Hofnung, dadurch Deutschland vielleicht vor Schaden zu bewahren? Strafbares tun. Wäre das Ergebnis garantiert, tät ich‘s? Meine Erscheinung gehört in meine weibliche Welt, nicht die männliche. Es würde mich anwidern, sie einzusetzen, um meinen Einsichten zum Erfolg zu verhelfen. Womöglich. Was für eine Welt! Ich könnte schnell Major werden, wäre ein Protegé, wenn ich mich als Adjutant verkaufte. Aus Mitleid oder Sympathie könnte ich so etwas für jemanden tun; nicht, um einen Posten einzustreichen. Soll ich Etta von dem Antrag erzählen? Er ist traurig für den Kommandeur und für mich. Lieber nicht. Sie schwatzt zwar nichts aus; aber wer weiß das sicher bei Frauen? Warum hat es der Idiot nicht anders herum angepackt: Mir versprochen, mein Anliegen, das Deutschland gilt, zu unterstützen? Sich zumindest dafür interessiert, indem er mich deswegen zu sich rief. Ich glaube, ich wäre bereit gewesen, ihn dafür zu belohnen. Widerwille hin, Abneigung her. Es ist allemal besser, sich für Deutschland zu prostituieren, als für Deutschland sinnlos zu sterben. Aber meinen Körper als Preis von mir zu fordern für eine schnelle Beförderung, dafür gebe ich mich nicht her. Ihn verführen oder gar erpressen, wenn ich einmal am Platze bin? Pfui Deibel! Mein Vortrag war ihm schnuppe. Der will keine Probleme mit oben. Stört er zu sehr, lässt man ihn gnadenlos auffliegen. Der Kaiser hat ja auch seine einst besten Freunde wegen Munkeleien fallen gelassen. Armin ist um mich herumgeschlichen wie eine Hyäne um einen fetten Kadaver.

Nach diesem Gespräch sieht Paul seinen Vorstoß *philosophischen Perfor-*
mance namens als gescheitert an. Er entschließt sich, *„The Problem" er-*
klären Peter Sloterdijk, die zweite und dritte *Dietmar Kamper und Fabre,*
der Mensch, der Künstler, gliche dem Alternative gar nicht erst *ägyptischen*
Skarabäus, weil er ein Problem wälzt wie der
zu versuchen, *Mistkäfer seine Dreck-Kugel. Was die drei elegant gekleideten*
da der Weg lang und dornig *Herren im Film* und der Erfolg äußerst ungewiss wäre. Er entscheidet sich, dafür nicht sein Privatleben zu opfern. Aufhören zu denken, gelingt ihm nicht. Auch nicht die Kunst des Wegguckens. Er ist verbittert und sieht das Land zunehmend schneller ins Verderben laufen. Nur sonderliches Glück auf langer Strecke kann uns retten.

Es zieht ihn abends in den Wald, an den Steilhang zum Obelisken mit dem sich in die Lüfte schwingenden preußischen Adler obenauf. Der kantige, spitze Stein krönt den mehrstufig gestalteten Landschaftspark, den Johann Moritz von Siegen-Nassau als brandenburgischer Statthalter in der Mitte des 17. Jahrhunderts angelegt hatte. Berlin presste demnach das kleine ferne Herzogtum nicht aus. Ließ Raum für Selbstgefühl und seine Manifestationen. Er genießt die Stille und den Blick in die Dunstschwaden der Rheinebene mehr als die feste Geometrie der Bassins mit den taxanderbestandenen Inseln. Auf einer Gedenktafel am Obelisken stehen die Namen der 1870/71 im Felde gebliebenen Soldaten des Kreises. Nicht mehr als 67. Eine lächerlich geringe Zahl. Darunter nur ein Offizier und ein Unteroffizier. 26 Soldaten waren gefallen, 41 durch nicht genannte Strapazen umgekommen. Soll heißen: Typhus und Cholera. Die waren damals tödlicher als feindliche Kugeln. Der Fortschritt heißt Janus-Anus. Viele Krankheiten hat er besiegt. Vor allem Kinderkrankheiten Und mordet desto reger durch Waffen. Im kommenden Völkerringen werden fast alle Soldaten durch militärische Einwirkung sterben. Millionen. Janus-Anus hat die Maschinen stark gemacht. Nicht die Gewissen.

Günther Anders: Die Antiquiertheit des Menschen.

Ein schattiger, ein schöner Platz. Als beuge sich die Ewigkeit aus dem Nichts zur Gegenwart herunter und singe ihr ins Ohr, um sie milde zu stimmen. Und die Gegenwart steht da und wartet; wartet, weil sie nicht weiss, was sie erwartet. Dem Hauch von Ewigkeit ergeben. Hier läge ich gerne begraben mit meinem Namen auf der Marmortafel. Eine Vorstellung, die freimacht. Jedenfalls für ein paar inständige Minuten Leben. Die Vorstellung vom Eingraben im Nachher als Beglückung im Jetzt. Verfluchte Gegenwart! Sie kann nicht gut gehen. Die Geschichte sucht Entscheidungen. Hängepartien mag sie nicht. Einen Knopf zum Anhalten. Minga finde ihn mir!

Keine einhundert Jahre später werden in dem kleinen Tempelrund zwischen den Laubengängen unterhalb des Obelisken Bier- und Sangriaflaschen, Kronenkorken, Bananenschalen, Servietten und abgebrannte Windlichter sowie die sonstige Hinterlassenschaft nächtlicher Vergnügungen der Jugend zu Hauf liegen. An die Wände gekritzelt wird stehen: *Kaputt Fuck Germany Politik alles Versager vom Feinsten Boys suchen Girls zum Verlieben 0175/5500249 u 0174/4338570* und auf dem Dach des Kurhauses, das Kulturhaus geworden sein wird (man kann Beuys' ehemaliges Atelier darin besichtigen), werden sich vor der gläsernen Rotonde der Cafeteria, in der eine freundliche Türkin mit der für Türkinnen typischen heiseren Stimme bedient, zwei Pissoirs traut aneinander lehnen, weil ein Künstler es so bestimmt hat. Sie werden von einem Glasdach beschirmt sein, auf dem Regentropfen einen *de. Das Pissoir in der Eingangshalle sei eine „Einladung zum Nachdenken über den männlichen* Kreis nach und neben den anderen setzen werden, *Körper in der Massenkultur", heißt es im Katalog. Über einige Körper,* ohne je in die Pissbecken zu gelangen, weil ein Künstler es so bestimmt hat. Paul, schwermütig mit der neuen Affigkeit des alten Ortes flirtend, hätte es hier und heute wieder gefallen, denn es lebt sich mittlerweile angenehm und spielerisch weiter, gerade so als hätte es niemals Vergangenheiten gegeben. Vergangenheit lebt in Reden,

Büchern und Filmen fort. Affigkeit steht auf dem Programm als Trost, von dem niemand recht weiß, wieso man ihn braucht.

Es sei ja schön, dass jetzt auch Ausländer die Normalität für Deutschland forderten. Wenn es aber darauf hinausliefe, dass die Deutschen jetzt auch patriotisch und stolz sein wollten wie alle die anderen, sei dies eher unsympathisch und nicht erstrebenswert.

TRADITIONSPFLEGE

„Ich habe als Kind Prügel bezogen und weiß, dass man damit gut leben kann."

„Ich bin im Trauma aufgewachsen und weiß daher: Das Trauma ist ein großartiger Lebenszustand. Für ein Volk allzumal. Es schützt vor Torheiten." Ewiglich

KUPPLER

Ein neues Doppelleben gesellt sich Pauls altem bei. Ein viergeteilter Mensch ist er geworden: Dienst, Familie, Rettung des Landes, Begießen fremder Leidenschaft aus eigener gezäumter.

Zu Pauls Überraschung sind seine Meldung über das Fehlverhalten seines neuen Freundes und Nebenbuhlers sowie seine Entscheidung, von Bestrafung abzusehen, ohne Beanstandung durchgegangen. Es zahlt sich aus, wenngleich zu eines anderen Gunsten, dass er den Ruf äußerster Gewissenhaftigkeit genießt. Seine Behauptung, wonach der Freund den Postbus von Xanten nach Cleve versäumt habe, weil das Fuhrwerk der Eltern des Einjährigen Gustav Backe, die einen Hof in der Nähe von Alpen bei Xanten betreiben, Achsbruch in einem Schlagloch erlitt und der Soldat daher einen späteren Bus nehmen musste, der erst kurz vor Mitternacht in Cleve eintraf, wird geglaubt, weil Paul in dem Bericht versichert, sich den Vorfall von der Polizei in Xanten bestätigen zu lassen. Seine Entscheidung, von Strafe abzusehen, stehe also unter dem Vorbehalt der Verifizierung. Die liefert er unbesehen später durch einen kurzen Vermerk selber nach, ohne einen Bescheid der Landpolizei den Akten beizufügen. Niemand interessiert sich inzwischen mehr für die Angelegenheit, da es genügend andere Aufregung wegen einer Inspektion der Brigade durch den Finanzkontrolleur der Truppen in der Rheinprovinz gibt. Der Kartoffelverbrauch in der Clever Garnison ist ungewöhnlich hoch. Verdächtigungen schießen ins Kraut.

Sein besessen Eingebung suchender Freund erinnert Paul an das Versprechen und bittet darum, ihm wenigstens einmal in der Woche eine lange Liebesnacht mit Laura zu ermöglichen. Paul weiß wie, für zunächst zwei Gelegenheiten. Ihn reut das im Rausch der Zuneigung und Selbstkasteiung gegebene Wort. Gleichwohl verschafft er sich unter einem Vorwand zweimal die Kennkarte von ihm unterstellten Soldaten, verlässt nächtlich das Bienenkorbhaus, um den Freund vor dessen Wohnung um halb 3 Uhr früh zu erwarten. Er verbeißt den Schmerz, hinter den Mauern Laura nass und erfüllt vom Liebesakt mit einem anderen zu wissen. Er schaut hoch zum Fenster im dritten Stock. Licht brennt hinter dem Vorhang. Sie wird da im Bademantel stehen. Ich habe mich noch nie in meinem Leben so erniedrigt. Kann nicht anders. Gustav ist pünktlich. Die beiden Männer gehen stumm zur Kaserne zurück. Paul fordert den Freund auf, die Mütze tief über die Stirn zu ziehen, an seiner rechten Seite zu gehen, so dass er die von Schmissen freie Gesichtshälfte dem Posten zuwendet, und nicht zu sprechen. Er gibt sich dem Wachtposten zu erkennen und erklärt, von einem Sonderauftrag verspätet mit einem seiner Leute, dessen Kennmarke er vorzeigt, zurückzukehren. Die beiden schläfrigen Torwachen schöpfen keinen Verdacht, tragen aber die nächtliche Passage vorschriftsgemäß ins Wachbuch ein.

Charlotte hat beim zweiten Mal wahrgenommen, dass Paul die Wohnung verlässt und erwartet ihn bei seiner Rückkehr ins Bett im Schneidersitz. Sie atmet tief ein, um Frauengeruch zu erschnüffeln.
– Du bist heute Nacht nicht an dein Pult gegangen, sondern hast das Haus verlassen? –
– Ja. Ich hatte das Bedürfnis nach einem Gang durch die klare Nacht hin zum Obelisken im Wald. Es ist Vollmond. Ich habe auch geschossen. –
– Hast du das schon öfter getan? –
– Einmal vor 14 Tagen bei Halbmond. Du hast es damals nicht bemerkt. –
– Warum hast du es mir nicht hinterher erzählt? –
– Ich wollte nicht, dass du jede Nacht wach liegst, um zu sehen, ob ich aufstehe. –
– Lupo, du schläfst in letzter Zeit nicht mehr genug. Ich mache mir

Sorgen um dich. Du überanstrengst dich. Dieses verfluchte Grübeln über Dinge, die du nicht bewegen kannst. –
Er fühlt Kribbeln um sein Herz. – Sei unbesorgt. Was mir an Stunden fehlt, hole ich durch Intensität rasch nach, wenn ich wirklich übermüdet bin. Ich bin wenig Schlaf über ein paar Tage von Nachtmanövern her gewöhnt. –
– Du verheimlichst mir nichts? Wenn es etwas gibt, das uns betrifft, bitte sprich dich aus. Du weißt, du kannst mir alles offen sagen. Ich habe Verständnis für vieles, auch sehr, sehr Schweres. Wir haben bereits Klippen zusammen umschifft. –
– Nein. Es gibt nichts, das du nicht wüsstest. –
– Ich glaube dir. – Sie zieht ihn an sich, küsst ihn, er umfängt sie, und sie lieben sich. Als ob ich mich freikaufen müsste, denkt er kurz vor dem Punkt der höchsten Reizung, auf dem er einsam bleibt, weil er in Lauras Gesicht starrte. Charlotte sagt nichts mehr.
Sie ist so einfach: als Körper, als Wesen. Ich liebe sie. Möchte sie nie missen, obwohl unsere Liebe Routine geworden ist. Auch das Frühstück ist Routine, aber man kann es nicht entbehren, und es schmeckt. Ich muss zu der anderen. Wenigstens einmal. Einmal. Völlig normal wäre es. Etta versteht vieles, hat sie gesagt.

Es kann so nicht weitergehen. Ich muss eine andere Lösung für die Kaserne und Zuhause finden. Tzschirchyk war gestern Offizier vom Dienst. Er wird mir nachschnüffeln, weil er eine Rechnung mit mir begleichen will, die ich ihm nicht ausgestellt habe. Verfluchter Starrkopf. Es kann unangenehm werden. Paul fällt die alte Pforte ein, welche die Küche der Offiziersmesse zur Füselierstraße hin öffnet. Vorgesehen für kleine Lieferungen und als Notausgang bei Feuer. Von der Messe gibt es einen Gang zum Kasernengebäude, der normalerweise nicht abgeschlossen wird. Wozu innerhalb einer Kaserne die Türen verschließen? Die Lagerräume für die Vorräte sind gesondert gesichert. Ich muss den Schlüssel für die Küchenpforte finden und ein Doppel fertigen lassen, um es Ave zu geben. Ich werde dann zwar nachts noch weniger schlafen und noch mehr leiden, weil ich nicht mehr weiß, in welcher Nacht sie sich lieben. Das heißt womöglich, jede Nacht. Jede Nacht werden mich meine Phantasien über ihr Liebesspiel wund hetzen, ich werde Laura nicht mehr nahe sein, nicht einmal mehr durch eine Mauer getrennt; dafür wäre Charlotte beruhigt, und ich falle bei der Wache nicht mehr auf durch andauernde nächtliche Rückkehr in die Kaserne.

Er bleibt eines Abends spät im Dienstraum und schleicht in die leere Messe, dann in die Küche und findet den Schlüssel für die Hintertür direkt neben derselben an einem rostigen Nagel hängen. Der Schlüssel starrt vor Rost vom Küchendampf, weil er kaum benutzt wird. Paul nimmt ihn mit und geht gleich am nächsten Morgen zu einem Schlosser, den er zu eiliger Arbeit bis zum Abend anhält. Er hofft, das Fehlen des Schlüssels werde einen Tag unbemerkt bleiben.

Diese Annahme erweist sich zwar als unrichtig, doch ist der Koch unsicher, ob er nicht selbst den Schlüssel nach einer Türöffnung vor einigen Tagen aus Zerstreutheit verlegt hat, als ein Frühstück für den Kommandeur und seine Suite bereitet wurde. Er hofft, den Verlorenen bald in einer Ecke hinter Schüsseln, Gläsern oder zwischen Gabeln wiederzufinden. Er beschließt also abzuwarten, bevor er den Verlust meldet. Eine Verlustmeldung brächte nach den Verdächtigungen wegen der Kartoffeln neue Scherereien mit sich. Als er am folgenden Morgen den Schlüssel wieder an seinem Platz findet, geht er davon aus, dass womöglich jemand vom Personal ihn aufgefunden und an seinen Platz gehängt hat. Er fragt nicht nach, aber inspiziert zur Sicherheit die Bestände. Da er keine Unregelmäßigkeiten feststellt, lässt er das eintägige Verschwinden auf sich beruhen.

Paul übergibt seinem neuen Freund den Nachschlüssel unter dem ausdrücklichen Vorbehalt, dass er ihn zurückfordern werde, wenn er irgendwelche Klagen über Gustavs dienstliche Führung und Leistungen höre. Gustav müsse sicherstellen, nicht schläfrig und erschöpft zum Dienst zu erscheinen. Mal sehen, wer von uns beiden früher wegen schlafloser Nächte zusammenbricht. Gustav sichert ihm mit dem besten Willen gleich mehrfach zu, dass er Pauls Vertrauen nicht enttäuschen werde, so froh ist er über die günstige Entwicklung. Er fragt Paul, ob er ihm nun seine Verlobte einmal vorstellen solle. Er habe ihr von Pauls Verständnis für ihre Liebe erzählt. Paul lehnt ab. Es sei letztlich keine gute Idee, schaue aus, als wolle er für ein Dienstvergehen von einer Dame belobigt werden. Nein, nein, das sei freundlich, aber seine dahingehende Bemerkung von früher sei eher scherzhaft gemeint gewesen. Stattdessen würde er sich freuen, wenn Gustav Zeit fände, Charlotte und ihn häufiger sonntags zu besuchen. Gustav nahm das Angebot mit Freuden an, nachdem er Paul versprochen hatte, nicht gegenüber Charlotte verlauten zu lassen, dass ihr Mann seine Liebeseskapaden begünstige.

Der Freund bringt zum Einstand einen großen Landschinken von zu Hause und zwei Abschriften von Erzählungen mit, die er für fertig hält. Paul wird bei der Lektüre, die ihn wegen der Kraft und Wildheit der Sprache begeistert, schnell klar, weshalb sein Freund die Nächte mit Laura braucht. Es ist ein höllisches Gebräu von Leben und Tod, rasender Vereinigung und genießerischer Vernichtung, Illusion und Hörigkeit, das Ave in nicht endenden Crescendi in die Welt ausgießt. Worte werden Orkan, der, mitten unter die Menschen gesetzt, verirrt als Allgewalt das, was man die Seele nennt, packt und mit sich fortreißt, weil er nicht weiß, was mit seiner Kraft beginnen. Charlotte gerät ins Taumeln, obwohl sie im Sessel sitzt. Solche Sprachgewalt hat es nie zuvor gegeben, sagt sie mit belegter Stimme, ganz ohne mit der Zunge anzustoßen, wie es bei ihr in erregtem Zustand häufig geschieht. Selbst Shakespeare habe in seinen größten Werken nicht eine solche Verdichtung des Lebens in geballte Kraft sprachlichen Ausdrucks erreicht. Zu sehr gebe er sich als Darsteller der Verbiegungen, Verrenkungen, Wallungen der Psyche anderer hin. Nicht als Betroffener. Aves Sprache sei die eines Gequälten, der sich verzweifelt in seinem Schmerzschrei verklammert.

Sie gratuliert Paul zu diesem ersten engen Umgang, den er sich unter Seinesgleichen ausgewählt hat. Besser nur einen solchen als viele banale Zeitvertreiber. Zum Glück sei sie fest und sicher an Paul gebunden; einem lustgequälten Schwärmer wie Gustav habe sie nichts entgegenzusetzen, fordere er sie heraus. Sie lacht, ist nicht länger misstrauisch, obwohl die Ringe unter Pauls Augen dunkler werden. Paul hat seit geraumer Zeit das Haus nicht mehr nachts verlassen. Frauengeplapper. Hilflose Wünsche. Er will zu Charlotte geistreich wie üblich sein. – Sieh dich vor! Schriftsteller sind Tänzer. Sie wollen nicht wie Maler und Musiker durch ihre Werke gefallen, sondern zu etwas verführen. – – Mit solcher Feststellung machst du mich endgültig schwach für ihn. – Paul merkt, dass sie es ernst meint. Ihre Nase sichert sie mir.

Gustav kommt nun an jedem Sonntagnachmittag zu ihnen auf den Hasenberg. Er liest aus seinem begonnenen Roman. Paul und Charlotte starren auf die magischen Zuckungen seines Mundes und der Schmisse in dem weich blühenden und bisweilen verwegen aufblitzenden Gesicht. Sie können nicht mehr lassen von seinen ungestümen Wortgebilden. Wie Pfeile mit Widerhaken schlagen sie einem in die Brust und machen trunken. Was die deutsche Sprache vermag! Glitzerndes Blut wird sie auf Aves Zunge. Befreiender Schmerz. Süchtig nach Schmerz ist dieser Mann. Es gibt für ihn kein Entrinnen. Laura ist sein Rausch- und Betäubungsmittel. Er foltert sich mit ihrer Liebe, die keine Zukunft hat.

Maja hatte als erste darum gebeten, bei den Lesungen dabei sein zu dürfen. Paul zögert. Findet jedoch, er habe kein Recht, seine geliebte Tochter von solch einzigartigem Erleben auszuschließen, selbst auf die Gefahr hin, dass sie das Vernommene, insbesondere das Erotische, nicht verarbeiten kann. Soll sie fragen. Wer weiß, ob sie im Leben so etwas noch einmal erlebt. Esther und Smeralda bitten beim nächsten Mal darum, ebenfalls zuhören zu dürfen. Mehr als die Gewissheit, dass sie das Gehörte nicht verstehen, stört ihn, um Ave seine gesamte Familie versammelt zu sehen. Ave gehört ihm. Wie Laura. Ave ist kein Hauskaninchen. In ihm empört es sich gegen das Verlangen der Töchter. Aber nachdem er Maja erlaubt hat, dabei zu sein, ist es unmöglich, Esther und Smeralda abzuweisen, nur weil sie jünger sind. Warum kann ich nicht mit Laura und Ave eine Weile zusammenleben? Warum nehmen sie mich nicht mit in ihr Leben, sondern lassen von ihrer Lebenshitze nur die Kraft seiner Worte auf mich fallen? Irrsinnig werden möchte ich mit ihnen. Meine Stirn verbrennen. Ein Jahr nur mit ihnen beiden zusammen. Versinken ins Nichts, wie gleichgültig danach. Laura, Ave! Er würgt an seinem Verlangen ihre nackten Körper zu umschlingen. Sich zwischen sie zu drängen. Einmal. Sie eng an sich, um sich herum zu fühlen.

ER- und ENTWISCHT

Leutnant Tzschirschyk hat die ihm gebotene Gelegenheit begierig ergriffen und nachgeforscht. Ihm kam Pauls späte Rückkehr in die Kaserne von Beginn an verdächtig vor. Was sollte der Grund sein? Aus den Planungen des Bataillons ergab sich nichts, das Veranlassung für eine nächtliche Erkundung oder Besorgung sein könnte. Er prüft deshalb als erstes nach, ob Prodek schon öfter derartige Nachteinsätze in Begleitung nur eines Soldaten unternommen hat. Er stößt dabei auf die 9 Tage zurückliegende Eintragung, bei dem der Paul begleitende Soldat wegen einer Nachlässigkeit der Wache nicht namentlich aufgeführt worden ist.

Tzschirschyk lächelt. Ich hab ihn. Der ist erledigt. Er sucht den Schützen Fehlau zwei Tage später zu früher Morgenstunde in dessen Stube auf, wobei er tut, als habe er Prodek beim Betreten der Kaserne getroffen und mit ihm gesprochen. Er sagt, er freue sich, dass der Rekrut schnell das Vertrauen seines Oberausbilders erworben habe, denn es sei eine ziemliche Auszeichnung, dass der ihn für zwei nächtliche Sondereinsätze ausgesucht habe. Fehlau gehört zu den schwerfälligen Menschen. Sein Vater ist Rheinschiffer. Er schaut Tzschirchyk lange mit offenem Mund an, bevor er antwortet, er wisse nicht, was der Herr Leutnant meine. Er dreht sich grüßend weg. Das reicht Tzschirschyk. Sein Herze lacht. Er läuft geradewegs zu Prodek. Seine Augen weiten sich. Sie starren fleckig wie die eines Uhus im Baumloch beim Betrachten einer Maus. Seine Zunge zuckt im Mund, bevor er etwas sagt. Die kleine weiße Nase glänzt fettig wie ein Klumpen Schmierseife aus dem runden Gesicht. Er bittet um ein Gespräch unter vier Augen in der Mittagspause. Volltreffer beim ersten Schuss. Er verfällt ins Tänzeln. Paul schüttelt den Kopf, sagt zu.

Im Casino legt Tzschirschyk seine kurzfingrigen Hände gefaltet auf den Tisch zwischen ihnen. Das Verhör kann beginnen. Prodek wird sich winden wie eine Natter, ausweichen wollen, aber ich werde den Schleicher schnell am Schwanz packen und dann mit dem Kopf gegen die Wand schmettern. Beben und Bitten wird Prodek, unser Muster vom Dienst. Der hat sein anderes Ufer bisher schön verborgen. Ein normal veranlagter Mann hätte nicht so ein Unbild von Frau genommen. Geld hin, Geld her.

Mit aufgesetzt amtlicher Miene weist der Leutnant auf seine Aufgabe als wachhabender Offizier hin. Zu seinem Leidwesen verpflichte sie ihn, zwei etwas unklaren Eintragungen im Wachbuch, Paul betreffend, nachzugehen. Er wolle das mit äußerster Diskretion tun, um den Kameraden nicht zu verletzen. Wolle nicht unnötig Vorgesetzte einschalten. Wahrscheinlich kläre sich der Sachverhalt schnell auf im Gespräch. Er habe jedoch bei Einsicht in das Buch ersehen, dass der geschätzte Kamerad in den letzten 14 Tagen zweimal zu nächtlichen Sondereinsätzen in Begleitung eines Soldaten unterwegs gewesen und erst spät in der Nacht in die Kaserne zurückgekehrt sei. In einem Fall fehle die Angabe der Begleitperson. Diese Nachlässigkeit sei aber nicht sein, Tzschirchyks, Verschulden, denn in der fraglichen Nacht habe Oberleutnant Mehlbrei Dienst gehabt, der dieser Auslassung nicht weiter nachgegangen sei, also keine Ergänzung des Eintrags herbeigeführt habe. Im zweiten Fall, als ich diensttuend war, sei Schütze Fehlau als Begleitperson eingetragen. Nun habe ich den vorhin zufällig getroffen und ihn gefragt, um welche Art Auftrag es sich denn gehandelt habe. Schließlich sei nichts davon in der Kompanie bekannt geworden, und es gebe in der Kaserne doch keine Heimlichkeiten. Jedenfalls sei es seine Pflicht als wachhabender Offizier, ungeklärten nächtlichen Ausgängen nachzugehen. Nun habe sich herausgestellt: Fehlau habe von nichts gewusst. Seltsam. Gedächtnisschwund? Tzschirschyks tiefsitzende Augen blitzen jetzt lauernd, triumphieren wie die eines auf einem Ast sitzenden Leoparden vor dem Sprung. – Sie werden das bestimmt schnell aufklären können, Kamerad Prodek. – Zwischen aufklären und können legt er eine Kunstpause ein.

Von Pauls Gesicht weicht die Spannung; die Mulmigkeit fliegt zwitschernd wie eine Lerche aus seiner Magengrube. Vom Scheitel bis zu den Zehenspitzen erfasst ihn ein Grinsen, mit dem er sich schon manche Feindschaft zugezogen hat, das er im Gefühlsschwang von Überlegenheit aber nie zu unterdrücken vermag. Du hohläugiger, hohlwangiger, mitesserbehafteter Rattenscheißer mit der Klitzekleinweißkäsenase hast nicht die Beißwerkzeuge, um meine Schwarte zu knacken. Wir werden gleich sehen, wer der Clevere von uns beiden am Kliff ist.
Er nimmt eine ungehaltene Miene an. – Kamerad Tzschirschyk, ich weiß, Sie tun, was Sie für Ihre Schuldigkeit halten. Das ist brav von Ihnen; aber ich könnte mir denken, dass es wichtigere Aufgaben für Sie gibt, als sich in die meinen einzumischen. Hauptmann Fischl war neulich mit Ihrem Rapport zum Krankenstand der Kompanie sehr unzufrieden. –
– Gerade deswegen bemühe ich mich nun, alle meine administrativen Pflichten akribisch genau zu erfüllen. –
– Brav und wieder brav. Wie Sie bereits selbst gemerkt haben, sind die Eintragungen der Posten nicht immer ebenso akribisch gehalten wie Ihre Nachforschungen. Es ist nun einmal dunkel in der Nacht. Bekanntlich sind dann nicht nur alle Katzen grau, sondern alle Soldaten schläfrig. Die Konzentration der Wache ist also getrübt. Es geht auch nicht um furchtbar Wichtiges. Schließlich sind wir keine Spione. Oder halten Sie mich für einen deutschen Dreyfus? Jude bin ich jedenfalls nicht. Sie haben mir gesagt, dass beim ersten Einsatz nur mein Name aufgeführt ist. Nun ja, wir sind alle Menschen. Beim zweiten Mal haben Sie als Begleitperson Fehlau ausgemacht. Ich weiß nicht, ob Sie den Namen fehlerhaft entziffert haben oder ob der Posten ihn falsch eingetragen hat. Feststeht jedenfalls, dass ich für solche nächtlichen Ausflüge, bei allem Respekt für seine Zuverlässigkeit, nicht einen schwerfälligen Mann wie Fehlau mitnehmen würde. Darauf müssten Sie eigentlich selber kommen. Es war Feller, der mich begleitet hat. Der ist gewiefter und agiler. Im Übrigen können Sie sich damit trösten, lieber, guter Kamerad Tzschirchyk, mir ein kleinwenig auf die Schliche gekommen zu sein. Meine guten Schießleistungen verdanke ich nämlich klaren Nächten im Wald. Da genau zu treffen, ist verdammt schwer. Das Licht ist schwach, die Luft flimmert. Aber wenn man anschließend bei Tageslicht schießt, wird Zielen ein Kinderspiel. Selbst wenn es dunstig ist, erreicht man gute Resultate. Ich unternehme diese Übungen normalerweise zusammen mit einem befreundeten Förster, der während der Jagdzeiten nachts auf seinem Anstand sitzt, zweimal im Monat. Einmal bei Vollmond, einmal bei Halbmond, um es zu erschweren. Mein Bekannter war dieser Tage auf einem Lehrgang in Bedburg-Hau, weshalb ein Platz auf dem Anstand frei war. Da ich Feller schätze, er ist

ein guter Soldat, vielleicht bleibt er als Unteroffizier bei uns, habe ich ihn mitgenommen und bei dieser Gelegenheit ein paar Kniffe beigebracht. Wollen *Sie* mich vielleicht einmal begleiten, wenn sich wieder eine Gelegenheit dazu bietet? Es kann Ihnen nützen, denn Ihre Schießleistungen sind, glaube ich zu wissen, eher durchschnittlich. –

Tzschirschyks Augen verlieren ihr Leuchten, sinken mit einem Ruck in ihre Höhlen zurück, die Lider klimpern kraftlos. Er entschuldigt sich unter erneuter Berufung auf seine Pflicht. Ihm kommt die Sache zwar weiter nicht geheuer vor, doch dieser verdammte Prodek ist selbstsicher geblieben. Lacht mich wie ein schadenfroher Bub nach einem gelungenen Streich an und aus. Kann man eine solche Geschichte aus dem Stand heraus erfinden? Er überlegt, ob er bei Feller nachforschen soll. Oder soll ich Hauptmann Fischl nach einer Genehmigung des nächtlichen Ausgangs fragen? Tzschirschyk ist sich nicht sicher, ob es einer solchen bedarf oder ob so ein Ausgang innerhalb Pauls eigener Entscheidungs- und Befehlsgewalt liegt. Der Vorgang liegt auf der Grenze zwischen Dienstlichem und Privatem. Leider in jedem Fall eine Lappalie. Damit komme ich nicht weit, das wiegt nicht den Vorwurf des Ausspitzelns eines Kameraden auf, den man gegen mich erheben wird und der mich im Regiment unmöglich macht. Prodek ist beim Obersten gut angeschrieben, und Feller steckt mit Prodek unter einer Decke, sonst hätte er den Namen nicht so frech genannt. Trotzdem: ich halte meine Augen weiter offen. Verflucht, wenn ich den Kerl nicht mal zur Strecke bringe. Der hat Dreck am Stecken, nicht nur Sperma. Das rieche ich.

Paul verabschiedete sich höflich und distant. Tzschirschyk ist alles zuzutrauen. Ich muss mir schnellstens Feller vornehmen. Welch ein Glück mit den Namen, fast so, als hätte ich es von Beginn an ausgeheckt. Feller ist ein braver Bursche. Der spielt mit, wenn ich einen guten Grund erfinde. Ich werde zum Märchenerzähler … Ich? Mein Ich?

HÖCHSTIG

Paul in Leidenschaft, Leiden und Verwicklungen. Es läuft in rascher Abfolge auf Kulmination und Absturz zu. Als er nach einem erneuten Besuch in Herrn Pohdevins Frisiersalon die Backermatt einige Schritte hinuntergelaufen ist, stößt er auf LAURA, die von der Hagschen Straße her einbiegt, um nach Hause zu gehen. Sie können sich nicht mehr ohne

Peinlichkeit ausweichen und gehen entschlossen, sich zu stellen, aufeinander zu. Beklemmung, Aufwallen des Blutes, der unbestimmte Wille, sich vom Gefühl überwältigen zu lassen, sich aufeinander zu werfen, sich auszuliefern. – Darf ich Sie zu einer Tasse Kaffee bei Boterbloem einladen? – Formalitäten. Eine Schnecke kriecht ruhig am Boden, während in den Baumkronen ein Taifun wütet. – Gerne. Ich habe einen Verdacht, den ich bestätigt wissen möchte. – Wehrlosigkeit. Sie gehen zusammen durch die Straßen, als sei es selbstverständlich. Die Gedanken rasen. Das Licht schmerzt. Paul bemerkt nicht, dass Esther, die von ihrem Geigenunterricht kommt, ihm von der anderen Straßenseite aus zuwinkt. Sie nehmen an einem Ecktischchen im halbdunklen Innenraum der Gastwirtschaft Platz. Kein weiteres Wort ist seit ihrem Zusammentreffen gefallen. Das gedämpfte Licht tut wohl. Stupides Gerede, bevor es so weit ist. Ich spüre den Durst, die Kraft, einen Ozean leerzutrinken.

– Wir sind bereits zweimal aufeinander gestoßen. – – Ich weiß. Sie sind der Offizier, der mir die Nächte mit Ave verlängert. Ich habe Sie vom Fenster aus, als Sie die ersten beiden Male unten auf ihn warteten, wiedererkannt. Warum tun Sie das? – – Ich mache Ihnen nichts vor. Allermeist Ihretwegen. Wundert Sie das? – – Schon. Sie begehren mich und gönnen meine Liebe einem anderen, verhelfen ihm überhaupt erst dazu, dass er .... – Ich bin verheiratet. – – Ich weiß. Ist das der Grund? – – Nein, um ehrlich zu bleiben. Aber es ist die einzige Art und Weise, mit dir verbunden zu bleiben, Laura, und sei es über einen Menschen, der mir in den letzten Wochen zum besten Freund geworden ist. Liebst du mich? Welch dumme Frage. Ich sollte lieber fragen: Liebst du Gustav, meinen Ave? – – So heißt er bei dir? Ich liebe ihn. Und ich will trotzdem dich, Paul. Da ist etwas Starkes. – – Ich liebe meine Etta. Ganz anders als dich. Bei dir ist es Brand, bei Etta Balsam. – – Ich brenne für euch beide. Komm. Ich hab den Schlüssel zu seinem Zimmer. –

Die Abendsonne vibriert im Raum. Er hört Lauras Stöhnen, wenn er ihre vollen goldgelben Brüste fasst, quetscht, lutscht. Kein Entrinnen. Immer tiefer. Immer wirrer. Diese Schlingkraft aufeinanderzu, ineinander. Noch nie, noch nie So. Durch immer tiefere Schlünde. Als würden alle Eingeweide aus dem Leib gesogen. Sie sehen sich entgeistert an. Fort! Fort! In die Stille. Wo ist Ave?

Entleert und zerfetzt erreicht er das Haus. In seinen Augen steht Irrsein. Es rennt wild eingesperrt in den Pupillen hin und her. Charlotte sieht, was geschehen ist. Nichts sagen. Die Kinder schlafen.

– Ich muss hier weg. Ich halt es nicht mehr aus. Ich komme nicht voran. Nichts gerät. Schade wegen Ave. Es ist verhext. –
– Sag nichts weiter. – Sie ringt mit den Tränen. Standhalten. Wie damals. Es hat ihm wehgetan. Wir heilen das.

TRAUMSCHAUMSCHUSS

Gustavs Atem streicht heiß an seinem Nacken hoch und herunter. Verbrennt seine Haut. Der Freund verfolgt ihn mit einem riesigen Vorschlaghammer. Laura feuert ihn an. Er schlägt sie sofort tot, saugt Pauls Saft aus ihrem Uterus und will nun Paul erschlagen. Sie rennen über schmierige Kohlehalden. Fallen hin. Erheben sich mit abgeschürfter Haut. Blut rinnt über die Kohle. Glüht rubinrot auf. Lodert.

Er hat keine Ruhe gefunden. Aber am Morgen geht es ihm immer gut. Sogar eine kurze Morgensteife habe ich gehabt. Er rafft die Trümmer aus nie gekanntem Hochgefühl und Erschütterung zusammen. Es wird weitergehen. Muss. Er sehnt Laura herbei, drückt sie hinter seinen geschlossenen Augen an sich, ihre schwimmenden Brüste, ihren warmen Bauch, ihr gefüges Becken, ihre Höhlungen, während er Charlotte einen Kuss auf die Wange haucht. Er tut beiden weh. Sie öffnet die rotgeweinten Augen. – Geht es Dir besser? – – Ja. – – Du gehst zum Dienst wie immer? – – Ja. – – Dann bin ich froh. Wir schaffen das weg. – – Ja. –

Für den übernächsten Tag hat sich Paul erneut mit Laura verabredet. Er zählt die Stunden, ist fahrig. Wird mehrfach besorgt gefragt, ob er krank sei. Konrad, der ihm nächststehende Kamerad, der seine Belesenheit kennt, erkundigt sich scheinheilig, ob man ihn nun mit Hoheit Homburg ansprechen müsse. Er schüttelt wie ein geohrfeigter Junge den Kopf. – Lass mich zufrieden! – Schon machen Bemerkungen die Runde, endlich habe es auch ihn einmal erwischt. Und gleich sei der Tüchtige tüchtig am Boden.
Sie fallen wie ausgehungerte Wölfe übereinander her. Woher nimmt diese Frau die Liebeskraft? Dieses Becken. Für immer auf ihr wohnen, in ihr sein. Mit ihr über die warmen, die kalten Meere segeln, durch das tiefe Eis ziehen. Einssein mit diesem saugenden Leib. Jauchzen. Die Wirklichkeit holte sie im Dämmerlicht ein. – Wir sind aus den Fugen. –
– Wir müssen brutal zu uns sein. – – Wenn Ave etwas erführe, täte er

mir oder dir oder sich selbst, wohl uns allen Dreien etwas an. – – Zu recht. Ich ertrage Ettas Leid nicht. –

Ave fiel am 20. August 1915 bei den Kämpfen um Nowo-Georgiewsk durch einen Querschläger. Unregelmäßig hatten Paul und Charlotte, jeweils getrennt, mit ihm Briefe gewechselt. Er führte vor seiner Mobilisierung ein unstetes Wanderleben. Charlotte hatte Gustav bereits in Cleve ihre Zigeuneraufnahmen gezeigt. Er war begeistert. Sie legte ihren Briefen Abzüge bei, die sie als besonders gelungen ansah. Paul erfuhr von Gustavs Tod viele Jahre später, als posthum seine Werke von seiner Frau veröffentlicht wurden. Es war nicht **LAURA**.

Ein gewaltiges Begehren kam damals in ihm auf, die Geliebte wieder ausfindig zu machen, sie aufzusuchen. Monatelang hetzte ihn das Drängen nach **IHR** vor sich her. Wenn er von **IHR** träumte, wachte er mit einer Erektion von solcher Gewalt auf, dass er meinte, das Herz würde ihm platzen, die Adern bersten. Mit aller Macht zog es ihn nach oben, als wollte er mit seinem aufgeblasenen Phallus die Wolkendecke durchstoßen. Als wollte sein Steif den übrigen Körper mitziehen, nachdem er den lästigen Schädel auf dem Erdboden zerschlagen hatte.

Er ließ sich eine Woche vom Dienst freistellen und nächtigte auf einem abgelegen Schießstand, wo er stundenlang eine Patrone nach der anderen auf einen Baum abfeuerte, bis nicht mehr als ein zerfetzter Stumpf übrig blieb.

DAS

– Pa, ich möchte Dich etwas fragen. –
– Sicher, Esther. Gleich? –
– Am besten. Es dauert gewiss nicht lange. –
– Gut, setzen wir uns in dein Musikzimmer. –
– Was gibt es? –
– Wer war die junge Frau, mit der du vor vier Tagen die Hagsche Straße hochgegangen bist? –
Die zarte Mädchenstimme sticht wie eine Gabel in seinen Kopf. Ich krieg sie nicht heraus. Er schließt die Augen, setzt die Füße breiter auf. Nichts, woran er sich festhalten kann. Er lächelt verlegen aus den Mundwinkeln.

– Wenn du mich so fragst, und erst nach einigen Tagen, hast du einen Verdacht, der dich die ganze Zeit über bewegt hat. Nicht? Und du

kannst die Unsicherheit nicht mehr aushalten. – Wie fremd klingt die eigene Stimme. Widerlich freundlich.
– Ja, so wie ihr euch angeschaut habt. Ich möchte den Verdacht schnell weghaben. –
Er senkt den Kopf, atmet eine Weile hörbar aus und ein.
– Und wenn ich dir sage, dass dein Verdacht begründet ist? –
– Nein! Das glaube ich nicht! Dass du uns mit einer anderen betrügst. Dass du uns **DAS** antust. – Das Kind öffnet weit den Mund, um das offene Wort herauszuschreien. Es starrt ihn fassungslos an. Die Augen werden immer weiter, treten heraus.
– Esther, mein Kind. – Er geht auf sie zu, will sie an der Schulter fassen. Sie stößt ihn weg, ballt die Fäuste. Sie stampft mit dem Fuß.
– Das Allerschlimmste wäre, wenn ich jetzt lügen würde, Esther, weißt du…DAS wäre wirklich böse. –
Sie schluchzt. Rennt in die Zimmerecke. Bleibt da stehen. Spricht gegen die Wand. – Was du tust, ist böse. Böseres gibt es nicht auf der Welt: Uns verraten. –
– Estherle, Mitti, ich weiß, Kinder wollen ihre Eltern allezeit bewundern. Der Vater soll ein Held sein. Jemand, zu dem man voll Vertrauen aufschaut. Und alle Eltern wollen Kinder nach ihrem Bilde. Am liebsten Wunderkinder. Mit uns liegen die Dinge schief, Estherle. Du bist ein Wunderkind, aber dein Vater ist kein bewundernswerter Mann, vor allem kein Held, wie du wahrscheinlich bisher gedacht hast. Ich bin ein Mensch. Fertig. Mit Stürmen in der Seele. Mit guten und bösen Gedanken, Wünschen. Ich habe mich bisher immer bemüht, ein guter Mensch und Vater zu sein, und ich war der Überzeugung, dass es im Großen und Ganzen geklappt hat. Dann überkam mich dieses starke Gefühl für die junge Frau, die du gesehen hast. Da war ich nicht stark genug, um weiter richtig und gut zu handeln. –
– Du hast uns, Ma und uns drei, ganz gemein verraten. Alles, was einmalig schön war zwischen uns. Wir hatten dich, und du hattest uns. Unser Leben klang rein wie eine Melodie von Haydn. –
– Ja, Esther. Und ich bitte dich um Verzeihung, so wie ich schon Ma um Verzeihung gebeten habe. Sie weiß es. Ich habe es ihr gesagt, und ich bin dabei, mein jähes Auflodern für die andere Frau zu ersticken. –
– Das nützt nichts mehr. Wir hatten dich so lieb. Du *warst* unser Held und Pa. Und du hast uns gemein verraten. Schlimmer als Judas den Jesus. Wie soll ich dir jemals wieder etwas glauben? –
– Mein Estherle, ich hab euch genau so lieb wie immer. Und ich bin doch ehrlich. Bin selbst ganz erschüttert. Es ist schwer zu erklären, wie so etwas geschieht. Ich habe nie aufgehört, euch zu lieben. Ich weiß, du

kannst mich jetzt nicht verstehen, das verstehe ich; aber es ist keine billige Ausflucht, wenn ich dir sage, dass du mich wahrscheinlich in zehn Jahren verstehen wirst. Dann werden Männer ähnliche Stürme in deiner Brust auslösen, wie es bei mir durch diese junge Frau geschehen ist. Verschiedene Männer. Man liebt nicht nur einmal im Leben, so schön es wäre. Es ist ein Ideal. Man glaubt eine Zeit daran. Niemand kann es je erfüllen. –

– Ich will keine Männer. Ich habe meine Musik – und bisher hatte ich meinen Pa. –

– Dein Pa ist immer für dich da und liebt dich für alle Zeiten. Selbst wenn du ihn von nun an hassen solltest. Und deine Musik wirst du immer haben. Sie ist dein bester Freund und Geselle. Die bleibt dir immer treu. Aber ich bin sicher, dass in weniger als zehn Jahren wir beide dir nicht mehr ausreichen werden, die Musik und ich, dazu Ma und deine Schwestern. Junge Männer werden in dein Leben treten. –

– Wir haben dir also nicht mehr ausgereicht. Du brauchtest eine andere. –

– Ach, Estherle, das ist es eben, was ich dir jetzt schwer erklären kann. Etwas Schöneres als unser Leben und Erleben zu fünft gibt es in der ganzen Welt nicht. Das sage ich nicht dahin. Das weiß ich. Ganz, ganz sicher. Man braucht sich nur umzusehen unter den Menschen; lesen, was sie als ihre Gefühlserfahrung niedergeschrieben haben. Auch in Noten, das weißt du am besten. Nichts reicht heran an unseren Einklang zu fünft. Aber der Sturm kann einmal ein Fenster in einem festgefügten Haus eindrücken. Das kommt vor, wenn der Sturm sehr stark ist. Dann muss man das Fenster reparieren und nicht sagen, das ganze Haus sei brüchig und falle zusammen. Ich war einen Moment schwach. Da war ein übermächtiges Gefühl. Einen riesengroßen Fehler habe ich begangen. Ich gebe es zu. Sehe es ein. (Nein! Es stimmt nicht. Ich lüge. Jetzt lüge ich. Notlügen!). Am schlimmsten habe ich Ma hintergangen. Wenn sie mir verzeiht, willst du mir dann nicht ebenfalls verzeihen? –

Esther schluchzte weiter. – Wie soll sie dir verzeihen? Sie darf das nicht! Ich lasse das nicht zu. Ich werde mit ihr sprechen. Ich werde ihr verbieten, dir zu verzeihen. *Ich* verzeihe dir **DAS niiiie**. Nie und nimmer. –

– Sie hat mir noch nicht verziehen. So einfach geht das nicht. Ginge es so einfach, wäre es schlimm. Dann könnte man bedenkenlos Böses tun und schnell um Verzeihung bitten, um immer so weiter zu machen. Aber Ma weiß, dass wir alle nur Menschen sind, und ich ein Mann. Sprich mit ihr, so wie du gut daran getan hast, mit mir über diese böse Sache zu sprechen. Man darf nie zurückhalten, was einem auf der Seele brennt. Sprich mit Ma, und wenn sie mir verzeiht, versuche, mir auch zu verzeihen. Ich sage jetzt nicht wie ein kleines Kind, ich will es nicht wieder tun. Das wäre komisch. Ma wird mir aber verzeihen, wenn sie sich sicher ist, dass DAS vorbei ist und so etwas nicht mehr vorkommt. Und Ma weiß, was sie tut. Sie hat einen guten Instinkt. Du kannst, du musst ihr vertrauen, wenn du mir nicht mehr vertraust. –

– Wie gern ich dir weiter vertrauen möchte! Voll und ganz. Nie hatte ich den geringsten Zweifel, wenn du etwas gesagt oder getan hast, dass es falsch sein könnte. Du hast alles zerstört. – Sie sah ihn mit vom Weinen klein gewordenen Augen an.

– Estherle, ich kann dir nicht mehr sagen, als ich dir gesagt habe. Es ist für einen Menschen nicht leicht, von widerstreitenden Gefühlen zerrissen zu werden. Denk darüber nach. Hoffe, dass du es nie erleben wirst. In mancher Musik findet sich ein Echo davon. Ich will alles tun, damit es zwischen uns wieder ganz so wird wie vor diesen letzten schrecklichen Tagen. Denk nach, sprich mit Ma. Ich überlasse es dir, ob du deinen Schwestern etwas erzählst. Ich vertraue darauf, dass du das Richtige tun wirst. Sprich vor allem mit Ma. Ich werde ihr nichts von unserem Gespräch sagen, das wirst du alleine tun; denn sie soll mit dir reden, ganz ohne dass ich sie vorher in einem für mich günstigen Sinne zu beeinflussen suche. Ihr beide seid meine Richter. Ihr könnt mich verurteilen, aber ihr könnt mich auch wieder in die Arme schließen und zu vergessen suchen....wenn ihr mir verzeiht. –

Aus Esthers Augen bricht ungehemmt ein dicker Tränenfluss. Sie wischt ihn wieder und wieder weg, es hilft nichts, er lässt nicht nach. Sie seufzt schwer. Weinend nimmt sie ihre Geige und fängt langsam an zu spielen. Paul hört den zitternd einsetzenden und sich dann in extreme Höhen schraubenden und dort hartnäckig verweilenden Tönen lange zu; hockend, die Handflächen vor den Augen. Beim Herausgehen blickt er sie liebevoll an. Das war die schwerste Stunde in meinem Leben. Schlimmer als das letzte Treffen mit Katja. Was ich angerichtet habe. Ich habe solche Liebe nicht verdient. Sie ist zu groß für mich.

– Du erzählst mir alles, wenn du dich danach fühlst. –
– Du bist großartig. –
– Ach, denk das bloß nicht. Ich tue einzig das, von dem ich weiß, dass es richtig ist. –
– Rede es nicht klein. Hat Esther mit dir gesprochen? –
– Ja. –
– Was hast du ihr gesagt? –
– Das bleibt unter uns Frauen. –
– Hat sie ihren Schwestern etwas erzählt? –
– Nein. Sie will es für sich behalten. Vorläufig. Wenn sie damit fertig wird. –
– Meinst du, es wird wieder gehen? –
– Das hat Esther mich auch gefragt. –
– Und was hast du geantwortet? –
– Soll ich dir die gleiche Antwort geben? –
– Wenn sie nicht bloß zu trösten bestimmt war. –
– Du solltest Kinder, insbesondere unsere, nicht unterschätzen. Obwohl sie Trost suchen, wenn sie erschüttert sind, merken sie deutlich, ob etwas nur dahingesagt wird. –
– Also? –
– Ich habe ihr auf die Frage über die Zukunft gesagt: Nichts wird mehr wie vorher sein. Eine Narbe wird bleiben. Doch Liebe taugt nichts, wenn sie keine Erschütterungen erträgt. –
– Hat sie das überzeugt? –
– Darauf möchte ich nicht antworten. Nur soviel: Ich vertrage einiges. Zieh daraus keine falschen Schlüsse. –
– In der Beziehung kannst du mir vertrauen. –
– Ich weiß es und tue es. Wie immer bisher. Bisher. –

Während Paul noch verhalten Versetzungsmöglichkeiten erkundet, er will nicht den Eindruck erwecken, er habe sich in Cleve nicht wohl gefühlt oder er sei über die mangelnde Bereitschaft, seine Ideen aufzunehmen, gekränkt, hat Charlotte die Rückkehr nach Luckenwalde seit geraumer Zeit eingeleitet. Zur Kundschaft ihrer Eltern zählt der Kommandeur der Fuß-Artillerie-Schießschule im benachbarten Jüterbog. Berthold Werthland spricht ihn, heftig von seiner Frau gedrängt, auf eine Verwendung für Paul an. Die Schießschule ist eine neue Einrichtung und wegen der fortschrittlichen Technik, die sie zu beherrschen lehrt, hochangesehen. Sie gehört wie die ebenfalls in Jüterbog ansässige Feldartillerie-Schießschule zum Gardekorps Berlin. Hier lernend oder gar lehrend zu dienen, ist eine Auszeichnung.

Paul gefällt sich als Infanterist. Er zeigt keine Neigung, die Waffengattung zu wechseln, erfährt Charlotte, als sie die Möglichkeit einer Bewerbung vorsichtig anspricht. Der Schule ist jedoch ein Lehrregiment angegliedert, und wegen des Zusammenspiels von Infanterie und Feldartillerie im Gefechtsverband sucht der Regimentskommandeur einige tüchtige Infanterie-Offiziere, die dies operativ sicherstellen. Voraussetzung ist, dass sie bereit sind zu lernen, wie man die leichten Geschütze bedient. Paul empfindet Widerwillen, weil es nicht seiner Vorstellung zu kämpfen entspricht, Geschosse freizusetzen und viele Menschen auf einen Schlag ohne körperlichen Einsatz, einfach durch Mathematik und Sprengkraft auszulöschen. Aber das Wissen um Lauras Nähe erdrückt ihn. Er diskutiert noch einige Male, wenngleich zerstreut und ermattet, mit Ave, der ihm fehlen wird, über die Literatur der Zukunft, die Pläne, Projekte des Freunds, und ist bereit zu gehen.

Ins Elysium gehoben und in Jauche getunkt hat mich das Leben in Cleve. Sein Freund versteht nicht, was in Paul vorgeht. Er vermutet eine Gemütskrankheit, die ausbreche, wohl in Paul lange schon gesteckt habe, denn sonst hätte er sich für ihn nicht ohne jeden Vorteil derart regelwidrig verhalten. Er spricht mit Charlotte und bittet sie, Pauls Zustand ständig zu beobachten und falls erforderlich, einen Arzt zu Rate zu ziehen. Charlotte sieht ihn dankbar an. Der Verrückte will anderen ein Doktor sein. Sie würde gern Gustavs Schmisse abküssen. Sie gibt sich der Vorstellung für einige Sekunden hin. Dann reißt sie sich weg aus Schweigen und Wünschen, blickt ihm ernst in die Augen, umarmt ihn zum Abschied sehr, sehr fest und sagt, Paul sei nicht krank, nur deprimiert, weil seine Vorgesetzten rein gar nicht auf seine Anregungen für Neuerungen eingegangen seien. Er sei menschlich zutiefst enttäuscht und zweifele an sich.

Am vorletzten Tag ihres über fünfjährigen Aufenthalts in Cleve erzählt Paul Charlotte, was geschehen ist.
– Ich wusste, dass es einmal so kommen würde. –
– Ich wusste es auch. –
– Fühlst du dich denn noch zu mir hingezogen? –
– Ich habe nicht eine Sekunde aufgehört, dich zu lieben. –
– Das ist gut zu wissen; ich hätte dich sonst frei gegeben. –
– Das geht nicht wegen der Kinder. –
– Es geht alles, wenn man will und ein freier und vernünftiger Mensch ist. –
– Frei und vernünftig, wozu? –
– Um mit der zu leben, die du ganz heftig begehrst. –
– Und Gustav? Den habe ich ebenso schmählich betrogen wie dich. –

– Er hätte es wie ich hinnehmen müssen, dass Laura dich liebt. Er ist ein leidenschaftlicher Mensch. Er müsste dich verstehen. –
– Aber sie liebt ihn mindestens ebenso leidenschaftlich wie mich. Und außerdem …
– Dann müsstet ihr beide mit ihr leben. –
– Bist du verrückt? Wie soll das gehen? Ich bin sicher, Ave hätte mich umgebracht, wenn er von meinem Verrat erfahren hätte. –
– Dann hätten wir zu viert zusammenleben sollen in voller Freiheit untereinander. –
– Ach Etta, das meinst du nicht im Ernst. Und die Kinder mittendrin? Und dann kommen querbeet welche zu, was? –
– Warum eigentlich nicht? Ernst oder Vergnügen, Scherz oder Schmerz, Tragik oder Pustekuchen – wer vermag das alles zu trennen, richtig zu benennen? Du siehst mich an deiner Seite dahinleben, Lupo, gut. Doch ich denke mehr nach, als du weißt oder meinst. –
– Leidenschaft wird geboren, um unter Schmerzen zu verbrennen. Das ist ihre Natur. Wer nicht loslässt, verbrennt mit ihr. –
– Warum nicht? –
– Du hast scheinbar Gustavs Erzählungen zu sehr verinnerlicht. Doch du meinst gar nicht, was du sagst. Es gefällt dir nur und taugt, mich zu prüfen. Du bist eine ganz andere. –
– Ich meine, was ich sage. Selbst wenn ich nicht möchte, dass es geschieht. –
– Verzeihst du mir?“
– Auf dieses blödsinnige Wort habe ich gewartet. Ich habe dir nichts zu verzeihen. Du gehörst mir nicht, obwohl du es feierlich versprochen hast. Streckt sich ein Versprechen über ein ganzes Leben aus, muss es jeden Morgen neu gegeben werden, um gültig zu bleiben. Verhielte es sich anders, hätte ich die Frage damals verneint, obwohl ich mir ganz sicher war, dir das Versprechen ein Leben lang jeden Tag neu zu geben. Verzeih dir selbst! Komm ins Reine mit dir! Wenn man liebt, muss man bereit sein, durch Jammertäler zu gehen. Durch tiefe, zerklüftete. Glaube nicht, dass es mir nicht bitter weh getan hat und noch lange wehtun wird. Weh tun wird bis zu meinem letzten Tag. Weil du mir den Schmerz zugefügt hast, ertrage ich ihn. –

NUTZEN WIR DIE ZEIT, IN DER DIE ÖDE DES LEBENS UNS DEN TOD BEGEHRENSWERT MACHT (lässt der Denker und Dichter Jean-Jacques Rousseau eine Romanfigur an die verlorene Geliebte schreiben – um diesen vernünftigen Satz sogleich unzulänglich zu widerlegen)

MENSCHEN, martial, MATERIAL

Wenn ein ranghoher Offizier die Lage beschissen nennt, ist sie verzweifelt. Grund solch eindeutiger Lagebeurteilungen war im Spätsommer 1918 immer häufiger die Tatsache, dass **wir** dem überlegenen Material des Feindes nichts mehr als Mut und Trotz entgegenzustellen hatten. Mit der zahlenmäßigen Überlegenheit wären **wir** fertig geworden, solange **unsere** Leute ausreichend gut ernährt wurden und brauchbares Kriegsgerät da war.

Oberstleutnant Bengelbanz von der pommerschen Landwehr war am 2. August vom Bataillionskomandeur mitgeteilt worden, dass nach Aufklärungsberichten die Briten 120 Tanks zum Einsatz im Frontabschnitt Arras herangeführt hatten. Sie würden aller Voraussicht nach in Formationen von je 40 Fahrzeugen versuchen, unsere Linien geballt an ausgewählten Stellen zu durchbrechen. Sobald dies in vorderster Front gelungen sei, würden im Hintergrund gehaltene Sturmtruppen nachrücken, um unsere gesamte Front von den dann eröffneten Flanken her auf 30 km Länge aufzubrechen. Da wir über nur geringe Reserven in der Etappe verfügten, könnte die Lücke nicht mehr geschlosen werden. Wir müssten die Stellungen im Raum Arras vollständig räumen und die gesamte Nordfront unter großen Geländeverlusten begradigen. Da es an vorbereiteten Auffangstellungen hinter der Kampflinie fehlte, bliebe keine andere Wahl, als sich dem überlegenen Gegner, solange als irgend möglich, erbittert zu widersetzen. Die Artillerie solle, sobald es zum Kampf in den Stellungen komme, abziehen, um die Geschütze für die Verteidigung in einer neuen Kampflinie hinter der Stadt zu retten. Man brauche sie dann dringend. Ersatz sei nicht zu erwarten.

Obwohl die fatalistischen Weisungen der OHL den Artilleristen hochwillkommen waren, widersprach Paul dem Obersten, der sie ausführen musste. Paul sah bei der gegebenen Geländelage im Bereich des pommerschen Landwehrregiments durchaus eine Möglichkeit, den Durchbruch der Tanks abzuwehren. Durch geschickten Einsatz der Artillerie. Was an den anderen beiden Angriffspunkten geschehe, müsse man abwarten, man habe hier nur über die Maßnahmen vor Ort zu entscheiden. Vielleicht gäbe es auch anderswo unerwartete Rettung. Der Kommandeur reagierte ungehalten auf Pauls Einwand. Wie beschissen die Lage sei, habe er klargelegt. Beschissener ginge es nicht. Da gäbe es nichts dran zu deuteln, schnarrte er düster vor sich hin. Er wagte aber nicht, Paul das Wort abzuschneiden, da die soeben von ihm zum Heldentod aufgeforderten Infanterieoffiziere einhellig forderten, Hauptmann Prodek solle seinen Abwehrplan darlegen.

Es müsse etwas dran sein, wenn er sich schlagen wolle, statt wie befohlen, rechtzeitig den Kopf aus der Schlinge zu ziehen, um seine wertvollen Kanonen samt Pferden und den wenigen verbliebenen Zugmaschinen zu retten.

Was Paul vorschlug, war wagemutig und hochriskant. Er sagte das unverblümt. Doch besser eine vorhandene Chance nutzen, als hoffnungslos bis zum letzten Mann auf dem Posten sterben.

Engländer und Deutsche hatten ihre vordersten Stellungen jeweils am unteren Rand der Hänge eines flachen Tals angelegt, das in seiner Mitte von einer fast geraden Nationalstraße durchzogen wurde. Zu beiden Seiten war ein breiter Streifen Niemandsland. Über knapp 500 m querte die Straße ein Waldstück, das bis an den oberen Rand der Hänge reichte. Beide Seiten hatten im Wald nur Spähtrupps postiert. Ein Durchrücken mit größeren Kräften war unmöglich, es galt also nur, ein Einsickern des Gegners im Schutz der Bäume zu verhindern. Da von den Tanks nichts zu sehen sei, dozierte Paul, mussten sie hinter dem Waldstück auf der anderen Seite versteckt sein. Sie würden von da aus beim nächsten Tagesanbruch beiderseits des Waldes auf breiter Front herabstoßen, um unsere Kampflinie zu durchbrechen. Nur bei Tageslicht seien sie voll einsatzfähig. Unsere Rettung liege auf der Straße (er lächelte), denn die Tanks müssten darüber hinweg. Verlegten wir in der Nacht unbemerkt sechs Geschütze auf das Straßenstück im Wald, je drei nach einer Seite ausgerichtet, würde es möglich, die Tanks von der Seite beim Queren der Straße durch Sperrfeuer abzuschießen. Da der Angriffsbefehl nicht schnell zurückgezogen werden könnte, sehe er die Möglichkeit, das Gros der 40 Tanks zu vernichten, wenn die auf den Hängen verbliebenen Geschütze ihrerseits noch einige rückwärtige abschössen. Die Schwierigkeit läge darin, die Geschütze geräuschlos über einen Holzabfuhrweg auf die Straße zu bringen. Für die etwa 400 m lange Strecke im Wald hätten wir fünf Stunden Dunkelheit zur Verfügung. Es sei Neumond, der Himmel bedeckt. Bei hinreichendem Geschick sollte es möglich sein, die Kanonen nahezu lautlos auf die Straße zu ziehen. Pferde verrieten uns durch ihr Schnaufen. Allerdings müssten wir unsere Linien ausdünnen, um mehr Infanterie in die gegenüberliegende Seite des Waldes zu bringen, bis dicht an die feindliche Linie, um die Kanonen vor Angriffen der feindlichen Posten zu beschützen. Würden die Tanks abgeschossen, läge darin für die Vorposten keine Gefahr. Käme es zum Tankangriff, würde unsere Linie ohenhin zerschmettert.

Eine völlig verkorkste Idee, befand der Kommandeur. Kindisch. Indianerspiel. Das kann nie gelingen. Die Tommys werden die Verlegung der Kanonen bemerken und sofort reagieren. Sie spätestens frühmorgens, noch vor dem Tankangriff, mit ihrer Artillerie vernichten. – Für eine Kamikaze-Aktion unsere Linien ausdünnen! Prodek, überlegen Sie mal! Sie sitzen mitten auf der Straße im Wald in der Mausefalle. Kommen nicht mehr raus, haben keine Bewegungsfreiheit, solange der Kampf andauert. Sie sind verloren ohne Gegenwert. Es ehrt Sie wegen Ihres Einsatzwillens, so ein hirnverbranntes Himmelfahrtskommando vorzuschlagen. Aber ich lasse mich nicht darauf ein. Ich wäre für den Verlust der Geschütze verantwortlich. Dafür, dass die Tanks unsere ausgedünnten Stellungen noch schneller, weil leichter durchstoßen. – Paul blieb ruhig. – Wir können den Feind durch Artilleriefeuer in der Nacht ablenken. Die Toms werden meinen, wir seien nervös geworden und darauf gelassen reagieren, ihre Kräfte für den Morgen schonen. Für uns zählt nur, dass sie nicht auf den Wald achten und ihre Posten es dort nicht übermäßig knacken und quietschen hören. Es ist unsere Pflicht, auch nur die geringste Chance zum Erfolg zu ergreifen. Verloren sind wir eh, wie Sie wissen. – Er schloss die Artillerie in das angeordnete Untergangsszenarion ein, obwohl er den Befehl zum baldigen Abzug hatte. Damit konnte er punkten. Der Oleu hatte Fronterfahrung genug, um zu merken, dass niemand an das Gelingen des Plans glaubte, seine Infanterieoffiziere jedoch der Meinung waren, dass es besser alle gemeinsam treffen sollte, wenn das Oberkommando sie zum glorreichen Untergang verdammt hatte. Prodek will allen voran sterben. Ihn daran hindern, um seine Kanonen zu retten, brachte den Kommandeur in eine üble Lage. Lehnte er Prodeks Ansinnen ab, würde die Moral seiner Offiziere auf Null sinken. Beim ersten Wanken der Front unter dem Ansturm der britischen Tanks würden sie sich ergeben. Dann kämen er selber und die Artillerie gar nicht mehr rechtzeitig an sicheren Ort. – Ich sehe es an Ihren Mienen, meine Herren Offiziere. Sie wollen den Strohhalm ergreifen. Gehen wir Kamele an Prodeks Händchen durch ein Nadelöhr. Ich sehe, ich stehe allein mit meinem Widerstand. Werde mich also ihretwegen auf das Kriegsgericht einstellen müssen, sollte ich überleben und nicht gefangen werden. –

Fügung ist ein Wort, gefügiger als Zufall, Glück, Geschick oder Schicksal. Es reicht vom Himmel bis in schlicht irdisches Gewerke. Es eignet sich vorzüglich, das Gelingen von Pauls Plan zu benennen: Alles fügte sich. Nicht wie ein Wunder, und doch, als hätte es jemand von weit oben angeordnet. Die Engländer nahmen den nächtlichen Beschuss durch die deutsche Artillerie, wie zu erwarten, als ein Zeichen deutscher Nervosität. German Angst vor den Tanks ging drüben um, das wussten sie schon lange. Sie antworteten pflichtgemäß und sehr gelassen mit gelegentlichem

Abschuss von Blendgranaten. Der Austausch reichte aus, verdächtig langes Blätterrauschen und Knacken von Zweigen und Achsen auf dem Holzweg im Waldstück gegenüber zu verdecken. Gleichwohl wären die deutschen Kanonen auf der Fahrbahn von den Spähtrupps schon in der Frühdämmerung erkannt und gemeldet worden, hätte nicht die Frische der Nacht Nebelschwaden aufsteigen lassen, die sich in der Talmulde sammelten und nur langsam als Tau in den Boden sanken. Sie begünstigten die Deutschen mehrfach und behinderten sie nur wenig. Die Engländer meinten, wenn ihre Tanks unversehens aus dem Nebel vor den deutschen Gräben auftauchten, steigerte es den Schrecken, den die gepanzerten Ungetüme noch immer auslösten. Sie gaben den Befehl zum Vorstoß einige Minuten vor der vorgesehenen Zeit. Die Tanks waren schon unterwegs, als pommersche Infantristen, den Nebel nutzend, über die Straße stürmten und die nahegelegenen Spähposten des Gegners niedermachten oder vertrieben. Mit solcher Aktion hatte niemand dort gerechnet. Man kannte die deutsche Truppenstärke. Wie Paul erwartet hatte, war die Kommunikation mit den Tanks unmöglich, wenn sie sich auf dem Vormarsch befanden. Und Paul wusste seit ihrer Offensive an der Somme von 1916, dass britische Soldaten gegebene Befehle sturer befolgen als deutsche. Über 70.000 Mann hatten sie dort an einem Tag Sturmangriff verloren. Obwohl ihre ersten Reihen schon in Gänze von den deutschen Maschinengewehren niedergemäht waren, liefen die nachfolgenden weiter wie befohlen in das Feuer des Feindes. Zwar machte der verbliebene Dunst auf der Straße Pauls Leuten gezieltes Schießen so gut wie unmöglich. Aber das war gar nicht nötig. Die dröhnenden Motoren ließen die Position der Tanks ziemlich genau erahnen. Waren sie auf der Straße angelangt, wurde der Schall vom Wald wie von einem Trichter eingesogen und den deutschen Artilleristen ins Ohr geblasen. Vorsorglich hatte sich Paul an der einen Ecke des Waldstücks postiert, an der anderen stand Feldwebel Kleband als Freiwilliger. Sie gaben Signale für Feuer und Richtweite. Die riesigen Geschosse sausten in ihren glühenden Stahlmänteln an ihnen vorbei. Paul ging schwindlig zu Boden. Schlimmer als sinnlos ist der Erfolg eines Tages, dachte er und kroch zu seiner Batterie zurück.

Der Beschuss von der Seite her und ganz aus der Nähe übertraf die Erwartungen. Wurde ein Tank voll getroffen, überschlug er sich mehrfach, traf dabei häufig einen Gefährten nebenan oder ein anderer fuhr auf, und beide brannten aus. Innerhalb einer Viertelstunde lagen auf beiden Seiten des Waldes mehr als ein Dutzend Tanks abgeschlachtet und ausgebrannt am Boden. Die Fahrer der nachfolgenden oder in größerer Entfernung fahrenden Tanks waren durch das Geschehen vor ihren Augen derart verunsichert, dass sie das genau Falsche taten: Ihre Fahrt abbremsten und dadurch ein leichtes Ziel der wenigen noch auf den Höhen postierten deutschen Geschütze wurden. Zwar hatte sich die britische Artillerie inzwischen auf die deutschen Kanonen auf der Nationalstraße eingeschossen und bereits zwei von ihnen samt Mannschaften ausgeschaltet. Aber es war zu spät. Der Vorstoß mit überlegener Technik war gescheitert. Die Infanterie trat nicht mehr zum Angriff an, weil die deutsche Linie stand und man aus der Tiefe geggen einen annähernd gleich starken Feind anrennen musste. Paul gab den Befehl zum Rückzug. Zwei noch gefechtsbereite Geschütze wurden in der folgenden Nacht unter Geplänkel im Wald geborgen.

Als Paul mit dem Gros seiner Leute in die Linie zurückkehrte und mit Jubel selbst aus fernen Gräben überschüttet wurde, hatte Oberstleutnant Bengelbanz seinen Teil zur Fügung bereits beigetragen, weil er vorzeitig, schon als die ersten Tanks brannten, dem Stab gemeldet hatte, der Angriff sei erfolgreich abgeschlagen. Das erlaubte der Division, ihre Reserven gezielt nach St. Clothe-de-la-Fontaine zu senden, wo den britischen Tanks der Durchbruch auf Anhieb gelungen war. Mehr als eine Beule in die deutsche Front zu drücken, gelang ihnen wegen der unerwarteten deutschen Verstärkung nicht. Die Briten zogen sich zwei Tage später auf ihre Ausganspositionen zurück. Am dritten Kampfplatz, bei Vocque-le-Gringange, rettete die Gunst des Geländes die Deutschen. Zwar hatten auch hier die Tanks schnell die Befestigungen und Gräben durchstoßen, es gelang den nachrückenden Waliser Garden aber nicht, die deutsche Front, wie vorgesehen, aufzurollen. Anhaltinische Jäger verteidigten verbissen eine steil aufragende Waldkuppe, gegen die weder die Tanks noch die Artillerie ankam. Sie fügten den walisischen Einheiten durch neuartige Minenwerfer derartige Verluste zu, dass die britische Führung genervt aufgab und auch die Tanks, nachdem sie eine Weile sinnlos im Kreis herumgekurvt waren, zurückfuhren. Allerdings ging hier nur 1 Panzerfahrzeug durch Motorschaden verloren, während in Bengelbanz' Abschnitt 31 vernichtet worden waren, davon allein 22 durch Pauls Einheit. Ein Posaunenstoß war das für den Tagesbericht der OHL. Am wichtigsten dabei: Die Front hatte in diesem Abschnitt standgehalten. Es war eines der letzten erfolgreichen deutschen Abwehrgefechte und schrie nach Auszeichnung.

Sie folgte drei Tage darauf. Da sowohl Oberstleutnant Bengelbanz als auch Paul bereits Träger des EK I waren, der Pour le Mérite zu hoch gegriffen schien, beförderte die Heeresleitung die beiden im Rang. Der Oleu wurde zum Obersten und stellvertretenden Divisionkommandeur ernannt, Paul zum Major. Als der frisch gebackene Oberst Paul die Ernennungsurkunde samt der neuen Schulterstücke überreichte, betonte er, wie sehr die hochverdiente Beförderung der Tatsache zu verdanken sei, dass er beim Stab den Beitrag des Untergebenen zum Gelingen der tolldreisten Aktion herausgestrichen habe. Paul kenne ja die Bedenken gegen ihn dort. Paul hätte die Urkunde am liebsten zerrissen. Da er nie tat, wonach ihn aus tiefstem Herzen verlangte, nahm er sie schweigend entgegen, faltete sie und drehte sich weg. Der bleibt ewig ein Arschloch, dachte Bengelbanz. Verdienste hin oder her.

So endete Pauls soldatische Karriere in jener Zwischenschicht der Majore und Oberstleutnante, die recht weder zu den Truppen noch zu den Führungsoffizieren gehören. Etwas herausgehoben. In Friedenszeiten wäre er wohl, wie so viele, an der Majorsecke gescheitert. Was ging ihn das alles noch an? Ich tue mit nach Kräften, wohlwissend, alles ist längst verloren. Es ist meine Pflicht. Und wenn überhaupt, dann gut.

Als Fremder gegen Fremde

Nach ihrer Heimkehr lebten sie drei gute ruhige Jahre im großen Familienkreis. Johanna hatte inzwischen vier Kinder: zwei Mädchen, zwei Buben. Ideale Spielgefährten für Charlottes Trio. Sie zogen gemeinsam aus auf Fotoexpeditionen. Johannas Stirn war von der Nasenwurzel zum Haarschopf hin von zwei dicken Falten durchzogen. Ihre Jugendschönheit verflogen. Sie klagte über Kopfschmerzen und Appetitlosigkeit. Sie suchte sogleich wieder die körperliche Annäherung an Charlotte, die wegen deren Besuchen in Luckenwalde nie völlig abgerissen war. Charlottes Gewissensbisse steigerten sich durch Pauls Ehebruch. Sicher, ihre Beziehung zu Johanna war nicht vergleichbar mit Pauls rasender Leidenschaft für Laura. Aber sie betrog ihn, weil sie nichts sagte. Sie legte Johanna schließlich auf, über wildes Küssen nicht mehr hinauszugehen. Johanna drängte weiter. – Du verdankst ihn nur mir. – Sie gefiel sich darin, mit ihrem großen Bruder die Frau zu teilen. Darin lag Macht und Angst.

Charlotte half nebenher ihren Eltern im Geschäft. Es expandierte wegen der kommenden Sektsteuer. Jeder, der über etwas Geld und einen feuchten Keller verfügte, legte sich ein Lager Schaumweinflaschen an. Dass es die einzige noch sichere Anlage für kleine Leute und Mittelstand war, sollte sich bald zeigen.

Paul erzählte seiner Schwiegermutter von der Affäre mit Laura, um jede erneute körperliche Annäherung abzufangen. Er fuhr täglich mit der Bahn ins nahe Jüterbog. Seine neue Tätigkeit bereitete ihm unerwartet Freude, weil sie ihm gestattete, seine pädagogischen Fähigkeiten zu entfalten. Das hinderte ihn nicht daran, über das stehende Gewerbe der Artillerie zu schimpfen. Er erhält als pro-forma Gardeoffizier eine Zulage. Von nun ab konnte er die Familie nach ihrem bisherigen Lebensstil allein unterhalten. Es war unwichtig für die Beziehungen zu den Menschen, die er liebte; dennoch war Paul erleichtert. Charlotte nahm es wahr. Dabei habe ich mich ihm doch mehr gefügt, als ich je ohne meinen finanziellen Rückhalt, der uns allen das Leben erleichterte, getan hätte. Hat er das nicht gemerkt? Ich fühlte mich schuldig ihm gegenüber, weil ich ihm etwas voraushatte. Von ihm abhängig, hätte ich wohl fast zwanghaft mehr Selbstbehauptung gesucht und ihm wegen der Affäre mit Laura eine fürchterliche Szene gemacht, wäre nachtragend gewesen, misstrauisch geworden. Bei der Geschichte mit den Zigeunern war er selbst gespalten, wollte es nur nicht zugeben. Was für dumme Gedanken – all sowas! Es läuft doch, wie es besser gar nicht geht.
Pauls Bruder Botho wirkte inzwischen als bestallter Landgerichtsrat am Ort, während Sigismund am Oberlandesgericht in Königsberg seine praktische Ausbildung angetreten hatte. Referendariat nannte man das neuerdings. Auscultator war endgültig ein abgetragenes Wort. Vater und Mutter ging es zum ersten Male richtig gut; sie freuten sich, dass, abgesehen von den beiden jüngeren Töchtern alle Kinder ihr sicheres Auskommen gefunden hatten. Sie sahen vieles aus glücklicher Entfernung. Der Vater wiederholte Paul bei jedem Zusammentreffen in allerlei Variationen die Examensfragen, die seinen beiden Juristensöhnen gestellt worden waren, vor allem ihre brillanten Antworten. Er erzählte vom Lob der Examinatoren. Paul zeigte sich jedes Mal begeistert, weil er, obwohl schuldlos am Schmerz des Vaters über das Ausbrechen aus der erwünschten Bahn, sein Gewissen durch Bothos und Siggis weisungsgemäße Erfolge entlastet fühlte.

Charlottes Wunde war tatsächlich schneller als gedacht verheilt. Solche Liebesanfälle kommen vor. Sie mühte sich, in das eheliche Liebesleben wieder Einfälle und Spiele zu bringen. Paul bremste zunächst behutsam, verweigerte sich schließlich, weil er es als gekünstelt empfand.
– Nicht mehr so, Etta. Das war der Aufbruch. Er war einzig in unserem Leben. Wir haben es, wie du *„Der von Leidenschaft Getriebene verurteilt sich dazu,* wolltest, für immer festgehalten. *auf immer abstinent zu sein.“* Lass uns von nun an unsere Liebe ruhig feiern. Traditionell, wenn du willst.

Eine Rückkehr in die erste Zeit wirkte jetzt verkrampft. Schnapsideen, so herrlich sie sind, halten nicht lange vor. Die Enttäuschung wäre bitter. Ruhig heißt nicht, weniger intensiv. –
– Bist du sicher, dass du dir und mir nichts vormachst? Ich weiß, das Wichtigste sind jetzt ohnehin die Kinder. –
– Etta, du missverstehst mich. Ich liebe dich nicht weniger als früher. Ich liebe dich sogar gewisser, weil du mir wegen Laura keine Vorwürfe, gar eine Eifersuchtsszene gemacht, sondern für Heilung gesorgt hast. Du wirst es spüren. Niemand geht in tiefster Seele so vertraut miteinander um wie wir. Das führt unsere Körper. Du wirst sehen. Vertrau mir wie immer. Und vergiss nicht, ab dem Frühjahr kommt wieder unsere Schaukel zu ihrem Recht. Einen Happen Spielen gönnen wir uns also weiter. –
Sie blickte ihn erwartungsvoll an. – Gespannt bin ich schon, wie es mit uns weitergehen wird. Begehrst du mich überhaupt noch? –
– Etta, so ein Quatsch! Natürlich; aber darauf kommt es nicht entscheidend an. Wir gehören zusammen. Dies Wissen ist das Wichtigste. –
– Ich habe mich beschmutzt gefühlt durch deinen Gefühlsausbruch für eine andere. –
– Beschmutzt? Wieso? –
– Wenn du es nicht verstehst, nützt es nichts, dir mein Gefühl zu erklären. Trotzdem tue ich es. Und wenn du jetzt lachst, über das, was ich sage, verachte ich dich mein Leben lang, weil ich dir, selbst dir, noch nie etwas so Vertrauliches gesagt habe. Ich hab mich immer als Schatztruhe gefühlt und war stolz darauf. Weil zu einer Schatztruhe nur ein Schlüssel passt. Und der Schlüssel darf nicht zu anderen Truhen passen. –
Paul schaute betreten zu Boden. Er mochte nicht denken, wie albern und zugleich anmaßend entzückend er das Bild fand. Er hütete sich, gegenzufragen: Auch nicht zu anderen Schatztruhen? Er küsste sie stattdessen ins Haar. – Schön hast du das gesagt. Weißt du, die Truhe und was sie birgt, ist immer wertvoller als der Schlüssel. – Soviel, wie sie vorgibt, kann sie nicht vertragen. Dabei war es für mich schlimmer. Ich stand im Konflikt. Sie hatte zu befinden. –Ja, aber stünde die Truhe offen, gäbe es gar keinen Schatz. – Er grinste. –Was du aus mir gemacht hast! Ich brauchte dich nur zu entdecken. Und wusste gar nicht, dass ich den passenden Schlüssel hatte. –

Sie erfuhr, wie gut es weniger verspielt, dafür romantischer nach seiner Art lief. Sie seufzte dann häufig, gar nicht resigniert, sondern mit sich, mit ihm, mit der Welt aufs Neue zufrieden. Ein Zweifel freilich blieb: Wird es anhalten? Sie hatte nicht erwartet, dass er sich so bald fangen würde. Und es schien, als habe er sich gefangen.

Suchte er Katjas Grab auf, fand er dort meist eine einzeln liegende Blume. Die legte nicht seine Mutter dort hin, denn er hatte die Grabpflege seit der Rückkehr übernommen. Er wusste, dass Charlotte die Blume hinlegte. Er fragte nicht. Sprach nie über Katja mit ihr. Anders als Etta meint, kann man nicht alles teilen.

Während dieser Zeit brach nach vielen Zänkereien ein offener Streit zwischen Paul und seinem Schwiegervater aus. Die Familie aß seit ihrer Rückkehr sonntags im Hause Werthland zu Mittag. Hin und wieder sind Pauls Eltern oder ein Geschwister mit Familie dazu geladen. Diesmal war es nur der kleine Kreis. Charlotte und ihre Mutter kochten gemeinsam. Während die Kinder im Garten herumtollten, saßen Paul und sein Schwiegervater gewöhnlich bei einem Glas Sherry zusammen und plauderten. Konventionell. Auf schmalem Grat. Charlotte verließ häufig die Küche, um zu sehen, ob in der guten Stube nichts anbrannte.

Sie versuchte, unverfängliche Themen einzubringen. Selten gelang es. Schwiegervater und Schwiegersohn gerieten regelmäßig in Harnisch, weil Berthold Werthland nie darüber hinweg gekommen war, dass Charlotte einen Mann geheiratet hatte, der seine Familie nicht standesgemäß unterhalten konnte und fortlaufend am Vermögen seiner in ihn vernarrten Frau nassauerte, wie der Schwiegervater es gegenüber Freunden ungeniert nannte. Das, obwohl wegen dieser Heirat sein Geschäft über ein Jahr lang 45% Umsatz und 55% Gewinn eingebüßt hatte. Berthold Werthland wußte, dass seine Tochter glücklich war, die Ehe gut lief wie ganz selten eine. Sie haben begabte Kinder; trotzdem habe ich nicht den ersehnten Nachfolger für das Geschäft bekommen. Der Zuchtbulle hat versagt, sich dabei gut durchfüttern lassen. Wegen seiner Eigensinnigkeit ging seine Karriere nicht vonstatten. Hat er nicht nötig. Das Geld stimmt dank seiner Frau Bankkonto, über das er verfügt. Ich habe ihm eine halbwegs angesehene Stellung besorgt. Allein hätte er die nie bekommen. Nicht einmal beim Rauchen kommen wir uns näher. Der Herr Oberleu raucht nicht, sondern tut nur so. Paul zündete sich beim Zusammentreffen, um gefällig zu sein, meist einen Zigarillo an. Einen Krummen Hund, weil er ihn optisch mochte. Da er aber kaum an dem verbogenen Stängel saugte, ging der dauernd aus. Berthold Werthland befand, dies sei Ausdruck tiefer Missachtung seiner Person und seines Geschäfts, obwohl dieses die materielle Grundlage des Eheglücks seiner Tochter und der geistigen Zwanglosigkeit seines Schwiegersohnes war.

Paul fand die Borniertheit des Schwiegervaters unerträglich, weil er Charlottes quirlige Geistigkeit gewöhnt war. Die gegenseitige Geringschätzung schaffte eine Spannung, die ein Reizwort schnell zur Entladung brachte. Paul gelang es trotz guter Vorsätze nicht, mit seinen aus der Denkkonvention fallenden Ansichten zurückzuhalten, wenn er sich herausgefordert fühlte.

Mitte 1913 kam es in Luckenwalde erstmals seit langem wieder zu größeren Arbeitskämpfen, weil die Löhne in einigen Tuchfabriken infolge verschärfter internationaler Konkurrenz um 5% gesenkt wurden. Die Gewerkschaftsführer hatten zum Streik in allen Fabriken aufgerufen, auch in denen, für die zunächst keine Lohnkürzungen angekündigt waren. Sie nahmen nicht zu Unrecht an, die Arbeiterschaft sollte gespalten werden, und die Unternehmer würden nach ihrem ersten Erfolg auch in den anderen Fabriken Kürzungen durchsetzen. Der Schwiegervater griff die Gewerkschafter und Sozialdemokraten als unverantwortliche Hasardeure und Demagogen an. Der Streik in allen Luckenwalder Tuchfabriken würde binnen einer Woche die Region wirtschaftlich ruinieren. Die Konkurrenz in der Rheinprovinz, in Sachsen und vor allem England lache sich ins Fäustchen. Paul verteidigte die Arbeiter. Es ginge ihnen dreckig genug. Endlich wehrten sie sich einmal geschlossen gegen Lohndrückerei. Die Unternehmer sollten sich mit geringeren Gewinnen zufrieden geben. Warum soll der Konkurrenzdruck immer nur zulasten der Arbeiter gehen? Ein Wort gab das andere. Der Schwiegervater zieh Paul einen Ignoranten, der von angemessener Kapitalverzinsung, vom Marktzins überhaupt, nichts wisse, deshalb ökonomischen Stuss rede. Er nannte ihn einen Hochverräter in Uniform, einen Eidbrüchigen, einen Aufwiegler. All das käme nur daher, weil der Herr Oberleutnant bisher nicht in der Lage gewesen sei, seine Familie angemessen zu ernähren. Kein Wunder, dass du Solidarität mit jedem Habenichts übst. Du schnorrst über die Aktien deiner Frau, meiner Tochter, in unverschämter Weise von der Rendite der Fabriken und fällst den Unternehmern, die deine Familie und dich wie so viele andere ernähren, in den Rücken. Die neue Stellung in Jüterbog mit dem Garde-Einkommen verdankst du allein meiner Fürsprache.

Paul ließ die Beleidigungen zunächst abprallen. Bei den letzten Worten wurde er aschfahl, stand auf und sagte, er gehe und esse zu Hause Bratkartoffeln und Spiegelei. Er habe nie von jemanden einen Pfennig erbeten, sei bereit, alles, aber auch alles, was er von Charlotte an Geschenken erhalten habe, ihm, der Quelle dieses Luxus, vor die Haustür zu schmeißen und, so dies unmöglich sei, in Monatsraten zurückerstatten. Er wolle sofort mit der Schnorrerei Schluss machen und nicht länger am reich gedeckten Tisch eines so gehässigen und engherzigen Menschen, wie der Schwiegervater einer sei, sitzen. Er werde aus dem geschenkten Haus ausziehen und für die Familie eine Wohnung in Jüterbog mieten. Das könne er sich leisten. Die Stelle verdanke er seiner Eignung. Er verließ das Haus. An seinen Arm hängte sich sogleich Maja. Sie hatte als erste die lauter werdenden Töne im Salon wahrgenommen und war an Pa‘s Seite geeilt, hatte sich vor ihn gestellt und den Opa ein gemeines Aas gescholten. Die Respektlosigkeit der Enkeltochter brachte Werthland vollends in Rage. Da haben wir‘s. Er hetzt die Kinder gegen mich auf. Die beiden Jüngeren hielten es für besser, den Streit der Erwachsenen zu meiden. Charlotte hatte in der Küche mit dem Holzhammer Schnitzel weich geklopft und zunächst nichts vernommen. Sie lief Paul und Maja mit hochgekrempelten Ärmeln und Fingern voll Mehlschwitze ‚Paolusso' rufend hinterher. Er solle zurückkommen, alles werde bereinigt.

Inzwischen hatte Auguste Werthland ihrem Mann die dicke Brasil aus dem Mund gerissen und auf dem wertvollen Kasack zerstampft. Sie polterte auf ihn ein. Fragte, ob er verdreht im Kopf sei. Zehn Jahre habe sie ihre Tochter entbehrt. Jetzt, wo sie endlich sonntags eine richtige große Familie seien wie alle anderen anständigen Leute im Ort, ein Leben lang habe sie sich danach gesehnt, mache er durch tramplige Rechthaberei alles zunichte. Seinen politischen und ökonomischen Ansichten wolle sie nicht widersprechen. Aber hier gehe es um die Familie, die sei wichtiger als alles draußen herum. Die verfluchte Politik nehme sowieso ihren Lauf, wie sie wolle. Wir ändern kein Deut dran. Und Paul sei nun mal ein sympathischer Idealist. Das sei liebenswert, wie alles an ihm. Wozu Streit und Hader im Haus? Wenn er Paul nicht zurückbitte, werde auch sie das Haus verlassen und für Paul drüben kochen. Dann könne er hier seinen Sonntag alleine absitzen. Paul möge manchmal verschrobene Ansichten haben und nicht viel Geld verdienen, aber er sei und bleibe der schönste Mann in Luckenwalde. Er sei obendrein ein hochanständiger Kerl im Vergleich zu all den Kofmichs. Sämtliche Weiber der Stadt, ob jung oder alt, seien närrisch nach ihm und grün vor Neid auf Charlotte. Sie höre in der Stadt immerzu von Paul schwärmen, und das ist mir die schönste Lebensfreude, viel mehr wert als dein ganzer Räucherladen. Freust du dich, dass du jetzt den Klatsch- und Tratschmäulern Material für ein ganzes Jahr geliefert hast? Wunderbar hast du das hingekriegt. Morgen werde ich hämische Fragen von allen Seiten hören, ob denn wirklich alles in Ordnung sei in der ‚so belastet begonnenen Ehe', wie sie scheinheilig säuseln werden. Das wird ein Frohlocken über den auf die offene Straße getragenen Streit sein. Die Schandmäuler! Sie mochte ihrem Mann am liebsten mit ihren klebrigen Fingern links und rechts eine langen. Berthold Wieland druckste herum.

Charlotte war es inzwischen gelungen, Paul zu beruhigen. Er war stehen geblieben und knurrte, dass er bereit sei, umzukehren und dem Schwiegervater die Hand zu reichen, wenn der die Verunglimpfung zurücknähme. Er habe nicht nach Geld geheiratet und sich von Charlottes Vermögen nie persönlich etwas gekauft, sich überhaupt nie im Mindesten darum bekümmert. Ihre Geschenke habe er natürlich nicht zurückgewiesen. Wie denn? Das Geld, das sie ihm für seine Ausstattung und Ausbildung zum Leutnant gegeben hätte, habe er genommen, weil er sonst ausgewandert und jetzt vielleicht ein reicher Kaffee- oder Sisal-Farmer in Ostafrika wäre. Im Haus in Luckenwalde hätten sie nur kurze Zeit gewohnt, er sei aber, wie er dem Schwiegervater gesagt habe, bereit auszuziehen. Charlotte solle ihren Vater fragen, ob er sich für die Herabsetzung förmlich entschuldige.
– Ansonsten werde ich alles tun wie angekündigt. Ich warte hier. Mir ist wurscht, was die Passanten oder die Luger hinter den Gardinen denken und hecheln. Ich warte nicht lange. –
– Lupo, was erzählst du mir das alles? Ist lächerlich zwischen uns. Weißt du selbst. Reg dich bitte nicht mehr auf! Mein Vater wird sich entschuldigen. Aber bitte nimm es ihm nicht krumm. Er hat seine Art wie du deine. Ich möchte wetten, er bereut bereits, was er dir vorgeworfen hat. Er mag dich im Grunde sehr, gerade deswegen missfällt ihm deine politische Einstellung. Er hätte dich gern auf seiner Seite. Du säst Zweifel in seinem Innern, weil du Argumente hast, die er nicht widerlegen kann. Wer mag das schon? –
– Warum machst du es deinem Vater nicht ein für alle Mal klar, wie es sich zwischen uns verhält? Gerade in puncto Moneten. Dass mir dein Geld scheißegal war, ist und bleiben wird. Du hast mir gefallen. Deine Art! Dein Anderssein. Dein Selbstbewusstsein ohne Geltungssucht! – Er schreit diesen Viersatz.
– Schscht! Mach nicht alles noch schlimmer. Mein Vater weiß das. Er hat es mir zigmal auf meine Vorhaltungen hin gesagt. Nur, er weiß auch, wie er dich verletzen kann. Das macht er, wenn er gegen deine Argumente, die ihm gegen den Strich gehen, nicht mehr ankommt. Statt aufzuhören und dich im Gespräch triumphieren zu lassen. Wovon du eh nichts hast, starrsinniger Kerl, du. Und die Arbeiter haben auch nichts davon, wenn du meinen Vater widerlegst. –
– Als ob es mir darauf ankäme, ihn zu widerlegen. So eine Geistesgröße ist er nicht, dass ich daraus Befriedigung empfinge. Er ist zu weit gegangen. Ich habe ihn nicht beleidigt. Das würde mir nie in den Sinn kommen. Ich

nehme ihn und seine Argumente ernst, deshalb gehe ich darauf ein. Also frag ihn, ob er sich überwinden kann. Ich warte. –

Während Charlotte als Parlamentär in ihr Vaterhaus zurückkehrte, sagte Maja: – Geh nicht wieder hin, Pa. Ich habe gehört, was Opa Berthie gesagt hat. Das war hundsgemein. Ich koche zu Hause für uns. Ich kann das schon. – Paul drückte sie an die Brust: – Maja, das ist lieb von dir, wie du zu mir stehst. Aber weißt du, man muss im Leben verzeihen können, wenn jemand einsieht, dass er Unrecht getan hat. Wir Fünf zu Hause sind unverschämt glücklich miteinander. Wir sind frohe Menschen, mag es nicht immer leicht sein und hier und da mal Knatsch geben. Wir wissen gleich, dass es nicht schlimm ist. Fast ein Spaß, weil immer Sonnenschein zu langweilig wäre. Wir lieben uns eben. Opa Berthie ist trotz aller geschäftlichen Erfolge ein unzufriedener, bitterer Mann. Das musst du verstehen. Er hat zwei Kinder, zwei Söhne, verloren, die sein Geschäft übernehmen sollten. Womöglich ein neues gründen. Er wollte gerade deswegen immer einen Geschäftsmann als Schwiegersohn. Ich habe seine Erwartungen nicht erfüllt; nun widerspreche ich sogar seinen politischen Überzeugungen. Er sieht darin Verrat. So wichtig ist ihm sein Geschäft. Sein Herz hängt daran. Viel zu sehr. Sage ich etwas, das nicht nach seinem Geschmack ist, schießt sein langer, still gepflegter Gram als Bosheit gegen mich raus. Wir wollen Verständnis für ihn aufbringen, wenn er einsieht, dass er ungerecht zu mir war und es ihm leid tut. –
– Aber du bist doch vielviel mehr als ein Geschäftsmann. Du bist stark, du gehst mit starken Waffen um, du beschützt unser Land gegen seine Feinde. –
– Ach Maja! Ich wollte, es wäre, wie du sagst. Schwere Waffen. Puh! Ob sie dem Land einmal nützen werden, weiß ich nicht. Ein Land braucht tüchtige Leute überall. Als Fabrikanten, Bauern, Händler, als Gelehrte, als Arbeiter, und ganz zuletzt und vielleicht auch, als Soldaten. –
Das Mädchen schaute ihn entsetzt an. – Du glaubst nicht, dass, was du tust, für uns alle nützlich ist? –
Der Vater achtete nicht auf sie, schaute, ob Charlotte wieder käme. – Ich habe nie recht daran geglaubt. Meine Arbeit macht mir Spaß. Und die anderen meinen, sie sei enorm nützlich. Das reicht für uns alle, oder? –
– Nein! Es reicht nicht. Es ist schuftig, was du sagst. Man muss glauben, dass es wichtig und nützlich ist, was man tut. Ein Beruf ist nicht zum Spaßhaben da. Du machst mich traurig, Pa. Ich war stolz auf dich, weil du nicht fürs Geldverdienen gearbeitet hast. Jetzt sagst du, du tätest es, nur weil es dir Spaß macht. Das ist schlimmer. – Tränen traten in ihre Augen. Der Vater sah sie ungehalten an. Dann teilnahmsvoll. – Ach, Maja, meine liebe Große. Du meine Güte, was habe ich nun wieder gesagt …

Charlotte kehrte mit gewaschenen Händen zurück, sie wollte Paul einen Kuss geben und ihm sagen, dass ihr Vater bereit sei, sich zu entschuldigen, als ihr Blick auf die weinende Tochter fiel.
– Was hast du denn jetzt wieder angerichtet? –
– Pa hat mir etwas ganz Schlimmes gesagt. Du weißt das sicher schon immer, Ma. Aber für mich war es neu und schlimm. –

Charlotte blickte sprachlos von Mann zu Tochter. Auch das noch. Weinen auf offener Straße. Das Gerede wird Formen annehmen. Mir egal, aber für Mutter ist es ein Schlag. Ihr Lamentieren morgen, wenn sie vom Einkaufen kommt. Immer kommt sie zu mir damit.

– Lass uns über diese Lebensfragen einmal in Ruhe reden, Große. Nur wir beide. Die anderen verstehen das sowieso nicht. –
– Au ja! – Ihre Augen glänzten. – Ich will dich doch in allem verstehen, Pa. Du machst es mir so schwer. In den Geschichten, die ich lese, steht immer das Gegenteil von dem, was du sagst. Warum erzählst du mir von der Welt ganz anders als die Lehrer und Bücher? – Sie schluckte. Der Vater streichelte ihr Haar. – Ich weiß auch nicht, Maja. Vielleicht wirst du es einmal erkennen, wer recht hat. – – Du willst es also nicht sagen? –
– Siehst du, das hast du schon begriffen. Das macht mir Mut. Wenn du es wirklich möchtest, sprechen wir mal darüber ganz allein zu zweit. Über meine verqueren Ansichten von der Welt. – – Du möchtest es also nicht? Dann warte ich, bis du es einmal möchtest. – – Ich glaube, es ist höchste Zeit, wird aber schwer für dich. – Maja dachte nach. – Ich will. –

Zurück im Hause, ging Paul auf seinen Schwiegervater zu, reichte ihm schweigend die Hand, und als der etwas unbeholfen herum stammelte, es tue ihm schrecklich leid, er habe es nicht so …, unterbrach ihn Paul sogleich und sagte: – Lass gut sein, Vater. Als Tölpel wollen wir ein Glas auf unser beider Torheit trinken und gemeinsam eine Friedenszigarre rauchen. Die geht mir nicht aus. Verspreche ich dir. In unserer Dickfälligkeit sind wir uns gleich und einig. Zum Glück haben wir gescheite Frauen. – Berthold Werthland hütete sich, etwas auf diesen Satz zu erwidern.

Ein ruhiges Jahr später bricht der verhängnisvolle Sommer 1914 herein. In Pracht und Wohlgefälligkeit. Die Erde ist trächtig; die Ernte steht zum Einholen bereit. Die Herden brüllen auf den Weiden. Euter und Hoden quellen über. Die europäischen Staaten sind mächtig. Übermächtig. Überträchtig. Sie leiden am Drang, sich weiter auszubreiten; denn wer hat, der schreit am heftigsten nach mehr. Man gibt sich weiter christlich.

Es tut der satten Seele gut; aber es zwängt und zwickt. Alle wollen mehr und mehr, immer mehr. Jeder fühlt sich deshalb vom anderen bedroht. Allianzen werden geschmiedet, geschlossen, gebrochen. Unter das Gefühl der Bedrohung schiebt sich Siegesgewissheit. Der seit zwei Jahrhunderten entfesselte Verstand hat sich auf große Fahrt begeben. Der Tatendrang ist gewaltig, der Alltag fad. Abhilfe schaffen vermögen nur Krieg oder berstendes Lachen. Warum lädt der belgische König die europäischen Staatsoberhäupter, Monarchen wie Republikaner, nicht ein, gemeinsam gegen das Männeken Piss anzupinkeln? Ein Bild davon, ausnahmsweise auch auf der ersten Seite der ‚Times', befreite Europa von einem Alpdruck. Stattdessen werden im Haag Friedenskonferenzen abgehalten. Fädeln an fadem Zeug. Es werden hehre Grundsätze zu Papier gebracht, keine Reißleinen gestrickt.

Das Ende des alten Europa ist gekommen, weil trotz Geistesfortschritt die Logik des Krieges weiter uneingeschränkt herrscht. Wie das möglich war? Angst und Liebe drängen dazu, sich zu entladen. Jeder will lieben, und auf diesem Boden lässt Angst sich züchten wie Rosenkohl, wenn Anführer und Pressekohorten es wollen, weil es ihnen nützt. Der Verstand kommt nicht dagegen an. Bildet es sich ein. Das erhöht die Gefahren, weil er immer wirksamere Waffen schafft.

Von der Poesie, auf der die Sicherheit der Throne beruht, sind Reste vorhanden. Doch die Reichen und Besitzenden aller europäischen Staaten fürchten sich vor der Klasse, die sie geschaffen haben, auf deren Verfügbarkeit und Fügsamkeit ihre Macht und ihr Reichtum gründen: den Handlangern, den Arbeitern, den kleinen Angestellten. Die werden aufsässig. Wollen teilhaben am Reichtum. Die Bangenden wissen Rat. Sie säen Angst, sie schüren Angst, sie hegen die Angst. Die Angst vor dem Gleichanderen. Hetzen wir sie aufeinander, dann können wir sie getrost bewaffnen, denn sie werden sich gegenseitig die Schädel einschlagen und sich am Sieg übereinander berauschen, statt uns zu bekriegen. Sprechen wir nicht dieselbe Sprache wie sie? Sind wir nicht **ein Volk**? **EINE NATION?** Es lebe das **Volk**! Es lebe **DIE NATION! DIE HEILIGE NATION.** Der Patriot ist willig, weil er liebt. Wir sitzen in einem Boot. Du bist *mein* lieber Arbeiter. Du liebst *Dein* Land, *Deine* Familie. Die Arbeiter aller Länder, die nichts als ihre Ketten zu verlieren haben, sehnen sich nach Liebeserweisen. Sie saugen die Angst, die saure Milch der Meute. Sie glauben den Liebesbeteuerungen ihrer Herren, wenn sie aus den Mündern von Erwählten oder Gewählten kommen. Wie gut ihnen das tut. Klassenkampf war nie nach ihrem Geschmack. Ist er erfolgreich,

müssten wir regieren. Das können wir gar nicht. Verhetzt, verblendet, stürzen sie wie abgerichtete Rudel von Kampfhunden aufeinander los, um sich begeistert die Gurgeln durchzubeißen. Das können sie. Ihre Herren brauchen nicht mehr zu fürchten, die europäischen Arbeiter könnten die Waffen gemeinsam gegen die Herrschenden richten, um sich die Teilhabe an der Manna zu holen, die ihnen vorenthalten wird. Es wäre so leicht. **Adieu, Weltrevolution! Weltkrieg beginne!** Die Arbeiter nehmen als Feinde an, wen ihnen ihre Gebieter über die freie Presse zu Feinden erklären: Ihresgleichen, drüben gleich hinter der Grenze. Das Schicksal eint nicht, die Sprache trennt, die Sitten trennen – und so morden sie sich nieder. Feiern Blutorgien als Siege. Die Arbeiter sterben für die Blutsauger im eigenen Pelz, weil sie glauben, die Blutsauger und Arbeiter anderer Nationen wollten ihnen an den Pelz. Als ob die mehr saugen würden! Die Arbeiter hören in allen Ländern auf ihre Gebieter, nicht auf Marx und Engels. Das üble Spiel ist kinderleicht zu durchschauen. Aber die Arbeiter durchschauen es nicht, denn sie können ja lesen, und sie lesen ja **ihre Zeitungen**. Ein Vivat Bildung und Fortschritt! Zum Denken hat es noch nicht gereicht.
Denn die Arbeiter sind Kinder. SIE SEHNEN SICH DANACH, GESTREICHELT ZU WERDEN, SIE BEGEHREN LOB, SIE VERLANGEN NACH LIEBE. Sie wollen nicht erwachsen werden. Wer nach Liebe lechzt, will nicht durchschauen. Sie sind bereit, für die Liebeshymnen ihrer Presse, die Leidensgenossen aus anderen Ländern totzuschlagen, sich für ihre Herren totschlagen zu lassen. Krieg haben die Herren dekretiert, und die Arbeiter aller Länder gehorchen. Sie sind dabei. Fader Alltag, ade! WIR ziehen aus in die Schlacht. **WIR** kehren heim als **SIEGER!**
Umjubelt.

!WIR! WIR! WIR! WIRSINDEINEINZIGES GEWALTIGESWIRWIRWIR-Geschoss!>>>

Das alte Europa soll untergehen. So sieht es der Spielplan des Weltgeschicks vor. Sterben aus Habsucht, Herrschsucht, Neid, Langeweile, Dummheit. Unendlicher Dummheit. Aus allzu vielen flammenden Liebes- und Todesbegehren; die allesamt ehrlich gemeinter Kitsch sind.

Günther Anders: Die Antiquiertheit des Menschen.
Sämtliche Weichen sind seit Langem systematisch falsch gestellt worden. Die Züge rasen los und unaufhaltsam aufeinander zu; verkeilen sich ineinander, werden zu Trümmern und Schrott. Keiner hatte den Mut, vor

dem Zusammenprall die Notbremse zu ziehen. Aus Angst, als Feigling zu gelten. Europas Weg heißt fortan für Jahrzehnte: Aus Verblendung in die Zerstörung zu größerer Verblendung in größere Zerstörung. Am Ende: Einsammeln der Überreste und Wertmarkenausgabe. Zwei Lager. Wir Überlebenden wollen es zukünftig besser machen. Ein neuer Spielplan des Weltgeschicks mit neuen Tollheiten, Trollen, ach so vernünftigen diesmal und friedfertigen, ist längst angelaufen. Gier und Angst im Beieinander. Über dem Tisch: Schmusen; unter dem Tisch: Treten. Ideologien, Vaterländer überholt; nicht die Verblendung. Es gibt keine Schuldigen mehr und keine Unschuldigen. Schulden und Hypotheken vereinen. Das Wir zerronnen ins grenzenlose **Uns**. Gemeinsam genießen, was als begehrenswert von immer noch den gleichen Herren verschrieben wird. Zu groß sind die Portionen für die Mäuler, für die Mülltonnen. Weitermachen. Es wird schon halten. Revolutionen sind gar nicht mehr möglich. Die Produktivität verhindert Verelendung. Jedenfalls bei UNS.

Das Lehr-Regiment der Feld-Artillerie-Schießschule hat soeben seine Ausbildung beendet und neue Rekruten stehen vor der Tür. Es wird entschieden, das Regiment, wie es zusammengesetzt ist, sogleich zum Einsatz an die Westfront zu werfen. Der Jubel der Jungen aller Grade brandet auf. Die Mützen fliegen in die Höhe, die Decken in den Kasernen beben unter dem Freudengetrampel. Von der Ausbildung in die Tat! Zu Ruhm und Ehre! Mit Gott für Kaiser und Vaterland! Auf, auf zum Kampf, zum Kampf, zum Kampf sind wir geboren, dem Kaiser Wilhelm haben wir's geschworen, dem Kaiser Wilhelm reichen wir die Hand1 Der Sturm bricht los wie vor hundert Jahren. Gesegnet die Generation, der solches endlich wieder vergönnt ist. Sie tanzen um die Geschütze und Minenwerfer. Jauchzen aus den Saft ihren vor Lebens- und Sterbenswillen überquellenden Herzen. Sie trinken Bierfässer leer auf den Sieg an allen Fronten lange vor Weihnachten. Aufklärung ist die Befreiung aus der selbstverschuldeten Unmündigkeit erkannte Kant. Was sind Werte? Selbst verschuldete Gläubigkeit denkt Paul. Er steht am Rande des Trubels, schaut hinein und streicht mit der linken Faust über seine Lippen. Er denkt an die Sedantage. Das flackernde Schauspiel. Die kindliche Lust, das mitzuerleben. ‚Rotes Meer' heißt eine Straße in Jüterbog, weil dort vor fast 300 Jahren die Schweden ein Blutbad unter den Einwohnern angerichtet hatten. Menschenblut war in dikken Strömen die Straße hinuntergeflossen, heißt es in der Stadtchronik. Schall und Rauch, wenn man täglich daran vorbeigeht. Ein drolliger Name für eine Straße. Es hat 43 Jahre Frieden geherrscht. Sie kennen den Krieg aus dem Bilderbuch und als kaiserliche Herbstmanöver. Krieg kostet Kraft. Opfer. Ist damit höchstes Leben. Die jungen Männer, die Paul zum Kampf um Leben, Tod und Vernichtung angeleitet hat, erfahren die fürchterliche Sprengkraft der Kanonen täglich. Wie können sie jubeln, statt ernst und gefasst, am besten gar nicht, loszuziehen? Hab ich Angst vor dem Tod? Er kommt sowieso. Bloß weiß ich nicht, wofür ich **jetzt** mein Leben hingebe. Ich weiß nicht wofür ich kämpfe und sterbe, nicht einmal wofür ich siegen wollte. Die alte Form itzo gerät ihm in den Sinn. Sie klingt so lieb, so schön unförmig. Aber ich weiß auch nicht, weshalb ich mein Leben habe und weshalb es irgendwann fristgemäß endet. Weshalb es sich gerade itzo vollzieht, nicht früher, nicht später. Ich werde zu Hause fehlen. Das ist alles. Es tut mir leid. Mir wird nichts fehlen. So wie Katja nichts mehr fehlt. Sie werden es tragen. Trauer ist schön. Kehrt sich zur Verehrung. Im Grunde gibt es nichts Würdigeres im Leben. Werd' ich zum Krüppel, geb ich mir selbst den Rest. Der Tod ist keine Beleidigung des Menschseins. Verkrüppelung ist es. Gibt man dem Tod einen Sinn, verklärt sich sogleich das Leben in Sinn. Das Geheimnis allen Glaubens liegt darin. Wählt man selbst den Tod, ist die Schmach, Verlierer zu sein, dahin. Der Tod wird Ehre. Paul schaut auf die Begeisterung. Was denken sie? Ob sie denken? Sie denken nicht. Gar nicht. Ihr Gefühl ist schön und echt. Glück durchfährt sie, weil ihnen Werte eingeimpft wurden. Warum meine ich, es sei eine große Illusion, schlimmer, Lüge von oben? Jeder Sinn ist Illusion. Aber tut gut. So gut.

…im vergangenen Jahr hätten sich im Umkreis von Bridgeend 13 junge Menschen zwischen 17 und 27 Jahren erhängt. Britische Psychologen sprechen von einer virtuellen Unsterblichkeit, die die Jugendlichen offenbar fasziniere. Der Tod mache sie zu tragischen, ewig jungen Helden. Zudem sei ihnen für kurze Zeit ein hohes Maß an Aufmerksamkeit gewiss. Diese Gewissheit reiche aus, die Opfer müssten sie gar nicht mehr erleben.

…Sie reißen ihn weg. Zwischen den 11 noch lebenden Bergleuten liegen bereits zehn tote, erschlagen von herabfallenden Steinbrocken. Jederzeit kann es den nächsten treffen. Einer berichtet seinen Kameraden geheime Liebschaften. Ein anderer spricht erstmals von den erlebten Grausamkeiten auf dem Russlandfeldzug…

Zwei Tage später ist der Marschbefehl da. Seit dem 1. August stehen Menschen von Morgen bis in die Nacht aneinander gepresst in der Hauptstraße von Jüterbog und palavern. Sie können sich nicht sattsehen an dem Heerwurm, der aus den Kasernen zum Bahnhof zieht. Den frischen, leuchtenden Gesichtern, den wehrhaften Helmen mit der goldenen Kugel obenauf, den aufgeprotzten Geschützen, den Eichenzweigen, dem Gewinke, der Musik, den Gesängen, dem Johlen. Hochrufe, Blumen, Kränze, Ährensträuße. Von allen Fenstern wehen schwarz-weiß-rote Fahnen. Girlanden zieren die Häuserfronten Wir alle sind Sieger, bevor das erste Gefecht geschlagen ist. Aus den umliegenden Dörfern strömen die Bauern herbei. Sie haben die meisten Söhne. Sämtliche Einwohner Luckenwaldes, die sich fortbewegen können und nicht auf dringender Arbeit sind, kommen täglich herüber oder bleiben gleich da. Die Mietfuhrwerke machen Geschäfte wie nie, die Gaststätten, die Herbergen. Alle scheinen seit Jahren im Verborgenen auf diese hellen Tage im August gewartet zu haben. Jetzt ist es heraus. Mobilmachung!!! Keine Parteien mehr! Das ist gelebte, zutiefst erlebte Brüderlichkeit im Alltag, der keiner mehr ist. Ans Vaterland, ans teure, schließ dich an! Pauls Regiment ist früh dran, denn die Feldartillerie wird für den raschen Sturm über die feindlichen Grenzen gebraucht. Später folgen die größeren Kaliber, die Mörser und Langrohrgeschütze, um die Festungen des Feindes zu zermalmen.

Paul und Charlotte sprechen seit der deutschen Kriegserklärung an Russland und Frankreich nicht darüber, was sie fühlen, selbst kaum, was sie denken. Zum ersten Mal in ihrem Leben verschlägt es Charlotte die Sprache. Er kann sich nicht dazu entschließen, ihr zu sagen, was in ihm vorgeht. Ich bin absonderlich. Ich meine nicht, für das Vaterland, meine Frau und Kinder zu kämpfen, ich meine, sie zu verraten, wenn ich in den Kampf ziehe. Ihnen das sagen? Die beiden regeln akribisch das Erforderliche. Charlotte erhält Einsicht in Pauls Personalpapiere. Er zeigt ihr, wie man mit Hammer, Axt, Säge und Schraubenzieher umgeht, wie man die Heizung befeuert. Gemeinsam packen sie sein Handköfferchen mit den persönlichen Dingen. Paul legt in einem Testament fest, was mit ihm im Todesfall geschehen soll. Nach Möglichkeit Beerdigung in Luckenwalde. Nur die Familie am Grab. Keine Kirche. Kein Militär. Kein Pfarrer. Ein kurzer Fanfarenstoß soll erklingen.

Am Vorabend des Abmarsches, als er in die Kaserne einrücken muss, drückt er die Töchter an sich, küsst jede dreimal um den Hals, was sie auch mit ihm tun, weil es so schön kitzelt, dann auf den Mund. Die zwei Kleinen muss er dazu hochheben, zu Charlotte und der langbeinigen Maja beugt er sich hinunter. Paul ist ruhig. Je aufgeregter die anderen draußen grölen und zappeln, schreien, hasten, desto schweigsamer, desto starrer wird er. Ist es wirklich schöner, alt im Bett zu sterben als jung im Kampf? Was wählte ich, könnte ich frei entscheiden? Leiden ist die edelste Form von Lebensgenuss. Werde ich hier gebraucht? Schöner wär's wohl, wenn sie mich weiter hätten. Verlust blüht als Erinnerung zu höherer Gegenwart auf. Schwermut genießt sich wie Wermut, wenn man damit umzugehen vermag. Schön hab ich mir das gesagt. Mitleid ist wie Schwindel, man kann ihn nicht wegbefehlen: Handeln muss man, soll es vergehn. Lohnt es sich, weiter in einer Welt zu leben, die zu einem Krieg solchen Ausmaßes fähig ist? Was kann danach kommen? Alle Kriege mögen verbrecherisch gewesen sein, doch es gab Ziele, die wenigstens nachvollziehbar waren. Dieser Krieg ist schlimmer und ganz neu. Einzigartig, weil er von Grund auf sinnlos ist. Für alle. Weil es viel zu zerstören, aber nichts Sinnvolles zu erreichen gibt. Für kein Volk, keine Kriegspartei. Für nichts und niemanden. **Sieht das denn keiner?** Bin ich der einzige?

Er wusste, sie würde ihm ein Büchlein mit ins Feld geben. Sie zieht Rilkes Sonette hinter dem Rücken hervor und steckt sie ihm unter das Hemd, vor das Herz, streichelt seine wollige Brust. Das Büchlein wird dich behüten. Sie hat nach dickem Lippenstiftauftrag ihren Mund auf das Eingangsblatt gedrückt. Er hat den Krieg kommen sehen und bei einem Besuch in Leipzig im vorigen Jahr spontan ein Buch gekauft, das er in einer Auslage sah und ihn verwunderte: *Die gewaltigsten deutschen Waldbrände*. Sie sieht das Buch an, dann fragend in sein Gesicht. Lacht unschlüsig. – Öffne es! – Sie liest die Widmung: *Dem glühenden Scheit. Der dankbar immer lodernde, einst nasskalte Wald.* Sie blinzelt ihm zu. Sie umschlingen sich. Wir bleiben zusammen, Paolusso. Ich weiß es. Wenn ich falle, war dieser Moment es wert. Dann kommt der schwerste. Sie gehen zu Bett, ein letztes Mal gemeinsam für lange Zeit. Keiner traut sich als erster hinein. Er weiß, was sie erwartet. Sie liegen eine Weile schweigend nebeneinander. – So kenn ich dich gar nicht. –
– Verzeih! Es käme mir vor wie eine Henkersmahlzeit. Ich kann es nicht. –
– Werden wir es nicht bereuen? – Nur wenn es das letzte Mal gewesen wäre. Und das soll es nicht sein. In keinem Fall. –
Sie streicheln sich und erwachen Hand in Hand. Schauen sich an. Lange. – Ich muss in die Küche. –

Er hat mit Charlotte verabredet, dass sie alle vier am Straßenrand nicht winken und nicht jubeln oder rufen, sondern still dastehen, den linken Arm angewinkelt hoch halten, die Hand im Nacken. Das stille Zeichen unserer Hoffnung. In der hitzigen Masse apart sein. Der Unterarm, der hochgekehrt nach vorn ins Leere läuft, steht für das Gehen, der Oberarm, der unten zurück zum Körper läuft, steht für die Heimkehr.

Der spitze Ellenbogen für den unbeugsamen Willen, die Hoffnung nie aufzugeben, was immer kommen mag. Ich werde mich ebenso auf der Lafette an der Spitze meiner Batterie hinstellen, sobald ich euch sehe. Egal, was die anderen denken, warum ich plötzlich den Arm anwinkele und zur Seite schaue. Mit Vater und Mutter, den Geschwistern hat er kein Zeichen verabredet, sondern sich mit dem unvermeidlichen Ansichdrücken und Küssen verabschiedet, jedwedes Zureden sofort abgebogen. Der Vater kommt nicht nach Jüterbog. Er wird jetzt auf dem Gericht doppelt gebraucht, weil der junge Kollege als Kriegsfreiwilliger unter die Fahnen geeilt ist. Die Mutter hat Tränen in den Augen. Er hält sie viele Minuten fest umschlungen. Will sie am liebsten gar nicht mehr loslassen. Er weiß, wie sie leidet, ohne einen Laut von sich zu geben. Dem Vater sagt er, er solle für seine Söhne beten, der Krieg würde bitter und lang. Ich verabscheue den Krieg. Ich habe mit ihm kokettiert. Nie daran gedacht, Krieg führen zu müssen, Waffen einzusetzen. Ich habe gedacht, zivilisierte Menschen seien vernünftig und spielten nicht mit dem Tod um reiner Geltungssucht willen. Nur Wahnsinnige können

sich für Krieg unter hochgerüsteten Armeen begeistern. – Danke. – rufen seine Brüder dazwischen. – Wir sind offenbar retrograd und hoffen sehr, dass euer Siegesmarsch nach Paris nicht allzu schnell vorankommt, und ihr uns noch braucht. Wir wollen neben dir auf Viktorias Wagen sitzen, wenn du heimkehrst, Paul. –
– Keine Angst darum, ihr Ahnungslosen. Die Wacht am Rhein ist bei allem Kriegsgedöns ein rein defensiver Gesang. Wie kann man den singen und meinen, wir müssten den Rhein am Ärmelkanal und an der Seine verteidigen? Habt ihr je darüber nachgedacht? Auch die sog. Marseilleise ist eigentlich reineweg auf Verteidigung aus, doch der Klang bewies von Anfang an, dass es dabei nicht bleiben würde. Die Wacht am Rhein ist dagegen ein Gesang von Spießbürgern. Aber denen kann man leicht die Köpfe vernebeln und dann machen sie Rabbatz, ohne nachzudenken, was dabei herauskommt. Unsere Pferde tun mir leid. Die können nichts dafür und sind schon im Frieden arg dran. Was werden die leiden. – Er war immer seltsam. Ernst muss man es nicht nehmen. Der fährt schnell Orden ein. Dann redet er ganz anders. Denken Botho und Siggi und schmunzeln.

Deutschlands Freiheit wird auch am Hindukusch verteidigt.

Der Vater dachte währenddessen ununterbrochen: Du Dummkopf, du. Auf dem Schlachtfeld bist du einer unter Hunderttausenden. Im Gerichtssaal hättest du es rasch zum Herrn des Verfahrens bringen können und wärst, wenn du wolltest, zu Hause geblieben.

Zu Pauls Überraschung küsst ihn nicht nur seine Schwiegermutter beim Abschied lange auf Stirn und Mund, presst ihre Brüste ganz eng an ihn, möchte sie freilegen, heult, weil sie es nicht darf. Neuer Verlust. Auch der Schwiegervater drückt ihn an sich und einen rauchigen Kuss auf seine Wange. Charlottes Mutter greift noch einmal seine Hand, hält sie lange fest.
– Es war wunderschön, euch alle bei uns zu haben. – Er lächelt sie an. Ihre Eigensucht war mein Genuss. Wäre es überall auf der Welt so gut eingerichtet! – Du fühlst richtig; Mutter. Es wird lang und schlimm. Wir können den Krieg nicht gewinnen. Unser größter Erfolg wäre, ihn nicht zu verlieren. – Charlotte wird ungehalten. Mit meiner Mutter spricht er darüber. Nicht mit mir. Gut, ich ahnte, was er denkt. Sie zischt: – Du sollst sowas nicht sagen, wenn die Kinder dabei sind. Die plappern deine Meinung weiter in der Schule rum, weil sie dir glau-

ben. Und ich habe den Ärger mit der Klassenlehrerin. Sie gibt ihnen schlechte Noten, wenn sie sowas weitersagen. –
– Und du glaubst mir nicht? –
Sie beißt die Zähne zusammen. – Zum ersten Mal in meinem Leben will und werde ich dir nicht glauben, mein Lupo. Alle sind siegesgewiss. Wichtiger ist mein Instinkt, den du gut kennst. Weihnachten wird dies Jahr nicht nur ein christliches, es wird ein riesiges nationales Siegesfest. Wir vertrauen voll auf euch, ihr seid unsere unschlagbaren Männer in Waffen. Preußen hat immer gesiegt, jedenfalls am Ende, und Deutschland ist stärker. Dächte ich anders, ließe ich dich gar nicht weg, sondern brächte dich lieber eigenhändig um. – – Keine schlechte Idee. Ein Lustmord unter zwei Liebenden ist allemal besser als ein sado-masochistisches Schlachtefest unter Völkern. –
– Paul!! – Er sieht ihr fest in die Augen. Streichelt dann ihr Haar. Küsst sie auf die Nase, fährt mit der Zunge in ein Loch. Dann das andere. Stimmt schon. Wir müssen uns jeden Tag etwas vormachen, um weiter zu leben. Penetrant wie heute merken wir es fast nie.

Esther war es gelungen, ihren Vater für eine kurze Zeit vor dem Abschied beiseite zu nehmen.
– Pa, wir haben nie mehr über deinen Verrat an uns gesprochen. Ich kann dir immer noch nicht verzeihen, obwohl Ma es längst getan hat und mich seitdem immer wieder bat, es ihr gleich zu tun. Heute wenigstens. Ich will es nicht und werde es nie tun. Niemals! – Eine Zornesfalte kerbt ihre Stirn ein. – Trotzdem wollte ich dir aber sagen, dass ich dich genauso stark liebe wie Maja und Smeralda. Gerade deshalb kann ich es nicht. Ich habe ihnen nie etwas davon gesagt. Ich werde alle Zeit um dich bangen und jeden Abend für dich beten, solange du im Feld bist. –
– Ach, Estherle! Es ist sehr schwer für mich zu ertragen, was du sagst. Aber du musst tun, was dir dein Herz und dein Verstand befehlen. Es ist das einzig Richtige. Du bist niemandem Rechenschaft darüber schuldig. Ich habe dich in einen tiefen Zwiespalt gestürzt. Ich bin der Schuldige. Du hast dir nichts vorzuwerfen. Es ist großartig von dir, wenn du mich nicht hasst, sondern mich weiter liebst. Du weißt, dass ich dich genau so liebe wie die anderen, was immer du von mir denkst. Ich bin mir sicher, dass du mir eines Tages verzeihen wirst. –
Sie bricht in Tränen aus. – Immer sehe ich dein Gesicht vor mir, wie du damals die andere angelacht hast, als ich dir vergeblich von der gegenüberliegenden Straßenseite zuwinkte. –
Er will ihr die Hand um die Schulter legen, sie an sich ziehen. Sie

stößt ihn weg. Paul schluckt. Esther sieht ihm in die Augen. Sie zögert; weint; läuft fort.

Am nächsten Tag gleitet er auf einer der zwölf Lafetten hinter einer Feldhaubitze durch das Menschengewühl. Er braucht kein Podest. Wie ein kolossales Gemächt ragt das Stahlrohr aus dem Schutzmantel vor ihm empor. Starr verharrend im Winkel von 45°. Tod speiend, nicht Leben spendend. Das ist kein Gegensatz, dachte ich. Noch ist der Mund verschlossenen. Zu beiden Seiten jauchzt die Menge beim Anblick solcher Machtentfaltung. Vom Instinkt Verwirrte, Verirrte. Sie wissen nicht, wer sie sind. Wer sich bedroht fühlt, denkt nicht mehr. Und sie fühlen sich bedroht. Erwarten von mir und meinem Geschütz Schutz. Meinem? Sie atmen heiß die Verheißung. Unmöglich, den Wahn wegzufegen. Sie bleiben liebenswert; dabei möchte ich sie verachten für ihre Dämlichkeit. Die Sedantage. Unschuldige Regungen unserer Instinkte. Unschuldig? Das Postamt! Sie stehen auf den Eingangsstufen. Paul nimmt die bisher starr grüßende Hand vom Helm, umfasst seinen Nacken, streckt den Ellenbogen nach vorn und dreht sich mit einem Zirkelschwenk zur Seite. Elegant sieht das aus. Jetzt heben auch seine Vier die Arme. Beide Arme! Das hat Charlotte ausgesonnen, um ihn zu überraschen. Sie strecken die Ellbogen zu ihm hinüber und schwenken sie hin und her. Botho und Siggi stemmen Esther und Smeralda hoch, setzen sie auf ihre Schultern. Danke ihr Lieben. Einer der blumenumkränzten Kanoniere, die längs der Lafette sitzen, hat Pauls Geste bemerkt. Er folgt seinem Kommandeur, und im Nu strecken alle Kanoniere des Zugs die rechten Ellbogen zur Seite in die Menge. Paul muss lachen. Jetzt lachen die Zuschauer, und die Töchter fangen entgegen der Absprache an, heftig zu winken. Jetzt winken alle Zuschauer, die meisten mit weißen Taschentüchern. Wie eine Schar Möwen. Die Zeitungsphotographen blitzen eifriger. Paul winkt nun doch kurz zurück. Die Soldaten sowieso. Wenn ich herunter spränge und davon liefe, folgten meine Leute mir auch? Wie erkläre ich das nachher dem Major? Paul nimmt die Hand aus dem Nacken und legt die Rechte wieder an den Helm zum Gruß. Verharrt so erstarrt, innerlich zitternd bis zum Bahnhof. Tränen laufen ihm aus den Augen in die Mundwinkel, seine Nase ist feucht. Kalt und starr werde ich sein … bald schon … schon bald, warte nur balde … Ein früher schneller Tod – das ist das Glück! Das höchste?

An Bord einer Hundertjährigen

1913 wurde die „Goetzen" in Papenburg gebaut und ins Kolonialreich „Deutsch-Ostafrika" geschleppt. Das Schiff gibt es noch heute. Es pendelt unter dem Namen „Liemba" auf dem Tanganjikasee. Sarah Paulus und Rolf G. Wackenbarth sind mitgefahren und haben an Bord und auf Ausflügen zahlreiche afrikanische Abenteuer erlebt. Prachtvoller Stoff für eine tolle Reportage über den (Schiffs-)Alltag in fremden Gefilden. Leider

Neues **DAS** mit Dafür

Charlottes Finger streichen während des Gesprächs lange werbend über Pauls Bauch, der beim Einatmen Härte und Form eines behaarten Schildkrötenpanzers annimmt. Dann zieht sie die Hand brüsk zurück.
– Wie kannst du **DAS** wollen? Nach allem, was du durchgemacht hast, was WIR durchgemacht haben wegen dir? Du liebst uns nicht. Sonst wärst du **DAZU** nicht fähig. –
– Du weißt, dass du Unrecht hast, Etta. Wie unvorstellbar lieb ich euch habe. – Es tut ihm weh, es zu sagen, weil es wie eine Pflichtübung klingt. – Du weißt es, spürst es jeden Tag. Gerade in diesen Zeiten. Dennoch geht es nicht anders. Ich bin hinreichend wiederhergestellt. Mein Platz ist an der Front. Im Kampf. Nicht hier. –
– Ich verstehe dich nicht. Es ist zum Verzweifeln. Wofür habe ich mich vor einem Jahr für dich abgeplagt, mich hingegeben bis zur totalen Erschöpfung, um dich gesund zu pflegen? Ich fühle mich verachtet, so wie ich mich damals in Cleve von dir beschmutzt gefühlt habe, weil du besessen auf einen anderen Körper warst, partout in ihm rumwühlen wolltest. Etwas suchtest, das du nicht bei mir fandst. Jetzt suchst du den Tod aus Gründen, die du mir verbirgst. –
– In **Afrika** wäre ich ein freier Mensch. Hätte niemandem einen Eid geschworen. Das Reich, Europa wären mir scheißegal. Ich baute meinen Kaffee an, ließe alle um mich herum ihre Kriege führen. Würde ich den Kaffee nicht los, baute ich Süßkartoffeln an. Mit den Negern verstünde ich mich. –
Sie blickte ihm entsetzt in die Augen. Zu allem entschlossen. –Meinst du das ernst? –
Er zog die Brauen zusammen. – Nein. Entschuldige. Was rede ich. Als könnte man aus der Welt fliehen. –
Sie schluckte. – Deine Entscheidung ist absurd, weil du nicht an den Sieg glaubst. –
– Du hast an ihn geglaubt, als es losging. Hast mich deshalb ziehen lassen, obwohl auch Siege ihre Toten haben. Dein Instinkt sagte dir, ich käme vor Jahresende wieder. Ganz falsch lag er mal wieder nicht. Damals wusste

ich nicht, wofür ich in den Krieg zog. Die Meuten waren losgelassen und wussten alle nicht, was sie suchten außer: Sichergießen in ein unbegreifliches Hochgefühl der Verschmelzung angesichts eingebildeter Bedrohung. Heute weiß ich, warum ich noch einmal losziehe. Ich ertrage es nicht, junge Burschen zum Sterben abzurichten und selber im sicheren Hafen zu sitzen. Es ist mir unmöglich zu tun, was hier von mir verlangt wird. Komme ich nicht bald weg, werde ich rasend. Ich werde Dummheiten sagen und begehen. Die Kugel gegen mich selbst richten. Ginge es allein darum, technische Fertigkeiten zum Töten zu vermitteln, wäre es in diesen Zeiten schlimm genug. Ich soll aber die Jungen begeistern für den Krieg, für die kollektive europäische Selbstverstümmelung aus Missgunst, Ratlosigkeit, Feigheit und Selbstsucht, die uns gemeinsam wie eine mittelalterliche Seuche befallen haben. Einen schlimmer als den anderen. Aber jeder sieht nur den Aussatz am Körper des anderen. Ich habe erlebt, wie bedenkenlos Generäle die Begeisterung und Opferwilligkeit der Jugend benutzen, um ein paar lumpige Beförderungen, Orden, Belobigungen von höchster schmutziger Hand einzuheimsen. Ich muss das im Rahmen des mir Möglichen verhindern. Das kann ich nur an der Front. Und wenn ich nur wenige vor dem Tod rette, ich tue wenigstens **etwas** klitzeklein Richtiges. Hier könnte ich, wie die Dinge stehen, nichts als Schlechtes, nur das völlig Falsche tun. Hörst du, das absolut Falsche. Weil meine beiden Brüder draußen geblieben sind, darf ich nicht hierbleiben. Ich kann den Gedanken nicht ertragen, dass ihr Tod umsonst gewesen sein soll. Sie sind eingezogen worden und gestorben. Ich bin Berufssoldat und lebe. Ich weiß, das Reich hat nicht den Hauch einer Chance, diesen Krieg zu gewinnen. Man macht uns etwas vor. Wir saugen es begierig auf. Ich wusste es vom ersten Tag an. Keiner wollte es glauben. Botho und Siggi nicht. Auch du nicht. Für mich ging es vom ersten Tag an und geht es weiter allein darum, den Krieg nicht zu verlieren. Wenn wir ihn verlören, wäre es der Beginn einer unabsehbaren Schreckenszeit, so verhetzt ist die Welt inzwischen von all den Lügen und vom gegenseitigen Besudeln geworden. Unser Land verträgt eine Niederlage nicht, weil es sie trotz all seiner Torheit und Dreistigkeit nicht verdient. Einem Titanen darf man nicht ein Bein oder eine Hand abschlagen. Lieber ihn gleich töten. Er kann mit solcher Verkrüppelung nicht leben. Dieser schrecklichste und einzigartig sinnlose aller europäischen Kriege, die Frucht von unvorstellbarem Unverstand, Verblendung, Feigheit, Hilflosigkeit, Panik, Neid und Versagen darf nur in einer fürchterlichen Erschöpfung aller enden. Mit dem gemeinsamen Zusammenbruch, der zur allmählichen Besinnung führt. Wie ein Bewusstloser neu die Orientierung gewinnt. Wenn es eine Gerechtigkeit in der Welt und einen Sinn in der Geschichte

gibt, darf es als Ergebnis dieses Krieges **nur Verlierer geben**. Bloß keine Sieger, keine Besiegten; nur wenn alle ausschließlich verloren haben, wird man aus den Irrtümern und Verfehlungen lernen. Der Siegestaumel einer Seite, das Trauma der Niederlage der anderen würde den einzigen Sinn, den dieser Krieg haben kann, zunichtemachen. Nach diesem Krieg darf es nie wieder Krieg geben. **Allein die Niederlage *aller*** Beteiligten zugleich kann uns dahin führen. Deshalb gehe ich an die Front, dafür kämpfe ich noch einmal. Es ist die Sache wert. Ich habe lange darüber nachgedacht. Jetzt viel mehr als zu Beginn des Krieges. Damals hätte ich mich weigern sollen loszuziehen, denn Deutschlands Erfolge haben es immer tiefer ins Verderben gezerrt, in Illusionen und immer böseren Wahn. Ich kann mich dieser Aufgabe, diesem nie gekannten Unheil einen Sinn abzuringen, nicht entziehen. Es wäre Verrat an dem, was den Menschen in mir ausmacht, letztlich an der Menschheit insgesamt. –
– Was du sagst, ist vermessen, Lupo. Wer bist du denn? Ich weiß es: Du bist der einzige Mensch auf Erden, der deine Logik versteht. Niemand denkt wie du. Wieso erlaubst du dir, so zu denken? Ich sollte dich mit unseren Kindern verlassen, weil du uns verlässt, weil du deine Gedanken, deine Vorstellungen, von dem, was richtig ist, mehr liebst als dein eigenes Fleisch und Blut. Du opferst dich aus Stolz auf deine Gedanken, und uns, die wir dir zugehören, opferst du mit. Ich müsste dich hassen, die Kinder auffordern, dich zu hassen, weil du mir, weil du ihnen **das** antust. Du verrätst uns jetzt mehr als damals mit Laura. – Charlotte hatte die letzten Worte geschrien, wie ein waidwundes Tier schreit.
Er zieht sie an sich, küsst sie in wilden Stößen, schüttelte sie hin und her.
– Ich kann nicht anders, Etta. Versuche, es zu verstehen, obwohl du eine Frau bist. Du hast mir immer vertraut. Darauf gründet unser Glück. Ich habe für dich einst mein Gewissen geopfert. Es geht nicht anders. Ich müsste mich selbst verleugnen. Ich wäre nicht mehr, der ich bin, ginge ich nicht wieder ins Feld. Nicht mehr der, den ihr trotz allem liebt. –
– Paul – du verlangst Übermenschliches von mir: Zu verstehen, dass du uns beiseite stößt wie lästigen Unrat. Uns vier, unsere unerschütterlichen Gefühle für dich. Wozu? Um deiner Vorstellung von der Welt, von Richtig und Falsch willen. Wegen irgendeiner phantastischen Mischung aus Idealen und Realpolitik, wie nur du sie in deinem Kopf hervorbringst. Damit bist du keinen Deut besser als die politischen Führer, die Generäle, die du ständig angreifst und verachtest. Auch sie haben ihre Vorstellungen von der Welt, wie sie sein soll. Von dem, was sie für Werte halten; aber sie verraten die Liebe zum Nächsten. Sie gehen über Leichen und Trümmer ihren verdammenswerten Weg zu angeblichen Werten. Du wirfst vier Menschen weg, die an dir hängen, die dich mehr lieben

als die ganze übrige Welt zusammen. Vier Menschen, für die du da sein solltest, weil für sie das Leben ohne dich leer ist. Paul, Pauletto, Paolusso, mein Lupo, ich flehe dich an, wirf uns nicht weg! Ich werfe mich vor dir nieder, auf deine Füße, um dich zur Umkehr zu bewegen. –
– Etta, bitte tu das nicht! Du tust mir unsäglich weh damit. Weher, als würdest du mir den Schädel spalten. Ich wäre ein Lump, ginge ich nicht. Wollt ihr einen Lumpen lieben? –
– Für uns wärst du es nicht, weil wir wüssten, du hast es für uns getan. –
– Meine Etta, ich bitte dich, lass mich ziehen. Ich kann nicht anders. Es gibt mehr als die Liebe zwischen zwei Menschen, einigen Menschen. Es gibt nun einmal mehr. Es ist eine schlimme Wahrheit in der Welt, wonach wir die Menschen, die wir am meisten lieben, am schwersten verwunden müssen. Ich muss da durch. Aber ich verspreche dir: Ich komme heil wieder. Denk an unser Zeichen. Ich trag dein Büchlein immer bei mir. Du hast mich damals auch gehen lassen. –
– Jetzt musst du nicht gehen. Damals musstest du. Und ich wusste nicht wirklich, was es bedeutete. Wir kannten doch Krieg nur aus der Schulfibel und trottligen Liedern. Wie kannst du etwas versprechen, worüber du keine Macht hast? –
– Ich weiß es. So gut ich weiß, dass ich gehen muss. Alle drei Söhne aus einer Familie mit einem Schlag auslöschen, das will der Tod nicht. Das ist selbst für ihn zu viel des Bösen. Deshalb hat er mich schon einmal durch sein Rost fallen lassen. Und weil du heftig daran gerüttelt hast, natürlich. –
– Jetzt kommst du mit Aberglauben, affigem Zeug. Gerade du. Ich will aufhören. Ich kann nicht mehr. Ich werde irrsinnig, wenn ich weiterrede. Ich sehe, dass ich zwar den Tod erweichen konnte, aber nicht dich, der ihn ein andermal herausfordert. Paul, du verlangst heute, dass ich mich selbst aufgebe, indem ich dich aufgebe. So gebe ich mich denn auf, weil du es von mir verlangst. Meine Liebe wird dich nicht verlassen, obwohl du uns verlässt. Aber ich sage dir: Kommst du nicht zurück, werde ich den Kindern von unserem Gespräch, von meinem vergeblichen Flehen, meinem Niederwerfen vor dir und von deiner Unerbittlichkeit erzählen. Sie sollen es wissen und dich verachten, so wie du uns verachtest. In deinem Grabe, wo immer es ist, sollen sie dich zutiefst verachten, weil du sie im Stich gelassen hast! Wir werden dich nicht heimholen. Fern von uns sollst du dann bleiben! Und Katjas Grab werde ich zerstören. –
– Es wird nicht dazu kommen, Etta; ich bleibe nicht draußen. Ich kehre wieder. Ich glaube nicht an Glauben. Ich weiß deshalb nicht, woher mir diese Gewissheit kommt. Sie ist da. DA! Es gibt etwas, dass mich gewiss macht. Du hast es an dir erfahren. Dein Instinkt. Diesmal ist es meiner. –

Der Regisseur und die Chimäre, die Überfrau, Doppeldrohung von Erfüllung und Vernichtung. Die Ebenen wechseln nahtlos, vom Kampf der Geschlechter im Stück zur genderdebattenbewehrten Verbalmetzelei.
(Die Theorie des Romans – Lukacs 1916)

WELTVERBESSERIN

Sie haben mich gesehen. Zu spät. Ich kann nicht mehr ausweichen. Charlotte fährt die im Kinderwagen sitzende Maja spazieren und kommt von der bogenförmigen Graupenstraße auf den Marktplatz. Der heißt Ring, weil, wie häufig im deutschen Osten, das Rathaus hinkend, jedenfalls nicht ganz mittig im Platz steht. Zwei Zigeunermädchen sitzen zusammengekauert an der Eingangstreppe und betteln mit ausgestreckten Händen die Passanten an. Die Glocke der Rathausuhr schlägt blechern 11.15. Die Mädchen winken mit der Linken Charlotte zu, halten die Rechte weiterhin ausgestreckt. Ärgerlich, so weit wollte ich nicht gehen. Es hilft nichts. Ich muss mit ihnen sprechen. Angriff ist die beste Verteidigung. Lupo hält nichts von dieser Strategie. Mir hat sie stets genützt.
Sie tritt an die Mädchen heran. Sie erschrickt. Die Kleinere schielt so sehr, dass es wehtut, sie anzuschauen. Die Kinder wollen Maja streicheln. Aber die wehrt das mit Strampeln und Tatschschlägen ab. – Warum seid ihr nicht in der Schule? –
– Die wollen uns nicht. Die lachen uns aus, schimpfen auf uns und schlagen uns. –
– Wer, *die*? –
– Alle. Die Schüler. Auch der Lehrer. Wir sind immer an allem schuld. –
– Das geht nicht. Ihr müsst in die Schule. Wie wollt ihr sonst Lesen und Schreiben lernen? –
– Wir können unsere Namen schreiben. Das hat uns unser Opa gezeigt. –
– Das ist lieb von ihm. Es reicht aber nicht aus für ein ordentliches Leben. Wie heißt ihr denn? –
– Ich bin Tefana und meine Schwester heißt Bruki. –
– Also, Tefana und Bruki, hört auf zu betteln, das ist nicht gut. Ihr solltet um diese Zeit auf der Schulbank sitzen und lernen wie alle anderen Kinder, damit ihr später ohne zu betteln durchs Leben kommt. Nachmittags dürft ihr dann spielen gehen. Ihr kennt hoffentlich schöne Spiele? Hopse zum Beispiel oder Fangeball? –
Die beiden schauen verlegen.

– Also gut, ihr kommt jetzt mit. Wir trinken zusammen heiße Schokolade im Vorgarten vom Weißen Adler, und dann geht ihr nach Hause und sagt euren Eltern, dass sie euch ab nächste Woche wieder in die Schule schicken sollen. Mein Mann und ich werden mit dem Schulleiter und eurem Lehrer sprechen, damit ihr Frieden habt und Feunde findet. Ich komme übermorgen zu euch ins Lager und spreche mit dem Chef und euren Eltern darüber. – Die Kleine braucht eine Schielbrille. Die werde ich besorgen und bezahlen. Ist eine Operation nötig, sieht es schlechter aus. Das würde teuer.
Die Mädchen folgen verschüchtert Charlotte. Die Einladung lockt, die schwarzen Augen beginnen zu leuchten. Brukis Anblick bleibt unerträglich.

Charlotte hatte Widerwillen erwartet, böse Blicke, Gemurmel. Das ertrag ich. Der Kellner und die wenigen Gäste schauen entsetzt auf, als sie den Vorgarten betritt und sich mit den beiden Mädchen an einen der Gartentische setzt, Maja zu sich auf den Schoß nimmt.

Der Kellner reckt sich hoch wie ein aufgeschreckter Gockel und eilt an Charlottes Tisch.
– Gnädige Frau, Sie und Ihre Familie sind uns in unserer Gaststätte jederzeit herzlich willkommen, aber bitte nicht in solcher Begleitung. Unser Haus hat auf seine Reputation zu achten. Ich muss Sie also inständig auffordern, die beiden Zigeunermädchen fortzuschicken. Sonst muss ich auch Sie aus unserer Gaststätte weisen, denn Sauberkeit und ordentliche Kleidung sind für einen Besuch bei uns zwingendes Gebot. – Er schnüffelt ärgerlich in der Luft herum.
– Es sind Kinder, und wir bleiben im Freien, Herr Ober. –
– Gnädige Frau, ich habe mich deutlich zu verstehen gegeben. Ich bitte darum, nicht noch deutlicher werden zu müssen. Nicht auszudenken, wenn unsere Gäste Kopfläuse vom Besuch unserer Gaststätte mit nach Hause nähmen. –
Charlotte setzt eine hoheitsvolle Miene auf. – Gut. Sie können sich darauf verlassen, dass ich Ihr Lokal nie wieder betreten werde. Was Sie mir sagen, ist unwürdig. Meinen Sie, ich legte Wert auf Kopfläuse? Kommt Kinder, wir trinken zu Hause eine Schokolade. –
Als Paul heimkommt, weiß er alles und mehr.
– Bist du völlig übergeschnappt, Etta? Ich habe nichts gegen Zigeuner, solange sie uns zufrieden lassen und sich ordentlich betragen. Aber wieso bildest du dir ein, du könntest mit deinem provokanten Benehmen die Verhältnisse ändern? So geht das nicht. Das kann man nicht als Einzelner.

Das geht nur ganz langsam, am besten mit Hilfe und unter Anleitung der Behörden. Schritt für Schritt. –
– Wie soll sich **etwas** ändern, wenn keiner anfängt, **etwas** zu tun? –
– Es gibt soziale Vereine, die sich um die Belange ....
– Hier in Krotoschin? –
– Weiß ich nicht. –
– Aber ich weiß, dass es sie hier nicht gibt, wenn überhaupt. Und in der Schule werden die Zigeunerkinder als Stinkläuse verspottet und sogar vom Lehrer aus der Klasse geekelt. –
– Das ist bedauerlich; sogar schlimm und dumm, gewiss; aber wir beide können nicht die kleine Krotoschiner Welt in allen ihren Nischen und Winkeln blankputzen. Ich hab bereits Mühen und Ärger genug im Dienst. Zum Glück haben sie mir nicht auch noch Zigeuner zugeschanzt. Das fehlte zu meinem Glück. Jetzt machst du eine neue Front auf. Es übersteigt unsere Kräfte. –
– Du wirst also nicht in die Schule gehen und mit dem Schulleiter sprechen, während ich im Zigeunerlager dafür sorge, dass sie ihre Kinder jeden Morgen frisch gewaschen und mit reinlicher Kleidung in die Schule schicken? Ich werde ihnen dann nachmittags bei den Hausaufgaben helfen. –
Paul schaut verdrießlich drein. Antwortet dann entschlossen – Nein, das geht zu weit. Tu, was du meinst, tun zu müssen. Ich stecke genügend im Schlamassel. Irgendwo hört die Nächstenliebe auf, und die Gattenliebe auch. Ich war immer gegen die Weltverbesserer. Bin jetzt selbst einer geworden, weil man mich dazu gezwungen hat und du dich daran begeisterst wie andere an einem Pferderennen in Hoppegarten. Auch noch anderswo weltverbessern als an meinem Platz in der Kaserne, ist nicht drin. Versteh mich. –

Vom 27. Mai bis zum 3. Juni 2015 fand das Philosophiefestival phil.COLOGNE – ein Fest des Denkens, so die eigentümliche Selbstbezeichnung – statt. Singer sollte bei einer Podiumsdiskussion zum Thema „Retten Veganer die Welt?“ teilnehmen. Der Kölner Stadtanzeiger kündigte eine Stellungnahme von Philosophie-Professorinnen und –Professoren aus ganz Deutschland an.

Knapp 500 Menschen, die aus Kroatien anreisten, in Deutschland und weiteren europäischen Staaten Wohnungen aufbrachen und Schmuck und Geld stahlen – – – – Sie schicken ihre Jüngsten, die Kinder, zum Einbrechen, manchmal Achtjährige. – – – Er erklärt immer wieder, dass es viele Roma gebe, die keine Verbrecher seien, und wenn jemand in seiner Gegenwart das Wort ‚Zigeuner‘ benutzt, sagt er, es heiße Roma.
Tatsächlich fanden und finden sich örtlich nicht gebundene Erwerbs- und Lebensweisen quer durch die Jahrhunderte in den unterschied-

lichsten Varianten weltweit und innerhalb vieler ansonsten sesshafter Ethnien. – – – Mit Roma lässt sich ‚Zigeuner' nicht übersetzen, denn die soziografische Begriffsbestimmung schließt diejenigen Roma aus, die die zugeschriebene Lebensweise real nicht praktizieren, während die ethnische Begriffsbestimmung jene Menschen vom ‚Zigeunertum' ausschließt, die als Nicht-Roma die zugeschriebene ‚zigeunerische' Lebensweise ebenfalls aufweisen.
(Aus einem insgesamt verwirrenden Wikipedia-Beitrag)

FUTSCH !

– Ich habe Sie herbestellt, Prodek, um Ihnen zwei schlechte Nachrichten persönlich mitzuteilen. Ich bin das mir und Ihnen schuldig. – Warum veranstalte ich diese Zeremonie? Will ich mich als Truppenführer beweisen? Hab ich das nötig? Ich fange anders an. Er lächelte süß.
– Vorher möchte ich aber eine kleine Neugier stillen, die eine mir über Sie zugetragene Information ausgelöst hat. Es tut gut, den Geist hin und wieder vom gewaltig Großen durch kleine Geschichten abzulenken. – Das Mistrauen in Prodeks Gesicht gefiel ihm. Er legte eine kleine Pause ein, sagte dann mit sehr weicher Stimme: Ich habe gehört, sie lassen sich aus dem Hauptquartier regelmäßig alle Nachrichten über die so erfolgreichen Kämpfe unserer Schutztruppe in Ost-Afrika übermitteln. Gibt es dafür einen besonderen Grund? –
– Den gibt es. Aber darf ich ihrer Frage entnehmen, dass Sie mich überwachen lassen? –
– Prodek, Prodek – Sie sind mistrauisch, nicht ich. Ich hörte es zufällig, und es erregte meine ganz naive menschliche Neugier. Auch Generäle sind Menschen. –
– Die Kämpfe unserer Kolonie bewegen mich, weil ich in jungen Jahren dorthin auswandern wollte. Und, um es offen zu sagen, jetzt lieber dort als hier wäre. –
– Wieso? –
– Die Art von Kampf dort entspricht meiner Einstellung als Soldat. Hier ist es nichts als ein widerliches Massengemetzel. Wir alle sind nichts als Material. Was zählt schon Können? Unter Lettow-Vorbeck ist es anders. –
– Wir sind hier in Europa. Gut. Kommen wir zur Sache-.
Der Generalmajor und sein Adjutant stehen in ihren blank geputzten Stiefeln, den ausgestellten Hosen und straff sitzenden Uniformjacken im Kaminzimmer des Jagdschlösschens Saint Boulin betreten da, als

hätten sie soeben die Mitteilung erhalten, den Krieg verloren zu haben. – Auge in Auge. Sie können sich denken, worum es geht. Fangen wir mit dem Einfachsten an. Es ist eine Anordnung: Die von Ihnen während der Ruhepausen erstellte Frontsoldatenzeitschrift ‚Futsch' wird eingestellt. –

– Darf ich fragen: Wieso? Sie erfüllt eine nützliche Funktion und ist ein Halt für viele, die dafür Beiträge verfassen. Sie haben das Gefühl, dass, was auch geschieht, etwas von ihnen bleiben wird. Ein Gedicht. Ein geschildertes Erlebnis. Oder auch nur ein Witz. Ein paar Gedanken. Es verbindet sie mit der großen, schrecklichen Geschichte dieses Krieges. Noch dann, wenn sie darin untergehen. Alles Politische nehme ich streng raus. Sie haben den Wert der Zeitschrift für den Zusammenhalt der Truppe mehrmals anerkannt, Herr Generalmajor. –

– Ich habe schlecht daran getan. Ich bin zu nachsichtig. Vor allem mit Ihnen. Ich könnte Materialmangel vortäuschen, doch sage Ihnen brutal offen, und das steht in Zusammenhang, mit dem was folgt: der Titel ist untragbar unerträglich. Die Alarmsirenen hätten bei mir gleich aufheulen müssen, als ich ihn vernahm. Ich war zunächst eingenommen vom Nutzen, den sie beredt beschrieben haben. Wichtiger als Wundsalbe und so, das haben Sie mir vorgefaselt. –

– Ich kann den Titel ändern. Wenn es das ist. –

– Das käme Ihnen so zu pass! Womöglich wollen Sie sich dann dazu äußern. Denn es fiele ja auf. Nein, nein, mein Lieber. Es hat sich ausgefutscht, und Sie werden der Truppe mitteilen, dass Sie sich wegen Ihrer Belastung nicht mehr in der Lage sehen, die Zeitschrift herauszugeben und herzustellen. –

– Ich habe dafür seit zwei Jahren auf meinen Heimaturlaub verzichtet. Daran können Sie ablesen ….

– Es ist ein Befehl, Hauptmann Prodek! Schluss! Aus! Ein Befehl! Zum Kern. – Der Generalmajor räuspert sich und schaut Paul missbilligend ins Gesicht. – Sie und Ihre Leute haben in den letzten Monaten Außerordentliches geleistet. Sie gehören zu den fähigsten Offizieren, die wir haben. Niemand bestreitet das. Am allerwenigsten ich. – Er keucht, als würde ihm die Belobigung in einem Verhör abgepresst und schmerzte ihn bis in die Enden seines Schnauzbarts hinein. Schnell fertig werden. Er sieht ratlos seinen Adjutanten an, weil seine Gedanken wie Querschläger in seinem Kopf herumprallen. – Ich bedauere deshalb, dass ich Sie bereits zum dritten Mal nicht zum Major befördern kann. Es geht nicht: Erstens wegen Ihrer unverantwortlichen, manche sagen, niederträchtigen, an der Grenze zum Hochverrat stehenden Äußerungen über unsere politische und militärische Führung. Außerhalb des Futsch. In sogenannten privaten Gesprächen, von denen ich weiß. Zweitens

wegen Ihrer gezielten Widersetzlichkeiten in einigen Fällen, selbst wenn daraus kein besonderer Schaden entstanden ist. Drittens, wegen Ihrer defätistischen Grundhaltung. Wann nehmen Sie endlich Vernunft an, Prodek? Sie könnten längst an der Stelle anderer als Oberst ein Regiment kommandieren, wenn Sie Ihre Aufgabe getreu Ihrem Fahneneid erfüllten und sich durch blöde Bemerkungen nicht darüber erheben würden. –
– Meine erste Aufgabe ist, ein denkender Mensch zu sein. Was nützt es mir, ein Regiment zu führen, wenn der Krieg falsch geführt wird. –
– Was murmeln Sie da in ihren Stoppelbart? Ich höre wohl nicht recht. –
– Herr Generalmajor, ich bin Ihnen dankbar, dass Sie Ihr Missbehagen an mir nicht meinen Leuten vergelten, sondern sie angemessen mit Auszeichnungen und Beförderungen bedenken. Daran liegt mir viel, denn ich weiß, ihnen ist es wichtig für Zuhause, obwohl es objektiv gesehen blödsinnig ist. Mir ist meine Karriere gleichgültig. Es geht um das Schicksal unseres Landes. Millionen Menschen sind in diesem Krieg elendig zugrunde gegangen. Darunter meine beiden Brüder. Und Sie reden mir von Dienstrang und Orden, von Posten und Positionen. Belobigung. Die sollten mir was bedeuten? Was? Ich lache darüber, dass ich der einzige Hauptmann in der preußischen Armee bin, der, natürlich ad interim, seit fast einem Jahr, ein Bataillon, Verzeihung, eine Artillerieabteilung, führt, und kotze drauf! Jawohl, scheißegal ist es mir! Behalten Sie Ihre Lutschbonbons der Ehre für sich! Über die Qualität der mir Vorgezogenen will ich mich nicht auslassen. Die kennen Sie selbst am besten. Sonst hätten Sie mich nicht herbestellt. Der Krieg wird bald zu Ende sein. Ich werde die Armee, so wie es aussieht, verlassen müssen, wie die meisten. Wohl auch Sie, meine Herren Befehlshaber. Sollte es anders kommen, werde ich von mir aus gehen. Dank habe ich nie erwartet, weil ich mich für unser Land und, seit ich zum zweiten Mal im Felde stehe, für eine Sache schlage, von der ich überzeugt bin, obwohl man sie mir tagtäglich verleidet. Und wenn ich von Befehlen abgewichen bin, war es stets zum erwiesenen Nutzen für uns. Wohlbedacht, versteht sich. Wie Yorck in Tauroggen. Dem war auch das mögliche Ende in der Sandgrube egal. – Ist zwar hochgestochen, muss ich aber sagen.
– Prodek! Sind Sie vollkommen durchgedreht? Mäßigen Sie sich! Sie sind und bleiben hartnäckig defätistisch und von einer empörenden Verachtung für soldatische Ehre. Wie können Sie sich auf Yorck von Wartenberg berufen? Außerdem sind Sie unverschämt. Sie wissen genau, dass Sie noch heute Abend Major sein könnten, wenn Sie versprächen, endlich und ein für alle Mal Vernunft anzunehmen. Und sich ordentlich betragen würden. Stattdessen tragen Sie nicht einmal Ihr EK I und das

Verwundetenabzeichen. Sie geben damit ein schlechtes Beispiel für alle strebsamen Soldaten Ihrer Einheit. –
– Herr Generalmajor, ich ziehe es vor, dieses Gespräch zu beenden, da ich Ihnen sonst etwas antworten müsste, das Sie aufs Äußerste erregen würde. Nichts wäre damit gewonnen. Ich danke Ihnen für die lobenden Worte, die Sie für meine militärischen Leistungen gefunden haben und ich bin Ihnen dankbar, wirklich dankbar, für den guten Willen auf Ihrer Seite, den meine Verstocktheit immer wieder zunichtemacht. Sie wissen, ich weigere mich, Orden zu tragen fürs Töten. Ich halte das für unangebracht. –
– Dann hätten Sie nie Soldat werden sollen, sondern Trapper. Prodek, Sie sind rasend. –
– Als ich mich entschied, Offizier zu werden, statt Siedler in Afrika, konnte ich nicht ahnen, dass ich den Wahnsinn zum Beruf erhob. –
– Aufhören!! Schluss! Ich weiß, dieser Krieg beansprucht unser aller Nervenkostüm. – Er schaut um sich her. – Woher nehmen Sie diese Überheblichkeit? Sie beleidigen mich. Mehr: Sie beleidigen unsere Sache. Uns alle. Das kann Sie teuer zu stehen kommen. –
– Herr Generalmajor, ich achte Sie und alle meine Oberen. Wäre es anders, könnte ich nicht tun, was ich tue, nämlich mich mit allen mir verfügbaren Kräften im Mordgetümmel vorn schlagen, eigenhändig morden, statt in Jüterbog in aller hingebenden Gemächlichkeit den Ausbilder zu spielen und nur andere zum Morden anzustacheln. Aber Sie, wir alle, sind Teil... Nein, es ist besser, ich sage das nicht, was ich denke! Entschuldigen Sie. –
– Sie sind also zu feige, hier vor mir, Auge in Auge, zu sagen, was Sie, wie man mir berichtet, tagtäglich vor einigen Ihrer Kameraden äußern? Ich befehle Ihnen, hier vor mir zu dem zu stehen, was Sie denken und anderorts als Ihre Einstellung verbreiten. –
– Nicht zu feige. Ich meine nur, dass es niemanden nützen würde, wenn ich mich vor das Kriegsgericht brächte und anschließend von eigenen statt von fremden Kugeln fallen würde. –
Der General und sein Adjutant sehen sich an. Ihre Nasenflügel flattern im Takt.
– Sie beschuldigen sich damit selbst, hochverräterische Gedanken zu hegen, wenn ich Sie recht verstehe? – Er tritt auf ihn zu, beißt die Zähne aufeinander, sein Mund ist verzerrt, die Augen verkniffen. Er packt ihn, weil kleiner, von unten am Revers.
– Herr Generalmajor, ich sagte Ihnen, dass es besser ist für uns alle, wenn Sie mich wieder zu meinen Leuten entlassen. Jedoch wollte ich Sie bitten, mir zu gestatten, ein Anliegen vorzutragen, das mit allem Gesagten nicht in Verbindung steht. –

Der Befehlshaber bläst die angestaute Luft aus seiner Lunge, lässt dann Paul los, als würfe er ihn weg.
– Prodek, Mann, Sie sind fürchterlich in Ihrem Trotz, Ihrem Hochmut, Ihrer Rechthaberei. Verflucht! Man gibt sich solche Mühe mit Ihnen, und Sie machen einem das Leben schwer, gerade wenn man Ihnen wohlmeinend gesinnt ist. Was sagen Sie? Ein Anliegen? Was für ein Anliegen? –
– Eines bezüglich der Organisation unseres Kampfes. –
– Sie versprechen mir, streng sachlich zu bleiben. –
– Mir liegt viel daran. Ich verspreche es. –
– Was haben Sie auf dem Herzen? –
– Wie Sie wissen, Herr Generalmajor, sind die britischen Tanks unsere Hauptsorge. Wir haben ihnen nichts Vergleichbares entgegenzusetzen. Wenn wir 1916 statt über Horden von U-Booten über ebenso viele Rudel von Tanks verfügt hätten, wäre der Krieg längst zu unseren Gunsten entschieden. Dann hätten wir uns nicht wie Bekloppte an Verdun festgebissen, als läge an dieser extrem befestigten Stelle in Fort Douaumont der Stadtschlüssel von Paris versteckt. Und dann dieser blödsinnige Gaskrieg, den wir begonnen haben, obwohl der Wind meist von Westen weht und solch hinterhältige Kriegsführung ganz und gar undeutsch ist. –
– Prrroodek! – Die Kinnladen des Generalmajors knirschen. Sein Gesicht läuft rot an. – Sie haben mir versprochen ...Es reicht mal wieder. Ich müsste...
– Wie dem auch sei, wir haben nun mal keine Tanks. Wir können deshalb die massiven Durchbrüche des Gegners nur verhindern, wenn an den Stellen, wo sie angreifen, massives, gezieltes, aber sehr bewegliches Sperrfeuer unserer leichten Artillerie bereitsteht. Dazu brauchen wir erstens mehr flachfeuernde Kanonen. Unsere Haubitzen eignen sich wegen des Rohrwinkels und des langen Rücklaufs nur sehr begrenzt zur Abwehr der Tanks. Sie sind zu schwer und sperrig, mit Pferden nicht schnell genug dirigierbar.Wir können nicht zielgenau und nicht rasch genug schießen. Schon die Berechnung der Tankbewegung ist für unsere Beobachter schwierig. Wir brauchten in jeder Batterie mindestens zwei Schnellfeuerkanonen anstelle der Haubitzen. Die verbesserte Version von Schneiders 7,5 ist ideal. Leicht; niedrige Rohrlage; kaum Rücklauf wegen der Koppelung von Feuer- und Bremssystem. Weiter: Da wir nicht an der gesamten Front über ausreichend Geschütze verfügen, um massive Tankangriffe abzuwehren, ist das einzig mögliche Gegenmittel, unsere leichte Artillerie abschnittsweise beweglicher zu machen. Sie muss die Tanks, wenn sie anrollen, bereits mit massivem Sperrfeuer erwarten. Ich habe das auf engen Raum erprobt. Ich halte immer zwei leichte Haubitzen in Reserve, das kann ich mir erlauben, weil meine Leute schneller feuern

als die anderen Batterien. Ich postiere die Reserve an sicherem Ort hinter geländegängige Traktoren, um sie an die Stelle dirigieren zu können, an der die Tanks auftauchen. Dazu habe ich ein System von Beobachtung und Nachrichtenübermittlung mit den Horch- und Schnarrposten unserer Infanterie in den Sappen aufgebaut. Sobald sie bemerken, dass Tanks vordringen, melden sie es mir, und ich setze meine Reserve in Bewegung nach vorn, feuere bereits mit den anderen Geschützen Sperre. Setze dazu Kartätschen ein, später Granaten. In unserem Abschnitt hat es deshalb nie einen Durchbruch gegeben. Wir haben an die 41 Tanks ausgeschaltet, ohne nennenswerten Verlust an Material unsererseits. –
– Das ist mir bekannt, Prodek. Ich hatte ja gesagt, ...Selbst der Pour le mérite wäre drin, würden Sie ...
– Es geht mir nicht um Anerkennung, Herr Generalmajor. Es bleibt dabei. Immer und immer. Wie oft soll ich es sagen? Tatsache ist, dass meine Maßnahmen und kleinen Erfolge sich bisher stets als unnütz erwiesen haben, weil die Tanks nebenan durchbrachen und wir, obwohl selber siegreich, mit den anderen zusammen die Stellung räumen mussten, um nicht abgeschnitten zu werden. Wenn wir das Vorwarnsystem im Großen einführten, könnten wir die Wunderwaffe der Tommys lahmlegen. Wir brauchten dazu eine größere Zahl von Aufklärungsflugzeugen, als uns zur Verfügung steht. Außerdem mehr geländegängige Traktoren, die leichte Geschütze auch in schwierigem Gelände schnell bewegen. Mit den Pferden können wir in hügligem Gelände nicht die nötigen Positionswechsel in der zur Verfügung stehenden Zeit erreichen. Wir müssten systematisch die Bewegungen hinter den feindlichen Linien beobachten, um rechtzeitig das Zusammenziehen von Tanks anzuzeigen, um unsere Haubitzen, besser aber die Schneider-Kanonen, in die richtige Stellung zu bringen. Es erforderte ein Leitsystem zwischen Fliegern und Artillerie. –
– Schön ausgedacht von Ihnen. Aber woher soll ich die Flugzeuge kriegen und wie und wo die nötige Schulung für das Leitsystem durchführen? –
– Ich dächte, Sie könnten einiges bewegen, wenn Sie der OHL die Bedeutung dieser systematischen Beobachtung und des Leitsystems klarmachten. Meine Erfolge im Kleinen ...
– Das würde gar nichts nützen. Auch der Generalstab verfügt nicht über so viele zusätzliche Flugzeuge. Wir brauchten mindestens 50-60 Maschinen extra allein im nördlichen Frontabschnitt. Dazu Begleitschutz. Wir müssten im Hinterland Übungen großen Stils durchführen. Diese Kräfte würden uns an der Front fehlen. –
– Das ist mir klar. Ich dachte, wenn man die reine Luftkampftätigkeit völlig zurückschraubte und alles auf das Beobachten der Tanks setzte, sich also in der Luft rein defensiv verhielte, würde es gehen. Die paar mehr

feindlichen Flugzeuge, die hinter unseren Linien Bomben abwürfen, fielen nicht ins Gewicht. Das ist viel weniger, als die Artillerie erreicht. Unsere Luftabwehrgeschütze tun das ihre. –
– Schlagen Sie sich diese gutgemeinte Idee, die Sie ehrt, aus dem Kopf! Wir kriegen die Flugzeuge nicht. Auch kriege ich nicht kurzfristig die notwendige Zahl von Traktoren. Das dauert, ehe die Produktion gesteigert wird. Was müssen wir jetzt nicht alles gesteigert produzieren! Dazu kommt: In den Luftkämpfen schlagen sich unsere zahlenmäßig unterlegenen Staffeln hervorragend. Damit können wir unserer kriegsschlaffen Öffentlichkeit die Erfolgs- und Heldengeschichten liefern, die sie braucht, um durchzuhalten. Wie sollte ich zu Generalleutnant von Hoeppner gehen und ihm sagen, dass ich seine Leute für reine Beobachtungsflüge, allenfalls ein bisschen Begleitschutz benötige, um meine Probleme mit den Tanks zu lösen. Der lacht mich aus. Der will angreifen und nicht defensiv in der Luft rumkutschieren und schauen, was sich am Boden tut. –
– Die Tanks sind kriegsentscheidend! Die Schaukämpfe in der Luft nicht. Das ist Heldenleben aus Lust am Kampf mit dem Tod. Was nützen uns hundert Luftsiege des roten Barons, wenn wir am Boden ständig Terrain verlieren? Die britischen Tanks rollen unsere Front auf und fügen uns riesige Verluste zu. –
– Reden Sie bitte nicht derart abfällig über unsere siegreichen Ritter der Lüfte. Ich sehe eine gewisse Logik in dem, wofür Sie plädieren. Es ist schlichtweg nicht umsetzbar und würde erhebliche logistische Probleme aufwerfen. Ein großes Risiko liegt in ihrem Vorschlag. Was, wenn wir die genannten Probleme nicht bewältigten, aber auf den für uns so erfolgreichen Luftkampf verzichteten? Unsere Flieger sind in der Mehrzahl nicht als Späher geschult, geschweige denn ausgerüstet. Nicht auszudenken, wie man uns fertig machen würde, wenn das Unternehmen durch die Hose in die Stiefel ginge. Im Luftkampf spielen wir siegreich unsere deutsche Stärke aus, ritterlich und technisch fortgeschritten zu sein. So etwas lieben Sie doch. Im Zweikampf der Einheit von Mensch und Maschine gegen den Feind und seine Maschine. Ein erhebendes und anfeuerndes Erlebnis ist für uns alle, was da, meist siegreich für uns, über den Wolken geschieht. Ich kann und will in ihrem Sinne deshalb nichts unternehmen. Ich habe meine Zeit für wichtige akute Fragen vorzuhalten. Im Übrigen rechnen wir auf die massive Zufuhr von Kräften aus dem Osten. Dort wird der Krieg bald erfolgreich zu Ende geführt worden sein. Aber wegen der Kanonen werde ich sehen, ob ich beim Kriegswirtschaftsamt…
– Sie wollen also nichts tun gegen die Tanks? –
„Ich kann nicht mehr tun, als getan wird und ich soeben versprochen habe. Vielleicht gelingt es mir, mehr Kanonen zu ….

– Ich dachte es mir. Sie haben es selbst eingestanden. Wir führen hier keinen rationalen Krieg, wir führen einen Krieg fürs Publikum in der Heimat. Die gegen uns Alliierten hetzen ihre Öffentlichkeit mit angeblichen Gräueltaten unserer Truppen auf, um eine Friedensstimmung zu Hause zu verhindern, obwohl die Menschen dort den Frieden wollen. **Wir** brauchen sinnlose Heldentaten, damit unser Volk, statt Frieden ohne Sieg zu suchen, weiter folgenlose Siege vorgeführt bekommt, um weiter einen Krieg zu führen, den es nicht gewinnen kann. Und Sie machen aus Feigheit vor der OHL dabei mit. Gegen Ihre bessere Einsicht als Troupier. –
– Was erdreisten Sie sich? –
Paul sieht ihn an. Wut glimmt in ihm auf, reißt seine Selbstbeherrschung aus der Verankerung im anerzogenen Gehorsam. Er hätte dem General und seinen Adjutanten am liebsten seine Stiefel an den Kopf geschlagen. Er zieht die Schultern hoch, senkt die Kinnlade, nimmt die Arme vor die Brust und brüllt: – Ludendorff ist Kannibal! Und Sie Feigling sein Vasall. – Er rennt auf die innen gepolsterte Tür zu und springt mit voller Wucht dagegen an, so dass sie aus den Scharnieren fliegt und mit lautem Knall auf den Boden des Vorzimmers schlägt. Die dort sitzende Schreibkraft flieht um Hilfe schreiend in das Chefzimmer. Paul liegt benommen auf dem Türpolster.
Der General alarmiert die Wache. Lässt Paul in ein Gewahrsam im Keller abführen. Er überlegt fieberhaft mit seinem Adjutanten und anderen Vertrauten aus seiner Begleitung, was zu tun sei. Die Angelegenheit ist brisant. Ein klarer Fall von Auflehnung. Vorgeschichten in Form von an Hochverrat grenzenden Äußerungen vor seinen Kameraden. Gegen die OHL, ihre Chefs, den Kaiser, den Kronprinzen, die Regierung. Darüber darf man nicht hinweggehen. Ich habe es bisher getan, weil er ein verdienter Frontoffizier ist. Er kämpft wie Löwe und Tiger zusammen. Hätten wir bloß mehr von seiner Tüchtigkeit. Aber die Nerven sind überstrapaziert. Wenn Fälle von Auflösung im deutschen Heer, noch dazu bei Offizieren, bekannt werden, während die Franzosen damit gerade massiv in den unteren Rängen zu kämpfen haben, wäre das fatal. Ausgerechnet in meiner Division. Ich würde schief angesehen. Schlechte Führung. Ein Flächenbrand nicht ausgeschlossen. Prodek ist bei seinen Leuten beliebt. Kein Bolschewist. Aber in Russland hat es so angefangen, und dann kamen die Bolschewisten hoch. Ein Kriegsgerichtsverfahren geht nicht im Stillen ab. In der Presse, im Reichstag gibt es längst Kräfte, die auf so etwas lauern. Der eigensinnige Kerl muss zur Raison gebracht werden. Unbemerkt. Es wäre für alle am besten, er stürbe möglichst schnell den Heldentod. Ich werde ihn an die zugigsten Ecken verpflanzen.

Paul überlegt in der Waschküche eines Herrenhauses in der Picardie, was er tun soll. Das Kroppzeug über den Haufen schießen. Verlogene Bande. Nicht nur den Skandal, die Verhandlung vor dem Kriegsgericht wegen Auflehnung suchen. Revoltieren. Darauf hoffen, eine Bewegung hin zum Richtigen auszulösen. Es ist zu spät. Es gibt nichts mehr zu retten. Der General hat Recht. Was sollen meine Pläne? Undurchführbar, weil nicht rechtzeitig gedacht wurde. Einfach weitermachen bis zum absehbaren Untergang. Einfach meine sogenannte Pflicht tun und bis zum letzten Augenblick ein Wunder des Hauses Hohenzollern herbeisehnen. Wegen eines unseligen Willens zur Hoffnung weitere hunderttausend Leben opfern. So ist es. Warum tauge ich nicht zum Zyniker? Sie wollen es so. Gott will es, haben die Kretins im Mittelalter auf den Kreuzzügen geschrien. WIR wollen es, schreien sie heute. Sollen sie es haben! Bis jetzt habe ich mich in der Versachlichung eingeigelt. Verachtung war es. Ich bin nicht zittrig geworden. Nie war mir speiübel zwischen Kadavern, nie hatte ich Angst. Zum Glück bin ich nicht ganz vorn. Sie erzählen, dass es immer schwieriger wird, Bergungsabreden auszuhandeln und dass Krähen den vor den ersten Gräben liegenden Toten die Augen und Därme ausgehackt haben, ehe die Leichen geborgen wurden. Ich weiß nicht, ob ich das ertrüge. Etta lag richtig. Ich hätte in Jüterbog bleiben und mich als Zyniker schulen sollen, statt hier als Sachbearbeiter des Todes zu verkommen. Ich werde mein Versprechen halten. Das soll von nun an meine erste Sorge sein.

Zwei Stunden später betritt der Adjutant die abgesperrte Waschküche.
– Wie geht es Ihnen. Sie sind nicht verletzt? –
– Nein. Nicht einmal blaue Flecke. Eine Polstertür. Ich bin daran gewöhnt, von der Wucht in der Nähe einschlagender Granaten viel unsanfter durch das Gelände, gegen Bäume oder heiße Geschützrohre geschleudert zu werden. –
– Wir haben darüber beraten, was mit Ihnen geschehen soll. Ihre Personalakte quillt längst über. Sie können sich denken, was Sie erwartet. –
– Ja. –
– Herr Generalmajor von Bohrer ist aufgrund Ihrer vergangenen Verdienste und trotz Ihres unglaublichen und für einen Offizier nicht zu entschuldigenden Betragens ein letztes Mal, hören Sie, ein allerletztes Mal, bereit, Gnade vor Recht ergehen zu lassen und Sie zu Ihrer Einheit zurückzuschicken, wenn Sie ihm Ihr Bedauern ausdrücken und versprechen, sich in Zukunft ohne Fehl und Tadel zu betragen. Dazu gehört, auf jede private Meinungsäußerung über dienstliche und politische Angelegenheiten strikt zu verzichten. Jeder noch so geringe Verstoß zieht sofort ein Kriegsgerichtsverfahren nach sich, welches in aller Stille unbarmherzig zu

seinem Ende gebracht würde. Darauf können Sie sich verlassen. Sind Sie bereit, diese Bedingungen anzunehmen und mir Ihr Ehrenwort als Offizier darauf zu geben? –
Paul antwortet nicht. Er schaut den fleißigen Zuarbeiter an. Solch Schollenhermes sollte ich mal werden, um meine richtigen Einschätzungen zum Schlieffen-Plan überzubringen. Hätten sie auf mich gehört, wären wir nicht am Ende. Allenfalls in der Bredouille.
– Brauchen Sie Bedenkzeit? –
Sie haben Angst vor einem Prozess, dem Skandal. Räumen mir Bedenkzeit ein. Solche Feiglinge nennen sich Soldaten. Ein Tropfen Genugtuung in meinem tiefen Fall.
– Nein. Ich gebe Ihnen wie gewünscht mein Ehrenwort, weil ich es meiner Familie schuldig bin. – Blopp!
– Ich werde den General informieren und sehen, ob ihm die mündliche Erklärung reicht. – Mit steifem Rücken verlässt der Adjutant den Kellerraum. Verriegelt die Tür wieder.
Ich hätte ihn statt einer Antwort in die Eier treten sollen. Das dumme Schwein bildet sich ein, Deutschland zu dienen.

***Schlachtvieh.** Für Bataillon täglich 2 Ochsen oder 5 Schweine oder 18 Kälber oder 18 Hammel; für Kavallerie-Regiment 1 1/2 Ochsen oder 3 Schweine oder 12 Kälber oder 12 Hammel; für eine Eskadron oder Batterie ½ Ochsen oder ¾ Schweine oder 3 Kälber oder 3 Hammel, bei minderwerthigem Vieh bis zum Doppelten. Mitführen von Schlachtvieh zur Noth, weil es durch Marschiren leidet, und frisches Fleisch nicht gut gar wird. Sch. – V soll einige Stunden vor dem Schlachten ruhen und das Fleisch möglichst erst 24 Stunden nach dem Schlachten genossen werden.* (J. Scheibert, Illustrirtes Deutsches Militär-Lexikon, 1897)

Meine Freizeit verbrachte ich mit Lesen, Baden, Schießen und Reiten. Auf den Spazierritten fand ich massenhaft abgeworfene Flugblätter, die den Prozess der moralischen Zersetzung unserer Armee beschleunigen sollten. Es war sogar das Gedicht Schillers vom freien Britannien dabei. Ich fand es recht klug vom Engländer, das deutsche Gemüt mit Gedichten zu bombardieren, und auch recht schmeichelhaft für uns. Ein Krieg, in dem man sich durch Verse bekämpft, wäre eine recht segensreiche Erfindung. Die Fundprämie von 30 Pfennig je Exemplar verriet, dass die Heeresleitung die Gefährlichkeit dieser Waffen nicht gering schätzte. Die Unkosten wurden allerdings der Bevölkerung des besetzten Gebiets zur Last gelegt. Wir schienen also doch nicht mehr das ganz reine Verständnis für Poesie zu besitzen.
(Ernst Jünger, In Stahlgewittern)

VERRÄTER MIT UND OHNE GLAUBEN

Für Paul bedeutet die fehlende Entschlossenheit, bis in den Opfertod für seine Einsichten und Überzeugungen einzustehen, dass es weitergeht: Mit seinen Geschützen die optimale Stellung im gegebenen Gelände suchen, bestmöglich visieren nach Anordnung von oben, Spähtruppmeldungen und eigener Beobachtung; dann die Geschütze ausrichten, laden, feuern, alles immer schneller, effektiver; möglichst pausenlos die größtmögliche Zahl von Feinden durch Stahlhagel und Glut vernichten. Hoffen, dass der Feind sein Handwerk schlechter versteht als wir, uns nicht trifft, jedenfalls nicht mich. Er tauscht sicheren Tod durch standrechtliches Erschießen gegen Ringen mit dem Tod ums Überleben inmitten eines Infernos ein. Binnen Sekunden als Held und Märtyrer für eine richtige Sache sterben, im Wissen darum, dass in einigen Jahren Sozialdemokraten nach ihm Straßen in Luckenwalde und Berlin benennen werden, gegen sinnloses Schuften, Ackern, Rasen, Schreien, Leiden und nicht mehr als drei, vier Stunden Absinken in eine Grube inneren Dunkels, gespickt mit Albträumen, Feldschlaf genannt; im Wissen, jeden Augenblick kann es dich treffen, kannst du zum Krüppel werden. Tagaus, tagein im Wahnsinn leben. Manchmal eine Woche ab zum Regenerieren hinter die Front. Bordelle sind da. Bier und Wein. Eisbein und Sauerkraut. Geert ist weg. ‚Futsch' ist weg. Anschließend wieder in die Hölle einfahren zur nächsten Schicht als Werkmann des Todes, vor dem mich allein immer höhere Meisterschaft im Morden rettet. Sie haben mich zum Major gemacht. Werten so mein Ehrenwort auf. Und der Erklärungszwang nach oben wegen meiner dauernden Zurücksetzung entfällt. Zuviel über meine Unarten verlauten lassen, beschmutzt sie selbst. Feiglinge durch und durch. Ich bin ihnen nützlich, damit sie noch ein wenig länger auf dem hohen Ross ihrer Befehlsgewalt sitzen können. Dass sie stürzen werden, wissen sie selbst. Ein künftiges Leben? Ganz anders. Zurzeit scheint es, als sei der Tod der Weg der Gnade. Ich habe versprochen, ihn nicht zu wählen.

Er schont sich nicht, krampft sich am Kämpfen fest. Beißt sich hinein. Lässt nicht nach. Ich bin eine Kampfmaschine geworden. Kann nicht mehr anders, solange der Brennstoff reicht. Maschine, die denkt und sich entscheidet, Maschine zu bleiben. Weiter zu stampfen. Er hätte unbegrenzt lange durchgehalten, glaubt er. Die kurzen Ruhezeiten wurden ihm unerträglich. Tun, tun, tun – schrie es in ihm. Maschine sein. Er schreibt selten nach Hause. Kaum mehr als zehn Worte. Was soll ich ihnen sagen? Immer dieselben leeren Versicherungen. Liebesschwüre. Unwürdig ist das. Auch ohne ‚Futsch' verzichtet er auf Heimaturlaub. Was soll ich Mutter und Vater sagen? Mir anhören? Hohl, hohl, hohl alles. Herumsitzen, ein paar Tage den Mann und Vater spielen, obwohl ich ein amtlich tätiges Ungeheuer geworden bin? Momente in himmlischen Sphären genießen? Dann wieder ab in die höllische Wirklichkeit? Liebe geben und empfangen, um gleich darauf wieder Kameradschaft und Feindschaft auszuteilen? Ich will als neuer Mensch nach Hause kommen, als ein ganz anderer. Wenn es mich dann noch geben wird.

Weltraumvisionär Peter Diamandis sprach von der Verwandlung der Menschheit in eine unsterbliche planetare Meta-Intelligenz. Der Futurist und Google-Vordenker Ray Kurzweil kündigte an, bis zum Jahr 2045 werde sich der Unterschied zwischen Mensch und Maschine aufgelöst haben.

Bei der Nachricht vom vorläufigen Waffenstillstand am 9. November sackt er in sich zusammen. Liegt stundenlang, von Konvulsionen durchzogen, gekrümmt am Boden. Erbricht Linsen und Galle. Sie lassen ihn liegen, weil er fürchterliche Grimassen schneidet, um sich schlägt. Er hatte seit über einem Jahr erkannt, dass der Krieg, wie er geführt wurde, verloren gehen musste. Die Oberste Heeresleitung war entweder bis zum Blödsinn verblendet oder zu feige, um vor dem Land ohne Erschöpfung noch der allerletzten Reserven einzugestehen, dass ihre Offensivpläne mit allen daraus resultierenden Folgen gescheitert waren. Waltete ein Hauch von Vernunft in den Köpfen der OHL, hätte sie befohlen, die Anfang 1918 bestehende Front unter strategischer Verkürzung mit allen verfügbaren Kräften defensiv auszubauen, dahinter kampftüchtige Reserven bereitzuhalten und eine Auffanglinie entlang Schelde und Maaß einzurichten, um mit dem Faustpfand besetzter Gebiete und dem Wissen um die Fähigkeit, dem Feind bei Ansturm riesige Verluste zufügen zu können, aus einer relativen Position der Stärke heraus in Friedensverhandlungen einzutreten. Ziel musste es sein, die territorialen Verluste Deutschlands gering zu halten und einen Schmachfrieden zu verhindern. An der Niederlage und großen Verlusten kam Deutschland aufgrund seiner Torheiten und Wahnvorstellungen nicht mehr vorbei. Doch so wie die Generäle zu Beginn des Krieges in Nachfolge ihrer Ahnen blindwütig auf den glorreicher Einmarsch in Paris erpicht waren (sonst hatten sie nichts von denen mitbekommen), sei es über hunderttausende Leichen, die Blüte der Jugend vieler Länder hinweg, war die OHL seit zwei Jahren einzig darauf bedacht, in einem verlorenen Krieg ihre Ehre zu retten. Einen passablen Beugefrieden als letztes mögliches Ziel zu suchen und anzunehmen, war schändlich. Gab es keinen Siegfrieden, sollten andere die Schmach übernehmen, sich zu unterwerfen. Für die OHL galt: Kämpfen bis zur völligen

Erschöpfung, sich dann wegschleichen und zu den zuvor geschmähten Zivilisten sagen: Nun sehet ihr zu. Wozu gibt es Politiker?

So taten die Militärdiktatoren Hindenburg und Ludendorff das denkbar Unsinnigste und für Deutschland Verderblichste; aber das Volk, dem sie vorstanden, ließ sie gewähren: Sie traten die Flucht aus der Verantwortung nach vorn an, immer weiter nach vorn, obwohl es dort außer in Quadratkilometerzahlen beeindruckenden Geländegewinnen rein gar nichts zu erringen gab. Angesichts der amerikanischen Unterstützung besaß Deutschland längst nicht mehr die Kraft, den Feind am Boden zu zerschmettern. Nur bei solchem Vermögen hätte eine Großoffensive, wie sie im Sommer 1918 gestartet wurde, Sinn gemacht. Angesichts der Lage war es Wahnsinn in höchster Potenz. Es war Hochverrat, den Feind mit ungebrochenem Anstürmen beeindrucken zu wollen. Dafür rieb man die letzten, nicht unerheblichen Kräfte auf. Wer seinen Gegner für einen Toren hält, der einen plumpen Bluff nicht durchschaut, ist ein Narr. Ludendorff und Hindenburg waren keine Narren. Sie waren Verbrecher, weil sie nur noch an ihre Ehre dachten, die sie in die Ehre Deutschlands verkehrten. Zu offensichtlich war, dass trotz beeindruckender Erfolge im Gelände Paris nicht mehr zu greifen, und wenn ergriffen, auf keinen Fall zu halten war. Dass Deutschland verzweifelt seine letzte, wertlose Karte ausspielte. Es hetzte nochmals eine halbe Million seiner Söhne in den Tod, um für ein paar Wochen erneut bis an die Marne vorzustoßen, um den Stadtrand von Paris mit der Dicken Bertha, einem Krupp-Geschütz von 120 km Reichweite, zu beschießen. Man gab der Front eine Gestalt, die gegen frische gegnerische Kräfte nicht zu verteidigen war. Es gab keinerlei Rückhalt mehr, wenn die Operation verpuffte, wenn der Gegner zwar noch einmal wankte, aber nicht umfiel. Wie sollte er umfallen, wo ihm doch vom Atlantik her laufend frisches Blut und Eisen zufloss?
Zu Zeiten des Großen Friedrich, als Herrscher mit ihren Armeen und nicht Völker Krieg führten, machte Flucht in den Angriff Sinn, wenn man trotz numerischer Unterlegenheit der Tatkräftigere, der Wendigere, der besser Gerüstete war. Nachdem Napoleon den von Frankreich entwickelten Volkskrieg in Europa verbreitet hatte, war es bereits damals nur mehr kurzfristig möglich, durch geniale Strategie, verwegenes Auftreten und, indem man den Gegner überraschte, zu siegen. Napoleon exzellierte darin. Es war grausige, militärische Spätromantik. Am Ende gaben die Ressourcen an national fühlenden Menschen und die vereinigte Kapitalkraft seiner Gegner den Ausschlag. Der Kaiser und mit ihm Frankreich wurden ein Opfer der militärischen Erfindung der Großen Revolution: der Volksheere. Als zu Beginn des 20. Jahrhunderts

zum ersten Male in der Geschichte die Armeen reine Kampfinstrumente im Dienst von Volkswirtschaften waren, nicht mehr von eroberungssüchtigen Herrschern, entschied am Ende das versammelte Gewicht verbündeter Wirtschaftsleistung über den Sieg. Die Flucht des militärisch Leistungsfähigeren, aber wirtschaftlich Schwächeren in den Angriff war deshalb nichts anderes als ein glorreicher Selbstmord aus Verzweifelung an der Wirklichkeit einer durch und durch organisierten Welt. Die Frühjahrsoffensive 1918, die Sommeroffensive 1918 waren Desperado-Unternehmen von der ersten Minute an. Umrankt mit Heldentum für den, dem danach war. Selbst nach vier bitteren Kriegsjahren war allzu vielen noch danach. Lieber heldenhaft sterben, als geschlagen weiter leben. Deutschland vollzog an sich konsequent das Todesurteil, das es mit dem Schlieffen-Plan über sich verhängt hatte.

Paul ist nicht danach. Er leistet im Untergang das Höchstmögliche. Zum Weggehen ist es zu spät, *Die großen Wirtschaftsunternehmen steigern ihre Rendite* was bleibt ihm da, als stoisch-heroisch *indem sie rationalisieren und auslagern* sein? Gleichzeitig aber darauf bedacht, sein *in Zonen billiger Arbeitskraft, wodurch sie hier Arbeitskräfte* Versprechen zu halten. *freisetzen können, für deren Unterhalt und Fortkommen* Es gelang ihm selten, sich vor Ort *der Staat aufkommen muss, zu dessen Finanzierung sie* mit seinen taktischen Einsichten gegen die *immer weniger beisteuern, da sie mit Hilfe gut* Unvernunft der Befehlshaber *geschulter Berater Schlupflöcher im Steuerrecht maximal* durchzusetzen. Hätte er seine *nutzen und Erträge in Niedrigsteuerländern parken.* Geschütze so postieren können, wie er *Soziale Leistungen werden am Ende überwiegend vom* wollte, nämlich im ebenen Gelände *Mittelstand und den Facharbeitern aufgebracht. Es gibt keine* und nicht auf den Anhöhen, *Mittel, dieser verheerenden Entwicklung der Einkommen* wäre den Engländern im *entgegenzutreten, da die Staaten um die Gunst* Morgennebel des 8. August 1918 wahrscheinlich *der Unternehmer hemmungslos buhlen müssen, um* nicht zwischen Ancre und Avre *sich wenigstens mittelfristig über Wasser zu halten.* der große Durchbruch mit Tanks gelungen, *Es gibt kein nationales Unternehmertum mehr.* der die deutsche Front 12 Kilometer *Der nationale Zusammenhalt ist aufgelöst. Staaten* tief aufriss, 6.000 deutsche Soldaten zu *sollen weltweit für Ruhe und Ordnung sorgen,* Leichen und 14.000 weitere *Bedürftige verwalten, damit das Kapital seine Ruhe hat.* zu Gefangenen machte. Weil Paul trotz *An Beispielen wie der Deutschen Bank sieht man, dass* des Nebels rechtzeitig die Lage erkennt, *Prekarisierung der Belegschaft oder Entlassungen* gelingt seiner Batterie *selbst bei gigantischen Gewinnen erfolgen. Prekarisierung ist* unter Aufgabe der Geschütze, *also kein Schicksal oder betriebswirtschaftlicher Zwang,* aber mit Pferden und Müh und Not *sondern eine Strategie und damit eine Entscheidung.* der Rückzug. Hätte er sich durchgesetzt, wären die Verluste geringer ausgefallen, der Durchbruch nicht gelungen. Abgesehen davon *Zwischen 2100 und 2200 würden, wenn alle fossilen* hätte es nichts am Ausgang des *Energieträger verfeuert werden, die Niederschläge* Krieges geändert. Die Kräfteverhältnisse *stark zunehmen. Das Nordpolarmeer würde dann* standen fest. Die Geschichte ging ihren *im Sommer eisfrei* vorgegebenen Lauf wie ein Fluss von der Quelle zum Meer. Kein querliegender Steinbrocken hinderte ihn daran. Pauls Divisionskommandeur fand zwischendurch Zeit, ihn in vielen Tagesberichten lobend zu erwähnen. Paul diente nun ohne Abfälligkeiten dem Durchhaltewahn seiner Oberen. Wachsam und apathisch zugleich. Er wunderte sich jeden Tag neu, dass seine Leute ungebrochen den Befehlen gehorchten, mit denen er sie dazu antrieb, jede eigene Willensregung in sich abzutöten und einzig danach zu trachten, die Geschütze mit größtem Geschick zu bedienen. Man muss Mordinstrumente perfekt beherrschen, um sie erfolgreich zu bedienen. Wie soll bei solch einer Logik der Sprache und der Sache der Mensch klar denken können? Meine Befehle sind klar und fest. Meine Leute flüchten sich hinein. Sie tun ihnen gut. Also tue ich Ihnen Gutes. Meine Befehle sind der einzige Halt, den sie in diesem Chaos haben. Sie klammern sich daran, heftiger als an jeden Lebenssinn. Er wusste nicht, ob er sie für ihren Gehorsam liebte oder hasste. Warum kommt keinem der Gedanke, mich abzuknallen, weil ich sie quäle? Es ist derselbe Grund, der mich am Weglaufen hindert. Wir krallen uns ineinander, weil wir zusammen gehören. Weiß der Teufel, wieso.

VON NIE GEKOMMENEN DINGEN

Eine der immer selteneren Gefechtspausen. – Machen Sie mit, Genosse Major! Wir kennen Ihre Einstellung zu diesem verfluchten Krieg. Zur Lage der Arbeiter in der Heimat. Ein Vertrauensmann in Ihrer Batterie, den Sie verschiedentlich vor Bestrafung geschützt haben, hat uns über Sie berichtet. Sie gehören zu den wenigen Offizieren, die wir in unseren Plan einbeziehen. Die wir auf unserer Seite wissen möchten. Es ehrt Sie. Alle anderen Offiziere werden entwaffnet. – Die beiden Gefreiten in den schlotternden Pelzmänteln, wohl eine Spende aus dem Kleiderschrank eines Geldsacks in der Heimat, haben ihn vom Eierbrikettfeuer seines Unterstandes unter dem Vorwand weggelockt, sie hätten ihm eine wichtige Nachricht von seiner

Mutter auszurichten. Paul hatte vorher stundenlang dagesessen und mit leerem Kopf in das Feuer gestarrt, während seine Leute um ihn herum rauchten und dumpfes Zeug redeten. Er weiß, dass die beiden lügen, fragt nicht weiter, geht mit hinaus in den Abendnebel. Er versucht, ihnen in die Augen zu sehen, aber sie schauen unruhig hin und her, ob eine Wache vorbeizieht. Abgekämpft sehen sie nicht aus; sie sind mager wie alle hier. Strippenzieher. Von einem Telegraphenbataillon. Ich mag sie nicht.
– Ihr könnt mich duzen. Aber ich bin nicht euer Genosse. Euer Vorhaben hat meine Sympathie. Die, denen ich einen Eid geleistet habe, haben unser Volk seit Langem verraten, lassen es im Augenblick des Untergangs im Stich, um die eigene Haut zu retten. Feige Hunde allesamt, die sich nur hinter dem bis zum Irrsinn treuen Wall des Volkes stark fühlten. Deshalb bin ich frei, und ich wünsche eurem Aufbegehren Erfolg. Es ist Zeit, dieses verrottete Regime hinwegzufegen. Kurz und klein geschlagen gehört es. Eine neue Gesellschaft brauchen wir. Eine bessere, eine brüderliche, vor allem eine dauerhaft friedliche und durchschaubare. Aber ich werde nicht mitmachen bei euch. Ich wäre ein Betrüger, sagte ich euch Gefolgschaft zu. Ich glaube nicht an euren Erfolg, wie ich nicht an Sieg im Krieg geglaubt habe. Ich glaube nicht, dass es möglich ist, eure Ziele zu erreichen. Unser Land ist seit Langem von einer tiefen Krankheit befallen. Ich bin nicht überzeugt, dass ihr die rechten Ärzte seid, es zu kurieren. Es wird eure Wurmkur nicht annehmen. Ich bin verwurzelt in der alten verfaulten Gesellschaft. Dieser Staat war meiner. Ich habe ihn geachtet, wohl gar insgeheim geliebt. Ich hielt ihn bis vor wenigen Jahren aufgrund seiner Konstitution und Vergangenheit einer Selbstbesinnung für fähig. Trotz der allgegenwärtigen Verwesung in der Führung. Ich habe mich getäuscht. Die Verwesung war zu weit fortgeschritten. Der Kaiser eine nichtige Nulpe in Großmannspose, die Regierung, die Generäle Nulpen in Stulpen. Doch meine Enttäuschung, meine fehlgeschlagene Liebe, verleiht mir nicht die Kraft, Neues von einem Umsturz zu erhoffen, zu dem es wohl gar nicht kommen wird. Wenn, so lass ich's geschehen, schaue euch zu. Klatsche Beifall. Ich habe keine Erwartungen mehr. Ich will für mich sein. Für meine Familie, der ich versprochen habe, heimzukehren. Ich habe den Krieg bis hierhin überlebt. Auch ich bin moralisch verwest. Eine lebendige Leiche steht vor euch. Ihr könnt meine Waffen haben. Ich biete sie euch an. –
– Wir müssen handeln, Major. Wer nicht mit uns ist, stellt sich gegen uns. Wer in der ersten Stunde dabei ist, kann es zu etwas bringen. Wird künftig dabei sein, das Land zu führen. –
– Meint ihr? Ich bin versucht zu sagen: Um einen Haufen Rotz zu führen. Aber ich bin nicht gegen euch. Ich habe es gesagt. Nur fordert mich nicht

zum Handeln auf. Ich habe zu viel gehandelt in diesen letzten Jahren. Ich bin daran verdorben, dass ich zu viel gehandelt habe. Vor allem will ich nicht führen, weder einen Haufen Rotz noch ein Volk in Waffen, wenn ich nicht weiß, wohin. Und ich weiß wahrlich nicht, wohin unser Volk nun gehen soll. Ich bin ratlos. –
– Du hast in der Vergangenheit falsch und sinnlos gehandelt. Du hast deine Leute in Tod und Verderben geführt. Jetzt geht es darum, das Richtige zu tun: Eine freie, brüderliche Gesellschaft in Deutschland zu schaffen. Dem Volk …
– Legt los! Hoch die Herzen! Es soll mich freuen, wenn ihr es schafft und siegt. Ich bedauere, Land und Leute einen Haufen Rotz genannt zu haben, irgendwie liebe ich sie, wie man den eigenen Rotz liebt und die eigene Scheiße erträgt; aber ich will nicht mehr handeln. Hättet ihr vor vier Jahren zum Aufstand aufgerufen, wahrscheinlich wäre ich euch gefolgt. Ich wäre tot, aber meine beiden Brüder würden leben, denn Deutschland wäre tödlich geschwächt in den Konflikt gegangen. Schnell am Ende gewesen. Wieviel Leben hätte es gespart. –
– Du sagst es. Jetzt willst du nichts mehr riskieren und riskierst, unter die Räder zu kommen, wenn du nicht Partei ergreifst. – Speichelspritzer treffen Paul ins Gesicht. Er wischt sie nicht weg. Schließt die Augen. Hebt das Kinn. Er lacht bitter. – Auch bei euch gilt: Willst du nicht mein Bruder sein, schlag ich dir den Schädel ein? Vielversprechend hört sich das an. Ich sehe seit vier Jahren dem Tod in die Augen. Wie solltet ihr mir Angst machen? Ich lach euch aus, wenn ihr mir drohen wollt! Bringt mich um, wenn es euch Spaß bereitet! –
– Du hast fünf Jahre für eine schlechte Sache gekämpft. Warum bist du nicht bereit, jetzt wenigstens eine kurze Zeit für eine gute Sache zu kämpfen? –
– Ich habe es euch gesagt. Mehr habe ich nicht zu sagen. Ich bin ratlos. Ziele nicht darauf ab, euch von meinem Unglauben zu überzeugen, euch mit meiner Lethargie anzustecken. Legt los! Ohne mich. –
– Damit hilfst du weiter den Herrschenden, die uns verraten haben. –
– Wenn die Freiheit jetzt nicht von alleine kommt, wird sie nie kommen. Dann verdienen die Deutschen sie nicht. Es hat keinen Sinn, sie herbeizuschießen. Alle Macht liegt nun beim Volk; von den bisher Herrschenden sind nichts als verstreute Haufen Kehricht liegen geblieben. Wozu Gewalt? Schiebt den Kehricht beiseite, fegt die paar Kanaillen weg, die sich querstellen, dann habt ihr die Macht! Sie liegt auf der Straße. Der Kaiser ist seit Jahren Phantom. Die Macht fällt euch auf die Füße. Stolpert nicht! Übt sie weiser aus als die bisher Herrschenden. Seid einig dabei. Mehr braucht es nicht. Wenn ihr einig seid, geht es ohne viel Ge-

schieße ab. Ein müder, enttäuschter Mann des alten Staates, und sei er ein freier Geist, ist nicht euer Mann. Ist kein Mann der Zukunft. –
– Feige bist du! Dumm und mutlos. Es ist zum Kotzen. Ein Volk braucht Hoffnung und Zukunft. Gib uns deine Waffen! Man weiß nie mit euch Offizieren, wo ihr steht. –
– Hier habt ihr sie. Speit auf mich. Ich habe es nicht besser verdient. Eine neue Generation soll Hoffnung schöpfen. Ich bin dazu nicht in der Lage. Mich ekelt Hoffnung im Kollektiv nur noch an. Ich habe sie nur noch für mich und die, die ich liebe. Ich habe euch gesagt: Ich war nie gläubig und werde nie gläubig sein. Auch ihr sucht und braucht Gläubige für euer Hosianna aus der Tiefe! –

Einfach dazwischen

Für wie dumm hält Herr Beck das Wahlvolk? Als die SPD an der Regierung war, hatte sie ausreichend Zeit, Mindestlöhne einzuführen. In der Großen Koalition entdeckt sie das Thema als Defensivwaffe gegen die Linkspartei und als Offensivwaffe gegen die Unionsparteien.
Für wie dumm hält Herr Koch das Wahlvolk? In seinem Bundesland dauert die Prozesseröffnung gegen junge Straftäter am längsten. Jetzt will er Kinder in den Knast stecken. Alles ist möglich, aber nicht alles ist sinnvoll.

Sachsens Ministerpräsident Milbradt lässt eine 200-jährige Buche fällen, damit Autos ein wenig schneller rollen können. Die Grünen ließen eine Gaspipeline durch die Ostsee legen, um an der Regierung zu bleiben.

Über Mut

– Ist Mut nicht abartig, Hauptmann? –
Paul ließ die Frage lange zwischen dem Jungen und sich im Wald stehen. Sie lagen beide ausgesttreckt am Boden und sahen in den blinden Himmel. Er hätte ihm eine Erklärung abfordern können. Die Antwort hinauszögern, tat wohl. Er fand so reine Momente zum ersten Mal in seinem Leben.
– Ja- sagte er und wartete erneut lange ab. – Soweit du mit Mut nicht bloßen Leichtsinn meinst. Der ist einfach eine Schwäche wie viele andere auch. Seit wann Mut abartig geworden ist, weiß ich nicht. Ich denke,

früher einmal war Mut zwar eine hochmütige, aber sehr sinnvolle Form der Nächstenliebe. –
– Sie beschuldigen sich damit, abartig zu sein, Hauptmann? – Paul musste lachen. Ist die Reinheit damit weg?
– Du hältst mich für mutig, Geert? –
– Sie sind es, Hauptmann. –
– Ich bin es, weil ich mit dir hier im Wald liege. Im Kampf versuche ich bloß, das Beste aus dem Bösem zu machen, weil ich mich ihm nicht entziehen kann. Mein Einsatz ist Resignation. Aus Stolz will ich, dass sie kraftvoll ausschaut. –
– Ich bewundere und liebe Sie, Hauptmann. –
– Du weißt, dass es nicht mutig ist, mir das zu sagen, Geert. Übermütig ist es. Ich wünschte mir, du wärst es häufiger. Ganz ohne mich. Mit deinesgleichen. –

Frauen und Krankheiten als Kampfmittel *von Georg Brack* in: Weltkriegsspionage

Gerüchte verlauten, es sei der Fremdsprachenkorrespondent Roland Babilon.
HEIMATaktiv

Er weiß nicht, wann er zu Hause sein wird.

Post und Bahnen ruckeln im Deutschen Reich weiter einher. Es steht bloß nicht länger auf die Minute fest, wie, wann, wo. Das Land lebt in geknickter Ordnung, die keine Unordnung ist, sondern eine deutsche Unordnung: Die Glieder funktionieren einfach weiter. Ohne Kopf. Apathisch; aber verlässlich. Der Gleichtakt und das Schmieröl werden schmerzlicher vermisst als anderswo.

So beschaffen tritt das deutsche Heer den Rückmarsch an. Niedergedrückt, schweigend, in Formation. Die Waffenstillstandsbedingungen sind zu erfüllen. Schneller Rückzug ist den in Frankreich und Belgien stehenden deutschen Verbänden auferlegt. Im Bauch rumort es mehr als im Hirn. Koliken, Diarrhoen. Die Spanische lichtet weiter die Reihen, dem Schweigen der Waffen zum Trotz. Im Machtvakuum konstituieren sich Soldatenräte. Paul geht nicht zu den Offiziersversammlungen. Er stellt den Leuten seiner Abteilung frei, ob sie ihm weiter gehorchen wollen oder nicht. Alle wollen. Mit Tränen in den Augen, zum ersten Mal in seinem Leben lässt er sie rollen, befiehlt er, die Geschütze unbrauchbar zu machen, die Zugmaschinen; der Schrott bleibt zurück. Er sprengt die Munitionsbestände. Er lässt die hochwertigen Schusswaffen einsammeln und verladen. Der Rest wird vergraben. Er sucht nach Transportmöglichkeiten für die ausgemergelten Zugpferde. Weil er keine findet, übergibt er sie französischen Bauern. Sie werden beim Abdecker landen. Die Kaltblüter haben muskulöse Hinterschenkel. Tags darauf zuckelt sein Verband im ungeheizten Zug nach Lüttich. Von dort zwei Tage Fußmarsch bis Aachen. Die belgische Bevölkerung beschimpft sie, bewirft sie mit Unrat, Steinen, spuckt. Sie schauen nicht einmal auf. Ab Eupen rühmen die deutschen Bürgermeister den Kampfesmut des im Felde unbesiegten Heeres. Bleiche Mädchen, aber Mädchen! Mädchen! reichen Kränze, verteilen Küsse. Sie lassen es über sich ergehen. Fassen hin und wieder beherzt zu. Trinken das gereichte Dünnbier. Kein Aufleuchten der Augen. Ab! Nach Hause. Schnellstens nach Hause. Weh dem, auf den niemand wartet.

Paul hockt zur Rast mit einer Gruppe von Offizieren auf Feldsteinen am Rande eines noch nicht gepflügten Ackers. – Was für ein Unterschied zum August 1914! In jeder Hinsicht. – Oberstleutnant Sömmerinck aus Jüterbog seufzt. – Worauf freuen Sie sich am meisten, wenn Sie nach Hause kommen, Prodek? Ich hoffe, wir werden uns als Nahezunachbarn weiter verbunden bleiben. Wir Frontoffiziere müssen zusammenhalten, damit daheim nicht die Anarchie losbricht. Die Auflösung hier in der Truppe ist arg genug. Wer hätte so etwas im Reich, in unserem aufstrahlenden Deutschland, für möglich gehalten? –

Paul hat kein Bedürfnis, sich zu unterhalten. Er lässt die Außenwelt als teilnahmsloser Betrachter an sich vorbeiziehen. Die Trauer ist weg. Erbärmlich sind die Menschen. Und doch gefällt mir die Situation. Alles kaputt. Futsch! Ja futsch! Keiner mehr, der von oben gefällig herunter guckt. Die kalten Nebelschwaden sind erholsam. Er fühlt sich ihnen gewachsen. Mich befällt Lebenslust wie eine Krankheit, jetzt, wo das Land siech liegt, alles ächzt und flennt vor Wut oder Verzweiflung. In **Afrika** wollte ich bei Null anfangen. Jetzt kann ich es in der HEIMAT. Grinsend antwortet er:
– Sie werden es nicht erraten und wahrscheinlich schockiert sein, wenn ich Ihnen sage, worauf ich mich am meisten freue, Sömmerinck. –
– Sie machen mich neugierig. –
– Das wollte ich nicht. Sie werden es bereuen. Da Sie mir keine Ruhe lassen werden, sage ich es Ihnen lieber gleich und ohne Sie meinerseits etwas zu fragen. Natürlich freue ich mich darauf, meine Frau und meine Kinder wieder zu haben, meine Eltern wiederzusehen, ein heißes Bad zu nehmen. Wie lange liegt das letzte zurück? Ein sauberes, warmes Bett

mit warmer Frauenhaut drin vorzufinden. Weiche Brüste. Oder vielleicht einfach einen Waldspaziergang ohne Kanonengebrüll. Mich in ein gutes Buch versenken. So eine Antwort erwarten Sie. Aber ich sage Ihnen ganz offen, dass ich mich am meisten darauf freue, endlich wieder in Ruhe zu scheißen. Solange ich will, ohne von anderen neben mir oder von Brisanzgranaten gestört zu werden, ohne mir im Winter Arsch und Hoden abzufrieren. Ich werde die ersten Tage stundenlang auf dem Abort zubringen, mich einschließen, dort Bücher lesen, nachdenken, gegen die Welt anstinken. Vor mich hin und in mich hinein. Endlich mal stundenlang nur inmitten meines eigenen Mists und Gestanks! Können Sie diese Wonne verstehen, Sömmerinck? Wenn nicht, können Sie mal anklopfen kommen als mein Nahezunachbar. – Nein. Keine neuen Tränen.

Der meiste Datenverkehr, etwa 90%, geht vom Darm zum Gehirn. Auch unsere Darmbakterien funken über diesen Kanal Borschaften ‚nach oben'.

Der Oberstleutnant, der mit seiner knochigen Gestalt und seinem kantigen Gesicht dem Bild seines Standes entspricht, verzieht den Mund.
– Sind Sie wirklich so heruntergekommen, Prodek? Derart zu reden? Wie nun so viele? Von Ihnen hätte ich eine solche Äußerung nicht erwartet. Sie haben nie Zoten gerissen, nie Kraftausdrücke und Fäkalsprache gebraucht. Sie haben bis zuletzt gekämpft wie ein Berserker. Waren nie verzweifelt. Blieben immer beherrscht. Hatten immer die Übersicht. Deswegen habe ich mich gewundert, wenn ich hörte, Sie äußerten sich defätistisch und abfällig über unsere OHL und den Kaiser. Ich glaubte, Missgünstige wollten Sie denunzieren, um Ihnen den Aufstieg zum Obersten zu vermasseln, was sie ja wohl geschafft haben. Wir müssen in dieser Zeit des Niedergangs die alten Werte hochhalten, Prodek. Auf uns kommt es an. –
– Komisch, Sömmerinck, wie viele Menschen das Bedürfnis haben, mich edler zu sehen, als ich bin. Ich passe. Ich fange ganz neu an. Ein anderes Leben. Lasse das alte hinter mir. Wie Scheiße im Abort. – Ich gehöre nicht zu euch. Hab nie dazu gehört. Dann lieber mit den Spartakisten das Flohbett und das Sterben teilen.
Hoch oben, was heißt auf den Straßen um **Schloss** und Regierungsgebäude in Berlin, hat es eine Revolution gegeben: Große Worte sind gefallen, großartige Aufrufe verfasst und unter lange erträumten Gesten über dem aufgeregt streunenden und gaffenden *Rest* **Volk** in der Heimat von den alten Balkonen der Macht ausgestreut worden. Untermalt von Schießereien und Geplänkel mit Intreuefesten und sonst Andersdenkenden. ***Irgendetwas*** **musste** nach der Niederlage **schließlich** **geschehen**. Wun-

denlecken reichte nicht. Der Frust sitzt tief und kriecht endlich raus. In Abwesenheit des Kaisers und seiner Familie wird die Republik ausgerufen. Gleich zweimal von verschiedener Seite und aus anderen repräsentativen Gebäuden. Reihum geht's nun von der Maaß bis an die Memel, von der Etsch bis an den Belt nach demselben Motto: ***Wir tun etwas.*** Für die Zukunft natürlich. Denn es muss etwas getan werden. Für die Zukunft. Der österreichische Kaiser flieht vor diesem Gebahren in die Schweiz. Der deutsche von Spa nach Holland. Die deutschen Bundesfürsten gehorchen dem Ruf der Straße und danken schmollend ab. Verziehen sich in ihre Jagdschlösser. Ein einziger, der geringste unter ihnen, der von Waldeck-Pyrmont mit seinem schönen Kurpark, weigert sich abzutreten. Er wird vom lokalen Arbeiter- und Soldatenrat, jasoetwasgibtesjetzt selbst an diesem idyllischen Fleckchen Deutschland, friedlich aus seinem Residenzschlösschen geschubst. Kein Obdachloser. Was sonst noch tun, als allüberall im Land die Republik ausrufen? Ist die Räte-Republik eine Steigerung? Verlegenheit. Zwieträchtigkeit statt Trächtigkeit. Trotzdem macht man um die Cafés Bauer und Viktoria, Unter den Linden Ecke Friedrichstraße, am 9. November 1918 einige Stunden lang besser einen Bogen. Königstreue Offiziere und Kadetten von der Gardekavalleriedivision haben sich dort verschanzt und schießen zunächst auf alles, was sich in der Nähe regt, bevor auch sie klein beigeben. Den berühmten Kirschkuchen serviert man hier längst nicht mehr, und von trockenen Teigresten im Trog und Muckefuck lässt sich nicht lange leben, dabei besessen auf die Straße schießen.

Revolutionärere, also abschreckendere, Szenen tragen sich zu, als die Volksmarinedivision (auchsoetwasgibtesjetzt) den Platz vor dem Marstall von Schlossgarde und Schlossbeamten freischießt. Die haben sich in, vor und zwischen den alten Gehäusen der Macht eingeigelt, verteidigen sich auch in Abwesenheit des früheren Hausherrn zäh und kommen dabei allesamt elendig ums Leben. Die Zeche für fünf ruhige Jahre daheim. Nur billig und gerecht, obwohl die Erstürmung des Marstalls kein Sturm auf das Winterpalais wird. (Wohl Falschmeldung) Es fehlen die Köpfe. Stattdessen wird leise Plunder geplündert (nichts wirklich Wertvolles), denn das Schloss gehört jetzt dem Volk, aber es sind eben deutsche Marinesoldaten, die sich darin eingenistet haben. Am Heiligen Abend werden sie von Freikorps im Namen der Regierung mit Granatwerfern angegriffen. Es gibt einige Tote. Aber sie halten Stand. Als die Volksmarinedivision aufgelöst wird und keine Löhnung mehr erhält, gibt sie auf und zieht ab. (Alles ungenau! Das wirkliche Geschehen bitte selbst ermitteln.)

Größere Gewalt und Straßenkämpfe revolutionären Ausmaßes gibt es erst in den folgenden Monaten, als sich Formal- und Umsturz-Revolutionäre sowie die neu aufgestellten Kräfte der Reaktion und der Gockelpatrioten zeitweise ernsthaft um die Macht balgen, indem sie Freikorps und Spartakus-Verbände bilden. Alles verpufft in kleinen Tragödien. Es fehlen die Köpfe. Niemand war bereit für die Republik. Nirgendwo. Keiner war glücklich darüber außer ein paar Idealisten und verkrachten Existenzen, die nicht vermochten, einen Krückstock und ein Gewehr auseinander zu halten.

Hören-Sagen Zitat und Zuwort:

Die Sicherheit der Throne beruht auf Poesie (Gneisenau, zitiert nach Walter Flex).

Der Niedergang eines Volkes beruht auf Träumen (der Autor).

Im Alltag ändert sich wenig. Erbärmlich, aber nicht jämmerlich geht es in dem einst stolzen und vor Elan strotzenden Reich bereits seit Jahren zu. Land und Volk hinken auf beiden Beinen. Die Behörden, die Betriebe funktionieren, was heißt, sie funktionieren nicht ganz, wie man es gewöhnt war. Die Rohstoffe fehlen; man wurde erfinderisch, aber die Rohstoffe fehlen wirklich; hin und wieder wird gestreikt. Für das mehr als für dies. Stöße russischer Steppenluft dringen nach Mitteleuropa vor, nicht russische Stallwärme. Ein Hauch russischer Brutalität zieht nach. Nach München vor allem. Kleines Sterben folgt großem Sterben. Bis auf die Millionen Gefallenen und die drei Dutzend Fürsten ist alles an seinem Platz. Verharrt. Stampft trotzig mit dem Fuß. Feindbilder! Wenn man schon keine Köpfe hat. Einer ist ein Kopf und hat das Zeug, das Land zu retten: Walther Rathenau wird seinen Kopf nicht lange mehr über Gehpelz und Cut tragen. Man möchte es nicht glauben: Das Land hat den Weg seiner Verblendung noch längst nicht durchschritten. Irgendwo scheint gechrieben zu stehen, dass es, tief wie kein anderes je, fallen muss aus Verblendung, um die Welt ein letztes Mal zur Besinnung zu bringen.

DAS RöHREN DER HIRSCHKUH (Kriegsgericht über einen Rückkehrer)

Er, verständig und trotz allem noch ganz gut anzuschauen, mehr nicht, weiß, er wird herbeigesehnt. Sie wissen, er wird endlich und lebendig **HEIMKOMMEN.** Charlotte schwindelt. Sie fürchtet sich vor dem Wiedersehen.

Ich bin ramponiert, abgemagert, verdreckt, wieder mal verlaust wie kein Zigeuner je, raubärtig. Narbenübersät. Ich stehe im Nichts. Im Freien! Wohin ich immer wollte. Ein großartiger Weltenort: Freiheit. Mag sie sich auf Elend reimen! Erst im Elend ist man ratzekahl frei. Zum ersten Mal kommt es auf mich allein an. Ich finde einen Weg. Ihr habt alles versaut. Ihr könnt mich von nun an kreuzweise, mit Pfeffer und Kandiszucker zugleich. Im Krieg war ich Instrument. Aus eigenem Willen gefangen, damit nicht Irrsinn auf Wahnsinn folgt, sondern Erschöpfung aller. Aus aller Erschöpfung aller Besinnung. Nichts da. Nun gibt es doch Sieger und Besiegte. Freie Bahn dem Irrsinn, den Rausch und Verbitterung füttern. Euch ist nicht zu helfen. Von nun an seid ihr anderen meine Instrumente. Ich tu euch nichts, ich benutze euch bloß. Nicht mehr Maschine will ich sein – Trichine.

Die Wertpapiere, die seine Frau in die Ehe gebracht hatte, die ihm all die Jahre Sicherheit und Abstand gegeben hatten – **futsch!** Er freut sich. Das ist Freiheit. Auf mich kommt es an. Das Zigarrengeschäft wirft kaum noch Ertrag ab, weil nicht einmal mehr Tabak aus der Uckermark kommt. Gut so. Auf den Feldern muss Roggen angebaut werden, und die Reichen haben in der Notzeit ihr eigenes Bezugssystem für Zigaretten, Zigarren und Alkohol über die Schweiz und Skandinavien organisiert. Charlotte verkauft im Laden Drops und Dauerlutscher. Gebörselt wird längst nicht mehr, obwohl viel spekuliert und geschoben wird. An anderen Plätzen. Wo Öl und Schampus fließen. Etwas Miete bringen die Häuser. Papiergeld. Da haben sie es. **Alles futsch!** Ich lache. Jetzt müsst ihr euch an mich hängen, den verbliebenen Rettungsring. Abgewetzt, wie er ist. Kampferprobt. Wer diese Massenvernichtung überlebt hat, den sollte je irgendetwas in und über der Welt schrecken?

Vater und Mutter sind seit dem Tod der beiden jüngeren Söhne geistige Krüppel. Sie bangen schlaflos um ihren Ersten und Letzten. Für Mutti tut es mir leid. Zwei Schwestern leben weiter zu Hause. Es sieht schlecht für sie aus, angesichts der Verlustliste an Männlichkeit einen Bräutigam zu finden. Johannas Mann hat Zeigefinger, Mittelfinger und den halben kleinen Finger seiner rechten Hand verloren, Haar und Kopfhaut weisen Löcher auf, weil er von Spritzern einer Phosphorgranate versengt wurde. Durch den Helm fraßen sie sich, bevor er ihn runterreißen konnte. Die Werkstatt läuft schlecht, weil sie zu lange auf die Rückkehr des Meisters warten musste und es wenig Aufträge von zahlungsfähigen Kunden gibt. Dabei hat es Arbeit genug.

Gegen zwei Uhr früh kommt Paul mit einem von Bahnpolizei schwer bewachten Brikettzug, langgestreckt auf der Presskohle, die Arme unter dem Kopf verschränkt, auf dem Güterbahnhof von Luckenwalde an. Städte und Wälder sind an ihm als dunkle Flecken in der grauen Nacht vorübergeglitten. Da und dort ein offenes Feuer. Der Sack mit Militärkleidung und Waffen hat ihn gegen den Fahrtwind geschützt. Je näher er Luckenwalde kommt, desto unbändiger lodert Triumphgefühl auf. Ich lebe! Ich habe **euch** hinter mir gelassen. Ich fühle mich frei wie ein Herumtreiber. Freier. Weil ich erfühle, wo ich hin will, ohne noch zu wissen wie. Er hat sich diese Sätze während der Zuckelfahrt, der quitschigen Rangiermanöver immer wieder vorgesprochen (wie vor Jahren das: ich will eiskalt und sachlich bleiben), dabei ununterbrochen in die Nacht gesehen, sich rütteln und stoßen lassen, die Härte seiner Unterlage grimmig genossen. Hauptsache Fahrt. Er hat dem Vlies der grauen Wolken Küsse zugeworfen, zwischendrin einen Stern erspäht. Ein Versprechen. Ich bin kein Tier geworden. Ihr habt es nicht geschafft. Das Leben lockt mich weiter, weil es mich herausfordert wie ich bin, wo ich bin. Ich bin nicht zerborsten. Ich zeige es euch.
Angekommen, springt er vom Wagen mehr, als er herunter klettert, obwohl er nur einen Fuß für die Landung hat. Die Achillessehne rechts ist in den letzten Kriegstagen losgerissen. Wird sich geben. Wie alles. Er zieht Hose und Jacke aus, ertastet einen lichtlosen Laternenpfahl schlägt sie dagegen, fegt bei gesenktem Kopf mit den Fingern den Ruß aus dem filzig gewordenen Haar und humpelt im Stockdunkel NACH HAUSE. Er kennt hier jeden Pflasterstein. Ratsch, der Wolfsspitz, schlägt knurrend an, als sein Herrchen vorsichtig die Haustür aufschließt. Er erkennt Paul sogleich wieder, springt leise jaulend an ihm hoch, leckt ihm die rußigen Hände. Paul saugt gierig die Zuhauseluft ein. Ich rieche ihre Häute durch das Holz der Balken, den Kalk, die Tünche des Mauerwerks, den Staub der Polstermöbel, die Feuchte aus dem Keller, die Kohlschwaden, die inzwischen tief in die Wände eingezogen sind. Selten wird gelüftet. Wärme ist kostbar. Die Nase sträubt sich trotz der Erwartung. Meine weibliche Welt lebt. Wie ich. Die männliche ist futsch. Gut, dass wir keinen Jungen haben. Was sollte ich ihm erzählen? Endlose Fragen würde er mir stellen über den Krieg. Alles erfahren wollen, und ich würde nichts zu sagen haben. Kein Wort. Er setzt sich in die Küche auf einen Stuhl und wartet. Baumelnde Ruhe. Trügerisch. Ratsch hat sich auf seine Füße gelegt. Vom Kehraus der Geschichte ist außer dem penetranten Kohlgeruch und der verbrauchten Luft nichts zu spüren. Alles ist an seinem Platz. Meiner im Bett ist noch leer. Er lauscht auf die kleinen Geräusche ringsum. Das Ticken der Uhr, das Knarren einer Matratze, wenn sich eine Tochter im Bett bewegt, miauende

Katzen im Garten. Das erste Krähen eines Hahns. Dass es den noch gibt! Knacken im Gebälk. Der Jubel in mir, fast erdrückt er mich. Die Toten, die Kaputten? Selber schuld. Schreihälse waren sie allesamt. Auch meine Brüder. Für sie reimte sich Krieg auf Sieg. Stattdessen alles futsch: Das Reich, der Staat, die Menschen, die Wirtschaft, die Vermögen. Recht so. Freiheit für ein neues Leben ist reichlich da. Adieu rotes, totes, zerfetztes, süßsauer verwesendes Menschenfleisch in Flanderns Ebenen. Vier warme Leben warten in ungeplatzten Häuten auf mich. Ein paar Tage schlafen. Ich kenne das nicht mehr: Schlafen im warmen, weichen Federbett. Vergessen. Und dann los. Der Sömmerinck glaubt womöglich, ich schlösse mich tagelang im Abort ein. Wenn er zu Hause aufs Klo geht und seinen Arsch mit Druckerschwärze abreibt, wird er jahrelang an mich denken.

Der Wecker klingelt, Charlotte räkelt sich, gähnt laut durch, springt aus dem Bett, geht auf die Toilette. Er lauscht zufrieden ihrem Gepuller, dem kleinen Pup, den sie herauslässt. Wenig später betritt sie im seidenen Morgenrock und mit einer Petroleumlampe in der Hand die Küche, um Feuer im Herd zu machen. Er sitzt da, den linken Arm angewinkelt und auf sie gerichtet. Sie schreit auf, als der Lichtschein auf ihn fällt. Die Lampe entgleitet ihr. Das Glas zerbricht klirrend auf den Fliesen, die Scherben gleiten in alle Ecken. Ratsch bellt. Paul schnellt hoch, tritt den freiliegenden Docht aus und reißt seine Etta im Dunkeln an sich. Sie schluchzt. Wehrt ihn ab, schlägt auf ihn ein. – Ich hasse dich! Du hast uns weggeworfen. Kaum geschrieben. Bist nie gekommen. Jetzt dringst du heimlich ins Haus ein. Wie ein Dieb. –

Die Töchter sind durch den Lärm erwacht, rufen ängstlich nach der Mutter. – Maja, Esther, Smeralda! Keine Angst. Ich bin‘s. Pa. Kein Dieb. Ich bin zurück. Endgültig. Aus der Krieg. Verloren. Vorbei. Alles futsch. Wir nicht! Wir fangen neu an. Wir sind futschifutschifrei. –

Ein schlechter Beginn. Ich habe zu viel gesagt. Maja zündet eine Kerze an, die drei Töchter stürzen in ihren langen weißen Nachthemden die Treppe hinunter in Richtung der wiedererkannten Stimme. Kriegsgeschrei von Engeln. Er lässt Charlotte los. Die drei springen an ihm hoch, umschlingen ihn im Funzelflackerlicht, hängen sich im Kreis zu dritt an seinen Hals. Er dreht sich mit ihnen. Die Zeit schaut weg. Heile, helle, blühende Mädchenhaut umstreichelt ihn. Ihr Duft, der ganz da ist. Er genießt die Kosungen blind, gibt sie kaum zurück. Wie wäre es gewesen, wenn ich starr, mit entstelltem Gesicht nach Hause gekommen wäre? Hätten sie mich ansehen mögen? Still und traurig hätten sie meine Leiche umstanden. Was, wäre ich draußen geblieben wie meine Brüder? Kaum etwas übrig. Knochen und Fleisch, unsortierbarer Menschenramsch. Ach ja, Charlotte wollte mich liegen lassen in Flandern. Jetzt lachen sie und küssen mich ab, obwohl ich stinke wie ein Ruhrkumpel im Schacht. Mein Bart gefällt ihnen. Er stachelt so schön. Ich rieche nach Freiheit. Ihre Nachthemden sind scheckig geworden. Es gibt keine Gerechtigkeit. Na und? Wir fünf leben. Dasein ist Pflicht. Immer Goethe, der glückliche Rechthaber. Futschifrei bin ich. Sind wir. Ich kann es kaum glauben, frei und elendig. Elendig frei. Elendig glücklich. Glücklicher als jemals zuvor im Leben.

Als späte Morgenröte durch die Fenster dringt, sitzen sie am Frühstückstisch, den Charlotte inzwischen schweigend mit Graubrot, traniger Margarine, Kunsthonig, einem Rest Ahornsirup und Pfefferminztee ausgestattet hat. Er schaut in die erwartungsvoll leuchtenden Katzenaugen. Die drei Mädchen blühen trotz der dürftigen Kost: 17, 15, 13. Der Mensch ist nicht, was er isst. Blöder Feuerbach! Groß, schlank, die langen Beine zum Glück nicht dürr, sondern wie gedrechselt. Paul betrachtete unauffällig die unterschiedlich weit entwickelten Brüste. Die werden sich abends gegenseitig beäugen, wie weit jede ist. Auch im Vergleich mit der Ma. Ich hoffe für ihre Männer, dass sich die Polsterchen wie bei ihrer Mutter zu kleinen Schnauzen spitzen werden. Bei Maja ist es sicher längst so weit. Etta hätte die drei jeden Monatsersten nackt nebeneinander stehend auf die Platte bannen sollen. Warum habe ich es ihr nicht geschrieben? Eine edle Chronik wäre es. Ich habe mich nicht getraut. Sicher hat sie es von sich aus getan. Dreimal dasselbe Mädchen in drei Entwicklungsstadien der Pubertät, so ähnlich sind sie sich. Maja im Grunde erwachsen. Noch ohne die Holzigkeit, die dazu gehört. Fast drei Jahre ist es her, seit ich sie zum letzten Mal gesehen habe. An meinem Geburtstag 1915. Der stolze Gärtner. In acht Tagen ist wieder mein Geburtstag. Der 40. Scheitelpunkt. Absprung ins Ungewisse. Runder Zufall. Freier Fall. Ich flattere los. Huhn, Krähe, Habicht? Alles gleich reizvoll. Am liebsten Milan, weil ich das Wort mag. Turmfalke ist zu viel verlangt. Den bring ich nicht mehr.
Ettas Wangenknochen stehen heraus, ihre Haut ist faltig geworden. Staubig sieht sie aus. Sie meidet meinen Blick. Mit kindlich-trotziger Miene. Hätte sie damals, als alles begann, statt fesch und forsch so betäppert dreingeschaut wie jetzt, hätte ich mich auf Anhieb in sie verliebt. Trotz der scheußlichen Nase. Es steigt warm in ihm hoch.

Die Kinder überhäufen ihn mit Fragen, Geplapper. Er sieht sie mit weisem Lächeln an. Für etwas im Leben war ich jedenfalls gut. Er schließt die Augen. – Gebt mir Zeit. Ich kann jetzt nicht mehr, als stille glücklich sein mit euch. – Maja springt auf ihn zu. Fasst seine Hand. Setzt sich auf seinen Schoß. Streicht über seine schwarz behaarten Fingerrücken. Ihre Kuppen werden schwarz. Sie legt ihren Kopf trotzdem auf seine Hände. Nicht vordrängeln, Große. Er blickt sie nacheinander an, küsst sie ins Haar, betont flüchtig um den Hals. Ich hätte mich gleich nach der Ankunft waschen sollen. Aber ich lass euch etwas von meiner Freiheit schmecken. An die Läuse mag ich jetzt nicht denken. Nicht schlimm. Sollen sie Erfahrung sammeln.

Charlotte treibt die Töchter zur Eile an. Die Schule. Wie jeden Tag. DA hört Freiheit auf. Sie protestieren. Nicht heute, wo Pa zurück ist. Charlotte hat kein Einsehen. Pa braucht Ruhe. Paul schweigt. Die erste Seite eines neuen Stücks Leben schreiben. Etta die Enge aus der Brust reißen.

Sie sitzen sich in der Küche gegenüber, schauen einander manchmal in die Augen. Prallen ab. Ungleich im Schweigen gefangen. Charlottes Katzenaugen sind gerötet. Ihre Lippen Schlitze. Paul freut sich an ihr wie nie. Warum mag ich sie bedrückt? Weil es mir gefällt, sie zu trösten, aufzurichten wie eine von der Stange gerutschte Tomatenpflanze? Es gilt. Er zieht aus der Brusttasche den abgeriebenen Sonette-Band hervor und legt ihn vor sie auf den Tisch. – Du warst immer bei mir. –
Sie schaut das Bändchen nicht an. – Du Heuchler! Lass das! So kriegst du mich nicht. Was soll bloß aus uns werden? –
– Ich habe Wort gehalten. –
– Ach, du meinst, es sei dein Verdienst, dass wir dich wiederhaben. Und ein großes Glück dazu? Wie verfaultes Obst hast du uns hier zurückgelassen. Für eine Idee von Weltgeschichte, zu der du kleiner Tropf deinen Teil beitragen wolltest. Du, der vorher alle Weltverbesserer sanft und hochmütig belächelt hat. –
– Wenn die an den Kommandohebeln besoffen sind, kann keiner darunter der Weltgeschichte einen Klacks Sinn geben. Ich hab den Vollrausch oben nicht erkannt. Mein Fehler. Ich bin ein für alle mal bekehrt und wieder da, Etta. Keine Zeit für Vorhaltungen. Die hab ich mir selbst genug gemacht. Wir fangen neu an. –
– So einfach kommst du mir nicht davon in den mageren Alltag. Du Scheißkerl! Ich verachte dich. Euch Männer allesamt. Ich will mit dir abrechnen. Du hast uns vor drei Jahren weggeworfen. Wie sich herausstellt, für nichts. Ich sollte dich keines Blickes würdigen. Rausschmeißen sollte ich dich. Es ist mein Haus. –
Er lacht nicht, so angebracht es wäre. Er fragt nicht, wie sie denn ohne ihn

auskommen wolle. Das wäre feige. Sie hat ‚sollte' gesagt. Taktisch dumm. Dumm wie Schlieffen und Ludendorff zusammen. Er spielt das Spiel, das nötig ist; rechtfertigt sich schlaff. – Ich konnte damals nicht anders. Es schien mir eine Frage der Selbstachtung. Ich hatte angesichts des grassierenden Wahnsinns nicht die Kraft zum Zyniker zu werden. Jetzt bin ich's. –

– Scheißkerl, Scheißkerl verfluchter! Große Worte! Du kommst dir immer noch heldisch vor, was? Ein großes Wort: Vergeblich. Könnte ich dir damit die Lippen versengen, ich täte es. – Sie stürmt auf ihn los, dringt auf ihn ein, zieht die Ellbögen hoch und schlägt ihm damit abwechselnd links und rechts an die Schläfen. Sie greift die Zeitung, schlägt hart zu, dass sie in Fetzen fliegt. Sie tritt ihn mit den Fersen gegen die Schienenbeine. Er muckt nicht auf, schließt nicht einmal die Augen, sitzt starr da, lässt geschehen, ablaufen. Verharrt, als sie seinen Schädel an den Haaren hin und her reißt. Ihn ohrfeigt. Ihn würgt. Den Kopf wieder und wieder mit beiden Händen an die Tischkante schubst. Endlich fällt sie erschöpft auf ihn, klammert sich an seinen Hals, küsst den rissig wie seine Lippen gewordenen und schreit: – Warum, verflucht nochmal, will ich dich immer noch? Warum? Warum? Du bist Eis. Ich müsste dich hassen, hätte ich die Selbstachtung, die **dir** wichtiger war als WIR alle zusammen. – Sie sinkt mit dem Kopf auf seine Knie, schluchzt leise. Paul rührt sich weiterhin nicht, atmet so geräusch- und bewegungslos, wie er irgend kann. Fährt mit den Fingern durch ihr dichtes blondes Haar, das von den Haarwurzeln her schon ergraut. Wie ein Kaminkehrer sieht sie nun im Gesicht aus.

– Du hättest einen Knüppel nehmen sollen, um mich zu schlagen, Etta. Halbtot, fastganztot. Dein gerechter Beitrag zum Krieg. Der nützlichste von allen. Wir wollen uns trotz des Raureifs eine Weile auf die Schaukel setzen. Weißt du noch, wie Maja daraus wurde? Ein Luftgeist ist sie deshalb nicht geworden. Eher die beiden anderen, die nicht ins Leben geschaukelt, sondern gepumpt wurden. – Er lacht. – So wenig richtet sich das Leben nach den Träumen seines Fleisches. –

– Schon wieder mokant? – Sie ohrfeigt ihn wieder links und rechts. Sie springt in eine Ecke, holt einen Schrubber hervor. – So einfach, wie du denkst, geht es nicht. Du fragst nicht einmal, was ich erlebt habe. Was kann das schon sein? Du verstehst überhaupt nicht, wie sehr *ich* gelitten habe, während du meintest, dich für das Land, für ganz Europa obendrein aufopfern zu müssen. Das Reich, Europa waren das Opfer nicht wert. Sie wollten es nicht. Du hast dich aufgedrängt. Ganz egal, was dabei herausgekommen ist, du kommst dir als gescheiterter Held vor. Deshalb fühlst du dich gut im Elend. Wie ihr alle, ihr großen Krieger. Eine aufgeblasene, aber leere Hülse bist du. Ich will dir ins Gesicht schreien, was ich hier ganz unheldenhaft gelitten habe. Du sollst es wissen. Ich will abrechnen mit dir. Leg dich über den Stuhl. Ich will dir vorher den Arsch versohlen. Du hast recht, ich muss das tun. Du musst büßen. Es ist längst nicht genug. – Er senkt den Kopf. Wartet. Schaut sie an. Schnauft verlegen. Möchte lachen. Wie kam ich darauf? Albern. Sie weiß es selber. Kann nichts anders. Heulen wäre grässlicher. Was glaubt sie, kann mir das machen? Meinem Kanonier Jörg Sudpfann hat ein Splitter die Kinnlade samt Zunge weggerissen. Ich musste die Halsschlagader abbinden. Ich hab sie mit meinem Reden auf die Idee gebracht, sich zu entladen. Er gehorcht. Legt sich über die Stuhllehne. Sie schlägt zu, redet weiter.

– Ständig in Angst, oft schweißnass, bei Tage, in der Nacht, habe ich in den drei Jahren ununterbrochen an dich gedacht. Was du in diesem Augenblick, in überhaupt jedem Augenblick gerade tust, wie es dir geht, ob es dich noch gibt. Dauernd waren die Fragen da. Haben auf mich eingedroschen. Nie waren sie weg. Ließen mir keine Sekunde Ruhe. Dazu die Fragen der Kinder: Warum kommt Pa niemals heim wie die anderen Soldaten? Was sollte ich ihnen sagen? Was? Was? Was? Euer Pappa ist ein unverbesserlicher und unermüdlicher Held? Ich habe geantwortet: er weiß warum. Vertraut ihm, er wird es euch sagen, wenn er heimkommt. Wir haben für dich allezeit gebebt und gebangt, stundenlang abends gebetet, weil Maja es wollte. Ohne das Geringste tun zu können. Es ist das Furchtbarste überhaupt: wehrlos sein. Seiner Angst ausgeliefert. Um mich selbst hätte ich nie solche Angst gehabt. Zum Warten verdammt. Jämmerlich und aufgelöst zum Himmel geschaut habe ich, selbst allein. Da war ein schreckliches Loch. Ich stand am Rand und taumelte. Ich fiel ständig darüber, aber nie hinein. Als es doch geschah, verschlang das Loch mich nicht. Es spuckte mich wieder aus, blies mich hoch in die Luft, hielt mir von Neuem den Rachen auf, und ich fiel, aber wieder nicht hinein. Monatelang, jahrelang der gleiche Albtraum. Sah ich die Postbotin sich nähern, fing ich an zu zittern. Jedes Mal dachte ich: Feldpost mit schwarzer Umrandung dabei! Für mich. Sie holt das Kuvert heraus. Für mich. Jetzt ist es aus. Ich hatte die drei Kinder zu versorgen, meinen Eltern beizustehen, die seelisch zusammengebrochen sind, weil sie ihr Vermögen verloren haben, das Geschäft kaum noch etwas einbringt. Ich habe es in die Hand nehmen müssen, und ohne den Einfall mit den Lutschbonbons wäre ich aufgeschmissen gewesen. Die Mieteinnahmen aus der Stadt decken kaum die Kosten für die Häuser und erlauben meinen Eltern kümmerlich dahinzuleben. Wieso geht es euch schlecht, wirst du fragen. Ich habe euch doch in den Gärten, bevor ich zurück ins Feld ging, üppige Obst- und Gemüsepflanzungen angelegt. Mistbeete. Habt ihr sie verdorren lassen? Oh ja, du hattest vorgesorgt, du bist schließlich sorgsam und verantwortlich, oh ja, oh ja, immer gewesen, wirst es immer sein. Du weißt um deine Pflichten. Und wir hätten davon nicht schlecht, vegetarisch und sehr gesund, gelebt. Aber seit du weg warst, stiegen jede Nacht Diebe ein. Ließen nichts übrig von deiner botanischen Pracht. Sie pflückten die Erdbeeren und Himbeeren noch weiß, die Pflaumen und Tomaten, die Kürbisse grün, den Salat, kaum dass er Blätter bildete. Möhren, Radieschen rissen sie raus, füttern mit dem Kraut ihre Kaninchen, ihre Ferkel, deren Fleisch sie dann teuer verkauft haben. Ein paar kirschgroße Kartoffeln haben wir geerntet und ein paar wurmstichige Äpfel. Wie das? Ihr hattet doch Ratsch. Den haben sie gleich in der ersten Nacht, als ich ihn zur Bewachung draußen ließ, angeschossen. Der Schreck für die Kinder, als sie ihn am Morgen winselnd, sein Wunde leckend mit einem Steckschuss im Hinterlauf unter dem Fliederbusch fanden. Ich rief den Tierarzt, es kam teuer; ich habe Ratsch nie mehr die Nacht rausgelassen. Nichts mehr nachgepflanzt, nachdem alles geplündert war. Und die Polizei? Die paar Invaliden und Veteranen, die hier geblieben sind, fürchten sich mehr vor den Ganoven als umgekehrt. Und die Bürgerwehr ist ein Spott. All diese Sorgen mögen viel sein für einen Menschen, wirst du sagen, aber nicht genug, um wehzuklagen in diesen ausnahmslos fürchterlichen Zeiten. Gar nichts im Vergleich zu den Leiden im Felde. Deinen Leiden. Ich weiß, ihr habt euch Feuerkeulen über die Köpfe geschlagen, mit Giftgas bespien, mit Flammenwerfern die Leiber verkohlt, in eure Bäuche und Schädel Bajonette gespießt. Unser Leben daheim war nicht bedroht. Wir saßen trocken im Kalten. Ich hatte deinen Sold, der sich auf einmal als Segen erwies. Oh, ich bin dir dankbar, weil du keinen einzigen Pfennig davon für persönliche Bedürfnisse abgezweigt hast, nichts für Tabak, Schnaps, besseres Essen ausgegeben, alles blieb für uns. Deine Familie, die du im Stich ließt. Aber in diesem Monat ist der Sold ausgeblieben. Staatsbankrott. Die letzte Geldquelle ist versiegt, und wir hungern. Kein Grund zum Jammern, sagst du, ich bin, wie versprochen, heil zurück. Schaut mich an. Das ist das Wichtigste. Was wollt ihr denn? Freut euch. Ich habe Wort gehalten, ich bin da. Sei da, ich fühle mich von dir weiter weggeworfen. Dein Glückskleeblatt nanntest du uns, dabei waren wir dir Nebensache, du spinnerter Scheißkerl. Hör: Während der Zeit, in der du dich für die Zukunft der Welt schlugst, hatte ich nicht nur meine, sondern auch deine Familie zu betreuen. Du weißt selbst am besten, wie schlimm es um deine Eltern steht. Für die bin und bleibe ich die reiche, die starke Charlotte, ihre Schwiegertochter, die ihren letzten verbliebenen Sohn vom Juristenberuf entfernt und daher auf ewig eine Schuld bei seinen Eltern abzutragen hat. Von der sie alles erwarten, selbst wenn Charlotte ausgelaugt ist und sie Charlotte hassen. Ich und die Kinder, wir haben uns redlich bemüht, deine Eltern zu trösten, ihnen über den schweren Verlust hinwegzuhelfen; sie etwas zu erfreuen. Ohne Erfolg. Für deinen Vater zählen nur Söhne, und mit denen kann ich nun einmal nicht aufwarten. Unsere drei waren sehr enttäuscht, dass der Großvater sie nicht um sich haben mochte, weil sie ihn daran erinnerten, dass er seine Söhne verloren und nur drei Enkelsöhne unter acht Enkelkindern hat. Leidender Egozentrismus. Du warst nicht da und galtest auch schon als verloren. Hasslieder hat dein Vater die ganze Zeit gegen Frankreich und England gesungen, um sich bei Sinnen zu halten. ‚Franzosenblut, Franzosenblut, es kommt der Tag der Rache!' Er isst nur noch von Tellern, auf denen ‚Gott strafe England!' steht. Einen ganzen Satz hat er davon gekauft. Mich, nicht ihre Mütter, hat er für das Schicksal seiner Enkelsöhne verantwortlich gemacht. Entschuldige, wenn ich sage, wie gut es ist, dass Siggi nicht verheiratet war. Sähest du, wie elend Wiltraut und der kleine Bolko dran sind seit Bothos Tod, du verstündest mich. Sie kriegt kaum etwas Kriegsopferfürsorge. Botho war zu jung, er hatte keine Pensionsansprüche. Ich kenne selber meine Pflichten, und ich habe versucht, mit ihr das Wenige zu teilen, das uns übrig geblieben ist. Deine Eltern haben mir trotzdem ständig zugesetzt, ich sollte sie bei uns im Haus aufnehmen, weil Wiltraut Schwierigkeiten hatte, die Miete für ihr Asselloch, in das sie ziehen musste, zu bezahlen. Ich habe es nicht getan, weil ich daran gedacht habe, dass, wenn du zurückkommst, es sehr eng sein wird, weil die beiden nie wieder das Haus verlassen werden, wenn sie einmal drin sind. Wie sollte Wiltraut je dazu in der Lage sein? Unsere Kinder werden größer, brauchen mehr Platz. Ich mag Wiltraut von Herzen, aber darf ich nicht auch ein wenig egoistisch sein? Ich möchte, dass wir unter uns bleiben. Ich habe ihr deshalb die Miete von unserem Geld bezahlt. Aber nie war es genug, was ich getan habe. Ich hätte ihr eine gesündere Wohnung verschaffen sollen. Dein Vater bildet sich ein, ich hätte heimlich Gold gehortet und wollte es nicht herausrücken. Wahrscheinlich hat er das rumerzählt. Unter dem Nussbaum und in den Mauerecken war der Boden umgewühlt, und in den Keller wurde mehrfach eingebrochen. Dein Vater ist in den kleinen Bolko vernarrt. Er gönnt unseren Dreien nicht ein rosa Söckchen, solange Bolko nicht einen Matrosenanzug trägt. Aber ich kann nicht mehr tun, als in meinen Kräften steht. Johannas Leif und Dolf mag er übrigens weniger, weil sie rothaarig und Tunichtgute sind. Ich hätte sie als Patentante durch Geschenke verzogen, wirft er mir vor. Ach, und Johanna! Es ist an der Zeit, dass ich dir unser Verhältnis beichte. (Ihr Einschmecken auf Pauls Mund an dem seiner Schwester hatte sie immer verschwiegen). Einmal muss es heraus. Also gleich. Sie ist seit Langem unglücklich in ihrer Ehe, und ich bin ihr Liebesersatz. Ja, reiß deine Augen weit auf. Bereits seit den ersten Monaten ihrer Versorgungsehe bin ich es. Johanna ist liebesbedürftig, geradezu liebesbesessen. Fast hätte ich gesagt, wie du. Aber ihr Mann ist nicht liebesfähig. Er will bedient werden. Er gestattet ihr kein eigenes Leben. Benutzt sie als Magd. Da wir als Schülerinnen befreundet waren, ich über dich viel von ihr erfahren habe, noch eine Schuld habe ich da abzutragen wegen dir, ist sie zu mir gekommen, hat bei mir Trost gesucht, sich ausgeweint, mich dabei fortwährend geküsst und befummelt. Ich habe ihre Liebessuche hingenommen, weil sie sich womöglich sonst etwas angetan hätte. Ihre Kinder kann sie nur herzen. Nun weißt du's. Infolge seiner Kriegsverletzung und weil er im Streit seinen Gesellen verloren hat, geht Heriberts Werkstatt nicht mehr gut. Er sitzt zu Hause, trinkt, was er früher nie getan hat. Er lässt überall anschreiben. Kommandiert Johanna und die Kinder herum. Schikaniert alle und jeden. Ist auf dem Rathaus als Querulant allgegenwärtig. Johanna kriegt kaum Luft. Wenn sie zu mir kommt, fürchtet sie ständig, er könnte ihr nachspionieren, wir würden von ihm in unserem Keller beim Küssen überrascht und erschlagen. Wir verbarrikadieren jedes Mal das Haus, wenn sie gehetzt hierher kommt, um für kurze Zeit ihr Leben daheim zu vergessen. Ihr Mann mag mich ohnehin nicht, obwohl ich auch für seine vier Kinder, meine Paten, viel getan habe. Es sind Augenblicke von Angst und Liebe, die wir im Keller aneinander geklammert durchstehen. Durchnässt. Sie sabbert und schwitzt sich an mir ab, kurzzeitig wohl sogar frei. Sie will, dass ich sie befriedige. Sie will mich hochkitzeln, mich dabei ansehen. Ich verbiete ihr das. Bei all der anderen Belastung halt ich es kaum mehr aus, dass sie zu mir kommt. Das macht Johanna verzweifelter. Sie glaubt, mich bald zu verlieren. Sie liebt dich, betet jeden Tag dreimal in der Kirche, dass du gesund nach Hause kommst – und graut sich vor dem Tag, der nun da ist. Verstehst du jetzt, dass ich am Ende bin und so verzweifelt, weil du uns allein gelassen, weggeworfen hast wie schwarze Kippen? Ich habe genau wie Johanna diesen Tag herbeigesehnt und furchtbare Angst vor ihm gehabt. Wie soll es mit uns weitergehen? Sind wir noch die, die wir waren, die wir füreinander sein wollten? Ich weiß nicht, wer du für mich bist, wer ich für dich bin. Fern im Westen, in einer selbst gesuchten Hölle, warst du. Wo sind wir jetzt? – Ihre Katzenaugen ragen aus den Augenhöhlen, die Pupillen drehen sich wie schwerelos im Kreis. Staubig sieht sie aus, ein greinendes blondes Zigeunermädchen. Ins Fremde geraten. Diese Hacknase mittendrin. Nicht lachen, Paul. Halte ein. Du liebst sie wie noch nie vorher. Bist dabei froh wie nie, dass du als Mann geboren bist.

– Herrjeh, Weiblein! Das Leben ist ein Schmierentheater; ob als Komö-

die oder Tragödie. Es ist tröstlich, das am eigenen Leib als Wahrheit zu erfahren und die Erkenntnis fortan nicht bloß in der Großhirnrinde, sondern in den Gedärmen mit sich rumzutragen. Während eine Welt, der ich verfangen bin, fleißig, weil besessen, Menschenblut mit dem Feuerwehrschlauch verspritzt, so geht es schneller, ich selbst zugleich Metzger und Schlachtvieh bin, Großkannibale, mitleidlos, doch auf der Suche nach einer Prise Vernunft in all dem Wüten der Menschen gegen sich und einander, betrügt mich meine Frau mit meiner Schwester. Ich muss es aus Bruder- und Gattenliebe akzeptieren und womöglich beide mit der Waffe in der Hand vor meinem eifersüchtigen Schwager beschützen. Schnodder! Wer hätte das gedacht? Und du vermagst in deinem Leiden nichts Heroisches zu finden? –
– Ich hasse deinen Spott. Es ist furchtbar ernst. Es geht um Menschenleben. Ein paar nur. Nicht mehr. Ich weiß, das ist nichts gegen die Millionen, die die Kanonen, du tüchtig dabei, mit System zerrissen, zerstampft und untergepflügt haben. Aber Johanna ist deine Schwester. Willst du die auch verlieren? Es geht auch um deinen Schwager. Wenn der nicht mehr Johanna zum Piesacken hat, ist er erledigt. Vielleicht nicht schade drum, sagst du. Und was wird aus ihren Kindern? Schließlich und vor allem geht es um unser Überleben ohne einen Pfennig mehr unter den Tellern im Küchenschrank. Keine ins Kissen genähte Banknote. –
– Spott ist das Lebensmittel, wenn die letzte Ration Essen verbraucht ist. – Ein Hechtsprung. Pflatsch! Paul liegt platt auf den Fliesen, den Kopf unter den verschränkten Armen. Er presst den Körper an den Küchenschrank. Rührt sich nicht. Japst. Charlotte ist aufgesprungen. Steht bleich und fragend da.
Paul nimmt die Arme zur Seite, hebt ganz langsam den Kopf, atmet tief durch. Mehrmals. Schaut sich um. Sinkt erneut zusammen. Er erhebt sich wie ein Trunkener. – Schon vorbei. – keucht er. – Ich hatte Ohrensausen. Wie beim Nahen von Luftminen. Das kommt öfter vor. Ihr werdet euch daran gewöhnen müssen, dass ich manchmal ganz unvermutet mit einem Sprung Deckung suche. Ein Überlebensreflex. Ich krieg ihn nicht rasch weg. Ganz plötzlich pfeift es in meinem Ohr. Ich spüre einen heißen Lufthauch auf der Haut. Weg! Deckung! – Pauls Hände zittern. Er hebt den umgeworfenen Stuhl hoch und setzt sich humpelnd wieder an den Küchentisch. – Was wollte ich sagen? Ach ja. Du bist eine unverbesserliche Optimistin, Etta, und kennst mich gut, weil du meinst, dass nach all dem Abschlachten Menschenleben für mich was bedeuteten; ich also besser sei als alle unsere Kaiser, Staatsmänner, Generäle und Ordensträger. Lass mir den Hohn als Krücke. Ich nehme mich nicht halb so wichtig wie ihr euch alle miteinander. Für dich ist Armsein eine neue Erfahrung. Für mich nicht. Als du reich warst, fiel dir die Schelmin leicht. Bleib es! Arm?

Was bleibt uns anderes, als Schelme zu werden? Kommt der Hunger herein, sagen wir ‚Grüß Gott' und hungern gottbefohlen. Aber vorher gibt es eine Menge liebgewordenen Krempel zu verscherbeln. Und in der Natur wächst unglaublich viel Essbares. Wir sind ihm nur entwöhnt. Der Wald ist um diese Jahreszeit voller Bucheckern. Haselnüsse, Pilze gibt's noch. Komm nach draußen auf die Schaukel! Ich fühle mich wie neugeboren. Ein die Welt nüchtern sehender Mann hat einmal festgestellt: Intra faeces et urinas nascimur. Ich übersetz dir das draußen. Geht es nach dem Ausmaß von stinkenden Ausscheidungen, die hinter mir liegen, dann bin ich erst jetzt richtig auf der Welt angekommen. Ich will diese Ankunft genießen, wenn wir sie schon nicht begießen können. –
– Du gefällst dir als hochmütiger Spötter im Elend der Welt und deinem eigenen. Das ist Maske. Mir machst du nichts vor. Schaukeln? Zum ersten Mal habe ich eben deine Hände zittern sehen. Was soll werden? Weißt du's? Sag! Schaukeln hilft uns nicht fort. –
– Und wie! Komm auf die Schaukel, Etta. Irgendwie wird's weitergehen. Und sei's mit Zittern und Deckung suchen. Ich verspreche es dir: Es wird. Wir sprechen später darüber. Ich meine, was ich sage. Und nach der Schaukel badest du mich und wäschst mir noch einmal den Kopf. Du weißt, warum ich all die Jahre nicht gekommen bin. Ich konnte nicht hier ein paar Tage den friedvollen, liebenden Familienvater spielen und dann wieder zum Morden ausfahren. Ich weiß nicht, wie das Schlächter machen alle Tage. Die schlimmste Strafe auf der Welt wäre für mich, eine Frau zu sein und mit einem Schlächter verheiratet. –
– Ich will nicht. Ich bin doch, was du nicht sein willst. –
– Ich bin jetzt frei. Kein Schlächter mehr. Du wirst mir folgen, weil du nichts mehr als das willst, vor allem, weil ich es will und dir das gefällt, dass ich es will. Gleich. Doch wir wollen uns erst einmal nackt und allein vor den Spiegel stellen und uns in aller Ruhe betrachten. Das andere kommt später. Vor der Armut die Anmut. Die hast du noch reichlich. Du schaust kindlich-trotzig drein. Drollig und rotzig. Ich möchte dir liebevoll, liebestoll die hässliche Minganase putzen. Sie läuft leider nicht. Ich beiß einfach rein und leck sie ab. Und du siehst staubig aus und du riechst nach Kohl. So lieb ich dich am meisten. Weil ich rußig wie ein Kohlentrimmer bin, noch viel mehr. –
– Staubig? Wie kommst du darauf? –
– Es ist Zuckerstaub. –
– Ist dir das ernst, ernstester aller Spinner? – Ihre Augen weiten sich.
– Komischerweise ist es mir ernst; allergrößter Ernst mit Spiegel und Schaukel. Die wenigstens haben die Klauer und Schrottdiebe stehen lassen. War wohl zu schwer und zu auffällig. Ich habe eine Überlebensstra-

tegie entwickelt, die mich selbst verwundert. In Schmutz und Verwesung. Sich abzurackern, ist kein Platz auf der Welt zu schlecht. Leiden ist endlich. Also liebenswert. Freu dich am Leiden und seinem vorhersehbaren Ende. Wie immer es ausfällt. Keine Frau zu befeuchten, ist kein Leid. Aber es fehlt einem mächtig. Seit mehr als drei Jahren habe ich keine Frau mehr nackt gesehen und erlebt. Stell dir das vor! Ich, der angeblich so Liebesbesessene weiß gar nicht mehr, wie so etwas aussieht, wenn es sich auszieht. Ich lechze mehr als vor dem ersten Mal. Unserem Liebeswiesenheißhungerschmaus. Blick in den Spiegel und Schaukeln sind Wiederbelebungskur für mich. Langsam und in Stufen. Bei der Kälte müssen wir uns erst wieder dick anmummeln. Aber anschließend beim warmen Mukkefuck, ich hoffe, es reicht heute noch für einen zweiten, werfen wir hier in der Küche alles ab und du wirst mir die Filzläuse aus dem Pimmbart picken und zwischen Daumen und Zeigefinger zerquetschen. Wie es der arme Poet auf Spitzwegs Bild macht. Ich zeig dir, wie es geht. Es wird dir Spaß bereiten. Das waren die einzigen Vergnügen, die wir im Unterstand oder im Zelt hatten: Ratten totschlagen oder zerballern, sie vor uns oben an der Grabenkante an den Schwänzen auf einen Draht hängen, uns beim Anblick dieser Jagdtrophäen gegenseitig lausen und die Panzer der Läuse zwischen den Fingernägeln zerdrücken. Eine nützliche Sache. Hörte man das Knacken, bewies es, dass das Trommelfell noch nicht kaputt war. Man fühlte sich erleichtert. Läuse knacken und englische Tanks zerfetzen, ist irgendwie ähnlich. Ich kann mir ein Leben ohne Läuseknacken gar nicht mehr vorstellen. –

– Schwöre, dass du in der Zwischenzeit nicht fremd bei Französinnen warst und nicht im Soldatenbordell. –

Wieder hätte er am liebsten laut losgelacht. Es hätte ihm gut getan; er bezwang sich und sah ernst wie ein Chirurg vor der Operation in ihre verstörten Katzenaugen. Sorgen haben die Frauen. Selbst in Kriegs- und Notzeiten.

– Ich schwöre es bei meinem aufgehobenen Fahneneid. –

Sie küsst ihn auf die Ohren und die Stirn. Schließlich um den Hals.

– Bevor wir vor dem Spiegel stehen, auf der Schaukel und dann im Reinigungs- und Läuterungsbad sitzen, will ich dir alles über mein Liebesleben im Felde sagen. Setz aber schon mal die Kessel auf den Ofen. Geert war einer meiner blutjungen Kanoniere. Ein Freiwilliger von 17 Jahren. Ich merkte schnell, wie er bei mir Halt suchte und mir in allem gefallen wollte, deshalb oft zu ungestüm handelte. Er lud schnell wie ein Besessener. Verbrante sich mehrfach trotz Asbesthandschuhen die Finger. Ich mochte Gefallsucht nie. Erfuhr dann, dass er seinen Vater nicht kannte und als seine Mutter schwer erkrankte, in ein Heim kam. Ich war sehr freundlich zu ihm, ohne ihn offen zu bevorzugen. Ihn ekelten die Bordelle ebenso an wie mich. Er hatte noch kein festes Verhältnis mit einem Mädchen. Er suchte und aß liebend gern Bickbeeren. Wir fanden selten welche. Legten uns während der Regenerationsphasen oft nebeneinander in den Wald auf den Rücken, sahen in die Wipfel und erzählten uns unsere Phantasmen. Es war schön mit ihm. Ich tat mir streng Verbotenes. Schon die ganze Zeit. Töten ist verboten. Er hatte eine seltsam lieblich-liebe erotische Phantasie. –

– Da hast du mir in den nächsten Wochen einiges zu erzählen. Auch von deinen Phantasien. Fang doch mal bei ihm an. –

– Ich möchte das nicht. Werde es nicht tun, Etta. Nur das noch, und damit ist Schluss. Sprich nicht mehr von ihm. Versprich es mir. Einmal sagte er mir, er sähe eine Kette von zwölf Jünglingen, die sich ineinander verbohrt hätten, er selbst vornedran, und auf seinem freischwebenden Pimm spielte ein junges Mädchen selbstversunken Flöte. –

– Und ihr habt euch bei diesen Vorstellungen zum Schäumen gebracht? –

– Sicher. Aber viel erfüllender war für ihn, ich merkte es schnell, wenn ich mit meinem Strahl seinen von der Seite her anschoss. Wir machten das oft in der Pissecke. Am schönsten fand er es zwischen Birken. –

– Solche Spritzigkeiten kann ich Dir nicht anbieten. –

– Nee, aus rein technischen Gründen. Ich könnte deinen Strahl höchstens von vorn nach hinten wegschießen, ständest du. Aber deine Schenkel und Knöchel würden klitschnass. Und mir hat es Freude allein deswegen gemacht, weil es ihm Spaß bereitete. –

– Zum ersten Mal möchte ich plötzlich einen Jungen haben. Ihr müsstet mir dieses Duell oder auch Duett, wie man's nimmt, vorspielen. –

– Minga! Bitte! Ich würde das doch nicht mit meinem Jungen machen. Komm jetzt! Auf in den Nahkampf mit uns. Ich habe viel mehr erzählt, als ich wollte. –

– Auch nicht, wenn er dich drum bäte. Aus Spaßvergnügen: –

– Nein. Da ist doch mehr drin. Los! –

– Lebt Geert noch? –

– In mir. – Paul schluckte. – Er hatte einen unübertrefflich lebenslustigen Namen: Saparautzki. Man mochte Kobolz schießen oder Radschlagen, wenn er ihn nannte. Er rief ihn, schnaubend wie ein Walross beim Niesen, und erhielt prompt zur Antwort ‚Gesundheit!' Wenn er noch lebte, hätte ich ihn mitgebracht. Wo sollte er hin? Seine Mutter war inzwischen verstorben. Er hätte gut zu uns gepasst, war voller Lebensfreude und wissbegierig. – Er sah sie scharf an. Sie schwieg, schloss die Augen. Wartete.

Am 15. Juni wurden die mit Spannung erwarteten neuen Leitlinien der European Society of Hypertension (ESH) und der European Society of Cardiology (EES) zum Management der Hypertonie beim ESH-Kongress in Mailand vor großem Auditorium und zugleich als ‚Livewebcast' vorgestellt.

Es geht seltsam zu. Sie sind vereint; aber jeder bleibt mit sich beschäftigt. Sucht sich im Gegenüber wiederzufinden. Stößt im anderen auf sich selbst. Es wird nicht schön und betörend, wie sie gedacht haben. Es tut bloß unendlich wohl, wieder einen zweiten ganz anderen Körper zu besitzen.

In einem Anflug von Übermut, dabei gezielt, fragt Paul, ob sie nicht wieder ein Kind, diesmal womöglich einen Sohn, zeugen wollten, bevor es zu spät wäre.

Charlotte blickt ihn an, als sei er der Auferstandene. Sie spürt Seitenstiche. Sie atmet in kurzen Stößen, schluchzt. Schüttelt nach einiger Zeit traurig und sehr energisch den Kopf. Nein! Sie könnte ihm sagen, dass es in diesem Elend das Allerunverantwortlichste wäre, noch ein Kind mehr zu haben; aber sie sagt: – Ich weiß nicht, was in dir vorgeht. Ein böser Gedanke kommt in mir auf, gegen den ich mich wehre. Mit deiner Frage, bestätigst du meine schlimmste Befürchtung seit deiner Rückkehr ins Feld vor drei Jahren: Wir vier genügen dir nicht. Wolltest du deshalb Geert mitbringen? –
– Ach iwo! Was wären wir zwei ohne unsere Kinder? Fragmente. Gelungenere als unsere gibt es nicht. Ich will einen zweiten Aufbruch. Will ihm Ausdruck geben zwischen uns. Fleischlich, wie man so schön sagt. –
– Warum hast du von einem Sohn gesprochen. Darin liegt ein Empfinden von Ungenügen an unseren Dreien. –
– Unsinn. Er wäre einfach mal fällig. Und hattest du eben nicht selbst eine gewisse Neugier bekundet? –
Sie errötete. – Es ist zu spät. Schön, sich das vorzustellen. Eine zweite Jugend für uns beide. Aber wie wäre das für unsere Großen? Sie wären seine Tanten. Sie kämen sich vor, als genügten sie uns nicht. Und welche Zukunft hätte das Kleine? Es wäre sehr allein; und trübe sieht die Welt aus. Du machst mir ein Angebot, unsere Liebe aufzufrischen. Mit Fleisch und Blut. Das habe ich nicht erwartet, Lupo. Irgendetwas warnt mich davor. Versteh mich recht. Ich gebe dir stattdessen deinen Kosenamen zurück. –

Ahnungen. Als gefesseltem Beherrscher des Gerichtssaals fielen Paul diese Worte ein. Wäre es ein Sohn geworden, riefe ihn jetzt die Trommel zu neuem Streite. Neuer Trommelwirbel überall. Bolko trägt hochmütig und entschlossen die schwarze Uniform der SS. Neues Bangen; wie vor fünfundzwanzig Jahren. Diesmal um Majas Mann. Wenn der Krieg lange dauert, wonach es nicht aussieht, aber wer weiß, müssen selbst ihre Söhne noch ran. Immer trifft es Maja. Meine Maja. Hitler braucht den Kampf, der ihn aus der Gosse gehoben hat, vor dem Scheitern bewahrt. Frieden ist ihm unerträglich. Bloße Verschnaufpause vor dem nächsten Kampf. Leben ist Kampf, weil Menschen triebhaft Macht und Größe suchen. Eine Illusion zu glauben, es könnte etwas anderes sein. Die Frage nach dem Wie ist die existentielle. Geschmackssache ist eine Welt mit oder ohne ohne Gott. Lange Zeit habe ich geglaubt, es gäbe Vernunft. Es gibt sie so wenig wie Gott.

– Ich wollte dir noch etwas Ernsthaftes sagen. –
– Musst du das ankündigen? –
– Weißt du, ich war mir sicher, wieder heimzukommen, weil ich nie geglaubt habe, ich würde für etwas Wichtiges gestorben sein, sollte ich getötet werden. Ich habe für ein konkretes Ziel gekämpft, das war alles. Der Tod stand mir dazu im Weg wie die Niederlage. Umgekommen sind die, die an etwas glaubten oder einfach Angst um ihr Leben hatten. –
– Solchen Bockmist glaubst du, Ungläubiger? –
– Es ist eine nützliche Überzeugung. Erklären kann ich sie nicht. Ebensowenig, wie ich weiß, warum ich dir das jetzt sagen musste. –
– Dann erwarte keinen Kommentar von mir. Was ich davon halte, hast du vernommen. Sag mir lieber, was du zu tun gedenkst? –
– Das Naheliegende. Schließlich bin ich Jurist. In der Not frisst der Teufel sein Ohrenschmalz. –
– Und was mache ich mit Johanna? –
– Ich werde dich wohl weiter mit ihr teilen müssen. Sag mir, wer aus der Familie dir mehr bietet. –
– Hör auf mit deinem hässlichen Spott! Du lässt mich allein mit meiner Last? –
– Die einzige verbliebene Lust für sie. Ach Etta, ich habe aufgegeben zu fragen, warum uns das Leben so viel Verrücktheiten, so viel Auswurf bereithält. Einschließlich und ausschließlich der Liebe. Wahrscheinlich ist es gar nicht so. Wir sehen das nur falsch. Wir sollten nichts ernst nehmen. Freu dich daran, dass du von zwei Menschen gleichzeitig begehrt wirst. Du bist vom Schicksal verwöhnt. Die Mehrzahl der Menschen hasst einander, und selbst wenn sie sich nicht hassen, töten sie sich aus höherem Interesse. Meinen Segen hast du für dein Spiel auf zwei Tummelplätzen. Ich sage das nicht, weil du mir gleichgültig bist, sondern weil es so viel Ekelerregendes in der Welt

gibt, dass ich mich über jedes Tröpfchen Balsam auf eine Wunde freue. –
– Aber meine Beziehung zu Johanna ist kein dumes Mädchenspiel mehr, sondern eine Bedrohung für mich. Lässt dich das gleichgültig? –
– Jede Liebe ist eine Bedrohung. –
– Du meinst gar, dass ich sie liebe. –
– Ja. Wie ich den Krieg, den ich hasse. – Er lacht. – Sonst könntest du nicht schon so lange mittun. Selbst passiv und eingenässt. Mitleid reicht dazu nicht. Ich glaube du findest in ihr andauernd die Vorfreude von damals auf mich wieder. Sei ehrlich, wenigstens zu dir selbst. Mir brauchst du's nicht zu sagen. Genieß es. Da es mich betrift, gönne ich es dir. Du hättest einen Grund oder Anlass gefunden, sie loszuwerden, verhielte es sich anders. Besonders wegen der Bedrohung. –
– Bist du dir im Klaren darüber, was du sagst?
– Nein. Aber wäre es anders, hättest du es gleich bestritten. Ich habe in deine Schilderung sehr genau hinein gelauscht. –
– Darf ich Johanna sagen, dass du nichts dagegen hast, wenn es in gewissen Grenzen bleibt? Es würde sie erleichtern. –
– Oho! Jetzt wird es pikant. Nein! Ich will nicht ihr erklärter Wohltäter sein. Durch Abtretung meiner Frau. Es reicht, wenn du ihre Wohltäterin bist. Sie würde sich mir gegenüber noch unwohler fühlen als ohnehin, wüsste sie, dass ich es weiß. Sie müsste mir ihre Dankbarkeit ausdrücken für etwas Beschämendes für uns alle drei. Das will ich nicht. Beschämend am allermeisten für mich, weil ich es zulasse. – Ach Etta, was für ein fürchterliches Gespräch! Ich habe Johanna sehr gern. Also deute ihr an, dass ich, erführe ich von eurer Beziehung, bestimmt nicht zornig würde, sondern verständnisvoll wäre, was, wie du siehst, stimmt. Das wird ihr helfen. Das reicht; und ist das Beste unter verflixten Umständen. Sprich ganz indirekt von meiner Einstellung, bitte. –
– Aber du beschützt uns vor Heribert, sollte es nötig werden? –
– Versprochen. – Was sonst sollte ich ihr sagen?

K/FURIOS&&&

Gegenwart lebt sterbend. Vergangenheit und Zukunft kann man betreten; beträumen. Weil es nichts anderes wollen darf, pflanzt sich das Leben fort, sucht sich zu verschwenden. Menschsein befähigt, Abstand zu halten. Sich eine Gasse bahnen. Nicht Mond sein, sondern Sternschnuppe. Nordlicht? Die anderen zum Staunen bringen, besser nicht zur Rührung. Die Freiheit zur Freiheit ist die größte Freiheit. Freiheit aktiv. Tabula rasa, rasissima. Los! Paul hat es kapiert und ihm gelingt, was der Masse Deutschland nicht gelingt, bis die Masse Deutschland ihn wieder einfängt und verschlingt. Er wird verschlungen werden wollen. So bleibt er frei bis zuletzt.

Verscherbeln von Schmuck und Wertsachen, auch wenn es schwerfällt, von lieben Stücken Abschied zu nehmen. Kriegsgewinnler, die die Not anderer goutieren, gibt es genug. Ein Überbrückungskredit mit Hilfe einer Hypothek. Er hat nur das Erste Staatsexamen. Er muss seine Große Staatsprüfung nachholen, will er Rechtsanwalt oder Richter werden. Die Justizbürokratie funktioniert in ihren kugelsicheren Dienstgebäuden akkurat weiter trotz Straßenkämpfen und Putschen in Berlin und anderswo. Monate dauern sie an, hören vor 1923 nie ganz auf. Der Bezirk Lichtenberg ist im März 1919 eine Woche in der Hand der Spartakisten. Paul verhandelt sich währenddessen nicht ungeschickt durch zwischen den provisorischen Ministerien. Da gibt es kleine Beamte, denen man den Eindruck von Unabdinglichkeit im Winkel in dieser wild geworden Zeit zu geben vermag. Er drückt sich, als man Anfang Januar 1919 Leute sucht, die Spartakisten in ihren Nestern auszuheben, obwohl er mit seiner Beteiligung als Pfund wuchern könnte. Das Ausheben gelingt, wie er gedacht hat, ohne ihn. Deutschland ist nicht reif für die Diktatur des Proletariats als bestmögliche Form der Diktatur. Gegen den Verzicht auf alle Ansprüche aus seiner Militärzeit gegen Preußen, wegen seiner Kriegsverdienste und angesichts der allgemeinen Notlage wird ihm vom Minister, der drei Tage später schon nicht mehr im Amt ist, aber sicher in irgendeinem anderen, eine Ausnahmegenehmigung erteilt, die Große Staatsprüfung nach einer Vorbereitungszeit von nur sechs Monaten abzulegen. Mit der Prüfungszeit sind das neun Monate, die ich überstehen muss. Er arbeitet nebenher einem Rechtsanwalt in Luckenwalde für einige Pfennige zu. Trägt den reich gebliebenen Fabrikanten Zeitungen und Brötchen in die verschanzten Häuser. Das Geld wird trotzdem knapp und knapper. Paul verteidigt den neu angepflanzten Sauerampfer und die Brennnesselbeete nachts mit der Waffe. Scharf und knapp neben die Haut gesetzte Warnschüsse schrecken die Diebesbanden rasch ab. Die Familie isst auf Chippendale-Stühlen weiter Wrukenschnitzel und Graupen, trinkt abgeschöpfte Molke, die er bei Bauern gegen aus Heeresbeständen mitgenommene Waffen und Munition tauscht. Jeder will sich jetzt wappnen. Es beruhigt. Charlotte versetzt ihren letzten Schmuck. Wenn er durch die Prüfung fällt, sind sie am Ende. Er besteht die Prüfung mit dem Glanz von Altsilber.

Er wird Rechtsanwalt und wirft aus Not alle moralischen Bedenken von sich. Er braucht Geld. Schnellstens. Er hat in einer Absteige in

Berlin, wie gut, dass es für ein Hotel nicht gereicht hat, einen Ganoven kennengelernt, der für den Edelmetallschieber, Zuhälter und Barbetreiber Witold Garfinkel arbeitet. Der, erfährt Paul, sei in Untersuchungshaft genommen worden und fühle sich von seinen Anwälten gebeutelt. Die Kragengeier verlangten viel Geld, weil sie wüssten, der Boss hätte es. Sie täten aber nichts, um ihn aus dem Bau zu holen. Je länger er sitze, desto mehr könnten sie sich an seinem Fett mästen. Ohne den Boss käme er bei seinen Aktionen nicht zurecht. Paul hört es mit Freude. Er lässt sich von dem Ganoven die Absteige bezahlen und bietet sich Garfinkel an. Er besucht den Boss im Gefängnis. Er vereinbart für seine Dienstfertigkeit ein Garfinkels in der Schweiz verborgenem Vermögen entsprechendes saftiges Honorar, das standeswidrig nur für den Fall des Erfolgs zugesagt ist. Paul ahnt, dass es nicht einmal die Hälfte des Betrages ist, den von der Presse so benannte Staranwälte Garfinkel für geringen Erfolg bereits abgeluchst haben. Auszahlung in Schweizer Franken. Paul erreicht einen Freispruch, der angesichts des Rufes seines Klienten in der Berliner Unterwelt den Abendblättern Schlagzeilen verschafft. Ein gutes Zeichen, dass unpolitische Aufregung wieder gefragt ist. Die Kripo, kriegsgeschwächt, hat schwere Ermittlungsfehler begangen und die Akten, um die Fehler zu verdecken, manipuliert. Paul deckt es nach akribischer Durchsicht der mürben Papiere und durch eigene Ermittlungen auf: Zwei der Zeugen gegen den Angeklagten, aus dem Milieu wie er, sind, bevor sie eine vollständig protokollierte Aussage unterschrieben haben, nach Polen abgetaucht, ein weiterer jäh an der grassierenden Spanischen Grippe gestorben. Die Kripo hat vorgegeben, die flüchtigen Ganoven hätten bei den ersten Vernehmungen nicht nur wenig relevantes Geschwätz über ihre Herkunft vorgetragen, sondern sich zur Sache eingelassen. Alle Aussagen seien von ihnen als vollständig und richtig unterzeichnet worden. Sie hat die vorhandenen Unterschriften nachdatiert und ans Ende der Protokolle gesetzt. Paul weist die Manipulation nach, behauptet, selbst die Authentizität der tatsächlich geleisteten Unterschriften und ein großer Teil der Angaben aus den ersten Vernehmungen seien nicht bewiesen. Auch von den beteiligten Kripobeamten ist einer an Spanischer Grippe gestorben. Ein anderer ist bekennendes Mitglied der USPD, damit als voreingenommen gegen einen erfolgreichen Unternehmer zu brandmarken. Ein dritter Ermittler wird in anderem Zusammenhang der Korruption überführt. Soviel Glück! Die einzigen verwertbaren Schriftproben der Zeugen befinden sich im Besitz von Herrn Garfinkel, was aber niemand weiß. Also bleibt sogar die Frage der Authentizität der Unterschriften unter den Vernehmungsprotokollen zweifelhaft, soweit Fälschung nicht eindeutig nachgewiesen ist. Die Rechtsstaatlichkeit der

Justiz ist trotz Krieg und chaotischer Republik die alte geblieben. Der Zweifel schützt den Angeklagten. Den Rest zum Freispruch mangels Beweisen von allen Punkten der Anklage liefert juristische Rabulistik, die Paul beherrscht und die ihm mehr als üblich Spaß macht, weil sie seine Not behebt. Glückliche Zufälle, Korruption, plumpes Verhalten der Kripo, weiterhin sturkorrekte preußische Richter und eigenes Geschick verhelfen Paul zu viel Geld, weil der Finsterling freikommt und damit wieder tüchtig ins Schiebergeschäft.

Bis auf die standeswidrige Honorarvereinbarung geschieht nichts Unrechtmäßiges. Im starren Befehlssystem des Militärs kam Pauls rhetorische Begabung nie zum Zuge. Vor Gericht läuft er mit der Zunge Schau. Die Familie ist finanziell mit einem Schlag saniert. Der Wert des Schweizer Franken hat im Verhältnis zur Mark in den letzten Monaten die Dimension des Finsteraarhorns im Vergleich zum Kreuzberg erreicht. Paul erhält massenweise Angebote von ausgemachten Schuften, um für sie als Strafverteidiger zu wirken. Je schlechter die Zeiten, desto unverschämter verdienen die Juristen. So war es stets. So wird es immer sein. Ewiger Trost für solche Sauerei: Allemal besser als Krieg. Paul hat um der Vernunft und seiner Weltsicht willen nicht vor Generälen gebuckelt (obgleich immer gehorcht) – sie sind die größeren Ganoven – desto weniger will er um des Mammons willen nun dauerhaft herkömmliche Ganoven beschützen. Er übernimmt noch zwei, drei Fälle aus dem Milieu, um sich noch etwas für neue Notfälle (weiß man's?) anzufressen, während 75 % der Bevölkerung unterernährt sind. Meine Freiheit. Ich bin dran. Dann steigt er aus. Er verlässt Berlin fluchtartig. Die Luft ist wieder exzessiv bleihaltig geworden. Banden schießen sich gegenseitig tot. Ringvereine aus den Kneipen. Als Anwalt einer Seite gerät man schnell ins Visier der Konkurrenz.

Maja, die ihm in der Zwischenzeit als Bürokraft ausgeholfen hat, schickt er mit Verspätung wohlausgestattet nach Tübingen, in Hölderlins letzte Gefilde, zum Studium. Das ist ihm das Wichtigste. Eine Herzensangelegenheit, für die er sich abgehungert oder selbst ein kleineres Verbrechen wie einen Bankraub nicht gescheut hätte, wenn es nötig gewesen wäre. Die Strafe hätte er liebend gerne abgesessen. Ist aber nicht nötig. Seine Maja. Die immer Getreue. Die Tochter, die er heimlich am meisten liebt. Sie weiß es; für sich allein. Das Schaukelkind, das es ein Leben lang schwerer hatte und haben wird als ihre Schwestern.

In Luckenwalde bemüht er sich, das Geschäft des Schwiegervaters flott zu machen. Der reguläre Zigarren-, Zigarettenhandel kommt langsam wieder in Schwung, weil viele ausgeschiedene Militärangehörige in den Zolldienst drängen und auf ihre Ehre halten. Der Schmuggel wird zurückgedrängt. Die Zigarette ist im Vormarsch. Die billige, billigste. Das ist schlecht, weil die Gewinnmargen gering sind. Zum Glück beginnen die Frauen zu rauchen. Neue Kundschaft. Reiche Weiber mögen silberne Zigarettenspitzen. Sieht schick aus und emanzipiert. Das bringt Geld, auch wenn die Stängel drin minderwertig sind. Garfinkel verschafft ihm günstig Silberplättchen aus Polen. Ein maroder Metallverarbeiter ist froh, sie für Hungerlohn in Zigarettenspitzen umzuwandeln.

Charlottes bunte Lutschbonbons zu einem und zwei Pfennig waren zum Überleben gut. Weg damit. Konzentration auf das Wesentliche. Die verlorene Reputation als Schaukästlein von Wohlergehen in einer Kleinstadt mit Industrieausstattung muss gerade wegen des allgemeinen Elends wieder hergestellt werden. Es gibt jede Menge Windhunde, die mit riskanten Geschäften gut verdienen und denen Zigarren weiterhin Statussymbol sind. Die bringen das Geld ins Fieselbörschen zurück. Man muss die Ausstattung der Tabakbar modernisieren: amerikanische Linien einziehen. Nicht mehr bauchige, sondern schlankere, straffere, die zugleich locker bleiben. Die Flaschen müssen sich recken. Lange Hälse haben. Western-Atmosphäre schaffen. Muskulös. Weg mit den satten alten französischen Genüssen. Whisky rein. Die Prohibition in Amerika macht ihn billig. Whisky und Whiskey sind Trend, siegreicher. Von Amerika besiegt zu werden, ist keine Schande, von den Franzosen schon. Außerdem haben die Amis Versailles düpiert. Recht so. Die Ausstattung gediegen halten. Nicht flegelig. Sportlich leger. Deutsch-amerikanisch. Schließlich sind die meisten Amerikaner deutscher Herkunft. Im alten „Fieselbörschen", das jetzt Rauchsaloon heißt, wird wieder verdient. Um eine bedürftige Großfamilie standesgemäß, das Wort hat weiterhin Gesetzeskraft, zu unterhalten, reicht es trotzdem nicht. Deshalb öffnet Paul für die billigen Zigarettenmarken zwei Kioske. Einen auf dem Markt, an der anderen Ecke, für die Laufkundschaft, weit genug vom schnieken Salon entfernt, um nicht negativ abzufärben, und einen anderen am Bahnhof. Da kommen auch die Lutschbonbons wieder rein. Getrennt Verschiedenes anbieten, mit vielen Händen einnehmen, alles in eine Kasse. Nichts verschenken. Paul übersetzt Helmuth von Moltke ins Händlerische.
Der Krieg hat Paul furchtlos gemacht, wichtiger: rastlos. Er kann nicht mehr anders, als 15 Stunden am Tag schuften. Ununterbrochen, wenn es sein muss. Noch auf dem Lokus studiert er Bilanzen. Dabei wollte er sich auf diesem Zufluchtsort seelisch regenerieren.

Ihm kommt bei Durchsicht der angebotenen Warenpalette der Einfall, dass sich die im Garten heimische schwarze Johannisbeere (rebes nigrum), mancherorts auch Ahlbeere genannt, die Charlotte bisher zu köstlicher Konfitüre gekocht und geliert hat, makroökonomisch verwerten lässt. Im Rheinland hatte er Brombeerwein, dort Rebellenblut genannt, kennengelernt. Er besorgt sich das Rezept. Er lernt nachts im Keller das Destillieren. Aus dem samtig-bitteren Aroma lässt sich ein hervorragender Schnaps brennen, der wegen seines Verlangen erzeugenden Dufts geradezu süchtig macht. Er verkauft ihn in verschiedener Stärke (20[2] und 40%) mit greller Aufmachung unter den Marken „Luckida" und „Luckido" im Geschäft des Schwiegervaters, nachdem er zunächst an „Waldo" und „Walda" gedacht hatte. War es Instinkt? Er konnte kaum Englisch. Etwas verpanscht

läuft das Destillat als „Waldi" (18%) auch in den Kiosken ganz gut. Dazu ein Heidelbeerschnaps (fünf Kriegerwitwen streifen für ihn sommers durch die Wälder) unter den Namen Waldheidi (35%)[3] und Waldheido (45%). Er kauft mit Hilfe einer Hypothek am Hause der Schwiegereltern ein altes Färbereigebäude am Volltuchweg. Das preußisch-blaue Tuch ist nicht mehr gefragt, viele Webereien sind pleite. Innerhalb von drei Jahren werden ‚Die Schwarze Hanny' (mit dem Abbild einer dickbusigen Negerin in rotem Kostüm und grünen Strümpfen auf dem Etikett) und der ‚Brummrebell' (für den ein einäugiger Störtebeker mit erhobener rauchender Pistole wirbt) zu Rennern bei den ‚Freudokoholen', wie er seine süßen Obstweine nennt. Die Menschen brauchen in elender Zeit Ablenkung und Süßes. Wilhelm Busch reimte diese Lebensweisheit. Als guter Jurist lässt Paul die Produktnamen als Warenzeichen eintragen. Seine Erzeugnisse kommen an. Er versorgt nicht mehr nur die eigenen Kioske, sondern auch kleinere Lebensmittel- und Spirituosengeschäfte in der Umgebung, Die weitet sich, wie seine Johannisbeerkulturen; denn er pachtet Land. Bis nach Berlin-Kreuzberg und Berlin-Wedding liefert er mittlerweile.

Herr Garfinkel betreibt seit der Revolution Schwarzhandel mit Russland. Als alter Bekannter und Exporteur bietet er sich an. Mal was Offizielles

kann nicht schaden. Paul sagt nicht nein. Der Verkauf an Garfinkel ist völlig in Ordnung. Für den ist der Schnappsexport eine gute Tarnung. Er mischt in die Holzwolle Schweizer Waffen, die den Tschekisten dienen. Bestechung kann er.

---

2 Dank Notverordnung des Reichspräsidenten ist das möglich. Nach dem Gesetz muss ein Likör in Deutschland mindestens 38% Alkohol aufweisen.

3 Idem.

Paul ist unschlagbar billig, weil er so viel wie möglich selbst erledigt. Er fasst es kaum: Ehemals strenggläubiger Preußist, wird er in Zeiten der permanenten Staats- und Wirtschaftskrise ein erfolgreicher Kleinunternehmer. Er beschäftigt mittlerweile mehr Arbeiter und Angestellte als ein Bataillon Leute hat.

Das ist nicht viel, verglichen mit den Hutmachern, deren Export dank niedriger Löhne und billigen Geldes neu aufblüht. Sie stellen im Nu modernste, obendrein architektonisch avantgardistische Fabrikanlagen auf die Luckenwalder Stadtwiesen. Den Einwohnern verschlägt es die Spucke. Sind wir nicht allesamt pleite? Berühmte Architekten kehren ein in Luckenwalde. Mendelsohn baut eine Färberei mit Ruberoiddach in Form eines Kalabresers. Sogar eine Pianoforte-Fabrik wird eröffnet. Die ‚Goldenen Zwanziger' waren zwar politisch vergebliche und siedend ungerechte, aber keineswegs bloß vorgeblich blühende Jahre. Es hat sie selbst in Klein- und Mittelstädten gegeben. Man musste bloß ins Helle schauen. Jedenfalls bringen sie, anders als die bevorstehenden ‚Fünfziger' und ‚Sechziger', eine exzellente Nachkriegsarchitektur hervor. Pauls Markt ist solider als der Markt der Hutfabrikanten. Weniger konjunktur- und modeabhängig. Vor dem Pinkeln kommt das Picheln. In schlechten Zeiten beides ausgiebiger als in guten. Paul senkt die Preise nach Bedarf, ohne Verlust, indem er panscht und verdünnt, so die Verbrauchssteuerlast mindert. Er spürt mit Akribie die Gesetzeslücken des Gewerbe- und Steuerrechts auf. Der Qualität seiner Destillate im Glas tut das Gepansche wenig an. Fehlenden Fruchtalkohol macht er mit Aromastoffen wett.

Für qualitätsbewusste und national eingestellte Besserverdienende führt er die Sondermarken ‚Pomona' und ‚Hartspornritter' ein. Die freibusige Göttin der Früchte lässt er für das Etikett von einem notleidenden Maler aus dem Deckengemälde des Vestibüls von Sanssouci kopieren. ‚Sans.Souci' heißt ein noch edlerer Tropfen. Paul stellt seine Fritzennachfolge groß heraus, indem er über das Bild von Freitreppe und Schloss setzt: Allen Gewalten zum Trutz sich erhalten. Niemals sich beugen, kräftig sich zeigen, rufet die Arme der Götter herbei (Goethe). Ich werde bedenkenlos. Schnodder! Ist Spott, raffiniert. Auf die Rückseite des Flaschenbauchs klebt er jeweils eine Anekdote aus dem Leben des Alten Fritz. Insgesamt 99 verschiedene. Einige erfindet er frei zu den schon erfundenen. Für den ‚Hartspornritter' entwirft er das Motiv: Aus den Blüten eines Rittersporns, seiner Lieblingsblume, lässt er kleine Ritter in schwarz-weiß-roter Rüstung herausreiten. Zahlreich, wehrhaft und stark setzt er darunter in Sütterlin. Jetzt schenkt er nur die hochwertigen Obstweine und Obstbrände, für deren Herstellung er einen arbeitslosen Experten aus Württemberg kommen lässt, neben Whisky & Whiskey sowie Brandy im Rauchsaloon aus. Ein zweites Geschäft erwirbt er in Rathenow, der Brillenstadt, bald ein drittes in Stendal. Es gibt viel Leerstand in diesen Zeiten. Drei Geschäfte zu führen, erfordert nicht viel mehr Aufwand als eines. Zwar ist der Grenzwert von Aufwand und Ertrag noch nicht erreicht, ein viertes denkbar; aber die Rückkehr nach Jüterbog als Schnapsbrenner und Kofmich hätte ihn beschämt. Die Garnison wurde zudem auf ein Viertel verringert. Also schließt er mit einem einheimischen Händler einen exklusiven Zuliefervertrag gegen Gewinnbeteiligung.

Der neue Wohlstand, den diesmal Paul leichterhand innerhalb weniger Jahre erwirtschaftet hat, stößt den Schwiegervater ins Grab. Wegen des eigenen tiefen Falls ist er gram und lahm geworden. Der Rücken! Bei guter Pflege käme er wieder hoch. Aber Auguste foltert ihn mit Hochgenuss. Sie hat das Lesen aufgegeben. Sieht Paul selten. Schwärmt dafür ihrem Berthold vom Aufstehen bis zum Einschlafen vom Schwiegersohn und seinen Erfolgen auf des Gatten ureigenstem Terrain vor. Hast du dir nicht stets einen Nachfolger aus der Familie für das Geschäft gewünscht? Einen Mann? Sie rühmt mit immer neuer Begeisterung, die sie manchmal an den Rand von Orgasmus und Ohnmacht bringt, Pauls Vorbildlichkeit, seine Treue, seine Geschäfts- und Lebenstüchtigkeit, nicht zuletzt seine nie erschlaffende Drahtigkeit und seine im Alter sich immer kühner einkerbenden Gesichtszüge. Schwabbelwirte wie du waren einmal. Sie berühmt sich, weil sie den einzigartigen Mann von der ersten Minute ihres Zusammentreffens an in allen seinen Werten erkannt hat. Berthold Werthland versucht, sich den Lobhudeleien zu entziehen, indem er nach dem Aufwachen die Augen zulässt, um als noch schlafend zu erscheinen. Auguste weckt, ihn, weil es an der Zeit sei, obwohl er nichts mehr zu tun hat. Berthold Werthland schließt sich lange im Badezimmer ein. Auguste pocht ihn heraus. Ob er gestürzt, sei, was er in der Nasszelle solange treibe? Er sei ein rechter Waschbär geworden. Früher nie gewesen. Sondern ein Pomuchel. Sie weiß nicht, was das ist. Findet die Bezeichnung jedoch unübertrefflich. Berthold Werthland fingiert Schwächeanfälle. Sitzt er in sich versunken im Sessel oder im Bett, erzählt Auguste sogleich wieder von Pauls letzten Erfolgen. Wie ungebrochen gut er aussehe, auch ohne Uniform, trotz all der vergangenen und gegenwärtigen Strapazen. Der vielen Narben auf seinem gestählten Körper. So viel Narben, wie ein Schweizer Käse Löcher hat, sagt Paul selbst. Der Cut stehe ihm bestens. Wie aufopfernd er für seine Familie sorge. Materiell und geistig. Auch für uns. Wie miserabel wären wir ohne ihn dran. Du bist der neuen Zeit nicht gewachsen. Keine Fronterfahrung und Versagen in der Krise. Ein

Jammerlappen bist du. Berthold Werthland möchte fliehen. Ausgehen. Wohin nur? In seinem Geschäft herrscht der Schwiegersohn, und Auguste würde mir nachfolgen, wiche ich nach dort aus. Sie würde vor meinen Augen Paul anhimmeln und, wäre Paul nicht da, mir zeigen, was Paul alles im Geschäft verbessert hat. In fremde Kneipen kann Berthold Werthland nicht gehen. Man würde ihn fragen, ob es ihm im ‚Rauchsaloon', seinem alten ‚Fieselbörschen', nicht mehr gefalle. Er möchte Paul aus dem Geschäft jagen, lieber hungern, als abhängig von ihm sein. Er wagt es nicht. Ich sollte das Geschäft anzünden. Auguste lässt mich nicht aus den Augen.

Es nützt nichts, dass Paul auf Charlottes Bitten hin ihren Vater vor geschäftlichen Entscheidungen um Rat fragt. Auguste Werthland klatscht ihrem Gatten nass ins Gesicht, dass es nur zum Schein erfolge und Paul am Ende ganz anders entscheiden wird. – Von den heutigen Geschäftsmethoden verstehst du nichts mehr. – Berthold Werthland flüchtet zu seiner Tochter, klammert sich an sie. – Du liebst mich doch, Chlotti? Bitte, bitte, hab mich lieb! –
– Was für eine dumme Frage, Papa. Was für eine dumme Bitte. Du weißt doch, wie sehr ich dich mag. Du warst genau der richtige Vater für mich. –
– Darf ich zu dir ziehen? – Betroffen schaut ihn Charlotte an. Sie schüttelt den Kopf. – Ich werde mit Mama sprechen. – Zermürbt und gebrochen stirbt Berthold Werthland 1923, auf dem Höhepunkt der Inflation, als er seine letzten Anlagen verliert, an einem Gehirnschlag. Auguste ruft spät den Arzt, weil sie meint, es handele sich um eine seiner üblich gewordenen Simulationen, um ihren Schwärmereien vom Schwiegersohn zu entgehen.

Sie ist nun die leidende Witwe, die Zuwendung braucht. Paul gibt sie ihr, soweit es seine Zeit zulässt. Das Bett bleibt tabu. Charlotte macht ihm Vorhaltungen. Paul sagt, er sei hilflos, wenn ihn jemand derart bedingungslos anhimmele und schaut Charlotte heftig an. Die schnauft.
Pauls Eltern ringen sich wegen der unerwarteten Wendung ihres Ältesten ins Glück eine labile Gesundheit ab. Die Mutter klammert sich an ihn. Er hat keine Zeit, muss sie trotzdem jeden Tag besuchen. Er hat Gewissensbisse wegen seiner Schwäche für die Schwiegermutter. Die Begegnungen werden Schaustellungen. Für Liebe ist Mitleid fatal. Pauls Mutter stirbt im März 1922 innerhalb weniger Tage an Bauchspeicheldrüsenkrebs. Paul ist dankbar, dass es so schnell geht. Für sie, für ihn. Der seit Januar 1916 pensionierte, aber ehrenamtlich bis Januar 1919 tätige Vater, zäh wie je, schmiedet bei den Deutschnationalen Rachepläne gegen England und Frankreich. Mit der Proleten-, Schieber- und Halunkenrepublik will er nichts zu tun haben. Schwarz-rot-sch…on reingetreten! posaunt er. Er wird Agitator der

DNVP vor Ort. Er bittet Paul um Unterstützung. Fürchterlich. Paul zahlt mit bitterem Herzen. Weist auf seine Pflichten gegenüber den Kindern hin. Hab ich ihn je geliebt? Jetzt achte ich ihn nicht mehr.

Der Geldregen aus den Geschäften kommt Paul gelegen. Er kauft Esther unter Zuhilfenahme einer neuen Hypothek auf das Fabrikationsgebäude (Schulden tun gut in dieser Zeit) eine wertvolle Konzertgeige, die der Kunstfertigkeit von Omobono Felice, dem jüngeren Sohn des großen Giacomo Antonio Stradivari, zugeschrieben wird. Esther, die Glückliche. Sie hat ihrem Pa an ihrem achtzehnten Geburtstag endlich, mit reuiger Miene, verziehen. Aber er verbietet ihr die Verzeihung. Sagt ihr, sie solle standhaft bleiben, wie sie es als Kind war. Das sei die richtigere Einstellung. Sie lächelt und sagt: – Dann verzeihe ich dir nicht, weil ich mich von meinem geliebten, geläuterten Pa weiter erziehen lasse. – Paul schüttet Esther sein Herz von damals aus. Der Großen gegenüber hätte er das nie getan.
Esther studiert in Berlin und Wien Violine und allgemeine Musikwissenschaften. Mit hinreißendem Erfolg. Als sie Bruno Walter 1926 in der Berliner Philharmonie bei den Proben zu Schostakowitschs Erster Sinfonie belauscht, weiß sie sofort: Das ist die passende Musik für Pa. Sie würde am liebsten allein mit ihm in das Konzert gehen. Aber Paul besteht darauf, dass Charlotte mitkommt. –Gut. Dann sitze ich in der Mitte. – Sie will Pa's Reaktion auf die Musik genau beobachten. Sie fällt wie erhofft aus. Er ist tief beeindruckt. Will mehr von dem Russen hören.
Am liebsten lässt er sich jedoch, wenn sich die seltene Gelegenheit beidseitiger Atempause bietet, die Violinensolopartie des Benedictus aus der Missa Solemnis vorspielen, eine, wie er sagt, atemberaubende musikalische Rarität. Die Leerstellen beeindrucken ihn derart, dass er aufhören möchte zu atmen, um nicht die Reinheit des Schweigens zu stören.

Furtwängler entdeckt Esther 1928 in Leipzig als Solistin, nachdem er sie im Jahr zuvor in das Gewandhausorchester aufgenommen hatte. Ihr hochgradig verfeinertes Spiel und ihr blendendes Aussehen machen sie im Handumdrehen zum Publikumsmagneten der großen Konzerthäuser erst Europas und dann um vieles mehr: der Neuen Welt. ‚Die Attrakdiva' ruft die nationale und internationale Presse Esther aufgrund ihrer Erscheinung, obwohl sie kein Gehabe an den Tag legt und mit trockener Sachlichkeit Interviews gibt; dabei mit oft entsetzender und verletzender Offenheit die frivole Lebensweise oder die faulen Tricks großer Kollegen preisgibt und anprangert. Trotzdem gibt es keinen berühmten Dirigenten, der sich nicht

gern mit ihr ausstellt. Kleine Skandale und öffentlich ausgetragene Konflikte sorgen neben der Qualität ihres Spiels für allzeit vollbesetzte Säle. Man muss sie ‚spielen gesehen' haben, sagen ehrlicherweise die meisten Konzertbesucher, weil es mit ihrem Gehör nicht weit her ist; alle Augen dagegen fähig sind, die Hingabe einer schönen Frau an ihr Instrument und die Musik zu genießen. Zu meinen, die Hingabe gälte ihnen. Esthers Auftritte sind Ereignis. Ein Journalist hat sie ‚die Klimt' genannt, weil sie immer enganliegende, hochgeschlossene Kleider trägt. Aber einfarbige, wechselnd. Es erlaubte ihm das Wortspiel: ‚Die Klimt' klimmt künstlerisch immer höher. Beim Silvesterkonzert 1932 mit Richard Strauss in Berlin erlaubt sie sich den Scherz und trägt ein mit Blumen gespicktes goldfarbenes Kleid. Der Beifall schon bei ihrem Auftritt will kein Ende nehmen. Strauss muss fast ärgerlich um Ruhe bitten, damit es weitergeht. Sie stiehlt der Musik das Interesse, brummt er böse. Sie werden nie mehr miteinander arbeiten.
Pa's Tipp erweist sich als gut: Nichts und niemals vergeben. Das wird als Charakter gefeiert, wenn man berühmt ist. Eine Woche bleibt in ihrem drei bis vier Jahre im Voraus besetzten Terminkalender stets frei: die Woche in die Pa's Geburtstag fällt. Dann kommt sie, wenn es sein muss, aus Neu-York oder Kairo rechtzeitig heim nach Luckenwalde, um zu Hause schlichte Zigeunerlieder, Brahms, Spohr und Eigenes oder ein paar Takte von der Großmutter zu spielen und sich von Pa umarmen und um den Hals küssen zu lassen. Diese Schauer im Nacken bis hinunter zum Sterz kann ihr niemand anders bieten, obwohl es an Angeboten jedweder Art nicht mangelt. Sie bleibt streng nicht nur mit anderen, sondern vor allem mit sich selbst. Sie hat bislang nicht die große Liebe gefunden, die sie still erhofft. Den Mann, der sie fortreißt, so innig und stark wie die Musik von Bach, von Schubert, Mendelsohn, Debussy, Wolf, Schostakowitsch. Nur wenige ernst zu nehmende Männer hat sie kennen gelernt; sie sind ihr nicht genug. Verhältnisse werden ihr jede Woche drei angedichtet.

Als ihr Goebbels im Jahre 1934 in einem persönlichen Gespräch nach einem Konzert nahelegt, aus Gründen des völkischen Bewusstseins, ihren Rufnamen entweder diskret, aber zunehmend und alsbald ganz durch ihren zweiten Vornamen Alina zu ersetzen (der Name ihrer Großmutter mütterlicherseits, den sie als zweiten fortträgt) oder, viel besser noch, Volk und Führer zu beschenken, indem sie sich in einem öffentlichen Akt fortan Edda nennt, was zwar ähnlich wie Esther klinge, aber künstlerisch viel reizvoller sei, sie habe doch aus ähnlichen Gründen den Mädchennamen ihrer Mutter als Künstlernamen gewählt, bittet sie sich eine Bedenkzeit aus. Nach drei Tagen antwortet sie per Brief mit einem einzigen Satz:

Sehr geehrter Herr Minister und Gauleiter!
Im Anschluss an unser vertrauliches Gespäch vom 21. dieses Monats gestatte ich mir, Ihnen ebenso vertraulich mitzuteilen, dass ich nicht beabsichtige, Ihrer Anregung zur Verleugnung des von meinen Eltern für mich aus ihnen sehr eigenen, also völlig privaten Gründen ausgewählten und von mir stets mit Stolz getragenen Rufnamens Folge zu leisten.

Ich grüße Sie verbindlichst mit deutschem Gruß und hoffe auf Ihr geschätztes Verständnis und weiteres Wohlwollen,

Esther Prodek,
als Geigerin Esther Werthland

Wegen der Härte ihres Geburtsnamens und dem schönen Gleichklang des th in beiden Namen hatte sie mit Einverständnis der Eltern den Mädchennamen der Mutter für ihr künstlerisches Auftreten gewählt.

Das Vorgehen des Volksaufklärers ist für sie Anlass, das Buch Esther im Alten Testament zu lesen. Es hat bei ihrer Namenswahl keine Rolle gespielt, sondern ihr Vater sah in Esther eine edlere Form des Kosenamens, den er ihrer Mutter ein Jahr nach Majas Geburt im Umgang gegeben hatte. Es handelte sich also um eine Ehrung an ihre Mutter. Sie las das Buch aus der Vorzeit mit zunehmender Erregung bis hin zum Erschrekken. Esther ist ein intuitiver Mensch, obwohl nicht gläubig. Aus dem Buch spricht eine grauenhafte Selbstgewissheit des jüdischen Volkes, die Angst macht.

Oh, wie lieben sie das Buch Ester, das ihre blutrünstige, rachsüchtige, mörderische Gier und Absicht so perfekt widerspiegelt.Kein blutrünstigeres und rachsüchtigeres Volk hat die Sonne je beschienen, als diejenigen, die überzeugt sind Gottes Volk zu sein und deshalb glauben, die Heiden ermorden und erschlagen zu müssen. (Martin Luther, Von den Juden und ihren Lügen)

*Dieu lo vult! (*Gottfried von Bouillon, 1099 erster König von Jerusalem)

Danach wird unerbittlich vertilgt, wer die Vernichtung dieses Volkes will. Ist es ein seltsamer Zufall, dass der Böse darin Haman heißt? Kein typisch orientalischer Name, scheint es. Hieß so nicht ein Massenmörder? Wie würde es Deutschland ergehen, das sich in Hamans Rolle gefiel? Sie weist Eltern und Schwestern auf ihre Lektüre und ihre Furcht angesichts der Vorgänge in Deutschland hin. Wir wissen nicht, was in dem brieflichen

Gedankenaustausch stand, wenn es denn zu einem darüber kam. Es ist denkbar, dass ihre Post kontrolliert und ihre diesbezüglichen Briefe in aller Heimlichkeit beschlagnahmt wurden und man sie hinter den Kulissen abgemahnt hat, um öffentliches Aufsehen, das mit ihrer Bestrafung verbunden gewesen wäre, zu vermeiden.

Smeralda hat es am leichtesten. Sie studiert wohlgemut nicht nur in Tübingen, sondern auch in Lausanne und London, ehe sie 1931 in die Redaktion des Berliner Börsen-Couriers eintritt und dort mit dem berühmten Herbert Iehring, einem Großneffen des ebenso berühmten Rechtsgelehrten Rudolf von Ihering, den Kulturteil betreut. Die Aussprache seines Namens gelingt den meisten erst nach längerem Aufmerken, selten korrekt. Seines Großonkels „Kampf um das Recht" stellt er 1922 seinen „Kampf um das Theater" bei. Smeralda zieht ihn auf, weil er der Versuchung, in große Fußstapfen zu treten, erlegen ist, obwohl er ständig Neuheit und Originalität predigt. Nach der Machtergreifung durch die Nazis „flüchtete ich alsbald in die Mutterschaft, um mir einen Platz freien Schaffens und freier Rede zu bewahren", wird Smeralda nach dem Kriege in der ‚Zeit' schreiben. Sie bedauert daran einzig, dass gerade diese Flucht in „die letzte verbliebene Freiheit" ihren Widersachern ausgesprochen lieb ist. Recht so, deutsche Frau. „Aber ich konnte mich nicht derart unfrei machen, dass ich mir die Lebensfreude am Gebären und Erziehen nahm, nur um diesen Unmenschen in jeder Hinsicht zu missfallen", rechtfertigt sie ihren Rückzug ins aktive Privatleben mit einem leitenden Angestellten des Telefunken-Konzerns. Sie nimmt es dem bis vor kurzem fortschrittlichen Herbert Ihering übel, dass er sich duckt und handzahm wird, obwohl er keine Kumpanei mit den Nazis treibt. „Ins Kinderkriegen wie ich konnte er sich nicht flüchten", gesteht sie ihm zu. „Geht es ums Überleben, sind Frauen meist besser dran und drauf. Wir kreischen oft und weinen, aber verzweifeln kaum."

Herr Dr. Goebbels schrieb neulich von der leben- und kraftspendenden Dämonie der nationalsozialistischen Weltanschauung. Diese Spießerdramatik – Dämonie? Diese Phrasendialoge – deutsch? ...... Die NS-Volksbühne ist das kläglichste Versagen einer Kulturpolitik, die überhaupt denkbar ist. Herr Dr. Goebbels, der Propagandachef, müsste entsetzt sein. Er polemisierte neulich selbst gegen die albernen Geschäftstricks, die zu Aschenbechern mit der Aufschrift „Deutschland erwache!", zu Bierzipfeln mit Hakenkreuz, zu Zigarettenetuis mit Hitlerbildern führten. Den Bierzipfel „soll sich der Spießer auf den fetten Bauch baumeln lassen!" (sagte Goebbels). Was aber ist diese Bühne? Sie ist Ausdruck derselben Nippesgesinnung, derselben Plüschmöbelweltanschau-

ung: Aschenbecher, Bierzipfel, Zigaretten-Etuis mit Hakenkreuz.
(Herbert Ihering, 13. Januar 1932)

Das Deutschland, Geburtsstätte der faschistischen Bewegungen, ist kein Territorium, keine Bevölkerung, sondern ein Text und ein Verhältnis zu Texten,....
(André Glucksmann, Die Meisterdenker, 1977)

Ein Geisteswunder: Opfer erhebt Täter zu seinesgleichen im Rang.
(Autor)

Übrigens hatte Smeralda ihrer Schwester „geraten", als diese ihr vom vertraulichen Ansinnen des Ministers erzählt hatte, zu antworten, sie sei bereit, sich Edda zu nennen, wenn ihr das 1000jährige Reich einen Fortbestand von wenigstens 50 Jahren garantiere. Da Smeralda wie ihr Vater ablehnt, Schreiben mit dem „Lacher HH" zu schließen, so unvorsichtig verschlüsselt sie den Deutschen Gruß, schlägt sie ihrer Schwester, der das ebenfalls zuwider ist, den bloß indirekten Bezug darauf vor. Sie solle dabei das Wort ‚deutsch' klein schreiben und an den Eingang des Vierten Satzes der IX. denken. Gerade diese leise, aber klare Provokation mag mehr noch als Esthers Weigerung zur Namensänderung eine Überwachung ihres Briefverkehrs ausgelöst haben. Bei Auftritten in Deutschland wird fortan ihr Vorname betont klein gedruckt oder mit E. abgekürzt. Ihre Proteste dagegen bleiben erfolglos. Der Verzicht auf das deutsche Publikum oder gar Emigration kommen für sie nicht in Betracht. Man muss bleiben und in der Gängelung den Kopf hochhalten, so hoch es eben geht, ohne dass er in die Schlinge gerät, sagt sie sich, aber auch den anderen, die dabei sind zu gehen oder umzufallen. Sie wird zu ihrem Leidwesen von Göring und Goebbels umworben. Der Wettkampf der beiden verhindert wohl, dass einer von ihnen die Geduld verliert und gegen sie vorgeht, um sie rumzukriegen. Sie täuscht zur Abwehr Überarbeitung und Migräneanfälle vor. Sie reist viel. Dummerweise vermag sie keine gestrenge deutsche Moralauffassung vorzugeben. Es ist bekannt, dass sie ohne Trauschein erst mit einem berühmten Theaterregisseur die Wohnung geteilt hat und seit Kurzem einen wenig erfolgreichen Dichter bei sich aufgenommen und mit dem ein Kind hat.

Paul, der erfolgreiche Kleinunternehmer, wird von Wichtigtuern jeder Art ständig eingeladen zu Empfängen, Bällen, Diners im kleinen Kreis, Eröffnungen von Ausstellungen, Filmtheatern, Autostraßen und Kaufhäusern, auf Tennisplätze (er muss einen Schnellkurs nehmen). Er stellt fest, dass sich zivile und militärische Selbstgefälligkeit um nichts nachstehen.

Dazu gehören, ist alles. Das Wissen, dass die „Attrakdiva“ seine Tochter ist, und seine eigene männlich aufreizende Erscheinung, er altert hervorragend, tritt in Großer Gesellschaft zurückhaltend bis zur Verlegenheit auf, steigern das Verlangen der Damen erster Häuser und Salons, den langen Aufsteiger, wie sie ihn augenzwinkernd nennen, zu Gast zu haben. Am besten solo. Mit der Hoffnung, dabei seinen mittlerweile legendären Schutzsprungreflex infolge plötzlichen Ohrensausens und flackernden Herzschlags zu erleben. Paul ist eitel genug, sein Trauma zu imitieren, wenn er bestimmte Gäste beeindrucken, andere erschrecken will. Er wirft sich dann vor ihre Füße, reißt sie beizeiten dabei um. Charlotte lässt ihm zu Ausgängen, die er als geschäftliche Verpflichtungen ansieht, reichlich Gelegenheit, obwohl er sie lieber dabei hat. Man putzt ihn zum Weltkriegshelden auf. Weil er seine Orden selbst bei offiziellen Anlässen nicht trägt, dichtet man ihm den Pour le Mérite und ein Dutzend verschiedener Verdienstorden ehemaliger Landesherren an. Er muss eine aktive und vor allem eine passive Einladungs- und Kommunikationspolitik entwickeln, will er sich nicht verlieren.

Nun, da er es nicht mehr braucht, isst er den größten Teil der Woche ganz hervorragend auf fremde Kosten. Alles, was er öffentlich oder halböffentlich sagt, wird umgehend von Stenostiften mitgeschrieben und in immer irgendeinem Presseorgan verbreitet, ohne je die geringste Wirkung zu zeitigen. Im Ergebnis hat sich nichts zu früher geändert. Er weiß, sie holen seine Ansichten nicht aufgrund eigener Verdienste ein, sondern weil er „obendrein“, wie es mit schöner Regelmäßigkeit heißt, der Vater der ‚Attrakdiva‘ ist. Wegen ihr wird er unablässig zu Interviews sogar überregionaler Zeitungen einbestellt. Für die regionalen reichte der eigene Erfolg. Man hört geduldig zu, wenn er die kraftlose, weinselige SPD, die Moskau-Hörigkeit der KPD, die Krawallfreudigkeit der Nazis kritisiert, für Stresemann wirbt, die Haltung der Kirchen und der Gewerkschaften im Weltkrieg schilt, seine Vorliebe für expressionistische Kunst erklärt. Es macht sich gut, zeugt vom Niveau des Befragten und der Zeitung. Dass man auf der Höhe der Zeit ist. Dann schnell zum Familienleben, seiner Beziehung zur berühmten Tochter. Möglichst Einzelheiten aus deren Intimleben oder zumindest einige Anekdötchen von ihren Reisen und Auftritten. Paul hat sich mit Esther darüber abgesprochen. Weil ihm daran liegt, dass seine Meinungen veröffentlicht werden, mögen sie auch nichts bewirken. Esther zu erwähnen, garantiert die Veröffentlichung. Die Tochter bestärkt ihn darin, in seinen Philippikae nicht nachzulassen. Weil Pauls öffentliches Auftreten Smeraldas Bekanntheit fördert, die braucht das noch, erfinden die drei allerlei Begebenheiten, die sich auf Esthers

Reisen oder anlässlich ihrer Auftritte zugetragen hätten, damit Paul die Journalisten gehörig abfüttern kann. So die Geschichte, dass ein arabischer Prinz, den man natürlich nicht nennen dürfe, Esther im Hafen von Alexandria bei der Ausschiffung für einen Auftritt in seinem Harem 5 Millionen Dollar und ein Smaragd-Colier geboten habe. Esther habe empört abgelehnt, weil sie in solcher Instrumentalisierung ihrer Kunst zugleich die Rolle der Frau in der Welt herabgewürdigt sehe.

Irgendwann merken die drei, wie hoffnungslos es ist, weiterzumachen. Keine Wirkung. Sie stellen ihre Arbeit ein. Paul liefert nicht mehr, was von ihm erwartet wird, sondern nur noch provokative Gesellschaftskritik: Den Missbrauch von Preußen-Filmen zu politischen Zwecken. Die Steuerung der Presse und damit einer brciten öffentlichen Meinung durch den Mogul Hugenberg. Er regt sich auf über die vielen unnützen Empfänge, zu denen er eingeladen wird, während Arbeitslose und Rentner hungern. Das ist provozierend für Journalisten, die ebenda kostenfrei an Leckereien gelangen. Sie entscheiden, das interessiere ihre Leser nicht. Der Bedarf an Interviews mit ihm sinkt rapide gegen Null.

Andere Kletten wird er nicht los. Weil er vermögend ist, wird er von vielen Seiten angegangen: Um Mitgliedschaft im Johanniter-Orden, dem Lions Club, dem Stahlhelm, in Stiftungen, Vereinen, Verbänden, wissenschaftlichen Gesellschaften, bei den Freimaurern, Theosophen, Königstreuen, Homophilen, dem Bund für Leibeszucht. Um Spenden angebettelt von Kirchen, Sekten, Parteien, Bünden und anderen Hochstaplern, von echten und vorgegebenen Wohltätern der Menschheit, dem Grafen Zeppelin, notleidenden Künstlern, jeder Menge alter guter verarmter Freunde, Kameradschaftsvereinen, Freikorps und deren Hülfskassen, kleinen Leuten. Er muss eine Allianz-, Beitritts- und Spendenpolitik betreiben, sonst ist er verloren. Wie ein bisschen Geld und Erfolg das Leben verändern. Irgendwie macht es Spaß, die Leute zu verachten, indem man freundlich zu ihnen ist.

Die Weiber erst! Wie sie sich bei *kreischen und halten Schilder hoch.*
jeder Gelegenheit andrängen. Damals als Student *„Bill, ich liebe Dich!"*
in Berlin äugte ich nur so nach ihnen; aber hatte nicht *haben sie darauf*
geschrieben. "Tom, ich ein paar Pfennige um ein Mädchen zu einer Tasse
bin verrückt nach Dir!" Schokolade einzuladen in der Tasche. Keine Zeit zu vertrödeln, weil ich schnell mein Pensum ablernen musste, um fertig zu werden und meinem Bruder den Weg frei zu machen. Es blieb beim Lechzen und Traumergüssen. Mit immer derselben Szene: Er entblößte

eine Frau mit dem Zauberstab und fuhr ihr von hinten zwischen die Beine. Ein schlechtes Gewissen hatte ich, weil ich nie von Katja träumte. Was sollen mir die schmachtenden Blicke jetzt? Es schmeichelt, es amüsiert, wenn man bei jeder Gelegenheit beiseite gelockt wird. Er wundert sich, welche Fülle an Nebenräumen es in den Häusern gibt, die ihm rasch ins Ohr geflüstert werden. Husch hier rein, und rein damit! Er lässt es nicht soweit kommen. Es würde zur Plage, weil sie es nicht bei der kurzen triebhaften Hingabe, die sie als Zuwendung betrachteten, bewenden ließen. Immer dieselbe Spule, in deren Garn man sich verheddert. Natürlich gibt es interessante Frauen. Schon. Aber die erfordern Zeit. Woher soll ich die nehmen? Und der menschliche Schaden. Ich bin glücklich mit Charlotte. Mit meinen Vier. Wir halten zusammen. Selbst Maja würde, nutzte ich die Angebote, gegen mich stehen. Esther hat mir gerade erst verziehen. Spießergedanken? Meine Ruhe ist der gescheitere Lebensgenuss. Festbleiben. Denk an die Ameisen. An Laura kommt ohnehin keine heran. Warum meldet sie sich nicht? Sie könnte von mir, von Esther gehört haben. Wenn ich mir bloß nicht so dämlich kleinmütig vorkäme im Treusein. Albern geradezu. Warum soll man nicht kurz reinbeißen in Früchte, die einem prall hingehalten werden? Ich muss eine Weiberpolitik entwickeln, sonst verliere ich den Kopf.

Wenn man ein Star ist, lassen sie alles *zu.*

Mein Fehler ist, ich nehme die Frauen zu wichtig. Sie kribbeln mir quer durch die Sinne. Er beschließt, um das Kribbeln, das ihn bis in den Schlaf verfolgt, wegzukriegen, nicht allzu streng mit sich zu sein, sondern sich ab und zu ein wenig zu ergötzen. Zügel locker lassen, nimmt die Spannung raus. Die interessieren mich nicht wegen ihrer Rundungen, sondern ich genieße ihre Begierde als Schauspiel. Macht ohne Verantwortung. Der Idealzustand auf Erden. Als Offizier konnte ich meine kleine Macht nie genießen. Stets war sie Pflicht. Er geht nur mit verheirateten Frauen beiseite, von denen er annimmt, dass sie an Aufsehen und Scheidung nicht interessiert sind. Beim ersten Mal lässt er das Einschlüpfen regelmäßig unter dem Vorwand platzen, er mache es zu ihrer Sicherheit nur mit Kondom, traue sich aber nicht, die Hüllchen in der Jackettasche herumzutragen, weil seine Frau sie da finden könnte. Er belässt es bei Anschmiegen. Er freut sich diebisch, wenn die Dame ihm beim nächsten Zusammentreffen zuflüstert, sie habe ein Hüllchen dabei. Dann findet er einen Vorwand, der so offensichtlich ist, dass die Dame keinen dritten Anlauf mehr unternimmt. Zweimal hat er sich auf den Seitensprung eingelassen. **Die** möchte ich gerne mal dabei erleben. Er blieb passiv. Die Damen mussten ihn hochbringen, während er saß – wohl beide Male auf einem Badewannenrand, das Klo war ihm unangenehm – sich dann auf die Kerze setzen und sie durch Reibung entzünden. Selbstbedienung. Eine ganz schöne Arbeit. Er freute sich daran, wie sie sich abarbeiteten, hechelten. Mit ihren Schenkeln seine plattdrückten. Wollte er freundlich sein, kitzelte er ihren Anus. Ihn amüsierte anderes Schnaufen und Juchzen zu hören als das heimische. Die Verschiedenheit und Gleichheit der Lustgesänge. Schade, dass ich kein Komponist bin. Es soll neuerdings Komponisten geben, die setzen Vogelstimmen in Noten um. Das war's.

Paul denkt über seine Beziehungen zu Frauen nach. Die kindlich-trauliche Vertrautheit mit Katja im Verbotenen. Ihre spätere Angst. Seine ungestillte Lust. Charlotte brachte Leichtigkeit in sein Leben. Sicherheit, Freiheit und Freiheiten. Die Schwiegermutter habe ich aus der Depression gerettet. Sie gab mir Wärme. Laura war Explosion. Unerreicht. Jetzt amüsiere ich mich über Weibergebärden aus Gefühlsnot und meine Macht über sie. Das ist kein Verrat an Etta. Ich schätze sie desto höher. Es ist Ablenkung von meiner Machtlosigkeit in der Gesellschaft.

Er errichtet um seinen Garten einen drei Meter hohen Zaun. Lässt ihn nach außen mit Metallplatten beschlagen. Es gilt, die häusliche Schaukelei und die Pumperei vor öffentlicher Neugier zu retten. Er hat im Garten vor der Schaukel eine Pumpe aufstellen lassen, die schön quietscht. Da kann man sich auch die Füße waschen.

Eines Nachts schreckt er hoch. Er fährt Erfolg ein, an dem ihm nichts liegt. Aus dem reinen Gebot zur Selbsterhaltung erwuchs das und wuchert nun haltlos weiter. Mit dem, was ich wollte, bin ich gescheitert. Weil mir nichts anderes übrig blieb, habe ich mich Tätigkeiten zugewandt, die mir rein gar nichts bedeuten. Ich habe sie mit Ernst und System betrieben, genau wie die vorherige, die mir gefiel, in der ich mir gefiel, bis sie die anderen mir verdarben. Ich räche mich an ihnen durch meinen Erfolg in mir Fremdem. Ich hasse Wohltäter sein, obwohl ich es oft bin. Es bedeutet, dass andere meine Wohltaten *hochtrabenden Fragestellungen verabschiedet und ein Werk geschaffen, auf dem es vor allem um eines geht: ihren Arsch. Man mag zwar einwenden,* brauchen. Brauche ich das? Wenn ja, *dass die Künstlerin mit ihren 47 Jahren für dieses Thema ein bisschen zu alt sein könnte, doch hat sie ihren Hintern mit Yoga, Pilates, Cremes und ausgetüf* – ist es erbärmlich. Fühl dich nicht schlecht, Paul. Obwohl du vollkommen überflüssiges Flüssiges produzierst und damit Geld machst. Dein Zeug wird nachgefragt. Die Leute kaufen es. Gerade weil sie arm sind. Also? Was grämst du dich? Josephine Baker kommt aus dem reichen Amerika in das verelendete Deutsche Reich, um ihre Bananenhüften und ihren Schokoladenpopo vorzuführen. Die Leute lassen sich das etwas kosten, und sie reist reicher nach Hause, als sie kam. Selbst bei den Armen gibt es reichlich zu holen. Die Reichen gehören zu den Armen. Josefine Baker leistet etwas. Ich leiste etwas. Warum möchte ich meine Leistung zerschmettern? Ich tue der Menschheit doch wohl.

Ich hasse das Schwadronieren, Schwatzen, Wichtigtun, sich Aufgaben suchen. Ich suche eine sinnvolle *die New Yorker Tochterfirma von Bertelsmann und* Beschäftigung und meine Ruhe. *Sony bei Verhandlungen mit dem Musiker Bruce* Mir ist Ruhe das *Springsteen: 114 Millionen Dollar (97 Millionen Euro)* Allernotwendigste. Davon bleibt mir *handelte kürzlich der Rockstar als Gage* nichts. Früher war ich lange im Dienst, kam ich nach Hause, hatte ich Ruhe und Spiel. Der Krieg hat mich zu dem gemacht, der ich bin. Einer, der ununterbrochen am Schaffen und Raffen ist. Diese verdammte Gewissenhaftigkeit, mit der ich alles betreibe, Verantwortung fühle, selbst wenn sie mir zuwider ist.
Schweißig dreht er sich um, versucht, wieder in Schlaf zu fallen. Sieht Kadaver über Kadaver.
Menschen und Pferde. Zerrissene Minenhunde. Wir leben. Und lieben uns.

BESTREBUNGEN UND ZUCKUNGEN

Charlotte altert nicht in ihrer Erscheinung. Sie bleibt zierlich, wendig, ihr Blick frisch. Wenn bloß ihre Haut nicht austrocknete! Auch ihre Knochen treten deutlicher heraus. Die Schlüsselbeine. Die Sehnen am Hals. Sie sitzt in einer Zwickmühle. Ich muss runder werden, fleischiger. Wie meine Mutter nach unserer Hochzeit. Sie wirkte auf Paul. Ich weiß das. Wie hat die das gemacht? Charlotte mag Blätterteig, isst deshalb Baumkuchen, um anzusetzen; aber ihre Haut wird trotzdem schlottriger. Zum Glück sagt keiner mehr Chlotti zu mir.

Mit Bedenken hatte sie der Wasserscheide 40 entgegengesehen. Der verlorene Krieg, der nahezu völlige Verlust der bisherigen Existenzgrundlage geben dem bangen inneren Fragen, ob sie Paul bei sich halten wird, dramatischen Dekors. Sie will ihn vollkommen für sich. Etwas anderes kommt nicht in

Frage. Lieber Trennung. Der Kampf ums Überleben lenkt ab, aber steigert die Veränderung der Lebenssituation zu ihren Lasten. Paul ist es aus dem Nichts gelungen, in einer Lebenswelt Tritt zu fassen, die ihm von Grund auf nicht behagt. Aus reiner Notwehr, wie er sagt. Die Rache verschweigt er. Von seinem tätigen Vermögen hängt nun das Wohl der Familie ab; ihr eigenes ererbtes Vermögen ist zerronnen. Sie ist jetzt auch wirtschaftlich abhängig von ihm. Ihre Eltern ebenso; dann nur noch die Mutter, obwohl die Einnahmen aus ihren Häusern wieder steigen. Die Töchter verlassen, eine nach der anderen, das Haus. Sie sitzen nicht mehr zu fünft am Tisch, sondern zurückgeworfen auf sich, wie sie angefangen haben. Da gab es Zukunft. Es ist leer geworden im Haus. Da hilft kein Ratsch. Hätte ich ein weiteres Kind mit Paul nach seiner Rückkehr aus dem Kriege machen sollen? Es ist noch immer nicht zu spät. Ein Kind als Rettungsanker, das ist unwürdig. Ich muss es alleine schaffen. Hätte ich doch Ärztin werden sollen?
Sie kommt nicht darauf, dass Pauls wichtigster Grund, ihr nahezu treu zu sein, darin liegt, dass sie weiter der einzige Mensch ist, dem er voll vertraut, weil sie sich ihm anvertraut hat.

Seit Wiltraut die Buchhaltung übernommen hat, mag Charlotte in den geschäftlichen Dingen Paul nicht mehr zur Hand gehen. Sie darf sich froh schätzen, dass die gedrungene Wiltraut nicht der Typ von Frau ist, der Paul entfacht. Sicher, Wiltraut treibt mit ihm durch Kleidung und Auftreten ein Reizespiel, und Paul geht insoweit darauf ein, als er sie jeden Tag mit zwei Küssen auf die Wange begrüßt und verabschiedet, dabei ganz nahe an sie herantritt, es auskostet, dass sie ihren sehr weiblichen Körper warm anbietet. Er zelebriert es, je nach Stimmung, dies Aneinanderschmiegen einige Sekunden zu verlängern oder zu verkürzen. Wenn sie etwas Großartiges geleistet hat, gibt er ihr zufrieden einen Kuss auf die Stirn. Bei etwas größerer Distanz, denn geteilte Freude schießt leicht hoch. Es ist eine sorgfältig bedachte Mischung aus familiärer Vertrautheit und Geschäftsdiplomatie, wie er Charlotte gegenüber beteuert. Wiltraut soll auch emotional belohnt werden. Er hält das für nötig und angemessen. Ihm liegt daran, sie nicht mit einem anderen Mann zu teilen. Sie soll für ihn, für das Geschäft da sein. Nicht für Mann und Kinder. Bolko ist schwierig genug, aber mein Verbündeter gegen eine neue Bindung. Paul trachtet danach, sie erotisch dauerhaft an sich zu binden, ohne jedoch ein Verhältnis mit ihr einzugehen, das alles zerstören und Bolko auf den Plan rufen würde. Ein Balanceakt, bei dem er nie die von ihm gesetzte Grenze der Vertraulichkeit und der Zuneigungsbeweise überschreiten darf, aber Wiltraut erotisch so weit anbeißen lässt, dass ihr Verlangen auf ihn fixiert bleibt. Er berührt sie dazu manchmal wie zufällig an Hüfte und Schenkel, streift ihre Brust, nimmt sie hin und wieder möglichst unbefangen bei der Hand, um sie an einen Tisch oder Schrank zu ziehen, weil er ihr etwas zeigen will. Er teilt mit ihr intime Gedanken. Doziert sie vorsichtshalber.

Sehr schnell spürte er die feine Macht, die er auf sie und über sie ausübte. Macht, die auf einem Gefühl der Dankbarkeit, Willen zur Treue und leisem Begehren sowie dem Bewusstsein ihrer eigenen kleinen Machtstellung beruht, die sie sich zwar erarbeitet hat, die aber von ihm abgeleitet ist und deren Fortdauer von ihm abhängt. Paul genießt ihre erfüllte Abhängigkeit als Wohlgefühl. Diese Macht ist souverän, solange ich sie meistere. Die über meine Leute war es nicht, obwohl die mir blind gehorchten. An Macht über Wollust liegt mir nicht, sie amüsiert mich nur. Wiltraud tut es seelisch wohl, dass ich über sie verfüge. Sie sucht es geradezu. Das ist wie an der Front. Mit Geert war es ähnlich.
Wiltraut fühlt sich bei ihm aufgehoben wie nie zuvor im Leben. Im ursprünglichen wie auch im gebräuchlichen Sinne des Wortes. Er hatte ihr eine Chance gegeben, sie nach bitteren Jahren der Wertlosigkeit erhöht. Sie wurde stark unter seinen Fittichen. Er ist keine Führernatur, weiß aber, was er will. Das behagt ihr. Sie kann sich frei entfalten; weil er sie trägt und ihr Aufgaben setzt. Sie glaubt an ihn. Sie will Charlotte nichts Böses, meint aber einen legitimen Anspruch auf Teilung zu haben, weil sie seinen Bruder geliebt und verloren hat. Sie hofft, Paul eines Tages in ihr Bett zu ziehen, dann hin und wieder, vielleicht zweimal im Monat. Vorsichtig muss sie sein wegen Bolko. Der würde es nicht dulden. Er hat ihr klar gemacht, dass er eine neue Heirat nicht hinnehmen, sondern sie in solchem Falle verlassen würde. Er verehrt seinen früh verlorenen Vater wie einen Heiligen. Auch sie soll auf den toten Helden fixiert bleiben. Ach, Bolko. Ich liebe ihn. Mehr als jede Frau ihren Sohn liebt. Warum ist er so trotzig und fühlt sich allen anderen überlegen?

Die fern verlorene Laura ist Charlottes beste Verbündete im Kampf um ihren Mann. In seinen Träumen ist sie da. Solch Lodern einmal an sich erfahren zu haben, ist eine Gnade, die nie verklingt. Kein kurzes Freudenspiel mit Scherereien danach, womöglich Geschrei und Gekreische.
Wie anders sehen jetzt Pauls und Ettas Liebesspiele aus. Es hatte damit begonnen, dass Paul, der Frühaufsteher, *muss nicht langweilig sein: Masochistische Männer* lange still ihr Gesicht *sind nicht nur sanfter, verständnisvoller und generell* anschaut, während sie noch *angenehmer im sozialen Umgang. Ihr sexuelles Erleben ist reicher,* dahin schlummert. Er *weil die Präferenz für das passive Genießen ihnen* betrachtet ihre fein geschnörkelten *erlaubt, den gesamten Körper als erogene Zone zu nutzen –* Ohren ohne Läppchen, ihre

während der normale heterosexuelle Mann sein sexuelles hässliche Nase, die kecke Stirn *Erleben öde um den Penis zentriert. Das Müntefering- und* mit ersten Runzeln über *Stoibertum ist keine Katastrophe. Es kann ein positiver* den schmalen, blonden Augenbrauen, deren eine gespalten ist. Die verborgen und selbstzufrieden lachenden Augen, die selbst geschlossen katzenhaft bleiben, die kleine Warze an der Kinnlade, sie ist jung, die schwingenförmigen, langen Lippen, die Rahmung durch das dicke, blassgelb gewordene Haupthaar. Zu entdecken gibt es nichts, schon gar nicht jeden Tag neu. Nichts ist hinreißend. Sie ist einfach eine Variation meines Ichs, die ich jeden Morgen liebevoll entgegennehme. Er schaut in ihr in sich. Und wir haben drei hinreißende, weltmännische Töchter. Er lacht. Die Sprache. Weltmännisch ist der treffende Ausdruck. Gilt sogar für seine Maja, die Zurückhaltende. Brav wie ihr Opa. Nur nicht so streng.
Oft erwacht Charlotte unter seinem ausdauernden Blick. Manchmal hilft er mit Pusten oder Kitzeln nach. Sie sagen dann weiter kein Wort. Legen sich einfach nebeneinander und sehen sich lange an. Meist quer durch alle Schattierungen schmunzelnd, grimassierend, ohne dabei zu lachen, selten verklärt, immer zufrieden aneinander. Nach dem langen Betrachten lieben sie sich, wenn sie Zeit haben, stillschweigend. Erst im Badezimmer sprechen sie miteinander. Behutsam. Sie küssen sich viele Male in den Tag hinein.

Wenn junge Männer im Experiment ein Nasenspray mit Oxytocin bekommen hatten, erschienen ihnen die Porträtfotos ihrer Partnerin deutlich attraktiver als nach Verabreichung eines Placebos. Gleichzeitig verstärkte das Hormon beim Anblick der geliebten Frau Aktivitäten im Belohnungszentrum des Gehirns, berichten Wissenschaftler im Fachjournal PNAS.

Da sie mehr Zeit zu ihrer freien Verfügung hat, betreibt Charlotte die Fotographie energischer als zuvor. Die durchlebte Existenzangst bewegt sie dazu, ihre Motive im sozialen Alltag zu suchen, mit besonderem Augenmerk auf Wohnungsnot und Armut kinderreicher Familien. Die Zeiten haben sich geändert, das öffentliche Bewusstsein geweitet. Die einen sehen für die Kunst darin Fortschritt und Herausforderung, Öffnung zur Welt, die anderen verspüren *Untertreibung des Jahres sein. Die Sozialdemokraten* Verlust an Sicherheit und *implodieren und ziehen Deutschland mit in den Abgrund.* tieferer Wahrheit. Kurzum: der Mitte. Die größere Freiheit gilt ihnen als missgestalteter Bankert der Niederlage. Charlotte wählt sozialdemokratisch, Paul seit Zustimmung der SPD zu den Kriegskrediten nicht mehr. Lange Zeit gar nichts. Neuerdings Deutsche Volkspartei.

Charlotte ist es aus eigener Kraft gelungen, dem sozialdemokratischen Bürgermeister von Luckenwalde eine Ausstellung ausgewählter Aufnahmen im Flur des Rathauses einschließlich Vestibül des Sitzungssaales abzuringen. Wegen der scharfen Lichtkontraste in dem altehrwürdigen Bau wählt sie vor allem Photos aus, die selbst durch solche Kontraste auffallen. Stolz berichtet sie am Abend Paul von ihrem Erfolg. Paul freut sich, denn ihm ist klar, dass Charlotte nun, wie früher er, darunter leidet, stets die Empfangende zu sein. Dreimal hintereinander beteuert er, dass ihre Veranstaltung neben dem ideellen Gewinn für sie und die Stadt sich als eine gute Reklame für das Geschäft auch materiell auszahle. Bei der Vernissage dürfen, diskret bereitgestellt, die von ihm erzeugten Artikel nicht fehlen. Die besseren wie die billigen.
Die vierwöchige Ausstellung endet mit einem Achtungserfolg für Charlotte. Ein überraschend verständiger Kritiker der ‚Märkischen Allgemeinen' berichtet ausführlich darüber und überschreibt seinen Artikel treffend mit: ‚Augenspiele moderner Melancholie'. Trotzdem schauen die meisten Luckenwalder, einschließlich der Fabrikanten, mehr aus Neugier als aus Interesse herein, wissen mit den Aufnahmen wenig anzufangen und halten, abgesehen vom ortsansässigen Photographen, einem Herrn Otmar Fackeldey, der begeistert vor jedem Bild die Hände zusammenschlägt, die Photographie überhaupt für keine rechte echte Kunst, da knipsen jeder kann, ohne es zu lernen. Als Charlotte auf eine entsprechende Bemerkung des Hutfabrikanten Jericho äußert, Schreiben könne heutzutage auch jeder, ohne ein Dichter zu sein, verbeugt sich Herr Jericho höflich und küsst ihr zum Abschied mit den Worten die Hand: – Von gescheiten Frauen wie Ihnen, meine Gnädige, lasse ich mich gern eines Besseren belehren. Ich habe mich deshalb entschieden, das Zigeunerbild ‚Mutter mit Kind' und die ‚Reusenfischer am Altrhein' nach Ihrem Signum für mein Büro zu erwerben. Dürfte ich baldmöglichst bei Ihnen in dieser Angelegenheit vorsprechen? Über den Preis werden wir uns sicher schnell einig. –

Charlotte hatte an Verkauf überhaupt nicht gedacht. Da es ihr aber schmeichelt, lehnt sie es nicht ab. Paul, den sie befragt, schlägt den ihr horrende erscheinenden Preis von 1000 Mark pro Aufnahme vor. Sie zögert. – Den alten Geizhals kannst du ungeniert rupfen. Und jetzt ist er im Wort, kann nicht mehr zurück, ohne sich zu blamieren. Den Goldsack halte offen, wer ihn am Schnürchen hat! Außerdem möchte ich wetten, dass er etwas im Schilde führt. Den interessieren deine Aufnahmen weniger als Himmelpforts Gesammelte Werke. Entschuldige, wenn ich so taktlos bin, das festzustellen. –

Tatsächlich erweist sich, dass Herr Jericho, ein Konvertit vom jüdischen zum evangelischen Glauben, zwar leichter Hand und auf der Stelle die geforderten 2000 Mark per Scheck zahlt, dies aber allein deshalb, weil er Gelegenheit sucht, einen Auftritt von Esther – welch erlesener Name! – zu seinem 50-jährigen Firmenjubiläum im nächsten Jahr zu erbitten. Er sei bereit, sich diese Ehre etwas kosten zu lassen. Sogar tief in die Tasche zu greifen. Er könne sich durchaus vorstellen, dass Luckenwalde in den nächsten Jahren in die Rolle eines neuzeitlichen Bethlehem hineinwachse. Künstlerisch natürlich. Die Kunst ist unsere neue Religion. Er habe Visionen. Die industrielle Fertigkeit in Textilien als ein Standpfeiler der Neuzeit sei bereits länger am Platze. Die Metallverarbeitung breite sich tastend aus. Jetzt träten zwei erstrangige Künstlerinnen, Charlotte und ihre Tochter Esther, zum Ruhme der Stadt hinzu. Man müsse sich zusammentun, dann werde Luckenwaldes kleines Licht strahlend in die Welt hineinleuchten und selbst dem großen Berlin Paroli bieten, so wie in der jüdisch-christlichen Geschichte das unscheinbare Bethlehem das große Jerusalem herausgefordert habe. Er zitiert laut: Und Du Bethlehem Ephrata, die Du klein bist unter den Städten in Juda, aus Dir soll mir kommen, der über Israel Herr sei. Was sei besser geeignet als das Jubiläum seiner Weltfirma, um die innige Verbindung von Industrie und Kunst in Luckenwalde zu manifestieren. Die Verbindung von Gewerbe und Kunst, von Nützlichem und Schönen, nicht mehr allein, wie bisher, als Kunstgewerbe, sondern als Bündnis des Gewerbes und der Kunst auf jeweils hohem Niveau. Zwei grundsolide Pfeiler deutscher Lebensart, das sei der rechte Zuschnitt für den Menschen des 20. Jahrhunderts. Auf die Propagierung solcher Lebensart müsse man hinarbeiten. Das niedergeschlagene Deutschland, das einer Wertekrise anheimgefallenen Europa, neue beseelen.

G
Zeitschrift für elementare Gestaltung

mit 53 Abbildungen von Eisenkonstruktionen, Ölbildern, Modeobjekten, Autos, Schönen Frauen, Polargegenden usw.

Charlotte denkt: Für das Ausposaunen des Ereignisses wird der Prophet Jericho von Luckenwalde gewiss sorgen. Sie ist verärgert, obwohl ihr die hemdsärmelige Vision des Unternehmers ein durchaus respektvolles Lächeln abnötigt. Will das Bauhaus in Dessau nicht Ähnliches? Paul hat wieder einmal recht gehabt. Er kennt Jerichos Schliche. Da liegt ein schmackhafter Köder für mich bereit. Der Hutfertiger bietet an, anlässlich seines Firmenjubiläums eine Ausstellung meiner Werke zu organisieren und sie seinen Geschäftsfreunden aus aller Welt zu präsentieren. – Vielleicht würde mein Compagnon Costa da Coelho aus Sao Paulo Interesse daran zeigen und ihre Aufnahmen anschließend in Südamerika ausstellen. Vielleicht Mr. Heartchoke in Sheffield. Oder Signore Bertini in Mailand. – Ich darf träumen. Ich würde zu Pauls Erfolgen aufschließen. Als Blüte im Haar meiner Tochter, die nicht in Luckenwalde, sondern in Krotoschin geboren ist. Charlotte weist Herrn Jericho diskret daraufhin. Der lächelt. Charlotte lächelt zurück. Das ist nicht seriös. Wolkenkuckucksheime. Sie entschließt sich zu matter Höflichkeit.

– Die Zeit, da ich über das Tun meiner Töchter bestimmte, ist lange vorbei, Herr Jericho. Ich bin froh, wenn sie möglichst häufig bei uns vorbeischauen. Luckenwalde, mit dem Sie Großes vorhaben, hat den Dreien außer ein paar Erinnerungen wenig zu bieten. Esther ist fürchterlich durch 10 Übungsstunden am Tag gefordert und über Jahre hinaus verplant. Sie ist so lieb und hält sich für uns regelmäßig ein paar Tage um den Geburtstag meines Mannes frei. Selten nur ist sie zu meinem Geburtstag oder selbst Weihnachten bei uns. Ich sehe also schwarz für Ihren Wunsch, wenngleich er Mutter und Tochter überaus ehrt. –

– In welche Zeit fällt denn der Geburtstag Ihres werten Herrn Gemahls? Ich könnte mit meiner Feier flexibel sein. –

– Keine schöne Zeit für Feste, meist fällt sein Geburtstag zwischen Totensonntag und den ersten Advent. Ende November. –

– In der Tat ein unglücklicher Termin. –

– Ich nehme an, Sie sind nur am Doppelpack Tochter/Mutter interessiert. An Esther vor allem. –

– Gnädige Frau, ich bin ein ehrlicher Mann. Überzeugter Kaufmann und Patriot. Geborener Luckenwalder. Liebhaber der schönen Künste obendrein. Ihre eigene Karriere hat, wenn ich so sagen darf, später begonnen als die Ihrer Tochter. Verständlich, da ihre Tochter traditionellere Wege geht als Sie, Gnädige Frau, und bisher keine Familienpflichten hat. Sie hat Ihnen also Reputation voraus. Was freilich nichts für die Zukunft bedeuten will. Wie sagt unser Schiller? ‚Die Nachwelt flicht dem Mimen keine Kränze.' Das gilt leider auch für den Interpreten. Wer schreibt, der bleibt. Wer bildet oder, wie in Ihrem Falle, abbildet, der verkörpert sich für die Ewigkeit. Sie können also erwartungsvoll in die Zukunft schauen. Jedoch gestehe ich, dass ich ohne die Teilnahme Ihrer Tochter Esther, wirklich, welch wohlklingender Name, das hohe Ziel, das ich mir gesetzt habe, Industrie, was ja recht eigentlich im Lateinischen Fleiß bedeutet, und Kunst in Luckenwalde zu verbinden, gegenwärtig nicht erreichen könnte. Das heißt aber *Jetzt ist der Pariser Platz nicht nur finanzieller, sondern* keineswegs, dass ich nicht zu meinem *auch kultureller Mittelpunkt Berlins.* An-

gebot stehe, für Sie eine Ausstellung anlässlich meines Firmenjubiläums zu organisieren. Vielleicht kann Ihr Fräulein Tochter dann bei späterer Gelegenheit einmal meiner Firma und mir die Ehre erweisen. –
– Ich werde Esther von Ihrem Angebot und den damit verbundenen Vorteilen unterrichten, lieber Herr Jericho. Ich schätze Ihr Engagement für Kunst und Heimat überaus und bedanke mich. Gäbe es nur mehr Menschen wie Sie. –

Meine ich das wirklich? Eigennutz und Andernutz verbinden, ist legitim. Aber aufgepudert ist sein Vorhaben. Schminke. Luckenwalde und Kultur? Blödsinn. Er benutzt mich als Mittel zum Zweck. Er ist nur an Esther interessiert, weil er sich deren steigenden Ruhm zunutze machen möchte. Verständlich, wo die Gelegenheit so nahe liegt. Für mich verletzend.
So blieb Luckenwalde künstlerisch Leerstand.

Tafel im Heimatmuseum:
Der in Luckenwalde ansässige Bauunternehmer Rave hatte drei Söhne: Adolf, Cäsar, Hans.

Ohne die Mithilfe eines Mäzens steigt Charlotte dank ihren Töchtern Esther und Smeralda zwei Wochen lang zu einer ungewöhnlichen Ehrung auf. Die beiden haben in Berlin die Bekanntschaft des ‚Sturm'– Galeristen Herwarth Walden und dreier seiner bisher vier Frauen gemacht: von Else-Lasker Schüler, die ihm den poetischen Namen erfunden hatte, von Nelly Roslund, der praktisch viel nützlicheren Schwedin, und von Ellen Bork, seiner Ideologin. Obwohl Walden von den beiden ersteren geschieden ist, steht er im fortlaufenden Arbeitskontakt mit ihnen. Von der Photographie als künstlerischem Ausdrucksmittel hält er nichts. Sie atmet ihm wegen der glatten, glänzenden Oberfläche nicht emphatisch genug durch; atmet eigentlich gar nicht. Wie also sollte sie außer Atem geraten, dem Betrachter den Atem nehmen? Laue Kunst ist keine für Walden. Photographie taugt zur Dokumentation. Wegen des engen Blickwinkels mehr noch für Propaganda. Es ist kein Ausdrucksmittel von Format, weil eine Maschine das Auge ersetzt. Er ist ein Anhänger von Goethes Farbenlehre.
Als hochintelligenter, stockhässlicher Mann ist er für schöne Frauen empfänglich. An einer Verbindung mit Esther liegt ihm wegen seiner Musikalität, die er infolge seiner geschäftlichen Interessen als Galerist arg vernachlässigt hat. Esthers zurückhaltende, bisweilen schroffe Art reizt ihn. An der blutjungen, begeistert einherredenden Smeralda gefällt ihm der unbesonnene Eifer, ihre stets unerwartet aufblitzende Hintersinnigkeit. Der Lütten gelingt es, Walden halbwegs vom künstlerischen Wert der

Arbeiten ihrer Mutter zu überzeugen. Als angehende Kritikerin der Künste und des Zeitgeschehens hatte sie die Richtigkeit und Bedeutung der Aussage ihres Kollegen von der ‚Märkischen Allgemeinen' erkannt. Die Aufnahmen ihrer Mutter verbinden zwei gegensätzliche Elemente: Lebensfreude und Schwermut. Das Leben als Tanz Darbender. Unberührt von der Übermacht, von der Allgegenwart des Denkens, das die Welt seit Langem erfasst und in Teilen reich gemacht hat. Denken ist das letzte Anrennen des Menschengeschlechts gegen den Tod. Nichts davon in Ma's Aufnahmen. Mochte sie deswegen die Zigeuner, weil sie sich davon fernhielten? Verletztes Leben, das eine sanfte Wärme verströmt, wie sie Tieraugen eigen ist. Gegenwärtig, flehend, ausweglos fliehend. Smeralda machte Walden darauf aufmerksam, dass die Aufnahmen aus dem Zigeunerlager bei Krotoschin photographisch zum Ausdruck bringen, was der Umstürzler Picasso mit malerischen Mitteln in seiner rosa und blauen Periode dargestellt hatte: schwermütige Lust, sich als Gaukler und Clown vom dürftigen Tag abzukehren, wohlwissend dass es zu nichts als bloß einem Klumpen Trost führt. Versonnen, spielend, tanzend anderen etwas vormachen, indem man sich selbst etwas vormacht. Ähnliches bringe der Brücke-Maler Otto Mueller mit seinen Zigeunerbildern zum Ausdruck. In einer Zeit, da selbsternannte große Geister denkerisch und politisch auf verderbliche Weise die Lust am Untergang zelebrierten, das Abendland trotz seiner geistigen Triumphe abstürzen oder gar einstürzen sähen, ästhetischen Radikalnihilismus predigten, andere als Gegengift Volksgeist in völkische Berauschung oder Klassenkampf verwandeln wollten, sei die Botschaft von der ewigen Hilflosigkeit des Menschen mit Spiel, Ernst und Trauer als einzig beständigen Trostelementen für die Seele überlebenswichtig.

Walden schätzt von Picassos Bildern die der rosa und blauen Periode am wenigsten; sie sind ihm zu idyllisch, zu geschlossen, karg, jedenfalls kraftlos und nicht intellektuell genug, nahe am Kitsch. Otto Muellers Bilder sind weltabgewandt, noch kraftloser; er mag sie nicht; aber er freut sich an Smeraldas ausnahmsweise sehr getragenem Plädoyer für die Kunst ihrer Mutter. Er gibt nach. Zumal Ellen Partei für die Öffnung seiner Galerie hin zu neuen technischen Ausdrucksmitteln ergreift. Also erhält Charlotte Gelegenheit, für zehn Tage, mehr ist Walden nicht bereit zulasten von Malerei und Bildhauerei zu opfern, in der weltbekannten Berliner Galerie „Sturm" ihre Aufnahmen aus dem Zigeunerlager auszustellen. Niemand ahnt, dass es bereits die beiden letzten Jahre einer Zeitschrift und einer Galerie sind, die Kunst als permanente Eruption der Menschenseele begreift und nicht wahrhaben will, dass Vulkane nach kurzen, heftigen Ausbrüchen lange schweigen und erstarrt am schönsten anzusehen sind. Walden lärmt weiter, aber keine Impulse gehen mehr von ihm aus. Er und Charlotte werden in einigen Jahren einen einsamen gräulichen Tod ganz unterschiedlicher Prägung in den Fängen sowjetischer Machtentfaltung sterben. Ein gewaltiger Nachruhm des Galeristen, von Sturm-Galerie und der gleichnamigen Zeitschrift wird heraufziehen, während Charlotte nicht einmal vergessen zu werden braucht. Als die beiden zum ersten Mal am Vorabend der Eröffnung der Ausstellung aufeinander treffen, tauschen sie nicht mehr als einige Höflichkeiten aus. Charlottes Munterkeit versagt. Walden stößt die hässliche Nase ab. Die Frau ist bedauernswert, leider zu bürgerlich, um mit ihrer Hässlichkeit zu provozieren. Lauthals lachen müsste man über sie, stände sie vor Hanna Höchs Collage von Journalisten mit Vogelköpfen. Paul und Walden verstehen sich besser, weil sie sich bewundern: Paul den gescheiten Kauz, der aus Exaltation ein Geschäft macht; Walden Pauls immer noch stattliche Erscheinung und seine militärischen Leistungen. Kluge Leute schätzen am anderen gern, wozu sie selbst unfähig sind.

Die Vernissage ist hervorragend besucht. Ein Stell-Dich-Ein der Berliner Avantgarde und vieler Etablierter. In allen Schattierungen und Nuancen herausgeputzt. Man genießt einander bei vielen Gelegenheiten, langweilig wird es nicht, weil die auf den Straßen hallenden Stiefel verkünden: Eure Zeit ist abgelaufen, euer Getue hinfällig, Piepmätze. Unser Rausch ist material und real.

Man sagt Charlotte, der Unbekannten aus der Provinz, anerkennende und freundliche Worte. Sie tauscht geistreiche Sätze mit Menschen aus, die sie nie gesehen hat und nie wieder sehen wird, von denen sie aber weiß, dass sie auf ihrem Gebiet oder überhaupt bedeutend sind, jedenfalls vielen dafür gelten; ebenso vielen, wenn nicht mehr, für Banausen, Scharlatane und Stümper. Smeralda macht dem kurz hereinschauenden jungen Komponisten Paul Hindemith Komplimente, die Qualität seines Maßanzuges und seiner hellblauen Fliege betreffend. Hindemith versteht es, sehr zu recht, als Anspielung auf sein politisch begründetes Zerwürfnis mit Brecht und Eisler anlässlich des Festes „Neue Musik Berlin 1930" über deren Werk ‚Die Maßregel'. Hindemith leugnet nicht, dass er stets teure Maßanzüge trägt, und verteidigt nachdrücklich seine Auffassung, wonach Kunst nicht zum Mittel politischer Indoktrination oder auch nur zur Propagierung politischer Ideen, selbst hehrer, verkommen sollte. Smeralda stimmte ihm mit einladendem Lächeln zu und sagt, dann würden ihm bestimmt die Aufnahmen ihrer Mutter zusagen, sie würde ihm gern einige näher vorstellen.

Des anderen Pauls, unseres, Augen glänzen vor Stolz auf seine Frau und seine Töchter. Wo einen das Leben hinführt. Kein General, kein Oberst, kein mittelständischer Fabrikant weit und breit zu sehen im schmatzenden, schlürfenden Gedrängel. Keine begehrenden Augen und Leiber unausgepester Oberklasseweiber. Meine Obstweine und Schnäpse stehen auf den Beitischen neben Rheinwein und Limonade. Mich als Platzhirsch fürs Zuhausegehege von einer instinkt- und selbstsicheren Diana einfangen zu lassen, war wohl die mir zugemessene Rolle im Leben. Ich darf die Ergebnisse meiner todbringenden Brunft auf der Nuthewiese bestaunen. Gab es einmal: **AFRIKA**? Den Wahnsinn des Krieges habe ich murrend, aber feste mitgemacht. Ihn überlebt. Kein vergeblicher Held mit Spartakus bei der Erstürmung des Marstalls. Ekel bei den Nachrichten von der Ermordung Rosa Luxemburgs und Karl Liebknechts. Noch größerer beim Hören von Es schwimmt eine Leiche eim Landwehrkanal. Nicht Agitator im Reichstag. Nicht einmal kleinbürgerlicher Richter und nicht Mitglied des Bildungsbürgertums von Luckenwalde. Tod ausgestreut, dafür gut dekoriert worden. Nicht durchgedreht, sondern kalt überlebt, durchgewurschtelt, Kasse gemacht mit Schnäpsen wie einst der Schwiegerpapa, bloß stilloser. Ihn ruiniert. Angesehen, obwohl Krimineller. Nichts ist mir gelungen, das mir gefiele. Außer meinen Kindern. Er hatte Esther und Smeralda gebeten, ihm möglichst wenige Personen vorzustellen. Nicht weil er das Gespräch scheute und nichts zu sagen gehabt hätte. Es macht keinen Sinn, in die Wolken zu reden, bin ich nicht allein. Er möchte bei Maja bleiben, die sich ziemlich verloren fühlt, weil sie ständig mit an ihre jüngeren Schwestern gerichteten Worten angesprochen wird. Paul hat Charlotte vorgeschlagen, nicht in Esthers kleiner Wohnung am Lützowufer, sondern im Hotel Adlon am Brandenburger Tor zu übernachten.

Charlotte ist sich im Klaren darüber, dass die namhaften Flatterwesen der hyperaktiven Metropole nicht wegen ihr gekommen sind, sondern weil Esther und Walden zum Auftakt brav Schumanns ‚Märchenbilder' spielen und anschließend eine Überraschung angekündigt ist. Esther hat das Stück des Glücklosen ausgesucht, weil die Musik dem Ausdruck der Bilder ihrer Mutter nahe kommt: Mit ihren hastig emporschnellenden und wehmütig fließenden Passagen; mit ihren letzten weichen Klängen, die abrupt vor dem Nichts stehen bleiben, dessen Sog sie sich erst nach mehreren tiefen Atemzügen zu entziehen vermögen. Für Esther bedeutet das Spielen mit der knarrigen Bratsche, die sie sich von einem befreundeten Musiker der Berliner Philharmoniker ausgeliehen hat, eine erwünschte Abwechslung. Hier darf sie das risikolos wagen. Sie überlegt seit Längerem, ob sie zu dem fragwürdigeren Klang konvertieren soll. Wenig

Soli gibt es – leider. Es folgt unangekündigt ‚Pierrot lunaire' von Arnold Schönberg. Flöte, Klarinette und Cello spielen befreundete Musiker. Ein Übergang erscheint nötig.

Dann erlischt das Licht. Esther und Walden treten vor zwei am Boden stehende Kirchenkerzen, halten klobige Steine in beiden Händen. Hinter den Kerzen steht ein schwarzer Musiker in schwarzem Anzug und schwarzen Handschuhen. Ein Schemen. Deutlich sichtbar ist allein die silberne Trompete vor seinem Mund. Sie scheint im Raum zu schweben. Immer wieder brechen dieselben fünf angezogenen klagenden Töne aus ihr hervor. Reißen sie ab, schlagen Esther und Walden zu einem wilden afrikanischen Rhythmus die Steine kurz und hart aneinander. Funken sprühen. Nach quälenden Wiederholungen immer desselben Ablaufs werfen sie die Steine laut scheppernd in einen Kupferkessel zwischen ihnen. Stoßen dabei ein lautes Ahh! aus. Die Versammlung erschrickt. Der Beifall, in den sich Gelächter mischt, ist nicht weniger gefällig als nach den ersten Musikstücken.
Es sind Pressevertreter anwesend. Sogar Ihering und Kerr, die eitlen Kampfhähne der Kritik, sind aufgekreuzt und meiden sich wie immer. Bouletten kauend, ‚Hartspornritter' trinkend, haben sie, fern voneinanderstehend, wenige Minuten lang vor Charlottes Aufnahmen verweilt, den musikalischen Auftritt abgewartet, bevor sie, einer dem anderen zum nächsten Treffpunkt nacheilend, um ihre Garderobe bitten. Paul muss an das Vorüberschreiten des Kaisers auf dem Marktplatz von Cleve denken. Um nicht voreingenommen zu erscheinen, hat Iehring jeden Kontakt mit Smeralda vermieden.

Nach einem Echo in den Zeitungen auf ihre Ausstellung fahndet Charlotte anderntags vergebens. Allein Justus Renner von der ‚Märkischen Allgemeinen", von Paul persönlich eingeladen, schreibt eine zweite begeisterte Kritik, die er den beiden noch ungedruckt vorlegt. Der Börsen-Kurier und die BZ am Abend weisen im Kulturteil auf die Ausstellung kurz und kommentarlos hin. In der Vossischen wird allein über wildes ‚Feuerstein-Geklapper' oder einen ‚Rückfall in die Steinzeitmusik' geschrieben, den es in der Sturm-Galerie anlässlich einer Foto-Ausstellung gegeben habe. Dass Walden so etwas darbiete, sei von ihm zu erwarten; aber Esther Werthland habe solche alberne Darbietung nicht nötig. Sie habe ihr Ansehen immens geschädigt und sei gut beraten, dergleichen nie wieder zu tun. Ihrer Mutter tüttelige Fotografien würden dadurch nicht aufregender. Nur der Börsen-Courier lobt nebenher das Experimentieren mit neuen musikalischen Ausdrucksmitteln. Walden fühlt sich angesichts des Schweigens im

Blätterwald zu der Ausstellung in seiner Abneigung gegen die Photographie als Kunst bestätigt. Die Zeit ist nicht auf feine Töne eingestellt. Das zumindest hat er begriffen.

Denn Berlin zappelt, gärt. Wie schon über 30 Jahren. Seit dem Sturz der Monarchie ist der Siedetopf ohne Deckel. Rote, schwarze und braune Brühe kochen auf und über. In der Kunst ist Grelles angesagt. Immer Grelleres wird zubereitet und nachgefragt. Auskeilen. In alle Richtungen. Picassos sentimentale Anfänge – passé. Otto Mueller – ein Zeitfremder und Weltflüchtiger. Niemandem ist nach stillem Betrachten zumute. Sich jagen, sich erschlagen sollen Nachrichten. Reizen. Ablenken. Weil das Leben heftig zuschlägt. Steck alles raus, was du hast! Vorzeigbar oder nicht. Stören tut not. Zappele! Belle! Japse! Platz auf, aus deinen Nähten, zerplatze! Sich gebärden (das individuelle und das gesellschaftliche Lebensziel). Elend auf breiter Front und Verlegenheit im Geborgenen. Das passt nicht zusammen. Flucht ins Gellende, ins Kreischende. Ins Eiterfarbene. Dass es bloß sämig und krass aufschäume!

Sie stehen nach dem im Bett eingenommen Frühstück und kurzem Getätschel der ihnen liebsten Stellen des anderen am hohen Hotelfenster und genießen vor der Heimfahrt in den Alltag den Blick auf die schlichte Eleganz des Pariser Platzes. Einige frühe Schneeflocken fegen über ihn hinweg. Die Menschen halten ihre Hüte. Nike grüßt regungslos freudig wie immer von oben herab. Wie ein Spielzeug sieht der Moloch Stadt hier aus. Paul hat seinen Arm um Ettas Schulter, sie ihren um seine Hüfte gelegt, fühlt seinen schlaffer gewordenen Schildkrötenpanzerbauch. *Die 77 größten Fehler bei der Fitness* Sie kann ihn jetzt eindrücken, wenn er nicht die Luft anhält.
– Weißt du, ein Erfolg schmeckt schal, wenn man ihn nicht nur der Fürsprache anderer, sondern letztlich dem Interesse an diesen anderen verdankt; mögen es die eigenen Töchter sein. Du hast mir oft von Schopenhauer erzählt. So wie ich mir jetzt vorkomme, wäre er sich vorgekommen, hätte man seine Bücher zum Verlegen einzig wegen der Erfolge seiner Mutter als Bestsellerautorin und der Namensgleichheit angenommen. –
– Gesetzt, es hätte sich so verhalten, wären seine Werke deshalb schlechter? Schaust du allein auf die Gründe für deinen stupenden Erfolg aus dem Nichts, magst du Recht haben. Das heißt jedoch nicht, dass die innere Rechtfertigung dafür fehlte. Je mehr ich deine Arbeit verfolge, desto mehr komme ich zu der Überzeugung, dass sie Beachtung verdient hat. Die Zeit ist deinen Werken nicht gewogen. Du sitzt zwischen den Stühlen. Den Traditionalisten gefallen deine Aufnahmen nicht,

weil zu viel an ihnen Technik ist und wegen der Sujets, die du wählst. Den Alltag und dann noch den im Abseits. Das Fremdartige. Für die Modernisten sind die Aufnahmen zu introvertiert, schlichtweg langweilig. Das Reißerische fehlt. Du reißt nicht mit. Du lädst ein. Es fehlt das Aufreizende, Stichelnde. Die politische Aussage. Auf nichts anderes als das sind sie aus. Die Kamera wird als Instrument der Indiskretion, der Emotionalisierung angesehen, nicht als ein Mittel zu Nachdenken und Selbstfindung. Wenn schon, dann bewegte Bilder. Kientopp. *Bevor sich zwei Tiere paaren, kann man sich über Computerprogramme Schönheit und Fitness der Welpen vorhersagen lassen – vorausgesetzt die* Ich bin sicher, es wird eine Zeit kommen, in der man den Wert ruhigen Schauens, das selbstsuchende Betrachten wieder schätzen wird. Auch mittels des mechanischen Auges, dem seiner Natur nach etwas Aggressives, Kanonengleiches, einen blind Anstarrendes anhaftet. Dann kommt deine Stunde, so sehr ich dir zu deinem Erfolg heute gratuliere. Du bist auf dem richtigen Weg. Aber es kann mehr als ein Jahrzehnt dauern, bis man an Werken wie deinen wahrhaft interessiert sein wird. –
– Nett, wie du mich tröstest. Und ich glaube, dass du vollkommen überzeugt von dem bist, was du sagst. *Zahl der Touristen am Südpol steigt.* Doch, mein lieber, großer Immer-Rechthaber, diesmal täuschst du dich. Die Zeit, sagen wir besser das Leben, wird nicht mehr zur *81 Schönheitsköniginnen reisen in Tsunami-Gebiet* Ruhe finden. Der Krieg hat die letzten Barrieren gesprengt. Von nun an hetzt es ungebremst chaotisch davon wie ein Wildwasser, selbst wenn es natürlichen Bahnen folgt. Kein einzelner Tropfen wird mehr Ruhe finden. Selbst posthum erwartet mich kein Ruhm. Den hat Ave kurze Zeit gehabt. Unser Ave. Zwei, drei Jahre. Längst ist er wieder vergessen in diesem Tollhaus Zeit. Seins war sein Hirn. –

– – – dass der Tennisheld aus Leimen, der in seiner Karriere rund 180 Millionen € verdient haben soll, nun – – –

Paul schwieg eine Weile. Dann sagte er: – Ich habe Esther gestern gleich nach dem Auftritt gefragt, ob sie mit Überzeugung an dem seltsamen Auftritt im Dunkeln mitgemacht hat oder nur aus Freundlichkeit. Sie antwortete mir: Mit Überzeugung schon, sonst wäre es nicht geschehen, aber nicht mit Begeisterung. Ich merkte, sie wollte dazu nicht mehr sagen. Sie meinte wohl, ich sollte selber darüber weiter nachdenken. Das habe ich dann getan. –
– Und? –
– Ich habe überlegt, wann ich jemals etwas überzeugt und begeistert zu-

gleich getan habe. Eigentlich nur eines: Mich für dich zu entscheiden. Sonst war ich manchmal begeistert, aber nie überzeugt, von dem, was ich tat. Und wenn ich überzeugt war, schien mir Begeisterung die Überzeugung in Frage zu stellen. –
– Wie war es, als du wieder in den Krieg zogst, obwohl du uns damit für zweitrangig erklärtest? –
– Ich wusste, wie gering mein Beitrag war um zu erreichen, dass dieser Krieg für uns nicht verloren ging, sondern im Patt endete wie der Siebenjährige, was ich erhoffte. Obwohl ich nicht wusste, dass ich zwei übermächtige Gegner haben würde: Ludendorff und Woodrow Wilson, ahnte ich, dass es sinnlos war, was ich tat. Wie sollte ich also überzeugt oder gar begeistert gewesen sein, von dem, was ich tat? Es ging trotzdem nicht anders. Ich musste so handeln, weil ich überzeugt war zu wissen, was das einzig Richtige für mich in dieser Situation war. Ganz unabhängig davon Erfolg oder Misserfolg. Dafür musste ich eintreten. Denn wozu ist Wissen gut, wenn man es ignoriert? Ohne Selbstachtung kann einen doch kein anderer lieben. –
Ich schon, dachte Charlotte. Aber so ist er. Das Wichtigste hat er vorher gesagt. Ich bin jetzt still. Möglichst lange.

Paul sah sich mit Charlotte am Fenster des Hotels Adlon stehen, als ihn die meckernde Stimme des Staatsanwalts, die auf Beschleunigung der Befragung des Angeklagten drängte, aus seinen milde einströmenden Erinnerungen riss. Ich liebte Etta damals stark wie nie und sah doch unter der vierarmigen Laterne draußen KATJA und mich stehen, dann die Bodenkammer des Hauses an der Spree. Ich dachte an unsere Zukunft von damals, die es nie gegeben hat. Ich sagte zum Schluss: ‚Weißt du, mir ist da neulich ein Gedanke gekommen, der mir gefällt. Wie es heißt, man solle Gott fürchten und lieben, wenn man an ihn glaubt und ins Paradies will, so muss man die Menschen verachten und lieben, um auf der Erde zurecht zu kommen. So ging es mir mit meinen Leuten in Krotoschin. Ich mochte sie, weil ganz unerkannt immens viele gute Eigenschaften in ihnen steckten, die ich ausgrub. Ich verachtete sie, weil sie sich nach meinem Willen formen ließen, nur weil sie mir zufällig in die Hände gefallen waren. Ich dachte dann noch: Smeralda hat das sehr früh kapiert, ich praktiziere es erst seit einigen Jahren.‘ Nach langem Schweigen fragte mich Etta, ob das Verachten und Lieben auch für sie gelte. Ich sagte: ‚Muss ich Dir wirklich antworten? Du kannst es selber‘. Sie sah mich forschend an. Seufzte, weil sie glücklich sein wollte und es wohl weiter war. Sie sprang an mir hoch und klammerte sich an mir fest. Lange, lange, lange. Dachte sie an den Knopf? Daran, dass sie mich einmal zu Recht verprügelt hatte?

Es ist zuerst 1923 erschienen, ein Berliner Gesellschaftsroman, durch den auch Fontane, Rathenau und Einstein geistern. Zugleich ist es indes auch die halbphilosophische Parodie von Gesellschaft und Detektiv-Roman, mit nackten scheintoten jungen Damen, die als Tattoo die Illusion eines Keuschheitsgürtels tragen. Der Spaß eines metropolitanen Altkantianers und Spätromantikers . 90 Jahre später nun wiederzuentdecken.

Ein Teil:
Basso continuo
Willfährigkeit, Wille, Widerwille

JETZT IM EOSANDRA-W. – SPILLER-VERLAG : DIE BUCHSENSATION DES JAHRES 1986

INGA PRODECKS LEBENSERINNERUNGEN, ERSTER BAND

S-M-A: STURMFRAU, MUTTER, AMILIEBCHEN (MEINE JAHRE 1931 – 1950)

‚Dieses Buch ist das schonungslose Geständnis einer Frau, die aus einem Über-Leben an der Seite eines hohen SS-Führers mit ihren zwei Kindern 1945 gnadenlos in den Kampf ums nackte Überleben im besiegten Deutschland fiel. Voller Leidenschaft, Härte und Klarsicht gegen sich selbst geschrieben. Ein ganz, ganz ungewöhnliches Frauenbuch` (Der SPIEGEL)

Preis 15 DM
Bei Subskription für die beiden Folgebände 12 DM

Till human voices wake us, and we drown. (T.S. Eliott)
Lange nach diesem Satz trübe dagesessen. Wer ist wir? Wieweit ist es vom Wer zum Wir?

(Pauls Tagebuch, 21. 6. 1939)

BOLKO

– Ich habe um dieses Gespräch gebeten, Oheim, nicht nur, weil ich dir einen Tag vor deinem Geburtstag einmal unter vier Augen meinen tiefen Dank aussprechen möchte für deine Sorge um Mutter, die berufliche Aufstiegsmöglichkeit, die du ihr eröffnet hast und die mir selbst in hohem Maße zu Gute kommt, weil sie mir ein sorgenfreies Studium ermöglichen wird. –
– Es freut mich, Bolko, dass du deswegen gekommen bist. Aber ich sage das wirklich nicht einfach so hin: Keine Ursache. Es war für mich selbstverständlich, dass ich mich nach Bothos frühem Tod um seine Frau und seinen Sohn kümmerte. Jeder Bruder hätte an meiner Stelle ebenso gehandelt. Außerdem weißt du selbst, wie tüchtig deine Mutter ist. Wie sehr sie mir hilft. –
– Ich hoffe, sie belässt es dabei. Du weißt, wie sehr sie dich verehrt, geradezu vergöttert. Da gerät jeder Mann in Versuchung. –
– Bolko, ich bitte dich! – Paul lacht verlegen, möchte verächtlicher klingen. – Ich kenne meine Verantwortung für die Familie. Und deine Mutter kennt die ihre. Schäm dich! Nicht wegen der Unterstellung, was mich betrifft – die nehm ich mit Humor; aber du solltest deiner Mutter mehr Respekt bezeugen. Sie ist wirklich eine großartige und hochanständige Frau. *Ich* habe hohen Respekt vor ihr. Sie ist nicht nur ein Glücksfall für mein Geschäft, sie ist eine Frau von Format. –
– Sie hat ihre Rolle als Frau und Mutter nicht ausleben können, Oheim. –
– Red nicht so altklug, Bolko! Was soll das? Ich mag es, wenn du mich ‚Oheim' nennst. Das hört sich viel ehrenvoller und vertrauter an als ‚Onkel'. Noch dazu, weil du es so feierlich und irgendwie anfeuernd sagst. –
– Du hast wieder mal den Nagel auf den Kopf getroffen, Oheim Paul. Meinen Respekt! Genau deswegen bin ich zu dir gekommen: Um dich anzufeuern zu einer weiteren, noch weit würdigeren guten Tat, als du sie

schon getan hast. Diesmal nicht für die Familie, sondern für unser ganzes deutsches Volk. –
Paul sieht herunter auf Bolkos muskelumspannte nackte Knie, sein Blick zieht langsam über jede Falte der pieksauberen HJ-Uniform mit der leuchtenden schwarz-weiß-roten Hakenkreuzbinde. Ein schöner Junge. Ihm schwant Ärger.
– Schieß los! Heraus mit deinem Herzensanliegen! –
– Dir Dank zu sagen, war mir ein tiefes Bedürfnis, Oheim. Und meine Bitte kommt ebenso recht von Herzen. Du hast mich gut erkannt. Um es kurz zu machen: Ich appelliere an dein National- und dein Ehrgefühl in der Hoffnung, dass du den Führer und den gerechten Kampf unserer völkischen Bewegung mit einer dem Wert unserer Werte entsprechenden Spende unterstützt. –
Paul lässt Kopf und Schultern nach vorne fallen. – Du weißt, Bolko, dass ich allzeit im Rahmen des mir Möglichen gerne helfe. Ich veranstalte jedes Weihnachten und zu Johannis, der Kirchweihfeier, ein kleines Fest für die armen Leute im Kreis Luckenwalde. Wenn sich der Pfarrer an mich wendet, habe ich....
– Gewiss. Schon, schon ... fein und oberfein, lieber Oheim. Aber es geht bei dieser meiner Bitte um mehr und ganz anderes. Um viel mehr als einzelne gute Taten. Wir von der Hitlerjugend sind keine Pfadfinder. Ich hätte den spießigen Begriff ‚gute Tat' nicht aufgreifen sollen. Er trifft nicht die Sache. Es geht nicht um den Nutzen für einzelne Menschen oder Gruppen. Um christliches Abschmusen des sogenannten Nächsten schon gar nicht. Es geht um unser Volk als Ganzes. Um seine Zukunft. Ihm wieder eine Zukunft zu eröffnen und nicht nur mir, Bolko, weil ich zufällig dein Neffe bin. –
– Was du sagst, gefällt mir, Bolko. Man darf nicht allein an sich selber denken. Und welche Gemeinschaft ist höher einzuschätzen als das ganze eigene Volk. Nun gut, die Menschheit, aber die ist wohl zu fern und unerreichbar, viel zu zahlreich, um etwas Konkretes für sie zu tun. Ich bin jederzeit bereit, für unser Volk Opfer zu bringen. Ich habe es im Krieg bewiesen. Ich bin trotz meiner schweren Verwundung und des Todes meiner beiden Brüder ein zweites Mal ins Feld gezogen. Du weißt, ich hätte in Jüterbog als Ausbilder bleiben können. –
– Richtig, das war aufrecht, das war tapfer, und deshalb achte, ja verehre ich dich, Oheim Paul. Ich bin für unser Land stolz auf dich. Aber was du tatest, ist Vergangenheit; und du weißt, dein Einsatz hat nicht ausgereicht um zu siegen, weil es neben den Tüchtigen wie dich zu viele Versager und Verräter gab. –
– Da hast du Recht; wenngleich wir beide die Versager und Verräter nicht

notwendigerweise an der gleichen Stelle sehen. Doch lassen wir die Vergangenheit. Ich sage dir klar, dass ich fürchte, dein Führer zieht uns in einen neuen Krieg, den wir wieder nicht gewinnen können. –
– Wir Nationalsozialisten wollen keinen Krieg. Doch nur bei Wehrhaftigkeit können wir erfolgreich agieren. Deutschland muss deshalb bereit sein, Krieg zu führen, wenn es gilt. Von starkem Hort aus. –
– Richtig. Da stimme ich dir zu. Aber *wann* gilt es denn? Ich weiß nicht, was das Bedingte bedeutet. Versteh mich recht, Bolko, ich bin nicht gegen eine Politik der Stärke unseres Landes. Ganz im Gegenteil. Unsere bisherigen Regierungen, wie sie auch immer hießen, waren viel zu zimperlich im Umgang mit den alten Entente-Mächten. Wir müssen mehr Stärke wagen, vor allem zeigen. Den Siegern von gestern nicht ständig weiter in den Arsch kriechen. Erniedrigung wird zu Recht nie honoriert. Wir haben nichts zu verlieren, so wie sie uns erdrosseln. Die äußeren Umstände sind günstig wie nie. Eines muss jedoch klar sein: Am Ende jeder Auseinandersetzung, jedes Kräftemessens müssen Verständigung, Gerechtigkeit, nicht ewige Zwietracht und gegenseitige Verachtung, die zur Vernichtung aller führt, stehen. Ob das dein Führer will, bezweifele ich. Er strebt nach Deutschlands uneingeschränkter Vormacht, mag er im Augenblick völlig gerechte Forderungen stellen. Sieht man sich eure Weltanschauung genauer an, macht nur das Erste Sinn. Das Zweite ist nichts als ein erster Schritt dahin. Gestatte bitte Wortspiel und Reim. Wenn ich feierlich werde, rutscht mir das so rein. Deswegen …
Bolko sprang auf. – Deutschland ist dazu berufen, Vormacht zu sein. Hast du das nicht begriffen? Bist du mutlos geworden trotz deiner scheinbar starken Worte? –
– Ach Bolko! Was du über Deutschlands Berufung sagst, mag sein. Ich denke selber so, mir gefällt, was du sagst. Wir könnten es. Doch nicht auf diese Art: Durch Erniedrigung anderer. Wer sich zu Recht weigert, anderen in den Arsch zu kriechen, sollte von den anderen nicht fordern, dass sie vor ihm auf dem Bauch liegen. –
– Sie haben uns erniedrigt. In den Dreck, ins Elend gestoßen. Uns zum Paria unter den Völkern gemacht. –
– Das werfe ich ihnen vor, aber strebe deshalb nicht an, es mit Gleichem oder Böserem zu vergelten. –
– Wunderbar christlich! Damit kommst du nicht weit. Lächerlich! Niemand dankt uns unsere Großmut. Sie nutzen sie schäbig aus. Niemand hat bisher die demokratistische Fügsamkeit unseres Volkes belohnt. – Bolko setzte sich wieder.
– Du redest mir von Volk; dabei will dein Führer Teile unseres Volkes von der Teilhabe am Leben unseres Volkes ausschließen. –

– Die Fremdvölkischen. Die gehören nicht dazu. Sie haben sich in Bettelgewand und Kaftan, mit seidigen Löckchen um die Wangen heimtückisch eingeschlichen, um sich von unserem Fleisch zu nähren. Sie haben als erste unsere christliche Großmut missbraucht. –
– Sind die kommunistischen Arbeiter fremdvölkisch? –
– Ihre Führer sind Verräter. Die Gutgesinnten gewinnen wir für unsere Sache. –
– Sind all die Entdeckungen, Erfindungen der deutsch-jüdischen Gelehrten und Wissenschaftler, ihre Medikamente, ihre Kunst, ihre Religion, die Grundlage der unseren ist, fremdvölkisch? –
– Sie haben sie, so diese Errungenschaften etwas taugen, gestohlen, anderen abgeluchst, abgeschielt. Seit Babylons Zeiten, wie die neuere Forschung herausgefunden hat. Viel davon ist ohnehin leeres, betörendes Gedöns, *Du bist Deutschland. Du bist Albert Einstein.* Betrug. Oder ekelerregend wie die Lehren von Marx und Freud. Und hör mir auf mit Religion. In deren Bewertung hatte der Jude Marx Recht. Ein blinder Schmutzfink findet…
– Bolko, du bist zu klug, um zu glauben, was du gerade sagst. Weil du die Religion verwirfst, musst du auf den Verstand setzen. Und man braucht doch nicht jeder Lehre zu folgen, man sollte sie aber als intellektuelle Leistung anerkennen, wenn …
Bolko sprang erneut auf. – Das alles musst du mir schon überlassen. Ich sehe, du willst mich nicht verstehen, du willst nichts geben, Oheim Paul. Du willst mich ablenken durch Palavern. Großvater hat mir von seiner kleinen Pension 50 Mark für unsere nationale Sache gespendet. –
Bolko merkt, wie dieser Satz bei Paul Augenflackern auslöst.
– Bolko, lieber Bolko, ich achte dein Engagement, deinen Einsatz. Ich will dir da nicht hineinreden. *sagte betont zynisch, Biskys Biografie habe auch Schwächen* Ich schätze dich als *Dieser habe nicht Hitlers ‚Mein Kampf' gelesen und sei* Mensch, als Mann hoch ein. *davon auch nicht begeistert gewesen. Die zweite Schwäche: Er ist* Du willst das Richtige *dann nicht in die NSDAP eingetreten, und er hat auch nicht* mit aller Macht. Das *politisch im Goebbels-Ministerium gearbeitet. Hätte er* ist dein gutes Recht als junges *diese drei Voraussetzungen erfüllt – wie Kurt Georg Kiesinger,* Blut. Folg deinen *dann hätte die Union und auch die SPD gesagt, er kann Bundes-* Werten, dem Appel, der Leidenschaft deines Alters; aber hör deshalb nicht auf zu denken! Du musst verstehen, dass ich euch nicht unterstützen kann, solange ich nicht davon überzeugt bin, dass dein Führer und seine Partei tatsächlich Deutschland dienen und es sich nicht vielmehr erobern wollen für ihre eigenen Zwecke. Ist das nicht legitim? Ich möchte dir nicht etwas geben, bloß um meine Ruhe zu haben. Das wäre einfach für mich, aber feige und ehrlos von mir. Ich weiß, dass dein

Großvater eine andere Einschätzung über Deutschlands Wohl hat als ich. Warum nicht? –
– Du verstehst uns nicht. Verstehst einfach nicht, worum es geht. Um Leben oder Tod unseres Volkes. Es geht um Ehre und Gefühl. Um das Ausleben ungebrochener Lebenskraft. Um Hingabe und Leidenschaft. Kurzum: Um Größe. Nur um Großes zu tun, lohnt sich das Leben! Verachtung für alles Sieche und das bloße Vegetieren in Elendsquartieren. Verachtung alles Banalen. Vor allem des Kleinmuts. Der Kriecherseelen. Leben ist Kampf! Im Kampf liegt die Erfüllung. Tod im erfüllten Kampf ist das höchste Glück. –
– Diese Art Glück kenn ich gut, Bolko. Mir wird schwindlig, wenn ich dir zuhöre. Deine Begeisterung für ein starkes Leben, dein Wille zur Leidenschaft, zu Größe bis hin zu Kampf und Tod zieht mich mächtig zu dir hin. Ich habe einmal ähnlich gefühlt. Allerdings nicht aus eigenem Antrieb, sondern notgedrungen, wie ich zugebe. Ich mag dich sehr, das weißt du. Ich möchte dir die Hände halten, wenn du so schwärmst. Dein Ungestüm beeindruckt mich. Doch weiß ich auch: Handeln im Rausch ist mordsgefährlich. Das war der Kardinalfehler vom August 1914. Wir handelten im Rausch, statt nüchtern unsere Interessen und Fähigkeiten abzuwägen. Wir zahlten einen hohen Blutzoll für die Unbedachtheit unserer Oberen, die im Volk Begeisterung und Rausch auslöste. Wir zahlten mit der bitteren, der ungerechten Niederlage. Wir müssen daraus lernen. Weil es so bedeutend ist, was du sagst, muss ich gehörig überlegen, bevor ich mich entscheide. –
Bolko hob das Kinn. – Du bist ein Zauderer. Die gehen als erste unter. Ich warne dich, Oheim Paul. Was du mir verweigerst, werden bald andere von dir einfordern. Mit ganz anderen Worten und nicht ohne Androhung von Folgen, wenn du dich verweigerst. –
– Ohoo! Du entpuppst dich. Welchen Folgen? –
– Du wirst schon sehen. Die Schwarze Liste ist die geringste unter ihnen. –
– Dann werden sie mich kennenlernen. Ein ehemaliger preußischer Offizier steht seinen Mann. Dann würd‘ ich euer Gegner, wenn ihr so agiert. Bisher schaue ich bloß aus und denke nach. –
– Hüte dich! Denk lieber an deine Familie. Wenn du jetzt *mir* etwas gibst, stärkst du meine Stellung in der Organisation. Das kann dir später ungeheuer nützlich sein. –
Jetzt hielt es Paul nicht mehr. – Ach so ist das, Bolko! Mit diesen Worten, die Drohungen sind und unanständige Lockung, diskreditierst du deine Überzeugungen, die mir rein und edel erschienen. Merkst du das nicht, was du da tust? Du beschmutzt dich. Damit steht meine Entscheidung fest. Ich will nicht jedes Wort auf die Goldwaage legen, das du sagst, doch

bist du zu weit gegangen in deiner Hitzigkeit. Entweder unterstütze ich euch, weil ihr mich überzeugt, dann ist es gut, und ich gebe reichlich. Oder ich gebe aus Angst oder Berechnung. Beides wäre erbärmlich und du hättest allen Grund, mich zu verachten, tät ich's. Eure Devise: Willst du nicht mein Bruder sein, schlag ich dir den Schädel ein, kenne ich von anderen. Sie zieht bei mir nicht. Ich lasse mir lieber den Schädel spalten, als zu kneifen. Bolko, hör zu, ich liebe dich, ich schätze dich, nicht allein weil du der Sohn meines Bruders bist. Du bist ein durch und durch anständiger Mensch, intelligent, aufrecht, im wahrsten Sinne des Wortes – edel. Ich weiß das, ich fühle das. Wärst du nicht überspannt in vielen Ansichten, wir könnten uns gut verstehen. Im Kern sind wir uns näher, als du denkst. –
– Das bildest du dir ein! Das möchtest du! Weil dich mein starker Wille beeindruckt. Ach was, ich bin zu gut zu dir: Es ist ein hinterfotziges Täuschungsmanöver, um mich zu besänftigen, das du aufbietest. Aber ich tue dir nicht den Gefallen. Es gilt jetzt, Partei zu ergreifen. Für oder gegen uns. Ich habe dich durchschaut. Du bist trotz deiner vergangenen Kriegstaten ein lauer Wicht geworden. Paulchen Knickebein bist du. Ein Weiberheld im Salon samt Nebenräumen. Denkst du, wir wissen nicht, was du da treibst? Redest mir von Anständigkeit! Du hast deinen Mumm mit der Niederlage verloren und suchst Trost unter Weiberröcken. Ich weiß, warum ich auf die Ehre meiner Mutter achte. Der Sturm der Zeit wird über dich hinwegfegen, Weiberheld, wenn du dich duckst. Wenn du dich stellst, blasen wir dich um. –
– Bolko, halt ein! Ich möchte, dass wir Freunde bleiben. –
– Lass gut sein, Oheim. Du verstehst nicht, worum Ungeheures es geht. Es wird dich reuen, glaub mir. Denk dann an unser Gespräch. Ich verachte deine weiseweiche, käsigbleiche Halbherzigkeit, die du für Weisheit hältst. Dein Weiber- und Papierheldentum. Ich will nichts mehr von dir. Du widerst mich an. – Er beißt in seine Unterlippe, stapft schweren Schrittes aus dem Raum, hebt vor dem Verlassen den Arm und ruft ‚Heil Hitler'. Er wirft die Tür hinter sich knallend zu. Ich müsste ihn verstoßen, statt zu argumentieren. Selbst das hülfe nicht mehr. Ich bin ihm zu wenig. Er will, er will.

Am Tag nach seinem Geburtstag sprach Paul mit Wiltraut über Bolkos Ansinnen und seine ungestüme Rede. Paul wiederholte sie mit verzerrtem Lächeln und Ingrimm. Er ließ die Anspielungen auf seine Weiberpolitik aus.
– Mir wäre es lieber, er liefe den Mädchen hinterher statt den braunen Schreihälsen, Paul. Es ist klar: Er sucht dort einen Vaterersatz. Er hat ihn

wohl gefunden, denn er gehört zu den Eiferndsten. Wofür sie eintreten, gefällt mir. Trotz ihres schlechten Benehmens. Größtenteils jedenfalls. – Sie blickte ihn ängstlich an. – Deshalb tue ich mich schwer, ihn davon abzuhalten. Wenn ich ihm sage, dass ich vor allem dagegen bin, weil es gefährlich ist wegen der Straßenschlachten mit den Thälmann-Leuten und der Polizei, erreiche ich genau das Gegenteil. Ich habe einmal meine Angst um ihn nur angedeutet. Darauf hat er mir gesagt, ich müsste mich dafür in Grund und Boden schämen vor seinem gefallenen Vater, meinem Mann. Das Opfer, das er Deutschland gebracht habe, sei für ihn als Sohn ständiger Aufruf, hochheilige Verpflichtung. Es sei ihm das höchste Gebot überhaupt in der Welt. Er geht mich laufend um Geld an. Ich gebe es ihm, nicht allein, um meine Ruhe zu haben. Was sie wollen, ist schließlich anständig und richtig, nicht? Das Geld ist gut angelegt. Unser Land muss sein Haupt wieder erheben. Damit will ich nicht sagen, dass du ihm ebenfalls geben sollst. Bewahre. Du tust schon viel für viele Menschen, ich weiß. Du hast mich damals gerettet. –
– Wiltraut, versteh mich recht- Paul tritt zum ersten Mal fest auf sie zu und nimmt sie, Schenkel an Schenkel, in die Arme, – es geht nicht um Geld. Natürlich muss jeder sehen, wo er bleibt; ich brauche vor allem für das Fortkommen meiner Töchter Geld, komme selbst mit wenig aus. Bolko ist ein ungemein wertvoller Mensch. Seine Bereitschaft, das Höchste für die Gemeinschaft zu geben, gefällt mir. Doch seit ich im Krieg gesehen habe, wie der Glaube der Jungen an eine gute Sache von Befehlshabern zur eigenen Auszeichnung missbraucht worden ist, bin ich wachsam im Extrem geworden. Ich fürchte, die Nazis treiben mit der Opferwilligkeit der Jungen aus Eigennutz weit schlimmer Schindluder als der Kaiser und Ludenburg zusammen. Ich habe selbst erlebt, mich verwundert, wie willig Leute gehorchen, sich in das Gehorchen flüchten. –
– Aber sie fordern doch viel Richtiges und sind die Einzigen, die nicht nur reden, sondern handeln, wo sie können? Dazu gehört auch gehorchen. Ich führe schließlich auch aus, was du anordnest. –
– Ach Wiltraut, komm … Du weißt … Oft höre ich auf deine Ratschläge. Sieh dir mal die Visagen dieses Haufens an! Du merkst sofort, dass sie Hasardeure, Politgauner und Volksbetörer sind. Verkrachte Existenzen allemal. Spürst du das denn nicht? Ihr Frauen habt doch angeblich mehr Gespür als wir Männer. –
– Wenn du das über die Braunen sagst, wird es stimmen. Was mach ich mit dem Jungen? Ich kann ihn nicht beeinflussen. Er brauchte einen Vater. Ich will dir ehrlich sagen: In der Tiefe seines Herzens wünscht er dich als seinen Vater. Ohne dass du mein Mann wirst. Das wäre Verrat an seinem toten Vater. Du bist sein Ersatzvater als sein Förderer in gewisser

Weise schon gewesen. Letztlich aber in deiner Art Onkel geblieben. Seinem Herzen fern. Auf seinem Zimmerschränkchen steht ein großes Bild von Botho in Uniform. Er hat ihn nie richtig gekannt. Er war keine fünf, als Botho fiel. Er ist sein unbekannter Heiliger. Er fragt mich nie nach ihm. Als fürchte er, ich könnte menschlich von seinem Vater sprechen. So wie er eben war. Er war kein strammer Soldat, ganz anders als du, Paul. Er war ein Geistesmensch und hätte es sicher als Richter weit gebracht. Bolko will ihn aber nicht als Menschen oder Juristen sehen, sondern als Helden. Dich kennt er und weiß, welch tüchtiger Soldat du warst. Ich habe bemerkt, dass er in der obersten Schublade seines Schränkchens ein Photo von dir aufbewahrt. Er holt es oft heraus und schaut es an. Er hat es Maja abgebettelt. Es ist das Bild aus dem Fackeldeyschem Atelier von dir mit dem Stahlhelm, dem EK, der Tapferkeitsmedaille und dem Verwundetenabzeichen, das du Maja geschenkt hast, als du zurück an die Front gegangen bist. Er hat es einmal bei ihr im Zimmer gesehen und dann solange auf sie eingeredet, bis sie es ihm schließlich gegeben hat. Weil du ja heim gekommen bist. Sie dich also in natura wieder hatte. Sie ist eine treue Seele. –
– Davon hat sie mir nichts erzählt. Ich hatte die Auszeichnungen nur der Familie zuliebe angelegt. Ich dachte, es könne ihnen im Falle meines Todes wichtig und nützlich sein. Sie sollten auf mich stolz sein können, wenn sie es wollten. Ich habe die Orden nie vor anderen getragen. Weder auf der Uniform noch auf Zivil. Du weißt, weshalb. –
– Klar, dass dir Maja nichts gesagt hat. Das geht doch nicht. Den Vater verschenkt. Als Trost für einen Vaterlosen. Sie ist herzig, deine Große. –
– Sie ist sonst sehr offen mit mir. –
– Sag ihr bitte nichts. Es würde alles schlimmer machen. Ich bin sicher, würdest du Bolko andere Ideale, für die er sich schlagen kann, nahe bringen, er liefe nicht zur HJ. Du hättest eine gewaltige Wirkung auf ihn, denn im Stillen ist er von dir beeindruckt. Auch in deinem neuen Leben. Er glaubt an dich. Womöglich wollte er dich prüfen. Sehen, ob du ihm etwas bietest. Stärker bist als die Braunen. –
– Ich habe meine festen Grundsätze, habe ihm auch, indirekt, davon gesprochen. Es war und ist nie leicht, so was zu haben. Du weißt, dass ich die Wörlitzer Anlagen liebe. Jemand hat mir neulich einen Gedichtband geschenkt, in dem sie in altväterlicher Weise angehimmelt werden. Nicht mein Geschmack. Aber zwei ganz großartige Zeilen vom Betrachten eines antiken Standbilds las ich in dem einen Gedicht. Sie lauten: *Man meint ja oft, den Gott zu küssen// Und hält im Arme nur das Tier.* So geht es Bolko. Aber womöglich *ist* die Bestie gar sein Gott. Etwas zu bieten, wofür er sich schlagen könnte, habe ich nicht auf Lager. Mir ist im Gegenteil alle

Beeinflussung, vor allem jeder Wunsch, sich für etwas zu schlagen, zuwider. Hört sich komisch an für einen ehemaligen Berufssoldaten. Ich wollte mich nie schlagen, sondern nur Schlagen spielen. Ich war eine Finte, wollte es sein, mir und anderen – und bin es weiter. Es kam anders. Jedenfalls habe ich mich genug geschlagen. Jeder soll sich selbst seinen Weg suchen, zu seinem Urteil gelangen. Vorschnelle Festlegungen halte ich für falsch. Jedenfalls sollte man, bevor man sich aufs Schlagen einlässt, denken. Also, wie …? –

– Siehst du, Paul, da begehst du einen Fehler, wenn ich dir das als Mutter eines Jungen und bei aller Hochachtung vor dir sagen darf. Mit Mädchen mag deine Erziehung funktionieren, und scheint es *nügen. Die jungen – stets aufs Neue jungen – Frauen von* in eurem Falle hervorragend, *Joschka Fischer scheinen zu sehen, was ihn sexy* soweit ich das von außen beurteilen *macht. Vielleicht überblenden sie sein vernachlässigtes Ge-* kann. Jungen sind anders. Die wollen sich für eine Sache schlagen. Echt, nicht nur so tun als ob, wie du einst. Du bist in der Hinsicht wohl immer aus der Art gefallen gewesen. Sagst du selber. Mädchen von heute genügt es, wenn sie in einem Beruf bestehen und dabei zu etwas gelangen. Wie ich dank dir. Für Mädchen ist das etwas Besonderes, Ganz Neues. Früher wollten sie nur einen schönen und klugen Mann ergattern. So wie ich damals. Gibst du Jungen nur Wissen und gute Ratschläge mit auf den Weg, wie du es bei Bolko getan hast, bleibt ihr seelisches Potential brach liegen. Sie suchen sich dann ihre Ideale und Idole anderswo. Sie werfen ihren Anker aus, wo man ihnen etwas abfordert und verspricht, denn sie wollen etwas Großes bewirken. Deine Weisheiten, so wahr und richtig sie sein mögen, verachten sie heftiger als Knäckebrot zum Frühstück. Warst du nicht in deiner Jugend ähnlich? Du wolltest in **Afrika** die Wildnis besiegen. Das war doch echter Kampfeswunsch, oder? Nicht nur Kriegsspiel. Die Wildnis haben wir nicht mehr als Herausforderung. Selbst die haben sie uns in Versailles genommen. Also müssen sich die jungen begeisterten Burschen vor der Haustür für ihre Ideale schlagen. Versuch es zu verstehen. Jetzt im abgeklärten Alter. –

Rudi Dutschke: Wir hatten ein barbarisches, schönes Leben.

– Es ist furchtbar, was du sagst, Wiltraut. Weil es stimmt. – Er drückte sie enger an sich. – Du beschämst mich, obwohl ich als unterer militärischer Führer unbewusst durchaus nach deinem Rezept mit jungen Leuten verfahren bin. Ich habe ihnen immer eine Aufgabe gestellt, ihnen deren Bedeutung erklärt, *Europäische Jugendmesse für Outfit, Sport und Lifestyle* ein klares Ziel gesetzt, das es gemeinsam zu erreichen galt. Es hat hervorra-

gend geklappt. Ich hatte Erfolg damit. Aber das waren Alltagssituationen, Arbeit oder eine Art Sport. Da konnte ich das Ziel vorgeben. Was Weltanschauung, Lebenssinn, gesellschaftliche Zielsetzungen betrifft, würde ich so etwas nie tun. Wer bin ich denn? Jeder muss da seinen Weg für sich alleine finden. Ich will gerne Rat geben und Beispiel, im Guten wie im Schlechten. Ich will niemanden bekehren zu meinem Glauben, Denken, Fühlen; schon gar nicht verführen durch meine Machart. –
– Du bist zu viel in einem, und du scheinst in diesen Lebensfragen unsicher, Paul. Sei mir nicht böse, wenn ich dir das sage. Junge Leute merken das. Sie wollen Festigkeit. Wie du sie immer im Beruf ausgewiesen hast. –
Er will gerade antworten, ihr aber zuvor zum ersten Mal einen Kuss auf den Mund geben, als es klopft und Charlotte, wie gewohnt, sehr schnell zur Tür hereintritt.
Paul und Wiltraut fahren auseinander. Zu entsetzt, als dass Charlotte es nicht bemerkte.
– Oh, ich störe wohl? –
– Sicher nicht. Wiltraut und ich hatten gerade ein sehr ernstes Gespräch über Bolko. –
– Dann bringt das mal zu Ende. Ich komme in einer halben Stunde wieder. Suchst du doch einen Sohn? –

Am Abend erklärte er ihr, was sich zugetragen hatte und noch hätte. Sogar den beabsichtigten Kuss auf den Mund.
– Das soll ich dir glauben? –
– Ich kann nicht mehr tun, als dich darum bitten und mir zu vertrauen. Ich war sehr ehrlich. Im Grunde ist meine Beziehung zu Wiltraut mit deiner zu Johanna vergleichbar. Es ist vor allem eine Aufgabe. –
– Offenbar keine unangenehme. –
– Wie deine. Ich gehe nicht so weit wie du. –
– Bisher. Wenn es stimmt, was du sagst. Außerdem ist Wiltraut kein Mann und Johanna deine Schwester. Ich gebe ihr nach für dich. –
– Wäre dir lieber, Wiltraut wäre ein Mann? Ich hatte von der Seite einmal einen Antrag. –
„Lupo, lass deine unablässigen dummen Scherze. Nachdem was ich gesehen habe, könnte ich verlangen, dass du Wiltraut entlässt. –
– Bist du verrückt? Das wäre eine menschliche Katastrophe für sie. Bei der Wirtschaftslage. Und für Bolko. Der wäre dann vollkommen von den Braunen abhängig und würde seine Mutter wegen ihres Verrats an seinem Vater seelisch vernichten. –
– Ich habe mich dir immer voll anvertraut, Lupo. Ich tue es wieder. Bitte enttäusche mich nicht. Wenn du sie liebst, sag es mir offen. –

– Du kannst dich auf mich verlassen. Ich liebe sie nicht. Ich mag sie. Und ich brauche sie, um Bolko zu beeinflussen. Mehr noch als im Geschäft. Sie ist mir bei diesem Gespräch menschlich sehr, sehr nahe gekommen. Das ist alles. Es ist gut, dass du gerade in diesem Augenblick hereintratst. Der Kuss auf den Mund wäre ein Schritt zu weit gewesen. –

KEUCHHUSTEN

Nachdem Hitler im Herbst 1934, nicht mehr nur Reichskanzler, sondern auch – tja was? Reichspräsident und Reichskanzler, genannt Führer oder nur schlicht Führer, was immer das sein soll, geworden ist, wird es verpflichtend, alle geschäftlichen Schreiben mit ‚Heil Hitler!' zu schließen und ein Führerbild in allen Unternehmen aufzuhängen. Paul überträgt daraufhin innerhalb weniger Tage seine Firma Wiltraut zum Nießbrauch gegen Zahlung einer am Ertrag orientierten Rente. Bis zu seinem oder ihrem Tode soll der Vertrag gelten. Im Falle seines früheren Todes soll sie das Eigentum am Geschäft zu einem Viertel erwerben. Nach ihrem Tod soll der Anteil wieder an seine Kinder oder deren Abkömmlinge fallen.

Es geht um eine Formalität, die in den nächsten Jahren schnell zur Floskel verkommen wird. Er empfindet es anders. Empört sich bis in den Schlaf. Das ist die unerhörteste Anmaßung, die es je in der Weltgeschichte gegeben hat. Die Erniedrigung aller anderen Menschen. Schlimmer als die Vergöttlichung römischer Kaiser, weil die nur im öffentlichen Raum und auf dem Olymp stattfand. Und Heiligsprechung betrifft nur die freiwillig Katholischen, denen solch Mummenschanz gefällt. Kein Papst ist auf der Höhe der Macht der Päpste soweit in Selbstverherrlichung gegangen. Es sei entwürdigend, sagt er Charlotte und Wiltraut, dass ihm in seinem privaten Bereich, dazu gehöre schließlich auch sein Unternehmen, tagtäglich mehrfach ein Glaubensbekenntnis zum Staatsführer abgepresst werde. Ginge es allein um das Bild, hätte ich es hingenommen. Er ist schließlich Staatsoberhaupt. Früher hing da der Kaiser. Ohne rechtlichen Zwang.
Charlotte sieht ihn lächelnd an. – Du bist und bleibst ein Sonderling. Obwohl du recht hast. Es stimmt. Aber man denkt sich gar nichts dabei. Man tut es halt, weil es verlangt wird. Und es tut niemandem weh. Weil es alle tun, die einen gern, die anderen nun eben, macht man sich nicht

schmutzig damit. Papier ist bekanntlich geduldig. Man denkt weiter, was man will. Das kann keiner kontrollieren. –

– Wenn es nichts besagt, warum wird es dann jedem abverlangt? Außerdem bleibt es nicht auf dem Papier. Ich muss meine Angestellten, die Gefolgschaft, wie sie nun heißen, mit Heilgetöse grüßen, wenn ich meine Betriebsräume betrete, und die Leute dazu anhalten, das Glaubensbekenntnis zu verwenden. Es gibt eine Art Folgsamkeit, die zum Himmel stinkt. –
Ihr ist es lieb. Auf diese Weise, kommt er aus Wiltrauts Reichweite. Die Kinder sind aus dem Haus und verdienen ihr Geld; unsere Eltern sind gestorben. Wir können mit den Mieteinnahmen komfortabel leben, da sich die wirtschaftliche Lage seit der Machtergreifung der Nazis stabilisiert hat und sich weiter jeden Tag verbessert. Man fühlt es in der Luft. Das Land hat wieder Fahrt aufgenommen. Es steht voll unter Dampf. Unser Konto ist gut gefüllt. Gibt Lupo das Geschäft auf, haben wir wunderbare Jahre für uns vor uns. Reisen. Zusammensein. Endlich ungestört.

Wiltraut blickt ihm verwundert, fast misstrauisch in die Augen. – Deswegen? Bist du dir sicher? Wirst es nicht schnell bereuen? Es geht aufwärts. Kein Ende abzusehen. Womöglich trägst du mir später nach, dass ich dieses riesige Geschenk angenommen habe, wenn irgendetwas nicht läuft, wie du erwartest? –

– Im Gegenteil. Gäbe es dich nicht, wäre ich ratlos. Müsste ganz verkaufen. Du bist mir gefällig, wenn du die eingeschränkte Übertragung annimmst. Du wirst verstehen, dass ich meine Erben nicht unbedacht lasse. Ich wüsste im Übrigen niemanden, dem ich mehr vertrauen würde, den Laden zur höchsten Blüte zu bringen. Es ist bereits jetzt zum wesentlichen Teil dein Erfolg. –

– Du übertreibst. Wie froh ich bin, Chefin zu sein! Unternehmerin. Unglaublich. Das hätte ich nie vom Leben erwartet. –

– Eins gesteh ich dir offen, Wiltraut: Du weißt, wir waren immer enge Freunde, haben uns nichts verheimlicht. Wenn Bolko dich weiter wegen Geld bedrängen würde, hätt ich es nicht getan. Aber da sie jetzt die Staatskasse haben, braucht er dich nicht mehr so sehr. Und um die übliche Spenderitis im neuen Staat kommt sowieso niemand herum. Sowenig wie ums Heilgetöse. –

– Stimmt. Er lässt mich mit Verlangen nach Spenden jetzt weitgehend in Ruhe. Da kannst du unbesorgt sein. Er überlässt das der NSV – und das kann ich von der Steuer absetzen. –

– Bitte sag ihm nichts über meine genauen Gründe. Sag ihm einfach, ich sei zu der Überzeugung gekommen, die neue Zeit brauche neue Menschen, und ich gehörte nicht dazu, wie er selber festgestellt habe. Ich zöge mich deshalb zurück. –
– Haha, Paul, jetzt versteckst du dich hinter deinem kleinen Finger. So dumm ist mein Bolko nicht. –

Es gefällt ihm nicht, dass Wiltraut einige Monate später das Geschäft in Jüterbog übernimmt, mit dem er einen Liefervertrag abgeschlossen hatte. Jüterbog wimmelt wieder von Artilleriesoldaten. Sie ziehen durch die Rotes Meer genannte Straße und denken an nichts. Manchen fällt der komische Name der Straße auf. Irgend so eine olle Kamelle steckt dahinter. Das Geschäft gehörte einem Juden, dem sie es weggenommen haben. Jüterbog ist eine Militärstadt. Paul überlegt, ob er Wiltraut zum Rücktritt bewegen soll. Er tut es nicht. Er hatte sich vorgenommen, ihr nicht hineinzuregieren. Mich zurückziehen und dann doch eingreifen: nein! Ändern am Schicksal des Entrechteten würde mein Eingreifen ohnehin nichts. Dann bekommt ein Konkurrent den Laden, der infolge der Wiederbelebung der Garnison riesigen Umsatz macht. Er fühlt trotz allem Unbehagen, als sei er vertragsbrüchig geworden.

Sie reisen. Besuchen die Kinder. Überqueren mit Esther auf einem Ozeandampfer den Atlantik von Bremerhaven nach Montevideo und Buenos Aires zu ihren Konzerten. Esther tritt auch während der Überfahrt auf. Sie machen die quietschige Äquatortaufe mit. Feiern im folgenden Jahr im kleinen Familienkreis Pauls Geburtstag in Rom. Sie erleben Norwegen, Finnland, Russland. Sie durchstöbern das 1914 nicht eroberte Paris und die Pyrenäen. Barcelona, Madrid, Lissabon, Griechenland kommen dran. Charlotte photographiert Großartiges großartig, völlig ehrgeizlos. Frei. Sind das die schönsten Jahre unseres Lebens? Die Weite, das Fremde, die Vielfalt. Der Tochter Welterfolg. Er tut wohl. Die Erde, die das birgt und gibt, hält still ihren Rücken zum Besteigen hin.
Auf der langen Überfahrt nach Südamerika standen sie oft schweigend nebeneinander an der Reeling und genossen die Dämmerung. Sie gaben sich hin und wieder einen Schubs mit der Hüfte als Lebenszeichen und einen Kuss vor dem Gang in die Kabine. Vollzöge sich das Sterben wie ein Sonnenuntergang, wären wir mit dem Leben vollends versöhnt, hatte Paul

beim ersten Mal vor sich hin gemurmelt. Aus Charlotte brach heraus, was ihr seit Wochen in den Eingeweiden brannte. Ich werde, wenn wir zurück sind, meine Nase operieren lassen. Das Zittern ihrer Stimme widersprach der festen Aussage. Paul hatte seit Langem erwartet, dass sie einen solchen Wunsch äußerte. Die kosmetische Chirurgie war dem Spielfilm auf dem Fuße gefolgt. Es war unübersehbar, was in den Zeitschriften an Aufbesserungen des Körpers angeboten wurde. Er fühlte sich unbehaglich, weil er gegen Charlottes verständlichen Wunsch war. Warum genau, war er unfähig zu ermitteln. Jedes Ergebnis hätte ihn verstört. Er umarmte sie und küsste sie lange und heftig auf den Mund. Dann auf die Nase. Wollte sie nicht mehr loslassen. Standen sie so stundenlang? Beide sagten nichts mehr an diesen Abend.

Band 1: F.O. Genzel ***Freut euch des Lebens*** *– Novelle um eine KdF-Fahrt nach Norwegen. Ein Dichter gestaltet in hoher Sprache das unvergessliche Erlebnis einer KdF-Fahrt nach Norwegen. Die schweigende Majestät der Fjorde, das frohe Treiben an Bord wird lebendig. Eine junge Verkäuferin aber findet auf dem Schiff den Weg vom grauen Alltag zum Glück ihres jungen Lebens.*

Band 2: Mario Heil de Brentani ***Atlanta und die Siebenhundert*** *– Novelle um eine Urlaubsfahrt nach Madeira. Der Autor ist durch seine Romane, Novellen und Kurzgeschichten in die vorderste Reihe der beachtenswerten Schriftsteller gerückt. Mit seiner Atlanta gestaltete er in liebenswürdiger Schlichtheit das große Erlebnis der kleinen Hutmacherin Karla auf dem großen Ozeandampfer.*

Band 5: Karl Schulz-Luckau ***Das Auge zu – das Herze auf*** *– Novelle um eine Kdf-Fahrt ins Erzgebirge. Hier ist ein Dichter im Werden! Da stehen aufrüttelnde Betrachtungen neben leisen besinnlichen Erlebnissen. Die neue Zeit schuf neue Menschen. Schulz-Luckau sieht ihnen ins Herz und zeigt uns, wie der Arbeiter Schwarzenberg durch eine „Kraft durch Freude"– Fahrt zurückfindet in das Land seiner Väter.*

Unter den Staaten rumort es. Paul lauscht. Soll es knirschen, krachen, bersten. Das Schlimmstmögliche liegt hinter mir. Das Leben hat kein Ziel. Meins geht in sein letztes Viertel. Wir haben das freie Gradewohl! Jetzt sind die anderen dran. Zu glauben oder nicht. So schlimm wird es nicht kommen.

Pauls 60. Geburtstag 1938 – diesmal im großen Familienkreis, sie waren 32 – verläuft harmonisch. Bürgerlich harmonisch. Es stört ihn; aber wie

sollte es anders sein? Besinnlich bis ausgelassen geht es zu. Das Haus lebt, bebt beizeiten unter dem Getrappel der Enkelkinder, Großnichten und Großneffen; beim Tanz bis spät in die Nacht. Nachdem Charlotte auf dem Klavier einige alte Märsche und Esther auf ihrer Kindergeige ergreifend schlichte Volks- und Zigeunerweisen gespielt, Maja eine ernste und Smeralda eine heitere Ansprache gehalten haben, ergreift Paul selbst das Wort. Kurz. Bald nah, bald fern wie ein Kuckucksruf. Er bedankt sich bei allen, wie es sich gehört. Er erinnert an die zwei Tage, an denen sich entschied, was aus ihm wurde. Den 22. Juli 1900, an dem auf dem Feuerwehrball Charlotte aus dem Nichts in sein Leben getreten sei und es zur Fülle gebracht habe, und seinen 40. Geburtstag 1918, an dem er vor dem Nichts gestanden habe. Vor dem Nichts stehen, mache frei zur Entfaltung nie geahnter Lebensenergien. Es sei das höhere Erdenglück. Wiltraut und ihr Sohn teilten diese Erfahrung mit seinen Vier und ihm. Wir alle stehen tagtäglich vor dem Nichts, der Tod sitzt uns seit der Geburt im Nacken. Im Felde war er omnipräsent. Nehme man es recht, sei er keine Drohung, sondern Ansporn, alle Kräfte einzusetzen, um das bisschen Leben, das er uns zu knabbern lasse, bevor er zuschlägt, gut zu gebrauchen und ihm solange ein Schnippchen zu schlagen, als es möglich sei. Er bittet dann Esther, ihm noch sein Lieblingsstück vorzuspielen. Sie schauen sich an und hoffen, dass Bolko nicht nachfragen wird. Es ist das lange Solo des ersten Satzes aus Bartoks 2. Violinkonzert. Charlotte sorgt für begeistertes Klatschen und dann geht es rasch weiter. Maja auf dem Klavier, Esther auf ihrer Kindergeige und, um mitzumachen, die musikalisch dürftig ausgestattete Smeralda mit einigen eingestreuten Flötentönen spielen für die Eltern zu Beginn des Tanzens einen argentinischen Tango, weil Paul den, wie sich in Buenos Aires herausgestellt hatte, noch am besten hinkriegt. Während sie sich aneinander, voneinander drücken, fragt Paul: – Sind wir nun alt oder werden wir es erst? – – Wenn ein Mann nicht mehr ausgezeichnet, sondern verehrt wird, ist er alt. Entscheide danach, was du bist. – – Verstanden. Ein schönes Gefühl als Kompensation für ein ungutes, das man hinter sich lässt. So sollte es überall und immer auf der Welt zugehen. Beim anderen Geschlecht, das du diskret ausgelassen hast, verhält es sich, wie sollte es anders sein, umgekehrt. Eine Frau ist solange jung, wie sie verehrt wird, alt, wenn man sie auszeichnet. – Gerne verstanden. Ein wunderbares Gefühl. –
Dann geht es mit Schallplatten weiter. Charlotte hat dies einer Kapelle vorgezogen, weil sonst im ausgeräumten Wohnzimmer wenig Platz gewesen wäre.

Später am Abend nimmt ihn Bolko, der in der schwarzen Uniform eines SS-Sturmbannführers mit seiner rothaarigen Braut Inga erschienen ist, beiseite und bittet um ein Gespräch für den morgigen späten Vormittag. Er nehme deswegen erst den Nachmittagszug nach Berlin. Bolkos Braut, deren langes Rothaar rauscht, wenn sie den Kopf herumwirft, gibt sich ihrer Tanzlust ungehemmt hin, macht vor Paul nicht halt, indem sie ihn wieder und wieder verführerisch mit schräg gehaltenem Kopf und gesenktem Kinn traurig fragend anschaut und erst aufstrahlt, wenn er ihrem Begehren nachgibt. Nicht nur beim Foxtrott bringt sie ihn in Bedrängnis. Es macht ihr Spaß. Paul fühlt sich herausgefordert. Beim Tango und bei der Rumba geht es besser. Bolko, der wie immer ernst und überlegen dreinschaut und dreinredet, scheint sich über Ingas Lust auf Paul zu erheitern. Er grient, wenn sie es erneut geschafft hat, ihn vom Stuhl hoch zu kriegen. Wenigstens etwas, worüber er sich freut. Gewaltsames liegt in seiner Heiterkeit. Wenn Paul mit Inga beschäftigt ist, fordert Bolko hin und wieder Charlotte zum Tanz auf. Er führt sie behutsam, dabei sicher und abgehoben über das Parkett. Charlotte genießt die ungewohnte Führung. Bolko ist daran gelegen, dass es jeder sieht. Inga und er tanzen selten zusammen. Tun sie es, wird es Ereignis. Überlegen, frech, selbstversessen gehen ihre Leiber miteinander um. Vollkommener Gleichklang. Ein mitreißendes Paar. Leicht und beherrscht.

Majas Mann in der – ebenfalls schwarzen, aber stumpferen – Uniform der Panzertruppe fühlt sich an den Rand gedrängt, obwohl Paul und Charlotte ständig seine Nähe suchen. Er tanzt wenig. Steif. Er fachsimpelt schließlich unwillig mit dem sich freundlich nähernden Bolko über die Strategie bei Umfassungsangriffen. Er ist stolz, der Wehrmacht anzugehören, mag die auftrumpfende SS nicht. Die wissen alles. Dazu besser, sagt er hinterher zu Paul. Keinen blassen Schimmer haben sie indes. Sie wollen uns jetzt mit einer eigenen Panzertruppe Konkurrenz machen. Mehr als Paradieren können sie nicht. Wollen uns die Schau stehlen. Von wegen Elite – Rohrpfeifer! Mit sowas gewinnt man keinen Krieg.

Am nächsten Morgen überlegt Paul sorgfältig, was er anzieht. Gestern hatte er sich bewusst klassisch gekleidet. Heute will er Schwarz und Silber etwas entgegensetzen. Er wählt als erstes einen knallgelben, weiten Pullover. Ein Geschenk von Charlotte. Sie bittet ihn oft, den anzubehalten, wenn sie ihm vor dem Spiegel der Frisierkommode den Gürtel öffnet. Er nimmt sich vor, den Blick auf ihre Rückenpartie vor Bolkos Gesicht einzublenden, wenn der schwadroniert. Dazu passt die beige Cordhose. Ziviler geht es nicht.

Als Bolko nach Anklopfen die Tür zum Salon öffnet, stutzt er. – Man sollte meinen, du wärst eine Schickse. Heil Hitler und guten Morgen trotzdem. –

Paul frohlockt. Jetzt kann ich den Beleidigten spielen. – Bitte – sagt er und weist mit der Rechten zum geerbten Rauchtisch mit der roten Marmorplatte, auf der nichts Rauchbares steht, sondern nur zwei Gläser und eine Flasche Kornschnaps warten. Onkel und Neffe setzen sich. Paul in gespannter Erwartung, heiter; Bolko konzentriert. Er hat seinen Fehler erkannt.

– Ich denke, es ist an der Zeit, Oheim, dir zu sagen, dass ich keinesfalls ein normaler SS-Mann bin. Ich bin das jüngste Mitglied im Stab des Reichsführers. –

– Das freut mich zu hören, Bolko. Du hast es in wenigen Jahren also nicht nur weit gebracht, sondern hoch hinaus dazu. Die zwei Staatsexamen mit Glut und Glanz. Ganz nebenbei der Doktorhut. Hm, ein Spiegelreim, nicht perfekt. Du siehst, ich werde als endgültig freier Mann noch poetischer als früher manchmal. Dein Instinkt beim Eintritt in das Schaltwerk der Macht. Chapeau! Wir sind beeindruckt. Vor allem wären dein Vater und dein Großvater überwältigt, lebten sie noch. –

– Lenke mich nicht ab, Oheim. Ich will nicht beeindrucken, schon gar nicht die Familie. Ich erfülle eine Pflicht an unserem Volk gemäß meiner und seiner Berufung. Eine solche herausgehobene Stellung fordert nicht nur mir das Höchste ab, sondern verlangt ausnahmslos von allen Mitgliedern meiner Familie eine vorbildliche Einstellung zum Führer, zu unserem Volk, zu unserer Heimat. Sonst ist es mit meiner Karriere zu Ende, bevor sie recht begonnen hat. Obwohl sie im Familieninteresse liegt, wie du richtig hervorhebst. Wer seine Familie nicht im Griff hat, ist unfähig, Kampfformationen unseres neuen Staates erfolgreich zu führen. –

– Ich sehe, es gibt bei euch eine Sippenhaftung. Geben wir dir Anlass zu Beunruhigung? – Paul unterdrückt einen Lachreiz.

– Frag nicht so scheinheilig! Es ist nicht gerade eine Empfehlung beim Reichsführer, wenn man einen Oheim hat, von dem stadtbekannt ist, dass er hartnäckig unter jedem denkbaren Vorwand den Hitlergruß verweigert; dazu eine Kusine, die Esther heißt und ablehnt, diesen prägnant jüdischen Vornamen zu tilgen, den ihr der Vater gegeben hat. Das obwohl sie damit andauernd im Rampenlicht steht. Die noch im Mai 1935 in Zürich Mendelsohns Violinkonzert gespielt hat und die halbstündige, provokant enthusiastische Ovation der Judenemigranten und der Börsenspekulanten schlürfte wie Riesling Spätlese; damit anschloss an ihren peinlichen Auftritt mit Niggerkunst bei dem Juden Lewin 1930, der sich den Schleichnamen, deutscher geht es kaum, Walden verpasst hatte. Schließlich eine andere Kusine, die früher kulturbolschewistische Artikel und spöttische Glossen über das Erscheinungsbild unserer Bewegung verfasst hat. Ich habe es trotz alledem …

Paul lacht bellend auf. Nicht über das, was Bolko sagt, sondern weil er dem Oheim gegenüber für dessen Töchter nicht das Wort ‚Base' benutzt, das sein verwandtschaftliches Verhältnis zu ihnen deutsch bezeichnete. Der Knabe nimmt trotz völkischer Gesinnung sprachästhetische Rücksichten. Bolko schaut ihn wütend an. Paul bleibt gelassen.
– Daran lässt sich nicht mehr rühren, Bolko. Ich habe darüber gelacht, dass du meine Töchter mit einem Fremdwort bezeichnest. Nun ja, Smeralda kann ihre Artikel nicht wieder in die Feder saugen. Da sie ihre Zunge schwer zu zügeln vermag, hat auch sie sich vor einigen Jahren ins Private zurückgezogen. Sehr vernünftig, nicht? Sie ist nun ausschließlich fruchtbar in eurem Sinne. Mit einem Gatten, der ein getreuer Organisator an volks- und kriegswirtschaftlich herausragender Stelle ist. Was willst du mehr? Und ein wenig Humor solltet ihr schon ertragen. Der schadet keinem. Für Esthers Namen wie meine Abneigung, die Politik, jede Politik, in mein Privatleben aufzunehmen, übernehme ich voll die Verantwortung. Ich versuche, nicht weiter aufzufallen damit. Mehr kann ich für euch nicht tun. Vor 35 Jahren habe ich meiner zweiten Tochter einen Namen gegeben, dessen Klang mir gefiel, weil er poetisch und doch nicht verstiegen ist. Ich konnte beim besten Willen nicht ahnen, dass er einmal völkisch beanstandet würde. Ich habe in Bibelkunde immer geschlafen. Esther hat sich frei entschieden, weiter unter dem Namen aufzutreten, unter dem sie berühmt geworden ist. Das solltest du verstehen. Und außerdem erlaube ich mir darauf hinzuweisen, dass auch Joseph kein koscherer, oh entschuldige, ich wollte sagen, kein arischer Name ist. Noch dazu teilt unser Herr Doktor und Minister für Volksaufklärung und Propaganda diesen Vornamen mit dem obersten aller Kommunisten. Er legt ihn trotzdem nicht ab. Mein Name ist ebenfalls jüdischen Ursprungs, wenn ich mich recht besinne. Fällt aber weniger auf, weil er so platt und volkstümlich ist. Fritze, Franze, Paule drehn de Wurscht im Maule. Und was Esthers Auftritt in Zürich betrifft, er war über zwei Jahre vorher vertraglich vereinbart worden. So lang sind die Vorlaufzeiten für ihre Konzerte. Esther ist trotz ihres Namens keine Prophetin. Und Mendelsohn war überzeugt evangelisch. Sie erwartete nicht, dass er trotzdem verfemt würde. Sie hat nach dem Konzert dem deutschen Botschafter gegenüber ausdrücklich bedauert, dass er einen Besuch trotz der Anwesenheit von zwei Bundesräten wegen des Programms absagen musste. Sie war vertraglich gebunden. –
Bolko blickte seinen Onkel an, als hätte der ihn auf seinen offenen Hosenschlitz hingewiesen. Er verzieht den Mund: – Wir sind hier nicht bei Gericht, Oheim. Man kann krank werden oder auf die Pauke hauen, wenn einem Dinge nicht behagen, statt als Deutsche minderwertige Violinentöne anzustimmen, nur weil es vereinbart ist. Dahinter stecken

schnöde finanzielle Interessen. Ich weiß zudem aus sicherer Quelle, dass der Auftritt ganz nach ihrem Geschmack war. Wir wissen überhaupt sehr viel, nicht nur über euch. – Seine Stimme hatte sich gesenkt und pausierte. – Hätte sie sich nicht im letzten Sommer in Stockholm geweigert, bei Mahlers Violinquartett Nr. 1 mitzuwirken, hätten wir sie mit sofortigem Berufsverbot belegt. Nomen est omen, Oheim. Womöglich entsprang Großvaters Ausrutscher in deinem Fall einer Ahnung über deine Persönlichkeit. Saulus wäre dann noch treffender gewesen. Jedenfalls hat er einen solchen Fehler nicht mehr gemacht und für seine übrigen Kinder die Namen instinktsicher für die Zukunft gewählt. Dir fehlt es an Instinkt. Aber du bist wie immer sehr geschickt, kleine Schwächen der anderen auszuschlachten. Das ist deine einzige Stärke. War es auch im Feld. Nichts Bewundernswertes. Ganz billig. Ich habe dich mittlerweile durchschaut. Es hat Zeit gebraucht. Viele unserer Vornamen sind kaum wahrnehmbare Schmutzflecken auf unserer deutschen Seele. Stimmt. Fast jeder Zweite von uns schleppt sie in seinem Stammbuch mit. Deutschland hat jahrhundertelang dem widerlichen hebräischen Jammerkult gehuldigt, diesem Popanz. Gegen seine innerste Natur und Bestimmung. Das hat uns ruiniert. Das hinterlässt Schmutzspuren. Unvermeidliche. Eine Herkulesarbeit ist es, diesen Stall des Augias auszumisten. Wir haben sie begonnen. Die jüdischen Namen in meiner Familie, Alinas und Smeraldas frühere Fehltritte, deine schäbige, feige Flucht ins angeblich Private wären selbst bei den strengen Maßstäben, denen wir uns unterworfen haben, ziemlich bedeutungslos angesichts meiner Verdienste, wäre nicht in den letzten Wochen ein sehr viel schwerwiegenderes Ereignis hinzugetreten. Es hat mich veranlasst, meinen Namen zu ändern. Ich heiße jetzt Prodeck mit ck am Ende. Klingt sehr viel deutscher. – Er sieht Paul streng in die Augen und hält inne. Paul schweigt. Wie schwer es mir fällt, meine Mundwinkel zu beherrschen.
– Ich erwarte von dir – fährt Bolko fort, weil sein Onkel schweigt – dass du in einer Erklärung für die Gestapo dein ihnen gegenüber impertinentes Auftreten als Beschützer von Juden bedauerst. Du kennst selbst am besten deine Art, andere zum Gespött ihrer selbst zu machen. (Ich habe sie also getroffen) Du hast dies gefährliche Spielchen gerade bei mir wieder versucht. Bei Smeralda platzen Ironie und Sarkasmen frei heraus; es wirkt unbekümmert, ziemlich naiv; man nimmt es nicht schrecklich ernst, weil es keine klare Richtung hat. Spaß an Dummheiten. Mehr nicht. Bei dir kommen die Spitzen verhaltener daher, aus dem Hinterhalt. Darauf reagiert man gereizter. Du bist geschickt, Oheim, in deinem Vorgehen. Die Logik scheint immer auf deiner Seite. Doch hüte dich! Logik ist eine Falle, keine Stärke. Sie wird über dir zuklappen. Ich sage dir in aller Offenheit

und in Sorge um dich: Du bewegst dich geradewegs aufs KZ zu. – Bolko rückt dichter an seinen Onkel heran.
– Weil du geschickt bist, bist du gefährlich. Und lebst darum gefährlich. Höchst gefährlich. Noch als selbst ernannter Privatmann, den du heute so herausstreichst durch deinen albernen Aufzug. Was deine zwei jüngeren Töchter treiben, ist Pipifax. Mit sowas werden wir leicht fertig. Nasenstüber genügt, und sie kuschen. Dich haben wir auf dem Kieker. Warum hast du übrigens gestern Abend dein Lieblingsstück nicht beim Namen genannt? Meinst du, ich sei dämlich? Pass auf: Ich habe den Entwurf eines Schreibens mitgebracht, in dem du dein Bedauern über dein Verhalten ausdrückst. –
Paul schnürt es die Kehle zu. Öffnete sie sich schnell, folgte ein Zornesausbruch. Bleib ruhig, Paolusso. Bleibe überlegen. – Ich soll mich entschuldigen für ein ehrenwertes Verhalten? –
– Es geht um Deutschland. Deutschlands Zukunft. Die hast du verraten. Geht es um Deutschlands Zukunft, hat nichts anderes einen Stellenwert. Nicht einmal Familie. Nicht Dankbarkeit. –
– Zukunft ohne Anstand? Ohne Ehre? Das nennst du Zukunft? Einer von den Gerlachs, von denen du wahrscheinlich nie gehört hast, hat einmal gesagt: Lieber mit einer guten Sache untergehen, als mit einer schlechten prosperieren. –
– Wer hat das Reich aus Dreck und Elend zu neuer Blüte aufgerichtet? Endlich allen deutschen Menschen Arbeit, Brot und Würde zurückgegeben? Arbeit ist Würde. Sie macht frei, wie eine unserer Losungen lautet. Wir verfügen wieder voll über unser Territorium. Österreich, die Sudeten haben sich uns angeschlossen in freiem Drang ihres Bluts. Wir werden nicht ruhen noch rasten, bis alle verlorenen Gebiete ins Vaterland heimgekehrt sind. All das wird erst ein Anfang sein. Ein Grundstock, auf dem wir dann das Neue Reich erbauen. Das Tausendjährige. Das ewig lichte. Mit neuen Menschen. Stark, stolz, schön. Unsere Städte werden in ihren Proportionen denen unserer Landschaften ebenbürtig sein. Deutsche Technik, deutsche Wissenschaft, deutsche Zucht und Ordnung werden die Welt und die Natur beherrschen und erhellen. Wir zwingen die alten Götterbilder vom Himmel auf die Erde nieder. Das Germanische Großreich wird den Glanz des alten Römerreiches derart überstrahlen, dass niemand mehr andere Geschichte als die deutsche wird lernen wollen. Ein solches monumentales, nie dagewesenes Reich sollte eine schlechte Sache sein? – Er ist während seiner Rede aufgesprungen.
– Ach Bolko! Du weißt, dass deine Frage rhetorisch ist. Ich erkenne eure Leistungen seit der Machtübernahme als gewaltig an. Ich bin voll des Lobes darüber. Ihr habt es geschafft, wo alle anderen versagt haben. Ihr habt

Deutschland aus dem Sumpf gezogen. Ganz richtig. Aber du hast eben gesagt, dass es Höheres und Wichtigeres als Dankbarkeit gibt. Ich teile deine Auffassung. Man darf nicht aus Dankbarkeit seinem Vater, seinem Retter, seinem Gönner, seinem Zuchtmeister, sei es, wer es will, Schurkentaten nachsehen. Wozu solche Schändlichkeiten wie vor drei Wochen hier auf offener Straße? Sie sind überflüssig, grausam und verrückt. Sie beschmutzen die große Sache, die du preist. Wie gerne würde ich mich zu ihr bekennen. Doch nicht, solange Scheiße an euren Stiefeln, schlimmer, Blut an euren Händen klebt und es im Oberstübchen spinnt. Ich sage dir das ganz offen ins Gesicht. Die Juden haben zum hohen Stand der deutschen Wissenschaft und Technik ganz erheblich beigetragen. Ohne zwei Juden, Fritz Haber und Walther Rathenau, wären wir 1914 bereits nach sechs Monaten Krieg mangels Munition erledigt gewesen. –

– Fängst du wieder mit Argumentieren an? Das verfängt bei uns nicht. Deine Haltung beweist, dass du immer noch nicht begreifst, worum es geht. Wir fordern uns das Höchste ab. Wir sind bereit, jedes, hörst du, jedes denkbare Opfer zu bringen, um ein Deutsches Reich von nie geahnter Kraft, Größe und Schönheit zu errichten. Alles Minderwertige muss vor ihm weichen. Wir wollen keine vom Materialismus beherrschte Welt, weil es eine jüdische Welt durch und durch ist. Die Welt der jüdischen Plutokratie oder die der jüdischen Bolschewisten. Zwei Aufgüsse derselben materialistischen Jauche. Einer abstoßender als der andere. Ihre jüngste und widerlichste Ausgeburt ist die Psychoanalyse. Wieder wollen sie den Menschen in den Dreck ziehen. Ihn klein und niedrig machen wie seit Jahrtausenden. Christentum, Sozialismus, Psychoanalyse, es sind drei Ausgeburten desselben Ungeistes. Anderes können sie nicht. Weil sie durch und durch erbärmlich sind, preisen sie das Niedrige, wühlen im Kot, und sei es dem des Säuglings. Wir wollen die große Volksgemeinschaft, in der alle wirklich gleich und frei gebunden sind. Wir wollen eine Welt der Stärke, der Schönheit und der Größe. Wenn wir das Höchste, unser eigenes junges Leben, als sei es ein Nichts, dreinsetzen für dieses einzig hehre Ziel, diese ewige Aufgabe, wie sollten wir da Mitleid haben mit minderwertigem Gekrepel? Das nicht einmal Nichts ist, sondern Abschaum. Der einzige Maßstab ist die große Sache selbst: Welcher gesunde Geist und welche gesunden Leiber ihr dienen, und welcher kranke Geist und welcher schädliche Stoff ihr im Wege stehen. Daran wird gemessen. An nichts anderem. Einzelne Juden mögen ihre Verdienste haben. Belanglos. Unser Ideal ist nicht der Geistesmensch. Unser Ziel ist der kraftvolle, schöne, aufrechte Mensch. Der von Blut, von Instinkt her herrische. Der zur Herrschaft geborene. Die Juden mögen geistig das eine oder andere leisten, raffinierteste Wechselbälger sein; sie bleiben jämmerlich und dürf-

tig in der Erscheinung, im Charakter. Mit ihrem Kult der Erniedrigung, der sogenannten Barmherzigkeit, der Suche nach einem inexistenten Jenseits, haben sie das göttliche Griechenland, das starke Rom zersetzt. Beide in den Niedergang getrieben. Unser gesundes Kriegertum haben sie seit Jahrhunderten verweichlicht, unseren wild brausenden Geist verwirrt, um uns als durch Religion gezähmtes, ‚zivilisiertes' Volk ebenso wie andere Völker anschließend desto besser von innen her trotz ihrer eigenen schwachen Kräfte auszusaugen. Jetzt kommen sie uns mit einer versauten Seele. Pfui Deibel! Gierparasiten, Schädlinge, die sie sind! Das ist ein objektiver Vorwurf, der aufs Ganze zielt. Auf Verdienst oder Schuld des einzelnen Mitglieds dieser Eindringlinge in unseren Volkskörper kommt es nicht an. Was frage ich, ob die einzelne Mücke mich schon gestochen hat, wenn ich vorbeugend einen Schwarm vor meinem Stubenfenster mit Gift besprühe. Erkennt meine Familie unseren Kampf für ein einzig großes Deutschland nicht an, werde ich mich von ihr endgültig lossagen. Sie bekämpfen. Opfern, wenn es nötig ist. Dich allererst, denn ich hasse dich, seitdem ich dich durchschaut habe. Du hast meine Kraft lange genug betäubt. Machst du weiter wie bisher, werde ich dich ohne zu zögen ins KZ befördern, wo du längst hingehörst. Bisher habe ich dich geschützt. Meine Namensänderung ist ein Warnzeichen. –
– Schön, dass du offen bist, Bolko. Du wirst um eine Entscheidung nicht herumkommen. Ich habe die vertrackte Eigenschaft, bockig zu werden, wenn man mich herausfordert. Ich unterschreibe nicht. Ich glaube nicht an Weltbeglückung wie du. An keine. Nicht die verlockendste. Eine, die sich als das kommende absolute Große und Schöne drapiert. Die im Stechschritt mit Gesang, Trompetenschall und Trommelwirbel daherkommt. Oh ja, der zackige Vorbeimarsch der Truppen gefällt mir als ästhetisches Ereignis. Seit frühester Jugend. Es ist Rausch, kein Lebensinhalt. Vor 50 Jahren ist schon einer gekommen und hat verkündet, er führe uns herrlichen Zeiten entgegen. Was ist daraus geworden? –
– Ein Blender. Ein Stümper. Ein Versager. Ein Maulheld. Wir sind keine wortverliebten Dekadenten mit Zwirbelbart. Wir handeln. Schon während, sogar schon, ehe wir reden. Leere Ankündigungen wirst du bei uns nicht finden. Das war die Sache der alten Parteien, der Bartwichser, der Schlosshunde und Samtknappen, der Poseure. Der feigen Schwuchteln. –
– Gut. Also handele! Wir werden sehen, was das für uns beide bedeutet. –
– Wenn man das Absolute kennt, ist alles andere unbedeutend. Man kann nicht zwei Herren dienen, heißt es schon in dem Blendwerk Bibel. Nicht dem Absolutem und gleichzeitig dem Krüppeligen, auch nicht in der Form des Mitleids. Du bist resigniert. Ein manchmal sympathischer Kulturpessimist. Ein Mann der Niederlage. Deutschlands Niederlage hat

dich zu einem Zachhans gemacht. Wir glauben, dass, was anderen unerreichbar scheint, von uns verwirklicht werden wird. Dazu braucht es Stärke, die unversöhnlich ist. Unversöhnlich, hörst du? – Er streckte sein Kinn auf Pauls Stirn zu.
Paul schnaufte. Er bellt zu schön, als dass er mich ins KZ brächte. Er versucht verzweifelt, mich zu überzeugen, wenigstens mich zu beeindrucken. Wie gern täte ich ihm den Gefallen, an seine Seite zu treten.
– Ich will mir treu bleiben, Bolko. Das ist alles. Auch meine Ehre heißt Treue. Ich habe nicht die Absicht, Konflikte zu provozieren. Können wir uns nicht in Ruhe lassen? –

Er habe den Spendern sein Ehrenwort gegeben, ihren Namen nicht preiszugeben. Er kämpfe um seine Ehre. Sein Wort habe er nie gebrochen, ebensowenig, wie er käuflich sei.

Virile Typen, die vor Geldgier sprühen

– Deinem Egoismus, deiner Engstirnigkeit bist du treu, Paul Prodek. (Er zieht das e in die Länge). Du hast nichts begriffen. Vernunft ist öde. Wir fordern die Wirklichkeit zum Kampf heraus. Das heißt Leben. Wir setzen uns über die ganze dumpfe, stumpfe sogenannte Realität der Welt hinweg, indem wir sie besiegen und eine neue Wirklichkeit unserer Art auf der Erde, die dann erst unser ist, erschaffen. Was kann größer sein, als im Kampf gegen das bloß vorhandene Reale sterben? Denn würden wir in dem großen Kampf scheitern, bliebe sogar unser Scheitern ein Faszinosum und ein Fanal bis ans Ende aller Geschichte. Es kann nichts Größeres geben! Leb dieweil dein Wichtelleben, Paulchen Prodek! (Wieder das lange e, das k wird zum g). Ob du es willst oder nicht, du stehst mit deiner Haltung meinem Aufstieg im Wege. Ich werde daraus meine Konsequenzen ziehen. –
– Das bedeutet? –
– Ich sage mich los von dir. Von euch allesamt. Ich habe in Wahrheit nie zu euch gehört. Ein paar Brosamen hast du mir hingeworfen, weil es dir Pflicht schien. Ich pfeife darauf. Hätte ich sie bloß nicht angenommen. Ich hätte früher zu mir selbst gefunden. Ich werde euch nicht mehr besuchen. Ihr seid für mich fortan Fremde. Begehst du in Zukunft die geringste Dummheit, werde ich gnadenlos gegen dich und deine Familie vorgehen. Ich werde selbst die Ermittlung und Verfolgung übernehmen. Dich zunichtemachen, Pauleken. Höchstpersönlich. Ohne Öffentlichkeit. Ich gelobe mir das und meinen Vorgesetzten. –
Paul schwieg, senkte den Kopf. Bolko lauerte auf ein Zeichen von Schwäche in Pauls Mienenspiel, seiner Körpersprache. Paul fuhr wieder und wieder

mit der linken Faust über seine aufgesprungenen Lippen. Drehte den Kopf hin und her. Warf ihn zurück.
– Du weißt, wie gern ich dich habe, Bolko. Ich muss viel falsch gemacht haben mit dir. Dabei hätte ich gern einen Jungen gehabt, mit dem ich mich verstehe. Handele, wie du meinst, handeln zu müssen. Ich glaube an dich als einen wertvollen Menschen. –
– Du wirst mich mit nichts ködern. Wisse: Ich kann dich jeden Moment zerquetschen wie eine Laus, wenn ich will. –
– Ich habe dem Tod vielfach ins Auge gesehen, und du glaubst, mir mit Tod und Leiden Angst machen zu können? –
– Ein unehrenhaftes, verborgenes Leiden, ein ebensolcher Tod schmecken scheußlich, glaub mir. Ein qualvoller Heldentod ist dagegen ein Genuss. –
Paul fixierte ihn. Ich sollte ihn mitsamt seinen gigantomanen Sprüchen auslachen. Er käme in Verlegenheit. Aber wäre endgültig für mich verloren.
– Ich habe euch gestern beim Tanzen beobachtet. Ihr wart beide großartig: Du und Inga. Menschenbilder zum Vergöttern. Ich gebe zu, eure Schönheit zieht mich an, eure Freiheit, eure Leichtigkeit, gepaart mit Entschlossenheit. Ich möchte zu euch gehören. Aber wozu die Unreinlichkeiten? Warum tust du dir den Hass auf andere an? Das habt ihr nicht nötig. Feiert eure Körper, eure Stärke, eure Freiheit. Warum Hass auf andere? Minderwertiges ist doch nicht allein, weil es nichts taugt, hassenswürdig. –
– Schweig! Gesunde zur Härte! Du verstehst nicht die Gesetze der Zeit, die dank dem Führer gekommen ist! Ein blühender Garten duldet kein Unkraut. –

Sehr erfreut sprach sich Lord Kemsley auch über seine Unterhaltung mit Reichsleiter Rosenberg (charming personality) aus, dem er auseinandergesetzt habe, dass Chamberlain in seiner Art der Führer Englands sei, ebenso wie Hitler und Mussolini. Das habe auf Rosenberg sichtlich Eindruck gemacht. Auch von der Persönlichkeit des Reichsministers Goebbels, der ein sehr kluger und vielseitig gebildeter Mann sei, sei er stark beeindruckt worden.

Das Blau ihrer Blicke gerät ineinander. Es fleht umeinander. Bolko springt auf. Lässt den Arm weiter als geboten nach oben fliegen.

Am Abend sitzen Paul und Charlotte unter Stehlampen beim Schmökern im Wohnzimmer. Paul liest nicht konzentriert. Er hat wenig über das Gespräch mit Bolko gesagt. Bolkos Kritik an Esther und Smeralda in den Mittelpunkt gestellt. Er will Charlotte nicht beunruhigen. Er fürchtet, sie würde ihn zur Vorsicht drängen.

– Ich frage mich manchmal: Was hätte ich, was hätten wir in unserem Leben anders machen sollen, und kann kaum etwas finden. Meine Blutrache wegen Gertie. Das war falsch. Was wohl aus dem armen Teufel geworden ist? Womöglich ist er in der Euthanasie gelandet. Wohl noch das Beste für ihn nach einem verpfuschten Leben. Sonst? Ich wüsste nicht, was. Ein seltsamer Befund, obwohl so viel Unheil durch mich geschehen ist, und ich nichts erreicht habe, das mich zufrieden stellt, und ich das meiste ungern getan habe, es jedenfalls nicht wieder tun möchte, hätte ich die Wahl. Obwohl ich Erfolg hatte. Ist das nicht beunruhigend? Denn mir scheint zugleich, als seien wir beide in all den Zeiten die einzigen vernünftigen Menschen weit und breit gewesen und seien es weiter. Das kann nicht stimmen. Wir sind vernünftig, aber es geschieht so viel Schreckliches, und wir tun mit. Können nicht anders. Und doch sagt man sich, du hast nichts falsch gemacht. Das geht nicht auf. Ich bin überzeugt, es gibt eine Kraft, die das Leben allumfassend lenkt, die stets das Gute will und stets das Böse schafft. Ich hätte Schäfer werden sollen. –
Sie lacht auf, dabei ängstlich. – Wie kommst du darauf? Du bleibst dir immer gleich: Unzufrieden bist du glücklich. Ein überzeugter Zweifler. Hin und hergerissen, deswegen stabil im Sturm der Zeiten. –
– Ich glaube, stark werden, ist die schlimmste Krankheit, die es gibt. Weil ich nie stark geworden bin, befinde ich mich in dem Seelenzustand, den du beschreibst. Deshalb habe ich Bolko kein Ideal anbieten und vorleben können, um sich daran aufzurichten. Er brauchte das. Also doch ein schwerwiegendes Versäumnis. Aber welches Ideal hätte ich ihm bieten sollen? Ich habe keins, weiß keins. Mein Lebensgefühl ist Verlegenheit. Für mich rollt die Existenz dahin und ist eine Verkettung von Peinlichkeiten, Dummheiten und ein paar reizvollen Verrücktheiten, wenn die Fahrt gut verläuft und man genug Futter hat. Ich beneide die Wissenschaftler. Die kommen zu Erkenntnis durch bloßes Denken und Experimentieren im Laboratorium. Zu mehr nicht. Sie sind damit zufrieden. –
Sie schlägt die Knie übereinander, legt die Hände darauf, lässt den Körper gegen die Sessellehne fallen und blickt mit schrägem Kopf an die Zimmerdecke.
– Geliebter Grübler, du. Ständig steckst du in dir fremder Haut. –
– Weißt du, Esther ist mir immer unheimlich gewesen. Als meine Tochter. Sie ging so selbstverständlich ihren Weg ganz weit nach oben. Soll ich mich mit unseren drei Kindern trösten? Sind sie mein einziger Stolz, obwohl dein Vater meinte, ich hätte als Zuchtbulle versagt? –
– Mir drängt sich eine böse Frage auf, wenn ich dich so reden höre. Ich stelle sie lieber nicht. –
– Tu‘s. Du musst. Mir zuliebe. –

– Das ist das Stichwort. Zählt unser beider Glück bei dir gar nicht? –
– Gefühl füreinander ist eine Kapsel. –
– Ja, und? Warum verachtest du, was du am besten kannst: Mir gehören und dich dem Rest der Welt verschließen? Es tut dir gut. Warum gibst du es nicht zu? Wüsste ich nicht, dass es so ist, lebte ich längst nicht mehr. –

Berlin Music Week
Eine Hauptattraktion des Berlin-Festivals und die Popbeauftragte des Senats

„Liebe ist eine Mittelstandsidee"

Im Gespäch
Die Pet Shop Boys über ihr aktuelles Album, berauschende Partys und den rührenden Bruce Springsteen

Auf ihrer Facebook-Seite informierte Prinzessin Madeleine selbst: „Chris und ich sind so aufgeregt, euch mitzuteilen, dass wir Anfang März nächsten Jahres ein Baby erwarten. Wir sind so selig und können es kaum erwarten, Eltern zu werden." Innerhalb von zwei Stunden bekam sie mehr als 10 000 Glückwünsche.

westbefall

FEUER UND WASSER, leicht RELATIV

Gänge. Lang, sachlich, wuchtig. 7 km Flur. Die marmorumrandete Tür zu einem der vielen Chefzimmer im Haus der Ministerien, dem heutigen Bundesfinanzministerium, öffnet sich, kaum dass Esther nach einigem Suchen und noch etwas benommen von den Anspannungen einer Fahrt im Paternoster, das Vorzimmer des Staatssekretärs betritt. Sie braucht sich nicht vorzustellen. Der kurzwüchsige und dunkelhaarige Mann eilt mit einem so freundlichen Lächeln auf sie zu, dass seine beiden Goldzähne im Oberkiefer mit seinen goldbraunen Augen um die Wette strahlen. Er streckt ihr von der Türschwelle her die Hand entgegen.
– Frau Werthland! Welche Freude! Ich begrüße Sie ganz herzlich im Haus der Ministerien der Deutschen Demokratischen Republik. Sind

Sie das erste Mal bei uns? – Er spricht kein offenes Sächsisch, aber durch die Nase. Unnatürlich sauber wirkt er in dem muffigen Büro und in seinem hellbraunen Anzug. Wie eine gepellte Frucht. Esther reibt mit den Daumen über ihre Fingerspitzen, als seien die klebrig.
– Einen schönen guten Morgen, Herr Staatsekretär. ‚Uns' ist ein allzeit schwieriges Wort für uns Deutsche. Vor etwa 8 Jahren habe ich dieses seltsame, gewaltsam in die Zeit geworfene Bauwerk, in das ich nie anders als mit einem Schauer eingetreten bin, zum letzten Mal aufgesucht. Es ging damals um meine Konzertreise nach Stralsund, Neubrandenburg, Erfurt, Weimar und Dresden. Ich glaube, sie ist allen meinen Freunden und Zuhörern in diesem Teil Deutschlands in guter Erinnerung geblieben. –
– Und wie ich mich erinnere! Ich saß damals im Dom zu Stralsund und lauschte Ihrer Musik. Wir waren hingerissen. Und erbaut. Denn es galt ja, endlich, endlich den Sozialismus in unserem Deutschland aufbauen. Und das war nicht leicht nach all den Verheerungen. Da tat die Freude und Zuversicht, die aus Ihrer Musik zu uns sprach, gut. Es war das Violinkonzert von Beethoven, das sie spielten? –
– Sehr richtig. Und deshalb nicht meine Musik, sondern nur mein Vortrag. –
– Natürlich, Frau Werthland, natürlich. Aber Sie wissen selbst am besten, wie wichtig ein vollendeter Vortrag für das rechte Erklingen guter Musik ist. –
– Um Ihre Frage vollständig zu beantworten und meine Schauer bei jedem Betreten dieses Hauses zu erklären, Herr Staatssekretär, damit Sie nichts Falsches denken: Ende der 30er Jahre, gleich nach der Eröffnung, wurde ich hierher zweimal von dem damaligen Hausherrn in seine Prunkräume eingeladen. Außen herum und auch innendrin sah es ganz anders aus als heute. –
– Verstehe, verstehe. Natürlich weckt das unangenehme Erinnerungen. Ich bedaure. Bedauere sogar zutiefst. Aber Wohnraum für unsere Menschen zu schaffen, hat Vorrang. Wir müssen deshalb die öffentlichen Verwaltungsgebäude nutzen, die stehen geblieben sind. Den faschistischen Ungeist und sein Protzertum haben wir jedoch endgültig aus diesen Mauern, und nicht nur diesen, vertrieben. Das kann ich Ihnen versichern. –

... dass die Hausschuhe der Luckenwalder Schuhfabrik VEB ‚LUWAL" ein Exportschlager zu DDR-Zeiten waren?

– Davon bin ich überzeugt. – Esther blickt amüsiert auf die schlecht

geklebte Blümchentapete. Sie verbiss sich eine Bemerkung über die Sprengung des Stadtschlosses. – Wissen Sie, die äußeren Umstände waren damals sehr angenehm. Göring konnte reizend sein, wenn er wollte; ebenso wie er nach Belieben brutal wurde. Von einer Minute zur anderen. Als hätte er auf seinem schweren Leib irgendwo einen versteckten Knopf für gute oder schlechte Laune gehabt. Seine Liebenswürdigkeit hat mir am meisten zugesetzt. Ich gestehe, es fiel mir schwer, gegenüber seinem Werben, privatem wie politischem, standhaft zu bleiben. Den Märtyrer abgeben, ist einfacher, wenngleich härter zu ertragen. Zu meiner Überraschung hat er sich nie an mir gerächt. Vielleicht war ich ihm nicht wichtig genug. Oder man brauchte mich. Wenn man in Deutschland blieb, gehörte man sich nicht mehr. Es war mir klar. Ich hatte mich trotzdem dafür entschieden zu bleiben. –
– Verstehe. Natürlich. Aber Sie haben sich in puncto Standhaftigkeit nichts vorzuwerfen, Frau Werthland. Sie sind zwar nicht emigriert, aber Sie sind allein Ihrer Kunst treu geblieben, haben sich nicht einspannen lassen in die Propagandamaschinerie der Nazis. Deshalb haben wir Ihre Konzertreise im Jahre 1954 nicht nur gern gesehen, sondern sogar nach Kräften gefördert. Treten Sie doch bitte ein. Darf ich Ihnen einen Bohnenkaffee anbieten? –
– Gern. – Der Staatssekretär rückt Esther den bequemen Besuchersessel zurecht, gibt seiner Mitarbeiterin einen Wink. Er setzt sich hinter seinen riesigen schwarzen Schreibtisch, nachdem Esther Platz genommen hat, und zückt seine auf einem Aktenstoß liegende Hornbrille, ohne sie aufzusetzen. Er schwenkt sie in seiner rechten Hand hin und her, während er spricht.
– Tja, liebe Frau Werthland, kommen wir also zu Ihrem Wunsch, in unserer Republik heimisch zu werden. Wenn ich Ihren Brief richtig verstanden habe, möchten Sie nicht zu uns übersiedeln und Bürgerin der DDR werden, sondern Ihren Wohnsitz in der besonderen politischen Einheit Westberlin, dessen Bürgerin Sie sind, behalten, jedoch entweder in unserer Hauptstadt oder in Luckenwalde einen Zweitwohnsitz (er spricht das Wort sehr nachdrücklich aus) einrichten. –
– Das ist mein bescheidenes Anliegen. Ich habe Ihnen den Grund genannt, der mich dazu bewegt. Heimisch fühle ich mich hier, aber auch in anderen Teilen der Welt. Sie wissen selbst, wie schwierig es ist, als West-Berlinerin eine Besuchsgenehmigung für das Gebiet der DDR zu erhalten. Wie lange es dauert, wie unsicher ein positiver Bescheid ist. Reine Ermessensentscheidung. In meine Geburtsstadt Krotoschin reise ich ohne Probleme. –
– Krotoschin? –

– Ja. In der ehemaligen Provinz Posen. –
– Sie meinen Poznan in der Volksrepublik Polen, unserem Bruderstaat? –
– Als ich dort geboren wurde, hieß es Posen und gehörte zum Reich, und darauf beziehe ich mich. Zum Glück heißt Krotoschin noch immer so, obwohl es jetzt etwas anders geschrieben wird als damals. Die unterschiedliche Schreibweise akzeptieren die Polen, wenn Sie in meinen Pass schauen. –
– Natürlich. Verstehe, verstehe. Unsere schwere Geschichte. Wenn es den Sozialismus nicht gäbe, könnte man schier verzweifeln. –

... dass die Uhr des Kirchturms der St. Jacobi-Kirche in der Zinnaer Straße bereits 1894 auf der Weltausstellung in Chicago zu sehen war?

– Meine Schwester Smeralda meinte, wenn ich Wohnung in der DDR nähme, hätte ich nur einmal ein Verfahren zu durchlaufen und könnte dann mit einer Aufenthaltserlaubnis frei die Grenze passieren, wann immer es erforderlich sei. –
– Die Gedankenblitze Ihrer Frau Schwester in allen Ehren; sie ist dafür bekannt, und manchmal gehen sie sogar in die richtige Richtung; aber leider hat die Feindseligkeit der imperialistischen USA, an deren Seite die Adenauer-Regierung als Antreiber und Vasall zugleich steht, gegen unsere Republik und das gesamte sozialistische Lager nach den legitimen Schutzmaßnahmen zur Sicherung unserer Staatsgrenze in Berlin und anderenorts ein solches Ausmaß erreicht, dass wir die Einreise von Bürgern aus den Nato-Staaten und West-Berlin zu unserem Bedauern starken Kontrollen und erheblichen Beschränkungen unterwerfen müssen, um dem Klassenfeind nicht weiter die Möglichkeit zu geben, uns zu unterwandern und Menschenhandel zu betreiben. Von der offenen Grenze zwischen unserer Hauptstadt und der BPE Westberlin haben unsere Feinde viel zu lange profitiert. Wegen der besonders feindseligen Haltung des Westberliner Brandt-Senats und seiner Politik der völkerrechtswidrigen Eingliederung Westberlins in die BRD müssen die Maßnahmen in Bezug auf Westberliner Bürger besonderer Natur sein. Beklagen Sie sich nicht bei uns, wenn hochanständige und von uns überaus geschätzte Menschen wie Sie, Frau Werthland, mit darunter leiden müssen, wenn wir unsere junge sozialistische Republik schützen. Nicht wir sind für diese Situation verantwortlich, sondern die andere Seite. Es ist für uns reiner Selbstschutz. Im Falle der völkerrechtlichen Anerkennung unserer Republik und der Aufnahme normaler, friedlicher Beziehungen, wie sie zwischen Staaten unterschiedlicher Gesellschaftsordnung üblich sind, würden wir die meisten dieser Maßnahmen aufheben. Unsere Vorschläge in dieser Hinsicht, ebenso unser Vorschlag, Westberlin zu einer entmilitarisier-

ten freien Stadt zu machen, sind leider alle ohne ernsthaftes Gespräch oder auch nur Nachdenken von den bei Ihnen Regierenden abgelehnt worden. –
– Ihre Situation und die deshalb erforderlichen Maßnahmen sind mir völlig klar, Herr Staatssekretär. Ich bin vielleicht egoistisch und denke nur an mich; aber Sie haben es doch selbst, obwohl nur indirekt, gesagt, dass mein Aufenthalt auf dem Gebiet der DDR für Sie keinerlei Gefahr darstellt. Ich wäre viel zu froh darüber, bei der von Ihnen beschriebenen gespannten internationalen Lage eine Zuzugsgenehmigung erhalten zu haben, als dass ich mich für irgendwelche gegen die DDR gerichteten Aktivitäten oder Kampagnen einspannen ließe. Obwohl vom Naturell her eher unpolitisch, dachte ich, dass meine Wohnungsnahme bei Ihnen für Sie nützlich sein könnte und ich mir herbe Kritik dafür auf westlicher Seite einhandelte. Ähnlich wie bei meiner Konzertreise damals. Wie Sie wissen, spiele ich nur noch auf Benefizkonzerten; aber ich unterrichte weiterhin und wäre bereit, auch an einer Ihrer Hochschulen für Musik zu unterrichten. Ich will meine Bedeutung nicht überschätzen. Zumindest sehr viel nützliche Erfahrung könnte ich Ihren angehenden Solisten mit auf den Weg in die Konzertsäle der Welt geben. –
– Das wäre natürlich zweifellos famos. Hm. Sie unterrichten derzeit an der Hochschule für Musik in Westberlin, nicht wahr? –
– Ja. Ich würde diese Tätigkeit auch gerne noch eine Weile fortsetzen. Man verwächst mit jungen Talenten. Ich wäre aber bereit, längerfristig nur noch in der DDR zu unterrichten, wenn dies gewünscht wird. Und ich würde sicher einige junge Talente aus Übersee mitziehen. –

Der Mikrokosmos nämlich ist von der sogenannten Schrödinger-Gleichung beherrscht, und diese besagt, dass ein und dasselbe Elementarteilchen sich gleichzeitig an verschiedenen Orten befinden kann. Da auch ich aus solchen Elementarteilchen bestehe, fragt sich: Wieso kann nicht auch ich mich an zwei Orten zugleich aufhalten?

– Frau Werthland, ich danke Ihnen für diese Bereitschaft und Ihre Wertschätzung unseres Arbeiter- und Bauern-Staates, besonders seiner Bildungseinrichtungen. Vergessen Sie aber zwei Dinge nicht: Erstens, die DDR ist ein sozialistischer Rechtsstaat und wir müssen deshalb alle Menschen gleich behandeln. Würden wir Ihnen eine Sonderbehandlung erweisen, beriefen sich andere Bürger Westdeutschlands und Westberlins darauf, und wir gerieten in Erklärungsnot. Zweitens müssen wir mit dem uns zur Verfügung stehenden Wohnraum im Interesse unserer Bürger sparsam umgehen. –
– Meine Schwestern, die in Westdeutschland wohnen, erhalten leichter

eine Einreisegenehmigung. Und alle Welt weiß von Fällen, in denen ausländische Bürger aus dem westlichen Europa einen Wohnsitz in der DDR erhalten haben. Zum Beispiel Herr Felsenstein. –
– Es handelt sich um Bürger neutraler Staaten. Auf die besonders feindselige Haltung des Westberliner Senats hatte ich Sie bereits hingewiesen. –
– Mit einem österreichischen oder schweizerischen Pass sähe mein Fall anders aus? –
– Natürlich. In gewisser Weise, Frau Werthland. Aber lassen Sie mich gegenfragen: Warum siedeln Sie nicht überhaupt zu uns um? Nach Berlin, Hauptstadt der DDR oder Luckenwalde? Warum werden Sie nicht einfach Bürgerin unseres Staates? Dem steht nichts im Wege. Kapitalismus und Sozialismus verhalten sich zueinander wie Feuer und Wasser. Sie sind unvereinbar. Als Deutsche bei zwei deutschen Staaten und einer BPE Westberlin Wanderer zwischen den Welten zu spielen, ist unmöglich. Irgendwann muss jeder Mensch unserer Zeit wählen, auf welche Seite er gehört. Für uns Deutsche ist das wegen unserer Geschichte und der besonderen Lage in der Mitte Europas vordringlich und unausweichlich. Deshalb besteht unsere Regierung im Falle der Wohnsitznahme in der DDR bei Westdeutschen und Westberlinern auf Einbürgerung. Was das Praktische betrifft, kann ich Ihnen versichern, dass Sie wegen Ihrer künstlerischen Tätigkeit und, verzeihen Sie, gnädige Frau Werthland, letztlich schon wegen Ihres Alters keinerlei Probleme bei der Aus- und Einreise haben würden. –
Esther lacht. – Das alles ist mir klar, und ich habe es ernsthaft erwogen. Sie sehen, wie wichtig mir meine regelmäßigen Besuche in Luckenwalde sind; aber es gibt eine praktische Schwierigkeit. –
– Und die wäre? –
– Mein Mann. –
– Ihr Mann? Er ist Schriftsteller, ja? Relativ bekannt wegen seiner phantasievollen Sprache und verstellten Diktion. Ich glaube, er ist in einer bei uns erschienen Anthologie über bürgerlich-fortschrittliche westdeutsche und Westberliner Schriftsteller vertreten, ja? Er würde also nicht mit Ihnen zu uns übersiedeln? Verstehe ich Sie richtig? –
– Er schließt das nicht völlig aus. Aber sein Beruf ist nun einmal politisch heikler als meiner. Sie wissen das besser als ich. Und die politische Großwetterlage zwingt die DDR, wie Sie selbst gesagt haben, zu gewissen Vorsichtsmaßnahmen und besonderer Wachsamkeit. Er hat Verträge mit westdeutschen Verlagen. –
– Natürlich. Verstehe, verstehe. Gut. Überlegen Sie sich beide Ihre Wahl, Frau Werthland. Es steht allein bei Ihnen zu erkennen, wo auf der Welt und besonders in Deutschland die Zukunft beheimatet ist. Die Zeiten,

wo wir dem politischen Gegner frei die Flanke darboten, sodass er nach Belieben hineinstechen konnte, um uns auszubluten, sind ein für alle Mal vorbei. Jetzt geht es bei uns unaufhaltsam aufwärts im Sozialismus. Mit den Menschen für die Menschen. –
– Mehr als diese für die DDR und ihre Bürger sehr erfreulichen Feststellungen können Sie mir nicht auf den Rückweg mitgeben, Herr Staatssekretär? Künstler sind Egoisten. Ein unvermeidlicher Charakterfehler. –
– Auf diese Frage habe ich gewartet, Frau Werthland. – Er strahlt aufrichtig, ohne den Mund zu öffnen. – Wissen Sie, wir sind verständige und weltoffene Menschen in der DDR und wir achten und ehren die Kunst und die Kunstschaffenden. Wir sind nicht nur auf ihre materielle Verwertung erpicht wie die drüben bei Ihnen. Ich darf Ihnen deshalb, ganz unabhängig von Ihrer Entscheidung über eine mögliche Übersiedlung zu uns, ja, mitteilen, dass wir in Zukunft Ihre Einreiseanträge für Luckenwalde beschleunigt und sehr wohlwollend prüfen werden. Ich hoffe, damit auch Ihrer Schwester Smeralda eine Freude zu machen, ja? –
– Sie bereiten mit dieser Mitteilung meinen beiden Schwestern eine ebenso große Freude wie mir, Herr Staatssekretär. Ich freue mich auf der Stelle für Drei und würde Ihnen, hätte ich mein Instrument dabei, ein Capriccio vortragen, das Paganini für eine Verehrerin komponiert hat. Herzlichsten Dank! Sie können sich im Übrigen darauf verlassen, dass wir Drei in Luckenwalde wie immer bisher völlig privat und sehr diskret auftreten werden. Wir sind Ihnen in hohem Maße verpflichtet. –
– Wenn Sie mir einige Ihrer Schallplatten und Ihr Büchlein über die Erweckung zur Musik in Kindern bei Gelegenheit signiert zukommen ließen, wäre ich Ihnen meinerseits noch mehr verbunden als ohnehin durch ihre Kunst, Frau Werthland. –
– Ganz selbstverständlich, Herr Staatssekretär. Ich hatte ursprünglich geplant, einige Schallplatten gleich mitzubringen, aber in meinem Passierschein stand dazu nichts. Sie wissen selbst, wie schwierig es ist, mit Schallplatten durch die Kontrollen zu kommen. –
– Natürlich. Und Sie haben von mir erfahren, weshalb das so ist, wenn Sie es nicht ohnehin wussten. Wovon ich überzeugt bin, denn Sie sind nicht nur eine große Künstlerin, sondern auch eine sehr, sehr kluge und charmante Frau. Eine, die klar denkt, ja. Adressieren Sie Ihre Sendung bitte direkt an mich und schreiben Sie hinter den üblichen Vermerk auf der Vorderseite, wonach es sich um eine Geschenksendung und keine Handelsware handelt: „Dem Herrn Staatssekretär persönlich vorzulegen“, ja. Vielleicht wird ein kleiner Briefwechsel zwischen uns daraus. –
– Darauf freue ich mich ehrlich. –
Und das stolze Haus, eine Burg einst, gebaut aus zwei spiegelnden Türmen, wurde

zum Selbstbedienungsladen einiger weniger, die unsagbar reich wurden. Und von den Alten, sofern noch welche übrig waren, hatte keiner mehr die Kraft, das Treiben zu beenden; sie schauten ihm, faul und feige, zu. So scheiterte ein großes Werk, das Generationen in hundert und mehr Jahren getan hatten, und es hieß, daran sei niemand schuld.

Esther sagte sich, sie habe etwas erreicht. Es galt jedoch nur, solange der Staatssekretär auf seinem Posten blieb. Daran musste ihr nun liegen. Sie lachte; zugleich drängte sich wieder der fragende Gedanke zu, der sie seit Jahren nicht mehr losließ, kam sie mit fremden Menschen in nähere Berührung: Was wäre aus mir bei solchem Vater, bei solcher Mutter geworden? Meine Begabung hätte ich gewiss durchgesetzt, hätte ich sie gehabt, aber ein armseliger Mensch wäre ich wohl geblieben. Besser als geschehen, konnte ich nicht auf die Welt fallen. Dabei sind meine Eltern gar nichts Herausragendes gewesen. Sie wussten nur, dass sie füreinander bestimmt waren und was sie aneinander hatten. Das strahlte stärker als die Sonne über uns und alle Krisen. Das habe ich nicht erreicht. Keine von uns, am ehesten Maja. Kurze Zeit.

DAS NUN UND DIE VERWERTBARKEIT

Paul Prodek fühlt sich trotz Bolkos Warnungen immer noch frei in einem unfreien Land. Es geht ihm damit nicht anders als den meisten Deutschen. Obwohl er anders denkt als die meisten Deutschen. Was hat ihn bewogen, sich am Tage des Kriegsausbruchs auf dem Wehrkreiskommando zur Verfügung zu stellen und seine Freiheit zu verlieren? Will er wieder irgendwie nützlich oder jedenfalls am Geschehen beteiligt sein? Glaubt er im Kleinen Dummheiten verhindern zu können wie manchmal früher im Felde? Drei Jahre lang hatte er gehofft, die Sozialisten würden den Bürgerkrieg in Spanien gewinnen. Siegten sie, gäbe es keinen großen Krieg. Jedenfalls für einige Jahre. Hitler und Mussolini wären gewarnt, dass Expansion nicht leicht würde. Er hatte auf der Straße einen verschmierten Zettel aufgehoben. Darauf stand handgeschrieben, ohne Noten, das Lied der Thälmann-Kolonne. Zu Hause angekommen, hatte er versucht, die Melodie zu finden. Gar nicht schwer. Die Töne drängten sich auf. ‚Spaniens Himmel breitet seine Sterne über unsre Schützengräben aus…Die Heimat ist weit, doch wir sind bereit. Wir kämpfen und siegen für dich – Frei-heit‘. Die Synkope vor der Freiheit und die Endbetonung des Worts gefallen ihm. Das ist die Freiheit für alle. Die gewisse, die beständige. Endlich ein-

mal Soldat aus voller Überzeugung sein. Er grölte das Kampflied unter der Dusche, und er dachte, eigentlich müsste ich mich den Internationalen Brigaden anschließen. Charlotte war hereingekommen. Sie hatte schnell verstanden, was für eine Art Lied er sang. Gescherzt:
– Lass das bloß deine Große nicht wissen. Du bringst sie in Gewissenskonflikte. Deine versteckte rote Ader bricht mal wieder auf. Herzbluten für die Sozis in Spanien trotz Stalin. Mein Lupo wie er denkt und singt. – Komische Wir. Er ist nicht nach Afrika gekommen. Wegen mir. Mit Spaniens Schützengräben wird es schon gar nichts. Nicht nur wegen mir. Sie lacht.

Angesichts seines Alters und zwanzig Jahren ziviler Existenz ist nicht zu erwarten, dass man eine sinnvolle Verwendung für ihn findet. Weil es Charlotte klar ist, nickt sie zustimmend, als er ihr seinen Entschluss mitteilt. – Tu das! Eine Beschäftigung wird deiner Unruhe guttun. Doch denk an Bolko. Der schaut dir dauernd über die Schulter. – Meine Sorge gilt jetzt Majas Mann, Maja und ihren zwei Söhnen.

Weil es Major a. D. Prodek ist, empfängt ihn der füllige Chef des Amtes, Generaloberst Gramatzke, ein sehr sachlicher Mann mit spitz ausgreifenden Geheimratsecken im dunkelblonden Haar. Er nimmt sich trotz der gewaltigen Arbeitsbelastung in jenen Tagen eine Viertelstunde Zeit für ein Gespräch mit Paul. Sie kennen sich seit Langem. Sehr verändert haben sich die Dienstzimmer der Befehlshaber in zwei Jahrzehnten nicht. Anstelle des Kaisers hängt der Führer an der Wand. Räderwerk mit Beilagen wie üblich. Bewundernswert sei seine Einstellung, seine Vaterlandsliebe, sagt Gramatzke. Ein Vorbild für die Jugend bist du, Paul. Wie er sehe, sei der Freund auch physisch weiter voll belastbar. Nur sei die technische Entwicklung der Waffen so rasant fortgeschritten, dass Erfahrungen aus dem letzten Krieg nicht mehr zählten. Die große Zeit der mobilen Verbände mit Krädern, Spähwagen, Panzern, Fliegern, Luftlandetruppen sei angebrochen. Vor zwanzig Jahren habe diese Technik in den Kinderschuhen gesteckt oder sei noch ganz unvorstellbar gewesen. Er bedauere: Bei allen Qualitäten, die ich an dir schätze, habe ich doch keine Verwendung für dich. Nicht einmal in der Organisation Todt, den Bautrupps. Selbst da ginge es nun vor allem technisch zu. Freilich wolle er in den nächsten Tagen und Wochen weiter für ihn Ausschau halten, ob sich etwas im rein organisatorischen Bereich finden ließe. Es sei zu schade, wenn ein tüchtiges Soldatenblut wie das seine untätig in den Adern rinne, während das Vaterland sich kämpfend erhebe.
Erleichtert geht Paul nach Hause. Ihm scheint, als sei er ausschließlich ins Wehrkreiskommando gegangen, um diesen abschlägigen Bescheid

zu vernehmen. Er hat sich angeboten, man braucht ihn nicht. Er fühlt sich befreit. Wieso? Ich war frei. Der Versucher hat mich getrieben. Ich wollte mich nicht schonen. Jetzt darf ich guten Gewissens, in Muße und bangend den Kämpfen zuschauen. Hoffentlich kommen wir besser raus diesmal. Manches spricht dafür.

Drei Tage später ruft Gramatzke an. Er habe etwas. Paul möge ihn auf dem WKK aufsuchen. Dort Näheres. Er versinke in Arbeit.

Sie sitzen sich erneut in grauen Sesseln, in denen die Stahlfedern bei jeder Bewegung quietschen und den Stoff zu zerreißen drohen, entspannt gegenüber, während sich ringsherum in den Amtsstuben Betriebsamkeit abwimmelt. Räderwerk. Übliches. Aufdringliches. Gramatzke stopft seine Pfeife. Saugt sie in Brand. Stößt blaue Rauchkringel aus.
– Ich hatte völlig vergessen, dass du gelernter Jurist bist, Paul. –
– Ich habe es selbst fast vergessen. Es fällt mir wieder ein, wenn Leute mich behelligen. Ich bin Jurist nur noch als Selbstverteidiger. Als Soldat habe ich gleichermaßen lieber aus der Verteidigung heraus agiert, als Offensiven anzuführen. –
– Jeder hat seine Art. Jedenfalls warst du, nach allem, was ich gehört habe, unglaublich tüchtig. Vielleicht zu tüchtig und zu wenig ehrgeizig. Lassen wir die Vergangenheit. Ich habe dir gesagt, dass ich genau das Richtige für dich habe. Dass ich nicht gleich darauf gekommen bin! Pass auf. Die Mobilisierung aller Wehr- und Dienstpflichtigen hat dazu geführt, dass leider auch unsere Kriegsgerichte stark belastet sind. Es gibt hier und da Probleme mit Drückebergerei, Auflehnung, Disziplinlosigkeiten. Wir müssen für jedes WKK ein Kriegsgericht bilden. Bisher genügte die zentrale Kriegsgerichtsbarkeit. Solide militärische Erfahrung und juristische Ausbildung müssen zusammenkommen, um der Aufgabe gewachsen zu sein. Du wärst ein hervorragender Vorsitzender für unser KKG, das schon nächste Woche seine Arbeit aufnehmen soll. –
– Damit habe ich nicht gerechnet. Ich hatte an irgendeine militärische Funktion gedacht. –
– Es ist eine solche. Eine höchst dringliche. –
Nach kurzer Unschlüssigkeit, er steht auf, läuft im Raum einige Male hin und her, stimmt er zu. Das Beste daraus machen. Wieder einmal. Das habe ich davon. Vielleicht wird es spannender, als ich denke.

Ich habe es kommen sehen. Die Gedanken, was ich dann machen würde, habe ich als lästig verscheucht. Jetzt zwingt mich Vati dazu, Stellung zu beziehen. Gerade jetzt, wo ich die Bedeutung des riesigen Knochenfundes zu ergründen suche. Ich dachte, er hält bis 75 durch.

Wer bis 40 keine 100 Millionen auf dem Konto hat, ist ein Versager.

Jagga Topfschlag ist seit fünf Monaten mit einer Grabungsexpedition in der Steppe der russischen Republik Tuwenien an der Arbeit, 200 Kilometer nördlich der Grenze zur Mongolei. Ein Gemeinschaftsunternehmen der Universitäten von Leipzig, Wolgograd und Almaty, früher als Alma-Ata bekannt. Das erste seiner Art. Sie suchen Grabstätten der asiatischen Wandervölker, die Jahrtausende lang aus Innerasien in Richtung Orient und Europa gezogen waren. Jagga leitet als Ko-Direktorin der Expedition die deutschen Wissenschaftler.

Sie hat sich als Archäologin und Historikerin in den über zwanzig Jahren ihrer Berufstätigkeit hohes Ansehen erworben. Sie gilt als Spezialistin für die frühen Bevölkerungsbewegungen zwischen Europa und Asien und den damit verbundenen Kulturaustausch. Das, obwohl sie alles, wirklich alles, über Etrusker und Phönizier weiß und manche erfolgreiche Grabung auf ihren Spuren unternommen hat. Doch auf diesem Gebiet, das Europa, Asien und Afrika in vorantiker Zeit verbindet, gibt es viele Spezialisten. Die nordöstlichen Gefilde blieben lange ihrer schieren Größe wegen, mehr noch aus politischen Gründen für die internationale Forschung verschlossen. Jagga hat das rechte Gespür gehabt, dass die Zukunft der Archäologie, wohl auch der Anthropologie, in Mittel- und Nordasien liegt. Sie tauscht das bunte Lädchen Mittelmeer, das zum Zugreifen an allen Stellen einlädt, gegen die spröde, struppige Weite des Ostens und ist zur Stelle, als die Russen Zusammenarbeit mit Archäologen aus dem Westen suchen. Das bringt ihnen das fehlende Geld und sichert wohlgefällige Aufmerksamkeit im eigenen Lande wie im Westen. Es kommen nicht viele gute Nachrichten aus Russland seit Mitte der Neunziger. Die Steppe ist Jagga Topfschlags Elexier zum Nachdenken.

Ihr Buch über die ‚Geschichte der Skythen' ist mittlerweile weltweit *die Referenz* für jeden, der sich mit dem untergegangenem Reitervolk beschäftigt. Das Werk hat ihren einprägsamen Namen breiten Schichten der Bevölkerung bekannt gemacht, weil es dank Jaggas stilistischem Vermögen,

Vati hat mir gute Tipps gegeben, ein Meisterwerk streng wissenschaftlicher und doch allgemein verständlicher und ergreifender Geschichtsschreibung ist. Ein Bestseller ist es geworden. 252.361 Stück verkauft, in 14 Sprachen. ‚Da entsteigen ein bisher ziemlich unbekanntes Volk und einzelne seiner Repräsentanten ihren jahrtausendealten Gräbern und sind mitten unter uns', schrieb ein begeistertes Boulevardblatt. ‚Mögen Filmemacher und Biowissenschaftler davon träumen, aus den aufgefundenen Knochen- und Hautresten Tiere und warum nicht auch eines Tages Menschen der Vergangenheit biologisch wieder erstehen zu lassen, Jagga Topfschlag hat sie durch Forschung an den Rückständen früherer Existenz längst geistig zu neuem Leben erweckt.' Vergleiche mit Ranke, Mommsen oder Droysen weist sie zurück. Schon die Gegenstände der Betrachtung sind zu verschieden in ihrer Bedeutung, um mich mit diesen Altmeistern der Zunft zu vergleichen. Und ich darf die Ergebnisse meiner Forschung viel freier darstellen, als dies in früheren Jahrhunderten möglich war. Ein Nobelpreis gar – ausgeschlossen. Jagga ist nicht geltungssüchtig, weiß aber, dass nicht allein ihr Wortgeschick, sondern auch ihre Erscheinung, ihr blonder Pferdeschwanz, ihre scharfen grauen Augen, ihre schnittige Figur in langen Lederhosen und Stiefeln gut beim Publikum, jedwedem, ankommen. Das hat sie ihren staksig-blassen männlichen Kollegen vom Fach, silberbärtig, silberhaarig oder nicht, voraus. Sie hat keine Feinde. Es kommt ihr verdächtig vor; denn ich bin nicht beliebig.

Als sie vor zwei Jahren in einem Feld von nur einem Dutzend Gräbern auf die mumifizierte und damit vollständig erhaltene Leiche eines Säuglings stieß, erregte das weltweit Aufsehen. Mit Größe und Tragik verbunden sein, prächtig oder angenagt aussehen muss eine Mumie normalerweise, um berühmt zu werden. Dieses in rote und blaue Wolle gehüllte Dingchen, dem die Eltern einen Schnuller aus Schafseuter und einen Ohrring mit ins Grab gegeben hatten, war niedlich. So kuddelig, dass kein Mensch davor zurückgeschreckt wäre, das auf die Größe eines Apfels geschrumpfte Köpfchen zu küssen. Ein seltener Glücksfall für einen Archäologen, um berühmt zu werden. Viel mehr für eine Archäologin. Sie wird, ob sie will oder nicht, von den Medien zur ‚Mutti' dieses fast 3000 Jahre alten Findelkindes erkoren. Jagga weigerte sich standhaft, mit dem immertrockenen und verschrumpelten Säugling in den Armen zu posieren, wie es zahlreiche Journalisten von ihr forderten. Die Fachwelt beschäftigte sich derweil damit, ob die gefundenen Mumien einem schon bekannten oder einem noch gänzlich unbekannten innerasiatischen Wandervolk zuzuordnen seien. Jagga vertritt die letztere Auffassung und argumentierte dafür vehement auf Kongressen in Sidney, San Francisco und Brügge. Sie ist stets sachlich und freundlich, bestimmt und konzentriert. Die Ruhe selbst. Zu ernst, finden viele. Viel zu ernst für ihr Aussehen. ‚Wenn Ernst einen Charme hat, drückt er ihn in Jagga Topfschlags Gesicht aus', hat ‚Die Weltwoche' geschrieben.

Sie lebt für ihren Beruf: Eingehende Planungen, mühselige Grabungen, akribische Auswertung der Funde. Tagungen, Vorlesungen halten, schreiben, lesen; studieren, was andere inzwischen geleistet und geschrieben haben, Anträge auf finanzielle Unterstützung abfassen. Keine Zeit, kein Raum, um in der Lebenswirklichkeit Mutter zu sein. Es war nicht schwer, das vorauszusehen. Wo Vati sowieso immer Recht hat. Pah! Was die Pfaffen um eines Aberglaubens willen aushalten, sollte mir als Preis zu hoch sein, um der Wissenschaft zu dienen? Als ich ihm nach der erfolgreichen Ausgrabung in der Emilia-Campagna sagte, unser beider Tagesablauf sei auf Jahre hinaus gleichermaßen verplant, seufzte er. Als ich hinzufügte, meine Arbeit möge überflüssig sein, womöglich gar Auswuchs einer Luxus- und Langeweilegesellschaft, gesundheitsschädlich sei sie nicht, und ich könne deshalb ruhiger schlafen als er, antwortete er: – Dass du darüber nachdenkst, beweist, wie sehr du meine Tochter bist. – Sie freute sich über diesen Satz mehr als über die Zustimmung von Fachkollegen zu ihren häufig wagemutigen Hypothesen. Hinzugefügt hatte er: – Aber dass du ohne Kinder bleibst, stimmt mich desto trauriger. – – Man kann nicht alles im Leben haben, Vati. – Sie fragte nicht: Meinst du, du hast's? Dumm und ungerecht, dass Frauen nicht mit 60 erst Mutter werden können. Ich würde es tun. Lebenserwartung und Fitness wären da. Die Natur verliert beizeiten den Anschluss an ihre eigene Fortentwicklung.

Ihr Vater dachte derweil ernsthaft darüber nach, ob er ihr nicht zu einer lesbischen Beziehung raten sollte – sei es nur zum Schein. Ihre Partnerin würde sich eine Eizelle von Jagga in die Gebärmutter setzen und dann befruchten lassen. Dafür würde ich sorgen. Sich natürlich um das Kind kümmern, weil sie einen ortsfesten Beruf hätte.

Weil Jagga wusste, dass sie ihre Sexualität später kurz halten würde, nutzte sie die Studienzeit, um mit Männern aller Macharten und Altersklassen zu schlafen. Sich Verlieben hatte sie in der Schulzeit resolut vermieden. Es fiel ihr nicht allzu schwer. Niemand glaubte mehr an die Liebe. Sie blieb deshalb lange Jungfrau. Fand es apart. Eine über Jaggas erotische Erfolge neidische Freundin gab Jagga für ihre ab dem ersten Semester jäh aufschießende leichte Art, Männer zu sich ins Bett zu nehmen, den Beinamen ‚Matratze'. Jagga lachte, als sie es von einer anderen Freundin hörte, die es ihr empört, insgeheim genüßlich, hintertrug. Es ließ sie kalt. Sie tat beiden nicht den Gefallen, sich aufzuregen. – Ich weiß, was ich tue. Ihr nicht; torkelt herum. Zitronenfalter ziehen Schnurbahnen im Vergleich zu euch. Irgendwann bleibt ihr dann an einem Dorn hängen. Und im Übrigen seid ihr wohl Jägerlatein aufgesessen. Ich throne nämlich immer oben. Ich hoffe, ihr prüft eure Quellen bei wissenschaftlichen Arbeiten gründlicher. – Als eine dritte Freundin sie im Suff mit lallender Stimme Abspritzanlage nannte, verpasste sie ihr kurzerhand eine Ohrfeige, sagte – was weißt denn du? – und ging. Am nächsten Tag verhielten sich beide, als sei nichts geschehen.

Wenn einer direkt kam, sich keine Mühe gab, sie für sich zu gewinnen, weil er von ihrer leichten Art gehört hatte, ließ sie ihn abblitzen. Anal- und Oralverkehr kamen nicht in Frage, stellte sie eingangs sehr freundlich klar. Irgendetwas muss ich vorhalten für einen Mann, den ich wirklich liebe, grinste sie in sich hinein. Gestand sich aber ein, dass ihr beide Praktiken zuwider waren. Usprünglich hatte sie sogar ihre Brüste reinhalten wollen; aber schnell kapiert, dass dies die meisten Männer bis zur Schwäche irritierte. Doch ohne Ritual ging es bei ihr nicht ab. Sie nannte es die Standprobe. Ihr Gegenüber musste sich dazu eingangs flach auf den Rücken legen. Sie setzte sich zwischen seine Knie und umfasste mit beiden Händen sein hochgerecktes Glied. Sie meditierte dann, indem sie alle Aufmerksamkeit in ihre Nasenspitze lenkte. Einem blutjungen Kommilitonen, als Hochbegabter hatte er zweimal eine Klasse übersprungen, passierte dabei das Missgeschick, dass er bereits eijakulierte. Er wollte nach der unterdrückten Verzückung, bei der er sich wand, wie ein auf frischer Tat ertappter Dieb, aus dem beschmutzten Bett fliehen, doch Jagga kommandierte ihm: Bleib! Er tat ihr leid. Sie umgarnte ihn dann so erfolgreich, dass es in einem zweiten Anlauf eine Stunde später nahezu normal vonstatten ging. Unbarmherzig verfuhr sie mit einem hoch ausgezeichneten und deshalb bejahrten, natürlich glücklich verheirateten Professor Dr. mult. Als sie merkte, dass nach zwei Minuten seine Standkraft nachließ, verabschiedete sie ihn mit den Worten, es werde nun keinen Fortgang außer dem seinen geben.

Die sogenannten Abenteuer in Sexualien waren amüsant, oft bis ins Spaßige, nicht mehr. Trotzdem kam sie fast immer zum Hochreiz, weil sie heftig nach oben oder hinten zurückstieß. Ihren Erregungszustand erlebte sie zappelnd. Am nächsten Tag notierte sie, was ihre Begehrer nach Entleerung der Keimdrüsen geredet hatten. Daran schulte sie ihr Gedächtnis. Eine Entleerung zieht oft eine andere nach sich. Sie liest das Notierte hin und wieder zu ihrer Erheiterung vor dem Einschlafen nach, wenn sie unterwegs ist. Sie vergleicht es mit den Gesprächen unter Kollegen im Lager.

Beeindruckt haben sie die eigene kurzzeitige sexuelle Hyperaktivität und das Gerede ihrer Begehrer ‚danach' nicht. Von den 29 Männern mit denen sie nach ihrer ersten Statistik – meist nur wenige Male – geschlafen hatte, schwieg einer nach dem Verkehr völlig und begnügte sich mit Fortgekuschele. Er schlief dann ein und hatte es am nächsten Morgen eilig. Einer hatte gefragt: Und wie soll es nun weitergehen? Als ich antwortete, dass dies nicht erforderlich sei, zog er sich an und verließ die Wohnung, ohne sich gewaschen oder noch ein Wort gesagt zu haben. Bei den meisten löste die Ejakulation die Zunge. Sie erzählten von ihrer Arbeit und nochmals Arbeit, schwelgten in Plänen, phantastischen Ideen, Reisen, breiteten häusliche Schwierigkeiten, vergangene Erlebnisse aus, Enttäuschungen vor allem und wieder, die Kindheit, die eigene, die ihrer Kinder – wie beim Psychiater auf der Couch schwatzten sie; manche hielten ein, zwei Stunden durch. Einer sprach sogar von Politik. Einige machten Jagga Komplimente über ihren Körper, ihre Technik. Kann mich nicht vergleichen, antwortete ich jeweils kurz. Hab mir keine besondere Mühe gegeben. Vielleicht bin ich ein erotisches Naturtalent. Und dich will ich nicht vergleichen. Ihr seid im Grunde gleich. Spricht aber nicht gegen euch. Andere waren dankbar, weil ihr schüchternes Verhalten bisher Eroberungen im Wege stand und sie nie ernsthaft an eine Frau ihres Formats als Bettgenossin gedacht hatten. Jagga fühlte sich nach der einen oder anderen Nacht, als habe sie ein gutes Werk getan. Ein netter Kerl der Karl. Schwitzig war er. Sie mochte die Mischung aus Schweiß- und Parfümgeruch im Bett. Rauchen war tabu. Als gut betrachtete sie auch, dem einen oder anderen bedeutet zu haben, dass er nicht so ausnehmend war, wie er von sich glaubte.

Nach den wenigen Jahren warf sie die Sexualität, die andere als verwegen bezeichnet hätten, weg wie einen Kindermantel. Um etwas aus vollem Herzen zu verschmähen, muss man es reichlich gehabt haben. Überzeugt, durch künftige Abstinenz nichts zu versäumen, wandte sie sich vollauf der Wissenschaft zu. Um es sich zu beweisen, setzte sie abrupt die Pille ab. So bleibt ein kleiner Kitzel, sollte ich doch mal schwach werden. Glaube ich nicht. Beziehungen zu einem Mann, mit dem sie fachlich über Monate zusammenarbeitet, im Lager eng beieinander lebt, sind ausgeschlossen. Für Kongresse gilt das Gleiche. Sex mit Kollegen ist das beste Rezept, um menschlich und beruflich zu stranden. Sich Feinde zu machen. Sie gibt sich ihrer Aufgabe hin. Hat Verstand und Impulse dafür ganz frei. Aber wenn sie im Fachgespräch einem Mann gegenüber sitzt, auf einem Kongress Hahnenkämpfe und Paradiesvogeltänze verfolgt, fragt sie sich, was für eine Art Erzähler der Redner bei ihr im Bett wäre. Aus ihren Mundwinkeln sprießen dann für den Beobachter unerklärliche Lachfalten. Am schwersten tut sie sich mit sachtem Werben. Einem kaum spürbaren Blick, einer fast zufälligen Berührung, einem behutsamen Kompliment, einer dezenten Aufmerksamkeit. Sie antwortet nicht; aber das winzige Geschehen geht ihr hartnäckig lange im Kopf herum. Sie möchte nicht wehtun. Meine größte Schwäche. Oft träumt sie in den Morgen- oder Abenstunden von ihren einstigen Meditationen. Fällt es ihr lästig, greift sie an ihre Nasenspitze und kneift kräftig hinein.

Sie ist selten in ihrer Wohnung in Berlin und sitzt noch seltener mit Eltern und Geschwistern beisammen in den Nischen des Lebens, die sich Zuhause und Heimat nennen. Das Seltene hat bekanntlich den höchsten Wert.

Nun kommt die befürchtete Bombe von daheim. Davor ein Geständnis: Vati stand als einziger von uns im Austausch mit Inga Prodeck. Er verschwieg es seiner Mutter, die vor ein paar Jahren erst starb, und deshalb uns allen. Er hat Inga aus der Ami-Prostitution gelöst und ihr den Rat gegeben, sich durch ein Buch über ihr Schicksal zu befreien. Du kannst das meiste erfinden. Wie in echten Biografien. Er hat einen Verlag beschafft, einen Schreibhelfer angeheuert. Er mochte sie wohl. Sie wurde seine späte zweite Tochter. Ich hör' es tapsen: Meine Ratschläge sind so schlecht nicht, Jagga. Ingas Erfolg beweist es. Sein Geschäft kann er lassen, aber nicht die Anspielungen und das Rechthaben.

Er zieht sich zum Ende des Jahrhunderts zurück. Den neuen Markt im Osten wollte er noch erschließen. In Luckenwalde eine Konfitüren- und Pflaumenmusfabrik aufmachen. Ein alter Traum. Das ist ihm gelungen. Wir sind zurück. Es reicht ihm. Ohne die Erfindung des mobilen Telefons hätte er noch einige Jahre weiter gemacht, schreibt er. Aber nirgendwo mehr hat man jetzt Ruhe, und weil die Konkurrenz sich des Beschleunigungsmittels bedient, komme ich nicht umhin, So'n Ding auch immer bei zu haben. Früher konnte man seine Geschäfte in Ruhe machen. Jetzt steckt selbst beim großen Geschäft So'n Ding in meiner Hosentasche. Fürchterlich. Als hätte nicht schon die Erfindung des Autos den ohnehin nicht fernen Untergang der Menschheit um 200 bis 300 Jahre beschleunigt. Sein Brief ist sachlich auf seine Weise. Keine Vorwürfe, nicht einmal versteckte, gegen mich. Keine Bitterkeit über die fehlende Nachfolge, den Verlust dieser riesigen Gestaltungsmasse ‚Unternehmen' für die Familie. Heiter und gelöst wirkt das Schreiben. Es endet mit einer für ihn typischen Grimasse: Weisst Du, was mir auf meine alten Tage noch passiert ist? Das Deutsche Pfarrerblatt, Auflage 10.000, die haben sogar schon eine Internetseite, furchtbar, bat mich für sie einen Artikel über Ethik und Unternehmertum zu schreiben. Als ich fragte, wieso sie gerade auf mich kämen, ich hielte die Quandts oder die Bosch-Stiftung für qualifizierter, antwortete mir der verantwortliche Generalsuperintendent, ich wirkte so menschlich und bescheiden selbst bei meinen militanten Auftritten in Sachen Justiz. Nach einem Künstler will man nun noch einen heiligen Kauz aus mir machen. Es ist wirklich Zeit, dass ich mich verpflüme. Er hat sich aber breitschlagen lassen.

Der kalte Schweiß breche ihm aus, wenn er darüber nachdenke, was er und seine Kollegen in die Welt gesetzt hätten.

Er will mit seinen 72 noch einige beschauliche Jahre verbringen. Beschaulich-bescheiden, abgeschieden in der Uckermark. Betrachtungen schreiben, indem er über das Land geht. Mit nichts in der Tasche, freien Sinnen. Hin und wieder will er eine mehrtägige Radtour an einen Bodden machen. Einfaches Land. Unaufgeregtes. Hinterland. In jeder Hinsicht ein Dazwischen. Ich Abgeklärter. Der Schatten Mark Aurels über dumpfer Mark. Wenn es bloß nicht diese Scheißwindräder gäbe! Soll ich deshalb nach Australien in die Wüste? Da weder Kinder noch Enkel zur Übernahme des Unternehmens bereit oder befähigt sind, Dettluff arbeitet zwar im Einkauf, hat aber nur die Statur zu verhandeln, nicht zu führen, verkauft Vati sein Lebenswerk für drei Milliarden Deutsche Mark an Lindt & Sprüngli. Höhere Angebote von Nestlé und amerikanischen Konzernen hat er abgelehnt, weil sie ihm nicht garantieren wollten, die deutschen Werke für mindestens zehn Jahre weiterzuführen. Nur schnell loswerden wollen die mich. Den lästigen Außenseiter. Den Spaßvogel, der ihnen den Spaß schon lange verdirbt, weil er gezeigt hat, dass es auch anders geht als mit ihren primitiven ‚zeitgemäßen', wissenschaftlich erarbeiteten Geschäftsmethoden und faulem Getrickse.

Der lange Brief aus Berlin beweist: Vati hat wieder einmal alles fein säuberlich welt- und familiengerecht und noch dazu weise durchdacht. Für sich selbst samt Frau nimmt er drei Millionen Mark mit in den Ruhestand. Die Kinder seiner Tanten Esther und Smeralda erhalten ebenso wie sein Bruder und seine Schwester sowie deren Kinder jeweils eine Million, weil die alten Namensrechte und die Destillationsrezepte, die in den Aufbaujahren den Grundstock für sein Lebenswerk abgaben, als väterliches Erbe allen drei Töchtern gemeinsam gehörten. An die eigenen Kinder vermacht er jeweils drei Millionen. Sogar an die anderen Abkömmlinge von Johannes Podrek/Prodek denkt er. Sie kriegen je 100.00 DM, einschließlich der Prodecks. Ich weiß, weshalb. Er meint:

seines Urgroßvaters Zähigkeit, seines Großvaters Scharfblick, Redekunst und Eigensinn sowie seines Vaters Draufgängertum hätten aus ihm gemacht, was er ist: den erfolgreichen Mittelstandsunternehmer und Einzelgänger. Da fühlt er eine Dankesschuld bis hoch ins dritte Glied. An die Frauen denkt er bei seinen Erbanlagen nicht. Obwohl er nicht misogyn ist. Er meint nur, als Mann müsse er sich an den männlichen Vorfahren ausrichten. Wäre ich Frau, hielte ich mich an die weiblichen, hat er mir einmal gesagt. Kann man das trennen? Blödsinn! Das weiß er selber. Aber es macht ihm einen unerklärlichen Spaß, so etwas zu verbreiten und zu tun, als glaube er fest daran.

Die verbleibenden 2 Milliarden 975 Millionen DM kommen nach Abzug der Steuern in eine Stiftung, deren Jahreserträge zur Hälfte als gut dotierte Preise für die erfolgreichsten oder originellsten mittelständischen Unternehmen in Afrika gehen. Bloß keine Subventionierung oder gar Almosen verteilen! Die sollen rackern – wie ich es nach 45 getan habe – dann werden sie belohnt. Faulenzer gibt es genug auf der Welt – und nur die schielen auf Almosen. Die andere Hälfte soll für die Sanierung deutscher Schlösser und Parkanlagen, vorrangig in Ostdeutschland, aufgewendet werden. Dazu lässt er einige verloren gegangene Denkmäler wieder errichten. Insbesondere das von Kaiser-Friedrich III. vor dem Bode-Museum. Keiner vor ihm hat gesehen, wie sehr es im Stadtbild an der Spitze der Spreeinsel fehlt. Ich muss es mal wieder tun. Der riesige Hausstand wird aufgelöst. Schön. Wie alles, was er macht: Vorbildlich. Stinkvorbildlich. Aber was soll mir das? Ich sitze über meinen Knochen und grübele. Klar, ich hatte den Riecher, einen Archäozoologen mitzunehmen. Den haben wir den Russen und Kasaken voraus. Er ist ungeheuer nützlich. Hat hervorragende medizinische Kenntnisse und rausgekriegt, dass unser Skythenfürst von Arschan an Prostatakrebs gestorben ist. Das gesamte Skelett war durchsetzt von Metastasen. Dünnschnittpreparate der Knochen und einer rasterelektronischen Untersuchung bedurfte es, um das herauszufinden. Seine Frau, die etwas weiter lag, starb wohl an ihrem Kropf. Erstickt. Ganz allmählich. Das Meer ist weit weg. Verformungen des Nackens und Brustbeins bei der Mumie deuten auf die Todesursache hin. Den Kropf selber haben sie vor der Mumifizierung dezent entfernt, meint er. Ihr Kropf ist weniger sicher als der Krebs bei ihm. Doch warum an der Fundstelle bei Kysyl über nur wenigen Ar verstreut, zehntausende von Tiergebeinen, meist von Pferden, aufgehäuft liegen, muss ich selber rausfinden. Ein Archäometronom wird kommen und mir helfen. Zuerst dachte ich an eine Reiterschlacht. Dagegen sprachen der Ort und die heilen Knochen. Handelte es sich um Tiere, die in einer Schlacht verendet wären, müsste mehr Bruch darunter sein. Außerdem fanden wir kaum Schädelknochen. Überhaupt keine vollständigen Gerippe. Das spricht auch gegen einen Pferdefriedhof oder die Abfallgrube der Großschlächterei eines Reitervolks. Sollten die Knochen als Streben in Behausungen, womöglich gar zum Verfestigen von Wänden gedient haben, weil es kaum Holz gab – und die wenigen nutzbaren Baumstämme als Brennstoff zum Schmieden dienten? Wir wissen kaum etwas darüber, wie diese Völker gewohnt haben. Was wir finden, sind Gräber. Die wurden durch die Erdabdeckung geschützt. Die meisten Forscher meinen, die Reitervölker hätten in Jurten oder Zelten aus Juchten gehaust, bisweilen in Erdhöhlen. Sie seien als Nomadenvölker ständig herumgezogen. Ich bin sicher, dass es auch feste Ansiedlungen gegeben hat, wenngleich noch keine Städte. Es gab eine Schmuckindustrie, sogar beizeiten einen verfestigten Staat. Das geht nicht ohne standfeste Plätze. Ich will morgen noch einmal genau untersuchen, ob wir nicht doch irgendwelche Reste von Fundamenten finden. Wir müssen ungeheuer feinfühlig vorgehen. Was mache ich mit dem Geld? Die vorgezogene Erbschaft stört mich in meiner Arbeit. Rächt er sich auf diese Weise, dass ich ihm ausgebüchst bin? Nein, so ist er nicht. Einfach gerecht will er sein. Das reicht, um mir das Leben schwer zu machen. Also, was mache ich? Ich will das Problem mit dem Geld vom Buckel kriegen.

Am einfachsten wäre, die drei Millionen mit in seine Stiftung zu geben. Aber das sieht aus, als wollte ich nichts von ihm annehmen, als hätte ich eine alte Rechnung zu begleichen. Ich könnte meinen Anteil meinen Geschwistern überlassen. Aber wieso eigentlich? Außerdem sieht auch das so aus, als hätte ich mich mit ihm überworfen und wollte nichts von ihm annehmen. Ich könnte eine eigene Stiftung aufmachen. Dazu ist es nicht genug. Mehr Aufwand für die Verwaltung ginge drauf, als jedes Jahr ausgekehrt würde. Für welchen Zweck? Ich müsste lange überlegen. Das gerade will ich vermeiden. Ich könnte das Geld dem Roten Kreuz spenden. Wirkt eigensinnig und wieder sehr abgrenzend, wo er einen anderen Zweck für die Masse des Vermögens bestimmt hat, weil er allen Organisationen misstraut. Zuviel Bürokratie und Eigennutz, sagt er. Ich könnte mir teure Kunstwerke und Bücher kaufen. Wozu? Ich habe einige hübsche Stücke aus den Grabungen, die ich behalten durfte, zu Hause. Ich bin selten da. Müsste noch mehr die Versicherungen bereichern als eh schon. Teure Bücher kriege ich aus den Bibliotheken. Ich könnte das kleine Vermögen als Vorsorge für das Alter aufheben, mir später ein großes Haus damit kaufen. Wozu? Was soll ich im Alter alleine dadrin? Eine schöne Stadtwohnung ist besser. Und fürs Altersheim reicht das Geld, das ich habe. Ich könnte eine Expedition finanzieren. Ganz alleine. Früher war das mein Traum. Es wäre wohl das

Beste, aber für die nächsten Jahre bin ich ausgebucht. Und das Geld an die Konkurrenz geben, bringt Arbeit, schafft Eifersüchteleien und kostet Zeit, die ich besser auf eigene Facharbeit verwende. Ich müsste einen langen Vertrag aushandeln. Könnte mich nicht retten vor Angeboten, Anbandeln, Umschmeicheln. Ich könnte ein Gerät für Radiocarbon-Untersuchungen anschaffen. Es gibt schon einige. Wem sollte das gehören? Behalte ich mir das Eigentum vor? Verschenke ich es? Alles Aufwand, Komplikationen. Ich brauchte Berater. Zeit- und Energieverlust, die meine wissenschaftliche Arbeit beeinträchtigen. Eine hübsche Idee, sie fände wahrscheinlich Vatis Beifall, wäre, sich in eine gute Fee verwandeln und das Geld dem ältesten enttäuschten Lottospieler Deutschlands zukommen zu lassen. Aber wie finde ich den? Eine Ausschreibung? Auch Zeitaufwand. Das Einfachste und Beste ist, ich lege das Geld an und warte bis mir ein guter oder nützlicher Zweck über den Weg läuft. Dann gebe ich es aus. Spontan. Am besten auf einen Schlag. Dann bin ich es los. Anlegen wie? Er soll mir was raten oder es einfach bestimmen. Ich will so wenig wie möglich Gedanken auf meinen Erbteil verschwenden. Aber ich muss mir Zeit nehmen, ihm ausführlich zu schreiben. Ich weiß, wie ich ihm eine späte Freude bereite. Ich werde mir die Zeit nehmen, ihn zwei- oder dreimal im Jahr in der Uckermark zu besuchen, mit ihm la-a-a-nge, la-a-a-nge Spaziergänge machen, auf denen wir stunden-, wahrscheinlich tagela-a-a-ng miteinander philosophieren. Nichts als das. Im Laufschritt, das macht ihm am meisten Spaß. Er wird meistens dozieren. Sogar beim Abendbrot. Das kann er nur mit mir. Vati wartet darauf, dass ich mit ihm a-u-s-g-i-e-b-i-g philosophiere. Das hat ihm sein Lebtag gefehlt. Niemand kann sich in ihn hineindenken wie ich. Ihm zuhören, solange er reden will. Ich glaube, das wird ihn mehr erfreuen, als übernähme ich sein Unternehmen. Er war zum Philosophen berufen; aber es missfiel ihm, in der Tonne oder im Elfenbeinturm zu leben und Bücher zu schreiben, schlimmer, vom Katheder statt in Wald und Feld zu dozieren; deshalb wurde er Unternehmer. Das Unwohlsein in diesem Beruf lag ihm. Sein liebster Seelenzustand: Weltschmerz aktiv. Einfälle aus Verlegenheit über das vergiftete Geschenk des Lebens. Nicht das Reich der Gedanken als Zuflucht missbrauchen. Es als Jenseits im Diesseits hüten. Sich im Diesseits gescheit austoben. Jagga Topfschlag gab sich beim Erwachen der Vorstellung von ausgiebigen Spaziergängen und Gesprächen mit ihrem Vater noch la-a-a-nge hin an jenem Morgen in der mongolischen Steppe. Schließlich drückte sie die Ellbögen nach unten und streckte sich durch bis zum Hohlkreuz, atmete tief die trockene Luft ein und strömte aus nach allen Seiten. Das alltägliche Glück steckt im Sterz und den Ellbögen. Man muss nur das Kreuz kräftig genug durchdrücken. Sie prustete laut los. Das werde ich Vati verklickern und ihn dabei mit dem Po wackeln lassen.

*

Paul nahm im Felde nie Heimaturlaub und nie an den Weihnachtsfeiern teil, die für die einzelnen Einheiten zwischen dem 24. und 31. Dezember hinter der Front ausgerichtet wurden. Er blieb bei den Waffen. Arbeitete derweil an **FUTSCH**. Konnte das als Sondereinsatz verbuchen lassen. Er bekam dafür Schnaps. Verdächtig war es oben gleichwohl, denn jeder große Ernst ist suspekt. Es gab als Leckerbissen zu Weinachten immer Blutwurst mit Sauerkraut und einigen schrumpligen Kartoffeln. Dazu einen Riegel Schokolade oder ein Töpfchen Kunsthonig. Paul ekelte sich vor dem Weihnachtsessen. Er wusste, dass seine Leute die Blutwürste meist an den Zipfeln packten und, nachdem einer das Kommando gegeben hatte, gemeinsam schmatzend in der Mitte zerbissen, dann die beiden Enden aussaugten und am Schluss den Darm zerkauten, bevor sie die Kartoffeln runterschlangen. Beim Sauerkraut, das in unbegrenzen Mengen auf die Teller kam, verzogen sie die Mienen. Außer zu Weihnachten gab es Blutwurst zu den anderen großen Festen: Ostern, Pfingsten und der Sommersonnenwende. Dann jedoch mit Sägemehl oder Häcksel verstärkt. In den Einheiten ging die Wetterei schon Wochen vorher los. Was wird's diesmal sein? Sägemehl, Häcksel oder beides? Häcksel war beliebter. Das gibt Pferdestärken, höhnte man. Beschwerden über das Essen, selbst das ausbleibende, gab es nie. Die Truppe wusste, es war nicht böser Wille, wenn jeden zweiten Tag Rüben und Luzerne in den Kesseln trieben. Erst als britische Flugblätter Weinachten 1917 aufbrachten, in der Blutwurst sei kein Schweineblut, sondern Ziegen- und Eselsblut, kam es zu Erregung. Das Kriegsministerium dementierte. Das Gerücht sei schon deshalb falsch, weil Esels- und Ziegenblut viel teurer als Schweine- und Rinderblut sei. Das Ministerium sagte die Wahrheit. Verschwieg, dass die Wurst neben Häcksel oder Sägemehl mit Molkenpulver und Holunderpürree gestreckt worden war. Das hatten die Briten, die ihre Puddings mit Spelze versetzten, nicht herausgefunden.

Den Feldgeistlichen, der ihn am Heiligen Abend in der Stellung besuchte, fragte Paul, wie er seine Aufgabe mit der Botschaft vereinbarte, die zu verkünden er berufen war. Seine Antwort kam schnell und unter tadelndem Blick: Ein Christ sucht sich seine Wirkungsstätte nicht aus. Er ist da und gibt Mut. – Dann geht es Ihnen wie mir – sagte Paul. Der Geistliche segnete ihn und ging.

**

– Blödsinn ist es! Sinnlose Kraftmeierei. – Als Paul die Worte ärgerlich über den Tisch zischt, sie sind an Hauptmann Villain gerichtet, mit dem er ein lautes Gespräch über den ‚Panthersprung' führt, dem alle, auch der Oberst, zuhören, weiß er: Genau das gilt für meine Worte. Er fügt gleichwohl hinzu, obwohl es ihm noch mehr schaden wird: – Wir haben gar nicht die Möglichkeit, dort militärisch etwas ernsthaft zu unternehmen. Wir machen uns mit solcher Kanonenboot-Politik lächerlich. Gerade militärisch. Sie sollten Clausewitz lesen, Villain! Wenn man nicht zuschlagen kann, darf man nicht die Muskeln zeigen. Das muss man diplomatisch regeln. Diplomatischen Druck auf Frankreich anderswo aufbauen und dann einen Ausgleich erreichen. –

Hauptmann Villain lacht höhnisch. – Die anderen breiten sich in der Welt aus, fläzen sich in allen Ecken bequem wie auf ihrem Wohnzimmersofa herum und wir ziehen den Kopf ein. Lassen sie gewähren auf unsere Kosten. Machen Ehrenbezeugungen. Nur Schlappschwänze können zu solch einem Verhalten raten, Prodek. Gerade von Ihnen hätte ich eine andere Haltung erwartet. Wozu sind wir Soldaten denn da? Um Deutschland stark zu machen. Die Franzausen wissen sehr genau, dass hinter der ‚Panther' Deutschlands geballte Heeresmacht steht. Der Kaiser hat Recht, unsere Interessen in Marokko militärisch zu wahren. Zu zeigen, wer wir sind, dass wir uns nicht alles bieten lassen. Gegen Frechheit hilft nur die ausgestreckte Pranke. Mannesmann ist da unten gut im Geschäft. Wie ein Mann werden wir hinter Mannessmann stehen. Unser ‚Panther' macht den Toms und Franzausen unmissverständlich klar, dass sie die Welt nicht unter sich aufteilen können, während wir seufzen über die Ungerechtigkeit, die in ihr herrscht und uns widerfährt. –

Paul zieht angespannt die Brauen zusammen. Macht eine wegwerfende Handbewegung. – Ich habe nicht gesagt, dass wir klein beigeben sollen. Im Gegenteil. Ich meine nur, wir haben bessere Mittel als militärische. Wir könnten, zum Beispiel …

– Mein lieber Prodek, ich glaube, Sie haben sich mal wieder ein ganz klein wenig verrannt- mischt sich der Oberst gütig lächelnd ein. – Es ist sympathisch, wie Sie sich ins Zeug legen. Doch Schuster, bleib bei deinen Leisten! Sie sind ein vielversprechender junger Offizier. Als solcher soll man sich aus der Politik raushalten. Kritik am obersten Kriegsherrn steht einem Offizier schlecht an. Ich weiß schon, Prodek, Sie spielen gern den advocatus diaboli.

Das macht Ihnen Spaß. Vergessen Sie ihr Studium! Es ist besser für Sie. Und uns. Heinecke, was gibt's Neues von ihrer Schwiegermutter? Das ist immer köstlich. Nu los, Sie haben bestimmt wieder was auf Lager! –

Paul beißt sich auf die Lippen, sieht auf seinen Teller und schneidet heftig auf das Kasslerkotelett ein. Hauptmann Villain nimmt das Rotweinglas und trinkt Paul zu. – Prost, Prodek! Lassen wir es gut sein. Denn es wird alles gut. Auf Deutschlands Weltmacht! –

– Auf Deutschlands Weltmacht, Villain! – Wie ich sie mir denke.

***

EIN NEUARTIGES SOS

Wenn Du in einen laut schreienden Sprechchor hineingerätst, musst Du den Text so laut Du kannst mitschreien. Alles andere wäre Dein sicherer hässlichster Tod. Dein Gehör und Gehirn würden von außen zerschmettert, wenn Du Dich nicht durch Mitschreien von Innen davor schützen würdest; ich empfehle Dir also ein nur rein physisches Abwehrmittel gegen die Vernichtung durch Schallwellen.
(Carl Schmitt)

****

ABSTRAHLEND HINEIN

Er sagt es ‚Asphodele' nicht, sonst würde sie nicht aufhören zu flehen, spähen zu dürfen. Das Beste an ihrem Hochzeitsgeschenk, dem großbürgerlichen Haus in der Grabenstraße, findet er, ist die Duschkabine. Natürlich duschen Etta und ich manchmal zusammen. Einseifen macht Spaß. Abrubbeln auch. Wir haben eine zweite Armatur eingebaut, um uns gegenseitig abzuspritzen, Wasserschlachten zu veranstalten. Doch am liebsten dusche ich allein. So zwanzig Minuten lang; dann ist der Warmwasserspeicher leer. Ich gehe mit voller Blase in die Dusche und strahle unter ihr ab. Gelber Strahl dringt in viele farblose Strahlen ein. Ohne dass man es sieht. Ein ganz stilles, verborgenes, unscheinbares Wohlsein.

WURMFORTSÄTZE und GARAUS

Am 14. Oktober 1939 erhält Paul ein Schreiben des Kommandeurs des Wehrkreises:

Herr Major a.D.!

Ihre Ernennung zum ehrenamtlichen Kriegsgerichtsrat am Kriegsgericht des WKK XI vom 3. September 1939 wird hiermit rückwirkend widerrufen, weil Sie die ernennende Behörde über wesentliche Voraussetzungen für Ihre Ernennung getäuscht haben. Strafverfolgung bleibt vorbehalten.

Heil Hitler!

Im Auftrag
Sternschröder

Das Ende der Halbheiten. Kein Gespräch mehr. Ich habe Gramatzke Ärger bereitet. Sollte ich ihn einmal treffen, werde ich mich bei ihm entschuldigen. Er wird einsehen, in welche Verlegenheit er mich mit seinem Drängen gebracht hat.

Es kommt zu keinem Zusammentreffen mehr. Generaloberst Gramatzke wird wegen Pauls Ernennung zum Kriegsgerichtsrat mit Wirkung vom 1. November 1939 im neugeschaffenen Warthegau zum Leiter einer Musterungskommission strafversetzt. Wird der Marsch ‚Alte Kameraden' gespielt, glimmt Wut in ihm auf. Nach der deutschen Niederlage bei Stalingrad erschießt er sich in seinem Büro.
Wieder frei. Unkastriert. Wenngleich unter Beobachtung und einer Drohung. Die sie nicht umsetzen werden. Zur Not greift Bolko ein. Denk ich doch. Eine Panne, mehr bedeute ich nicht. Schnell abheften. Das Bündnis mit Stalin ist ekelerregend. Trotzdem hoffe ich, will ich, dass Deutschland den Krieg erfolgreich besteht. Hitler ist nicht für die Ewigkeit, auch wenn er sich so gebärdet. Stirbt er, ist mit ihm sein System am Ende, denn **ER ist sein System**. Es wird keinen Nachfolger geben. Es ist nach der Art des Staatswesens, das er errichtet hat, ausgeschlossen. Es gibt ja nicht einmal mehr eine Verfassung. Mit seinem Tod wird sich nach kurzen Diadochenkämpfen alles auflösen. Nicht in Wohlgefallen, aber vorbei wird es unausweichlich sein. Ginge es zu wie

bei Cromwells Tod, wäre es ein Segen. Ich darf träumen. Die andern sind zu blöd dazu.

Im wider alles Erwarten rasend rasch siegreichen Sommer 1940 glaubt Paul an eine Wende zum Guten. So viel Glück und Können! Wer hätte das gedacht? Die haben gescheitere Strategen als wir 1914. Die nötigen Offensivwaffen, jetzt sind sie da. Mit denen hätten wir es 1914 auch bis Paris, sogar bis zu den Pyrenäen geschafft. Fast möchte ich dabei sein. Hans-Jochen hatte Recht. Die nie verwundene, ungerechte Niederlage von 1918 ist weggewischt. Majas Mann hat sich bei Guderians Panzern ausgezeichnet. Das EK II nach Hause gebracht. Er trägt es stolz. Jetzt wird alles in geordnete Bahnen laufen. Hitler kann sich zurücklehnen. Sich endlos feiern lassen. Als größter deutscher Staatsmann und Feldherr seit Otto dem Großen. Otto von Bismarck schrumpft zum Knirps. Wir sind die Herren des Kontinents. Niemand mehr kann uns die Vorherrschaft streitig machen. Jetzt mit den Mitteln moderner Technik eine gerechte und solidarische Volksgemeinschaft schaffen. Fehler korrigieren. Sich mit den anderen Völkern weltweit arrangieren. Wie wir es wollen; dabei allmählich ihr Vertrauen gewinnen. Wer hätte das gedacht?

Ein Jahr später: Alles ist verloren. Dieser ruhelose Ruchlose! Wie konnte ich glauben, alles richte sich? Nach den blödsinnigen Kriegen in Afrika und Jugoslawien. Sollen die gernegroßen Italiener verrecken, die haben uns 1914 sitzen lassen und ein Jahr später verraten. Nun der Krieg gegen Russland! Der Hitler kann gar nicht anders. Ich habe es geahnt. Wieder zwei Fronten. Noch riesigere als 1914. In zwei Kontinenten. Hans-Jochen Topfschlag, nun mit dem EK I ausgezeichnet, gerade zum Major ernannt, fällt im November 1941, kurz vor Pauls Geburtstag, bei Tula, südlich von Moskau in einer Panzerschlacht. Der schmucke Junge! Er ist glücklich gestorben. Er zweifelte nie an seiner Aufgabe. Als ich bei unserer ersten Begegnung ihm die zum Heil erhobene Hand herunterzog, sie herzlich schüttelte und – Guten Abend, Hans-Jochen. Willkommen in Majas Elternhaus! – sagte, schmunzelte er verlegen und wechselte einen kurzen Blick mit Maja. Offenbar hatte sie ihn auf solche Szene vorbereitet. Ich brauchte mich nicht weiter zu erklären, überlegte jedoch, ob er mein Verhalten provoziert hatte, weil es ihm Spaß machte oder ob Routine oder gar mehr dahinterstand. Als ich ihn im Verlauf des Abends fragte, ob ihn das Hakenkreuz auf seiner Uniform nicht störe, es sei das Symbol einer Partei, siegreich zwar, aber Partei, schaute er mich verwundert an. – Längst nicht mehr- sagte er dann kurz und blickte zur Seite. Maja stand immer zu ihm. Sie war mir wegen der Frage böse. Zum ersten Mal in ihrem Leben. Ich hatte ihren Mann unnötig herausgefordert, obwohl beide nichts sehnlicher wünschten, als mir so nahe wie nur möglich zu sein. Ich glaube, er war ein lieber Mensch. Ganz unpolitisch. Seiner Pflicht freudig ergeben. Mit allen Konsequenzen. Er hätte wohl weiter denken können. Er wollte es nicht. Es hätte ihn unglücklich gemacht.

Diesmal geht es mit Deutschland zu Ende. Hans-Jochen wird das nicht mehr erleben. Er ist fein raus. Im Glauben an Sinn, Sieg und Zukunft gestorben. Das konnte ich 1914 nicht. Deshalb habe ich überlebt? Warum fällt mir Katja ein? Kurze Verzweiflung, Flucht in die Rache. Weg. Wie hätte sie sich verhalten, wäre ihr Racheakt geglückt? Wie ich? Die Frage bin ich nie losgeworden. Verflucht! Immer trifft es Maja. Wenn der Krieg noch Jahre dauert, kommt auch ihr Ältester dran. Nicht auszudenken. Womöglich sogar noch der zweite Sohn. Joachim ist 14, Ernst 12, Roswitha 9. Müssen wir da durch? Unsere völlige Zerstörung erleben? Wären die Kinder nicht, Charlotte und ich würden gehen, bevor es so weit ist. Warum sollen wir weiter machen, das nicht endende Sterben mit ansehen?

Bolko ist im Reichsstatthalteramt in Böhmen und Mähren für völkische Belange zuständig. Wiltraut tut sich schwer, Paul zu verhehlen, wie stolz sie auf ihren Sohn ist. Paul, der Schwarzseher, hat alles falsch eingeschätzt. Das Geschäft blüht. Billige, einheimische Liköre sind gefragt, weil die fremdländische Konkurrenz fehlt. Umsatz und Gewinn haben sich seit Pauls Ausscheiden verdreifacht. Paul sagt manchmal traurig zu Wiltraut: – Ich will dir deine Freude nicht nehmen. – Er küsst sie sacht auf die Stirn. Ein paar Menschen hab ich kurzzeitig glücklich gemacht. Sie sieht darin ein Eingeständnis seiner Irrtümer über Führer und Partei. Sein Stolz verbietet es ihm, das offen zuzugeben. Sie ist längst in der NSDAP, hat aber Paul nichts davon gesagt. Lange will sie nicht mehr damit warten. Bolko wirft ihr gleichwohl vor, Paul weiter emotional hörig zu sein. Nach Liebkosungen von ihm wie eine läufige Hündin nach dem Rüden zu lechzen. Sie solle sich schämen. Außerdem bist du eine Beutegans von Materialismus und Kapitalismus, Mutter. Das missfällt mir. Sie lässt es sich gefallen. Strahlt ihn an.

Esther hat im März 1940 einen Sohn Hilmar geboren. Der Vater ist ein mit Schreibverbot belegter Schriftsteller, mit dem sie seit drei Jahren zusammenlebt. Da er vorher ziemlich erfolglos geblieben war, fühlt er sich durch das Schreibverbot ausgezeichnet. Er wird zu den Gründern der Gruppe 47 gehören als weiterhin ziemlich brotloser Lyriker und Essayist. Esther reist seit Kriegsausbruch nur noch zu Auftritten in das besetzte oder befreundete Ausland, die Schweiz, Liechtenstein und Schweden.

Smeralda geht es prächtig. Sie hat fünf Kinder: drei Söhne, zwei Töchter. Ihr Mann, Arvid Nachtwey, ist in der Leitung der kriegswichtigen Telefunken AG tätig. Nicht nur uk gestellt, sondern auch sonderbezugsberechtigt. Wieso klappt das zwischen denen? Smeralda geht es nicht um das Materielle, die Sicherheit. Er ist ein stattlicher Mann, schonschon; aber geregelter als Dauerwurst, selbst nach fünf Schnäpsen. Was reden die miteinander? Er hat kein Gefühl für ihre Ideenleitern, Gedankenschauflüge. Wahrscheinlich hört sie einfach zu und lächelt milde in sich hinein, wenn er abends rapportiert, wie er das Unternehmen am Laufen hält. Wie er in versteckten Lagern des Großhandels Kupfer auftreibt, Leute uk gestellt kriegt und Ingenieure für Drehgewinde und Cadmiumröhren zu sparsamster Verwendung der Rohstoffe anhält. Die Ausbildung von Frauen an den Werkbänken organisiert. Tagsüber amüsiert sie sich mit den Kindern. Tobt mit ihnen rum. Schreibt mit ihnen wilde Geschichten auf. Terrierwelpen sind das, unablässig am Balgen. Rotzlöffel, aber nicht ungehörig und vorlaut. Beim Kopulieren hat sie sicher mehr Phantasie als Charlotte in ihren besten Zeiten. Ich glaube, die malt ihren Viddy im Badezimmer erst gellend bunt mit Schminke an, zupft ihm die Ohren breit, kneift und beißt ihn gehörig in die Läppchen und Arschbacken, zieht ihn an Nase und Pimmel quer durch die Wohnung, bevor sie es sich von ihm auf dem Perser erst von vorne, dann von hinten machen lässt. Sie immer obenauf. Am Schluss setzt sie sich majestätisch in den Ohrensessel, womöglich mit Krone, und er muss sie mindestens noch eine halbe Stunde lang cunilingussen. Ihr am Schluss die großen Zehen küssen. Zwischendurch muntert sie ihn durch einen Kuss auf seine Stirnglatze und ein paar synchrone Backenklatscher auf. Er muss durchhalten. Unter sieben Berg- und Talfahrten macht sie es nicht, hat sie mal beschwippst gelallt. Arvid hielt seinen Kopf währenddessen eisern zu Maja gedreht, obwohl sie sich gar nicht unterhielten. Fällt er mit versalzter Zunge erschöpft zu Boden, trampelt sie bestimmt mit ihren Fußsohlen quietschvergnügt auf seinem behaarten Rücken herum. Das kitzelt noch ein wenig. Meine Jüngste hat ihn genommen, weil es ihr eine Höllenlust bereitet, den Verschluss dieses Ordnungsmenschen zu knacken; ihn dampfheiß und gail zu machen; alle seine versteckten Raster zu ziehen, seine dienstfertige Abhängigkeit von ihr als Lustquelle zu spüren. Das ist vergnüglicher und befriedigender, als eine gescheite Glosse schreiben, wird sie herausgefunden haben. Ich wette, sie muss immer wieder neu beginnen. Das Schloss fällt bei ihm schon unter der Dusche von alleine zu. Er reinigt und kämmt sich mit größter Sorgfalt. Beim Frühstück verhängt er sich mit der Zeitung. Sie lässt ihm die Genugtuung, die Vorbereitung auf sein ganz anderes Leben ‚draußen' ist. Gibt ihm beim Abschied brav einen Kuss auf die Wange. Ohne die Freude, ihn des Abends nackt auszuziehen, dabei anzukreischen und ihn herauszumalen, ihn von einer Maschine in ein Viech zu verwandeln, kann ich mir gar nicht denken, was sie zu ihm hingezogen hat. Ich wäre gern mal Penate bei ihnen. Ich kenne nur Viddys Weißkleegesicht, das stets umsichtig aus Tweed und Krawatte schaut. Es muss sich ein Satyr darunter verbergen, sonst hätte Smeralda ihn nicht genommen. Sie ist die Gescheiteste meiner drei. Sie wäre ein zäher Infanterist oder sogar Kampfschwimmer geworden, hätte man sie eingezogen. Ideal für einen Spähtrupp. Immer am Witzeln. Tödlich getroffen, würde sie verzückt lächeln und sterbend stöhnend höhnen: Heureka! Ich wette, auf ihrem Totenbett wird sie einst bis zum letzten Atemzug von den bevorstehenden Freuden des Jenseits lallen.

Paul kommandiert seit Dezember 1941 eine Einheit Wachsoldaten im STALAG IIIa Luckenwalde, wo an die zwanzigtausend Kriegsgefangene aller Nationen untergebracht sind. Jetzt braucht man wirklich jeden. Er hat die Aufgabe nicht ablehnen können. Entzug der Lebensmittelkarten bei Weigerung. Er tut teilnahmslos seine Pflicht. Weicht jedem Kontakt mit der Lagerleitung aus. Er schreitet nicht gegen offenbare Missstände ein: Wutanfälle der Aufseher, verweigerte Krankenversorgung, Schlägereien um ein Stück Brot. In dieser Welt lohnt es nicht mehr, eine Kerze anzuzünden. Ihn schaudert vor seinen Leuten: Verbiesterten Kriegsbeschädigten, Zivilinvaliden, auf Bewährung entlassenen Strafgefangenen, französischen und belgischen Collabos. Arme Teufel, Saubeutel, Gesockse. Ich vornedran. Der Schlusspunkt ein absoluter Tiefpunkt: Paul Prodek – eine Militärkarriere in Deutschland. Er blickt mitleidig auf die apathischen Regungen, die siechen Gesichter der Gefangenen. Sie trocknen ein wie Backpflaumen und frieren weg wie Regenwürmer auf hartem Boden. Wenn die Suppe kommt, stellen sie sich brav in Reih und Glied. Wer arbeiten darf, erhält eine Sonderration. Sie drängen sich, wenn Aufseher vom Reichsarbeitsdienst eintreffen und nach Arbeitsfähigen suchen. Wie kann man so am Leben hängen? Ich habe recht getan, damals, mich nicht in Gefangenschaft zu begeben. Lieber tot als ausgemergelt im Käfig. Käfigwächter sein, hat dem wenig voraus.

Nicht mehr lange …

‚Du kannst nicht tiefer fallen als bis in Gottes Hand' singen sie jetzt ständig in der Kirche. ‚Oh doch' möchte ich schreien. Hat der Pfarrer Mut? Er meint es wohl, gefällt sich darin. Dabei bedrängen ihn die Nazis nur deswegen nicht, weil dies Lied eines der vielen Mittel ist, die Leute ruhig und geduckt zu halten. ‚Es geht alles vorüber, es geht alles vorbei, im Monat Dezember gibt's wieder ein Ei …' trällern sie auf der Straße und kommen sich mutig dabei vor, obwohl sie Goebbbels Geschäft betreiben. Paul geht, wenn Maja auf Besuch ist, und sie ist jetzt oft da, mit ihr und den drei Kindern in den Gottesdienst. Maja hatte gesagt, er müsse es wegen der Kinder tun. Charlotte: – Ja, geh' nur. Ich habe zu tun. Ist schwer genug, Essbares aufzutreiben. – Er hat hart mit sich gerungen. Der allgegenwärtige Tod rundherum macht ihm seinen ersten Mordplatz erträglich. Er ist enttäuscht über das weiterhin leere Geschwafel des Geistlichen. Windungen ums teure Vaterland, Beschwörung seiner Leiden und Versprechungen von Gottes Güte auf der Grundlage jüdischer Epen. Wenigstens liest er die an die Ewigkeit gerichteten Texte mit Wohlklang der Stimme. Paul hört im rituellen Gedusel in sich hinein und vernimmt nichts. Er fragt seine Große nicht, wie sie ihren Glauben mit ihrer Beihilfe zum aggressiven Patriotismus ihres Mannes vereinbart. Einmal verlässt er zornig die Kirche, als Orgel und Trompete im Gedenken an Gefallene auf Wunsch der Angehörigen das Lied vom Guten Kameraden spielen. Ihn befiel Brechreiz. Maja und die Kinder schauten ihm entsetzt nach. Mein empfindsamer Magen, wisst ihr, hat mir einen Streich gespielt. Die Margarine vom Frühstück war sicher ranzig.

Charlotte hilft bei der NSV in der Suppenküche aus. Armenspeisung, Schulspeisung. Sie fotografiert kriegsbeschädigte Häuser. Sinniert mit ihm schweigend und händchenhaltend in die Nacht hinein bei Furtwängler-Konzerten aus dem Radio. Die Zeit verstreicht in äußerer Anspannung und Verbitterung, in der Ruhe ihres Hauses. Sichere Erwartung eines unsäglichen Endes. Weiter leben, solang es geht, solange sie das Leben wenigstens ein bisschen noch mögen. Harren auf den Absprung. Bitterer Genuss vorspäter Jahre.

Als Paul vom Putschversuch des 20. Juli hört und sich im Lande nichts rührt, alles weiter läuft wie zuvor, knurrt er in sich hinein: Nicht einmal mehr zu einem Umsturz sind sie fähig. Die Nazis rennen nicht weg, die fressen Schlamassel bis zum letzten Mann. Hätte es geklappt, was sollten die Retter verkünden? Die pompösen Balkone für Aufrufe sind dahin. Mehr als sofortige Kapitulation wäre nicht drin gewesen. Zittern und Beben vor dem Volksempfänger. Im Ruin bleibt zum Prosten Urin. Notstandspoesie.

Mitte März 1945 erhält er auf durchholztem Papier den Bescheid über seine Ernennung zum Kommandeur eines Zuges Volkssturm. Ich bin nicht mehr volkssturmpflichtig in meinem Alter. Ich könnte das rügen. *„Dass er dann noch die Leiches eines* Sie müssten es hinnehmen. Er wird vom Vertreter *auf dem Hof verstorbenen Rentners* des Gauleiters zusammen mit anderen *an seine Schweine verfütterte, zeigt* Volkssturmführern auf das Rathaus bestellt. Es heißt, *nicht nur eine Missachtung des Lebens, sondern* wenn das Volk aufstehe, sei nichts verloren, sondern *auch des Todes", sagte der Richter.* wie 1813 alles zu gewinnen, denn der Aufstand des Volkes sei ein unbezwingbarer Sturm. Es gelte ihn zu entfachen, um Frauen und Kinder vor den roten Bestien zu schützen, bevor der Führer den Einsatz der neuen Geheimwaffen mit vernichtender Wirkung befehle. Dann komme der Endsieg und sei unser. Ein für alle mal. Die gallbraune Gestalt mit den Schaftstiefeln und der Hakenkreuzbinde verschwindet schnell von der Tribüne. Viel zu schaffen dieser Tage, keucht er beim Abgang.

Die technischen Fragen übernimmt der Parteisekretär von Luckenwalde. Paul gibt an, dass er über zwei Pistolen, ein Sturmgewehr 98 sowie einige hundert Patronen verfüge. Alles mit behördlicher Erlaubnis, weil er mit scharfer Munition seine Fertigkeit im Schießen aufrechterhält. Wie nützlich das sei, erweise sich nun. Er lacht laut und kalt. Fügt hinzu, sein alter Stahlhelm sitze noch gut. Ein Oberstleutnant der Kavallerie von 81 Jahren ist ganz von alleine in kaiserlichem Ornat angetreten und verkündet, es sei ihm ein Hochgenuss, nun zu erleben, was ihm in zwei Feldzügen und einem Weltkrieg versagt geblieben sei: für Deutschlands Zukunft zu sterben. Er bietet dazu eine Jagdflinte und einen Säbel auf. Sonst besitzt niemand eigene Waffen. Die Kommandeure werden für den nächsten Tag 15 Uhr zur Einteilung der Volkssturmmänner einbestellt.

Paul erhält ein Dutzend zugeteilt. Viehgesichter aus krankem Bestand: Einen diabetischen kaufmännischen Angestellten von 45 Jahren, einen 58jährigen verlebten Rechtsanwalt, zwei Frührentner aus dem Tagebau von 61 und 62 Jahren, acht Schüler und Lehrlinge zwischen 14 und 16 Jahren – verstört, betört, unruhig. Als Bewaffnung erhalten sie zwei

Panzerfäuste, fünf erbeutete russische Maschinenpistolen mit je 15 Patronen, drei veraltete Karabiner mit je 25 Patronen. Paul soll seine zwei Pistolen den leer ausgegangenen Volksstürmern geben. Paul nickt. Die Stiefel und Landsermützen sind brauchbarer. Jacken, Koppel und Stahlhelme gibt es nur für die drei kräftigsten jungen Männer. Für die anderen Mützen und Armbinden: **Volkssturm.** Die Truppe ist verpflichtet, sich jeden Tag zwei Stunden zum Üben zu treffen. Der Gauleiter wird den Kampfeinsatz anordnen.

Drei Wochen später ist es so weit. 4 Karabiner 98 k mit 100 Schuss Munition und 2 Gewehrgranaten sind hinzugekommen. Soll mich das Land endlich verschlingen. Ich kann es kaum erwarten. Die jungen Kerle? Jungsein ist dusslige, immer bereite Hoffnung, während schon die Geier über den Häuptern kreisen. Um die Alten ist es nicht schade, die haben alle mitgemacht und gejubelt. Ich nicht. Und ziehe ihnen voran. Ich habe ein Bettlaken im Tornister. Fürsorge für Idioten. Ich kann nicht anders. Oh ja, ich habe mich als Soldat einmal wohlgefühlt in Natur und Erlebnis. Sich im Elend totlachen, und die widerlichste Welt wird zum Paradies. Ganz schaffe ich es nicht.

Sie sollen hinter der Nuthebrücke an der Straße nach Jänickendorf und Stülpe Gräben ausheben. Sechs Spaten werden ihnen dazu ausgehändigt. Das erlaubt Schichtbetrieb. Alle 15 Minuten Ablösung. Handschuhe zur Vermeidung von Schwielen solle jeder selbst mitbringen. Schwielen stören bei der Bedienung der Waffen. Die Wehrmacht werde vor ihrem Kampfeinsatz eintreffen und ihnen die nötigen Anweisungen erteilen, heißt es. Sollte der Feind jedoch unvermutet auftauchen, habe der Volkssturmführer die Abwehr bestmöglich nach eigenem Ermessen zu organisieren und zu diesem Zweck volle Befehlsgewalt. Brückensprengung nur durch die Wehrmacht. Widerstand um jeden Preis. Jeden! Heil Hitler!
Während sie graben, hören sie Kanonendonner. Als zwei amerikanische Tiefflieger über Luckenwalde wegsausen und mit sichtbarem Vergnügen Schlote umlegen und Schornsteine von den Dächern schießen, befiehlt Paul, Deckung unter der Brücke zu nehmen. Die Sprenggranaten der Bordkanonen schlagen im Wasser und an den Uferbänken ein. Nur Splitter treffen die Brücke. Glück gehabt. Konnte schiefgehen. Das Brückchen hält nicht viel aus. Aber wo sollten wir sonst hin? Die jungen Burschen hätten am liebsten mit der Panzerfaust nach den Flugzeugen geschossen. – Seid ihr blödsinnig? Die brauchen wir für die T 34. Ruhe und Übersicht bewahren. –
Als sie zwei m-förmig angelegte Gräben ausgehoben haben, wird der

Gefechtslärm lauter. Paul befiehlt, zum Mittagessen, das jeder im zugeteilten Suppengeschirr von zu Hause mitgebracht hat, in eine nahe gelegene Scheune zu gehen. Ein vierschrötiger Hitlerjunge fragt, ob man nicht lieber in den Gräben bleiben solle. Der Feind sei nah, wie man schon höre.
– Nein! Wir warten in der Scheune auf das angekündigte Eintreffen der Wehrmacht. Das ist sicherer. Du hast die Flieger gesehen. Herr Dippel und ich stehen abwechselnd Wache. Ich fange an. Auf Signal kommt ihr raus und jeder läuft an seinen Platz im Graben. Nicht vorher. Das Tor bleibt sicherheitshalber verschlossen. Man soll uns und unsere Stärke nicht sehen. Verstanden? Es fällt genug Licht aus den Durchzuglöchern ein. – Man muss die Blödköppe vor ihrem gottverdammten Willen retten. Ich kann nicht anders.

Wenige Minuten später hulpern die ersten LKW der Wehrmacht über die Brücke. Soldaten in abgerissenen Uniformen stehen eng aneinander gepresst darauf. Angst dringt aus allen Gesichtern. – Ist es so weit? – – Nein. Ruhe bewahren! Das ist nicht für uns. – Paul sieht: Die flüchten. Wollen um jeden Preis nach Westen. Von denen ist nichts mehr zu erwarten. Dann zwei Zugmaschinen für Lafetten, aber ohne Geschütze. Dafür hängen Trauben von Soldaten drauf und dran, sogar um das Führerhaus. Schließlich ein Kübelwagen mit einem höheren Offizier und seinem Stab, dazu drei Kräder. Die Volkssturmeinheit links am Wald schießt schon. Das ist viel zu früh. Oder sind die Russen so nah? Das kann höchstens ein Spähtrupp sein. Nervenbündel.

Von der Stadt her hört Paul quietschende Bremsen und Geschrei. Die sind stecken geblieben. Was ist los? Es nähern sich zwei Kräder mit Beiwagen, voll besetzt, und ein Maybach Cabriolet, auch voll besetzt. Schwarze Stahlhelme mit weißen Insignien. Verflucht, SS! Sie springen ab und wollen die Brücke sprengen. So ein Unfug. Das Flüsschen hält niemanden auf. Allenfalls eigene fliehende Nachzügler. Das wollen sie wohl. Ich muss rein, den HJler ruhig stellen. Schnell Tor auf und wieder zu. – Ist es so weit? – – Nein. Es ist zu spät. Die Russen sind schon da. Wir können nicht raus, die mähen uns sofort nieder. Wir sind umzingelt, müssen abwarten, bis Verstärkung …

Eine Detonation. Der Boden bebt. Steinbrocken prasseln auf das Scheunendach. Einer schlägt durch, fällt hinter den Harrenden krachend herunter. – Das sind unsere. Die sprengen die Brücke. Wir müssen raus! – – Nein, verflucht! Das war eine russische Granate. Galt dem Gasometer am Stadtrand. – – Unsinn, das Wumm kam von der Brücke. Sie sind ein Verräter, wollen uns hier hinhalten, um dann zu kapitulieren, Sie Schwein! Die Wehrmacht ist da und wartet auf uns. Sie braucht uns. –

Furchen von Hass überziehen das vierkantige Gesicht des Jungen. Seine eckigen Augenbrauen wüten. – Ich stürme raus. Wer Deutschland liebt, folgt mir. Es lebe der Führer! – Paul stellte sich ihm entgegen. Umklammert ihn. – Ich gebe hier die Befehle. Helft mir, ihn festzuhalten. – Die Volkssturmmänner wissen nicht, was sie tun sollen. Stehen starr. Starren zuckend umher. – Es lebe der Führer! Es lebe der Führer! Es lebe der Führer! Es lebe der Führer! Vorwärts allemann! Los! – Die schrille Stimme dringt bis zu den SS-Leuten an der Straße. Was ist da los? Haben sie in der Scheune einen Verrückten eingesperrt? Wenn, dann ist er noch zu gebrauchen. Die abgefangenen Soldaten der Wehrmacht haben sich inzwischen widerwillig in den vom Volkssturm ausgehobenen Gräben und hinter Steinen der gesprengten Brücke mit ihren Waffen postiert. Auch sie schauen zur Scheune. SS-Leute herrschen sie an, dem Feind entgegen zu blicken. Bolko ist aus dem Maybach gestiegen. Er lässt sich von einem Krad den kurzen Weg zur Scheune fahren. Er horcht. – Es lebe der Führer! Es lebe der Führer! Vorwärts allemann! Herbei! Los! – Unter Druck schreit da einer. Bolko lässt einen SS-Mann das Scheunentor leicht öffnen. Er späht durch den sich bei den Scharnieren auftuenden Spalt. Erkennt augenblicklich die Situation. Frohlockt. Die Zunge schnalzt. Schakal! Jetzt bist du dran. Gerade noch rechtzeitig erwische ich dich.

Gefangen im Wir.
Als Trost
Fluchtwege ins Nichts
Filmeriefassaden
Klangaussausbraus.
Zerfleischung
das alte
nieendende
Spiel: Menschenneu
wissensgärtnerisch aufrufen.
Posaunen! Ach, Fanfaren!

Im kalten Licht des Verstandes wird alles zweckmäßig, verächtlich und fahl. **Uns** *war es noch vergönnt, in den unsichtbaren Strahlen großer Gefühle zu leben, das bleibt* **uns** *unschätzbarer Gewinn.* (Ernst Jünger, Schluss von: Stahlgewitter)

„So, wie ich hier stehe, bestehe ich zu 90% aus bakteriellen Zellen", sagt Jan Heidemann, Chefarzt der Klinik für Gastroentologie am Klinikum Bielefeld. „Die menschlichen Zellen sind also deutlich in der Unterzahl. Die meisten Interaktionen mit unseren bakteriellen Bewohnern finden an der Innenseite des Magen-Darm-Trakts statt."

Herr Schröter ist unser ganzheitlicher Krebsberater.

Als am 1. Januar 2008 im Alter von 107 Jahren Erich Kästner starb, der letzte deutsche Teilnehmer am Ersten Weltkrieg (nicht der Schriftsteller, ein Landgerichtsrat), da bemerkte das die Öffentlichkeit kaum. Als dagegen am Mittwoch Lazare Ponticelli, der letzte französische Veteran des „Großen Krieges", 110-jährig bei Paris verschied, verschickten die Agenturen Eilmeldungen, Rundfunk und Fernsehen brachten umgehend Nachrufe, die Zeitungen veröffentlichten ganzseitige Porträts.

Wenn es doch eine „propagandistische“ Absicht gibt, dann vielleicht die, eine in Großbritannien verbreitete Ansicht zu widerlegen, der Krieg sei ein Debakel imperialistischer, moralisch gleichwertiger Eliten gewessen, bei dem tapfere Soldaten sinnlos auf den Schlachtfeldern geopfert wurden. Ein Bild, das von TV-Komödien wie Rowan Atkinsons „Blackadder“ gepflegt wird. „Lieber gar keine Feier als etwas, dass die modische Legende bestätigt, dass der Krieg es nicht wert war, geführt zu werden“ schrieb ein Kolumnist ...ein Punkt, den der britische Bildungsminister vor kurzem in einer Polemik gegen ‚linke‘ Geschichtsschreiber wiederholte.

Ausstellungsstück: ATA-Putzmittelbehältnis
Verfertigt aus dem Wurfkörper einer Handgranate

Modern living in historischen Gebäuden

nieendende Gebärden.
Abu Ghoreib. Guantanamo. Kampfdrohnen. ISIS.
Immer: Vergewaltigung, Verstümmelung, Abschlachten, Enthaupten
als Lustkonzert.
Mein Gewissen. RainGewissen.
Der Mensch **an sich**.
Handlungsabläufe. Kausalketten.
Jünger, Gefolgschaft. Followers.
Zukünfte. Nikoläuse.

Aufschlussreiche Nichtverhältnisse:
Bismarck und WAGNER, z. B.
Voltaire, Wagner, Ford als Draufgabe.
Garniert mit Beuth und Beuys.
Absurder zutreffender Glaube:
Totaler Krieg oder
nachhaltiges Wachstum
bis vor die Kipppunkte.
Wabengewaber. Trübes. Kippa.
Aporie auswälzend.
Es gibt keine Schuld, nur
Auslöser. Und Gerichte.

Schön, dass es sie gibt.
Niemand will die Party missen;
Denn jeder hat ein Recht darauf:
Speiübelkeit and **Happiness,**
ihr seid dran!
Kommt her zu **mir!**
Keine Klassen mehr,
keine Rassen mehr,
kein Harakiri mehr,
Masse her, Kasse her!
Massen toll, Kassen voll.
Followers.

Keine Fragen mehr.
Beschäftigung!
Irgendwem
trotz alledem
danksagen.
Mir selbst VORAN
in einem Wald,
wo ich nicht
mein Schatten bin,
sondern einsam
vor gestern
bis heute
stehe. Abstand.
einhalte. Zuviel Licht> Lichtungen
:ATMENDEMAUERN:
ALLE ALLE –
atmen mich ein.
In Goa Freud lesen?
Delphi: Der Wagenlenker (ewiges Wunschbild).

Trudelnde Knilche
knieend davor;
ein Echo auf die Endlosschleife

verkettet im Alluvium ....

Schöner besser klüger
Wie perfekt sind Ihre Gene?

Menschenwürde:

ȳ✡⁂≠⨀ ȳ⨀----✡----⨀≑≑⨀‴

Peter Wohlleben: Das geheime Leben der Bäume, Bestseller
1484 Tiere werden in Deutschland pro Minute geschlachtet.
Das Seelenleben der Tiere, Bestseller

Eugène Nielen Marais: Die Seele der weißen Ameise, Berlin 1939, verg,

An einem neobarocken Fenster stehen:
Sinnsüchtend.
Sinnsichtend.
Sinnbadend
Sindbadend
mit roten
Perltränen lächeln.
AUF meiner Zeit
schwimmen –
DAS einzig wär'**s**.

die Psychografie von Entenhausen (Traumspiel 1)
A man who can destroy illusions is both beast and flood (Virginia Woolf) (Traumspiel 2)
rundum fest gespannte Haut (Traumspiel 3)
als Kraftwerksbetreiber im heimischen Whirlpool (Traumspiel 4)
behender Umweltaktivist am Nordpol (Ideal und Traumspiel 5)

Erwin und Elmire
Ein Schauspiel in zween Aufzügen,
von Göthe

in

Iris - Vierteljahreszeitschrift für Frauenzimmer (1775)

Taricks-Hate-Side-Story

„Mit dem Schicksal ist auch die Tragödie aus dem Tempel geflogen."
(Peter Hacks)
Zerfallen
Zerbröseln
Zerfieseln
Ein Zeitalter ohne Alter
Überaltert in
Ewiger Jugend.

Twitter: IAA! IAA! IAA!

IMMER HEUTE
HEUTE IMMER
DAZU ALLES
IMMERZU NIMMERZU
IN ALLEN FACETTEN
Und Fachgebieten
die Sehnsucht nach einem gelungenem Possenepos für das Anthropozän

Stattdessen: Los! Sattessen an Strudel und Trutel.

Die Augen wollen Politur. Der Rest ist Wissenschaft.
Dann sei

ein Selbst,
trotze Adornono;

doch wisse: Alle Bedeutung
verschlingt sich
und uns
wie du liest:

Aufgeben
Aufgabe

aufgeben
aufgeben

Aufgehen
Draufgehen

nobis sum captivus

Meine Seele ist unendlich wie das All – dachte Dr. Dr. Annette-Babette Pfahlstock-Treberwirtz einmal spontan –
weil ich es erfasse. – Bei Fuß, Schleiermacher! – rief sie ihren Mops, als sich ein Herr mit angeleinter Deutscher Dogge näherte.

– Das Furchtbarste war, dass der IS das Internet abgestellt hat. –

*

*

*

NACHSCHÄNKE

Aber an einem Ort der Erde ist Deutschland zu diesem Zeitpunkt noch nicht ganz besiegt: in Papua-Neuguinea. Dort, dem ehemaligen Deutsch-Neuguinea, geht der Hauptmann H. D. erst Mitte Dezember 1918 in Gefangenschaft. Er ist der allerletzte deutsche Soldat im 1. Weltkrieg, der die Waffen streckt. D. ist ein kleiner drahtiger Mann, Berufsoffizier, geboren in Speyer. Kurpfälzer schickt die Kolonialverwaltung gerne in die Tropen – sie halten das schwül-heiße Klima angeblich besser aus als Männer aus Ostpreußen oder Kurhessen.
Hermann Detzner, Vier Jahre unter Kannibalen, Verlag August Scherl, Berlin 1921. (gest. Heidelberg 1970)

DIE FLAMINGOS

In Spiegelbildern wie von Fragonard
ist doch von ihrem Weiss und ihrer Röte
nicht mehr gegeben, als dir einer böte,
wenn er von seiner Freundin sagt: sie war

noch sanft von Schlaf. Denn steigen sie ins Grüne
und stehen, auf rosa Stielen leicht gedreht,
beisammen, blühend, wie in einem Beet,
verführen sie verführender als Phryne

sich selber; bis sie ihres Auges Bleiche
hinhalsend bergen in der eignen Weiche,
in welcher Schwarz und Fruchtrot sich versteckt.

Auf einmal kreischt ein Neid durch die Volière;
sie aber haben sich erstaunt gestreckt
und schreiten einzeln ins Imaginäre.

Rainer Maria Rilke

Fragonard: L'escarpolette

Phryne (Kröte)

Cleve/Kleve

Fließ, Wilhelm. Die Beziehungen zwischen Nase und weiblichen Geschlechtsorganen, dargestellt in ihrer biologischen Bedeutung. Leipzig und Wien 1897 (Deuticke)

(In Florenz, nie endend)

Deshalb hat jetzt sogar Chinas Regierung die Eselbeschaffung zur Priorität erkärt.

Meldung vom 12. Januar

Luckenwalde 2016

FASZINATION

wehrteWertewerteWertewertedieWerteWerteste

RESIGNATION

Befremdend gut erhalten sind einige riesige Fabrikruinen. Eine nach der Wende kurz erblühte Kunsthalle ist verendet. Sie schreit aus eingeworfenen Scheiben ihr Weh. Eine hochgepäppelte, aber nahezu menschenleere – schlimmer, weil aussagekräftiger: spatzen- und taubenleere – Fußgängerzone erschreckt. Dort hängt unversehrt in Kopfhöhe ein NPD-Plakat, das ein Ende der Schwulen- und Lesbenpropaganda fordert. An der vom Bauhaus inspirierten Stadthalle erfährt man, dass die Buchvorstellung von Gregor Gisy am 8. Mai ausverkauft war. Es ging darum, dass ein Leben nicht reicht. Zwei so monströse wie knallige Fassadenwände ansonsten gelungener Neubauten verärgern nachhaltig.

(Notizen des Autors bei einem Stadtspaziergang am 12. Mai 2019)

Die Frau und die Kolonien

Erscheint am 1. eines jeden Monats · **Bezugspreis:** *Für Mitglieder jä*
lich 2 RM, nur durch die Zentrale oder die Abteilungen, für Nichtmitglied
vierteljährlich 0.90 RM, nur bei den Postämtern zu bestellen. *Einzelheft 30 P*
Schriftleitung: Agnes von Boemcken, Berlin-Lichterfelde, Karlstraße
Verlag: Aachener Verlags- und Druckerei-Gesellschaft, G. m. b. H., Aache
Fernruf 33651. Anzeigen-Annahme durch den Verlag. **Verlagsort Aache**

Zeitschrift für Verbreitung des kolonialen Gedankens

Herausgeber: Frauenbund der Deutschen Kolonialgesellschaft, Berlin W 35, Magdeburgerstraße 4

Jahrgang 1933 — 10. Juni 1933 — Heft 6

An unsere Mitglieder!

Der Frauenbund der Deutschen Kolonialgesellschaft hat sich sinngemäß seiner Einstellung und Arbeit der „Deutschen Frauenfront" angeschlossen und sich damit bedingungslos der Führung des Reichskanzlers Adolf Hitler unterstellt.

Zur Tagung 1933.

Ein kurzer Bericht über unsere Arbeit geht wieder hinaus. Eine Rückschau über Geleistetes, Gewolltes und Begonnenes. Die Zeit einer Tagung bedeutet jedes Mal ein tiefes Atemholen, ein Besinnen in des Lebens Hetze. Sie zwingt zum Rückblick auf den im letzten Jahr durchschrittenen Weg. Sie zeigt, wie oft das Vollbrachte hinter dem Gewollten zurückblieb.

Wir kommen zusammen aus allen Gauen des Reiches, tauschen Händedruck und Blick und sehen, daß wir dieselben geblieben sind und noch am gleichen Strange ziehen und schöpfen daraus die Kraft, weiter mutig bei der Arbeit zu bleiben, die unserem Volk und seiner Jugend dient und unseren Landsleuten über See so viel bedeutet.

Das vergangene Jahr hat uns unsere unersetzliche, geliebte Führerin, unsere Mutter Bredow genommen, deren Vorbild uns immer vorschweben wird. Sie hat die neue Zeit nicht mehr erlebt, die sie mit heißem Herzen ersehnte und mit ihrer unermüdlichen Tatkraft und Arbeit vorbereiten half.

Diesen nationalen Frühling, in dem wir Deutschen den Kopf wieder höher tragen können und der unseren Deutschen in den Kolonien den Stolz auf ihr altes Vaterland wiedergibt.

Mit tiefer Bewegung wiederholen wir die Worte unseres Reichskanzlers vom 1. Mai: „Deutsches Volk, besinne dich auf dich selbst und deine Vergangenheit, auf die Leistung deiner Väter, ja auf die Leistung deiner eigenen Generation. Vergiß 14 Jahre Verfall und hebe dich empor zu 2000 Jahren deutscher Geschichte!"

Wir haben uns mit freudigem Herzen hinter diese Regierung gestellt, die das neue deutsche Reich geschaffen hat und von der wir wissen, daß sie auch unsere Arbeit würdigt und unterstüßt.

Mit den kolonialen Verbänden arbeiten wir weiter in engster Gemeinschaft unter dem Vorsitz von Gouverneur Schnee und Reichsstatthalter General von Epp.

In der Frauenfront, der wir, wie alle vaterländischen Verbände, beigetreten sind, haben wir eine freundliche Aufnahme und wertvollstes Verständnis gefunden. Für unsere afrikanischen Abteilungen bedeutet dieser Schritt die Angliederung unserer seit Jahren in vorderster Front stehenden und für ihr Deutschtum kämpfenden Frauen in den Kolonien an die heimische nationale Bewegung.

Wohl keiner hat heißer wie sie und wir den Anbruch der neuen Zeit herbeigefleht, die ihnen den Mut gibt, deutsch zu bleiben und durchzuhalten inmitten fremden Volkstums.

So wollen auch wir in dieses neue Arbeitsjahr treten mit frohem dankbarem Herzen, daß wir unsere vaterländische Arbeit jetzt unter dem starken Schutze einer vaterländischen Regierung fortsetzen können zum Besten unseres heißgeliebten Volkes in Heimat und Übersee.

Willkommen in Frankfurt am Main.

Die alte Kaiser- und Krönungsstadt Frankfurt am Main, in der vor mehr als 50 Jahren der Grund gelegt wurde für die deutsche Kolonialbewegung, begrüßt den Frauenbund der Deutschen Kolonialgesellschaft auf das herzlichste. Möge die Deutsche Kolonialtagung in Frankfurt am Main auch dem Frauenbund der Deutschen Kolonialgesellschaft einen vollen Gewinn bringen und dazu beitragen, daß sein unermüdliches, verdienstvolles Wirken für den deutschen Kolonialgedanken Anerkennung und Erfolg finde.

Dr. Krebs, beauftragter Oberbürgermeister der Stadt Frankfurt am Main.

61

Ein Peters geht immer   Diesseits von ---

Erläuterung: Die Vergangenheit – Menschen, Orte, Firmen, Namen, Geschehen – sind für dieses Buch Material, das frei und teilweise fiktiv bearbeitet wurde. Abweichungen vom wirklichen Geschehen, von den örtlichen Verhältnissen, vom Leben, Charakter und Handeln aus der Geschichte namentlich bekannter Personen oder Firmen, Presseorganen kommen häufig vor. Eingestreut in den Text sind Zitate aus Büchern, Zeitschriften, Zeitungen sowie Werbung aus der Zeit von 1900 bis in die Gegenwart. Nur bei Zitaten aus Büchern ist der Autor genannt. Hervorhebungen in Zitaten stammen vom Autor dieser Reportage.
Ältere Kunstbilder sind frei eingearbeitet. Die verwendeten Fotoaufnahmen sind sämtlich von Luise Galm (WWW.luisegalm.com)

Impressum

ISBN: 978-3-947913-13-8
Gesamtherstellung: typowerk.net
Fotos und Abbildungen: Luise Galm, www.luisegalm.com